漢籍合璧 總編纂 鄭傑文

漢籍合璧精華編 主編 王承略 聶濟冬

國家出版基金項目

翁方綱詩集輯校

［清］翁方綱　撰

趙寶靖　輯校

一

漢籍合璧精華編

學術顧問（按齒序排列）：

程抱一（法國） 袁行霈 項 楚 安平秋 池田知久（日本）
柯馬丁（美國）

編纂委員會（按姓氏筆畫排列）：

主 任： 詹福瑞

委 員： 王承略 王培源 王國良 呂 健 杜澤遜 李 浩 吳振武
何朝暉 林慶彰 尚永亮 郝潤華 陳引馳 陳廣宏 孫 曉
張西平 張伯偉 黃仕忠 朝戈金 單承彬 傅道彬 鄭傑文
蔣茂凝 劉 石 劉心明 劉玉才 劉躍進 閆純德 閆國棟
韓高年 聶濟冬 顧 青

總 編 纂：
鄭傑文

主 編：
王承略 聶濟冬

本書編纂：
辛智慧 李 兵 林 相 段潔文

本書審稿專家：
唐子恒

國家重點文化工程"全球漢籍合璧工程"成果

山東省社會科學規劃研究項目（批准號：19BWTJ41）

前　言

　　中華優秀傳統文化是中華民族寶貴的精神財富。古籍是中華優秀傳統文化的載體,凝聚了古人的智慧,承載了中華民族在人類發展史上的貢獻。古籍整理,是一種傳承、發展中華優秀傳統文化精髓的基礎研究,是一項事關賡續中華文脈、弘揚民族精神、建設文化强國、助力民族復興的重要工作。古籍整理研究雖面對古籍,但要立足當下,把握時代脈搏,將傳統與現實緊密結合,激活古籍的生命力,推動中華文明創造性轉化和創新性發展。

　　山東大學向來以文史見長,在古籍整理研究方面成就斐然。從 2010 年開始,承擔了國家社科基金重大委托項目"子海整理與研究",遴選先秦至清代的子部書籍中的精華部分進行影印複製和整理研究,已取得了豐碩的成果。自 2018 年始,山東大學在已有的古籍整理成功經驗的基礎上,又承擔了國家重點文化工程——"全球漢籍合璧工程",主要是對海外存藏的珍本古籍複製影印和整理研究,旨在爲海內外從事古代文、史、哲、藝術、科技專業研究的學者提供新的資料和可信、可靠的研究文本。"漢籍合璧工程"共有四個組成部分,即"目録編、珍本編""精華編""研究編"和數據庫。其中,"精華編"是對海外存藏、國內缺藏且有學術價值的珍本古籍進行規範的整理研究。在課題設計上,進行了充分的調查分析和清晰定位,防止低水準重複。從選題、整理、編輯各環節中,始終堅持精品意識,嚴格把握學術品質。"漢籍合璧精華編"的整理研究團隊由近 150 人組成,集合了海內外 30 多所高校和研究機構的古文獻研究者,整理研究力量較爲强大。我們力求整理成果具有資料性、學術性、研究性、高品質的學術特色,以期能爲海內外學者和文史愛好者提供堅實的、方便閱讀的整理文本。

　　"漢籍合璧精華編"采用五次校審、遞進推動的管理模式。一、整理者提交文稿後,初審全稿。編纂團隊根據書稿的完成情況,判斷書稿的整體整理質量,做出退改或進入下一步編輯程序的判斷。二、通校全稿。進入編輯程序的書稿,編纂團隊調整格式,規範文字,初步挑出校點中顯見的不妥之處。三、匿名評審。聘請資深專家通審全稿,全面進行學術把關,盡力消滅硬傷,寫出詳盡的審稿意見。四、修改文稿。專家審稿意見及時反饋給整理者,整理者根據審稿意見修改,完成新文稿。五、終審文稿。待新文稿返回後,主編作最後的質量把關。五步程序完成後,將文稿交付出版社。出版社同樣進行嚴格的審稿、出版程序。

　　五次校審的目的是爲了保證學術質量,提高整理水準,減少訛誤和硬傷。但校書如掃塵埃落葉,"漢籍合璧精華編"儘管經多道程序嚴加把關,仍難免有錯,懇請方家不吝指教。"漢籍合璧精華編"編纂團隊將及時總結經驗,吸取教訓,把工作做得更好,以實現課題設計的初衷。

整理説明

一、翁方綱的生平和著述

翁方綱,字正三,號忠敘、覃溪、彝齋,又因得宋犖舊藏《施顧注蘇詩》宋槧本而自號蘇齋,順天大興人。雍正十一年(1733)八月十六日生。

乾隆十七年(1752),皇太后六旬萬壽,加試恩科,三月鄉試,八月會試,九月殿試,十月一日太和殿傳臚,第一甲一名爲秦大士,翁方綱列第二甲二十三名,此時翁方綱年甫弱冠,可謂少年得志。同年中關係較密者有錢載、博明、盧文弨,而一時名流如紀昀、姚鼐、桂馥、錢大昕、黃易、法式善、程晉芳、阮元、陸費墀、伊秉綬、蔣士銓、孫星衍等皆與之遊,又與朱筠爲兒女親家。翁方綱中進士後,被欽點翰林院庶吉士,分肄國書教習。翌年十月,娶婦韓氏。

二十四年(1759),翁方綱充江西鄉試副考官,正考官爲錢維城,二人相處融洽。是科初用五言試帖,命題之日,兩人各寫一紙握於掌中,出以相示,則二人所命題皆爲"秋水長天一色",可見其心眼默契之深。翌年三月充會試同考官,八月署日講起居注官,十二月充日講起居注官,充修《續文獻通考》纂修官,充磨勘鄉試試卷官,旋即總辦起居注事。

二十七年(1762),充湖北鄉試正考官。二十九年(1764),奉命提督廣東學政。三十二年(1767)四月,轉補左春坊左庶子,十一月補授翰林院侍讀學士。三十七年(1772),廣東學政任滿抵京。翌年補《四

庫全書》纂修官。四十一年（1776），充文淵閣校理。四十四年
（1779），充江南鄉試副考官。四十六年（1781）三月，補國子監司業，
四月傳臚，錢棨一甲一名進士，爲三元之瑞，乃翁方綱江南鄉試所得
士也。閏五月，補司經局洗馬。十一月，復充文淵閣校理。四十八年
（1783），充順天鄉試副考官。五十一年（1786），奉命提督江西學政，
三年後滿任還京，補授內閣學士兼禮部侍郎，又奉命稽察右翼覺羅
學，又奉命稽察中書科事務。五十六年（1791），奉命提督山東學政。
五十八年（1793）四月，夫人韓氏卒，六月奉旨還京供職。

　　嘉慶六年（1801），因年衰，奉旨以原品前往裕陵守護，三年後命
以原品休致回籍。翁方綱六旬以後，每逢元旦，以胡麻十粒黏於紅紙
帖，每粒作“天下太平”四字，至嘉慶二十三年（1818）元旦，書至第七
粒，目倦不能成書，嘆曰“吾其衰矣”，於是年正月二十七日歸道山，享
年八十六歲。

　　翁方綱年壽既高，又勤於著述，於各類學問皆有涉獵，著作堪稱
宏富，茲就其犖犖大端撮舉如下：

　　（一）經部

　　據民國五年（1916）石印本翁方綱自撰《翁氏家事略記》記載，翁
方綱曾在馬蘭峪守陵三年，“每月朔望暨恭逢忌辰、節候上陵行禮外，
其餘月日無應酬，並無唱酬題咏之件，專心將數十年來溫肄諸經所記
條件，分卷寫稿，共得《易附記》十六卷、《書附記》十四卷、《詩附記》十
卷、《春秋附記》十五卷、《禮記附記》十卷、《大戴禮附記》一卷、《儀禮
附記》一卷、《周官禮附記》一卷、《論語附記》二卷、《孟子附記》二卷、
《孝經附記》一卷、《爾雅附記》一卷”。這十二種經學附記手稿如今散
落各地，天津圖書館、遼寧省圖書館、北京大學圖書館等皆有收藏。
其中五種較爲集中，藏於柏克萊加州大學東亞圖書館，即《易附記》十
六卷（存卷一至卷一一）、《書附記》十四卷、《詩附記》十卷（存卷一至
卷七）、《禮記附記》十卷（存卷四至卷六）、《春秋附記》十五卷（存卷一

至卷六、卷八、卷一〇至卷一五），這五種經學附記手稿已由上海古籍出版社影印出版，臺灣地區學者賴貴三教授整理的點校本將由廣陵書社出版。

（二）史部

年譜之屬，翁方綱自撰《翁氏家事略記》，英和校訂，有民國五年（1916）上海同文圖書館石印本，四川大學古籍整理研究所編《儒藏》影印收錄此本。另外，翁方綱還撰有《元遺山先生年譜》《蓮洋吴徵君年譜》《虞道園年譜》《米海嶽年譜》《文衡山年譜》《王雅宜年譜》。

而翁方綱最重要的史部著作當屬其所撰的四庫提要稿，該手稿現藏澳門何東圖書館，2000 年由上海科學技術文獻出版社影印出版。鑒於影印本流傳不廣，識讀較難，復旦大學吴格先生乃以影印本爲據，歷時五載，對翁氏提要稿進行了整理校點，2005 年由上海科學技術文獻出版社出版，即《翁方綱纂四庫提要稿》。

（三）子部

翁方綱的子部著作主要是其考訂金石碑刻的作品。翁氏作爲一代金石大家，嗜好金石碑版，且考訂精審，言之有據，原委遞藏，如數家珍，藏家以得其題識爲榮，故翁氏金石題跋之巨，罕有匹敵，沈津先生曾裒輯爲《翁方綱題跋手札集錄》。而他較爲重要的金石學著作，一是督學粵東時蒐羅金石彙集而成的《粵東金石略》，有乾隆三十六年（1771）石洲草堂刻本、光緒十七年（1891）廣州金石堂書局石印本，《續修四庫全書》影印收錄後者。該書專闢兩卷考證學署中的九曜石題刻，阮元纂修《廣東通志》即據此書以成金石一門。該書已由歐廣勇、伍慶禄爲作補注，即《粵東金石略補注》，2012 年由廣東人民出版社出版。二是《兩漢金石記》二十二卷，有乾隆五十四年（1789）南昌使院刻本，該書著錄兩漢金石，"兹所編録，或以地，或以事類，惟以目所親見爲據，不復能依年次矣"（《兩漢金石記》卷首），王昶編《金石萃編》漢代部分多采自該書。

（四）集部

翁方綱最知名的集部著作有《石洲詩話》（通行本八卷，卷九不存，新見卷十爲手稿，現藏上海圖書館），該書通行本八卷，是他傳播詩風的見證和結晶，成於翁方綱視學粵東之時，"與學侶論詩所條記也"（張維屏《石洲詩話跋》），其中"祧唐禰宋""尊杜崇蘇"的傾向非常明顯。

至於翁方綱的詩文創作，臺北圖書館現藏翁方綱手稿凡一〇二卷，題曰《復初齋文集》，1974年臺灣文海出版社出版的《清代稿本百種彙刊》影印收錄，凡二十八册。

其文集之刻本，一是其門人侯官李彥章於道光丙申（1836）開雕之校刻本，題曰《復初齋文集》三十五卷，《續修四庫全書》第一四五五册、《清代詩文集彙編》第三八二册皆影印收錄。二是其門人侯官李彥章之子李以烜光緒丁丑（1877）重校之刻本，亦題曰《復初齋文集》三十五卷，1973年臺灣文海出版社出版的《近代中國史料叢刊》第四十三輯影印收錄，共三册。三是上海圖書館藏民國五年（1916）上海同文圖書館石印本《復初齋文集》三十五卷，據卷末李以烜之跋，知其即據李以烜光緒重校之刻本石印者也。四是民國六年（1917）吳興劉承幹嘉業堂刻本，題曰《復初齋集外文》四卷，《清代詩文集彙編》第三八二册影印收錄。

其詩集的版本情況詳見最後一部分的介紹。

二、翁方綱詩集的内容與價值

翁方綱有《復初齋詩集》七十卷、《復初齋集外詩》二十四卷，其數量之巨，在有清一代詩人中堪稱翹楚。然而對於翁方綱的詩歌歷來評價不高，如袁枚《隨園詩話》譏其爲"誤把抄書當作詩"，洪亮吉《北江詩話》也說"最喜客談金石例，略嫌公少性情詩"，蓋二人關注的重點乃是翁方綱的金石考據詩作，但實際上翁方綱有許多"得詩人之正"的作品，讀來風味雋永，感情深摯，詩律工穩，用典妥帖，文學性極强,這是翁方綱詩歌更待發覆的方面。

首先,翁方綱曾提督廣東學政,連任三屆,前後達八年之久。學政的一項重要職責便是按試轄區内的各地士子,所以在任期間便會有很大一部分時間奔波於各地,人在旅途中詩思極容易被觸發,因此翁方綱在廣東學政任上所創作的一些描寫山水風物、記載宦遊感慨的詩作便是詩歌"得江山之助"的絶佳例證。如以下詩中所寫,皆是翁方綱按試途中之山水風物和宦遊情思,讀來情思綿長,清新自然,深得風人之致:

> 竹港灣纏遠,沙洲尾忽横。水煙冉冉上,幾點鷺鷥明。
>
> 微凉千澗合,返照一江紋。近浦初吹浪,前山欲起雲。
>
> 浦浦杉榕蔭,船船竹葦叢。牛歸斷霞外,笛起緑雲中。(《江行晚景三首》,《復初齋詩集》卷五)
>
> 石灘石觜生波瀾,灘前灘口莫泊船。天明船泊非舊處,一夜滿江不見灘。
>
> 無數葭葦滿崖生,兩崖不辨縱與横。從今更莫嗔棋局,水到中心亦不平。
>
> 粤船北去閩船南,船船販得潮州鹽。西來水多風又急,不敢當心滿挂帆。(《江漲歌三首》,《復初齋詩集》卷五)

其次,翁方綱經常與朋友們一起觀賞書畫作品,而朋友們也喜歡拿書畫作品來向翁方綱索詩。翁氏經眼的書畫作品可謂不計其數,而又喜好題咏之,因此翁氏詩集中有相當比例的題畫詩作,這些題畫詩也頗多清新脱俗之作,讀來韻味悠長,使人如臨其境,處處可見翁方綱描摹景物功夫之深。如以下詩作:

> 渺渺蘆花遠渚灣,客程幾日載秋還。篷窗注思誰拈出,一抹斜陽著色山。
>
> 鈎雲本出元暉法,舊夢都從草隸尋。一半柳條殘緑意,十年

江上故人心。(《文休承秋江行色圖摹本二首》,《復初齋詩集》卷
二七)

記著練衣話夜涼,煙橫半檻水周堂。竹枝穿亞松針密,渾爲
詩人寫月光。(《姚雲東松竹》,《復初齋詩集》卷四五)

蒲葵扇底練裙邊,何處秋空思渺然。十里雲霞開渚鏡,一襟
風霧屬吳船。白陽陳子論連夕,辈几周郎感昔年。月上太湖三
萬頃,東峰影入白鷗眠。(《陸包山荷花》,《復初齋詩集》卷五五)

第三,翁方綱一生宦遊南北,門生友朋遍布天下,而這些人也多
爲一時文化精英,翁氏與他們時有詩歌唱和寄贈。古代的交通條件
和通訊手段極爲落後,對於這些四海宦遊的士人來説,見面尤爲不
易,因此對於朋友的思念和祝禱之情凝結在短短的詩篇之中便顯得
極爲深沉真摯。如翁方綱寫給他的得意門生謝啓昆、吳嵩梁、馮敏昌
的詩作,不僅詩律工穩,而且感情真摯,讀來令人動容:

嚶嚶語托苑枝深,九十九灣思汝心。朔雪詩來和玉笛,東風
律已叶瑶琴。蘇潭梧毳迎暄長,庾嶺梅緘隔歲尋。森森芙蓉江
正綠,初歸北望恐難禁。(《春日懷謝蘊山》,《復初齋詩集》卷一)

百五人中補此人,始知廬嶽最嶙峋。蓮洋得髓他年喻,迦葉
拈花現在因。鳥自相求能感氣,鶴元不病更清真。煩君一吸西
江水,莫放坡詩百態新。(《贈吳生》,《復初齋詩集》卷三八)

掩淚空山志未酬,知心幾個數車舟。只追大事雙親葬,不計
平生五嶽遊。禮寫堂筵誰補鄭,囊探金石試論歐。藥洲水檻飛
騰意,今日天涯對白頭。(《得馮漁山書賦寄》,《復初齋詩集》卷
五七)

第四,翁方綱與其夫人韓氏感情深厚,韓氏亦通詩文,翁氏宦遊
在外,每有寄內詩作,這些寄內詩作不僅詩律工穩,而且感情真摯,寫
盡夫妻間的悲歡離合,讀來極有感染力,如以下詩作:

　　檢點歸裝近廿春,依然四壁長卿貧。鬢添皓雪心相質,膝有條冰味更真。豈好搬薑同黠鼠,不辭補屋用勞薪。東偏爲我安書榻,實要三餘散篋親。

　　曉翠名樓緒不禁,八分題扁當登臨。三千里外挑燈話,四十年前聽雨心。嘉樹孫枝同祝願,拈花迦葉共追尋。破鐺煮飯須何物,鄰寺鐘來響梵音。(《寄内二首》,《復初齋詩集》卷三六)

以上所舉詩作,僅僅是翁方綱"得詩人之正"詩作的一部分,而即便是這些代表作,它們作爲詩歌的合法性和文學性已經在在可見,這也就足以證明翁方綱並非不會作詩,他是能夠寫得出風味雋永、感情真摯、詩律工穩的詩作的。這類"得詩人之正"的詩作,雖然在絶對數量上無法與其以金石書畫考據入詩的作品相抗衡,但是在其詩集中也占到了相當大的比例。如果我們忽略翁方綱的這一類詩作,不僅容易造成片面的認知,而且對翁方綱本人也是不公平的。既然翁方綱能够創作"得詩人之正"的詩作,又爲何連篇累牘創作大量以金石書畫考據入詩的作品? 這個問題只有一種可能性的解釋,即翁方綱以金石書畫考據入詩乃是刻意爲之的創作行爲,而翁方綱正是用這種金石書畫考據入詩的創作方式,來踐行中國詩歌一個非常重要的傳統功能:詩可以群。

首先來看一種較爲明顯的方式,即以金石書畫之考據聯句成詩。聯句詩限時、限境、限韻,有炫才逞博的動機,更有文字遊戲的成分,本就極難作,非博學多才之士不能爲也。翁方綱詩集中有多篇聯句之作,其中涉及金石書畫之考據者以《漢半兩泉范拓本聯句》(《復初齋集外詩》卷一五)一詩爲代表,詩中聯句者爲翁方綱、桂馥、羅聘、翁樹培、沈虬尊、吳錫麒諸人,其中翁方綱的次子翁樹培更是著名的泉幣學者,如此多人聯句題咏此漢代泉范之拓本,而又牽涉到泉范的形制、鑄造以及史傳記載的考據,其難度可想而知。然而這也正反映出聯句諸公在金石考據方面具有趨同的志趣和相當的學識,才能够通過聯句這種高難度的創作形式來題咏這件漢代泉范拓本,從而加深這種同道同好之誼。這是翁方綱詩集中以金石書畫之考據聯句成詩而體現"詩可以群"的交際功能的明顯方式。

其次來看一種較爲常見的方式,即以金石書畫之考據入詩寄贈友朋。如《北魏王遠石門銘在褒斜谷極難拓錢獻之寶藏一本云儻以一詩來可寄贈也爲賦此》一詩,曰"漢永平到魏永平,四百四十有六載。都君開鑿繼者誰,泰山羊氏功無怠"(《復初齋詩集》卷二四)云云,略考了石門銘的開鑿之事以及銘文之字體,而詩題中交代的創作緣由——錢坫(字獻之)珍藏北魏石門銘拓本一本,須翁方綱以詩來方可寄贈,翁氏乃爲賦此詩——不僅可見錢坫之真性情,更可見翁、錢二人情誼之深篤。是乃翁方綱詩集中以金石書畫之考據入詩寄贈友朋而體現"詩可以群"的交際功能的常見方式。

第三,還有一種方式,即翁方綱與朋友們雅集一處,共同研讀金石、鑒賞圖畫、把玩古物,而又同賦其詩。如《七夕擘石辛楣魚門習庵姬川耳山丹叔小集蘇米齋丹叔攜所藏唐張萱祈巧圖同賦》(《復初齋詩集》卷一〇),同賦者共八人。又如《汪秀峰工部招同笪河編修魚門吏部瘦銅星橋兩舍人香溪進士集蝸寄軒分韻所藏古印方綱分得宋李易安玉印》(《復初齋集外詩》卷九)一詩,此詩詩題便説明了七人雅集分韻題咏古印之事。上舉二詩,友朋雅集便説明已有交情,而又同觀圖畫、同賞金石、同賦其詩,其情誼亦必會因此雅集賦詩而歷久彌醇。是又雅集賦詩題咏金石書畫而體現"詩可以群"的交際功能的一種方式。

如果翻檢翁方綱的詩集,我們大致可以勾勒出翁方綱的朋友圈,出現頻率較高者,有錢載、桂馥、周永年、紀昀、丁杰、黃易、錢大昕、羅聘、姚鼐、朱筠、伊秉綬、謝啓昆、吳嵩梁、馮敏昌、阮元、黃景仁、蔣士銓等人,翁方綱發揮"詩可以群"的交際功能,通過詩歌的酬唱贈答來維繫與這些文化精英的情誼,而這些酬唱贈答的詩作中又在在可見金石書畫考據的内容,這可以説是翁方綱對酬唱贈答詩歌在題材開拓方面做出的突出貢獻，而這種貢獻又受到當時學術思潮的影響。如果我們不能提高翁方綱在清代文學史甚至中國文學史上的地位，也應該以尚友古人的態度，心懷敬意和温情，去全面瞭解翁方綱詩歌創作的風貌，這樣庶幾免於一葉障目不見泰山的狹隘之境。

三、翁方綱詩集的版本與本書的整理

翁方綱詩集版本並不複雜，其詩集之刻本，一是清代葉志詵道光乙巳（1845）重刊本，題曰《復初齋詩集》七十卷，翁方綱同里陸廷樞爲之序，卷一至卷三五影印收入《續修四庫全書》第一四五四册、卷三六至卷七〇影印收入《續修四庫全書》第一四五五册，《清代詩文集彙編》第三八一册亦影印收録該本。二是民國六年（1917）吴興劉承幹嘉業堂刻本，題曰《復初齋集外詩》二十四卷，《清代詩文集彙編》第三八二册影印收録。

此外，臺北圖書館現藏翁方綱手稿一〇二卷，題曰《復初齋文集》，《清代稿本百種彙刊》影印收録，凡二十八册，編有連續的頁碼，計九二二九頁，其中四四九九頁至八二四八頁爲翁方綱詩歌手稿，凡三七五〇頁。詩歌手稿中，自七三一一頁至八二四八頁乃是翁方綱的早年之作，《清代稿本百種彙刊》影印收録編排頁碼時卻將其置於後面，導致整體性的錯亂。

除了整體性的錯亂，其詩歌手稿還有不少佚失，如刻本《復初齋詩集》中的卷一〇、卷一一、卷六三至卷七〇，這整整十卷的詩作在手稿本中找不到對應。另外《復初齋詩集》中的卷一至卷五、卷八、卷九、卷一二、卷一六至卷一九、卷二四、卷三三、卷三七、卷四一、卷四五、卷四六、卷五〇、卷五二、卷五四、卷五七、卷五八、卷六一、卷六二，以及《復初齋集外詩》中的卷七、卷八、卷二四，也都有多少不等的詩作在手稿本中找不到對應。所以現存的這三七五〇頁詩歌手稿也並非完璧。是爲手稿本。

本書的整理即以清代葉志詵道光乙巳重刊本以及民國六年吴興

劉承幹嘉業堂刻本爲底本，以手稿本爲校本，詩作順序即按照刻本中的詩作順序排列。刻本中在手稿本中無法找到對應的詩作，校勘時標明"手稿本闕如"字樣，這部分詩作即以刻本爲準，其餘則以手稿本加以對勘，寫出校記。而現存手稿本中未刻之詩作只有三首，已輯出附錄於書後。

因手稿本卷帙衆多，且刻本與手稿本詩作順序不盡一致，爲方便檢尋核查，脚注中除了校勘記，本書還做了一點技術性的處理，即以脚注形式在每詩題後注明"此詩題位於手稿本第×頁"，如某詩題在手稿本中跨多個頁碼，則取其第一個頁碼，知道了詩題在手稿本中的頁碼，也就知道了詩作在手稿本中的頁碼。這樣的處理比注明"此詩位於手稿本第×頁"、"此詩位於手稿本第×頁至×頁"、"此組詩位於手稿本第×頁"、"此組詩位於手稿本第×頁至×頁"既顯得體例統一，又顯得簡潔明了。

另外，整理者曾在廣西師範大學圖書館找到一部《友聲集》，手寫刻板，是翁方綱、法式善、馮敏昌等人次和葉廷勛《新柳》詩的唱酬詩集，其中收翁方綱詩三首，這三首詩同時見於《復初齋詩集》卷五九，而部分内容略有不同，詳見書中校勘記。

校書之難，形同掃葉，加之本書整理者學識有限，本書一定存在一些錯漏訛誤，敬請方家批評指正。

瑯琊趙寶靖
庚子春分後一日謹識於處州

目　　録

復初齋詩集卷第一①

課餘存稿<small>壬申至癸未</small>

壬申十月改庶吉士，此以前之作，山陰胡雲持以爲染帖括氣，不可存也。是冬以後專心習緐譯，洎甲戌散館後習試席之作別録爲帙，是以合十二年僅存此一卷。

入翰林院恭依御製詩四首元韻<small>壬申</small>

星垣蓬島鏡中春，天筆親題席上珍。如此褒榮蒙聖主，誰無感激況微臣。步趨曉日花磚影，靉靆卿雲翰墨新。賡和廿年名輩在，畫欄繞讀重逡巡。

儀舞周阿集鳳鸞，瑽琤玉佩藹衣冠。人間綠字金書少，今日奎宮璧府看。學士柏曾依井植，<small>劉井西即柯亭。</small>瀛池槐記覆亭團。<small>前輩有《瀛洲亭補種新槐賦》。</small>御河橋接紅牆影，東面周遭萬頃瀾。

敢詡交遊氣誼聯，虔共天保鹿鳴篇。讀書識字求忠孝，立志修途向聖賢。排比琳琅珍月露，鋪陳清秘富雲煙。肯徒蕊榜霓裳咏，四十人同擬衆仙。<small>同年入院者四十一人。</small>

詞源萬派匯沖融，著録諸家一折衷。八代韓公能振起，<small>堂東韓祠。</small>群經御定益尊崇。師儒唐宋規難並，故事洪陳輯孰同。<small>洪遵《翰苑群書》、</small>

<small>① 此《復初齋詩集》卷第一，除少數詩作見於手稿本外，其他大部分手稿本闕如。</small>

陳驛《館閣録》。拜手賡歌千載遇，光華復旦日方中。

書杜偶題詩後^① 以下乙亥

自是精神畫不成，非關意匠苦經營。莫窺藩翰寧堂奧，爰變丹青本玉瑩。不可言傳猶拗怒，竟如卓立未分明。區區每下無高論，尚見千秋作者情。

唐玄宗鶺鴒頌墨迹卷^②

華萼樓前春日長，麟德殿樹秋雲涼。交枝合幹恣翔集，五王共輦連邸坊。脊令本自小雅義，周公所以二叔傷。申岐薛隋爵寵備，終以泰伯比讓皇。開元之初務敦本，^③家國相慶娛時康。不須羽翼慕丹餌，自有鼓吹諧笙簧。龍鸞宛轉入波策，飛鳴下上聞鏗鏘。桂宮夜宴露猶濕，黃髮兒齒期未央。四海膠漆爲筆墨，天保常棣同賡颺。歐公曾記廣陵見，汝帖不及湖州藏。何苦徵年到天寶，青州石本來評量。
趙明誠《金石録》云明皇《脊令頌》天寶中刻。

書漁洋先生唐詩十選後三首

裂月撐霓一語真，可能盡廢後來人。瓣香故在王官谷，却夢雲藍六六鱗。

戴笠歸來卧石帆，微言處處要重拈。晚年不見官刊本，空記胡家十樣籤。

味外酸鹹弦外音，尚言虎豹怯追尋。如何肯似鍾山相，別白區區苦用心。

太液池蓮歌

樓臺金碧煙濛濛，萬芙蕖在金碧中。此池此水即天上，十洲三島

---

①　此詩題位於手稿本第 7668 頁。
②　此詩題位於手稿本第 4535 頁。
③　“務敦本”，手稿本作“敦務本”。

灣環通。瓊華峾峾宿海白,西苑面面瀛臺風。丹膏玉濯淡泱滃,芝栭藻井寒玲瓏。曉光正襯九霞色,明鏡堆出紅雲紅。夜來葉葉滿明月,一花一月圍紫宮。俄焉萬珠忽倒瀉,合大圓景於虛空。霓裾翠扇涼不覺,但有一氣交沖融。太平圖畫太和澤,粉本都在雲錦叢。西峰半倚飛閣出,行人冉冉穿玉虹。

分賦書畫故事得蕭翼賺蘭亭①

永欣寺閣門限鐵,珍藏已自陳天嘉。開皇大業但石本,是時初未嘗萌芽。隋唐之際罕著録,誰令世有繭紙目。虬髯真人飛龍晴,氣壓二王一千軸。率更好手那得閑,早出趙葛湯馮間。永興河南入侍宴,山東書生遂出關。詩成缸面一傾倒,何怪心胸露同好。用米元暉詩意。真傳漫憶永嘉臨,陳迹空留越中考。宋華安仁有《越中考古録》。乞兒一物埋驪山,誤躪溫奴誰復看。貞觀玉石移艮嶽,太和宰相賦牡丹。今古茫茫如轉燭,贋本賺人苦不足。朱紹宗畫久莫傳,桑世昌書又旋續。南宋畫院有朱紹宗《蕭翼賺蘭亭圖》。

題雨三侄自莆田見寄小西湖畫扇

去年得雨三,始知吾家派從莆。今得雨三札,札中一幅莆之湖。湖出兩山間,山泉本同派。雖因城澗引東西,不比杭湖分裏外。濛濛一線山繞城,迤迤彎橋跨如帶。去年將歸夜語同,夜語盡在此湖中。梅峰烏石北轉東,三堰匯之一鏡空。疏欄俯亭雲臥虹,林園岳祠對房櫳,明成化間興化知府岳正祠。一城地脈迴融融。林巒青將縣郭蔽,波瀾闊與家園通。芙蓉楊柳蔚深靚,葭菼芭藻滋繁豐。扇頭小景畫不盡,幾疊煙水搖春風。吾家子姓多俊秀,比聞誦讀環兒童。西湖尚有西源字,湖有石刻"西源"二大字,謂城西諸堰所發源也。畫山孰解尋山意。端明宅子何處基,夾漈草堂誰復記。吾先桂陰刺桐陰,鬐山壺山近何地。雨三

---

① 　此詩題位於手稿本第7556頁。詩題手稿本作"蕭翼賺蘭亭歌同象星賦"。

屋住西湖邊，日餐湖綠哦湖煙。安得隨君結茅屋，岸花紅濕釣魚船。
末七字莆中先族人緯句也。

趙大年橫卷①

荷鄉清夏追右丞，雪江漁軼陸晃能。皆聞長圖挂素壁，六月萬壑
來寒冰。香光昔此問王法，尚云細遜皴層層。試看矮絹開晚霽，好風
初掠漁家罾。溪雲忽上捲溪樹，得綠一熨川煙澄。四山婷婷裛鬟黛，
水光所沐非雲蒸。誰家草閣聽水響，占此一片蒲藕菱。濃青淡翠蘸
欲滴，空曠焉有皴可勝。水紋不動船笛起，山容欲笑漁欿應。渺茫轉
自丹綠出，此意那得於朝陵。後來鷗波一家派，清遠却早兼吳興。尚
左生書跋然否，已言萬卷未服膺。

仇十洲畫唐人詩意册②

長短吟落金碧手，幅幅煙光自花柳。題詩最惜馬君常，此幅亦接
宜興後。當時再相獨遠嫌，誰歟收葬知誼厚。社中一唱悲婓吟，恨蓄
吳兒作走狗。騎馬少年美無度，廿載跨陟絲綸首。豈但慚愧罨畫溪，
文貞忠介皆癸丑。勁筆尚看徐庶子，義聲相並楊維斗。明政不綱賢
奸混，東林翻作涇渭藪。玉石俱焚槤棟折，疾風難語苦竹守。吁嗟掩
册爲起立，粉墨空多膡何有。

沈石田小幅③

自題云：“我愛慈孝烏，噪集千年樹。寫作歲寒圖，同氣宜親顧。”石田老人靜攝於
天寧僧舍，閣後有崇邱巨木，怪石清泉，群鴉環集，寫以志興。

天寧寺閣花冥冥，群烏早晚聽講經。老人罷笻攝以息，斜日落景
崇邱青。城頭山鐘報客晚，城中老母待兒飯。門前泉鏽板彴斜，一一
歸飛送橫巘。

---

① 此詩題位於手稿本第 7799 頁。
② 此詩題位於手稿本第 8027 頁。“仇十洲”，原作“仇十州”，據手稿本改。
③ 此詩題位於手稿本第 8028 頁。

二月十九日西苑直廬用壁間崔南有中丞韻二首以下己卯

紗窗霽莫雨，乙亥四月八日奉詔和詩事也。御札屬詞臣。三載重來此，當春倍感人。枝紅迎宿羽，沼綠唼游鱗。苑內輕風到，先除戶楊塵。

前輩箴規句，他時獻納臣。宴談皆典故，笑語憶同人。甲戌、乙亥同直西苑如吳雲巖、敬蓮峰、邵蔚田、梁山舟、紀心齋、謝金圃、王元亭、馬繡壤諸君子，今皆不同直矣。藝圃容幽鳥，詞源起涸鱗。頻年心力弱，撫分敢追塵。時先太孺人喪初除也。

玉蔭嘉穀歌

帝握璣鏡開珠囊，宵衣旰食周萬方。精誠貫徹格上下，方社陟降依壇場。雕禾翠羽飾罍斝，朱弦絳鼓諧宮商。鬱鬯浮金制自昔，靈宮饌玉古未詳。帝曰傳稱蔭嘉穀，義通蒼璧與赤璋。詔下禮官肇用薦，正值盛樂調笆簧。是日天步出左个，當壇祝幣陳中央。金水橋邊肅一氣，沐浴百寶凝百祥。浮筠朗朗照籩豆，陛城奕奕騰輝光。千官靜就陪跪位，微風不動葱珩璜。竊惟太陰韞於石，潤澤百草陰含陽。盛德之精降為穀，上應玉衡臨戴筐。深山往往見紫氣，能辟水旱占豐穰。此皆聖人默感召，醇和布濩流滂洋。溫潤縝密本全德，仁智忠信胥中藏。穀用時成物時若，神之降祐帝降康。臣聞昌城出玉蕊，又聞膏出丹水傍。或夜可照或可食，豈比真積千倉箱。黃流瓚發黍稷氣，藍田煙出餅餌香。三脊六穗瑞行致，九州五土田既臧。拜手矢詩玉螭下，四時玉燭調無疆。

李希古畫盧鴻草堂圖

草堂當日已有圖，伯時曾云幾臨摹。何年畫院八十叟，別開生面窮朝晡。唐時隱逸未易數，終南捷徑前有盧。買山豈必擇佳處，終南少室夫何殊。范陽先生嵩陽客，萬錢敕賜巖隱居。因溪資阜頗窶飾，入機攝有歸於無。輕寥一氣觀宇宙，若感萬物於苞愚。所以守禮必忠信，置酒不拜來東都。考父滋恭有明詔，泰一道曰中庸符。拂袖歸歟理徽玉，雲松蔦蘿乃我徒。三花樹子萬古綠，此堂此室開元初。畫手未必知此意，册中幅幅皆可廬。

德州道中感舊

夜宿景州城，涼月挂孤村。曉發劉智社，宿霧開曦暾。歷歷間林木，迤迤溯平原。念我昔先人，客此七寒暄。全家十口計，宦途故人存。皤皤新臺令，吳公穆。託孤仗一言。誰能生死交，終始氣誼敦。遠投薛家莊，徑扣蘇公門。蘇公古君子，於舊非賓婚。命兒拜吾父，相好若弟昆。延師共誦讀，不徒日饗殽。饋遺困麥禾，甘肥栅雞豚。吾父得仰事，時復陟邱樊。因懷幼小日，往來齊與恩。州南即恩縣。鬱紆弟妹思，躑躅涕淚痕。事過七十年，山溪逝潺湲。齊東到鄭口，往迹但瓜蟠。昨逢賢太守，河間杜太守甲。具說蘇氏園。江南舊田宅，歲久失考援。至今食舊德，且復望諸孫。語及吾先祖，東人祀蘋蘩。當時同官良，及述頌德繁。太守言秦某者令齊東曾識先祖。嗚呼一丞耳，清白人知尊。小子忝負荷，空嘆日月奔。又聞吳嗣君，性行粹且温。近在郡中住，遲我返南轅。留此弗信宿，未奉丈人樽。蘇吳我諸父，不以賓友論。書札久稀闊，車馬徒囂喧。晚食茆店黍，忍刈牆葵根。店西四女祠，慈鴉噪頹垣。嘗聞先人說，省姊此停軒。先人姊吾姑，孫子今頗蕃。耕鉏守窮賤，羽翮難飛翻。更誰知舊事，相與尋本源。南去投古驛，落日林煙昏。

高昭德中丞招同裘漫士司農錢稼軒司空集雲龍山登放鶴亭四首

初見吳山碧，褰裳即翠微。共因旌節駐，不礙岫雲飛。樓已移招鶴，舊有招鶴樓。亭仍號試衣。晚來高頂坐，衆牖一晴暉。

客路旬經雨，林巒翠倚空。不知秋暑氣，直與岱淮通。舊夢千渦沫，思尋百步洪。大河西落日，穿漏一山紅。

山人種秫去，玉局有遺文。何處佇丹頂，諸天空白雲。櫻桃風已過，泗石磬猶聞。半夜前峰響，摩霄誰與群。

爲訪蘇顏字，還升禮樂堂。_{雲龍書院。}崖偏添客館，石又醉茅岡。雲月流車騎，鐘魚墮渺茫。明晨踏堤去，回首霧蒼蒼。

舒城道中和香樹錢先生山行韻

稠疊夢中山，歸路喜重覿。桐城舒城間，巉絕誰出右。略無一峰似，大抵萬綠皺。橫側紛聯綿，繚曲更迴復。昔過山態濃，紅攢復紫鬭。今來山骨立，削隼而翔鷲。迥乎溪壑變，秋老木堅瘦。長林畏佳起，真籟發肌膚。掩摛收昔迫，穎脫新貫後。叢叢雲表石，歷歷林端堠。屢訝百磴轉，不覺一村又。境則視人領，目肯爲山囿。公來十載餘，迹須千載壽。長嘯欲從公，一證江山秀。_{先生丁卯、庚午兩典江西鄉試。}

右軍書扇圖二首

右軍微笑姥容嗔，未識前年修禊人。落落虞龢書表意，偶然棐几是天真。_{梁虞龢《論書表》敘此事在罷會稽時，按右軍《誓墓文》，罷郡當永和十一年。}

絲竹東山待合并，偏來較量市中情。尚書正料王懷祖，閉閣朝朝聽角聲。

同錢籜石朱竹君春浦三編修仲君明府王氏園六首_{庚辰}

寒食西郊路，春陰正養花。開園煩地主，問酒近村家。屋老當林缺，橋敧又徑斜。同來夕憑處，猶認綠窗紗。

舊日緣溪竹，千竿出屋高。藤陰曾悵望，檻外幾周遭。_{去年四月來此，有"入門尋舊竹，綴架有新藤"之句。}雨膩鶯初囀，春空水半篙。坡前折廊後，已復惜山桃。

穠李沿蹊白，垂楊拂水黃。總無間樹石，盡占好風光。攜榼茆亭下，鋪茵淺渚旁。縈迴隨坐臥，領略未教忙。

春色濃如此，臨溪合有樓。遠宜紅晚映，高恰綠全收。隔歲萍猶在，微暄荻已抽。中央亭未到，只少櫂輕舟。

花氣風相遞，池光雨盡_{上聲}。吞。爇松旋煮茗，濕榻更移樽。邐迤憑高皐，迷離見遠村。誰家煙翠裏，新漲一柴門。

鵝鴨所前後，豐宜門半晴。好風車幔捲，斜日釣竿橫。芍藥期須卜，丁香信早萌。諸公仍有約，上巳接清明。_{地名鵝鴨所。}

春日懷謝藴山_{以下壬午}

嚶嚶語托苑枝深，九十九灣思汝心。朔雪詩來和玉笛，東風律已叶瑤琴。蘇潭梧毳迎暄長，庾嶺梅緘隔歲尋。淼淼芙蓉江正緑，初歸北望恐難禁。_{南康有九十九曲水。}

大業二年鄭州刺史爲子祈疾記拓本

書生讖記龍鳳質，鄭州岐州纔五春。扶桑爲弓要鬐挂，不繫滎陽之郡河水濱。蒙佛損患酬佛賜，鄠縣猶存草堂寺。其時天策學士府未開，誰從押署行楷字。後來百戰想經過，往復兩京此師次。率先突陳無瘡痍，蒼生家國一戎衣。翻教數日患痢帖，響搨千秋閣本疑。

玉枕蘭亭和象星作①_{以下癸未}

南渡秘本百十七，何如賈相匣八千。尚聞日向內府乞，悦生別録標題傳。瑪瑙亭荒石未泐，北兵南下收不得。空餘御題一曲湖，賜作孤山後邊宅。集芳園宴夜未終，砆砆小枕光映空。碧羅帷側燈影下，努趱曲折承春風。寫生兼作籠鵝人，_{有右軍小像②}。不獨棠梨能逼真。褚公嬋娟儼題絹，薛帥輾轉徒易珉。趙家肥本又官庫，世彩堂碑幾風露。只應留與廖瑩中，仿佛摩挲牡丹賦。

象星以和吳淵穎題錢舜舉張麗華侍女汲井圖詩見示因賦此③

西風故宮吹井槐，雪川老翁生遠哀。心在臺城輥轆上，貌得臨春

---

① 此詩題位於手稿本第 7650 頁。
② 此注文，手稿本作"後有右軍小像"。
③ 此詩題位於手稿本第 7651 頁。

結綺開。宮妝那仿周文矩，斜挽曉鬟雲一縷。想像湖邊雞始鳴，南埭空涼夜來雨。

和虞道園丙吉問牛喘圖①

吐茵兒發囊赤白，不救途中血狼籍。獨持大體職股肱，政要人情極剖析。牸牛畫出五鳳年，問者褰帷牧者鞭。稚陽候氣邊如許，歸昌應律誰節宣。鶹飛幾日來大屋，亦説能名遜穎川。

同裕軒侍讀擇石庶子西齋中允祖氏亭看荷步尋水頭村晚飯黃氏田舍憩大慈寺三首

十畝秧畦外，差差萬柄荷。石橋飛雨過，茅店得風多。坐卧皆高柳，田塘一綠波。偶然雙白鷺，飛上釣人蓑。

徐沿水聲去，應識水頭村。樹卧如爭渡，蘿高不易捫。頹隍尋麗澤，遺字問金源。已復嗟人事，王家見廢園。

佛院藤蕉荔，人家薤韭葱。晚晴魚罟照，涼思豆花風。稻隱苔幢綠，萱依繡字紅。寺有明萬曆三十三年五月陳氏女繡《藥師經》，極精楷。水源終未到，半日太匆匆。

石谷小幀

空闊無人境，獅林悟鶴林。苔衣何日長，池水向來深。石澹晚秋色，雲閑太古心。風松露竹外，更有寂寥音。

仇十洲畫杜牧之山行詩小幀同內子韻②

脂車擔簦秋有陰，物役水照秋更深。春風十里珠簾捲，不知何處得此心。深山大澤黯行旅，天涯莫雪愁空林。蒹葭蒼蒼霜又老，但摹殘陽如滲金。

---

① 此詩題位於手稿本第 5649 頁。“和”，手稿本作“擬”。
② 此詩題位於手稿本第 8084 頁。“仇十洲”原作“仇十州”，據手稿本改。

白陽梅花同内子韻

圈空瓣作絲絲鐵，古篆無鋒拗不折。只有迴文飛鳥勢，落月昏陰耿庭雪。朦朧萌拆被詩覺，煙霧橫斜吹玉裂。漢皋春動弄珠人，吳兒石腸那知熱。

馬麟畫

未須蛺蝶撲羅紈，想得楊家妹子看。借問如何著風露，寒禽相並不知寒。

唐泰山磨崖銘

完完嶽色千字存，此拓二百年前論。神飛四千九百丈，手摸日觀凌天門。鸞翔鳳翥磴道表，俯照碧海黃河奔。弘農歌未兆得体，都董切。金輪拜洛壇已燔。不聞后妃與獻禮，景雲舞鶴登降煩。金繩玉檢貞觀議，乾封朝覲碑字昏。猶言禮備德施溥，告成之義垂後昆。紺珠記事張學士，定儀遂抗臨漳源。黑龍既伏大弧利，白騾還等封樹尊。升山執事官穰穰，陝右上黨接太原。兵三十萬五百里，金橋畫本軒乾坤。當時精裡叩秘玉，意薄前代求仙言。四明狂客亦譎諫，出牒受福於黎元。河東祈穀河北賜，青齊兗濮胥拜恩。四方治定歲大稔，宜薦嶽伯天帝孫。上帝之休祖考慶，若述后稷歌姜嫄。又云愍患做在位，何異懲鑑桃蟲翻。使其守此弗逾越，頌美豈必嫌文繁。八分雄傑去臃腫，四言典質追胚渾。歐陽集古所未錄，遠思欲夢岱頂騫。摩挲七十有二代，古篆風雨長松根。

沈民則書朱子年譜墨迹

七十年可千萬載，胡紘林栗今安在。雲間沈度再拜書，不比尋常墨精彩。如此文字記姓名，軒乎天地自磊磊。丈夫把筆要書此，李邕滿望將毋浼。度也亦是純孝人，兄弟雍容同樂愷。初入官時寫金冊，有此敬謹心無怠。排年章句與集注，六經菽粟史菹醢。民生日用於此中，兩手生胝百不悔。惜也爾時此楷畫，未磨成均石魂礧。熹平正始三體後,傳疏口義功增倍。訂其訛誤從其是,揆彼籀文一終亥。姿媚徒啓華亭派,發洩直到董元宰。流傳藝林競摹拓,歐虞家法供蒐采。笑我城陰晚涼句,讚嘆僧寮法華海。城北覺生寺有永樂中鑄銅鐘,上鐫民則書《法華經》。

蘇文忠說研墨迹卷

或謂居士:"吾當往端溪,可爲公購研。"居士曰:"吾兩手,其一解寫字,而有三研,何以多爲?"曰:"以備損壞。"居士曰:"吾手或先研壞。"曰:"真手不壞。"居士曰:"真研不損。"紹聖二年臘月七日,軾。

世間成壞難具論,此研此手終誰真。逍遙堂下雙蠟屐,豐樂橋邊一釣綸。和陶自作贈答釋,何止起舞成三人。相依石墨著而黑,參軍長老時扣門。四百二峰在胸臆,七十九墨空煙雲。東坡嘗自言:吾有佳墨七十九,而求之不已,不近愚耶? 勒諸研銘已多事,傳此手帖嗟何因。退密齋中庋復久,寶顏堂笈完如新。何郎所收借觀屢,錢子爲之酒重陳。小窗松風作鼓吹,俄頃念念還塵塵。物不自足問伯以,又到臘雪盆梅春。物不自足,東坡居士研背銘語也,見晁以道《嵩山集》。

復初齋詩集卷第二

藥洲集一甲申冬至丙戌夏

甲申秋奉命視學廣東，至辛卯秋役竣，凡三任八年，舟車之次所得詩凡存八卷。

次象星合浦道中觀燒田韻①以下甲申

肩輿沙田上，早霧半涼燠。家家起放燒，焰焰紅滿麓。冬寒餘宿莽，榛翳積平陸。是可代加糞，不獨豁遠目。出田還覆田，鑽木而火木。煙生若爨甑，炬引如爆竹。束縕男婦共，抱薪亞旅逐。蓼同杇以薅，黍定暖於谷。我聞南人畬，音奢。功較北方速。班史紀火耕，水耨候齊卜。周官掌草人，稼下地先熟。豈必泥古然，要取便民足。隨地有制宜，多穫不爲黷。行見粟滿廛，固勝珠盈掬。此鄉人力穡，無閒農商族。遠暨儋與崖，比屋寡枵腹。海濱知務本，得非土風淑。顧惟秀良輩，歸去亦牽犢。修禮與陳義，耕種計盉夙。所爲理身心，初不待笞撲。尚期亟孜孜，勿可安粥粥。茅拔穖可芟，末茂根應育。職思無太康，既富在方穀。庶借章俊民，以報樂歲福。

寄懷西齋時守慶遠①

兩粵相望夢未通，柯亭草暖又春風。如君粹美真三益，況我追陪是十同。②嘗語西齋，吾二人有十同：同生京師，鄉試同舉，會試同甲，同出桐城張中畯師之門，同選庶常，同授編修，同爲中允，同充講官，同通考館纂修，又西齋提調庶常館而予教習庶常也。八桂樹連南嶺綠，叢蘭花照右江紅。依然索畫題詩意，回首簪裾禁苑東。③慶遠多紅蘭，去年曾約擇石作《紅蘭圖》，而予與蔚田、漁湖、松坪題詩以贈西齋之行，後擇石未及畫，數人詩亦未就。

電白山行④

夕栖俯近渚，晨馭面陽崖。遵陸既已紆，陟巘良復佳。平林散初旭，遠水澄蒼霾。葱蘢帶阡陌，唵靄明荆柴。吉了奮其語，百舌喧以喈。曠彼觀物理，覯此搴芳懷。微茫松蘿陰，邐迤篁茅隈。方褰南山霧，匪翦北山萊。

熱水池⑤

道出電陽西，大石如囷廥。下有三折水，與石相硠磕。寺門才一楹，堂竈通畎澮。潨瀒四邊來，山溜不在外。閟冷濬斯溫，一氣坎離兌。奚暇峰後前，下上別涂蔡。碑有涂公上池、蔡公下池。振衣亭雖舊，浴沂石何在。摩挲苔色久，翰墨緬前輩。崖東大石，翰林程公書"浴沂石"三字，未及訪之。道人自烹茗，僮僕紛解帶。我坐數上聲。小礫，微風漱清瀨。

陽春山洞乳石⑥

船頭峨峨如架壘，石角外向黝以堅。宿然一線竇地底，其内乃有鐘乳懸。初入却疑山倒豎，谽谺四柱垂人肩。⑦長者橝牙短斗栱，諦視

---

① 　此詩題位於手稿本第 7429 頁。詩題手稿本作"寄博晰齋慶遠"。

② 　此句下注文中"西齋"，手稿本皆作"晰齋"；"會試同甲"，手稿本作"會試同第"。

③ 　此句下注文中"西齋"，手稿本作"晰齋"。

④⑤ 　此詩題位於手稿本第 7430 頁。

⑥ 　此詩題位於手稿本第 7431 頁。

⑦ 　"四柱"，手稿本作"四注"。

始敢摳衣前。怒如虎豹攫筍簴,矗如鳥雀翀雲煙。糾蟠千條玉柱篆,融結一氣兜羅綿。中央無根已離地,絕頂有穴仍通天。箭筈一門自後望,屋霤百步夫誰穿。巀如水激齵如削,嵌空何以如規圓。青蒼陰濕難久立,吹衣洞口風泠然。上船詩成山已過,恨不乳頭細字鐫。

新興山行①

培塿無松柏,堂密有美樅。邐徑寡峻特,幽偏緬貞容。捨櫂復緣陸,曠莽皆連墉。迆迤表裏出,龕廠居首從。精色卓鏐鐵,凸輝隱瑤琼。既蒸雲嵐秀,亦納泉澗衝。朝霧升崒崒,春霖解豐茸。遠翠信歸馬,修篁惜去笻。習坎理詎滯,敦艮思彌重。敢憚扁矣陟,庶遂栽者逢。

藥洲次石上宋人韻②以下乙酉

明愛蓮亭宋藥洲,幾年疏石引清流。閱人最有七榕樹,已見槎枒回萬牛。

潮州謁韓祠十韻③

公來八月住,地特愛東山。栽植蘢葱處,公手植橡木。登臨莽蒼上聲。間。④淳熙重建屋,郡守丁允元。文惠昔披菅。宋咸平二年,陳文惠公倅,潮始建祠於韓山。亭已南珠換,祠舊在城南,其旁有南珠亭。人猶北斗攀。升階循㟁嶪,鑿井問潺湲。神豈潮專在,文卑漢以還。起衰隨地化,原道尚堂顏,韓山書院有原道堂。峰倚青三架。一名筆架山。江空碧一灣。蘇公文不朽,元祐迹誰扳。剩有重摹字,糢糊綠蘚斑。蘇碑久不存,今廟中成化間重刻已漫漶。

---

① 此詩題位於手稿本第 7432 頁。
② 此詩題位於手稿本第 7435 頁。
③ 此詩題位於手稿本第 7467 頁。
④ "莽蒼",手稿本作"蒼茫","蒼茫"下注文作"俱上"。

飛泉亭觀瀑用蘇詩廬山韻二首①并序

文忠遊廬山，擇其尤佳者作《漱玉亭》《三峽橋》二詩，予以乙酉四月十一日重經飛來寺，大雨後坐半山飛泉亭觀瀑布，疑不減廬山之勝，用蘇韻付寺僧。

攝衣步層石，一路吹松風。徑訪坡公迹，綠蘚纏蛟龍。忽聞殷殷雷，洶激生半空。千尺太古雪，百道交石谼。欲尋涳碧軒，由西復轉東。對此何忍去，宛然水晶宮。珠簾與銀橋，一一移天公。直分雲漢響，飛瀉珠江中。

山頂到山下，日日泉通溜。況此疾雨過，急峽高江鬥。客欲尋山椒，線路繞其右。我非畏路滑，但坐仰石寶。蒼藤震啼鳩，長松落飛狖。白翻溪更怒，綠洗山逾瘦。淨水磨大硯，筆墨歌舞奏。亦不讓新泉，脫手箭發彀。興到風雨快，掃罷尚長畫。但乞泉一甂，烹茶助芳漱。

寄題翁山②

山在翁源縣東百里，相傳周王以翁山封庶子，子孫因山爲氏。

翁源之號因翁山，千仞拔起羅江間。我目未到夢已到，秀色髣髴來韶關。下臨雷溪儼襟帶，亘三百里排煙鬟。二仙迹留靈池側，八泉響注滇江灣。樵子臨流見洗藥，居人飲水皆芝顏。山以翁名水亦爾，重岡複澗相迴環。傳聞王子此受封，以山爲姓姓始頒。吾家方伯來嶺海，作歌溯自周以還。別白道里證譜系，是非同異誰能删。③明布政使翁大立《翁山歌》"周王昔都豐與鎬，王孫未必封遠道，始封之地尚須考"云云。因探地志問郡事，我祖秉鐸於荒蠻。十一世祖翰林檢討醉庵公曾教諭韶之仁化。況今芳菲遍巖嶠，肯使蘭桂遺榛菅。紹述先型勉勵志，却對山石慚冥頑。作詩因風寄山麓，韶江綠漲聲潺潺。

---

① 此詩題位於手稿本第 7464 頁。"蘇詩"，手稿本作"蘇文忠"。
② 此詩題位於手稿本第 7481 頁。
③ 此句下注文中"之地"，手稿本作"之道"。

舟過英德期游碧落洞不果用蘇韻①

嚴峻葛可捫，江闊葦易橫。以兹兩目緣，企彼衆妙并。似聞蛻仙臺，儼在白玉京。迢遥翁源水，悵望英德城。南有寒翠亭，岸古亭亦傾。大觀及淳祐，題字猶分明。縣令支遁孫，邀我憩濯纓。世無左元放，石室誰逢迎。草滿蛇虎伏，土人語共驚。坐誦到難篇，落日蒼煙平。洞有唐周夔《到難篇》。

韓文公釣臺②陽山

雲生牧民山，風起松桂林。釋彼縣前纜，陟此溪上岑。綠蘚冒文石，清泉流玉琴。階級雖數武，仰止儼千尋。中有巋然祠，遺像照至今。想見宏與册，侍坐同幽襟。公《送區宏》詩云“或采於薄漁於磯”，《送區册序》云“與之蔭嘉林，坐石磯，投竿而漁”。何不以配食，庶爲來者箴。③嘉定嘉靖後，姓字紛碑陰。蒼茫起衰意，空亭感我心。徘徊短垣下，涼雨來江潯。

光孝寺觀貫休畫羅漢④

古綃蒼茫四三尺，朱云二僧實則一。房融授經此譯經，訶林西廊之禪室。不比臨流倚石各殊形，烏皮曲几筆不停。⑤旁一静者乃侍者，禪意參入雙深睛。垂髮老猿拳握帚，轉似龐眉大準僧貌醜。伏虎圖尚恐混真，何況元人之筆敢來偶。《伏虎》一幀，亦稱休作，又元人《應真圖》一。大小篆書上下三十家，何似衲衣線補千條斜。海潮聲來殷高壁，⑥誰是石霜老師役。

---

① 此詩題位於手稿本第 7487 頁。
② 此詩題位於手稿本第 7493 頁。
③ “來者”，手稿本作“士子”。
④ 此詩題位於手稿本第 7498 頁。
⑤ “烏皮曲几”，手稿本作“腰身曲録”。
⑥ “聲來”，手稿本作“空來”。

陪盧抱經學士劉象山吏部游光孝六榕二寺登鎮海樓
和諸城座師韻二首①

梁唐嘉植尚層欄，六樹根株欲辨難。到寺渾隨廊影轉，登樓全借
水光寒。靈峰脈繞城三面，碧海晴分島一丸。澹合寥空起沿溯，迴雲
斷靄共盤桓。

並馬街西石路平，風鈴響答徹重城。連林雀噪群喧定，向浦珠光
一色橫。②閑共師門論舊事，象山爲諸城師猶子。我來歲序已堪驚。予視學
粵東一年矣。使星又得同年到，樽酒江山倍眼明。

徐季海墨迹卷歌③方新齋榷使所贈

廣平之子得隸法，遠比籀篆蛟蛇走。嵩陽觀帖不空碑，石本一二
傳已偶。題經墨迹小最奇，正書大幅幾曾有。君安得此八尺卷，賜櫻
桃詩字如手。龍圖閣寶蘇張印，大星磊砢拱珠斗。④西山小楷莊不佻，
擬以平原蓋非苟。述書始信寶泉言，鍾門王後令範首。持以娛客遂
脫贈，是日庭樹飛秋後。瀑雨聲捲海潮來，如渴驥奔怒猊吼。娿娜透
迤勢尚留，頏洞淋漓眩良久。報君高歌一題壁，不用越州缸面酒。⑤有
龍圖閣寶、眉山、南軒諸印，真西山跋尾。

拱北樓刻漏歌⑥

樓在今布政司南，其地本番禺二山之交，劉龑削平之，疊石建雙闕其上，宋經略司馬侯重
建，改雙闕爲雙門。上有刻漏，元延祐五年十二月十六日，廣州宣慰司陳用和造，在樓
第二層東偏。磚級累置其上，凡四壺，大者高六尺餘，其三遞減一尺，圍俱視所高而殺。
時辰籌樹小壺中，有銅尺衡壺面，遇其時則字浮尺間，樓上時辰牌、樓下時辰香，悉準焉。

宋時雙闕今雙門，上有銅漏司朝昏。高者六尺下三尺，四壺一線

---

① 此詩題位於手稿本第 7502 頁。"座師"，手稿本作"相國師"。
② "一色"，手稿本作"翠色"。
③ 此詩題位於手稿本第 7507 頁。
④ "磊砢"，手稿本作"磊落"。
⑤ 此句下注文，手稿本作"有龍圖閣寶及眉山蘇氏、南軒張氏諸印，真西山跋尾云'世傳徐
季海書與顏清臣齊驅，但罕真迹，今見此卷信然'"。
⑥ 此詩題位於手稿本第 7509 頁。

相吐吞。箭浮壺中尺浮面,晝夜百刻如泉奔。旁識延祐五年字,宣慰司造記自元。權器衡渠肇往古,會稽官漏豈異源。金水相終有妙理,機㮚不作誰與論。陸倕《新刻漏銘》,今之官漏出自會稽陸機《刻漏賦》:"寤蟾蜍之棲月,識金水之相終。"南海井水冬不凍,不煩火守常春溫。樓下人家炷香賣,樓頭測表曦暉暾。憑窗望海甫亭午,樓陰正直雙榕根。

<h2 style="text-align:center">九曜石歌①<small>以下丙戌</small></h2>

九曜亭邊九曜石,南漢劉龑故苑之遺迹。愛蓮種蓮事俱往,千載仙湖水猶碧。前秋訪石因登亭,周遭顧盼疑列星。五日輒乘使車去,未得剗苔剔蘚恣留停。古色摩挲入夢寐,巾箱仿佛圖真形。一石圓頂如建瓴,危根下削漱清泠。一石四達如疏櫺,旁有直幹撑玲瓏。樹與石抱石轉青,往往樹皆過百齡。不獨昔日太湖靈壁浮海至,髣沙激浪增瓏玲。崩雲散雪那遽一一數,但覺嵌巖碕兀勢欲凌滄溟。昨歸經冬水初退,坐看家僮洗萍塊。雨溜磨崖字尚存,泥淤仙掌痕還在。盧程許刻次第尋,陳九仙書竟晦昧。不知米家詩句刻何處,想在老榕巨根内。文藻同時有傳否,亭沼何心嘆興廢。九曜石今日誰能識<small>音式。爲九</small>,一石獨合三石成,此語聞又百年後。藥洲兩字亦是元章題,斜日蒼煙但翹首。

九曜石在藥洲旁,南漢劉龑罰罪人移自太湖靈壁,浮海而至。石凡九,其一在今布政使後堂東院,其八在使院後池中。西北一石正面中刻:"轉運使度支郎中金君卿正叔、轉運判官太子中舍許彦先覺之、管勾文字殿中丞金材拙翁、門人成度公適熙寧癸丑中伏泛舟避暑。"左刻:"花藥氛氳海上洲,水中雲影帶沙流。直應路與銀潢接,槎客時來犯斗牛。彦先再遊移祇桯秨侍。熙寧甲寅上巳。"右刻:"廣東經略安撫使起居舍人龍圖閣待制曾布子宣、轉運副使都官外郎向宗旦公美、轉運副使屯田外郎<small>缺二字</small>。通道濟、前廣西轉運判官太常<small>缺二字</small>。

---

①　此詩至卷三之《葦齋詩四首》爲翁方綱丙戌歲(1766)詩作,手稿本闕如。

賡聲叔元豐元年正月晦日遊。”有康熙五十一年學使楚安鄉張明先和許覺之韻詩，又右刻“程師孟、金君卿、李宗儀、許彥先同遊藥洲熙寧甲寅上元日題”。其下八分書：“鄒非熊宗望、管湛之天步自萬仙洲，煮茶景濂堂，采菊筠谷，榜舟九曜石下，摩挲前賢題刻而去，淳熙戊申十月丁卯。”東一石上有掌跡長尺二寸，吳鵬八分“仙掌”二字，旁有米元章詩。今石仆泥中，僅露一面，榕根蟠其上，米詩不可尋矣。又旁八分書：“嘉熙三年己亥元巳，九仙野使陳疇少錫泛舟仙湖，觀仙掌石，摩挲蘚刻，誦米南宮詩，奇哉！弟尉同少林、孫成之可大、甥林璞藏用侍、臨江蕭、缺二字。東嘉吳偉茂遠、清沅趙時瑢躬玉、長樂陳子缺一字。茂客也。”此段載《廣州志》，今止露二十一字，以下盡爲榕根所踞。中刻：“至正甲申秋，余奉天子命來鎮東廣。適官舍介於仙湖之東，缺七字。觀仙掌石刻乃宋嘉熙蕭大山，缺八字。宛然如新。案郡志，仙湖舊名石洲缺七字。石號九曜而仙掌蓋居其一焉。缺八字。興，斯石屹然猶存。余隴志作余隴，今細視，恐是今隴。九仙之跡缺七字。慨然興嘆，遂識諸歲月，俾後之來者亦缺五字。而刻銘無窮，共臻千古之勝概，以缺七字。句云星廓文圍劍池頭，月地缺七字。壯遊推太華，又觀仙掌五羊洲。至正缺六字。中缺一字。大夫廣東道宣慰使都元帥缺七字。敦詩志令史韋缺一字。安書丹，亦八分書。”池中破石上刻：“嘉熙庚子孟秋，長樂黃朴成父約同郡唐璘伯玉、莆田劉克莊潛夫泛舟仙湖，湖多怪石，其二峰尤壯偉，乃宅厥中而作亭焉。左盤石踞，勢若相缺一字。而巖巖挺立，又類乎守道不屈者，遂磨崖以識之。”下刻《重修濂溪書院記》，成化八年廣東提學僉事新喻胡榮書。又一石刻“士宏子高、昌衡平甫、元規正叔、安道子適丙午仲春十五日題”，不著時代。志載盧士宏字子高，新鄭人，治平元年知廣州，丙午爲治平三年，此在諸刻其最古者矣。程師孟、曾布皆知廣州，賈昌衡治平中轉運使。盧畫防守策，詔諭諸蠻。程大修學校，負笈者衆，諸番子弟皆願入學。曾即南豐弟。程字公闢，王荊公詩“豫章太守吳郡郎”是也。許彥先，始興人，天聖乙丑進士，深於《易》。劉克莊，廣東提刑，《職官志》作推官。蓋此地自劉氏鑿仙湖，與藥洲通，宋熙寧中周濂溪先生提刑廣南嘗居之。至嘉定中，經略陳峴重疏湖水，輦劉氏故苑奇石置其旁，建堂浚池，繞植白蓮。士大夫多泛舟觴咏，後人建書院，有愛蓮亭。明嘉靖初學使莊渠魏公校改建學署。國初署遷育賢坊，至康熙五十一年學使洞庭張公明先始修復焉。志稱九石高八九尺或丈余，一石獨大，合三石爲之，下有數石。筍長三尺許，瑳如雪，今無復能指爲某石者矣。石日與沙水相蕩激，昔人題識漸就銷泐。予於前年九月來視學，到署五日出按諸郡，未暇以觀，至今歲正月水縮，命工拓之。仙掌橫臥老榕下，其露出之字爲泥所没，洗刷數日而後辨之。石理濕不可著紙，火烘之，乃可拓。凡四日，拓得大小紙十，藏諸篋衍，庶以仿佛前賢之流風耳。既歌之而跋於後。

東坡笠屐圖研並序

　　研長八寸八分，廣五寸五分，厚一寸一分，背刻趙子固畫東坡像，戴笠著屐，手策竹杖，右"子固"二字印，下"文彭"二字，左"紫芝生藏"四字，下"俞龢紫芝生印"，左側下"濟之印"，又下"王澍識"九字。研匣上虛舟自書贊，其序曰：東坡在儋耳，嘗與軍使張中訪黎子雲，中途值雨，乃於農家假篛笠、木屐載當作戴。履而歸，婦人、小兒相隨爭笑，邑犬爭吠，東坡曰："笑所怪也，吠所怪也。"趙彝齋愛其瀟灑，因作巨研而勒圖其後。元末爲俞紫芝所藏，有明弘、正間歸之王文恪，已又轉入國博文三橋手。康熙丁亥十月，舟過奔牛，忽得之市屠中，乃爲之贊云云。

　　先生負瓢行歌時，豈意後人繪諸研。嚴陵灘邊新月出，落水蘭亭神一變。脱帽晞髮狂歌呼，斯人儻亦蘇之徒。不知何處得此雨歸態，摩挲片石旋成圖。桄榔樹葉摘可書，誰謂青箬非吾須。翛然策杖出塵壚，泥塗那復需人扶。固宜犬吠婦子笑，豈有如此笠屐之農夫。往者宋商邱，絹本出家藏。亦有王麓臺，吮筆蘇齋旁。千載招邀作尚友，只疑真有載酒堂，未若此研神致尤青蒼。俞紫芝，文三橋，流傳藝苑非一朝。夙愛濟之作贊語，誰知印章宛可睹。古墨熒熒照影寒，真研不損知者難。"真研不損"語見坡公墨迹。只應却與周公謹，薄暮西泠放棹看。

羅浮蝴蝶歌

我聞飛雲頂西嵐氣紫，厥有蟲名鳳凰子。當年鄧岳留葛洪，結屋成丹駐於此。丹成鶴馭雲軿歸，千年蝙蝠相追飛。五銖衣輕逐風舉，化爲仙蝶常繞仙人扉。花露濃濃夢栩栩，嚴光冉冉煙霏霏。霓裾霧珮幻不定，仍有雲氣一縷細壓仙裳之四圍。爛兮錦七襄，瑩兮珠百琲。聚兮霞九光，散兮眉八彩。既如鵁綬吐葳蕤，又若花羅鬭蓓蕾。或言鮑姑裙幅留丹臺，或言麻姑衣襟照春海。望之縹緲往復還，四百三十二峰在。未到朱明洞，但説雲峰巖，中有石户外水簾。不知神工幾經組與織，蛹子作繭深包緘。二月洞中風已暖，絡葉黏枝四山滿。五羊城邊亦貯絲竹籠，翼扁如箕大如碗。不須錦帷繡幕紛周遮，我能識爾小鳳之所家。映以竹符壇下竹，飼以花首臺前花。橘蠹爲元武，烏足葉爲胥，憑君更數江南之鳳車。不知滕王粉本畫，何似鍾離古篆書。

登尊經閣望七星巖作歌

瀝湖湖上巖七星，金天宿合北斗形。雲漢之液注滄溟，牂牁西來匯瀟瀺。納以頂湖如建瓴，峽短者湘長者羚。千盤萬叠勢不停，七峰乃吐光熒熒。崧臺員屋啓八橢，上帝於此觴百靈。南北石門天不扃，深夜往往瞻雲軿。是爲正室神所廳，一爲辟支闢瓏玲。自魁而杓應青冥，閬風天柱儼帝庭。蟾蜍仙掌誰模型，别象玉衡爲玉屏。璇璣之臺星聚亭，皆環端州於近坰。我有高閣名尊經，昔來欲登役未寧。俯欄宿雨收遥汀，城北萬緑如點萍。大巖離立穿衆陘，巖巖各各跨泓渟。髻鬟相照尹與邢，頗聞中有北海銘。景福大字垂千齡，其餘篆刻殘玲玎。遠目直過飛鳥翎，斗杓兆我泮水馨，夜夢已上青崖青。適高要生入肇慶府儒學者七，一曰羅光斗，七曰李應杓。

遊七星巖

經旬夢到巖際寺，昨日遣拓巖下文。今朝嵐光撲襟袖，當午自撥巖間雲。四山釀雨猶未雨，滃滃氣吐如蒸饙。水月禪扉置不扣，直探石户窮無垠。大巖南北二門，南門外有水月宫。是爲南門壁南向，其高百丈臨江濆。半厓字疑飛鳥迹，緣危何以施斧斤。洞外爲雲内爲乳，千簪萬柱攢牙齗。天井一線通絶頂，有雲來往仍氤氲。一條石梁跨杳杳，幾折石磴流沄沄。苔鋪路盡蒼翠迹，壁立屏忽錦繡紋。岧岧石牀架空起，上有繚繞旃檀焚。濕潤還疑雨痕溜，高朗果欲星精分。捫參歷井極窅窱，紫宫華蓋垂絪緼。平坐已近魁三象，長嘯可接雲中君。傳説百神此覲帝，帝勑北斗歆苾芬。至今石鐘石鼓響，尚似廣樂鈞天聞。嗚嗚海螺生澗罅，逄逄天籟出土墳。洞中竅穴，覆衣而扣之，作鼓聲，杖擊則鐘聲。其一在厓間者，小如碗，吹之如海螺。又以石擊巖地亦鼓聲，謂之地鼓。信知空山有雷轉，何必很穴占風薰。璇璣臺北北門口，瀝湖粳稻香葐蒀。扶筐扶箱主桑苧，瓠瓜織女來耕耘。辟支仙掌雖未上，到此直匹群仙群。澒洞淋漓雨恐作，迴出巖下纔斜曛。

李北海石室記大巖洞口

趙湖州昔録金石，至晚始見六公篇。胡履靈書董逌跋，尚想斷鼇立極年。江夏聲華照當代，碑版文字萬口傳。不獨文絶書亦絶，陽冰猶且推爲仙。八分或厠韓擇木，贈歙州作傳疑焉。豈知正書用分法，於此珠斗光中鐫。伏苓芝耶黄仙鶴，世間好手誰能然。鬱鬱干將莫邪氣，星芒萬丈當空懸。托宿秘篆傲神府，挾琴擊石兼酌泉。字缺十一存十九，辨者三百四十八字，缺者三十二字。行行有似飛雲煙。括州北海未莅日，惜未補入歐朱編。歐陽《集古録》、朱長文《墨池編》皆以此記爲張庭珪書。景福大字石扉下，俗工競以丹黄填。巖口内“景福”二大字，亦北海書。古墨齋空六礎失，雲麾之本訛相沿。北海書《雲麾將軍李秀碑》，昔宛平令掘地得六礎，建古墨齋貯之。漁洋入粤評粤刻，羽皇焉及天寶前。王司寇《居易録》云東粤石刻惟湞陽峽周燮《到難》一篇最古，是未知北海此記也。勿怪響拓世少見，其始難合久必全。摩挲蒼蘚忘凝立，暮雨飛下青崖巔。

郭功父石室刻字

謝家青山終古青，畫圖但取黃鸝聽。却來海上款石户，俯弄巖下溪流淳。紀遊先後勒歲月，入石光怪生精靈。想像金陵樓上筆，何必太白爲模型。人傳洞口字磨滅，拓工不識北海銘。豈知短李筆亦勁，層雲尚爾霾巖扃。文云"考二李之勁筆"，自注"邕、紳"。光芒何不快一洩，珠聯璧合搥嶺嵤。得此令人反惆悵，重當飛步捫七星。

阮俞徑
<small>在峽山飛來寺，相傳黃帝二庶子采阮、俞之竹爲黃鍾管，吹之，鳳凰來集，遂與二臣俱隱此。</small>

緣江萬个青猗猗，一徑到古飛來基。寺自蕭梁徑更古，曾與帝子裁參差。太禺仲陽降南海，曰初曰武執策隨。不同奉使訪大夏，審音自采含風枝。伯也峽南仲峽北，鏘鳴叶奏如塤箎。七十二峰盡響應，丹鳳拊翼凰來儀。至今修林月明下，仿佛遺韻堪攀追。南交於古堯始宅，五帝之際誰道之。挂角寺猶二禺托，奏樂石亦傳后夔。得毋精靈自感召，巖穴吐納非虛爲。大塊清音豈絲竹，至樂萬古無成虧。山頭尚有黃鍾管，披雲翳日煙葳蕤。第三橋側僧佇立，深夜或冀來雲旗。我下半山一長嘯，滿厓綠雨飛涼漪。

中宿峽
<small>潮至此一夕還，故名。</small>

夜半二禺響，知是五羊潮。何意萬竅風，泉落飛甍標。古寺儼傑閣，衆木森鮮條。時時北禺雲，翁翁南禺椒。翠屏既邐迤，深洞彌沈寥。兩厓拓石篆，一徑緣陵苕。七灣月明夜，步上第三橋。俯聞水底鐘，仰聆帝子簫。<small>北禺下有鐘樓岡，舊懸一巨鐘，飛入水，每寺中伐鼓，水底隱隱相應，漁者歌云："山上鐘聲水底聞，南禺飛落北禺雲。"</small>

碧落洞

捨舟步平陸，老竹翳石塊。竹間似豹聲，時有村犬吠。石如龍虎骨，又類劈松檜。潺潺水漸響，知出石室內。群峰初迴合，兩壁忽如對。架廠承以楹，其旁出囷廥。想即蛻仙臺，雲華記何在。到難草隸字，大出尺尋外。碧瀾寸寸色，澹與空光會。不雨而溟濛，白雲滿薆蔚。寺僧但炊飯，汲水擣石碓。余亦還步出，纖月映山背。

宋徽宗畫貓卷

上清寶籙賜詩遍，曲宴初開紫宸殿。特製貍奴爲太師，不獨花陰跋團扇。寫生戲乳情不同，襯以竹箓棠子紅。睛勢長斜不虛撲，上有一雙棘雀搖秋風。宣和插架多黃筌，六百七十軸裏描御蟬。牡丹螻蛄荇荷蕸，能否此卷相爭先。仿佛雲圖與錦帶，玉真軒內妝樓外。酒酣賜坐暖如春，御筵却出安妃拜。

蘇文忠九成臺銘并書額

七年公住粵，胡爲罕見手題字。政寶與思古，寥寥僅配六榕寺。二堂名皆在韶州官廨。是銘曾於狄守席上書，登臺獨與伯固俱。廬山夢罷但隱几，坐覺萬籟皆笙竽。勒銘之石至今不可見，朝暮猿鳥猶吟呼。碑額大字誰所摹，重書銘者府倅符。可惜書月又訛誤，僅餘其上炯炯三驪珠。今之高臺昔短亭，終古魚龍出没舞洞庭。尚想朱輪南嶽老，支鼎對煮花蔓菁。

本集《九成臺銘》及南華題名皆在建中靖國元年正月一日，先生於元符三年庚辰五月自昌化貶所移廉州安置，六月二十日渡海，七月初至廉，八月授舒州團練副使永州安置，十一月復朝奉郎提舉成都玉局觀任便居住，行至英州聞玉局之命，故銘稱玉局散吏也。是年韶州度歲，次年辛巳正月五日過嶺至南安軍，銘爲正月一日作無疑。今石本作五月，蓋重刻傳寫之訛也。

張文獻公像吳道子畫

絹本，上有建中元年贈司徒制，旁有中書省印，宋孝宗贊云："鹿入深宫花解愁，牛登高鼎諫停休。當時若聽履霜語，豈到峨眉山盡頭。噫！雖嘗因奏薦而問公風度，蒙大難而遣使祭饌，不識噬臍禮意，曲江何似荆州。淳熙十三年三月己卯朔。"

去年謁祠看石本，不比畫佛傳朱繇。今朝龕下禮鐵像，鐵像亦唐時

寫。摳衣始上風度樓。吳生真迹試借問，嘉靖甲辰孫岳收。絹素雖黯
黮，風神轉超逸。精彩熒熒久逾出，顧步鬱紆度若閑，滿目憂虞心未
畢。乾坤浩蕩江海空，誰貌斯人意蕭瑟。裔孫受官詣闕時，選德殿贊
題淳熙。爲說宮花鹿兒入，千載而下想噬臍。司徒制，建中年，可惜
蜀中中使致祭文不傳。徐會稽碑又蕪没，摩挲賸軸翹蒼煙。訪徐浩撰公
墓碑不得。

石鐘巖

東洞臨江數十尺，西洞繞及江之湄。大鯉峽石勢多異，洞口洞脅
皆水雲。洞額方廣類有字，腐草所積成荊榛。束火時時見散石，兩兩
奔逸如麏麕。嚅吶鏜鞳復何有，老人笑欸疑或聞。陰陰深黑不敢照，
白日飛鼠長於人。二碑紀遊詫始闚，崔劉韓張未問津。石田丹竈却
安在，我欲鑱鑿毋薶湮。

同冠峽

面江猺家矮茅屋，百盤箐嶂千藂竹。韓公於此聽晨鳥，我亦艤舟
傍巖宿。朝來衆岫變丹青，白笋蒼藤與碧玉。我舟仿佛入螺尾，明滅
轉旋凡幾曲。冷然一洞自窈窕，連州三峽兹起伏。洞門題語誰所爲，
字勢夭斜不堪讀。

石厓山聖傳頌

秀州龍飛起夢羊，德壽上壽春日長。廬陵閣老進册罷，旋起詔草
重華旁。玉津聚景有故事，觀政早入議事堂。雲屏一夕敞内宴，宣城
敕爲三哥忙。岸幘孩兒髮種種，奉觴束内呼孃孃。雍公建儲議本正，
紹興御劄儀尤章。兩省封章早詳定，輪對先數秘書郎。事親治内與
教子，根本計必明綱常。所以頌到勸農令，勒厓大字詞琅琅。曰傳孫
子不私己，此事於我光堯光。又祝君師臨父母，孝宗之孝宜無忘。山
風篠篠吹瀑雨，迥與筆勢森迴翔。流泉平阪重讖語，天藏地閟計久
長。浯溪中興那專美，老矣作歌陳傅良。紹熙四年十月戊寅，光宗始朝重華，

陳止齋有《車駕過宮》詩云:"老矣尚能歌二聖,不應專美在浯溪。"

題黎俗圖

　　俚㠄俚户維島蠻,數自白嶺與黑灣。村峝千百海所環,山多塵廬陸豻。其木蕉椰雜榛菅,桄榔木棉夾楄爛。沉香黃黝花梨斑,周植井落城邑間。中央乃出五指山,雲霧冪屭溪琤潺。十十五五采木還,以筏編載車牽攀。其屋左右篁扉關,形如篷背長而圜。亦有編柵如市闤,雞卜不須擲銅錢。男吉貝襦女高鬟,和歌時送雙目眅。香稻拔食胥歡顏,木弓射魚技更嫻。竹筒之飲及燕閑,籐帽花笠來朱殷。鄉塾齊聽王言頒,太平治化格爾頑,繪入郡乘誰能刪。

復初齋詩集卷第三

藥洲集二丙戌秋至丁亥夏

惠州覽古八首

白鶴峰蘇文忠公故居井

井欄銘云："坡井慧泉，鑿汲皆仙，深四十尺，氵五百年。"後款不可辨。

墨池誰擬王逸少，丹竈何必葛稚川。種茶疏畦散隣社，但有長號枸杞藏千年。長江浮空雪浪舞，山頭復可摶黃土。須知石盡得泉本寓言，不爲晨瓶淪雪乳。少陵水筒那用修，貳師刺山何足數。想見轆轤夜半響空山，西隣翟秀才家尚開戶。不占井勿幕，但卜德有隣。終古精靈佑享此，此井尚似新居新。地今爲蘇祠，前楹曰德有隣堂。我從水西尋源直到水東住，夕陽一片却照高嶙峋。五百年汲知謂何，四十尺深功已多。銘文古質出誰手，幾欲認作蘇字一日三摩抄。

思無邪齋

鄰雛恒自有，邪豈易言無。萬壑朝宗水，三方正氣輸。華池滋玉液，神鼎集金烏。自得龍離宅，誰教虎坎枯。實華同沐浴，內外一根株。無有明明者，其誰鏡鏡乎。文還借丹訣，事乃出吾儒。虛室能生白，心齋本不愚。那煩同叔報，或與翟賢居。意釣知魚樂，行雲想鶴孤。人寧甘土木，公昔但跏趺。紫翠峰羅戶，黃昏月滿湖。真堪萬景蔽，豈但一言蕐。莫憾銘詞泐，高齋尚姓蘇。

東新橋

江流合溪流,州東亘如帶。河源龍川來,下與大海會。往來千餘里,以橋爲關隘。蟬聯四十舟,鐵索貫其背。中央時啓閉,亦利商販載。不獨當梁柱,兼可閘口代。蛟騰見堤闊,虹落知水殺。舒捲雲濤中,動搖煙郭外。抽錢革李守,每船抽百錢,明嘉靖間知府李珏除之。王令頌亦沛。崇禎間知縣王孫蕙重修,民爲作歌。近時鄭與呂,本朝順治十四年推官鄭欽陛、康熙二十三年知府呂應奎。俱廣捐犀愛。捐固不可常,商助亦難賴。二歲率一修,或欲丁糧派。橋夫宜責成,剔弊並懲害。是在賢有司,調劑心勿懈。一橋關民瘼,凡百鑑興廢。所以坡公詩,惟祝永無壞。

合江樓

章貢臺前雙流一支綠,會此百二十里西來川。交股奔騰舞澎湃,共攬先生竹屋繩牀眠。先生一笑破愁絕,起來手掬羅浮月。羅浮道院逍遙堂,裴褢達曉仍愛江樓涼。海天一碧淨到不可唾,何必退之亭子誇蒸湘。嘉祐寺,白鶴峰,後來又從水西遷水東,想應東西無擇一視江光中。僧舍短籬那復有,佛桑斜日自春風。

野吏亭

有石刻陳文惠詩,並至和元年十月三日尚書屯田郎中知軍州事黄仲通述。

韶州昔摸文惠字,惠州今訪文惠亭。亭中石勒文惠句,羅浮山好爲畫屏。惜非八分堆墨迹,至和甲午重作銘。公從此去入政府,時憶城角青崖青。佚老亭中歸臥後,猶夢白雲枕滄溟。千山客路有何好,一片野意成忘形。從來吏治貴淳樸,百室盈止婦子寧。外此一毫無粉飾,何必栗陸與大庭。甘棠想見當日愛,先進更作來者型。紹聖之碑不可見,方侯蘇子曾薦馨。但記東堂荔支樹,黑衣郎曳閣前鈴。

西新橋

公昔夜登石樓峰,鐵橋石柱撐青空。杖藜歸來鰐湖上,奇思却夢

銘新宮。雕珉盤礎架祥霓，入。屹然石磉如神工。栖禪院僧握手笑，
茭藜坐見豐湖豐。裏湖外湖互映帶，城市梵刹相西東。灘曰漱玉洲
點翠，大小島嶼青濛濛。煙中雨後倚欄立，不虛明聖湖名同。在杭在
潁與在惠，等此十頃玻璃風。槎溪榕泉匪人鑿，神池本與羅浮通。我
疑高秋月明夕，堤邊真有公扶筇。

六如亭

千偈一轉語，都應如是觀。天花憑認取，霜月本團圞。疏磬斜陽
後，空亭木葉殘。不如即景句，玉塔臥微瀾。末五字先生《江月》詩也。

默化堂扁是文忠書

化日舒以長，上明斯下靜。葆茲一寸心，庇彼萬家井。上古耕鑿
倫，作息視晷景。迨乎啓情僞，漸乃多機警。魯論聖爲政，美尊惡務
屏。惠人人不知，變俗俗無梗。夫惟設施善，翻與默者等。粵惟古南
交，東西一巨嶺。歲鮮大旱澇，人少甚頑獷。三時煦若春，四民恒安
靖。柯葉不雕零，閭里寡災眚。當時周循州，拔薤共烹茗。余無庶事
責，忝曰文衡秉。民然士亦然，徐導寬與猛。惠州上接潮，士風或未
整。昨來亦革弊，積習漸弗逞。小民無識知，惟視冶在礦。況士負材
良，如抱簠簋鼎。公雖論司牧，妙義隨所領。不獨蕭字榜，遠欲載
歸艇。

蘊山以近詩寄惠州舟中點定漫書紙尾

此事辟如作畫然，得意乃在筆墨先。龍睛一點却飛去，金針欲度
何由緣。道子之筆項容墨，尚聞洪谷譏其專。象外雖云得摩詰，設色
何必非龍眠。吾觀營邱華原輩，胸中本有全山川。層巒叠嶂架樓閣，
野橋細路分水泉。天然遠近與向背，依約脈絡相蟬聯。然後淡濃視
意到，變化開闔非言詮。此須多識多閱歷，目存心鑑日復年。位置乃
能一一合，孰爲粉墨黃朱鉛。洎乎神來氣來候，但見一片成雲煙。向
來所取盡糟粕，或進於道通於禪。裹糧方能辦遠適，求魚且莫思忘

笙。不到解衣盤礴羸，敢希神妙秋毫巔。謝生新詩録寄我，正值惠州初放船。短篷晴日爲點定，羅浮日日横几前。偶因即目悟妙理，再書紙尾詞牽連。生如問我何處得，得自遠麓空江邊。

龍川度嶺至清溪

龍川川落剛及趼，預恐清溪溪水淺。經旬水底苦淤沙，半日山頭開沃衍。秦時故吏曾吏此，文理想已理疆甽。漢高帝賜尉佗詔云治粤其有文理。俗傳岐嶺秦嶺名，圖經然否皆經典。藍關漫説雨雪零，黄塘一望溝渠演。粼粼石罅宛閘堨，稜稜去。田畦如籀篆。青黄向背山色中，曲折横斜人影辨。人從山後繞山前，山亦隨人百十轉。却來平地就短艇，月小山高莫雲卷。

葦齋詩四首①并序

潮陽西溯，涉上水以經旬；長樂東來，閣淤沙者幾日。避六篷之粉黛，無計買船；仿三版以營謀，幾同賃屋。遂因黄篾，小啓雙扉；聊蔭綠蒲，剛支半榻。喻之曰葦，記前度之浮蹤；名以爲齋，好重來而高枕。念昔人乾坤四望，即草可以名亭；幸諸君翰墨尋源，捨筏終當到岸。人涉卬否，豈同匏有之篇；和汝唱予，聊異籜兮之句云爾。丙戌十一月十一日。

自教十笏製相同，不許船人唤六篷。占白鷗沙來鳥外，分青崖竹到窗中。檐低巧貯蘆葭月，幔小深招欸乃風。容膝支牀兼隱几，程江下上惠潮通。

莫較書倉共畫艫，誰論白版復紅窗。茫茫萬頃遠吞緑，裊裊一枝平貼江。更具低昂看山勢，未迴偃塞與齋降。方空面面虚如鑑，静數來鴻去鷺雙。

十載前爲一葉吟，半椽扁托遠遊心。予丁丑、戊寅寄居蠡縣，名其室曰漵

---

① 卷二之《九曜石歌》至此詩爲翁方綱丙戌歲（1766）詩作，手稿本闕如。

葉。風霜瑟瑟煙逾闊，江海堂堂歲又深。秋水兼葭秦客賦，芙蓉蘭澤楚人襟。爲誰四望成沿溯，莫向浮家泛宅尋。

篋篷新上八分題，汀轉潮迴去不迷。卜築瑳同淇左右，柴門碧動瀼東西。峰峰澗澗煙嵐接，峒峒灣灣孔翠啼。安得他年依式作，東湖村畔與招攜。東湖柳村，予京中舊居處。

鳳凰臺①以下丁亥

鳳凰臺枕鳳城闉，百年勝觀今始還。山即鳳山水鳳水，鳳洲鳳峽相迴環。鯨魚徙後不猗狔，巖棲水宿無險艱。江潭或聞象出浴，沙渚誰遣鴉爲顏。舊名老鴉洲。高臺自明隆慶築，嘉名一洗巖石頑。昔修甲戌今丙戌，層基傑構來登攀。金峰玉簡塔名。對照耀，石橋銀浪流灣澴。四山暖翠好毛羽，已有百鳥鳴關關。昔賢仰止況不遠，韓山即在韓江灣。講堂婆娑手植樹，著花不減桐蝙爛。鳴盛文章日磨戛，中容中律暢以閑。朝陽一聲嶺谷應，只在佇立蒼茫間。太白金陵杜同谷，徒望山深花草斑。我陟高岡發長嘯，正及春初采蕙蘭。

上春十二日潮州城外試馬射十六韻②

院暖仍寒窘，郊春借發揚。試燈風漸近，畫的月初張。野水吹袍袖，官棚對石岡。馬宜途坦蕩，人倍氣飛颺。雖習鄉人禮，猶循小子行。應名初唯諾，振彎忽騰驤。送耳鷗爭叫，當心鵠欲翔。紅綃誰截柳，赤羽果穿楊。半捲旗相映，連撾鼓正長。園同三日賦，坍簇五雲光。捷出盤旋勢，③都將控縱忘。鍭應如樹貫，蹄比看花忙。就我馳驅範，升諸揖讓堂。本來同藝圃，莫漫比毬場。④祈爵占詩句，觀風始黨庠。就中材技最，第一數潮陽。

---

① 此詩題位於手稿本第 7527 頁。
② 此詩題位於手稿本第 7533 頁。
③ “捷出”，手稿本作“尚作”。
④ 此句下手稿本有注文“禁地毬諸技”。

光孝寺貫休畫羅漢予前年已有詩上元前一日潮州試院與諸君分賦粵中古迹拈得此題復作一篇①

　　貫休畫如懷素字,嘗聞縱筆龍華寺。巨石枯松水墨圖,殿內宣傳院中賜。歐陽學士烱。曾作歌,應天三絶珍無過。流傳一十有六幅,算沙閲劫如恒河。現身寫就西山院,雲堂雲深不可見。我昔因讀朱十詩,訶子林中覩真面。古綃既白更轉黑,我見去朱年又百。伏虎一幅挂其旁,似爲古綃增古光。綃端寒意初蒼茫,貝葉颯颯吹禪牀。平檐垂雲當几研,照見梵書細著行。侍者半露神清揚,松根巖縫那可方。鼻垂不見案象白,臂展果有崖猿蒼。冥蒐本以無意得,伏犀瘦鶴虛無鄉。覺來仍用篆隸法,毫端窣窣手已忘。月圓風落電復轉,帶蔓縈雲自舒卷。十六不存此僅存,敗壁煙煤甃蒼蘚。我見此畫已四秋,廣州寺夢來潮州。仿作群鴻戲海勢,草書曠蕩氣更遒。參寥子評匪詩句,香爐峰下題何處。渡水應追摩詰前,白描漫向龍眠悟。我家城南南更東,明因古寺巨軸同,紫柏贊語空秋風。他時扣扉問老宿,夜深可有光熊熊。

潮州試院望韓山二首②

　　兹山峙城東,如筆儼三架。一名筆架山。亦如旌雙植,又名雙旌山。分明次相亞。中腰亘朱欄,欄復引飛樹。宛轉到祠門,數峰反居下。榕綠木棉紅,應接固不暇。講院開木杪,危樓出石罅。去年我目中,層叠分背跨。誰意隔江見,矯變痕一化。濃者高坡陀,淡者遠屋舍。濛濛青一堆,虛檐與之迓。檐端但炯炯,新霽日光射。

　　觀水難爲水,在山不見山。我今又不爾,日日雙扉關。小魯小天下,本爲登者言。誰知登後妙,閉目如躋攀。冥心一静攝,萬象紛來前。自門歷堂室,由麓臻崖巔。百川盡東之,道若大路然。矧兹即目

在,近抱江之灣。谽谺露一徑,已若窺其全。仰止景行止,嚮往非虛嘆。所以與多士,朝夕思學韓。

韓文公手植橡樹歌①

韓公祠中韓公樹,公昔手植山之阿。乃知此祠因樹建,以志公所嘗經過。樹不知名或曰橡,其蒂成斗房成窠。苞杍苞栩嶺外少,柞棫瑟彼神居那。棠思召公柏思葛,況乃教澤留菁莪。我來階下肅拜罷,手量先自旁垂柯。其圍三尺寸有二,高及丈有三尺多。孤生根自溜風雨,拔地氣已蟠山河。誰知實堪皂色染,但見幹作青銅磨。我笑郡人好傅會,以花衰盛卜甲科。祥徵蕊榜自宋始,紹聖崇寧與宣和。豈知人亦公所植,加膏希光日切磋。言公之言行公行,但在自勵非關它。濛濛綠雨晚來急,滿城新蔭垂婆娑。

三河壩②

大河路迢迢,小河流洄洄。清遠河會之,三股交灩瀲。韓江溯程江,縈繞費群崦。到此成聚洑,河身快一閃。雖以閘壩名,雄哉市鎮儼。城廣四百丈,屋架數千广。層層垣埔壕,隱隱根闤店。峨峨商舶住,遠遠酒帘颭。香稻碾瑳瑳,<small>大埔出香稻。</small>黃粱春慊慊。家曬枝枝荔,童剝稜稜芡。楤鞵油紙扇,角枕花竹簟。插標窗對支,臨水門半掩。闤闠室匼匼,絡繹人冉冉。佛山擬廣州,繁富殆無忝。我讀建城碑,其義在設險。城北乃縣城,生齒庶有漸。<small>大埔縣城在其北三十里,明嘉靖初始置。</small>庶必衷諸教,俗美尚勤儉。況復人文秀,自爾豪強歛。地厚賴善治,<small>平聲。</small>人稠懼習染。舟過屢踟躕,回瞻煙一點。

蓬辣灘③

下灘若放箭,上灘如彎弓。弓強無彎法,寸寸皆人功。四旁插戟

---

①　此詩題位於手稿本第 7545 頁。
②　此詩題位於手稿本第 7551 頁。
③　此詩題位於手稿本第 7552 頁。

石,巨石橫當中。中復寓攲勢,起伏理莫窮。水必石面過,相鬭聲硠礚。一線細裊裊,飛花舞晴空。石罅兩三折,乃有萬壑風。而於石罅間,取徑尋西東。篙尖不誤點,濺水滿簑篷。斟酒釃灘師,相賀到僕僮。我方繞岸寺,酹酒斜陽紅。

座主錫山少宗伯杏林雙燕圖①

春鳥莫説張守忠,石田南田已不同。先生近用南田法,設色心苦嗟良工。虎坊橋灣昔侍坐,日日花影交疏櫳。花露入毫意每惜,此幅却作瓊林紅。婀娜一梢勢尤密,呢喃雙去香綫通。翦翦初穿畫簾出,濛濛一院寒食風。曾蒙寶笈品上品,十年歸臥東山東。梁溪落霞色如染,酒醒唧唧春巖空。定憶禁林插歸帽,況爾弱羽依芳叢。悟言室筆或可擬,甌香館派無此濃。煙中雨外夢惝恍,石欄啜茗如從公。

藥洲大雨②

片雲池上來,騷騷響松竹。暢兹啓户聽,曠彼憑欄矚。萬樹分低昂,③空翠不相屬。俄合煙一叢,中濺珠百斛。怪石如蟆頤,吞吐作飛瀑。四邊泉爭來,輸納借汝腹。砰訇大聲出,亂落笙琴筑。衆壑風忽迴,一折過橋曲。迷離軒窗影,交雜水紋蹙。却穿牡蠣牆,稍見東齋綠。

春日藥洲雜咏五首④

種藥舊名洲,種蓮初盈畝。未論秋得花,先計夏成藕。緬惟濂溪居,幾及千年後。石間愛蓮字,記出後人手。前年車檊水,一石泥六斗。今年計開瀋,又過春旬九。栽植如此難,行當首夏首。

---

① 此詩題位於手稿本第 7577 頁。
② 此詩題位於手稿本第 7578 頁。
③ "分低昂",手稿本作"紛低昂"。
④ 此詩題位於手稿本第 7581 頁。

芙蓉雖木末，添色尚以時。山茶亦號茶，花乃似荔支。末利本麗品，其種出波斯。丹素既異質，園野各有宜。胡爲千葉者，獨以番目之。名實果奚取，物理試用推。

柚惟古作貢，與橘同錫包。雖遺楚人頌，或曰秦風條。厥花乃未聞，誰知樹維喬。郁郁間綠葉，離離綴黃苞。冉冉三湘雲，戎戎八桂交。遂如挂秋香，不第矜春朝。披華與結實，屬望非倖邀。願及繁華時，秉正篤所操。

葡萄乞栽初，①已期蔓引架。石榴未花時，②已想房拆罅。人情見彈卵，求炙求時夜。栀茜不盈尺，何必千畝謝。六出狀詎誇，薈蔔名徒借。飄然玉雪姿，淡與盆池亞。水月風露中，殘春末初夏。

紅棉越王臺，落日飛作絮。小園紫楝花，堂堂捲春去。二十四信風，吹遍池上樹。洩雲及初晴，雜鳥又催曙。密葉映高枝，宿煙冒深霧。③迨兹養花晨，④擇彼飼鳳處。《淮南子》注："楝實，鳳凰所食。"

三　水⑤

客行三水縣前水，三水令送水滿壜。此水綏江與滇合，牂牁始會而爲三。江水品在乳泉下，却較汲井加清甘。坡翁雙泉遠莫致，范公五渡味孰諳。取江例海淡固美，以今比古廉非貪。迢迢數折碧雲影，雙櫓搖上天西南。瓦缶何須置水驛，草芽且共攜都籃。第十六坑問三峽，挈瓶去扣羚山庵。羚羊峽第十六條坑水最佳。

舟次羚羊峽寺僧送水至叠前韻⑥

老坑采研先汲水，自內而外瓶遞壜。昔人因之品水味，味乃足冠

---

①　"乞栽初"，手稿本作"初種時"。
②　"未花時"，手稿本作"未花日"。
③　"深霧"，手稿本作"深露"。
④　"養花晨"，手稿本作"養花辰"。
⑤　此詩題位於手稿本第7586頁。
⑥　此詩題位於手稿本第7587頁。

湘峽三。峽坑峽寺各取給，寺水猶讓坑水甘。第十六源臨斷岸，峽山僧語我昔諳。江行況逢梅雨瘴，叩廚不爲佛日貪。細泉聽響竹竿外，新月正挂篷窗南。松風謖謖來兩腋，艇有黃簑輿有籃。徑須捨寺問水脈，頂湖湖上尋茅庵。頂湖，峽中勝處。

閱江樓歌①

昆侖之脈來夜郎，東流直下萬里長。包絡滇黔匯交桂，中乃混一灘與湘。潯梧百折到南海，全入牂牁歸大洋。端州城外石磯石，屹此四畷爲遮防。三面皆山一面水，水又襟帶山之旁。初看七巖排北牖，金天邐迤騰光芒。諸峰漸西勢漸闊，遠如兩扇根闔張。一絲裊裊下天際，紆徐浩淼趨中央。忽然斗起跑空立，一門萬馬爭奮驤。强弓迅矢發不及，白浪倒射蒼厓蒼。束以孤亭受以峽，峽三十里皆羚羊。峽口有束江亭。建瓴屋下復有屋，崧臺址本層層方。樓基即崧臺書院。因臺拓扉俯峽底，不知更幾千丈强。大湘小湘出帆背，頂湖瀝湖穿石梁。龍湫又吐諸瀑下，峽口急鬥聲硠硠。千巖樹逼水關綠，萬竅風濺山窗涼。自此南江北江合，滔滔浩浩仍悠揚。百里千里注海去，復接橫浦滇洽洭。斜陽極天送遠翠，頃刻四壁皆江光。雲嵐咫尺在几席，大書磨墨神蒼茫。

題插秧圖②

四月春舟梅雨黃，③沿江户户齊插秧。平地新水三萬頃，④先有細點飛螳螂。婦姑裹頭踏泥去，片箬覆背相扶將。泥深水坦望彌綠，誰知出水甫寸長。秧歌聲又隔岸出，鹹水好語迎風香。前岡樹黑雨尤急，跨牛兒入煙蒼茫。畫行對景晚對畫，苦將妙筆圖江鄉。飯罷臨窗視絹色，水禽標格非林良。

---

① 此詩題位於手稿本第 7588 頁。
② 此詩題位於手稿本第 7592 頁。
③ "春舟"，手稿本作"春州"。
④ "平地"，手稿本作"平田"。

熱水池二首①

積潦縱橫擁寺門，誰知咫尺不同源。②流杯供客茶初熟，聽水空堂道亦存。熺炭通潮潛有脈，陰泉迴暖澹無痕。四山習習生涼瀨，却作奔溧帶雨渾。

浴沂程公書，百年誰復記。披榛雖獲覯，石粗艱拓致。吾既逢其源，何必得其字。泠然風吹衣，吾與點也意。寺東石上"浴沂石"三字，嘉靖己未編修程文德書，予前來所未見也。

倪元鎮古木竹石③

叢筊叠石枯木枯，意中雨外非南湖。自題憂時復傷逝，行楷飄蕭丙午歲。木犀香發經鋤前，秋光喬木故依然。扁舟靈巖采蕈去，高枝低葉紛雲煙。竹非竹兮石非石，落日空江浩胸臆。尚不慮人指似麻與蘆，那復計較繁疏及斜直。世人辨倪畫，疏淡斯謂賢。亦聞王濟之，鑒賞到早年。此幅雖淡乃更妍，數點焦墨蒼苔邊。何當焚香煮朮風露底，一一下筆尋其源，尚恨不遇杜長垣。

丁亥仲夏試士高州以梅雨爲題憶甲申仲冬以梅信風試諸生於此今三年矣④

未到槐黃梅又黃，江城重采泮芹香。天浮島嶼千帆翠，人憶樓臺一笛涼。庾嶺雲深來遠漲，賀家絮起滿迴廊。幾時養得和羹實，不負茅檐坐晝長。

高州使院夏日雜咏五首⑤

團團榕覆罍，猗猗竹圍牆。可無薜荔陰，鋪綠於中央。陰多户畏

---

① 此詩題位於手稿本第 7597 頁。
② "誰知"，手稿本作"可知"。
③ 此詩題位於手稿本第 7599 頁。
④ 此詩題位於手稿本第 7600 頁。
⑤ 此詩題位於手稿本第 7601 頁。

翳，院小況有廊。欲俾暑濕遠，惡可涼吹妨。又不欲地閑，徒滋榕怒張。十字斜徑外，卍字迴欄旁。亭亭海霞影，美人耀丹裳。夫誰巧位置，種此紅佛桑。

兩窗各安盆，兩盆各種荷。盆亦儼荷狀，偃仰隨迴波。俄看白雨點，飛舞生漩渦。千沫滾一盤，若織鮫人梭。須臾作汞走，一道飛銀河。依然碧琉璃，圓蓋淨綺羅。渺然江湖思，①數柄豈必多。

屋西波羅樹，其蔭上參天。其葉類蘋婆，分種海廟壖。傳聞西土來，植此餘千年。佛言優曇華，時一出世間。結實外礧砢，亦若佛髻旋。況乃結實時，白乳如涌泉。剖實大如斗，越人謂甘鮮。②吾聞安期生，迹在蒲澗邊。巨棗食如瓜，誰果識別焉。③不見椰子實，海户堆滿盤。

荔以離爲核，丹色膚其外。故須紅間綠，挂綠品爲最。水枝勝山枝，燥濕異向背。又必瀹井華，始免多食害。兹味洵奇美，深嗜亦宜戒。魏文比葡萄，譏者毋乃隘。寧桃真定梨，何減甘露瀯。南人享帚論，但借蘇與蔡。渴水宜濛子，焉能解裋褐。莫信淵穎詩，詩家多傅會。吳淵穎集有《嶺南宜濛子解渴水歌》。

離騷紉芳佩，稱蘭必蕙兼。本取臭味合，可以同幽潛。昨夜花出莖，④今朝風入簾。我猶懼深隱，不敢輕窺覘。我聞空谷中，風露初未霑。淡淡裛孤韻，已覺香千巖。與蕙異莖葉，箋疏誰悉諳。同類尚異實，審擇君勿嫌。

冼夫人廟⑤

誰鐫銘誌慰遺民，廟貌東山鑑水濱。兩字名無愧誠敬，三朝績早

---

① "渺然"，手稿本作"渺焉"。
② "大如"，手稿本作"大于"；"越人"，手稿本作"粵人"。
③ "誰果識別焉"，手稿本作"与此奚別焉"。
④ "昨夜"，手稿本作"昨夕"。
⑤ 此詩題位於手稿本第 7609 頁。

閱梁陳。傘張錦繡思行部，笙咽壺盧記送神。聽唱和陶詩半段，蘇公訪處又荒榛。蘇文忠《和陶九首》中"馮冼古烈婦"一篇，今郡志只載前八句。

高力士宅①

高州刺史孫，豈出厮奴下。城西古宅邊，落日風橫野。

觀　山②

舊曰昇真岡，下臨鑑江，有石刻"川上"二字。

茲山不露山，草木包其外。背郭斜陽中，陰森響松檜。然而居高明，可以俯百嶺。是故名曰觀，風地象攸在。有水來繞之，沄沄綠如帶。山觀水則鑑，虛明了無礙。誰勒川上字，似與山名會。安得達觀人，相與放眼界。昇真舊名岡，仙迹溯杳靄。昇真必於山，斯理毋已隘。

省亭③在觀山頂

屋小憑層閣，窗虛見遠林。四邊花氣合，一磴石嵐深。野渚人家影，斜陽樵采音。濛濛欄檻外，綠壤接青岑。

松明書院三首④并序

石城松明書院，郡志稱東坡由瓊移廉，道經此，賦《夜燒松明火》詩，後人爲建書院。按，是詩先生元符二年冬在儋耳作，三年五月被命移廉，六月離儋耳，七月四日至廉州，實無歲暮由瓊移廉道經此之事。書院設已久，元末廢，後屢修，左爲祠樓三楹，祀先生與明郚吉士智，吉士嘗謫石城吏目。

興廉村畔經行路，碧井榕林尚有無。一壁燈光來借讀，琅琴聲起

---

① 此詩題位於手稿本第 7609 頁。
② 此詩題位於手稿本第 7611 頁。
③ 此詩題位於手稿本第 7612 頁。
④ 此詩題位於手稿本第 7617 頁。《復初齋詩集》收此《松明書院三首》，手稿本作《松明書院四首》，收於《復初齋集外詩》，且此三首與彼四首字句內容絕然不同。

輒懷蘇。

先生本不生分別,海北瓊南理亦齊。夜久空窗挂星斗,繞村山鵙竹雞啼。

文章氣節到公全,配食瓊廉少寓賢。抗疏偏逢鄒吉士,衣裳萬里共瞻天。"望見衣裳只此時",吉士句。

銅馬篇示馮生①

我來嶺西訪銅柱,懷古一賦銅馬篇。摩挲銅鼓況已屢,有若手量銅馬然。憶昔伏波下交趾,駱越鼓正鳴闐闐。聞聲豈獨思將帥,攬轡萬里秋風前。平生閱馬千萬匹,老眼默識形神全。想像驊騮立突兀,斑駮霞雪生雲煙。空際嘶聞或風雨,意中蹄闊無山川。遂空萬古凡馬相,一借三尺銅精傳。詔書特置宣德殿,太僕黃門幾曾見。夜半房星忽下流,銅龍掠影如飛電。誰識來從鳶跕鄉,却教作式龍樓院。武皇舊立金馬門,渥洼天厩如雲屯。②當時枉費征西使,似爾纔空冀北群。須信驪黃牝牡外,別有倜儻權奇存。買骨誰能懸揣度,按圖更要勤求索。定視蹄高鬃尾垂,不煩錦韉黃金絡。天機一片鑄爾成,爲爾暑寒燥濕無變更,就我模範騰光晶。世間豈少九方皋與東門京,漫説騏驎地上行。

安南鐘歌③并序

康熙十三年六月,廉州海濱風雨晝晦,龍門水涌,守兵以炮擊之,得鐘一。今置廉州府學,載石門吳震方《嶺南雜記》。鐘高一尺九寸五分,圍四尺二寸五分,紐高六寸七分,款文曰:"□仁路外星器户鄉天屬童社昭光寺鐘銘并序:寧衛將軍管領南柵聖翊軍賜金圓符陳遣,

---

① 此詩題位於手稿本第 7619 頁。"馮生",手稿本作"馮魚山"。

② "天厩",手稿本作"天馬"。

③ 此詩題位於手稿本第 7625 頁。《復初齋詩集》收此《安南鐘歌》,手稿本作《安南古鐘歌》,收於《復初齋集外詩》,二詩部分字句相同,其餘大相徑庭。

曩歲與諸將奉命西伐，軍次單咍海口，與士卒漁於海畔，偶得茲鐘，乃載歸童鄉。今歲新寺成，將以三月設開光慶讚法會，丐予爲銘云云。皇越昌符九年歲次乙丑春二月下澣日，光禄大夫守中書令兼翰林學士奉旨賜金魚袋上護軍胡宗鷟撰，中涓大夫内寢學士書史正掌下品奉御阮廷玠書。"吳云無銘識，誤也。按《越史略》，昌符乃安南陳氏紀年之號，昌符九年是明洪武十八年，府志以爲李日尊僭號，亦誤也。

金塗駝紐銀印齎，昌符號尚中涓題。安南之陳世十二，嗟爾越史誰考稽。此鐘云自海口得，昭光因此營招提。陰文小楷逼虞褚，阮也能否詹宋齊。我摸雷文及碎乳，沙痕潮暈相高低。舊記款文惜失考，檳榔樹緑斜岡西。

復初齋詩集卷第四

藥洲集三丁亥夏至戊子正月

桂蠹歌①

蠻王擁號皋塗林，暮年始却鐘鼓音。陸郎遠致上中褚，文犀生翠來輪琛。麟竭龍腦尚未貴，一器獨薦原廟歆。小車赤轂望寢殿，長陵風雨迴松陰。樓船蜀刀待問價，劉氏小侯責酎金。徒見珊瑚赤於火，積草池畔宵森森。《西京雜記》：積草池珊瑚樹一本三柯，上有四百六十二條，是南越王趙佗所獻，號烽火樹，至夜光景常欲然。

珠　池②

珠場司官不知珠，何論南漢媚川都。烏泥白沙亦何有，大海一氣青糢糊。海濱居民說官采，正德末溯正統初。罷采碑記記海岸，雷廉民氣久得蘇。老蚌吸月無處吐，却卷向月噴蟾蜍。秋空萬里碧雲掃，天半幾片丹霞鋪。此皆其下有珠處，取之立見風雷俱。我欲取之入文字，腰絚不用蜑船夫。烏泥、白沙，二池名。

海角亭③

孤亭崒兀廉城西，我行忽已至海角。却來城中望亭上，水氣雲光

紛解駁。亭傍伐竹補清曠，遂集生徒爲社學。生徒指點説蘇迹，四字千鈞摇海岳。不知神物幾時失，但剩空垣與斜桷。青樂軒基既榛莽，興廉村路空墝埆。禪宫碧井名不聞，隘巷寒泉人競濯。城内有井，土人名曰東坡井。當時由此之梧藤，信宿淹留只旬朔。後來好事多傅會，政有遺蹤孰揚搉。[1]我將渡海問瓊儋，桄榔庵邊剔瓦璞。迴看此地但平壤，未抵孤雲天一握。

天涯亭[2]

廉州既稱海之角，欽州旋説天之涯。天之有涯説本誕，肝膽楚越非一家。欽江瀰茫接交阯，南交久宅於中華。建標雖聞伏波柱，指南底用仙人車。誰歟作亭矜絶徼，竟似曠阻甘幽遐。至今亭旁作講舍，士亦借口道里賒。不如剷之作塔材，塔基正在江東斜。百尺岧亭矗空起，一城秀氣相周遮。地勢人文或有助，山光江景況復嘉。一笑塔材吾已辦，手植梁棟凌雲霞。謂馮生敏昌也，塔基事見郡志。

繹圃二首[3]

雷州試院院西圃，刺桐樹下旁開户。户北有軒軒有窗，我昨校文今校武。是日刺桐葉正飛，牆東新月黄乍吐。照林頓覺暑一洗，縱目況餘垣百堵。片雲却翳射堋來，前山農報得新雨。丱童調矢静不譁，時有牆陰隸撾鼓。

繹之義可繹，昔人以此銘。侁侁鄉校子，習自師父兄。吾恐海濱人，執業忘大成。巽語誘之悦，俾顧斯圃名。孰從與孰否，焉能測中情。今者階下立，立容亦有程。日暝稍散去，凜凜循牆行。

---

① “政有”，手稿本作“縱有”。
② 此詩題位於手稿本第7629頁。
③ 此詩題位於手稿本第7640頁。

遊雷州西湖憩天寧寺同平確齋郡丞用蘇文忠行瓊儋間詩韻①

三面植菱芰,一亭據其中。出城纔尺咫,展此堤百弓。遂能挾秋光,渺焉涼映空。水田與茅舍,堤外緑不窮。峨峨水邊祠,同叔隨坡翁。名與海國永,氣壓湖山雄。俄聞一聲籟,萬木來長風。鏗然衆壑應,散入隣寺鐘。平公今詩伯,況乃偕韓終。海康令韓君。到寺日正午,仰面青童童。四株詫旁挺,離立撑虬龍。僧言比瓊漿,食之可鍊容。我已吞湖光,但愧語不工。期君發巨響,扣和商與宫。

訪遺直軒址②

謫居反同屋,天意昌兩人。至今雷州咏,不得歸髯秦。秦淮海《雷州八首》今刻本誤入蘇集。長公既之儋,次公亦移循。十里紅菡萏,空繞西湖濱。尚聞靖康令,層軒構城闉。宛然昔東樓,跨空雨聲新。況摹兩公像,像旁因揭珉。亦鑴兩公詩,並與軒嶙峋。北扉與南海,兩公視則均。一月共卧起,豈謂非夙因。獨怪此鄉人,何利留此賓。好德性所同,直道終在民。軒今爲民舍,軒址又荆榛。居民爭此居,陋巷如兼珍。地今名蘇樓巷。暮雲萬里闊,孤月出海湄。冥冥雙鴻影,天末何由馴。

雷州道中讀道園學古録憶甲申冬曾讀於此用録中韻作詩寄犖
石蘊山未窺其旨也爰爲改作時丁亥七月廿四日③

公撰南州仿中州,何啻寶書述左邱。惜哉僅傳石問答,空此妙語臨芳洲。④南渡而後文漸敝,銷金鍋内米漸矛。程學盛南蘇學北,各主一二難兼收。是時江表餘前修,那無奇字揚付侯。百年文獻天半壁,孰與索隱還闡幽。大都文儒富館閣,亦有殷士將羊牛。内府圖書誰

---

① 此詩題位於手稿本第 7641 頁。
② 此詩題位於手稿本第 7642 頁。
③ 此詩題位於手稿本第 7643 頁。
④ "妙語",手稿本作"妙意"。

復識,宰相世系或可求。在朝在野都一集,風雅可當元春秋。所以自
負漢庭吏,不肯毫末鉛粉留。惜墨幾無一字著,豈礙萬丈光芒流。曲
折渟蓄皆有故,彼夸多者真浮游。楊范揭輩藻已弱,對此疑古彝鼎
舟。溫研一過又三載,韜邊海月涼懸鈎。

渡海中流作①

海山正青海水黑,水間十丈水花白。千頃萬頃煙茫茫,東見扶桑
一痕碧。雲影倒漾爲沙灘,雲氣却起作嶺嵐。誰言天與水一色,天轉
如墨水轉藍。須臾急雨來冥冥,連天連海合衆形。風帆沙鳥那復辨,
滔滔浩浩渾一青。日光俄截雲脚斷,始識中流大洋半。長風一霎鼓
帆來,椰子林青指南岸。

載酒堂歌②并序

蘇文忠在儋耳,爲黎子雲兄弟作《載酒堂》詩二首,觀其序云"坐
客欲爲釀錢作屋,予亦欣然同之",蓋意擬而云,然堂實未嘗作也,次
章"雨急瓦聲新"以下皆預擬之詞,虞文靖《學古録》有題此堂二詩,蓋
泰定間補作之。堂今爲公祠,在儋州東南二里。③

先生卜居南北不一遂,載酒聊借黎家堂。黎家之堂亦意擬,屋向
紙上徒軒昂。又借淵明懷古田舍詩,詩境大抵渺與茫。後人特好事,
起屋儋之旁。名公所名酹公爵,海南萬古真公鄉。此鄉留公初未久,
但記諸黎舍邊常載酒。當日牛欄西畔居,吹葉送迎亦何有。兩兄弟,
三四童,揖符老,招吳翁。先生曳杖來,相對惟張中。可憐數子萍相
逢,桄榔葉中亦不容。空意作亭問奇字,何曾有閣棲揚雄。釣魚池上
雨歸路,藷蕷荒涼但煙霧。世間好手爭作笠屐圖,那識欣然叩門處。
蜀之後生虞伯生,爲堂題句如有情。寒泉桂醑於此設,賓阼城隅水木

晨風清。我來咏公詩,兼欲訪公字。此堂猶夾桃榔開,頗類當年聊寄意。東南之圍地是非,黎歌蠻舞祝公歸。長空漠漠鳥雙去,惟見海水四面秋濤飛。

題海粟山房壁四首①

喧喧吹屋聽波濤,時復安心一榻高。那更因緣生較量,世間莫大是秋毫。

一島居然百洞蟠,就中作屋儘寬安。朱崖見説如囷大,固是遙從未到看。王氏《交廣春秋》:望朱崖如囷廩大。

一葉滄溟數子偕,飄然到處著茅柴。潮聲半夜松風急,只當春深繫葦齋。春間在潮州名其舟曰葦齋。

瓊山山倚郡城邊,一點扶桑碧正連。信否瓊臺光四抱,空歌上接蔚藍天。

瓊州蘇文忠像石刻②

在浮粟泉上,旁題云"公五十六歲像"。公自惠謫瓊,
惠人寫於白鶴新居,瓊守買棠得之摹上石。

五更隣庵漫打鐘,黎牀春睡誰汝容。已辦斜陽數上聲。人手,角巾來倚溪邊笻。鵝城鶴毳何足拾,尚有畫手當霜風。行者退之認孰是,佐卿次律追何從。淵明詩要海外和,樂天句記湖濱逢。請問曲漵散百影,三叉路口同非同。念念塵塵各成劫,萬古物息吹蠛蠓。石泉流照起金粟,海氣挾雨來長松。③

浮粟泉④并序

蘇文忠《洞酌亭》詩引:雙泉在城東北隅,初無浮粟之説。《廣東

---

① 此詩題位於手稿本第 7649 頁。
② 此詩題位於手稿本第 7652 頁。"石刻",手稿本作"石本"。
③ "海氣",手稿本作"海濤"。
④ 此詩題位於手稿本第 7653 頁。

通志》：瓊有三泉，①城東北者曰雙泉，一甘一鹹，曰洞酌。其在北郭者曰粟泉，泉底多銀沙星，時時浮出粟米，啖之香美，子瞻名粟泉，始以粟泉爲蘇所名。《瓊州志》云：雙泉在城東北隅，久堙，邱文莊有“雙泉湮没不可見”之嘆。父老傳一泉在坡公時有雙龍白如玉常出見，又一泉金粟常浮，近志以城內者爲雙泉，誤也。明萬曆壬子，郡守仁和翁汝遇重建金粟亭，於此掘地得古碑，上有東坡行草，汝遇攜其碑去，今泉上亭有碑勒“浮粟泉”三字，相傳是蘇書并石刻公像云。

石泉嘗照金粟身，飲泉鑑面公所云。此泉名粟乃真粟，細莖玉粒蒸黃雲。壬公丁女本隱語，況以江海喻使君。樹脇詩還惠洪記，古碑字漫翁守聞。人言浮粟即洞酌，拓碑就我辨偽真。嗟我豈識公筆法，但掬雪乳看沙紋。

渡海二首②

風急雲片闊，那知潮所之。只憑舟演漾，聊與水推移。浩浩張帆際，喧喧到岸時。康莊軟紅土，等以息相吹。

茫茫無蒂處，尚爾下漁椿。網户紛相集，沙禽去自雙。遠痕低市舶，餘綠受珠江。向晚徐聞驛，高軒一倚窗。

秋晚重遊雷州西湖兼懷碻齋疊前韻③

湖上稻已長，倒淥於湖中。飛舞百頃浪，抱郭成彎弓。誰云潦水減，更覺亭閣空。緬思昔來賢，大半嗟途窮。最著蘇與寇，乃及梁溪翁。一笑坡翁言，杭潁誰雌雄。我昨初秋來，行繞菡萏風。野寺訪遺碣，斜景餘臥鐘。尚此攜舊侶，詞賦懷嚴終。堅坐遞傳諷，僵立愁僕童。江海倏霜露，風雨吟蛟龍。秋光知君去，新霽爲我容。澄澄菰荻外，雖畫難爲工。蒼然起涼思，遠磬生梵宮。

秋晚回試高州重題城月驛壁①

秋在朝涼午燠間，人歸黃篋碧溪灣。數椽聚處成官驛，一鳥飛邊得遠山。院雨記聽蕉葉響，庭苔似點菊花斑。應知路漸高涼近，許借層窗此豁顏。

寄從化饒司訓二首②慶捷

初持吾道課弦歌，小試聊觀效若何。此邑文章尤薄劣，必期師長善礱磨。新硎出手人知重，舊學傳薪我愧多。瑤石風流猶在否，沾濡倘得乞餘波。黎民表，從化人。

風雅南園後莫聞，瓣香一笑許誰分。冀逢迦葉論前武，肯但檐花對廣文。手到熟時心勿放，律於細後力尤勤。石洲來歲秋光好，句法商量定待君。

重題松明書院壁示黃司訓③

儋州臘盡燒松明，儋州詩乃入石城。照室龍鸞忽移此，真若歲暮曾宵征。旅情巧借海康句，書舍高假東坡名。我來昨辨書舍誤，亦復不聞讀書聲。斯文萬古一燈照，火傳無盡薪無更。此邑提撕有司責，未必傅會非景行。士食菜羹已過分，往往不獨蘇文生。蜀士語云：「蘇文熟，喫羊肉。蘇文生，喫菜羹。」見《老學庵筆記》。

靈湫巖胡忠簡題名④

「仙溪林上飛升卿、江西劉德驥彼稱、徐樗巧才、胡銓邦衡同浴龍湫，湖南李徹彥澄後致酒」三行，「策茗碗勳，彈清江操，歡不足而適有餘，天公孫坤廷錫命刊石，紹興」，以下不可辨。

雷州不見李公字，雷州李忠定所書伏波廟碑、湖光岩字，訪皆不獲。高州乃

有胡公題。題字攲傾復粗醜，尚爾苔蘚煩捫躋。大師巾作錯摺樣，①
衣冠相望來蠻黎。詎知聲名出摧挫，竟以成就爲排擠。盧陵人物蓋
無幾，一代名孰歐陽齊。文酒餘蹤又荒徼，蝮蛇倒挂狌猱啼。彈清江
操鬭茗碗，不比煩渦看醉梨。贈行流遠亦佳事，惜不并勒王廷珪。

<h2 style="text-align:center">錦石行②并序</h2>

　　錦石山在羅定州西寧縣界，陸賈使粵設錦繡帷幛於此，《廣東通
志》謂賈使粵由桂嶺取道至此，③施錦步幛以登禱於山，曰若佗降當以
錦爲報。其後佗去帝號，受南粵王封，賈因以錦包山石，錦不足，植花
卉代之。《羅定州志》則謂賈嘗與南粵王佗泛舟端溪，瀧水漢屬端溪縣。
宴於此山，賈默禱曰：若粵稱臣，當使美錦裹山石。使還，遂植花卉代
錦。考賈兩使粵，一在高帝十一年乙巳夏，一在文帝元年壬戌秋，傳
載南粵王佗留賈與飲數月，曰"粵中無足與語，生來令我日聞所不聞
語"，在高帝時。至於去帝號，乃文帝時事。志地者牽合爲一，非也。④
山下有陸溪、陸大中祠。

　　南方文理衣被久，中縣人不耗戶口。大長奉詔受印綬，蒲桃賜來
拜稽首。大長此飲陸郎酒，裹山以錦想太奇。向山默禱誰知之，酒醑
從容前致詞。昆弟親戚遍京師，區區抗衡何苦爲。冠帶一洗魋結癡，
滿山語笑生春熙。香風開遍蠻花枝，雲蒸繡緆圍以溪。遂生生翠貢
羽儀，重來上褚中褚衣。⑤

<h2 style="text-align:center">蕉窗聽雨歌呈鎮堂⑥</h2>

端州使院院西一丈蕉，前年十月旬日涼雨飄。去年雨乃在春尾，

---

①　"大師"，手稿本作"太師"。
②　此詩題位於手稿本第 7698 頁。
③　"《廣東通志》"，手稿本作"屈大均《廣東新語》"。
④　"志地者牽合爲一，非也"，手稿本作"屈大均牽合爲一，非也，當以《羅定志》爲據"。
⑤　"上褚中褚"，手稿本作"上褚中褚"。
⑥　此詩題位於手稿本第 7704 頁。

今年又值十月於此聽瀟瀟。陸兄三年就我蕉陰宿，前年今年共此屋。中間去年兄北歸，春雨馳情記我獨。宛作栟櫚葉上銘，曾比逍遥堂後木。^①<small>端州使院芭蕉樹，徹夜寒聲攪夢思。一笑與君俱作客，尚非風雨對牀時。予甲申冬題此句也。</small>誰知今來更溯前，端江霜落風雨寒。疏疏摵摵作舊響，不憶前年憶去年。去年花朝朝復夕，小桃木棉半狼籍。半夜蕾聲聞莫見，曉起一梳黄已碧。翻作西風拉瑟聲，層層卷卷虚涼生。我與李生<small>約齋。</small>楊生<small>鈍夫。</small>攜手此窗下，緑映眉鬢皆分明。對牀語借拈蘇句，曲几詩題寄陸兄。全真元常又闊阻，但説彭城與東府。固應一雨一懷人，漫記三年三見汝。昨夜前夜已自聒，我眠樓高況復風灑然。樓北七巖糢糊望不得，緑雲一片濛濛煙。晴來下榻還鋪席，伸紙徐描往時迹。狂歌不學緑天書，滌研那須蕉葉白。^②

仲冬送楊琴研養疴歸大庾兼寄令兄鈍夫二首^③

南枝花氣逗春暄，幾夜船燈照默存。千息濛濛觀定力，一陽藹藹復深根。還家兄弟雖同被，終日跏趺更閉門。來歲江城殘雪裏，訪君須爲理元言。

論交直取性情真，且要扶持苦學身。病不談詩彌有味，歸如憶我又逢春。二年握槧懷鉛意，千里瞻岡陟屺人。好在君家南仲側，拓文相覓薙荆榛。<small>予近著《粤東金石略》，鈍夫諾爲作序。</small>

欲遊頂湖不果呈鎮堂三首^④

端州一使院，萬山拱而揖。所得在臨江，山翠俯可拾。星巖出其背，中乃貯一邑。前年我獨遊，特繞湖身人。<small>謂瀝湖。</small>^⑤今來成昨憶，槵葉吹雨急。與子手同攜，賴有樓可立。獨有頂湖偏，難以遠目及。羚

---

① 此句下注文中，"使院"，手稿本作"試院"；"甲申"，手稿本作"前年甲申"。

② "那須"，手稿本作"那區"。

③ 此詩題位於手稿本第 7709 頁。

④ 此詩題位於手稿本第 7710 頁。

⑤ "人"，手稿本作"入"。

峽帆影外，紫翠數點濕。朝日棹我舟，空傍西巖汲。羚羊峽水最甘。

頂湖雖名湖，受湖乃以山。山頂到山麓，一徑水所蟠。水從西澗
來，飛上爲停湍。聞初但數折，正黑深漫漫。及乎冒山出，衆壑交琤
㻪。瀑布三十丈，分瀉八九灣。灣皆以湖名，寺乃開中間。時有青白
氣，一縷往復還。安得大風雨，倒捲江光看。

茲山端之鎮，去端四十里。復聞星巖穴，有路通此底。我疑斯語
誕，欲證乃無以。君看莫雲下，一汊去迆迆。誰言中可舟，其細不容
指。君昨望星巖，窗戶如尺咫。我今懷頂湖，空濛但煙水。憑君試討
尋，曷用分彼此。

蔚田侍讀訃至檢篋中春日寄懷侍讀二詩尚未寄去即用前韻①

昨吟猶夢共寒廳，已惜風沙隔去舲。今春始聞侍讀謝病歸太倉。濤響
訃驚今日到，雨翻悲忽早秋經。江從尺素沈來白，山近詩囊卧處青。
只説少微君未是，誰知竟落謝敷星。春詩有“此夕瀛洲占上象，奎星未是少微
星”之句，蓋仍以還朝望之。

得途蕭散獨崔群，載酒逢迎執子雲。淡面只應無外慕，知心亦不
在論文。十年宴語皆陳迹，他日遺編訪嗣君。忍更丁香樹子下，城南
舊館對斜曛。

雜畫六首②

言從曜真洞，放鹿茅公壇。瑤草何足拾，蒼霞遂可餐。

手把金芙蓉，行逢雪麕子。朝遊良常山，莫宿元洲水。

南枝春欲動，西澗月初落。石路不逢人，寒雅噪山閣。

雪落千峰外，雲飛萬壑間。迷離一片影，横卧在柴關。

---

① 此詩題位於手稿本第 7712 頁。
② 此詩題位於手稿本第 7713 頁。

閑坊翠草齊，廣陌金沙軟。一樹兩樹陰，千絲萬絲捲。

昨夜歇微雨，四蹄風不驕。落花塵土外，時聽聲蕭蕭。

每到峽山輒和蘇韻皆不存稿丁亥冬十一月三十日到山頂求所謂古飛來址追憶舊作改存五首①

三度暑月到，舟駛不可灣。稍上汗已透，安能步屝顏。高寒冬多風，今往又欲還。午日穿頂下，爲我開松關。只貪仰聽松，焉暇背看山。松杪顧來路，乃在雲濤間。翠屏繞寺出，抱江如半環。兩面六六峰，相對排煙鬟。

絕頂不逢人，古澗時作灣。一僧陪我到，揖客詞赧顏。堂宇缺金碧，檀施少往還。所以千級上，常見雙扉關。緇流自古然，山人不住山。焉識出人境，寂歷虛無間。晨風下笙簫，②月夜聞珮環。帝子跨彩鳳，仙侶來雲鬟。

福地第十九，派別曹溪灣。名在茅君籍，大字誰所顏。石刻云第十九福地。舊址僅尺許，直溯梁以還。其餘榱棟牖，遠挂於梅關。我因山訪寺，更因寺考山。山以二禺名，又在黃農間。古迹渺與茫，豈唯一玉環。那必歸猿洞，霧雨招髻鬟。

山頂不見水，但望江一灣。誰知忽雷轉，飛沫濺我顏。尋之得龍潭，龍子此往還。漩澴萬斛吐，直下無水關。垂瀑成一條，分瀉於四山。恰以飛泉亭，橫橋接其間。轉使水勢曲，過此迴若環。匪直峽太駛，江脈資剔鬟。蘇公以此寺溪水太駛令寺僧於淙碧軒稍北作閘瀦水，爲啓閉之節，用陰陽家說，寺當少富云，見本集《峽山寺》題名。

坡公空明腹，③不知幾峽灣。顧借鴨綠波，照此蒼翠顏。此翁遊

---

① 此詩題位於手稿本第 7716 頁。"到山頂"，手稿本作"始到山頂"；"改存"，手稿本作"而改竄之"。

② "晨風"，手稿本作"風晨"。

③ "坡公"，手稿本作"坡翁"。

戲耳，月日記北還。記罷却掃去，石泐夫何關。我欲録公詩，重勒於此山。滿山篆隸籀，映帶松泉間。一笑見已小，譬爲山所環。長嘯出峽外，始識千煙鬟。山前後上下宋以來篆隸題刻甚多，獨蘇迹不可識矣，寺僧尚記舊刻云："東坡居士渡海北還，吳子野、何崇道、穎堂通三長老、黃明達、李公弼、林子中自番禺追餞至清遠峽，同遊廣陵寺。元符三年十一月十五日。"

鳴弦峰後蘇文忠題字①

英德南山也，題云："蜀人蘇軾子瞻南遷惠州，艤舟巖下，與幼子過同遊聖壽寺，遇隱者石君汝礪器之，話羅浮之勝，至暮乃去。紹聖元年九月十二日書。"後有紹興七年九月清江傅秀跋云："東坡移惠過真陽，艤舟岸下，嘗留墨迹於南山，邦人刻之石壁，中更毀訾，爲好事者磨去，上人希賜尚寶其遺墨，後四十三年黎陽李闓宰真陽，復命工磨崖。"

先生飲罷錫泉水，便思勾漏訪葛洪。荔枝三百峰四百，群仙正待銘新宮。先生三杯自鼓枕，一帆去聽蒲澗鐘。古巖巖背亦何有，寒潭水浸秋雲空。借禪談易寄所寄，《韶州志》云石汝礪與先生談《易》於此。逢人說隱同非同。道華契虛在何處，且問啞虎兼銅龍。先生胡爲不自痦，只言仿佛到夢中。白雲驚餘山易響，石橋泐後澗又通。不須更覓希賜字，半崖斜日吹迴風。希賜即書先生《何公橋》詩者。

歲莫南雄試竣鈍夫自大庾來訪②

經秋海道盼雲沙，昨夜江城客夢賒。盆草無言傳臘雪，嶺梅有信到燈花。重將舊味尋三載，近訂新詩更幾家。容易寒窗成一宿，不辭坐待月鈎斜。

舟發南雄三首③

南來四見嶺梅春，④可有苕華穎發人。敢薄鍾材惟兩邑，每慚拂席只經旬。地連斗極天逾近，江合雲蒸雨一新。榕下講堂纔數武，濛濛綠已抱城闉。

---

① 此詩題位於手稿本第 7720 頁。
②③ 此詩題位於手稿本第 7727 頁。
④ "南來"，手稿本作"北來"。

夜與楊生對榻眠，念來舊學忽茫然。譬從東嶠分諸嶺，誰挽西江障百川。姚_{雪門}。謝_{蘊山}。同時各年少，昔今所得豈言傳。相期努力深追琢，獨倚篷窗曉角邊。

滿吹五兩驗東風，際曉山山綠意同。海角春雲來八桂，江空往事溯三楓。簫韶韻倘層巒在，文獻居原一水通。_{時將按試韶州。張文獻，始興人。}不比臨安竊蘇句，圖經傅會說玲瓏。_{蘇文忠《玲瓏山》詩乃杭之玲瓏山，今《南雄志》以郡之玲瓏巖當之。}

除夕前一日試韶郡諸生示梁陳兩司訓二首①

韶江新碧動晴虛，節物驚心歲又除。政合支鐺同狄守，未遑碎鉢效莊渠。陽迴澗石春聲裏，夢覺隣燈夜讀初。不審年來甘苦意，諸生較我更何如。

瀧溪東漢迹全非，金鑑遺編識者誰。_{是日以此二條發問。}分隸那從洪适釋，丙田且問會稽碑。晚風深院梅仍蕾，春雨空山麥已秄。九變洞庭來海若，不應徒誦楚人辭。

九成臺歌②_{以下戊子}

我昨拊石求元音，那數馬援橫笛吟。三十六峰更雙闕，陟高遂和薰風琴。是時秋清萬壑響，蒼梧西去接鬱林。山川莽蒼_{上。}助金石，風雨嘯舞來魚禽。下瞰衆竅但一氣，獨借北牖憑千尋。浩浩冥冥萬古意，晚涼四起吹我襟。豈知九功九變旨，昨所未喻猶待今。臺下人家臺畔郭，臺傍耕耦乘春陰。婦子歡笑士弦誦，比户已覺春聲深。我但登臺紀雲物，五日十日占爲霖。

---

① 此詩題位於手稿本第 7728 頁。

② 此詩至卷五之《藥洲冬日讀諸家集七首和王文簡公韻》爲翁方綱戊子歲（1768）詩作，手稿本闕如。

蘇文忠書韶州府廨政寶堂額予手摹之俾太守勒石作歌書後

少室先生空賣宅，不值通泉一堵壁。況看華髮老遂良，萬里相從煮蘆菔。臺銘銘罷夢震澤，猿鳥嘯空求不得。誰言天地礙伸舒，此腕一揮可千尺。我從儋耳拾沙礫，五羊六榕未手勒。政堂址孰尋郡西，思古碑還記城北。韶城北樓上有蘇書“思古堂”字。是日長風動江色，日光瀲瀲浮畫戟。爲訪誠齋跋妙墨，如睹貫河一筆直。更留一版竊一枏，刻遍韶江六六石。舊有楊廷秀跋。

上春十日舟發韶州雜咏十二首

徐會稽碑迹竟湮，朅來祠下擷溪蘋。拜公風度今三度，此嶺南人第一人。舊宅煙蕪空漠漠，世家子姓尚侁侁。何人臨得吳生筆，絹色衣紋欲奪真。張文獻宅在平圃，今年謁祠又見像一軸，與去年所見吳道子畫題字位置盡同。

歐陽深勒余公墓，本牖來兹不爲韶。廿卷文編經屢刻，一灣武水送前朝。山迴嶺脈層雲合，樹覆祠陰凍雨飄。耽石泐溪俱手迹，肯辭挒歷到巖楸。余襄公《翁源耽石院記》《樂昌泐溪石室記》今皆尚存。

謂韶何石舜何峰，那問新隆與建封。須識前人說猿鳥，豈真其處有鐘鏞。祠隔澗水來鱗叶，城北岡巒儼翼從。只有泉銘嘉定字，繡苔凝綠濕雲重。蘇文忠有《建封寺望韶石》詩，楊文節有《新隆寺看韶石》詩，皇岡舜祠下有宋嘉定庚午權發遣韶州軍州事方信孺《虞泉銘》。

新塋層臺倚暮霞，郡城高處石梯斜。風從佷穴占應近，雲去蒼梧路豈遐。畫棟幾年來燕子，晴江孟月見桃花。可能領略人和意，春在沿溪曬網家。縣令新修九成臺。

西巖石室季疪題，網戶樵童去尚迷。兩字從空下珠斗，昨宵深澗吐虹霓。良常信有山卿語，勾漏誰尋葛令栖。一記羽皇無處覓，寸瀾碧又漲春溪。泐溪石室有陸羽“樞室”二大字。

連村簫鼓燒燈夕，衝虎停舟訪月華。僧掩茅扉慚我迓，寺餘舊志對今誇。未知岑水銅兼鐵，豈辨菩提葉與花。本意來因叩蘇字，破鐺煮飯道人家。蘇文忠月華寺題字見周公謹《齊東野語》。

十里梨花明月光，一蹊直到本來堂。即乘夜去遊因寺，已恐春遲積滿廊。太守連晨煩簡折，南華從古說溪香。佛門冷澹山穠郁，此味如何一例嘗。郡守邀遊曹溪，辭之。

尚煩武敕護山庭，地勝嘗聞水亦靈。腰石偶然楚粵合，額碑何處柳劉銘。九條織就傳金縷，四一裝成補帝青。多事莊渠勞剖擊，錫端未卓本泠泠。南華柳子厚、劉夢得碑皆不存，獨唐武則天墨敕尚在。又湖北黃梅東禪寺有六祖墜腰石，而此寺亦有之。寺又有九條屈絢衣。魏莊渠所碎鉢，今以漆固之，寺志稱即四天王所獻者，《釋典》云四天王各獻一鉢於佛，佛以手疊鉢，曰一即四，四即一。

劉郎去作降王長，獅子岡邊尚有墳。膡取越王峰作寺，更無盧應撰來文。羊頭讖起空時雨，蓮葉山高幾夕曛。石室雲華江咫尺，神丹綠霧鎖氛氳。劉鋹雲華石室在碧落洞。

新喻符君亦善書，峽山嘉祐記存諸。昔人用意謀長久，此岸崩崖一剗除。架閣址經登覽後，如繩路想鑿開初。三峰翠石青如拭，棧道平歌勒有餘。明嘉靖中，韶州守符錫於英德南山石壁得宋嘉祐六年《開峽山棧道記》，因募民開鑿。

鳴弦峰勢抱迴龍，水浸苔磯翠映空。古刻倒看皆綠字，樵歌背轉起松風。攀躋裊裊蘿雲上，響拓登登竹霧中。山水清音滿襟袖，何須器與后夔同。鳴弦峰之背，宋以來題刻甚多。

英石成峰小更珍，千株萬笱碧嶙峋。初非以假皆疑蠟，豈合因多遂少人。融結空蒼元象外，敲鏗金玉果誰因。彈窩痕與胡桃皺，可要區區細比倫。英石假山，蠟石又假英。

復初齋詩集卷第五

藥洲集四戊子二月至己丑二月

紀連州山水六百四十字

南北千石巖，東西兩雲谷。百里相聯綿，三峽互起伏。初不知是峽，水轉山漸束。洭湟迆迆來，一線如緣督。中徑陽山縣，篁箐夾猺族。石尖皆插空，十百相攢矗。密到無可容，忽焉浪倒蹴。展作壁一面，細碎文錦蹙。雲與水織成，變彩難定目。亦復無定向，凹凸屢迴復。不知誰鐫鑿，有洞在其腹。洞口皆橫雲，洞額乃古木。松杉與茶子，榕橘楓柏槲。千歲之黃猿，叫嘯臂牽屬。接葉擲飛石，洞中響碌碌。一聲長數尺，驚出白蝙蝠。又聞叩水聲，坎坎如搗粟。是石所吞吐，牝牡自相觸。縈迴應答中，滴瀝出葩縟。何年白笋芽，乳穴稚猶蓄。倒披叢葳蕤，片片雜綺縠。又非雲非水，萬花各成簇。剖破青蓮蓬，却吐芝蘭菊。平鋪蒼鱗甲，試剝檜樅竹。其膚所分脈，表裏間單複。空青又虛白，盡入黝丹綠。午日下照之，豈復識巖麓。三素更九霞，千光聚一矚。荒幻萬象來，悉數難更僕。蛻骨撐蛟虯，皺皮挂蛇蝮。直垂牛尾掉，橫出鷹觜啄。戢戢魚駢乙，閃閃龜縮六。古佛披袈裟，老漁曬罦罳。編懸篝與簏，偃仰航復舳。最奇一臥仙，坦腹如睡熟。攀援上其背，鐫字細堪錄。蓋記開峽事，嘉靖歲江牧。此峽疏鑿屢，嘉泰有前躅。記劖絕壁上，憶昨剔晴旭。瀑流太喧豗，苔蝕不可讀。瀑之所發源,諸峽一泂洑。或結爲鍾乳,分綴於嚴澳。爲廠爲堂密,玲瓏巧裝築。然後以水簾,分垂各成幅。漸上漸瑽琤,一一笙琴筑。直到龍涎峽,一瀉珠萬斛。是皆自九陂,二十里奔逐。無峰無飛泉,又妙能斷續。雖只兩壁對,知復幾千曲。及乎巾山脚,已跨州城陸。此處一迴望,萬綠在我掬。峰峰飛舞來,豈止水爭瀑。始知韓公記,燕喜非虛卜。渾然天成處,著此三間屋。其泉曰天澤,繞下石橋足。源上巾山頂,濂溪澤猶沐。"廉泉之源"四字,周子題。雙澗禽邑邑,雙柏風諰諰。八窗自開闔,空翠滿春服。俄頃雲四合,松篁叶塡枳。四山草木氣,來助新霡霂。哇咬枒曰作,誰觸誰斤斸。鍾美而滌惡,誰曰培靈淑。我坐北山寺,寺鐘飯又粥。飯罷但弄泉,跳盆看珠玉。

陽山韓迹三首

釣　臺

蘇公偶放魚,意輒隘韓子。又笑近不得,遠去徒爲爾。豈知東海緒,聊寄形骸委。黃昏跳蝦蟆,不必對溫水。相投不須劉,亦不偕叔起。白雲忽落衣,清泉時滌耳。籧籧青竹竿,公乎意有以。坐石蔭嘉林,樂並不在此。未知宏與冊,曾否喻斯旨。

讀書臺

公昔來此臺有無,公坐縣齋讀有餘。後人作臺志公讀,正復不聞人讀書。公之所憩皆可敬,漫取生兒字公姓。果愛其人有其書,自聞此邑無此令。商周姚姒軒與羲,百世之上求吾師。旁人但見膏繼晷,所讀何書焉得知。山城日煙雨,松桂舞春風。朝陽遊息對石洞,洞門題字各各稱韓公。臺旁春種火耨起,曉炊正映江煙空。

千巖表三大字

在賢令山崖上,相傳韓公手書,旁有銘曰:"萬石之中,巍然雄尊。與歲寒君,心契無言。"

近日潮陽郡,初摹鸚鵡篇。此邦不好事,大字尚巍然。嶺外推巖表,山名識令賢。所詹同魯頌,維嶽賴申宣。氣拔諸峰上,光摩萬石巔。廠橫如額覆,磴澾想銘鐫。孰與蒼顏友,盟如翠壁堅。更超言說外,相訂歲寒前。硜兀孤高意,嶔崟磊落邊。不須題姓字,山盡以公傳。

滇陽三峽歌

彈子磯到觀音巖,已二百里青巉巉。誰知滇陽峽方始,倚天更起藤蘿尖。滇陽峽即碧落洞,雲華石室神所緘。土人不識我訪得,憶剔古刻乘歊炎。其峰四出又四合,帶韶以北英以南。江行豈知派自此,峽束但見危相參。尉佗城址既蕪莽,皋石山腳尤嶄巖。稍平乃出鐵步障,倒映盡入瓊瑤函。石香爐裊五色霧,香爐峽在兩峽之中。錦屏風挂千珠簾。一梯上下窈窕接,百峒首尾玲瓏嵌。自茲東南下萬壑,廣州惠州形勢兼。白雲西樵起右跨,東更怪特窮鐫劖。遂爲羅浮左繞海,且行且住起復潛。所以潮從五羊起,直到峽下符郵籤。廣州之潮一宿而至,故名中宿峽。奇哉中宿峽尾望,峰合六六峽合三。五灣七灣那復辨,七十二點同一藍。我吟峽山最高頂,面面襟影層層嵐。並攜峽寺懷袖去,湛江江口開蒲帆。

仲春舟發廣州雜興十首

藥洲春漲起,一夜綠於雲。際曉拏舟去,憑窗看水紋。估帆圍冪冪,簫管炙紛紛。繡幕排筵唱,新年實飽聞。

棟花飛作絮,椰肉白於綿。憶始吟初夏,旋將到五年。蒿芽沙土軟,蕹葉水風牽。又見收新筍,青青荻浦邊。

三度黃灣泊,千帆赤岸通。孤亭初見日,絕頂五更風。海闊竿難測,沙淤港不同。須臾一線起,已遍大洋紅。浴日亭東海濱沙長,故所見如此。

海祀維春仲,民祈及上壬。停船雜髶鬤,扣鼓或釵簪。曉日占風色,靈潮滿夜音。記摹陳諫字,涼雨佇碑陰。南海廟韓碑,循州刺史陳諫書。

窈窕東官路，男歌女采珠。蝶爭花自舞，鳥隔水相呼。岸岸深篁竹，灣灣響荻蒲。晚山搖颭裏，青翠半糢糊。

鶀鵲聞不見，榕蔭大成圍。紫綠蠻雲合，空濛海雨飛。晝暝惟滴瀝，春靜更芳菲。背嶺棉千尺，蔫紅絮已肥。

大寶五年塔，東莞平。半段碑。未遑尋邵里，誰誤作蘇詞。士但工時論，人寧廣舊知。世家南漢補，儻有闕文遺。東莞令來謁云，邑有蘇碑二片，及拓取視之，則南漢禹餘宮使邵廷琚塔銘也，宋王元之有《五代史闕文》一卷。

近晤潮州守，欣知弦誦多。鳳臺初翩羽，橡木又榮柯。日望人能奮，春深律更和。應須選何武，樂職正需歌。

陸子四季住，楊生三度來。並舟非易濟，同調冀真才。古有一經執，推之萬卷該。問途何日定，印涉莫徘徊。

四百羅浮頂，巾箱只一編。悶因雲捲幔，飯爲竹停船。妥岸桃花過，迎人燕子偏。潊溪春乏處，忽夢十年前。戊寅在蠡縣有《春懷十首》。

江行晚景三首

竹港灣繚遠，沙洲尾忽橫。水煙冉冉上，幾點鷺鸞明。

微涼千澗合，返照一江紋。近浦初吹浪，前山欲起雲。

浦浦杉榕蔭，船船竹葦叢。牛歸斷霞外，笛起綠雲中。

題葦齋并序

乙酉春按試潮州，始造此舟，丙戌十一月復來，顏曰葦齋，今戊子春復來題此。

蒹葭蒼蒼吹蒲稗，溯游溯洄渺何在，秋水一方舟一芥。

江頭問津去逶迤，千川萬派收何時，觀瀾一笑葦一枝。

前夢熟經前路涉，三春又計三旬浹，容膝一間齋一葉。

原道堂二首

婆娑古橡木,翳此堂三楹。諸生學文來,因文且窺經。江紋曲成渚,春波澹延佇。我目雖送江,且循闌启户。修檻無百步,曲折堂陰貯。憑肩不及牆,仰見花楚楚。

我登原道堂,手跋原道篇。書之此堂壁,更進諸生言。雖進諸生言,我心轉惡然。堂後接祠陰,堂前自開軒。誦讀所栖處,以次房廊安。朝暮此出入,溯從至順年。水由此觀水,山由斯景山。未可一二說,午陰轉斜欄。

江漲歌三首

石灘石觜生波瀾,灘前灘口莫泊船。天明船泊非舊處,一夜滿江不見灘。

無數葭葦滿崖生,兩崖不辨縱與橫。從今更莫嗔棋局,水到中心亦不平。

粵船北去閩船南,船船販得潮州鹽。西來水多風又急,不敢當心滿挂帆。

送嘉應周牧歸吳二首

夢中匹練練湖明,篋裏程江江水清。靄日濃雲淡花絮,頌歌聲是櫂歌聲。

吳船新碧滑於油,蠟屐無煩飾杖鳩。北郭尋詩人更健,滿天梅雨憶梅州。

孟夏以玉蔭嘉穀題試嘉應諸生因檢己卯夏七言舊稿俾和之念予初來此諸生尚未知聲律今四年所多有能學古文詞者因復自和前韻以示獎勸

我昔珥筆陪荷囊,幽歌幽雅社與方。暖煙電采畫不出,但覺寶氣迴靈場。天球宏璧燦房序,六瑚四璉該夏商。因思樹人比樹穀,薦馨祈實功宜詳。萋萋之生匪一日，卷阿所以歌圭璋。我來嶺東歲在酉，宵雅初肄吹笙簧。秕稗先須種別白，溯洄豈易葭中央。此邦靈秀天所賦，善養天質斯爲祥。簸踩春揄去渣滓，刮磨津潤生晶光。玉尺敢言握中璧，珊網誰卜溪邊璜。此來春餘夏維孟，良苗鬱鬱皆迎陽。秬秠穈芑倒困出，木蕨何數芽滿筐。須思誕降自珍愛，莫慮年歲無豐穰。又須芸鋤日培護，自致膏澤來汪洋。由苗直可望秀實，結粒先已儲蓋藏。樹木十年人百年，樹穀乃計年年康。我今豈但計樹穀，並欲種玉藍田傍。田傍穀熟玉又出，復蔭千倉仍萬箱。盡吐山川白虹氣，登助郊廟黃流香。匪直嘉名詡肇錫，期言俾嘉行俾臧。昨賦嘉樹今嘉穀，中和聲徹梅州疆。

水車三首

陰陰岸旁竹，激激輪交旋。一轂三十輻，輻輻以竹編。周遭既繩貫，表裏仍篾纏。節有橫與直，柱有斷或連。盤盤下轉上，滑滑危更安。翻翻敧又正，軋軋往復還。嗟爾竹間人，計水營一餐。誰令運巧智，有此飛潺湲。攜幼飯叮睡，臥起初若閑。

中央軸不動，團團四旋舞。其半入水底，勢仄吞復吐。半又出水上，乘流仰而舉。一仰復一偃，偃乃作飛雨。然後從竹罅，邐迤到田所。滴瀝數家分，耒耜滿村佇。水少苦輪閣，輪多慮水阻。盡室仰此輪，得水能幾許。

清溪水至淺，尚不供舟行。兩岸農要水，更與舟人爭。遏水於岸旁，中露沙縱橫。舟溯沙一線，妬彼岸水盈。昨宵雨捲沙，新漲溪有聲。中心水凸起，逆上篙難撐。却欲傍岸去，正值飛輪鳴。一水彼此賴，焉得隨人情。

甘和庵總戎指頭畫歌

江湖陳道人，春水畫船頭。彼惟作字不作繪，畫肚濡髮那與虞張儔。不知何時筆法入指法，畫家譜畫稍見收。苧村張庚近作譜，此法獨推吳振武。江頭片紙誰復知,竹垞一詩自作古。往年鳳城品新圖,時時屈指高其佩。與朱。倫瀚。玉堂西屛風雨竹,最奇中段雲糢糊。螺紋屈曲本自篆籀法,已訝離奇譎詭不類人間書。憶昨山驛行,粉壁看青嶂。嶂間小字君自題,橋石橫斜水溶漾。想見雲煙蘸墨時,故作經營渴筆狀。槎枒一片皆天機,仿佛來尋君指上。此壁此畫又隔年,尋君却到羅浮邊。是日急雨飛山泉,山氣雨氣倏忽離合筆莫傳。捲簾縷縷但空翠,聽君爪甲聲鏗然。

送象星北歸得值字

倏忽又三年,側想前別意。摘葉訶子林,看碑海幢寺。日莫君舟發,舟中寄予字。所言皆苦辛,所獲皆幽懿。從此長書紳,頻年復並轡。十郡百州縣,五載遍三至。山川發精英,城郭騰秀異。購我作貢材,庇彼成章器。陋哉陸賈裝,文犀與生翠。轍還五羊城,蕭然舊襆被。忽動鄉曲味,款話親戚事。風雪騎驢路,燈火論文地。先我數上驛程,仍攜我童稚。世間幾昆弟,能兼友朋誼。豪俠然諾場,幾個同心志。子宜勤所思,上則青雲致。次乃成一名,旁蒐紹其墜。子年又長我,隙駒曷忍棄。魏歌貆特縣,陳誠翮羽值。子久弗思此,飄若客遠寄。行約對牀居,踐言矢寤寐。

送楊鈍夫掌教惠州書院得日字

羅浮院址栖禪室,兩邊綠夾豐湖出。中有講堂不可忘,故令別子秋蕭瑟。念子同我東郡咏,敢冀前賢萬分一。鵝城鶴嶺水東西,我目粗償君未畢。三年計之一朝踐,故聞轉賴新知實。臨別諄諄問詩法,此事安能口舌悉。微瀾玉塔三秋月,石柱丹臺五更日。請君默存自識之,不比前遊勞紙筆。

九日陪湯萼南學士柯禹峰編修登鎮海樓晚遊光孝寺聽僧圓德琴再和諸城座師韻二首

秋光去意滿雕欄,時予將滿任北歸。海氣空濛繪畫難。演迤成文日

增積，蟬蜩吹烱上高寒。來聽潮息同趺榻，即視樓陰迅轉丸。綠竹紅
萸映城堞，莫徒落帽會誇桓。

攪醒何緣起不平，恐因詩句目長城。圓德能詩。風旛誰肇喧兼寂，
峰嶺焉從側與橫。讓客禪牀隨語笑，入門宿鳥漫飛驚。今宵省却論
文字，拌倚榕窗坐到明。

九月二十一日内子攜兒輩北歸二首

西廊茶影上生衣，五及茲辰看夕暉。甲申九月二十一日到粵。先爲我
征謀灑掃，豈遑於室感伊威。寒交北地冰初合，綠憶炎洲雁正飛。川
陸路多僮婢少，宦貧容易説遄歸。

曉翠名齋可一廛，料量風雨十年前。宦歸仍載書千卷，壁立初忘
磬四懸。羅列解包餘裋褐，因緣長物有青氈。新知舊貫紛增觸，豈獨
詩囊訂幾篇。

洋畫歌

陰晴遠近同一川，樺皮屋子無市廛。七道三島想接連，人牛羊兒
丈尺前。人或坐立羊牛牽，青黃宛轉高低田。躡歌鑢耳爭鮮妍，罽毛
染衣光映淵。白脈始知尋瀑泉，漸引漸深微綠穿。一線淡入迢迢天，
騰涌四起雲綿綿。大洋萬里規影圓，此皆筆蹤細盤旋。有若髮鬘絲
絲纏，面勢每在膚寸邊。初非組織非丹鉛，遠方市易用物全。鹿毛之
筆松花煙，技巧何止秋毫巓。屏風競説端拱年，金銀蒔貢自裔然。拂
菻女兒詫龍眠，亦不盡貴粉墨填。紅羅褾軸援古編，蝙蝠扇子螺鈿
筵。海波不揚海估騈，晴風聽泊黃埔船。

後洋畫歌

是日日影窗東升，烏皮几滑鏡面憑。復有一鏡團團絚，外忽一鏡
此鏡承。下見城郭溝池塍，屋如石塔排碅磳。斯飛望絕鳥所翺，亦非
舍利供伽僧。火燒水轉不可登，轉側面背皆有稜。竟如穿入日一繩，

淺紺天色黃雲蒸。長街小轂馳輇輘，都梁艾蒳交甈甀。魚皮刀鞘挂擔篸，玻瓈鏡眼窗相乘。房房戶戶通然應，屋列如豆人如蠅。罽衣翠被髮鬝鬙，度遠陟高豈奇肱。遠復有屋人有朋，復有川陸山岡陵。雖有巧歷籌不能，風帆沙島無名稱。旁行倭字果孰徵，尺寸千里百里增。濛濛漸如影取燈，迢迢渺渺還層層。就中衣被非繚綾，文采繡繢誰所興。一堂萬金斯可矜，彼哉津陽徒彩繢。百工技巧世世仍，得非規矩繩墨憑。鄭箋之經作貢曾，<small>宋咸平中，日本僧奝然以鄭康成注《孝經》獻於朝。</small>更有何祕堪鈔謄。茫茫大海難跨凌，但放寸目追秋鷹。所以短刀寓勸懲，昔人一物常兢兢。

蘇文忠天際烏雲帖歌

張道士詩已蠹落，柯博士跋又不完。長洲吳寬亦有題識字，字復散失隨雲煙。因緣起滅一一變幻果誰是，舊社心印何處知來還。西風透金橙，卯酒上牡丹。鶯飛燕入柳絮起，省記拊檻齋餘前。濰州雪夜漫驛壁，公自解書何苦托軒轅。南嶽真人舊居士，一笑仍作青眼看。天藻亭，五雲閣，對倚琅玕詠芍藥。晴虹貫夜風雨來，鎖甲黃金剪刀錯。木枯石爛那計煙，霧深且望岷峨入盧霍。海山巖洞又幾秋，風起水涌花自流。長篇小字勸君不用刻，何況守居閣子破紙風颭颭。松陵史家石久泐，晚香堂更摹雙鉤。

王石谷惲南田合冊爲秦果亭運使題凡六首

澹綠忽無際，遙山影橫臥。近山面勢來，受以亭可坐。濛濛杳靄間，一鳥未點破。空光出虛籟，松濤與相和。洪谷子既死，識者有幾個。所以喻古澹，詩陶而琴賀。

江雨平看勢已遙，篷低煙闇水迢迢。誰知霧擁雲蒸處，墨潑千峰欲動搖。

焉有草隸法，蒼蒼泉溜厓。夜來潤氣出，風雨繞空齋。

水定青林影，山翻白鳥光。前村忽雲起，一半入蒼茫。

半露溪灣照亦明，墨痕只剩遠林橫。昏煙一點通人處，時有松樵墮澗聲。

意到無町畦，俄起溪澗谷。三折五折水，樵人野人屋。路古氣澹泊，時遇杉與竹。蒼蒼掃枝葉，落落非磽禿。渾乎以神行，何必仿曹陸。索笑梅花窗，山家酒初熟。　南田自題云：“意在雲西、天遊之間。”

果亭運使所藏李龍眠五百應真圖卷予既爲書淮海圖記而綴以詩

髯秦記記法能筆，心游馬事二十七。龍眠却馬從秀師，一掃人物五百奇。以畫三昧作佛事，龍虎狸豹兕象獅。蠻奴鬼使侍童女，獻花輸賣緣須彌。胥來繞一青蓮座，白毫相光初放時。梵天重閣紫金色，萬象攝入圓摩尼。疏眉頤面若曉目，欠伸趺坐行以嬉。莊嚴變幻各一義，問答讚嘆誰知之。瀰茫香雲鬟雲起，倏忽半月滿月爲。却於水影出墨彩，瓶拂之間天接海。空音空色煙浪中，萬岫千巒狀旋改。即離吞吐彼我觀然否，五千五百諾俱那徒在。石橋挂錫傳天台，曹勛記可雁宕該。玉局遺文薦誠院，空山水流花又開。此圖不知奚取材，展之颯颯虛吹來。秋毫神妙筆筆鐵絲似一氣，糾結縹緲非樓臺。群木群石勢欲動，飛者走者生喜生悲哀。千燈一光彼即此，無文字處皆偈子。多事我爲寫秦記，以馬喻馬指喻指。嗟馬與指我豈知，吮墨新陽上窗紙。

刻四書文稿成琴川戴慕溪以詩見贈次韻二首

一三隅自反，二十載於茲。幾把膏兼馥，先刊葉與枝。初寧意津逮，今尚苦沙披。仿佛剗源欏，茫茫余所思。

五載慚衡寄，怦怦肯釋茲。寒仍銷桂海，春又到梅枝。一瓣香誰證，三條燭共披。寸心佳惡在，何以慰深思。

藥洲冬日讀諸家集七首和王文簡公韻①

花開橡木又經春，原道堂邊迹未湮。五百家刊太草草，翻輸小秀

① 卷四之《九成臺歌》至此詩爲翁方綱戊子歲（1768）詩作，手稿本闕如。

野傳神。<small>近日江西刻五百家注韓集，闕訛其多，更出顧氏新刻本下。</small>

　　舌捲滄溟氣似虹，根株恨不拔山東。落花禪榻消前夢，誰道青春解負公。

　　那復區區格律才，羅浮松吹夏雲哀。直兼萬壑千巖響，屈注天潢倒海來。

　　呂紫微圖漫主賓，皖公終古自嶙峋。山中宰相松風夢，不必山中高臥人。

　　漫解南湖上將圍，茶山早自有傳衣。欲憑轉語聊參證，可但尋僧葦際歸。

　　蘇門未及數公遊，只合西園倚暮愁。萬古悲歌燕趙氣，空山掩淚集中州。

　　百年文獻荷奚慚，豈獨論心片石堪。晚對廬山真面目，自酬頭白憶江南。

敧器圖①<small>以下己丑</small>

　　館中昔咏共錢七，謂我弗頌亦弗規。今我規與頌孰是，上春上日習禮儀。陳圖設俎詔弟子，儼廟翼翼堂徂基。一賢一聖一守者，守者旁聽賢俯思。器懸以簴注以水，虛能攲酌盈能持。要取敬恭勸誡意，爰視正覆平頗時。我聞周廟制久絕，永明年造傳沖之。杜家巧思尚三改，誰爲溯漢東京遺。孝恭之圖出隋世，劉徽注更煩文詞。上則五觚下圓銳，髹木創意夫誰師。水彊水弱一偃仰，荀子揚子説豈岐。後來邁英製亦合，恐非漏刻銘能爲。淺深損益重輕際，其判千里差毫釐。未易一二規與頌，且再三復循前墀。

---

　　①　此詩題位於手稿本第 7739 頁。

夜雨借杜韻二首①

歲底頑陰逼,炎方雪霰生。三陽迴暖氣,半夜走雷聲。農事恰催起,春燈相映明。濛濛渾一片,暗動五羊城。

客枕聞涓滴,初隨遠夢生。江天成久釀,竹樹已新聲。風腳溪煙暗,雲頭海色明。羅浮有鳳子,破繭出鵝城。

上春之初敬觀廣州府學堂廡禮器碑刻并謁先賢諸祠得詩十二首②

五載循牆四上春,每聽莫雨甕城闉。文明門久馳文教,府學直南曰文明門。聖訓碑今見聖人。聖祖仁皇帝考試嘆碑,康熙四十二年學政臣翁嵩年恭勒。古殿杉松吹謖謖,迴廊干籥序仸仸。低回風鐸雲璈下,不獨橫經憶苦辛。

後圃亭虛子燕居,申夭遺度想存諸。誰摹東魯千秋範,却望番山一簣如。荒徑草生經雨後,綠池風細得門初。莫言仰止無多地,時要蒭畬力墾鋤。番山後燕居亭有至正五年摹本吳道子畫先聖燕居像,皇慶二年摹本宣聖兗公小影。

至正碑旁款八分,更摹徐篆驟顏筋。昔人無往非趨步,今士能追祇藝文。敗瓦山坡仍細剔,疏花壇樹又斜曛。何當重勒虞戈法,仿自琅邪節度軍。先聖像旁有至正廣東憲曹張譓八分書記,小影碑下有重摹徐浩篆顏真卿書《夫子廟堂記》。

泰泉記又甘泉記,程氏箴還范氏箴。習禮賓嘉飲射讀,同音鐘磬瑟笙琴。詩書誦說成於樂,視聽閑存啓乃心。觀德亭連經義廨,徘徊旋折石欄陰。

弼違章自賜蘿峰,只少箴邊跋相嵩。勝國君臣還迹在,高談敬一此碑中。爾諸生勿矜詞藻,凡讀書須看事功。咫尺池濱跬步始,方橋

---

① 此詩題位於手稿本第 7740 頁。
② 此詩題位於手稿本第 7741 頁。

如案倚平空。石刻明世宗敬一箴并程箴，後跋謂箴之功不在程氏而在張璁云云。璁號蘿峰，世宗賜璁二章曰"忠良貞一""繩愆弼違"。

曾看拙賦拙窩邊，到處題名亦偶然。連州巾子峰、肇慶七星巖、陽春銅石巖並有周子題名。獨愛不須還有説，問廉何必定於泉。春風砌下仍環草，往日池中果種蓮。拜罷遺祠循小圃，水紋個個月巖圓。

武夷廬阜俱遊迹，未得徽公到廣南。今日齋居啓齋廡，何殊雲谷結雲庵。静收珠海瀾千派，澹印仙湖月一潭。雒誦聲聽鄰舍起，過牆蘚卉又紅酣。朱子祠在仙湖街，夫子自號雲谷老人。

菊坡作相繼張余，晚節堂開凍雨餘。風範非因辭爵禄，謨猷還自展鄉閭。濱州道士銘鑴在，西蜀門生對有諸。碑版難尋寶祐日，苔垣新緑獨躊躇。崔清獻祠，寶祐中建，祠壁所刻座右銘四句，乃北宋劉卜功語，又刻門人家大酉對云云，"酉"刻爲"有"。

祠枕城堛額曰忠，三公河嶽日星同。荒陬死處俱千古，正氣歌聲儼半空。海夕誰填萇血碧，棉春又上鵑啼紅。古岡一叟慈元筆，尚倚危厓響烈風。

古岡教澤甘泉繼，本自濂溪一脈來。正學底須區浙派，無言何礙坐春臺。兩家擾擾生徒競，九曲紛紛講院開。門户化時堂室見，師承容易説英才。白沙、陽明二家弟子各執師説不相下，建寧某太守爲創大同書院於武夷，時號陽明曰浙宗，湛甘泉曰廣宗。

曲江公後粵無詩，直至南園一振之。抗志誰云風可抗，師多不必社專師。山川未泯英靈氣，文藻還餘細密思。傳語後來群雅輩，騷壇焉用主盟爲。

梁歐輩出泰泉門，詩教由於經術尊。詎捨精微言格調，祇遺堂奥涉籬藩。三家又過吹鋒映，七子誰求刻劍痕。望古懷賢寥闊意，欲尋媚學子同論。

浯溪中興頌①

李西臺本不可見，棗木傳刻疑趙岣。劍州山石豈有此，熙寧夬字
於旁嵌。縱橫丈尺字如掌，尚有墨補痕相攙。何傷日光與玉潔，直挾
義正兼詞嚴。或云危苦洗衰陋，或云寓意倖譏讒。碑耶頌耶得與失，
春秋之例誰發凡。儲皇匹馬從父老，仁孝本謂國可監。復復二京奠
九廟，以對於帝於民巖。宜用中鋒拄健筆，若峻劍戟高松杉。所以率
先奏兵狀，又拜西内馳封緘。一日三朝天子禮，問安視膳感至誠。言
言天經與民紀，與此相應如韶咸。淒涼寂寞大同殿，杜什曷不同鐫
劖。②坐臥非爲玩筆畫，春風夢起湘江帆。

元祐黨籍石刻③

灘江倒捲江厓碧，怒蹴奸回有餘力。到頭奸黨是何人，竹膜縱橫
剛五尺。拓自西江書客船，拓碑人說崇寧年。只如四海識司馬，兒童
走卒皆喧傳。詔書萬民掩淚讀，石工一例吞聲鐫。至今光景曜日月，
諸公磊落相後先。華袞翻從斧鉞得，玉石畢竟雲泥懸。一百卷供頤
正譜，百三人又張綱銓。端禮門與文德殿，立石毀石徒紛然。留此厓
端隸橫四，猶識司空尚書字。對揚休命臣仰承，孝弟之志皇帝嗣。是
時甫焚元祐法，學術牽連及政事。蘇黃不作文章伯，章蔡旋興廢立
議。竟欺天地誣神明，讀史至此爲裂眥。奈何風雨不剝蝕，天假誣詞
鑑真僞。人頭畜鳴石人言，以告方來此妖異。瀑泉微泐字一行，蠻煙
瘴霧深遐荒。憸人快意所餘幾，過客千秋指道旁。我訂嶺東金石史，
元祐諸賢迹多毀。碧天照水雲吹空，海色搖窗上晴几。

外舅韓公遠訪官舍話別④

短筇扶自滾邊村，舊事燈前海上論。老閱人情如冷炙，春交社日

---

① 　此詩題位於手稿本第 7747 頁。
② 　“鐫”，手稿本作“鑱”。
③ 　此詩題位於手稿本第 7748 頁。“石刻”下，手稿本有“拓本”字。
④ 　此詩題位於手稿本第 7752 頁。“外舅韓公”，手稿本作“婦翁”。

憶殘樽。囊探耆域方傳女，柵樹熊兒課到孫。歸及麥黃梅熟候，看雲
時復倚柴門。

藥洲摹米石歌①并序

米南宮題“藥洲”字一石，去年秋於布政使後堂訪得之，歐陽方伯
蘭畦有移歸之諾，予既賦詩爲訂並摹字於石，將以贈蘭畦。既而蘭畦
悔之，予因以所摹一石陷使院西齋壁，又別摹一石藏之，以俟歸而置
小齋中。先作此詩邀擇石宮詹、蘊山、雪門兩編修、鈍夫進士和作，時
己丑二月也。

昔聞斯洲米題字，題米名姓兼米詩。或云詩在仙掌背，仙掌今則
榕根滋。或云題名即詩處，或云斫竹親見之。沈椒園侍御所説。昨秋笛
窔偶然得，客來贊嘆主未知。九月九日竹間雨，二十五點珠搖漪。藥
洲，米黻元章題，時仲公詡積中同遊，元祐丙寅季春初八日題。魯玉楚弓本故物，秦
城趙璧何足奇。我倚西齋一長嘯，英光飛過洲之湄。滄江貫虹月著
壁，如墨莖帚沙畫錐。移山未要倩愚叟，饒水那惜分癡兒。山陰鵝群
定許假，伏波馬式誰從欺。吾齋秀氣尤不泯，蓬山他年想忍饑。宅無
可賣石可袖，蕭家一字真家貲。

----

① 　此詩題位於手稿本第 7753 頁。

復初齋詩集卷第六

藥洲集五_{己丑二月至十二月}

仲春舟發廣州咏懷九首①

五十日春雨，過於九夏潦。羊城歌管氣，炙熱不可沃。仲月暄轉涼，沈雲霸猶續。牂牁江西來，三峽想新綠。徑去峽下聽，玲瓏漱飛玉。

禺山猶未陟，今春陟番山。活活泥巷中，捫此簪石頑。圖經載繙閱，溯自秦以還。我費五年力，手剔千厓斑。續録刺史碑，梁日訂已艱。_{梁時書目有《廣州刺史碑》十二卷。}洗爵問禮器，僅辨至正間。誰勒九曜字，創聞誇市闤。_{廣州府西街近出一石，上刻"九曜石"三字，太守顧君買置府廨。}

瀛洲亭東竹，水抱筠更青。不見五春餘，想夾花冥冥。謝郎擅三長，_{藴山方預修國史。}姚子讎六經。_{雪門入直武英殿。}同學呂與李，_{呂陶村、李敬堂。}簪佩交華星。是春帝視學，葺廟親勒銘。又出周時器，備陳孔子庭。二月夾鐘奏，大樂中和聽。煌乎吉甫作，豈止魯頌駉。諸賢各濡筆，緑户交紅樞。時應却夢我，賡唱於此亭。

横街舊東鄰，_{謂藥石。}手稿自删拾。五六年前見，三十卷成集。小長蘆釣師，應苦追太急。昨書道昔非，留一猶去十。余益離索深，何

---

① 此詩題位於手稿本第7756頁。

階方便及。夐乎丁敬禮,佳惡臆難執。

　　夜與婦翁話,滾溪瀨溪南。我昔曾客處,孤村繞澄潭。村中多長者,雜坐於槐柟。都不識文字,但講麻麥蠶。杏花疃一帶,意到紅望酣。斜照黃犢際,有童弗罛籃。諸生各袖書,微風遞開函。遂已逾十載,此景翁獨諳。軟語舊書紳,喧節新盍簪。藥洲又鶯囀,初漲綠影涵。

　　陸兄有寄語,臘月已抵都。勤勤敍契闊,款款問妻孥。冰雪萬里路,冠蓋九陌途。比鄰來借問,黃金橐充無。冷面淡情性,曳履上天衢。慈恩寺塔下,已少高岑徒。惟應端州院,聽雨擬兩蘇。

　　林子貧奉母,四十始受官。來倅羅浮下,萬里營一餐。書云茲月初,舟發浙江干。官卑才復拙,退蹇進亦難。豈知乘軺人,啓處不敢安。春月每起舵,究觀於波瀾。

　　北江流可仰,西峽水轉平。午潮及晚落,忽露沙尾橫。斜陽半江出,雙櫓搖空明。長風控弦來,猛與去箭爭。飛流瞰萬里,舊有亭可登。三江三峽脈,一束賴一城。崧臺三面山,奇哉聽江聲。

　　五羊廣州春,四由肇慶始。相厲臨允來,注水壯南紀。上臺下石室,洞穴相表裏。天樞運權衡,①七點碧交紫。百神觴豆處,遺字洩宛委。八窗珠斗下,諸生攜研几。知有解人否,可與捫讀此。豈惟坐巖陰,瑽玎弄凹水。

得綠亭四首②

　　老樹空庭得,昔聞南郭吟。可能人比木,莫說古猶今。春日發生意,初來栽種心。躊躇憶五載,捲幔北窗陰。

　　渺渺端江雨,年年輟棹聽。七巖音迭奏,三峽遠尤青。橘柚槐榆

① "天樞運權衡",手稿本作"璇璣衡瑤光"。
② 此詩題位於手稿本第 7765 頁。

氣,璇璣樞斗靈。雲英與水碧,一受以寒廳。

　　陰崖誰管牡,石墨我窮蒐。蝸扁飛翔下,琅函甲乙收。霧蟠丹篆曉,風散紫琳秋。變幻雲霞色,半看況有樓。

　　蘭葉吹新暖,蕉陰映晚涼。鳥鳴檐四角,人坐翠中央。一片袖襟裏,自然蒼蒚香。不須煩比喻,更以樹名堂。^①_{亭後樹人堂,巨山少宰所題。}

莫春肇慶使院四首^②

　　新題草隸上新桷,磨墨江磯信墨緣。_{院臨端江,予題後齋曰"墨緣"。}鎖院論文三月尾,堊牆大字百年前。_{院壁"在茲"二大字,崇禎甲戌冬知肇慶府事溫陵陳焌奎書。}時時閉目參心省,處處空音借雨傳。可但帖經燈火下,閑徵風味到青編。

　　窗邊蜜望最蘢葱,接葉低枝院院同。暖帶蜂聲相匼匝,綠非雨氣亦溟濛。七星巌抱菱荷沼,四季桃開水月宮。_{在大巌口。}正是茶棉二三月,香來都落小闌中。

　　杳靄虛無吐納間,重青叠翠渺迴環。千帆湘浦西來水,幾點新州對岸山。八牖層臺濃似畫,_{院與崧臺相望,臺即今閱江樓。}衆峰三面勢如彎。北樓尚苦危梯裊,未得扶闌冒雨攀。

　　嶺西州視此州先,口耳薰陶近六年。邃密商量猶貌襲,光晶浸潤豈言傳。溪蠻學語推聲病,巌洞摹書講廓填。矻矻二生朝夕叩,不知何用廢餐眠。_{歐、葉二學官日求講詩律、寫小楷。}

家模册歌^③并引

　　德慶州學官進取奉家模册來,屬書其後。^④進取爲揭陽東崖裴敏

---

①　此句下注文"巨山",手稿本作"程巨山"。
②　此詩題位於手稿本第 7767 頁。
③　此詩題位於手稿本第 7771 頁。
④　"屬書其後"四字,手稿本無。

公裔孫，東崖與吾冰崖公同爵同謚，忠謇謨略，先後著聲勝國，而小子家先世畫像之失久矣。冊凡二十九幅，自唐諫議文饒公、宋補闕用亨公六桂以來暨我十一世祖明翰林檢討醉庵公、十世祖宮保戶部尚書冰崖公、九世祖工部都水主事謙謙公，簪笏儼然，金紫相望，忠孝典型具在，蓋吾家由莆田遷北京幾三百年以來未睹之儀容，小子一旦獲敬拜焉。既命工摹之以俟歸而告藏於家廟，迺作是歌。

吾家北京歲丁卯，乙科起自水部郎。到今二百六十載，支分南北難具詳。小子甲戌始讀譜，諸派爲目閩爲綱。閩又莆田冠於首，次第乃及延福漳。刺桐花開刺桐巷，朱紫衣滿朱紫坊。宋尚書禮部員外郎、殿中丞上柱國伯起公所居也，是爲一桂公。雪崖冰崖翰林後，父子兄弟同朝堂。雪崖，冰崖公兄，歷官貴州布政使參議。側聞莆中歲致祀，冰崖公像人弗忘。翰林尚書有手訓，儲弄寶墨誇琳琅。六桂芬嗣興福里，八景咏傳竹嘯莊。冰崖公有《集唐竹嘯莊八咏》，載《冰崖詩集》。南北迢遙十餘世，聽音望遠同穀梁。甲申持節來嶺海，粵海正接閩海疆。廣文一冊手示我，昨秋艤棹端溪旁。幅幾三十世數十，族衍於宋承於唐。螺江釣翁畫錦客，錦袍高唱槐花黃。補闕而後派分六，秩然昭穆臨冠裳。法曹二桂公。少府三桂公。失摹本，尚待訪舊歸緗緗。清江清浦卜宅後，忠孝經濟兼文章。連翩數幅屹眉宇，磊落骨鯁雙顴方。醉庵冰崖各有贊，贊皆自作詞清蒼。匪徒簪笏炫黼黻，要信品望如珪璋。紙色熒熒精彩動，笑顏藹藹庇蔭長。慈孝都如一庭聚，詩書貽我萬丈光。冰崖公《竹嘯莊》詩云："怪底文光長萬丈，有人高步在瀛洲。"昔時閩粵兩襄敏，後先德業遙相望。粵襄敏公族尤盛，居於潮郡於揭陽。賢哉廣文能世守，播遷所失猶珍藏。苜蓿冷官莫厭冷，校士於此吾家常。醉庵公訓導仁化，冰崖公第六子南壼公教授肇慶。須知勤苦起誦讀，如彼稼穡謀耕桑。一經一簣孰肯構，再命三命思循牆。吾祖廉吏清白極，兩世孺守茹糟糠。小子至今未能報，不待展冊涕已滂。摹諸絹素供家廟，拜告洗爵筵焚香。如承家誡凜家範，庶守無射垂無央。

白　雨①

白雨瀉暮檐，斡斡真銀竹。夾以斜陽明，逾於暑時渌。或云離火作，中虛陰所伏。不宜黃宜白，早稻聞粵俗。<small>日色黃且雨曰黃雨，諺曰"白雨宜禾，黃雨不宜禾"。</small>所以春先夏，雲日雨相觸。上有層藍天，飛泉下鋪玉。急鳴敲圓栝，蒸勢撼高瀑。四山成對霤，珠箔垂一幅。余坐崧臺頂，時吸海氣綠。

七星巖和王朱二先生韻②

峽西山漸平，蓄秀賴陰崖。爛爛電影出，蒼蒼雲氣霾。天帝昔醮酌，百神此虔齋。通明紫微座，錯落白石階。臭聲合於漠，於穆明德懷。神光離又屬，鐘鼓笙磬諧。開陽暨搖光，作作以次儕。③瀝湖遂以挹，旱乾水無乖。中央周四宇，五嶺一氣偕。<small>右竹垞韻。</small>

橫雲雖平凝，轉側忽成石。誰記帝所夢，熊想鈞天射。乳柱垂龍鳳，雲霞張幕帟。穿窿敞圓蓋，真氣滿大宅。南北互啓閉，陰晴迭主客。不雨翠自流，萬綠森羽戟。俄墮月半環，水蕩媒姤魄。俯定九曲穿，前瞻兩門闢。上到含珠徑，亦復無珠迹。白光自止止，玉洞花霧積。神靈意尚閟，孰測流形澤。琳琅叩金牡，宛委探玉策。讀之了不識，翠墨紛前席。<small>右漁洋韻。</small>

次韻內子·春日藥洲見寄④

合將於役思縈君，洵美登樓佇望勤。苔竹依然蓬繞徑，皁蠡可待趲成群。異鄉埘桀添千夕，二月茶棉綠幾分。牡蠣牆陰畫欄外，簾虛偏易雨聲聞。

---

① 此詩題位於手稿本第 7777 頁。
② 此詩題位於手稿本第 7779 頁。詩題手稿本作"七星巖三詩"，《復初齋集外詩》收第三首，此是前二首。
③ "開陽暨搖光，作作以次儕"，手稿本作"璇璣衡瑤光，各各以次儕"。
④ 此詩題位於手稿本第 7784 頁。

三洲巖三首①

飛飛蒼玉乳,凝結自何年。霧隱千盤磴,雲生一線天。草花纏紫
蔓,石臼墮青圓。已在春陰外,瑽玎忽響泉。一名玉乳巖。

破屋樵人宿,坳堂古衲迎。洞寧須户闥,竈漫以丹名。荒穢齋厨
具,喧啾鳥雀鳴。了然無梵唄,滿澗木丁丁。巖有仙人丹竈。

奇哉破壁去,玉局勒蛟龍。綠蘚渾無迹,飛棋更幾重。紹興書最
勁,②上蔡墨猶濃。莽莽空山雨,虛涼獨倚筇。舊有蘇題,石壁劈去,失所在,
惟存皇祐二年祖無擇題名,又紹興壬子浚儀趙慶裔八分書題。

蔣健仔以所刻尊甫晴崖公書薛文清讀書録石本見貽③

忽忽二十年,一堂亢與鯉。瀧江來握手,側想聞詩禮。吾師闡道
功,紹先斯後啓。深切見行事,此理此源委。景行者誰歟,河汾薛夫
子。昭昭群聖心,萬古道如砥。望道豈不遥,發軔誠自邇。用文清詩意。
撥薈開迷塗,深衷蓋繫此。要義垂千秋,精氣飛十指。蒼茫通潞濱,
夢寐河津水。況我追談笑,風雪渺庭几。中郎書尚在,鹿洞規孰擬。
猶記夕照寺,④脱巾瓜豆底。戊辰夏與君論文城東,今二十年矣。

再題天際烏雲帖九首⑤

定香橋漫觀真迹,鑒賞重來共濟明。公憶錢塘蒪萬丈,低回二十
四橋情。舊見蔡忠惠《夢詩帖》蘇跋云:"此蔡君謨夢中詩也,真迹在濟明家。"又《壁詩帖》
跋云:"錢塘有美堂前小閣中壁上小書此詩,蔡君謨真迹也。陳述古摹刻,軾在定香橋野店
中觀之。"

白髮每驚山鳥唤,新黄初上拒霜尖。相逢爲記跳珠雨,玉罌非因

---

① 　此詩題位於手稿本第7785頁。
② 　"最勁",手稿本作"尚勁"。
③ 　此詩題位於手稿本第7788頁。詩題手稿本作"蔣新仲以所刻尊甫晴崖公遺迹薛文清讀
書録石本見貽賦此爲謝"。
④ 　"猶記",手稿本作"惟記"。
⑤ 　此詩題位於手稿本第7796頁。

絳蠟添。

亂飛鶯燕夢猶驚，草長江南映雪翎。縱有金籠真放鴿，莫憑傅會撿禽經。蘇詩"去年柳絮飛時節，記得金籠放雪衣"，自注"杭人以放鴿爲太守壽"，蓋托詞也。王注引天寶中雪衣鸚鵡，近日查注引《倦遊録》放雀鴿，皆未見此墨迹耳。

烏絲欄底袖圍紅，中酒殘春又不同。拈與五雲閣吏證，三生小杜落花風。

浣花溪頭雨洗塵，玉局墨竹幾經春。春雷翻石蛟龍起，大有峨嵋相對人。

鑒書博士鑒裁密，滿橐晴虹貫夜船。非復徐家得偃筆，似较反正獨嬋娟。

後題又感邵庵翁，個個蘇門學士風。五百年前佳紙在，盡收心事賭繡中。①

誰從石刻覓精魂，吳下西村且未論。枉費華亭比王略，黍珠難聚墨邊痕。

何年姓篆燦瑤華，一笑吾宗對客誇。固合墨緣歸我篋，閱人曩已似恒沙。內有"翁"字印六十餘處。

三水至清遠江行五首②

西南驛轉舟西北，始自西江上北江。水試嚴泉潮漸落，③雨迴瀧石瘴全降。微藍禺峽山千點，小碧羅浮翠一雙。明滅遠洲橫側見，無多收納惜篷窗。

佛山夜滿市咻音，甫得西樵霽曉臨。歷下人曾托嘉號，荔支園只隔微陰。白沙室儻藏書在，西樵山有白沙書院。雪乳巖誰玉洞尋。七十

---

①　"賭繡"，手稿本作"錦池"。
②　此詩題位於手稿本第 7800 頁。
③　"漸落"，手稿本作"半落"。

二峰溪九曲,終須一問水簾深。

三水家家習爲吏,生涯多半在公門。師儒那得漸摩易,風俗居然學問存。傍郭雨餘新穭麥,趁墟月下散雞豚。江邊閑看茶瓜賣,野圃清泉抱一村。

北來水壯侵堤岸,往者恒聞吏歲修。港泊晨還記沙尾,舟人夜每看雲頭。峽南百瀆源胥會,夏淺三春漲未收。繫纜榕林逢縣尹,沿江放糶最先籌。

雨痕已漫白沙灘,霧氣猶籠凝碧灣。魚寨列如連島勢,櫂歌聲忽轉篷間。側聽猿洞來飛瀑,背指羊城借遠山。罨靄迷離水雲合,固應信宿說潮還。

清遠峽口阻漲泊舟三日得五詩①

縴路滑一線,四山漲斗落。沙氣渾渾黃,不復昨岸脚。繫舟亦不正,倚木如杙閣。木末看水雲,葭葦竹相錯。時有騎牛兒,踏響雲光廓。

晚山俄半晴,返照綠邐迤。雨痕變濛濛,綠淺乃深紫。凹凸影不定,穿映來水涘。水氣橫爲煙,煙定聲弗止。上蟬下蛙蛤,誰辨煙與水。釣筒響菰蒲,嗟爾村家子。晨食果得魚,村煙炊亦起。

炎風吹林麓,四時蕗草青。毒蠚久已凋,夏氣伏以寧。尚聞俗磔犬,禦毒去蝗螟。今晨音徹午,士女共一艇。又非蜑家歌,腰鼓扣之逢。村農學競渡,黍亦柊葉形。樸野良可喜,何必珠江舲。

峽內峽包寺,知名一小天。寺門蘇釣磯,磯俯於峽前。儻如泊三日,高處攬百川。七十有二峰,峰峰下瀑泉。龍吟帝子奏,虎嘯僧房眠。明發當過之,江定風帖然。直上上三峽,水駛不繫船。

---

① 此詩題位於手稿本第 7803 頁。

雨久農未妨，江村鼓簫盛。晚晴江更白，鑄出團團鏡。衆山影倒來，山山挂泉迸。不雨而水增，所以江力勁。山復淡夕煙，徐合江光暝。風涼遠岸笛，月上昏林磬。此時波不興，下上一綠淨。船人歌亦起，静與漁榔應。月落水已殺，露珠滿榕徑。

舟過峽山寺不入寺僧以紙求詩因撮其尤資眺望者賦二詩①

飛泉亭

亭在山半，即所謂淙碧軒也，昔坡翁過此，謂溪水太駛當於軒北作一閘，夏秋水暴爲啓閉之節，用陰陽家説，寺當少富。予初來遊，見亭後石壁字隱隱，寺僧指爲蘇迹，予因有“綠蘚蛟龍”之句，既刻石亭上矣。及拓壁字，乃明人八分，非坡書也，賦此以當改正。

僧饑山少肉，何與梨棗熟。借問仇池泉，巾笥蓄幾年。迴合一寸燭，吸海照百川。轟雷濺珠玉，寧區此亭前。山下乃白雲，山凹但綠煙。君莫執一處，有迹説坡仙。

帶玉堂

堂在寺西，坐此則南禺三十六峰環列檻下。

南峽峽皆山，北峽峽則寺。東西多少峰，入寺都不記。因借北峽户，時看南峽雲。三十六翠屏，有時鐘磬聞。風吹七灣竹，遂想二禺君。玉鏡綠玻璃，萬頃轕繚紋。寺僧苦留客，金碧看夕曛。

舟上連州四首②

半日二百里，晚照江轉綠。山忽西北去，江亦與之曲。西江瀧江灘，到此一小束。江窄山益奇，眼放舟豈促。舟進風雨來，四山濺珠玉。

韶石復英石，扣響四五春。信否柳子言，多石反少人。前晨發凌

---

① 此詩題位於手稿本第7807頁。
② 此詩題位於手稿本第7817頁。

江，江綠一雨新。人氣壓石氣，不使徒嶙峋。皇古奏簡韶，我豈辨僞真。但期播此意，以牖於俊民。我作迪和堂，大字題八分。韶州使院後堂。那必干籛翟，生徒萃侁侁。首述曲江張，歌詩繼阮陳。次言聲必諧，果聽翕然臻。弇兮昔之卯，習改占俗淳。沿江樹如沐，石際方出雲。

南滇西北洸，人家並依阜。茅屋與竹林，田錯不論畝。草細沙亦柔，潆折到洸口。南楚之咽喉，衡嶽路斯首。甘泉東門字，此石果勒否。昔湛文簡欲於洺洸口立石刻曰"衡嶽東門"。九曲湘上帆，①湟水桂水受。昔尉今也司，職管此察糾。官閑民務勤，岸岸罟梁笱。來往鹽麻船，簌動水楊柳。

連昔隸廣州，使者弗親莅。近年置使院，三歲乃一至。事少舟楫勞，無取再三試。自予使粵來，五歲來已四。豈爲山水耽，掄材亦因地。此地張宣公，教人首立志。上溯昌黎伯，文章即政事。鍾美而去惡，不獨一亭記。奮乎百世下，能者幾人致。歌繁聽山猺，訟簡訪州吏。教惟前賢師，記予舊題字。

鈍夫久不作詩陽山舟中值其病起諷詩數夕却訊②

酒腸無酒誰感觸，不合槎枒吐石竹。篋中雖有青琅玕，煙雨何如一江綠。前年艤舟岸已夕，半日尋山林轉麓。蒼厓遺字摹紹熙，凍雨誰從立崖谷。③歸來篷底意惝怳，此段詩味留信宿。苦拈格調千百家，甘費膏油再三讀。君看詩內亦何有，不如默存時閉目。病起可耐樊榭民，盧橘楊梅酸未熟。近聞頗覽厲微君集也。

鈍夫以樊榭詩來問叠韻答之④

羼提無色聲香觸，且莫徒尋竹垞竹。近時家家王與朱，但傅丹鉛

眩紅緑。法書不合從門入,見過於巔乃臻麓。虞山之派畫亦然,耕南老人學石谷。齊音吳音豈一律,遠矣誰從叩耆宿。君看臨清共王李,唐十二家坐熟讀。精華聲調竟何在,温伯雪子徒擊目。即離虛實了不關,自瀹山泉候茗熟。

達奚司空①

司空之號冠達奚,傳自象胥譯與鞮。乘風來種波羅樹,樹葉今與碑亭齊。碑詞荒遠那復紀,圖經雜述聊可稽。玉茗老子昔作咏,但道面手黑以黧。目盼歸舟手翳日,扶胥廟口長廊西。②墟人香火客擁看,想像咫尺川塗迷。嶼舶萬帆打鼓去,天影一鏡青玻瓈。兩株樹子響窸窣,廟隅斜日風淒淒。

望羅浮三首③

差喜支篷處,非因有約來。相傳遊羅浮有約則不成。今朝江雨過,同在白雲堆。紫黛合離影,煙嵐近遠猜。山中望江上,亦借緑痕開。④

只有濛濛意,人家與釣磯。寺門鐘漸起,樵客徑猶非。四百層泉落,三千丈翠飛。與誰參畫理,半面盡上聲。斜暉。

篷窗集金石,著録又三年。未得斯深入,編摩意闕然。苔銘丹竈底,雲篆鐵橋邊。不曉山靈意,終封抑肯傳。

鈍夫要予臨瘞鶴銘縮本先以此詩索和⑤

戲鴻堂主嘗廓填,借法内景黃庭篇。吳興之品楊許迹,眷屬一氣皆神仙。涪翁雖作松風夢,入宮祇召非談元。橫敧自放李展筆,大字

---

①　此詩題位於手稿本第 7838 頁。

②　"長廊",手稿本作"東廊"。

③　此詩題位於手稿本第 7841 頁。

④　"亦借",手稿本作"亦趁"。

⑤　此詩題位於手稿本第 7848 頁。

胡獨推此賢。羽化有銘事本幻，況從筆勢追翩躚。昔之一石今析五，①陳太守並張王傳。不知幾十百寒暑，敗葉積又枯萍纏。龍蛇秋涌海門月，旌節夜墮茅山煙。長洲中允汪文升。往作圖，以寸折尺片楮邊。收之巾箱界之册，我因側想黃庭妍。神似形似辨毫髮，汪臨董臨執蹄筌。潮陽聽潮正秋午，日談文字非畫禪。側理橫膚水紋漬，糢糊何處尋言詮。從君試覓語一轉，千卷堆案如蠶眠。

江瑤柱②

馬甲咏韓子，密丁錄吳曾。③吳蓋歲貢紀，韓實南食憎。自從坡老來，味格審淄澠。果特荔支比，魚並河豚稱。海濱名角帶，桁網家家登。那復椒橙芼，亦弗汗騂矜。戔戔食經繙，矻矻江賦徵。霜風起江海，蜑雨吹雪冰。簾閣又晚涼，匕箸當秋燈。夢隨刺船所，碧擁沙尾罾。

得内子見月寄懷詩却寄二首④

予滯舟車久，那知時物變。屈指昨發舟，涼月始如扇。乘彼風露氣，落我梧竹院。草蟲嘤何處，蟏蛸戶已遍。苔色深成積，池光白於練。闌干十二曲，海綠搖一片。

已見涼月升，況有秋風起。驕兒添袷衣，布衾縫裂裏。南州雖復暖，朔節亦有始。夜長識凝露，晨寒知汲水。盆池櫼花側，洲石榕蔭底。曰歸曰曷時，更約望舒指。

和韓短燈檠歌試嘉應諸生作⑤

今來秋夜漏始長，昔來春夜晨易光。提攜秋夜憶春夜，静院更殘

---

① “五”，手稿本作“四”。
② 此詩題位於手稿本第7852頁。
③ “密丁”，手稿本作“蜜丁”。
④ 此詩題位於手稿本第7856頁。
⑤ 此詩題位於手稿本第7861頁。

吹焰涼。我亦寒燈記疇昔,書堆矮榻吟繞牀。多少轅門鶉袍客,敗葉打衣風策策。囊空飢鼠咬線穿,露冷凝華照星白。無譁抽思未曙前,漸掃細字成蠶眠。書史紛綸墨醺滋,碧海鯨魚苕翡翠。心知此意有幾人,魚目誰能便深棄。

早發龍川嶺①

風出兩泉口,泉落風轉急。修篁夾溪來,巨石儼人立。村家赤崦谷,雞犬藍田邑。時見采樵人,穿煙事巖汲。嶺有藍關。

題黃默谷雜畫六首②

樹與水煙合,山從雲氣分。前山未了墨,又作後山雲。

吕紀意誰得,鷗香派不同。踏枝敲未穩,渾是畫春風。③

山雨石邊屋,溪風葦際船。日應茅屋客,溪上聽潺湲。

大癡哥鐵笛,吹出衆山青。衫袖忽翛起,白雲橫翠屏。

漲餘渾不辨畦塘,何處萍來帶藕香。一片魚喁蛙黽叫,濛濛澹月入昏黄。

好鵝聊寄耳,底用寫清真。扣戶孤村際,遺經下筆親。一幢籠乍啓,三折妙來臻。不復記老子,何知有道人。山陰轉閑暇,江左照精神。未必虞龢表,能將此意陳。右軍換鵝事見梁虞龢《論書表》。

十月十五日遊惠州西湖六首④

湖堤細欲無,東盡上。綠一線。迴向道士宫,疑是山影轉。址燕望湖樓,沙失天泉院。道人爲指點,孤塔時隱見。蒼然千尺柏,四株

---

① 此詩題位於手稿本第7863頁。
② 此詩題位於手稿本第7867頁。
③ "渾是",手稿本作"個是"。
④ 此詩題位於手稿本第7872頁。

蔽深殿。反迷吞湖光，遠白近葱蒨。空問道家字，摩挲青石片。[①]元妙觀後石筍上八分書“蓬萊”二字，相傳白玉蟾迹。

堤盡湖又起，捨車乃就舟。背指漱玉灘，前問點翠洲。青黄夾老葑，横直蒼雲秋。葭葦笑語聲，銍艾婦子謀。聽到第三橋，漁網紛未收。艓子小於葉，點破碧玉流。網舉果得魚，盆貯來船頭。何人看此景，遠憑煙際樓。

何年永福寺，牆與講堂連。盍取兩祠並，昭忠更景賢。景賢祠以唐子西、楊文節、文信國、王文成諸公與周元公合祀，表忠祠舊名孤忠，祀明王御史度。

背郭沿堤路豈殊，前岡後嶼勢非孤。灣環蕁浦兼花浦，裏外豐湖又鱷湖。寺下亭中一煙雨，塔三橋六不糢糊。鞾紋參錯闌干影，仍合玻瓈貯玉壺。[②]湖心亭同鈍夫分韻得湖字。

摇入水香處，花深捧御書。御書樓，廣東提督王文雄恭建。滿湖涼翠起，淨几過雲初。橋斷沙轉碧，巘横窗更虛。集鷗渚左右，點綴有村閭。

白雨點飛西嶺西，雲自荔浦穿菱溪。雲流雨作月轉出，萬景争湊蘇公堤。我從堤右轉堤左，左右燈影紛高低。雲濃雨注襯月淡，動摇光與燈影齊。此時湖光白於練，斜煙横霧無端倪。公昔但咏四更月，風枝露草蟲淒淒。安得雲水月又雨，交此十頃青玻瓈。淡黄吞吐走銀汞，瀟瀟曲響滑滑泥。雲煙水墨又一變，西新橋卧横虹霓。蘇堤夜歸同心筠分韻得堤字。

次答藴齋茅田官舍見懷[③]

羅浮翠羽我所思，壇竹巖花自不知。山寒地暖縣低處，石冷泉飛

---

① 此句下注文，手稿本作“元妙觀舊傳有白玉蟾題‘蓬萊深處’四字，今觀後石筍上只‘蓬萊’二字八分書”。

② 此詩手稿本作“亭借錢塘堤借蘇，灣成明月嶼成孤。周遭蕁浦兼花浦，裏外豐湖又鱷湖。澗複山重堆邐迆，塔三橋六淡糢糊。水天下上欄杆影，一片玻瓈貯玉壺”。

③ 此詩題位於手稿本第 7877 頁。

月落時。

樹端賦種竹詩有燈前今日醉還憶孝王園之句用其韻二首授之誦①

膝上咏新竹，先知問水源。切磋滋長處，日日望淇園。

論詩如種竹，枝葉必尋源。早晚琅玕實，春風滿故園。

文休承瀟湘八景册②

瀟湘洞庭誰所譜，橫展三江渺三楚。吳中才子憺延佇，翠竹娟娟峰伍伍。皛皛月忽冥冥雨，雨雪泥塗變洲渚。荒寒寥廓不可數，君山一點綠何許。岸芷汀蘭如欲語，將誰遺兮遠愁予。即離惝恍以襟貯，躊躇極目又容與。偶然餘情落毫楮，盈盈煙黛但秋浦。

題吳水雲畫二首③

詩家詞意那能盡，白石道人煩強名。直愛溪山畫不得，雪篷煙櫂太空明。剡溪訪戴。

雪壓昏林未放晴，水灣梅已一枝橫。前村尚少樵人過，澗底珊瑚拉瑟聲。灞橋尋詩。

十二月十日雨發廣州二首④

頑陰迫冬暖，積氣催春融。浹雲迴旗脚，倏已東北風。⑤醸雨五十日，小圃蓄鬱葱。登舟澹水煙，點翠猶濛濛。沙際新年光，又倚短篷篷。禺山一夜綠，飛注西江中。

病肺苦喧囂，城市琛貨地。嶺西佳山水，欲以涼思致。椎魯雖閭閻，蓮脆豈文字。泉流衆巖響，感氣亦以類。兩岸樹如沐，蒼然發生意。去年春雨痕，石髮搖晚吹。

---

①②　此詩題位於手稿本第7879頁。
③④　此詩題位於手稿本第7881頁。
⑤　"倏已"，手稿本作"已捲"。

羚山寺①

束江亭不見,峽勢自迴環。古氆僧持鉢,空林虎守關。雨昏青石片,天削碧雲灣。童子榕窗裏,應知客看山。

舟中雨寒②

粵冬諱言寒,勉强不肯凍。積陰於空際,濛濛以氣送。海氣從地底,黤慘與江共。尚不知作雨,滿篷覺霧重。俄頃綠瘴痕,漬下黃篾縫。舟人仍赤脚,厲作篙櫓用。滿江沙草石,浩浩響方縱。岸轉頑無風,首路陽春洞。

新興至陽春五詩③

新興水至淺,褰裳擬凌亂。轉因有舟楫,始覺湍石悍。春州山漸奇,未到猶散慢。峰峰石戴土,却立不傍岸。近罾遠笆籬,沙水影渙渙。江落木不落,水草綠相半。篙石風水聲,終日在叢灌。

縣尹苦訟牒,力培祈俗淳。今兹晚田稼,喜及一雨勻。岸距縣十里,接畛田與村。地非濱鹵斥,歲可資取陳。荔支圍隙處,日日無遊民。農暇弦歌起,歲晏祝里仁。

輟棹晨登輿,捨車晚就舟。竟日不百里,弄水看田疇。今午開澹陰,竹風始修修。坡陀照村落,日色散犬牛。白煙如蒸饙,山暖瘴未收。高下山百轉,村際俄江頭。

江流漱沙紋,山亦聚沙起。翹翹厲節角,戢戢駢首尾。龕戶與堂密,忽不知起止。又非復石勢,煙霧乳雲水。百千層漸分,嵐青夕陽紫。寸尺倏尋丈,離立虛無裏。縣南空同巖,面勢方此始。

陽春多巨巖,空同稱最奇。我昔雖未入,來往屢有詩。聞古鳥迹

---

①② 此詩題位於手稿本第 7884 頁。
③ 此詩題位於手稿本第 7885 頁。

書,嵌於緑玻瓈。壁色忽金翠,雜花擁瑶芝。一壁數十級,周子祖侯題。自獲此題字,常夜夢到之。巖凹南巖寺,尚有至正碑。暑天風雨夕,終擬龍潭窺。

陽春舟夜二首①

寒山遠燒紅閃閃,漁舟漁火時一點。千重翠岫静如睡,一道空江起微潚。澹月半規吐峰背,大木百圍架厓廠。岸高雲細石轉敧,不雨船頭露珠颸。

舊船舊榻來今三,暑夕詩誦虞邵庵。籧燈却摹邵庵帖,灘響亂玷食葉蠶。寒宵江湖凍雨霽,殘歲澗壑春風酣。篷窗敧側路俯仰,石間水線我已諳。

陽江至電白三詩②

季冬如仲春,沙暖草細柔。水宿雙鷺鳥,宛然識行驪。褰帷借林陰,滌場兹晚收。從來理人術,兼以地勢謀。山村佔畢子,況未廢鋤耰。齋鹽爭寸晷,擔囊敢即休。晚雨憩講舍,惡然廊廡幽。

電白始望海,線影白明晦。今晨雲而風,四山陰薈蔚。不知片日光,何由落山背。翁匋煙中影,皆與溪斜對。半日竹簰上,幾跨田稜去聲。內。涓流亦海汊,亂響聽石碓。尚非春漲時,沙遠潮力退。前山翠微半,飛涌泉落佩。

昔來手遮日,今來仍弄泉。歲晏就温暖,不改泉泓然。暖意洩地底,石脈滋海嬬。陽冰與陰火,回冗誰執權。石轉氣陰陰,風迴響濺濺。一條澹白脈,橫隱於山前。午陰日復出,蒸霧黄滿川。掬泉先滌研,③寫字又檻邊。

────────

① 此詩題位於手稿本第 7888 頁。
② 此詩題位於手稿本第 7889 頁。
③ "先",手稿本作"旋"。

熱水池和壁間譚古愚觀察韻①

白馬塘邊晚始涼，烏泥岡下午如湯。人來半日成迴眺，地氣窮冬轉發揚。民静吏閑煩采訪，稻垂麥仰相陰陽。新年澤漫山渠起，一夕春聲繞寺堂。

---

① 此詩題位於手稿本第 7892 頁。

復初齋詩集卷第七

藥洲集六庚寅春至七月

廉州使院廳事之後新作小亭名之曰延青三首①

屋後有亭先受月，石間無水亦流雲。不知海上煙嵐影，何似庭中藻荇紋。

西窗挂起送林鴉，澹澹藍天洗碧霞。要領春陰旬日意，東風爲拆石盆花。

二月新陰七載經，東風雙眼爲誰青。翻嫌海角亭寥廓，捲幔重來借此亭。海角亭在城西。

發廉州二首②

來往廉州值晨雨，不虛海上賦春陰。珠場浦外雲初合，荔子花邊歲又深。水氣魚鰕挑菜渚，草香孔翠踏青林。火耕廣斥方經始，葦屋人煙在半岑。

亭椽多事集蘇書，更集生徒唱和予。海郭春聲滿沙浦，蠻歌曉聽起山畬。東風浩浩窮陬入，小雨冥冥奮蟄初。③悵望野陰天萬里，獨來

---

① 此詩題位於手稿本第 7922 頁。
② 此詩題位於手稿本第 7923 頁。
③ "冥冥"，手稿本作"濛濛"。

媚學子褰袪。謂馮生敏昌。

雨①

郡吏行春慰歲功，初陽早洗瘴煙空。沙村綠出潮痕外，野水青迴
蜃氣中。濕重未分菽草霧，聲多先夾菜花風。濃雲芳樹穿輿去，已與
城隅望不同。

馮生執虞文靖詩來問語多契微予與粵士論詩七年所未見
也昔曾讀學古錄於此用韻寄薛蘊山今復用其韻
以示生庚寅二月六日合浦道中②

馮生生似非欽州，能讀典墳索與邱。上春就我春海上，孤亭四瞰
借小洲。郢人要看斤斫迹，利器肯但誇釳矛。生才發軔便萬里，且須
閑習轅軫收。是午雨止風修修，俄涌碧浪騰陽侯。茫乎萬象焉雕鎪，
就其可見索其幽。所以邵庵學士語，一一頓若庖解牛。近人學李學
韓杜，皆向大復空同求。粵則三家復五子，便爲通國之奕秋。藩籬堂
奧較離合，精英渣滓何去留。蘇黃而後詩未盡，借問砥柱誰中流。生
今筆力與年富，洞然前路從我遊。杜韓泰華與江海，所必假此爲車
舟。仍必讀書勿貌襲，請看晉帖唐雙鈎。

雨用前韻二首③

輂撥苗收一溉功，蘆葭葉捲半溪空。斷雲吹落林煙外，急雨傾翻
稻氣中。傍水田夫識雌霓，極天海道駕雄風。潮泉呼吸山雷起，始是
笙鐘萬谷同。

草芟溝蕩廓除功，穢淨膏流仰太空。禾有已占春歲歲，壤殊豈別
下中中。誰知優渥非農力，我借霶濡卜土風。二月山蠶破繭出，村村
擊鼓灑漿同。

---

① 此詩題位於手稿本第 7924 頁。
② 此詩題位於手稿本第 7925 頁。
③ 此詩題位於手稿本第 7927 頁。

早發遂溪道中二首①

膒膊海上雞，夜半驚客起。五更濃霧中，恍穿蜃樓市。海氣與霧合，飛輪出其裏。萬山静如睡，忽變丹綠紫。濃霧乃非霧，濛濛滴成水。

廉州向雷州，大海西一角。我從西折南，手解雲氣駁。翠壟與煙村，邐迤度墝埆。②邈彼孤島際，望此去天握。一線百屈盤，半日看種稑。

雷州使院舊題七本刺桐書屋扁并前人繹圃題字皆失去而刺桐亦傷於颶既重題之而作是詩③

昔我來題刺桐樹，恨不二月來看花。今年來此恰二月，却佇題處空咨嗟。屋旁牆角堆敗瓦，土囊席捲餘空窪。東風後圃雖又到，舊株返綠猶未芽。翻憶昔看刺桐葉，枝枝翠影吹暮鴉。蜃雲如范照晴夕，糞田卜粟燒晚畲。音沙。海濱不借布穀叫，但有耕候推田家。花時田家以爲耕候。鹵旁瘠土最勞力，人慣樸陋安無華。隰瀶石留去聲。氣惢茹，可少潤澤資天葩。山雷夜送南澗雨，春衫欲換方目紗。窗虛聊借片霧捲，海闊且要微陰遮。新圃百弓屋十笏，磨墨新几占新椏。直須花自我催發，他時映屋蒸紅霞。

刺桐旬日已有綠意④

春風徑路熟，不擇院深淺。枯槎吹雨後，又復吹積蘚。閉門遂十日，日日宿陰捲。氣頑木堅瘦，潛入於何辨。我懷則確然，且命菑翳剪。澹垂霞外天，青滴海際巘。循牆鳥哢發，背屋欄影轉。却來昨立處，土溽沙漸軟。野色湖上來，家家事新畎。

---

① 此詩題位於手稿本第 7928 頁。
② "邐迤"，手稿本作"迤邐"。
③ 此詩題位於手稿本第 7931 頁。
④ 此詩題位於手稿本第 7933 頁。

題吳水雲畫十二首①

子久出世士，峰巒不在多。縱橫藏草隸，皴法竟如何。

深谷静如笑，暖雲濃不流。迷茫一紅影，無可著漁舟。

山雷響萬壑，澗石計耕鉏。②正是茅檐下，春江二月初。

浩浩一帆正，蒼蒼萬里開。水從雲外落，人自日邊來。

昨宵山澤氣，吹滿鳳凰枝。不是春波里，空窗讀易時。

白鷺一行去，落霞飛鏡中。采菱歌斷處，渾是柳絲風。

細影粼粼石，空涼激激泉。山深百蟲絶，前澗忽橫煙。

或自寒林卷，曠然披北風。從何得山勢，上秀下能豐。畫山上秀而
下豐，郭熙評營邱語。

脱却米家派，天然鶻突圖。濛濛開鄂渚，杳杳見蒼梧。

對岸已秋磬，半江皆晚霞。應知滿船客，③閑羨一行鴉。

秋在遠天末，雨來疏樹根。欲尋磐石坐，更要繞前村。

前日踏雪去，澗枯橫折冰。何如小橋上，活水綠層層。

雷州西湖叠舊用蘇詩韻④

荔子長未齊，綠皆在稻中。村民撈魚鰕，射鴨關竹弓。竹葦刈亦
盡，所以湖更空。稻偏湖之北，堤轉水若窮。一折小閣南，有堂懷坡
翁。懷坡堂，明成化間郡守魏瀚建。白摇亂雲影，光抱垂虹雄。是日積雨後，
空涼乃無風。前對夕陽寺，何假南屏鐘。二十五萬丈，亦豈區井終。
繞田資灌溉，利及婦孺童。更倍三歲前，寶釵劃鬖龍。縈我來何功，

---

① 此詩題位於手稿本第 7934 頁。詩題手稿本作“題山陰吳水雲仿前人畫十二首”。
② “澗石”，手稿本作“澗户”。
③ “應知”，手稿本作“知應”。
④ 此詩題位於手稿本第 7937 頁。

但攬煙水容。可笑此郡士，不愧文不工。但祝西湖平，結此一龕宫。

相傳有"西湖平，狀元生"之語，郡人因構書舍於湖上，顔曰平湖。

曉發南渡復疊前韻①

十里果海勢，一片晨雨中。積風纏尺帆，已飽成張弓。風復挾雨氣，捲霧於半空。茫茫一痕青，極島誰能窮。昨俯湖上閣，空憶玉局翁。更高仍有亭，氣與湖争雄。可以望遠海，一視轂紋風。苔徑未捫蘿，荒城倚暮鐘。潁濱著書處，東樓卷未終。至今繞湖尾，弦誦餘兒童。面面水照郭，時時澗吟龍。已見鹽可煮，誰謂刀不容。郡民漸勤業，樵漁逮百工。渡旁紛甂戶，雨過開牛宫。

泂酌亭詩②

坡翁得泉後，三年乃名之。我因泉識亭，亦以三年期。今又三年後，乃來和公詩。泉味無減增，酌兹還在兹。棄洌而就甘，二泉一不治。夕汲復晨滿，少取乃衆施。昔於公何繫，今於我何私。誰言味泉處，有異嚌詩時。

檳　榔③

嚴冷空將面目譏，膏粱藜藿兩忘機。未知儋耳舊居士，何似丹徒一布衣。比景陰餘新月上，無柯林際晚風微。柳文薛志誰分别，説與黄家笑忍饑。左太沖《吴都賦》"檳榔無柯"注引薛瑩《荆楊已南異物志》。

椰　子④

束葉孤莖結實匀，厚膚圓殼墮餘津。已教釀酒仍爲榼，多事成冠又漉巾。李忠定有《椰子酒賦》，張于湖有《椰子榼》詩，蘇文忠、文定皆有《椰子冠》詩。竹屋古時聽雨地，蠻歌春月采花人。黎田村接灣沙港，夠熟桄榔及

---

① 此詩題位於手稿本第7938頁。
② 此詩題手稿本闕如，但其詩位於手稿本第7941頁。
③ 此詩題位於手稿本第7941頁。
④ 此詩題位於手稿本第7942頁。

取陳。

儋州載酒堂今爲東坡書院丁亥秋作歌刻於堂側庚寅春復書虞文靖二詩以貽司訓梁曜石次其韻①

兹院因兹堂,思人不忘樹。諸生朔望來,拜揖席與阼。琅然玉琴聲,風送時出戶。海綠春空雲,容裔屢低下。雨畦長檳榔,豆食羹藷蕷。雖由勤苦積,正視規條具。良士所以憂,日月畏其除。

公昔來勸農,夫豈黎民私。居然望有秋,聽者信不疑。海南沙土潤,雨露本易滋。但有侯芭覓,不必淵明詩。亦不必黎舍,兹堂定於兹。況彼泂酌處,城畔與井眉。堂是人則非,所宜深三思。

題五指山圖②

定安崖州兩莫知,黎峒黎島誰駢枝。流光曜陰比景外,以海記里推得之。焉得巾箱辨毫釐,大荒山經秘所遺。邱文莊宅亦蕪莽,晴天影倒海一支。文莊居近小五指山。

和朱子齋居感興二十首③并序

方綱三至瓊,始得明成化癸巳豐城涂副使棐八分書朱子《感興詩》方石柱於學宮後牆下,而敬和焉。時將遷學,是日周視廊廡堂舍,拜蘇文忠、邱文莊、海忠介三祠,循柱讀之,故韻非原次。乾隆庚寅四月一日。

炎精宅南離,大海控交廣。問津七寒暑,校士三還往。敢爲今人師,緬焉前哲仰。觀海觀聖門,大路本昭朗。一十四庠序,璧和珠象罔。登高一以攬,百峒平如掌。

元化無端倪,亦在形氣中。聖智去條理,焉借窺始終。雉豕或角

---

① 此詩題位於手稿本第 7942 頁。
② 此詩題位於手稿本第 7944 頁。
③ 此詩題位於手稿本第 7945 頁。

羽,坑谷皆律同。軒轅九奏聲,所以昭群聾。

炎洲孔翠羽,乘氣弄天機。不有紫脱食,焉傍元圃飛。豈自炫文章,托止義無違。亮非抱貞固,安得恒光輝。鵒帶垂之餘,鵾綏蓄之微。勿言限秉賦,材篤理同歸。

池上合抱樹,舊已蠹雲出。何區後圃植,瓜疇及禾役。檳榔椰子花,秀發滿南國。培根而涘實,人力何由畢。君看萬鍾穧,那復一溉迹。冉冉徑寸莖,日漸凌屋極。

兹堂慶曆年,蓺草始芟夷。繞之榕柏杉,結實日離離。上下庠千人,就業偕於兹。生黎亦革面,感愧涕漣洏。皇天賦純粹,性本潔璧圭。苟竭洗滌力,焉畫才地爲。舞雩與曾蒧,瑟歌及孺悲。大哉聖人域,知行其庶幾。

夫子昔作記,語不外求已。餘焉皆糟粕,瑣瑣不足紀。貌言視聽從,仁敬孝慈止。充天地萬物,盡詩書執禮。表裏如此堂,源委如此水。此理宅此心,萬世胥一軌。

記文勒淳熙,豐碑拄乾坤。三百年之後,又勒邱公文。公亦匪以文,筆勢自雄奔。上考古禮圖,籩簋三百存。下言學舍制,二齋循一門。嗚呼豈紀此,所爲民行敦。

今復三百年,南交暢南訛。皇化霶無外,弦誦日已多。鳳凰翔碧樹,應律當如何。爾有孝有德,矢來遊來歌。

寰海何茫茫,稊米太倉省。藐焉中處身,潛伏思錦綱。澗谷或危墜,康莊孰馳騁。所以補經義,條目又綱領。西山四十卷,微言彌煥炳。天地之塞帥,藹吾胞與境。

公後作賢相,此書其本根。小五指山側,聞有賜樓存。邱文莊《大學衍義補》成,明孝宗敕公建樓藏之。公擇白石庵,松篁幾晨昏。時有山中人,片石拾荒原。文莊藏書石室舊在學宮後。

祠昔景賢名,瓊山附眉山。今也鼎三祠,並峙於北關。蘇公暨海公,前後心共丹。夜月笙鶴來,海風吹羽翰。聞風易興慕,絕學嗣則難。今我拜祠下,拾級奚即安。

聖人一言動,括五行三綱。弟子仰而書,恭儉讓溫良。如何羽獵手,點竄雉山梁。曹褒苟勗制,何啻爝火光。偉彼河汾叟,高論牛溪疆。養正明進退,藏用玩飛翔。問王知道補,七略安可方。《齊論・問王》《知道》二篇見劉歆《七略》。後來著録家,剿襲言敢昌。勤哉學的編,匪擬游夏張。私淑有曾門,此意獨奚傷。邱文莊編《朱子學的》以擬《論語》,曰吾擬有子、曾子門人也。

聖人重剛德,所戒爲欲封。①海南海公出,千載振遺風。信義直如繩,鶚擊視群凶。當時朝廷議,譽與比干崇。石坊竟流血,正氣蟠青穹。公昔教南平,不務文翰功。忠信廉潔似,剖別私與公。大書鹿洞規,士無地可容。乃知出處節,一本諸晦翁。育德有本性,利用於發蒙。

鳳儀覽千仞,驪珠照重淵。不假載酒堂,何況浮粟泉。符黎諸孫子,煮蘋祀其先。莫雨洗桄榔,春空綠木綿。昔造鄰塾處,載書初慨然。萬古日南夢,破屋燈火牽。

五峰嶙高指,抱此炎離光。瘴雲罩有無,誰辨峰低昂。瓊山白如瓊,位與城相當。祝融浴百寶,積氣何煒煌。淵源何人寄,徙倚兩廡旁。蜿蜒實鍾秀,誘掖慚多方。

御碑嘆考試,用覺群智愚。俾惕若降衷,捫此靈且虛。黌舍四面開,海雲片翳無。環池達堂室,晨興夕步趨。逶迤千聖溯,坦蕩萬里途。在前近可覩,豈必存諸書。

郡方議遷學,伐木市碑材。相宅堂與基,一簣初以培。勿倚地

---

① 　“所戒”,手稿本作“申黨”。

勢崇,勿詡科名開。郡人吳璥初入翰林。典器勿可襲,^①舊式亦勿乖。積榱起閣厦,細壤成卓魁。小阜曰魁,見《周語》注。匪工之度之,誕我士勖哉。

化工甄群品,陶鑄無定方。蘊隆熾炎薰,中已含微涼。感物驗滋息,徘徊矚虛堂。萬籟咸自取,大言肆蒙莊。聖門乾乾訓,執中自禹湯。感彼川上言,巧籌安能詳。但增新故溫,焉懼晝夜忙。日邁月斯征,跬步慎趨翔。

陟山仰萬仞,臨淵俯千尋。前瞻渺徑隔,後顧懼塵侵。浩乎萬萬古,攝之此寸心。化神非可幾,閑持詎難任。獨立海氣涼,松檜露滿襟。我欲瓊臺樹,盡化爲瑤林。

鼓鐘羽干籥,是皆聖人言。卓爾道體立,淵哉德容溫。守默固非寂,文辭豈爲喧。萬派支不岐,一鏡瑩勿昏。再誦齋居作,始知阮陳繁。習禮此側者,從此探本原。

城月驛壁自和前韻^②

微徑取葭竹,輕衫換苧蕉。漬雲低路重,片雨去人遥。詩屋茅三架,廉泉水一瓢。今宵山驛夢,還聽海康潮。

重題松明書院二首^③

樓上拜蘇樓下宿,何堂何地本忘詮。無端萬斛引松籟,繞屋四山飛夜泉。

館人引水護庭柯,且喜炎天得蔭多。雀乳露垂桐婀娜,竹花雲暖鳳婆娑。

---

① “襲”,手稿本作“褻”。
② 此詩題位於手稿本第 7956 頁。
③ 此詩題位於手稿本第 7959 頁。

黄梅雨歌試高州士作①

丁亥仲夏賦梅雨,甲申仲冬賦梅風。今來由冬又轉夏,霏霏七載此雨中。此雨炎精熾炎氣,霧沱不與江湘同。禾須白雨忌黄雨,苦則害稼甘則豐。日穿微黄雨漏白,過雲暴勢殊分龍。水火濟乃火雨降,五行倚伏於薀隆。高雷之交利晚稻,異廣宜夏瓊宜冬。海氣騰涌地氣應,並主蔬果鱗鼊蟲。吾聞雲氣與水候,各有占法比律筒。《隋·經籍志·雲氣占》一卷,又王文簡《隴蜀餘聞》載無名子《水候占》一卷。霡霂霖需暨霒霠,相厥攸協區霶霓。古語以梅紀時節,周處記配風俗通。前推立夏後芒種,庚壬金水相始終。《四時纂要》:閩人以立夏後逢庚入梅,芒種後逢壬出梅。迎以三月送五月,我今來往農非農。良苗良耜載旻旻,既渥既碩期芃芃。麥芒水接瓜蔓水,灌溉蓓蕾連枝叢。蛟龍盛漲洩潤溽,卉木結子加青葱。江天湛湛霧黤黤,風絮滾滾雲蓬蓬。他時園林儻有實,敢曰培養今之功。迴廊佛桑映紅綻,衣袂已裛新陰濃。小堂題字志月日,甃苔四壁簾濛濛。予新題使院後堂曰培實。

西施舌十韻②

得詩風雨夕,涼閣又三年。揀自霜羸淨,分來雪黶圓。千絲勞越綱,萬里乞去聲。吳船。那逐鷗夷去,無煩璨珇箋。濛濛煙霧質,淼淼島沙連。香過春潮捲,歌翻午夢牽。北人鞞轉效,南食類仍編。比玉江珧貴,傾城荔子憐。膏腴托尤物,時節準加籩。酒醒月星下,鳴薑新脫泉。

午日觀山同姜星六馮魚山兩孝廉用登字二首③

不識嶄巖有幾層,亦非雲木捲蒼藤。中間宛轉庵相導,萬綠如無徑可登。石磴鳥翻深翠氣,僧房人語畫船應。晚江鑄出團團鏡,高下

---

①　此詩題位於手稿本第 7961 頁。
②　此詩題位於手稿本第 7964 頁。
③　此詩題位於手稿本第 7968 頁。

迴欄面面憑。山臨鑑江。

　　逢山傅會説飛昇，玉井丹牀次第徵。守虎田猶治平聲。董奉，控鸞嘯漫接孫登。沿江簫鼓晴和氣，繞郭桑麻遠近塍。林雨欲來嚴靄合，只無點罅著炎蒸。

電白道中三首①

　　露螢遞開闔，風蟬自軒舉。決決澗水鳴，咽咽草蟲語。後岡嵐滴翠，前岫雲聚乳。莽蒼大石間，綠霧曠吞吐。田澤蓄未盈，昧爽氣煦煦。理策上修坂，中途屢迴佇。跂彼文蔚者，韜養待濛雨。

　　仲夏風露淺，未旦及氣滋。地底沸如湯，驅過熱水池。莫使人氣雜，斯取夜養斯。南澗百草香，迎陽弄葳蕤。陵岡搴丹霞，俯汲以默思。鴉鵲籟未起，獨聽樵斧時。

　　蛙蠅亦未鳴，稻區半黃青。時見三折水，斷葦涵明星。蕩蕩野渡闊，巖口取微冥。沙户犁未停，村火窗猶熒。負戴者誰子，役車上遠陘。豈知勞者思，折麻感微馨。緬彼邱中琴，倦此野際苹。孰云玩迴轉，得展耳目營。

五藍驛雨二首②

　　一夕枕簟涼，海氣颯而入。四窗如浮動，萬竅乃呼吸。陽江上端江，迴瀾勢所及。萬里之飛流，瞬息海皆立。雲屯西峽重，雷殷南山急。日出草木香，前澗襟袂挹。

　　晨曦抗驕陽，積潦遂爲霖。冥冥鬱奔峭，渺渺淡平林。雲過岫已合，樹黑田又陰。山頭百泉響，秧下及尺深。我從秧際塍，尋到泉之岑。復攬芄蔚氣，和彼涓溜音。

---

① 此詩題位於手稿本第 7969 頁。
② 此詩題位於手稿本第 7972 頁。

宿陽江七賢書院二首①扁其堂曰淑性

昔往榱桷治，今來砌墉完。吏人乞我題，泚筆懷敢安。此邦教士
術，斟酌濟猛寬。所貴因質導，亦不僅寬難。縣南既瀕海，海復錯島
灘。內外皆民居，間複以岡巒。稽古限聞見，度材孰爾般。今爾嚮前
修，於薦新荔丹。祀唐李衞公、宋胡忠簡諸賢。取仁在近思，致用非遠觀。
所以扁此堂，期爾志必端。六禮與八政，具訓於士官。秦溯當水湄，
魏誠及河干。小樓望驛外，淰淰山雨寒。

七賢復七忠，後堂額忠勇。祀明隆慶辛未、萬曆甲戌平倭寇諸死事者。閩
州碑誰書，楚些殤則奉。是何與講習，亦用增枅栱。斯民攸好德，顧
名義輒竦。宋家張太傅，死豈要邱壟。島上及村中，兩處爭枯冢。縣
志云張太傅墓在海陵島平章山，而黃文裕所作祠記謂赤坎村有張公墓。蒼茫感異代，
始知倫紀重。一寸赤心血，萬古讀書種。所關涵養深，匪在意氣聳。
節情而淑性，戒慎懼將恐。入門翔宜端，執經立必拱。堂廡雖咫尺，
安步無蹢躅。且從義耨深，不獨詞源涌。

遊崆峒巖用石上吳雲巖前輩韻②

吾聞司馬注並河上公，何以識是北荒戴斗之崆峒。以崆峒爲北斗下
山，本司馬彪《莊子注》。爾雅釋地對丹穴，又殊道籙傳虛空。誰將仙居品
第四，考據溯自黃巷潼。山有碑，稱爲第四崆峒。陽春陽岡萬尾脊，千幻百
怪堆龍樅。屈蟠融結脈到此，意匠巧出煩神工。石筍上攢乳倒挂，洞
戶在外雲居中。天成龕廠匪丹室，③亂流瀑布成翠虹。金漿玉髓外內
合，日精月液東西通。倏如帝所來鼓鐘，枓建衡殷芒熊熊。蔚藍垂光
抱鴻濛，得非果有廣成宮。青軿綠蓋朝上穹，虛皇霞珮飛玲瓏。《道藏》
歌云：“綠蓋協晨霞，青軿擲崆峒。”司方之英發祝融，離明內景金水烘。蘊蒸

一氣出坑谷，赫旷百寶生房櫳。化人巨迹誰躡影，良常起草爭銘功。綠章雲笈不可讀，始青碧落焉知崇。昔聞周子有遺刻，豈稽軒后乘虛沖，字在瑶芝綠花叢。一壁高擬衡華嵩，其側至今無寸蘚，光射初日如青銅。上蔡祖擇之。廬陵胡邦衡。二詩翁，亦題傑句驚盲聾。道人執火覓不得，獵獵石角披下風。森然陰寒栗僕僮，洗盡九夏炎蟲蟲。一隙忽漏斜照紅，歸問洞外同非同。

陽春舟中夜雨①

洞外不雨洞中雨，其夕飄出爲橫雲。兩岸荔枝黑葉大，肥梅蒸透離火炘。竹樹齊作石泉響，澗氣驅盡幬蟊蟁。船窗側出鐘乳下，燈焰摇蕩巖花紋。

曉渡端江二首②

春州水下三百里，夜轉西江出霧葦。亦轉西帆作逆勢，一折迴瀾對沙尾。中流凸起四邊闊，江樓望之直如螘。始知萬里所吐吞，向來觸類能有幾。

端州江截春州灘，峽口隘對江口寬。煙消雲涌日未吐，雨浣熱餘江不湍。此時城郭氣始動，撾鼓船發已早餐。星巖極北墨七點，甫假江勢迴抱看。

蘊齋寄湖州筆并詩索予近著石洲詩話
用黄文節松扇韻奉酬兼寄象星③

強筆端令辦弱紙，腕力知慚裹綿似。不見故人又一年，十紙説方辱錢子。④昨蘀石書來論米元章硾紙法。端州蕉窗仍薄寒，暮雨映看端江山。空青斷壁草隸勢，飛墮論詩舊檻間。

---

① ② 　此詩題位於手稿本第 7978 頁。
③ 　此詩題位於手稿本第 7979 頁。"奉酬"，手稿本作"答之"。
④ 　此句下注文，手稿本作"昨蘀石以米元章硾紙法見遺，并勸予用弱筆"。

登閱江樓①

我題檐桷俯長空，積雨初開看斷虹。七洞七星環自北，三江三峽此之東。層層岫接蒼蒼氣，面面瀾迴浩浩風。②吹動前溪後湖綠，墨花飛起八窗中。

聽　琴③

七年上瀧水，旬日每堂陰。梅雨三江氣，霜空萬壑音。古巖聞咏泐，嘉樹孰歌深。月出風簾夜，徒聽吏目琴。

番禺縣學生王健寒年九十九矣爲賦詩④

幾見斯人塾序邊，洞微嶺外記遺編。古來鶴髮逢三代，今我羊城駐七年。耆舊流傳多故事，里閭名字冠群賢。上丁上巳合弦誦，孝悌家家更力田。

次和中丞定圃前輩落花四首⑤

江南春與嶺南春，誰解西園寄一嚬。見孔平仲《清江集》。紅杏海棠紛漠漠，昌華荔圃隔塵塵。雲飛珠井蘿煙憶，月冷梅關玉笛因。處處朱欄吹綠雨，四時俱是豔陽辰。

堂堂萬片水流束，元與枝頭未著同。前事那成舟覓岸，後緣豈有絮迴風。迷離觸記聲香外，來去循環解脫中。道眼空明公認取，肯隨時節賞匆匆。

相馬追陪識九方，桂英采又及槐忙。拈來破笑維摩室，掃盡敧紅宋玉牆。翡翠千枝苕歛實，琅玕五色羽收香。沈寥高韻非柯葉，自有

---

① 此詩題位於手稿本第 7980 頁。
② “瀾”，手稿本作“欄”。
③ 此詩題位於手稿本第 7982 頁。
④ 此詩題位於手稿本第 7987 頁。
⑤ 此詩題位於手稿本第 7988 頁。詩題手稿本作“中丞德定圃前輩以落花詩四章屬和次韻”。

孤根領衆芳。

水光風力怯何由，情性誰將上下求，①細草閑園蝴蝶夢，空山明月杜鵑愁。客來久坐煩頻數，詩絆餘暉詎苦留。大宋尚難離色相，只誇金谷有危樓。

七夕定圃中丞招看河燈二首②

二湖涼思合，萬柄綠煙搖。花氣度深席，水光浮晚橋。鳧鷖蕩雲錦，星月動秋霄。蒲葦冥冥外，時聞魚静跳。

月轉小軒背，雨迴疏樹根。逶迤落杯影，高下驗池痕。北渚層欄倚，西風舊俗論。萬家煙露氣，笑語徹蠻村。

甘泉宮瓦歌爲候官林道山賦③

九鉛淨擣咸陽泥，柎垺四轉無角圭。胡桃油紋壓魏齊，尌脬度上周京躋。得之石門山徑溪，雲陽宮故池陽西。彷徨師得轉棠梨，三百餘里跨栱枅。建元元封祈福褆，通靈通天切雲霓。金掌玉露瑩玻瓈，九莖按諜靈華黄。延壽之觀神所栖，紫殿玉宇象斗奎。以祝人主鮐耇齯，萬有千歲及令妻。靈風拂汩栘楊蹊，玲瓏玉樹交馬犀。照曜光景迴軫輗，揚雄所以鉛槧齎。上方大篆不可稽，署書二闕蕭相題。林犖觀字行鎧攜，④五鳳磚幸逃鉏犁。元光瓦又裝煜牴，西京小史書赫蹄。芝英氣候誰端倪，後來俗書競鷰雞。籀隸之本尋轉迷，此瓦面作陽識黳。長生字勢無町畦，水波雲氣橫鉤梯。未化龍鳳風雨淒，依然古囊盛綠綈。苔蘚拭盡煙草萋，製如盒鑑光如瑿。蘭話堂中照然藜，舊題册滿萬圓驪。五十研銘流墨渐，林生襆被提小奚。家學肯放篆格低，摸十鼓字皆怒猊。笑我仿作紙尾鷖，⑤鼠

---

① “上下”，手稿本作“下上”。
② 此詩題位於手稿本第 7990 頁。
③ 此詩題位於手稿本第 7994 頁。
④ “林犖”，手稿本作“林華”。
⑤ “笑我”，手稿本作“看我”。

腊那必非懸黎。①

枕濤閣五十八研銘册歌②

紫微内史摹漢瓦，③_{奎研銘篆云"紫薇内史臣佶"。}一月印出千蟾蜍。上下巖石東西洞，五星七星羅斗珠。方圓長短大小樣，壁池竹節蓮葉圖。箴謡騷賦頌贊字，篆隸章草真行書。琢研者誰顧孃子，附銘者許遇。_{翁嵩年。黄任。余。甸。}内史説研乃非研，歐公六一其一吾。紗帷晝暖溪夜凍，作石奚與作研殊。玉靈之食鑑之液，出入未易分賢愚。故將蒼茫真率意，與石相遇於古初。裝之作册研不知，呼之欲出研在乎。真手不損研不壞，淋漓元氣一字無。莫作枕濤册子看，④研史之號果有諸。案頭墨花忽飛立，紫雲峽起松風呼。

---

① 此句下手稿本有注文"予摹此瓦文刻之"。
② 此詩題位於手稿本第 7996 頁。
③ "紫微"，手稿本作"紫薇"。
④ "莫作枕濤册子看"，手稿本作"誰言枕濤閣中物"。

復初齋詩集卷第八

藥洲集七庚寅八月至辛卯二月

偶見施愚山集中題趙文敏畫少陵戴笠像詩因爲此①

世人知杜咸以詩，杜公自言寸心知。寸心所知竟何物，輪囷鬱律空瑰琦。歲暮景短西閣上，五更雪殘北望時。魚龍風雨變泱漭，江天星斗影倒垂。趙公天人何處畫，區區一笠笻一枝。涪翁應睹君形者，滿堂亦寫大雅辭。

次韻定圃中丞監試院中中秋和法陶庵先生之作②

海雲淨捲荔陰移，月桂分明落子時。鏡水無風魚不涾，珠胎著露鶴先知。嘉賓式宴歌周雅，畫戟凝香替左司。玉尺冰壺渾一色，樓高已就看潮詩。

送同年李承亭通判曹州③

十載書名上御屛，廿年射策記彤庭。霜風桂海吹襟憶，夜雨梅州對榻聽。岱郡疆連皆禮樂，澹臺祠古更儀型。詩書要借山川發，夢繞曹南叠嶂青。

---

① 此詩題位於手稿本第 8004 頁。
② 此詩題位於手稿本第 8008 頁。
③ 此詩題位於手稿本第 8009 頁。

陪陸耳山宗人簡玉亭民部登鎮海樓遊六榕光孝二寺三和諸城座師韻二首①

海天奇氣入憑欄，紫碧珊瑚間木難。雨過蠻雲蒸晝熱，風高蜃霧起秋寒。扶胥渡口排銀浪，浴日亭尖轉赤丸。更俯重洋八窗拓，九淵百寶瞰鯤桓。

化羊石那問初平，筆授軒猶訪穗城。古徑來聽風葉響，秋池但有縠紋橫。卓泉錫果新潮應，步屧人寧怖鴿驚。銅塔輪邊拾沙礫，摩碑剔蘚到元明。

吳平瀾水雲圖用王龍標齋心詩韻②

誰言蕩精魄，花露交蒙蘢。③——照物役，大宇形氣中。山深石自寒，徑虛乃無風。浩乎受煙月，澹與未著同。滿榻積鉛槧，④如何一掃空。

許才江牆暄炙背圖三首⑤

廿年許渾千章濕，官舍江干又海干。正要飛騰跨鞍馬，使君可邊恐風寒。

暮雪程庭陪久立，夜霜姜被穩新裁。青蟲滿院瓜棚底，記得蓬門爲爾開。君季弟受業於先子。

把袂論詩穗石濱，四時庭際暖如春。不知北户開何用，訊爾看雲白晝人。

附原作集杜大興許思緯才江

秋水清無底，天寒霜雪繁。蟻浮仍臘味，江上憶詞源。崩石欹山

---

① 此詩題位於手稿本第 8012 頁。"座師"，手稿本作"相國師"。
②⑤ 此詩題位於手稿本第 8017 頁。
③ "蒙蘢"，手稿本作"蒙籠"。
④ "積"，手稿本作"舊"。

樹,高蘿垂飲猿。我衰更懶拙,炙背近牆暄。

題明中吳諸賢扇册八首^①<small>文衡山已下凡三十四人</small>

平時老守温州住,識得危身奉上人。成就兒孫百年計,閑居文物冠儒紳。

烏衣鎮口洞庭東,林屋支硎菊氣通。尚有白頭人倚閣,萬峰杖底起松風。

畫學包山嗣白陽,小吳軒到石湖莊。一家籀隸藏鋒出,脱盡丹青更老蒼。

馬糞何傷賦馬鞍,漫言盧李共登壇。未將大令臨神女,肯假滄溟附建安。

嘉隆而後吳風盛,妃白抽黄漸又多。當日何曾論氣格,蕭疏小筆只嵯峨。^②

相君藥圃記前賢,^③未得瑶華一例編。夜月梅花元墓院,春風燕子白門船。

練裙牸几日清新,漸到青溪社裏人。若準元和劉柳例,袁黄子弟總天真。

三十年間閱勝流,山房玉磬響山秋。方瞳緑髪挑燈後,又見青羊寫扇頭。

仇十洲上林苑圖^④

我昨手摹上林瓦,夜夢果見亡是公。當日删取竟孰是,忽而廣大生虚空。不知潦滿自何入,滚滚直蹴渭以東。藍田谷抵霸陵緑,會合

---

① 此詩題位於手稿本第 8021 頁。
② "只",手稿本作"尚"。
③ "前賢",手稿本作"先賢"。
④ 此詩題位於手稿本第 8023 頁。"仇十洲"原作"仇十州",據手稿本改。

涇滈漇與灃。北繞黃山帶五柞，繭館柘館尤龍嵸。珊瑚樹照樛木觀，鴛鴦水啑葡萄宮。闟豬之車出校獵，司馬賦作先揚雄。襟江陕河匝原野，殺聲四塞橫秋穹。撞鐘樹簴浩呼洶，野羊白虎豺豕熊。離宮別館轉閑寂，層樓門掩樅栝楓。靚容曼飾目窈窕，倚欄盼立雲溶溶。①精靈欲語歌舞外，似假菅稿苧蔰通。弄田亦假鈎盾意，水衡租出內府充。詔於有司贍氓隸，安得盡入登眺中。司馬賦所不到處，置酒嘆息思何窮。水光鳥影一虛碧，秋扇吹動迴欄風。餘址黃門罷憑弔，未知英也何感同。簿錄虞官尚填咽，經始將作初青紅。廛林參差秦代植，丁壯仿佛袁家僮。不寫荒涼毀又復，蓮房菰米煙露叢。

題耿覺庵觀察小照二首②旁一背影道人

目溫伯雪轉成喧，下上山根與水源。雲氣往來濤響答，桃椎豈是竟無言。

藉茵前度夢何如，玉佩秦箏事有諸。幻境了然無覓處，只應記得永師書。

內子生日雨亭鄭君爲畫麻姑圖用內子韻二首③

不求米化丹砂術，只擬先求作米方。案上清齋無異饌，瓶中隔宿有餘糧。

狡獪煩他老畫師，評量海水淺深時。他年一閣東華側，却捲江湖入小詩。

唐平野尊人讀易圖三首④

舌耕手一編，其應在厥嗣。段家著天眒，不獨盈虛義。

---

① "倚欄"，手稿本作"倚檻"；"溶溶"，手稿本作"濛濛"。
② 此詩題位於手稿本第 8025 頁。
③ 此詩題位於手稿本第 8026 頁。
④ 此詩題位於手稿本第 8028 頁。

或或澤潤木，濛濛山出泉。春雷二月底，曉雨七巖邊。

隱非希谷口，疑漫決唐生。迴復白雲起，滿窗梧竹聲。

送馮伯求入都①

半年隨研席，七載問堂室。與子適大路，此願蓋難畢。子實雄傑姿，奮起欽嶺崒。所學識其大，真氣日沈鬱。窮年守茅茨，一日膺薦拔。十郡月筶兒，聲吹沸天闕。往者年十九，氣與銅馬匹。作賦弔新息，已具渥洼骨。果然咏驪句，試席高碑砆。天駟超天河，詩名壓全粵。我求粵人詩，上下揆得失。土音騷賦音，②相雜非一律。千年一曲江，不得并邵謁。宋之餘崔李，後孟賓於出。是皆非專家，源委究作述。迨乎明南園，才藻始奇崛。前後各五子，間亦根經術。亦又執格調，甘受王李没。勤哉香山翁，復奏簡韶闋。梁黎歐在門，未及深闈發。③近時號三家，豪氣彌蕩佚。繩以律和聲，豈止舞僭佾。聖人於教人，有始逮有卒。紉箴與佩韍，早自童子日。潏瀡淳母義，内則備纖悉。毋傾聽跛踦，毋放飯齒決。灑掃應對事，根本性情物。是以六藝論，先於群經説。石渠諸老師，不止口義詁。矻矻引條理，徐徐待穿穴。三年通一義，④三十立可必。豈無性敏鈍，⑤要取功充實。所貴於文字，即天理天秩。中誠外斯應，其發若機栝。收之方寸眇，放則溟海闊。必深探力取，知先後本末。子卧窮海畔，有才誰汝竭。及爾遊大都，又親名場熱。季春別家日，拜母肯違膝。端江共舟途，每説常嗚咽。到秋拆家書，驚聞弟夭折。三日不飯羹，卧似病兀兀。文字雖强作，應舉非所悦。金風闈乙榜，半夜報倉卒。避人但淚滂，手自以巾抹。是皆我目見，非猶譽詞筆。是皆子實學，不爲羅卷帙。方

---

① 此詩題位於手稿本第 8029 頁。
② “騷賦”，手稿本作“正始”。
③ “未及”，手稿本作“亦未”。
④ “義”，手稿本作“藝”。
⑤ “敏鈍”，手稿本作“鈍敏”。

冬偕計吏,北上日諏吉。且當培松筠,何但掃軋苗。宦海人海地,春
風浩噓拂。慎持金入冶,勿輕膠在漆。吾門有謝生,天琢金玉質。十
年遊詞場,聞道若飢渴。至今營困塵,尚遲刈挋栗。汝往試與友,相
觀斂於密。離群難久居,吾歸指期月。凡今媚學子,孰肯勤匡弼。同
舟皆泛交,況彼學未達。饒生亦舟中,與爾氣誼豁。示以我此詩,共
讀宜戰慄。

江孟亭喝月圖①

詩落杯中不知處,飛上青天捲煙霧。孤光一道海氣涼,萬象繽紛
皆却步。鬱勃淋漓爲誰怒,仰看屋梁嘆遲莫。區區東家八萬軸,擔拾
豹鼠方箋注。孟亭名浩然,嘉興人,注朱竹垞詩。

題水墨牡丹卷二首用卷中韻②

墨　紫

養花天氣杳誰因,霧意纔收雨意新。倒暈臺留深夜照,紫金盞妬
淡妝人。三秋傅著根頭接,十日低回葉底親。子母詩家誇潑墨,天彭
已隔一層春。陸務觀《天彭牡丹記》云:"紫繡毬爲紫花之冠。乾道紫,色稍淡而暈紅,
出未十年。潑墨者,新紫花之子也。"歐陽永叔《洛陽牡丹記》云:"葉底紫,其色如墨,亦謂之
墨紫,延十日之久。"

墨　綠名綠蝴蝶

人到花開如蛺蝶,記和綠黛映窗紗。枝頭葉底不知綠,酒影燭光
皆是花。舞態春迴金谷樹,飛章夜下玉皇家。肯緣洛譜無名字,漫向
思公小閣誇。

朱文公遊畫寒詩墨迹卷借公韻

風月要人看,潭溪與雲谷。萬古青山青,晚對一間屋。時初結晦

---

① 此詩題位於手稿本第 8034 頁。
② 此詩至《峽山寺和蘇韻》,手稿本闕如。

庵,白雲嘯也獨。焉飛南澗石,簾捲西崖瀑。屏山白水間,書紳縆遺牘。未筮遯初爻,復初且歸宿。空山托雷轉,静臥以寓目。螫凝冰凌兢,春破卉芬馥。消長非文字,假寐時借讀。一掃注詁釋,梁邱京弼蕭。覺來亦何有,山鐘響飯粥。前堂未雨雲,忽與後軒逐。清湍既環帶,彎磧亦迴復。仙洲匪耽賞,密庵豈邁軸。紫微老人書,瘦掣蛟起陸。石壁草隸勢,空涼灑梧竹。旦晝而夜氣,天籟吾何惡。後梁_{克家}。前有胡,_銓。交贊彈冠沐。履霜於陰始,大廈誰一木。爾日已測微,鼎折餗之覆。三年後拜命,十載先僕僕。九考四十日,澹泡水一匊。況彼林栗輩,營營坐庸碌。沛乎塞天地,看此珠萬斛。晝寒安在哉,寺空松柏秃。

題候官林氏摹刻玉枕蘭亭三首

蘭渚書摹蘭話堂,藥洲客弔藥洲藏。_{廖瑩中號藥洲。}又看仿製林家研,白髮蕭蕭顧二孃。_{林氏研多吳門顧大家製。}

誰教博議辨尖纖,勇爵功勳報最嚴。留得笙歌水雲影,千年燈炧照風簾。

薛石刻寧攙定石,梅花版更换松花。蠶頭曲腳封紋樣,小隸風流自一家。

舟發廣州

五問凌江雪,七轉羊城臘。旗風新陽動,船尾陳迹踏。我懷鬱以紆,如水繞百匝。城臨萬石源,孰爲真響答。既推映溪箋,仍下看山榻。午潮從西來,陰景屢噴欲。空涼彩翠氣,不敢以襟納。群嶺相低昂,層雲遞開闔。莫煙浩搖颭,但指西南塔。

峽山寺和蘇韻①

我胸無宿物,矧此南北灣。二禺去千載,尚留想真顔。青巓風雨

---

① 《題水墨牡丹卷二首用卷中韻》至此詩,手稿本闕如。

夜,碧海笙鶴還。老僧睡不醒,驚潮撼柴關。虎飢猿亦嘯,鐶鎖響空山。遂疑欲飛去,萬籟然諾間。收之跌息定,一峰一澗環。仍坐帶玉堂,衆緑排煙鬟。

南雄食韭寄内①

疏疏晚風香,青青東湖韭。登此南食盤,我客嶺下久。麵細勝桄榔,土風同牢九。芼之蔞蒿短,又及初春首。前年冰雪晨,憐子泊江口。不爲庾郎貧,轉成予顏厚。東湖芽向黃,尚待水楊柳。地氣此太洩,沈吟倚欄後。予京師居東湖柳村。

南雄守張蒙川以其祖東海翁墨迹卷見贈用黃詩觀李西臺草書韻報之②

近代草書推擅場,三宋名遠接李楊。雲間書派自二沈,後來最著武部郎。奚論顚張及禿素,筆力凌宋兼跨唐。枝指生迹傳或過,罕此力出仍鋒藏。鋒所未及力已及,竹石槎枒山雨濕。古篆屈鐵刀錯金,海波掀翻老蛟立。梅花嶺下一笛風,瘦骨盤盤破春蟄。當時不獨書絶塵,重開此嶺公手親。公手種梅又種竹,芘蔭行人貽後人。三百年後嶺下院,覓公舊句吟哦遍。海天一線俯大荒,層空墮下飛雲涼。江聲劍勢眩不定,淋漓飄落我錦囊。公孫來守粵民喜,風月何減南安堂。

楊琴研歸大庾四年而復來南雄舟中賦此贈之如前送詩之數③

空江風氣逼新蒲,前度霜痕落晚蘆。殘臘光陰又迴轉,晏温刈穫且疏蕪。心交淡漠貧非病,戰閱紛華道故腥。賸欲與君觀息法,炷香萬籟一跏趺。

---

① 此詩題位於手稿本第 8039 頁。
② 此詩題位於手稿本第 8039 頁。"守""黃詩""草書",手稿本各作"太守""黃文節""草聖書帖詩"。
③ 此詩題位於手稿本第 8044 頁。

四秋竹屋松窗下,所得寒泉凍雀音。藥性君臣宵候火,書聲兄弟旦同衾。重來客路追前夢,聊試閑居印此心。——發揮沿棹處,葦灣箐澗又雲岑。

上春理心堂六首①以下辛卯

動靜有聞覺,宮商無古今。空山春雨後,宴坐獨樹陰。豈爲衆人耳,寥寥感我心。異乎笆籟簧,山水自清音。其前曰山水清音堂。物情慚茂悦,②習俗辨浮沈。吾聞桓譚論,理心而不淫。

曲江領六邑,一水通諸瀧。居民近岑水,礦業雜耕稷。鉛錫計歲緡,利配鹽穀艭。滿田或瘠薄,鬆土勤杙椿。已見兩浮虹,政平視徒杠。關津此啓閉,譏察商賈哤。東西達武水,上下連滇江。處處曉市聲,杼機和夜窗。

童子五百人,比句效詩律。升階使徐行,且要其儀一。秀者趨來前,節以笙琴瑟。上丁上巳弦,中吕夾鐘佾。我觀弟子行,稍覺氣中實。出虛蒸成菌,分刌誰得失。剛簡弗虐傲,耿耿尚難必。

東坡變莊言,地籟作天籟。正如和陶詩,鏡影俱不壞。靜勝境自生,響徹虛空外。萬象入豪髮,但與繩牀對。爐香渺一縷,春空蓊煙靄。舜石鏘如珮,韶江環如帶。

識曲聽其真,此語難共語。黑白苦分明,在彼吾何與。——圈臼枡,聲理有歸處。攝之枝策間,奚論瓦金注。春陰淡未開,溟濛不知雨。新鳩鳴屋脊,正要養花絮。

是夜四山氣,濃掩聞韶亭。韶石三十六,出雲石更青。九功九歌聲,溥暢助淋泠。昏陰而萬緑,際曉開我櫺。誰言扣大音,羌獨遺寸莛。雷動蟄蟲起,日出草木馨。

---

① 此詩題位於手稿本第 8057 頁。
② "慚",手稿本作"漸"。

午發韶城六首①

芸芸以聲會,始知各歸根。我懷轉輕安,風定雲吐吞。駕言歷城闉,淡與山水言。簫鼓居民樂,吾耳初不喧。羊城酒炙氣,想困如恢燔。

重修何公橋,我誦東坡詩。又非何公式,石欄隱金堤。以舟並首尾,隨水爲高低。中閘放早晚,客船可東西。我正當午到,踏浪亂鳧鷖。左右城市影,搖動青玻瓈。風吹關渡旅,渡口應鳴雞。高臺倚晴空,正綠對武溪。

太守摹吳畫,新石曲江像。聞韶之古臺,景行高山仰。舊縑蝴蝶翩,舊碑礎與碫。小字張仲碣,唐刻蓋不枉。曲江墓僅存張九皋碑。亦已無人知,蕪絕墮煙莽。登臺我八年,及見增基廣。陷垣陸游題,誰復好庵賞。跋字又黮滅,夢作前來想。況彼百篇稿,遲睇後村訪。②九成臺"詩境"二大字,放翁書,方信孺刻。信孺家藏放翁手錄詩稿,自題卷前云"七月十一日至九月廿九日,計七十八日,得詩一百首",事見劉後村文。

我曩摹蘇字,揭之韶守居。今年已堊丹,③宛然蘇公書。昔人去已遠,想像筆畫餘。江海上星斗,其氣猶夫初。是以每坐此,攝志觀集虛。池上扣韶石,厥音應江湖。益知教胄理,弗與諧尹殊。片鐵兩行字,古銅半缺壺。以均準律黍,豈必皆樂書。韶州府廨有鐵點識云:"乾道三年歲次丁亥壬子月初一日乙丑,敕差住持傳法賜紫正覺了悟大師奉寧謹題,隆興府都料游智文造。"又有明萬曆間知府陳大綸造銅漏壺一。

三年議修學,茲日翕然舉。庶見秋祭時,宮牆環百堵。亦視伈伈至,不爲新空廡。弟子鹿鳴歌,童者象勺舞。孝弟端根本,詩書蓄今古。此堂由此門,以逮房廊户。吾碑不能悉,先語執斤斧。韶州修學,予諾爲撰碑。

---

① 此詩題位於手稿本第 8062 頁。
② 此句下注文中,"方信孺刻"後,手稿本有"今來重拓,跋已半泐矣"九字。
③ "今年",手稿本作"今來"。

始韶未知學，今士漸喜詩。此意吾深懼，未必文獻師。剽敫比靡嫚，肇端問誰爲。雖云智慧啓，無能擴充之。熙陽懷新苗，遠岸聚鎡基。皆言春漲後，一暄良易治。誰知勞深耨，但歡雨及私。

洸口四首①

桂陽通桂海，連峽接連山。望嶽微分楚，於沅遂志班。村墟今一尉，西北古三關。何處區形勝，居民綠水灣。《漢書·地理志》：含洭隸桂陽郡。注云：洭水東北入於沅。

滇與湟交合，居然控上游。山衙低水市，②茅屋夾清流。瘴淨千峰豁，猺馴百峒柔。何虞水淖弱，户户力鋤耰。《管子》：楚水淖弱，其民輕果。

元祐書博士，江頭遺迹存。千年伐山石，一尉壯乾坤。摹寫爲名誤，流傳從俗論。今人於小學，已罕究根源。

猶唱哀洸口，遺風樂府詞。偏方何事業，霸史不虛欺。水國謳魚稻，山牛兆兔絲。降王作長去，可比邵家祠。南漢禹餘宫使邵廷琯祠在此。

賦得護花鈴二首③

綠樹歌翻未動塵，紅樓夢又静生因。枝枝裊裊聲牽想，個個離離影綴春。啼鳥鴰泥前屐徑，捲簾側卧午醒人。暖雲碎雨層欄遍，寒食東風擘柳辰。

女夷終夕透聲塵，吹息何曾玉鐸因。禁架微寒三月雨，玲瓏小語四圍春。更無傳信森嚴地，倍有成蹊悵望人。一鳥不鳴風絮定，閣前渾是灧陽辰。

---

① 此詩題位於手稿本第 8067 頁。
② "水市"，手稿本作"小市"。
③ 此詩題位於手稿本第 8070 頁。

張魏公列秀亭題字一石今始得之連州學舍廢垣下賦此①

我求此石今七年，荒亭敗瓦空蒼煙。齋廚垣傾講肆側，幾載土覆枯荄纏。魏公心學本易學，忠君愛物非語禪。呆師塔石緬親志，聞無畏法於徑山。觀文學士永州住，奉輿奉柩終始焉。盡心之堂長沙記，四德銘並三省傳。中表弟來省寒食，從居但少周樊川。韋編杖策罷遠望，一卧涼雨青石邊。臣父早時勗斧鉞，臣兒漸能語聖賢。資深養原箴處處，況有媚學人來前。後更有人冒雨到，仰讀留題嘉定間。公之精氣非筆畫，猶立懦志貽荒蠻。濯纓堂址故咫尺，宣公大字何處騫。當時父子共論説，想見侍石聽山泉。

心筠陵水縣廨新構一齋予題曰停雲寄賦二首②

借問驕榮何自落，凜然元不在清臞。海天風雨溟濛外，坐看煙雲水墨圖。

只應默坐憶離居，盡日穿雲望眼初。偏乞草書看變眩，潮聲半夜接扶胥。來書云近目力稍減，故戲及之。

正月廿六日連州試竣謁張宣公祠觀州庠重立魏公列秀亭石明人重刻宣公湟川八咏詩斷碑依韻示學官弟子③

我尋昌黎詩，維舟感山水。空復留釣臺，有異規侯喜。寂寥窮海上，茫昒前哲意。江潭寫往記，杏花新陰倚。

坡陀舊城側，窈窕帶迴溪。泮池綠春初，畬田間高低。巾峰青似巾，圭峰碧於圭。廉泉濂溪字，巉絶不可梯。

公昔創八咏，何減操柹龜。終然能雲雨，一展巖構奇。娟娟谷蘭

花,乘氣順天機。苟非葆心性,胡能貞歲時。

　　書堂有遺址,資深與養原。綠節抱冬竹,紅葩吐春綿。又見北山柏,濃黛上造天。山陰作講院,院猶榜南軒。①

　　斸荒知肥磽,汲深辨甘冽。未識尚友心,焉明昔人節。按圖石則亡,譌說今可雪。幾年廢牆下,劍氣動星月。

　　韓亭亦張題,落落映清泓。書字不必工,餘風蕩空明。父子藝嘉植,想見心和平。枅櫨雖屢易,俯仰有餘清。

　　湟入於三江,不比漢導漾。雙溪趨湘灘,蓄氣何莽莽。三關扼一線,由來資澤廣。豈必下洭洭,方知瀾浩蕩。

　　古人耕且養,一簀階巍巍。三年而一藝,所積皆瓊瑰。方當謀鎡基,未可暫徘徊。盤渦集小礫,萬壑轂轉雷。

燕喜亭次石上韻二首②

　　八載三巡遍海涯,仍尋仄澗倚枯槎。文辭苔蘚煩重拭,理學功名本一家。張魏公、宣公父子。從古修能堅過石,此鄉科第少於花。借他亭子稱韓子,空付遊人坐日斜。

　　聲聲源合轉沿涯,處處交流可貫槎。③高下諸亭因水勢,溪蠻百峒盡農家。④收餘油菜茅茶種,開過山桃小麥花。官不常來民更靜,鸕鷀曬滿石梁斜。

石鐘巖三首⑤

　　景鐘無射一噌吰,非是風水相薄聲。昔來水入今水落,木魚相答

---

① "猶榜",手稿本作"亦顏"。
② 此詩題位於手稿本第8078頁。"次",手稿本作"再疊"。
③ "交流",手稿本作"溪流"。
④ "溪蠻",手稿本作"獐猱"。
⑤ 此詩題位於手稿本第8079頁。

寒更清。石門三層蛇起伏，瓊田太古龍所耕。之而鱗筍出漿乳，漩渦滴瀝乃滿坑。

昔來陰夕風水急，洞門老苔不可立。草長鼠竄蝙蝠飛，今已驅除氣猶濕。元明殘碑少可讀，①僧徒乞文記重葺。意在發揮鐘乳奇，招致崔柳喧州邑。

架巖屋自吳楚材，明萬曆癸巳。吳未屋處尤詭恢。地形盤旋偶凹凸，神司豈果藏霧雷。石鐘無鐘有嵌寶，風氣拂拂金沙堆。洞前橫雲不可辨，萬綠一涌峽口開。大鯉峽。

黃大癡爲顧仲瑛畫唐人詩意冊子歌②

噫嘻乎！長風纖末真有道人在，靈氣飛空叩真宰。洪濛蓊鬱萬古開，散作崑山白雲海。道人醉後自不知，吳興小趙旁誦詩。詩聲滾滾入鐵笛，孤山不要吾子吹。蕩蕩默默不自得，三萬六千頃闊秋淋漓。煙巒天水大開合，玉山山窗初拓時。昏雲洩雨轉不奇，千峰洶洶勢欲移。銀河倒捲赤岸坼，金粟影落青玻璨。秋毫之妙非墨非筆處，沙禽水月虛無溿溿誰相期。主人相忘客不計，隱几不似人間世。煙雲籀篆文字禪，竹樹燈光風露氣。合離竟以造物爲，如此道人本非醉。玉山山下花溟濛，玉山山人亦在花霧中。錯認道人詩筆響，玉鸞翠尾搖秋風，三十六橋秋色同非同。

春泥行同内子韻③

乙酉二月淘春泥，已展一畝銀玻璨。七春春生泥又長，魚苗水下菡萏齊。呼童課隸具畚鍤，擁坲水束到水西。嗟哉惡草豈足刈，但念巡圃添新黃。六斗肯教混一石，我計升斗何栖栖。牡蠣牆陰看春雨，坐拾瓦礫謀菜畦。《漢書·溝洫志》：河水重濁，一石水六斗泥。

---

① "少"，手稿本作"稍"。
②③　此詩手稿本闕如。

題祝枝山和陶飲酒詩草書卷①

　　古人有不亡者存,自不可名誰與論。杳茫冥默齊得喪,醉中强目爲清真。孰爲仿佛可傳處,草書後出追胚渾。此公又落作者後,顛張禿素肯入門。兩年風埃倦京國,一舟回向寂滅言。當其無物出萬象,磅礴鬱積軒乾坤。世人信耳賞狂怪,如觀醉舞驚翩翻。孰知了然得自在,遍現隨手起滅痕。嘗見小字逼鍾傅,外枯中腴常返淳。何如飽喫惠州飯,試借一一觀歸根。

---

① 此詩手稿本闕如。

復初齋詩集卷第九

藥洲集八<small>辛卯二月至壬辰正月</small>

種蓮八首①

種蓮先疏水，新年山雷托。一雨又三旬，乾泥纏拉撢。湖目何時嘗，始知人力薄。擁草使東注，抉泥出南郭。空塘淨於掃，積潦未解涸。茫然佇春陰，聚石扶小約。

茲地久無蓮，恐尚存蓮性。昔蓮非今水，新泥乃前徑。周子逮陳侯，熙寧迄嘉定。又六百年閱，餘風洗明鏡。萬古香氣在，一寸孤根淨。接續安敢必，庶爲來者證。

因磨藥洲石，遂鐫周子文。亦記種蓮歲，隨作篆隸分。豈敢希昔人，聊翦竹樹紛。石旁荒穢除，石下流泉聞。株株通水脈，字字映水紋。

詩人反愛菊，學人反愛蓮。不得見聖人，得見君子焉。君子比草木，有斐自淇泉。所以并種竹，娟娟亞田田。葉雨本不濕，露珠非一圓。須會昔人心，豈真玩清漣。

昔聞魏莊渠，於此教靜坐。復有演極堂，儼以春風播。相觀本不

---

① 此詩手稿本闕如。

言,中通激頑懦。弟子肆歌聲,時穿淪漪過。静境渾一碧,白鷺忽點破。翳翳連蔓疇,歲歲青斾卧。

池東泥已溝,池西泥尚沙。此昔二湖間,地勢東更窪。去沙使就水,沙堅石萌芽。矻矻剔石功,已倍於養花。水花順水性,不必亭四遮。亭心佇風雨,亭陰帶蒹葭。石欄試晚色,月下已鳴蛙。

入夏可作花,及秋當有實。預排看花辰,計自栽藕日。翻憶六過夏,此計坐成失。沄沄稻花水,又爲翻泥出。經旬日未曬,逮暖根漸密。買藕初寸節,草草何足述。

粤花所以薄,膚澤由土鬆。不資土資水,何植而弗容。要令廣所受,成陂浩溶溶。澄明空闊中,鳥動魚噞喁。一亭兩小橋,已攬蒼翠重。然後藥洲氣,全聚於芙蓉。是以多種蓮,必須漸去榕。

春耕行二首①

白雲山足雲一同,菖蒲綠過蒲澗東。什什伍伍蘆管唱,祝田語交楊柳風。蘆管吹田,本東莞麻涌鄉俗也。

魚藻門邊罾尾齊,素馨花田翠羽啼。西江昨夜桃花水,三十二泉翻一犁。

浴日亭大風雨歌②

珠宮倒吸出飛雨,聲入扶胥扣銅鼓。九天雲垂四海立,蜆江珠江齊萬弩。廟檐俯視萬里開,虎門大洋昏一縷。穹龜長蛟競後先,白花碧浪相吞吐。衆山鱗甲喧笙鐘,極島魚龍變歌舞。七十二級渾煙霧,識是前來辨碑處。海門翁匐沙氣黄,咫尺黄灣通禄步。帆檣林立春濛濛,似點波羅訶子樹。是午石門潮正怒,新漲挾以三江助。百靈胯斾雲濤中,萬馬奔騰一匹素。微綃底用鮫人獻,張樂何須北門慕。神

鞭裂石走魑魅，急鐸驅山眩韶護。百寶一氣真沐浴，萬怪移時轉昏曙。雨瀉入澗風來亭，雨氣吹入稻畎零。潮頭突過海氣上，蒸動婆律旆檀馨。紫荊香欉綠橄欖，碧雞石燕紅蜻蜓。煮鹽占風海户遍，重譯好語賈舶聽。雲嵐明滅忽離合，幻化四百羅浮青。

題惠州使院壁用蘇詩惠循二守相會韻①

掃除積濕古城陰，隔歲豐湖水色深。粳稻遂占多士氣，陂塘已驗老農心。爭暄一院枝巢語，得雨千條澗壑音。淨洗蕉黃吹荔熟，楝花風又麥秋臨。

紫含笑②

絳房猶亞水西庵，初日仍低意釣潭。物外霞觴斟不醉，春來風曆破微酣。素榮何恨李伯紀，燕坐時聞優鉢曇。底要晉公相借問，石湖書定擬菘含。《桂海虞衡志》不載此花。

勵志詩試惠州諸生作③

悠悠圓象運，疊疊靈儀廓。迴斡七春暉，往來雙江郭。緬惟兩眉山，文采所棲托。荏苒逝不居，懷哉先民作。默化迹尚存，丹稜嘆猶昨。碑壞石礪牛，堂空峰佇鶴。所致於古人，非爲瞻亭閣。亦非爲文字，披華振萎落。枝柯在根柢，薙蕘斯刈穫。忠孝蓋有基，原泉豈得涸。山蹊有嘉樹，其下園維擇。春風吹新綠，尚虞植之薄。暄陽移廣除，雷雨響幽壑。如何隔朋慕，還就段干約。

豐湖藤菜歌④

七年來問燕脂藤，每住旬日嘗未曾。叉魚小舫去秋夕，菜苗空蔓湖尾罾。湖有二泉潤江海，不獨修築由陳稱。宋治平間守。濂泉槎溪此

會合,蓋以魚鱉茇葦稱。郡志遂言有蓴菜,傅會亦到栖禪僧。今春纔知此菜味,圓頭大葉如菠薐。而能甘滑不苦澀,得非二泉氣所升。擷之筐筥芼之釜,冷於槐葉清於冰。雖無絲縷更柔軟,亦有鹽豉彌鮮澄。萬古秋風故園思,想見暮雨扁舟乘。莫輕一物綱户送,紹聖學士春盤登。落梅挑菜本寄耳,湖邊野叟說古能。生長此湖食此菜,不費栽植無畦塍。春春采掇歲歲足,何知故事蘇公徵。而我七年步湖上,爲此蕪緑披千層。復聞雨後行菜處,舊時菘白仍冬凌。我食此菘又已屢,屢繞玉塔看漁燈。

白鶴峰借蘇韻二首①

誰知宅入先賢傳,六百餘年客叩關。帶水縈迴自階下,髻雲鬟鬐尚牆間。片時泥雪鵝籠沼,千歲松黄鶴住山。豈作柴桑舊居看,招將儋耳夢來還。

水東懷舊咏丹稜,未識心心無盡燈。當日鑿泉先以石,本同鑽火喻於冰。齋頭鏡鏡明明字,訪遍山山院院僧。碑壞將毋亦隱語,笑濡竹膜昔年曾。唐子西《水東感懷》云"碑壞詩無敵,堂空德有鄰",不知指何碑也。

龍川嶺下值大雷雨②

嶺下喧蚊蠅,嶺上飛薈蔚。我來就嶺雲,蔭暑青蠡蠡。大聲硠岸底,漱壑新粳味。循江千里平,及此一揚沸。循江到程江,石與水經緯。轂轉萬石勢,珠滾二江氣。是夕霍山緑,交注岐嶺溉。塍渠四山來,涼思沃未既。

早發龍川嶺③

諸山潝而起,有霽雲夾日。晃蕩石磴間,層青忽如一。煙嵐草木濕,循澗投瑟瑟。交響蛙螻蟈,亦繞田塍室。豐條沃升長,解作逾蒙

---

① 此詩題位於手稿本第 8099 頁。詩題手稿本作"是日白鶴峰蘇祠再借前韻二首"。
②③ 此詩題位於手稿本第 8102 頁。

密。空涼散陰谷，更覺氣充實。沙石不戴土，何以膏四溢。我穿沙一
線，取徑晨光出。

示潮州學官弟子二首①

往時題壁韓山麓，實卜循牆黨塾同。習禮早應從野處，中韶何止
聽轅童。耕偕於養稽三載，詩孰兼書目兩通。已數彈琴上巳日，海陰
吹綠七春風。

沈浸醲郁於何見，情性英華孰起端。連歲笙簧服官始，我來孝悌
力田看。沿村晚麥新粳熟，比屋叉魚釀黍歡。粟米麻絲群日用，始知
原道必師韓。

前詩潮士和者八百人疊韻示之②

積漸基非晨夕功，於茅看到稼斯同。迎梅三月水方起，有橡一株
山不童。文梓元由中琴瑟，昌陽胡自別苓通。河湄河側思困億，勿以
區區儉國風。

好名鶩利兼矜己，士病由來匪一端。室遠堂深奚隱爾，牆陰水折
試尋看。菜根味有膏粱雋，寒士顏同廣厦歡。日對青編燒蠟燭，③莫
徒短檠咏依韓。

自和葦齋詩四首④

又換籠紗樣不同，矮箋曲折入推篷。溟濛濕葉疏煙底，掣洩枯叢
細響中。岸廣篙深新漲水，石灣沙沫夾灘風。略存齋意因江勢，翻得
玲瓏佇望通。

星軺半是托輕艒，詩屋由來只舊窗。境熟釣筒搖亂荻，夢迴明月

---

① 此詩題位於手稿本第 8100 頁。
② 此詩題位於手稿本第 8104 頁。
③ "日對青編燒蠟燭"，手稿本作"此段青燈書卷氣"。
④ 此詩題位於手稿本第 8112 頁。

在空江。披襟浩渺千潭印，得句憑陵萬綠降。收拾無多據梧地，橛頭安穩竹篙雙。

魚龍風雨海濤吟，聊以齋名試此心。消盡芥舟杯水妄，要看稊米太倉深。煙橫竹定能安榻，露重荷圓肯濕襟。那更紛紜量十笏，秋毫何有覓兼尋。

八年十五度來題，每按東郡則三入此居，今五至，凡居此百餘日矣。面面皆詩客欲迷。昔憶牽隨潮水上，今真繫向藥洲西。省廨藥洲有西齋。軒窗浪接青嵐起，懷袖花深翠羽啼。他日繼聲何處是，已曾入我卷中攜。

劉幹齋觀察招遊西園六首①

榕雨冥冥外，離披藻荇紋。東南潮起漲，旬日綠於雲。花隱留春霧，煙濃入夕曛。隔江空澗響，時向北軒聞。

別館尚書築，舊爲明黄尚書別業。金峰使節移。觀察署舊在金山前。洗苔看古篆，逢石有前詩。②梁瑶峰篆題石筍並詩。鳳水城濠注，龍潭灌溉治。一方資水利，三邑接中離。

竹架飛泉背，藤穿臥石根。褰衣切蘿磴，側帽過松門。畏隹橫雲入，槎枒上雨痕。合圍青竅穴，都以百年論。

略彴徘徊際，無風有晚涼。以亭迴樹勢，於月得池光。萍缺鳧相唼，汀圓鷺可藏。此南全放綠，更不費軒廊。

往時燈夕到，池上瑞蓮歌。舫繫紗窗在，碑昏蠣粉多。童煎評汲水，客議補栽荷。及見齋重葺，冬春八載過。

使君初駐節，攜客夜論文。礎濕滋苔潤，甌香覺稻芬。因觀種樹理，時切護堤勤。半畝修椽上，憑窗看海雲。

---

① 此詩題位於手稿本第 8115 頁。
② 此句下注文中“篆”，手稿本作“古文篆”。

沙　月①

月吐竹篷背，舟泊江渚沙。見沙不見月，渚勢一玦斜。白光浩漫漫，眩晃動蒹葭。蒹葭交竹樹，夜久滿江露。篷背光忽流，點點照沙鷺。遂看沙作江，瀰茫那得渡。

蓬辣灘②

八年十過蓬辣灘，風雨陰晴晦明異。初春早秋歷冬夏，以水大小分難易。水長則平消亦平，最險將消未消際。況茲雨後伏餘怒，橫迫崖間相擁銳。灘尾西東首南北，碎石中間左右避。彎如魚腸乙字形，一折盤迴劍鋩勢。我步高岸取山足，萬轉松毛綠虧蔽。亦到中腰山獨聳，盡見上下乘流義。下則大埔上嘉應，十郡人文秀靈地。宜其山緩水更舒，造物之意夫焉寄。所以民俗調劑方，比之舟楫牽挽利。一舟前導一舟進，逆水還教逆風試。翻從衆壑一線中，捲得層瀾萬花氣。

松口二首③

因移篷隙日，爲記岸邊陰。小綠墟曲得，滿山樵采音。泉清知脈秀，雨過尚煙深。篁篠漸成列，風蟬一片吟。

沿灘皆石角，此即土微平。稻畎淤沙外，人家汲水聲。民勤須習儉，士讀且知耕。比歲豐收氣，川光入晚晴。

程江使院同蔣南莊限韻二首④

橋梓寧當識趙瑩，角弓及計十年成。召南封殖思來燕，小雅和平更聽鶯。要掣鯨魚兼翡翠，已多蘭蕙少榛荆。蘀風吹上園檀綠，攻錯

---

① 此詩題位於手稿本第 8119 頁。
② 此詩題位於手稿本第 8120 頁。
③ 此詩題位於手稿本第 8122 頁。
④ 此詩題位於手稿本第 8124 頁。

如何始中程。

雨餘山翠滿南窗，沿溯誰能一葦扛。今宿城闉又旬日，古人會合感濤江。地兼水耨蠶成匹，氣召村禾穟有雙。已見汀循新漲後，漁鹽相望集瓶缸。

高静思梧月圖二首①

滿地碧雲皆水影，客來何處認新秋。忽從積雨濛濛外，澹倚微黄月一鈎。

嶺東握手已三年，日煮茅茶想惠泉。又到石欄吹緑換，落花如毳竹如煙。

舟發程江三首②

山形蔽城垣，江紋轉沙石。雨餘江更怒，風壑相蕩激。我意攝其定，氣清淤涣釋。蔭雲就微凉，取岸迴虛碧。空音非風雨，正陽天倪積。百籟有歸根，懸景無覼匼。四山響萬緑，唱和知蕩滌。一谺灘路長，憑此煙樹夕。

葦齋雖新題，頗已成老屋。因緣生文字，又復耗楮竹。此州無金石，空録象之目。王象之《輿地碑目》所録梅州諸碑今無一存。懷古鐵漢樓，風雨振窮谷。蕭寥晦明思，沿溯往還熟。故托舟曰齋，八載千兔秃。鈎勒仍椎拓，抱向齋中讀。一齋虛四窗，日與山水逐。午初南郭發，暝仍西巖宿。

毗陵蔣子仲，與我有昔言。同堂治詩禮，蓋不爲己身。受牧此劇州，舊稱訟牒繁。送我出江浦，支簏看青山。十郡五試畢，我遂欲還轅。挹君與山水，三共相對論。秋禾必早熟，嫩緑已滿原。各數下車日，蝴蝶飛南園。山山繅野繭，直抵羅浮村。③蔣君來牧嘉應甫三月。

---

①② 此詩題位於手稿本第 8147 頁。
③ 此句下注文"蔣君"，手稿本作"新仲"。

歸度龍川嶺二首①

曉氣層青劃澗田，熱雲蒸綠合溪煙。五更旬日水痕落，十里一規山影圓。線路陰涼取危礙，役車屈曲就橫川。誰知姑婦牛宮柵，纔啓蘆簾蟹斷邊。

漆林際廛户，崦谷口居人。老樹如識客，短牆還結鄰。花根日光轉，石罅水聲新。已見穫事早，禾稭紛束薪。

題倚松待鶴圖送譚冀培養痾歸里二首②

小樓何處玉笙聞，滿地青苔淡夕曛。石銚茶煙飛不起，過溪濤影綠於雲。

綠字誰傳竹里銘，八公相法即丹經。且須試檢唐英集，露粉雲漿煮茯苓。圖取吳子華詩句也，子華有《病中宜茯苓》詩。

浴日亭和蘇韻③

自是文章壯海天，沙淤非復舊時灣。瀠洄絶島周遭路，大小重洋裏外山。處處盡同看日出，區區那僅以亭顔。我來獨挹瑰琦氣，百寶蒼茫磊落間。

明周定王東書堂研歌④

研長二寸八分，寬一寸六分，背鐫“東書堂書寶”五字正書，面額鐫銘“割紫雲之片石分，漾璧水之元光。蘭雪”十五字古文篆。

金梁橋唱新樂府，一曲樊樓月當午。牙籤春殿選校書，孺子新裝試歌舞。侍兒紅袖解雙鈎，東書堂帖誠齋譜。此堂闢自永樂年，母弟從古住梁園。金川門入復同輦，東苑更廣膏腴田。議臣闌説事雖秘，

---

① 此詩題位於手稿本第 8150 頁。
② 此詩題位於手稿本第 8173 頁。
③ 此詩題位於手稿本第 8176 頁。
④ 此詩題位於手稿本第 8187 頁。此題下注文中“八分”“六分”“漾”“元”，手稿本各作“八分强”“六分弱，厚三分”“永”“玄”。

從容燕飲非至言。賓客競聞桂樹製，山河重沐桐葉憐。葛洪圖補遷固傳，此時蘭雪初名軒。前朝花石即小山，叢生修竹圍牡丹。銀瓶灌水淨春露，暮雲點筆斜朱欄。十二亭子題記遍，蔡河憑望莽蒼_{上聲}。間。大河南北收蕪綠，長養品入桐君錄。彼茁者奏驪虞舞，劉長史課佳兒讀。先時惜無經術吏，王翰佯狂事翻覆。墨瀋徒留弦索師，月夜梅花照園屋。末孫乃開萬卷堂，東陂著録西亭藏。共推然藜致太乙，始見璧水符元光。此時此研倘在側，羅列四部分丹黃。我聞退谷采書目，葛李誰與收散亡。汴中金石迹久渺，況爾漆匣仍綈裝。摩挲紫煙浴積鐵，怒濤何必穿矮桑。①

陪曹竹虛宮庶胡澹園侍御登鎮海樓遊六榕光孝二寺四和諸城座師韻二首②

四度來憑廛外欄，八年初識得人難。③帶城樹薺千帆小，接海坳堂一鏡寒。午景迴雲滋蔭樾，秋毫乘氣有揣丸。_{揣，平聲，見《淮南子》。}瀠洄水脈重量測，試覓任安問仲桓。

底煩治具到方平，看畫嘗茶即化城。綠蘚龜趺誰剔抉，_{六榕寺《證道歌碑》後段去年秋語寺僧求之，今仍未獲。}夕陽麈尾又斜橫。舊來細葉陰猶護，小響空廊語易驚。不是因緣弦指法，人閒書要叩彌明。_{光孝寺僧圓德能詩善琴，今已移住靈峰。}

偽漢劉龑冢歌④

大書壬寅歲大有，此冢之傳以此碑。新城秀水兩老子，往者述記猶異辭。盧膚盧應字孰是，侍郎聘越文能爲。陳倔鄧伸同列傳，傳自仁和吳志伊。長星事遠宋武擬，錮金之秘誰詳之。五國十國各有紀，可憐霸史無隱欺。具載卜年六十事，嗟爾哀册誰復知。雞鳴穴又不

---

① “何必”，手稿本作“不必”。
② 此詩題位於手稿本第 8190 頁。“座師”，手稿本作“相國師”。
③ “初識”，手稿本作“粗識”。
④ 此詩題位於手稿本第 8196 頁。

可識，海潮蕩汩沙水移。百年前尚有斷石，二亭間或言苑基。番禺城東二十里，興王府治據何疑。昌華風煙毒霧去，洲田洲水空闊時。荔支陰濃榕葉綠，蔴荼亞旅來東蕳。

視粵東學役竣留別三首①

中天沐浴文明日，許住炎州到八年。拊石阮俞禺嶺竹，角弓嘉樹藥湖蓮。時和化宇深培植，政善農登喜接聯。雙槳軒兼四來榻，②<small>中丞舫軒及制府齋也。</small>不徒十郡好山川。

蔀門人去又艀門，午夜齋心一氣存。何似伏生仍有述，每於余祐得深論。測量前輩淵源在，洗滌西園瓦礫痕。③悵悵甘泉泰泉錄，只誰藏庋佇煙村。

敢將聚撢擬檀園，亦借於溪比薦繁。珠露夜明無匿氣，海天秋響只清言。兩三樹子重鉏圃，千百崖基一壑源。閑寫羅浮作囊去，白雲幅幅著湖根。

後九曜石歌④

我住八年又秋晚，徘徊紹興春漲初。始來重剔第一石，假以旬日煩百夫。石深則咫泥倍咫，百年未露之石膚。人功嗟豈能強植，想有神力相撐扶。糢糊煙雨蝕不到，一十二朵琅玕珠。米海嶽詩雖不見，蔣潁叔記筆筆殊。淨名齋帖息壤在，溪山罨畫有意無。張升卿字今補錄，⑤千古人物難得俱。放舟月夜吐奇氣，長歌溪尾敲唾壺。人才發揮爲世用，但記名姓誠區區。八百年前芙蓉水，日夜灌漱於根株。依然煮茶訪蕅處，昔人已嘆歲月徂。未知老榕樹下字，後來誰則代我摹。仿佛前迴別石候，霜輕霧重黃雙梧。

---

① 此詩題位於手稿本第 8199 頁。
② “雙槳”，手稿本作“雙槳”。
③ “洗滌”，手稿本作“洗剔”。
④ 此詩題位於手稿本第 8201 頁。
⑤ “張升卿字今補錄”，手稿本作“張升卿正補米記”。

　　辛卯九月將受始,剔池中破石得題刻十有二處,皆八年來所未見者。《濂溪書院記》左下第四段云程師孟、金君卿、李宗儀、許彥先,右下第四段云李之紀仲明、吳荀翼道、張升卿公謝、蔣之奇穎叔,元祐二年三月十六日會於藥洲觀九曜石。此段與韶州九成臺穎叔所題《續武溪深》詩刻筆法無二,而張升卿適足補前所拓字。公謝之名左下第三段云:“紹興九年歲在己未二月初吉,藥洲春水新漲,小舟初成,連南夫鵬舉、缺一字。正明甫、周利見君遇王勳上達、黿公邁伯咎,載酒同遊。”石背云:“武夷詹文舉、毘陵袁太初、長樂鄭才仲癸亥季秋、孟冬兩乘晦沐,追真率高蹤,載酒以遊,相羊竟日,飲闌,磨崖聊紀良集。”左下第一段云:“呂少衛、方夷吾、南容、蘇少連會飯藥洲,泛舟觀九曜石,紹興壬申二月二十有二日。”此下云少連、夷吾、南容癸酉清明前二日來。右下第三段云:“長樂靈谿之源楚相潁川之裔烏飛於左春藻其似是“旁”字。有宋乾道歲在丙戌藥洲之濱似是“攜”字。筇放逸,曜石星羅,鐶之以筆。”右下第二段八分書云:“慶元乙卯季冬十有三日,同提點刑獄趙希仁山甫、轉運判官徐柟志龢、提舉常平劉俁碩翁、提舉市舶唐弼公佐泛舟小酌其下,惜題識之湮滅,悲感歲月之不留,弔古感今,三嘆而返。”經略張釜君量題石背,右云缺一字。趙缺三字。周卿月缺七字,其第一字似信字,第三、四、五似肅莆上字。洪唐元齡缺三字。仲缺兩字,其下字似二。日缺一字,似升。以咸淳乙丑似春仲二字。來遊,以下缺。左下第五段云:“督學秀水吳鵬頃於藥洲疏甃起滌,故時勝概復者什九,此即九曜第一石也。同臬事宜賓陳卿、慈溪葉照、錢塘吳玭、建安李默載酒來觀,再淹暝莫。時嘉靖戊戌二月之廿二日,卿題憂傷第一段八分書‘靈曜’二大字旁,雲鵬書。”又於池東石上得一段,云:“時慶元乙卯臘日建宀阜通坊醫士李元□。”又於池西北大石腳得“劉度臣刊”四字。而仙掌石榕所蔽者又披露二行,有“半弟尉”字,乃是“叔”字,“臨江蕭”下乃“山則則山”四字,趙時瑢上亦非“沅”字,始悟曩時以府志校寫所記失實也。附識於此,十月朔方綱識。

鄭雨亭扁舟遠眺圖二首①

松陵詩意雨濛濛，一笛披蓑落月中。目到渾無拈筆處，柳絲風與釣絲風。

簑篷且繫蓼花灘，萬象窮蒐入卷難。供與溪橋好煙雨，有人花外更憑欄。

吳仲圭竹用卷中自題韻四首②

風雨思君子，悲歌繞竹枝。草亭幽獨夜，自護錦綳兒。

冉冉時未暮，娟娟歲已陰。惟吾受也正，感遇獨何心。

雪意不爲薄，詎因凡卉群。③正陽來復近，凝立佇夫君。

莫聽湘弦哀怨聲，暮雲歛盡楚江清。枝枝瘦出空無影，不肯寒潭受月明。

書益都李静叔文稿後寄潮陽令李素伯④

八年五登原道堂，前秋一題韓山壁。茫茫萬古西風淚，誰知却爲斯人滴。斯人何人氣出群，不書原道書原人。又從張子溯孟子，洗出韓子醇乎醇。當初舉遥篤諸近，萬物一視皆同仁。麻絲粟米爲誰設，我說昨豈徒斷斷。昔者舜舉十六相，道高詎止言身尊。益作朕虞咎作士，百工百度亮以寅。鰥寡孤獨廢疾養，農工商賈官士民。經生說經胥此物，叔也此稿不爲身。自作墓銘古有例，書出嵩陽好兄弟。燈前每共伯也論，拔劍酒酣雙裂眥。黃昏讀罷風怒號，吹作長瀾入海勢。君今作吏嶺海濱，時夢共被山家村。嗟我有弟亦早慧，並無手述片紙存。

---

① 此詩題位於手稿本第 8210 頁。
② 此詩題位於手稿本第 8211 頁。
③ "詎因"，手稿本作"豈因"。
④ 此詩題位於手稿本第 8212 頁。詩題手稿本作"書益都李静叔文稿後"。

將發廣州自題藥洲圖二首①

惠公舫子張公扁，已與束軒俱不存。十日百夫牽石處，尚餘鴉軋水車痕。

漁洋手種貝多枝，未必憑欄是此池。前後七榕皆合抱，竟無人識紀談碑。王文簡使粵曾觀學使廨中鐵樹，蓋未移復使院時也。

題裴鶴峰蓮湖秋泛圖二首②

此地泛秋仍似夏，泄雲蒸雨綠糢糊。恐君羽扇迎涼處，未必蓮湖是藥湖。

雨中翠點玉團團，如此紅裳濕亦難。秋意轉濃人轉淡，蓮湖仍作藥湖看。

又題雨亭馴鹿圖③

雨餘山果落松枝，自悟前身非畫師。聞道青精飯已熟，石厓縫合長青芝。

蘊齋書來云臨別有何處安身立命之言是昔年蒙寄詩
君子無止思之義否賦此以答④

君子無止思，日邁月斯征。借問所邁征，於何立之程。聖言去已遠，百家以能鳴。苟獲一軌安，豈效眾喙爭。輪轅日以飾，鏨悅竟何成。韋佩無急張，弇金有鬱聲。既防猭薄傷，焉得夙操贏。徒囂終奚收，晤子昨自驚。廿年營吾糧，發軔語誰盟。冉冉窗竹響，耿耿壁燈明。四百峰頂泉，交向三峽傾。孰為郢人質，一借角弓賡。

---

① 此詩題位於手稿本第 8214 頁。
② 此詩題位於手稿本第 8215 頁。“題裴鶴峰”，手稿本作“又題鶴峰”。
③④ 此詩題位於手稿本第 8216 頁。

拱北樓①時移居育賢坊廨

鐘聲與漏響，一月又樓陰。海霧早涼氣，春迴北望心。城灣抱石脊，市語沓潮音。漸午雲不散，蒼蒼嘉樹林。

過大庾留別鈍夫借昔用黃詩韻二首②

八年雨雪餘，令弟仍扶病。同氣同歲寒，君家苔筠徑。人言炎州氣，地暖存物性。吾今閱已熟，愛君窗几靜。

君亦隨我久，語挾海綠氣。何似山石畔，蒼然昔風味。勿輕言逢源，相見以深地。洪瀾千萬里，佇汝徯汝至。

十八灘③

夢中邪許聲，凌江滇江灘。猶疑藥洲上，挽石衆力殫。既陟山萬轉，仍沿石百盤。乘流敢忘勞，習坎故知艱。槎枒截飛流，洶涌勢未安。一氣三百里，層叠萬花瀾。江水無直輸，石脈有停湍。西江石底江，我映沙竹看。直作始放舟，順流起萬安。

發沙井④

騾車偃仰發沙井，沙岡石脊屢仄傾。十里搖過石頭口，石橋尚以洪喬名。匆匆何暇看碑字，逐逐負戴爲宵征。下橋羸顛輿輻脱，旁舍草墅窗燈明。攜幼叩門徑入室，逆旅食我餺飥餳。村陰不見星與月，微辨石塊紛縱橫。店門土平我小立，從者伐輻相丁丁。林風森然就輿坐，默聽輿夫筭驛程。我熟驛程不待筭，但聽橋下風水聲。

渡淮⑤以下壬辰

十四年前夕帆影，林林又到廢城頭。今宵正挂淮南月，對岸誰憑

---

①　此詩題位於手稿本第 8217 頁。
②③　此詩題位於手稿本第 8220 頁。
④　此詩題位於手稿本第 8222 頁。
⑤　此詩題位於手稿本第 8234 頁。

水際樓。下上蟥源溯桐柏，東西濠汊接徐州。照來羸馬疲僮僕，鞭墮
忽驚雙白鷗。

柳泉旅舍予己卯十月題壁云此行佳處題難盡留與珠江二使
星謂同年秦序堂編修景介之學士時同典廣東鄉試
也今十四年而予自廣東旋役宿此復次前韻①

十載踏殘江北路，午茶又熟小茅亭。果符行李蕭蕭夢，只是慚呼
作使星。是年又於此見壁上句云"行李蕭蕭茅店裏，無人知是使星來"，不知誰筆。

予入都而蘊山出守鎮江賦別三首②

四秋促膝是何緣，廿載同岑最汝賢。付受雕鐫文字末，聲名書札
道途邊。今斯擔荷猶難信，異日功施敢望傳。嶺外江頭窗下夢，遂經
三度閱三年。

香案雲霞供奉班，玉堂心印幾時還。因緣竹里人千載，③謂金壇王
檢討罕皆。縹緲茅岡屋數間。經術新猷務根柢，師承舊緒訪優閑。負
書不獨銘原泄，金簡先投已字山。

來鴻去燕如相避，出雨歸雲遂不齊。答述人疑同設論，栽培天意
孰端倪。一樓鐘語三生憶，④癸未夏與蘊山觀明學士沈度書《法華經》陽識大鐘於
城北覺生寺，寺僧謂蘊山當官外任，且屬以慈祥愷惠，予有"晚涼新偈子，同聽一樓鐘"之句。
兩板門書十載棲。仍照飛騰紅燭影，對牀風雨誤聞雞。

二月八日西苑夜宿蘊山明日出都⑤

車轂鳴枕中，妨我懷遠夢。明朝桑乾水，獨爾役車送。十年
待漏地，不得與子同。子心免嶺外，余思又江東。別子既不忍，留

---

① 此詩題位於手稿本第8236頁。
② 此詩題位於手稿本第8243頁。
③ 此句下注文，手稿本無"謂"字，"皆"後有"深於經義，予所心師"八字。
④ 此句下注文中"予有"，手稿本作"予時有"。
⑤ 此詩手稿本闕如。

子定何益。碧澗馬嘶聲，紅牆履綦迹。夜深星月下，酒醒各眠飯。不怨道路長，所惜芳月晚。芳月誰與度，青皋滿煙露。苑枝高於牆，昔年初栽樹。昔年苑前水，流作今夕雲。迢迢綠影去，疑是並隨君。

復初齋詩集卷第十①

青棠書屋稿壬辰二月至癸巳八月

壬辰春還都,賃孫公園屋以居,中有合歡一株,因以名是卷。

春展先墓三首

七年闕灑掃,仍同士無田。東郊綠繈動,亦未有柳煙。怵乎氣感人,變律非以寒。緬惟松楸陰,於昔等杯棬。新陽宜嘉植,修術帶橫阡。尚聞遠岡背,壞童報暗泉。陰德何以酬,理漬滋泫然。

齊人雖趨利,晉人乃近名。乞醫固非義,誓墓則不情。驅馳策前路,良時勤邁征。瞻拜仰而思,何謂忝所生。簞車祝豚酒,所操終無贏。雨餘叱犢聲,東原起春耕。

耕戶亦已換,相見俱不識。除草驅牛羊,頗復資其力。釋耒前致辭,今年大宜稌。因溯去春首,拮據營困億。壠前度流水,壠後避紆直。所苦夏淋潦,須及春培積。躑躅寺牆下,小桃將寒食。

晨起同蘀石宮詹辛楣學士魚山孝廉憫忠寺海棠花下作

春禽聒破僧房眠,四三客占遊蜂先。日出未出雨未雨,轆轤挈響山門泉。日氣尚輕花氣重,薰蒸故在陰凉前。此時院落静如掃,花與

---

① 此《復初齋詩集》卷第十,手稿本闕如。

我輩相周旋。豈惟嬋娟却粗俗，爭比翠袖與紫綿。千跗萬萼疊照曜，星梭霞佩相聯翩。濃雲捲盡竟夕霽，淨影襯出微藍天。豐肌明瑩自顧盼，肯假懶困成韶妍。空光動搖非妥側，垂絲濃淡忽接連。密疏高下與向背，一院籟籟濛濛煙。齋厨不用護鈴索，穿出梵放清而圓。訪碑問竹來太熟，及取未起栖鴉邊。新陽漸暖向南郭，佳句誰補從西川。花風掠轉花雨作，明日滿地飛榆錢。

粵東諸子集話小齋示魚山因懷桐陰

桂陰難定是棠陰，萬里樽前印此心。室深去聲。商量能造膝，苔多容易數上聲。同岑。誰真一笑依迦葉，爾自三春夢故林。無數花風縈上苑，棍根拂汩雨晴音。

周益公銘雷氏琴

腹有八分書"開元癸丑"四字，底有銘云"太古遺音"，又云："雷氏斫之，肇自開元。馮氏寶之，不知幾傳。我非知音，而理可言。心主於內，手應乎弦。故聲和可以仰馬，意殺形之捕蟬，豈特此哉？大則歌南風，小則治單父，舉不出於斯焉。嘉泰元年四月辛丑，平園老叟周必大書。"

南渡江西重閣譜，開元之桐音太古。音匪可知理可言，曾以薰風繫樂府。鶴飛盞子注未乾，春風歸雁玉關寒。酒闌花飛又送客，漏月疏簾斜巷彈。益公有鶴飛盞，注酒則鶴飛，乾則滅。"春風歸雁那知己，寄與深宮絕塞看"，春陵樂雷發題益公書樂府後句也。

心齋圖爲紀少卿同年題

砠村鑿石處，下有洞潭轉。山半雷雨來，雲香滿花蘚。誰知萬壑響，出自微泉泫。翁然四石窗，江紋作沙篆。

漢建初銅尺歌

慮虒銅尺，建初六年八月十五日造。

西京槀準姑洗律，起黍起指誰異同。周法寸十與寸八，說文何以別考工。不知陳留何所會，四分校短於新鐘。爾時始平尺未出，漢官尺那周尺通。東京制作尚不遠，建武尺度符劉恭。太原邑仍前史置，民俗儉有陶唐風。崔駰作頌觀下國，豈但斛粟均貧癃。奏律方來零陵玉，鑄式或用晉陽銅。以準周尺準建武，十五等孰歉與豐。篆文稽自上方變，次仲正起建初中。懸針書亦此時作，題經篇目如針鋒。後有延光前五鳳，銀鏤剔盡石幾礱。孰見當時佐隸法，用程文質權始終。呂薛録銘均未及，朱繡漫言錯采重。雅裁編懸備尊罻，金絲日啓光熊熊。<small>尺今藏闕里。</small>

同揅石辛楣魚門耳山兩峰集陶然亭各賦吳下故事
送紀心齋南歸分得樂圃

伯原本越人，思吳勝事繁。築室郡西坊，仍得錢氏園。<small>樂圃本吳越金谷園舊址。</small>州守既題扁，郡將常造門。庋書二萬卷，可以貽子孫。審音理自契，闓古志彌敦。墨池雲不流，琴史韻猶存。所憾陸淳義，曾推明復言。秘省已著録，今時誰討論。<small>淳熙十四年，朱佺進伯父長文《春秋通志》十册付秘省，見《中興書目》。</small>此書儻未逸，君歸叩江村。不虛越遷吳，或借流溯源。舉杯重有屬，願君時弗諼。

送熊鶴嶠前輩假歸南昌

州錢一編闕，宋什闑何人。遺集鈔無隱，先生意出塵。袖風蘭臭味，檻露鶴精神。漢帖心追甚，江船手篋親。瀕行叨借閱，疇昔失依仁。東觀書重問，南州榻故陳。匡廬帶湖海，滕閣上星辰。退聽堂詩法，公其惠問津。

題彭衣春所藏宋明人畫像册

<small>宋范文正、忠宣、王荆文、包孝肅，明徐武寧、楊忠烈、文貞憲、孫文忠、夏文愍、嚴嵩。</small>

送君歸欋發君篋，哀彈颯然范履霜。邠祠瀘祠不必肖，河清笑那垢面方。古人精神匪以貌，亦若言語傳文章。應山憂時蓋有謂，衡翁胡亦眸不揚。夏轉怡愉孫轉静，戌削彼獨冠沈香。高聳雙顴起農圃，賢奸一代備興亡。伊子若孫等世守，嗟君與我話夜凉。爲題具銜著

小字，秋燈吹起炯炯光。

羅烈婦詩兩峰之曾祖母

一死一十一人同，後八十年表其冢。方望溪。又五十年今作詩，賢孫爲客談色聳。樓煙障天闔門哭，抱女積薪真大勇。從李者復劉梅李，一婢脛骨邱山重。樊園址與故城基，城破年深猶志之。吾曾姚王亦井死，與姑陳更平聲。抱其兒。竟無墓表更無詩，揮涕爲君書此辭，秋風斜日握別時。

予題兩峰歸帆圖有欠伊銷夏迎涼畫樽酒城南秋雁飛之句張山人洽。見而爲作樽酒城南圖兩峰屬題

不許句外句，少留不傳妙。盡力拈出之，君爲誰寫照。新涼滿高堞，枯筆及破廟。青青豆雨過，黯黯蘆雲繞。淡得未了峰，佇想不盡釂。各有萬古襟，如何拈一眺。昨過亭畔路，虛曠轉窅窱。伐翳出遠岑，沿深餘荒蔦。半陂寺塔影，斜陽挂寒峭。落落筆墨外，一樽幾同調。紀去羅又歸，別思紛雲嶠。此圖何處補，霜落秋蟲叫。

同撢石辛楣慕堂憫忠寺訪菊晚過崇效寺觀漁洋竹坨諸公所題畫卷

九年記九日，癸未看菊於此。瓠蔓此苔階。暮榻霜鐘在，秋陽病目揩。花期仍近卜，葉響又空齋。文字借禪說，眇焉數子懷。

蘇米齋詩并序

壬辰九月移居潘家河沿，置所刻蘇題"英德南山"、米題"藥洲"二石於齋壁，邀撢石、辛楣、白華、習庵、魚門、道甫小集同賦。

鄙人寡深識，汲尋不濡尺。逾嶺空何有，測海持此石。米石最拳拳，謀致匪朝夕。禺山到番山，移池已入壁。在粵先輩一石寘西齋。因訪北郡碑，遂歷南山迹。傳聞石隱君，與蘇此講易。易説既不傳，羅浮亦如隔。一幅剩苔蘚，墮此㘸燭席。泠泠秋樹底，落落檐雨滴。故人京口書，爲畫甘露宅。並畫妙高臺，黃州儋州客。此齋如何寘，徘徊

我心惕。江海起霜露,涼綠忽如積。酒闌客出門,空窗月華白。

重陽後五日同裕軒辛楣遊城南萬泉寺二首

活活蒸冬水,先迎冷客來。僧房掃黃葉,禪榻即蒼苔。醖釀村陰意,商量野菊開。誰能未花日,閑步問豐臺。

十年食藕處,有寺已無亭。草徑幽能熟,蘭襟淡更馨。雨兼崔葦響,泉帶轆轤聽。意在寒林背,西山分外青。

同蘀石辛楣魚門姬川習庵耳山集道甫散水庵同賦

一十二年前,秦家瑞芝軒。錢公爲芝圖,我作賀芝言。指此庭中木,共道芝無根。雖假木爲喻,實不以木論。今茲嚴先生,抱景異郊暄。唐孫秘《散木賦》:"郊暄淑氣,景媚風煙。"瞑據常笑惠,目擊豈俟温。一帆即居廬,三秋蹔都門。散木不謂木,中有所謂存。故仍秦公居,復勸錢公樽。同人發高唱,亦不著籬藩。我猶執壁字,墨色襟袖痕。

元延祐甲寅江西鄉試石鼓賦卷

凡八人,李丙奎、徐汝士、王與玉、陳祖義、李路、羅曾、吳舜凱、蘇宏道,宏道並書。

萬古牛斗西江寒,百年遺響第一彈。普顔篤汗秀士選,臨川崇仁經術殫。時以論賦啓經術,嗚呼何啻鼎與盤。初用注朱傳胡蔡,四家五傳三信難。先天寥寥竟岐周,獲麟誰溯龍馬看。車攻好音聽鳴鳥,畫肚細字悲迴瀾。秋宵有人夢周孔,祖孫豈獨評蘇韓。"韓祖蘇孫星北斗,周情孔思日中天",是年吳文正貢院校文詩句也。流傳八賦一手寫,慨嘆十鼓一臼殘。嗚呼時甫後一載,大都大學營磚壇。

十月六日邀裕軒蘀石辛楣兩峰城西訪菊兩峰出所買杜東原仿荊關卷以贈裕軒蘀石云是所藏物爲偷兒攫去者兩峰遂以歸蘀石別作一幅以償是日卷留予齋用蘇集中穆父欲兼取畫與石穎叔欲焚畫碎石詩韻綴卷後兼呈裕軒辛楣兩峰

宮詹飽藏畫,閉眼窮萬綠。學士不待藏,草亭一峰足。餐英故並邀,虛心與實腹。郭西霜意濃,圖外水紋蹙。飲醇宜孫楚,笑插憑杜牧。安知此尺幀,忽出溪港瀆。紛援楚人弓,亟歸趙使玉。荊關本一律,東原昔嘆伏。見東原贈劉草窗詩。未知忘筌不,聊以再摹卜。羅子船未買,草亭景可逐。宮詹同下筆,各貌一巖谷。羅畫草亭張,以塞學士欲。錢畫則報我,我言無偏曲。急煩草亭開,此客俱不速。

兩峰過訪魚門門有繫馬踶傷右手魚門叠前韻索和

誰暇平馬訟,喧呼杯中綠。古少傷蹄詩,畫手爲補足。請記鐵面語,畫馬墮馬腹。何況刻意爲,變怪困攢蹙。灄水生五色,禹金鑄九牧。却寫南歸圖,一帆下江瀆。昨摹杜瓊作,山黛泉寫玉。客舍閱炎涼,不使天機伏。此腕或人妬,厥眚乃馬卜。門內詩家豪,掣電不容逐。和我仇池韻,意已無坡谷。示之衡氣機,齊爾得喪欲。良工三折肱,同工本異曲。要看斂手妙,勝於八叉速。

裕軒邀同辛楣慕堂訪朱仲君未至而聞仲君遊法源寺即同偕詣寺復不值因倩兩峰作寒林訪友圖二首

四人半日何所得,瘦竹中間凍雀音。曲折昏陰斜巷陌,先生有意寫寒林。

試叩閑房浴内丹,爐温澹對畫來難。故教數武城南路,直作山陰返棹看。

泰忠介篆書陋室銘墨迹卷 至正六年正月廿八日

龍頭客捍鯨海波,斯人斯節光甲科。借令不以篆籀名,勁氣亦已蟠山河。十篇復古手正訛,徐家袪妄審不頗。商彝周鼓傍釋隸與蝌,即如此銘佳唯迓吾籀通古,厠諸小篆何弗資切磋。物有殊體無殊用,雜而不越非增多。其時黃巖烽未動,衡門園葵澗芳擁。丹邱竹石瘦龍竛,吳郎桐花香霧涌。斯是陋室勝華栱,一波三折千鈞重。識字果爲忠孝用,雲間細林漫篆冢。金粟側,漁莊前,荷深鳴榔一艇煙。兩字諸公看摹勒,十日坐卧寒雲邊。謝安自負蒼生慕,一去蓬萊宮裏住。洪濤白馬風雨戈甲聲,七客寮中淚如訴。澄江九戰辛卯秋,執筆後先得毋誤。本傳死台州在至正十二年三月庚子,而鐵崖挽詩注云"辛卯八月殁於南洋"。此卷公歲四十三,持志齋儼容膝堪。閑暇紆餘轉沈著,此意定非墨客諳。誰知一片清到底,偏入鄰姬夜半談。

爲王小樓進士題其曾祖樓村先生十三本梅花書屋圖用蔡忠惠夢詩韻四首

畫尋詩更詩尋夢,苦被人間太説明。丙戌壬辰春又轉,糢糊未破墨時情。康熙丙戌七月夢壬辰花朝圖。

初白詩中訝低濕,氾光湖水太空明。春雷果有深根植,如此虯枝冷性情。

植杖老人喫花語,昌黎恐是托彌明。忍冬宅子丁香樹,青眼憑誰萬古情。

七株紅萼六株白,題字光邊眼倍明。前輩幾人詩格在,昏黃月落夢迴情。

釋永聞爲母梳髮圖李穀齋侍郎畫

穀齋非畫師,頗師李白描。李迹之著者,演教筆最超。牀前端鬟髻,天人氣飄飄。法侶皆聽經,聲作大海潮。亦有禮佛圖,手指放白毫。佛在水雲中,大千一沉寥。誰知笄縰櫛,仍效家人操。禪榻鐘一杵,紙窗雞三號。淚落忽如雨,何從寫縑綃。

潮陽縣宰李南礀於潮州西湖上得南漢大寶三年拓路記宋熙寧寶祐題名諸刻拓寄予粵東金石略所未收也賦此報之

李侯歐趙徒,跋尾裁訟牒。揮汗秋暑中,喘甚看鳶跕。潮陽尤劇邑,訟户紛難怗。獨能西湖上,鉛槧挾篋屧。亂石不容步,開路迹誰躡。偏方興築事,竟未收史笈。寶祐戊午題,大比賢能協。諸君校文歸,鄉秀想獲捷。會飲於此湖,郡守懷最愜。此郡盛人文,科名頗稠叠。八年我五至,湖則止再涉。初到大風雨,湖漲不可躐。山根疑冰雹,松吹迸鱗鬣。一字未得捫,四秋忽轉睫。重到雖展眺,終未騁飛蹀。到處有西湖,已謂歸吾篋。粵之潮、惠、雷三郡城外皆有西湖,故予題潮州使院壁有"竟成到處有西湖"之句。侯今手自劖,使我思增愯。石墨何足言,此事非涉獵。昔人一方治,平聲。俱以經術挾。直從衣食足,籌到教化浹。躬行率趙子,孰謂似秦俠。陳公野吏風,戶說婦子饁。潮人今知學,未易舌輔煩。慶元許騫記,但誇山嵲礏。朱欄鏡虹梁,弦管裙袚襊。飛放交紅翠,游泳爭唼喋。粳稌秈稬香,逮菰蒻蓍蓤。此記字獨大,亦闕摹鈎摩。一湖帶三利,溪名。水田實霑襃。農工與士風,抑強扶疲茶。若水之就溽,蓋極費調燮。山前繞湖後,次第級肯躐。城中望山上,容易目所攝。南珠亭址路,月明誰鼓楫。九郎山溪響,東正大海接。高臺長梧桐,小園飛蝴蝶。層峰秀石勢,不獨摹本帖。潮有重鋟《淳化閣帖》,南澗來書論之。呼吸九邑綠,雲氣抱四堞。茫茫百條川,冥冥一葦葉。海郡無可語,未敢輕呫囁。萬里雨雪外,又轉新陽莢。

宮扇歌并序。以下癸巳。

明上海陸文裕公深,嘉靖中直經筵所賜也,公裔孫刑部郎中錫熊屬賦。

團團燈月交金蓮,御翰下染金龍箋。安陸龍飛之八年,肅清弊政風翕然。誰能面爭講案前,以誠以敬心拳拳。五明之義蓋如此,西川新製奚取焉。尺有六寸規景圓,御幄小傘迎翩翩。金光閃動張桂側,當午想已凝寒煙。公雖未奏羽扇賦,臨謫一疏忍棄捐。何事寒香晚節字,月明天津聽杜鵑。綠雨樓空雪折綿,又到椒酒春燈邊。

得林天衢表兄病中書及詩次韻呈象星景巖兼寄蘊齋

故人新歲字,一病七春餘。莊叟誰鴉炙,羅浮訊蛻虛。蘊齋官增城。雲陰起江海,風味此庭除。墨淡攲傾內,時同尚左書。

法源寺分咏得唐景福元年重藏舍利記

寺僧唐末筆,猶似柳誠懸。尺節盧龍傳,陳辭景福年。浮圖渺何所,憑望昔流連。欲問匡威事,蔬畦淨晚煙。

瀛洲亭呈同直諸公

大官廚飫日何補,坐閱水光窗四搖。我與游儵舊相識,朋來拊檻每涼宵。觀書不廣得名早,卬涉問津誰汝招。高柳出檐根未改,午風慚拂最長條。

鈍夫謁選來京僦居惠州館題其壁二首

比隣時作南安語,十四年前騎共停。曾否江頭一樽酒,江山眼爲兩人青。<small>館北即南安館,庚辰春鈍夫、蘊山同寓處也。</small>

信誓盟言未肯寒,洞天裁報碧琅玕。夜來四百峰頭夢,猶作豐湖講院看。<small>惠州西湖一名豐湖,鈍夫嘗主湖上書院。</small>

右安門西野圃同犖石魚門習庵三首

還餘幾個閑心侶,得及旬時出郭來。多少綠陰濃不愛,攜樽只占一方苔。

圃屋三楹爲客開,主人想未得頻來。商量軟土移萱候,愛惜陰涼買竹栽。

嚴公歸去姚公病,不説懷人已悵然。何處釣竿菰葉響,水風香似十年前。

蘇文忠雪浪石盆銘拓本

淋漓氣作蒼雲屯,背兩篆如古鼎尊。下復有雲四旋抱,濕苔萬古洗不昏。想公辭水作山郡,意在岷下之山村。世間畫水不知水,獨爾兩孫抉妙門。機泉飄灑何感觸,落月動蕩驚心魂。盡水之變盡物變,待其不動窮其根。所以瀾翻出銘語,凡有石處皆水痕。又寫江峽湍洑勢，蘇畫水一碑。亦難波磔起止論。光怪眩轉黑白脈，莫可分別石與盆。雲起雨作竟惝恍，借問此理何處存。

又題

嚴子結茅擬東屯，臨行取別盡一尊。留此拓銘兼拓篆，謂我坐對娛晨昏。以之配米藥洲字，可補昔訪南海村。蘇齋米齋倘有合，畫石畫水定一門。我從羅浮涉瓊海，一水一石公精魂。兩袖歸來有何物，小窗疏雨秋樹根。笙鐘萬壑等箭激，波濤一映誰留痕。定州畫云吳道子，筆勢變滅安足論。明宣德間定州何生畫水，世以爲吳道子筆，見陸儼山《北還錄》。惟當借作真水看，勿言雨過珠瀉盆。齋空月墮嚴子去，了無言説文字存。

陳觀樓編修僦居借樹軒二首

熊翁手寫斯軒記，正在破窗風雨中。客袖安能攜得去，依然苔石綠濛濛。鄒西麓方移去，并攜熊鶴嶠前輩手書《借樹軒記卷》，不肯出，故云爾。

借樹原來樹借人，樹非我植亦前因。商量一榻安心法，雨過牆頭月色新。

送錢雨時之安慶郡丞任

羨君報最因歸覲，憶我趨庭共學詩。廿載門牆無寸補，一樽江海幾分岐。童遊爛漫情誰記，老筆淋漓畫莫遲。令侄蘀石將作畫贈行。又到西街新月上，小亭接葉夕涼時。

七夕蘀石辛楣魚門習庵姬川耳山丹叔小集蘇米齋丹叔攜所藏唐張萱祈巧圖同賦

去秋秋暑非積霖，椒花舫子書不墠。魚門寓齋。斜街斜月上我襟，此幀在壁静愔愔。瓜花匜粉圍鼎琛，一人顧步梧影森。二人印首同穿針，戲盆者亦繡帨紛。一掩紈扇旁沈吟，一於樹側三花陰。花復繞出於髻簪，葵黄桂淨露涔涔。我時送友涼不禁，更訂斯夕指斯今。聚散陰雨每難任,八人如期果招尋。我齋雖淺坐轉深,絹端如有風露音。蘭堂玉殿鏦鳴金,神光離合燈不侵。九衢人海幾同岑,斯夕觴爲斯畫斟。寸絲零落如球琳,生氣炯炯欄砌林。照見世間隙駒駸,多少匠巧根觸心。三伏已過雲不黔,空窗卷待白河沈,曙光耿耿聞驚禽。

書焦山周鼎銘拓本後

惟古册命在禮器,史逸之祝今不存。寰龙郱戠牧與頌,於鼎寶敦於壺尊。竊從禮文窺禮意,所謂内門即廟門。或立於中或於右,曰宰曰伯咸駿奔。立於中者面則北,再拜受册詒子孫。龜巢老人昔所咏,摩尼每照衹樹園。近時新城二王輩,尋文感事稱引繁。程穆倩。汪鈍翁。相繼各有釋,楊劉不作誰與論。或言南仲篤周祜,北城於方西拒昆。或言江漢常武世,並列方召申與樊。亦如岐陽十石鼓,文王宣王争考援。焦山山合水環處,雲雷隱隱龍蜿蜒。寺中摹本又已訛,江聲怒迴繞堂軒。英光萬古照山水,彼偷奪者何足言。他時海門秋月夜,手量肩腹窮根原。

復初齋詩集卷第十一^①

寶蘇室小草一癸巳九月至乙未正月

寶蘇名室，以是年冬得宋槧蘇詩施顧注本也，《天際烏雲帖》來歸則已六年矣，先生三像拓本奉焉，後又得朱蘭嵎、宋石門所畫《笠屐圖》，皆奉於此。

起居注館夜坐

右掖垣邊榻，西清侶復聯。窗開殘月影，櫃鑰舊時編。玉座光相直，銅鐶撼不眠。朦朧江海夢，忽落曉鐘前。

移居爛麪胡同二首

每搬乞碗裏偷氈，慣是新霜欲曙天。辛卯移館於廣州城東育賢坊，壬辰移居潘家河沿，皆在秋末冬初。居定後成官定後，十秋前溯廿秋前。矮窗土銼溫曤入，舊架荊扉冷蔓纏。下學工夫貧士味，要分燈火到青編。

半幅寒林借鬱然，繩牀北際竈西偏。巢鶯漫報束橋訊，屋東接葉亭，祝芷塘編修所居也。判乙曾來長史顛。屋券有張南華前輩書押。四壁磬懸雙石在，比鄰茶話一瓶緣。汪彥孫助教家多藏書。街坊爛麪名元好，不敢隨人作懶眠。

---

① 此《復初齋詩集》卷第十一，手稿本闕如。

顏氏所藏魯公名印歌

魯公之書皆篆筆，公印文亦公書匹。芒寒色正屹兩字，千五百年如烈日。當時不識公何狀，歷歲逾遠神逾出。朱文炯炯拜識之，一縷孤光走虛室。誰云文字記姓名，浩然之氣在中實。磊磊碑板琅琊郡，未表公名萬分一。朝衣羽服何分別，箕尾列星以爲質。敬之敬之方寸間，子孫祠堂守無失。我不敢呼但手摹，已循偏傍增憚慄。還之入篋日映窗，猶有松呼暮濤疾。

篆秋草堂歌爲錢獻之賦

古籀篆隸四時配，鄭构衍極說有由。欲推書契返至朴，陰陽奇耦均剛柔。仰觀俯察溯倉史，勒銘鑄鼎先商周。九千字書課尉律，汝南測顯蒐諸幽。鼎臣楚金不可作，誰演閏餘從孟陬。我有草堂不敢擬，錢郎勁筆無匹儔。虎坊橋東置一榻，黃葉亭子觀九州。苔紋石溜皆鐵畫，月涼露墮飛銀鉤。顧乃謙將後時比，下視隸僅寒冬伴。琴書昨將冬友托，獻之舊館嚴冬友侍讀齋。嘯歌今果秋士謀。細思將置我何地，我書尚遜隸一籌。行草日借官牘尾，摘藻妄詡春華抽。見君堂顏得無愧，聽我贈歌子試酬。秋者萬物所成遂，不必夷則吹金鑼。竹秋三月麥四月，春亦有實夏有收。古人於學匪玩物，事事造極窮源流。方今圖書萃四庫，四方鉛槧來諮諏。子如奮飛必有用，上者編藏次校讎。六書八體非一藝，推於易象於箕疇。告成譬稼爲萬寶，管子云歲有四秋。此堂之兆蓋爲此，況子朝夕勤研求。吾友紀公氣朗澈，冰壺玉衡日相投。一甌春露容我坐，四壁古色彝鼎舟。我齋亦頓得秋意，有子大字題上頭。獻之昨爲予篆青棠書屋。

買得蘇詩施注宋槧殘本即商邱宋氏藏者

國初海虞有二本，其一寅歲收六丁。順治七年十月事。維時湖南寶晉叟，把卷憑閣看飛熒。宋元舊本鏤次第，獨此未及傳模型。可憐醴泉化度法，瑤臺戌削留娉婷。也是園翁痛著錄，不得再嗅腴麋馨。一

朝東吳故家得,四十二卷重汗青。黃州判官有舊夢,笠屐圖子來丁
寧。由儀篇忽上客譜,束廣微濫吹竽聽。銜薑點鼠到潛采,衆目特讓
查田醒。江南書手費影寫,掇拾想像於奇零。施注實惟施顧注,施家
蘇學詒過庭。紹興書葳嘉泰歲,淮東板出倉曹廳。漢孺楷書作佳話,
湖州詩獄此又經。石鼓文與會稽志,同時校槧新發硎。<small>施武子又於淮東
倉司訂石鼓文刻之,嘉泰《會稽志》卷末題云:"安撫使司校正書籍傅稚。"</small>毗陵先生世莫
識,要以土蝕成青萍。<small>宣和間禁蘇氏文字,學者私記其書曰毗陵先生。</small>卷前惜闕
譜及目,世間僅此鳳與星。適者又得顧禧集,文字聚合憑精靈。重開
此本儻異日,敢任嘉穀滋蝗螟。摹公書帖奉公象,笑彼亭長署杜亭。
我當焚香日望拜,公乎弭節來雲軿。

次韻蘊山見寄三首兼示雪門<small>以下甲午</small>

連篇翰墨憶西園,不得燈前與對論。枕簟江山鈴閣靜,從容坐嘯
說君恩。

春蒲池畔綠勝編,自薄蟲魚往歲箋。山海閎深霡溉淺,故人詩句
太相鐫。

夢從江左溯江西,風雨魚龍起聽雞。秋水欄前十年侶,花陰幾個
並巢栖。

以廣東石刻數種贈竹君學使蓋欲易其安徽諸石刻也詩以代束

十年不得聯牀話,一笑先索償詩債。春明對巷憶扳遊,古寺東西
聽梵唄。眼明興到迹輒追,子得頗多吾已隘。後先持節出國門,我則
嶺東子江介。校文之暇每舟車,此物投人吐光怪。山川須借文字氣,
洗剔不關袒笏拜。虛名好古最累人,搨碑顧絳因興喟。而我巾箱貯
翠墨,不問片紙文成壞。絕壁時聞海颶來,捫蘿屢冒秋陽曬。羅浮巖
麓經十度,歸楫潯陽佇九派。爾時子正掬黃海,九點池陽可一芥。象
之之目陳思編,嶺南尚遜江南界。梅花亭子記最豪,楚金扁字卷如
薑。玉堂典冊要子歸,手裹贏糧起我憊。花辰何以補契闊,珠琲旋將

出狡獪。移我袖中東海石,酌子天漿北斗瀉。三十六峰四百峰,得我二人真一快。新禽響借松風轉,活泉禊又蘭舟屆。更聞郭香所察碑,新入琳瑯録金薤。明朝步屟過東家,何用盡捘書籍賣。

漢延熹西嶽華山廟碑歌爲竹君賦

漢安元嘉與永壽,東京碑字皆未磨。今人獨於此碑惜,謂出中郎重摩挲。或云會稽考古誤,太史郎那中郎過。元常元嘉卒史字,稚圭信否圖經訛。箭筈門間殿基砌,嘉靖年以粗沙劙。趙崡所以慨作跋,跋與洪趙非一科。誰知此跋宛在此,葉葉蠅楷如擘窠。椒花舫深塵不到,未展額篆先吟哦。上溯周禮職方氏,下薦巡狩豐年歌。霸陵新豐地特紀,袁君孫君績駢羅。昭印瞻仰女汝合,鑑亨字更加切磋。_{碑以鑑爲監,亨爲享,洪未釋者。}惟初分隸次仲作,王蕭之志交相訶。建初熹平源測委,韓詩鄭易諺則那。篆與隸分遞相減,初但俯仰無撇波。華山華亭記樊毅,三碑皆繫於光和。建寧之前建初後,篆隸斟酌無偏頗。鎔金屈鐵六百字,_{全文六百九十字,今缺九十七字。}金精白帝高嵯峨。三峰萬古一元氣,想見於此旋羲娥。精神融結到此本,二百年前已無多。雲駒雲雛二束子,墨莊樓中同手摩。郭髥題曰郭香察,小史遞以凍筆呵。裝池一藝成故實,方于魯亦矜丸螺。_{趙子函跋華山,王宏嘉用方于魯墨補書。}松談閣又翠微閣,山史筆力追隸蚪。孫顧二跋不可見,諸老白髮來婆娑。百年又隨江南客,星虹萬丈藏煙蘿。君今輕裝南返北,一本匣抵千金馱。君精六書勝於郭,尉律不止言虞戈。宜討本原證文字,昌黎所謂如懸河。亭林昔亦吉金擬,但稽職司不及它。一碑可以該漢隸,蔞機字源較若何。

瘦銅舍人所藏宋榻汝南公主墓誌殘本裝潢者誤分殷革爲二字舍人自跋引蘭亭縫書僧字誤曾爲喻屬爲題尾予因記此誌首云公主隴西狄道人不知何時一本誤割公主隴西字遂從狄字讀起而鄭夾漈通志金石略直曰虞世南所書狄道人墓誌此事相類漫書二詩於後

第三可補新書傳,誰道紅綾幅未全。筆髓一痕窗日影,認來恐在米家前。

戈波有幾落塵寰，戍削虛無窈窕間。何處道人真姓狄，玉扃金闕
與仙山。

阮吾山刑部秋雨停樽圖

畫京邸耶畫淮浦，濃者樹石澹幬户，黯黯月與冥冥雨。紅豆客取
黄門語，畫來一十四寒暑，秋又轉春裘換紵。是日看花寺西圃，花前
私廚爲君酤，春陰著人此廊廡。君何爲兮獨延佇，風寒簾兮雲翳渚，
竹爲騷騷松爲舞。人生未免以襟貯，秋痕酒痕一仰俯，題詩花陰正
晴午。

送擇石典試江西

大比掄江介，斯文切典型。先生尤有感，此路昔曾經。太傅初持
節，章江共艤舲。重來尋臭味，詩話在家庭。庚午錢文端再典江西試，寄擇石
詩有“悔不重遊廬阜邊”之句。廿八年陳迹，三千里驛亭。蠡湖秋雨白，滕閣
暮山青。緬想老詞伯，於今爭勒銘。識先雷紫氣，價漫薛青萍。江右
五家派，庖丁一出硎。歐曾餘矩矱，翼軫有精靈。萬古真響在，三秋
俯檻聽。豔非翹翡翠，銳或走雷霆。昨者山谷像，真逢廬嶽形。新詩
逾頓挫，舊夢必丁寧。借問尋衣鉢，何如建屋瓴。吸龐無畔岸，學杜
肯畦町。仙井人如在，南州集未聆。元虞文靖嘗欲撰南渡以後詩爲《南州集》而
不果。橫斜看峰嶺，曩歲佇沙汀。賤子忝行役，求師自弱齡。昌黎文
幸假，敬禮筆無停。大藥能疴起，高呼使寐醒。披榛見堂奧，連夕此
窗櫺。幾卷猶丹槧，席間重訂汪厚石詩集。諸公倒玉瓶。圖書聚東壁，霧
雨鬱南溟。誰作金哥夢，己卯予副錢文敏典江西試，其秋江西人有夢神告曰“金哥
哥來主試”，蓋前一科丙子金檜門宗伯典試，夢者謂必金公再來，而不知金戈戈乃錢也。重
栽月桂馨。兩株大梧葉，仍覆校文廳。試院桂二、梧二，桂是文端手種也。

嵩山漢柏圖歌爲莫青友吉士作

嵩山三柏今二存，一則俯攫一仰騫。或云周旋象風雨，或聞螺角

相吹喧。脱枝皴裂虬胐穴，老骨突怒雷霆奔。士人傳説荒怪甚，圖經比儗稱引繁。圖之山石勒不朽，拓者閉日尋其源。有頃翛掃雙柏出，四無粉墨傍無援。我聞維嶽天峻極，嵜景上直中宫垣。又聞嵩陽著感應，卿雲瑞鶴徵類蕃。偓佺上下風雨會，汝潁含抱陰陽原。二句囊括嵩陽觀碑中語。李碑徐隸氣遒勁，一千年久無苔痕。此碑正在雙柏側，君昔讀書雙柏根。造物生成意有在，物博根厚非朝昏。譬諸模楷及喬梓，或於其身於子孫。俾爾茂承惟爾獨，降維申甫人維藩。大材培植古難遇，山中韜養豈易言。石幢題字又湮没，柏側舊有石幢，唐宋人題識甚多。漢封傅會何足論。《嵩志》云漢武帝封此柏爲三將軍。講堂已見宿鸞鳳，碧巢會引翔鵬鵾。願君無忘侍行日，日日石檻蒼煙捫。

錢獻之上舍所摹盤石衞指揮使司夜巡牌并序

衞在浙江温州府樂清縣，明洪武二十年置定海、盤石、金鄉、海門四衞指揮使司於浙江並海之地，以防倭寇，牌在今禮部官庫中。

徑圍三寸邊鏤雲，箭枚匜仿應劼云。明初衞司置海縣，夜巡特謹防海氛。衞設五百四十七，備倭不獨掌守勤。玉環島扼全浙要，黃華蒲岐諸水軍。風帆沙澳胥應此，厥名盤石非空文。澤國鑄金掌節溯，錢子答友稽古殷。定陵昔訪程典客，送往篆勢偏傍分。牙牌編號著謹字，程典客應魁辨篆書“送往”二字，牙牌以謹字編號，見新淦朱孟震《游宦餘談》。此牌惜未編號聞。升平大洋儼襟帶，針程萬里波無紋。摩挲片紙認陽識，不比丞殿求秦斤。

晨起同姬川陶然亭作

十日屯陰一日晴，數峰纔啓半峰明。何嘗信宿扶筇到，但取蒼涼拄笻情。當午校讎爭嵜景，幾時蒲葦又秋聲。閑庭風雨閑街月，此地從來欠合并。

送辛楣典試河南

殿庭賦寶善，詹事最崇班。海内人胥望，天中命特頒。斯文有圭枲，測景澠河關。伊洛盤迴氣，嵩邙青翠顏。秀才科孰最，鄉飲賦俱嫻。<small>唐河南府試賦鄉飲禮。</small>土沃滋培久，淇源左右間。先生持節地，往者楚南還。遂有登樓作，猶能起我頑。<small>壬午辛楣使湖南，予使湖北，辛楣有登黃鶴樓見懷詩。</small>大河連莽蒼，<small>上聲。</small>秋響又潺湲。井叔登封後，中州志乘刪。蒐羅逢此手，靈秘不能慳。知爾摹金石，囊中幾郡山。

江寧周幔亭文學見予焦山鼎銘考釋蝕處臍字謂其先翠渠公拓本此字尚可辨本藏閩中康熙三十年其祖視鼎腹蝕處以告其尊甫曰須識是臍字也詩來次答

末學寡承師，豰啟非目力。但愧勤蒐獵，云胡瞻犺特。新詩枉來譽，轉得因解惑。翠渠與冰崖，同朝齊翰墨。事往三百載，<small>先襄敏公自衡州守轉江西左布政使，翠渠有贈詩，事在明成化初年。</small>艱甚一蠡測。鼇峰本亦善，<small>謂徐興公。</small>簽廚光久匿。焉得故老語，一一如舊識。借問繫徐鍇，何如表江式。

清涼山居圖歌爲江寧周幔亭賦

周郎奇情四方走，與我同出莆人後。署名仍曰莆田生，山居自托清涼久。翠微亭本南唐址，石城麓即陶谷口。因山引水初鑿池，叠土沿溪復成皐。誅茅面勢橫略彴，環翠開軒布花柳。或來畦上看枰罫，時坐泉邊讀蝌蚪。自銘飛白篆隸分，拓本鐘鼎尊罍卣。就中尺考及泉録，細辨寸十搋府九。惟初量衡生律度，亦若文字相子母。開元近虽信本稽，安陽遠孰軒轅剖。山下安中兩口重，十品相權一律否。建武建初制果合，周尺漢尺堪爲偶。意借五度審六書，遂因識字更求友。嗟予亦名青棠屋，<small>圖中青棠書屋與予齋名同。</small>寥落四壁空窗牖。自莆遷北三百載，乞碗搬薑亦何有。讀君幔亭山館記，亭俯山下南束畝。幔亭本是武夷居，賓雲黉憶芝田藪。僮掃落葉兒讀書，雪拾樵薪雨剪韭。他時過訪叩門識，計日著書盈尺厚。蘆溝秋陰君莫去，青棠葉下且沽酒。

丹叔編修以諸賢題馬士英畫册屬賦

櫟園讀畫傳畫人，目無其人有其畫。可憐其畫復何有，枉作春風
酒邊話。施雨咸耶馮玉瑛，施假馮真誰復爭。士英貴後多倩施雨咸代筆，見
周亮工《讀畫録》，後人惡士英名，改爲伎女馮玉瑛，見張庚《畫徵録》。嘗之惜之又煙
墨，斷坡殘柳何重輕。翰林閑窗重陳迹，青溪水繞秦淮碧。却憶銀燈
畫舫看，揚州司理紅橋夕。

張丈子奇八十壽詩

寄園十載比鄰處，憶得彭觥拄杖聲。仍聽連牆經自授，忽追侍側
酒同傾。交遊除却談詩易，鄉里誰偕敘甲庚。蘇軾沈遘皆丙子，丹砂
勾漏使人驚。張與先大夫及包介庵師皆生康熙丙子，介庵師近著《易説》《詩説》各若
干卷。

病中裕軒學士枉過兼辱新詩次韻奉酬二首

病聞長者寄聲頻，坐覺寒齋暖欲春。掃徑霜風遲葉落，不曾料著
打門人。

詩裏先拈葉落頻，筆端三昧幻如春。先生日日渾觀徼，不比城南
偶卧人。

送黃忍廬都諫視學山東

霜臺久已矢虛公，洙泗掄才更不同。壁簡千年新詔輯，堂開萬卷
舊家風。明湖亭檻秋光外，鼉尾山房夕照中。重訪漁洋書庫在，娟娟
香祖又成叢。尊甫崑圃先生於康熙庚寅視學山東，刻《漁洋詩話》。崑圃，漁洋門人也。

謝金圃司空視學江南王良齋給諫觀察廣西
同年小集予病不赴以詩代餞

侍郎霄漢下星槎，給事聲名動海涯。同日難逢傾緑斝，幾年不共
對黃花。楓江霜冷澄秋鏡，桂海嵐陰鎖暮霞。盡醉莫辭車緩轡，嚴城
未到樹栖鴉。二公皆居内城，故云。

錢獻之南歸意盡送序中矣復來索詩二首

男兒得名早，此際保謙難。入洛無肩比，沖霄好羽翰。今誰定文字，僕獨好譏彈。人海三年夢，江頭試憶看。

臨別留題卷，縱橫大篆能。方當尋鉉鍇，且莫傲斯冰。惠氏前師在，珠江故事徵。說經吾八載，力未一毫勝。適以粵東學使廨《藥洲圖》屬獻之篆首也，時令叔辛楣視學在彼，獻之將往省之。

馮魚山孝廉來京僦居法源寺題其屋壁二首

遠別慈親攜弱弟，廣州春又帝城春。煨柴佛粥荒寒屋，問字鄰牆懶漫人。流水坊應風味在，廣州學使廨後流水井坊，魚山曩所寓。看花處獨性情真。臘前三日籬根雪，和我高歌定有神。

漫究三蒼括六書，文章經訓一菑畬。誰能浩浩尋源後，尚似循循下學初。天禄琳琅森壁府，貝宮眩晃出珊瑚。新知舊貫慚交集，賴汝專心或起予。

新會學官寄白沙集新刻本至感賦示魚山孝廉

江門一水溯前賢，手校遺編遂四年。重刻之役始辛卯春。子姓彬彬能蕆事，門人矻矻有長箋。附刻湛文簡《白沙詩教解》二卷。春陽即境皆觀物，風月何由到愛蓮。碧玉樓高未親上，每懷石記意茫然。

送姚姬川郎中假歸桐城五首以下乙未

十年通籍聯駕侶，兩載修書舊鳳巢。今我餕筵猶積憾，先生經解未親鈔。枕江渴憶千竿竹，負郭初無一把茅。綠酒紅燈色飛處，宦囊卷內盡貧交。

縱觀當代述人文，前輩諸公用意勤。清廟明堂庇梁棟，深山大澤蓄風雲。開元大曆非空貌，秀水新城莫漫云。君去重編海峰集，肯隨北地乞餘芬。劉廣文大櫆，姬川師也。

滌岑失訪恨南還,灣嶽青來逼大關。夢寐舒王詩墨處,精靈洞谷石牛間。夜喧北郭松千鬣,春動西畬水一灣。慈母康彊兒子長,丈夫集莫號藏山。桐城錢田閒有《藏山集》。

幾宵東觀繙書手,忽撥殘更嶽頂雲。示我天門訣蕩語,如披玉策赤青文。飛揚逸氣鞭鸞鳳,窈渺清齋寫典墳。江畔皖公山縱好,有何巖壑可留君。姬川昨自泰安歸,見示《登日觀頂長歌》。

新蔬軟脆帶春冰,風味端宜筍蕨勝。淡意回甘無物喻,苦言近辣有人憎。紀侯秋夕緣詩瘦,嚴子冬心抱病能。又到唐花風啓蟄,桂宧雪瀝讀書燈。前年送紀心齋、嚴道甫皆於魚門此齋中置酒也。

孔葒谷户部席上賦高麗茶花

海雲開凍魚可叉,設鱠不減姜侯家。泥封甕坯選大户,如借博望之銀槎。嚴城晷短觴復急,瀹以異色瓷甌茶。小團斑斑帶蓓蕾,碎如茢薏連圓趄。我聞圖經記東國,茶具製自宣和誇。亦有銀爐與湯鼎,列俎冪布傳紅紗。土產不及賜團貴,別以卉種充新芽。農曹博物妙評品,煎點方法來海艖。吹香似采松五葉,導氣底用葓三椏。吳君詩録華氏賦,風土近代煩梳爬。明會稽吳明濟有《朝鮮詩選》,寧都華越有《朝鮮賦》。澆來胸中書傳味,起尋架帙窗影斜。飲此可以當飲酒,且莫盞底供藏花。

南厓學士新居招同諸公小集即席賦呈

半年謀移居,三秋苦霖潦。及兹檐曝光,復記燭同秉。忽忽十六年,別話儵俄頃。秋當閩嶠去,春尚校文並。南宮鎖院夕,姑洗月維窈。新月入窗櫺,舊句時記省。逍遥堂後榻,兄弟坡與穎。不忍暫暌離,旅思積衡永。己卯冬學士奉使祭告南嶽。旋瞻藩牧節,陟歷楚晉境。叔也遊天都,賤子度南嶺。萬里雲迴合,相望精耿耿。秘館所儲書,昌辰脱囊穎。末學厠典校,爝火敢言炳。权也歸自南,猶恐未合并。天俾經術手,縱之史才騁。果遂對衡宇,益覺親鄉井。奎壁森文昌,照耀寒芒炯。蓬島珠樹中，一雙鴻雁影。伊余慚弱羽，亦自勵修整。巢鳳揚其音，皋禽敢違警。公膺屛翰寄，鈴閣常鎮静。何減在館垣，洗心外務屛。大被況奇温，重幃不凄冷。築堂名鄂不，一氣聯根梗。南即椒花舫，令兄笥河齋名也。庫排甲乙丙。養素富籤帙，崑圃黄先生。研山羅鐘鼎。退谷孫先生。二家目所遺，百檀身之等。我來得借觀，同儕亦造請。彦倫時饋菘，圖學士圃菜頗佳。廣微邀說餅。曹太僕昨招同啜䬾。栽樹賦角弓，汲泉有深緪。幾個同岑侣，語默忘畦町。希聲琴非弦，太樸錦加褧。猶似婉孌日，論文氣鋭猛。但添閲歷多，默坐意已領。南窗晴旭升，深院裝雪景。回頭江海夢，吹唤梅花醒。苔竹不世情，得味在幽迥。相與約銷寒，設客但烹茗。

復初齋詩集卷第十二

寶蘇室小草二乙未二月至十月

岐鼓凡將歌爲攝約賦①

孔生嗜古不可量，手摹款識窮夏商。上丁陪祀戟門下，目無施薛潘與楊。作詩作篆冊示我，四字七字何琅琅。蒼頡爰歷與博學，皆本史籀爲津梁。永平而上溯建武，六篇之外初未亡。五十五章章六十，是啓急就生凡將。後來漸用草書寫，不名曰草名曰章。盡失初教國子意，史弗闕文聖所傷。生云岐鼓不云籀，得毋未信爲宣王。此鼓與籀一耶二，叙卤二字分豪芒。絳州趙氏釋者九，罷中劖囷□皮雺。不知雺也何所據，壬鼓用等馬既康。東坡本忽出楊慎，少陵所以詆陳倉。候官林琼昔共論，卤弓之釋誠荒唐。其文曰角畫下斷，此冊宛如圭合璋。林釋文亦仿急就，無人裒輯爲考詳。分合數字偶同異，鼓吹六籍皆笙簧。生其助我訓纂續，聖謨萬古垂洋洋。

示益齋蘭佩受禹兼懷方軒

爾隨計吏太匆匆，却話同遊似夢中。春社雞豚桑葉雨，晚陽籬柵菜花風。苦思尚抱臨文病，籌火都添課子功。二十年前滾溪水，又看雩咏到兒童。

---

① 此詩至《解春雨龍氏一經齋記墨迹卷二首》，手稿本闕如。

得十五侄莆田書

通法寺旁思故人，令兄孝豐令昔寓此寺。莆陽館外忍尋春。忽披望海登山句，好養承家奉母身。射策三年期未晚，課兒萬卷計非貧。吾宗舉首襃然並，兩浙文章接八閩。去年姚江族人元圻亦舉省試第一。

瀛洲亭東海棠丁香盛開用蘇文忠玉堂栽花省中種竹二詩韻

日披竹箭薙荆榛，著述前賢各等身。秘館琳琅照千古，遺編宛委第三春。池光冉冉收雲入，窗色融融裛露新。何止來禽與青李，吮毫徒作看花人。

病起猶防滯未除，校讎來及早涼初。星沈簾卷微風定，天澹霞蒸似雨餘。藤架蔓催三月盡，柳條綠較十年疏。旭暾眩晃玲瓏影，恐是昏眸怯對書。

觀象臺渾天儀歌

玉堂食罷日過午，我從郭君陟靈臺。臺下壺所測量所，所司備位咸程材。初觀元明舊儀二，古銅濕綠非莓苔。郭君導我歷級上，圓儀之下先徘徊。捫參歷井十指逼，州居部次三垣排。恒星經星定躔度，周三徑一無殊乖。昏明晝夜一元氣，二十八舍森周迴。其餘七儀南北列，三辰六合摹九垓。赤道黃道右應左，地平經緯秩以偕。陰陽規合旋內外，單雙環倚機闔開。惟初渾儀肇顓頊，軒帝製逮堯以來。鮮于洛下張賈陸，沈括亦繼淳風推。近代制器有存者，聖人出乃精蘊該。範圍兩儀總四極，渾淪萬化中胚胎。方員規矩即天地，樞機斡運爲杓魁。是以立筒見全體，晷景不獨子午牌。圭如璣衡亦八尺，密室正啓臺之隁。大司徒職本周禮，周尺之度豈遠哉。郭君爾學甘石學，宜究象數窮根荄。昔者七略崇文目，校理各任專家才。繪圖鑄式相表裏，羅於胸者皆模楷。願矢詩歌當著錄，四時風雨平泰階。

程青溪江山卧游圖爲魚門賦

青溪書仿李江夏，作畫頗自董華亭。董畫法即李書法，禿筆以意
不以形。枯枝瘦石乃繁重，千巖萬壑翻輕靈。二語評盡元與宋，一喝
駭絕來者聽。此卷卧遊遊何所，但取大意無畦町。林巒向背出潭洞，
置屋處處泉泠泠。渴筆沈頓忽無迹，江遠逾白山尤青。一揮百幅此其
六，想以目運機未停。故應烏皮几子上，吾子飄然夢吳舲。令弟一官
去嶺海，留此萬里話蓬萍。江山如此對誰説，紅燈促坐客不醒。君家
長淮水閣在，好山終日爲翠屏。淡如人意畫不得，漏轉屋角看春星。

校黄詩有述六首

碑兀精神只自傳，何曾一字賴言詮。李洪編後寧尋得，任史拈來
亦偶然。退聽堂前人問法，皖公洞口石參禪。請聽韶武弦歌合，孰是
南華内外篇。

介甫詩新鏤雁湖，東坡注尚闕西吳。去年我得倉曹本，上客誰爲
束晳徒。南渡諸賢勤訂證，番陽一序太糢糊。肯將删什歸前什，三集
黄争七集蘇。

始興嶺下石灘邊，暮雪沿洄記七年。吾黨英多祇誰是，此心質對
到前賢。謝郎書札來邗上，楊子馳驅夢左綿。只合挑燈直廬叩，吉州
客説贛江船。謂雪門。

偈言不入戲鴻帖，大字居然瘞鶴銘。昨夕臨摹忽風雨，先生筆力
走雷霆。五峰未得躋廬嶽，七佛何嘗是梵經。倒挂銀河響飛瀑，江頭
真面爲誰青。適與魚山觀七佛偈摹本。

不信西江有派圖，繼公詩獨道園虞。詞章一變名初祖，理學真傳
出大儒。萬古乾坤清粹氣，此中言語後來無。區區采摘昀編譜，比較
分寧刻本殊。

近日南朱與北王，此揚彼抑竟何傷。借從裘杼樓抄本，每過菘坡

叟草堂。謂雩石。去歲分題瞻畫像，今朝再拜得焚香。獨憐媚學鄰居子，夜半高歌忽激昂。謂魚山。

沈石田遊善權洞詩稿

史永齡跋云："正德己巳春，陽羨吳大本邀先生遊善權歸，永齡往問起居，出《小水洞圖》示之。別後先生即臥病，及秋而卒。永齡奔送棺歛畢，見斯畫委棄牀下，因拾以歸，明年又撿得當時記遊詩稿一通，後十二年辛巳裝成軸。"

己巳詩畫辛巳裝，詩今則存畫已亡。石田之婿西村子，手記遺事淚浪浪。石田昔繪七星檜，曾付永齡俾寶藏。此遊屈指昔遊日，二十六載鬢益蒼。禪林碧殿驚火篆，竹菇松蘀纏風霜。旱洞水洞分大小，禿筆漫滅無鋒鋩。猶堪仿佛水洞畫，漏痕瀑布垂幾行。古藤瘦倚老人態，又想史也拜向牀。松陵後人真克守，父執一字不敢忘。以配虞山老檜卷，龍虎蛻骨雷雨傍。先生猶在天地間，白鬚碧眼神飄揚。荊溪茂苑日來往，雲水浩浩無定方。迴視此卷當一笑，刻舟求劍膠芥堂。補圖作詩更多事，塵土筆研追皇皇。揚州羅聘補圖。

六月十二日有持舊抄山谷內集注本來者鄱陽許尹序及目錄題下注腳二葉皆在焉亟錄之賦此志喜

黃集無足本，到今三百年。明弘治刻本已闕。詩譜繫於史，豈曰無鄭箋。茲序非仿毛，亦弗傳疏牽。上言君父倫，大義何炳然。下及漢以來，作者數聯翩。終於杜乎取，又不以言詮。如我意中事，往泊橫浦船。鬱孤氣崔嵬，飛翠下層巔。大江浩揚靈，孰可拈於前。十載無質處，萬卷極丹鉛。昨者官庫本，始獲三注全。任淵、史容、季溫。分寧出新刻，昀譜移舊編。此事當聚合，不徒文字緣。忠孝蓋天性，其氣必開先。塞乎天地間，攝之鯤桓淵。蠹簡有餘債，昨夢屢迴旋。焉得南陔刊，誰續寶劍篇。是日公生日，神實式憑焉。乙未溯乙酉，人才曠接連。七百三十載，過眼驚雲煙。中間任史輩，附驥名以傳。同時得後山，南豐實先鞭。亦如江梅咏，益嘆坡公賢。應求非聲氣，斯道乃仔肩。區區詩派圖，紫微苦雕鐫。觀此兩葉注，可以眾說蠲。徘徊公像旁,再拜何由宣。精神不於紙,復不於山川。小几爐炷香,篆縷蒸綿綿。晚來大風雨,忽作山響泉。

曉起同魚山陶然亭作

城南潦霖餘,積潦浩逾畝。我車伊軋聲,已落鴉起後。日光淡濛濛,吞吐半陽阜。倒垂葉間露,披過掬盈手。所攜非熱客,不煩滌塵垢。但念耳目營,似已光景負。市聲喧未動,山氣静橫牖。籬前雀啄花,柏下童縛帚。單衣不覺濕,煙中立良久。橫陂昨來路,倏過采菱藕。

題蘀石畫卷

春雨浪浪花未放,木雞軒中起遐想。坐客皆醉主自斟,恣説一溪飛兩槳。是日欲畫畫未竟,夜深雨晴月在幌。六街觸熱無好詩,誰知今晨忽畫之。花光蒸空露四滴,柳陰帶水渾一碧。鳥聲下上何千百,儱卧小船鋪片席。先生端憶行春橋,可少及時浮大白。

蕭尺木楚辭圖歌

杜老曾見天皇圖,五雲太甲同歌呼。蒼梧冥冥帝子渚,楚宮泯滅知有無。又聞右軍訪漢畫,五帝以前疑可摹。西蜀講堂一堵壁,未知藍本誰操觚。屈子辭本觀畫得,先王廟想臨湘湖。琦瑋儇佹古賢聖,仰瞻憤懣生嗟吁。陰風慘淡木葉下,陵陸變見川原紆。馮翼惟象何以識,淚作西海眼可枯。九辨九歌皆古樂,飛龍弭節來笙竽。當時無人寫此本,日暮惆悵雷雨俱。徒使柳子臆作對,蓬首虎齒爰處都。二千年後忽落筆,无悶道人何感乎。雷硠搖撼五嶽手,一絲一髮情踟躕。羽人丹邱寐暘谷,蘭皋江水招神巫。叔師景純未注處,神采浮動窮錙銖。峰青樹綠罷歌舞,儱有真見非糢糊。莫共龍眠道園説,太乙氣始參丹爐。

文衡山關山行旅圖

自題云:"雪滿關山策騎時,西風掻削鬢毛吹。嶺南別有梅花在,體不知寒只爲詩。嘉靖甲寅秋日。"

先生一卧三十載,焉知世有行路難。偶仿右丞捕魚意,蕭然霽雪明江干。此圖自作又非仿，繫以詩句懷暮寒。浮梁有似蜀道棧，驛亭或指西江灘。紅氈裹笠者誰子，松間崖次猶憑欄。於生得熟境閱歷，由細入粗筆折盤。安得有人忘跋涉，只圖覓句來巑岏。梅花半林如曉夢，瘦影落月橫征鞍。霜風不嫌壓帽重，碧雲更在紅樹端。村翁爨汲僕秣馬，記我曾倚肩輿看。

濟寧州學新掘得膠東令王君斷碑

膠東令碑斷者二，婁氏溯趙仍溯洪。趙無其說洪有說，後銘前序事則同。下云黃初上沖質，何時宰莅於膠東。秩官錯出泐文內，上世略紀邯鄲功。田園美宅果何用，投石超距真家風。當塗之世佐帝宇，鼎足爰建誇時雍。吁嗟魏隸不古若，方幅一變開俗工。鍾繇梁鵠號能手，受禪勸進徒肥穠。此碑魏年題以漢，東京法尚留餘蹤。惜哉不見額十字，膠水題異稽何從。奮奮點畫辨纖末，大饗漫借王純通。置之魯峻鄭固側，星斗並爛光熊熊。頗聞李君世好古，東琪。鄭碑獲自君家翁。斯碑字尚半洪錄，又憾釋未張弨逢。玉堂同館拓分惠，周檢討永年。隃麋黖黯晴窗櫳。宜補蕭常郝經傳，闕文不獨寶刻叢。時方編校郝陵川《後漢書》。

趙凡夫手校書二種各題一絶

汝南學自辛泉述，更較徐家用意深。我夢暴書臺大字，春風吹水舞雩陰。揚桓《六書統溯源》，桓號辛泉，其子克明號辛泉後人，泉即沂水，地有克明篆"暴書臺"字。

書目重編想討論，博羅無復舊聞存。寒山小宛堂檐下，時溯長箋子母原。張萱《彙雅》，卷尾凡夫草篆題云"萬曆己酉三月小宛堂閱"，凡夫著《說文長箋》，有《子母原》一卷。

解春雨龍氏一經齋記墨迹卷二首①

解龍兩氏世治易，我嘗竊玩龍氏書。楚中教授準朱子，爻位列畫

---

① 《岐皷凡將歌爲撝約賦》至此詩，手稿本闕如。

希潛虚。金釵嶺邊麗澤記，想見兄弟同匡居。文江屈曲畫成字，憶俯空緑觀游魚。

　　吉州鄉人之茅柴，雨春軒説春雨齋。昔人考室比松竹，蓋以古學爲根荄。行草一技亦勁節，明初諸子誰模楷。玉堂妙手風雨快，政復俯仰前哲懷。雨春，雪門齋名。

梁吳平忠侯蕭景神道石刻字①

　　蕭梁墓字廿有三，嚴子詩托哀江南。紙長二尺闊三尺，其式非闕仍非龕。撫軍將軍溯官閥，南史梁史文相參。文曰："梁故侍中中撫將軍開府儀同三司吳平忠侯蕭公之神道。"後先持節充與郢，辨能治劇威能戡。苑中餞筵爲流涕，股肱之寄忠無慚。天監普通正全盛，黍離鐘簴悲誰諳。昔我先人弔梁武，②金陵夜泊歌酒酣。在康熙甲午夏。墓門荒草想指此，銅仙淚續遺老談。石紋摩挲古苔漬，地志仿佛花林探。漢銘反寫有故事，乙官補入金石函。③此刻字皆反寫，漢隸永初七年官墼及《巴官鐵盆銘》"ㄥ"字、"乙官"字皆反寫，見婁氏《字源》。

卞忠貞墓石柱字④文曰"尚書令假節領軍將軍贈侍中驃騎將軍成陽卞公墓"

　　嚴子跋文擬顏楷，⑤蓋感爪甲握透拳。精靈發露後先似，似顏豈必顏書然。卞公大節冠六代，一門忠孝出兩全。碑表荒蕪邱樹毁，彦昇已痛日月纏。景山酒鎗叔夜盞，誰知異代相周旋。《南史》：何點居東籬門圃，圃有卞忠貞冢，點植花冢側，每飲必舉酒酹之。祠陰尚有北宋記，亭名肇自南唐年。有石字出徐鍇手，⑥王象之録非浪傳。鍇也工篆楷亦爾，空中筵墮驚星躔。冶城花開大桁路，青溪水繞同寒煙。魯公諸碑更應

　　① 此詩題位於手稿本第 4504 頁。
　　② "梁武"，手稿本作"梁事"。
　　③ "七官"，刻本、手稿本皆作隸書反寫。此句下注文中"乙""七官"，刻本、手稿本皆作楷書反寫。
　　④ 此詩題位於手稿本第 4505 頁。
　　⑤ "跋文"，手稿本作"拓文"。
　　⑥ "有石"，手稿本作"此石"。

覓,圓好儻勝保母磚。王象之《碑目》:建康有魯公書碑數通,未知存否。

院之東廳康熙乙未秋長洲何義門學士書聯云儀鳳祥麟遊集盛金書玉字職司勤字畫遒勁方綱摹而重鋟之記以四詩①

玉佩琤琤日接聯,瀛洲道古共群仙。兩行老樹陰中字,坐卧尋思二十年。

學士平生富校讎,不徒豔説鳳麟遊。丹黄内殿歸來後,斜日愔愔院樹秋。

楷法同時汪與何,汪謂退谷中允。顔筋恐尚遜虞戈。廟堂化度重摹在,②幾見翻新出擘窠。

翰墨論緣六十春,金書玉字萃昌辰。道園曾對鼇峰語,空使駑駘愧後塵。

校茶山集四首③

前有陵陽後劍南,中間句法許誰參。已將北望神州意,收拾傳燈老一庵。

居仁圖譜江西社,遠自元和溯楚騷。玉柱蜻蜓非異味,釀來清絶本滔滔。

談禪談石復談茶,山寺孤清自一家。故里誠齋堪配否,贛江翠竹渺雲沙。

得髓機關不可傳,松風鶴夢故翛然。後來學杜諸君子,④跬步臨摹絶可憐。⑤

---

① 此詩題位於手稿本第 4510 頁。
② "化度",手稿本作"碑本"。
③ 此詩題位於手稿本第 4511 頁。
④ "學杜諸君子",手稿本作"何李邊徐輩"。
⑤ "跬步臨摹",手稿本作"俯仰隨人"。

同蘀石魚門集丹叔侍讀齋觀所藏宋張擇端清明上河圖真迹卷①

嗚呼政宣翰林畫,題字大定明昌間。其時金已徙都汴,綠雲紅雪堆三山。却想花石運艘日,笙歌闐咽千闤闠。通門漕渠兩岸接,士女袨服光斕斑。槐街遊龍踏紫霧,杏梁語燕交朱欄。萬瓦百貨筆莫述,竟借蔓草離黍看。梁園清明花幾落,鵠山寒食酒又殘。長沙百年追世澤,鈐山千鎰輸權奸。文江才子簿作記,南濠題跋語可删。傳聞內臣竊朒篋,御溝藏弆力所殫。或疑匿去入馮保,保也手跋今尚完。向來青父踵性父,不言李祁與吳寬。馮後流落托誰手,瘦金籤迹覓已難。主人具眼富蒐擇,此物自歸天不慳。晴窗吾輩得目飫,一洗平日胸迴環。可作易圖玩消長,又作無逸豳風觀。畫家一技乃至此,嗚呼此乃真擇端。

宿西苑直廬②

紬書宿西苑,舊榻記頭廳。橋路殘秋淖,宮門濕曙星。同來仍老友,魚門。不寐叩遺經。所得霑衣袂,香山雨後青。

法源寺訪菊歌示魚山③

東家西家招賞菊,異品牙牌看不足。皆言法源寺裏來,僧擔更不煩僮僕。都門菊種盛廿年,十樣肯教劉譜獨。拈花安花兩寺最,畫屏詩扇徵名目。吾師畫仿甌香館,寶笈曾蒙百篇錄。錫山鄒侍郎師繪菊百種以進,各題詩其上。分題夜飲記侍坐,眩眼金毬燭光綠。城東高家兩垣下,二百盆栽聚花族。重陽後到十月初,夕往連晨兼夜宿。爾來此種不足秘,各各齋頭數盆蓄。都乞僧寮澆養方,隨宜庭宇清供熟。爲溯寺中培接始,耐寒不使遊人觸。深隔欄杆響轆轤,護持蓓蕾如珠玉。萬鈐千叠一時發,向來所賞真海粟。誰知霜候及時到,分送人家如此

---

① 此詩題位於手稿本第 4512 頁。
② 此詩題位於手稿本第 4515 頁。
③ 此詩題位於手稿本第 4516 頁。

速。反思前日未開時，禪榻移來雨初沐。徘徊客牖氣蕭瑟，萬事虛名鑑盈縮。不如歸向擔頭買，野色叢叢黃可掬。

再題寶蘇室施注蘇詩殘本借公題靈峰寺壁韻三首①

蘇米齋中寶蘇室，鏗然拄杖有聲來。飲泉鑑面何分別，夜發神光説五臺。<small>龍眠畫公金山像、趙子固畫笠屐像、明人畫廣州小金山像，皆奉室中。</small>

傅家楷勢參蘇法，②亦自僧虔倚柱來。偃筆何曾廢新意，筋如魯國肉西臺。

放翁投老山陰住，觸著淋漓萬象來。夫物芸芸各歸宅，湛然窗几照靈臺。

定安莫海岡孝廉説五指山麓有蘇詩石刻賦此以贈其歸③

三酌粟泉水，一題桄榔庵。空意五指名，遙青一煙嵐。定安崖州間，屢問無人諳。千巖萬谷風，環合瓊與儋。冥冥綠霧積，冉冉翠葛含。神物儻落此，獨往或偶探。八年苦蒐訪，公蓋笑我貪。意公集外詩，續我海外談。仍意羅浮頂，紫雲封石函。顥空儼馭氣，周遍大海南。

再題元延祐甲寅江西鄉試石鼓賦卷後④

前年獲觀石鼓賦，又觀一賦周伯温。伯温之書出石鼓，與賦相映增嶙峋。賦中屈指羅與李，小長蘆昔采舊聞。此卷八人爲補六，因想佚者更幾人。自從薛鄭遞音釋，孰以籀書考説文。書詩春秋上下索，成蒐宣狩説則紛。諸經纂言究同異，似續絕學於崇仁。所以昌黎曰科度，道園果爲披荆榛。三場肇此成典故，四方觀者來成均。病足老人爲強起，拭目萬古炯有神。一時傳寫試席作，主司微意誰與論。宏道

<small>
① 此詩題位於手稿本第 4517 頁。
② “傅家”，手稿本作“漢孺”。
③ 此詩題位於手稿本第 4518 頁。
④ 此詩題位於手稿本第 4519 頁。
</small>

小楷極遒逸,但學姿媚已罕臻。①豫章城陰竹梧響,記曾無寐汗浹巾。

曉赴西苑道中和竹井司寇韻②

曉行和夜行,兀兀殘夢半。遙林尚燈光,如舟泊遠岸。霜中氣轉喧,霧濕星猶辨。漸漸出遠山,迤迤遞隱見。山翠橫林來,霏白如曳練。村際雅翻翻,橋下水渙渙。橐筆記舊侶,廿年紛聚散。襆被道邊寺,數椽依海淀。僮僕渾不識,獨我餘昔戀。校讎何補益,日夕涼燠換。暫及市聲遠,復憶宵征慣。朦朧野陰啓,淅瀝秋響變。倚公句勢勁,佇目溪雲斷。

同慕堂笥河魚門伯思飯裕軒野圃兼呈南厓三首③

遂乘曉霜氣,菜如人意濃。我作野圃記,渺焉想前蹤。結構改面勢,平揖近遠峰。獨留山口光,縱此水際筇。枯荷仍小橋,插棘展長墉。四邊菊花水,一於此榻供。所以山桃後,來必乘晚菘。

不愛春夏綠,愛此秋葉黃。先生看山眼,炯炯浮秋光。黃葉亦何好,取及菘可嘗。老韭細轉青,新芥辣更香。蔬實飽風露,卉木閱炎涼。高樹未搖落,鄰畦已登場。柴門客不驚,鳥雀自成行。了然驗物理,後時獨何傷。

七人來者六,一歲至甫再。雖抱促膝懷,屢以潦雨礙。橋南官河潏,近漸柴門對。萬泉之上遊,諸峰受以黛。鱗鱗風漪來,動蕩日光碎。空際飛鳥影,落我衣襟內。小坐沙石旁,忽聽村犬吠。始知園廬近,復資蔬畝溉。半日問水源,不獨觀擷菜。

介庵先生八十壽詩四十韻④

老輩推吾里,如今復幾人。靈光歌在魯,介壽俗吹豳。璇極延蓍

月，黃鐘吐荄旬。一陽開建子，八帙溯生申。早得文章譽，時維學殖純。先河爲藝圃，後鄭必經神。易自資州後，詩誰卜氏親。衆長彌亹亹，薈萃肯斷斷。抗角寧逢鹿，懷鉛遂訖麟。篋肓無廢業，衡庫有功臣。馮猶龍有《春秋衡庫》。帖括於茲盛，承師自昔遵。南方推竹里，耆耋並還淳。孰抉傳箋詁，紛羅笙磬舖。甲科兼濟濟，著録日侁侁。集鱸堂邊院，金魚池北湄。舌耕傾億廩，篋負積千薪。階砌紅榴樹，摩挲月露晨。勸毋忘灌溉，幸各托松筠。捧檄洺州去，斯筵點瑟春。臨岐謂童冠，他日聚荀陳。老境應增壯，同門迥照鄰。光輝動桑梓，德業潤簪紳。廿載祝之久，今朝願果伸。恭惟來集祜，側想數前塵。邵叟初談藝，孝廉虞庭先生諱琮。何翁最絶倫。明府玠。劉明經育皐、孝廉育升。于儀部暲、明經曦。心共許，張明經灝。宋孝廉輝祖。契皆均。疇昔銜杯酒，寒齋話苦辛。宵分飲唊健，交淡性情真。猶是紅燈近，環看鶴髮新。當時襁褓者，今日往來賓。子姓才逾啓，孫曾慶更臻。卿雲瞻誥錫，立雪即觴辰。老屋仍先築，開扉便近闉。釣遊還杖屨，情話或親姻。古有江鄉壽，誰如帝里仁。同年無等輩，四季有時珍。東觀黃香富，西京劉向醇。後先儒學傳，耆舊典型身。謂吾鄉前則黃崑圃先生，後則劉秩齋先生也。父執兼師事，情聯更誨諄。枌榆鄉社侶，歲歲頌長椿。

笥河齋中觀李克用題名石本①

吾子日下補舊聞，兼采朔易窮燕雲。唐末之碑金代刻，舊石或曰兵火焚。幽陵幽鎮一字異，夢溪行役懷昔勛。趙賈之書不可見，②趙鳳《後唐太祖紀年録》，賈緯《唐年補録》。歐薛同異徒紛紛。唐季兵連自諸鎮，數州而外皆賊氛。雁門僕射世將種，頭上火出鴉兒軍。羝羊三千觸城破，白㲲一繫王愻勤。論功當日俱第一，此舉不止婚姻云。易定尚是李家土，尺寸肯許節鎮分。③五十萬人瀝誠禱，神之聽之一氣焄。鳴鼓

---

① 此詩題位於手稿本第 4528 頁。"題名石本"，手稿本作"題名石拓本屬賦詩"。
② 此句下注文，手稿本作"趙鳳有《後唐太祖紀年録》十七卷，賈緯有《唐年補録》六十五卷"。
③ "節鎮"，手稿本作"幽鎮"。

而去鐃吹返，此心足以對大君。三垂岡頭竟雪恥，百年歌響留半醺。山川如此可歃血，史論猶謂非桓文。承天閣窄代州道，新晴想像倚夕曛。何時剔苔訪沙磧，儻掘舊石憑耕耘。

范芝嚴王石臞饒桐陰三庶常同日請假南歸將同過蘊山郡齋賦此八詩寫一卷子①

石湖山下春如許，木瀆帆輕一笛風。不是竹西歌吹夢，瘦梅花外雨濛濛。

蓬島時時憶勝遊，三山小字舊銀鈎。若爲傳得迦陵語，借問西興故驛樓。_{右送芝嚴。}

南閣經傳到楚金，寂寥千載寡追尋。從今誇向山中客，識字人原在翰林。

經學詞章本一途，悠悠滂喜要人扶。山居製得三倉賦，②方識洪家急就粗。_{右送石臞。}

於今雅頌盈天地，報與潮陽學子知。東閣儻同何遜憶，寸心細叩杜陵詩。③

潮信分明島外還，却從海上望蓬山。金庭玉字無多路，一葦空齋水霧間。_{葦齋，舟名，予在潮州所造。右送桐陰。}

聽雨西窗肯後期，玉堂心印幾多時。九霞空洞何煩語，禪智先編唱和詩。

阮亭初向揚州住，④未得詞林後輩稱。對酒看山俄一笑，紅橋風雪灑春燈。_{右寄蘊山。}

---

① 此詩題位於手稿本第 4529 頁。"賦此八詩寫一卷子"，手稿本作"得八詩爲餞兼寄蘊山"。
② "三倉"，手稿本作"三蒼"。
③ "詩"，手稿本作"師"。
④ "初向"，手稿本作"雖向"。

復初齋詩集卷第十三

寶蘇室小草三_{乙未十一月至丙申四月}

嵩山漢柏圖歌①

我爲莫生歌此柏，此柏影忽落我窗。鬱然合抱四十尺，六六峰勢來崆峒。磊砢節目外臃腫，峻極元氣中敦厖。雷火劈痕賸突怒，風雨時吼於空腔。三株一先神物化，萬古對語洪濤撞。云自元封太初際，受爵曾馭雲摐摐。三呼之聲與應和，萬靈環挹氣爲降。生年不知自何代，由周上溯於殷邦。_{此柏當是殷周時物，語見施愚山集。}於成於宣奠河洛，小共大共受駿厖。青龍蒼光儻及見，其神夜或來幡幢。嶽生還爲嶽藩衛，森然導從千矛鏦。我望伊川溯泉水，石淙未得尋潀潀。二室遺聞訪金石，萬牛力那一筆扛。參摹混元叩天咫，滂瀾浩浩吞濤江。目移神駭不敢睨，真到天闕凌石矼。嵩陽居士果何在，俄有青鳥飛來雙。_{予藏東坡《嵩陽居士帖》，因臨此句題其上。}

毅堂魚山見過論蘭亭八首②

蟹爪丁形與針眼，後先祖述一模型。孰從曇礦籠鵝意，乞得浮邱相鶴經。

---

① 此詩題位於手稿本第 4538 頁。
② 此詩題位於手稿本第 4540 頁。

越女亭亭越水隈，山陰道上百花開。世間羅綺腥脂膩，可許邯鄲學步來。

晉人江左尚清談，真氣驚人三月三。盎盎春光一繭紙，肯容穎井說青藍。

派別歐臨又褚臨，於中深會右軍心。斷仍連處攲還正，趙葛湯馮孰嗣音。

砥砆小枕松花版，流動都於嫵媚傳。獨有鄱陽姜白石，戈波猶記永和年。

退筆吳興語絕奇，迴鋒隼尾勢誰知。右軍晚得周銘識，十鼓岐陽是所師。

鄙人生長橋門下，監本甎椎日手摩。不見研山孫老子，瘦肥分刓較如何。

升山風厲破舟時，何叟猶然跋尾疑。明月梅花曾夢見，牡丹賦石豈吾欺。

題陳其年檢討填詞圖後四首①

一千六百三十闋，秦柳辛蘇合拍來。陳九白頭渾脱舞，紅燈影裏記低回。

么鳳桐花漱玉詞，倚聲一變是烏絲。誰應交響同心語，簾外春陰潑墨時。

戊午春交己未春，諸公日聚帝城闉。詞家檢討專名集，不比旗亭畫壁人。

張三影後毛三瘦，韻撮應從識曲聽。柴沈遺書定誰是，欲憑詞話問西泠。見檢討集中《毛馳黃韻學通指序》，馳黃嘗有詞云“不信我真如影瘦”，又云“鶴背

---

① 此詩題位於手稿本第 4542 頁。

山腰同一瘦",又云"書來墨淡知伊瘦",時人稱毛三瘦。

蔣香涇蓮花寺寓齋分得高字①

一房山色連蓬蒿,香煙小閣繞白毫。此時雪意鄰寺共,銀泥灘不翻寒颷。我從法源步迤邐,曲折如港纔容舠。蓮花寺無古碑訪,種菜圃可憑周遭。稍以聽鐘起思議,②微泉相應一桔橰。金釵滿地踏松影,收拾百籟須吾曹。江南客説三徑好,寄園咫尺我思勞。廿年夢想立雪處,寺西即寄園舊址,吾師沈溶溪侍御舊居也,香涇爲侍御之甥。清夜忍共持霜螯。凍禽栖樹僧梵起,酒闌耿耿星月高。

蘇文忠公三像③

宋李伯時畫金山像,明南海朱完畫廣州小金山像,又宋趙子固畫研背笠屐像。

先生神在天地間,豈於斗室來偏慳。我夜夢之儼笑顔,天風鸞鶴鏘佩環。峰青月墮江溇溇,初自靈舟小金山。④蓬萊遠睇群仙班,四百三十二煙鬟。照窗碧眼光斕斒,藥湖一水卬涉艱。有客示我研璞䫂,江頭王孫餘淚潸。飄然篛笠落百蠻,粟米泉影留清溇。瓊州府城北粟米泉,公所鑿也,泉上有石刻公五十六歲像,辛卯秋予摹子固所繪研背像奉於瓊祠。八年山中采蕙蘭,歸來以息默自閑。故人出守京江關,妙高臺憶舫子灣。表祥舊迹神頓還,先生自贊警我頑。公族子成都中和院僧表祥畫公像,公題云"目若新生之犢,心如不繫之舟。要問平生功業,黄州惠州崖州",見周益公《乾道庚寅奏事録》,與此金山像贊字句小異。筆力迴幹隘人寰,風袖翩舉非蕭間。玉堂夜扣驚銅鐶,欲起從今安可攀。金書綠字紙墨斑,挑燈讀之了不嫻。

集瘦銅舍人齋觀呂廷振春禽圖分得功字⑤

明人花鳥不一派,林良呂紀稱最工。良也寫意紀鈎染,師法難得

---

① 此詩題位於手稿本第 4552 頁。
② "稍以",手稿本作"盖以"。
③ 此詩題位於手稿本第 4554 頁。
④ "靈舟",手稿本作"靈洲"。
⑤ 此詩題位於手稿本第 4559 頁。

徐黃通。鈎花點葉染毛羽,没骨之派又不同。近來常州惲格出,賦以天色非人功。瑠璃廠肆贋吕紀,煙熏故絹紛青紅。畫家著録吕最罕,①但傳松鶴昂秋空。吾欲側觀吮毫勢,水紋花黶春濛濛。晴沙意到午起處,迴翅一面寒塘風。宋人折捺正如此,書法力在懸腕中。是日因論董書迹,②外平淡者由中充。寫生理在傅色外,飛動孰可秋毫窮。試拈徐黃分與合,③邊昭輩或堪折衷。時來君家素壁下,細數絲網懸青蟲。

論董書四首同瘦銅賦得天字④

君家三迹壯至老,我最心儀奉使年。不獨畫禪拈妙悟,群鴻戲海鶴遊天。

晉法曾聞在晚年,鏡中影漫證嬋娟。相傳文敏臨終自照鏡作美人像。平原腕力無高下,莫信微辭跛得天。張司寇跋董書云:"平生得力在顏,晚乃造晉人之門,而腕力不如心矣。"

從來力盡無是處,縠到中央又未圓。不假安排能入化,莊生所以説寥天。

趙書有篆董無篆,不借鈎橅鼎彝傳。打破王家鐵圍後,拈花天是散花天。

和魚山灞橋詩思圖歌⑤

臘前臘後五見雪,爾齋我室皆可圖。誰作小幅貌詩思,灞橋橋側胡爲乎。騎驢人挾風雪意,小奚負笈兼提壺。前村梅花半開未,樹林蕭瑟雲模糊。當時偶然佇興到,千載紙上疑可呼。空濛之際詩所出,

---

① "吕",手稿本作"紀"。
② "董書迹",手稿本作"諸董迹"。
③ "試拈",手稿本作"會通"。
④ 此詩題位於手稿本第 4555 頁。"同瘦銅賦",手稿本作"張瘦銅舍人席上作"。
⑤ 此詩題位於手稿本第 4568 頁。

請君拈取竟有無。前人譬喻即目處，決非冠蓋長安塗。驢子背上舉
隅耳，此事未可一理拘。朦朧萌拆自何起，作者無自而描摹。今雪又
與昨雪異，窖蕾噴出千圓珠。

題瘦銅所藏研山背縮本蘭亭三首①

我摹研匣此研背，寄托天然不約同。奇絕研山凹凸勢，②誰家燈
影裊春風。

南宮强不服歐臨，絹本唐摹迹孰尋。玉枕精神如静女，嫣然一笑
倚山陰。

横斜松竹落金釵，寸紙熊熊氣滿齋。若準袖中東海例，崇山峻嶺
好磨崖。

鍾勵暇先生注經圖③

嗚呼兹圖名，使我悚起立。昔及先生存，未果親負笈。每語極謙
下，卑幼皆拱揖。坐久人不覺，穆乎春風挹。雖逢小大叩，雅不己説
執。及乎賓客退，百川一口吸。淵哉析疑義，快若脱羈馽。官書然燭
後，剳記以時緝。時維海昌公，④嗜學緜同汲。陳文勤公。亦有方侍郎，
贈言聽者翕。望溪先生有贈先生序。方公我未見，海昌門牆及。⑤所以先
生論，如於沫得濕。三傳合三禮，更合群經輯。嗚呼兹事難，衆説日
戢戢。嘗疑道園曳，親見臨川葺。考注與纂言，⑥揩拄胡太岌。考亭
門人後，緬想餘芬浥。然否劉蕺山《禮經考次》。與任，釣臺《禮記章句》。凡
例增戢戢。上稽崔靈恩，鹿角誰扣鰔。下逮聶崇義，鑿枘非棓橊。古
者於承師，名數纖悉給。一經三年通，經立甫三十。蓋以流合源，萬

---

①　此詩題位於手稿本第 4572 頁。

②　"奇絕"，手稿本作"更好"。

③　此詩題位於手稿本第 4557 頁。

④　"海昌公"，手稿本作"陳相國"。

⑤　"海昌"，手稿本作"相國"。

⑥　"纂言"，手稿本作"敘録"。

派所來漢。賤子童蒙日，家世春秋習。先生訪先子，燈光儼巾襡。不
記語云何，追念長嗚唈。是經與禮經，相證有等級。豈僅許慎編，偏
傍訓熠熠。朝聘昏喪祭，王朝逮州邑。聖人觀典禮，周綱賴維縶。所
謂盡在魯，別熊繹呂伋。大哉經與曲，布帛兼粟粒。筆削求聖心，必
由此焉入。紹聖張雪川，門目細掇拾。宋張大亨《春秋五禮例宗》。後即臨
川翁，啖趙陸斯集。言天驗諸人，五禮七之襲。能言慶戴者，心必鄒
夾悒。問途於先生，圭臬審原隰。十年行役感，嶺路夢涼霄。今日忽
披圖，窗户融雪汁。仿佛裘家街，矮榻爐香裛。他日讀遺書，破我寒
竽澀。因以訂百家，謏誻連篇什。念之心恫惶，庭柯噪禽急。

除夕前三日笥河招同諸君集陶然亭分韻得陽字①

時和盛群彦，上國參翱翔。及此校讎暇，式聆金玉章。豈其矜譽
名，特達本圭璋。寸陰倍足惜，良士思太康。開軒面遠林，殘雪明陰
岡。百芳競春先，豈止日月陽。縱觀人文會，浩蕩極津梁。我來忝同
遊，何以答一觴。天扉訣蕩開，黍谷應宮商。聊倚百尺樹，佇爾鳴
鳳凰。

李長沙書種竹諸詩卷②以下丙申

種竹義比種松柏，不惟直幹惟直心。依違豈肯漫諸世，貞志自爾
留古今。即如此卷諸體字，篆筆與竹同欽崟。行草盤拏亦篆勢，顏筋
屈曲兼懸鍼。正德丙子春二月，時已四載歸故岑。張氏甥爲移竹屢，
園居興與蒼苔深。詩感諸子及諸女，想見庭户皆清陰。高麗繭紙鏡
面滑，③漆光落點成球琳。④後百年歸謚簫子，老屋落木同蕭森。又四
十年始攜出，靈巖寺主來護琛。浪浪春雨梅未放，香南雪北誰嗣音。
後題又復感諸老，不知何事增沈吟。史家千秋公論後，主盟一代風雅

---

① 此詩題位於手稿本第 4573 頁。
② 此詩題位於手稿本第 4577 頁。
③ "高麗繭紙"，手稿本作"玉盆雪繭"。
④ "成"，手稿本作"如"。

林。歸於吾齋又歲首，暖風樹杪喧春禽。

息齋詩爲正初贊善作①

物生所恃息，旦晝夜共之。吾子待漏起，每極夜静時。百念皆未來，一氣自閑持。於此觀所養，自然去其私。子字曰正初，居正則吉隨。豈止山雷義，言語飲食規。默坐吸窗光，露葉珠翻池。知子自得力，炯見群動吹。庶幾瞬有存，以暇報我知。北鄰木雞叟，譚藝是汝師。贊善西苑賜居與撫石閣學比鄰。

學齋詩爲毅侯編修作②

吾師趙公齋，憶昔坐春風。仁和趙中丞師號學齋。孰知今吾友，齋名與之同。吾學吾師學，舉子業始通。今子學吾學，秘館讎校充。朝夕共鉛槧，藝圃極深崇。浩浩無津涯，正在學海中。歸來據書几，一齋地十弓。汲泉要深綆，琢玉須良工。大哉此一字，使我心忡忡。窮年膏晷力，未就尺寸功。

宋芝山以所摹羅浮畫册廿八幅屬題撿篋中辛卯舊草和陶詩韻與此册同題者録之③

四百峰皆雲，撥雲乃見之。而我看兹峰，正要雲出時。峰峰緑搖動，兹峰還在兹。此山無離合，更莫風雨疑。三千丈直起，夜壑誰護持。飛雲頂。

三峰飛雲西，乃繫於浮山。端自海上來，可實堯時言。所以密雲霧，封閟無歲年。仙人華子期，治所偶被傳。上界三峰。

初平雖得道，頗未忘世情。不合叱石起，尚留牧羝名。誰歟茹紫

---

① 此詩題位於手稿本第4578頁。

② 此詩題位於手稿本第4579頁。

③ 此詩題位於手稿本第8152頁。詩題手稿本作“羅浮雜咏二十九首”，并引云“八年來于役嶺東，十過兹山之麓而未得一入，篋中通有畫册凡廿九幅，爰假陶詩《飲酒》《擬古》篇韻賦此奇興，乾隆辛卯六月十六日石龍舟中”，最末一首收入《復初齋集外詩》，餘二十八首即此處所收。

芝,騎此致長生。又弗叱與去,徒令見者驚。躡迹欲從之,佇立竟何成。青羊石。

遥夜鈞天發,空音萬籟飛。山山鳥雀噪,樹樹猿猱悲。節節匏竹合,一一鍾律依。果然五色雲,四注一潭歸。仰受千丈瀑,噴薄力不衰。遂傳夜樂洞,按譜曲無違。鳳凰谷。

九百八十瀑,七十二溪喧。又室七十二,鎮其東西偏。然猶浩沟間,見雲不見山。雲興靈怪聚,雲過崖磴還。絙繫自何時,圖經初不言。鐵橋。

瑶樹何時花,雲即芝田是。安執青霞谷,齋房成與毀。吾聞香臺香,至道無隱爾。青陽時未暮,朝光皆錦綺。瑶石臺。

西極揚宵輝,東海有奇英。異色浴百寶,嬋娟非世情。目矚事有無,元默耳徒傾。泠泠石臼凹,嘈嘈天樂鳴。瓊田紅旭滿,一夕玉煙生。玉女峰。

夜半雲日出,蒸變巖壑姿。得非離中虛,上應若木枝。甘泉講學處,空舍本無奇。區區黃冠徒,乃假遺履為。後來浙廣派,大路自絙羈。朱明洞。

一路皆行雲,到此合復開。兩掖相低昂,納雲於胸懷。節節竹相當,葉葉篆弗乖。舊聞鍾離筆,劉仙之所栖。火燒水轉餘,下但虎迹泥。上則雲抱峰,轉與篆勢諧。兩尖次相亞,繚繞雲亦迷。供此石上亭,日夕攬百迴。丫髻峰。

峭壁無削痕,壇樹且一隅。百步到雲軒,直上皆坦途。曷不摩其厓,飛鳥使前驅。清風細雨外,朝煙夕翠餘。大書魯公記,真若麻姑居。麻姑峰。

上古浮海來,海徙非故道。遺此玉蟾蜍,吸月後天老。月液霑草木,石膚長不槁。借汝頤頷間,噴洑泉亦好。或恐睹瑟瑟,爬沙驚見寶。浩蕩皆雲海，豈必青冥表。蝦蟆石。

不見古壁字，藥香亭午時。山深風氣淡，渺然與世辭。①一點松上鶴，擇幽乃在兹。青青澗茶苗，一一仙藥疑。靈禽隔院户，交響不吾欺。良久無一人，三百家居之。觀源洞。

幽居誰所居，闃寥非人境。堂以讀書名，稽古豈獨醒。逍遥無一義，識趣在人領。嘉穀生蝗螟，初何有殊穎。虛室綿綿白，萬古一燈炳。洞有逍遥庵。幽居洞。

意行仍跌息，成菌蒸而至。太古帝觴瀝，玉醴猶餘醉。鳥歌澗谷應，紫翠排以次。我以息攝之，丹粒何足貴。滿山草禾露，皆作玉醴味。青霞洞。

大小二水簾，各自蔽其宅。更不知誰宅，月明空無迹。高挂石及半，低散潭千百。是皆峰頂來，千丈一條白。絶壁太寒慄，古刻真可惜。水簾洞。

客遺雙蝶繭，雷雨一宿經。九光五采備，俄頃扇輪成。信宿復徑去，歲月今幾更。始知煙洞深，此乃其户庭。五色草可飼，五色雀交鳴。花絮下上彩，風露縹緲情。蝴蝶洞。

四賢碑不見，寥寥空穴風。昔聞弼唐占，龍德而正中。以況四先生，文明氣所通。樂行憂則違，天道如張弓。洞有周濂溪、羅豫章、李延平、陳白沙四先生祠，龐弼唐講學於此。黃龍洞。

精誠貫金石，人力無弗得。聲聞苟過情，盈涸焉足惑。味彼丹稜言，泉何有通塞。行己不自信，尚欲及家國。聰明吾安用，對此甘守默。唐子西記中語也。卓錫泉。

巖有鄭先生，讀書不求仕。負書乃雛虎，忘虎並忘己。或云僧惠越，檀施所深恥。臥則虎枕膝，忘年歲鄉里。傳聞是隋時，二客俱可紀。

---

① "渺然"，手稿本作"眇然"。

峰自開自合，水自流自止。何用佛迹留，亦弗佛力恃。巖有佛迹石。伏虎巖。

朱明山皆洞，洞皆名耀真。無洞不抱水，所以水味淳。而此洞水味，更借色香新。每春流桃花，又非人避秦。源口千萬樹，古徑絕埃塵。水流花自開，非關栽種勤。①食實飲其水，本與人境親。花流四山去，處處皆通津。紛紅滿澗戶，霑翠來衣巾。然而食桃客，多非遊洞人。桃源洞。

西華道院字，坡迹兼顏柳。荒榛蔽不見，雙石摧亦久。一砥與一嶠，千尋昔爲友。掛冠石今爲沖虛觀道士所伐。老守來賓州，逃庵客載酒。庵前面泉水，背則西華負。并勒逃庵銘，八分頗雄厚。明歸善葉化甫《逃庵銘》，南海朱完者書。石門路西折，蒼煙莽何有。石洞。

十里松風聲，半巖聽未終。石牀起飛雨，四罩雲戎戎。五城十二樓，即此殿大雄。梵唄笙簫作，還合於松風。上接孤青峰，下際谷所窮。萬里濕金碧，忽到斜陽中。華首臺。

舊碑師雄字，陋哉執一隅。滿山月曖曖，滿澗風舒舒。三五柴荆扉，賣酒家所廬。白粳歲再熟，估客亦來居。水旱斯弗及，那慮田疇蕪。村外棹小舫，隨風縱所如。村有賣酒田。梅花村。

二樓各一門，憑虛望大荒。鬱儀駕六虯，赤景氣堂堂。海黑星辰逼，元氣收混茫。安知非寓言，覺彼食息場。又云夜見日，王屋近嵩邙。亦豈有南樓，日觀衡低昂。延祥援夢得，未可一例方。但言與雲平，名樓亦奚傷。蘇詩"南樓未必齊日觀"，自注引劉夢得詩實之，然夢得又有詩云"夜分先見日"，乃送兄歸王屋隱居詩也，平雲閣在大石樓右。石樓。

二樓接二橋，度竟乃造兹。泠泠穴風處，宵宵斜陽時。空明水環映，石髮澄不緇。泉源在絕頂，到此信無疑。天風縹緲音，殊非步虛辭。良久空澄下，受氣以攝思。箭筈有一門，杜老不予欺。顧因華鎮

_____

① "非關"，手稿本作"非假"。

西，必秋乃尋之。區區稽佐命，附彼望嶽詩。通天巖。

日晶山更空，氣霽天宇和。石上菖蒲茸，潭下漁者歌。澹然斂莫色，水少白雲多。漁舟隨雲下，漾出菖蒲華。徘徊佇所思，感序當如何。君子巖。

溢爲小羅浮，尚足旬月遊。轉山復一洞，如海更九州。種以白玉蓮，繞之碧玉流。塍塍禾北里，①節節竹員邱。皆分瓊瑤枝，崑崙路不周。眷言生努束，其人儻可求。玉洞。

竹花春當榮，桐實秋可采。鳳凰五色光，嶕嶤巖洞改。月星倒深潭，樓閣起大海。静存一氣中，變眩初何待。坎離虛濛濛，無妄無貞悔。犀牛潭。

李穀齋畫册爲陳伯恭吉士題八首②

穀齋江南遊，曾見石谷子。墨花悟前身，山人白陽是。

凌波初動步，誰許一憑欄。密意空歌外，雲廊水殿寒。

半葉攲斜勢，天機渴墨成。由來長史法，都自趯鋒生。

曉起嗅穠香，含苞嬌未寤。東風欲拆來，一點空江霧。

月罩千花上，雲深百寶叢。飛觴歌板夜，香穀燭光中。

筆用指頭法，衆妍成一能。晴煙遲冉冉，倒暈影層層。

數筆淡不枯，平明露所養。微風澗户開，時出幽琴響。

水墨法外意，不關徐與黄。且須訊有竹，莫漫説甌香。

和魚山題輞川圖石本③

右丞昔日圖輞川，齋居奉佛三十年。母終捨宅宅爲寺，此圖乃在

---

① 　“北里”，手稿本作“北田”。
② 　此詩題位於手稿本第4581頁。
③ 　此詩題位於手稿本第4584頁。

捨宅前。拾遺未來寒藤訪,蜀州時共秀句聯。南北垞帶杏竹館,孟城
輞口交藍田。摹者二郭題一郭,_{郭忠恕臨本,明萬曆丁巳上黨郭世元重摹、郭宗昌}
_{題首。}池陽藏本咸陽鐫。遺蹤指點自父老,片石照映真林泉。精能刻畫
非筆墨,蓋將仿佛其人焉。華子岡頭山月出,萬古一碧餘淪漣。莊基
塢址盡疇畝,詞客弔古披蒼煙。秦地農桑被天下,園户椒漆今依然。田
家詩意本質樸,橋窗誰説青紅填。我欲遍書右丞句,不獨五字王裴篇。

章晏堂忘機圖①

識子十七春,書劍江海遊。胡爲坐一榻,事外盟沙鷗。子才必有
用,劇任方見投。即穿棧閣騎,去上瞿唐舟。吾聞理人術,必化私己
謀。鞠養宜何先,寢食切良籌。安心冥爾形,揩揩非假修。利病有調
劑,輕重挈與抽。意到極圓處,翻與無意侔。掇蜩神不分,舞鳥智何
求。空窗淡煙水,何減南浦秋。微風木犀香,清露點茶甌。吾無隱乎
爾,請更參石牛。

潘貢湖探梅圖二首②

四山盎盎春氣動,我題又是初春時。濛濛小雨忽夾雪,橋外曉寒
人未知。

披圖識得槎山路,三面山光一面湖。坐卧行吟盡花海,一花應作
一橫圖。用“一樹梅前一放翁”句也。

西齋郎中以前人研銘册見贈賦此爲謝③
倪鴻寶一、高江村五、朱竹垞四、吳州泉二。

西齋與我別十春,④玉河柳影波粼粼。各照衣上車轂塵,數椽扉
啓窗楹新。君來自東住幾旬,我懶未得經過頻。示我拓本璧與珉,庬

---

① 此詩題位於手稿本第 4585 頁。
② 此詩題位於手稿本第 4592 頁。
③ 此詩題位於手稿本第 4593 頁。
④ “西齋”,手稿本作“晰齋”。

規側矩皆嶙峋。比德曰璞曰結鄰，或以贈友或書紳。衣雲閣壁淳鳩淳，谷蘭齋佩蘭可紉。黃葉江南種菜辰，於田藝圃誰苦辛。紹泰磚出山池濱，寒中紅藥語則均。紹泰磚研，彝尊爲紅藥主人銘，《曝書亭集》作贈寒中。留墨不滑堅不磷，以鈍以靜爲諄諄。十三年直侍玉宸，江村。八萬卷櫝羅紛綸。竹垞。人生此事亦前因，紅窗綠字同笑嚬。百年文獻交有神，夜夢片石呵成津。

古藤詩思圖爲吳香亭太常題[①]藤爲新城王文簡手植

此藤重榮入畫圖，我時軺車向南海。低回使院貝多枝，手澤羊城八十載。豈知諸公觴咏處，當時尚有深根在。西軒之蘭無復知，見王文簡《香祖筆記序》。石橋槐竹伊誰待。歸途復望蠶尾山，心飛蠶尾雙樹間。朦朧詩思忽成夢，冪罬小雨迷春煙。披圖仿佛即此境，海王村側書樓邊。一笑花應識詩客，花數十年詩百年。新枝轉盼又成軸，紫瓔珞覆橫街圓。

又爲香亭題引藤書屋圖[②]

諸公共賦古藤圖，明年因作引藤屋。一藤旋見二圖開，此屋分明爲藤卜。昔畫春陰今畫月，亦添砌石旁添竹。竹疏冪冪葉交蔭，月淡垂垂花下覆。引藤直爲引詩思，太常詩話漁洋續。舊蔓陰催新蔓成，北街影落南街曲。十載前重萌栭初，三春尾漸滋培足。花簇鳥呼新卷簾，人來漏轉添燒燭。紫絲障子繡作團，古篆根盤老蛟蠖。漁洋栽處誰復知，太常記更迴環讀。

二月望日篔坡魚山治具招同笥河魚門素人伯思仲思畏吾仲則數峰劍潭晚飯法源寺二首[③]

寒食即花朝，招提勝草橋。小紅深淺蕾，新綠短長條。地喜鄰居

近，人憑興到邀。探支海棠月，已欲坐深宵。

　　馮生此僦居，温子日停輿。載酒共燒燭，閉門能讀書。九衢人海裏，一簣學山初。花底閑談笑，求師已有餘。

裕軒學士野圃看花作①

　　菜圃作花圃，桃李間以梨。結實先作花，幾旬已成蹊。前後借坡阜，明暗相高低。我從籬後望，已欲門徑迷。對面二草亭，那復知東西。籬間主人出，導我行花畦。數武復一曲，映日紅初齊。襯以淺翠葉，夾以嫩緑稊。②酒帘颭炊煙，穿出蓑與犁。是皆花之助，擔負或提攜。③掩映到籬門，④一鏡青玻瓈。曲折復溶漾，暖意發於黄。草木與天澤，不知誰端倪。還向草堂坐，堂乃斜對溪。指與坐中客，且莫高阜躋。屋角籬轉處，一桃好媞媞。數株來媵之，若吉迨初筓。歲陽動之微，田野驗流澌。所以月令義，必於豳風稽。主人静觀久，占稼識鶗鴂。生物日趨功，觀徵借拈題。豈但爲園卉，⑤興感祁與蔓。斜日菜塍外，踏響活活泥。

王樓山先生宦迹圖十二首⑥

出　峽

　　自題五出峽，憶否三遊洞。至今大小蘇，時時發前夢。謂公子榕軒檢討、鎮之吏部也。

入　棧

　　浮梁裊相拄，目眩北人詞。公自棧中客，巖間何所思。前登計平

---

① 此詩題位於手稿本第 4604 頁。
② "襯以淺翠葉，夾以嫩緑稊"二句，原脱，據手稿本補。
③ "是皆花之助，擔負或提攜"二句，原脱，據手稿本補。
④ "掩映"，手稿本作"引我"。
⑤ "豈但"，手稿本作"亦不"。
⑥ 此詩題位於手稿本第 4731 頁。

曠，側顧鑒傾危。攬轡籌匡濟，蒼生責屬誰。

桃花源雍正二年奉使赴黔道經此

是年典黔試，於役正初春。一榜七進士，名元推甲辰。安化郭侍御石渠。吾師出門下，點易及秋新。是科會試公分校《易》二房，得諸城劉文正公。試問種桃者，何如公得人。

飛雲巖

歸登飛雲巖，想憩月潭寺。君家陽明子，聞有題石字。[①]巖有王文成月潭寺潭。一笑三摩挲，蕩胸鬱奇恣。是時春近夏，嵐色自遠至。濛濛未作霖，膚寸八荒意。脫冠風吹裾，四面受飛翠。軒軒雲在天，於巖其偶寄。公乎千載人，聊亦擩囊試。萬壑松濤來，響答姑且置。

秦駐山觀海雍正乙巳巡視海塘

卻金使節下江東，嘆息朱公高安。與鄂公。西林。胥母磯頭羅刹石，怒濤如練避清風。

黃鶴樓戊申督糧湖北

晴川閣有懷人句，香樹齋添夢會圖。崔顥題應後先並，梁州事亦古今無。秋深葭莢天圍樹，夜靜魚龍月滿湖。二老精靈定來往，長風浩浩接蒼梧。錢文端公題云：“雍正己酉二月，予夢與樓山同舟泛江，時樓山參楚藩，適遣人至京，予寄書述夢事，尋答書云：‘如爾，或香樹奉使來楚也。’是秋適奉命典楚南試，事竣歸經武昌，則樓山已解組寓居，遂命楫同渡，竟夕別去，作《江樓證會圖》以紀其事。”

秋夜讀書
己酉解湖北任，假館需代。

西秋痛鴒原，孤燭更危坐。所以證文字，省身曰寡過。北拱心益虔，西風礪自課。惠連厪前算，昌黎收新懦。借彼百籟喧，爲此萬卷

破。想公時夢此,殘月響鈴馱。

淇水積雪<small>己酉冬自湖北入都道經此</small>

左右泉源雪滿林,非徒小雅簡書心。後來銘坐淇園篆,知自凌寒用意深。<small>公別號瑟齋。</small>

觀農<small>壬子春督糧江安</small>

聞有督運圖,臨清役歸作。二圖入豳風,春滿江南郭。

瑟齋

潔鮮斯武毅,嚴密即矜莊。師訓應承李,<small>臨川作銘。</small>盟言合記黃。<small>席堂作記。</small>寬惟水火濟,疏罾網羅張。顧諟千籌慮,輕安一草堂。勿諼淇澳竹,時督下江糧。所至皆銘座,於躬備道光。儼思雖戒慎,笑貌本溫良。動叶朱弦直,中含玉瓚香。書紳澹秋佩,詩篋付冬郎。<small>幀有公子侍側。</small>五十箴如此,斯須去未嘗。閑階對盆石,挂壁只琴囊。若作心齋看,循牆即仞牆。

塔影樓
<small>江安官舍有樓,報恩寺塔當其前,北牖可瞰鍾山。</small>

前文後有顧,虎阜一窗青。不及鍾山側,虛檐倒列星。<small>文肇祉、顧云美皆有塔影園。</small>

龍潭觀梅<small>癸丑正月督運至臨清道經此</small>

我不見公空見畫,畫成尚在我生初。庾關忽記梅花夢,淡月千峰水一渠。

題徐霖仙篆書後二首①<small>題云“正德三年”</small>

白石翁猶在,茶陵相未歸。剪餘金錯勢,篆肯薛濤揮。<small>“彩毫遍寫薛濤箋”,文徵仲贈霖仙句也。</small>夜月新聲起,屏風畫障圍。浴龍池上氣,先有篆

---

① 此詩題位於手稿本第 4736 頁。“題”,手稿本作“書”。

雲飛。

宋子持斯卷,春陰静掩齋。蟄蟲初啓户,瀑雨似懸崖。飛鳥遺之迹,空音杳莫階。薊門煙樹側,我復夢西涯。

王氏懺園和犖石韻①

望衡一畝接柴門,吾里衣冠故事存。奈樹相連看棣樹,懺園當日並怡園。青箱喬木風煙在,翠筥畦丁采擷煩。感舊誰如錢學士,論交相勗到仍昆。②

送蔣香浭之官馬邑二首③

桃花水漲綠潺潺,西去桑乾野渡灣。爲訂北齊東魏史,正居右玉左雲間。課耕土厚川原闊,鏤印民淳訟牒閑。儻覓遺碑披草棘,不徒佳句寄關山。

鄰寺聽鐘幾夜燈,選官風味冷於冰。驅馳得路初心在,詩酒中間定力能。宅相綠窗明月共,分題臘雪曲欄憑。西山如畫離筵外,又著春陰到紫藤。

---

① 此詩題位於手稿本第 4613 頁。
② "相勗",手稿本作"情話"。
③ 此詩題位於手稿本第 4616 頁。

復初齋詩集卷第十四

寶蘇室小草四丙申五月至九月

古中盤五松圖歌①擇石爲慕堂畫並書所作《盤山筇銘》於後

中盤五松舊所聞，盤龍抱子與臥雲。皆古中盤松名。比支離叟競斗
笠，劍臺東澗俱出群。支離叟在舞劍臺，斗笠在東甘澗，皆松名。盤山之勝松與
石，②山石都作松骨筋。③千峰萬峰一濤籟，五老絳節乘蒼雯。或驂青
麟跨赤豹，其氣岪岉精氤氳。萬象迴薄入天筆，四字御題扁也。金沙照
耀騰奎文。囧卿扈從得瞻拜，春畫正值桃實賁。中臺蓮華接紫蓋，寶
積跌處流沄沄。因訊萬松舊居士，看山看松合與分。五松之堂萬松
寺，即離虛實當何云。居士笑且自銘杖，謂言畫待秋夕曛。與子扈從
成二老，時對五老蟠蝹蝹。

莊谷招同諸公遊慈壽寺二首④

百尺娑羅木，戎戎浮甃初。曾聞譬堅固，聊假散晴虛。叩應芭蕉
義，繙尋貝葉書。白松時落子，雷雨欻階除。

閣榜書何處，真容絹儼然。塔鈴猶警語，母訓正沖年。寺建於萬曆

---

① 此詩題位於手稿本第 4620 頁。
② "盤山之勝松與石"，手稿本作"盤山三勝松水石"。
③ "山石"，手稿本作"水石"。
④ 此詩題位於手稿本第 4621 頁。"莊谷"，手稿本作"莊谷戶部"。

四年丙子。馮几遺言在，江陵倚任專。區區殘石訪，傅會九莖蓮。寺後寧安閣榜，明孝定太后手書，又有張居正碑，今皆不存。

鄰泉爲趙渭川賦①

昔訪惠州泉，堂曰德有鄰。子實惠之秀，負笈來成均。子隨宦江南，讀書窮涯津。歸見東坡井，始傍豐湖湣。千尺百夫力，一勺清粼粼。我羨翟秀才，何必鄧道人。吾道浩淵海，孰與潤澤新。汲綆蓋由己，盈澮皆非真。通廚細筧流，賃屋果何因。轆轤與梵唄，衆響交清晨。徐子川上疑，杜老餘波親。試叩鄰舍生，指火於爲薪。渭川與馮伯求同寓法源寺。

宋高宗御書石經拓本②

包胥三日楚人哭，無衣兩章秦國詩。蘭亭雖有好筆法，不知此等句字如何忍書之。所以卷尾跋一律，跋者魏國秦太師。辭曰天錫勇與智，投戈講藝臻昌期。拜請刊石國子學，臣與學者交勉茲。是時國學廨新闢，前洋街即嶽宅基。湖山大石斫清潤，淡黃越紙鉤毫釐。鸞翔鳳翥紀洪邁，檐楣閣榜標淳熙。當年臣寮競贊咏，館閣著録於陳騤。我獨愛誦曾家鋪敘語，以冠諸帖諸鼎彝。上言靖康丁未夏四月，中興嗣位方時危。下言紹興癸亥立石日，北兵日日軍書馳。乃能翰札親御小行楷，前後百碑十萬字有奇。漢魏一體三體後，未若努趯尤妍姿。唐石尚完此轉闕，摩挲得不深嗟咨。中宮續筆何用辨，③風雨歲歲苔花滋。

夢遊竹葉庵圖爲瘦銅賦④

竹葉之庵何處是，朦朧夢境剛一紙。舍人記憶宛可指，門前一井籬六枳。漸焉有路循邐迤，最後層臺一亭子。中間花竹與階戺，則皆

---

① 此詩題位於手稿本第 4623 頁。"趙渭川"，手稿本作"渭川明經"。
② 此詩題位於手稿本第 4624 頁。
③ "何用"，手稿本作"那必"。
④ 此詩題位於手稿本第 4626 頁。"瘦銅"，手稿本作"張瘦銅舍人"。

畫者所意擬。不知其境何起止,舍人亦莫名所以。但言顥氣空翠裏,蕩蕩默默匪形似。陰陽千光金碧紫,瑤臺九霞非羅綺。始青空歌接尺咫,丹華瓊草蔓如藟。若有雲篆亭亭起,斯須向背屢遷徙。清思呦呦超神理,爾時了然聆音旨。寧氣攝思觀無始,眩晃不敢以正視。竹葉皆作雲佩委,上承金漿與玉髓。青蓮華露迸注此,倏歘一杯瀉萬里,飛涌紅輪大海水。

過茳谷齋同觀石鼓文舊拓本三首①

積雨青櫩潤,_{青櫩,茳谷齋名。}苔花似古文。我來循孔壁,不屑較秦斤。墨破殘圭邸,煙橫裊篆焚。無言成坐對,幽思極皇墳。

粗識潘司業,難詮薛尚功。當時有重刻,片石幾曾同。醜記何禆益,虛懷要折衷。全圖訝朱十,一例讀車工。_{竹垞《石鼓考》不別存否、真贋皆摹入圖。}

此釋如何寫,真行隸總非。百年前楮槀,一髮辨依稀。石理金填失,針鋒墨暈肥。今宵蒼赤字,有夢叩靈威。

明人合作瀟湘八景扇歌②

宋迪曾作八景圖,高臺爲建城之隅。_{長沙有瀟湘八景臺,宋嘉祐中築。}陰晴明晦朝夕異,萬景豈止於八乎。扇頭小簇更所少,曲盡川壤山原塗。題詩小字極銖黍,或鳥之背山之膚。先從山煙吐瀑布,面面霧樹迷根株。空江一片翠竹響,雨氣四合層雲鋪。山嵐深處勿愁晚,蒲牢語記招僧徒。洞庭看月信奇絕,全楚之秋在一湖。此時沙岸盡金碧,那數落雁穿寒蘆。翛然漁村出君度,文啓美楷淡若無。③黃昏楚王宮北意,若非杜甫誰能摹。山畦小市得日氣,歸帆遠浦何人俱。白室此圖儻有謂,青峰欸乃聞歌呼。漁家雪篷即老屋,梅花明月可一壺。是

---

① 此詩題位於手稿本第 4627 頁。
② 此詩題位於手稿本第 4628 頁。
③ "楷",手稿本作"題"。

皆騷人墨客輩,往來歷涉旬朔紆。①或披蒙茸嘯山鬼,亦倚犖确聽鷓鴣。龍君廟澆賽酒會,嶽麓記辨神碑誣。扇頭畫手盡吳産,楚地何感於中吳。瀟湘之圖本北苑,米家虎兒迹又殊。屈平辭與謝朓句,②鈞天九奏來笙竽。帝子降兮張北渚,秋風木葉愁靈巫。澧蘭沅芷隱橫睨,蒼葭碧蔣寋模糊。神光陰陰動紫蓋,迴風浩浩臨蒼梧。未知八景拈孰是,象岡收得軒轅珠。湘斑骨子摺痕失,葛邏禄咏絹本蕪。空窗瀟瀟暮雨夜,爲爾佇立增踟躕。

輓饒探雲工部③

痛説斯人奈命何,韓江歲月逝如梭。至今文譽潮陽滿,從古詩才水部多。玉樹根株虹吐氣,家山兄弟淚成河。他年令侄飛騰起,手篋精神儻不磨。謂其兄子重慶也。

次韻蘇文忠蜀岡石刻詩寄酬藴山太守二首④

鈍翁斜陽句,但拈鶴與蟬。漁洋訪碑處,古壁昏蒼煙。徘徊竹西路,悵望峨嵋顛。驪珠百十五,倒瀉秋河懸。上下五百載,朗映兩詩仙。⑤王文簡司理揚州,上溯文忠知揚州五百七十年。繼聲者誰歟,今守得我賢。晤言緬前哲,賓佐共烹泉。二十四橋月,千影一嬋娟。汝州亦石本,想像筆勢翩。奇哉石只夢,有若符券然。適張警堂假守以郟縣石本寄至,是濟南張石只所刻,石只修蘇公墓,夜夢公致謝,已而得此詩迹於汝州刻之。事見《池北偶談》。

爾家蘇潭上,老樹幾秋蟬。⑥憶我蘇潭側,⑦偃筆共松煙。⑧宦途時

---

① “歷涉”,手稿本作“涉歷”。
② “屈平辭與”,手稿本作“屈平之辭”。
③ 此詩題位於手稿本第 4630 頁。
④ 此詩題位於手稿本第 4633 頁。
⑤ 此句下注文,手稿本作“文忠知揚州在元祐七年壬申,至王文簡司理揚州爲順治十八年辛丑,凡五百七十年”。
⑥ 此句下手稿本有注文“藴山家居近蘇步潭”。
⑦ “蘇潭”,手稿本作“蘇齋”。
⑧ 此句下手稿本有注文“余購得蘇書《天際烏雲帖》真迹,并宋槧《施注蘇詩》殘本,故以齋蘇名齋”。

閱古,昨自金山巔。寄我笠屐圖,白日奎光懸。公豈預料之,句字挾飛仙。南枝匪虛擬,識爾西江賢。北雁并有謂,觀水必溯泉。下指長江流,上倚層峰娟。月夜風簫聲,公乎鶴馭翩。秋堂我亦夢,試證然不然。

嵩山漢柏予既再歌之矣今丹叔學士以拓本作畫家向背勢裝之空其右俾寫詩因更賦此①

今日始悟真鱗甲,雙虬劈開青玉峽。學士手爲參差配,此是懷仁集書法。前人樹稿非假借,顧盼之中寓穿插。橫風員竅倏上搏,絕壁森條俄下壓。精靈撐拄復迴環,太室中峰南麓間。七星斜連紫虛谷,斷石直抵轘轅關。三將軍漫紀漢爵,八尺表想營周班。唐家宮觀蓋準此,面勢包舉南北山。山經玉簡秘神府,石膽金漿不輕吐。全嶽精華依傍汝,晨來丹鳳夜黑虎。此幅虛右將誰佇,我有渴筆安敢補。墨池雲氣忽倒飛,散作山腰大風雨。

送蘀石視山東學政②

吾鄉黃宮詹,康熙歲己丑。齊魯持文衡,及謁新城叟。到今六十年,公子繼其後。忍廬都諫。行役役未終,天待雅頌手。昨者帝東巡,巴徼屈群醜。泮宮廣德心,思樂歌芹茆。力久切。惟古輶軒陳,不徒誦矇瞍。四始與六義,械樸斯薪樲。轅固暨申培,弟子相授受。蘭陵浮邱說,十蓋佚八九。所貴乎經師,興觀本敦厚。焉有唐宋來,格調仿誰某。新城在國初,風流標海右。遂荒大東宅,蔚爲人文藪。豈無白雪樓,香結蘺薋友。浩乎一擺落,終不泥窠臼。海內王與朱,秀水誰堪耦。三百卷經義,八萬軸奄有。晚年臥長水,二老難聚首。心飛蠆尾樹,跼蹐爲之久。今日夫於亭,遺構猶在否。大明湖水白,空光動秋柳。先生持節來,前定蓋非偶。論詩於今日,河海原委剖。必從齊

---

① 此詩題位於手稿本第 4635 頁。
② 此詩題位於手稿本第 4639 頁。

魯始,俾之洙泗守。車服禮器稽,鼓篋非敝帚。聲振條理成,大樂殊鳴缶。諸生以時肄,環來大小叩。先生親講畫,虛衷極善誘。溯聞於其鄉,弗忍長水負。采風於斯土,亦弗新城掊。調和甘酸辛,樸斵丹粉黝。如門歷堂室,如居有户牖。初盛中晚派,律吕音均紐。①直從泰岱顛,下視衆培塿。暇日自編集,一卷冰雪瀏。時復鏘然讀,海山巖洞阜。前賢儻共聽,何者爲不朽。此在文句外,又非耳與口。泱泱乎大風,圈枡百籟吼。②世間真宫商,尺黍咸自取。我忝屬知音,臨别把瓊玖。千燈均一光,到眼識星斗。昨魚門屬余録先生詩爲《蘀石齋詩鈔》四卷。門外喧八騣,周爰咨四牡。既爲吾徒悵,春糧孰餉糗。更爲束人喜,學圃添滋畝。宿陰鬱牆槐,新涼發池藕。勿輕今夕醉,猶是城南酒。

六月十四日同魚門話别蘀石齋③

咫尺宣南坊邸月,低回二十五年心。勿輕一笑來相值,實見千秋作者深。夜雨響添山海夢,微涼襟又竹梧陰。酒邊明日逢朱五,吟舫如何獨放吟。待竹君不至。

御銘松花石研歌爲鄭耘門編修賦④

耘門曾祖幾庭先生所蒙賜也,研池刻篆書"新民"二字,
背刻御銘"以静爲用,是以永年"八字。

天河發源導三江,用遺山句。混同鴨緑流湯湯。砥石之山東極海,松噶里即真銀潢。國語松花江曰松噶里必拉,松噶里者天河也。蕩摩星日沃元氣,凝結緑玉皆崑岡。巖雲翁鬱吐紺碧,黛螺細膩浮青蒼。上聖格物妙追琢,川嶽貢瑞來文房。何論端溪歙溪産,乃備諸德兼衆長。錫以銘言創以式,帝鴻篆寶垂琳瑯。日供玉几發天藻,新民念切幾惟康。静用存神會有極,永年瀝液思無疆。同時近臣拜此賜,珠光璧彩聯戴

---

① "律吕音均紐",手稿本作"平仄單雙紐"。
② "百籟",手稿本作"萬籟"。
③ 此詩題位於手稿本第 4642 頁。
④ 此詩題位於手稿本第 4651 頁。此題下注文"御銘",手稿本作"聖祖御銘"。

筐。候官宮諭經術手,珥筆舊侍螭坳旁。八十扶杖拜金闕,南極老人應壽昌。曰惟永年永寶用,[①]子孫奕世篤厥慶。果貽孫曾富文史,仍攜此研上玉堂。手摹銘文示同好,時方甲乙抽書倉。同人拜觀皆起立,豈止世澤門閭祥。君述祖德念忠孝,如石砥礪資癙颷。充其静用保其永,迴環銘義時毋忘。陶舫册子一家物,尚見磊砢符琮璜。侯官林氏《陶舫研銘册》,首以奎研連綴七眼爲合璧連珠之象,蓋林鹿原獻是賦得直武英殿,而琢石以記也。君持此銘壓卷軸,[②]燭天夜氣騰虹光。

送曾應之明經還歸善[③]

我植豐湖樹,十年鬱維喬。婉變總角丱,今已貢於朝。三十五經立,屈指非迢遥。辟雍鏗鼓鐘,奮翼即煙霄。同學少年者,馮趙共僧寮。攜手日過我,涼話徹深宵。計我得粤士,吳潘温與饒。譚藝觀其深,相勖非一朝。馮生從最久,吾門比謝姚。雖於行李餒,不用烹鮮邀。是以援此例,飯菽設簞瓢。子其深味此,勝於膳膏肴。子初來京師,眼力已超超。馮生住五載,名重腹轉枵。日月逝不居,酬接紛以囂。孰爲真讀書,能如昔垂髫。識字辨訓故,藻采非空雕。外物去其蔽,内養戒其驕。知子憶羅浮,不是托空寥。以息驗天機,所得滿歸橈。時復晚欂餘,夢此秋燈挑。萬里或聲應,試聽大海潮。

書夏仲昭竹卷後[④]

玉峰一夜飛泉響,雨氣四山來莽莽。籜龍一枝先得秋,幅紙三丈神千丈。九龍齊名夏太常,籛材不裂炯炯光。戌春重題西夏作,閉門綠雪山窗涼。宋子愛畫兼愛竹,持卷留我青棠屋。黃生臨畫如仿書,前夜燈下來踟蹰。明晨積暑雨初退,磨墨長廊解衣帶,咫尺莽蒼真一快。風濤吞吐石硺礚,忽焉變眩風雨會。不知泉落何峰背,向夕尋源轉茫晦。褰簾指與宋子看,落月正在空林外。

---

① “曰惟”,手稿本作“拜曰”。
② “卷軸”,手稿本作“其卷”。
③ 此詩題位於手稿本第 4653 頁。
④ 此詩題位於手稿本第 4661 頁。

綿潭山館十咏爲坳堂郎中賦①

葆真堂

德全雞似木，伎絕瓦誰飄。目擊溫伯雪，使人意也消。

訒　庵

頓鈍非二義，物惟能止難。君聽萬天籟，大海浩迴瀾。《説文》："訒，頓也。"《玉篇》："鈍也。"

翠香閣

趺坐觀心處，白毫生靜光。相關庭草翠，不斷澗花香。

莓　徑

綠與詩意延，前山徑可取。空林氣襲人，昨夕冥冥雨。

律素書廳

獻書賜書得，榮應律素酬。書廳光照處，今起御書樓。

嘯雲樓

樓下雲往來，樓中客清嘯。雲山韶護音，唱和鸞凰調。②

蓼陽茨室

既以山茨潔，能邀水蓼紅。采芳聽澗響，吸瀣上秋空。

息　軒

物生蓋恃息，默濟離與坎。露珠起稻莖，平旦初何感。

待月簃

客到琴初薦，簾開坐屢移。偶然拈句出，正是月來時。

---

① 此詩題位於手稿本第 4662 頁。"坳堂郎中"，手稿本作"汪秀峰"。
② "唱和"，手稿本作"唱叠"。

澤花腴菜井

草木有和氣，膏濡乃發英。持源取不竭，所以道心生。

海寧陳文勤公兩孫來遊都門漁湖侍講亦適入都同年集話
小齋賦此二首一以贈兩陳君一以贈漁湖①

侍坐恩門廿五年，②諸孫風度故依然。循陔尚護平泉植，賜第誰憑白傅傳。鳳閣深陰餘履迹，鯉庭留別記詩篇。忍冬宅子梅花夢，昨歲摩挲共老錢。前秋與葊石同題王樓村《十三本梅花書屋圖》，因有師門之感，樓村、初白皆文勤公同年也。

星聚遑言接太邱，日邊近已憶安州。可容綠酒霑衣袂，每對黃花倚寺樓。月照人憐交影瘦，霜清詩是有聲秋。勤來且莫營婚嫁，未必真能五嶽遊。

題鄒曉屏編修所藏明人畫滿城風雨近重陽卷子③

霜黃層叠圍霜紅，霜華幾日如此濃。攬林忽聽風雨作，城頭望失諸青峰。諸峰此時大開合，正在秋響一氣中。風從西來雨東注，翻天雪浪空江空。臨江茆堂濕不掩，繞牆野菊斜成叢。有人餐香落英拾，登高已辦斜陽笻。連宵滌除一淋漉，樓窗擁出千芙蓉。從來詩人要得句，先以妙助煩天公。催租敗興假託耳，莫信裝點寒酸窮。畫中何處覓詩迹，渾乎樹石煙濛濛。

丹叔直閣於詹事廨拓得明王百穀爲雲間顧天錫八分書一枝
軒三字石刻賦此并邀雪門宮允同作④

我去宮坊十三載，檜樹濃陰陰未改。海漚先生拂席來，牆隅片石摩挲在。長生館主燕市遊，却數前遊二十秋。前題云：「萬曆戊子夏日，雲間

---

①　此詩題位於手稿本第4666頁。
② 　"侍坐恩門"，手稿本作"相國門牆"。
③ 　此詩題位於手稿本第4667頁。"曉屏"，手稿本作"曉坪"。
④ 　此詩題位於手稿本第4668頁。

顧九錫構得此軒。"百穀遊燕在嘉靖甲子,再遊在隆慶丁卯。牡丹香煙記殿上,鳳凰阿閣仍枝頭。隸書那復長洲派,竹箭梅花錯金薤。翻於疏瘦得整齊,橫直天然相向背。玉河東堤接禁林,左右坊泑宣宗篋。今日誰知顧主簿,當時最憶王江陰。黃家尚存經庫記,東觀西清成故事。百年文獻憑弔餘,一枝清切森嚴地。海漚先生下直廬,文昌天上四庫書。禁扁漫蒐王繼志,舊聞試續小長蘆。

贈周碧山①

姚中允說周生印,今日兼讀周生畫。皴法果用六書爲,堊垣不厭千回挂。子良摹印作刻符,三十五舉誰核諸。競傳草篆到小宛,那識燈光半雪漁。燈前拂軸增踟躕,送君霜晨欠一壺。安得三橋來落墨,我詩慚愧寸鐵朱,與君倒困論六書。文三橋每自落墨,使何雪漁鐫之。

九日竹井閣老招同諸公獨往園登高二首②

如此樓陰貯晚涼,不虛客到每重陽。好花對以茱萸酒,怪石兼之薛荔裳。獨往翛然即詩眼,參禪偈子借山光。③是日竹井即席賦有"山光奇在不分明"之句。城南寺塔飛騰思,盡合收來畫檻旁。

韋杜瞻天幸接鄰,高岑緩步紹前因。遠懷夢爲觴飛作,懷孽石也。舊事拈來畫稿真。薄暖更餘霜氣味,夕陽全是菊精神。公詩不寫閑花竹,有個憑欄共立人。

觀董蔗林少宰所藏蘇文忠定惠院月夜偶出二詩草墨迹④

紫霞碧樹之高軒,綠酒紅燈此霜夜。誰歟一波三折間,公乎鶴馭星幢下。朧翁昔曾詩品喻,滄海倒注銀潢瀉。豈知滿紙蛟蛇黑,燦作連林萼跗亞。柳風梅雪飄不定,嶺月江雲巧相借。杜公自改梨花句,

---

① 此詩題位於手稿本第 4669 頁。
② 此詩題位於手稿本第 4670 頁。"閣老",手稿本作"相國"。
③ 此句下注文,手稿本作"諸公誦相國舊作'山光奇在不分明'之句"。
④ 此詩題位於手稿本第 4670 頁。

人力未必天工謝。學蘇誤謂迅一掃,睇此應驚退三舍。鑿山正要觀鑱石,學劍先須論舞蔗。重章共述義始完,叠韻非矜險不怕。固知真放本精微,何必文章成怒罵。

岌冠瓊珮屈正則,目送手揮嵇叔夜。二者偕來供筆勢,一字千盤不苟下。想到山陰繭紙初,何須季海奔泉瀉。黄州是時居甫謫,海棠尚遲枝頭亞。豪情一入道眼觀,醒客翻將醉語借。渾忘八法體敧正,那計三春豔開謝。如此筆墨真觀化,①幾年簏楮堆僧舍。雲煙借問墨林墨,②此詩墨迹曾藏項子京家。瓣香今拈蔗林蔗。借觀竟日目爲眩,偃筆雙鉤腕先怕。扁舟字異誰所摹,婆女廳碑供醉罵。

王石谷溪山無盡卷③

溪山自是真實語,曰無盡乃張大之。或云無盡借禪喻,畫耶禪耶吾弗知。但讀恭壽老子跋,翻以無款稱其奇。亦如畫以無盡目,意若不與溪山期。九龍烏目往來處,叠橋架廠非虛爲。連綿攢簇與平曠,極力頓挫皆坦夷。東坡妙拈昏鴉際,摩詰坐看雲起時。展之丈尺復丈尺,脈又生脈支生支。世間那得如許絹,請下轉語更莫遲。白石詞盡意不盡,我却置畫專論詩。

書傳青主父子書畫册後④

負笈相從有少霞,元經門内得侯芭。性情直接汾諸老,書畫難量晉四家。祁縣戴楓仲撰《晉四家詩》,青主父子居其二。絹素練餘歸大冶,霜紅褪盡是真花。神輿居馬何邱壑,萬古淒涼賣藥車。

書張力臣濟寧學碑釋文後四首⑤

鄭簠張弨與傅山,劑量隸法漢唐間。只應不見逡遁字,翠墨黄繒

---

① "真",手稿本作"直"。
② "借問",手稿本作"昔問"。
③ 此詩題位於手稿本第 4674 頁。
④ 此詩題位於手稿本第 4677 頁。
⑤ 此詩題位於手稿本第 4727 頁。

苦不閑。

瘞鶴江磯客側身，季宣銘亦面牆塵。幾時掘得干將起，五緯周廊列宿陳。《鄭季宣碑》正面逼牆而下半埋地中。

斷石膠東世罕知，郎中碑尾字參差。可憐樹底仍攲卧，徒與秋蟲結網絲。《膠東令王君廟門》斷碑與《鄭固碑》下截皆近日出土。

六書不厭附文重，周憬端須辨曲紅。辛苦鍾山説書客，溪堂何有竹林風。党竹溪書王半山詩四首，今人誤爲党詩。

祝芷塘編修以王蓬心錢籜石俞養喜合作畫册屬題即用册中蓬心臨董書儲詩韻二首前一首懷蘊山姬川後一首懷籜石心齋也①

三載不見君，接葉已移屋。語我邗江上，挂帆昨信宿。宣城懷謝守，禪榻誰杜牧。彼美蘭陔子，非歌考槃陸。紅橋共燈火，煙水空雲木。借問北苑山，何處東野逐。

畫蕙不畫蘭，知君樹爲屋。言詩即言別，儻戀桑間宿。錢子喻臭味，紀侯托耕牧。乃知王與俞，不專師顧陸。清風褰虛簾，微月挂疏木。異哉窠石氣，累君清夢逐。

爲周載軒編修題桐城張野堂廣文畫卷二首時聞茬亭詹事之訃②

書畫豈生涯，文章自世家。淡交蘭臭味，禿筆樹杈椏。鄰笛風何急，江船月又斜。皖峰青峭影，忽夢落窗紗。

燕國諸孫子，③宫詹有父風。玉堂三世集，珥筆十年同。竟愧師門托，仍虛著録功。因君拾故紙，灑淚望舒桐。茬亭曾以尊甫中峻先生詩集屬方綱編次。

書萬季野明史列傳手稿殘本後①

紀傳四百六十卷,淮陰劉家録其半。史表史志用力殊,班昭劉昭執一貫。徒令橫雲題作集,體例依然無論贊。當年矻矻蒐廢墜,想披實録爲三嘆。舊家文獻浩誰徵,平日稗官紛不算。千秋不少野史亭,幾個無欺青竹汗。貯瓢班敘自奇古,索米丁儀非點竄。萬表傳與王氏刻本不同。不知初稿經幾削,今者煙煤況焦爨。依稀黜陟紀九邊,零落章奏争三案。傳聞更有明通鑑,恨不同兹勤手盥。石經考存石鼓亡,彼書録者徒供玩。季野有《書學彙編》二十四卷。楷勢略似梨洲老,挑燈恍在華亭館。如此手腕繼南雷,不得翔翔上東觀。吾輩汗顔何以報,日日虛糜大官粲。

---

①　此詩題位於手稿本第 4619 頁。

復初齋詩集卷第十五

秘閣集<small>一</small><small>丙申十月至丁酉八月</small>

是年六月，天子開文淵閣貯四庫書，命儒臣充校理，臣忝預是選，以名其詩，志榮遇也。

馬和之干旄圖卷①

干旄載馳並橫卷，皆藏汪氏漱六齋。此圖或云載馳是，想同漱六齋中來。禮賢固勝閔顛覆，彼姝亦異女善懷。兩驂兩服又牽一，五馬義匪毛鄭乖。注干者旄通帛赤，聶崇義圖所未該。彼姝罄折大夫揖，似諷南渡需賢才。草窗昔記畫院品，侍郎不與諸人儕。豈止執藝為諫諍，要以雅頌除淫哇。至今流傳百什一，能令懲勸興歡哀。昨者豳風七篇軸，鷗鶊之妙尤難階。大木漂搖撼風雨，莽蒼一鳥翔且迴。鴻飛在渚工遠勢，鱒魴九罭櫂水涯。馬蝗描法鐵線法，印證此卷真奇哉。留賞三日竟飛去，陳子屢嘆當停杯。今晨查君忽攜此，絹昏那惜雙眼揩。樂卿小印宛然在，玉水跋語何其諧。惜無思陵御題字，幸免覯覬相疑猜。《豳風卷》中"覯"字缺筆，快雪堂刻"覯"字不缺筆。豳風卷去此卷至，窗光旬日無氛霾。古人遇合蓋不偶，圖畫亦與時會偕。浚郊杭京二千載，斯人何感無良媒。輿人目光尚顧盼，縑絲零落怯屢開。急從

---

① 此詩題位於手稿本第 4679 頁。

街南報陳子,續入畫録毋湮埋。屬樊榭有《南宋院畫録》。

題筠樓十五姪徐潭詩卷二首①

潭在莆田延壽溪,唐正字徐寅所居。

書來誇水碧,詩境與潭深。下上星橋影,低回石匱心。潭下有石匱,相傳正字藏書處。圖成托桐巷,雨氣合楓林。知爾日無事,僧房鳴玉琴。

鄉閭千載話,猶説弟聯昆。正字七世孫宋熙寧中有同舉進士者。豈直科名重,端從氣誼論。汝兄留惠政,有子善培根。潭草春長緑,萱堂看弄孫。

雪後瘦同攜米元暉五洲煙雨圖卷見過董題尚存而後半及跋皆割去矣爲之慨然因盡和卷後原題七絶句韻并邀舍人同賦②

江邊舊夢杳無痕,隱隱林巒淡淡村。天地爲師纔得似,誰言派法只家門。

高樓北固一襟風,目極南徐萬里空。夜雨初晴曉煙泮,瀟湘直在卷簾中。

刻畫曾何迹可尋,右丞寄托本來深。苦拈墨戲雲山法,未識京江望遠心。

開闔神功向背分,李家鈎筆更氤氳。請參宰相山中相,豈但人扶詫向君。元暉自題畫陶隱居詩後云"壁張此畫定驚倒,先請喚人扶著君"。

吳淞半幅誰剪去,赤岸翠濤無此濃。我夢九霞光冉冉,氣蒸忽墮一青峰。

高下儲藏迅電奔,香光真賞在乾坤。吳頭楚尾憑誰證,萬壑流雲注一門。

踏雪敲門説卧遊,寸箋六百幾春秋。區區爲記淮東印,癡絶工夫劍刻舟。高澹人所記黃氏淮東書院圖籍印六,今亡其二。

―――――――――――

① 此詩題位於手稿本第 4680 頁。
② 此詩題位於手稿本第 4681 頁。

題趙璞庵光禄授詩圖四首①

開函清淚灑霜空，一代才名孰比雄。瘦骨峻嶒皆浩氣，暮雲慘澹起長虹。不徒國史存文苑，遂有祠碑説慰忠。成都建慰忠祠，王述庵爲撰碑。六義從何著箋疏，九原耿耿此孤衷。

乞畫淋漓自寫哀，儼同十幀一時開。香横鄧尉林端雪，怒起龍湫地底雷。塞堠館垣晴倚眺，泉秋笛夜月徘徊。燈前重説平生夢，真見先生策杖來。

河内陽平派别難，底從家數判毛韓。烏臺況有申培學，鯉對偏思丙舍安。萬木深圍嘉植蔭，半江飛過翠濤寒。何因十載先成畫，綸掖簪毫正拜官。

有子飛騰上禁林，蓼莪廢後義尤深。建安能者名同噪，杜甫家兒事克任。巴徼剩來殘柹稿，春明話到舊苔岑。丈夫如此垂天地，淒絶江湖萬古心。

表弟楊彤三守泉州以計薦入都話舊三首②

忽忽廿年去，翩翩五馬歸。素心仍淡泊，中表有光輝。昔别記何地，深談且莫違。城南凍雪裏，不忍見雲飛。

爾我家門似，長貧又早孤。君恩重山嶽，先德積錙銖。宦海君能濟，詞場我愧蕪。此身何以報，努力慎前途。

寺塔慈恩句，飛騰舊有名。情親惟杜路，骨相説蘇程。老輩皆凋謝，同岑少合并。巡檐梅一笑，痛要百壺傾。

文休承畫③

白雲時到長松上，雲外何人把釣竿。收得山光來枕簟，略供八十七翁看。末題云"嘉靖丙辰二月作",是時衡山先生年八十七矣。

瘦同和五洲卷後原題三詩是予昨未和者今亦補和
庶幾他日獲見此卷之全也①

虎兒筆猶龍,首尾或潛見。當其落筆時,神來迅飛箭。淡者雲岫勢,濃者煙樹姿。卷中蹇予佇,卷外渺予思。

中丞詹事隔十載,卜令之記此迹在康熙二十一年壬戌,高澹人則在康熙三十二年癸酉也。此後不知誰氏傳。碎金或僅丈得尺,雲氣由來斷若連。可憐半段題蹤在,壓破幾家書畫船。宋箋瑩膩照如炬,②兩夜神光驚屋椽。

客來談五洲,洲勢隨山長。四山迴合來,風氣露與藏。所以缺者補,後歌續前章。我詩何足言,千燈本一光。劍合何時歟,莫邪與干將。彈鋏乎歸來,投合必孟嘗。神聽已吾許,精爽儻在旁。

不晤裕軒先生半年矣先生以詩來次韻奉答③

丹田息息照靈臺,日至微陽地底迴。連夕室光收默坐,高人知覺有書來。

范邁亭明府招同趙鹿泉奉常鄭晴湖王元亭兩給諫聽譜赤壁賦
新聲即席四首兼送邁亭之任湖南④

江頭臘雪點征衣,剪燭同袍願不違。別夢乍醒人未去,今宵真見鶴南飛。

秦箏本自響泉通,和璞誰言次律同。我與東坡證前語,非關鐵板唱江東。

---

① 此詩題位於手稿本第 4687 頁。"三詩",手稿本作"五七言古體三首"。
② "照",手稿本作"且"。
③ 此詩題位於手稿本第 4689 頁。
④ 此詩題位於手稿本第 4691 頁。

門前驄馬已頻嘶，時晴湖將出視通漕，元亭視南漕。二客停舲去故遲。定憶笛聲中拍處，空江夜半月明時。

泠泠妙指爲誰思，渺渺行雲度九疑。君去重拈弦外意，蜀人文賦楚人辭。

彤三道出涿州假留展墓五日而行寄詩送之①

畿南韋杜舊頻經，涑灞松楸此暫停。但祝生兒識耕稼，不愁伐石少碑銘。舍留書帖應題丙，莊指炊煙記姓丁。霽雪湖梁好山色，眼明猶似故人青。

書元遺山涌金亭詩石本後②

嗚呼河嶽精，乃在百泉側。迴斡太行來，百靈供筆力。時從史院出，內鄉初奉職。聊卜鹿泉居，已喜甌墨食。拊掌孫公和，袖手謝安石。時事無可爲，但坐看泉脈。日光搖金沙，激響叩空碧。張杜麻數子，可與豁胸臆。鬱律突兀氣，一吐於厓壁。龍門傲純陀，那復知薛稷。安閑乃神勇，正書始造極。後來傅山輩，欲追安可得。長嘯出天地，但恐河汾窄。擊節公定聞，青天月華白。

題王秋史寒柳詩册次原韻四首③

無多煙態受評論，憔悴東州水一村。如畫麴塵前夢在，相憐青眼故人存。忍聽朔雪重翻曲，若比東風更斷魂。多少詩家未拈出，遠山橫處暮雲昏。

棠川手植翠仍新，黃葉聲中念念塵。今我來思還視昔，樹猶如此況於人。江頭雁信邊庭實，笛裏商歌謝茂秦。上下縈迴千縷恨，不因攀折漫霑巾。

---

① 此詩題位於手稿本第 4692 頁。
② 此詩題位於手稿本第 4695 頁。
③ 此詩題位於手稿本第 4696 頁。

明湖唱後繼聲稀，樹亦婆娑瘦減圍。奉母村居能卒歲，著書郭外又斜暉。倚門淡影鴉橫點，繫舫枯椿客暮歸。並畫石間泉氣出，亭皋黃落白雲飛。惲鐵簫畫。

石硨溪流夜自舂，焜黃墨落意尤濃。①凍餘轉切苔岑憶，蓄極方蒸翠黛重。廿四泉名人宛在，丙申詩話歲重逢。秋史題在丙申十二月，恰與今題時同。爲君悵望南園築，肯擬瑯邪邴曼容。

詩境篇題放翁書石本後②
石在韶州，宋假守方信孺摹刻。以下丁酉。

摳衣昔上聞韶臺，武溪深碑剔莓苔。好庵老子前哲懷，武溪夢溯邪溪隈。③不知詩境何所指，或云經緯麗密宮商諧。"宮商叶諧，經緯麗密"，劉後村序方信孺《好庵集》語。或云先生蓋自道，百篇之稿七十八日纔。方信孺家藏放翁手錄詩稿，自題卷前云"七十八日得詩百首"。詩境從生乃造熟，熟後平坦皆崔嵬。韶江合瀧江，兩股遠綠交喧豗。我時摸碑到日夕，正見雲氣一縷浩浩蒼梧來。江山信爲詩境開，我酹江山酒一杯，吁嗟放翁一代才。江山氣尚泆不盡，吁嗟詩境曷有窮止哉。所以兩字怒壁立，直幹萬古元氣迴，無已姑以名吾齋。

題文信國書蘇文忠寄參寥詞墨迹卷④

酸風一尺糢糊絹，制置張家舊團扇。朱鳥魂飛黯黮雲，鐵線盤空目爲眩。天風海濤颯瑟聲，東坡詞寄餘杭院。嗚呼爾時餘杭安在哉，銷金鍋子錦繡堆。錢塘江潮去不迴，丞相丹心寸寸灰。張制使既合州死，酹江月又南康杯。飆風起兮海水涌，浮邱道士自寫江南哀，請聽黃鍾阿剌來。信國和東坡酹江月詞在南康軍作也，信國自號浮邱道人。

---

① "墨落"，手稿本作"落墨"。
② 此詩題位於手稿本第 4712 頁。
③ "邪溪"，手稿本作"耶溪"。
④ 此詩題位於手稿本第 4737 頁。"題"，手稿本無此字。"墨迹卷"，手稿本作"卷歌"。

任子田儀部母史宜人挽詩①

五年藜閣夜連晨，夢寐萱堂笑語真。每惜分陰常計晷，自憐寸草忍言春。豈徒壺內傳家訓，實爲天生績學人。宰木空山泣風雨，鳳巢他日更嶙峋。

李畏吾舍人烏巖圖②

君不畫專城，捧檄馳旌幢。亦不畫萊衣，畫錦輝鄉邦。但畫烏石山邊一草閣，仰者飛瀑俯者瀧。孤亭收來峰歷歷，小橋跨出流淙淙。疏花密竹與山稱，不獨架厫來嵙峣。烏巖之名意有托，亦不取烏石臨螺江。中有一翁倚山窗，芝顏鶴骨眉未龐。一童村邊荷擔至，擔者肴榼或酒缸。君兮笑前導，指顧臨石矼。釀泉勿問柑蔗荔，采蕨或雜蘅薝萝。山村山閣去咫尺，往來不用買小艭。十年夢之一日就，喟焉置筆心未降。吁嗟君畫已就心未降，安得溪山橋屋眼底一筆扛，哺烏爲爾飛來雙。

明素紙扇歌③

條條烏竹光嫋娟，云藏故家二百年。二百年紙世已少，何況舊樣金陵傳。李昭蔣誠製骨好，徐家銅器名相聯。成宏上溯永樂際，白松摺改絹式圓。金面熟砸出東海，聚頭作貢誇西川。金多素少時尚爾，每借吳下題諸賢。後來金陵伊及仰，④老礬紙異澀與宣。金陵仰氏伊氏出，青陽武林各鬪妍。⑤溧陽歌扇偶一見，曹氏靴扇名喧闐。黑油障翳光抹漆，泥金書畫爭磨研。羅衣香汗金易污，何如後素粉

---

① 此詩題位於手稿本第4740頁。"子田"，手稿本作"幼植"。
② 此詩題位於手稿本第4741頁。
③ 此詩題位於手稿本第4742頁。
④ "金多素少時尚爾，每借吳下題諸賢。後來金陵伊及仰"三句，手稿本作"骨則罕存紙面在，每借吳下題諸賢。金多素少時尚尓，彭張袁楷吾取焉。後來金扇篋弗用"，"彭張袁楷吾取焉"句下手稿本有注文"予藏彭孔加、張伯起、袁魯望題扇，一則素紙也"。
⑤ "金陵仰氏伊氏出，青陽武林各鬪妍"二句，原脱，據手稿本補。

地全。齊紈皎潔匹白羽，雲母滑膩輕金蟬。摺痕中央闊於指，可容蠅楷百且千。嘗見明人一花罅，十手對面皆長篇。我書不工扇遭涴，行行黑蟻相盤旋。扇書每苦客傳玩，當畫不獲風泠然。幸因製古貯之篋，藏拙或免滋言詮。又恐誤同舊迹視，儳入扇册敢比肩。但應押字識小印，①那便誤筆成烏犍。詩成諸公競要寫，又上鏡面高麗箋。

韻亭詩爲莫青友編修賦②

以我詩爲境，規君韻作亭。廿年慚研接，隔巷每車停。早歲鱣堂兆，師承鯉對聆。三花占秀異，雙柏切儀形。隨侍來京國，辰春陟大廷。與余彌臭味，擇友盡箴銘。③苦語須深繹，諛言慎勿聽。洞觀雖似燭，守口必如瓶。汝父官曹郇，能廉辨渭涇。友於況繼起，兒子克前型。所務研千慮，無過熟六經。聖人於動静，提耳以丁寧。黍尺能尋律，鼪鐘亦赴莛。抽餘二萬卷，吟到第三廳。擲地聲金玉，探源海日星。歸來齋寂寂，試覓籟泠泠。舊雨新晴憶，盆花砌草馨。爲題初堊壁，此友爲誰青。

匡橘亭裝予研銘爲軸屬題即送其之任保康④

下巖端溪石，自銘復自書。大小篆行隸，橫直圓庬觚。匡生解人頤，貫弗如編珠。乞我寫釋文，又以隃糜濡。循環象滋數，皆可尋其初。經師爲治理，治理即師儒。隨方善教養，刈穫連耕畬。積此尺寸田，裕彼井廩儲。臨別重磨研，風帆渺江湖。交孰石如介，語孰銘可摹。君當日砥礪，貞志終不渝。我當日企祝，他日成合符。

---

① "藏拙或免滋言詮。又恐誤同舊迹視，儳入扇册敢比肩。但應押字識小印"四句，原脱，據手稿本補。
② 此詩題位於手稿本第4744頁。"詩"，手稿本作"十八韻"。
③ "擇友"，手稿本作"凡客"。
④ 此詩題位於手稿本第4745頁。

今年法源寺海棠未往看也宋子以詩來漫酬之①

錢公錢補春遊費，詩石酬花未踐言。昨蒚石寄貲欲刊同人海棠詩於石。我似低回爲詩惜，君仍繾綣與花論。雨如舊友來能記，月到西廊夢有痕。兩片石幢濡翠墨，欲將冷淡叩禪門。將托趙生拓寺中石刻。

挽邱木亭侍御②

如何旬日別，遂已失斯人。尚想英靈在，初無短折因。牢愁不挂眼，談笑宛如新。師友風期古，家庭性行醇。坦夷推物理，磊落見天真。痛溯平生夢，從遊十八春。桂枝早蔭鬱，柏府晚嶙峋。乙榜雖多士，魁經最絕倫。漕司屢揚歷，腹笥必經綸。報國積誠悃，趨庭有老親。貧交裹含飯，稚子叫蒼旻。我愧爲師長，聲哀動席賓。昔錢司寇歿，寄奠大江濱。嘆息看牛斗，吁嗟識鳳麟。謂君起臺閣，幸共托松筠。謝子往還札，姚郎清瘦身。知心吾學侶，此淚向誰陳。他日平司馬，同過古劍津。高樓儻懷舊，秋色更傷神。長笛城南夜，悲風起四鄰。

題任子田雪屋誦經圖即送其居廬南歸四首③

如何寸草報恩身，却借瀾翻布穀陳。淚灑冰天無處拭，心傷絮線爲誰紉。半生蠹簡薑搬鼠，當代經師角起麟。憶否畫圖盂杖側，④長齋刺血寫金輪。子田嘗繪其尊人盂杖爲圖卷。

臚唱初傳第四聲，望雲躑躅十年情。彦昇不獨工箋表，校尉從來說步兵。萬卷帝文光著錄，五春臣職在蓬瀛。麟臺故事文淵目，特爲儀曹附姓名。上覽《麟臺故事》，因下詔設文淵閣領閣、直閣、校理、檢閲官，是書君所校上。

黃幹吳澄各續朱,禮經禮傳孰先乎。勿論喪祭須增補,近有徐_健
_{庵。閻百詩。}待合符。①詁義雖聞惠紅豆,考詳尚闕小長蘆。區區辨證
君焉用,要萃諸家作大儒。

無復雷塘豔舊遊,而今實學在揚州。翰林館課轅將返,_{王懷祖。}吏
部家園夢未酬。_{程魚門。}獨借趨庭問詩禮,更將奇字補揚侯。_{君方輯呂忱}
_{《字林》。}石渠金匱須君手,雪屋中能幾日留。

昨所題明扇葯林黃孝廉臨王石谷湖莊清夏小景於背因復題此②

濛濛煙渚綠參差,萬頃荷風一釣絲。癡絕秦家秋葉底,月團新碾
瀹花瓷。

墨　梅③

斷雲斜壓瘦蛟背,古寺橫江月落時。似我草書蟠翠壁,夢中乞得
倒垂枝。

吳越錢忠懿造金塗塔瓦拓本④

款云:"吳越國王錢弘俶敬造八萬四千寶塔,乙卯歲記。"

錢王瓦聞晉仙詩,朱檢討昔覯見之。一瓦云落白蓮寺,是耶非耶
吾弗知。四王三世八十載,十四州塔八萬奇。寶所保俶留不得,黃妃
語記訛黃皮。俶也上體祖父志,合什贊嘆經尾詞。幽州殿軍著臣節,
不獨獻納完城池。繪象何必梵夾事,桑麻雞犬皆恬嬉。白衣相光來
入夢,踏錢牛兒當是誰。禾斜陰款記乙卯,多寶山石劖同時。象之碑
目未蒐采,弔古且復思姜夔。鐵幢鐵券不可拓,大書已泐東坡碑。吾
嘗手剔南漢塔,城東燕絶古冢基。豈如杭人念遺物,一瓦一字猶寶
持。術奇那必執歐史,從來仁暴由人爲。模糊赫蹏廣倍寸,檐鈴仿佛

---

① "近有",手稿本作"近日"。
② 此詩題位於手稿本第4750頁。
③ 此詩題位於手稿本第4752頁。
④ 此詩題位於手稿本第4756頁。

湖風吹。黃書張贈同日至，一月印出千潭奇。禾中秀才待親訪，書報
錢七今無遲。

李南磵至都莊谷書倉小山竹廠集魚門齋同用南字①

挑燈一夕勝開函，薊北多時憶嶺南。到處訪碑將石蛀，此身取喻
是書蟫。傾囊倒篋覓新刻，注海翻河續舊談。名士修髯彌嫵媚，月窗
齊拂影鬖鬖。南磵、魚門、書倉、小山皆多髯，故云。

魏景初帳構銅字拓本②

景初元年五月十日，中尚方造，長一丈，廣六尺，澤淶平坐帳上廣構銅，重二斤十兩。

秋盦手録樊榭詩，③使我摩挲仲將字。仲將之字樊榭云，以例魏
宮諸寶器。平視中郎酌瘦肥，上擬二京加俊利。轆轤陡絶廿五丈，何
以銖分轉餘地。我爲半日摹八分，手量四面圓箸紋。其長三寸徑纔
寸，④銘曰十兩逾二斤。是年五月乃孟夏，改朔變律權和鈞。區區範
銅辨時代，不獨制度兼考文。構鐎對交金木同，五花竪筍鏤益工。樊
榭但知鑄昭烈，孝建還聞戒義恭。《宋書·江夏王義恭傳》："諸王子繼體爲王者
帳鐎不得，作五花及竪筍形。"廣川軼事那足説，石牀塵鏡支屏風。《西京雜記》
廣川王去疾發哀王冢，得石牀、石屏風、銅帳鐎一具、鐵鏡數百枚。刪丹石圇石馬負，
文成不到景福宮。

明天順甲申十同年圖爲閔裕仲編修題⑤

公安王襄敏軾、黃巖謝文肅鐸、郴州曾尚書鑑、烏程閔莊懿珪、泰和張簡肅達、
浮梁戴恭簡珊、益都陳尚書清、華容劉忠宣大夏、茶陵李文正東陽，
其一則焦芳也，茶陵篆首並序。

玉河橋邊三百騎，少年齊說茶陵李。得路誰知異日心，春草青袍

---

① 　此詩題位於手稿本第4758頁。"李南磵至都莊谷書倉小山竹廠"，手稿本作"李南磵明
府至都莊谷農部書倉編修小山孝廉竹廠上舍"。
② 　此詩題位於手稿本第4758頁。
③ 　"秋盦"，手稿本作"小松"。
④ 　"三寸"，手稿本作"寸三"。
⑤ 　此詩題位於手稿本第4761頁。

好兄弟。四十年後繪作圖，閔公開筵重敘齒。敘齒酬詩復列爵，尚書侍郎都御史。相君漫説最少年，屈指今將六十矣。沈吟指數顧坐中，畫筆詩心又不同。十人三曹九對面，中左坐者惟閔公。虎頭方面稱_{去聲}執法，精神炯炯浮雙瞳。黃巖唱酬屢滿軸，髮不受櫛詩苦攻。王公側坐戴危坐，意若有在非匆匆。東山草堂別幾日，飄然兩袖洪濤風。誰歟隱憂白髭白，花下依舊紅欄紅。時明中葉值全盛，孝宗恭儉猶初政。番番黃髮布卿班，濟濟師儒寄樞柄。香山涑水盍簪履，觴酒歌詩出忠敬。華容日高不下殿，浮梁造膝敢陳病。不知斯憂語奚謂，豈果防微事前定。二百餘年人代遥，酒痕花氣餘生綃。眼中意想坐中語，圖者閔復補者焦。①爾時主人左右盼，取次畫手深淺描。諸公心事出烘托，喬柯巨石凌風飆。此意耿耿並貽後，同年不止爲同僚。吳興世家善繼述，西清著作光斗杓。瑽琤竹梧玉佩響，藜垣連夜春燈挑。

安邑王穆峰爲摹茶陵象因補裝予所藏種竹詩卷後二首②

朝爽樓邊宅，麻城耿氏文。檀衫今不見，篋履迹空聞。煙樹慈恩寺，河橋日暮雲。雙林碑篆外，佇立望夫君。

心迹行藏後，低回史傳中。百年庵落木，一卷手清風。大鑒梅花夢，靈巖釋子同。欲將猗菉影，寫照入霜空。

題蘭泉廷尉三泖漁莊圖三首③

黃浦三江匯，機山二陸居。扣門新醅酒，繫柳滿船書。鐵笛繩牀外，籃輿筍屐初。月明伊軋響，風定夜潭漁。

孤塔如人立，灣環別一莊。溪流屢迴轉，帆影去微茫。滬瀆葭蘆合，佘山筍藕香。煙晴簾半捲，極綠際東洋。

幅幅有深想，毫端不盡傳。石摹虞集記，_{虞文靖有《泖涇黃氏樂全堂記》。}

----

① "閔復"，手稿本作"九忽"。
② 此詩題位於手稿本第4763頁。
③ 此詩題位於手稿本第4764頁。

齋續鄭家箋。_{君有鄭學齋。}悵望三千里，沈吟二十年。只應鄰榻對，茶熟越甌圓。

張芑堂以晉太康瓦券拓本見寄即徐天池賦詩者①

文云：“大男楊紹從土公買冡地一邱，東極闞澤，西極黃滕，南極山背，北極於湖，
直錢四百萬，即日交畢，日月爲證，四時爲任，太康五年九月廿九日。
對共破莂，民有私約，如律令。”

一千二百九十載，此瓦始同罋杯出。_{萬曆元年出土。}杯復青藤道人飲，大非曲水蘭亭日。會稽倪家到童家，②一片香姜銅雀四。墨痕細拓竹節彎，夜月流光黳如漆。黃滕闞澤今何處，四百萬錢交手畢。大男楊紹親押字，傅別質劑約如律。青藤道人生遠哀，萬錢想像開金罍。③四時日月何云來，太虛爲室誠幻哉。更疑買神說近詼，且莫弔冡閑徘徊。我思汲郡得佚經，漆書科斗青簡青。二尺五寸伴銅鋏，七十五篇雜策銘。太康年僅隔二稔，倉史字或追千齡。師春邵陟語綴次，千百什一光日星。束晳校本竟何在，數十車乘皆精靈。買驢博士字安用，每讀晉史涕淚零。

爲裴子光編修題書室曰吟垞④

新添三徑新昌里，試覓高人王右丞。金碧青熒何處拾，參禪句子冷於冰。

成草亭畫卷⑤

草亭名性，字天章，無錫人，號獨山居士，自題成化戊戌作。

獨山西受太湖水，獨山堂陰渺千里。九龍橫卷畫障來，遠岫層林尺與咫。峰前孤坐爾何人，設心平曠非摹擬。頓挫虛空忽千變，范寬夏珪出一揆。昔人論馬夏，夾筆斧皴派。何嘗無士氣，簡淡得狂怪。

---

① 此詩題位於手稿本第4765頁。詩題手稿本作“晉太康瓦券拓本”。
② “到”，手稿本作“又”。
③ “開”，手稿本作“傾”。
④⑤ 此詩題位於手稿本第4767頁。

後人蹊徑分,轉使胸襟隘。莫論意匠初,且視蒼茫外。晨雨初霽露既晞,帆開樵響漁汲時。雲巒煙樹各類影,濛濛蓋以氣取之。正是草亭壯年筆,杜瓊太早陳淳遲。偶然有會造極至,又奚執定馬夏師。

頃所作明素紙扇歌諸公以扇索書不勝其疲欲作短篇易之適攝約以高麗海苔紙一幅見贈韻亭諾爲製扇而海苔紙失去即用此爲題以塞索書者①

清風未到玉川家,古本奫然莫漫誇。却夢揚帆陵海月,水香吹滿蜜蒙花。

題蘊山郡齋唱和詩卷二首②

我所期君千載事,政成喜及十年前。曩別時有十年不爲詩之約。江山觸發皆奇麗,賓從雍容況俊賢。禪智迹餘碑再續,阮亭去後句誰傳。玉堂連夜梅花夢,憶爾垂楊柳外船。

身健事未定,娛親期好兒。送人帆放後,中酒夜深時。酬接非一緒,情懷獨我知。登臨偕宋玉,近歲轉多師。謂宋瑞屏明經也。

南硎補拓粵東金石見惠賦此四首兼送其之任桂林③

前歲潮陽寄,慚余五度過。使車深悵望,幽境未蒐羅。同志煩詹事,裁書報笥河。盡推君著録,苔蘚日摩挲。錢辛楣昨自粵東與朱笥河書,云新拓金石有出覃溪所采之外者。

失在耳目際,尤疑潮廣間。扶胥同一口,黃木幾多灣。沙礫誰能棄,榛荆未易刪。波羅江曉氣,憶指大洋山。

舜帝鳴弦石,先生繼我登。尚多北宋字,遍訪最高層。半倚臨崖樹,猶驚入定僧。如斯客有幾,衝虎拭溪藤。

---

① 此詩題位於手稿本第 4768 頁。
② 此詩題位於手稿本第 4772 頁。
③ 此詩題位於手稿本第 4773 頁。"南硎",手稿本作"南硎郡丞"。

叢載汪森筆,猶應附史家。<small>桂林汪通判輯《粤西叢載》三十卷,所采碑刻最</small><small>富。</small>三楓瀧口水,八桂日南花。體例該蠻服,山川入墨華。寄煩賢太守,驛使未爲賒。<small>謂桂林杜太守琼。</small>

贈吳舜華製墨歌①<small>墨銘放翁書"詩境"字</small>

天都搗松三萬杵,不用君房建元譜。自候桐芭紫草煙,神理綿綿輕一縷。呼吸黃庭內景經,磊砢册書群玉府。元之又元我虛室,碧影窗紗日當午。我室蘇詩扁陸書,文以載道道集虛。相著而黑信有諸,詩境磨人習不除。更秃千兔穿五車,子惠製之珍瓊琚。②謝郎押字入我室,天下朋友皆膠漆。<small>將訪藴山於揚州也。</small>

香亭餉梅片茶用黃詩韻③

先生文字梅花味,日日城南索報書。畏我小窗乾舌本,助翻松響瀹跳珠。鉢形菊枕韻清腴,山中梅花夢不如。却遣小詩催墨瀋,連篇更乞捲江湖。

革布什咱研歌④

昔觀貫休畫羅漢,⑤因吟朱老光孝詩。石研安得金天西,昆吾之刀玉切泥。其研深蒼馬肝色,髮拭而黑疑郅支。畫中寫經字露半,行間細吐絲絲蠻。昨者述庵歸橐啓,梵經葉葉薄赫蹄。兩金川據喇嘛寺,章谷水通噶喇衣。二酋俘獻捷王師,殘楮斷篋來帝畿。亦有卷端繪佛事,旁行朱墨非兩伊。聖代同文象與鞮,秋漁研遂陸子詒。章谷水即大渡水,諸雪山脈西南馳。此水此石粗不滲,橫理初受工鐫治。海漚主人校天禄,方名地志同蒐奇。揚州髹漆匣可鑑,觀者端歈交相疑。增入研譜古未有,正值圖書四庫編葳方略時。

---

① 此詩題位於手稿本第 4775 頁。
② "珍瓊琚",手稿本作"千璠璵"。
③ 此詩題位於手稿本第 4776 頁。"香亭",手稿本作"香亭奉常"。
④ 此詩題位於手稿本第 4776 頁。
⑤ "畫羅漢",手稿本作"羅漢畫"。

芝山爲莊谷作夏山欲雨圖①

推篷竹霧四山合，幾欲追通句未曾。今日晚涼亭子上，看君攀絹
拭秋燈。

文文水石湖圖歌②并序

文水《石湖圖》，扇頭有周公瑕、王百穀、張伯起題句，題云遺墨蓋
在文水卒後而畫於萬曆初也。予藏一扇，乃文水與諸公同遊石湖之
作，正雅宜居石湖時。此畫則去雅宜之歿四十餘年矣，雅宜歿時張伯
起纔七歲，故是詩有老成凋謝之感，而公瑕題此亦已將八十矣。③曉屏
編修持此求詩，作歌附後。

文家仲子石湖船，王周與仲俱少年。精舍山窗同燕坐，辛夷館和
韡韡篇。鳲鵊鸂鶒接沙艇，一溪柳浪桃花煙。包山木瀆日來往，嚴君
時甫買櫂旋。書裙題扇必勝集，周郎陸弟爭清妍。周也書克文氏嗣，
王也名譽相差肩。四皇三張張最後，石湖之遊未預焉。想當諸公載
酒日，紫微去後無此賢。又從五十年後迹，默數遊者追後先。酣歌妙
墨事俱往，惟有湖水光依然。菰蘆十里響搖艣，罟罩四際青粘天。休
承畫時淚俱下，④況展遺墨臨風前。茶磨峰影峭半幅，雅宜書屋留數
椽。尚論吳門職風雅，締交文字惟山川。吾家篋耶鄒家篋，秦箏誰道
即響泉。茶甌初熟新雨過，好風忽到秋燈邊。

張藻仲詩翰四首爲芝山題⑤

黃箋拂拭窗光下，想像東吳北郭間。藻荇離披流水影，臥龍舞鳳
對看山。

---

① 此詩題位於手稿本第 4783 頁。詩題"芝山"上，手稿本有"題宋"字。
② 此詩題位於手稿本第 4784 頁。
③ "此"，手稿本作"時"。
④ "畫時"，手稿本作"文筆"。
⑤ 此詩題位於手稿本第 4786 頁。

　　禮書應召上蓬萊，御筆親題小秀才。詩尾記看年至正，明人習氣未曾開。

　　玉磬山房二百年，月虹依舊落吳船。杜陵數子嗟貞觀，人物當時已眇然。

　　明帖君家秘百函，氣凌東海草書堪。袖金揮汗來酬直，鼠臘何妨鄭客談。客或謂此卷是覃溪摹本。

陸清獻答嘉定錢子辰手札藏子辰從孫獻之所方綱既爲題跋復摹其副於篋今獻之失此卷來索重臨一通并題此於後①

　　此卷失去非無意，重書蓋欲警我頑。成名而後好立異，今之學者多此患。孰爲先生真手迹，故在清夜方寸間。區區欲問公歸集，朱涇水轉隔江山。清獻去嘉定時，士民數千泣留不得，因刻《公歸集》以贈行。

---

① 　此詩題位於手稿本第 4787 頁。

復初齋詩集卷第十六

秘閣集二<small>丁酉九月至戊戌四月</small>

漢石經殘字歌①

　　熹平初作皇羲篇，石渠故事追孝宣。通經釋義事優大，文武之道非丹鉛。雕蟲篆鳥那比數，鴻都未立前三年。議郎意不在工畫，蓋以正誤代傳箋。蘭臺漆書敢私易，煌煌日月當中天。四十六石堂十丈，聚觀車兩爭駢闐。楊家略著洛陽記，宋初尚有斷石傳。東觀論出御史府，論語跋記董廣川。成都會稽各蒐篋，洪相八石精摹鐫。因依破缺非貌古，太璞粹氣逾於全。吾鄉孫氏研山笈，南原摹本殊不然。隸原隸辨槩與籀，毛槧黃槧烏非焉。鄒平復聞張氏本，研山又落吳淞船。義門每用譏退谷，弆藏鑒別相後先。盍毛包周證魯義，歐陽夏侯訂孔編。越州閣圮海水綠，柯亭桐爨朱絲弦。玉邸半圭虹貫斗，龍頜百寶珠騰淵。崐山<small>顧亭林。</small>四明<small>萬季野。</small>各有考，我欲彙續無由緣。便當摹勒自此始，涓濡溜且尺研穿。乞名蓬萊扁小閣，賀梁語燕來翩翩。

述庵廷尉招同諸公集陶然亭分賦五言②

　　旗亭畫壁詩，偶出騷人托。英靈間氣集，又非一時作。公錄湖海

---

① 此詩題位於手稿本第 4799 頁。
② 此詩題位於手稿本第 4800 頁。

什，聊仿真率約。筵雖萃簪紳，體不拘臺閣。秋聲入蒲褐，拈出當郊郭。城陰葭葵間，山翠衣襟落。夕陽煙濛濛，飛鳥去寥廓。觸忽望遠停，窗爲懷人拓。同聲感於喬，在陰和爾鶴。曰佩湘皐蘭，誰喻檀園撰。琴理了無因，畫稿從何著。<small>坐中有彈琴者、有作畫者。</small>試續西園記，還訂重陽酌。

小松以所得漢石經殘字屬題方綱既摹上石自扁其屋曰小蓬萊閣今日小松書來云先少參讀書南屏處名小蓬萊欲構小閣刻此不謀而合洵一奇也因爲題其石經卷首曰蓬萊宿約賦此四詩奉柬①

敢說蓬萊頂，簪毫近道山。字初摹羽客，<small>予以惠州元妙觀白玉蟾書“蓬萊”字鐫屋後石筍。</small>名早錫湖灣。世澤英靈在，重盟紫翠間。今宵秋影夢，已聽水潺潺。<small>秋影，君庵名。</small>

洪相鑑山石，何年別會稽。禹陵風雨合，南鎮日星低。佇想靈威使，慚當太乙藜。玉函青赤字，綠樹但猿啼。

遂有雙翻本，相望冀與杭。千秋漢分隸，一脈蔡中郎。題跋援胡質，伽藍續洛陽。書生金石癖，應並說翁黃。

賤子奚足道，先生千載心。畫圖蘇共米，寄托古猶今。<small>君適以蘇、米二公像惠寄。</small>悵望端明後，津涯海嶽深。文章即經術，何以答知音。

惲南田清溪歸櫂圖②

白雲外史毘陵歸，孫君同舟看毫揮。空江玉笛裂翠微，半刺紙倏煙霏霏。遠者煙巒近漁磯，煙雖著樹樹不肥。平雲橫凹不得飛，餞筵酒痕尚在衣。卸帆曉氣同清暉，孫君爇香閉簾幃。坐臥不復思王翬，六十年篋識者稀。鄒子豈見杜德機，③南窗斜日叩我扉。夜邀宋子露既晞，月明籟定悟庶幾。我餐此秀以療飢，打破畫家一字圍。<small>南田與石</small>

---

① 此詩題位於手稿本第 4801 頁。
② 此詩題位於手稿本第 4789 頁。
③ “豈見”，手稿本作“見吾”。

谷書，云作山水一字關最難，打破曰窅也，予倩宋岊山爲臨本，故云爾。

同慕堂少卿步玉郡倅飯夕照寺感舊之作①

三十年前讀書處，隔牆還見野雲橫。得抽秘閣丹鉛暇，來聽空堂梵唄聲。事與秋光俱杳渺，夢追夕照不分明。已公茅屋休公句，未盡茶瓜宿客情。昔有詩僧松芝居此，故結句云爾。予少依外家於此寺傍，蓋所懷者，非一端也。

寄祝藥石閣學七十壽詩四首②

詩壇今代斲輪家，回首江湖閱歲華。五嶽師門仍雅頌，謂桑弢甫。萬松齋扁即煙霞。絲綸職近森丹地，桃李陰濃列絳紗。自倚雲霄銘竹杖，登山時節正黃花。

嗜酒天真不放杯，論文胸次更奇哉。奔流萬里河之曲，上下千年漢以來。雪月花皆成舊識，書詩畫盡掃凡材。即今老眼收芹藻，齊魯層青抱講臺。

徂徠松柏氣氳氲，水碧金膏鑑夜分。桐拂百尋珠有實，鳳翔千仞鶴爲群。大明湖上一杯酒，日觀峰頭五色雲。玉液流霞凌倒景，先生黨叩秘嚴文。

金風亭長七閩遊，丁戊周迴八十秋。康熙戊寅竹垞七十時偕初白入閩。尚賴知新續經義，誰將道古補瀛洲。名山絕業何多讓，秀水遺聞不外求。只是畫圖非荷耒，澂湖未許棹扁舟。竹垞有荷耒小像。

題黃小松秋景庵圖③陸解元飛畫

手植疏柯日夜蒼，林梢雁背好山光。故人莫誦姜夔句，每聽秋聲憶故鄉。庵即白石所居舊址。

書豐潤鼎銘後①

程君鼎文拓豐潤，孝建之年吾未信。今讀汪考曰政和，政和云乎蓋宜慎。黃子摹銘銘作圖，潘侯歌詩與跋俱。陳隨隱證潛説友，秀水朱到吾鄉朱。舊聞日下重修整，弘治年間記掘井。三茅院啓七寶山，薊耶杭耶誰贋鼎。聶圖三禮該羊牛，政和五禮圖未收。稽古考文同審象，不徒用享延神休。肇裡迄用周頌詩，②格幽尚氣當知之。當時釋文已訛誤，況乃篆體沿於斯。我未見器初見篆，且莫蟲符叩□扁。瑣談儻傅銷金鍋，力弱應嗟畫痕淺。歐陽楷石亦湅陽，圓珠栗玉炯炯光。試想長沙軼南渡，更追屈子禮東皇。③豐潤近出土有率更書《九歌》殘字石刻二片。

瘦銅將之陝西因畢秋帆中丞修嶽廟屬予重摹延熹碑勒之石繫以詩④

二東王郭皆秦人，不聞手摹重勒秦。吳中近來好事者，前姜後陸爭鐫珉。皆云商邱宋本出，⑤闕百闕十誰比倫。滄浪亭子漫堂咏，翠微園後二十春。既從河北王氏購，王文蓀鵬冲。那羨華下王家珍。或云陸臨宋藏本，完善宛出甋椎新。又在十字損者上，幾若三本堂皆陳。諸公所記必一誤，萬事目睹方爲真。陸云欲臨三百遍，前後巧拙奚斷斷。山川精靈蓋不偶，金天肸蠁崇明禋。中丞好古重市石，舍人儻亦杜郭鄰。兼旬催我始落筆，霽景正值澄秋旻。窗光墨縷引一髮，倏忽倒薤垂千鈞。初如攀鎖上龍背，步步追躡疑有神。又若通天箭筈口，岳蓮雲斷橫關津。孰云方整即奇古，要信妥帖方嶙峋。向來中郎認仿佛，徒與洪婁追後塵。我臨此本甫一再，但覺元氣來渾淪。他時足躡五千仞，肅拜祠下重逡巡。歸來巾箱磨片石，兒孫雖遠氣脈親。世

---

① 此詩題位於手稿本第 4793 頁。
② “周頌”，手稿本作“維清”。
③ “更追”，手稿本作“已如”。
④ 此詩題位於手稿本第 4794 頁。“屬予”，手稿本作“俾予”。
⑤ “商邱宋本出”，手稿本作“商丘宋氏自”。

間真復有二本，與雲觸石孰主賓。未知山靈許我否，因君致問玉井濱。

唐天寶造像銅碑爲小松賦①

"大唐天寶五載五月廿日，上爲皇帝，下爲一切蒼生，又爲七代先亡，今爲見存父母，敬造阿彌陁佛一鋪，佛弟子張虔萬一心供養"，正書六行並額凡五十字。

松石先生好奇古，獲斯銅碑手爲跋。厥嗣小松珍秘之，曾慮虛舟嗣君奪。𪓷趺龍首背鼻紐，二寸之高八分闊。其曰辛未載丙戌，甲子壇初黃素達。爾亦中間一蒼生，同受空中靈響豁。范銅爲君復爲親，七寶斿檀裝靶韘。褚書陰符極蠅楷，度人經亦窮毫末。況乃大字鶴銘法，要訣無多喻鐙撥。虎頭金粟神妙影，珠髻贔鳳蛟龍活。中非填金乃古綠，黝於髹漆毫光抹。晉公洪福彌勒碑，妙迹同時祝香鉢。韓滉洪福寺彌勒像碑亦天寶五載。海枯石爛爾獨完，雷索雷輪語休聒。馬城梅雪湖外風，碧穗秋庵響松栝。何時聯句續段張，金牒書如新手脱。

寶慶寺瓦歌②文曰長安寶慶寺

寶慶之寺隋逮唐，花塔肇自安仁坊。唐宗感悟蛤蜊像，五色塔起佛殿傍。嘗聞蛤像隋帝悲，張秘書詩溯自隋。靖善之坊興善寺，寶慶像事疑是非。殿圮塔存重起閣，此瓦隋耶抑唐作。九寸其修四寸廓，面圓因以塔輪度。如錢輪廓肉好同，四字周環一字中。寺篆如壽文重重，想見萬瓦嵌碧空。蒼苔黃葉禪宮哀，大曆詩人幾個來。若非鐵築松間土，恐是昆池劫後灰。雨點繩痕莫漫論，偃波垂露仿無因。事徵誰擬段成式，圖補還憑李好文。

九日同慕堂太僕韻亭編修登斗母閣③

今秋乃餘暑，季月猶絺綌。城南得地高，蘭若少人迹。披榛叩雙

---

① 此詩題位於手稿本第 4796 頁。
② 此詩題位於手稿本第 4803 頁。
③ 此詩題位於手稿本第 4804 頁。

扉，傑閣無四壁。暢茲北楹啓，窮到西顥碧。遠塔小於針，積黍難以尺。迴環萬家室，縱橫帶阡陌。烏背霜意來，煙外人籟積。居然秋氣得，渺渺空翠滴。城北補重陽，竹井閣老有補登高之訂。郊西蠟屐展。芥子方伯卜築西山之麓，約往遊宿。菊信何其遲，相邀問禪客。

贈雪門視湖南學政五首[①]

余掄西江秀，倏將二十年。後先登承明，甫得於五賢。謝郎守揚州，五馬雖翩翩。末得秉使節，三載皇華宣。爾今采楚風，余得申餞筵。一艘重山嶽，此意難遽傳。

晨趨內廷直，夕校秘館書。中夜忽窹嘆，明發懷倚閭。高年樂南土，及春剪新蔬。一水衡湘間，天許迓板輿。人生得奉親，何必賦歸歟。羨爾乘驪日，猶似晝荻初。

大禹奠南服，紀石名山高。徒令昌黎子，綠樹悲猿猱。清絕沅與湘，萬古來滔滔。何以屈賈輩，但托之賦騷。吾愛磨厓頌，筆力洶波濤。文章即忠孝，風俗視譽髦。豈但金石辭，爲我蒐剔勞。

杜詩於楚終，蘇詩於楚始。五峰揖祝融，九歌招帝子。扁舟蒼梧雲，登樓洞庭水。虛無楓桂林，浩渺蘅蘭沚。沙鳥風露氣，至今莽未已。長嘯生亦云，三楚多秀士。子其往收之，紉佩何者是。亦勿執往記，鼓舵春漲起。

詩到李長沙，僑寓吾北平。敢以詩盡之，世遠意難明。門牆或未公，史册有定評。肖貌以贈子，滄臺出武城。牝牡驪黃外，豈敢執形聲。姑作論詩觀，將以何者鳴。勿詡東野逐，猶是西江盟。摹茶陵小像以贈行。

岑山圖二首[②]

天海兼雲海，飛來一朵青。如何連洞户，竟似到滄溟。礧削雙雙

---

①② 　此詩手稿本闕如。

筍,窗横六六屏。巾箱收寸尺,此路達金庭。

疇昔篁墩老,扁舟訪釣臺。里名貞白紀,篆迹左丞哀。江海源同發,金焦寺對開。天都文獻繼,鄭後又程來。

岑山一名小焦山,元鄭師山《小金山記》云:"予居西舍有山出水中曰岑山者,與兹山比,歸而題之曰小焦山。"山有鄭公釣臺,即師山結廬讀書處也。師山名玉,字子美,有《師山集》。余忠宣公爲篆鄭公釣臺字,明成化中程篁墩訪得遺迹,賦詩志之,一時和者甚衆,魚門吏部爲其族人量卿以圖來屬題句,而并記此。

香亭太常寓齋看菊①

菊如人意補重陽,天爲詩催著淺涼。顏色渾疑新過雨,精神故在未經霜。預謀寒月盆移屋,誰繪秋宵燭照廊。只有交情配文格,淡無一筆是花光。

送孔葒谷農部請養歸曲阜二首②

敏捷鈔書手,優閑奉母身。歸當仍壯歲,行及小陽春。日下編初竁,章邱笥更新。牙籤精點勘,勿笑北方人。朱竹垞云李中麓所儲書籤帙點勘甚精,北方學者能得斯趣殆無多人,今葒谷抄藏之富已過中麓矣。

鄭簠稱分隸,何嘗漢法深。我思中不倚,此即道之心。泰岱窮碑篆,金絲響瑟琴。經腴兼筆髓,東望佇規箴。

小松瀕行同毅堂見過因過伯思户部齋觀所藏
宋拓多寶塔感應碑得松字二首③

軺車欲發且從容,白紙坊隅未午鐘。石本尚餘宫相澤,未齋先生舊物。墨香聊代茗甌供。書評自古難撐肉,佐史何嘗忌露鋒。對榻今宵試留宿,滿窗月影悟釵松。

────────────

①②③　此詩手稿本闕如。

妙法拈來豈有蹤，區區波磔覓何從。坳堂瀉水平如地，閉目神光
矯若龍。著處圓成寶珠粒，與君盟在麝煤松。淋漓真宰聞應許，已卜
他年息壤逢。

吳寶鼎磚字歌①

此磚一在朱十齋，其一藏者顧秀才。朱歟顧歟此孰是，面底四畔
量無乖。中間歲字損左半，朱跋所以笑取材。周官法與夫差法，《吳都
賦》：“采夫差之遺法。”臨硎彎碕誰考哉。火氣欲交垿欲埶，建業直到吳江
限。吳郡助役亦想像，弗興龍首猶雲雷。仙靈圖畫紅翠氣，雙螭萬瓦
新宮開。臨平建德鼎獲後，黃旗紫蓋讖漸催。石函銀刻册又璽，改年
紀瑞紛紛來。小雁嶺邊拾耕户，千四百載生遠哀。磚文著錄世所少，
朱雲五鳳磚與偕。五鳳非磚制亦異，此磚字特隸勢該。天紀磚聞吳
玉搢，己亥丁亥星周迴。惜哉朽壞不收拾，一十一字恰此儕。山陽吳山
夫《金石文存》載一磚文云：“大吳天紀己亥慈子劉翼立。”吳碑僅傳皇象字，譎詭不
獨文類俳。工陶朴拙勝鐫篆，令我摹度增徘徊。二京之末六朝始，書
學孰爲尋根荄。署書符書必一貫，轉均尌側即體裁。補諸吳錄江表
傳，不與鏤瓷同飛灰。遺基莽蒼弔江水，更莫遠問姑蘇臺。

康熙三十四年聖祖仁皇帝親征漠北宋藥洲閣學時以編修充日講官奉命督中路運糧事王石谷爲作北征圖藥洲曾孫奕巖舍人屬題②

舍人手持囊錦册，烏目山人之手迹。須知不作圖畫看，世家純臣
血衷赤。漠北飛芻仗節身，江南才子瀛洲客。當日如何下筆親，觀者
滿堂皆動色。波呼嶺繞長城河，克勒倫到昭木多。閣學《北征日記》：“西路
破賊於昭木多，其地距克勒倫河四百里。”中路西路接沙磧，騎者驅者羸馬駝。
千竿熊纛勢獵獵，一線雪磴高峨峨。去尋燕特穆爾迹，《日記》：“過興州觀
道旁所傳李陵碑，乃元燕特穆爾紀功碑也。”歸獻摩訶兜勒歌。行營記注仍載
筆，腹笥文章即軍實。往來寒暑路八千，敍賞輓輸功第一。時從小簇

---

①② 此詩手稿本闕如。

山川上,復憶腰鍵鈴馱日。四驪吉甫宴多祉,九折王陽馭曾叱。廣平相業美絲綸,凝遠堂顏御筆新。聖祖御題扁曰凝遠。文成重錄入家乘,圖失仍歸到舍人。八十三年逝轉轂,我述祖德增悲辛。先祖時以山東齊束縣丞奉委運米至十三臺。那將風雪運糧擬,試作詞林典故論。

除夕前一日賜柑橘橙恭紀十六韻①

節鼓鳴丹闕,升裩肅紫宸。是日上祫祭太廟。趨班儀告備,秘館賚重申。香霧霏霏啓,圓黃顆顆勻。平陽元拜尹,給客幸爲鄰。種自江陵貴,移來穰鄧均。物饒推嶺海,地暖界江閩。乘傳宣文教,捫衷愧小臣。采芳資灌溉,結實斂精醇。②氣味仍相似,丹貞必絶倫。雖嘗竊雕飾,更要別甘辛。得並金門獻,叨陪玉几陳。深山纔幾日,羅帕遂分珍。劉敞讎書日,蕭嵩拜澤辰。韋詩非味賞,楚頌本心純。嚥露筒連潤,加邊齒漱津。今冬三飫賜,芸笈早霑春。

蘇門山涌金亭蘇書石本③以下戊戌

我愛遺山亭壁句,每懷坡老亭上書。蘇迹果隨元迹到,吾齋豈謬云寶蘇。太行迢迢照萬古,百泉水涌金光鋪。元子西來詫賓從,蘇公北上軒眉鬚。二百年間一仰俯,乾坤清氣誰吾徒。想當元子坐臥此,恨不孫阮相與俱。山川激越發長嘯,鸞歌鳳舞來招呼。伊川修竹舊盟在,洛城仿像先志居。濟源草堂結鄰里,喬木臨水成畫圖。此書尚是早歲筆,春陽驅馬唐鄧初。愛其人樂見其字,跋泐,其可辨者云爾。此跋儻爲厓重摹。秋澗詩雖不可見,水怪瀉盡明月珠。吾齋寶蘇拜蘇像,想應元子配食乎。學海尋原意寥闊,④料量偃筆良區區。

---

① 此詩題位於手稿本第4805頁。
② "斂",手稿本作"務"。
③ 此詩題位於手稿本第4809頁。
④ "學海",手稿本作"大海"。

子田揚州書來取杜句屬余分書小園二字二首①

養親唯小園，江渚已春暄。竹徑笋根軟，蘭陔花蕊繁。庾公豈詞賦，孟氏只盤飧。一幅讀書畫，煙橫水外村。

養親唯小園，讀禮薦蘋蘩。箋疏工夫細，江郊歲月奔。烏棲新樹色，鳳戀舊巢痕。佇爾蓬池上，劬勞更報恩。

陸日爲畫②

吾聞陸癡之名匹嚴怪，陸鴫字日爲，華亭人，與同里嚴栻齊名，有陸癡嚴怪之日。數筆可規尋丈外。今茲小幅不盈尺，尋丈勢納須彌芥。江空無際蘆葦闊，海光直盡榑桑曬。旁無汀渚四無山，③漁舟上只青天蓋。世間萬事此何有，名利權謀與機械。魚鰕既入網罟收，風雨無憂笠蓑在。秋空仰面雁一行，渺渺遊行翔大塊。爾漁者子胡爲哉，掀笠大笑風吹來。浩歌一曲往復迴，水禽驚起蘆花堆。水風花風秋滿懷，得非陸癡嚴怪儕。但恐空濛渺漭此舟此漁所，陸癡嚴怪亦莫能與偕，更向蘆花深處開。

爲沈匏尊題所藏乙卯鬲銘後三首④

食田法勝雜書篇，王接庭堅語不傳。顯節陵文辨科斗，尚書郎記太康年。周食田法見《晉書·束皙傳》。

散氏承家乙卯辰，執鬯左史定何人。尚功漫溯商周際，王母姜聞寶敦新。

躔度周天儼列星，河圖大貝爛充庭。半行款識從來少，三段還看盻鼎銘。銘末"故左執鬯史子中鬲"八字，低半行書之，昨錢獻之自陝西見寄盻鼎銘，凡三

---

①　此詩題位於手稿本第4811頁。詩題手稿本作"任子田禮部揚州書來屬余書小園二字取杜詩'養親唯小園'之句也賦寄二首"。

②　此詩題位於手稿本第4813頁。

③　"汀渚"，手稿本作"渚汀"。

④　此詩題位於手稿本第4819頁。"鬲銘"，手稿本作"槃銘"。

段,亦鐘鼎款識所罕見者。

題錢太夫人畫①

上元弟子靈飛笈,桑苧村人那見來。空乞沈香李家像,夕陽淡墨一峰開。

永樂大典餘紙歌②并序

乾隆癸巳春,詔開四庫全書館,命翰林諸臣取院中所貯嘉靖重録《永樂大典》分種編輯,每卷尾有餘紙以賜諸臣,臣謹裝册賦詩紀焉。

澄心堂紙歐陽詩,此紙年數倍過之。歐集有《澄心堂紙》詩,計其時距南唐後主纔百年耳,此紙自明嘉靖時重録《永樂大典》,計至今二百六十七年矣。況聞鬱岡比韻海,不徒博物賜陟釐。中天帝文四庫啓,秘館特遣儒臣披。尾曰侍郎臣拱上,院體細楷沙畫錐。幅餘繭素燦如雪,詔給臣等供其私。歸來作箋效减樣,試墨但愧無好詞。院齋去春宿旬月,篇目二萬重尋思。借編崇文秘書録,因想解縉劉季箎。歷城周髯要我咏,六十卷第鈔已疲。莫生界畫索小字,燈前絮語又及期。笑人裝潢熟紙匠,③萬番堆案徒手胝。勿言文董但一藝,贋語想像無由追。相傳《永樂大典》有文、董手書,覓之不得。考此書重録於嘉靖四十一年,至隆慶初年而竣,文待詔卒於嘉靖三十八年,董宗伯生於嘉靖三十四年,是時纔八九歲,俱無寫是書之理,蓋訛傳也。

題枯木寒鴉圖④

山徑只一曲,昏雅翳野篁。忽焉群噪起,幾點背江光。知有橫舟者,遥從淺渚望。了無人會處,雲闊意蒼茫。

惲南田畫⑤

月上橫窗露滿枝,道人起早雀來遲。夢中一片吳歌發,正是空江

---

① ②　此詩題位於手稿本第 4820 頁。
③　"匠",手稿本作"輩"。
④　此詩題位於手稿本第 4822 頁。
⑤　此詩題位於手稿本第 4814 頁。

倒影時。

郊　行①

二月野未緑,曉風沙不揚。襯山餘雪意,著樹是雲光。氣動被詩覺,歸遲貪晝長。始知山谷帖,實善説新陽。莫韻亭藏董文敏書《山谷帖》云:"數日天氣驟暖,固宜木根有春意動者,遂爲詩人所覺,極嘆足下韻勝也。"今日歸過韻亭齋,因爲書此詩於卷。

海光樓卷歌②并序

芝山於書肆得曲阜孔東塘《海光樓卷》,卷爲康熙丁卯東塘以博士奉使治河居興化時作,③芝山買以贈莊谷屬賦。

三生禪榻揚州月,目極千山青一髮。孤光紙上爲誰來,樓倚霜空海天闊。雲亭山人利濟才,昭陽城北拱極臺。三字新題暮雲卷,④一時屬客金樽開。此光入畫入杯酒,襟帶江湖動星斗。雄篇應和出使君,渴筆虛空煩好手。東塘從子石村衍栻作圖。使君此地住三年,題遍紅樓夕照天。作記頻煩疏濬計,登樓獨以海光傳。百年陳迹弔山川,畫中艦几故依然。神光離合復盤旋,恐有銅尺更出泉。慮虒建初字並鐫,是時東塘治河,得建初慮虒銅尺。不爾何以詩畫全。詩禮金絲琴瑟邊,英靈河嶽湖海編。巧逢脱贈宋子賢,我齋夜夜長虹穿。農曹歸後月幾圓,宋子留此歲又遷。早晚相逢謝守問,唱酬試續東塘篇。謂蘊山將北上也。

蘊山將入都題其禪智寺和蘇韻詩刻用王文簡韻二首示芝巖和⑤

玉堂心印兼師友,雨榻聯吟更弟兄。芝巖令弟亦同蘊山北來。君踏漁洋江北路,不同孝博嶺南行。

---

① 此詩題位於手稿本第 4822 頁。
② 此詩題位於手稿本第 4823 頁。
③ "作"下,手稿本有"一時諸人題咏者"字。
④ "捲",手稿本作"際"。
⑤ 此詩題位於手稿本第 4831 頁。

唱酬重續廿年前，杏苑花風御柳煙。添得十三樓下夢，紅橋緑萼
爲嫣然。

前年送彤三有莊指炊煙記姓丁之句丁莊表弟受堂居也今春立山北來
適爲兒樹端定聘受堂女前詩若爲之兆者疊韻贈立山受堂兼寄彤三①

燈火村廬問抱經，弟昆婚宦舊居停。每於上冢蘋蘩采，猶想循牆
傴僂銘。千騎誰堪繼先甲，_{歲甲戌彤三就婚於涿。}一門互聽祝添丁。年年
韋杜花争發，記得鞭絲柳色青。

徐潭結習圖爲筠樓佺賦②

徐潭往迹徐_{昭夢。}劉_{潛夫。}閲，徐耶劉耶何分別。爾今復結徐潭
習，我爲重向徐潭説。當年正字此誅茅，曲沼長堤鏡清澈。紫花白
簟遮釣篷，六月船頭不知熱。温陵軸作錦繡堆，御溝句簇屏風纈。
竟比斜川栗里居，自將白傅香山列。潭之得姓豈所願，徒與斯人抱
高節。八百餘年時見夢，繚繞青峰水幽咽。水如環珮山如黛，山清
淨身水長舌。真有徐君來響答，非畫之癖禪之偈。筠樓主人富才
思，褎然舉首來天闕。家居奉母課諸兒，日放輕舠緬前哲。後村正
要讀秘書，探龍未許尋丹訣。雲光潭影袖一卷，塍曲泉流聽三折。
安得身閑長釣遊，借問此習如何結。夜來我亦夢偕君，草閣潺湲弄
明月。

裕軒前輩招同周林汲羅九峰兩檢討菜香草堂看山桃二首③

晝漸舒和午漸遲，徘徊最在半開枝。横陂小緑纔匀處，高阜微風
未起時。

溶溶漾漾一渠煙，④秋麥今秋最有年。識得農家真節候，山桃花

---

① ② 　此詩題位於手稿本第 4833 頁。
③ 　此詩題位於手稿本第 4836 頁。
④ 　"溶溶漾漾一渠煙"，手稿本作"濛濛漾漾一犁煙"。

後杏花前。

集述庵廷尉鄭學齋送丁小山歸湖州①

侍親歸有期,獲十倍登第。卷書喜欲狂,不揮友朋涕。無地可餞君,惟此齋軒砌。瓣香鄭之徒,經訓脈所繫。往者東原子,作記豁蒙蔽。初讀恨其澀,終焉克祛滯。吾道有箴規,情性必調劑。奈何起抨擊,同異煩深擠。朱翁考經義,②浩博誰津逮。顧於序跋尾,多删月時歲。來者何以考,祖述憑誰計。吾子慨正之,欲遍徵書契。編輯著録家,盡譜其年世。下逮史子集,通訪史表例。③願子早成此,毋徒始願銳。又須專所營,④勿泛爲遊藝。此去氣正豪,優暇足以勵。改歲又來遊,不得户長閉。昨訂鄭易注,一審宫變簧。馬西盧復東,吾徒駕奚税。唐史承節《鄭司農廟碑》:“盧植東回,馬融西去。”坐有程翰林,夢把毛鄭欂。豈獨丁將軍,翩翩易東裔。

送立山之官廣東二首⑤

爲訪覃溪舊詩屋,故從嶺海傲官齋。不徒令弟家書近,仍有髫年執友偕。謂鶴亭。火耨水耕難拊畜,士風經術賴模楷。沿洄三峽三江路,似我船窗展轉懷。

苦營身世意誰知,徐補平生願未遲。官事多於了婚嫁,海濤響是和塤篪。佳兒長大仍多祉,先廟歸來薦一巵。中表團圞能幾個,他年要續對牀詩。

題戴尊浦詩卷二首⑥

身健名山肯著書,酒酣風氣廿年初。南徐北固橫江夜,如此瀟瀟

①　此詩題位於手稿本第 4845 頁。
②　“朱翁考”,手稿本作“小長蘆”。
③　“通訪”,手稿本作“通仿”。
④　“又須”,手稿本作“又要”。
⑤　此詩題位於手稿本第 4846 頁。
⑥　此詩題位於手稿本第 4847 頁。

暮雨餘。

倚劍高歌行路難，太行山色照長安。撥弦縱有傾城手，幾個知音可對彈。

題董寄廬舊雨草堂詩集三首①

溶溪師與雲持友，三十年來失老成。白髮挑燈論舊雨，可憐渾不爲詩名。

峨嵋天半屬何人，名士軒頭碧漲新。君向金風亭長説，故應披豁對吾真。君合寫漁洋、竹垞小像爲軸。

王好朱多然不然，異時攫石對蒙泉。此間大有商量在，不借聲音象貌傳。

揚州禪智寺蘇詩蘊山既拓寄予裝爲卷而漁洋詩未拓來問之蘊山則曰石泐甚矣海鹽張芑堂明經忽於瑠璃廠肆買得初拓本見贈漁洋西樵及同時諸人唱和之作皆在焉文字精靈信若有使之者仍用蘇韻二首贈芑堂兼寄蘊山②

重章字如髮，善拓輕似蟬。中有蜀岡頭，弔古蒼蒼煙。昨問泐餘幾，今獲喜欲顛。蘇王兩詩翁，知我憶懸懸。驚覺玉堂夢，假爾金粟仙。示偈或緇侶，入卷皆英賢。浩乎大珠海，一滴真乳泉。即今水活活，③仍昔月娟娟。④萬古氣銜接，一紙來飄翩。芑堂但微笑，有物使之然。芑堂自號金粟道人。

謝子初入館，五月賦鳴蟬。已嘗誦此句，撫卷緬雲煙。竟獲繼二公，水涘山之巔。昨來雙扉款，依舊一榻懸。我摹笠屐像，斗室奉髯

---

① 此詩題位於手稿本第 4847 頁。
② 此詩題位於手稿本第 4848 頁。
③ “即今”，手稿本作“就今”。
④ “仍昔”，手稿本作“即昔”。

仙。又擬漁洋配，瓣香招後賢。謝子有意乎，束脩薦掬泉。定有精爽臨，[1]不闕詞翰娟。靈音玉笈付，響答風裾翩。此卷墮我側，瑶琴爲鏗然。

漢五銖泉范歌[2]

芭堂示我泉范圖，筤谷寄圖與范俱。我手量圖復量范，後先何限名五銖。[3]洪遵董逌志復譜，蜀梁溯漢之西都。赤仄品交四出樣，黃牛讖記三官輸。古人録泉未録范，近始聞小長蘆朱。姚君作齋名范鑑，[4]芭堂來共論形模。[5]范以翻沙金合土，一俯一仰凹凸殊。煎金瀝液有妙理，旁星中線準握觚。我審慮虒建初尺，以揆漢器皆同符。傳形七分五銖寸，試推舊譜良不誣。晴窗按紙定輪廓，細緣起自指與膚。一枚可以測雙合，中央積算周四隅。斑斑活碧古花在，庚庚起立義爻摹。周官圜法蓋不遠，那問泉府府史徒。欲因金石訂文字，金刀子母良區區。范金法本從竹簡，貨布類漫編青蚨。[6]方員主撮亦經義，博古不但彝鼎壺。夜夢畢昇鐵活板，仿佛秘殿排籤廚。

筠樓姪以點茶蜜蘭見惠用黃詩韻[7]

君謨茶録久見餉，蜜蘭策勳獨闕書。昨來品茶復品帖，一花夢吐膏露珠。傳家清白即膏腴，饜心之味花不如。訊爾深知滋畹義，[8]娟娟月上小西湖。莊田有小西湖。

---

①　“定有精爽臨”，手稿本作“恐更有異人”。

②　此詩題位於手稿本第 4852 頁。

③　“名”，手稿本作“云”。

④　“姚君作齋名范鑑”，手稿本作“又僅范名無范製”。

⑤　“來共”，手稿本作“昨共”。

⑥　“欲因金石訂文字，金刀子母良區區。范金法本從竹簡，貨布類漫編青蚨”四句，原脱，據手稿本補。

⑦　此詩題位於手稿本第 4853 頁。

⑧　“義”，手稿本作“法”。

韻亭編修見示董文敏山水扇頭有文敏自題山川出雲爲天下雨八字因摹以題於編修尊甫績軒明府畫蘭册復摹刻諸研背各繫二詩①

尚書何感仿寅哥，鄂渚西湖奈遠何。莫大秋毫膚寸闊，氣蒸墨暈妙無多。

彼美人兮天一方，娟娟空谷起微香。疏簾清簟中宵夢，濯足滄溟望八荒。<small>右題蘭册。</small>

敢詡微陽積研田，篆香一縷白綿綿。碧瑠璃下蛟蟠處，借問如何是畫禪。

古人不止爲身謀，易耨輕言歲有秋。一點春陰淡如許，閑庭剛得羃簾鉤。<small>右題研背。</small>

---

① 此詩題位於手稿本第 4835 頁。

復初齋詩集卷第十七

秘閣集三戊戌五月至十月

宋高宗題院畫紈扇①

芳草西池路，柴荊三四家。憶曾騎款段，隨意入桃花。“德壽”二字印。

粉雲滴翠煙濛濛，樓臺渾在粉翠中。柳絲綠重不受水，橫坡一片桃花風。苑牆宮樹遞隱見，畫欄文石交玲瓏。秋千半倚濃靄出，管弦側想飄春空。疏櫳侍兒渺遥睇，騎馬少年隨短僮。村家淡得點綴意，午光襯出夭夭紅。乾淳時節二三月，翠寒堂啓德壽宮。園前好手各新意，忘憂萱草期何窮。邊奏不來春宴罷，江南情思馳匆匆。不獨款段理遊彎，兼憶泥馬奔風驄。白團金絲八法備，儼與題寫七月同。潞王小印亦杭事，定窑古鼎非贋充。見姜紹書《韻石齋筆談》。迴環撫絹三嘆息，又六百轉春光融。何必西湖日懷古，鶯堤柳浪支煙篷。

劉秩齋先生待孫圖四首②

一臥城東四十年，輩行即見領群仙。要令海内推耆宿，豈止庭前蔭後賢。雅度常持思儼若，笑顔何礙鬢蒼然。蘭芽玉茁瑤環珥，畫出長春百福圓。

---

① 此詩題位於手稿本第 4857 頁。
② 此詩題位於手稿本第 4859 頁。

充閭彩服氣佳哉，高把蓬瀛泛壽杯。南北二陳同勝踐，_{翰林齒輩最}先者南則海寧陳方大侍讀，北則安州陳月溪尚書。粉榆甘載育英才。分題後輩傳詩社，令節諸生掃講臺。此段風光天畀與，那能不感鳳麟來。

巾箱枕秘本傳經，矩步規箴有座銘。鑷白更添驪在掌，分甘還記鯉趨庭。稻栽朱老苗逾碩，秀水朱竹垞小照，前輩題咏有"笑倚桐孫稻孫"之句，蓋其二孫名也。草課荆溪筆不停。宜興儲中子有《課孫草》。便與吾鄉增故事，黃家萬卷夜同聽。崑圃先生晚年於萬卷堂，日抽諸書令諸孫讀而聽之。

即今八帙奉觴辰，記我當筵語衆賓。弟子苔岑蘭臭味，先生松骨鶴精神。福徵以叙斯來備，天意非遲蓋有因。孫又生孫屈指事，滿堂要待百齡人。

書饒桐陰齋壁①

南磵誰將舊話披，從頭甲乙廿年詩。憑君悟徹邢房語，已字山匡小立時。宋韓南磵有《桐陰舊話》，近時金壇王巳山有《桐陰小立圖》。

無軒病中以詩來借吳中新刻書畫録次韻奉酬②

行囊已敵都元敬，臥笥何輸邊孝先。不是枕衾多客夢，直愁題跋被人傳。寶章健藥非廋語，石本君家壓玉煙。寓賞編添患膿帖，攲傾淡墨有餘妍。無軒著《寓賞編》。

從苣堂借抄得魏鶴山荆公詩注序志喜二首③

奇哉許魏序，失得恰同之。刻山谷詩注者以不見鄱陽許尹序爲憾，刻荆公詩注者不見此序，今予皆得之。更補丹陵傳，曾充大滁祠。低回元祐事，惻愴中興時。朱十題名石，追鑱亦未遲。序云石林嘗預大政，今以洞霄之禄里居。按朱竹垞《洞霄宮提舉題名記》失載李壁名，以《宋史》本傳證之，當在嘉定時也。

---

① 此詩題位於手稿本第 4860 頁。"齋壁"，手稿本作"屋壁"。
② 此詩題位於手稿本第 4861 頁。"書畫録"，手稿本作"陸氏書畫記"。
③ 此詩題位於手稿本第 4861 頁。

山谷任天社，荊公李雁湖。往時諸謔語，今竟補遺乎。寶氣吾齋聚，精靈異代俱。街東報錢七，未可衒書廚。擇石前年題予所藏宋本《施注蘇詩》云"借瓻還瓶子與吾，吾家敝篋不曾無。攜將山谷任天社，伴以荊公李雁湖"云云，擇石所抄任注及所購李注皆有闕者，今故調之。

贈仇霞村①壒

甬東學士之孫子，摹印研朱日千紙。②依然學士箋詩法，丹汞金膏瓶瀉水。云濕不滲燥不枯，我家鐵網真珊瑚。但愧我書乏筆力，敢言聚墨如黍珠。語我珠光養諸內，自古良工璞先晦。寸鐵何補伯盛名，飲酒且贈王含行。

徐蒼林以成都杜像石刻軸見贈③

徐生憐我夢寐勞，苦執句字蒐脂膏。浣花溪邊一幅影，使我神想三頻毫。何宇度摹歲元黓，草堂院竹青周遭。草堂石古寺亦古，舊弗種竹聞種桃。曲池幽桂側掩映，麻鞋布襪來遊遨。或云藍本戴笠像，鷗波亭長舣昔操。鷗波寫真仿誰自，秦州手勒真吾曹。即茲墨本寄天壤，④何地可以浮之醪。前千百年有雅頌，後千萬古餘風騷。先生不死不在貌，三山根極連六鼇。河源一脈溯莽莽，江墊萬里來滔滔。焚香小閣澹無物，涼空露下星辰高。

莒堂爲筠樓畫朱竹題云周櫟園閩小紀云劍津產朱竹因寫贈習潭居士他日舟過劍津請推篷證之予因用櫟園二詩韻題其上即送筠樓南歸⑤

徐潭不與劍潭鄰，竹嘯應逢竹醉辰。他日推篷如見畫，夕陽背影最懷人。高柯儻有紅鸞宿，小草全憑彩舞春。粉翠此君都洗盡，故知朱紫是前身。筠樓歸奉母居朱紫坊，朱紫，吾家一桂房舊名也。竹嘯莊，吾家祖居。

---

① 此詩題位於手稿本第 4862 頁。
② "千紙"，手稿本作"盈紙"。
③ 此詩題位於手稿本第 4863 頁。"石刻軸見贈"，手稿本作"墨本見遺"。
④ "即茲墨本寄天壤"，手稿本作"尚有墨本在天壤"。
⑤ 此詩題位於手稿本第 4866 頁。

潭名使我愧顔酡，冉冉孤生異附蘿。共本非勞珊網結，佳兒何忝錦褓歌。光分汗簡文同麗，額點朱衣字未訛。朱竹故實，古無所本，明初宋仲溫在試院以朱筆掃卷尾而成之，見陳仲醇《佘山詩話》。恐惹飛騰雙紫氣，延平慎勿泊船多。

張貞居書蘇文忠虎邱寺詩墨迹①至正戊子上巳日

玩水臨鵠灣，尋山出茅嶺。書藏既靈潤，石勒還藥井。解劍以代形，石室閟光耿。真氣雜龍虎，塵思厭蛙黽。闔閭雖舊墟，珍異無留礦。翛然坡老詩，②不在筆力猛。夷猶水雲思，跌宕非馳騁。遂有石本留，摩挲極凄哽。③二百七十年，蘇詩在熙寧甲寅。風電轉俄頃。同來鄭楊陳，吟弔秋月冷。鄭明德、楊廉夫、陳子平與貞居同遊，皆有和作。外史傳中岳，和璞追智永。碧巖録元會，黃庭注内景。誰云劍池詩，正寫道人影。月在玉几峰，思君何由請。

書明許文穆贈趙文毅兕觥銘拓本後④

朱檢討作兕觥歌，章吉士有兕觥記。記端大書曰三忠，上下低回百年事。三忠趙公黃暨陳，能飲此觥能致身。章也自言陳氏婿，婁江秀水皆前塵。秀水之詩未鑴檟，要我重書合成軸。何前章後奚必疑，桂生顔生遞相屬。桂生昨飲顔氏齋，醉呼許趙云吾儕。其時窗燈暈星月，萬古鬱勃傾胸懷。八分小書氣莽莽，潁陽生爲定宇丈。爾日匆匆出國門，有此雕鐫發奇響。我筆此條光日星，方綱纂修《明綱目》，謹增此二銘於萬曆五年分注下。直作史讀弗作銘。秖有玉杯可交酢，何須送者滿都亭。政使重摹已堪羨，何況流傳真不贗。曲阜藏來又幾年，必逢佳客方酣宴。⑤我未見觥初讀文，我不善飲頗識真。易逢磋琢光晶器，難

---

① 此詩題位於手稿本第 4871 頁。
② "翛然"，手稿本作"惟有"。
③ "極"，手稿本作"來"。
④ 此詩題位於手稿本第 4874 頁。
⑤ "必逢"，手稿本作"須逢"。

遇欽嵜磊落人。

芭堂爲我摹刻漢石經殘字於壁賦此報之如報小松之數①

洪家會稽石，不著伏苓芝。東觀他年夢，熹平始勒時。我尋司馬志，②因辨華山碑。拜感神靈意，煩君妙手爲。愚嘗以《後漢志》郭香證《西嶽碑》爲蔡中郎書。

秋庵主人去，疑我舊盟寒。此事工夫細，非徒考訂難。幾時真拓本，一笑對牀看。又聽吹黃葉，西風策短鞍。芭堂時將出都。

旬月商波畫，經營瘦與肥。八分源樸拙，三體校精微。屈指長安客，如君嗜好稀。橫街日來往，秋汗不勝揮。

忝竊蓬萊目，何年構一廛。研山齋不見，尉律學誰傳。漆簡蘭臺字，凡將急就篇。卬須求友意，津逮轉茫然。

賜荔支恭紀十六韻③七月十八日

五載深優渥，三秋沛澤瀁。楓亭稽地志，荔實即天漿。剖殼團虬卵，含精燦雪瓤。絳綃輸膩理，冰繭遜晶芒。新摘陳家紫，爰煩蠟蔕黃。裹之雲錦帕，盛擬露絲囊。拜謝登書案，追惟自海航。枝分中禁色，盤近上陵香。上於二十日啓鑾詣盛京恭謁祖陵。此物資炎序，惟閩較粵詳。臣家雖北地，派出本莆陽。尚識同根種，相聯舊譜芳。在中恒潔白，以遠得分嘗。受氣升瑤砌，駢珠照玉堂。側生非比喻，離火是恩光。啖豈誇蘇軾，書應仿蔡襄。嶺船江峽夢，忽復感初涼。

與筠樓話別④

奉親課侄事無殊，得第翻難遽出都。旅夢南還鄉夢北，爾齋徐憶

---

①　此詩題位於手稿本第4875頁。"芭堂"，手稿本作"海鹽張芭堂"。
②　"司馬志"，手稿本作"范史注"。
③　此詩題位於手稿本第4878頁。
④　此詩題位於手稿本第4880頁。詩題下手稿本有注文"七月十九日漏下二鼓稿"。

我齋蘇。再來定復同禪榻,此去行將近宦途。故要懷人千里意,眼青收入習潭圖。_{筠樓有《徐潭結習圖》,因自號曰習潭,并諾爲予畫蔡君謨夢中詩句也。}

儀徵尤水村以畫竹見投因爲予圖其所藏東坡石銚用蘇韻報之①

畫竹兼如畫澳泉,水村胸有水雲寬。銚宜瀹乳雖傳火,石可論交本耐寒。鑒古函牛憶淮泗,_{周穜惠石銚,時東坡在淮泗道中也。}來秋策馬又桑乾。墨君有語吾能説,不假將心到處安。

水村諾爲於徽州巴君俊堂家覓雙鈎劉熊碑本再用前韻②

隸叩中郎水溯泉,此碑洪相比劉寬。頗聞谷口心師久,猶帶元林片石寒。_{碑本在趙凡夫家。}棗令字如磨未盡,墨花紋想蘚初乾。百名筆法天留在,何似光和與漢安。

沈匏尊山居圖二首③

龍尾山之前,染紅浜之後。九十九峰雲,海氣翁而受。宋子河東客,何以識浙右。窠石與迴溪,目佇爲之久。遠脈空翠中,世家先澤厚。所以力頓挫,蓋其善勖友。

沈子京城居,日念舊圃鋤。春雨既鋤圃,秋燈還讀書。君看山居者,恃此晷有餘。以視旅宦日,所得反不如。吾言豈太過,閲歷深始知。而況志學後,山居曾幾時。

送芑堂歸海鹽三首④

四海金石交,於今有幾人。黃子作吏去,夫子情獨親。豈爲誇譽名,相感以精神。識面輒箴規,喻此性情真。餞子以樽酒,我默但飲醇。聊借蘇書銘,遍飫蘇齋賓。_{君手鎸東坡句製壺爲別。}

---

① 此詩題位於手稿本第 4881 頁。"爲予"上,手稿本有"諾"字。
② 此詩題位於手稿本第 4881 頁。
③ 此詩題位於手稿本第 4882 頁。
④ 此詩題位於手稿本第 4897 頁。

　　黄子衛河岸，於役手寄書。細論一字經，肥瘦長短殊。謂言好手遇，此遇古今無。我摹中郎筆，意到熹平初。疑君非今人，曾見中郎歟。閉閣三日臥，參酌八體俱。伐石算膚寸，如量講堂圖。耳聽登登聲，旅舍樂有餘。可笑小蓬萊，尚未謀一廬。君言片石堅，可以千載逾。又言比岐鼓，儻充太學儲。後有著於録，黄張暨翁乎。北來職爲此，誰曰吾言迂。南歸黄子晤，一笑聊共娱。

　　秋至君曰歸，秋風時厲矣。又記落葉中，僧房送黄子。子裝無長物，寥寥幾故紙。守之膠與漆，以友天下士。臨别磨古墨，遠欲追籀史。十指麝煤香，三日橋門底。自古文字靈，不知誰役使。手與目相摩，遂盡天地理。子能固守此，酒行可以起。

樹端初入邑學撿篋中舊摹文文肅書唐十八學士姓氏卷付之適是日丹叔少詹持文肅研銘見示因命樹端摹裝合卷題此①

　　相君上溯温州守，五世詩書二百年。文字光芒猶若此，登瀛容易研爲田。

巨然茂林叠嶂圖②

有米元暉題字，“悦生”“魏國”諸印。

　　御府百三十六圖，茂林叠嶂居其一。今時秃巨筆最稀，夜月光猶墨如漆。絹端題字認小米，長江卷自元符日。西湖一曲賜奇勛，蟋蟀堂前鑒裁密。悦生别録目不全，魏國封名史則佚。金題玉躞閲南宋，百餘年間電光疾。落我秋窗論世眼，料量筆虚與筆實。南唐人物又一時，玉堂院壁天下奇。想見衆史爲閣筆，獨與造物參合離。董源尺寸可千里，時惟巨也能師之。山巒重叠自關鎖，煙樹隱見相參差。蓋以雲氣爲頓挫，而於石脈連根支。渾淪不見起與訖，太陰作雨湘娥悲。燈前簾外夢惝恍，錦囊欲卷猶然疑。

---

① 此詩題位於手稿本第 4898 頁。
② 此詩手稿本闕如。

吴仲圭竹譜不全卷爲張晴溪題①

前有仲圭書"東坡篔簹谷偃竹記,至正九年五月一日"。

見所欲畫直追之,此竹蓋以天爲師。平居有見臨時失,此竹乃箴我之疾。展此得師又得箴,想見道人寫記心。道人是年政七十,畫竹多如閱世深。五尺絹纔一尺竹,半窗月想空庭陰。請君更莫費詞説,天籟鏗然生鐵琴。晴溪出所藏鐵琴屬賦。

鐵琴歌爲晴溪作②

張兄徵我賦鐵琴,遍檢巾箱無故實。或云檇李項墨林,曾得鐵琴聲中律。天籟之字於腹鐫,遂以閣名名四溢。蕉窗九録所不詳,相傳項氏所得是孫登琴,項氏《蕉窗九録》無此事。琴史欲補憑誰述。前年風雪長安街,凍鐵一條光似漆。弦軫久無人弗顧,君獨收之賞其質。此鐵剛豈繞指柔,一片輕清可横膝。試彈不作錚錚聲,指外蒼堅餘密栗。故從焦尾一氣論,同是精真百煉出。吾聞老鐵稱鐵體,笛既有之琴可匹。署楣應作鐵琴齋,門限無煩永師筆。此琴故實起君家,何用孫登討遺佚。

畫雨亭詩爲莫績軒作③

績軒愛畫蘭,作亭名畫雨。蘭心既妍潤,蘭葉時軒舉。月明珠露落,煙霧横浦漵。落落石幾株,濛濛雲一縷。都作雨意看,香乃非襲取。膏榮與滋長,此事天所予。傅色花不知,助長苗不許。吾以名吾亭,拈毫淡無語。

適爲門人莫績軒作畫雨亭詩用蘇文吾以名吾亭五字作結句是日購得文衡山書喜雨亭記卷因題小齋曰雨香賦此志之邀魚門韻亭和④

歸築山房弟八秋,嘉靖甲午秋書。二桐檐影更深幽。鐵門限法功尤

---

①② 此詩手稿本闕如。

③ 此詩題位於手稿本第 4901 頁。

④ 此詩題位於手稿本第 4902 頁。

細,上黨禾書氣可求。橅刻石經無屋貯,竊題畫雨已渷流。感驚珠玉從天賜,稽首冥冥豈易酬。

又書巨然茂林叠嶂圖後呈伯恭①

此圖出自汴故家,舊聞約略君應記。指點流傳非一時,摹仿淵源果誰自。吾聞老巨作層峰,每借深林成位置。又聞平遠出江景,竹舍漁村以鱗次。俗工但執卵石法,雖得礬頭勢猶未。畫家峻拔爲之主,亦若詩中有深寄。淡遠或從危篝出,森疏不僅虛無際。巨也懷抱江南山,偶會煙嵐寫一二。南唐北苑麻皴格,石面峰根匠心備。雖云心奉北苑師,須知訣本師天地。虎兒題字亦如此,策啄峻嶒皆叠翠。孟津藏弄又幾年,煥若神明非一藝。故人購得又攜去,三嘆筵前感君意。明當重借更展看,猶挾中宵風雨氣。

長毋相忘漢瓦歌②

長生無極樂未央,千秋萬歲富貴昌。鄭重心期只一語,銘曰長此毋相忘。伊誰相忘忍相棄,多少人間惆悵事。屋期爽塏使人寧,瓦要團圓肖人意。重規環抱比重欒,藻井雕楣亞綺欄。屏風屈戌春深暖,牛斗星河夜淺寒。儲胥師得仿偟度,五柞棠梨上林樹。茂苞式好弗相尤,縑素雖新不如故。忘取亡聲識在心,長倒從亡義更深。篆文故作迴相盼,會意遥憐古到今。海枯石爛風雨疾,旦旦盟言永無失。不隨猛雨化飛龍,曾在甍檐承皦日。錢郎拓本寄我時,秋風張子_{芑堂}。征衣吹。翰林置酒出雙石,一以贈我一自規。張子鐵筆巧相貺,篆出居然成瓦樣。擬補黃圖測徑圍,繪同紅豆枝交讓。紅豆相思繪不真,異時富貴是何人。寄語錢郎拓萬本,願書槃鑒又書紳。

---

① 此詩題位於手稿本第 4903 頁。
② 此詩題位於手稿本第 4904 頁。

集香亭太常引藤書屋看菊禁用黄金風雨霜月叢團籬枝葉等字效白體①

先生手種菊，我咏憶去年。兹辰競新句，邀我擬樂天。我思樂天咏，玉峰與東園。玉峰酬小隱，寄傲員外錢。意彼金馬客，每佇寒潭邊。東園賞後時，亦嘆芳歲闌。雖抱寂寞意，空有纏綣言。今我焉所擬，二者皆物牽。欲擬古渌水，心以和平傳。欲擬廬山宅，心以有守堅。一以咏琴德，②一以咏晉賢。此皆不關菊，非菊莫能焉。古意再三復，③古調再三彈。請君日夕賞，時誦此二篇。

冬菊二首爲石門吳碩興賦④

舊貯寒香句，家傳種菜詩。固應滋澤久，豈復算開遲。臘酒杯能泛，東籬客未知。隔年生意動，記取傲霜枝。

百年名閥溯陳吳，仍自陳君示我圖。嘗記先師銘几席，⑤更於晚節備勤劬。文勤公每舉“行百里者半九十”語爲人勖。文勤出匪庵先生之門。庭階已兆重榮瑞，栽種須人次第扶。豈有丹黄能繪得，承家忠孝是根株。

靜巖詩爲吳愷亭賦⑥

吳子冀北人，而久家江南。令兄官江西，未得鄉土諳。子獨數北上，閱歷南北兼。飽看楊花雪，不數蓴羹鹽。江南千萬峰，閉目青巉巉。軟紅東華土，勝似抽歸帆。顧乃以巖號，得毋懷江潭。吳子曰不然，南思吾久芟。韋杜吾故里，輦轂雲日瞻。誓將課兒子，於此把長鑱。今雖類旅寓，頗已性安恬。故取以自箴，不待結茅庵。巖以繫南土，非爲山栖耽。靜以示安居，可共鄉井談。故要我作詩，妙義代子

---

① 此詩題位於手稿本第 4905 頁。
② “咏”，手稿本作“讚”。
③ “古意”，手稿本作“古人”。
④ 此詩題位於手稿本第 4906 頁。
⑤ “銘几席”，手稿本作“談典故”。
⑥ 此詩題位於手稿本第 4907 頁。

拈。樹木計成實，飲水計知甘。學圃静能穫，世味静可參。聽此勞者歌，題汝静者巖。

方坳堂郎中孤山探梅圖①

君昔渡西泠，言尋放鶴迹。置身瑶臺巔，峭絕倚石壁。迴環群峰陰，橫界一湖白。空濛天地心，黯淡高隱格。四蒸盎盎氣，玲瓏漸萌拆。此豈閑草木，而具真消息。山水各無言，相視但靦靦。獨立何所悟，空外儻有得。篆書不可讀，湖上起玉笛。

廣東學使廨後九曜石有明嘉靖中吴學使鵬八分書仙掌字嘉定陳藥耘上舍所居齋前有石絕類掌形因屬予摹此兩字歸而勒之將乞辛楣詹事爲之記辛楣前年視學廣東與予同有金石之嗜者也並題二詩兼寄辛楣②

宫詹懷我藥洲亭，縮地真疑乞巨靈。一氣太湖三萬頃，袖中東海爲誰青。

又到霜黄水潦時，那曾剔盡老榕枝。蛟龍入手如堪借，重問先生要補遺。九曜石題刻或云辛楣有續得者，恐未必然也。

見毅堂謝魚門送菊詩二首輒次其韻兼寄伯恭前日伯恭送菊未答詩也③

連宵禁體要生新，擬古翻新轉得陳。故假盆移催著句，可憐花意淡於人。欲追送酒難同調，痛讀《離騷》定有因。如此淋漓感秋氣，薜蘿涼月滿衣巾。

剛容帶得僧房露，渾未霑來廟市塵。草木能隨鴻雁信，性情直到色香真。經旬秋雨挑燈夜，一杵霜鐘隔巷晨。往返屢遭僮僕笑，不知何事最關人。

---

① 此詩題位於手稿本第 4907 頁。"方坳堂郎中"，手稿本作"方韌庵刑部"。
② 此詩題位於手稿本第 4908 頁。
③ 此詩題位於手稿本第 4909 頁。

匏尊買得小蓬萊學人五字印見贈乃故友朱青雷所篆者賦此爲報①

我因洪溯蔡，忝以閣名齋。卜築何年就，空持萬古懷。此經參篆隸，舊本幾磨揩。帝虎諸家訂，公羊一字諧。近日錢塘厲樊榭援昭二十五年《公羊傳》注齧太學辟雍作側字，以證漢石經是一字。人誰同綜覈，學未易津涯。沈宋宋芝山昨來云欲以此印見贈。俱心印，黃小松。張芑堂。爲手排。真疑大瀛海，那復小茅柴。舊夢憐青眼，青雷曾欲爲予畫天際烏雲詩意未就。遺鐫想折釵。友朋期許意，愧汗昔今皆。浩蕩印須急，衝泥雪滿街。

漢銅吉羊洗銘拓本②
銘曰吉羊，羊即祥字。

客從吳下陸氏齋，③摹此羊形吉羊洗。雙魚四錢誰度之，非駝非麟腹之底。中平刻獸亦在左，年世雖無製可擬。我犧我將滌所眠，飾羔飾器槧攸啓。周官漢官用物同，象物煎金鑄作工。籀文試溯隸文祖，籀文祥作□。吉祥還識吉陽通。洪盤洲記章武鼎，張鐵臉蓄元嘉銅。吉語詒爾嗣孫子，盥薦祝爾侯王公。兌金義取爲羊悦，吉金象即維羊設。律準誰論博古編，禮圖巧得徐家説。徐鍇《説文繫傳》云：《禮説》：羊，祥也。即看陽識妙轉旋，猶似柔毛濯清潔。銘詞指事無外徵，銘字形聲那分別。漫從篆法例評論，點畫區區晉澡盆。天禄辟邪久剥泐，石羊鄧冢空塵昏。寄煩陸君拓數本，欲仿薛帖補軼聞。上作羊燈下水注，兼擬鏤式同犧尊。

送桐陰歸大埔二首④

收取循陔問膳身，官貧非復廣文貧。別家渡海憐他日，選館於潮有幾人。碑剔大蘇時我憶，舟攜小阮更誰親。謂潤圃。皋比若主韓山

---

① 此詩題位於手稿本第4910頁。"匏尊"，手稿本作"沈匏尊上舍"。
② 此詩題位於手稿本第4912頁。"拓本"下，手稿本有"歌"字。
③ "陸氏齋"，手稿本作"陸超曾"。
④ 此詩題位於手稿本第4915頁。

席,莫負階前橡木春。

馮不能歸張不來,張謂榘夫。可憐懷抱各塵埃。金春玉應將焉屬,甌挈鯨呿未易才。鼪渚雲連海珠石,銀溪月涌鳳凰臺。短燈檠咏秋堂夢,更向書窗日幾迴。

題汪劍潭孝廉詩卷二首①

一名千騎要同論,糝綠東風舊酒痕。却殢殘秋江上雨,濛濛如霧是花魂。劍潭有《花魂詞》最工。

小變團蒲浣綺羅,天花禪雨散江波。春城正有聽鐘處,閉閣馮郎可奈何。

李南磵寄浯溪唐宋諸題刻擇其佳者賦三詩兼寄示雪門②

皇甫持正詩刻

一字三縑少,千秋幾句傳。根源於卷軸,結構以山川。麟角逢非偶,鼃堂語太顛。誰能該作者,獨許退之全。放翁跋持正文集云:"持正詩見於世者止此一篇,自是傑作,近時《容齋隨筆》乃云風格殊無可采,恐不應如此。"方綱按洪容齋《隨筆》云:"此詩乃評論唐人文章風格殊無可采也。"容齋蓋謂持正譏唐人風格皆卑耳,非容齋譏持正也,放翁此跋誤矣,故正之。

盧鈞題名

户部侍郎盧鈞,開成五年十二月十一日赴闕過此。

樂圃傳遺迹,峿山定屬誰。朱長文《墨池編》載盧鈞題名二、峿山題名一。絲綸除召日,父老奉祠時。赴闕相先後,來遊更李施。中冬房魯字,駸欲永興追。旁題又云:"房魯昌五中冬六日來。"又云:"前廣州刺史李行修、掌書記施□□官李黨大中三年四月十一日赴闕過此。"

山谷題刻

是日讀匡刻,有僧凝立聽。如何今拓本,不見右堂銘。雲氣橫溪

口，江華儼石經。精靈日來往，有夢記崇寧。次山《陽華巖銘》曰"江華縣大夫瞿令問藝兼篆籀，俾依石經刻之"，山谷此題亦云"瞿令問優於峿臺銘"，意欲托雪門覓此也。

唐元宗華山碑殘字歌①錢獻之拓寄

延熹碑字非郭香，我據徐浩云中郎。察書若與撰書混，是誤吕向爲明皇。向也花鳥諷諫手，連綿草隸歐鍾強。八分君臣各具體，學士院格焉能量。竇蒙注《述書賦》曰："開元中八分書西嶽《華山》、東嶽《封禪碑》，雖有當時院中學士共相摹勒，然其風格大體出自聖心。"臣禕知仁共勒石，祠南道周何煒煌。應天門張百寮讀，蓮華雲起五色光。金精樞管天地户，天老延降驂麟凰。菡萏之南青冥北，泥金秘玉誰得詳。安人治國事徐俟，僉曰陛下謙未遑。丙戌而來四十載，又三十載追卒章。千秋節應少昊位，金氣白交土德黄。杜陵諸生饑渴甚，三大禮賦獻未嘗。明年且與百寮議，於東岱嶽修壇場。磨厓大字此差配，五嶽之二遥相望。惜不鐫鑱削成頂，明星玉女峰中央。盤渦轂轉石何往，賸此二尺青琳琅。置諸嶽廟人不識，碑未泐漢先泐唐。歐趙掎摭皆未及，嶽靈夜夜弭節旁。精誠如聞駕可接，一氣孕育陰含陽。僅可辨者"駕如陽孕"四字。全碑圭撮可尋丈，真形縮本同巾箱。中丞畢公修嶽廟，嗜金石者錢與張。瘦同。張君屬我漢碑仿，重摹欲傲宋漫堂。又惜漢碑無片石，石角奕奕森寒鋩。一千年始遇氈蠟，七百字宛同襧裝。黄河北來注浩洶，白帝西下排青蒼。雷硠元氣落吾手，舉杓何必酌玉漿。

長毋相忘漢瓦後歌②并序

獻之自陝寄此瓦文以贈，芑堂云近拓得此瓦殊不佳，予見而異焉，伯恭因出二石俾予摹，倩芑堂鐫印，以其一贈予，既歌之矣。今瘦同書來，乃知是其所得，且云獻之極妬此瓦，乞作歌以嚇之，因復賦此。

---

① 此詩題位於手稿本第 4828 頁。
② 此詩題位於手稿本第 4916 頁。

拓文寄夏書到秋，書中繾綣申前寄。古人一器胡不然，相期相勉
千秋意。高殿張燈置酒時，秦箏齊瑟名謳試。歡娛四座祝壽康，然諾
千金奉高誼。鴛鴦霜冷蹙作花，帛縷雲深織成字。團團尺黍一規中，
多少茫茫百端思。其規如弓缺如玦，其抱如珥圓如月。字形宛轉鶱
䨇標，瓦質蒼堅立精鐵。不署何宮最有情，不勒何年非軼闕。該遍黃
圖禁扁名，抵遍京都人代閱。低回直欲銘肌骨，遒媚況兼餘樸拙。
一篇憑弔今古文，不費詞人賦手說。舍人訪古來遊秦，奇氣一嘯披荆
榛。拓文寄我珮瓊玖，傳觀詫絕張芑堂。陸丹叔。陳。伯恭。林侗所獲
尚不逮，錢子之妬非無因。繪箋摹印亦已屢，一彈再鼓拈來新。海山
幾見盟與誓，柯葉幾說松及筠。祝君日日蒐奇秘，翰墨緣中作主人。

復初齋詩集卷第十八

秘閣集四_{戊戌十一月至己亥正月}

秋林緩步圖①芝山爲未谷畫

悠然水赴谷，翛然葉脱木。此間有詩在，衆領非吾獨。秋容淡無迹，初不關林麓。②渺乎空煙中，攬之不可掬。雲橫溪轉長，澗仄徑多複。是宜急追取，肯任流光速。君曰何必然，林意非丹綠。獨往差自適，此境無人逐。涼風吹我衣，遠岫供我目。蕭寥森疏影，與我共一幅。入林既無心，感秋非有觸。偶與宋子論，聊試秋毫禿。意行無遠近，前村誰卜築。儻尋北渚蘭，或訪東籬菊。

賜哈密瓜十六韻③

回思聯句日，又及賜瓜期。故事添芸笈，重章愧好辭。恩承分篆職，事藏五年遲。口飫香先熟，根連蒂更滋。伊州雖舊志，冰谷果誰知。土脈陽坡識，甘膏玉甃遺。星經圓似實，桂髓滑於肌。擷遍群芳譜，無逾御集詩。扞罙資辨證，饗薦仰崇儀。何幸編摩輩，頻叨雨露私。殊珍同旨蓄，曬餅代粻糜。幾處充賓豆，迎晨拜玉墀。喧呼傳院吏，融液入心脾。陽月將升律，冰花正點池。雲來雨夾雪，梅漸萼交

---

① 此詩題位於手稿本第 4918 頁。
② "初不"，手稿本作"亦不"。
③ 此詩題位於手稿本第 4919 頁。

枝。歲歲逢茲候,歡趨共朵頤。

集香亭齋觀所藏孫雪居董香光書畫合册①

三真六草董尚書,但有真行無篆隸。南宮生法竹石譜,天璽碑擬金華瑑。八分章草本一貫,乃在煙雲合離際。漢陽守罷感舊餘,居士堂開初雪霽。朝市炎涼風雨心,海山關塞舟車涕。既幸前人代我言,復憾前人不同世。畫在詩前詩畫前,二百年援黃沈例。詩在大癡畫前,畫在大癡詩外,恰好二百餘年,翻身出世作怪。沈啓南曾有此圖,董文敏摹之,見《容臺別集》。人間幾個參禪眼,遽作波濤翻海勢。回看屈鐵與畫沙,仍只燈光照衣襪。②商量對案可千古,盡有諸家非一藝。吾嘗夢想南宮迹,同時服膺果誰繼。八分雖以秦漢論,韓蔡等是鍾張裔。合成楷隸八法圖,勿執唐賢七言繫。孫書董畫又何必,妮古區區刻舟計。陳眉公跋云當使漢陽寫詩元宰補圖。雪消春動殘菊在,讀畫論文一根蒂。豈復見吾衡氣機,落月茶甌篆煙細。

座主錫山宗伯畫牡丹册爲蘇門明府題③

丙寅暮春奉詔作,我初見之甲戌秋。虎坊橋東邸第夜,燒燈賞菊爛繡毬。花間品花出花譜,三十二種一氣收。天彭記接洛陽亳,思公品敘廬陵歐。是時燈光與絹色,春濃盎盎霧露浮。輕紅彩霞海天照,朱盤金帶碧玉樓。檀心素鷺千葉卷,藕絲蕚綠單髯抽。獨冠群芳數姚魏,牛黃左紫其匹儔。人間風露那得到,寶書天上香金甌。先生不用研滴水,北斗沆瀣天漿流。此是徐黃不傳法,苞分葉點兼花鈎。斟酌清明穀雨候,注思秘殿瑤墀頭。一趺一蕚幾諦視,忽然心與造物遊。平時掄材栽植手,矢詩正爾工力侔。屢蒙天題冠秘笈,門生亦許陪唱酬。我時末坐詩未就,轉瞬星紀一再周。册中題句故人在,相望南北飢如調。門下士題句者范芚野、邵蔚田、江西齋已下世,秦潤泉、盧抱經、紀心齋、

張松坪皆家居,錢籜石、謝金圃、古渭厓皆奉使視學,無在都門者。蘇門明府持示我,先生手澤惟此留。世間何者真富貴,惟有遺墨爲箕裘。石田南田不可作,世家江左惲與鄒。至今贗本遍海内,零鉛斷粉同天球。開函宛在函丈側,上有席間寒具油。報國文章憶提命,傳家忠孝猶詒謀。子孫永寶謹勿失,風雪夢溯南歸舟。

三題天際烏雲帖九首①

曾以粉箋垂著録,粉箋黦黯不分明。女兒膚滑輕雲膜,如此千秋萬古情。

桃花洞口殘膏染,真色無多到筆尖。大滌煙嵐是誰主,志餘空作麗詞添。

小閣翩鴻夢易驚,檐間真有隴頭翎。眉庵老子憑誰證,爲寫金沙塔院經。

吾家印似項家紅,橫卷籤題久不同。侯侍郎兼王介石,趙周過眼幾春風。趙德麟《侯鯖録》言見於濠守侯德裕家,周公謹《雲煙過眼録》言見於王介石虎臣家。

一舸鷗夷念念塵,六橋花柳又殘春。紅巾青鳥殷勤問,湖水東西舊主人。

守居閣子何真幻,遼鶴緱笙共畫船。花外客來鶯寂寂,湖心煙重月娟娟。

日薰三像拜坡翁,海島吹來萬里風。蘇室蘇齋非二義,百千燈在一光中。②予得此迹名其室曰寶蘇室,又以韶州蘇題聖壽寺字摹刻石,與所摹米題藥洲石嵌壁,曰蘇米齋。

萬古詩盟接夢魂,宋馮李邵總難論。只餘傅稚能歐法,似向先生

---

① 　此詩題位於手稿本第 4716 頁。
② 　此句下注文中"嵌壁",手稿本作"相配"。

乞墨痕。《蘇詩施顧注》，宋牧仲屬邵子湘、李百藥、馮山公刪補，盡亂其舊，予得宋槧原本藏之。

金庭玉户閟精華，紅日烏雲句漫誇。多少畫家傳不得，雨晴江樹寫平沙。擬倩好手繪此句也。

瘦同以宋大中祥符八年北嶽醮告文石柱拓本屬賦二十韻①

大祀安天帝，曾聞上曲陽。中聲和伯樂，飛石定州疆。朔狩文承舜，東都瀆改唐。長源加守護，桐柏建壇場。事溯崇封禪，官初遣職方。靖明碑紀號，大中祥符四年加封北嶽帝后號靖明。瑞聖幄焚香。玉冊次瑞聖園。醮告詞親製，升中義特詳。三成安帖妥，八面刻琳瑯。院體推中舍，太子中舍白憲書。行書仿二王。宋碑增四六，山志考偏傍。微遜工鐫隸，北嶽廟八分諸碑最佳。無煩諱改常。王禹偁碑避真宗諱，恒山作常山。渾源文更煥，昨者武維揚。廷尉馳旌往，迴車片石將。真形靈仿佛，翠氣照輝煌。地界連燕晉，圖經撫蔡張。蔡永華《恒嶽十紀》三卷，張崇德《恒嶽志》三卷。百餘卅載後，一十六碑望。國初至今遺祭文勒石一十有六矣。星緯中天正，幽并北地光。舍人勤握槧，賤子忝維桑。夢想開元字，謂張嘉貞碑。猶虛篋衍藏。煩君兼拓致，何減拜山岡。

題慕堂所藏趙文敏登飛英塔詩墨迹即用其韻二首②

東坡居士吳興住，塔院飛英日日過。震澤高鴻翔自廓，小窗微雨境無多。繞三十里遍履迹，後二百年空雀羅。有客來登俯涼籟，可憐偃筆剩戈波。

此老歸來行老矣，紹興陳迹已前過。塔燬於紹興庚午，重修於延祐己未。鳳麟洲島人重問，鷗鷺江湖夢幾多。禪偈依然對盆草，秋空無際澹雲羅。欲憑浣筆蒲蓮海，苕霅溪光處處波。③

---

① 此詩題位於手稿本第 4718 頁。
② 此詩題位於手稿本第 4720 頁。
③ "苕霅溪光"，手稿本作"餘不餘英"。

書空同集後十六首①

漢後爲文唐後詩，東坡山谷兩兼之。果然竟委窮源後，復古商量未是遲。

百寶琅玕璧與珠，天球大貝燦河圖。匠心從古蒐難盡，已説微之識砥砆。

言言正面作家難，杜老胸中萬象蟠。前輩論書取攲勢，右軍豈是眩人看。

詩家亦有長沙帖，何至鴻堂與雪堂。《戲鴻》《快雪》。苦執懷仁集書語，巧偷豪奪羨元章。

三百篇皆孝與忠，扶陽家學本江公。縱然音節周詩似，自有承師自不同。

江南河外品流兼，經緯元黃各不嫌。芳草蛾眉非貌似，後人那更擬江淹。

二陳本出江西派，後山、簡齋。格調何曾肯襲唐。杜句後來拈一二，濫觴未甚尚無妨。

萬古江山著眼看，江平漸放水漫漫。峰巒占盡苦無那，始識誠齋取徑難。

剿説紛紛薄宋元，茶山白石敢輕論。草堂鐵笛狂歌夜，亦復沿波可討源。

學杜初推袁海叟，可憐季迪本天才。波瀾纚演爲楊李，此際如何遽拓開。

二錢題壁金門寺，零落灰塵是劫餘。憑弔前朝説詞客，新都翻得

---

① 此詩手稿本闕如。

佩瓊琚。楊升庵,明之錢劉也。

史家文苑接儒林,上下分明鑒古今。一代詞章配經術,不然何處
覓元音。

淋漓感激復峻嶒,此事初非剽襲能。若使胸中無杜語,故應峻極
百千層。

自言每欲改求真,老矣時嗟願未申。聞此人人當汗下,先生故是
不欺人。

千四百篇杜老詩,咀吟太熟致如斯。今人不熟又滋悔,借問如何
權合離。

苑樹空留舊羽痕,邗江風雪憶離樽。春來寄訊揚州守,不得姚郎
與細論。謂姬川也。

道甫侍讀自陝寄岐山周公廟唐潤德泉記鄠縣
草堂寺宋章惇題名拓本各爲一詩奉酬①

絕壁橫木外,蘇軾章惇來。雲臺絳闕名,豈有一惇哉。古人觀其
友,多於不經意。橋上平步時,豈料後日事。摹石勒草堂,轉瞬三十
年。徘徊橋側人,去栖白鶴禪。誰歟賜紫僧,獨愛時相字。可憐名竟
泐,不共安民記。嚴公拓寄我,想爲浮大白。我借以注蘇,聊補查田
客。章惇題石仙遊潭事在治平元年,查初白補注蘇詩繫之嘉祐七年,誤也,此刻後云“紹聖
二年十二月八日,賜紫僧□□立石”。

我讀靈泉記,如披靈泉圖。泉記爲誦崔,泉詩爲咏蘇。想因泉繞
山,緬彼鳳栖梧。豈兹泉及鳳,借以懷公乎。離黍與雨濛,豈足盡碩
膚。即以文字論,亦若泉不枯。大中誤爲宋,記載何太誣。仿佛麟鳳
碑,儻爲量石趺。泉有至正碑,額作麟鳳。

莊谷寄孔廟漢碑①

漁洋昔答樂圃贈，蓋有宗聖無文禮。黃初一碑敢抗衡，永壽元嘉極根柢。未知樂圃氈蠟工，能樸返雕水還醴。永壽之碑最難拓，細如遊絲引迢遞。然其神力千萬鈞，森乎車服堂階陛。皇戲之皇制曰制，二碑創式非恒體。俗工不識輒失之，吾友論文亦輕詆。《禮器碑》：“皇戲”句高出一字，錢辛楣謂是後人妄加。建寧碑字下逼跌，②譬器有蓋乃無底。往時褚拓最輕虛，圖向牛家目徒眯。今者快掃千載疑，得力初用斜水洗。農曹辨眼精六書，秦篆漢分祖溯禰。纂述正是君家事，投贈獨使吾顏泚。近來光怪天不屇，任城鄭固碑全啓。張弨釋文可共補，卬須好我如兄弟。金絲詩禮富見聞，更從泰岱蒐沂濟。他時誰續金石志，無忘小齋號蘇米。

題黃仲則江上愁心圖二首③

秋水娟娟隔，美人誰目成。蘼蕪香自結，杜若碧無情。弭櫂憺延佇，乘雲翩上征。玉簫何處起，天闊亂山橫。

阻風眠飯話，心事有誰知。廿載詩狂後，三更酒渴時。讀書今得路，奉母喜伸眉。莫信騷人輩，煙江疊嶂詞。

題莫績軒畫蘭④

績軒官於東，念我時寄書。壬辰溯庚辰，一十九載餘。吾門謝郎外，宦情孰子如。謝郎庭有蘭，比玉珮瓊琚。顧惟屺岡懷，日日夢倚閭。羨子三花樹，藝植富經畬。長君陟大廷，亦在壬辰初。頻年直秘省，同我校石渠。季也國學升，昨復寫官除。諸孫茁其芽，已卜彙於茹。宦地況不遠，幼稚時驅車。燕齊定省勤，何減家園居。磨墨有小

---

① 此詩題位於手稿本第 4924 頁。
② “屇跌”，手稿本作“入跌”。
③ 此詩題位於手稿本第 4925 頁。“圖”，手稿本作“小照”。
④ 此詩題位於手稿本第 4926 頁。

史，裝潢有小胥。亭以畫雨名，蓋謂畫蘭歟。我摹中郎字，不必韓蔡徐。子亦作闊幅，筆筆春風舒。粘壁儻可配，同氣良不虛。令子坐其下，招客剪春蔬。以彼猗猗香，供此幽幽廬。清風淡如許，宦家誰有諸。寄之同心言，何必使者蘧。相箴兩相益，勉之慎勿疏。

劍亭聽泉圖①

泉聲起何處，審止即鯢桓。於踵元無感，居沖孰見端。不孤松百尺，更補竹千竿。石頂亭須築，先生要倚欄。

慕堂少卿六十壽詩四首②

五雲金掌月卿班，左掖迴翔咫尺間。廿五載追芸署啓，一周甲紀律筩頒。人傳舉案齊眉瑞，天與雙芝照玉顏。千里太行環禁闕，寄巢小閣對看山。

綠雲屋切御書亭，君所居翔鶴堂有聖祖仁皇帝臨董石刻。堂扁書原仿鶴銘。③小筆往時慚疥壁，擇言今日喜題屏。連春袚稧心同素，繞郭林廬眼倍青。喬木畫圖公省識，玉河日響第三廳。

文章曹植富波瀾，依舊條冰系冷官。對命書思惟日勵，挑燈撫卷要心安。漸於平淡求詩味，不假詞華飾外觀。神到香山非貌似，一觴洛社試尋看。

蓮宇門牆漸少人，予與君同出海昌陳公之門。白頭幾個約比鄰。庭蘭日茁家園近，澗柏相依氣味親。南有髯翁訂經説，前年魚門六十。北尋野圃見天真。明年裕軒六十。續將道古瀛洲錄，最好圍爐臘雪春。

觀伯恭所藏李茶陵墨迹卷用卷中和蘇韻④

二詩皆爲吳人書，一坐盡傾吳酒淥。自題大篆乘雨涼，想見跳盆

---

① 此詩題位於手稿本第 4927 頁。
② 此詩題位於手稿本第 4930 頁。
③ "書原"，手稿本作"祥仍"。
④ 此詩題位於手稿本第 4931 頁。

濺珠玉。梅花和靖同淡對,百卉人間總粗俗。篆筋隸髓快生風,走虺
驚蛇怯燃燭。憲清剡紙滑如許,玉汝杉牀睡應足。其一詩柬陳玉汝贈杉牀
之作。公之筆力本天造,能以虛和自撐肉。獨將心事史傳寄,不要人
矜法書録。求之謄馥北齋間,行矣將歸湖海曲。卷是將歸茶陵時作。不
解薝蔔附汝南,獨欠麓堂題有竹。觀書豈遂盡觀人,何似愛蓮評愛
菊。末有尹錯跋,辨《書評》所譏西涯書勢入俗云云。

送無軒歸湖州即用昨爲無軒摹松雪書飛英塔詩韻
二首兼寄小松芑堂①

得官終奈憶歸何,重向東華策馬過。把臂追歡常恨少,賞心同癖
已無多。行囊爲我賞油素,奇氣憑誰醉叵羅。息壤湖山前度在,此情
除是問鷗波。

慷慨關河伏櫪歌,停鞭聊爲故人過。孤雲悵望千山斷,片石蒼涼
百感多。東魯舊聞歸寓賞,君著《寓賞編》。西吳遺迹更蒐羅。煩君爲補
蘇詩話,一夢同參窣堵波。君將勒松雪詩於塔下,予亦將謀刻吳興施氏蘇詩注本
也,施注事見《西吳里語》。

題邢子愿手牘二首②

窠石銀鉤照玉蘭,研屏斜月不勝寒。手揩眵目蕭蕭筆,已作來禽
種子看。客並持玉蘭一軸,石間隸書"佀"字甚精。

董米齊名迹孰勝,戲鴻堂石勺園燈。北人到我慚爲役,自問差惟
啖麪能。册有"啖麪"小印。

送魚山假歸欽州三首③

五載淹爲客,三秋病憶歸。夢迴瀛島上,心與海雲飛。石澗瓶笙

---

① 此詩題位於手稿本第 4935 頁。"摹松雪書",手稿本作"雙鉤松雪墨迹"。
② 此詩題位於手稿本第 4937 頁。
③ 此詩題位於手稿本第 4938 頁。

語,松風竹月扉。松風竹月,魚山讀書軒名。誰能館課筆,字字在庭闈。

甚欲聯牀話,無人識此心。潘温雖共賞,姚謝肯同音。辛苦焚膏久,商量得髓深。①往時拈杜法,②惆悵對桐陰。

爾豈山中客,人疑戀故林。去攜虞郡石,來和舜弦琴。大扣魚鳴鼓,中孚鶴在陰。玉堂珠斗氣,夜正照廉欽。

與蘊山話別兼贈其幕友吳夔庵宋瑞屏及其兄子綏庭凡四首③

君恩感零涕,每話倍思親。自説山中夢,慚爲膝下人。馳驅他日事,契闊宦途身。豈易家園住,追惟廿載春。

廿載吾知子,相依骨肉過。前因誰締結,去日竟蹉跎。慷慨聞雞舞,淒涼伏櫪歌。燈紅時顧影,非復玉顔酡。蘊山飲酒已減於昔。

最憶論詩細,低昂穀率間。匆匆渭城唱,落落大招彎。繩墨慚良匠,舟車損壯顔。丈夫身未定,且莫著藏山。

緩急良朋倚,庭階玉樹新。巷居重此卜,蘊山初選館時所居之巷,今來復僦寺寓於此。禪榻果何因。今日論交道,相逢見古人。誤驚聽雨約,披豁對吾真。

陸文裕玉蕊詩卷④

公孫直閣所寶藏,上春來觀今六載。又出手書書畫目,此卷裝識分明在。裝於卷成後五秋,千葉一株姿未改。娟娟自托幽人貞,冉冉欲比離騷采。不以朝榮夕落憂,肯將湟白磨堅待。僻山詁詩目曰微,蕊華之詁孰是非。我昔聞諸崑圃説,詁義每與朱傳違。⑤不知崑圃説何自,朝士竊去存者希。徒留墨玩體一物,反覆比興終焉歸。自跋斷

---

① "辛苦焚膏久,商量得髓深",手稿本作"借問新城詣,何如秀水深"。
② "往時",手稿本作"往年"。
③ 此詩題位於手稿本第 4938 頁。
④ 此詩題位於手稿本第 4940 頁。
⑤ "詁義",手稿本作"更定"。

斷及詩疏,借問何如吳陸璣。

題羅碧泉所藏周忠介書扇①

冷金箋扇圓無缺,青天炯炯流孤月。上有琅然寒月篇,讀之凛凛生冰雪。介鶵得此不朽人,配以千秋青史節。分明寒月照此心,點滴空光皆碧血。龍樹庵僧紙何在,霜英堂墨吾腸熱。自云空坦快活時,一條脊骨撑生鐵。又云消却憤激懷,揭地掀天事如瞥。從容就義皆學問,歡喜順受非筆舌。恨不合裝來共讀,齧指淋漓疏尤烈。白蓮橋南墓木拱,旌旆飛來井欄折。草書尚作郇公雲,如此明珠佩誰結。酒酣滿坐爲改容,玉笛一聲山石裂。公裔孫所藏霜英堂遺墨有與姚現聞一帖,云:"如此風波,合城無不驚怖,弟作一歡喜順受想,空空坦坦,正覺快活,臨時尚當竪起脊梁骨,作一個生鐵鑄就底人,以不負知己,兄以爲何如?"又與文文蕭一帖,云:"弟行只在此兩日内矣,一生向志節一路著力,是弟不濟處,故出門便與宦官作仇,畢竟以此輩結局,然不可謂非天之所以成我也,此時工夫正欲使冤親平等,貪戀俱忘,急消却一段憤激之心,歡喜順受,方是實地。至於掀天揭地事,亦不在多,弟臨時尚可做耳。"是時御史倪文焕首劾公,及文焕敗,晝見顏佩韋等五人戎裝帶劍入其室,須臾旌旆導公來,庭中石井闌忽飛起轟震而去。

題張笠城所得松花石刻玉枕蘭亭三首②

趙鑴顏石董摹褚,燈影微茫各不同。世彩堂基莽風露,殘珉誰見洛陽宫。

小影何須辨髮鬢,金陵又異紹興傳。楊文貞云玉枕蘭亭有二,一在金陵,一在紹興。龜形不比丁形細,枕臼梅花一樣圓。

藏枕何如琢枕光,後先派別一歐陽。幾時小跋彝齋字,縮得千秋趙與姜。

伯恭刻予所摹漢延熹華嶽廟碑賦此代跋③以下己亥

陳子刻此蓋有由,前後嗜古皆商邱。商邱之本不可見,手追目想

---

① 此詩題位於手稿本第 4940 頁。
② 此詩題位於手稿本第 4942 頁。
③ 此詩題位於手稿本第 4945 頁。"伯恭",手稿本作"商邱陳伯恭編修"。

二十秋。華陰所藏或疑是，異哉我忽瞻雙鈎。冬心先生大滌住，_{金壽}
_{門所摹。}何以得見梁園收。安知非出鼠腊假，奇在二本鍼石投。一百
五處玉璺合，八萬月户凹九修。華陰本闕譬微胸，①前脇後尾纖纖留。
尚煩前人屢驚怪，欲於漢隸矜最優。商邱本拓想更早，波法必極豐而
遒。漢隸於斯特小變，遒其剛也豐其柔。②中郎迹自石經外，劉熊最著
不可求。夏承州輔幾摹勒，吾於夏石窮冥蒐。頗信中郎法不遠，無若
此本神相謀。書評豈必黨徐浩，圖經要異題鍾繇。故從兩本證一是，
瘦肥增減得巧偷。參以七經尚書法，雁行苗裔風悠悠。碑後作圖寸
縮尺，近刻欲傲褚與牛。昨者中丞岳祠葺，紙本摹寄煩置郵。私心終
擬自市石，喬岳精靈非易酬。陳子浩蕩生感激，手磨萬墨工來鳩。_伯
_{恭有萬墨齋。}盡刻前賢跋贊咏，十日據案精校讎。未知西陂鑒賞日，賓
朋之樂有此不。西陂一本儻在世，深夜光氣騰蛟虬。必驚鄰家聒村
巷，陳子力購寧肯休。爾時再借華陰本，對案寶鼎歕雲浮。然後踐我
市石願，陝本陳本鼎足儔。金精元氣射東海，蓮池下視沫一漚。更窮
石泥銀牒紀，鈎梯字勒神所遊。莫輕界文續隸續，神之式之同咨疇。
松風吹拂墨花舞，寒具不怕桓元油。

張菊坡刑部以浮山石刻拓本三種見貽各爲一詩奉酬③

一氣金莖下，徘徊想谷神。何如龜負字，冀幸得其真。_{唐玄宗《龍角}
_{山紀聖銘》。}

厥身隸通古，無人續字原。不徒筋勝肉，大智在開元。_{史惟則書《金}
_{籙齋頌》。}

近接鹽池石，家家拓右軍。始知弘福寺，七佛謝聲聞。_{宋張仲尹神}
_{山縣淨居詩，沙門静萬集右軍書。}

---

①　“譬”，手稿本作“月”。
②　“剛也”，手稿本作“剛勁”。
③　此詩題位於手稿本第 4946 頁。

裕軒前輩六十壽詩二首①

齋心元不比歸田,五畝營來又十年。菜圃閉門都是畫,柳枝開閣本非禪。種餘夜息千鍾溉,悟徹天機百福圓。豈獨瀛洲推老宿,先生真個地行仙。

南有魚門北慕堂,排來花甲到春陽。前年十一月魚門編修六十,去年十二月慕堂少卿六十,今年正月先生六十。登山腰脚精神健,學稼工夫氣味長。淡泊知心松竹翠,和平上藥术芝香。高齋暑景間增倍,特爲先生進一觴。

題姑孰帖後即和帖中見存十一詩韻②

當塗郡齋諸雜帖,孝經數幅草與真。章句誰知古今本,斷缺不辨書何人。頃之字忽三寸外,軒軒筆勢我氣振。細觀所咏非近玩,陽冰之篆天下珍。是時慶曆歲丁亥,蘇梅二子才軼倫。歐陽寄此致三復,要看腕力迴千鈞。故云乞詩要入石,如見蠖屈龍蛇伸。陽冰筆法想未遠,倉頡鳥迹夢寐親。又云別篆字十許,山空儻有靈音聞。百三十載乃勒此,此日追想慶曆春。豈不亦懷山泉側,野鳥嘲哳吟朝昏。③醉翁已去空勝踐,梅老之匹誰替身。蓬州連家紙墨古,代郡楊記蒐羅勤。滄浪瑯琊兩亭主,萬古來往視此文。至今郡齋明月夜,群仙並駕飛空雲。此篇蘇子美韻。

淳熙追元祐,逝者去如箭。獨有正氣存,道勝不待戰。風輪山自響,夜接語猶軟。時過天意定,觀者眼勿眩。君看東坡老,肯爲觀物變。此筆圓如月,進退無成見。以下二首東坡韻。

承事家虔州,度嶺歸相遇。豈比筠州別,弟侄兼子女。酣歌送王郎,雞黍筐及筥。復不比狄守,支鼎蔓菁煮。方其感時事,今古腸相

---

① 此詩題位於手稿本第 4947 頁。
② 此詩題位於手稿本第 4948 頁。
③ "嘲哳",手稿本作"啁哳"。

拄。區區鍾山相，瑣瑣呈詩句。一會追十年，俄頃可萬古。珍重壽聖師，瀾翻偈奚助。

坡詩百變派誰知，兒子寧論邁與遲。此石宛然心法在，龜堂老子或肩隨。以下八首放翁韻。

中原社稷淚霑巾，詩酒何關老子身。却也商量風日好，南窗炙背作閑人。

淳熙紹熙歲漸添，此老何事愁厭厭。林亭回首日題壁，風月小軒晴捲簾。籨滑鋒銛試秋兔，泉溫研冷瀉冰蟾。年光只爲寫詩用，消受鏡湖如許廉。

樂天夢得葉石林。視淵明，家國關身孰重輕。文字能爲不欺語，世人每易逐虛聲。爲農澗曲占春早，倚杖溪頭看晚晴。出處何曾煩計較，太平庵始是心平。

北窗風臥人羲皇，上下萬古窮茫茫。閑愁何在寄墨莊，不復以醉名其鄉。振筆一掃萬丈光，屠希之筆載滿牀。龍戰大野知何祥，玉池蒸動松煙香。自言志在馳四方，成皋京索或滎陽。驅使三軍六郡良，歸來膚公薦齋房。鬱律報國酬肝腸，露布揮灑風雲翔。豈復騁志於詞場，勒銘高並崧與邙。

夢詩雲日畫不出，我寶此帖兼仙佛。蘇書《嵩陽帖》。石摹詩境遠近間，我名此室如在山。陸書“詩境”字。君不見惠州白鶴居，德有鄰堂日掃除。又不見溫伯宰揚子，蓄千百紙皆可喜。曾黦字溫伯，爲揚子宰，收放翁帖千百紙，見劉後村題跋。我得傳稚楷法綽有歐陽風，蘇齋夜夜貫長虹。幾時序仿龜堂字，還如親寫紹興中。

吉州廿卷勒淳祐，一代君臣迹已消。雖共劉郎懷賀監，未應謇足學蒲梢。回塘晚泊風煙在，陸放翁有懷姑孰舊遊詩。圖畫山居粉墨調。郭功父當塗人，王半山繪其山居詩爲圖。終古謝家莊上景，吟魂不用楚詞招。

殘石何年掘一杖,紙紋宋拓仿層簾。待余來跋豉傾字,不要書家味太甜。

題董文敏仿顏書墨迹三首①

巧力如何聖智論,不應口説但心存。平原津若華亭問,肯向人留筆墨痕。

二王以上有高古,寤寐嘗思米老言。不可力追偏悟到,竭吾才處是逢源。

龍爪書從瘞鶴尋,褚公銅甬孰金針。宋殷二石皆衣鉢,未必香光肯嗣音。宋廣平、殷君夫人二碑,顏書之至者,然董文敏心眼抑更有在。

題宋拓聖教序三首②

竇家不著帶名書,肯縈神明孰討諸。當日球圖萃天府,區區未是劫灰餘。

腷臄如漆紙如簾,蟬翼誰曾宋拓兼。莫信良常評斷本,誤將松雪辨題籤。此碑斷於明天順初年,而王虛舟謂松雪所臨是已斷本,是見贋趙耳。

良常題失五十載,印記猶存沈與裘。爲仿偏旁白石考,又看題跋續虛舟。

文衡山湖州眺遠亭圖卷③

眺遠亭築東林山,錦峰塔院數武間。有客來登雨初霽,秋光縱目千煙鬟。平原繡壤帶橫直,清溪曲澗交灣澴。風帆沙鳥静吞吐,會心清遠兼幽閑。畫中有記記中畫,文工墨妙難追攀。作記者誰顧都諫,駱兩溪句鏗清潺。兩溪時尚未移疾,築亭吳子名龍,字九淵。旴時艱。都諫之記似有謂,知者藏用如避患。是時何時仲秋望,孔雀毒羽飛蹁

---

① 此詩題位於手稿本第 4952 頁。"顏書",手稿本作"顏魯公書"。
②③ 此詩題位於手稿本第 4953 頁。

斕。何人亭上望雲際,但見漁子拏舟還。笛聲中流歌四起,湖光千里
玉一灣。軒窗豈止尋丈外,襟帶表裏窮江關。停雲先生住山久,胸次
硉兀紛誰删。八分沖和益超詣,遠與梁鵠鍾繇班。想由目馳得筆縱,
此圖一氣相迴環。眼光直可接萬古,渺渺一粟周人寰。我欲作樓高
百尺,揭此兩字舒心顏。捲簾如水攬明月,玉鈎正挂蛾眉彎。

芝山買得宋人闕名墨迹九行是蘇後湖詩札後第一跋
爲人割賸者次後湖詩韻題之二首①

馬曹對飲有餘風,仲叔滄臺一笑同。負笈羅浮季孟在,不知何以
答坡公。

便道相過德友家,山中小徑不攲斜。乞栽小筆何年合,重訴東風
廿四花。

寶蘇室②

寶蘇成室日,小研發奇光。竟有坡翁字,蒸來古墨香。米顛非寶
晉,韶郡記名堂。韶州有公書政寶堂字,方綱嘗手摹勒石。一字蕭堪買,三遊洞
未荒。眉山祠有券,趙郡姓難忘。昔嗜西京雋,蘇庵浙滸旁。明海鹽陳
文學許廷撰《漢書雋》。平生香一瓣,假寐日三商。排蕩秋寥廓,沈思晝渺
茫。憶前冬戊子,獲手帖嵩陽。雪羽驚蘇頌,烏雲夢蔡襄。伊誰能妙
繪,有物忽來囊。信本唐碑體,商邱宋氏藏。箋詩自施宿,槧本出淮
倉。豈必查初白,能嗤邵子湘。百年殘軸錦,三像並函裝。金山龍眠畫
像,廣州小金山明人摹像,又趙子固畫研背小像。入室滋慚怩,摹書鬱慨慷。峨
嵋蟠地脈,滄海倒天潢。石肯緣滕倅,供雪浪石盆銘。筵非爲蜀岡。去年
有《續禪智唱和集》勒石揚州公詩之側。弦峰奚必粵,齋壁摹英德南山題字。定惠豈
須黄。《定惠院月夜偶出》詩墨迹雙鈎藏篋,謝蘊山爲勒石。認取千燈影,蛟龍萬
丈長。

---

① ②　此詩題位於手稿本第 4955 頁。

送丁受堂之官雲南二首①

歸耕最是世情語，蓄願方於攬轡初。萬里山川遊子夢，小窗燈火故人書。瀕行顧婿緣憐女，好去臨民慰倚閭。若過江陵訪親舊，相思試托武昌魚。

髫齡中表最知名，聽雨連牀幾弟兄。不遠城南説韋杜，何年庵始結蘇程。山從涿水西彎去，雪是楊郎北望情。方接薌圃書也。宦海偏思辛苦味，深宵茅屋讀書聲。

諸公枉過爲題壁上雪浪石盆銘賦此爲謝②

雪色之壁萬怪屯，天球大貝彝與尊。③我齋蘇齋室蘇室，注家不敢談東昏。當年作齋名雪浪，一棹卷盡江南村。玉川先生那縮地，垂慈老人未入門。不傳之妙豈言喻，時時來入公夢魂。天吳浪頭互出没，濛濛息息皆歸根。篆煙一縷非水脈，指端數盡過去痕。迴環拓作大圓鏡，静對要與諸公論。松風沸沸茶鼎熟，試聽聊當珠瀉盆。曲陽飛狐翠墨滿，題名更看王處存。

---

① 此詩題位於手稿本第 4956 頁。
② 此詩題位於手稿本第 4958 頁。"賦此"上，手稿本有"拓本"字。
③ "天球"，手稿本作"明堂"。

復初齋詩集卷第十九

秘閣集五<small>己亥二月至八月</small>

二月四日上御經筵臣方綱以校理侍文淵閣敬歌以紀①

中天書庫照萬方,群玉册府開文昌。今之文淵古秘閣,帝作之記文聿詳。勒碑閣東仰宸翰,復書於閣於中央。匯流澂鑑榜四字,倚天照水金煌煌。又題先天生一義,成之地六陰含陽。五奇六耦象結構,②最西一架其梯桄。前臨方池後叠石,石迴軒砌池映廊。文華後檐主敬對,以次而北圍紅牆。昔聞迤東五楹制,東西内署分兩房。金元上溯宋三館,書目輯到孫與張。何幸重開際熙代,集成圖史垂縑緗。聖人有作道統備,聲金振玉謨洋洋。詔袞四庫極萬種,天禄特啓諸琳瑯。四方購獻卷各萬,散篇大典蒐遺亡。武英繕録兼校刻,文淵規式爰料量。先是浙中范氏閣,獻書因繪來帝傍。帝曰麟臺有故事,領閣直閣咨官常。提舉校理及檢閱,翰林詹事局與坊。③遴選俾充典司職,全書薈要齊軸裝。五年奏最褒錫屢,二月講幄春晝長。是日御講《易》《論語》,先勞無倦益道光。《論語》"先之勞之"一章,《易》"自上下下"二句。墀下講官拜稽首,橋邊緑樹仁風翔。天光下臨步升閣,萬卷一氣

---

① 此詩題位於手稿本第 4959 頁。
② "象結構",手稿本作"得中合"。
③ "翰林詹事局與坊",手稿本作"内閣翰苑偕春坊"。

生晶芒。雲團九光日五色，精神萬古會一堂。傳心東殿儼晤對，羲農軒堯舜禹湯。諸子諸史總別集，純乎至理非文章。帝以躬行爲論説，即以實踐爲收藏。不須辟蠹用芸葉，自有至治爲馨香。臣等校讎日何補，周阿趨步徒彷徨。源於敦討津敦逮，_{文源、文津二閣。}淵乎大海誰爲梁。聖學高深極廣大，遊其下者胥以匡。目營非可寸尺度，面立更恐行習忘。昔者胡儼顧清賦，僅侈臺榭誇芬芳。元秘書志事無紀，宋崇文目卷既荒。禮儀職官與經籍，由乎百世等百王。每來閣前輒惕息，況承謦欬瞻丹黃。作君作師本合一，中規中矩慚趨蹡。不獨一十六載憶，香案西側陪班行。

送王述庵大理假歸青浦二首①

廿載馳驅答報心，得承慈竹覆春陰。却從愛日鄉園景，細話君恩泖海深。花發宜男添茁畹，帖題丙舍仿來禽。江雲澗露霑濡重，夜夜聽鐘夢禁林。

論詩湖海見天真，鄭學箴規憶故人。每共寄園尋昔夢，敢援王翰願爲鄰。山崖金石應新訪，蒲褐香燈證夙因。稧事來年增卷軸，僧廊相待落花辰。

未谷屬爲摹文衡山眺遠二字扁其樓題後二首②

星河北户雨西山，俱在蒼茫未到間。何事輪君獨先我，披襟恰對小樓顔。_{未谷園名披襟。}

八分寸尺論萬里，只惜停雲派尚肥。更上一層窮遠目，與君相視叩精微。

題蔣清容編修攜二子遊廬山圖③

俙俙蓑笠初郊坰，一童一擔偕輿丁，二子隨侍如趨庭。誦乃翁詩

---

①　此詩題位於手稿本第 4962 頁。
②　此詩題位於手稿本第 4964 頁。
③　此詩題位於手稿本第 4966 頁。

水瀉瓶，稍稍霧雨生沙汀，林幽谷轉雲冥冥。畫者至此神爲停，變眩忽出山真形，蕩蕩雲海浮四溟。玉霄仰接神淵渟，三叠之泉九叠屏，峰蓮谷錦石落星。全勢開闔役百靈，洶洶呼舞萬雷霆，與爾唱答來丁寧。説偈或講化城經，負笈亦草新宫銘，一氣震蕩諸軒楹。金庭紫房本不扃，琳編綠字子儻聽，聞有禹篆垂千齡。圓鏡夜朗晨光熒，子必讀之載歸舲，卅年舊圖酒忽醒。<small>清容有《歸舟酒醒圖》。</small>一笑對榻瀛洲亭，爲君題軸憶車輪，袖中我亦廬山青。

惲南田仿唐子畏萬壑奔流圖①

舊聞三泖入海處，欲借漁舠理素琴。山石龍嵸木樛曲，如何只會寂寥心。

陪裕軒慕堂遊宏善寺六首②

一夢城東塔，迴思四十年。寺門橋未改，墳冢偈空傳。<small>南有墳冢寺，董文敏書偈。</small>院樹深春雨，茶甌澹午煙。三生石上句，何必葛洪川。

正德中官建，韋園説至今。紅棠非昔感，素柰記繁陰。殿接溪亭址，潭空石磬音。紫藤牽蔓處，猶似假山岑。

似有寥天響，蕭蕭素壁風。虬枝雲影外，丹頂月明中。少保通泉迹，知章草聖同。一時前輩盛，對榻想諸公。<small>寺後静觀堂壁，禹慎齋畫松蕉雙鶴。</small>

鶴賦香泉筆，題牆古所難。書於前戊子，時未赴南安。墨竹毫端語，青蛇袖裏看。登登半日響，累客倚欄杆。<small>寺有陳子文書徐天池《畫鶴賦》，又有勒石一本，是日命工拓之。</small>

弔古禪牀眼，楣題燦日星。莫輕内史篆，中有惠山青。看我摹分隸，如參止觀經。田盤二公説，真個萬松聽。<small>林鹿原八分書“聽松”字蓋仿惠山篆也。</small>

---

① 此詩題位於手稿本第 4967 頁。
② 此詩題位於手稿本第 4968 頁。“裕軒慕堂”，手稿本作“裕軒學士慕堂少卿”。

出郭不數武,沿村凡幾家。酒帘橫菜畞,農候過桃花。借石穿坡徑,因松步水涯。直須邀共宿,^①坐到月西斜。

坳堂來訂芍藥之期兼訊裕軒釣臺之約賦此兼呈裕軒辛畬慕堂魚門^②

四年春禊不曾修,傳語韶光爲好留。天意豐臺仍釀雨,主人野圃屢登樓。結成遠夢花怊悵,選與濃陰鳥唱酬。何與雕欄膽瓶事,西山一碧在簾鈎。

宿善緣庵^③<small>甲戌閏四月飯此</small>

廿五年前客,憑窗看水紋。草痕纔過雨,松頂有留雲。梵唱傳虛籟,人煙澹夕曛。蕭然借榻者,了不起聲聞。

三月二十五日御試正大光明殿恭紀^④

御榻天香繞,金爐裊篆紋。風來五明扇,步起九光雲。<small>上步至諸臣試席間。</small>山寺詩同擬,花磚日未曛。紫霄拈一義,處處妙音聞。<small>試山夜聞鐘詩。</small>

雨訪退谷不果^⑤

昨枉菜香主,約我山櫻紅。五華臥佛間,梯絕石嵌空。虎迹徑已斷,道人飢且聾。近在山之麓,數里輿可通。有此人外境,何惜子與同。且言恐不遂,入城極匆匆。襆被苑東庵,濕雲掩西峰。默誦退谷志,側聽南磵鐘。晚飯柳陰下,薄靄青濛濛。

閔正齋奉饌圖^⑥
<small>名貞,湖北廣濟人,工寫真。</small>

孝哉閔子行,肖哉閔子圖。請陳圖所肖,爲君筆重濡。君昔失怙

---

①　"直須",手稿本作"更須"。
②　此詩題位於手稿本第4971頁。詩題手稿本作"汪訒庵户部來訂芍藥之期兼訊裕軒學士釣臺之約賦呈裕軒辛畬慕堂魚門訒庵"。
③④　此詩題位於手稿本第4971頁。
⑤　此詩題位於手稿本第4972頁。
⑥　此詩題位於手稿本第4973頁。

恃，形貌無人摹。日夜以哭泣，兒啼聲呱呱。時時向太空，繪影俄有無。自顧轉自驚，何以有髮膚。乾坤浩茫茫，叫絕淚眼枯。忽逢村間叟，仿佛蒼眉鬚。拜揖延至家，諦視信不殊。款之以酒食，冀得記錙銖。翌日貌諸紙，所記嗟復虛。屢貌屢不似，窹寐以欹歔。一旦竟得之，此腕非操觚。痛哭置筆拜，此果吾父乎。異哉又一嫗，亦宛遇之塗。天爲孝子繪，巧使相逢諸。依依雙遺像，一幅挂於廬。從此能貌人，無弗心手如。嗚呼精誠感，何必筵降巫。皤皤二老人，日日真倚閭。三醴視漿醨，八珍沃淳母。飯用黍粱稌，芼之葱芥菹。春秋霜復露，晨昏盤與盂。呼兒侍佐餕，喚婦出中厨。所以別摹此，一堂儼怡愉。兒後孫隨母，子傍婦獻姑。婦傍又兒妾，相亞青羅襦。妾也昔年病，病中絕復甦。云見二人來，念兒及兒孥。二人今未亡，謦欬此庭除。食息相與偕，温清相與俱。昊天相與永，愛日相與娛。人生獨何事，富貴與名譽。金紫到卿相，神仙到華胥。囊致萬金產，胸積萬卷書。不如茅屋下，手披一板輿。不如菽水間，手摘一新蔬。徵詩逾千首，讚佛跪雙趺。不如寫先像，宛宛如當初。人雖抱此心，誰有此手歟。君乃有此手，而我空嗟吁。嗟吁不自解，愧彼反哺烏。

題未谷所藏郭天錫墨迹①

朱方髯翁畫師米，暮靄秋山枕篷底。不知髯畫觀髯書，雪擁花根濕洸洸。初春氣動人已覺，旭日光浮翠如洗。筆墨中含造化心，渾圓那執吳興體。吳興北海一機杼，王蒙張雨誰兄弟。甘泉坊傲快雪齋，蘭亭帖辨皇孫邸。方外了堂豈多覯，論交清閟窮根柢。明叟乞書年莫記，笠澤蝸廬墨同泚。桂君買自長安市，示我乙春春未啓。留題挂壁又四年，鼠臘何心璞輕抵。雙鈎擬置趙張間，書派瓣香追祖禰。臘源巡吏家北山，周鼎梁銘溯迢遞。寒冬殘漏短檠光，爲爾懷人幾潸涕。摩挲紙熟字起立，奕奕歊雲古追蠡。

---

① 此詩題位於手稿本第 4978 頁。

三研齋詩二首①

本合名真研，云三乃示謙。一手三研，真研不損，東坡帖語也，予爲臨此，故
匏尊以名齋。拓銘時自笑，轉語要人拈。片月涼侵几，微雲淡卷簾。如
何陳與閔，一手畫能兼。②玉池、正齋皆爲此圖。

太白杯酬月，淵明影答形。沈郎休漫咏，蘇子或來聽。墨儘磨人
瘦，詩應乞我靈。袖中滄海闊，石氣爲誰青。

秋江浪迹圖爲袁潔仙題二首③

蹤迹誰交浪與萍，等將別號作長亭。寒江風急一聲笛，吹到蘆花
酒忽醒。

十載扁舟夢不真，淹留露夕又霜晨。④却從天淡雲閑處，炯炯秋光
識此人。

魚門將售所藏僧石濤畫竹西歌吹圖卷邀諸公同觀賦詩留之⑤

雷塘一邱誰復記，空說西來祖師意。張燈賞酒問梅花，多少胸中
舊遊事。十里珠簾廿四橋，三生杜牧小紅簫。禪榻茶煙正寥寂，天風
忽起江門潮。潮來夜半西風急，江東估客篷窗泣。嬝嬝吳船水調開，
冥冥楚竹清湘汲。清湘本是栖禪老，畫耶禪耶一懷抱。前身明月滿
揚州，蒐盡奇峰爲畫草。⑥此七字石濤印文。畫草草書渾一氣，燭跋更闌
衆賓醉。南唐去國妓歌時，瀼西園主鶯喧未。紫裘紅錦遊船重，空惹
青苔暮蟬夢。估客還逢昨寄書，殘灰欲撥仍呵凍。江渚憑欄又一時，
謝郎有約踐還遲。請援禪智留題語，重續漁洋唱和詩。前年蘊山守揚州，

---

①　此詩題位於手稿本第 4980 頁。詩題手稿本作“三研齋詩同未谷正齋玉池載軒縠人端林
秋江賦二首”。
②　此句下注文中“此”，手稿本作“作”。
③　此詩題位於手稿本第 4981 頁。
④　“又”，手稿本作“與”。
⑤　此詩題位於手稿本第 5074 頁。
⑥　“爲畫草”，手稿本作“打草稿”。

予爲和跋坡公蜀岡詩刻,有《續禪智唱和集》。

錢舜舉畫林和靖像①

玉潭先生生宋晚,二百年前吸湖淥。祇應借此冰雪人,坐對瓶梅粲霏玉。東坡只記眸子瞭,未盡天機浣塵俗。豈知全是梅花神,月影橫窗斜轉燭。梅花之外即湖光,六橋三潭寫不足。濛濛一片來几榻,子鶴妻梅真骨肉。水邊竹外尚有句,梅序歐評那能録。②和靖集,梅堯臣序。昭琴不鼓點瑟希,有聲之畫無弦曲。看梅吟趣亦强名,卷前鄭雍言篆題曰"西湖吟趣卷",尾周岐鳳跋云"觀梅圖"。雲山韶頀非絲竹。空山寂寥悟者誰,落花無言淡如菊。

未谷愛温飛卿波生野水雁初下風滿驛樓潮欲來之句倩友畫扇屬題③

吳國斜陽越國春,漁舟東去是何人。阻風中酒年年事,酒醒風來迹又陳。

三雲以姜葦間墨迹屬題兼以葦間家藏蘭亭二本爲贈賦此二首④

金注無如瓦注强,人皆米董我鍾王。若從尺牘收官帖,續譜何煩白石姜。瓦注、金注,徐壇長評葦間書語。米董、鍾王,先生詩自謂也。

書到成家筆方縱,查初白寄葦間句。成家不易縱尤難。湖邊淥漬憑誰識,可抵元興賦牡丹。

緑香草堂爲裕軒賦⑤

嘉樹嘉蔬同一緑,菜香香到緑香香。菜猶有味名防噉,報道先生味已忘。

---

① 此詩題位於手稿本第 5077 頁。
② 此句下注文,手稿本作"和靖集,皇祐五年六月太常博士梅堯臣序"。
③ 此詩題位於手稿本第 4986 頁。
④ 此詩題位於手稿本第 4987 頁。"墨迹",手稿本作"先生手牘册"。
⑤ 此詩題位於手稿本第 4987 頁。

次和東墅二首①

常抱虛名懼，新詩遽見推。前人誓江語，必副濟川材。秀水朱竹垞辛酉典試江南，有《誓江文》。借問盟幽獨，奚憑朗鑒裁。空山水石靜，何以轉驚雷。

朱李兩辛酉，南方士論推。竹垞、穆堂。今茲陪哲匠，夙昔想名材。鐸可輶聲叶，箇應律竹裁。東吳牛斗氣，早已辨張雷。

趙北口②

汀鳧沙鷺散作群，九十九淀同一雲。我輿正穿鳧鷺影，朝光漾漾蒲藻紋。橋南老柳似識我，倒挂蛻碧蟠蝹蝹。八年重來增我忸，十里屢憶憑斜曛。宜田大書又粉剝，橋榜"燕南趙北"四字，方制府書。茶山舊篋空遺文。煙中何處答禽響，網際忽有涼蟬聞。

雨宿獻縣次東墅韻③

斗覺秋心颯瑟生，寒雲野渚蕩空明。忽飛急弩斜穿樹，驟響跳珠欲撼城。一榻新涼入蕉卷，四陂徹曉有蛙鳴。畿南麥稔魚蝦賤，不獨挑燈唱和情。

宿德州作④

我行德水濱，緬懷德水子。結亭以杜名，曰奉杜陵祀。虔若事父師，自謙鈔胥爾。其鈔世罕聞，聞亦莫之喜。益都香草生，知我役經此。前年寓我書，款門訪故紙。獲置歸輿中，讀之風雪裏。編香乖次弟，點竄失文理。豈惟昧杜義，蓋未喻詩旨。微言又一編，⑤漁洋所稱是。惜哉不得見，躑躅徒水涘。嘗愛胥鈔名，托意良有以。涪翁大雅記，早得詩家髓。盡掃箋詁釋，乃見真子美。近時仇朱輩，掇拾益蕪

---

① ② ③　此詩手稿本闕如。
④　此詩題位於手稿本第 4996 頁。
⑤　"一編"，手稿本作"一書"。

鄙。誰識鸞鳳律，一洗箏琶耳。來者或未知，往者咸在矣。吾見三十家，得失具可指。<small>方綱所見杜集注本三十餘種。</small>嗚呼六經後，二雅同一軌。借使宣聖見，正等星宿掎。欲仿授經圖，請從豫章始。下逮金元明，所務源測委。達哉衞湜言，言不必出己。古人立之師，質樸以爲紀。忠孝出天性，夫非杜獨矢。元音在天地，亦非杜乎擬。溫柔敦厚教，規矩繩墨視。學人宜諒之，此辨非得已。吾聞吳若本，精出宋時梓。恐難一端執，紛又千家起。安得深校讎，大書瑩吾几。竟用鈔胥例，屏絕群言綺。蘇施黃之任，瓣香同受祉。彼尚有言說，而此空諸倚。折衷詩之聖，考鏡詩之史。魯韓奚判齊，興賦可通比。此願蓄廿年，宿此彌深企。歸摹浣花像，旦旦薦蘋芷。庶假夙夜勤，以證後先揆。萬川匯一條，同歸大海水。

和東墅喜晤令侄通判之作①

一夜論家學，依依隔榻聽。不同迎使節，渾似到階庭。麥試新溲白，<small>通判餉麪。</small>山知舊夢青。視余均骨肉，相對亦忘形。

宿高唐州作②

塔尖卓城端，夕陽在林表。我興環城來，正受夕陽繞。昏黃驛窗夢，塔影猶了了。興聲催我起，落月高樹杪。一片鱗鱗雲，耿耿大星曉。

東阿王墓十二韻③

魚山聽梵處，山綠水潺潺。異代還遺響，何人寫素弦。陳思返葬地，東土舊封堧。氣或蟠漳郡，神應感洛川。波瀾才獨富，珠璧握誰先。後世相知否，余譏早懼焉。城隅嗟蔓草，祠屋但空椽。尚托文編夢，寧教雨隧穿。<small>邑志云：“相傳雨嘗壞墓。”</small>白雲東海畔，黃石穀城偏。壁想南園句，<small>明黃哲有東阿王墓詩。</small>談聞北庫傳。此碑尤詭麗，拓本或訛沿。

---

① ② 　此詩題位於手稿本第 4998 頁。
③ 　此詩題位於手稿本第 4999 頁。

孔羨黄初字，①何如李仲璇。王文簡《池北偶談》載東阿土墓碑文多訛舛。

冉子祠②

王瓜園北阿縣南，壞垣躑躅停征驂。其前有亭後有閣，其閣三架如三龕。茶棚義學名屢易，③冉子祠字存兩三。祠初因墓遷自汶，汶西橋側人猶諳。東平受封在何歲，遷來時代誰稽探。④張許之記不可見。_{元張瀚、明許彬。}祠後斷石苔毿毿。祠田舊有三十畝，興廢舉墜今正堪。祠生祭器以次復，歸當細與州牧談。德行兩字照天壤，風雨四序皆和甘。斯人斯疾語即誅，比吳季札碑何慚。

酬東墅東平道中與覃溪訪碑之作⑤

昔歲陪司空，周度敷淺原。今兹共宗伯，憑軾魯東藩。圖經切掌故，邦禮備考援。跂彼嶧者嶧，渺若流溯源。賤子嗜下學，於道弗爲尊。大小雖不同，夙夜矢勿諼。氣味苟相似，勤劬曷足言。扶僮步仄徑，攀葛尋頹垣。冀以耳目力，培此忠孝根。文章豈一技，六藝有籬樊。我續歐趙録，不憚椎拓煩。岱宗與曲阜，未遍星辰捫。任城釋可補，滋陽圖僅存。剔蘚釋午倦，挑燈忘夕殤。鄒滕指徐宿，秋光滿行軒。擬過菊花節，試與辛楣論。_{時錢辛楣掌鍾山講席。}

暴書臺⑥

_{至元丁丑摹，楊辛泉篆。}

我愛楊家篆，夙懷沂上字。摹勒乃在兹，溯源初不二。_{楊有《六書統溯源》。}風乎舞雩乎，略取暴之意。豈其必有臺，而書必有笥。或云暴非曝，宣取表章義。是亦强索解，未知道即器。秋陽以暴之，在人未

---

①　"字"，手稿本作"奏"。
②　此詩題位於手稿本第 5000 頁。
③　"茶棚義學"，手稿本作"義學茶棚"。
④　"遷來時代"，手稿本作"遷之先後"。
⑤　此詩題位於手稿本第 5001 頁。
⑥　此詩題位於手稿本第 5004 頁。

墜地。大哉居廣居，以作斯臺記。

雨後滕縣道中三首①

初日柳陰低，沙深盡作泥。露翻垂葉響，水與立苗齊。濕霧兼人氣，流雲亂馬蹄。輿夫爭覓路，滑澾類鳧鷖。

十里官橋渡，波平欲没橋。鞭如雙槳滑，輿似並舟摇。午集魚鰕市，秋腥蚌蛤潮。漸知江路近，竊擬聽風謡。

土產花無譜，誰知白似銀。李長蘅詩“滕縣花開白似銀”，漁洋過此有“不見花開白似銀”之句。剠論九百畝，遠隔二千春。大略寧空説，當時必有因。俗儒佔畢了，安得見精神。

驛舍與束墅各話髫年事感而次韻二首②

縱有傳家萬卷書，豈能酬得一潸如。以君奉使今追昔，況我思親岱及徐。憶康熙癸巳先子自河間往江寧也。秋雨又看滋宿麥，午餐不忍食烹魚。菜根清節如何礪，始可無慚宰木廬。

嗟君視我弟昆如，贈處焉勝橐素書。忠孝更應深夙夜，文章可但效嚴徐。先人皆墮名場淚，爾我曾爲點額魚。今日捫心對江水，許多寒士在蓬廬。

淮上寄内③

昔年曾和長卿詩，正是淮南落葉時。驛舍宛然尋舊夢，候蟲似與話前期。城陰漠漠人來少，水氣昏昏雁去遲。海岱迴看又千里，暮雲簾閣雨如絲。

清流關④

南唐置雄關，作鎮表巖嶂。西北控諸峰，斗絶無與抗。在德不在

---

① ②　此詩題位於手稿本第 5007 頁。
③　此詩題位於手稿本第 5022 頁。
④　此詩題位於手稿本第 5025 頁。

險，水失長鯨碬。周師直冞入，遂屹中軍帳。<small>今關下有中軍帳址，即周師入處。</small>徒使後百年，太守升高望。攬此環滁山，酌彼溪泉釀。我來雲竇穿，稍即蘭若曠。謝子訪碑共，斜日危欄上。蘆子谷不遠，落馬澗誰訪。陸游馬令書，地勢久遺忘。<small>《南唐書》皆無志。</small>讀者誤歐文，謂此擒二將。<small>擒皇鳳自在滁城東，今其地有落馬澗，而近日詩人多謂擒皇鳳於此關，是讀歐文而誤也。</small>城南望城北，遊客迷背向。<small>《江南通志》云關在滁城西北，而《方輿紀要》諸書誤謂在城西南。</small>古迹多若兹，令人每惆悵。

滁州道中四首①

日日東南霽色初，亂山密密樹疏疏。路從定遠縈分汊，驛到池河已望滁。俯仰凸凹連鳳嶺，丹黃曲折勝龍舒。茶亭樵舍皆天造，處處灣環可結廬。

磨盤山頂路千盤，何必秦關蜀棧難。天逼羊腸剛仰面，人扶馬背當憑欄。迷離日影雲光轉，繚繞蔬畦稻壟寬。合著歐公來作守，文章直得好山看。②

琅琊秀色藹葐蒀，妙語黿家寄所欣。青嶂豈供僧説法，釀泉實喻我論文。鐫鑱石洞留高咏，縹緲琴臺弔使君。<small>李幼卿。</small>最是西南巖壑美，可無一義補知聞。

庶子泉銘泐否曾，世間真刻幾陽冰。蠣虹亭古波猶齧，般若臺摹骨不勝。倉史何年來幻化，蘇梅爾日共嗟稱。篆書第一神奇迹，可惜剜苔訪未能。

烏衣鎮二首③

鎮在滁州東南三十五里，有榜曰古烏衣巷，訪碑不獲，賦此呈東墅。

---

① 此詩題位於手稿本第 5026 頁。
② “直得”，手稿本作“值得”。
③ 此詩題位於手稿本第 5028 頁。

王導紀瞻皆有宅，如何澗響近南滁。風簾雙燕依然入，可是橋邊巷口廬。

六朝文藻舊樓臺，多少殘碑待剔苔。曉霧長亭先一笑，秋光似識謝公來。

渡江四首①

我渡黃與淮，皆值風兼雨。昨宵雲忽屯，異哉精靈聚。晨起天日朗，鏡面拭江渚。江渚芳可采，溯洄以延佇。東風動旗脚，神意已吾許。

竹垞昔來南，一再告與誓。夫我誓已久，豈待江之祭。再拜默無言，言乃防文飾。此事伊誰知，但在心自勵。仰見江光中，神明塞天地。

謝公我同岑，二十八載俱。未得如此行，胸次相與輸。江舫十里間，上下千載餘。笑談清光溢，雲水照碧虛。安得倩好手，寫此成畫圖。

浦口塔如鍼，脈脈漸迢迢。中央指吳楚，極浦山蕩搖。雖已即鍾阜，未得凌金焦。長嘯萬里風，憑眺心沈寥。金天西顥氣，已接大海潮。

江寧貢院四桂行用東坡試院煎茶韻②

江城雨後秋始生，江堧曙淺雞初鳴。披衣步繞落月影，香霧撒空金粟輕。檐前對植雙桂二，院深未識遲開意。或云栴檀婆律與甲煎，凝脂漸漸來涌泉。或云人情得隴每望蜀，雙株舊已瑩冰玉。昔聞此桂只二株。遶才我怒真輖飢，庭陰牆角又井眉。輪囷拳曲一奇氣，天葩月蕊相肩隨。大圓鏡照即八桂，記我仲秋望後手掇一枝時。

判試牘尾四首①

采芳廬阜廿年心，澹泞空濛寄遠襟。借問巖泉無結構，如何山水有清音。躊躇妄嘆千秋畏，悵望孤情一往深。不是文章煙月語，典謨儼若帝天臨。

夢裏巉巖石骨青，移文欲問草堂靈。己山字豈元夷簡，陽羨茶非陸羽經。薪火誰能傳既燼，巾箱幾見貌真形。天機刻露諸前輩，不獨滄洲怨鶴銘。

雄奇更要選和平，果否聲音是性情。原委膠庠周四術，②縱橫禮樂魯諸生。山中老宿還風氣，江上秋空又雨聲。多少津梁渟蓄在，他時幾個可施行。

敝帚毫錐等自憐，忍將長物笑寒氈。兔園馬肆成何用，麟角牛毛敢望傳。九穀膏腴非下地，六經日月正中天。相期閉戶深追琢，莫遣菑畬付石田。

---

① 此詩題位於手稿本第 5031 頁。
② "膠庠周四術"，手稿本作"隸蝌韓八代"。

復初齋詩集卷第二十

秘閣集六己亥九月至庚子正月

樓霞道中示蘊山①

從我負書非曰歸，②詩情先逐曉雲飛。重陽細雨遲黃菊，六代精藍冷翠微。遠眺合教青眼共，深談喜未素心違。洞天且莫題名姓，苔蘚濛濛恐濕衣。

後　湖③

水閣枕湖堧，扶欄淨午煙。蘆花都作絮，芡實不論錢。網户排鰕籪，魚租課葑田。我來非弔古，輿誦聽豐年。

望攝山④

茲山卓如傘，秀色凌江城。異哉深綠積，蓋得藥草精。鍾山西南來，蜿蜒亦有情。到此一結聚，淡若非經營。如與齊梁人，覿面初合并。未及晤言接，先以松風聲。鬱紆吐真氣，似欲導我行。不敢遽長嘯，恐使山靈驚。

---

① ③ ④　此詩題位於手稿本第 5033 頁。
②　此句上有眉批"刻本作'尚記城東並轡歸'，自己存稿仍依原本"。

半山亭①

謝郎相待小九華，竹輿伊軋如撐艇。扳聯脱去主客意，自有山靈相造請。一峰中分二峰路，西岫霞光接東嶺。始識斜陽一點碧，尚在盤盤最高頂。直瀉之中稍停蓄，欲於往者參來境。地逢寬處肯放間，又敷坐席支茶鼎。暌離會合詎有端，攜手披襟豈非幸。江南江北千萬峰，供此虛廊半欄影。君念前遊應閲熟，要於平坦尋幽迥。下方雲起上方鐘，更度松窗光囧囧。

登攝山最高峰頂作歌②

攝山山勢趨正東，三面接山山不同。連延平迤控鍾阜，落星畫石排龍猣。其俯亭閣其仰石，諸峰諸寺皆嵌空。中峰直上裘挈領，紫閣一線雲蕩胸。穿雲不知在雲上，四垂但見煙濛濛。南則縈青北繚白，白光忽與層青通。萬山巉巉若拱揖，大江滚滚來朝宗。瓜洲兩崖夾鏡小，金焦一點微藍濃。大舶如粒渺東去，有人仰望支煙篷。百卅丈頂傘蓋杪，四三遊客僧窗中。一株鴨脚十丈立，如薺平地誰攜篛。我亦層層瞰來路，泉抱雲石雲交松。齊梁棟宇唐宋迹，斷靄攝入斜陽紅。極空無雲目萬里，鏡天一碧江青銅。十日登可補九日，謝郎句恰陪謝公。霜高助我奇響發，洲尾浩浩來天風。

宿文殊庵四首③

底須茅屋結仙真，九老松如九老人。夜半涼生山翠逼，畫圖始悟潤龍鱗。

略彴攲橫杳靄間，樹穿山月月穿山。不知仍是前來路，只向溪橋覓往還。

院小樓高束月光，出門延月有松篁。一燈收照濛濛息，萬壑千巖

試較量。

靜境從何百籟生，了然無寐亦無營。不虛襆被禪牀宿，收得空山鳥雀聲。

叠浪巖①

連林煙霧變眩中，一石如潮起大海。衆石因之叠成浪，目未轉間狀又改。沄沄激沸出奇峭，瀲瀲奔漾發光彩。嵌空玲瓏石應爾，涌現波濤理安在。此峰瀑布來中峰，是時瀑勢猶未雄。驚雷一道忽跨澗，怒馬萬匹爭飲虹。我來拾級不敢上，盤旋洄洑於當中。竟有水聲浩呼洶，瑽琤迴薄巖凹風。不獨水聲兼水氣，湍立如山森可畏。移時凛冽毛髮寒，湏臾洞虛無雷雨至。梵音石瀨四面來，洞穴山精那得閟。孤亭兀寄一葉舟，月出東峰不能寐。

雲片石②

德雲庵過白雲庵，遥見蓬蓬雲滿院。度橋小憩橋西亭，我與白雲初對面。一西一東從何來，滾滾濛濛翳深殿。忽然結作萬廠戶，羅列撐空諸怪變。縱橫掀舞掉尾脊，觀者循廊目爲眩。我從峰頂得脈來，雲葉雲根初一線。瓔珞華交妙鬘旋，芙蓉蒂接兜羅冑。泊來中央四合抱，飄如衣袂飛如練。茫乎浩乎大雲海，蛟鼉黿鼍來酣戰。霸者下垂圌上升，墮掣流星圓劃電。攝之靜坐凛仍逼，氣欲蒸空青可鍊。道人莫漫拈幻形，但執天花石巖片。

天開巖③

西嶺不識朝暾升，地險石巨排層層。中開一徑豁石壁，危梯如削不可登。何年巨靈以手劈，巖谷呼舞相然應。尚餘石縫作開合，右脅一掩千峻嶒。石花噴綠苔蘚漬，半巖松氣青相承。始知初日罩巖際，

①　此詩題位於手稿本第 5036 頁。
②　此詩題位於手稿本第 5037 頁。
③　此詩題位於手稿本第 5038 頁。

萬峰直下皆欄憑。赤文緑字儻可迹,架廠鑿户初誰勝。傳聞㞠業三大字,開巖近曰釋惠能。①又聞南唐二徐筆,蝌篆遺法光金繩。捫蘿四顧渺何在,千佛之題蝕否曾。②巖深去急覓未遍,禹碑摹本空嗟稱。俗儒信耳不信目,此習亦到巖間僧。二楊釋文太揩拄,嗟此何足相蟲冰。出巖謖謖風掠耳,露濕襟袷寒凌兢。

受翠樓③

紫閣峰轉太古堂,曲房直檻交迴廊。樓背之峰峰背樹,十步五步皆澗岡。宋齊已來之黛緑,真色不受秋空霜。修眉嫮顔與列鬢,凸凹濃淡排青蒼。今晨雲霞昨煙雨,石寶炯炯穿初陽。中峰左右屹兩股,萬松萬壑森相當。迴環到此大結束,臨高臺以層軒張。拍肩挹袖絢掩映,遠深近淺收丹黄。漸空漸俯忽無際,奇哉叠複不可詳。江東諸山出檻外,緑繞京口兼維揚。陰晴明滅極萬變,嵐煙江靄同一光。千里面規半掩勢,六扇窗甫寸目償。造化增損巧結構,嗟此位置誰料量。更上有亭反遜此,其視平碧惟松篁。乘除可悟消納法,頓挫起伏皆文章。蕩胸之雲一抒瀉,迴輿忽又搴滿囊。翠從何來不可記,旭照雲海仍茫茫。

萬松山房④

六朝松頂六朝雲,枝枝駕鶴栖徵君。九老松前九老嶂,株株化石隨叠浪。爲鱗爲甲爲虬鬚,如塔如峰如畫圖。山形似傘松亦傘,拔地參天到萬株。我來松爲前引路,陟頂松仍貼地鋪。亭邊步移松月漏,巖下卧聽松風呼。一松一廠不重複,或爲杖倚爲欄扶。千峰一氣歲寒友,相拱相揖來奔趨。誰知坐此盡收攝,是有神理非描摹。經營締想豈人意,櫺檻咫尺神爲輸。恐有茯苓結石髓,他時連絡生菖蒲。屈

---

① “近曰”,手稿本作“近自”。
② “之題”,手稿本作“題亦”。
③ 此詩題位於手稿本第5039頁。
④ 此詩題位於手稿本第5040頁。

蟠紏結作古篆,題壁肯辭衫袖烏。憑窗一嘯四山響,未識重來松許無。

江總持碑①

江碑銜繫陳,而撰文於梁。署名佛弟子,稱字或未詳。吾觀總持字,義以禪律彰。亦猶韋霈書,繫曰會稽王。當時布上人,雲鶴共翱翔。缺碑訪古隧,丹青佇遺芳。見江令入棲霞寺詩。頗已弔朗詮,矧今溯會昌。苦空非易説,②未免感文章。曾慕許祭酒,借讀劉太常。山宇集虛白,得非此僧房。且勿執僧書,③區區宋摹唐。

明徵君碑④

昔聞米家詩,私珍舊本拓。今得量龜趺,手自營氈蠟。⑤唐初學山陰,虞褚兼吐納。相王題廟堂,尚憾偃筆雜。淵乎高侍書,天機妙開闔。何止集右軍,懷仁一老衲。更覓高宗題,寂無禪客答。誤云即碑陰,傅會誰強合。松吹晴空來,圓影滿禪榻。

白鹿泉⑥

泠泠隔澗但聞鐘,誰記泉邊鹿迹逢。古篆題詩有喬宇,却教志誤李言恭。"白鹿泉"三字,明盱眙李言恭隸書,或以爲古篆者,訛也。

般若堂觀明人書佛經石刻⑦

書派嘉隆間,⑧文氏其職志。前祝後王伯穀。周,公瑕。頗縢歐虞意。唐人喜寫經,八法兼禪諦。後來杭州塔,鎸摹尚精緻。慧光新安來,白鹿結初地。方外友何多,因緣借文字。五嶽到十嶽,未罄布金

---

① 　此詩題位於手稿本第5041頁。
② 　"易説",手稿本作"吾尚"。
③ 　"執",手稿本作"論"。
④⑦ 　此詩題位於手稿本第5042頁。
⑤ 　"營",手稿本作"摩"。
⑥ 　此詩題位於手稿本第5043頁。
⑧ 　"書派",手稿本作"書法"。

義。所幸江湖間,名譽非聲利。停雲配太嶽,不以官階次。最後書唐敕,隆慶歲辛未。琳琅文館函,尚述詞林記。《佛遺教經》首載唐太宗施經,敕下注云出《文館詞林》第六百九十三卷。況乃波磔精,不獨悟言秘。仲姬楷尤妙,燕子丁可繼。歸路新月乘,剔蘚清涼寺。清涼寺有管道昇畫觀音像並書傳略石刻。

珍珠泉二首①

般若經龕讀碑罷,凌虛倒卷澗風生。誰知眩轉珠千斛,是我憑欄咳唾成。

蓮花池與桃花澗,合作雲霞髓一杯。多少人工費穿甓,跳珠容易出山來。

幽居贈釋子墨禪②

翛然別是一巖扃,③竹杖軍持手自銘。千佛光明皆石翠,六朝文字只松青。小橋路滑憑拈義,飛瀑聲來答誦經。那要天花同丈室,畫禪試問董華亭。

出山呈東墅四首④

匝月評文費較量,煙雲消納到巖光。我初未識參禪義,⑤只愛山空裊篆香。

竹筧高下卷樓臺,多謝山靈闢又開。慚愧有詩拈不出,身從雲霧窟中來。

冥濛月榭太清寒,深諒匆匆下筆難。曉日彩虹明玉鏡,瀕行邀我又憑欄。

大小謝詩人競誦,江南北路我初來。定知熟客招生客,相送山容

①②④　此詩題位於手稿本第 5044 頁。
③　“巖扃”,手稿本作“林扃”。
⑤　“我初”,手稿本作“我來”,“義”,手稿本作“偈”。

一笑開。小謝謂蘊山。

吳天璽紀功碑歌①

秋光晴午閣尚陰，斷石森然蹲杵臼。國山如鼓神讖鐘，鼓有岐陽鐘埶耦。何年判崎左右中，中頂齾缺痕餘紐。左右觚圜勢不齊，或援下柄高圭首。漢碑有下爲柄者，上爲圭首者。舊云二丈恐失實，其文雖渺猶堪剖。或云永先詞崒嵂，或云休明迹蚴蟉。或方倉頡史籀奇，或比牛鬼蛇神醜。天璽臨平出石函，又聞石印書州九。符瑞侈陳蓋此類，炳朖解字夫何有。後來紛紛爭篆隸，篆誠似矣隸焉取。或紊其次或補之，二者交譏誰勝負。元祐崇寧嘉靖題，亦分三段相先後。籌思亭字辨非妄，舉人嗇會逢非偶。予嘗辨胡宗師跋"籌思亭"三字知爲漕廳也，耿定向跋云是日新舉人序嗇會。細參鐘鼎考偏傍，更詁鄒嶧摹峋嶁。昨於攝山觀重摹《南嶽碑》，今日於尊經閣下觀重摹《嶧山碑》。雪客釋文不可見，蘇建書證從誰某。第三石尾一行題，八分托汝千秋壽。

弔周幔亭二首②

六朝斷石斜陽裏，不見山居白髮人。仿佛清涼圖畫在，鼎鐘筐篋想精神。

冶城麥飯扣門來，泉壑松風助我哀。猶有長虹千丈氣，石紋古篆起雲雷。

江寧寓館後臨秦淮即桃葉渡也瀕行題壁二首③

廣霞居士銷魂記，老柳依然舊板橋。我續漁洋寫殘夢，畫簾紅燭雨瀟瀟。

桃葉渡頭風起時，夕陽留客似催詩。書裙正有羊欣在，堊壁欹斜

---

① 此詩題位於手稿本第 5046 頁。
② 此詩題位於手稿本第 5047 頁。
③ 此詩題位於手稿本第 5047 頁。詩題手稿本作"江寧寓館後臨秦淮瀕行始爲憑檻一眺太守章小山謂余曰此桃葉渡也公何可無詩走筆二絕題壁旁觀者太守之子章生也"。

仿獻之。

欲遊琅琊不果①

夜興戒修軫，申旦晡陽崖。褰帷快始霽，旭景疑猶霾。濃霧冒西澗，升雲與之偕。樵響但丁丁，鳥鳴亦喈喈。已度環滁山，未展歐公懷。鬱彼庶子銘，必假深綠埋。鉉鍇既不逢，昨遊攝山訪二徐題不獲。蘇梅安可儕。擇勝或易踐，望古誠難階。寄之八分題，聊記二客來。同時伏膺者，還識此心諧。寄題醉翁亭記石上云"乾隆己亥秋嘉善謝墉、大興翁方綱奉使同來"。

夜度磨盤山②

束炬下千盤，森森石角攢。腥風疑虎嘯，怪樹似虯蟠。參井層霄逼，笙竽萬籟寒。差勝玉連鎖，苦憶杜彬彈。滁牧張樂於醉翁亭不赴。

予既有詩贈棲霞僧墨禪矣滁陽驛壁見慶兩峰觀察懷墨禪詩東墅宗伯愛而次韻予亦次和四首兼寄兩峰③

千佛巖題剔未曾，自追前夢自生憎。歸途齋粥仍餘味，閉目巉巖到幾層。銘石志公誰續志，栖禪僧紹本非僧。巾箱欲貯諸峰在，腕力料量敢遽勝。

峰巔一宿記吾曾，已覺塵勞句可憎。禪畫只添雲半幅，幽居豈在屋多層。儘饒泉響來供客，如許松陰可少僧。尚恨不逢新雨後，栖賢三峽恐難勝。

廉使前宵促膝曾，斯遊草草似余憎。徒言直上崚嶒極，未悉中間曲折層。試覓落花流水路，偶逢采藥拾薪僧。空山雨雪從何悟，蘿月溪煙冷不勝。

金陵懷古訪何曾，簫鼓排筵鬧可憎。借宿因緣他日卜，靈文想像

---

① ②　此詩題位於手稿本第 5048 頁。
③　此詩題位於手稿本第 5049 頁。

閟雲層。寄書華嶽歸來客，<small>時嚴道甫侍讀客遊秦中，聞其歸將讀書棲霞。</small>信誓
含山定後僧。①<small>墨禪和州人。</small>江路挑燈作碑釋，抄胥一役尚堪勝。<small>予此行</small>
<small>有《金陵石刻記》五卷。</small>

黃　樓②

水落徐關外，雲橫汴泗長。去元豐戊午，閱七百重陽。似舊飛霜
白，增新堊壁黃。峨嵋老仙伯，萬古氣堂堂。

嶧山四首③

鄒南嶧<small>縣名。</small>北氣熊熊，直挈群山起大東。我采朝陽桐作貢，繞
三十里看雲紅。

歸途冬日倍清寒，正憶新秋向曉看。二十年前曾仰止，④巖巖真
脈繪來難。

紫翠迴環向背中，只言孤嶂尚朦朧。始知近聖瞻依處，不與南樓
縱目同。

多慚曹子未磨厓，難得歸裝二本偕。不獨辛泉擘窠字，寄將十二
篆師齋。<small>嘉禾曹仲經嘗題名於陝本《嶧山碑》後，予昨於江寧府學訪得至正癸巳重摹《嶧</small>
<small>山碑》歸裝，遂有此二本矣。十二篆師，未谷齋名。</small>

張遷碑歌⑤

昔往苦熱今來涼，衡方碑遠張遷近。東平東郭駐我車，旭景瞳瞳
殿鴟吻。步轉修廊序舍深，吏人汛掃威儀謹。翼然磚亭下覆碑，風雨
不蝕周檐隱。下趺方平上首圓，下無贔屓中無穿。重刻之疑蓋以此，
豐碑誰據戴禮篇。我觀漢碑制不一，政恐洪釋圖未全。區區耳目限

---

① 　“信誓”，手稿本作“息壤”。
② 　此詩題位於手稿本第 5050 頁。
③ 　此詩題位於手稿本第 5051 頁。
④ 　“曾”，手稿本作“雖”。
⑤ 　此詩題位於手稿本第 5052 頁。

聞見，率爾評議終拘牽。隸法從來出徒隸，猶見當年真朴意。側非隼尾撇非波，隨勢縱橫成位置。額篆盤拏亦如此，後人摸擬焉能至。表衣豈是綴補爲，既且何傷闕疑義。昨出江寧城北門，汪生示我舊拓論。東里二字具未泐，今日一笑痕手捫。氈蠟後先何足較，牛褚二君惜不存。石堅理黝勝天璽，迴視炯炯蒼雲屯。昨於江寧府學觀《吳天璽紀功碑》。

趙北口三首①

廿載記深更，紅牆隱柝聲。敗蒲聞鴨唼，野店飯魚羹。孰謂瀛堧近，居然水驛程。層虹霄漢上，曾作泛舟行。秋初來以舟渡。

往和漁洋句，攀條宛夙因。大風冰沍夕，小雅雪霏晨。樓角斜殘縷，堤長照碧鄰。低迷半煙霧，老柳最關人。

瀰澷連瀛鄚，當年負勝探。曰歸稽淀九，於役每秋三。粳稻豐仍屢，菰蘆擷正堪。一襟煙水闊，夜夢又江南。

予所題匏尊扇爲市兒所得朱朗齋購以
歸匏尊來索詩用朗齋韻二首②

移樹南塘記得無，笑人觸熱閱川涂。作箋正爲求如願，掌記籤厨有綠珠。匏尊新納姬。

未谷從今要補詩，朗齋有"滿面覃溪未谷詩"之句，未谷實臨帖耳，非詩也。並圖三研乞花之。兩峰號花之寺僧。應添子敬偷兒事，更説山陰賣扇時。

惲南田晴川攬勝圖③

我昔臨江俯石壁，漢陽之樹看歷歷。黃鶴樓高倚素秋，縹緲橫空

---

① 此詩題位於手稿本第 5054 頁。
② 此詩題位於手稿本第 5056 頁。
③ 此詩題位於手稿本第 5057 頁。

一枝笛。煙嵐遠近皆入樓,鳳凰山對鸚鵡洲。全楚江山攬不盡,徘徊空佇樓上頭。明晨渡江陟高閣,長嘯凌霜出寥廓。沙鳥風帆檻外迥,川光雲影樽前落。嶓冢導漾想禹功,大別一氣凌江東。芳草離騷弔屈子,欸乃簫韶懷浪翁。江北江南畫合幅,日出千山萬山綠。廿載忽來吾目中,南田道人壽其叔。青山我復夢江南,重陽江上昨停驂。吳頭楚尾入登眺,洞庭瀟湘一抹藍。孔侯今往續陳迹,意氣與樓俱百尺。儻因溉食武昌魚,寄訪怡亭拓寒碧。①

兩峰過小齋觀蘇詩施顧注宋槧本爲仿蘇畫懸崖竹於卷用東坡種竹韻②

湖州一派今誰在,七載迴思把袂初。西掖舊聞名迹合,南窗補種晚涼餘。驚雷迸石穿雲出,峭壁孤根淡墨疏。葉葉枝枝非偃筆,夜來忽夢拓蘇書。壬辰秋,兩峰爲購得明長沙李文正《種竹詩卷》,時予於屋旁種竹,援東坡西省種竹詩、李文正故事請兩峰作《南窗補竹圖》,今兩峰復來京師,以其友人李君所畫《竹趣圖》與予舊札合裝成卷,乞諸君題以贈,予故有"西掖""南窗"之句。

王石谷良常山館圖二首③

如此一卷石,中分兩幅雲。桂旗珠樹影,絳雪鳳簫聞。西麓誰書夢,新宮有秘文。不應輕落墨,水照綠氤氳。

十卷清暉迹,人間盛一時。看題甲子歲,重憶奉常師。老筆詩摩詰,圓鋒楷伯施。此山真己字,黃後果誰癡。

陳玉池秋聲館圖④

借蘆以聽秋,秋豈蘆中尋。援琴以寫秋,秋亦弗在琴。吾聞管子云,四秋遞陽陰。實乃聲之主,成實誰可任。一息遍九州,天地初

① 此句下手稿本有注文"李陽冰《怡亭銘》在鸚鵡洲側"。
② 此詩題位於手稿本第 5058 頁。"韻"下,手稿本有"賦謝"字。
③④ 此詩題位於手稿本第 5059 頁。

無心。誰知默坐者，大化觀古今。澄慮以傾耳，萬籟静高深。自有金石奏，何必調刁音。水雲澹無迹，石苔果同岑。聊適子之館，恐是代我箴。

題冒巢民墨迹並吴梅村手札合卷四首①

樊退收藏迹幾多，劫灰飛後想羊何。貼梅一幅空閨影，春雨浪浪夢女羅。札中女羅是巢民蔡姬，名含，吴縣人，善畫。

小印猶鐫閣染香，丹經禮罷禮空王。明年七十春鶯宴，寒食東風話正長。康熙十九年三月望日，巢民七十初度，同時諸公倡和有鶯啼序卷，而此迹小印云"冒巢民老人七十歲寶彝染香樓閣書畫樊退收藏印記"，染香閣火在前一年十月也。

毛周俱是婁江彦，修禊曾同水繪吟。他日西州追尺素，東皋舊雨十年心。梅村札中毛生亦史、周生翼微云云，毛名師桂，周名襞，皆婁江人，毛有《水繪園修禊》詩，又有《乙卯初夏再過東皋訪巢翁出梅村先生手札見示》詩。

碧欄如畫草如茵，桃葉飛觴迹又陳。我昨橋邊聽暮雨，何人記唱秣陵春。《秣陵春》是巢民家所演，梅村填曲也。

兩峰畫竹譜爲予内子五十壽二首②

道人笑我舊時詩，補種荒畦計太遲。誰識歲寒同此意，漸看接葉到孫枝。時大兒樹端將娶婦。

梅花衲譜最精神，與可何如李仲賓。城北香廚三十載，每追故物念先人。婦翁韓公囊收吴仲圭竹譜卷，甲戌失去。

題兩峰墨梅二首③

萌拆朦朧意不傳，得來消息獨君先。瓦盆籬角初斜月，流水孤村

---

① 此詩題位於手稿本第 5060 頁。
② 此詩題位於手稿本第 5061 頁。
③ 此詩題位於手稿本第 5061 頁。"題"，手稿本作"又題"。

更暮煙。爲彭虹亭作《和羹消息圖》。

如許窗光曲折承，向來響拓悟何曾。從今不用空圈法，日午深知造化能。仿湯叔雅倒暈梅於予蘇齋南窗。

孔東塘聽雨圖卷①

去年曾題海光卷，康熙丁卯圖於揚。我已心追建初尺，是時作記傳東塘。記云江都閔義行，博雅嗜古尺所藏。今者果見閔君迹，聽雨大字賮首裝。又有閔詩賦聽雨，雨聲隔坐初浪浪。詩雖未工字不俗，宜乎此尺賴表章。丙寅冬仲日維晦，一十六客同飛觴。補圖追想四載後，己巳八月十八日繡水王蓍畫。昏陰院宇莓苔牆。林木森森合雨氣，梅花黯黯浮燈光。諸君圍爐坐覓句，或起屬耳迴欄旁。今雨來耶舊雨感，得非銅尺新評量。銅尺記與聽雨記，爾日促膝語必詳。區區潑墨豈能盡，②辜負多少夜對牀。

咸康四年磚字③

句容張氏晉時甓，一枚乃在江寧城。我訪江寧輿地目，卞祠空見秋草生。嚴子示我磚拓字，扈君未要蘆浦評。不求停匀但樸拙，修則五寸寬不盈。爲想過江拜一醊，厥孫初葺祠數楹。三十九年勞北望，雙劍久已飛延平。大安詔紙字猶濕，④二陸誄文鏗有聲。司空精靈儻來下，建章尺度還經營。博物誰規側理紙，新宮徒説朱雀桁。六朝棟宇雲一掃，千年蘚漬摩秋晴。句曲舊聞考未得，東吳奇氣來合并。漢刻猶存晉刻少，五鳳那必矜西京。我囊長物惟古刻，此磚一壓諸碑輕。傳觀剪燭報嚴子，爲汝四坐交浮觥。

---

① 此詩題位於手稿本第 5062 頁。
② "潑墨"，手稿本作"一圖"。
③ 此詩題位於手稿本第 5063 頁。
④ "大安"，手稿本作"太安"。

裕軒秋日固安縣雨中贈大智上人二詩草自謂未定約上人還京重録招慕堂覃溪同至上人憫忠寺禪室易其草及裕軒還都而慕堂病未愈予典試江南未歸至今仲冬八日始踐前約次韻呈裕軒兼呈慕堂暨界空大智二上人①

却於冬仲補深秋，不屬禪機與旅愁。只爲心閑無一事，蒲團對雨話從頭。

棲霞峰倚大江寒，正憶同遊孟與桓。若較篆煙禪榻義，何如漫圃更寬安。②漫圃，裕軒新治屋後隙地名也。

兩峰爲孔雪谷畫梅③

羅生本詩流，胸次無宿物。筆頭太古春，得墨天機活。早事金先生，攦押秘鐙撥。騎驢長安道，凛冽氣難奪。丈夫玉立姿，詎肯事干謁。飢寒與妻子，跌宕能擺脱。雨雪空山夢，時時出仿佛。珠宮卷煙霧，玉笛吹冰鐵。鞭弭蛟虯蟠，旂幢仙鬼佛。都化作梅花，一片神與骨。往瞻東嶽伯，得氣逾挺拔。那受衆目憐，森然群芳掇。結交洙泗林，握手肝腸熱。金絲詩禮堂，可以聲聞達。是乃梅性情，見我誼披豁。七年重北來，孔令盟共切。更訂邗江諾，久要誓飢渴。聊借窗上影，寫此城南别。酒酣神飛動，長嘯激寥闊。他日江渚舟，還照蘇齋月。

東坡生日兩峰爲摹龍眠松雪老蓮諸畫像邀諸公集蘇齋兼送兩峰出都同用蘇字二首④

笛聲又作鶴飛孤，尚憶穿雲裂石乎。坐客翻占星聚北，道人能記室名蘇。更超言象非詩筆，豈止精神在畫圖。雪月昏黄梅竹亞，笑拈

---

① 此詩題位於手稿本第 5064 頁。
② "何如"，手稿本作"未如"。
③ 此詩題位於手稿本第 5065 頁。"兩峰"上，手稿本有"題"字。
④ 此詩題位於手稿本第 5066 頁。

此段後難摹。

每追元祐與元符，賸費清宵酹百壺。異代懷人援末契，後來能者未全無。一時同調堪論世，幾個知音許寶蘇。再拜焚香星斗下，君傳此事到江湖。

兩峰以京師同人舊所贈詩合裝成卷索題①

君知畫理非煙墨，合是塵塵念念緣。聽雨挑燈又衝雪，朦朧都攝入江船。

蘇齋圖②

是曰寶蘇室，其前蘇米齋。本摹雙石壁，遂合一茅柴。畫像焚香供，詩箋妙墨偕。先生真謦欬，小子是模楷。潔可安箱笈，寬須補柏槐。庭空秋響入，竹密月光篩。淡襯梅初綻，斜如水一涯。主將賓共對，晴與雨俱佳。卜築何年有，披尋一笑皆。竟成規面勢，聊作度堂階。羅子兩峰稿，今宵萬古懷。香山非異代，海嶽亦吾儕。下上歐韓柳，周流蜀楚淮。極空憑駕鶴，語小到廬蝸。六合雲猶窄，坳堂芥豈乖。石如青故舊，樹已氣根荄。但記前因在，寧無勝踐諧。上梁文勒篆，銘座字磨厓。重拜公生日，相推客坐排。麓臺與牧仲，青眼幾同揩。王麓臺嘗作《蘇齋圖》，宋牧仲嘗繪蘇像而己侍其側。

又得桂林陸放翁書詩境字石本扁於齋壁③以下庚子

兩字石紋青欲滴，桂林龍隱之巖壁。山川知我此齋名，萬古英靈墨餘瀝。開禧嘉定隔幾載，四牡皇華却彊敵。會寧城邊樂作時，舊使誓言猶歷歷。不知參議今何在，洞天空明了無迹。虞山高高湘水深，五弦琴聲在虛碧。三楓八桂接韶陽，鳴弦舜泉瀝酒香。韶濩雲山非欸乃，石臼樽罍弔漫郎。渭南老子忘甲子，淋漓信筆皆羲皇。好庵遊

----

① ②　此詩題位於手稿本第 5067 頁。
③　此詩題位於手稿本第 5088 頁。

戲聲鏗鏘，一峰一石拜龜堂。落我檐間鏡湖光，急起追之翻渺茫。槎枒月明寫松竹，不是黃潭乳竇旁。

晉天福五年溪州銅柱記拓本①

漢柱不書晉柱書，范史歐史孰得乎。不惟表界惟立誓，誓則立矣文宜殊。先以銘功紀厥事，誓詞特綴銘一隅。士愁名耶實士愀，字畫樸拙非糢糊。嗟爾天策號學士，李家表狀今已無。遉哉金人讖鐵馬，空説娣氏訛精夫。七寶鐘連八龍柱，壼關樹又槐柳株。石蓮花臺長野草，溪漲日夜分江湖。五溪毒淫化耕鑿，十洞族姓皆樵漁。學使泊船剔苔蘚，遠證薛居正。路振。今王朱。後先十國録三楚，長篇金款誰討諸。嶺西分茅記騁望，銅鼓驛樹連蒼梧。

徐天池水墨寫生卷②

墨鷗夸作青蛇咺，柳條搓線收風餘。幽墳鬼語嫠婦哭，帥雪神光摩碧虛。忽然灑作梧與菊，葡萄蕉葉榴芙蕖。紙纔一尺樹百尺，何處著此青林廬。恐是磊砢千丈氣，夜半被酒悲歔欷。淋漓無處可發洩，根荄不識誰權輿。請君莫寫太湖石，蒼茫回向勾勒初。江樓高歌大風雨，東家蝴蝶飛蘧蘧。田水月亦自喻語，千峰梅花一蹇驢。空山獨立始大悟，世間無物非草書。

雪後漫圃同載軒賦二首③

四日銀泥凍，三椽玉檻陰。濃斟新歲酒，淡對故交心。竹亞山光合，窗虛石氣深。竟疑追舊夢，雪夜宿東林。

程鬋漫圃記，羅子草堂圖。挂壁青蓑笠，緣坡響荻蘆。釣家全仿佛，雲意半糢糊。更畫桃花幅，期君醉百壺。有二月釣臺之約。

---

① 此詩題位於手稿本第 5089 頁。
② 此詩題位於手稿本第 5090 頁。
③ 此詩題位於手稿本第 5090 頁。詩題手稿本作“雪後裕軒學士漫圃同載軒編脩賦二首”。

成化七年二銅爵歌①

瘦同買得銅爵二,足內款云"成化七年四月吉日,知府黎永明、教授黃綸置",予考之,是順德府學祭器也。黎永明字光亨,湖廣京山人,景泰甲戌進士,其知順德,有中貴恣橫,撻之數十。郡治前清風樓爲永明建也。瘦同以其一見貽屬賦。

主人洗爵春盤筵,摩挲兩爵三百年。客皆滿飲我不飲,主人屬賦銅爵篇。其高通柱三寸七,足鏇皆殊廢非匹。足間三列陰款鐫,成化七年四月吉。黎君筮仕來自楚,清風樓開順德府。禮樂居然比上庠,籩豆初聞增兩廡。聖廟增籩豆簠簋事在景泰六年。我昔嶺隅諸禮器,泰定延祐詳款識。瓊州碑亦成化時,石室址剔文莊記。瓊州府學祭器碑,成化八年冬十月翰林侍講學士郡人邱濬記。諄諄學官及弟子,凜若奉盈常視此。今觀知府教授名,猶想一升三獻始。近畿圖志誰考援,勺觴量水亦尋源。且將對舉分支例,記取商盉漢瓦軒。

文信國琴歌②

底刻云:"松風一榻雨瀟瀟,萬里封疆不寂寥。獨坐瑤琴遺世慮,君恩猶恐壯懷消。時景炎元年,蒙恩遣問召入,夜宿青原寺,感懷之作。譜於琴中識之。文山。"

嗚呼此琴逢此年,福安五月初改元。月之下旬公至福,此題蓋在未至前。所以不書月,指腕皆淚血。並不忍言行在所,撫弦欲動肝腸裂。自追詣北事,自敘指南錄。未爲楚囚累,日作秦庭哭。青原寺非故鄉宿,江月吟豈東坡續。誰諳譜曲本無弦,③記憶藜羹睡不熟。松風謖謖雨瀟瀟,萬里之懷滿琴腹。嗚呼孤桐一片真冰鐵,感公之心代公說,二峰三泉響嗚咽。萬古文山文,長與青原青,岌嶪大字勒戶庭。我昔船窗暮延佇,贛江臘雪煙冥冥。"青原山"三大字,信國手書。

---

① 此詩題位於手稿本第5093頁。
② 此詩題位於手稿本第5095頁。
③ "誰諳譜曲",手稿本作"不知甲子"。

唐公房碑①

歐陽齋沐書此跋，其文何減謝自然。拖腸鼠語誰氏述，雲臺山溯智水川。東西京際崇讖緯，居攝而後碑何年。漢中太守郭公載，躬發嘉教損奉錢。因徵隸體考碑制，三重之暈圭首穿。隸書琅琅不奇詭，臂胃字皆借耳邊。其事荒唐何足道，其迹蒼勁惜不全。近時漢碑聞屢出，似爲我輩勤丹鉛。舍人十紙拓城固，托友自陝裝來燕。碑長裝重毀其八，糢糊之嗜誠風顛。羅生大笑取其一，潑墨特借娛雲煙。我筆弱庸何要此，似思浴酒爭流涎。愛之不肯剪裝册，墨暈有似雲影懸。更要平聲。羅生借漢畫，何必杜老天皇篇。昨兩峰諾爲於揚州汪氏家借觀武梁祠畫像碑。

霽亭侍衛以澹士司空墨迹見贈次卷中韻奉酬②

華滋春後長豐茸，渾厚峰巒更幾重。迴憶門牆三十載，夜深風雨灑長松。"峰巒渾厚，草木華滋"，昔人評司空畫云爾，予會試出司空令嗣雲依宗伯之門，故因以志感。

澄清堂帖三卷孫退谷海雲閣中物也吳興丁小疋攜來同觀題此二詩③

澄心誤記作澄清，且莫香光退谷爭。送鯉雙行最飛動，來禽一語許誰評。卷内《送鯉魚帖》極佳。

世間元有謫仙人，肯便船迴賀季真。詩境小桃先一笑，來供庚子寫晴春。退谷跋在《庚子銷夏記》。

瘦同既摹長毋相忘瓦圖又倩兩峰繪册曰竹葉庵看瓦賦詩之圖屬題④

詩者程巖其一余，倚欄旁笑是誰歟。青鸞十萬風兼雨，灑作琅玕

---

① 此詩題位於手稿本第5098頁。
② 此詩題位於手稿本第5099頁。
③ 此詩題位於手稿本第5099頁。"攜來同觀"，手稿本作"見之琉璃廠肆因借來同觀臨其首末題跋"。
④ 此詩題位於手稿本第5100頁。

倒薤書。

未谷得宋鑄銅章曰山谷詩孫以贈仲則諸公同賦①

涪翁二十七世孫，祖居分寧孫武進。百不一能已不俗，況復能詩能鑄印。詩非雙井乃太白，印出六書師許慎。六書益友冬卉子，一札囊封昨頻訊。只須黃子詩先就，不患瑤華筆難潤。紫微玉父支派系，善權如可餘分閏。淳祐袁州太守賢，咸淳紹谷家風振。葉水心志黃子耕墓云："子耕詩非子耕所能，是魯直遺墨散落收拾未盡爾。"林廬齋跋黃紹谷集云："紹谷爲涪翁直下孫，決無忝於翁也。"敢問黃子奚所安，勿俾此印名空徇。豫章千年拔地起，任史三注登峰峻。松風夢斷笙鶴來，石牛洞響雷霆震。我拜先生小像前，蒼茫萬古來馳信。後來江左秀此人，眼光針芥非虛認。孤寒何忌貧何病，梧桐百尺岡千仞。不獨元暉繼阿章，古刻摩挲追寶晉。

---

①　此詩題位於手稿本第 5100 頁。

復初齋詩集卷第二十一

秘閣集七_{庚子二月至八月}

購得化度寺邕禪師塔銘宋拓本次劉後村韻四首①

禊帖黃庭足輩行，賜書樓石未全亡。神情閑暇無矜氣，泡電同奔閱世忙。

潘跋尋來欠八行，潘陋夫題云惟存六十行，實五十二行。誰論八百字存亡。郁氏所記舊本云有八百餘字。回思淳祐煩收拾，尚覺潛夫著意忙。

至正曾聞跋幾行，疏齋松雪憶存亡。華陽老拙愚亭子，又說征驂折柳忙。

汪生淡墨字斜行，爲我慇勤購散亡。一本却歸朱學使，此時燒燭較余忙。此本買自汪容甫文學，又聞一本亦舊拓，容甫以歸竹君也。

再叠韻四首②

雲月娟娟列宿行，吹笙謾用補詩亡。一波一拂連仍斷，處處徘徊未要忙。

書訣惟傳十七行，汝州橅本又云亡。後來莫誤茶陵語，金像銘文

---

① 此詩題位於手稿本第 5103 頁。
② 此詩題位於手稿本第 5104 頁。

拓勒忙。李文正《懷麓堂集》謂《汝帖》内有率更《化度寺碑》數十字,已磨滅不可觀,今《汝帖》無之。

鳳翥鍾張儼雁行,紫真七寶未淪亡。洞微若準郎官石,覆腕猶疑草勢忙。

王蔣當時老輩行,歐虞未嘆典型亡。我今何以酬天地,莫但追惟歲序忙。帖内有癸丑歲題字,予癸丑八月生,其時此帖正在京師也,今四十八年而歸於予。

花朝集魚門三長物齋分賦月季花得三字①

名士固未老,白髮垂鬖鬖。尚對春燈影,紅吐月月酣。猗猗榮條擢,鬱鬱翠霧含。態餘長春媚,意豈鬭雪甘。花名長春,一名鬭雪。或云托玉蕊,聊寄懷江南。或云喻年匜,默計時節諳。東坡和子由月季花詩有“坐待行年匜”之句,謂子由年六十也。先生似不爾,佳句酷所耽。置酒召我輩,寓意於花擔。四序皆有春,真色隨人探。無月無花朝,那區麥與蠶。此花即息壤,觸興攜都籃。良辰愜既果,佳節補亦堪。丁寧群芳許,次第醉後篸。春到九分九,禊追三月三。

苣堂造錫酒壺手刻予所臨東坡摹懷素帖於蓋未谷見而愛之因以奉贈載軒運生匏尊皆索予書同飲人姓名刻於其側予因舉孔常父與東坡倡和韻俾三君賦詩予亦同作②

桂周顏沈皆好奇,得酒逸氣軒鬚眉。張也妙手空空兒,素師坡翁兩不知。更乞我書刻我辭,供君一夕右手持。正墮坡翁箭鋒機,電光吸盡萬古馳。我摹偃筆何其癡,區區名姓記酒卮,笑倒坡翁與素師。

金玥墨牡丹二首③

欄倚芭蕉百子榴,珍珠曉日上簾鈎。染香墨暈春如許,何減烏絲

① 此詩題位於手稿本第5105頁。
② 此詩題位於手稿本第5106頁。
③ 此詩題位於手稿本第5107頁。

豔月樓。

過江書扇記梅村，衣疊秋風且莫論。玉辟塵埃果誰使，欲將詩話問西崑。金玥字曉珠，冒巢民姬，畫尾有義山《碧城》第一詩末聯十四字印，"若是"誤云"若使"。

三月三日同心餘魚門瘦同楓亭穀人仲則集載軒寓齋分咏瓶中海棠得集字①

昔聞杜陵詩，獨闕海棠什。吾意謂不然，花光爛盈笈。白茅堂成日，舟夜春零霤。曉看錦官城，雲重知紅濕。非海棠而何，漁火猶熠熠。奇哉三日咏，誰受春濃裛。泥彼楊花飛，翩然錦茵入。肌膩水邊人，不待羅衣襲。巧借匄葉垂，曲蹇背面立。若非紅棠喻，餘卉焉敢及。今君茲辰卜，何減香袂挹。敲門唐突問，但恐昏眸澀。陰陰簾影亞，泛泛爐香浥。上巳之精神，我獨驪珠拾。定邀朱唇笑，無復紅袖泣。問花花然否，可以補杜集。

予購得舊本化度寺塔銘考之即宋范忠獻賜書樓石也因題其室曰石墨書樓賦詩記之②

率更書出劉郎中，姚秦像文未許同。二王鍾張法薈萃，一家面首非三公。層臺緩步例虞監，狂將綽有行人風。千文九歌已峻極，醴泉銘到避暑宮。宮僚載筆塔舍利，率更庶子皆文雄。率更時年七十五，精氣盤礴歸沖融。矛森戟鍛鍊武庫，日光露潔懸秋空。廟堂楷法並第一，王彥超石猶重礱。此碑摹本竟無繼，南山寺砌驚范雍。賜書樓頭饗石墨，光怪照澈河華嵩。陝本南本競優孟，關右浙右開盲聾。宋劉潛夫補淳祐，元趙松雪偕嵩翁。後先收拾爲贊嘆，特題唐拓誰易逢。明初春雨所跋本，王魯齋記從兒童。隆慶溯到南渡始，靖康井底光熊熊。流落人間百之一，六百年紙漿猶濃。金陵歸來夢筠雪，至順

---

① 此詩題位於手稿本第 5107 頁。
② 此詩題位於手稿本第 5108 頁。

壬申元人題跋於金陵筠雪齋。鶴飛忽報禪師邕。詩盟定欠後村韻，近揖潘蔣來追蹤。薛元超誤王雍誤，近日翻本有誤作薛元超製文者，又孫退谷《庚子銷夏記》訛范雍爲王雍。芟鋤累我碑石農。重開書樓卜異日，河陽舊話先河東。瘦肥蘭亭一眷屬，純陀漫爾亞子通。小齋賜書已壓架，春星屋角穿長虹。

西涯圖二首①

慈恩寺前西海子，傍湖臺殿空遺址。不見蓮池與稻田，但有荒庵對野水。西涯之竹我補之，眼中盡是西涯詩。誰識波光面如玉，當時憂國鬢成絲。

昔作南齋補竹圖，玉堂雅謔傳髯蘇。每思北郭同弔古，後來西厓亦吾徒。是圖詳見湯西厓集。前輩風流在直廬，桑梓故事傳江湖。且將竹勢參篆法，煙雨悵望彌春蕪。

金臺書院作②

依然窗草綠經春，三十年來少故人。日月光瞻天咫尺，枌榆材漸樹輪囷。舊聞首善傳青史，賤子髫齡本赤貧。猶有淚痕碑側在，幾回題字拭梅陳。堂楹有陳公守創、梅公慤成題句。

題汪劍潭涉江集③

斯人不得第，空嘆就官遲。狼籍掀篷句，蹉跎中酒時。兄憑詩訓故，謂庸夫。友待史然疑。謂洪稚存。莫便收狂氣，燈紅雨似絲。

宿清秘堂④

堂陰新雨後，池上淺涼天。定水知風皺，虛廊受月圓。静光偏易

感,清境不成眠。倚檻微雲句,迴思十七年。癸未夏與積粹齋、劉圃三兩前輩宿此。

送邵二雲典試廣西①

感舊炎洲十載心,美人蘭茝佇盈襟。西江渡口應相訊,南碉題名不可尋。風急三湘泉漱玉,秋高八樹粟抽金。四愁誰識張平子,惆悵琅玕滿桂林。

出德勝門②

薊邱植汶篁,土脈於古厚。毛晃增韻篁竹田也。我行郭北門,伏軾爲之久。昨補西涯圖,句出西厓手。湯西厓。麓堂不可問,修竹空何有。悵望法華庵,煙樹薊門首。歷歷陌槐榆,陰陰水楊柳。寂寥濠畔村,掩映城西阜。奇峰叠橫雲,疏蟬響林藪。

南石槽③

橐筆迓宸輦,迨今二十秋。尚記寒月影,馬瘏向晚留。亂山帶茅店,一折趨懷柔。昌平弔古歸,碑石同討求。辛巳、壬午同積粹齋、宋蒙泉兩前輩、錢竹汀侍讀、周曉滄侍講宿此。存歿聚散間,慷慨感離憂。倦懷師資少,深懼譽名浮。汗出不可揮,臥看檐星稠。申旦戒徒御,顧瞻遲我輈。

懷柔縣④

送盡西北峰,群山乃東指。油油禾黍中,縣抱青山趾。關路號黃花,黍谷名尤美。如掌接風雲,一氣神皋裏。聖人肅時巡,吹律義如此。所以示懷柔,仁恩暢遐邇。訪古昔未曾,沃繣今方始。何用劉向錄,遺聞證嫪子。

---

① 此詩題位於手稿本第 5128 頁。
②③ 此詩題位於手稿本第 5131 頁。
④ 此詩題位於手稿本第 5132 頁。

密雲縣①

潮河塞外來,痕帶萬石礫。南與白河會,奔流儼沙磧。橫據黃花川,巖城鎮層驛。庳奚與提攜,何異瀠洄乃官切。易。前朝置重兵,疏河記楊戚。屹然北山塔,尚托貂璫迹。中外今一家,神州控几席。遙望古長城,白雲橫若冪。恭讀長城說,妙理坤輿闢。下上石嶺間,午日林光隙。

石　匣②

石匣石如匣,築營因築城。我循潮河川,犖确東北行。今夕憩稍早,旅店無人爭。飲馬就村溪,結茅土微平。石路非瓴甋,石子堆檐楹。夜夢高涼船,海涌朝日昇。高州府城東有石船。

古北口③

晨曦訣天門,攬勝飛霞標。攬勝,御軒名。直北俯諸峰,一往陟層霄。雉堞亞山巔,邐迤跨亭岧。舊聞徐與戚,慮險非一朝。居庸遞山海,鎖鑰曠迢遥。邊防秦訖隋,戰壘金暨遼。絕頂數亭堠,日氣蕩煙消。一線白河白,遠帶潮河潮。昔狹不容車,今也走行軺。商旅無征榷,百年天澤邀。塞田連外內,禾黍芃芃苗。翁鬱萬木陰,蒼翠彌山腰。留斡本紐斡,史冊義則淆。驅車測所向,遠色來沈寥。憑弔屢迴佇,前登更山椒。不見潁濱碑,古樹深僧寮。關側寺有蘇潁濱詩碑,未及訪。

青石梁④

銀河倒挂落九天,石梁三叠聞青蓮。彼因瀑泉此非瀑,但以巨石高空懸。兩間房北衆山擁,屵嵜嶧蜀相聯綿。蜿蜒盤礴不可住,如裘挈領當中權。千巒起伏大開合,雄闢萬古冥濛煙。兩邊夾壁儼如削,

---

① 此詩題位於手稿本第 5132 頁。
② 此詩題位於手稿本第 5134 頁。
③ 此詩題位於手稿本第 5135 頁。
④ 此詩題位於手稿本第 5136 頁。

中央一道森垣躔。厜㕒雖已化坦蕩，石磴尚作斜鈎連。半日登頓今到頂，一折縍作初桄旋。盤盤馬足屢休歇，滑滑泥水相鳴濺。北南各俯百千仞，天門雨響低潺潺。雨昏煙澹嶺遥接，曇光束見榑桑穿。霧靈山際海喇汗，靈境天造非人鐫。土梁亦具石梁勢，其氣莽莽無後先。下梁巾笥恍有獲，輿中已作擁雲篇。

常山峪①

屏障列高低，山層分外内。曲折亞繚垣，淡白濃青配。路轉石梁北，天近山莊最。得勢漸舒徐，根與仙靈會。迴抱巧結構，拱翼作容衞。天造帝省之，械拔松柏兑。汧渭岐陽圉，董巨江南繪。一氣百里匝，神秀胥來萃。山口闔又開，山光向仍背。前度三道梁，已挹茅階翠。

王家營早發呈習庵中允芝雲洗馬二首②

草舍催人起，蚊蠅撲不勝。亂山圍密樹，匹馬帶紅燈。玉塞橫千里，銀河澹一繩。露沉涼漸重，添著袷衣層。

珥筆西清話，深山馬上談。秋生塞垣氣，夜盍翰林簪。枚馬論先後，虞袁記兩三。伯生、伯長。廿年前夢在，滋使抱余慚。

灤　河③

灤河合熱河，自古紀未詳。灤河即濡水，御論考乃彰。發自獨石口，流經上都旁。二千餘里間，到海何滂洋。循源而暨委，相陰以測陽。別墅鎮靈川，東去浩湯湯。襟帶列藩服，朝宗挈其綱。一洗人間暑，直配天銀潢。曉露倒山翠，驅車疑月光。豐年逮膏潤，兩岸夾村莊。以此叶瑞應，帝顧民樂康。河圖括地紀，焕乎其文章。區區權相碑，何用稽李唐。權德輿作《劉濟墓碑》有"飲馬濡河"之文，蓋唐以前皆作"濡"也。

---

① 此詩題位於手稿本第 5137 頁。
② 此詩題位於手稿本第 5138 頁。
③ 此詩題位於手稿本第 5139 頁。

雙塔峰①

灤水迆北群山束,再成英乃三陟同。有石戴石峰戴峰,勢若紺宇
琳宮崇。芝栭繡栱間雕櫳,飛檐叠叠以翼從。一峰亭岩影橫空,章八
元説梯出籠。一峰中開三竅通,螺旋曲折表裏融。明星玉女交玲瓏,
那用多寶題魯公。我來朝陽正曈曨,高低並在映罩中。紫紺雙凝彩
翠重,倏絢金碧煙濛濛。其餘巒岫皆垣墉,雲來供爾雙插穹。斯須背
轉無定容,一如卓鍼一蟠龍。迴看衆皴緑更濃,繞塔萬朵青芙蓉。

廣仁嶺②

嶺名歷非一,兹嶺切山莊。碑亭勒御詩,大書表皇皇。深仁浹中
外,覃被遍遐荒。萬靈滋御氣,百卉霑天香。得名六十年,康熙戊戌。
石脈潤以蒼。景風含雲起,靈鳥皆下翔。車聲弗敢馳,坦坦塵不揚。
仰瞻晨光照,松柏冠嶺長。

磬錘峰③

馬耳山頂尖,雷峰山頂秃。並聞落照奇,不假巒澗谷。或以孤雲
襯,或以古塔覆。豈若兹峰峙,特邀帝品目。群山環東來,削起錘也
獨。上豐而下約,圓首平其腹。其巔高未量,其側聯何麓。聞有石幢
文,庪涊不可讀。拓之作錘銘,并畫裝同軸。款識廣異聞,庶以幢考
續。峰側石幢鐫“庪涊”字,方綱嘗撰《金石幢文考》一卷。

熱河懷人詩五首同習庵瘦同賦④

錢擇石

錢公被酒後,自咏塞上篇。江頭夢未覺,塞上名早傳。往事三十

---

① 此詩題位於手稿本第 5140 頁。
② 此詩題位於手稿本第 5141 頁。
③ 此詩題位於手稿本第 5142 頁。
④ 此詩題位於手稿本第 5144 頁。

載,把袂予髫年。藜光橋月夜,香樹齋坐邊。"江頭纔覺夢,半世功名;塞上早傳聲,一生艱苦",攀石少時乩仙贈句也。

王述庵

王子蒲褐庵,日作松風夢。湖海每題襟,關塞時陪從。鹿菀聞響唄,雀羽旌飛輇。獨愛鄭學齋,何時鄰籤共。蒲褐庵、鄭學齋皆君書室名。

紀茶星

曉嵐隨輦來,始創熱河志。是時辛楣偕,曰惟丙子歲。五廳沿革稽,四庫編摩備。不虛鄭樵研,一灑西江淚。末句兼懷裘文達公也,文達嘗以所藏夾漈研貽曉嵐續修通志,予嘗為賦詩。

錢辛楣

錢子良史才,豈惟甬東萬。自倚鍾山青,歸侍慈母飯。余亦金石癖,未果歐陽願。①昨秋不見君,寄之聲與獻。塘字聲之,坫字獻之,皆君族子。

吳白華

白華官講筵,前年帝釋菜。熱河崇上庠,故事軼前代。編入舊官儀,可補西清話。茲來山徑循,躑躅宮墻外。

塞山行二首②

塞山蒸雨寒凌兢,塞山蒸日鬱不勝。山頭洩雲時聚族,山腰綠霧無定層。人家山麓披榛芳,有屋可畝田可塍。猶餘莽莽古厚氣,大石磊砢堆硐磳。

塞山晝晴少堀堁,塞山夜靜無風簸。北來地勢逐漸高,南下星宿當空大。無事經旬茅店住,寂絕更籌捲簾臥。好山對面不得登,日日

---

① "歐陽願",手稿本作"歐洪願"。
② 此詩題位於手稿本第 5146 頁。

門前響鈴馱。

避暑山莊引見恭紀二首①

天開門麗正，座引律南薰。傘影山排笏，垣輝帝勒文。山莊門嵌御詩碑四。樹因階匼匝，班合翠氤氳。跪奉香煙起，峰峰是綠雲。

別墅雲階對，追惟十八年。壬午夏引見於討源書屋。文章無寸補，課最儵三遷。壬午、丁酉及今凡三列上考。苑路靈泉吐，宮墻碧漢連。瀛洲集賢院，未是境真仙。

晚　晴②

塞山大石氣堂堂，積翠半山皆夕陽。絕似夏珪沈鬱筆，攲斜樓角露丹黄。

下青石梁二首③

夕陽青一片，獨立冠厓群。歸路層霄際，低空衆皺分。渾將橫側勢，劃作篆煙紋。離合相吞吐，諸峰正出雲。

東粵推龍嶺，南滁陟磨盤。略能方氣勢，豈得比高寒。草樹皆西俯，星辰欲下看。斷厓森石角，誤作倚欄杆。

下芹菜嶺④石匣北八里

雨霽山始開，石路奧乃曠。塞山脈趨此，得勢轉平放。西南漸坦迤，橫起削如抗。人家綠陰環，下有微流漾。緬懷馮進士，手植依青嶂。遼進士馮唐卿於山前結廬種芹，故名。泥根飯可煮，春井味誰餉。山田禾黍櫛，澗曲牧樵唱。驛郭望不遥，茅戶行可訪。

---

① 此詩題位於手稿本第 5149 頁。
② 此詩題位於手稿本第 5151 頁。
③ 此詩題位於手稿本第 5153 頁。
④ 此詩題位於手稿本第 5154 頁。

密雲行①

東北山纔密雲止,西北山還密雲起。密雲雲密鎖重城,迴抱重山
相表裏。我昔涉河今渡河,車往舟來只一水。一水重山何處分,潮河
遠下聲猶聞。水氣遥連紫荆塞,山光直亘黄花軍。晴來三日城隅漲,
不獨重城是密雲。

題陳伯恭所藏定武蘭亭卷②

商司業語世莫傳,會稽真石紛摹鐫。遂初順伯聚訟久,叠紙頗聞
攻愧篇。古定本肥薛本瘦,趙藏又在柯藏先。此視趙柯孰先後,退翁
題品非真詮。唐石肉豐勝宋石,玉環別擅神娟娟。吾由率更遡内史,
昨以化度證醴泉。璞完中有和璧潤,月滿始悟金波圓。帝女河洲照西
海,紅華瓊草色萬千。舊聞鼠鬚乃退筆,周鼓漢碑拙乃妍。③後來入石
競姿媚,終出人巧非天全。堯章考極徵仲嘆,故老傳已二百年。兌戈
森芒列球貝,永和遺韻非管弦。曷不畫取百花放,彼茂宗者非知禪。
卷前有僧茂宗畫《蕭翼賺蘭亭圖》。君家別貯松雪卷,獨孤東屏然不然。我來
大書稧墨扁,墨緣定結重輪緣。銷夏又逢庚子歲,奇哉笑我真米顛。

送羅碧泉典試山東④

綠字曾摹岣嶁巔,直窮雙眼岱雲邊。觀瀾氣欲兼齊魯,得士居皆
近聖賢。經學竟誰高密嗣,詩名漫借阮亭傳。深秋趵突三泉上,定説
留題有二泉。末句兼呈鹿泉太僕。

再題李西涯竹林餘興卷二首⑤

上沙賣箬鉏瓜客,惜未翛翛寫暮寒。縛帚雙童山葉響,問渠何事

---

① 此詩題位於手稿本第5155頁。
② 此詩題位於手稿本第5159頁。
③ “周鼓漢碑”,手稿本作“籀文漢隸”。
④ 此詩題位於手稿本第5160頁。
⑤ 此詩題位於手稿本第5161頁。

倚琅玕。

檀衫不見耿公銘，誰隔簹簹玉佩聽。明月綠窗虞監帖，他年相識眼俱青。予集《永興廟堂碑》字以銘是卷之檀。

題陳白沙葵山小睡詩墨迹即次其韻①

尚覺白雲輸我閑，胸中肯復著葵山。先生是睡是觀化，静裏何人相往還。

再題白沙碧玉圖仍用前韻②

東海石齊俱不閑，誰家玉枕是真山。憐予八載江船夢，收得樓中片石還。

順德黎二樵畫李南磵與己並坐聽泉以贈桂未谷
未谷合南磵手札裝軸索題③

南磵東海客，而宦南海濱。應合大海氣，以寫南磵真。南磵今已矣，海氣濛濛在。誰識南磵者，把杯酹東海。袖中東海影，乃是南磵書。分題屬衆客，裝軸挂吾廬。予亦藏君札，米帖共商確。當於寶蘇齋，對畫米海嶽。

日臨定武蘭亭始悟化度碑之妙用後村韻二首④

半晌追摹未一行，金針尚恐乞旋亡。向來芒角誇神似，涉獵區區笑太忙。

萬舞充庭鷺序行，由肩楷則不曾亡。江淹清思姑徐置，已洗塵襟十日忙。

蘭亭臨本成而兩峰至以詩索其作蕭翼賺蘭亭圖三首①

莫畫越州缸面酒，憑君酣對寺橋花。蕭生爾我知誰是，詩畫精神本一家。昔之爲是圖者皆作蕭與辨才對坐之狀，予出意作蕭得帖展閱百花盡放，然非羅子亦不能傳此韻也。

花開歲在貞觀四，直接永和三月三。如許濛濛好煙雨，盡將春思寫江南。

無人見處想偏奇，一霎花開帖展時。比似嬋娟明鏡曉，正圍紅袖寫烏絲。

甘泉長生瓦歌②

庚秋始見漢宮瓦，壬秋乃見漢官尺。摩挲別本又摹本，今又庚秋秋十易。秋仲恭逢聖人壽，海宇歡聲慶多益。容臺掌禮備典物，閩海徵文考金石。來齋耳孫奉瓦研，鹿原居士澄泥迹。林家兄弟昔作圖，尺寸井然量黑白。爾時東塘記未出，毋乃烏傷文所虘。長樂長生總未央，禁扁黃圖規擘畫。當時考工有成法，居室昆臺連左弋。笋距繩痕覆半筒，窩泥堅擬釭銜壁。誰留古篆隱盤挐，仍伴文房著石墨。鹿原摹此畫圓勁，猶憶十年論篆格。道山林生鹿原之孫。時過我，我摹昌樂扶生刻。攜之北歸銘屢換，建初尺準周秦式。懷慶又摹靳氏瓦，重輪分寸仍不隔。四本並拓秋空窗，環絙如鏡圓如璧。建初尺亦中秋日，文字之祥天所錫。中天寶月湛金波，四照秋霄萬里碧。千門萬户麗井幹，長生吉語重摹勒。無疆眉壽縮綽詞，更寫篆銘千萬億。

古刺水歌爲慕堂賦③

團團錫罐光如漆，兩行細字朱塗乙。罐重二斤水一斤，熬水紀年年戊戌。此水洪熙宣德留，薔薇露記空青匹。鑲金之甕龍卵盛，已共

① 此詩題位於手稿本第 5163 頁。
② 此詩題位於手稿本第 5164 頁。
③ 此詩題位於手稿本第 5165 頁。

雲煙書畫失。龍卵甕五個,古刺水薔薇露十三罐,見明嘉靖四十四年籍嚴氏器物目。今兹鐫記又在前,永樂初置官司日。大古刺本擺古名,十宣慰界西洋密。灣甸山茶煮冽甘,木龍山藥和芬苾。熬淨膠流膩玉脂,蒸透温磨壓婆律。古辣酒從古辣泉,石湖子漫虞衡述。賓橫亦界蠻蜑鄉,不是同聲因誤筆。罐上刻字云:“永樂拾陸年熬造古辣水壹罐,淨重壹觔,錫鼓重貳觔。”“刺”作“辣”。搖之瀌瀌中有聲,持以娛賓爭促膝。蠻花鬐畔粉箱邊,幾度熏籠伴巾櫛。回頭三百六十秋,舊史遺聞收未悉。因君倩客繪作圖,篆煙又滿薰香室。

吳興鄭芷畦畫毛西河朱竹垞二先生像末谷以摹本屬題二詩①

誰知禾録同湖録,寶所僧耶保俶錢。修志認真非戲語,當時相對已惶然。“修志認真”,芷畦自跋語也,時二先生泛舟湖上,論《西湖志》塔名寶所、保俶事,芷畦嘗撰《湖録》,而竹垞有《禾録》,今並不傳。

同館同科同浙人,芒鞋竹杖自情親。豈知啖餅青齊客,酹酒高歌更有神。

戲題清容天女獻花圖②

維摩示疾公真疾,且莫拈花且散花。此叟神完中有恃,切防背癢又須爬。

秋日魚門辛畬藕塘痩同訒齋樓亭兩峰集予詩境
軒觀元人飛鳴宿食雁圖③

吾齋收畫未廿軸,此軸及予奉母年。然穄絮線婦夜侍,縑賸已裂猶陳前。吾鮮兄弟弗雁若,往往拭畫私自憐。秋齋有客攜軸一,復若借此臨摹然。孤飛蕭羽勢欲下,長鳴清唳聲猶傳。葭葵煙月夢何處,稻粱雲水爭誰先。遠天近渚一空闊,翎影淡與蘆洲圓。羅子云是元

---

①② 　此詩題位於手稿本第 5167 頁。
③ 　此詩題位於手稿本第 5168 頁。

人筆,吾所藏軸神尤娟。國子先生賦歸去,謂樗亭。是日讀畫非餕筵。坐客相看已寒色,簾風黯黯微雲天。昔聞鷗波學士坐,妙墨驚破寒拾禪。衡陽薊北荻花晚,露香菰米秋皋田。吾每沉吟不忍讀,畫幀屢嘆蝴蝶翩。壬秋重裝又八載,羅子一再車與船。吾感此圖非一緒,此軸爲婦翁韓公所藏,翁喜鑒藏書畫,今在予齋者止此耳。重須羅子煩丹鉛。請爲燒燭北郭卷,不是月明仙掌篇。聊因諸公寫舊夢,炎洲無雁思徒懸。更將八載嶺南句,爲補四雁松鄉箋。昔趙文敏家居,有以《飛鳴宿食雁圖》求跋者,時詞客滿坐,文敏屬客賦詩,寒拾禪子行端援筆立成,一坐嗟賞,詩云:“年去年來年復年,中郎何處有書傳。影橫薊北月連塞,聲斷衡陽霜滿天。雨暗荻花愁晚渚,露香菰米落秋田。平生千里與萬里,塵世網羅空自纏。”

六君子圖歌[①]并序

平原董曲江藏蘇東坡、文湖州竹卷,至正乙未高昌伯顏不花蒼嚴裝,識題曰“二妙”。又柯敬仲臨湖州竹,明建安元谷道人王右彥貞亦作竹於後,前後有鮮于伯機、周伯温、邢子愿題記,而錢擇石爲曲江題詩並寫竹卷末,兩峰羅君臨之亦自爲竹附焉,予題曰六君子而繫以詩。

文蘇同時妙無比,撥鐙法自南唐李。轇材萬丈萃彭城,千畝胸中一知己。畫於己酉熙寧初,石室先生請郡始。叢篠枯莖不記年,與章與趙參差是。坡公嘗爲趙景仁作《竹篠怪石》,又在黃州與章質夫作《雪堂枯木》並《峰石叢篠》。湖州畫必雪堂題,曾記丹邱詫雙美。柯敬仲嘗跋文與可竹云:“文畫蘇題,乃成全美。”黃樓障子粉盒貽,通叔篆書唐帖似。後來遂傳文竹派,如見墨君拔地起。文蘇吾不得見之,得見君子斯可矣。文蘇之派兩不殊,後賢師文即師蘇。奎章博士畫詩書,建安王右其嗣諸。寫竹流風四驪珠,元谷道人自謂乎。兩峰並臨錢叟畫,獨留此字待我摹。我扁蘇齋寫齋圖,玉堂種竹成陰初。笑談無忘劉贛父,題跋敢繼鮮于樞。請爲兩峰新釀酤,風雨颯颯來庭除。蘇門儻續六君子,瓣香可少

---

① 　此詩題位於手稿本第5171頁。

爾與吾。

渭川梅夢圖三首①

我愛東坡花下句，妙意有在終無言。借如真有師雄事，何如還共東坡論。松風之亭今在否，我昔江月吟黃昏。咄嗟此詩必此地，鍥舟覓劍空留痕。

爾又三年歸讀書，試將詩境皆求實。萬里三秋滄海月，雞鳴夜半羅浮日。窗空一樹耿耿光，急起留之遲易失。時時念我相寄語，瓣香那必拈花室。

霞衣縹緲雲中君，果然縞衣墮仙雲。惜哉畫史未造極，寫梅寫夢徒紛紜。神出古逸淡不收，鏡花水月無迹求。我有夢語畫不得，烏雲含雨日明樓。

渭川以南硐像屬題二首②

西齋旁挺濃陰下，記得簾垂綠篊深。合受梅花清夢客，玉琴江上寫知音。

嶺表經師更有誰，前惟紅豆後辛楣。與君把臂匆匆過，空剔韓山至正碑。

徐天池寫生卷③自題曰"易窯譜"

徐家畫易錢家窯，窯器焉存畫今在。易朽者壞真者留，杯觴一夕花千載。花竹皆從五指栽，雨雪誰能四時改。自言胸中無五色，借問潑墨將焉待。心手無欺舉似人，元氣何以憑真宰。我作紛紅駭綠看，化作草隸章行楷。𧒡蔓絲蘿千歲藤，因緣連絡不可解。鵬飛何處漱仙人，一笠飄然渺雲海。

---

① 此詩題位於手稿本第 5175 頁。
② 此詩題位於手稿本第 5176 頁。
③ 此詩題位於手稿本第 5179 頁。

出峽圖①

東海朱君指頭作，西川李子出峽圖。不仿伯駒與忠恕，莽莽遠勢來夔巫。兩崖離合鬬風雨，想見天地開闢初。千盤一落摟復挽，萬派始放楚與吳。飛流激箭不容瞬，豈復知是來往途。人生何可無行役，奇氣消得百卷書。兩君挑燈邗上夕，痛飲尚欲吞江湖。鄙人論詩亦如此，雷硠巨手久已無。朱君老眼今模糊，無復畫時膽力粗。聞我此詩當淚落，悲歌意氣徒區區。淋漓爲君翻墨壺，漏痕坼壁不可摹。

王雅宜自書詩卷二首②

小舫支篷共兩賢，文太史、路户部。雙桐玉磬亦前緣。硬黄憶仿元常帖，一臥湖濱二十年。

珠光夜起看春星，兄弟同時宿洞庭。叔度汪汪浩千頃，回頭七十二峰青。

---

① 此詩題位於手稿本第 5179 頁。
② 此詩題位於手稿本第 5180 頁。

漢籍合璧 總編纂 鄭傑文

漢籍合璧精華編 主編 王承略 聶濟冬

國家出版基金項目
NATIONAL PUB... FOUNDATION

翁方綱詩集輯校

［清］翁方綱　撰

趙寶靖　輯校

二

復初齋詩集卷第二十二

秘閣集八_{庚子九月至辛丑三月}

敧器圖①

羅子示我敧器圖，叩我舊時敧器作。十年前在學宮爲，廿年前更師資托。師資之喻吉士館，學宮所庋尊經閣。均習文辭禮度稽，繪工乃弗斯圖若。睹器因瞻賢聖容，虛中如見親商略。我聞制器取誠盈，本與儀衡同測度。或用雙荷彼此注，實準三才參伍錯。五觚兩豆法又殊，一鉢二仙機孰約。巧匠乘除算莫詳，必將虛實權彊弱。傳聞此製昉姬公，意匠天然匪繩削。庬概元從嘉量來，臻極時文允思索。古人陳藝通作會，此事非關粉丹膜。經營心手分刌間，矩折規旋風電落。爲予斟酌畫彝齋，不仿宣和博觚爵。

兩峰爲予作竹刻於茶陵詩卷櫝側拓裝於卷題此二詩②

文字相生念念塵，蕭郎筠粉是何因。掃除一榻風林響，青峭西峰對寫真。

畫竹重裝覓竹栽，墨君生面爲誰開。想君俱識茶陵者，仍帶湘南月影來。

---

① 此詩題位於手稿本第 5182 頁。
② 此詩題位於手稿本第 5183 頁。

雪堂圖①

昔堂本畫雪，今雪兼畫堂。此堂即公顔，萬古照容光。我夜夢見之，止止集吉祥。太虛月燭輝，離合陰雪陽。澹乎本無物，以受萬物藏。然後朗虛白，一室周八荒。皓目著鮮潔，賦象隨圓方。丹青弗色眩，凹凸非風揚。神凝一動静，性宇含柔剛。收近以攝遠，遊息乎中央。珠兮赤水北，人在崑邱旁。所以必象罔，得意乃言忘。茶品桃花栽，竹亞梅花香。豈其軒必嘯，而其州必黄。公記托主客，主客亦渺茫。不如我此幀，讀記酹公觴。盎盎挾風氣，燦燦合晶芒。雙展一雪笠，延佇天蒼蒼。齋中奉坡公雪笠像。

白鶴峰圖②

吾觀古至人，不示人以的。譬彼良工璞，抱質終焉覓。佛言羚羊角，水月鏡花寂。公作息壤詩，似解安之溺。公來合江樓，羅浮境所析。大千喻一塵，念念初何適。都歷切。水東與水西，彼此胡欣戚。思我無所思，亮返聞與覩。我踏豐湖月，亦題翟賢壁。丹竈又墨池，大海綠一滴。囊雲四百峰，鑿井四十尺。頗疑借喻語，詎謂真陳迹。五更道人鐘，豈爲先生擊。縹緲紫翠間，浩浩空江夕。此意不可傳，非耽荔支噢。妙哉兩峰子，墨潑深如積。豈覬卜居旨，點盡斜陽碧。誰作招鶴歸，南飛一聲笛。

李約庵借笠看山圖③

半江金碧皆夕陽，漁者看山亦罷釣。借爾之笠助我看，響動空江一長嘯。上有一碧旁無橅，特展群山作畫屏。蘇子戴笠人不識，今我與山皆眼青。

---

① 此詩題位於手稿本第 5185 頁。詩題手稿本作“雪堂”。
② 此詩題位於手稿本第 5186 頁。詩題手稿本作“白鶴峰”。
③ 此詩題位於手稿本第 5188 頁。

送石君學士視福建學政①

忽已二十秋,送君僉閩憲。棠陰桃李陰,三度逾縲綣。持節方隔年,哲兄今交換。花接三山樹,霜催一行雁。兄弟迭司衡,史册不恒見。不聞恭公碑,可補蘇家傳。<small>温彦博事見其兄大雅傳。</small>讀公占謝表,稽首主恩眷。熟知八閩士,深柅一門戀。<small>君與令兄竹君爲代,故其謝表云:"一時榮幸,道路傳爲美談;此土士人,凤昔共明心迹。"</small>此邦人文盛,況備經術選。名家數泉漳,流派延與建。道園表延平,雲谷築南磵。衡嶽互倡酬,莆陽富文獻。皆從晦翁門,溯起道南嘆。字義北溪訂,樂律西山按。六經日中天,光華旦復旦。先生舊行部,更飫新知貫。銘詞剔畫寒,著録來東觀。蕉荔芎薑桂,藝圃漑區畹。秋寒萬峰秀,照海眼如電。前身武夷君,一棹夢又轉。握手真實語,酣歌和親串。<small>令兄竹君學使自謂前身在武夷也。</small>

陶无垢上舍予同年簡夫太守子也向學有文將歸南城以太守竹間分課田園消夏二圖乞題②

書聲織聲二十年,父書手澤滿研田。今日母也爲重編,重見舊圖母泫焉。遊子出門淚涌泉,使我泚筆亦涕漣。我識君家内訓篇,閨房萬卷親丹鉛。研經課史傳與箋,疏篁籜粉映娟娟。春暉俱在畫幀前,松菊尚爲陶公妍。賓客皆稱陶母賢,今日遊子執卷虔。紙上對榻精神傳,卷畢忽動簾風旋。竹根露華竹節連,柯葉弗改猗猗然。琅玕粒實鳳羽翩,舉頭又見霜月圓。

太守課農漳鄞間,聊寫農經思故山。蛤湖棍湖水常滿,麻源花谷雲氣還。槐柳垂陰緑冉冉,芝蘭繞砌紅斑斑。兒孫長成倍穀熟,此是太守銷夏灣。

---

① 此詩題位於手稿本第 5188 頁。
② 此詩題位於手稿本第 5190 頁。

桂未谷指頭八分書歌①

南唐攝押鈎格抵，是用指乎用筆乎。昔聞永興指畫肚，又聞英公指畫膚。復有撮襟與醮髮，坐帚兼之畫荻蘆。離指還將指用物，非指喻指指有無。吾嘗精思永興楷，古篆頗借英公摹。永興之楷亦篆法，二者皆取圓而腴。陶公彈指成壁字，咄咄寧與書空殊。渾淪體勢拈大意，如身使臂卷與舒。畫膚畫肚此類耳，豈真方整同操觚。所以妙參漢分隸，縱橫波折肥與癯。每與未谷共論此，意薄韓蔡以下書。病在筆鋒太膩紙，象罔意肯爭離朱。邇來傅山鄭簠輩，有意脱化仍偏枯。古情非關貌剥蝕，淡味豈在神糢糊。人巧天工到禮器，細不單窘濃不粗。只如波尾沉頓處，典重大貝兼球圖。不知當日用何筆，縱有師授無型模。未谷擅名八分久，淋漓得意五指俱。自言略仿李書意，將指擘畫駢拇軀。酒酣爲我作齋扁，橐橐飛動看寶蘇。請更題楣報錢子，大白浮遍張與吳。江南有客袖歸去，明日詩話傳江湖。

采蘭圖爲谷西阿檢討題②

彩雲城下春水香，縫跌之蕚秋無霜。遊子歸自蓬山頂，攜得仙壺晝景長。堂堂素心澹無欲，誰云所思在空谷。疇人司業鄉塾來，一嘯鸞皇寫寒玉。

自題所收汝帖舊本二首③

使君坐嘯餘清夢，古壁蝸涎可奈何。幾叠簾紋又蘇室，重將汝海問東坡。

望嵩樓接氣蒼茫，退谷他時問洛陽。今夕紅燈菊花影，按歌誰繼小周郎。題籤者上海周銓緯耆，工長短句，康熙間有"小周郎"之目。

---

① 此詩題位於手稿本第 5191 頁。
②③ 此詩題位於手稿本第 5194 頁。

次韻瘦同送陸以寧上舍之太原①

征鴻顧影及霜晨，記事珠軒刻燭頻。對榻九秋雙別淚，同時三陸一詩人。謂鎮堂、雪篁及君也。淡交風雨知音少，奇氣山川耐客貧。借幅滕囊驢券紙，晉祠翠墨儻須親。

同裕軒慕堂林汲兩峰遊城西笑巖塔院極樂禪寺次裕軒韻三首②

枯林繫馬帶偏提，樹影斜穿塔影西。正憶去年淮北渡，寒雲一抹綠橫堤。

朱希忠篆訪招提，寺有嘉靖己酉碑。繞出金源廢郭西。田對寺門門對水，水田方罫界平堤。

舊遊屢勸一壺提，畫稿年年夢竹西。今夕挑燈開絹素，四三人影夕陽堤。兩峰爲作《野寺尋僧圖》。

題沈石田像③

青絲白氈是何因，碧眼飄鬚亦未真。只有太湖三萬頃，蒼然石骨見精神。

洪稚存機聲燈影圖三首④

茫茫此恨狀難名，竟有人圖影與聲。日者夢魂猶侍側，天乎想像不分明。匹絲秋練千迴織，寸草春暉一短檠。隔屋釣筒收棹響，荒雞喔喔報深更。

椎心滴血數行書，兒忍吞聲母淚茹。畫荻成編寧喻此，匪莪廢句痛何如。稚存從母受《儀禮》至"夫者，妻之天"，母慟絕良久，呼曰"吾何戴矣"，遂廢此句。每追稑穄甘於嗜，不使衣縫線有餘。石爛海枯神鬼泣，雞鳴盥漱夢迴初。

———————————

① 此詩題位於手稿本第 5194 頁。
② 此詩題位於手稿本第 5195 頁。
③ 此詩題位於手稿本第 5204 頁。
④ 此詩題位於手稿本第 5206 頁。

如此光陰如此宵，昊天一慟去迢迢。中年哀樂等閑過，萬古音容
不可招。世有留貽惟蠹簡，胸無愧怍對青霄。痛迷札札聲常在，爾我
孤燈手忍挑。

次和瘦同新葺小齋①

今年冬仲未嚴寒，料理高齋頗易安。樹影橫來窗更静，書籤整後
架常寬。據梧兀爾渾非睡，下直蕭然偶不冠。笑我攲斜題扁在，那堪
懸帳比宜官。

七芳圖歌爲倪敬堂奉常賦②

奉常拜陳七芳圖，雪窗月上煙有無。是時四壁畫交影，落墨幅幅
圓成珠。云此先公給諫筆，捧以示客神敷腴。想見當時請畫日，髫齡
侍側怡以愉。七芳七幅占四季，松梅竹菊荷華配。終於水仙始則蘭，
清露娟娟捧餘淚。猶記紉芳初寫成，南陔始上公車歲。其餘六幅次
弟爲，每説公餘澹相對。給事當時在諫垣，文章不獨闢詞源。象緯疇
圖貯胸次，琅玕玉樹滿家園。懷人菜圃三叉路，樹德松栽五粒軒。曲
院荷香來淨植，孤山梅格共清言。凌波仙韻東籬逸，有斐材鍾國香
室。不是孤高傲雪霜，要將骨幹參雲日。神交穿破萬卷餘，清氣都從
十指出。膽瓶倍勝寒友三，鐵笛吹迴客寮七。聲詩贊誦又臨摹，題字
精神與畫俱。前輩清標有如此，青峰一氣神來乎。他時誰續畫家譜，
巾箱豈與家訓殊。何必雲林清閟閣，已壓花柳錢塘湖。

宋哲宗御篆司馬温公神道碑額③

紹定三年三月朔，朝奉郎新除行大理寺丞權知沔州軍州事管内
安撫四川制置司參議官臣田克悉刻石本州公宇。

定軍山前戰鼓鳴，興元火照三泉城。四州盡表鐵山界，關中蜀道

---

① 此詩題位於手稿本第 5207 頁。
② 此詩題位於手稿本第 5211 頁。
③ 此詩題位於手稿本第 5217 頁。

誰支撐。借問是時大將誰，猶説魏公戰富平。洀州安撫何爲者，百年
撫事淚縱橫。平日熟讀東坡碑，一掃十萬西羌征。四方稽首來請命，
司馬丞相居朝廷。皇皇大書不可見，恨不涷水重刻銘。敬摹拓本篆
題字，元祐舊石重光晶。軾爲其文帝書額，不愧粹惪稱忠清。費帑一
萬樓四丈，晁村原上風泠泠。帝初書此崇慶殿，殿額始以垂簾名。宮
中堯舜俯屬筆，追念先帝神屏營。擘窠玉箸畫端正，冒貢豈有非幾
萌。翰林學士旬日拜，臣軾所以哭失聲。中原回首大江北，老杏耿耿
垂星精。①後先至元與嘉靖，龜趺重啓堂中楹。惜未合并睹一快，伐石
作記馬與程。夏邑重立碑事，元程鉅夫有序，明馬驪有狀。洀州一氣接夔峽，眉
山萬古來英靈。此文此書亦麟鳳，蘇齋蘇石盟日星。並傳王礀玉册
字，挂壁氣挾山厓青。碑尾云玉册王礀奉旨摹勒。

兩峰爲清容令孫畫蘭二首②

獨立非所難，衆處恒自貴。所以水石依，而弗雪霜畏。斯人下筆
時，儻稔吾臭味。兩厓綠如洗，淡得空涼氣。

叢叢蔣家徑，郁郁蘭之孫。何以充采佩，相與培本根。大哉天地
心，不見風露痕。伊誰號香祖，必自詩人門。

抱經堂歌送盧弓父南歸③以下辛丑

六十二歲乃卜廬，先生有慨言之歟。臨平之南吳山北，新橋西畔
三楹居。舊堂本名數間屋，但少赤脚兼長鬚。慈親奉養樂事足，遺經
獨究爲歡娛。校讎專家自古少，向歆七略誰與俱。夾漈草堂著爲志，
亶及編輯良區區。偏傍匪唯訂甲乙，亥豕豈僅篆蟲魚。是正文字函
雅故，墾闢經訓勤菑畬。鄱陽急就且莫執，汝南解詁先爬梳。開陽門
外始刊石，九江老守初迴輿。禮經回穴爲手剔，君家故事此最初。楊

韓蔡馬並著録，東觀校補非一書。古文舊書外内應，何假閣束袪紛
拿。先生眼光烈如炬，行媵枕秘該五車。近師勞桑遠張陸，須友之友
餘山餘。如此抱經方不愧，令我夢想杭城隅。巾箱臨別乞留副，諸儒
贈言滿石渠。先生行矣酒重酌，春冰涣涣開直沽。草堂梅花映水發，
寄言驛使儻不疏。僕於先生那能役，草隸但可充抄胥。

潞河督運圖爲馮星實少卿賦①

煙光溶溶六尺絹，水翠搖空淨於練。城郭帆檣欄檻影，都自中流
簾舫見。峨峨官舫中流開，不爲帆光欄影來。螺水源將通惠合，平津
閘溯慶豐迴。潞河漕司農部使，兼領糧儲關権事。博士曾籌六路宜，
耀卿最曉三門利。國家歲漕東南粟，古林舊志誰應續。分地雖資御史
巡，上遊實賴專官督。北河直抵京通倉，兩壩分收七省糧。千帆銜尾
艘重運，萬里憑欄樓大光。大光，樓名。涉江溯淮來恐後，張灣前接直沽
口。橋亭歷歷漁莊户，沙岸枝枝水楊柳。鮑邱兩派東西曲，雨霽虹飛
漱鳴玉。都來豐稔一氣蒸，散作恩波萬川緑。使君於役出南曹，浙右
才名門第高。自述河船當圖志，驅來墨瀋飛雲濤。城東還記送君初，
題卷俄經三歲除。那借暗門摹畫軸，漫笑僧虔作草書。王僧虔有《督運帖》。

瘦同風雨對牀圖二首②

寥寥天地真切意，都在空堂梧竹中。試換袷衣添畫燭，此聲此影
莫匆匆。

促膝分攤萬卷書，酒醒葉墮打窗初。世間第一難忘處，難得先人
有敝廬。

葉毅庵學士讀書秋樹根圖四首③

露氣下高樹，蒼然見古初。先生住鄉井，幾日結林廬。檜柏濃雲

① 此詩題位於手稿本第 5238 頁。
② 此詩題位於手稿本第 5241 頁。
③ 此詩題位於手稿本第 5243 頁。

滴，梧桐緑雨疏。盤根可容膝，分庋半牀書。

閩南扶正學，我愛道園詩。老樹森相向，孤根迥自持。蟬迴深樾響，鳥亞護巢枝。卷幔微風到，泠然妙喻時。

隱映茅檐背，秋光點緑筠。影飄金婀娜，煙蘸玉精神。此地論寒友，中間有主人。晚涼時脱帽，聊復對吾真。齋名緑筠書屋。

閩嶠五千里，詞林三十年。頭廳新學士，手勘舊詩編。芸帙裁還麗，苔岑意執傳。瀛洲古槐影，仍護小亭圓。

二月六日上御經筵臣侍班文淵閣恭紀①

壽宇連豐歲，初春叠瑞霙。九年書庫藏，二月夾鍾鳴。秘笈陳高閣，油雲覆禁城。傳心儀肅穆，主敬道光明。舊制聞重閟，新橡邁五楹。麟臺稽故事，象數衍滋生。正殿筵三面，方池水一泓。無言規所利，有式矩之平。上下交前後，剛中極粹精。與民同厥好，嘉會合於亨。參唯由忠恕，義占本性情。凡茲經説闡，胥自帝躬行。是日講《大學》"此之謂絜矩之道"，《周易》"乾始能以美利利天下，不言所利"。步輦金階轉，綸言玉律聲。風宣切喬嶽，將巡幸五臺。日昨潔粢盛。先一日祭社稷壇。侍近爐香篆，班依緑樹鶯。萬籤騰寶氣，四野起深耕。

香亭都諫春郊歸省圖②

九重眷注三春暉，寸心先共春雲飛。乞得淮壖扈從暇，不比省墓他時歸。淮壖遥指蓼城里，繚繞青峰露河水。淵源遺澤自延陵，冠蓋世家推固始。世家教孝即教忠，夙夜永矢銘鼎鐘。三尖山下劬勞思，十二年來夢寐中。迢迢路轉白雲層，路人猶説先中丞。馬上今瞻貌愉若，祇應並識心冰兢。舊壠新阡春雨濕，迴策如縈望原隰。憶舊還酬戚里言，深宵尚誦先人集。日出城頭宿乳鴉，暗泉夾徑長蘭芽。春

---

① 此詩題位於手稿本第 5244 頁。
② 此詩題位於手稿本第 5247 頁。

氣著人非霧露，村煙一半入桃花。扈蹕歸來溫綬捧，奉常陞掌臺端重。正際長春一氣中，山川草樹皆光寵。他年盛事傳中州，牙旗使節嵩陽留。陌上濃春更開卷，重題小字輝銀鈎。

送韻亭省親魚臺即歸里爲嵩少之遊韻亭將爲予刻濟寧碑釋補正仍用張力臣韻兼寄尊甫績軒四首①

留竹高樓正面山，白雲都到倚欄間。春來喬梓團圞話，轉被詩催苦不閑。

思親不爲乞閑身，客夢時追輷輘塵。誰是嵩陽舊居士，蘇家門下話張陳。

拈韻名亭獨我知，日聆崑竹鳳參差。畫蘭正趁熙陽候，老子新年鬢未絲。

箋素緘題費幾重，故人亦念軟塵紅。締交金石蘭言訂，何減升堂醊酒風。

歸耕堂歌送未谷還曲阜②

治經如何經乃明，對君使我心怦怦。羨君此日作歸計，知君不是真歸耕。三年官舍隸國學，比者課最聞司成。鄭虔才重臺省客，叔孫名動齊魯生。西遊河陝略太華，盡攬奇氣於柴荆。曰給掃除杏壇里，或職司鐸鄉塾甍。剔碑深掘光怪氣，藝材手植夭喬英。分隸森然疆甽界，古釵劃出龍鸞橫。雖云筆力破餘地，猶想拾芥青紫榮。嗚呼如君豈羨青紫榮，實思鬌毻呷唔聲。山中雲匝四野青，處處交響春鉏鶊。但恐又思門剥啄，提壺舊友來春城。宋子偕行氣尚壯，安知此緒迴環縈。山中不如吏牘暇，畫禪偈子誰能評。

---

① 此詩題位於手稿本第 5249 頁。
② 此詩題位於手稿本第 5252 頁。

山木卷芝山畫爲未谷題①

漁洋山木集，名存集不傳。萬古一仰俯，何恨感當年。香祖木猗猗，薑尾山娟娟。徂徠翠如沐，齊魯青相連。君今歸故山，村墅獨樹間。爲我倚空濛，萬籟共清言。不可名所得，時復尋其原。豈直收昔迹，②而以録古歡。宋子知此意，淡墨生空煙。憶我東阿驛，戴星吟曉寒。

芝山取范德機貴州詩山與宿雲兼之句作畫以贈匏尊之行題此③

知爾停鞭驛樓下，故人詩句醒時聞。藤深竹暗疑無路，石窄天低半是雲。盡日宿陰濃掩冉，一囊空翠濕氤氳。好山寄我青如畫，供取緘懷寫八分。

坳堂招同穀人匏尊荇莊遊崇效寺六首④

海棠開到澹胭脂，正過濛濛薄霧時。珍重折花留葉法，明年更有出墙枝。

破鐺煮飯屋三間，拓地澆花苦不閑。閱歲丁香大於屋，供人梯閣倚看山。

送菊重陽定百盆，道人筇杖挂松門。閑心已向春前計，試借茶煙對榻論。

孟津題在歲丁亥，⑤秀水新城俱少年。今日青松紅杏卷，已看前輩少隨肩。

棗花寺闕宋元碑，朱十惟傳舊小詩。合共沈郎留草隸，榆錢飄緑

---

① 此詩題位於手稿本第 5253 頁。
② “直”，手稿本作“曰”。
③ 此詩題位於手稿本第 5256 頁。
④ 此詩題位於手稿本第 5259 頁。
⑤ “題在歲”，手稿本作“題歲在”。

滿階時。

方干題遍上方山,愛踏青苔筍籜斑。誰畫夕陽三五客,簾櫳花氣佛香間。

許逗雨孝廉冷村煙樹圖二首①

不是煙濃偏點樹,誰知村冷欲留雲。溟濛一半空江氣,盡卷層青付與君。

芝山畫筆太蕭寥,水檻風來響暮潮。一抹樹深煙淡處,有人扶杖立溪橋。

爲張鶴柴書補過軒扁題後②

借問從何補,予生過已多。因君寄感喟,名室代磋磨。慚汗松煙黝,驚心隼尾波。午陰酬接起,瞬息静光過。

顔運生磨墨亭詩二首③

非人磨墨笑東坡,問是人磨是石磨。爾我正關金石癖,山崖與研較如何。

哲人大事仰先師,千載簞瓢孰喻之。虎豹孟賁皆却走,此中真味墨應知。

山谷詩孫印未谷來索詩又賦此④

昨歌爲黄今爲桂,黄印得之桂所惠。却假吾齋介紹爲,以我居間毋乃贅。不知印自何年鑄,何人山谷詩苗裔。慶元之序跋淳熙,公有諸孫森舉例。上距先生已百年,每零退聽堂邊涕。我欲推從配食論,未曉東萊圖譜系。韓駒徐俯各有辭,二謝三洪果誰繼。山房季敵但

---

① 此詩題位於手稿本第 5260 頁。
②③ 此詩題位於手稿本第 5112 頁。
④ 此詩題位於手稿本第 5115 頁。

編摩，天社任淵闕文藝。數傳一線人莫知，四字千鈞事非細。鈴之寸楮炯炯光，色正芒寒不敢睨。松風倒捲波濤聲，直作西江歸海勢。苔花古綠蝕不得，後六百年有人替。黃生得之毋多讓，瓣香侑爾虔家祭。我續熙寧前夢餘，紅日樓頭雨天際。<small>山谷有《天際烏雲帖跋》，今亡矣，予僭擬補之。</small>

予所藏坡書天際烏雲帖墨迹後山谷匏庵二跋
失去僭擬補之作二詩①

熙寧未識老學士，留著西湖受月明。峨眉堂堂氣萬古，偶然會得夢詩情。<small>右補山谷作。</small>

西村堂下西風起，每話閑園種決明。海月照來青眼共，吳江一棹故人情。<small>右補匏庵作。</small>

陳老蓮畫②

芙蓉以爲裳，研石以爲友。涼露空光中，怪君獨立久。狂呼挾飛仙，何必稱束皐。海上風雨來，青藤大如斗。<small>老蓮嘗鐫印曰“束皐老蓮”，既而曰“陳從東，非束也”，遂毀其印，所居是徐青藤故宅也。</small>

老蓮秋林晚步圖③

暮窗欲讀未了書，四山疏響聞樵漁。飯罷前村淡煙靄，雨餘空氣圍林廬。柴門旬日無舟車，小童不識心踟躕。所得於古皆陳迹，④安得菑翳一掃除。

龔半千畫⑤

峰與茅檐氣吐吞，誰能復以畫工論。更何蹊徑橫胸次，一畝之田半畝園。<small>半千所居名半畝園，其友胡彥遠所居名一畝田。</small>

---

① 此詩題位於手稿本第5116頁。
②③⑤ 此詩題位於手稿本第5118頁。
④ “於古”，手稿本作“古人”。

徐潭侄自莆田倩畫史爲予作天際烏雲詩意圖並摹坡公笠屐像合裝爲軸來供齋中題二詩①

此夢當時定在莆,林泉秀絕山有無。塵尾茶煙動裊宛,楚江巫峽猶糢糊。一几蘧然隱枯木,萬象落我牟尼珠。烏雲紅日亦假借,攝之静境歸寶蘇。

謝家蘇潭君徐潭,寓我於蘇名豈堪。謝蘊山自號蘇潭,侄自號徐潭,蓋皆寓意愚號覃溪也,愚甚愧之。悟來邢房正合一,樓與雲日非兩三。折蘭髣髴佇遠者,要眇玉珮寄一函。日莫欄杆渺何許,濛濛遠思來江南。

---

① 此詩題位於手稿本第 5119 頁。

復初齋詩集卷第二十三

石蘭集辛丑四月至五月

方綱蒙聖恩擢國子司業,石鼓《蘭亭》近在宮牆下,適以是月得見趙彝齋所藏落水定武本,文字之緣,實厚幸焉,敬以名集。

初入太學用王新城先生韻①

中天盛文治,彝教睹崇深。廿年陪齋祀,屢佇松檜陰。禮義萬仞牆,金絲千載音。津逮豈不廣,編摩愧難任。八年涯涘窺,圖書窮古今。益以夙夜矢,共此髦士林。會食及退省,何以副華簪。菁莪識有儀,桑梓知獻琛。矧伊萃楨幹,日久成球琳。藤蔓高垂檐,柳綿織盈襟。西廡誦弦起,琅然如玉琴。

湯漱園以去年九月廿三日由江陵宰入覲擢
同知是日其初度也以詩索和②

荊門霜樹渺煙沙,姓字雲屏爛綺霞。人喜迴車來芾蔭,天留佳句補黃花。秋江影識心如鑑,玉茗香濃鬢未華。涿水團圞親串在,爲君酌坐月初斜。適丁受堂表弟自滇來,故及之。

---

① 此詩題位於手稿本第5269頁。
② 此詩題位於手稿本第5270頁。

題陳章侯爲周櫟園作覓句圖[①]

落落石徑古，泠泠煙露深。枝策即據梧，文綸非鼓琴。是汝杜德幾，[②]微聞天籟音。白乎蓮之衣，畫得蓮之心。空光初何有，逝者渺難任。風落復電轉，摺叠數衣襟。桃花馬上仙，大笑墮冠簪。風雷吼如晦，聊試青藤陰。

李約庵課耕草堂圖[③]

畫君課耕之山村，日閱塒雞散柵豚。畫君課耕之書屋，時占困億歌輪輻。龍湫之東石筍西，芋魁橙木相高低。夜聽鄰家應弦誦，晨看稚子把鉏犁。扁舟出峽之奇氣，看山借笠圖猶未。拄杖閑招隔浦雲，浩歌一卷諸峰翠。可怪余生醉寫真，翛然別作幅巾身。妙取神情不取似，知君未是課耕人。

石鼓歌[④]

平生慨想韓蘇篇，上台北斗光中天。不知韓公何所歡，尚想少陵與謫仙。賤子髫齡早釋褐，摩挲此已三十年。熊熊但詡星墮地，歷歷敢詡胸捫躔。岐陽之蒐炳經傳，韓歌何以稱周宣。其字兼該二篆體，其文儼並二雅編。王内史書師最早，馬定國評語不傳。異哉或疑周即魏，昨秋我辨萬與全。近日萬季野、全謝山皆祖馬定國後周之説，竊嘗作文正之。前韓洽。後顧絳。各逞臆，反以古説爲拘牽。後代儒生敢侮聖，何傷日月輪高懸。朱十作考不識字，誤信楊薛諸家箋。滋陽牛氏作圖釋，又執拓本訛相沿。安得衆説出一貫，西廊向曉聽誦弦。因進諸生爲講解，十鼓向背東西偏。丁鼓獨方餘橢異，初非一例如鼓圓。已鼓作臼字完好，庚辛二鼓排倒顛。圍六七尺高二尺，參差闊狹非齊肩。深山大野氣磊落，渾金璞玉殊雕鐫。河圖洛書聖人則，龜文馬背奇毛

---

① ③　此詩題位於手稿本第 5271 頁。
②　"杜德幾"，手稿本作"杜德機"。
④　此詩題位於手稿本第 5293 頁。

旋。鳳凰一羽麟一角，珠貝眩晃龍蜿蜒。古文奇字大小篆，凡將蒼頡相後先。今也一依許慎恉，僅留什百於九千。竊因許書考同異，壬鼓雩字殊不然。三十年中數字泐，愜山已嘆歲月遷。後來剝蝕復何似，幸賴遮護深堂筵。吾嘗手摹舊墨本，□□詳審斷與連。甲鼓□字下畫兩開，丙鼓隋字下从片女。其餘補正悉依石，非復著錄矜從前。直以橫從準量鼎，更莫傅會援斤權。方今聖人考文字，西清鑒古羅丹鉛。周器琳瑯出內府，殿庭寶氣陳豆籩。夫子從周乃素志，古光階陛相接聯。敬濡縑繪度款識，精神萬古來篆煙。一空籀史金石史，不要鐵網珍珠船。元氣淋漓在天地，筆勢融結從山川。古今第一寶刻在，天下第一宮墻邊。循廊再拜三嘆息，槐影綠動苔花磚。

國學蘭亭歌①

廿年疙寐天師庵，中山遺事故老談。楊東里語亦疑似，臨自松雪夫誰諳。梅岑來濟亦云爾，爭坐位石初同龕。永樂中年鋤圃得，四分斷若劍缺鐔。行行位置都舛失，豈合稧序馳交驂。此序雖云定武樣，界絲已爽銖兩三。每行視定武真本矮至二分或三分。孫藏瘦本政如此，以配落水將毋慚。孫叟又疑薛氏刻，虛舟謂勝東陽堪。孰爲薛法孰趙法，各以丹素殊辛甘。樂毅趙臨儳并案，牡丹舒賦應同耽。吾謂定武此嫡嗣，未許潁井旁支參。然終恨多嫵媚勢，後學盡向鷗波探。蘭亭古法該篆籀，晉唐一脈元氣含。惜哉石膚磨拭久，弱縷細似眠春蠶。我今水沃復手刮，淡墨猶想真青藍。石瑩如鏡潤如玉，寶氣何啻初開函。中鋒撅押語國子，要以筆正爲指南。橋門槐景卓亭午，滿院風露來松枏。

趙子固落水蘭亭卷②

姜家四本皆定武，黃跋盧藏久揩拄。杜鵑猶作晉時紅，十四橋頭

管弦語。放翁諸甥記無誤,承議俞郎獨按譜。三十六峰生玉壺,雪餘光景留千古。冬雨占晴又一時,蘭竹王孫好門户。披濕歸來把卷笑,昇山頃刻風掀觸。性命可輕寶難棄,八字煙飛誰復睹。印留曲脚與壺蘆,首尾俞盧篆可數。前有盧宗邁印、蕭氏印、沈字印,後有俞松印、悦生壺蘆及長字印,又俞字印。此帖之真當以此,水漬況經松雪許。卷中復有松雪跋,孫信何疑誰適主。孫云柯藏同一石,柯本非柯太莽鹵。又云陳藏拓微遜,陳本非陳拓猶愈。墨花滿面舊所聞,籠日輕雲誰與伍。江村銷夏重褙裝,退翁消夏重結侶。貞觀春應似永和,會稽石已兼虞褚。古今集刻此祖禰,天下法書此規矩。熙豐以前之楮墨,諸老相識神飛舞。是熙豐以前拓本亦姜跋中語。廿八行間幾往迴,六百年後猶來聚。雲間篋又到虞山,煙水江南修以阻。晨來二麥送淺寒,喜甚雙槐占遇雨。卷後佳紙待我跋,奇絶彝齋勇重買。我作彝齋弟四圖,獨夢王孫遠延佇。借臨十日豈偶然,大笑嚴灘月初吐。何年買得砥砆枕,千金續作偏傍估。天師庵石恰手摩,桑澤卿書要删補。蘇齋更起硯山齋,直溯蘭亭追石鼓。

自題臨本四首[①]

便作齋名遇所欣,綠窗月樹點銀雲。可憐九萬麻箋費,始識袁生説粉紋。粉紋見袁起嚴跋。

匝月晴窗得借臨,時時想見夢歐心。欲將化度邕僧石,留取風神照古今。俞壽翁有夢歐堂。

葯洲燈影裊幛屏,橋畔花魂唤未醒。天外三峰來小簇,銀鈎相付眼俱青。

坐卧何論食與眠,永和花草破春煙。東風萌拆朦朧意,渴夢江湖二十年。

---

①　此詩題位於手稿本第 5275 頁。

再題落水蘭亭卷四首①

宋拓何須必假唐,志磚保母漫相方。賞心甫自摩圍老,始得摩挲趙即姜。②此本退谷所藏,而退谷《庚子銷夏記》言宋拓,乃此卷退谷跋云唐拓,故因攀石詩而辨之。

區區柯本瘦肥間,淨侶同時托買山。自有碧湍明鏡在,許誰眉嫵照朱顏。

退谷櫻桃比昔紅,蔣堂揖翠幾春風。午橋賓館人俱老,陳迹斜陽似夢中。此首專有感於攀石也。

我因辨印始知真,針芥從前得幾人。倒薤元來皆篆法,蓬蓬萬古鏡空春。

鄧瓣香孝廉深柳讀書堂圖③
鄧南城人,家住金斗山。

澗響書聲答玉琴,碧峰如案水如襟。鄉關金斗年年夢,皺得柳煙如許深。

余少雲爲周篋谷畫秋林詩思圖④

細翠濛濛淡不收,瘦筇指點水源頭。詩人寄托荒寒甚,纔過端陽便寫秋。

落水蘭亭響拓本匝月成之歌以志喜⑤

楊太尉孫二十時,侍師日日看臨池。山陰草樹盡清發,蘭渚上冢餘淪漪。湘東王孫拜賜畢,玉華宮上瞳曨日。趙葛湯馮對展來,玲瓏交響虞戈筆。秀氣沈霾六百年,雪後復雪增遠寒。趙家王孫譜梅竹,黃昏寫月憑欄干。嘗畫東坡亦如此,何人腕有羲之鬼。欲摹小印篆彝齋,每恨贋題稱落水。廿年魂夢在此紙,一月簽廚不暇理。却捲蘇

---

①　此詩題位於手稿本第 5276 頁。
②　“即”,手稿本作“接”。
③④⑤　此詩題位於手稿本第 5277 頁。

公小像旁,仍置彝齋畫圖底。山陰春即玉華春,未許王孫獨傲人。楷則誰曾論米芾,正書豈假學劉珉。融結流光晴又雨,愁絕王孫奈何許。古今同此圓鏡中,得天居士參禪語。落水神情仿作圖,碕岸側想摩尼珠。願從捨筏得門始,更想退筆尋師初。

晨入太學雜詩八首①

玉蝀橋邊趁曉涼,北門池上漱初陽。衣襟十里瀼瀼露,盡是恩波璧水光。

爐香敬爇道心存,散作晴煙繞戟門。東序詩書勤晝考,西廂鐘鼓樂於論。

兩行古檜鬱崢嶸,二十年前聽雨聲。玉字天書增贔屭,碑亭雲日更光晶。

人靜堂虛午亦涼,古槐散綠滿西廊。流沙石磬圓如鏡,不數棠梨晝景長。

冑子青衿列後先,仸仸如貫講堂前。昔時卯角今成立,嶺海迴車又十年。_{肄業諸生有昔年粵東貢成均者數人。}

崇教坊南屢軾憑,鼓樓街北漬雲層。仲宣書籍酬何日,李漢文章愧未能。

轆轤惆悵井闌陰,東直門邊憶舊心。少小何人獨憐我,始知兒女最恩深。

每從朔望集諸生,轉觸兒時肄誦情。八載校讎無寸補,更覓蠹簡徹深更。

因曹卓亭歸震澤致吳興沈芥舟求畫天際烏雲句意附以詩往②

昔托無軒話舊悰,雨痕苦泥墨痕濃。請君略取濛濛意,淡著斜陽

---

① 此詩題位於手稿本第 5279 頁。
② 此詩題位於手稿本第 5280 頁。

一兩峰。

三元喜宴詞四首爲錢湘舲作①

百年雨露洽儒紳，復旦光華照鳳麟。慶際日中聞喜宴，歡騰天下讀書人。扶搖九萬程兼到，禮樂三千筆有神。金榜蕊珠光一片，斗台直上徹星辰。

御詩勉勵繼王曾，倍切臣心矢戰兢。甲乙科連爲世瑞，百千年内幾人能。一枝桂馥恩霈獨，三葉楊穿捷報仍。回首江城攢燭夜，蓬萊合作五雲蒸。

吳下科名盛接聯，侍郎學士敞華筵。狀頭未後祥逢丑，老輩彭家壽比錢。謂芝庭先生。福禄文章諸郡羨，江湖詩話後人傳。湘舲不止湘靈句，一曲峰青又姓錢。是日姜度香司寇、彭鏡瀾、褚筠心二學士偕吳郡諸公置酒。

曙光北闕瑞雲紅，東序南宮喜氣同。鐘鼓戟門槐葉雨，笙歌藝圃杏花風。金書宛委香添篆，碧樹珊瑚羽翻桐。分得一枝袍袖底，上林春在錦函中。每科司成例分狀元花，今予以所得三元花銘櫝藏之，並歌以紀。

三元花歌②

周官進士選俊造，樂正司業師司成。今甲乙科即此制，書升論秀於群英。大國三人獻三歲，射宮禮樂等有程。月舫燈毬到唐宋，看花紫陌爭光榮。元和始噪張三頭，光化進士琅邪評。袍笏祥符昉自宋，金花帖子稽咸平。脊令原上錦標接，龍虎榜唱知譜名。前則淳化後皇祐，元獻郊與文簡京。壬寅榜首得文正，王佐器早同時傾。莒公沂公兩宰相，科第照耀連台衡。閱四百年丑到丑，宋皇祐己丑馮京，後直至明正統乙丑商輅。淳安太傅來登瀛。我朝文教邁前古，百年禮樂騰光晶。南宮或接芙蓉鏡，鼇頭或冠呦鹿苹。帖經射策咸第一，獨難三試相合并。聖人道法備聲振,四庫謨典敷訓行。士抱實學方特達,所以期許尤不輕。今春上苑萬花氣,沐浴百寶含粹精。玉衡桃耶紅雲杏,桂林之桂瓊林瓊。錯采鏤金一枝出,玉堂天上香滿城。天下學人合贊誦,望其跗萼葉與莖。是日賤子忝司業,彝倫堂宴聽管笙。回思前秋涉江采,紉襟敢詡爲國楨。聖日光華五雲照,小臣不敢矜師生。適逢橋門摩石鼓,分得虋翠連朱櫻。錢郎東吳起寒素,我詩竊比芝庭彭。願勵丹誠矢葵向,更茂萋菶諧和鳴。此花雖是科名草,此根早向文字萌。芝草醴泉不世出,鳳皇麒麟應瑞呈。直恐莒公沂公輩,無此花賜詞垣賡。鐫銘貯篋拜稽首,佳日更酌錢郎舠。

借得竹君所收化度碑臨玩旬月響拓成册再次後村韻二首①

殘珪斷璧列星行,卅字森然已補亡。落水蘭亭輕拓了,又添一月爲君忙。

二本邗江相輩行,半槎迂伯孰存亡。名花收得雙身在,信有天緣了不忙。予本是朱迂伯家者,此本是馬半槎家者,皆揚州人。

再題落水蘭亭二首②

會稽片石自何年,仍付流觴載酒船。陌上花開重對面,邢房舊話故依然。

潮打西吳古樹根,娟娟蘭渚怨王孫。昇山風雨知何處,五百年前水蝕痕。"不知老之將至","將"字右半水蝕。

題鄒念橋祭酒竹溪新霽圖③

昔聞六逸配七賢,唐人稱竹溪六逸。後來承旨推金源。党承旨號竹溪。人間合有墨君堂,九龍山翠來蜿蜒。山人寫竹即真竹,一一照影臨流

---

① 此詩題位於手稿本第5288頁。
② 此詩題位於手稿本第5289頁。
③ 此詩題位於手稿本第5290頁。

泉。泉香竹液妙茶事，松濤迸落明琅圓。先生詩畫本家法，胸中竹趣
皆孟端。石門洞前俯九澗，白龍潭上看三山。江月冥冥隱碕岸，松風
謖謖吹漪瀾。一條墨雲捲雨後，百道瀉溜餘霞穿。收來萬綠濃影合，
只在半郭橫峰前。所以齋名題惠麓，煙嵐正到迴抱間。先生通籍廿
五載，此圖今又十八年。年過五十鬢猶綠，每話山色雙眉軒。橋門古
柏黛如沐，六堂鐘鼓聽誦弦。西廊槐雨散午霽，語我夢落西神巔。我
慕君居久耳熟，師門畫品甌香妍。長松只説韋鷗少，華生點筆猶翩
翩。竹青時接空露氣，竹粉欲滴新苔斑。一灣飛流漱甘冽，半夜鄉語
聞纏綿。西窗隱映數峰在，簟紋織水簾拖煙。與君下直揩淨几，碧雲
澹寫斜陽天。

自題臨化度寺碑縮本次桂未谷韻①

渤海山陰法並收，居然寸木絜岑樓。巾箱目力營千載，玉珮媒勞
憶九秋。帥雪神光鬬邢尹，合離風雨對羅浮。欲憑桂四馳緘訊，堂記
俞家號夢歐。

辛鼓歌②

辛鼓舊云無一字，施存十四薛十三。彼走驕驕馬薦皙，雄立其一
之微諳。心歟止歟録則異，曰散曰放疑相參。竹房子執甲秀譜，五行
五字侃侃談。有元拓本吾及見，此鼓渺處無從探。團團雲霾蝕寶鏡，
翳翳萍絮吞圓潭。昨者再拜戟門下，萬一撥霧披煙嵐。不敢比擬禱
衡嶽，或覘一角開微嵁。水洗手量日三四，星芒月朏迴蔚藍。有如車
工甲鼓首，橫從隱隱侈不弇。今晨忽得顧摹本，硯璞儼啓宣和龕。硯
山先生直内殿，蘭亭筆法馳江南。子孫協相銘厥背，商鐘周鼓文交
驂。四旁以周面背腹，一泓似蔭槐柏枏。此文宛然在池右，此鼓恰對
開裝函。辛鼓首微露工字之上半，上海顧氏摹本正同。定應上盟施武子，何止

---

① 此詩題位於手稿本第5291頁。
② 此詩題位於手稿本第5303頁。

俯正楊升庵。近者繪圖朱與許，過信薛本紛誦誦。更援説文與禮注，二十七字徒多貪。陶滋、楊慎本所録辛鼓多至二十七字。三代以前之法物，一點一畫皆足耽。即以鼎嗣文合籀，何異雲鳥官稽郯。半字之真多反恥，諸家沿誤吾何慚。楮輕墨淡試長畫，記聽槐雨聲春蠶。周旋橋門兩匝月，不虛昕夕驅驂驔。作歌爲續道園録，廣微儻補笙詩堪。

謝文節橋亭卜卦研歌①

雪樓蒞閩凡七年，舊日封章憶集賢。垂簾賣卜迹依舊，亭空人去重潸然。唐石山邊轉茶坂，躡履披麻神未遠。褒闡遺民事偶然，摩挲片石來何晚。侍郎不稱稱提刑，信州不居居橋亭。梅花莫説武夷澗，雙刀猶想團湖坪。米屢何求朝復夕，對水看山玩周易。十三卦象知奈何，公有《謝氏易説》，以十三卦取象。八百國兵非爾敵。得仁更不食山薇，澗泉遺語深人悲。試取義爻證書序，直以孤竹存商畿。見《叠山集》和古意詩自注。雪樓之銘憶此否，此石終爲侍郎有。誰云填海托精衞，誤認支機指星斗。倚天燭地炯炯光，雲腴玉液閲滄桑。請謚請祠韓御史，斯疏斯銘謝侍郎。西江祠並建陽祠，嗚咽千秋流水知。遺迹誰尋憫忠寺，燈昏忍讀曹娥碑。

蔣清容打鐘掃地圖②

香煙一縷何處起，先生已號離垢矣。念念塵塵自擾之，處處吉祥能止止。詞客晚來多妙教，綺語平生要湔洗。清涼行者願果無，大牛簁子知誰是。誰復收爾來供役，聒耳喧煩鬧不已。燈光一夕照無寐，井華又轉銀瓶水。昨圖維摩云示疾，此義太倉一稊米。請守華池調玉液，且下疏簾揩淨几。尚厭松風作鼓吹，何用禪榻相料理。道人漫打五更鐘，驚破先生春睡美。

---

① 此詩題位於手稿本第 5296 頁。
② 此詩題位於手稿本第 5273 頁。

宣城北樓歌寄蘊山①

謝公高齋登望處，千年遠岫開秋曙。碧海青天納一窗，鏡裏雲光飛不去。錦袍仙人萬古愁，對酒酣歌即此樓。尚有淋漓醉草在，化作古柏騰蛟虬。懷謝亭邊鬱奇思，對結枇杷軒晚翠。澄江誰寫叠嶂圖，北望猶傳二樓志。《二樓小志》，郡人程偕柳輯。蓉江小謝今代才，登樓縱目重徘徊。宛溪響答簾前合，柏梘嵐陰檻外迴。爾家故事留蓬萊，沈約范雲安在哉。長風吹雨洗綠苔，坐呼窗月流金杯。精靈呼吸儻可接，爲我招揖青蓮來。

童子誤以壬鼓新拓十三行者爲全幅軸於壁間漫題二首②

嘉樹詩成□道平，鑾車當日叶和鳴。誤援許慎爲箋注，恐是濡繒未合并。施武子云"嘉"是《說文》"喜"字，章氏因謂"喜樹"字未必相連，壹似未見此拓文者，恐當日所見已是闕前數行之本耳。

牛褚圖兼著錄家，濟碑急寫放鵰沙。多慚待補張弨手，先擷三元上苑花。牛空山《金石圖》《鄭尉氏碑》"放鵰沙"之前竟失一行，蓋亦因碑裏近牆，難施拓工而遂失之，與此鼓正同也，予有《補正張力臣濟州學碑釋文》一卷。

---

① 此詩題位於手稿本第 5283 頁。
② 此詩題位於手稿本第 5297 頁。

復初齋詩集卷第二十四

枝軒集_{辛丑閏五月至壬寅三月}

閏月二日拜司經局洗馬之命，五日到詹事廨，自辛巳到中允任於今廿年矣，爰以王青羊書石之字自名詩卷以紀之。

題詹事廨①

端範堂陰綠未移，河堤重到廿年遲。祠隅徑曲瞻新葺，齋所檐深護舊碑。坐序春坊前輩少，欄迴午影宿禽知。只應拈配橋門集，隸扁寬安借一枝。②_{堂後"一枝軒"三字石刻，王百穀八分書，前歲新出土，予所向未見者。}

宋劉忠肅衡州石鼓山題名爲江秋史編修題③
_{"劉摯莘老來遊，跂、踊侍"，右傍刻云"後百八十三年，六世孫震孫蒙恩來，持使節拂拭舊題，不任感愴。寶祐二年秋九月旦"。}

衡州鄭州楊與劉，當時並號知春秋。楊書我聞浚儀子，_{楊繪《春秋辨要》十卷，見《玉海》。}劉也獨無隻字留。千秋風霆一筆削，須此奮袖森戈矛。每誦青苗十害疏，紙上陰濕神鬼愁。如斯筆墨挾元氣，何物厓石供鑱鎪。所背權奸向君父，獨學凜凜隨人羞。歸乎紅亭峙山洞，筆力端勁含和柔。可人了不見喜慍，屈子未免傷離憂。回首年時撥春甕，

_{①③ 此詩題位於手稿本第5300頁。}
_{② 此句下注文中"所向"，手稿本作"向所"。}

歸耕軟語心悠悠。江湖天遠莽四顧，霜露歲晚歸何由。想當臨風跂蹈語，後有來者增感不。君家世德不可竟，跂也學易還闐幽。淋漓重想伏闕奏，南渡逝景嗟如流。鵑紅啼罷山竹裂，唾點綠散雲濤收。我聞朔齋工大字，數行妙取輕而遒。使字草隸勢正爾，榕根尚憶摹藥洲。五嶺東西宋賢迹，遷謫天若遴其尤。吾所囊裝幅逾百，祖孫一石乃罕儔。二十年前好兄弟，詞場嗜古稱江侯。_{松泉、蔗畦。}今午又逢閏重午，舊友聚散如萍浮。江郎昔題甫鬖齯，今已天禄同校讎。松泉逝矣蔗畦在，八分千里交贈投。人生樂有佳子弟，筆耕可抵良田疇。惜無三遊洞中字，字說曾比輪輻輈。一代興亡在片紙，二水閱客如傳郵。秖供元人品書品，家法奕奕垂銀鉤。

聶松岩篆詩品歌報曉嵐閣學作①

三橋文派何與梁，世說語變鑴齋堂。文家早有楚詞句，_{衡山有"惟庚寅吾以降"印，在雪漁《世說》句印之前。}事詞相稱初何傷。唐律變騷騷變古，豈必盡泥秦漢章。爰極丹青本瑩玉，寧以勸諷嗤班揚。長山聶君方寸鐵，花乳穿穴千琳琅。懷奇日遊長安市，胸中突兀星斗芒。紫雲堂前揖紀四，大笑君獨容我狂。磊磊古意莫名狀，一寓於石摩青蒼。王官谷口有妙語，鍾嶸而後罕輩行。每拈一語歷一境，爲窮八體馳三倉。配合亦用品詩法，淡濃位置陰含陽。句中有句任拈取，味外之味供弆藏。司空肖物不擇物，因境而付隨評量。聶君用石不擇石，因棄而取耐久長。我不善書强塗乙，作詩又不諧宮商。無端此篆忽贈我，亦若頑石來錦囊。珠圓玉槀二百顆，詩文書畫俱相當。豈如他家篆滿幅，全則相貫離則妨。我齋詩境印詩品，詩境字出陸與方。_{方信孺刻放翁書。}昨者紀四得陸句，_{君得放翁遺詩數篇以見貽。}中宵起讀神仿偟。詩品印又出君贈，論詩君儻相扶將。想君與我丹篆夢，聶君拊掌必在旁。天下寂寥冷淡事，有人寢食代爲忙。作歌報謝並銘檟，檐前綠雨飛青棠。

---

① 此詩題位於手稿本第 5305 頁。

予拓定武落水卷題其檀曰蘭盟武林潘厚夫作蘭一枝於上題二詩①

得氣豐之與嶠之,可憐越女不同時。王孫自夢湘江雨,明月黄昏伴竹枝。

小齋詩境太清寒,珠露濃濃翠作團。香入空濛無覓處,玉琴流響起飛湍。

題裕軒蔬繞亭二首②

一百弓間地,心營十五年。架分疏蔓引,亭似小池圓。繞徑收新雨,緣坡響暗泉。先秋風露氣,飽客翠娟娟。

記題漫圃字,摘實到開花。暑雨過青苜,涼雲卧紫茄。盈筐能致蓲,區種更收瓜。每補齊民術,松芝學士家。

題顧汝和摹石鼓研③背云"東海顧從義摹勒上石"

顧生生長吳淞水,豈見岐原撰刻時。一片衡峰圓石樣,天然東海古黿皮。

予響拓趙子固落水蘭亭卷瘦同爲題性命可輕至寶難得八字於首賦此報之④

君譜收藏家,流傳仿年表。嘉泰到於今,闕佚誰盡曉。記憶十八人,銘心各爲寶。獨以落水傳,奇絶王孫趙。卷首八字題,字大萬物小。獨立空江中,意想雲霞矯。爾來五百年,幽趣復誰紹。退谷江村輩,得失争膠擾。豈不遇所欣,抑豈疏於攷。子固八驪珠,飛空去縹緲。尚帶江水濕,影落東吳沼。東吳兩張家,清秘互研討。一張匣此帖,過眼疾雲鳥。一張夢此字,神龍露鱗爪。此帖盟將合,此字緣未

---

① 此詩題位於手稿本第 5307 頁。"蘭盟"後,手稿本有"適"字。
② 此詩題位於手稿本第 5308 頁。
③ 此詩題位於手稿本第 5310 頁。
④ 此詩題位於手稿本第 5312 頁。

了。深知右軍意,不戀舊賝褾。而在吾絹本,動影活裊窈。君豈子固歟,背臨若天造。我畫彝齋圖,蘭竹初脫稿。大笑嚴灘舟,仙子凌波渺。延平已合躔,缸面更設醥。繭紙之精神,蝕鏡拭重皎。君家記事珠,暗投計太巧。迴視退谷本,如月墮空杳。

瘦同以論定武蘭亭絕句屬予同賦因作此四首專論落水本也①

千巖孫晤雪城時,肥者流傳瘦孰知。斗米量來中舍本,研山位置太差池。退谷所藏瘦本非蕭趙所云瘦本。

雪寒何悟暑何疑,三跋無端忽合離。只憶印文追内史,鷹揚九奏鳳來儀。卷後有"鷹揚周郊""鳳儀虞廷"二印,暗寓姜夒二字。

後至元稱博士柯,避兵倐到白南和。寥寥跋闕年三百,文董諸公奈若何。

欲證歐虞何處是,水昏中有至精存。范雍家石依稀認,得共方流韞玉論。

星橋至都椶亭南返同人集魚門寓齋同用橋亭字二首②

吳門三載夢歸橈,苑路新秋蝶粉飄。遊迹還能談北郭,詩名豈止接東橋。薇垣露翠初深裹,芸館燈紅記共挑。又到懷人殘醉處,午陰欄角雨瀟瀟。

四門官舍鼓鐘聽,十載邗江醉夢醒。二隱洞連中隱綠,南譙山接北譙青。借君禪智添詩話,爲我琅邪訪刻銘。幾個同年老兄弟,勞懷記倚醉翁亭。椶亭與予同舉丁卯鄉試。

哭竹君五首③

三持使節出江閩,侍從清華廿八春。典籍蒐羅逾萬卷,門墻著録

---

①　此詩題位於手稿本第 5313 頁。
②　此詩題位於手稿本第 5314 頁。
③　此詩題位於手稿本第 5315 頁。

到千人。韓歌氣共遺經抱，許說拈來訓故新。他日誰知箋集韻，雙眸炯炯富精神。<small>君嘗作一書，專考《集韻》或體來處甚詳，迄未成稿。</small>

脊令原上浩歌時，對雨聯牀感別離。朋友論文爲性命，生平至樂在塤箎。椒花幾歲同傾酻，常棣諸郎定廢詩。勤讀父書思手澤，蘭階行又茂荊枝。

聖恩再荷入詞林，報國文章共此心。幸托婚姻聯梓里，人言臭味比苔岑。六書慚愧名相擬，千載精微勵獨深。弱息有齋如我女，不堪回憶淚盈襟。

從今直要信浮屠，莫漫筵簹問大巫。兜率神山窮髣髴，幔亭黃海竟糢糊。憑誰散髮騎鯨認，真個生天作佛乎。香氣塞空雲繞户，靈音天籟滿笙竽。

吟舫搴幬望不來，畫師矯首涕徘徊。神傷廿載紅燈話，笑指諸生絳帳開。何不寫真隨太乙，俄爲飛佩下蓬萊。青蓮玉局肩相亞，萬頃波濤酒一杯。

金薌濤小像二首①

午榻茶煙未是禪，酒闌歌罷月當天。太湖三萬六千頃，夢裏拈來一鏡圓。

詞場積玉感山農，丁子闌邊瘦影逢。又話星郎花底別，廿年記倚寺樓鐘。

再題陳文莊詩草墨迹卷次辛卣韻二首②

四百年遺墨，江湖魏闕情。吳淞春雨足，泖海暮雲生。紙尚霑貽澤，軒猶號閟耕。扁舟樵唱外，時聽浩歌聲。<small>閟耕，陳氏軒名。</small>

耳孫來翰苑，述祖感中情。遺直看前輩，餘風激後生。人間讀書

---

①②　此詩題位於手稿本第 5317 頁。

種,夜半課心耕。幾個瀛洲侶,廉頑可繼聲。

邢子愿畫石卷①

自題云:"高麗紙悉出繭絲所成,故特見綿厚,予蓄之甚富,暇時愛蘇公拳石,
即於此葉繪之,命侍兒易錢補襤褸衣,可當一故事。"

衣敝還將繭補乎,雲山破衲水苔膚。杜陵爲掃鵝溪絹,却費天吴
紫鳳圖。翻用周紫芝詩意也。

程直齋望雲圖②

千秋多少望雲人,各抱勤劬不爲身。裊裊風驚飄絮線,蓬蓬影慣
照車輪。可憐夢境兼詩思,不是山巔即水濱。莫上高樓輕把酒,月寒
霜倚瘦精神。

味辛舍人以其高祖恭毅中丞世德詩册屬題三首③

錢唐項上舍溶集松雪書《千文》作

琴鶴家聲舊,鷗波妙迹傳。楚江風峭激,浙水日潺湲。百世砭頑
懦,當時被管弦。冰心鐵面語,如許韻娟娟。

國史存青簡,傳家到舍人。儒林兼吏治,直道遇昌辰。慷慨今重
讀,蒼茫尚有神。始知經術貴,元不爲謀身。

婦女兒童識,青天皎日心。孤根發蘭澤,吹律動棠陰。誰果囊中
筆,無慚影對衾。松風吐真氣,猶作鳳鸞音。

閔正齋白蓼圖④

叢蓼紅變白,淡然本性留。深紅抱其根,不假顏色酬。天憐孝子
心,夕膳復晨羞。落落忘飢劬,亭亭感清幽。微誠報三春,苦節耐九秋。
茶苦竟何爲,竹節良可儔。冷香隨風雨,日夕夢汀洲。歸歟湖塘上,擷

---

①② 　此詩題位於手稿本第5319頁。
③ 　此詩題位於手稿本第5320頁。
④ 　此詩題位於手稿本第5321頁。

實霜華抽。北堂鄂韡韡,南陔草油油。窅然僧窗月,墮爾江漢舟。

爲清容題其鄉人青琅玕館圖①

蔣公記説何吴迹,宋何異、元吴澄皆崇仁人。我所思兮天藻亭。題扁不須書小隱,篆言還自補遺經。秋風繞砌寒泉滴,夜月何年碎佩聽。一盞書燈四山籟,隔簾玉氣爲誰青。

次韻心餘魚門崇效寺訪菊之作②

霜鐘起城闉,響接隣居寺。予居與法源寺隣。人情向新植,按譜品以次。老圃淡秋容,本性謝姿媚。砌喧寒蛩語,檻掠昏鴉翅。村坊三五家,蕭瑟借點綴。所以二詩老,締此深秋意。從來插頭花,不開炙手地。二公詩亦爾,百籟静如閟。朴老畫精神,寺有智朴《紅杏青松卷》。孟津書縱肆。静觀堂扁,王覺斯書。都與菊周旋,非惟墨遊戲。第以淡交論,已恐涉思議。明晨僧廚約,雨後山果墜。雖煩茶瓜句,③幸勿園丁累。霜意橫空庭,井華添瓶簣。意並不在花,忘筌況設餌。漫賡陶令詩,更補伽藍記。

崇效寺看菊④

百盆信早逗春前,三徑寒初報閏年。冒雨客來開未晚,凌霜詩得氣之先。濃收後圃生晴照,淡掃西峰淨午煙。不許墨花分影去,窗光留襯月娟娟。謝東君户部畫菊一枝。

宋文信國像⑤

朱鳥魂何處,厓山淚滿襟。軸來燕市賣,影静贛江深。袍笏初瞻拜,風霜忽歛陰。芒寒星貫斗,温粹玉兼金。方寸丹如在,雙瞳炯至今。乾坤需柱石,嶺嶠漫嶇嶔。著作山堂語,浮邱道士吟。信國自號浮

---

① 此詩題位於手稿本第 5322 頁。
② 此詩題位於手稿本第 5323 頁。
③ "句",手稿本作"設"。
④⑤　此詩題位於手稿本第 5326 頁。

邱道人。紫雲高不下，正氣莽難侵。當日曾占相，無能識用心。登庸雖
並兆，末坐竟誰任。相傳文山初中第一，相者潛至朝堂覷，歸語人曰在某處立者貌大
貴，在末坐年少貌冣凶。某處立者乃留夢炎，末坐即文山也。慟絕王炎午，題傳許
有壬。子房雪恥恨，諸葛鞠躬忱。至元己卯許有壬贊公像有"子房魁梧"云云。
異代青編接，長洲碧血淋。天啓元年五月周忠介題。墨花來冉冉，鐵骨對
森森。俎豆宗支續，祠堂磬管音。流傳必忠孝，容易副纓簪。竹石酸
風裂，僧窗冷月沈。千秋神往地，半夜手題琴。敬擬郵書寄，同將醑
酒斟。公乎倦鄉里，髣髴一來臨。前年曾得公題青原寺詩琴拓本，今將托吉水姚
侍講致此軸奉公里祠云。

化度寺碑馬半槎本予借臨三月而竹君逝矣還諸其嗣君而叠韻題予臨本後①

買紅阿巽謝家行，匠斫何曾鄆質亡。斷影熒熒仍寶氣，靜看不似
借臨忙。

重陽後二日集習庵宮允新寓槐雲吟舫二首②

虛舟果擬篋窗開，相喚鄰家近撥醅。視我堂坳真一芥，對君櫩額
有雙槐。誰收鄴下詩名早，獨仿雲西畫稿來。廿載酒人今幾個，竹陰
留取綠方苔。

堂名錫壽記傳聞，菊借深杯勸客醺。此夕團圞追舊雨，當年唱和
並橫雲。屋為王文恭舊第。五車庾閣芸香亞，三館紬籤燭影分。喜共一
枝栖托好，鳳巢肩比得同群。詹事廨有王百穀題"一枝軒"字。

吳越錢氏所造金塗塔予向見拓本已有詩矣今趙味辛舍人得此塔版攜來予齋約諸公賦詩復作此篇③

乙卯歲造錢王俶，造者忠懿非武肅。釋子憨山亦云爾，舍利三分

---

① 此詩題位於手稿本第5327頁。
② 此詩題位於手稿本第5328頁。
③ 此詩題位於手稿本第5329頁。

分八斛。佛書偶然證書史,不獨宏明佐阮録。月光割耳復投厓,四面文旋記常熟。方泉不訛竹坨訛,姜夔未許周篔續。一月千川句特奇,竟爾拈來印川屋。予向賦此有"一月印千川"之句,今適逢舍人字印川也。采山灕采兩老人,不獲追陪共燈燭。是年顯德奉周朔,實食加封備藩服。四百八十劫之餘,八萬四千鏤不足。是年五月檢杭州寺院存者四百八十。一花一葉相輪影,千古萬古西湖淥。山川錦繡是何王,繞宅絲繩下天竺。銷金鍋子未鼎沸,寶座銅容儼犀玉。一片涼雲墮不飛,寸寸蓮花合成幅。閱幾何年又一枚,揩摩什襲銘之櫝。筆狀相間同弔古,料量日影葩紋蹙。匽楯誰能作瓦名,陰款屢拭填金讀。不是江南山雨時,瓦盆且選精籃菊。

蔣檢亭明府梧竹清宵圖三首①

月明蒲褐響華鯨,篩影蕭蕭畫不成。猶有夜涼清夢在,隔牆廿載讀書聲。

竹梧玉立影相參,每宿禪房話述盦。今夕石狀疏雨過,盡將情思寫江南。

第二圖看道氣真,月圓影瘦更精神。春風化國彈琴手,秋夕閑階覓句人。

題倪文正四十小像②

千巖萬壑在襟爲,正是衣雲眺望時。凝目而思爲何事,山陰陳迹少人知。

赴密雲迎駕道中作③

廿載鐘聲記麗譙,一鞭山影落河橋。詩催紅葉林邊峭,馬放黃花塞外驕。舊侶鄒枚聯轡少,新來驛候喜程遥。秋光北拱雲霄切,已覺

---

① 此詩題位於手稿本第 5330 頁。
②③ 此詩題位於手稿本第 5331 頁。

灤河氣涌潮。

宿懷柔縣①

土潤庠奚接，兼程始歇鞍。好山如善抱，老柳不知寒。氣近冬溫律，風高古白檀。金溝東北去，泉響萬花灡。

密雲城北晚望②

東北沙岡轉，遙山起伏同。白河迴折外，石匣遠煙中。綠暗殘雲照，黃疏落葉風。依稀五六里，一塔夕陽紅。

行牛欄山下用查初白韻二首③

三日山凹度兩城，西南沙礫就微平。却隨轆轤彎環出，不是崎嶇犖确聲。離宮樹影半年違，却帶行轓喜色歸。一路山泉挾雲氣，塞花飛點侍臣衣。

九柏圖歌爲楊西河進士賦④

我聞九柏之勝傳陽湖，烏目山人爲作圖。學使歸來手植樹，絕異湖中千木奴。江上時來品書畫，石臺作頌懷枌榆。諸公賡和祝孫子，角弓封殖環吾廬。密雲令君復憩此，清風對拂蒼髯鬚。爾來百年勿翦伐，濃陰六世周庭除。楊郎早歲材魁梧，廟堂棟幹生菰蘆。一日摩空噪詞賦，千言紙貴傳京都。連年拾芥取科第，朝陽百尺爭扶疏。況復至樂聞庭趨，青銅柯滿春暉娛。香葉晨來擇巢鳳，長林暮接反哺烏。請看蘭陔色怡愉，他年棠陰濟時須。九老人今鄰不孤，香山故事留東吳。百年人家有此乎，借問烏目之圖有此無？何似當年賦遂初。

---

① 此詩題位於手稿本第 5332 頁。
②③ 此詩題位於手稿本第 5333 頁。
④ 此詩題位於手稿本第 5334 頁。

張涵齋侍講拓贈宣城三天洞唐宋題名賦謝①

我聞此題故人説，故人既逝今見之。知君與我共感嘆，何事贈此增予悲。稽亭山溯古仙迹，三天洞擅宣州奇。建平廣德路東首，星軺信宿曾留題。水巖中空響自激，風穴吐納襟誰披。寺碑莫考治平刻，開皇猶説智琬師。青蓮吟處想逸氣，象之録外何人知。大中初變會昌政，江關驛騎云誰思。正書頗近虞褚薛，監軍時領宣歙池。宣、歙、池等州監軍使蘇道涼大中元年□月廿七日遊。唐代崖書訪楚粵，數行僅得於浯溪。羽皇到難久已泐，碧瀾峽口秋雲低。似我徘徊剔蘚處，此洞髣髴靈音馳。兩題晦日皆九月，宛然今醉黄花時。惜哉圖經不可識，戊寅之歲猶然疑。“隆□戊寅九月”一題莫辨何代。朱則亡矣謝又去，稽亭石墨誰與稽。法源鐘聲夕梵起，簾鈎半掩斜峰西。

題朱蒼湄舍人山行秋興圖即送其省親歸歙三首②

健筆凌徐庾，軒軒出紫薇。馬隨紅葉去，心共白雲飛。劍佩澄秋水，詩囊澹落暉。四山相響答，滴翠滿征衣。

好山看不盡，日日蕩奇胸。歸築三三徑，重尋六六峰。香臺問丹鼎，天海倚雲松。却俯前來處，蒼茫但晚鐘。

記拜蘇齋像，前來臘雪時。重期竺道士，頓悟永禪師。石室花消息，金徽鳳羽儀。蓬萊蕊珠樹，相待最高枝。

蒼湄海市圖用蘇韻③

道人胸中萬象空，樓臺變現彈指中。前年登岱望東海，銀闕涌出蓬萊宮。冥濛畫手欲追捉，縹緲蜃結難爲工。杳如杜陵對王宰，但訝雲氣隨飛龍。君從東來到京闕，我齋共拜東坡翁。玉堂東望際金碧，

① 此詩題位於手稿本第 5336 頁。
② 此詩題位於手稿本第 5337 頁。
③ 此詩題位於手稿本第 5338 頁。

筆端變怪爭豪雄。蟠桃枝柯日夜長，菖蒲連絡不可窮。去年十二月十九日，予於蘇齋集同人作東坡生日，蒼湄攜石菖蒲一盆爲供。幾日相期起冬蟄，隔年又欲回春融。寸縑淡墨可千里，重詣坡像酹一鍾。夢詩何減蔡忠惠，瓣香共擬曾南豐。我亦蓬萊扁小閣，石經隸仿谷口銅。送君黃海復東去，片帆一鼓東南風。

璿璣織錦圖歌①

彼姝盈盈測天毗，四七周羅躔一紙。五色相宣誰識之，千古英靈蘇蕙子。中央不動管星辰，四正四維環表裏。手捫莫認雲錦裳，淚痕總是銀河水。怨女悲吟古有之，個異厹矛鎪鋅詩。錦繡肝腸能到此，坎離變幻等情癡。機杼團圝花對葉，鳳鸞宛轉樹交枝。漢水秦川千里去，繡窠香篆寸心知。圖中有詷詷有誓，怨恨分明恩與義。上援嫣汭下河洲，獨秉忠貞叶仁智。耿耿仍期以勖諸，區區豈僅相思字。一緒迴環往復如，萬有人間合離事。三千七百不謂多，更無盡藏沙恒河。畫家烘染釋子偈，幽栖室後亭鷗波。我補朱家四小篆，寶蘇不獨因東坡。循之無端畫何執，如此蜀浣千絲何。

寄懷弓父學士同魚門作②

今代著録家，屈指東西浙。黃萬毛朱胡，斷斷不同轍。近數勞與桑，緒自楊園結。訓故與校讎，二者功執切。不肯事空言，往復如平讞。釐彼百家案，申之兩端竭。嗜學如先生，卅載杖藜爇。頗嗤玉川子，束閣太孤絕。嘗考杜諤書，不止啖趙列。杜氏《春秋會義》載盧仝語。後人求薪火，前輩賸金屑。聞有須友軒，尚論啓扃鐍。百川星源貫，萬古電光閱。家居草成帶，行篋蒲仍截。西來太行道，復記燕都別。舊雨日以疏，寒飇又行颭。春筵丁桂劉，相憶肝腸熱。桂劉還山久，丁也裘縫裂。先生寄金來，邀往勝囊挈。此行忽不果，苦語悲幽咽。世

---

① 此詩題位於手稿本第 5340 頁。
② 此詩題位於手稿本第 5341 頁。

間埶真樂，奉養職無缺。既展汲古歡，又遂得朋悅。造物肯輕畀，精華盡汝泄。三嘆對來使，欲罄慚筆舌。西望晉祠水，碧玉春泇潔。恨不鈔胥充，時得削柎竊。簾鈎捲暮雲，却照太行雪。

長椿寺滲金塔歌①寺是明李后爲水齋和尚造，有碑云《賜紫衣水齋禪師傳》，萬曆戊午提督臨清磚廠兼理闈座工部營繕司郎中米萬鍾撰並書，退庵老人孫承澤題後。

摩挲銅綠三十年，旛影依舊斜陽懸。寺僧寥落冷於客，指點碑字追米顛。此塔當時因寺建，一丈五尺輪光圓。三宮兩庫錦千襲，雲垂嶽聳披青蓮。伏牛僧來但水飲，工部郎筆初珉鐫。退翁題後感二老，已三十載參畫禪。水師名署賜衣紫，水部職領臨清磚。塔無月日碑戊午，後先鉅萬輸金錢。花紋缺齾寶蓋剝，滲金尚爾熒熒然。繡屏雙開依塔立，凍雲半捲昏鴉旋。退翁小字又已泐，秖供熏陸看篆煙。畫成街西舊遊卷，慈恩漫擬高岑篇。

飯裕軒先生漫圃次韻二首②

畓畓楮葉集霜華，③未許三年巧匠誇。先生所寄薜荔葉，予皆裝成小册。收取短章多代柬，舂粳炊玉傲鄰家。

新餉園蔬大倍瓜，慕堂所饋。肯容安肅野菘誇。猶嫌看雪非郊外，一抹山光似釣家。

心餘穀人瘦同同日移居三首④

霜風中酒說南州，略記藏園面勢幽。每到張家咏灤皖，今來蔣徑和羊求。鏡湖夢繞闌干曲，簾舫香飛杜若洲。得似西峰嵐翠否，爲誰紅袖倚高樓。心餘新居爲桐城張樊川祭酒舊寓，有樓三楹。

寄園因寄定何緣，村號三家二十年。趙氏寄園舊址庚辰、辛巳間予與諸桐

---

① 此詩題位於手稿本第 5343 頁。
② 此詩題位於手稿本第 5344 頁。
③ "集"，手稿本作"染"。
④ 此詩題位於手稿本第 5345 頁。

嶼、王述庵比鄰居，此時有三家村之目。鬈字屏風無處所，聽鐘門巷故依然。君能苔竹追前諾，誰可茶甌共夢煙。柳巷試招張侍講，還來畫壁憶蘭泉。穀人新居即張涵齋侍講舊居，其先王述庵居之，穀人齋名夢煙舫。

來札千金說買鄰，叨陪秘閣意尤親。醍醐水乳非關醉，石墨琳瑯似不貧。古瓦早盟聯榻訊，記珠儵照隔牆人。西窗剪燭如堪畫，恰有柴門月色新。瘦同新居與予對門，"漢瓦""記珠"皆瘦同書室扁也。

題王竹所西山紀遊卷三首①

咫尺嵐飛滴硯屏，小樓肯受碧雲扃。摩挲今夕挑燈眼，猶是諸峰未了青。

北地常時種竹難，城中未易倚蒼寒。記憑潭柘僧相問，乞與玲瓏玉數竿。

釣臺每佇郭西村，雪後煙光但目存。慚愧閉門成底事，裕軒笑對慕堂論。兩公屢來約而未能往，故云爾。

蔣清容爲其友人乞題小照二詩②

捲起紗窗曉岸風，③柳絲殘月挂籬東。分明點破詩家秘，布穀瀾翻一語中。聽讀問耕。

萬壑濤奔何處停，層層飛瀑繞迴汀。是觀是聽君須辨，篆起爐煙一縷青。撫松觀泉。

賀魚門生子二首④

賀雪歸來繡褓香，快聞老友得熊祥。懸弧燕寢先稱祝，彩線葭灰正履長。暖入客吟春冉冉，喜添兒讀韻琅琅。白鬚撚對紅燈影，索笑

---

①② 　此詩題位於手稿本第 5347 頁。
③ 　"曉岸風"，手稿本作"料峭風"。
④ 　此詩題位於手稿本第 5349 頁。

梅花進一觴。

湯餅筵開訂臘前,鳳城樂事數新年。官廚且辦三升酒,江郭須謀二頃田。繞膝斑斕迎客拜,等身著述有人傳。案頭珞琭何煩卜,試聽啼聲已朗然。魚門精術家言。

慕堂素人林汲幼植同集裕軒學士漫圃
送吾山侍御假歸淮南二首①

日日來遊煮筍蒲,更添客作送行圖。詩題橫卷連蔬圃,夢繞歸帆即勺湖。薊北試分區種潤,淮南漫説小山孤。百弓隙地如堪買,相約爲隣有意無。

瘦竹疏籬稱主賓,雪餘笋擁玉嶙峋。客期江柳招要近,我識盆梅臭味真。坐共蒲團堪永日,窗開草閣最先春。知君欲別依依處,幾叠西峰對故人。

題吾山歸航圖二首②

一幅生綃寫故林,果然聽雨對淮岑。二千里外馳緘意,十五年來悵望心。插架圖書哀散帙,連牀兄弟話分襟。春空渺渺飛帆影,預報寒梅信已深。

先人遺澤繫人思,不獨松楸感歲時。胡子經傳齋舍訓,范家法守義田碑。一椽容易三春別,兩世重聞二阮推。圖是令弟繪寄。轉瞬又看帆北挂,暮雲如畫柳如絲。

送味辛歸常州得辛字③

君家世德載絲綸,祖道留詩聳縉紳。清獻宦來裝更薄,東坡居處墨猶新。古香搴拓籤爭甲,冷淡知交語帶辛。雪後寒梅培護在,燭花

---

① 此詩題位於手稿本第5349頁。
② 此詩題位於手稿本第5350頁。
③ 此詩題位於手稿本第5353頁。

肝膽照輪囷。

北魏王遠石門銘在襃斜谷極難拓錢獻之寶藏
一本云儻以一詩來可寄贈也爲賦此①

漢永平到魏永平，四百四十有六載。都君開鑿繼者誰，泰山羊氏
功無怠。撫綏綽有叔子風，左校之謀買生采。木牛輸欲追葛亮，梁河
勞不殊元凱。太原王君實典籤，梁秦新附推賢宰。二年己丑朔己卯，
溯惟正始元初改。劍閣西來控襄漢，天狗下啖誰功罪。史家終作酷
吏論，石師爲滌岩泉溉。錢郎書來贊書格，石勢斜長參隸楷。風雨消
磨絶棧高，誰挽髮藤攀石礧。嚴公昨寄都君刻，氣俯漢碑相什倍。篆
秋主人杜德機，知我鯤桓默相待。我正晏衺泰和釋，更想巴官鐵盆
在。夢繞虹梁蹦石牛，高掌螺旋問章亥。

元日訒庵送水仙花賦謝②以下壬寅

輕陰亭午得新晴，已被詩家泥句成。米老焚香懷友帖，涪翁一笑
大江橫。窗明竹瘦金釵影，簷墮冰敲玉柱聲。渾稱梅花標格在，水沈
薰透著簾旌。

曝書亭所藏曹全碑即竹垞壬子所跋者跋已割去
桐鄉金君寄以見贈爲賦三詩③

楮墨微昏畫未穿，謂武王秉乾句。已嗟氈蠟百年前。慈仁廟市霜紅
下，諸老相看一瓕然。

莘里村邊水磧頭，戟門苔綠汙來牛。如何漫許金陵客，轉瞬重鐫
灌木樓。鄭汝器臨本在竹垞得此本之明年。

桂四聯牀又隔春，去年橐儉未遊秦。商量漢隸膧翁品，那是林宗
折角巾。朱竹垞八分如效折角巾，聊復爾爾，曲阜桂未谷語也。

---

① 　此詩題位於手稿本第5353頁。
②③　此詩題位於手稿本第5360頁。

江寧周夢溪秀才以其十二世祖翠渠先生
海天空闊四字石本裝卷屬題二首①

衡州詩句幾人傳，孔李通家二百年。方綱十世祖襄敏公由少司空改官方伯，先生有詩云"衡州事業南山近，工部聲名北斗齊"，蓋其中年作也。自有胸中碧潭月，見《翠渠集》。我嘗夢到翠湖蓮。遺編澹對來風雨，奇氣橫空接海天。然否江門參轉語，溪流綠繞木蘭船。

鍾阜壺山豈異鄉，海天空闊遂名堂。沿洄沖祐神如在，浩渺龍門路正望。林蒙庵與先生書曰龍門武夷事業安在。萬里圖仍寫江介，夢溪尊人幔亭所作。千秋迹尚溯莆陽。參同亦是朱門語，茅筆何須更較量。

林汲山房圖二首②

因山並寺托幽居，對畫看山十載餘。清梵雲中出鐘磬，浩歌風外答樵漁。芳菲百本仍開圃，悵望千秋更借書。攲枕春明勞夢寐，故鄉如此好林廬。

鈔從館閣逮瞿曇，中麓儲藏比未堪。萬卷波瀾瀉瓶水，千峰結構到茅庵。載書莫漫推池北，名士從來屬濟南。春雨欲催農事起，暮雲如畫點煙嵐。

四庫全書第一部繕錄告成正月廿一日奉貯於文淵
閣臣以校理與觀陳設敬歌以紀③

四庫四部編摩新，十年秘帙承絲綸。特開高閣仿天一，文淵文源溯與津。仲春上日御經幄，賜茗閣下優儒臣。文華主敬相次北，方池匯鑑淵寫神。岧岧閣影矗雲漢，萬檻櫛比羅青旻。去冬繕書初報藏，雪晴春仲前一旬。銅烏風定下照水，金虬日麗無纖塵。簾卷欄迴靜如鏡，籤排帛拭光流銀。琅函鐫目貯之櫝，冊以櫝計參差勻。三萬六

---

① 此詩題位於手稿本第5362頁。
② 此詩題位於手稿本第5363頁。
③ 此詩題位於手稿本第5364頁。

千括象數，二十八舍環星辰。_{凡三萬六千冊，六千一百餘函，每架四層，爲函四十}
_{有八。}内以經部外子史，經緯表裏齊衡鈞。芸香寶氣近帝座，四壁彝
訓敷言申。_{書檜四壁皆御題四庫全書詩。}羲文字畫即河洛，範疇錫福於下
民。線裝黃袱珍重捧，字字倫敍綱紀陳。魚魯常教憶掃葉，典謨豈止
思書紳。臣自去冬忝再入，_{方綱由編修授國子司業，例不得充校理，其冬以洗馬復}
_{充兹職。}屈指癸歲交庚辛。閣旁小松昔新植，已復茂綠承温仁。冉冉
紅雲傍檐宿，關關好鳥來喧晨。但給掃除亦榮幸，何況登閣紬書人。
徘徊直房過亭午，紅牆柳拂波鄰鄰。

王石谷仿燕文貴小幀三首①

流派居然掃一空，那須嘗熟溯婁東。破山寺句懷常尉，花徑松關
又不同。

放艖歸來月滿天，慧車虹景倒前川。空山獨立悟青綠，攝入静光
三十年。

每從拈悟永興書，十卷清暉品尚疏。烏目山頭酒瓶落，神光牛背
定何如。_{予嘗言每見石谷真迹輒會虞伯施筆法，亦以此定石谷畫真贋也。}

借鈔宋本李雁湖注荊公詩足本柬抱經六首②

青松夾路碧嶙峋，曾話三生捨宅因。對鏡千絲搔白髮，重教補注
記庚寅。

北使歸來老眼空，墨煤臨汝弔春風。峨峰萬卷憑高閣，忽落浮嵐
暖翠中。

眉山老守臨邛客，編輯初推薛肇明。笑共鄱陽許尹例，吾齋雙璧
抵連城。_{任注山谷詩舊時抄本、刻本皆無許序，予前年始抄得之。}

---

① 此詩題位於手稿本第 5366 頁。
② 此詩題位於手稿本第 5367 頁。

楚騷杜句發揮多，新本刪來可奈何。大滌題名論舊事，城東尚恐失蒐羅。雁湖注附諸詩，屬樊榭《宋詩紀事》頗有未采者。

蘇齋日日篆煙香，任史籤同舂注黃。擬並君家説文序，重開小楷仿歐陽。世所行《説文》五音本即雁湖之父巽巖序者，今刻本刪其序。

故人手札廿三年，師友勤劬感後先。予所藏李注刻本是己卯春朱東江前輩所贈，其手題尚在卷前也。今日杭湖數耆宿，遺聞道古儔同編。予初見杭董浦集始知此宋槧足本在杭，因訪求數年，今始得之。

書扇贈任幼植葬親歸興化①

冰泮春舟憶荻芽，一襟冷淚浩天涯。晨羞遠道追前夢，夕禮旁通更幾家。養志小園風漸暖，寫經老屋月初斜。贈行素扇空江影，照取孤情比白華。

芝山爲予畫趙子固蘭亭真意三首②

我去王孫五百載，王孫去晉又千春。如何風雨摩挲夜，相對依依似故人。

一帆何處載秋還，秋在空江落木間。咫尺蒼茫隔煙雨，須知不是畫昇山。

桂君別後初成拓，宋子重來爲補圖。蘭竹水仙同一悟，歲深霜雪滿江湖。

得李雁湖注荆公詩足本因屬錢君摹荆公像於卷前題此③

渺然驢背秋毫頰，神出鍾山古石頭。黯黮空濛不傳意，綠窗明月倩誰收。

---

① 此詩題位於手稿本第 5368 頁。
② 此詩題位於手稿本第 5375 頁。
③ 此詩題位於手稿本第 5378 頁。

元李紫筼菖蒲庵圖歌①并序

元檇李吳子才卷內一作"子在"。《菖蒲庵》，濠梁紫筼生李升爲圖並詩，卷後題者十有七人。當元末兵燹之餘，而其子景長惓惓於是圖，題者自至正丙申迄洪武戊申，以十年之倏嘯追卅載之徫俠，於其子之得守是卷三致意焉。安邑宋芝山見之骨董肆中，將爲有力者得之，芝山持來嘆息，欲予記其事，俾昔人留連餘韻存於予集中，意可感也。前年予於蘇齋作坡翁生日，新安朱蒼湄舍人以登州石菖蒲來供，曾乞芝山畫於坡像卷後，菖蒲於吾二人信有緣邪，因並屬芝山摹此幀大意而録昔人佚事以並傳，且俾同人載詠之，乾隆壬寅春二月十九日。

玉山芝雲糁金粟，石髮珠英淨如沐。芭蕉吹過石闌干，菖蒲影散山窗綠。屋三十年詩十年，白雲窗寫紫筼篇。九節山中不知老，三生石上更論緣。兩世延陵香一卷，印摹長字看王冕。菖蒲根如煮石栽，菖蒲葉似雲濤篆。四百載遇芝山生，摩挲燕市不勝情。看梅寫竹渾閑事，檇李濠梁宛舊盟。清晨走索蘇齋記，西來衣袂餘山翠。山中又長菖蒲花，研石一泓滄海意。連年爲我畫菖蒲，蘇齋息壤記得無。祇添對榻懷人句，不是橫江裂笛圖。

題王雲泉畫②

大癡淺絳層巒法，都在婁東篋笥間。法備如何兼氣至，曲欄倚遍夕陽山。王煙客摹前人名迹爲册，曰吾取其法備氣至者。

同益齋慕堂魚門書倉飯裕軒漫圖得和字③

三五聯裾步屐過，花風輤扇候微和。小亭蔭客如青笠，素壁披雲有綠蓑。隣舍影隨濃淡樹，夕陽皺入淺深坡。只應乞個蒲團去，分取幽香篆一窠。慕堂攜坐上蒲團以歸。

---

① 此詩題位於手稿本第 5381 頁。
②③ 此詩題位於手稿本第 5383 頁。

見慕堂和詩乃知忘却蒲團也再用前韻戲呈裕軒慕堂①

悟言陳迹訂重過，繭紙風光逼永和。且要詩情磨破衲，故教花影上煙蓑。帶圍傳舍嗤元子，電掣機鋒笑老坡。添入蒲團舊公案，燕泥時點印香窠。二公舊有蒲團唱和句，他日當編作《蒲團詩話》云。

唐銅魚符歌②陰款曰潭州弟一

驪男昨見符五虎，潭州今見符一魚。我聞佩符銀與玉，亦分左右班相臚。或三或五玆弗著，所謂右一其然歟。有唐符掌門下省，皆承敕牒於尚書。函封寫敕並鈐押，以辨出納防詐狙。竹使何年換銀菟，武德疆場資耘鉏。寸金左券作管鑰，千里響應馳輶車。飛芻輓粟立徵召，間關重驛通象胥。青龍朱雀次以亞，交魚巡魚遞所儲。鱗介之祥並元武，不獨垂佩鏘鳴琚。晉陽龍飛杖黃鉞，隋宮六璽來玉輿。羅川縣令儼梁裔，嶽州異鳥翔隼旟。襄巫夏口軍四集，三十六派湘流潊。潭州大開都督府，洞庭橫亘連荆舒。北拱京畿二千里，南通交廣三苗餘。周旋復始始第一，水剸犀兕山夔魖。後來馬家表銅柱，那復帶礪追盟初。古戍城樓切巖麓，牙旗壁壘環周陼，沙邊弔古拾戰鏃，茫茫野堠猶遺墟。廉州曾記潘氏得，同字宛爾陽文如。一寸六分識黍尺，周尺宋律非齟齬。考古續圖定可補，魚鱗活碧誰所漁。當年折衝鎮守物，今日研北憑嗟歟。鎮書木簡差可代，附緘雙鯉果有諸。楷法蒼然輩歐褚，四字已抵千魯璵。惜不摹入潭州帖，却對臨汝增躊躇。《汝帖》有銅器字。

再題裴雒峰觀蓮圖卷即送之安慶二首③

淥水酣歌十載前，敢誇幕府倚紅蓮。茶甌氣味渾如昨，圖畫心期孰與傳。風度香清蟬曳遠，雨收池定鏡光圓。鬢絲欄影匆匆悟，且莫先參對榻禪。

----

① ②　此詩題位於手稿本第 5384 頁。
③　此詩題位於手稿本第 5386 頁。

觀山涼翠一襟同，倚劍天涯早擊蒙。西向迴車望河嶽，_{初自晉來。}北來舊夢對姜馮。_{謂星六、魚山。}幾時茂叔遺聞訪，此去匡廬問訊通。黃海丹臺元氣合，皖峰青峭落杯中。

坳堂招同魚門載軒穀人崇效寺看花用漁洋詩韻二首①

静女林下風，得處在蕭散。嫣然一破笑，香積流雲滿。祇今棠紅褪，憶昔棗花纂。倩誰寫流光，倪迂或范緩。

日長對禪榻，橝鐸響重林。繁蕊雖共賞，幽意誰與尋。借此俺霭窗，試我跏趺心。軍持井華水，團蒲白氎襟。静觀無今古，夕霏半晴陰。迴看亞欄角，月倚西峰岑。

同裕軒慕堂林汲游城南王氏廢園四首②

尚有坡陀徑，緣溪三四亭。酒帘招客醉，麥壠向人青。坐出諸花杪，風來遠籟聽。田家與僧舍，渾不界畦町。

覆盎城南路，村村映綠楊。花迷韋曲宅，橋指斛斯莊。雨洗菰根白，泥牽荇蔓長。行行方罫影，穿破翠中央。

合抱千竿竹，周遭萬柄荷。畫欄斜日倚，小艇亂雲過。偶向迴汀憶，題來斷稿多。誰能裁匹絹，寫出舊煙波。

同遊追昨夢，一瞬廿三年。石瀨非垂釣，蒲團漫話禪。③鬖絲春水照，鞭影夕陽煙。風皺衣襟起，瑽琤響萬泉。

題昔緣帖二首④_{并序}

宋人贈南嶽夢英詩三首，其乘舟南去七絕是禮部侍郎參知政事蘇易簡送英公二首之一也，悟解真空七律是朝請大夫尚書司門郎中

---

① 此詩題位於手稿本第 5388 頁。
② 此詩題位於手稿本第 5389 頁。
③ 自"團漫話禪"以下，至《題昔緣帖二首》其一之"一樣"，手稿本闕如。
④ 此詩二首，自詩題至其一之"一樣"，手稿本闕如。

韓溥奉揚英公詩匠作也,三事天衣七律是康州刺史知同州軍州事陳文顥喜英公相訪作也,石刻於咸平元年正月三日,其書似柳誠懸即英書也,後人有摹此三詩刻石題爲柳書者,予兒時初學書,輒臨寫焉。予室韓宜人幼習書史,亦從是帖始,宜人來歸予已年逾二十,相與追惟幼學適相印合,竊訝天假之墨緣也,而其帖失去久矣。今又三十年,吾二人年皆五十,予始得見此石真本,知爲夢英仿柳書追念疇昔之事,裝爲此冊以其中間有"昔緣"二字,題之曰《昔緣帖》,以供宜人晴窗展玩,恍如兒時風味焉。嗟乎! 予家寒素,無片紙之儲,歲庚申予甫八歲,一日先母往外家攜此帖歸,予啓篋欣然,自此始知臨書,今積金石文至於二千卷,而獨惓惓於此者,不忘舊物也,附繫二詩題於帖尾,時乾隆四十七年春三月望後一日。

四十年前紙墨香,依稀人在舊書堂。街南矮屋三冬晷,城北高齋六月涼。猶記椿萱同訓課,於今兒女愛文章。錦囊玉軸初何有,一樣芸籤不改裝。

先君最嗜魯公書,法乳同推柳起居。玉筯夢吞三畫始,金籤報食萬籤餘。外家梨栗非徒憶,内景耕耘敢自疏。竟有邕碑酬息壤,黃庭迴證舊盟初。前年得《化度寺碑》宋拓本,有雍正庚戌、癸丑諸跋,予生癸丑,宜人生庚戌,而由《化度碑》以入《黃庭》,則予幼時學書之夙志云爾。

張又顛寄意圖①

書劍壺觴未是奇,墨禪一榻氣淋漓。孤雲正在高樓角,試寫南陵水面詩。

同裕軒林汲瘦同小雅芝山訪李笠翁所葺園亭歸飯裕軒漫圖三首時瘦同小疋將出都②

溝折郭西偏,孤亭一笠圓。花飄三月尾,樹古百年前。畫理餘皴

①② 此詩題位於手稿本第 5390 頁。

染,歌聲罷管弦。誰鑴八分字,石勢似張然。<small>池上分書"掬月"二字。</small>

　　葺屋翻芰木,新椽異舊陰。能來評奥曠,幾個共苔岑。等是幽棲味,相看道氣深。蓄菹兼抱甕,冷淡乃知音。

　　地記五亭居,人懷四雨廬。須知夢煙水,不是狎樵漁。食力自澆圃,比鄰聞讀書。此盟誰果副,慙愧摘園蔬。

復初齋詩集卷第二十五

秘閣直廬集上_{壬寅三月至十二月}

是年春《四庫全書》告成，恭貯於文淵閣，定以三、六、九月曝書，命校理諸臣分日入直，敬取直廬之名以榮是集，其同直所作者亦在焉，則又名秘閣唱和集也。

文淵閣直廬同季絅齋宮贊賦①_{三月廿九日}

曝書猶是讌餘春，直舍輪番入及晨。綠樹紅窗塵不到，琅函玉字庋來新。官聯藝苑兼芸閣，掌故先程更後陳。_{陳騤《館閣錄》亦載曝書會，實本之程俱《麟臺故事》。}七載充街無寸補，靜看磚景畫廊循。

端範堂曉起②

空山靜無睡，惟聽百鳥聲。豈知三日齋，嗒焉群籟并。候息交正陽，夜氣浩虛明。萬有善者機，知我淡無營。局曹多清暇，官鼓罷欂更。西山雨氣來，北牖空涼生。高閣鑰未啓，駕言趨重城。玉河晃紅輪，水上宿雲橫。

---

① 此詩題位於手稿本第 5393 頁。
② 此詩題位於手稿本第 5394 頁。

丁小疋進士歸耕圖①

此圖逾歲留我齋，展對如到君荊柴。羅生宋生雙妙筆，千頃劃出
龍鸞釵。遠山近屋互掩映，日暄風淨無氛霾。家僮相隨蓑或笠，石杠
不用筏與簰。蒼茫界綠望無際，密疏稜畎勻相挨。先生晨起策杖出，
我田屬目意思佳。腹中默誦夜來卷，瀾翻布穀鳴聲皆。高鳳麥流彼
癡耳，兒寬鉏帶真吾儕。村翁隔屋儻相候，饁餉問課兼談諧。夕歸騎
牛或腰笛，輟犁釣水還尋涯。誰知此景特寄意，先生尚住長安街。去
年登第橐逾儉，入春歸夢計屢乖。語我二生幻墨戲，徒使鄉井牽於
懷。我謂此圖實非幻，贈處肯類戲與俳。先生安坐聽我語，經義久種
滋根荄。昨師康成繪鄭像，帶草青出如綅緺。又補東樵釋禹貢，方罫
界畫無離仈。此皆心耕手芟刈，胼胝不比勞筋骸。其餘闈幽復抉突，
直從邃古追義媧。貪多嗜博亦一病，請循隰畛窮巔厓。農夫力穡在
專務，有秋釀秫如瀰淮。湖山放艇況不遠，草堂舊榻雙眼揩。治經奉
母課兒子，菑畬肯穫深庭階。他年江頭訪老宿，俶載儦許舊友偕。桂
君名堂尚有待，此心千里同模楷。春雨初濛宿雲起，小窗求友禽喈
喈。去年未谷將歸，作《歸耕堂圖》，予亦有詩。

心畬病起移居以素紙屬書東坡跋二王帖詩戲呈一絕②

定心那復點塵分，日日寅哥拓右軍。切莫尋思永寧里，墨螺擣麝
畫香雲。

用前韻送瘦同秘檢假歸蘇州③

送客城東並送春，連鑣疊唱到連晨。常懷藜閣恩綸重，已壓歸帆
卷軸新。吳下書名品文祝，蘇齋詩法叩黃陳。秋來準擬論心得，著錄
堂階次第循。瘦同以所新得祝題《白陽梅卷》同賞，因與論山谷詩，故及之。

---

① 此詩題位於手稿本第 5394 頁。"圖"下，手稿本有"歌"字。
② 此詩題位於手稿本第 5396 頁。
③ 此詩題位於手稿本第 5397 頁。

題宋芝山所收楊鐵厓墨迹後①

我收伯生伯雨迹，伯生所試郭玘墨。此老書在虞張間，加以奇氣殊常格。虎圖比興端有寄，驥詩筋力與之敵。想當擲筆起立時，徙倚綠窗三嘆息。小凌波捧鳳味研，梅花夢醒龍仙伯。試墨今朝西爽軒，樓題何似蓮峰石。桐煙墨法後松煙，郭生勳並潘生策。可憐一點落漆光，千古寸心終不易。宋君昔收伯雨詩，墨淡欹傾味餘癖。石老江空三百秋，七者寮中誰主客。寸章翻篆硃砂紅，七作七。素絹仙風起虛壁。墨緣重結小蓬萊，喚響青鸞一聲笛。

文淵閣新貯四庫全書自四月四日始每册用御寶二前曰文淵閣寶後曰乾隆御覽之寶恭紀二十韻②

秘玉昭宸鑒，趨晨得敬瞻。自天文式賁，排日卷端鈐。綠字卿雲縵，金泥瑞露霑。後先符所揆，大小篆攸兼。三萬六千册，青紅白黑籤。寶章增煥爛，謨典更尊嚴。古有觀圖紀，初從運斗覘。錫文黃柙負，授檢玉繩占。《春秋運斗樞》：舜臨觀黃龍負圖，有五字符璽。天一中經握，青精紫府拈。《廣博物志》《紫書金根經》有青精玉璽，《太清中經》有天一八極璽。何如心印合，胥以道摩漸。萬象歸旋紐，千鈞鎮素縑。含芒森陛堄，如矩式堂廉。群玉規元富，龍圖製已纖。宋祥符二年鑄龍圖閣御書記。奎章摹畫失，元奎章閣寶，虞集篆文。宣德鏤銀嫌。明文淵閣銀印，宣德年作。壁舍薇垣繞，藜膏乙夜添。赤虹流墨海，珠斗切彤檐。直許分旬日，班初合翰詹。無風香不散，當午靜忘炎。畫栱芝千叠，方池鏡一奩。即看松石氣，跳雨灑珠簾。時方禱雨。

徐天池畫二首③萬曆廿三年春二月寫於清曠樓

山陰巖壑多陳迹，此境深幽又不然。一線鵬飛意何處，寥寥真氣

漱胎仙。

暮年思極草書圖，乙未之春卧鏡湖。貰酒悲歌一迴憶，鶴群何處夜相呼。

貤贈曾祖父母行焚黃禮敬述二首①

聖壽同天錫福均，推恩逾格荷深仁。四品以下向無貤贈曾祖之例，茲出特旨，蓋異數也。瀧岡敢擬追三世，小正常懷昔二人。鳳閣鴻文新奏進，貤贈曾祖誥文，閣中新撰者。麟臺故事古無倫。詞臣向無加殿閣銜者。冰銜廿載宮坊忝，愒息迴環午又寅。先祖父母、先父母皆貤贈五品，行焚黃禮，在壬午冬。

抱兒烈殉百年前，曾祖母王太君甲申殉流寇之難，投井死。門户支持弱可憐。館閣一家優秩遍，祖孫四世受恩全。卑微官職蒙天聽，上嘗垂問云爾祖父何官。清白書香押字傳。曾祖押字，方綱齔齔時熟習之。常若孤煢無倚日，曾祖行九，曾祖母趙太君亦數歲而孤。莫言鼎食薦堂筵。

王健盦鏡緣述意圖三首②

述意如何鏡是緣，奕疑老衲劍疑仙。東坡索笑披清潁，次律前生悟響泉。欄倚衆香風點絮，渚空一碧月流天。中間背立神尤似，正要先生認畫禪。

虛白齋心只一盦，挑燈重與故人談。扁舟煙雨盟焉往，勾漏丹砂夢略諳。詡許齊州峰點九，爲誰李白影成三。他年息壤追前諾，可是江南是廣南。

怡園第宅懺園花，世守青箱有幾家。握手鬌齡今老大，論交嶺表憶京華。勤將蘭玉培芸圃，莫漫琴尊展畫叉。肯放閑身耽野興，津門魚稻課桑麻。

邵文莊温研爐歌和曉屏司業作①

我昔鎔銅仿温研，二泉銘詞摹未見。今君示我温研詩，仿佛研圖來對面。觀圖拓銘十載前，圖未追尋銘已羨。陽冰不冶陰火然，戀友之柔革之變。金耳玉鉉渾一氣，雪液丹田日千遍。一物程門格已深，二泉江水名誰擅。當時銘尾無年月，想見歸田彩衣絢。橫卷龍山作研屏，閲二百載如流電。傳到西疇邗上齋，又來松下西神院。製有桂坡安氏名，只欠茶陵篆題弁。②去年我繪桂坡像，舊本神猶坡迹戀。予所藏宋槧坡詩是安氏故物，有錫山安國民太印，去年其裔孫吉繪像裝於冊。茶陵二泉歐與蘇，火繼薪傳坎之洊。世有盛禹王芾輩，儻來秋菊寒泉薦。竹爐更補研爐圖，梁溪重剪鵝溪絹。冷淡石交不附熱，墨濤怒響猶酣戰。他日扁舟訪禪室，③飛起聽松雲一片。

文淵閣後假山得嵌字十二韻④

奎閣澄淵鏡，崇規積石嵌。自然仁知合，不是斧斤劖。高下層青抱，迴環衆皺巉。道山崇磊砢，玉圃秘嶄巖。畫水坡如映，宋金巒坡有巨然畫山、董羽畫水。金巒翠不芟，南唐朱遵度有集苑金巒書目。近天承雨露，得地蔭松杉。北苑同能事，南垣創大凡。華亭張漣字南垣，以北苑諸家畫法創意作假山，今禁苑山石多本其法。玲瓏排釦砌，結構對琅函。信有仙人奕，來窺石室巖。閣西一峰上有仙奕石几。五丁非變幻，二酉並森嚴。星宿方探海，蓬瀛不借帆。坐來忘暑序，真個稱冰銜。

爲沈寄樵題李寶幢學士畫蘭扇頭⑤

南陔一棹裹湖香，慈竹春陰覆淺涼。淡捲墨雲新過雨，娟娟玉氣滿迴塘。

---

① 此詩題位於手稿本第 5403 頁。
② “只欠”，手稿本作“但無”。
③ “他日”，手稿本作“他年”；“禪室”，手稿本作“僧寮”。
④⑤ 此詩題位於手稿本第 5405 頁。

文淵閣新栽小松得江字十二韻①

傑構憑銀渚，翹材仰石矼。有梃規以槓，斯兌慶於邦。念自窮巖産，誰期弱質扛。移根鄰宛委，得氣倚崆峒。未擬虯髯甲，初森翠羽幢。月搖金匭匣，泉滴玉玎瑽。節待孤莖勵，心教百卉降。擷芸膏漸滿，錫宴露新漴。潤裒牙籤萬，青依鳳闕雙。淡煙交瑞霧，綠字映紅窗。卜蔭鋪涼簟，然藜伴夜釭。株株堪入畫，一幅染春江。將屬工畫者摹郭熙屏幅於壁。

題畫四首②

不肯入州府，時亦步溪橋。雲氣上衣屨，菰蒲影動搖。

試覓漁家港，誰知釣者心。晚來涼吹起，葦際有箏音。

雨急南浦雲，風響西巖樹。舟人喚不應，咫尺焉得渡。

書窗罷晚課，童子掃前亭。待客攜琴至，雙崖相向青。

三十四漢瓦軒歌爲宋芝山賦③未谷書扁

三十四瓦來咸陽，宋君拂拭開錦囊。千秋萬歲益延壽，長生無極樂未央。宗正都官排以次，或考其年志其地。如讀靈辰漢鑒銘，不比銅仙漢槃淚。北歸寶墨自顔齋，齋扁重題瓦自揩。共看研背新濡墨，猶是秦中古綠苔。小兒擣麝拓十日，寶篆香煙滿吾室。錫花雷斧隱文理，倒薤芝英蟠鬱律。屬我當爲漢瓦記，擱摭秦宮衛宮備。瓦有"衛"字者。羽陽猶遠甘泉邇，三輔圖括長安志。往時圖説林候官，近者作記朱排山。二千年事螺旋數，卅六離宮指掌看。書生弔古憑空談，攜過燕南憶濟南。萬瓦摩挲皆石友，一椽何日結茆庵。爲爾題軒復題册，明月飛輪著圓璧。儗以毋忘富貴辭，量以廬扅鍾黍尺。桂家十二

---

① 此詩題位於手稿本第 5406 頁。
② 此詩題位於手稿本第 5407 頁。
③ 此詩題位於手稿本第 5409 頁。

題篆師，篆秋更問錢獻之。請將呂薛諸家釋，試補王朱瓦研詩。未谷齋名十二篆師精舍。

漢韓叔節造孔廟禮器碑陰有小隸書三行熹平三年左馮翊池陽項伯修來凡十三字從來著録家所未見也予以滁陽顧云美所藏舊本審定得之因摹勒以傳作歌志喜①

韓相後碑不可見，谷口手拓纔百年。桂四昨歸更窮索，廟林匝緑空蒼煙。緘書寄我共嘆息，此憾欲補知無緣。前碑忽得顧藏本，氈蠟遠出谷口前。珠芒斗紀朗躔度，金針鐵線相盤旋。誰知秋毫隱復見，細入無間絲微牽。中間三行十三字，後十八載來書鐫。②碑立於永壽二年。碑陰碑側魯薛趙，一題京兆特偶然。碑陰云京兆劉安初二百。遠自咸秦問鄒魯，遂升堂户聽管弦。或隨諸儒習禮器，爲感明府嗟仁賢。洛陽石經時待出，蒼頡題字猶未傳。《蒼頡碑》有熹平六年題字，今拓本多失之。伯威伯世接名氏，恰有伯也來差肩。單纖筆勢中規矩，有若圉府安陽泉。芝英薤葉古無土，虛舟妙悟言忘詮。虛舟雖得古白本，洪闕未免訛相沿。"通"下非"國"字，乃"四"字也。榮洲南濠競多少，五十步笑百步焉。我摹此字重入石，秦箏弦與雁柱翩。嵩山若準季度例，隸續定附碑圖編。不得後碑乃得此，寄聲桂四誇予偏。一笑鑒藏漢隸者，壓倒珊綱珍珠船。

鄭雨亭自湖北來爲予畫赤壁圖二首③

君寫停船處，危磯更有樓。燒餘孤石曉，氣挾大江秋。鶴笛聲如在，枝巢影尚留。寥天憑檻立，爲我重夷猶。

三分安在哉，二客爲誰來。公瑾他時憶，東坡曠世才。殘碑摹仿佛，畫像佇徘徊。萬丈星虹氣，蘇齋待汝開。

---

① 此詩題位於手稿本第 5411 頁。
② 此句下注文，手稿本作"碑立於永壽丙申，此題字在熹平甲寅"。
③ 此詩題位於手稿本第 5553 頁。

陳玉几畫梅水仙各一幀爲子田題①

畫花不畫月,渾是月精神。黃昏一段影,水月皆非真。竟以襟懷貯,此中知有人。

我愛山谷語,一笑大江橫。因之寄遠者,日暮江波生。俄頃風雨作,眩轉不分明。

夢菊行爲朱淵亭編修賦②

天隨嘗作憶菊詩,朦朧月下清香發。幽窗一夢隔微霜,千載此情猶恍惚。可憐笠澤一片雲,幻境分明向人説。爾來誰復夢此花,青眼昏黃惱不徹。我謂善夢莫如陶,一籬醉倒觥心凸。杯傾日入群動息,聊復東軒意兀兀。此非夢菊真境歟,多少詩人未拈出。小九華翁特好奇,松阿道人筆爲述。金陵湯謙爲作《夢菊圖》。青箱王家舊閣子,白紙坊西冷禪窟。似否故山香黯淡,一洗胸中氣硉矹。陸集陶詩要箋疏,碧水青峰悟神骨。僧房盆種何須乞,墨池苗葉天機活。屋扁聊因記夢題,餐英儻解傍人渴。打門更不待西風,憑君對倚紗窗月。

壽鄭雨亭③

供養煙雲信有之,黃庭内景是吾師。門前書帶康成草,酒後醊歌杜老詩。服氣每從馴澗鹿,神光到處采山芝。臨摹更不須文沈,請看長年接大癡。采芝、馴鹿皆雨亭自寫圖名。

淨門復民歌爲未谷作④

知君歸耕無可耕,但給掃除壇與闕。壇闕掃除豈待君,闕下壇邊虔拜謁。幸托魯城城北居,株守陳編窮兀兀。上稽篆傳該墳典,下攬

圖經證碑碣。今之北門古淨門，地釋南束叩誰竭。何休《公羊傳》注鹿門魯南城束門也，而爭門、吏門皆未釋，爭即淨字。我因三傳考舊典，不但周官等功閥。七十子後多軼聞，三千年事猶恍惚。緬初飭治桐車馬，一行梓種深耕垡。觴觚爵鹿籩柭間，得共鄉人免觘發。金絲詩禮想遠音，叢木寒泉間清樾。安得從君執微役，日日東山仰蒼崒。向來瀆井派涓流，咫尺津原事根掘。韓敕後碑竟焉往，熹平遺字窺豪髮。昌平亭下重躊躇，每屆烝嘗記霜月。《史晨碑》"敕：瀆井，復民飭治，桐車馬於瀆上，束行道，表南北，各種一行梓。"予屬未谷訪韓叔節後碑，至今未得，而予得舊拓《禮器碑》，陰有熹平三年題名小隸書三行，則從來諸家所未見也。

趙貢夫以陳古白書見贈賦謝二首①

吳下蘭癡孰識真，水仙江月合精神。我摹稧帖彝齋印，君定易山悟後身。

永師緘憶邕師石，六止焉能例二持。塔影池光何者是，萬峰香雪一橫枝。貢夫善畫梅。

次答竹坪司成過訪不值②

杜家賓客兒童喜，荒徑柴扉未拂塵。惠我聞聲九皋鶴，溯君在水一方人。月明寺閣鐘相應，雨後荷池筆有神。見示看荷詩。綠滿槐陰聽畫漏，冰壺玉映更清新。

次和竹坪城北看荷兼呈曉屏③

香在槐陰衣袖中，隔城不礙軟塵紅。綠波乍熨羅裳皺，翠扇初敧鏡面風。三伏炎蒸消鄴下，六朝金粉壓婁東。謂曉屏齋中石谷畫荷幀子。看花看畫誰賓主，渾是先生道眼空。

---

① 此詩題位於手稿本第 5418 頁。
② 此詩題位於手稿本第 5419 頁。
③ 此詩題位於手稿本第 5420 頁。

自題所藏肅府淳化閣帖初拓本二首①

墨香百五十年前,北李燒松迹宛然。十載費家雕楮葉,良工心苦倩誰傳。

龍膽壺兼鳳喙厄,柬書園殿幾何時。八分留得題名石,應教毛陳又二師。今拓本帖末分書題云:"順治甲午,張正言正心承廣陵陳曼仙、澄澤毛香林二師教重摹上石。"

李東明高人渡海圖②

高人渡海本寓言,機發於踵非杜權。季咸壺子執名實,九璇之變三爲淵。莽眇誰乘避矰鳥,御風自課靈椿年。不濡之濡豈蹈水,至人所以全於天。嗟爾苦執玉局贊,落花流水來空山。雖嘗乘桴喻季路,尚想奏樂聆軒轅。摩詰猶拈恐怖義,紫微翻出問難端。不如渾取白描意,裛宛一髮相盤旋。飛揚沆瀣儼御氣,飄飄如出天地間。挂之蘇齋蘇像側,似聞高人笑語還。灑然相忘筆墨外,斜陽澹起香篆煙。以馬喻馬指喻指,五百變相拏龍眠。

直廬七夕同論山檢閱和錢仲文宿直中書曉玩清池韻③

暑退便晨直,秋光切禁林。曲欄周宛委,虛砌静高深。閣敞澄流鑑,池開碧樹陰。函三規地勢,生一象天心。御藻含濡澤,文瀾漲渚潯。爽元占辟蠡,潤况叶爲霖。佳夕簪初盍,新涼皺滿襟。半奩飛鵲繞,隔葉候蟬吟。鳳闕聯翬翥,銀河案户臨。淵源津以逮,伴奂矢其音。露重香霏玉,風高粟綻金。共言霑藻泳,肯比怍淵沈。

近有以寶賢舊拓爲大觀者予爲改題附二詩以當帖平④

太行石理濕松煙,尚在陰陰水窬前。大草魯公人信否,嵩陽一笑

---

① 此詩題位於手稿本第 5420 頁。
② 此詩題位於手稿本第 5421 頁。
③ 此詩題位於手稿本第 5422 頁。
④ 此詩題位於手稿本第 5423 頁。

政和年。《閣帖》《大觀帖》皆無顏書，惟寶賢有之，嵩山有石刻大書魯公題，世傳爲顏書，乃蔡書耳。

絳本真傳久不聞，石欄星影點微雲。簾痕北紙從今認，細叩堯章單炳文。

董文恪仿檀園小景爲時帆檢討題二首①

家本天然寫大癡，富春山色即吾師。苧村一語拈成悟，正是深參董巨時。畫於甲子三月，張瓜田謂近參董巨時也。

六浮小閣玉玲瓏，秋在湖山淡靄中。淨几晴窗來舊夢，片帆點破夕陽紅。

子田以舊竹臂閣李复堂畫梅潘桐岡手刻者見贈賦謝②

揚州煙月文章藪，忽變經師訓詁家。今夕高齋訊前諾，③寒燈影在瘦梅花。

論山艸堂圖歌爲雅堂秘檢賦④

道家福地三十八，我聞鮑靚期葛洪。朱陽仙館別有路，良常己字銘虛空。君之此圖殊不爾，一山面背江光中。面者軒窗背林麓，甕城一半青濛濛。風帆沙鳥瞰萬里，窣堵波影摩青穹。雲濤浩浩起襟袖，水煙澹澹生簾櫳。寶蓮雖涌香界出，艸堂自與山精通。三山靈音答萬古，六朝藻翠橫千峰。留題得繼米海嶽，卜居何似蘇仲恭。雲壑大書又重勒，東坡傲地將誰同。銀臺星石蒜山句，重崖竹里雲與松。元嘉參軍東海客，千二百載來煙篷。長留俊逸在天地，此堂夜夜浮晴虹。詩到海門前後集，趨庭嗣響尤豪雄。如此江山巧結構，元氣莽蒼羅心胸。道山延閣日檢校，舊夢不羨丹臺崇。直廬晝長示我卷，大江

---

① 此詩題位於手稿本第 5423 頁。
②④ 此詩題位於手稿本第 5424 頁。
③ "訊前諾"，手稿本作"悟前夢"。

目極東流東。前秋攝山山頂望，微藍一點斜陽紅。金堂玉室不可到，淨名致爽猶遺蹤。山卿儻來重問訊，[①]虛幌拂汨松濤風。

雅堂屬題鄭蓮村漁釣圖[②]

放翁曾憾漁家叟，空對江山一句無。此叟雙眸盡詩髓，惜哉不與放翁俱。

大理鐘歌[③]建極十二年辛卯三月丁未朔廿四日庚午建鑄

嘉祐詔書褒宋祁，始感召穆民勞詩。元和大和舊史訖，[④]紛紛僭竊誰及知。嫌名之諱小過爾，西川越嶲連創痍。蒙氏之終段氏始，唐政不綱孰識之。四忍書邪十死狀，邊將得不韋皋思。印章纔聞長慶賜，盟書記在蒼山祠。銅珠雨滴佛像出，塔鈴天半松風吹。一鐘聲徹八十里，徑丈下聳層樓基。兩伊以署遍梵夾，天王之義資護持。一面署曰持國天王。辛卯三月朔丁未，温公唐紀可補遺。陽識居然派歐柳，相輪經始傳尉遲。一十九峰帶洱海，層青直倚天南陲。中溪李志待蒐補，升庵扁字黄華碑。我昔粤東考鐘款，後此年又五百移。廉州學宫安南昌符鐘是明初時。唐鐘陽拓世蓋少，蠻方古刹聞尤奇。梵書一榜未克釋，鉛槧遠矣來滇池。歸來堂中二千卷，東洋國諳奚以爲。作歌一幅寫欒銑，庚庚滿紙沙畫錐。

大觀帖第六卷榷場殘本歌[⑤]

九仙鳳墅閩丁寧，似人之喜嗤子經。連枝同氣本骨肉，諸賢江左留典刑。神霄宫中按寶籙，秋光下馬瞻雲軿。尚方隃麋奚李製，紫光奕奕浮青熒。右將軍書驗真本，王侍書款别渭涇。標題歲月變正楷，瘦金金錯交竛竮。其間增訂非一處，庾丹楊帖初模型。建安袁生儼

---

① “山卿儻來”，手稿本作“因君息壤”。
② 此詩題位於手稿本第 5425 頁。
③ 此詩題位於手稿本第 5426 頁。
④ “大和”，手稿本作“太和”。
⑤ 此詩題位於手稿本第 5427 頁。

賷璽,旦極寒字真蘭亭。近者涿州快雪刻,舊傳集字懷仁銘。纖豪波
磔一機杼,石紋楮膜窮杳冥。百餘年來晉府石,捧心矉效尹與邢。①其
餘高行瘦畫本,紛紛鼠腊誰辨艇。華亭庋聞北海購,宜興語自圭美
聆。坡公如何肖款記,義門那遽分畦町。九仙初以墨本校,過江工墨
無定形。犒者権場精者賜,南渡時已如晨星。此卷右軍廿七帖,②濕
煤迅掃新發硎。證之嵩陽蔡書塔,小字首尾皆匀停。當時諸公慨北
望,西風殘照倚短舲。六朝粉本舊京樣,千秋片石猶眼青。亮字磨痕
不可見,宣和灰劫嗟奇零。婆娑孫劉二老子,伯衡珍賞又幾齡。湖梁
山色連退谷,雪消舊感來郊坰。晴窗幸得辨殘畫,鳳凰千仞遺一翎。
從今大觀真面出,仙人玉笛鶴背聽。二章真鑒且莫執,曇礦換得新黄
庭。予嘗欲以米元章、姜堯章所品定真右軍書者彙爲一帙,題曰二章真鑒帖。

秋日集城南崇效寺送曲江歸平原二首③

古寺街仍號柳村,南樓舊話共誰論。平原柳村南樓有聖祖賜扁,爲曲江祖
尚書别墅。先生竟爾還初服,同調無多餞國門。上谷經師增著録,平原
詩派到兒孫。虎坊橋下霜黄菊,廿八年前記一鱒。

棗花如夢感前塵,禪榻香留未了因。風過長松來響答,霜空老鶴
更精神。慈恩高薛追聯轡,嵩少邢房悟結鄰。一自念東吟餞後,濟南
名士屬何人。漁洋有聖安寺聯句送高侍郎還山詩,聖安與此寺比鄰也。

五十初度宋芝山以漢延年益壽瓦爲贈拓其文裝於册題此④

宋生三十四瓦軒,獨珍益壽延年篆。殿之長樂館甘泉,我昔摹文
稽禁扁。漢長樂宫有延年殿,甘泉宫有益壽館。雲林月室窈宛間,署書填書皆
妙選。四字迴環非刻符,芝英金錯蓮華轉。長行安步養戀和,穀熟千
禾飫豐腆。皿斟流水準陽滋,屬取人毛占祜衍。渾淪不可波折尋,古

---

① “尹與邢”,手稿本作“誰尹邢”。
② “右軍”,手稿本作“大王”。
③ 此詩題位於手稿本第5431頁。
④ 此詩題位於手稿本第5432頁。

質方徵罄宜戩。知君祝頌寓箴規，勗我就將崇訓典。昔人吉語樸拙爲，弗取華文紅翠翦。質厚爲師自有餘，聲聞過情或可免。忠信初基繪後素，反已斫雕勤策勉。尚虞玩物曠歲時，有甚懷安逐荒宴。何以教之祝坐客，所過高軒必聞善。惜陰銘几汗洽襟，怯對秋窗照賑卷。

壬寅八月十六日方綱五十初度之辰恭奉先大夫記彌月賀客贈物手迹册以示坐客魚門有詩感賦[①]

嗚呼斯手册，忍作筆墨觀。於中萬千緒，抑又不忍言。父兮生我時，壯歲逾八春。授徒以舌耕，鬱鬱甘長貧。仲秋望後夕，會友共論文。客聞初舉男，星術祝以申。連晨達彌月，交賀動姻賓。襁褓暨韠鞋，鈴鎖雜金銀。柿蒂綾成匹，桂華醑盈樽。吾父顧之喜，一一筆記親。伯叔迨外舅，師友兼比鄰。勿區物厚薄，拜嘉咸可珍。大書於簡端，肇錫桂名新。人言金粟香，兆發滿月輪。吾家有故事，家乘試重陳。建隆到雍熙，三榜皆弟昆。六房號六桂，自此科名繁。先補闕公生六子，長禮部公、第三南劍少府公皆登宋建隆元年進士，第四都曹公、第五朝請公皆開寶六年進士，第二泉州法曹公、第六韶州判官公皆雍熙二年進士，世稱六桂。吾爲弟一房，二十四世孫。吾父望我深，不僅秋華論。李公時有詩，幼記描墨痕。先友所貽書，惜無片紙存。何公宦西江，驛館語酸辛。己卯秋方綱典試江西，父執何子山先生時同知南康府。幸付所吟草，疇昔托松筠。先人寡交契，所合必天真。平生不名書，書頗嗜顏筋。每誡學姿媚，惟欲返樸淳。所以訓後人，必貴於儉勤。手抄族譜序，寶林所諄諄。吾家世耕讀，淡泊貽清芬。食惟并日簞，衣有百結鶉。吾父口講授，吾母手縫紉。稜然晝不飽，膏罄夜難晨。逢秋觸此懷，痛哭叫蒼旻。衣服苟過飾，是弗念書紳。飲食苟兼味，是弗記菜根。研田戒舍力，毚恥嗟鮮民。而豈可兹日，反受賀於人。甚且張綺筵，對客敞華茵。敢敬告君子，憐我幼艱屯。職雖清華忝，學未尺寸臻。善頌莫如規，舉動慎笑嚬。勗以矢夙夜，加之體安敦。承先乃翼後，思親必守身。霜露或色僾，傴僂如牆循。八摺淡紅簡,炯炯見精神。重以君子言,感激友輔仁。再拜願聞過,卬涉思溯源。夜久月滿户,照影增清寒。

送訒菴還歙①

早從諸老叩詞源,近住京華重討論。但以訒言爲玉律,不徒酬唱倒金尊。葩流藝圃皆枝葉,篆縷心香悟本根。莫道飛鴻無爪迹,繡囊留得印泥痕。君著《飛鴻堂印譜》。

程彝齋書劍小像二首②

蘭亭落水好情懷,手抱陳編孰與偕。千古風流傳不出,眼前又見一彝齋。予號彝齋而喜臨《蘭亭》,意欲畫趙彝齋抱帖獨立之景,故嘗篆題所臨落水《蘭亭》卷前四字云"又一彝齋"。

冒雪披裘有得乎,沉吟把卷未操觚。夫襫瑝珌羅倉雅,合入先生釋器圖。程君撰《禮經釋器》。

同竹坪錫麓曉屏三司成陶然亭作和初白韻③

佳辰偏少客來遊,斜日澄潭澹不流。背郭村家如罨畫,出林峰意欲矜秋。催詩酒綠蓂盈把,屈指燈紅菊插頭。多費江南煙雨夢,蘆花聲裏棹扁舟。是日無風,曉屏言所少者蘆響耳。

聽秋詩二首於裕軒漫圃作④

蟋蟀雖近户,役車肯少休。先生静居久,能以聽得秋。遠林近籬落,聲感氣應求。招邀素心人,泠泠使耳謀。衆喧悟一寂,昔遁憑今收。所以杜德機,鑒彼鯢桓流。

先生十年前,題葉爲客贈。十年緑不褪,復此窗光映。此圖葉太勞,與人記名姓。又苦裝作册,振撥詩人興。往來倡和侣,題遍籬門

---

① 此詩題位於手稿本第 5436 頁。
②③ 此詩題位於手稿本第 5437 頁。
④ 此詩題位於手稿本第 5438 頁。

徑。豈唯山氣高，欲與秋相競。芸芸大化中，人力乃戰勝。焜黃煙綠轉，萍塊冒圓鏡。語客且莫喧，小立待其定。圈枡與比竹，何者真入聽。一笑對主人，依然竹几憑。

文淵閣曝書恭紀十六韻①

芸閣初藏歲，秋光最爽晨。計廚旬日閱，分直兩班輪。麗日乾坤照，需雲雨露新。琅函端有耀，壁府本無塵。跪近薇垣座，欣瞻玉字陳。朱絲凝點漆，素繭滑流銀。自古刊藤竹，惟貞淨粉筍。生香蕊珠秘，聚蠹羽陵珍。《汲冢書》注：蠹書者，暴書中蠹蟲也。蠟芨攀蔓法，青黃皂白均。元《秘書監志》秘書裱褙物色黃蠟、白芨、藜蔓、礬各等錢。料治非一日，曬晾必更巡。金籤崇文掌，東坡三館曝書詩云：“玉函金籤天上來，紫衣敕使親臨啓。”都官秘府親。梅都官詩：“五月秘府始曝書。”較量梅雨夏，未若菊華辰。《四庫全書》告成，初定以五、六月仿宋代秘書省仲夏曝書之制，後改定三、六、九月。至道秋陽暴，中天瑞景申。分光窗藹藹，吹皺水粼粼。翠氣來松石，祥雲集鳳麟。歸來談典故，渺爾築亭人。秀水朱檢討有曝書亭。

曝書登文淵閣②

真到蓬萊最上層，日華雲氣縵觚棱。群書宿海躔珠斗，帝座文昌界玉繩。下際周阿環鏡匯，高懸寶墨倍冰兢。緗函却傲龍山顧，夢寐程編讀未能。最上一層御座中央御書《題宋甦程公説春秋分記》五律，因憶錫山顧祭酒棟高撰《春秋大事表》，時未得見此書也。

爲趙貢夫題牧山子畫册三首③

盈盈數點蘭，香在淡忘間。琴語静如答，篆煙往復還。幽人時獨處，暮雨愁空山。渺渺一江綠，天風吟珮環。

落落抱空景，孤情誰爲勞。褰裳涉秋水，明月滿江皋。幽谷若延

---

① 　此詩題位於手稿本第 5440 頁。
②③ 　此詩題位於手稿本第 5442 頁。

伫,蹇修非不遭。伊人何所恨,痛飲讀離騷。

寒梅未吐時,焉識千層雪。如何此僧詩,强自生分別。古來篆籀法,寸寸絲皆鐵。即之春復温,拗怒石可裂。空圈明月光,蕩激石腸熱。非畫亦非詩,此理向誰説。

重九前一日閣上作①

旭景初陽霽色融,禁城霜樹倚玲瓏。道山銀闕千尋上,碧落青峰一氣中。身似雲紅長傍日,手如葉響快翻風。年年來作登高會,尺五瞻天更不同。

文淵閣直廬同魚門用宋人同文館唱和詩韻②九月十二日

聯步金鼇背上行,手和沆瀣濯精英。三秋僝直依書幌,十載追陪托管城。露點千珠松對影,霜濃一氣鶴同聲。相從細叩還丹訣,絳闕如何内景生。

次答魚門直廬見懷之作兼呈雅堂星橋③

故事新添直裏行,諸君以候補校理得輪番入直。妬余紫塞看金英。煩將好夢馳螺岫,密雲有紅螺山。何減鳴珂接鳳城。合穎燭花催曉唱,叫群霜雁壯秋聲。薇垣於役歸來客,多少楓江藻思生。

直廬獨坐和魚門④十月十一日

春江幀子擬歌行,題壁臨摹愧伯英。同直諸公皆要予書壁,而春江圖畫至今未就。寒點冰花融研水,暖留雲氣度宫城。穿窗午景深添影,活火新茶沸有聲。供取静中温卷軸,爇檀一縷篆紋生。

---

① 此詩題位於手稿本第 5444 頁。
② 此詩題位於手稿本第 5444 頁。詩題手稿本作"九月十二日同魚門編脩入直文淵閣用宋人同文館唱和詩韻"。
③ 此詩題位於手稿本第 5448 頁。
④ 此詩題位於手稿本第 5449 頁。詩題手稿本作"十月十一日直廬獨坐和魚門作"。

孫　河①

孫侯河畔路，霜白草蕭蕭。雨氣力濡塊，沙痕深宿苗。柹枯疑變石，葦束易成橋。漸識前山脈，微瀾未是潮。

霜　樹②

樹受旅程看，霜空繪畫難。株多臨野水，葉未打征鞍。一半暮山影，參差夕照殘。焜黃煙綠意，都作冷雲團。

密雲村家與慕堂並屋而寓過談有作③

籬徑帶殘霞，柴門噪晚鴉。飽餐聊散步，借屋作鄰家。篋憶鄉園帖，偶談真定、晉陽諸石刻。甌分土銼茶。莫嫌風味淺，對榻一峰斜。

前數日與魚門林汲同直論詩意若有未罄者密雲道中賦此歸以呈二君④

橫奔無長瀾，迴蓄有衆峰。吹律知氣潤，測潮感源逢。悅耳寡留音，眩目稀貞容。激楚與枯寂，狂狷非得中。天地有正聲，黍積黃鐘宮。調刁暢非怒，冷翠寒交冬。淵乎文之心，其氣浩塞空。意會前夕言，道貴厚所充。二君金閨彥，秘此玉籥同。試叩洪川梁，聊代寸筳舂。

牛欄山二首⑤

砠與崔嵬合，憑誰箋郭邢。是山前則石戴土，後則土戴石。林藏龕作洞，草覆廠如亭。背映一鈎月，橫開千翠屏。太行東北拱，絕阪或名陘。

山以牛欄號，村成牛角彎。數家籬栅掩，兩壁土花斑。晚步場園淨，秋收碌碡閑。始知因職役，今夕宿山間。

漢建安弩機歌⑥

弩制短長鄭未聞，《周禮》鄭注云弩短長之制未聞。弓之臂者傳說文。宣

---

① ② ③　此詩題位於手稿本第 5445 頁。
④　此詩題位於手稿本第 5446 頁。"賦此"，手稿本作"聊書即目"。
⑤　此詩題位於手稿本第 5447 頁。
⑥　此詩題位於手稿本第 5450 頁。

和始圖弩機七,錯銀細鏤如盤雲。比括機張主於發,書言之義誰所云。郭工守丞暨令史,延光字畫蟠蝹蝹。此機隸文一十九,分寸揳挂衡權斤。不知宣和用何尺,古者律度官司勤。建安時方事江左,居巢屯始留督軍。徵兵鑄器戒戎作,八千五百誰策勳。兩行畫入毫髮細,鷹揚不假飛鳥紋。機間立度以準望,目窮勢入遥無垠。沙沈萬古斷鍨拾,尚想一往砰雷砐。何人筆法匹梁蔡,使我析理追膚筋。程福稽福二師氏,土花並起衝星雯。《隸釋》:《綏民校尉熊君碑》末有"建安二十一年碑師程福",此機文云"建安廿二年四月十三日所市八千五百師稽福",二文正可匹對也,此外建安年字見於金石者寡矣。涿鹿市中賞活碧,更莫空嘆李鐵君。見鬳青山人《睫巢集》。

梅根杖歌①阮吾山侍御所贈

江上梅花千萬樹,枝枝雪壓雲封處。雪性雲情澹不消,拔地孤根勢猶怒。南陵作冶豈偶然,禹廟為梁儻飛去。忽然遇著長嘯翁,截作隨身壯遊具。槎枒高節欲生鱗,指點白雲先引路。五更挂向日觀峰,十月踏破層冰沍。天門雲氣大海濤,一條榔栗千鈞助。示我登岱詩鏘鳴,俄聞此杖鏗有聲。欲招薊北詩鄰社,仍是江南梅性情。恐被花身惱詩瘦,因題篆字號梅兄。出郭尋詩知有伴,高樓吹笛莫頻驚。然否青蓮綠玉比,還記静修鐵石盟。劉静修集有《梅杖咏》。摩挲節角耿清夜,梅花一夢窗前醒。空山明月冷然悟,頃刻變作梅龍精。

題石帆詩卷後二首②

歷下城西夢宛然,屨提衣鉢石欄邊。玉堂陰合花拈處,迦葉相依廿七年。此首寄懷石帆尊甫秀峰老友也。

卷尾何人訪蘇米,吾齋香篆儻前盟。玉山帆影桃花漲,鐵笛時吹

---

① 此詩題位於手稿本第 5452 頁。
② 此詩題位於手稿本第 5454 頁。

小海聲。<small>此首兼寄冶亭宮詹。</small>

題丁龍泓所書金壽門詩自序後二首①

鄰雞終恐是家雞，莫信飴山舊品題。定遠墓門誰弟子，可憐六紙庚安西。

烏目山人畫午亭，當時澹澤眼俱青。查田老韻杭湖接，可倚詩僧閣子聽。

題鄒錦章小照②

玉琴響籟答前山，昨日山中采术還。意到疏簾清簟外，秋來流水古松間。

南海吳山帶爲王紫詮觀察詩畫册興化趙貢夫於燕市得之紫詮名煐寶坻人有憶雪樓詩集其由惠州守遷川南觀察在康熙三十四年此册則明年春粵中詞人餞行所作也予在粵八年未得見山帶畫而廣州之粟園惠州之憶雪樓皆未親訪今見此册追念昔遊宛在几研間因作二詩題其後邀馮魚山同賦③

蟹舍漁村碧玉灣，扶胥黃木研屏間。忽疑雪瀑穿雲下，誰向金茅采藥還。東郡祇應潮響接，南園未許粵風删。海天一粟祠軒側，髣像重洋遠近山。<small>《同過佟聲遠粟園》詩注云“粟園在大忠祠抗風軒之側”。</small>

么鳳娟娟翠不收，鵝城道士自騎牛。人間竟有飛瓊語，今日誰知憶雪樓。石墨儻同探瘞鶴，詩囊未得縮羅浮。寄聲試和空江笛，環珮天風萬壑秋。<small>飛瓊句用册中王使君述夢事也，惠州牧牛道士題憶雪樓長歌見王文簡《居易録》。</small>

---

① ② 　此詩題位於手稿本第 5455 頁。
③ 　此詩題位於手稿本第 5456 頁。

題嚴道甫玉井搴蓮集後①

嚴公手勒雲臺壁，氣滿金天之大宅。千仞東捫蹠掌青，一條西指長河白。平生睥睨王安道，鐫銘欲補昌黎伯。十丈如船本喻言，九節攜筇竟何得。斗杓萬古杜與韓，元氣未收憑筆力。蓏收招拒浩難倚，白鹿茅龍莽無迹。仍拈千葉白玉池，相約玉桃期可食。腸胃一洗五十年，石膏紺碧無人識。石作蓮華太白語，畢竟是花還是石。請君息息認歸根，且莫區區尋藕葤。我有袁逢郭香字，遠摭周官職方職。河北關西兩舊本，列宿熊熊光合璧。重摹勒石竟何日，疑信紛紛見聞窄。予以所見王山史、宋漫堂二家所藏漢延熹《西嶽華山碑》舊拓本雙鈎寄陝西中丞，將重勒之矣，會有疑其贋者，竟不果勒。君當焚香訴真宰，稽首山靈爲剖析。金庭玉房儻不閉，秘録幽經尚盈籍。何愁丹篆讀不嫻，試問鐵綆塗誰闢。巾箱真形秘莫睹，畸叟全圖怳如憶。障濕松雲共一囊，袖引天星不盈尺。子欲華池長不飢，山中花開復來覘。栖霞大海目一漚，滿篋雲濤飛古色。

宋芝山買得墨迹四行云碧眼胡兒叫橫玉落月如盆照茅屋美人清夢斷梅花却寫相思在修竹至正甲辰七月望日與張可觀觀於市涇別業因題以識顧阿瑛按此即鐵網珊瑚所載補之竹卷後題也不知何人割賸後有佳紙屬爲賦詩②

補之竹卷落誰手，有人想像玉山詩。詩尾蕉林小印二，猶是詩畫未割時。野涉翁題爲進叔，野航道人手録之。曾以寫梅喻寫竹，一家風味無町畦。甲辰至正歲廿四，市涇別業秋又期。諸老凋零已略盡，落落對影楊與倪。鐵龍曩曩叫橫玉，鳳凰渴想琅玕枝。萬古清音更清節，時無泠倫與伯夷。翠袖天寒奈佇立，梅花幽夢憑誰思。故應見詩如見畫，金盆落月影在池。合溪空碧蕩雲氣，逃禪逸叟來何遲。紙

---

① 此詩題位於手稿本第 5457 頁。
② 此詩題位於手稿本第 5459 頁。

上月光拭不去，後五百載待我題。同在森森孤照中，小蓬萊徑路不迷。借令延津弗合璧，研屏已洗秋猗猗。蒐義軒中寫畫記，儼若對舉雙朱提。我與逃禪共法乳，入室請證邕禪師。予嘗見仲瑛於蒐義軒記大癡畫墨迹，正與此書相類也，楊補之書師率更《化度寺碑》。

瘦同自陝西來以所與錢獻之題名唐石經後字拓本屬題①

乾隆壬寅秋，張塤與錢坫。石經篇題隙，篆各一行占。拓本示我笑，敬勒初非僭。名姓置此間，勝似登科豔。置酒以賀君，顧名義須念。萬古日中天，道寄於鉛槧。童年口熟之，白首誦不厭。上者堂室升，下乃頑愚砭。要取根柢深，不止藻采掞。經師匪一途，各自心得饜。清夜汗浹背，孰爲吾所欠。專精不外營，積久乃有驗。怵乎卷帙籤，銘若槃盂劍。苟徒紀遊蹤，不如題茅店。篆書頗端謹，想見神志歛。嗟我何爲者，綴詩已竊忝。

次答魚門足疾未瘳八叠前韻②

怪爾神遊以意行，簀山陟到再成英。踵餘候氣還真宅，蹴起文瀾涌化城。叩否從之追步捷，視其後者聽鞭聲。倍余四叠鋒仍銳，頃刻尻興變幻生。魚門已十二叠矣，魚門有痔疾，故末句戲之。

十二月十九日東坡生日諸公雪中集蘇齋同
用生字題邢房悟前生圖二首③

濛濛香篆不分明，聊借茶煙散玉英。竹坪攜炷香、苦茗爲供。我記夢中哦七字，誰憑石上話三生。昏陰凛冽翻成暖，畫意糢糊未放晴。松吹泠然下天際，響泉豈必定秦箏。

元和新脚樣誰争，恐是摩圍目自成。書派詩情皆道妙，水流花發又雲行。了知是畫初非悟，借問無弦那有聲。累客菜羹珍味少，小齋

----

① 此詩題位於手稿本第 5461 頁。
②③ 此詩題位於手稿本第 5462 頁。

慚愧讀文生。<small>南宋人語云：“蘇文熟，喫羊肉；蘇文生，喫菜羹。”</small>

今年夏予得吳蓮洋所書邢和璞事因屬安邑宋芝山爲作邢房悟前生圖於東坡笠屐像册子前今同人集蘇齋作坡公生日又適題句於册芝山爲蓮洋鄉人作篆及畫皆有師法故附詩及之①

跏趺息息證前盟，月下松間悵望情。次律何心鐵門限，蓮洋儻記玉溪生。故書江渚琴弦語，短軸天風環珮聲。宋迪於今爲誰寫，嵩陽一笑大河橫。

---

① 此詩題位於手稿本第 5463 頁。

復初齋詩集卷第二十六

秘閣直廬集下 癸卯正月至八月

蘇詩補注刻成有述①

蘇齋昨拜公誕辰，焚香繪像亥到寅。自己亥歲已來，於十二月十九集客拜公生日，今四年矣。歲朝剛逢補注葳，夜夢笠屐瞻來親。奎光作作照萬古，峨嵋天半青嶙峋。後生竅啓那窺測，山嶽欲補嗟微塵。八注十注不可見，吳興吳郡勞則均。世惟知施不知顧，更誰傅稚遺楷珍。我藏舊本已十稔，欲摹腕力慚千鈞。區區掇拾齧蟲鼠，斑斑毛角留鳳麟。淮倉官廨有補述，十鼓考訂同辛勤。黃注之任王注李，吾嘗別白操觚人。任天社注黃詩、李雁湖注王荆公詩皆有補注，予皆獲藏於篋，荆公詩補注予以庚寅歲考之，知其出曾景建手也。近來海寧查氏補，所見鈔副初非真。籤書橐魚義待析，杜詩過鳥痕猶新。曹家書倉喜辨問，東坡錦段餘書紳。年來矻矻寫盈寸，庀材而就營兼旬。裝函陳几冀公鑒，紙墨相著疑有神。漫堂己卯拜祭後，寥寥真意八十春。邨村一片吉光羽，江湖小集所未甄。蘇門先後作弟子，山陰大笑呼老民。放翁序自署"山陰老民"。上元酒試藥玉盞，春盤菜比豐湖蕈。薦筵重題仿歐楷，永師豈必房前身。

---

① 此詩題位於手稿本第5471頁。

次韻答凌仲子二首①

據梧與枝策，等是無成虧。滑疑寓諸庸，堅白何足奇。圈枡合比竹，封畛非識時。萬籟叩南郭，五車漫惠施。匠氏爲占夢，忽逢梁棟姿。造物磊砢氣，一笑偶共之。風露一會合，澗谷交液滋。夢中喻用語，瞬睨焉得知。

猗猗琅玕實，下照瓊瑤圃。節足相應聲，黍尺嗟曠古。奇律不易逢，崑邱復爲伍。相感聽和平，非因炫毛羽。天閶日五色，綠樹春鶯語。矢音勿自輕，矯翮試高舉。遵陸儀既成，中沚溯焉阻。噬肯惠昕夕，飲食式歌舞。

上春九日同年公宴晴溪學使齋奉呈諸公兼寄懷鹿泉②

景謝錢翁並二張，懷人把酒貫經堂。花陰冉冉六節使，華髮蕭蕭三侍郎。上番風添暄紫陌，卅年宴記簇紅妝。管弦拉雜春雲熱，催我街西看海棠。憶壬申春於金圃聽鐘山房和錢太傅法源寺海棠作也，今年錢湘舲殿撰來寓山房，予趣其重踐此約，故及之。

爲宋芝山臨董文敏自書像贊二首③

甲戌孟春年八十，尚書初予告身時。香光一室誰分別，可是禪師是畫師。

蘇室蘇齋息息因，與君一念證前塵。故應不是王文度，誰寫平生竺道人。

次韻奉酬蘊齋二首④時鎮堂在濟南

安昌鎮夢十經秋，報子街坊話昔遊。冉冉催成花信轉，瀟瀟唱出雨聲愁。蘭亭繭紙懷孫綽，桂水瑶華憶惠休。簾舫燈紅搖影在，珠江

---

① 此詩題位於手稿本第 5472 頁。
② 此詩題位於手稿本第 5474 頁。
③④ 此詩題位於手稿本第 5475 頁。

日夜向東流。

　　高薛慈恩各有詩,酒壚畫壁不同時。勉旃屈指佳兒繼,側想當年玉樹姿。萍梗追從難意計,松筠貞固是心期。陸郎莫憾書千里,明月還來到酒厄。

題新城王文簡像二首①

　　昔望蠶尾山,如依洞宫脚。沉寥十年思,咫尺千里托。夢中寫鵲華,空外倚衡霍。斯人不可見,妙喻何從著。嗒然圓鏡中,誰與證前諾。水月印梅花,松風度高閣。

　　每愛王摩詰,側想香爐峰。云何王孟作,不與韋柳同。五字律琴弦,三唐首射洪。先生言外意,測景吾何從。三昧悟至精,兩端請折衷。設問劉與郎,②何以發春容。有能代答者,千載旦暮逢。青山白雲外,一杵斜陽鐘。嘗謂漁洋品古今五言詩以盛唐爲宗,盛唐人五言又以《三昧集》王、孟諸家爲宗,然而先生選五言詩於唐止取五家,乃有韋、柳而無王、孟諸家者,何也？請下一轉語,方許拜先生像。

廣州光孝寺南漢金塗鐵塔歌③

　　我觀雙塔乙酉秋,烏金手量窮四周。東塔三紙西一紙,濡墨字比琳琅球。北歸十年驛使寄,李侯繼我精討蒐。④以刀剔金字乃出,三隅並得氈蠟收。張生又繼李侯訪,⑤層層面面文可求。飛檐叠栱日光眩,横書勢與凌雲侔。縮丈爲尺圖作册,自西而北識所由。丁卯文成癸亥後,三十二孃同奉修。澄樞國主鋹臣下,姓維龔也名兆劉。十國諸州鑄金屢,内官題記有此不。二百使名不可記,玉清龍德寵特優。沙門繫銜賜金紫,入緣弟子題韶州。朱老概從内官紀,同屋之説誰諧諏。亦若盧膺應初字,漁洋竹垞盾與矛。昌華苑路渺煙莽,素馨花田蔓蘁疇。蕭蕭訶梨樹子下,寺僧指點茶瓜留。張生讀書亦此寺,聽琴看畫同唱酬。香煙繚繞二丈頂,鏡光離合千佛頭。朱老來後九十載,後先楮墨追前遊。張生書復李侯憶,①金石可鑠交不偷。寄我此詩寫寺壁,簾檻静照珠江流。塔影却來吾研側,蓮花香氣夢藥洲。

西湖青衣洞唐開成題字②

"大唐開成五年六月十八日,□□□□嶽道士邢金、錢唐縣令錢華記,道士諸葛□元書",凡三十四字,八分書。

青衣洞口八分記,聞諸周密與陸游。陸以斯題證斯地,泉湮三百六十秋。但云視泉心有愧,得及道士逍遙不。周來又後將百載,亦偕道士訪勝流。又云旁有心經刻,刻已殘缺難此倂。泉名閲古義誰屬,閲唐閲宋如傳郵。閲古旋供後人閲,陳迹幾副雙眼收。我今閲古又不爾,麝煤尺幅圓璣投。一縣令偕二道士,道士名字煩討求。陸記云道士諸葛鑑,志云諸葛鑑,元周記云南嶽道士邢令,予按"鑑""令"皆訛也。南園興廢干誰事,陸亦局外而況周。銷金鍋子迅掃訖,③依然翠壁鐫深幽。十樣亭臺渺何有,三尺鏡檻瑩於油。諸葛雖生韓蔡後,波法豈減昇卿儔。飛泉濺沫落點在,五字泐損煙雨愁。嘉泰記文竟不見,山靈韜匿非人謀。龍泓天竺富題刻,濡繒屢夢湖水頭。錦裀擘阮舞紅綃,綺語不到閑茶甌。

劉松年風雨歸舟圖④絹尾署云"嘉定庚午劉松□□"

暗門風雨作團扇,淡色江山開半面。思翁一見認范寬,不敢評量同畫院。院師突過張都尉,紹熙格比淳熙變。清波門外賜金來,妹子楊家字題遍。此幀依然團扇法,四山雨急攢飛箭。千帆叠鼓澗殷雷,一道金蛇江劃電。高峰壁立濕空青,對影濛濛煙一片。舟人咫尺盼漁村,儘力篙撐漱波漩。昏黑中間竿籟聽,精靈恍惚蛟黿戰。迷茫竹

① "書復李侯憶",手稿本作"書來憶李令"。
② 此詩題位於手稿本第5478頁。
③ "訖",手稿本作"淨"。
④ 此詩題位於手稿本第5480頁。

樹家何處,蓑笠柴荆憶如見。得非寓意寫湖山,未解歸杭作歸汴。秋山行旅題甲戌,四秋前已歸程羨。院中名噪四十年,粉侯弟子工能諫。小楷鱗紋墨暈間,耿耿元精穿素練。補入杭人院畫録,墨池半晌雲濤眩。漫認蕉林小印章,試摸嘉定雙絲絹。

正月廿二日入直同魚門用新字①

又到書成錫宴辰,半開池水綠粼粼。卿雲聖日光華近,仲春上御經筵。文石雕欄氣色新。雪晃樓臺鴉點樹,風褰簾幕燕窺人。紅牆陰下趨班處,臣與松篁共寫春。

書山陽吳揖堂一咏軒詩草後三首②

軒軒鳳鸞嘯,獨戀猿鶴群。鐵面阮御史,袖此冰雪文。思親復憶弟,千里淪清涕。語我江淮上,有此陶韋體。知音儻可期,墨瀋庶一沘。君求元晏序,我愧丁敬禮。

常怪孟郊句,好詩空抱山。又異嵇康語,鍾子豈虛嘆。嵇叔夜文"各發一咏之歌""則鍾子之徒審其情矣"。幽幽深谷蘭,秋水日潺潺。真香非衆臭,奇音不輕彈。寵辱毀譽忘,神出古逸間。始知我輩詩,蕪詞不勝删。

我有金石癖,心契山陽吳。手釋皇象文,竟獲巾箱圖。己亥典試金陵,作《天璽碑考》,因買得碑圖一卷,即吳山夫手迹也。惓惓兹集中,時時説山夫。煙水風露氣,中有斯人乎。因君托遥訊,儻得訪遺書。空音答風雨,遠夢來江湖。

瘦同爲予於定武落水蘭亭臨本後作鑑藏世系圖昨偶撿輟耕録又得分湖陸氏因語瘦同補於李叔固後白函三前免使此三百年間太寂寞也瘦同以二詩來次其韻③

陸家傳付話應長,三百年間賴弆藏。文董諸公渺何處,空教茶夢

---

① ②　此詩題位於手稿本第5483頁。
③　此詩題位於手稿本第5484頁。

寫俞郎。予所藏俞承議《續蘭亭考》,嘉靖乙卯茶夢散人所録。

異代中吳有舊盟,分湖地址未分明。珊瑚鐵網箕裘在,湖水依依眷屬情。相傳朱野航之子贅於陸,遂姓陸氏。

瘦同札來云問諸鄉人分湖一曰汾湖昔人有如何一湖水半秀半吳江之句蓋秀水本吳地也因自改云草堂一水兩湖平并要予改前詩明字韻再和二首①

襟帶盈盈一水長,永和春色此曾藏。宣公祠下蘇碑補,誰與摩挲繼陸郎。瘦同云分湖陸氏宣公裔也,去年予爲姚侍御補臨馬券帖,刻石於宣公祠。

墨緣留得越州盟,白石誰爭絳帖平。苦爲禾中添故事,木雞軒裏十年情。錢籜石所收定武瘦本今已篋歸秀水矣,予今考之,乃是越州石氏雜帖中之一耳。

松阿道士詩照二首②

道人雖畫師,而畫莫能肖。故憑詩傳神,以作君寫照。軒軒氣磊落,森森骨寒峭。孤情澹雲霞,遠意橫海嶠。振筆萬象來,散髮忽狂叫。俄收趺息中,習静觀衆竅。香濃篆煙紋,雪冷梅花笑。借問畫與禪,空際誰領要。獨立君始悟,風來竹自嘯。二句用龍標、東坡爲對。一紙永禪師,何用詩繚繞。

明月前身句有無,鏡光拈出妙如珠。請君文字中央認,此是松陰背影圖。

敬觀大成殿内頒周笵祭器歌③

惟聖憲天師作君,惟帝稽古質備文。傳心一貫契洙泗,考禮三代衷夏殷。特頒内府周禮器,以薦明德升蒿焄。三千歲前古制作,一十匭啓光氤氳。康侯晉錫作寶鼎,内言卣並通雷紋。犧尊犧罍取象合,

---

① 此詩題位於手稿本第 5485 頁。
② 此詩題位於手稿本第 5486 頁。
③ 此詩題位於手稿本第 5490 頁。

壺觚爵洗雕章分。師望之簋召仲簠，福澇用饗垂無垠。銘辭質樸字
渾厚，庚庚篆勢蟠蝹蝹。廟工重葺歲戊子，庋此法守遵前聞。從周之
志緬如在，①文乎郁郁誠交欣。②昔聖師承憲文武，四代服器稽考勤。
大司樂篇小戴記，恍到豐鎬徵大昕。施于精意炁彝鼎，穆如考擊維鏞
鼖。至誠合符氣遥接，槐陰春雨桃欲賁。上丁習舞命樂正，夾鍾應律
鳴管龢。躬親三獻古未有，舊獻爵一次，皇上特行三獻禮。正中十器盉苾
芬。魯堂金絲泗濱磬，端木侃侃閔子誾。升輿燎畢百禮備，一院肅肅
祥和雲。小臣敬侍右墀下，昌辰慶際萃典墳。款識都兼吕及薛，古籀
漫說經與娪。前來石鼓快考索，今獲典寶瞻華雯。中天禮樂極隆軌，
大闡經術充香芸。周官載舉辨名物，魯頌莫誇采泮芹。於論於樂仰
聖制，重開璧水流沄沄。是日有詔復辟廱之制。

<h3 style="text-align:center">順德府學祭爵歌贈洪守③</h3>

爵爲成化七年黎守永明置，予前有詩。

乾隆癸卯二月吉，聖人釋奠上丁日。臣職西階記禮儀，靜聽聲宣
夾鍾律。歸來敬考辟廱制，一夜夢響金絲瑟。明晨走送洪知府，綠香
草堂交促膝。我無朱提韓子瑑，成化雙爵遺其一。舉以贈君君無忽，
清風樓前郡人述。想見黎侯績在人，聞說京山骨猶慄。磊磊清剛何
必同，凛凛持盈要無失。滿堂賓客爲起立，恍到郡庠瞻舞佾。知君百
度具修舉，更叩諸生舊典悉。圖書禮樂今大備，郡邑官司皆毅實。中
和頌覓子淵才，潔白心將古井匹。順德學宮有古井，最甘美。不虛今夕贈復
酬，豈獨俄頃膠在漆。何用金觥與玉卮，追琢精良由本質。他時薦登
垂不朽，續補黎侯功未畢。儻繪清風使節圖，試仿分波禮器筆。

<h3 style="text-align:center">送同年萬梅皋歸南昌二首④</h3>

瀧岡老淚倍傷神，雁塔前遊感卅春。珠箔飄燈重入夢，甲戌夏與渭

---

① “如在”，手稿本作“几右”。
② “誠”，手稿本作“如”。
③ 此詩題位於手稿本第5487頁。
④ 此詩題位於手稿本第5488頁。

厓、淡泉、梧浦、紫峰集涵齋寓舍送梅皋，用李義山春雨韻。紫藤鉏圃竟抽身。君近刻《儷紫軒詩集》。清光道眼知深養，倒篋奇文不似貧。樂事相關誰寫得，八分披豁對吾真。將行，屬予爲書"餘樂堂"扁。

北地遺山健筆扛，南州孰與道園雙。憑君補刻勞歸舫，助我磨鉛勘夜窗。樓倚章門叩詩派，花開上谷勸春缸。相牽老伴還鄉話，更有心畬與曲江。君近刻《元遺山詩集》。

心畬見招不赴賦謝①

病不談詩氣轉雄，雙眸如水照春空。政防我輩錐囊底，都落先生塵拂中。迦葉問花賓對主，醍醐與酒異耶同。消磨一覺藏園夢，南浦窗開柳絮風。

顏衡齋學博於泰興季氏購得明萬曆己未朱蘭嵎侍郎爲張鍾山學使臨李龍眠東坡笠屐圖屬未谷跋其後以贈方綱今春蘇詩補注新刻成而適得是圖謹於蘇齋預舉今年臘月十九之集邀魚門瘦同衡齋穀人芝山仲子拜像賦詩②

龍眠笠屐圖孰傳，妙高臺頂夢未圓。前世德雲今我是，借問奚謂不繫船。金山拓得董臨贊，獨有畫稿臨者難。漫堂中丞奉絹本，仿佛臨宋因題元。③江南舊家珍此軸，④金陵宗伯神翩然。何人敢與坡對酌，恐非筆墨能爲緣。白虹青萍萬丈氣，蠻煙蜑雨千載寒。笑看腳底踏流水，切恐語響驚空山。雲披夢澤鱗跨海，九霞知共誰往還。靈音問答意有屬，蘇齋一縷茶甌煙。泰興之遊正爲此，半年裝壓桂與顏。贈來適逢補注葳，摹像未敢商邱攀。稽首謝公惓我厚，焚香何以副此虔。相望成就真實意，公乎氣滿天地間。萬古渾茫一津筏，半夜趺息觀本原。清白狀元却金手，朱侍郎奉使朝鮮，盡却其贈賄。臭味何減真龍眠。桂顏

---

① 此詩題位於手稿本第 5489 頁。
② 此詩題位於手稿本第 5492 頁。
③ "仿佛臨宋因題元"，手稿本作"不言臨宋誰題元"。
④ "珍此軸"，手稿本作"述前事"。

千里若一室,初春仍補舊臘筵。小桃花開宿雨霽,夜闌星斗光中天。

送礐士直閣往盛京文溯閣庋書二首①

十年課共繼膏程,千里榮看擇日行。要與麟臺添故事,更瞻鳳閣溯興京。②恭惟太宗文皇帝釋奠文廟,即立文館築翔鳳閣以譯書史,實今日盛京文溯閣之開先也。函齋四庫群書藏,水到三江萬壑并。君叩淵源津逮合,始知大海是蓬瀛。

天作高山雅頌基,向來章句管中窺。誰從秘閣崇文錄,親見生民下武詩。皇澗鮮原風雨會,金書玉字日星垂。借君排比籤廚暇,剔蘚蒼厓訪舊碑。

爲未谷題沈石田小幀③

前山静境誰聲聞,與君隔溪復隔雲。亭上詩聲亭下水,不遺衆籟皆成文。鏗然策杖者誰子,扣户相索古典墳。五更草屋罷風雨,木末吐濕如蒸饙。

西苑司經局直廬作④

襆被周廬鏡檻通,天然畫意矩隨工。是日御試,以韓非子“方圓隨規矩”爲題。人來卷軸編摩暇,屋在神仙界局中。綠重襲衣如曉雨,寒輕拓户識東風。濛濛水木清華氣,聽梵鄰庵四載同。

湘帉移居聽鐘山房與法源寺比鄰相訂今春爲看花小集和香樹老人舊韻以備山房故實乃今春垂盡矣而法源海棠甚稀賦此謝之⑤

廿年詩筆逗花魂,夢繞僧廊淡月痕。何減攜來千粉嬭,莫輕幻作兩山門。近日遊人多捨法源而就崇效者。悟餘空色拈成笑,離却聲聞道亦存。此是聽鐘真實義,與君對榻試評論。

---

① 此詩題位於手稿本第5494頁。
② “溯”,手稿本作“上”。
③④⑤ 此詩題位於手稿本第5496頁。

送蔣心餘歸江西①

五年重踏東華土,一枝仙筇颯軒舉。莫作詞人老態看,尚醉紅裙按歌舞。天風海濤長嘯聲,九變雲璈擊靈鼓。聽者神移出恍惚,乃是先生度新譜。五年京國自删詩,幾個同岑還舊雨。春來幾日倏離筵,使我驚心慚贈處。豫章詩派紫薇圖,皖公石洞尋初祖。萬古蒼厓不可開,公獨摩天揚巨斧。撑霆漬月快一噴,裂石穿雲有餘怒。要借高軒文駟場,寫爾西山北蘭圃。詩家狡獪例應爾,邗上煙華翻不數。元知示疾非真疾,本來無缺何從補。北來特欲試吾曹,離垢齋中澹香縷。獅子一吼震大千,此老神完莫輕侮。藏園正在章江上,以集名藏吾未許。政當一本付匡廬,一本仍歸吾舊侶。或於潭柘或法源,歲歲花開共吟佇。廿七年前老史官,歸作百花湖石主。多時蘭玉光芒蓄,如此江山奇氣吐。海棠吹夢過雕欄,月白章江響飛艣。

題巴俊堂所寄酸棗令劉熊碑雙鈎殘本和唐人詩韻二首②

兆坼斜文儼洛龜,何須易卦補詩辭。歐陽原得叢殘紙,題作俞鄉季子碑。右王建詩韻。

較之華廟瘦能疏,始識中郎力有餘。潤色天然又東里,區區考辨蔡韓書。③予曩於《張遷碑》據舊拓本補"東里潤色"四字,今是碑又得此雙鈎本"東里"字以補洪氏之闕,亦異矣,昨友人自新鄭拓得《子產廟》殘碑七片。右張祜詩韻。

袁通甫錢唐雜詩墨迹卷④

凡十三詩,書奉鮮于困學教,後有困學及龔存悔、干壽道、貢仲章、陳子貞、鄭明德、柳道傳、姚師德、黃晉卿、王汝玉、吳敏德、吳匏庵題識。

石洞先生拂席歸,静春之堂時未築。滿腹天機蘭菊香,一棹西湖

---

① 此詩題位於手稿本第 5498 頁。
② 此詩題位於手稿本第 5501 頁。
③ 此句後手稿本有補記"末句欲改云'開元漫説蔡家書'"。
④ 此詩題位於手稿本第 5502 頁。

煙水綠。粘雲落雁想番江，痛飲荷花憶龔璠。虎林隱吏爾何人，相對
照見吾天真。酒酣且漫作狂草，雨夕請聽歌連晨。一幀鷗波好圖畫，
千年臥雪真精神。少陵豫章同骨節，半山山谷何分別。爾時諸老共
推許，知已歌殘重淒咽。迴念秋深存悔題，誰向君家仲長説。元統之
初銘石傳，璽口學士詞鏗然。孤兒涕淚語諸老，遺墨倏過二十年。以
昌其詩表其後，怳復月明來扣弦。① 風迴波定雨復止，南峰之南裏湖
裏。劇談定與漁陽俱，花開復棹吳江水。春陰一笛梅澗邊，怒石翻雷
瘦蛟起。

鄭子産廟殘碑歌②

"天寶七載□月十三□專知判官宣"云云，僅此數字可讀。

殘隸銛波勁無匹，記年僅辨天寶七。偏傍約略三十字，鄭國公孫
之饗室。來梅岑記有唐修，關中來潛。僑東里字猶堪述。不知梅岑親
見否，何年石洫文全失。熒熒七片洫之餘，磊磊千年氣逾出。專知判
官令與尉，重葺堂筵筵有秩。所司具位表繫銜，不忒虔齋用剛日。陘
山之北枲林西，水弱淵寒莽蕭瑟。石冢何勞辨元凱，陘山子産墓，杜預遺令
與《水經注》不同。除廟如聞答遊吉。遺規尚並鄉校存，潤色知難頌詞畢。
何人八分似韓蔡，相衛之間多蔡筆。我疑果是騎曹書，虎賁中郎尚難
必。黃君裹石去嘉禾，千里今誰蒐放佚。聞君篋笥頗珍惜，猶勝祠垣
塞穿窒。終當摹補東里字，洛川石與明神質。何必房公遺愛碑，徐會
稽書仲春律。濟源令房公《遺愛頌》，天寶七載二月徐浩書。

元延鋗歌③

銘在脣右，云"長安共廚銅三斗，鋗卅枚，弟廿重十五斤八兩，
元延元年十月造"，凡廿五字，篆書。

宣和曾弆梁山銅，元康那記官廚供。此後元康五十載，斤逾十五

三斗容。未見其器讀其字,蠆扁之體光熊熊。款識何區孝宣世,偏傍
漫假薛尚功。元延之初大書紀,綠綈方底屏風東。唾花廣袖啼不食,
浴蘭七箸廚誰充。此銷爾時職何所,署名亦豈梁山同。三十枚中獨
存一,牛官儻見憐曹宮。小盆鐣銚紛訓故,屑銘補入古鼎鐘。圓旋半
規鏡銘樣,拓窗皎月來秋空。

未谷得醉鄉侯舊銅印寄予云以贈糓人予因
約魚門瘦同先爲詩調之二首①

竹君仲則俱黃土,日月堂堂逝酒漿。此印聊供詩料耳,侯乎勿以
醉爲鄉。

麯部尚書聖酒軍,丹方觴政寫傳聞。廣文夫子錢誰乞,只有江東
日莫雲。

未谷爲予篆及見落水蘭亭六字小印而柏泉爲予勒定
武瘦本於石適同日成之賦二詩兼贈二君②

退谷瘦肥非一石,我先乞得瘦精神。十年燈影橫斜認,百僞何辭
遇一真。壬辰夏見瘦本,辛丑夏見落水本。

春陰如夢落窗紗,半幅玲瓏襯墨花。縱有伏苓黃鶴手,水仙誰悟
月痕斜。落水卷內墨花滿面。

朱蘭嵎臨龍眠畫東坡笠屐圖山陰朱蘭圃復爲摹幀載題其後③

世人目坡翁,詩狂與酒聖。此幀朱張題,對飲語誰競。贊以人中
仙,深知謫非病。季也無題字,時稱藏書盛。金陵侍郎家,書畫帙交
映。同集鍾山齋,豪呼酹觴興。一笑月出高,此景坡所贈。後百四十
年,江閣蒼煙凝。醉意風竹俱,蘀葉吹不醒。桂顏魯兩生,遠夢發幽
夐。購爲蘇齋供,兼之跋語賸。我補施顧桼,半載八卷竟。適逢馳書

---

①② 　此詩題位於手稿本第 5506 頁。

③ 　此詩題位於手稿本第 5507 頁。

來,芥石若相應。稽首爇瓣香,私衷請遙證。先生本靜者,嗜酒非天性。詩中偶及酒,皆有托而咏。即以詩法論,亦非以狂勝。進取雖孤高,所裁乃雅正。使遇聖刪詩,詔武音放鄭。先生必高第,群怨興觀稱。真放本精微,內照天光定。南郭知誰爲,北門須善聽。昔有成都僧,肖貌鄉人敬。萬里乞公題,墨灑桃椰徑。前世德雲身,時聽金山磬。烹茶妙高臺,復見留名姓。天地一羈人,有情皆共命。龍瞑山中客,懷舊憂思怲。南箕翕舌點,化作清光瑩。戴笠風波避,消作空水鏡。郝陵川題坡像云"畫工豈有浩然氣,謾著南箕翕舌空點涅",陳眉公題坡像云"問汝無風無雨,何爲戴笠披蓑。不是喬妝打扮,曾經兩地風波"。赤壁石磯俯,玉堂雲窗憑。妙手一視之,浩氣千秋亙。豈惟酒非嗜,抑且詩其剩。剡藤粉本摹,正色寒芒迸。不敢輕挂壁,瞻近晨與暝。朱也復摹朱,虎賁非優孟。弗假觀者題,自倚筆鋒勁。先生其鑒臨,洪川助之榜。炯炯萬丈光,補我短燈檠。松窗響怒濤,一氣風雨橫。

予既考證李伯時畫東坡笠屐圖事復題二詩於幀[①]

同在元符末,江南望海南。山川心不隔,笠屐影無慚。逸氣留天地,蠻煙老惠儋。祇應故友識,摘葉寫茅庵。

舊史傳文苑,當年想畫圖。烹茶來釋子,載酒有生徒。萬丈光遙接,千秋墨共摹。衣紋托清夢,知我室名蘇。

題頂易庵梅花二首[②]
戊寅穀日集了殘閣觀梅,爲道樹禪友作。

每聞夜雨孤檠意,他日圍爐話了殘。煙樹糢糊雲影淡,月中清瘦雪中寒。

未到竹垞攀巷柳,纔過元宰説文孫。朗雲堂上三生夢,一抹溪橋落墨痕。

---

①②　　此詩題位於手稿本第 5510 頁。

群玉堂米帖殘本歌①

三十八行百琲珠,突兀嵩華有是乎。二王之前有高古,此老目欲嗤俗書。韓歌周鼓及晉字,杜亦狂草譏東吳。右軍晚年悟篆籀,蘭亭其髓非形模。如何漫比顛與素,操戈入室堪驚呼。琅玕葉寫太師竹,桃坡夜宴紅燈呼。雪溪向冰富賞鑒,青衣洞字甌堂摹。平原之封慶元末,此石想勒嘉泰初。嘉定更名入秘省,不數寶晉英光孤。爾時御府有米帖,紹興氈蠟恐弗如。此本是否嘉定拓,尚恐出自若水徒。南渡以來考圖籍,梁溪雪溪家世俱。冰也苦爲閱古役,如此紙墨虹光鋪。竟當題作閱古帖,必也正名肯爾諛。江左清談溯王謝,書裙題扇非時須。窮原返本在質厚,古錦玉軸良區區。隃糜一滴萬萬古,誰論楮葉兒女膚。跽拜墨王發狂叫,露花如雨飛庭梧。帖云"晉武帝帖紙糜潰而墨色如新,有墨處紙不破"。

東坡海市詩石本②

先生一吸大海空,海市原在空光中。淋漓萬象寫胸臆,軒轅九奏黃鍾宮。銀潢倒瀉落蒼石,斧鑿無物侔神工。正書結構不草草,更餘怪特掀蛟龍。直疑琅邪訪秦篆,③誰以偃筆疑坡翁。想見憑欄眺萬里,極天翠掃長虹雄。沙門五島忽無際,齊州九點誰能窮。至今公猶此閣上,香煙軿馭來沖融。偶驚空山誦前語,遙對大海酹一鍾。市出何區以十月,石痕又淺於元豐。拓本經秋帶積蘚,畫文古瘦如鐫銅。竊乔蓬萊小閣號,笠屐圖側來松風。

陳無軒學博得讀書姝有舊銘銘後掃落葉頭陀識拓其文寄予爲作歌④

湘管齋中夜然燭,一編寓賞今都穆。搖筆裁箋日不閑,倚遍湖欄煙水綠。懷人北地已自奇,作吏勾餘良不俗。讀書姝好誰所貽,燕几

---

① 此詩題位於手稿本第5511頁。
② 此詩題位於手稿本第5513頁。
③ "琅邪",手稿本作"登萊"。
④ 此詩題位於手稿本第5514頁。

圖成續爲録。牀寬八寸修弗知,拓銘與跋待我詩。掃葉頭陀定誰是,混沌夫子文尤奇。樊川禪榻有前約,鄭虔痛飲堪吾師。吟詩讀銘兀成睡,好友入夢聯牀時。頻螺庵主爲題品,舊與張生銘筆飲。好事無如識字人,草隸橫斜成碎錦。湖上樓頭忽風雨,墨點斜飛訝餘瀋。時復芑堂對枕藉,恨不芝山同訂審。芝山抱銘過我齋,此牀此字真吾儕。宋家髹几鑑明月,千里無軒對影偕。長取書牀不塵滓,政要良友相磨揩。何減天隨筆牀櫂,時傍杜家花嶼來。

友人於揚州馬氏得厲樊榭摘選宋詩識語數紙見貽因録樊榭徵刻宋詩紀事啓稿於前附裝此迹題二詩①

州泉内鄉後,生面賴重開。一百籤排次,三千部翦裁。藏非次道比,義已敏夫該。想見湖窗啓,潮聲挾海來。

南湖花隱處,不獨感循王。抱玉家何限,銷金話最長。酒酣餘涕淚,畫苑即文章。樊榭有《南宋院畫録》八卷。邗上玲瓏館,繙書意未忘。

爲邵二雲編修題童二樹山人畫梅二首②

金石平生契,杈枒老幹存。懷人臨野水,斜月挂孤村。白石蘭亭問,姜白石《蘭亭》得之碑驛童道人。青藤瓦券論,二樹所藏晉太康瓦券見徐文長集。山陰風雪路,窗影又黃昏。

二雲思二樹,花作故人看。古鏡圜泉譜,春流曲水湍。性情難寫照,骨格本高寒。欲訪遺文録,東風費倚欄。

時帆檢討溪橋詩思圖四首③

我識君門巷,溪流小板橋。疏花相倚笑,老柳最長條。月影新詩得,鐘聲昔夢消。依然禪榻底,雲活水光搖。

---

① 此詩題位於手稿本第 5515 頁。
② 此詩題位於手稿本第 5516 頁。
③ 此詩題位於手稿本第 5517 頁。

三十年交契，憑誰話素心。承家推世學，積厚起詞林。報答春光好，商量句法深。鳴泉珠玉瀉，和爾譜瑤琴。

愧共清班忝，銜充七品曾。時帆新充日講官。盟心珥筆地，對影讀書燈。感舊相劘切，霑恩倍戰兢。淡交塵迹外，笑擬一條冰。

幾個前遊客，郊西續舊詩。綠塍澆酒處，小圃看山時。野色孤村曲，經畬萬卷基。夜來新雨霽，拈起妙香吹。

峴山石幢拓本①

峴山杜碑不可見，墮淚之石亦不存。慶曆以前七百載，寥寥此意留乾坤。中間尚有題識否，江山空見歲月奔。龍圖學士左遷至，王原叔。爲感廢廟臨荒村。表修屋宇想登陟，因勒文字薦藻繁。賓從和詩刻諸石，如與從事中郎言。召伯甘棠既勿翦，征南故事且復援。萬山之下峴之上，白日照曜臨湘沅。宜訪斯碑爲重建，覆以亭榭臨以軒。仰睎羊公俯萬世，曠看天宇傾一樽。人生所感偶會合，豈唯登眺嗟寒暄。丈夫磊磊動天地，名聲不繫寂與喧。與人家國有實濟，相對夙夜觀本原。叔子懷柔矢德信，真氣已欲東吳吞。暇嘗置酒領賓客，已復弔古增鬱煩。石雖紀遊石何與，山以人憇山彌尊。熙豐轉瞬宋南渡，中原北望傷精魂。王龍圖復峴山諸詩後有皇祐、嘉祐、熙寧、元豐、元符、紹聖、崇寧、淳熙諸題，淳熙乙巳臨川王厚之順伯被命措置郵傳至襄陽，孟冬二日還轅，朐山高仲一、永嘉劉義山、中山閭伯英餞別於峴首，天宇清肅，北望中原，慨然久之。後來山河角尖縮，全局一覆於襄樊。信哉在德不在險，鉅平死後恩逾敦。異代遊人那得識，但見霽景開晏溫。八觚翠石墨花滿，千秋煙雨涕淚痕。道輔書如大蘇迹，擬裝以配雪浪盆。元符元年六月十日，郡太守岑巖起飲餞前熙帥鍾弱翁於此，吳周臣、趙德麟、魏道輔、李方叔俱至。庚辰二月六日，吳周卿、趙德麟、趙君度、謝公定、魏道輔、魏承老同來。順伯囊中有碑録，遺迹又爲來者捫。其餘客若星過罶，潭水日夜鏘潺湲。我得拓文不敢褫，重是賢達來更番。嗟賢與否豈易識，史所不及匪目論。粘之屋壁當登覽，耳畔如叫湘山猿。

① 此詩題位於手稿本第 5518 頁。

復初齋詩集卷第二十七

桑梓掄才集_{癸卯八月至十二月}

　　癸卯秋八月，奉命充順天鄉試副考官，因以闈中所作暨復命道中詩編爲是卷，以志榮遇，是冬之詩皆附焉。

入闈有述①

　　依然三十六秋同，兩度南宮蠟燭紅。科第頷髭風味淺，文章心事雨聲中。丁卯入場，大雨竟日。掄才桑梓慚殊格，矢報冰淵惕寸衷。暮雀垣邊詩話在，老槐陰合翠濛濛。聚奎堂東偏爲副考官所居，昔介野園宗伯師有棘垣暮雀篇。

賦得仙露明珠②得秋字八韻

　　一氣鴻鈞轉，都從聖澤流。筵開仙露曉，榜闢蕊珠秋。金掌層層暎，絲囊串串收。三霄滋瀝液，萬顆散琳球。天乳瑤華釀，雲漿貝闕浮。玉盤斟斗瀷，璣鏡握星毬。淨有千光照，圓如百祿遒。霑濡齊結實，朗潤遍瀛洲。

與石庵論書借東坡墨妙亭韻禁用書家人名帖名③

　　論詩我昔師杜陵，後者綺麗前飛騰。晉唐以上有獨詣，誰縱遠目

---

　　①②　　此詩題位於手稿本第 5523 頁。
　　③　　此詩題位於手稿本第 5525 頁。

追秋鷹。坡公論書似不爾，調和肥瘦疑模棱。八分小篆本一貫，較量何至蟲與冰。二家取義各有謂，千古一是吾誰憑。高秋月照棘垣白，雙眸炯炯空愛憎。劉公深談極名理，臨摹意已超縑緗。迴波要試隼一瞥，造極須叩峰初登。倚公知愛請對墨，攘我瓦缶換百朋。狂草即用判牘紙，恨少鏡面苔紋藤。春蠶葉掃九千卷，虛堂催我添秋燈。他日儻傳批尾帖，登龍何必誇李膺。

聚奎堂閱卷呈諸公和壁間韻四首①

露珠霶被聖恩深，麗日晶陽荷照臨。入闈日雨，初七以後日日晴霽。寶匣題開瞻御墨，②是科始以四書題，詩題同在首場，御題同貯一匣。試官輩序盡詞林。是科考官及同考官二十一人，皆用翰林，誠爲詞垣榮幸。檐前斜月星猶耿，樓外疏鐘漏未沉。二句記前數夕刻題目事。記取玉堂丹篆夢，慶雲五色照冰心。

首善先承教育深，辟雍況近道光臨。豈徒摛藻徵文藝，實以窮經式士林。他日馳驅觀學養，中存靜躁辨浮沉。三條蠟燭尋常事，撿取晨鐘昧旦心。

何用雕鐫取刻深，初非格樣借摹臨。③巧誰百步穿楊葉，香自三秋動桂林。肯假詅符占口義，試看箋疏待鈎沈。的中箭在寧關力，孰果空諸得失心。

臣較諸臣感最深，棘垣每憶仲秋臨。先人極痛談文戰，末學何期忝藝林。行役三千里惆悵，方綱典江南、江西、湖北鄉試，闈中皆有感舊之作。迴頭六十載銷沉。先子於雍正癸卯補順天庠生。焚香何以酬高厚，一寸兢兢戒慎心。

---

① 此詩題位於手稿本第 5526 頁。
② 此句下注文中"二十一"，手稿本作"二十"。
③ "借"，手稿本作"取"。

闈中聞魚門編修請假南歸賦此爲餞①

菊黃秘閣曝書辰，料爾歸帆氣味真。握手離觴翻磊落，撚鬚對燭更精神。淮南桂樹經秋雨，江上梅花憶故人。今夜重簾新月影，同文唱和記前春。去年三月始舉秘閣曝書之典，予與魚門諸君用宋人同文館唱和韻聯爲册子，今又屆曝書時也。

宿通州②

兀兀兩騾車，馳如赴鄉貢。一月扃闈後，猶作槐花夢。潞河感昔遊，城東記飛鞚。沈思四十年，又閱秋之仲。小圃點寒葩，旨蓄出菹甕。晚飯蔣公廨，涼月挂齋楝。唐生夜置酒，亦復損清俸。相話辛苦事，磨鉛歲華送。塗塗露欲晞，冉冉霜未重。前途沙水灣，申旦詰輿從。

夏　店③

潞東漁陽西，三河并兩驛。未問七渡津，先訪五槐迹。沙氣交煙光，遠近樹蒙冪。夏澤今何處，夏澤見《水經注》。鮑邱紀所歷。駪駪念每懷，瞿瞿感行役。得及秋成穫，近接京縣赤。村屋十百家，天寒困廩積。嗟我生事拙，對此增惕息。京東考黃圖，曩者闕目覯。躑躅洵泃閑，斜陽綠蕪夕。

早發玉田縣④

山連逦海岸，雲合古無終。雲散山復吐，霽景光沖融。連晨犯寒起，兹晨静無風。霜團野樹綠，露濕村花紅。村民鋪輦路，忻忻叟與童。泥黃映田舍，圖畫秋場豐。遥山半紫翠，濛濛澹長空。日暖玉生煙，正在晨氣中。

---

① ② 　此詩題位於手稿本第 5529 頁。
③ 　此詩題位於手稿本第 5530 頁。
④ 　此詩題位於手稿本第 5532 頁。

沙河驛寺老僧法源舊衲也出素紙索書爲題一絶①

榆關葉落萬峰秋，底物能供定裏收。記得黃花邀客處，聽鐘來倚看山樓。

永平府鐘樓塔銘殘石歌②金大安元年二月

薇垣才子趨庭日，爲我剜苔訪遺軼。鐘樓側見半段碑，撰書不省何人筆。如來阿閦記陀羅，傳妙臨壇銘秘密。年從己巳溯丙辰，承安元即明昌七。文曰平州管内僧，地志中都還摭實。正書行與梵書偕，頭尾圓纖鋒穎出。金源之世女直字，大小二體流傳失。陶九成文未遠該，八思巴傳空詳述。爾時白髮老承旨，篆學那兼經梵律。欲從遼金采舊聞，冀或邊關十徵一。碑說遼年金字書，樊榭拾遺恐未悉。近日錢唐厲太鴻著《遼史拾遺》，載金石文最富。歸途並拓鐘樓鐘，貞石仍摹吉金吉。

榆　關③

葉落滿榆關，林巒間磽禿。邐迤橫坡陀，沙水濺車輻。載馳畿輔東，周度村原曲。村意淡不枯，煙林冒黃綠。莽蒼關塞氣，田疇富衍沃。勤儉列編氓，雄厚實土俗。賤子忝粉榆，首善歌械樸。撫衷衡鑒忝，何幸殊榮沐。咫尺瞻輦道，屛營近關宿。風起沙不揚，日晶秋更肅。百籟和喁于，高下遍陵陸。如聆軒帝樂，蒸動鸑子谷。

石庵屢欲索觀予所藏坡公書天際烏雲帖予篋中適攜臨本石庵見之以爲非真也今日臨榆旅舍忽枉次帖中韻九首見贈則其傾倒於予臨本而真迹可知矣疊韻奉酬④

昔者思翁見摹本，躊躇王略未分明。何如攬轡榆關道，會得杭湖

悵望情。

大觀真帖馮家本，一字虛舟誤辨尖。獨有坡書經響搨，者重公案是誰添。王虛舟云《大觀帖》第六卷馮氏摹入《快雪堂》，誤一"尖"字，予按《快雪》並不誤也。

小語空山響易驚，與誰同躡鳳凰翎。少霞宮榜親題字，西麓良常路幾經。

西湖煙樹點青紅，歲歲熙寧癸甲同。誰仿端明詩帖子，守居幾度換屏風。

洞天大滌隔凡塵，明鏡桃花笑古春。不解倪迂張道士，巢居絶聽爲何人。張伯雨號巢居子，倪雲林號絶聽子。

三間一榻寶蘇室，氣壓晴虹貫夜船。竹户陰來風嫋嫋，墨池影對月娟娟。

彝齋圖畫趙張翁，環慶堂前舊侶風。尚左生書牛鼎記，玉文心事往來中。

涪翁匏翁役夢魂，後先書派底須論。會稽徐傅怒猊法，旌德劉郎鐵筆痕。

磨墨齋頭轉法華，西吳楷迹對君誇。蘇齋肯惠高軒過，細證中鋒力畫沙。

恭和御製仙露明珠得秋字八韻元韻二首①

慶筵膏露湛，鑑澈慧珠流。得氣承仙瀣，交光叶蓐收。滴來琪樹曉，拈出玉盤秋。朗潤元同質，晶瑩不外求。恩霑九霄渥，影靜萬川留。乳合從星釀，珍寧借櫝售。以明資互照，於暗敢相投。水月松風意，清華定比儔。

---

① 此詩題位於手稿本第5538頁。

吉雲天闕灑，金掌日華流。竹葦叢俱合，珊瑚網並收。自傳皋鶴曉，直罩貝宮秋。北斗漿仍泛，文昌氣可求。霶恩濃孰比，喻性紺常留。五夜連膏潤，群英百琲售。爭先甘澤沐，傾向道光投。總荷宸暉鑑，歡騰藝圃儔。

澄海樓①

榆關關東東盡頭，出關倐裝半日留。連晨風沙午忽止，合來登此百川拱極之飛樓。出城到海可十里，目如瞥隼凌清秋。沙路漸高堞漸上，金碧眩晃一覽天四周。雲濤涌現珠貝闕，星宿指點昆侖邱。鼂甍以外更無物，一碧萬頃三島連十洲。乾坤闔闢作大瀛，斷鼇立極柱四擎。往役珠江泛南海，迴瞻西北天崢嶸。未若東海近日出，扶桑萬象所發生。況值吾皇六飛駐，朝宗之水茹納皆合并。萬國一尊仰東極，衆躔攝入前檐楹。三巡灑翰在樓壁，今者四巡更倍騰光晶。昔者張尚書，承旨壁題字。至尊詩中爲嘆嗟，米芾而後蓋無二。豈如吾皇親題四字於中央，元氣混茫照天地。上摩青霄下碧海，浩浩長空接一氣。都在吾皇指掌中，八表絃綖悉光被。端倪軒豁暨訖間，表裏澄渟極開霽。是日日午無纖埃，如砥鏡面青銅揩。日華橫鋪萬萬里，巧算輪郭無邊厓。中心一片作紺碧，紫磨金色相瀠洄。不知齊煙厘市落何處，直送始青碧落一線長天來。天容海色交際真奇哉，喚起謫仙曠古之逸才。嚴關迴指界山海，更拓八窗軒鏡開。

杏　山②

杏山十八里，東與松山接。驅車杏山西，仰面瞻岌嶪。昔我文皇帝，大藏松山捷。明師三十萬，迅若捲枯葉。東則呂翁山，塔山連山叠。歷歷用武地，煌煌萬年業。今皇屢過此，述祖詩盈篋。創垂覲揚心，實爲百世法。暉鳳就擒處，父老誰該洽。櫛比列閭閻，婦子依饟

---

① 此詩題位於手稿本第 5539 頁。
② 此詩題位於手稿本第 5541 頁。

餂。土風之樸淳,蓋爲宇內甲。即以山脈論,何必崖陳峽。造物雄厚氣,迴抱大開合。所以帝省山,袞對祐斯答。拔兑所鍾毓,鮮原雨風協。九穀雙岐秠,郡邑争上牒。百草效光澤,寸土皆濡裛。山雲與海氣,面勢環周匝。慶值大禮成,豈獨群情浹。繞麓熊熊光,馬足不敢踮。

石庵冢宰以舊作歇心處四絶句見示歇心處者蒲圻萬年寺董文敏所題扁吳荆山諸前輩有詩石庵屢以行役過之因有司重葺賦此昨在京兆闈中未暇和作今日同宿錦州驛館復以其稿來乃次韻並邀楚珍閣學同作①

以修爲廢歇爲興,公豈前生此寺僧。三度過門渾不識,宰官身又傳車乘。

歇心不是真詮義,我爲諸公續末章。車轂轉來無轍迹,鯤桓審<small>音盤</small>處有淵藏。

塵塵念念歇何由,敗壁殘煤苦不收。又向奎堂話禪榻,風簾石銚響茶漚。

畫禪磨墨證何如,齋扁重題肯借渠。薊北句非湘北句,劉尚書是董尚書。<small>予諾爲石庵書磨墨齋扁也,石庵喜仿董書,故云。</small>

潞河晚渡②

潞河新樹點微霜,渺渺孤帆帶夕陽。馬足經秋知水性,客懷兩月檢詩囊。城陰縷霧横分白,沙際圓蟾淡吐黄。三十七年前夢在,露珠氣正感文昌。<small>憶丁卯秋試禱城東文昌閣事也,昨九月廿二日臨榆道中《恭和御製仙露明珠》詩有“文昌氣可求”之句,是夜適宿於文昌祠,亦一異也。</small>

---

① 此詩題位於手稿本第 5542 頁。
② 此詩題位於手稿本第 5544 頁。

典京兆試役竣告祭先墓有述二首①

得栽嘉樹敬維桑,拜告松楸淚滿觴。尚愧瀧岡能勒表,②敢誇畫錦遂名堂。盟心月旦猶難信,苦志風檐豈易償。一寸春暉荄已動,暄陽草木積文章。

龐公上冢緒誰傳,誓墓義之絕可憐。行役每逢歸必告,宦貧依舊祭無田。門牆庇蔭餘千士,江廣追惟又十年。稽首先靈虔禱乞,願從燈火事青編。

邵楚帆武部令祖虞廷先生以春秋名家先奉直公實受經焉於今三世相承世學今歲癸卯武部之九弟暨令子皆捷京兆賦此奉賀③

一卷麟經溯指南,世家庭訓積研覃。舊傳啖趙應誰共,新得鎦支益我慚。時論光輝天尺五,遺聞解詁傳參三。青編茅屋來春雨,便合相從築邵庵。

編次黃仲則詩偶述五首④

君家豫章後,誰續子耕譜。新津青神注,誰識用心苦。前年贈印詩,我代桂君語。欲尋詩嫡血,遠證派初祖。意豈止西江,心蓋繫萬古。如何遽止此,奇氣未畢吐。全書青琳琅,照耀來秘府。把與誰共讀,拜像香一縷。昨校山谷詩三集注本,嘗焚香先生像前,今此書內府刊板矣。

君才似太白,同輩無其豪。輒想謫仙人,碧海宮錦袍。其實非摹仿,清絕自滔滔。年雖昌谷逾,促比大復遭。大復亦斅李,別僞親風騷。未知青素篆,誰悟長庚高。

往者中條吳,近之鉛山蔣。是皆仙才目,浩歌氣莽莽。君似蔣之

---

① 此詩題位於手稿本第 5545 頁。
② "能",手稿本作"親"。
③ 此詩題位於手稿本第 5546 頁。
④ 此詩題位於手稿本第 5547 頁。

徒,詎肯吳嗣響。若經漁洋品,如何匹疇曩。此事真鑒難,尺棄吾安放。漁洋尚遭抑,蓮洋更誰仰。所以讀君詩,後先勞嘅想。每於寥空間,靜驗夜氣養。

欽州有馮子,綺歲詞壇雄。其才未減此,其氣夙已充。相期觀厥深,所得彌於中。頻年陟清秘,心計轉匆匆。飛騰乃讓此,鬱鬱氣吐虹。翻使壯浪語,出自饑寒胸。傅會歐陽子,詩必窮益工。

細數十年來,君遊長安道。朱死錢程去,知君漸已少。我鄰有張君,僻嗜富幽討。巷南來吳子,秀韻出葩藻。相對把君詩,空闊共懷抱。商待溫與陳,釀金辦梨棗。但祝同心戒,放浪與枯槁。切莫金尊勸,時誇玉山倒。酒聖詩之狂,雖才亦非寶。刪此豈得已,請會於意表。

今年正月予刻蘇詩補注成適曲阜顏衡齋自江南泰興購得明朱蘭嵎侍郎摹李龍眠畫坡公笠屐像見寄未谷爲題跋於後安邑宋芝山屬劉虛白又摹此軸乞予臨明人手迹於上其冬十二月將屬芝山作蘇齋奉像小幀乃臨此以踐前諾時芝山已舉京兆試在蘇齋弟子行矣因復繫此二詩兼寄未谷衡齋[①]

蘇齋千里訂蘭盟,桂宋顏翁悵望情。愧貳成均遲兩月,不收未谷作門生。

九霞空洞接靈音,一點焚香信誓心。文字前因誰宿約,綠苔煙重海山深。

如村二首爲裕軒賦[②]

蕭然漫圃外,童子啓柴門。不謂通三徑,真成又一村。野亭收近景,土炕取微溫。除卻扶犁叟,心期孰與論。

先生抱疴後,高臥十年餘。每悟參禪義,常披種樹書。固應拈即

---

① 此詩題位於手稿本第 5550 頁。
② 此詩題位於手稿本第 5551 頁。

是,豈曰僅名如。較量從何起,濛濛趺息初。

文休承秋江行色圖摹本二首①

渺渺蘆花遠渚灣,客程幾日載秋還。篷窗注思誰拈出,一抹斜陽著色山。

鈎雲本出元暉法,舊夢都從草隸尋。一半柳條殘綠意,十年江上故人心。

題王文簡載書圖八首②

卅載詩壇重帝京,倩人欲畫恐無名。離筵仿佛明湖柳,不是當年太瘦生。

手植紅棠襯綠苔,爲安書帙畫欄開。記從三五招邀夕,每到慈仁寺裏來。相傳同時諸公候先生者率不相值,惟於慈仁寺書攤相訪則見之。

松厓昔侍研溪談,秘笈師門一百三。今日新城訪耆舊,巾箱著録果誰堪。惠定宇所録王氏書目凡一百三種。

丹黄卷卷篆煙痕,莫共詞場獺祭論。聞道袁家餘舊帙,長山誰爲訪煙村。

十部唐籤未備觀,精華山谷輯來難。獨拈三昧無多子,可要春明僦宅看。胡孝轅《唐音統籤》,先生止見戊癸二籤而已,又先生所見《精華録》乃明人偽本也,愚意頗恨先生不選唐宋全詩耳。

池北他年文獻存,曝書朱老共評論。兩家長物誰多少,惜不同時餞國門。

一時好手禹鴻臚,學子争摹戴笠圖。豈獨虎頭金粟影,秋毫神妙到錙銖。

---

① 此詩題位於手稿本第 5552 頁。
② 此詩題位於手稿本第 5553 頁。

驢背山光畫不真，那教宋迪悟前因。故應重遇邢和璞，始識平生竺道人。是圖宋芝山購得見贈者。

范巨卿碑①

五年前見范碑額，十篆雙行欣創獲。苦蒐漢史覺碑浮，但執洪家品文格。碑立青龍歲乙卯，伯喈元常時已隔。誰念山陽與汝南，獨行名垂節不易。題曰廬江范府君，宜僅揄揚在官迹。管鮑遐蹤歷荊漢，精誠空想堅金石。今睹茲碑乃識之，全攝精神在筆畫。漢京分隸篆之變，分布陰陽轉波磔。其間骨肉與性情，風會推移匪朝夕。東京士人崇氣節，二百年來熱腸積。死友千秋爲泣下，何況當時薛與翟。作書不記是何人，筆勢飛騰動心魄。前規百變極方圓，獨出冠時無衛索。嗚呼巨卿托此碑，何減垂纓夢元伯。杜陵慷慨嗣真作，不獨論詩緬先澤。紛紛評駁趙洪婁，漫假熹平石經釋。桂四黃九今之俊，到眼古歡交莫逆。寄我寒冬欲雪時，瓦盆梅花映窗白。君無忽此殘泐本，輪囷肝膽今猶昔。虎賁誰曰非中郎，點畫對之猶拱璧。吾意故在率更書，一家三公誰考覈。任城城隅剔草萊，恐有虹光破空碧。

書懷仁聖教宋拓本後二首②

永和帖共大觀論，七百年間兩字存。繭紙只應推定武，始知宿海是崑崙。《大觀帖》"惟"字、"苦"字可證《聖教》。

旦極寒書接建安，咸亨好手想猶難。如何圭美堂中叟，輕把嬋娟潁井看。

十二月十九日東坡先生生日同人集蘇齋拜像作③

我爲公詩補舊注，西吳施與東吳顧。先生印可意云何，去歲臘筵香一炷。果有龍眠笠屐圖，摹來江左人如晤。筆力挽迴五百年，紗縠

---

① 此詩題位於手稿本第 5555 頁。
② 此詩題位於手稿本第 5557 頁。
③ 此詩題位於手稿本第 5558 頁。

行邊記初度。翩然吹下橫江鶴，蜑雨蠻煙渺風露。向來傳本安得似，別有精神在空處。仍到焚香臘後筵，江海靈音答豪素。然猶撫卷三自思，更倩重摹恐微誤。稽首今辰若有得，平生浩氣端來駐。南斗日躔憑几筵，奎宿光芒撥雲霧。坐中忽起弦外音，似公吴淞夢中吟。峨眉山高江水深，泠風簾幕生春陰。高生弦指思何屬，宋生洪生勞寸心。或寫論文對主客，皖峰萬里來同岑。或寫空山坐澗石，流水一曲傳幽襟。二圖孰爲今夕寫，①一觴聊對明月斟。此觴屬公公孰尋，此觴屬我我弗任。請屬蘇齋今夕之明月，清光照澈無古今。何須淵源師友徵，配食龍眠施顧皆來歆，意并不關詩畫琴。

竹坪司成以未與坡公生日之集賦二詩致藏香一束次韻奉酬②

合教典故入談諧，端遣新詩賣小齋。婆律旃檀元共氣，蘇門弟子即吾儕。窗含雪意摧殘臘，花影煙橫報午牌。一曲響泉誰會得，瓣香拈已到槐街。

嵩陽墨帖寄幽尋，予嘗爲竹坪臨此帖，茲來詩及之。不比馮家快雪臨。要認篆煙非兩處，始知青眼有同心。燒香偈子先參透，鼻觀聞思等妙音。想到先生蒲褐室，跏趺所得更雄深。

---

① "孰爲今夕寫"，手稿本作"定復誰印可"。
② 此詩題位於手稿本第 5561 頁。

復初齋詩集卷第二十八

晉觀稿一_{甲辰正月至五月}

晉觀堂歌①

我藏大觀半卷帖，已壓鄴侯三萬籤。居然晉法具於此，例以淳化毋乃謙。壇長舊云鐵山本，鋒全字闊非尖纖。宜興華亭二本上，使我夢想難窺覘。竊恐我藏弗彼讓，二十七帖殘何嫌。開卷豁然爲神王，底事龍爪誇鉤銛。咸亨釋子所集畫，萬川一印皆圓蟾。自從臨此日有得，晴窗卓午光透簾。焚香不敢躁心玩，掃徑今取堂顏拈。擘窠自題借虞法，②意溯江左諸王兼。迴看此帖中有物，往日驕筆何由砭。古云内擫與外拓，二王分界恐太嚴。今者山陰真神骨，圓轉變見於素縑。龍跳虎卧大開合，墨雲虹玉一鏡盦。神光庚庚欲起立，周還結構規堂櫩。虛舟昔發墨王嘆，猶誤快雪一字尖。退翁山齋巧綴補，香光翻刻公案添。華亭插架且莫炫，北平小印看重鈐。

題表餘落箋詩集三首③

笑拈三昧在初年，劉相趨庭録宛然。未識翱翔四皇甫，司勳司直定誰傳。

---

① 此詩題位於手稿本第 5563 頁。
② "借"，手稿本作"用"。
③ 此詩題位於手稿本第 5565 頁。"題"，手稿本作"讀"。

長句推敲秘不輕，北來朱十亦同聲。一家師友聯姝話，記否商量共哲兄。

放眼中條萬象低，晚年得髓重標題。如何洛浦吹笙歲，已復纏綿似玉溪。

二十四泉草堂圖歌①

七十二泉秋葉黃，當時同號崔與王。崔不雕號崔黃葉，秋史亦號王黃葉，皆漁洋所品目者。可憐通樂平泉宅，只剩城西一草堂。泉上有堂三十載，金陵畫派依然在。熱客何論學半千，名士從來邀北海。儵儵亭屋寫不多，無復北渚凌青荷。亦無琴尊與主客，想見奇氣橫巖阿。歷山山翠滿巾笥，蒼然詩髓非文字。澹白迢迢一線來，濼水分支二十四。頗聞泉上二株柳，棠川手植猶存否。萬竹摧頹幾歲年，大石連蜷仍屋後。珍珠錯落玉瓏玲，泉氣相交石氣青。白雪樓頭夢迴處，阮亭笑對復漪亭。飢來驅人無定止，此卷頻攜走千里。寂寞梁園風雪時，却憶家山畫圖裏。金陵二高難再得，歷下今誰賞詩格。落葉堆中自著書，空山牛背餘橫笛。我和寒柳今八年，眼中得見金興園。擘窠猶認香泉筆，就中孰是水枝軒。

邵瓜疇畫卷②後有金孝章書陶貞白《尋山志》

瓜疇遺迹今荊關，偶然墨落東吳間。不寐道人爲題字，瓜疇化去已十年。纏綿往復諸老輩，方楊王徐孰比肩。靈威石室秘不傳，諸老自與山水言。爾日東吳感交舊，蕭寥空外來澄觀。溟濛一氣結真想，九霞洞壑曾周旋。曉升夕際境屢遷，良常新宮銘孰鑴。山口忽放前溪船，指說往日來尋原。白雲擘絮成綠煙，依然篆縷凝空軒。嗟爾華陽隱居千載意，吹笙鶴背非言詮。秋堂雨隙亦何有，尚嫌竹籟松濤喧。各有性情非得已，本自枯坐僧寮禪。又後十載方得梅村志，可憐

---

① 此詩題位於手稿本第 5567 頁。
② 此詩題位於手稿本第 5569 頁。

瓜疇平生落落亦復寫不全,不如仍寫貞白尋山篇。

春明折柳圖三首爲顧星橋題①

文淵同直上春初,日日光風近寶書。扈蹕舍人才子句,猶分新綠滿衣裾。

澹煙未試最長條,莫漫銷魂比灞橋。秀野畫圖臨本在,江南三月雨瀟瀟。

卅載詩名月滿樓,星橋有《月滿樓詩集》。故人縷縷話春愁。好山無數供青眼,借問如何尺幅收。

題張伯雨墨迹後二首②

舊館壇碑悟幾年,泰和神骨故依然。空山古鏡勞持贈,鶴唳華陽月滿天。帖中有謝人惠古鏡語。

茗碗重盟玉局詩,誰摩石刻鬢成絲。何如環慶堂前夢,笑對奎章博士時。

偶見柯敬仲張伯雨手帖以對予所藏蘇書天際烏雲帖後跋筆勢悉符因摹其書以補二跋所闕字喜而題此九詩四疊前韻③

想像摩挲十五載,兩賢如夢不分明。數行尺牘春燈下,會得彝齋悵望情。

錫訓軒依深檻曲,三茅山點數峰尖。義興樽酒風流地,二老重重客話添。

俊鶻摩霄鷙鳥驚,筆飛那易企修翎。率更已想三公迹,松雪何如內景經。

梳妝時世抹青紅,未許妍姿一例同。書到至元元晚季,過江衣帶

尚遺風。

　　奎章書畫澹無塵，句曲煙霞別有春。若使商量墨緣在，故應青眼個中人。

　　蘇公東海量懷袖，托我歸裝粵浦船。偏使玉輪遲月户，晶盤影記對嬋娟。

　　柯題句句憶虞翁，張帖從來有趙風。今日迷離同一悟，妙香梅雪篆煙中。

　　臨摹敢説覷精魂，且莫斤斤響拓論。多少客來圖蔡句，山樓何境可留痕。

　　摩圍偈已契蓮華，原博文難仿帖誇。快雪晚香重審正，始知閣本壓長沙。帖後舊有山谷、匏庵二跋，久已失去，予初仿爲二詩，不敢安也，既而於黃集得一條補入，頗似不誤者，吳跋則迄未能得耳。

米元暉雲山得意圖①

　　長安雪後戴星起，特爲借畫添爐香。異哉江上逸人跋，果若有物浮江光。細雲滿捲勢飛動，峰峰以次來低昂。低昂出没亂無數，橫雲穿插於空蒼。雲波蕩摇赤岸水，峰尖矗叠蓮華房。屋宇林木合虛曠，浮圖淡影針相望。江山吞吐攝一氣，②金焦正倚三茅方。五百年後五洲客，把卷籃竹神仿偟。臨江撥雲忽叫絶，虎兒有知喜欲狂。當年戲筆自追舊，折腰爲米來溧陽。爾時未上敷文閣，何以老境發感傷。書品與畫俱造極，山陰師法接阿章。昔年曾見五洲卷，白雲千里懷瀟湘。陵陽鶻突記品目，華亭墨戲徒評量。董家米家非二筆，奚事別白矜收藏。此卷鈎雲淡無迹，固勝目想雲天長。惜無五洲卷對賞，嗤彼半幅珪截肪。萬古英靈儼覿面，似要息壤吾齋償。坐卧三日齋七日，

_____

① 此詩題位於手稿本第 5573 頁。
② “吞吐”，手稿本作“開合”。

奚啻贖蹩歸我囊。他年剔銘看周鼎，江山受我酹一觴。

續六客詩^①并序

昔張子野、蘇子瞻各有《六客詞》，予同年吉渭厓學士主講席於揚州，爲前後《六客詩》寄來京師，俾同人和之。其曰前六客者，盧抱經學士、蔣春農舍人、秦序堂觀察、張松坪、吳涵齋兩編修與渭厓也。其曰後六客者，抱經去而錢籜石宗伯復至也。抱經自山右歸杭，籜石自京歸嘉興，其過揚州偶有先後耳，非有意不相値也。而渭厓詩中有錢、盧近多議論齟齬之語，又云覃溪以抱經爲是。方綱在同年中年最少，凡事多請益於諸兄，抱經長於校讎，籜石長於詩，皆益友也，無所謂伸彼而抑此者。然渭厓此言特欲以重申吾同岑相與之誼，而勉其將來之益加厚焉，尤可感也。時在京師者博西齋武部、永廬庵、范邁亭兩明府、張晴溪吏部、胡書巢太守及方綱，恰亦合六人之數，於是置酒於晴溪之貫經堂，而屬和焉，並書於册以寄渭厓，雖千里之遠，無殊曩日京邸比鄰之樂也。甲辰二月十三日。

情話何分北與南，二詩先後送征驂。盧公尚耐蠅書讀，錢叟還能蟻麴耽。浙水往來江路近，梅花消息蜀岡探。偏增韋杜慈恩夢，密坐春燈興味酣。

斯堂合繼碧瀾名，六扇屏山聚不輕。唐代逸人難例比，_{唐有竹溪六逸。}蘇門君子更誰爭。_{宋有蘇門六君子。}鳥能交響書傳語，竹有精神畫點睛。_{時以臨本竹卷同賞。}三十三年無此樂，七言千里勸飛觥。

後六君子圖歌^②

一卷竹題六君子，前摹者羅後者趙。羅生尚與錢有舊，趙與錢公聚已少。何況柯王元及明，何況湖州與坡老。藏畫董公又已逝，六客詞乃蘇張紹。是日城南新雨霽，置酒張燈緒繚繞。吉學士詩和者誰，

---

① 此詩題位於手稿本第 5577 頁。
② 此詩題位於手稿本第 5579 頁。

博永胡張范翁稿。二分明月夢揚州，六幅修篁倚春曉。舊題臨本今真本，紹興玉印邊鈐好。_{紹興連珠印，予以鮮于困學跋知爲玉印也。}峨嵋相對醉如泥，春雷翻起深叢篠。熙寧己酉初守陵，解語君當解意表。文不自題柯爲題，王繼柯臨並夭矯。錢仿柯王並仿文，鮮于伯顏迹堪考。鮮于跋與容齋別，想亦置酒燈光裊。借問伊誰親見之，趙君昔年觀像早。元人遺墨徐容齋，倚竹凝思境深窅。惜不斯圖并攜得，趙君寫竹增懷抱。復作一叢於紙尾，勢迥前幅遊龍掉。陵州洋州酬唱後，二老何年共幽討。丹邱元谷派合離，風雨橫江托空杳。得借吾齋來會合，空庭月落啼幽鳥。雲林昔圖六君子，位置得地嗟枯槁。今兹六竹一生氣，先後清詞富葩藻。題跋流傳又六人，_{畫竹者坡翁、與可、敬仲、彥貞、擇石、貢甫凡六人，其見於題跋者鮮于伯機、伯顏蒼巖、周雪坡、邢子愿及徐容齋、羅兩峰，亦六人也。}翰墨之緣亦天巧。他山友石結貞筠，鶴飛聲下青松杪。

唐潮州弟五銅魚符二首①

潭州一符後，_{潭州弟一魚符近爲石公所得。弟五復分潮。}圖借碑穿樣，_{下有小孔。}苔難款記消。海波餘舊綠，膚寸壓生綃。恐帶文章氣，韓公佩在腰。

我剔金山麓，②唐碑渺不存。猶餘伏虎迹，空對拙窩論。鼉去橫沙島，潮來接海門。區區合同字，磨洗細鱗痕。

題王若農上舍蓬萊閣讀書圖三首③

袖中東海意誰傳，舌本瀾珠滴滴圓。萬象一燈迴照處，可能仿佛見坡仙。

君從越海來東海，遥指家山一髮青。時夢鄱陽殘刻在，綠苔春雨

---

① 此詩題位於手稿本第5581頁。
② "我剔"，手稿本作"我眺"。
③ 此詩題位於手稿本第5583頁。

剔遺經。宋洪文惠重刻熹平石經於越州蓬萊閣。

君本山中研石農，雲門日觀幾攜筇。金書玉簡終須叩，更上蓬萊第一峰。

友三家兄自任縣來展先墓①

四十年來少輩行，松楸酹酒念維桑。迴香亭畔煙初霽，韋監祠前柳未黃。令節龐公牽舊緒，曲江杜位感韶光。田園耕讀餘風味，藉倚柴扉話最長。

題洪石農畫種梅藝竹圖送魚門編修卜居江寧二首②

竹西舊圃念攜鉏，禪智梅花雪壓廬。圖畫翻憐建業水，誓言不食武昌魚。萌芽束筍盧全閣，滋種深根伏勝書。賺得洪郎點苔綠，先生此語恐欺予。魚門所注《尚書》《春秋》今將開鋟也。

瀛洲亭上聽新泉，糝綠成陰又十年。老幹結交原有種。卜鄰初約奈無田。夢迴苑路深春雨，愁寄江南澹晚煙。他日歲寒三友話，更同幼植憶姬川。

黃石齋先生自書九詩墨迹③

責躬凡六詩，寄友兼誨子。亦有辭墓篇，斷缺餘半紙。九詩該五倫，胥自責躬始。我推先生心，一責躬而已。然而事非易，責躬從何起。山房開大滌，困亨筮澤水。榕檀高百尺，鐵虬鍊五指。先生有古藤杖曰鐵虬。三乘大衍策，萬象方寸裏。奇哉心緯句，《責躬》詩曰：“姬孔亦勞人，心緯何其微。”遂窺孔姬旨。其有憂患乎，斯文所以矢。至今講堂石，庚庚有橫理。捫之欲起立，勿作波磔視。柔毫淡如縈，其力拔虎兕。三復經庫記，汗出不勝泚。

三月廿二日文淵閣曝書兼懷魚門並屬瘦同和作①

秋陽轉瞬又春融,萬卷光華旭照通。塵淨初過蠶月雨,函開喜趁杏花風。芸香糺縵卿雲上,翠氣觚稜瑞靄中。他日江湖生遠夢,畫欄徙倚去年同。

廿三日於文淵閣恭和御製題宋版春秋分記元韻二首②

邛州學官録,道脈起湘中。凛若區分始,森然義例崇。一家師法遠,千載聖心同。國緯年經旨,奎文玩不窮。

宋代宜春刻,黎光八覽中。向來朱顧輩,未睹庫籤崇。臣添編摩役,人懷几研同。近論程與阮,杜例奧誰窮。方綱近與程編修晉芳共寫讀是書,而今春爲阮同知芝生校勘所著《春秋傳説》也。

次韻瘦同秘撿早詣文淵閣同官未至之作③

柳外棲鴉喚曙頻,窗光淨掃待書陳。衣香爲近開箱篋,腹笥先教倒廩囷。三月相期花有信,二年重到夢如新。鬢絲好驗方池影,個似芙蓉鏡裏人。瘦同初假滿,應禮部試,故末句調之。

楊龍友畫三首④

悟徹華亭自得師,秋毫側島氣淋漓。永嘉郭外煙橫點,粉本何曾仿大癡。

傘山僧壁夢如何,收拾詩囊苦不多。縹緲空江半煙雨,盡供亭檻倚坡陀。

梅華琴語畫禪參,説破前因對卧庵。知我篆煙詩思在,春陰緑雨寫江南。有朱卧庵印。

---

①② 　此詩題位於手稿本第 5586 頁。
③ 　此詩題位於手稿本第 5587 頁。
④ 　此詩題位於手稿本第 5588 頁。

芝山復爲魚門作種梅藝竹一幀次石公二詩韻①

真個移家住瀼東，雪籬苔徑許誰同。三椽散木鄰冬友，四雨菱湖傲石公。碎影鏤金搖素月，橫枝如玉滄斜風。接栽灌木從今始，封殖無忘賦角弓。冬友有散木庵，石公有菱湖四雨軒。

宋生淡墨思深長，含蓄精神在晚香。得氣冰霜千樹共，計看煙雨萬竿強。兒孫繞膝行相續，著述成編未要忙。他日訪君江郭北，六朝松石水中央。

題陸謹庭所藏海嶽庵圖②宋芝山爲作摹本

昔聞米公宅，龕門鳳池間。罡風紫金色，墨沼苔花顯。海嶽未東時，堂指淨名顏。呼輿擁華月，群峰羅黛鬟。一房招此客，千年去不還。今夕蘇米齋，陸郎雙眸眅。指向宋子説，宅址臨江灣。絮絮妮古語，填胸不可删。我昔夢到此，滌研除榛菅。六朝訪耆舊，萬古緒迴環。前秋札馳訊，故人守江關。鶴銘拓難讀，庵圖訪亦艱。湯湯大江流，客心並潺湲。寫此春燈下，香發蘭蕙蕑。千章排古木，石氣森不頑。誰記唐晉人，曾此柯條攀。達哉倦翁辨，五嶽周人寰。絕壁一長嘯，奇氣助江山。東西豈必分，蘇米兩不慳。維摩方丈地，外史群仙班。吾齋繪公像，神宇肅且閑。甘露日復滴，玉蟾淚不潸。昨夜研石雲，蒸動池水潺。息壤誓吾友，檐鳥聲關關。東海嶽庵見岳倦翁《寶真齋法書贊跋》。

陸謹庭松下清齋圖二首③

兩樹交陰榻不移，濃青氣已合成漪。石牀落子人初覺，簾押飛濤鶴未知。斜日銜來元八語，其一松在鄰家，故用白香山咏鄰家松事。露葵摘入輞川詩。小童客去渾無事，掃地焚香拾墮棋。

---

①　此詩題位於手稿本第 5588 頁。
②　此詩題位於手稿本第 5589 頁。
③　此詩題位於手稿本第 5590 頁。

日臨古拓誦黃庭，自鬻長鑱煮茯苓。水月光中塵不染，雲煙過處眼俱青。淨名試覓丹淵室，_{齋中藏米老《海嶽庵圖》。}真賞重開墨妙亭。東絹韋侯煩更拭，定應添我寫齋銘。_{謹庭所藏宋拓《夏承碑》即華中甫真賞齋本。}

銅鼓歌題曲阜顏氏拓本①

桂君昔拓顏氏鼓，宋生今示秋谷詩。秋谷詩蓋觀鼓作，我賦拓本嗟已遲。手量面徑一尺四，雕紋十匝繚繞之。雷回絡索乳交暈，庚庚細理砂畫錐。一十二辰作陽識，儼如漢鑑神術施。或云伏波或諸葛，前後皆說東京遺。厥初蓋以銅易革，調和燥濕均參差。綴以蛙形面八角，逮乎諸葛西蜀爲。渡瀘而後製滋廣，三川百粵沿其規。諸獠諸峒以次鑄，度以大小隨高卑。張庭置酒集子女，金釵扣應都老期。宮商呼吸和子母，丹黃藥淬分雄雌。含風吟嘯出蝸篆，午陰風雨來渺瀰。昔我十登南海廟，②殿庭絚索東西垂。東者最大西次小，鄭絪獻自春州馳。銅鼓灘邊出者一，鷓鴣斑象羲爻著。仲春之祀侑神樂，百靈秘怪環委蛇。聲聞江口二十里，扶胥黃木天風吹。高涼神祠亦有此，溪水夜半雲雷隨。壺蘆笙與竹笛和，節歌洗廟東坡詞。往還經過屢稽考，手捫星宿森離離。竹坨朱老昔縮圖，四金六鼓辨禮儀。又聞漁洋有手記，相傳款識如鼎彝。文曰伏波將軍鑄，馬援時字焉得窺。踟蹰廊下每忘去，何暇細繪蝦蟆皮。假如腹鐫果堪拓，吾定凹凸窮毫釐。以冠粵東金石籍，視此奚啻千倍蓰。異哉漁洋竟沿誤，暑月累我汗濯漸。十夫揩視無一字，圖經好事乃我欺。徒然寸尺志面腹，並未摹拓來裝治。十年篋中審古器，磊磊大小千百奇。兩漢之文考所釋，洪婁歐趙皆吾師。獨無鼓銘著於錄，曲阜尺但摹慮虧。樂圃此鼓獲何歲，想近孔壁鏘金絲。諸老同時定詳說，魯薛弟子辭何疑。我題欲作科斗篆，配爾古綠苔花奇。茫然發我南嶺夢，海潮聲定推篷時。空窗月墮大圓鏡，波文海藻穿漣

---

① 此詩題位於手稿本第 5591 頁。
② "昔我"，手稿本作"我昔"。

漪。作詩以寄顏與桂，那敢秋谷相攀追。

程易田說劍圖①

君考考工駁鄭注，因得古劍而說之。永州太守爲作圖，解裝出劍叩所疑。君又圖劍劍凡五，中莖設後無參差。此說經耳非說劍，劍銘拓本來同時。跋者北海退叟字，證以秀水新城詩。我耳斯銘今甫見，季子之子知爲誰。雕戈鉤帶畫相似，膩缺黍米今焉知。五十六體既皆異，鳥篆之品何從推。舉此一端請相質，當日諸老豈我欺。小齋又値古劍二，一爲宋芝山所得，一爲兒子樹培所藏。後先七劍圖相隨。太守之畫取大意，古屋樹下群書披。所以我仍鄭說守，鏗鏗訓故從經師。

授少詹事入署作②

廿年坊局舊僚疏，首夏新陰綠漸舒。朝誦夕箴慚職業，春華秋實久菑畬。一枝石扁摹題處，廨有王伯穀書“一枝軒”石刻。三昧唐賢夢到初。遲過漁洋百餘日，水苔如繡積前除。王新城遷少詹在五十一歲冬，其撰《唐賢三昧集》正居少詹時也。

垂雲石歌次沖泉都諫韻③

我疑此石非人覓，山精白日氣自投。始青碧落墮一片，蹘然瀚起蒸蒸浮。層層水皺誰蕩激，嵌空勢與造物謀。蜿蜒而來忽聳立，蛟龍之窟不敢收。知合君家巧位置，齋楣渴憶筆勢遒。故從僧房待人覓，幾年綠蘚含深幽。一朝借來光怪發，亭亭嶽峙琳琅球。主人作圖不草草，樹牽花蔓絲蘿柔。承之研石雪浪比，几以文石欄檻周。陰森夜氣潤膚理，玲瓏露結如珠旒。始知摹雲即庭户，不必浹雨穿山岅。坐久衣襟得雲意，淋漓障濕滂葩流。坡云袖中有東海，同岑臭味以氣求。僧寮書屋意等耳，研山何必米老售。上皇樵人又煩致，菊溪一諾

---

① 此詩題位於手稿本第 5594 頁。
② 此詩題位於手稿本第 5595 頁。
③ 此詩題位於手稿本第 5596 頁。

非巧偷。寫真請賦鄭先覺,攝衣重拜柯丹邱。石借軒耶軒借石,息壤在彼夫何尤。我仿右軍作軒榜,又添一片飛雲留。

閏三月十九日於裕軒學士五榆窩四月一日於南雷禮部山雨草堂爲魚門餞話各紀以詩①

面畦種五榆,意不希梅竹。而餞梅竹翁,相傲以清福。一卧十五年,有此數間屋。手講灌溉方,心存物情熟。何須問老圃,請叩此尊宿。更十五年後,後湖添小築。亦值榆莢圓,同味槐葉綠。憶此六七客,並寫春一幅。

草堂韓家潭,簾户交石皺。不虛此客餞,梅竹在懷袖。池中激飛雨,几上凝橫岫。未減江南住,沈郎何以瘦。僕夫駕在門,江干居已僦。書束車載脂,策贈觴誰侑。書雖疑西河,易勿執紅豆。趨庭儻異聞,欲去屢申叩。魚門瀕行,手抄南雷尊甫椒園先生《十三經正字》於行篋。

南雷席上次和魚門留別韻二首②

尚書炫焯易焦京,臨別重聆喟嘆聲。往昔甘辛皆共喻,中間得失故難評。箋砭攻守吾何執,燈火勤劬孰近名。老去山居多暇日,切磋時復夢西清。

沈樓小酌借池頭,石氣陰涼乍似秋。我説歸裝非冷淡,客評漫圖孰深幽。去年今日同申餞,擇石心畬感舊遊。多少新詩傳不出,可能憑仗致書郵。

瘦同煎白芍藥爲餌見惠賦謝是日走送魚門之行即題於陸謹庭所造芍藥箋上兼呈魚門二首③

故人珍重穠華意,已作瑤箋又作酥。要借甘芳翻得悟,苦言藥餌

---

① 此詩題位於手稿本第 5597 頁。
② 此詩題位於手稿本第 5598 頁。
③ 此詩題位於手稿本第 5599 頁。

是良圖。

興平油點記西川，金鳳誰家出樣箋。不忍將離論氣味，工夫調鼎試他年。

題王若農接葉巢鶯圖用厲樊榭接葉亭詩韻①并序

辛未、壬申間得侍香樹先生坐隅，唱酬於此亭，後二十年爲祝芷堂編修題其接葉亭圖，不勝感舊之思。今又十年，而若農上舍寓居於此，作是圖以屬題，兼懷豫堂、坤一諸君，邀芷堂、瘦同同賦，時甲辰夏四月十三日。

比屋雪籬意，他時山木吟。和歌懷老鳳，求侶變鳴禽。葉密翳交響，枝高青百尋。卅年重見畫，疏淡似雲林。

若農以萊州青蘿觀仙人劉長生草書蓬萊字石本見遺賦謝二首②

報我蓬萊約，何年寺壁書。少霞留閣榜，織女儼雲車。綠字能商略，芝田計墾鉏。羅浮十載夢，真券乃吾廬。

記托黃貞父，遙盟顧玉山。顧、黃皆有小蓬萊也。越碑勞寤寐，漢隸極躋攀。遂有高人諾，相貽礪石斑。若農又以文登石見贈。豐湖蓴菜長，息壤綠雲間。惠州西湖元妙觀後石上刻白玉蟾隸書"蓬萊"字，予今以二拓本合裝爲軸。

盧溝二首③

圖畫桑乾旭照開，并門遙想綠漾洄。幾時得坐西山頂，細寫渾河一線來。

匹馬蕭蕭襆被添，纖纖曉月挂車檐。世間元有酸寒句，莫向新城笑少詹。④趙秋谷譏王漁洋《盧溝》"匹馬"之句云"豈復似少詹事，直似下第窮秀才耳"。

---

① 此詩題位於手稿本第 5599 頁。
② 此詩題位於手稿本第 5600 頁。
③ 此詩題位於手稿本第 5601 頁。
④ "莫向新城"，手稿本作"莫信談龍"。

良　鄉①

一尖磚塔影,十里白沙旋。李迹雙碑辨,誰規六礎圓。商量尋瓦礫,瘝痳感雲煙。郭外千絲柳,春陰廿五年。

涿　州②

每馳親串意空勞,欲展中懷乏一毫。響拓已難追快雪,畫圖仍愧補離騷。受堂以所藏蕭尺木《楚辭圖》見贈,予諾寫詩以報之。卅年感舊非文字,昨歲牽情正鬱陶。茅店雞聲人未遠,城南策馬日初高。

趙北口堤上二首③

墨榜宜田罣字新,廿年秋映碧粼粼。摩肩拂馬青猶昔,老柳依依似故人。方宜田制府書"燕南趙北"字今重摹於橋上。

車輪日碾玉河邊,緩鞚來披鏡裏天。梅雨一旬芳甸外,綠雲十里送吟鞭。

孫淵如得漢銅章文曰孫喜適與其小名合來索詩④

毗陵孫季小名喜,其字曰雠雙美比。每咏昌黎二鳥詩,不是侯生稱叔起。一笑西來得銅印,漢尺七分營黍指。寄我長言鈐簡末,青綠依稀浮在紙。又言蒐得梵夾文,要我字母窮終始。走告鄰人張石公,苦爲紐形繙印史。嗟哉漢印我豈識,但賀孫郎意有以。博綜群書反根本,質厚爲師吉祥止。千年以上書種在,五夜持循此心是。神之聽之方寸間,惟其有之是以似。我詩銘櫝豈偶然,丹篆從前笑相視。若非孟喜續蘭陵,滂喜終然屬孫子。

午日瘦同屬題鍾馗嫁妹圖二首⑤

畫圖祓惡宜端午,胡不移家仿稚川。翁媪牸牛來洞府,丹砂勾漏

---

① ② ③　此詩題位於手稿本第 5602 頁。
④　此詩題位於手稿本第 5604 頁。
⑤　此詩題位於手稿本第 5605 頁。

可長年。《鍾馗嫁妹圖》一名《鍾馗移家圖》，見王元美集。

　　龔開墨戲太糢糊，閑覽稱名信有無。會得盧稜伽筆法，草書元似
辟兵符。鍾馗妹事出《遯齋閑覽》。

寄題心餘藏園養疴圖①

　　維摩示疾本非疾，詮解如何作真實。花之道人乃畫之，不離十笏
拈花室。前年曾作藏園幀，莞簟斯干竹松秩。每依北闕望西江，五度
涼暄換鶗鴂。紅荷綠水小板橋，未敢寫比洋洋泌。主人憶園園憶主，
名雖爲藏尚難必。今者始得潑墨爲，六載歸來誓重述。衆山宗炳臥
遊始，五嶽向平婚嫁畢。老子天公度外人，金丹不用芝苓术。西山霞
氣泛壽杯，東湖旭照團秋橘。離垢庵中裊香篆，兩當軒側堆書帙。篋
圃蘊山來卜鄰，七子五孫皆繞膝。樂境天然不假借，詩人近歲誰儔
匹。先生晚訂藏園集，解脫於禪老於律。跏趺定裏息息根，虛白光中
止止吉。萬象攝入摩尼珠，一氣淵乎退藏密。乃知此園亦非園，道人
初未嘗落筆。疴既强名養亦妄，一笑相看爽然失。蘇齋明月猶昔圓，
舉杯千里憑遙質。

再題瓜疇畫卷用跋中韻四首②

　　酒闌一覺頤堂夢，記是良常麓後山。西洞庭陰有人住，神情略似
畫中閑。

　　侵肌海氣悟前身，流水桃花笑古春。圓得吾齋藏帖夢，嵩陽居士
爾何人。

　　端明玉局即瓜疇，如此寒餓夫何尤，梅村何事嗟窮愁。煙波浩蕩
一白鷗，且槃礴贏此逸休。

　　海嶽居聞米老移，華陽洞想玉笙吹。幾時來往金焦側，始識人間
有邵彌。

---

①　此詩題位於手稿本第 5606 頁。
②　此詩題位於手稿本第 5609 頁。

復初齋詩集卷第二十九

晉觀稿二甲辰六月至十一月

清河道中①

隔月妍潤氣，猶在青林間。雨止雲斷續，層陰鳥綿蠻。僕夫相顧語，四載憶險艱。行役每溽暑，首路望河關。茲晨澤及時，農圃暢以間。禾黍風修修，石橋水潺潺。天光霽如畫，濃翠揖若環。我馬東北指，時面正北山。

密　雲②

懷柔扼山口，密雲依山腹。其山始兩開，合脈於單複。山腰初橫雲，綿綿噓細綠。沈氣積大野，高下挈川陸。北岡塔如針，十里繞不足。白河一線來，勢與潮澳蓄。行行土石交，沙水蕩車輻。人家與城郭，迆迆皆山麓。

山行雜詩八首③

石匣聚居民，山環静列闤。牧群行處熟，雞柵樹來新。路漸崎嶇化，人教雊兔馴。誰知是巖鎮，野老自爲鄰。石匣城。

---

① 此詩題位於手稿本第 5613 頁。
② 此詩題位於手稿本第 5615 頁。
③ 此詩題位於手稿本第 5616 頁。

昔聞馮進士,獨以種芹傳。想見中阿秀,相依采藻篇。嶺雲香冉冉,澗水綠娟娟。儻有遺銘刻,遼文補葉編。芹菜嶺。

小店倚山前,停車舊夢牽。捲簾窮鳥性,鋪席借人眠。雨想三餘住,青憐一飯緣。匡廬曾托宿,石耳暮峰邊。三間房。

今宵臥對處,徐戚舊烽燉。在德誠非偶,維寧詎易論。夕陽分澗谷,古樹亞關門。多少英雄淚,閑窗酹一尊。巴克什營。

衆木一蟬聲,沙邊出晚晴。山添斜照紫,水浸斷虹明。隔岸牛群小,投林燕子輕。沈寥天萬里,供作縷霞橫。

穿窗一山麓,古寺兩紅扉。鶴就高柯宿,僧依晚磬歸。塞雲時片段,樓雨忽斜飛。貪倚鄰牆望,林花撲濕衣。

山圍小窗坐,秋氣逼燈紅。萬境因緣感,都歸視聽空。若爲書幌裏,比較塞垣同。莫更生分別,超超夜息中。

夜來曾宿處,一片已橫雲。轉向前山見,渾難叠嶂分。一峰微露頂,半面作斜紋。捲却蒼蒼霧,空光接水濆。

青石梁①

天門之上更有天,仰面朵朵堆紺蓮。蓮華非華乃象緯,大石磊磊星斗懸。青光一上可千仞,四垂倒注兜羅綿。誰初鑿此杠與柱,山靈巧斡造化權。是時雨止勢未止,蒸空噴洩蒼蒼煙。浮浮梁脊到梁頂,始青碧落超垣躔。閣道中間通玉座,八方萬象皆遥連。中腰古寺略一曲,正肖左界相迴旋。一條白光亙銀漢,前夕所以跳珠濺。始知膚寸所聚處,皆以氣合非聲潺。岱宗芝泥策可訪,金天箭筈門可穿。惜哉韓杜未到此,有銘澾磴何從鑴。興夫力疲馬足倦,只有飛鳥導我先。我來一再興逾壯,籋雲更續天門篇。

_____

① 此詩題位於手稿本第 5619 頁。

雙塔峰①

雙峰對峙一峰巔,後前有若相讓然。前者豐闊方兩邊,中間三洞屈曲穿。若有梯桄上無緣,周遭門扃户闥連。其後一峰瘦削圓,漸高漸作螺髻旋。最上忽一精廬偏,不知誰營槵栱橡。浮雲浩劫太古先,造物無物初誰傳。取象人間工匠堅,龍宫級涌百怪駢。儻有秘字來真詮,竅穴無迹非雕鐫。藏諸絶頂世莫宣,終古黝緑苔蘚纏。安得星軺駕靈軒,讀之雙腋風翩躚。李陽冰篆何足妍,歐公亦説飛空仙。

下南天門②

石梁層層俯南下,天門一束爲雄關。森然閶闔界紫府,大開訣蕩臨人寰。是日連宵雨初霽,蔚藍一洗蒼緑顯。白雲蓬蓬如萬馬,出乎兩厓之脅間。我行向南雲向北,雲亦顧盼往復還。朝暾蒸絢與雲合,彩翠浮動千煙鬟。千里百里一迴複,群峰正抱碧玉環。此間不敢當關立,凛若拱衛同趨班。帝座香煙尚盈袖,到此敢邊心舒閒。愧無傑句酬萬象,憑輿兀兀但惡顔。不比前秋傘山頂,墨花捲盡江南山。

自熱河歸瘦同丹叔各以詩見投次韻二首③

十日灤陽路,得句皆懷友。所思緘不得,欲畫無好手。雨涼飛瀑後,月吐諸峰口。意已被君覺,渺渀初何有。右和瘦同以詩見迎韻。

九松俯寺更崔嵬,千叟觴如捧帝臺。自有勝緣憑眼力,始知靈境信天開。昨遊我懶支頤未,歸把君詩識面纔。引翠名亭題扁否,擘窠分隸訂重來。右和丹叔題九松山草庵韻。此庵舊築背山,今於隙地面山結亭矣,予昨過之未及入也。

---

① 此詩題位於手稿本第5620頁。
② 此詩題位於手稿本第5621頁。
③ 此詩題位於手稿本第5623頁。

與楊立山表弟夜話兼懷令弟藩伯時立山將往熱河①

萬里歸來感舊遊，七年誰與慰離愁。每從海外看南斗，不減儋州憶子由。風雨對牀如昨夕，關河匹馬又新秋。塞山莽莽青回首，東接扶桑氣可求。

題味辛舍人所藏吳雲壑墨迹②

往年大書拓北固，使我遠夢生金焦。焦山題名拓不得，鶴銘寄想天沂寥。延陵筆法出海嶽，薛紹彭後功尤超。淮東二帖儼飛動，壽父一札非纖佻。奇哉君家迹五段，倏忽逸氣橫煙霄。怳如江左王謝輩，聯翩裙屐接六朝。中間與我契心語，念念覺入心息調。又疑甘露來帝鼐，墨花寶氣飛生綃。當年郡齋手勒石，英光萬古追迢迢。九霄環珮在徽軫，玉麟堂帖誰斫雕。米書之外加峻峭，董評拈出真豐標。宋賢晉法蓋無幾，湛然真宰靜不驕。淨名相望百餘載，扁舟重聽秋江潮。江山爲我證筆髓，丹淵一鏡凌寒宵。

題仁和趙晉齋所藏宋孝宗書紈扇③

春雲初起拂青林，冉冉因風度碧岑。既解從龍作霖雨，
油然出岫豈無心。下有"選德殿書"四字印。

驪珠廿八題春雲，選德殿印稽舊聞。此殿淳熙年始造，碧琳偉觀同清芬。諦看絹册本紈扇，想有對幅寫郁紛。春陽内苑初雨霽，高峰插水徐氤氳。畫院何人拂縑素，一縷曳起蟠蝹蝹。石橋亭子冷泉側，古苔綠葑斜水濆。玉宇纖塵淡不著，壺天片影輕無紋。吳琚雪詞助花氣，蘭舟油幕吹沄沄。千文真草同日進，蟠松翠罩侔顏筋。詩思如雲冉滃鬱，一聲龍笛飄斜曛。作霖出岫意有在，豈謂史浩虞允文。迴鋒停蓄儼思注，念書萱草彌憂勤。褙裝不似宮扇樣，屏風誰記圖畫

---

① 此詩題位於手稿本第 5623 頁。
② 此詩題位於手稿本第 5624 頁。
③ 此詩題位於手稿本第 5625 頁。

分。孝宗於選德殿作金漆屏風,分畫諸道之圖。徒令詞人列書品,稧帖推本摹右軍。我藏德壽書扇句,綠窗日想羊欣裙。移贈君家作合璧,湖上春滿穠桃蕡。請摹此書厓石上,咸淳題刻徒紛紜。酬我東坡石間字,墨池日吐蒸霞雯。晉齋云今西湖石刻惟東坡題字尚存真迹,意欲晉齋拓此見餉也。

題虞文靖隸書並篆額柯氏訓忠碑墨迹卷三首①

道園篆隸人間少,每爲鍾繇説李斯。倚檻春雲宮樹底,竹陰金錯月明時。

題詩看畫贊奎文,非幻仙翁共五雲。他日玉山參石丈,麟書問答許誰聞。

文章曾擬托南州,雨洗苔趺綠未收。忠孝一生難報答,胭脂橋下暮江流。

題趙晉齋所贈蘿軒先生畫軸②

吾家比部使粵東,墨妙多落南嶺中。八年於粵訪不得,歸來癙瘝心忡忡。去年摹得武梁刻,癸巳手跋術齋同。吾父南遊即癸巳,比部晚歲相過從。論文時共吳中允,幼日先生。憶此舊話窗燈紅。此幀自題無歲月,想見老筆非畫工。蒼然得氣在枯瘦,獨以厚力成斜峰。書訣似攲乃得正,其秀不在妍與穠。官帖法於疏拙入,洛神玉版翩驚鴻。書畫品從書味得,少陵質朴推吾宗。晉齋篋此日湖上,東湖釣處尋遊蹤。遺我古碑嗅古墨,更許息影來攜笻。蘿軒有息影山莊,又稱東湖釣叟。不得於粵得於越,湖山儻喜源可逢。絹邊石礴題細字,研池揫碧來湖風。

朱碧山銀槎歌陸翠士侍郎席上作③

羽仙星使與太乙,此槎奚取吾弗悉。退谷荔裳與秋玉,此槎孰真

吾未卜。但記至正以來四百年，①甫借輢耕一語傳。國朝王朱施宋輩，一時競酌登詩筵。騰虹吸月相後先，巧工重噪梅里邊。柯庭居士世藏物，古香樓匱分隸鐫。汪家此寶不輕付，侍郎去歲梅里旋。一片槎枒忽飛到，浮空不似玉井蓮。槎頭老仙顧君笑，袖底海氣吹翩翩。銀潢屈注來萬里，詞源倒瀉傾百川。隨君復上蓬瀛側，吾輩匝坐秋燈圓。拓銘難罄字滿腹，支機宛見石一卷。侍郎高齋茅數椽，張丑之舫米芾船。晴窗半日剔款識，更作畫幀鋪吟箋。不知王朱諸公曾否同此樂，那須更擬天歷虞柯篇。銀河作厄笑乾饌，宗懍且莫稽張騫。唐人有酒杯名曰銀河，見《乾饌子》。

元釋覺隱畫山水軸②自題云"至正辛卯秋爲玉峰良友作"

誰參巨然山水禪，一坡一石皆生氣。氣在江干沙腳間，不假橫雲蒸靉靆。澹濃向背有無中，起伏橫斜皆有謂。空光一點起江面，林意濛濛雨猶未。始知此僧目所攝，繞過前峰仍未既。墨如雲影靜吐吞，捲到峰迴屢歔欷。如此淋漓勢能蓄，極盡沉酣力不費。或云禪定乃得之，使我徘徊却生畏。可憐名在四隱中，狂草素師空髮鬌。古今得髓真實語，幾個能同畫禪味。從今不看假巨然，豪奪恨難追米芾。茶煙澹對馮伯求，土苴臨本燕文貴。

哭魚門三首③

載書西笑尚遊遨，半世身名苦太勞。白璧琢成功更粹，黃金散盡氣仍豪。早年盟寄長淮在，死去神飛太華高。卓絕中丞風誼古，同聲冷淚灑朋曹。巡撫畢公經紀其喪。

平生筆妙善言情，誰寫孤兒慟絕聲。江畔無家山木老，天涯有弟海雲橫。藝林薇省稱前輩，東觀南曹並盛名。不博松陰田十畝，研農

---

① "但記"，手稿本作"但計"。
② 此詩題位於手稿本第 5630 頁。
③ 此詩題位於手稿本第 5631 頁。

日日祝歸耕。

過車腹痛戲言存，那更昌黎墓志論。君去年六十六歲，輒語予曰韓集中碑志凡六十篇，其享年過六十五者纔十人耳。序到百編皆淚濕，君詩文集凡一百卷。篆來片石已聲吞。君嘗戲言以墓銘見託。巨卿所結非名譽，敬禮相知有本原。他日梅花江上夢，忍看煙月挂黄昏。

送立山表弟之任崖州二首①

七載炎荒績，名登帝座前。寸心丹若此，雙鬢黑依然。舊話丁莊畔，停車丙舍邊。梅花南嶺夢，猶爲夜燈牽。

萬里仍南去，三年即北來。朱厓臨碧海，明月共蒼苔。粟米題泉在，桄榔講院開。蘇齋臘雪意，爲我佇瓊臺。予年來每於十二月十九日作坡公生日也。

元張貞期爲楊元誠畫竹西草亭圖卷②

前有趙仲穆寫竹並篆題，後有楊鐵厓志並騷一章。

楊家騷詞如竹吹，趙家篆勢如竹枝。畫者何人闕題識，但有小印鈐貞期。此竹非淇非巀谷，又非歌吹邗江湄。九峰之厓三泖際，半江剪取秋猗猗。受以空亭面衆綠，倍於晴雨煙月宜。紫翠束來氣猶濕，軒窗一嘯涼侵肌。蒼蒼但取水墨意，皖山筆法何人知。漚波亭畔趙公子，一聲玉笛飛漣漪。喚爾鐵龍道人起，梅花夢入橫雲披。後三百年竹窗下，幽蘭開盡梅蕊敧。翟君李君過眼去，卷藏翟彦材，又藏李九疑。把卷惆悵伊誰思。惜哉不識張叔厚，寥寥尺幅空贈持。人生所戀此陳迹，何必湘浦瓊珮遺。天都侍郎復同感，又到月上西窗時。酒闌要我作題字，青琅綠霧來迷離。小蓬萊閣玉鸞響，爲君和遍鐵體詩。

---

① 此詩題位於手稿本第 5632 頁。
② 此詩題位於手稿本第 5633 頁。

京城内西南淤泥寺貞觀二十二年心經石刻三改二字顧氏金石文字記所疑年誤者予曩遊此寺未拓其文今晉齋來京輒拓以餉予賦詩報之時晉齋將之陝①

淤泥貞觀刻，未可托歐陽。遠客勤來拓，分詒愧弗遑。鐘銘年記丑，銜繫姓同張。君去鄜州問，遺聞儻寄將。②此經年月後有"宮官張功謹"一行，陝西鄜州寶室寺鐘銘云"貞觀三年，攝提在歲，蕤賓御律，己巳司辰"，末有繫銜云"大將軍張神安"，按其月日實是貞觀三年，但不知何以誤丑爲寅耳，故因此刻誤三改二而及之。

大觀帖前四卷榷場本歌③

吾齋新題晉觀堂，半卷殘帖喜欲狂。六百年前佳紙墨，開禧始出於榷場。流落人間百什一，遠媲淳化尤晶芒。大觀從來乏全帙，後來贋配徒誇張。今者忽睹連璧四，小印識自新安汪。昔者我讀壇長集，藏經籤記題跋詳。無由親到蕊珠闕，夢中久想賟笈香。顧疑壇長强分別，宜興退谷先後藏。又云鐵山王氏本，字鋒肥大難頡頏。計魯之鼎鄭之璞，買褚得薛王得羊。我識蔡書波及磔，那區官紙白與黃。北賈當時若翻刻，亮字豈肯留偏傍。此本分明洗痕在，海陵廿載溯靖康。氈苞席裹載石去，日夜北走關山長。至今石邊泐損迹，夏金追蠡雕戈光。每值石邊破處尤可愛。吾收半卷正如此，馮氏快雪差可方。琅邪一門洽與廙，小楷惜未摹元常。《白騎遂帖》四行可配《旦極寒帖》。兒時側聞涿鹿本，近與退谷名相當。不知虛舟壇長輩，胡弗細審輕評量。弁州僅寶弟七卷，右軍行草賸幾行。爾時已有不眠客，延津風雨徘徊望。弁州跋云："復得弟七卷不完本，使象先夜眠不著。"斗牛龍光想雙劍，蘿蔶馬糞臭兩王。此外紛紛孰具眼，敢許再拜朝墨皇。袖有驪珠識剖蚌，厩養神駿看騰驤。坐觀旬日客估直，奚啻全石歸我囊。臨別迴環影對燭，借橅片段圭抵璋。他日快睹宜興本，小堂磨石韻繞廊。江東劉燾那可

---

① 此詩題位於手稿本第 5634 頁。
② 此句下注文中"實是"，手稿本作"當是"。
③ 此詩題位於手稿本第 5635 頁。

得，辨眼且覓劉光暘。

得王叔明琴鶴軒圖卷卷中跋真而畫僞也用張米庵二詩韻題後①

四百年前琴鶴語，依然卷購玉峰新。蘇齋緣就彝齋結，静對天倪始是真。

十客四僧衣露在，雨餘棹倚落花春。孤雲一碧夢迴處，湖上溪邊策杖人。

瘦同以輓施耦堂給諫即和給諫乳燕二詩韻卷屬和②

詩感生芻束，苔如宿草豐。欄迴驚舊雨，簾捲怯東風。金粟篋曾寄，龍泓墨尚融。擘窠新乳字，每憶竹田翁。丁酉秋張芭堂寄來丁龍泓手書贈耦堂尊甫竹田者，托予代遺耦堂并屬予題句於後。

昔品乳毛句，丹經款石闈。③如何印談塵，翻自薄鄰雞。偈子三生語，蓮華一卷攜。亦諳禪室話，誰記舊巢栖。此首專記壬寅冬與耦堂論其鄉人金冬心《山居》詩也，鄰雞，冬心述秋谷語，蓋指漁洋也，予意頗不然之，詳見予跋耦堂所藏冬心詩序。

杭湖詩客冬心善於用短，其與霜田慶伯遊，在漁洋、初白狃主齊盟之日，顧於二先生皆有微詞，何也？午亭、山邨、西湖、後嶺，冬心皆有舊巢栖托之感，雖其小詩精悍，不得以初白限之。然文章千古事，平心得師乃爲善也，每與耦堂論冬心詩，訪及《舊雨齋集》，今未知其雕板尚能收拾否？甲辰九日寒花冷徑附識此意，芭堂不來，晉齋又去，爲之悵然。

廟堂碑宋拓城武本同石公用超字④

大河東決石怒漂，半夜勢走魚龍驕。虞家妙筆記虞迹，秘寶涌見

---

① 此詩題位於手稿本第 5637 頁。
② 此詩題位於手稿本第 5638 頁。
③ “款”，手稿本作“穎”。
④ 此詩題位於手稿本第 5639 頁。

驚靈飈。有如圖書出河雒，聖符景緯光斗杓。右將軍印敢比例，王節度刻追迢遙。歲時沙水齧不壞，筆畫細瘦莊非佻。至正以前孰摹勒，虞勝伯記定陶河決出此碑，事在至正二十六年。古本側想真豐標。虎林隱吏嘆斷本，不惟於陝還於饒。鮮于伯幾所見尚有饒州錦江書院舊藏一本。我由宋元溯貞觀，眼光掃盡南北朝。中間一二躕注法，出入王廙兼郗超。嗚呼陝刻不傳處，猶賴此本工斫雕。況乃墮水以前拓，庚庚墨彩浮縑綃。躕躕兩側無字覓，聞此碑陰側無題識。綴拾百琲來珠跳。補陝本凡得百九十字。研山舊帙雖借補，虛舟著錄猶寥寥。今我閉目靜光繞，珊瑚碧樹森柯條。惜無百金賣宅買，恨比一字蕭家蕭。①街東狂殺張秘掞，爲渠剪燭臨寒宵。

孫河道中②

數武城隅即見山，人家黃葉白雲間。殘秋每出尋詩慣，向曉猶追宿夢還。點綴新霜茅店淨，朦朧淡月草橋灣。無風未礙衣裘薄，摘得筥籬野菊斑。

宿牛欄山下③

三峰連洞曲，一麓兩河支。日晚驅牛宿，霜高穫稻時。依然赤谷崦，何處白雲碑。元宋渤撰。田叟扶犂話，重來有夙期。

宿村家二首④

齏鹽粗菜瓦粗盆，野屋規模豈易論。辛苦廿年圖學士，甫能仿佛號如村。

齋扁曾蒙啖餅稱，菜根有味對青燈。只餘一事田翁愧，啜粥工夫苦未能。

---

① “比”，手稿本作“此”。
② 此詩題位於手稿本第 5642 頁。
③ 此詩題位於手稿本第 5643 頁。
④ 此詩題位於手稿本第 5645 頁。

右軍袁生帖歌①

袁生真帖果有無,云出真賞之齋厨。瘦金籤題錦賸軸,損齋舊石傳非誣。客來示我舊摹本,損齋石想同時摹。右軍劇迹新舊勒,王著劉燾同汴都。真賞藏皆宋時物,豐人翁賦非虛諛。吾嘗於中得心印,最精帖尾一字吾。誰將垂絲作斜搭,有如舊繡移海圖。頗聞硬黃有添暈,②私以筆畫爲形模。後來又失硬黃舊,豈止跋爲張潛夫。損齋既與真賞合,真賞顧與藏帖殊。試以真賞火前本,大觀淳化窮錙銖。準兹玉尺定真贋,宛對明鏡分妍姝。官帖移行固偶爾,《淳化》三行,《大觀》二行。彦遠著釋良區區。《法書要錄》作廿六字。大令癉字亦如此,聊因袁生爲舉隅。迴看吾齋榷場卷,炯炯緯宿躔圓珠。

九月廿八日入直文淵閣同彭衣春褚筠心二學士作二首③

半年隔似感離群,方綱今年閏三月由洗馬遷少詹事,例不兼充校理。九載迴思綴舊聞。樂職中和選何武,館垣贈答擬同文。前與諸公用宋人同文館唱和詩韻爲《秘閣唱和集》。曝書暖記逢三月,賡唱聲猶駐五雲。西苑拜恩趨輦路,小臣衣已染香芸。

侍郎朝奉皆書石,已後程俱三十年。宋程禮部俱撰《麟臺故事》,張朝奉宦、汪侍郎大猷皆撰《秘閣題名碑記》,三人皆秘書少監也。故事麟臺編鳳藻,重來羽籥接鵷聯。干雲共欲追彭伉,雅步何因並褚淵。添得條冰依水鏡,玉壺清話要人傳。

十月十一日殿試武舉人方綱充讀卷官宿太和門外朝房同觀樓宮贊芝田編修作④

我識雙扉伊軋聲,銅鐶玉鎖廿年情。砌鋪冰月涵窗影,樹吼霜風

---

① 此詩題位於手稿本第 5643 頁。
② "頗聞",手稿本作"吾聞"。
③ 此詩題位於手稿本第 5645 頁。
④ 此詩題位於手稿本第 5647 頁。

雜柝更。橐筆論文懷故友，禁垣押字共門生。卷箱撿罷渾無寐，闕角
星河一帶橫。

叠前韻答觀樓芝田①

何武中和宛繼聲，同文酬唱舊關情。昨入直文淵閣，有"同文""何武"之句
若爲今夕兆者。直廬冬夜追洪道，楷法春坊似率更。蠟燭未煩官牘判，武
試讀卷日中已畢，無須秉燭。松風時向茗甌生。棘闈無此消閑味，月下空窗
藻荇橫。

十三日上御紫光閣閱武舉人射臣以讀卷官隨侍恭紀②

小春春耦耦如春，春耦齋在瀛臺之西，一路皆田塍也。耦射暄逢耦進辰。
黃幄高張雲作蓋，彩塭應的月開輪。溫仁霈靄占陽律，神武光輝仰聖
人。閏歲初冬猶未凍，液池活水碧粼粼。

曉嵐得一石寸許兩面如畫一曰松溪印月一曰輕舟出峽其側曰
十嶽山人明王仲房物也屬爲賦詩③

古峰老師夢遊處，海上群峰亂無數。五嶽得三尚少七，萬里蒼蒼
但煙霧。收心三十六峰間，雲海丹臺得大還。卻走瀛壖度沙磧，更周
楚粵求名山。少林拳法大梁詩，摹府談兵又一奇。④安期巨棗棄不顧，
子房黃石誰知之。太陰溜雨厓石裂，苔漆松皮黝如鐵。騰甲蒼虬匹
練光，前峰卻上橫溪月。奇情面壁峽一轉，萬仞空青忽中斷。波濤駛
過風雷聲，雙槳斜陽雲半捲。此間自署山人銜，空諸大滌與大函。攝
來趺息自照影，頃刻海外誰抽帆。詩人俠客逃所寄，閉戶參禪說出
世。星心月脇盡文章，山木洪濤皆篆隸。桐石軒前涼雨潤，邀我看畫
澆新醞。卷石摩挲二百年，十嶽居然起方寸。恐被梁公妒米顛，謂冲

---

① 此詩題位於手稿本第 5647 頁。
② 此詩題位於手稿本第 5648 頁。
③ 此詩題位於手稿本第 5649 頁。
④ "摹府"，手稿本作"幕府"。

泉。更倩宋生摹畫禪。借將河嶽英靈氣，試寫新都秀運編。

范寬山水①

　　范寬真迹人間少，河間紀家尚存一。晚晴對客試展看，真氣蒸動藏書室。不知落墨孰起止，正面涌見巒頭出。直收萬嶺作襟帶，橫揖千林來茂密。層峰層石大開合，轉以沈雄爲淡逸。吾聞董逌摹夜半，石破天驚匕箸失。太行王屋起面前，豎亥夸娥孰争疾。摩挲不作縑素論，浩浩天機自噴溢。目駭神移眩良久，稜起牖麋厚如漆。山閣二人誰主客，似對山光展書帙。何如今日桐石間，遠近評量筆虚實。滄洲戴叟又百年，賜印流傳值千鎰。渾淪元氣何處摹，豈無鵝溪絹一匹。莫將雪景范臘梨，輕覓前身房次律。滄洲戴道默明説所舊藏也，有賜印云："米芾畫禪，煙巒如覿。明説克傳，圖章用錫。"

予所收雷溪馬氏舊藏化度寺碑初翻本即從予所藏真本摹者今見明萬曆丙午吳門章仲玉墨池堂帖乃知雷溪所藏即墨池堂初本也今日所行墨池帖又其再翻者耳叠韻二首題真本後②

　　率更銜已泐斜行，瘦影杭碑想未亡。誰識天留真種在，停雲賓客老猶忙。

　　及見離瞉弟子行，馬生鑱石竟存亡。祖孫恰得吾齋聚，次第探源不在忙。

韋約軒秋林講易圖二首③

　　公在山東我粵東，芥舟蓮渚偶然同。粵東學使廨有周子愛蓮亭，庚寅秋予集諸生講易於此。十年雨歇茶煙澹，一笑雲披水鏡空。歷下明湖如昨日，商瞿費直有遺風。諸生著録猶能説，人坐秋漪翠靄中。

---

① 此詩題位於手稿本第 5651 頁。
② 此詩題位於手稿本第 5652 頁。
③ 此詩題位於手稿本第 5653 頁。

羲經九世自家傳，秘閣宮坊補夙緣。老去功名方實踐，平生忠孝即言詮。輶車更要圓前夢，石響非因悟畫禪。七十二泉秋一碧，袖中拈出是韋編。前歲己亥約軒以典試重到黔陽，予故祝其建節再來東魯耳。

魯峻碑陰歌報黄秋盦作①

牛空山說碑八尺，顧南原說陰三列。以陰證碑滋我疑，二家斷斷豈勦說。釋文近得張力臣，親到碑下精剖厥。繼南原者吳山夫，亦嘆陰跌字磨滅。拓文但任氈蠟爲，嗟予有口誰從決。武林黄九官濟州，眼照萬古腸爲熱。諾我此段煩急足，三度緘來冒風雪。今秋始得手量石，五尺八寸高巖嶭。兩列姓名四十二，下無一字非刓缺。顧則失矣牛豈得，吳所誤者張何別。從今一洗瞫軸疑，有若兩造衷成讞。汝南干商洪不識，經義承師孰補闕。小玲瓏館舊拓本，歸我緗囊非忝竊。曾齋所贈。獨怪南原語奚自，直羨鐵橋碑手抉。濟寧李東琪有《得石圖》。他年合作摩碑圖，著我從旁歌擊節。須策秋盦第一功，舉杯千里邀明月。

張晴溪六十壽二首②

鶴氅松風暖律迴，黄庭玉笈祝筵開。笏量斗室心常泰，尺宅芝田手自栽。供養煙雲非畫史，跏趺香篆即丹臺。廿年銘就新宮草，曾到羅浮頂上來。

階砌芝蘭映竹梧，門牆桃李遍江湖。即今篛笠詩盟處，何減風林月落圖。君早歲小照也。對鏡拈髭皆學問，閉門觀物是工夫。細思俯仰全無愧，快瀉紅燈酒百壺。

賃春圖二首示府吏張伯魁作③

伯通安得伯鸞逢，聲到東吳廡下春。多少蓬蒿知己淚，要培小草作寒松。

---

① 此詩題位於手稿本第 5654 頁。
② 此詩題位於手稿本第 5655 頁。
③ 此詩題位於手稿本第 5656 頁。

本不懷慚亦不矜，淡中得味果誰能。逸人高士何須慕，只要無忘午夜燈。

桂未谷得程松門畫夫于亭弟二圖寄來屬題①

漁洋詩説礬頭山，長白谷口堆煙鬟。魚子亭下魚子水，晚托別業於其間。於陵仲子灌園處，抑泉澗響風潺潺。坐卧如與仲子遇，題榜故取夫于顔。寥寥今昔竟何感，伯夷之樹能廉頑。先生未必意如此，但取高韻難躋攀。松門程君黃海客，言外領悟淡以閑。尚是胸中第二幅，經營得法何其艱。蒼然枯墨出硉兀，想見促膝深茅菅。一峰娟好淨蛾綠，千秋知己清淚潸。漁洋真面有誰識，夫于集本流傳慳。如此江南媚學子，管中全豹已一斑。鳳鸞清嘯滿天地，一氣追攝萬古還。我與桂君俱不寐，鵲華鼉尾青迴環。

漁洋先生《夫于草堂》詩云"子仲逃名處，夫于有舊亭。礬頭山簇簇，魚子水泠泠"，又《題茂京山水》云"一峰蛾綠更娟好，大似吾家魚子山"，故予詩及之。張苧村稱程松門以干筆枯墨運中鋒，純以書法作畫，知此乃可與論漁洋詩耳。近日稱詩者多目漁洋爲妍媚，甚且有攢譏者，豈知當日門牆之士已能領略大意落落如此乎？魚門已逝，辛畬老病，書此以寄未谷，爲之慨然。甲辰十一月朔。

次韻答韋静山孝廉②

韋君釋禮經，朗若設綿蕝。誰云今非用，猶瘠士推説。明堂王史氏，篇弟久湮絶。後人訂訛誤，但等疏苴噎。臨川逸經編，秘比圖疇洩。黃幹緒亹參，紫陽義乃揭。公彦摭前儒，非惟慶孟悲。惜也於章句，尚苦多牽綴。韋君力剖析，應節破關揆。豈惟事物明，重以篾繩切。文詞與指要，釐然聽者悦。發凡簡乃精，不費筆與舌。猶取盛世佐。姜兆錫。輩，謙言私比竊。去年涼雨隙，添我秋燈閲。狂草跋百

---

① 此詩題位於手稿本第 5656 頁。
② 此詩題位於手稿本第 5658 頁。

條,蕪言蔓徒茁。誰知匠心巧,不棄根櫨楔。尚有欲圖處,耿耿我心結。韋君《儀禮章句》頗有可補入楊氏圖者,如釋鄉飲酒禮無算爵之類。劉向二戴目,孰獲衷之折。寶應有劉生,台拱。鏗鏗事論列。且從任禮部,新編掇金屑。任幼植《釋繒》《釋色》二書新刊出。

近代治《儀禮》者可謂勤且博矣,愚所以拈出勉齋、信齋者有二義焉,一曰篇目宜綜理,一曰名物宜詳覈也。名物之學,邇日歙人程勉之與昭陽任幼植各有用力處,其書亦漸有端緒矣,惟篇目之學最難,寶應劉端林意見頗正,而蒐采未全。今端林已南歸,於其行也,諄切相勖,未知何日成之,因跋靜山此卷為之汗下。十一月三日。

復初齋詩集卷第三十

晉觀稿三甲辰十一月至乙巳五月

錢舜舉畫梅①

張涵齋侍讀所藏，舜舉自題云"癸卯早秋寫於新豐舟次"，
有危素、楊溥、商輅題，商題"正統乙丑四月"。

習懶齋中晚歲筆，百餘年後諸老看。却從元貞溯景定，寥寥羨此
風節完。橫空不是粉墨點，黲慘誰識冰雪漫。中間盎盎風與氣，杈枒
勤影臨江灘。當時果爲誰寫照，孤光靜見心鬱蟠。吴興王孫同研席，
鷗波亭子空飛湍。寫生賦物實自寓，知人論世良獨難。新豐客懷泊
舟處，癸卯新節溽暑殘。孤山處士夢仿佛，濛濛月霧橫煙巒。此時圈
瓣痕不著，玲瓏萌拆來無端。②清臞者人淡者樹，水光倒浸枝上寒。正
統乙丑盛科目，三元初得商淳安。萬選珠光正一照，吉水陳公充試
官。商題云是年座師吉水陳先生所贈。要與梅花作詞話，恰又癸卯來詩壇。
宣城秘校富才筆，暇日僚友邀同觀。及我詩成已隔歲，春風又欲吹羅
紈。調羹玉堂好圓夢，不比習懶風味酸。一聲玉笛凍雲破，雪花如掌
飛雕欄。

---

① 此詩題位於手稿本第 5667 頁。
② "玲瓏"，手稿本作"瓏玲"。

秋史所藏趙文敏四札卷①

江東羊薄意誰傳，春到元貞至大年。多少水光山翠氣，區區釵劃計畬田。《兒婦畬田帖》。

四六哥還五七哥，小園菜麥近如何。老翁苦憶江南竹，不是專心辦食籮。《竹絲暖合帖》。

陶令賢愚懷自繫，杜陵家事世爭傳。從來但賞官奴帖，借問何如保母磚。《示奕帖》。

鹿頭舫子唱吳歌，如此湘斑瘦影何。風暖日陰湖水碧，倩誰畫出趙鷗波。《乞竹栽帖》。

元宣課所銅權歌②文曰"真定河間宣課所押"

東丹王孫美長髯，十路稅起絲粟鹽。南臨杭京北取汴，竈户始自庚寅添。當時中原算撲買，額籍掌記煩郵籤。大都提領二十五，歲課腹裏規制嚴。厥初未造中統鈔，商人勞苦惠已霑。滄清始計九萬袋，并於河間真定兼。運司本屬課使所，稱錘亦著花押籤。官頒著式比符信，國書深鑿如印鈐。六觚上下分面側，鈞斤程度窮豪纖。郎瑛曾溯至大記，尺黍誰握圭與廉。奎章學士作序録，道園老子同官占。寥寥數語綜賦典，典章全帙誰窺覘。鄙人有意竊綴緝，十載前憶蒐緗縑。什不得一徒擱筆，寸銅奚足書案拈。十七路圖亦散佚，焦氏《經籍志》有《十七路轉運司圖》一卷。殿丞字但摹尖銛。畿南驛堠土花緑，記我暑雨披庯氈。

再題夫于亭圖二首寄未谷③

畫山何必定山人，詩老詩亭境未真。若向長山尋問答，嶕嶢石路是知津。詩亭在濟寧，見漁洋《蠶尾集》詩自注，時未谷司訓長山也，長山劉大勤有《漁洋詩問》。

---

①② 此詩題位於手稿本第 5669 頁。
③ 此詩題位於手稿本第 5671 頁。

君爲漁洋表落箋，我因次律悟琴弦。載書補得鴻臚筆，古樹斜陽笠子圓。

寄祝心餘六十壽二首瘦同榖人同賦①

讀君左筆詩，磊落興有神。寄言翁張吳，餞筵憶三人。張吳舊同學，余忝同年親。豈獨館閣交，實共性情真。今宵與二子，往事試重陳。浮名與驕榮，洗盡塵塵因。悟彼觀妙徹，蒼然見松筠。華陽笙鶴語，匡廬清淨身。乃知氣充實，中有太古春。持此蘭臭言，寄之梅雪辰。幽幽藏園居，浩浩章江津。飛觴三三徑，高咏八八民。

張兄説虎邱，壽君作三十。吟君渡江句，波痕紙猶濕。歸舟酒醒後，安穩理篙楫。心餘有《歸舟酒醒》《歸舟安穩》二圖。君時氣方盛，北上袪初執。同年余末坐，對君每聳立。電轉三十年，還夢集齋集。香樹九十翁，孰共親負笈。涪翁道園後，惟君弗蹈襲。神光今炯炯，宜早自收拾。要貴可傳後，不在多篇什。幾個老弟兄，千里爲編輯。何減南浦觴，已似西江吸。

瘦同撿示心餘舊作次韻題後兼呈榖人②

報箋日日煩小胥，我心已到離垢居。豈有斯人詩與筆，區別館閣還林閭。我誦其詩歲辛未，髫齡甫事箋蟲魚。嘉興宮傅極我許，宜與數子相呴濡。山東之宋蒙泉。浙汪康古。祝，豫堂。家有和璧人隋珠。爾時撢石已在坐，尚未讀書同石渠。我聆蔣子譽滿耳，雖則同舉迹尚疏。宮傅兩主江右試，謂此逸氣今相如。丁丑蔣子詞館入，迴思同舉十載餘。步趨承明職編校，夕或聯榻晨追輿。每從酒酣看落筆，驚跨駃騠凌夒魖。我守一經不敢肆，漸對滄海量沮洳。忽忽廿年江粵隔，玉堂唱女重和予。我評北朱與南蔣，朱謂竹君。才力則一流別殊。惜哉朱兄志弗竟，秋駕誰與蔣子俱。我凌章江望廬阜，香爐未得青筇

---

① 此詩題位於手稿本第 5673 頁。
② 此詩題位於手稿本第 5674 頁。

扶。夢思臨川皖公谷，此句臨川謂王半山。三洪二謝聯襟裾。中間豪芒
較得失，寸心馳騁勞捲舒。紫薇之圖安足道，杜陵門徑須耘鋤。百家
騰踔必一貫，萬古莽蒼誰吾徒。嘗讀豫章手劄記，千金鎔鞴歸大爐。
解詁審擇到任史，�挴樣準羔裘袪。後來西江一家派，未免儉薄傷清
癯。我獨瓣香道園叟，誰同結軫心相於。深肌密理貌不得，未要但賞
鏘瓊琚。嗚呼數公去遠矣，蔣子今復吟歸歟。①古人詣到不留訣，所賸
筆陣良區區。南望大江渺天際，敷淺原澤空寒淤。晴窗對論測憮
萬，②莫以匠巧矜般輸。守駿者跛巧者拙，尋尺未可分賢愚。梅花燭
影夢蔣子，天人百億同一軀。翰林舍人更有約，計日來拜蘇齋蘇。先
題蔣軸祝蔣語，分寧黃共臨川虞。

題宋户口册紙所拓聖教序三首③

不同岣嶁捫樵徑，誰信銀河積衆星。夾雪墨池添故事，粉紋竟欲
傲蘭亭。

前人草率後人珍，官紙椎來摺疊塵。若問半珠兼滿字，恒河印度
果何因。

嘗聞有練必先書，擊掃分明罣帚餘。乞得右軍批牒尾，料量棐几
定何如。

江秋史得趙文敏墨迹云青衫白髮老參軍旋糶黃粱買酒樽但得有錢留客醉也勝騎馬傍人門余最愛此詩頻頻書之以自適意耳子昂凡四十四字半爲人描壞不復成字予爲審擇存廿五字題曰完璧帖而歸之因題其後④

完璧歸於趙，生花夢自江。千秋吟買酒，幾夕剔寒釭。曲折圖移

---

① 　“蔣子今復”，手稿本作“又值蔣子”。
② 　“憮萬”，手稿本作“規矩”。
③ 　此詩題位於手稿本第 5676 頁。
④ 　此詩題位於手稿本第 5677 頁。

繡，橫斜拓就窗。似聞苔雪上，搖膝韻吳艫。此詩宋德清盧政議作。

秋史置酒招芝山同賞趙帖且云欲以歸予用帖中詩韻再題其後①

驪珠廿五成聯璧，五百年來酹一尊。落水趙家真帖在，彝齋雪又
滿柴門。

題慕堂所藏傅青主父子詩畫卷三首②

山光水性風雲氣，領略推車賣藥時。多事糾紛題草篆，蒼然即目
是真詩。

詩說河東子曹子，墨緣果到紫藤軒。枯林飛瀑似曾識，來與先生
相對言。

我仿華陽瘞鶴書，遺山題字夢何如。蘇門一嘯大風雨，絶壁空青
落墨初。

予既裝趙帖後有餘紙宋芝山爲畫鷗波酒舫圖作歌題後③

參軍一醉乃得官，詩人怪底一醉難。吳興王孫玉堂客，不應亦染
詩人酸。鷗波亭上送飛鵠，青天倒影搖畫欄。吳歌聲出漁笛外，練
衣想帶山雨寒。秋風蕭蕭韻深竹，斜陽展入溪光看。微酣指畫向空際，
中鋒頓折生屈蟠。居然妍姿不流宕，神來忽落毫楮端。百年前記買
花曲，西湖陌上扶醉殘。王孫書此凡幾度，緑楊紅杏臨飛湍。江山契
闊借酒意，豈必苔雪區臨安。至今蠧紙餘半簡，費我邀客裁羅紈。宋
生不習西吳語，亦夢茶竈來江灘。顛狂詩句憶盧老，蕭寥野興同姚
寬。松雪所書一詩是北宋盧秉作，王荆公愛此詩，因薦於朝，見《吟窗雜録》並《西溪叢語》。
蘭亭繭紙戴山扇，不聞補綴重神完。何時更摹吳興像，湖光照出顏渥
丹。落月分明挂我屋，急起追寫墨未乾。酒星飛空大如斗，斜河耿耿
橫闌干。

---

① ② 　此詩題位於手稿本第 5678 頁。
③ 　此詩題位於手稿本第 5679 頁。

宋石門畫坡公像^①自題“八十一翁萬曆辛丑孟春日寫”

去年朱畫臨龍眠,今得宋畫雙璧聯。八十一翁歲辛丑,又先朱畫十八年。笠屐雖因儋耳作,拄杖想自黃州傳。黃州雪堂坡像橫按筇杖,見放翁《入蜀記》。眉宇不殊氣更逸,飄髯倍覺神蒼然。目光炯炯似却顧,停雲空碧極海天。千山一髮鶴飛處,萬里浩浩凌輕煙。當時意思誰領得,少霞季孟非言詮。石門居士爾奚悟,雨雪獨立春江船。夋山詩社題壁罷,闢思趙左來後先。筇枝風袖非筆力,是有真宰仙乎仙。散髮騎鯨乃造極,龕堂畫品恐太偏。即此農家芰荷服,來饗斗室蔬菜筵。尺幅中間萬古寄,明月照見千燈圓。紙上空光定中起,破琴宋迪追何緣。頗聞石門畫有自,蒲褐契入三昧禪。今我空齋渺何有,枯林瘦蔓霜雪纏。龍眠真迹儻猶在,或肯飛下春燈邊。笑此區區強分別,銀潢滄海同一川。

題丁受堂志耕圖即送其教授保定^②

耕田可圖也,志則奚以圖。五十宦無田,嗟我與子俱。子今官上谷,滱水灅水區。我昔滱水客,傍溪侶樵漁。騖荒穀不分,夢想悔有餘。子席父祖業,帶經力爲儒。萄彼丁家莊,近在丙舍廬。瀕行八口計,不獨爲飢驅。老兄與弱弟,依依涿城隅。款款根本言,行行誡妻孥。諸生還問字,諸子還課書。去涿纔百里,何減家園居。積累踐先訓,詩禮日耘耡。學也耕在中,奚止於志歟。籌燈話小齋,兒女慰勤劬。研田啓翠甒,桐陰擁青蕪。月下三人語,陸子復同車。何日證息壤,把酒增踟躕。

諸城縣東坡題名石刻^③

“禹功、傳道、明叔、子瞻游”凡九字,隸書,胡書巢太守、桂未谷司訓同時拓寄。

坡公十載東州役,置酒高臺感陳迹。捫苔重讀詩賦時,落日孤雲

眩金碧。記來歲在龍蛇間，更溯前年記遊歷。廣文太守皆依舊，授粲
緇衣定常憶。當初樂飲四子俱，岸幘浩歌時倚石。飛橋不借章子厚，
低唱誰憐趙成伯。粗裳醜婦且解嘲，呦鹿生鵝未將炙。盧山唱酬凡
幾日，馬耳寒煙對晨夕。一卷略具岡巒勢，九字森然拓鋒戟。將軍醉
尉兩不知，膠西南閩孰主客。先生署名自居後，吸月一厄光滿席。後
來蘇書磨欲盡，獨以隸體蒙見匿。新城老人始表出，春渚藏來有誰
識。何遠《春渚紀聞》先生畫後作漢隸書，子瞻、禹功同觀。漢唐分法存一線，競測
圓方較肥瘠。豈知中有浩氣存，百鍊剛來作努趯。蘇齋雪後拜生日，
正摹此字於齋壁。復畫四賢同一幀，東武北臺如咫尺。我聞蕭家一
字在，腕力千鈞百金直。安得拓取額我楣，殘石泥沙借人剔。①寄書太
守並廣文，吾儕相對今猶昔。蘇書"超然臺"三大字石刻，今惟一"超"字在耳。

王蓬心太守爲其弟秋樵畫邯鄲呂翁祠詩意②

一杵疏鐘隔壟聞，蒼蒼古木澹斜曛。此圖元爲騎驢客，不向荒階
寫斷雲。

雪中王若農招同芝田穀人瘦同集接葉亭得初字即送若農之官桂林③

白戰筵開畫不如，看君畫裏展行車。④好詩勝飫千鍾禄，遠宦惟攜
百本書。桂嶺客來寒盡處，梅花人對雪飛初。十圖咏後蘭陔續，合借
周家老屋居。若農徵同人分賦十圖詩以壽其尊甫，今將之桂林，欲借芝田家宅子也。

分賦夾漈草堂爲惺齋王翁壽⑤

侑公一觴祝，歌我莆中春。言懷溪東屋，俎豆溪西民。堂基儼蕭
蕭，漈水猶粼粼。斟彼日月井，薦此溪毛醇。院以金石名，篆刻碧嶙
峋。宋傅待制楫篆"敲金戛石"四字。風水所敲戛，天籟助齋淪。七音與六

---

① "借人"，手稿本作"倩人"。
②⑤　此詩題位於手稿本第 5684 頁。
③　此詩題位於手稿本第 5684 頁。"王若農招同芝田穀人瘦同"，手稿本作"王若農上舍招
同周芝田吳穀人兩編修張瘦同舍人"。
④ "看君"，手稿本作"知君"。

書，焉悟鐘律均。先生洞清識，儻獲聽睹真。先生於班韓，平生極苦辛。鄭君殫奧論，六藝靡不陳。頗疑禮樂志，沿革費諏詢。豈比崇文目，敍錄煩斷斷。昌黎畫記筆，何取仿樂人。必若究史體，然後通經神。昔見草堂研，研背有"夾漈草堂"四字，新建裘文達得之，今在紀曉嵐侍郎齋，予昔年曾爲作歌。遺字猶未湮。刱睹草堂圖，歙人洪石農爲作圖。著釋日光新。先生道力固，薈萃功益臻。不敢泛陳詞，進德期諄諄。

方坳堂郎中送花四種賦謝①

花風信到小除前，記得懷人又隔年。平子四愁侵夜半，郎中三影泥秋千。紙窗黯黯蒸紅雪，茶夢霏霏點綠煙。何處一聲飛玉笛，嶺雲依舊落江船。

元日太和殿侍班②以下乙巳

王春玉燭麗琁杓，初倚紅雲上慶霄。班領奎章三學士，坐依舜陛九簫韶。賜坐賜茶在殿檐左翼鼓縣間，學士六人時三人出使。恭逢五福綸開帙，上以御極五十年頒恩詔十六條。即見千筵酒頌椒。初六日賜千叟宴。茗葉浮杯傳喜氣，侍臣霑飫露瀼蕭。

題退翁和尚李西厓竹詩跋後二首③

徐枋聯榻又徐波，如許浪浪暮雨何。百二十年前度夢，春陰一點在梅柯。跋云："乙巳正月，雨浪浪，梅未放。"

道人那必住靈巖，竹外分明遠思緘。知合蘇齋補圖畫，隔欄青峭寫春帆。

送穀人假歸杭州二首④

今日詩家秀，詞林共爾推。長離凌碧海，明月下金罍。十載奎躔

---

① 此詩題位於手稿本第5690頁。"郎中"，手稿本作"比部"。
② 此詩題位於手稿本第5691頁。
③④ 此詩題位於手稿本第5692頁。

合，三春柳浪開。濛濛酒痕在，煙舫舊青苔。夢煙舫，穀人齋名。

　　湖上論者宿，江船感玉琴。柴門新雨足，老屋落花深。日下群相待，天涯證此心。秦雲將薊樹，好在寫知音。穀人將以秋初入關。

唐阿育王寺常住田碑元是徐嶠之書今石是大和七年范的書也予得舊拓本裝潢者割去范名詭爲徐書因從秋史假其尊人蔗畦所藏本證是范碑而其拓特精何必冒徐邪次和碑尾於季友范的唱酬二詩韻兼報蔗畦喬梓①

　　書於秀得雄，碑豈讓徐公。握槧懷真逸，扁舟禮梵宮。石華蘭渚外，雲氣剡源中。一滴山陰乳，霞標早建紅。

　　載酒愧揚雄，琳琅富充公。始知真聖教，該得米南宮。峻拔迴鸞處，淋漓濕翠中。會稽名父子，重覯澗花紅。迴鸞顧鵠，昔人評徐會稽書語。

鈍夫置酒送鎮堂之濟南席上次鎮堂和蘊齋二詩韻②

　　借酒澆行色，天涯有贈篇。不知春夜雪，何似剡溪船。爨自勞薪得，人如對榻然。所無慚俯仰，耕研以爲田。

　　勖爾韋編索，憐予石墨磨。時乎心每惕，勞者事堪歌。璞玉元同抱，他山莫厭磋。須知相煦沫，不是怨蹉跎。

十五日正大光明殿侍宴③

　　燈簇層霄作上元，雲濃九奏暢鈞天。承恩宴繼三千叟，珥筆人來廿五年。寶甕露團珍餌遍，上以金盤賜食。玉漿春注壽杯圓。御香分得天顏喜，散作人間百福筵。

恭和御製上丁釋奠後臨新建辟雍講學得近體四首元韻④

　　躬行本在訓詞先，道統丕承億萬年。申以鼓鐘欽儼若，揭諸日月

---

① 　此詩題位於手稿本第 5693 頁。
②③ 　此詩題位於手稿本第 5695 頁。
④ 　此詩題位於手稿本第 5696 頁。

義昭然。大中規向橋門啓,百福環如璧水圓。羲畫文謨同揆處,精微合待聖人宣。

周雅雖聞溯豐鎬,中天今正睹唐虞。五倫法則賅千品,六畫經綸貫萬殊。亹亹性功皆義疏,皇皇天語訓師儒。始知誠至原無息,敬止源頭信不誣。是日講《大學》“爲人君止於仁,爲人臣止於敬,爲人子止於孝,爲人父止於慈,與國人交止於信”,《周易》“天行健,君子以自强不息”。

講殿豐碑訓諭詳,芝楣玉礎啓中唐。四周水鏡交澂澈,五色雲霞照煒煌。芭藻澤濃春二月,菁莪人列百千行。斂時錫福均霑渥,葵藿恩深總向陽。

昌辰千載一時逢,盛事圜橋紀上雍。凛訓還加矢忠孝,書紳不止肅儀容。官先職務勤無怠,士勵居諸業敢慵。槐柏日長宸藻映,宮牆循處倍虔恭。

薛文清公研歌爲曉楓少詹賦①

研背篆“萬里橋西一草堂”七字,下題云:“余四人以有事在蜀,因遊杜工部
浣花溪上之草堂,過遇仙橋,憩青羊宮,見兹研異之,遂售以歸,
仍取子美句志之。河津薛瑄、李匡、張固、羅俊同鑒賞。”

紫衣仙人踏空碧,夢瀉銀河化爲石。天風吹墮長嘯聲,三峽蛟龍吞不得。山木冥冥子規叫,江濤怒捲苔花積。青羊道士何許來,前身儻是金庭客。浣花草堂定好在,侍御遺蹤緬詩伯。十手雷電吐光芒,百花滄浪出津液。河津夫子篆兼草,道氣温温寫胸臆。正是黔江督餉時,殘暑瀘川感今昔。上疏乞歸對良友,鬢髮蒼蒼慨行役。平生讀書所得處,要試溪潭水一滴。守口如瓶樣敦傳,萬里之行言不食。西江東浙三名士,對面摩挲如舊識。曉楓今日共覃溪,何減同遊少陵宅。萬古風牀雨檻間,幾度茶甌篆煙憶。河汾門下多著録,磨墨從兹來賞析。新詩欲寫蜀錦紅,舊譜漫珍蕉葉白。

———————————

① 此詩題位於手稿本第 5698 頁。

予既和吉渭厓六客詩其明年春二月十二日與渭厓邁亭莘田西齋晴溪小集邁亭旅寓復次前韻以贈莘田二首①

我構蘇齋續筆談，詞場誰記昔同驂。年來客共晨星感，老去君猶舊雨耽。房琯三生何處悟，此句謂顧晴沙。向平五嶽幾時探。此句謂陳漁湖。顧初入夢陳初別，合付松窗大白酣。

八咏東陽舊有名，千鈞句重一官輕。筆牀往日茶煙在，墨竹蟠雲腕力爭。坐點香甌評兔褐，囊餘凹研拭龍睛。懷人莫放榆錢莢，漂蕩春來漵灩舠。義山詩"今日春光太漂蕩，謝家輕絮沈郎錢"。

邁亭席上再叠前韻二首送莘田歸杭州②

依然剪燭話城南，雪後難留戶外驂。鸞嘯有心追阮籍，鶴飛何意控蘇耽。莫辭窠石殘縑黬，且鬭牙籌窄韻探。主客今宵陪沈范，杏花春雨又紅酣。

詩卷何須蜀道名，臨安雨霽葉舟輕。人歸雁後心逾遠，夢與鷗閑境不爭。山翠染將螺子色，湖光點出美人睛。南池故事憑君續，讀杜神來酹一舠。君在梓州曾勒杜詩於祠壁，故用君家椒園先生葺南池杜祠事爲比。

題莘田六如圖二首③

一醉能消六賊根，湛然無物道之門。倪迂絕聽從何起，請對高松瘦竹論。倪元鎮號絕聽子。

前惟玉局鵝城客，東坡在惠州亭名六如。後有吳門夢墨亭。唐子畏號六如。空洞九霞時一笑，他年相見眼俱青。

---

① 此詩題位於手稿本第 5700 頁。
② 此詩題位於手稿本第 5701 頁。
③ 此詩題位於手稿本第 5702 頁。

予庚子春得化度寺碑宋拓真本不逾句得一翻本紙墨亦舊即從
予所得之真本出者位置斷泐皆不小差有雷溪馬長海題跋去冬
爲門人陳觀樓宫贊借看觀樓寓齋失火焚去今春購得明吳門章
仲玉墨池堂殘本則即此本也乃知仲玉從予所藏本摹得之耳仲
玉以書法鑒賞世其家學審定有緒雖所摹不無訛處而刻工拓手
皆非近人所及今所購殘本用明朝坊本蒙求零葉襯褾亦百年前
物矣重感雷溪篤好之緣亦以見今日墨池再四重儓之失復用後
村韻題之二首①

二百年前拓幾行，章家油素未淪亡。榷場晉法分明在，著眼非因
馬糞忙。章氏翻刻於萬曆三十四年，去今百八十年。仲玉遊於弇州之門，其所刻《墨池
帖》多是弇州藏物，然此帖實非弇州家本也，予昨辨《大觀帖》弇州跋本，故云爾。

墨池已是不全行，聊爲雷溪作補亡。圓相邕師真舍利，定光籠罩
未須忙。

龔半千畫寒山像②

長廊底事樺皮冠，獨立空山雪不寒。柴丈人家定林壁，呶呶何處
覓豐干。

運生所藏鄒滿字畫卷予舊嘗題長句於後今復攜來都瘦同賦二　絶句爲葒谷魚門志感持來索和因次其韻③

禿筆敧斜壓宋元，茗爐清福想東園。可憐程叟金陵句，風雨空江
寫夢魂。滿字居金陵東園之節霞閣，魚門亦欲卜居金陵也。

前年臘雪拜蘇髯，淡月痕猶挂素縑。今日春陰太無那，催詩雨又
隔疏簾。

---

① 此詩題位於手稿本第 5702 頁。
②③ 此詩題位於手稿本第 5704 頁。

泰山秦篆殘石本爲顔運生題①

秦篆二百廿二字，一石四面北轉南。大夫松下避雨處，終古雲氣橫層嵐。後來何人陟岱頂，學易老子古所耽。譜云一百四十六，比於歐宋文無慚。廣川跋或誤考據，甲秀帖乃完籤函。吳同春記已半闕，碧霞宮廡留一龕。北平許君湆名氏，尚獵岱史知窮探。四十年來石既燼，重僞傳刻訛不堪。吾嘗以證繹山石，琅邪之罘相互參。去年又見會稽篆，申屠馴本青出藍。許慎所稽秦篆勢，陽冰未許齊驂驔。琅邪片石雖尚在，已蔽榛莽深煙嵐。此拓今能幾家有，寶之勿使囊生蟫。吾欲仿爲劉氏譜，廬山陳釋義久諳。周鼓而下即秦刻，汝帖越帖援兩三。他年買石究端委，從君乞借非饞貪。北平人儻許再記，汶陽序述寧空談。濛濛潤氣觸石出，虹光吐薶如春蠶。

文淵閣曝書②

芹藻香猶集佩紳，二月上臨雍。雨餘松石更清新。十年卷帙摩挲地，上巳風光澹蕩辰。綠樹鶯聲來有信，紅窗塵拂淨無塵。午陰小立長廊下，細數年時唱和人。

瘞鶴銘③

焦山西麓山樵銘，墮江復出覆以亭。胎禽化去一千載，徒留文字生畦町。蝸牛廬舍自枯寂，換鵝品目驚雷霆。舊館壇碑畫板帖，華陽手迹通仙靈。逋翁之疑既傅會，松陵時代尤徑庭。近人或云皮襲美作，尤非也。金山早有唐皮本，不獨軼事垂圖經。跋詞最著黃與董，日叩真宰開重扃。靈文尚闕鮫鼉窟，世間已自輝日星。滄洲太守好事者，絚石勢若新發硎。却想寒冬水涸日，蛇行蟹步搥岭岭。神物居然到几案，青田宛爾來儀形。獨惜後來鑿渾沌，反遜片石鐫海寧。我昔敝篋

---

① 此詩題位於手稿本第 5705 頁。
②③ 此詩題位於手稿本第 5706 頁。

覓五紙,小字隱隱餘畸零。王瓚依稀援舊什,張弨尚未買短舲。今獲
滄洲初拓本,五緯合聚粘窗櫺。鋒棱雖刓氣逾出,沙石所漱煤猶馨。
淋漓莽蒼障子濕,海天浩渺來雲軿。大江東下浪痕在,長嘯欲起魚龍
聽。我與張弨同快意,所少冒雪穿枯萍。不信宋人刻能補,今者媧石
蹤已冥。柳公砥柱要重寫,隱居信本同橅型。六朝筆法雜篆隸,四壁
屹若臨滄溟。巾箱縮本肖已屢,絳霄萬里乞一翎。香雲冉冉撲衣袂,
夢攬浮玉群山青。

再題瘞鶴銘八首①

蕭疏簡遠神仙字,誰識中間樸氣存。接武黃庭惟化度,山陰法乳
要深論。

墨池疲役日塵勞,耿耿星辰照户高。記得栖霞峰頂望,微藍一點
海門濤。

法芝米芾仲宣同,時對山雲北固通。想誦銘詞望東海,籃輿浩浩
響天風。

魯南恨失水中全,樊榭虛論五百年。日日醉僧來把帚,幔亭作記
已茫然。周幔亭言近時拓本皆焦山醉僧所描者。

分明五石是全身,宋補三行語未真。米芾吳琚題記在,可能仿佛
六朝人。

世惠無專釋未詳,小齋夢寐挹江光。幾時攜得元暉卷,一碧松寥
閣上望。予嘗題小米《雲山圖》及《五洲煙雨卷》,輒有焦巖之想。

茅山碑作扁歐書,內史清真信有諸。昨見黃庭肥拓本,憬然大字
勒厓初。

似敧反正勢全收,甋礲年來太謬悠。寄語丹楊前太守,隨人且莫

---

① 此詩題位於手稿本第 5708 頁。

怨滄洲。_{謂謝蘊山也。}

讀李端叔集知予所藏化度寺碑是北宋拓本也題此二首①

范家石碎不成行，南渡初年石已亡。跋到姑溪始拓出，向來空爲趙歐忙。

紙紋斷續驗分行，屢以袪疑當補亡。但得西涯題册見，辨真那惜百回忙。②昨又以紙接痕辨馬半槎所藏宋拓本之非真也，檇李郁氏所記一本李長沙篆題者，予屢訪之不得。

清河道中懷西涯舊址③

曉出北安門，惆悵春蕪綠。陰陰日光淡，湛湛雨氣蓄。遠近城堞間，沿洄縱遊目。密樹翠初染，橫峰淨如沐。往者圖法華，因之緬懷麓。仿佛靈嚴僧，梅信來詩軸。何時北郭溪，問訊西涯竹。聽鐘橋外雲，繫馬村邊屋。

題陳白室修禊圖便面④

東吳陳叔裸，墨嗣蘭渚芬。胡不襲陳迹，而若感前欣。密竹風修修，清湍瀨沄沄。欲托蕺山扇，以寫羊欣裙。顧生邀我題，雪繭想鵝群。落落取大意，何必攬斯文。是日話蘇齋，晴窗倚桃黃。浣筆春雨綠，亦弗仿右軍。碧空淡無際，悵望東南雲。

三月廿九日奏事清漪園⑤

別館新晴曙，剛逢奏雨來。_{是日順天府尹奏得雨二寸許。}廊深湖水繞，徑轉甕山開。日泛金霞影，天浮碧玉堆。_{小金山。}侍臣賜食罷，卅載記蓬萊。_{癸酉夏來此。}

---

①③　此詩題位於手稿本第 5710 頁。
②　　此句下注文"予屢訪之不得"，手稿本作"蓋是北宋初年拓本矣"。
④⑤　此詩題位於手稿本第 5711 頁。

次瘦同韻題顧蘆汀所藏文衡山縮臨蘭亭
即送蘆汀歸濟寧二首①

瘦同稧帖評肥瘦，似我神追繭紙新。今夜東吳顧文學，船窗應夢永和人。

君居濟上憶江湖，題扇書裙興不孤。試寫春陰寄黃九，流觴圖後剔碑圖。適爲蘆汀題陳白室修禊圖扇，因寄語小松共謀刻范巨卿碑也。

蔣心餘輓詩二首②

三年一夢駕尻輪，鑑井跰跰倍有神。曾與江山牽夙諾，自將詩句洗前塵。簪豪偶爾遊蓬島，散髮依然跨紫鱗。巾几空齋接雲海，到頭離垢屬何人。

匡廬夜燭斗杓橫，半嶺天風識嘯聲。何處更能看劍氣，此才豈僅主蓉城。吼聞師子窮諸相，笑却熊羆只淨名。公自戲人渾未死，下方小語漫雷驚。

臥佛寺③四月十四日

曉氣衆巖合，趨班切層穹。循堭帶澗水，陟巘冠雲松。帝車臨寶坊，玉殿鏦金鐘。娑羅覆畫圖，花葉正青葱。慈恩寫成式，楚州書李邕。豈如道光積，日渥膏露濃。諸天助喝籟，石翠蒸青空。四山乳泉下，濕霧交濛濛。未暇訪退谷，更約山櫻紅。

題錢叔寶畫扇④

臨江草屋如懸磬，洗研焚香故友來。門外漁舟穿樹影，好風一道白蘋開。

---

①② 　此詩題位於手稿本第 5712 頁。
③ 　此詩題位於手稿本第 5713 頁。
④ 　此詩題位於手稿本第 5714 頁。

四月廿三日自西苑歸沿北安門城隅有懷西涯舊址用湯西厓韻①

驅車閑繞水束頭,半日居然畫裏遊。無復風漪臨古寺,尚餘菰茨
媚春流。暮雲淺渚憑猶昨,斜照空煙澹不收。欲倩補圖重考記,柳灣
響閘近鐘樓。

瘦同以金冬心墨報未谷蠶尾墨之贈兼侑
以詩詩語未契賦此兼寄未谷②

忍草一莖自孤根,白乳一泓老瓦盆,借問孰是道之門。鈍丁一寸
天關煤,陽秋天水徒喧豗,家雞野鶩孰得哉。瓣香諸佛試拈却,兔園
莫漫前賢薄,蠶尾還聞懺悔諾。江河萬古第一人,吁嗟多師方見真,
區區青州漫乞鄰。冬心自序其詩,述趙秋谷語不屑效吾鄰家雞聲云云,其後乃悔之。

旬日以來寢食坐臥臨得化度寺碑一遍偶然成句凡六首③

搗紙漿成七百年,墨光膩玉黝生煙。黍珠內定能藏照,繩矩徒勞
悟折旋。山谷跋曾論曲直,廟堂碑試印方圓。小窗篆影爐香裊,趺息
如何是畫禪。

章藻曾遊大美庭,後先三本眼俱經。天閑萬厩能留骨,舍利千年
尚鍊形。爾日吳門推鑒賞,停雲家法仿鐫銘。衡翁亦有精摹册,此曲
誰教識者聽。

晉帖唐臨豈易言,歐碑宋拓尚重翻。精微之至非形似,質厚爲師
即妙門。江左清談奚足道,山陰正脈却堪論。書家真品誰拈出,此事
終須叩本根。

日日蘭亭求晉法,須知定武本歐臨。醴泉朗暢真皮相,化度淳微
實嗣音。元酒太羹非近味,高山流水聽瑤琴。笑予枉向虛舟辨,丹素
區區苦用心。

---

① 此詩題位於手稿本第 5715 頁。
② 此詩題位於手稿本第 5716 頁。
③ 此詩題位於手稿本第 5717 頁。

冥心定氣始相求,嘗怪俞松説夢歐。隸勢寧甘小篆讓,幀端忽與大癡謀。神來象外環中得,力比文家扼上遊。目眩空簾澹煙雨,硬黃何處擬雙鈎。

西京迹記東都拓,南本輕虛北本粗。武庫戈矛皆法度,長庚芒角歛錙銖。端平闕帙何煩補,范氏書樓擬繪圖。文字精靈來會合,篆題懷麓亦吾徒。

予曩爲陳無軒作讀書牀歌相傳牀爲陳眉公銘銘稱混沌先生蓋眉公自謂而所謂掃落葉頭陀則未詳也今得無軒書知爲慈溪馮次牧元仲復作是歌寄之①

昔爲然圃歌書牀,燕几之圖摹未詳。然圃重緘繪寸尺,一紙三歲留我囊。眉道人曾掃花號,此云掃葉誰可方。云是慈溪馮次牧,小築天益之山堂。想與頑仙妮古客,花茵葉幄争焜黃。半簾雨濕掃不得,並鄰藥竈時相將。風繙雪映百寒暑,奇氣收得千縑緗。陳生好古富藏弄,石欄落葉兼評量。異苔同岑本一氣,千里聯榻無相忘。近盟心迹贈者顧,遠稽銘志題者姜。馮君得此可不恨,鐫銘況有翁與梁。_{山舟}前後重歌夙緣在,幾時並坐山齋傍。寓賞新編定增倍,牀銘又拓賮錦裝。西湖新緑句懷我,弁山一髮來青蒼。

兩峰畫梅卷爲周載軒題②

朱草詩林客,日日餐香葉。不見五年餘,窹寐光映睫。時復推短篷,伊軋響篙楫。山麓浮浮氣,不暇四應接。緑雪與香雲,交枝撲稠叠。蒼蒼冰鐵骨,儻與久要協。中有故人心,馳向關河涉。分明邗江月,來照城南堞。周子歸湖口,難忘舊詩笈。過我種竹窗,懷人憶秋蝶。相勖歲寒盟,爲我紆步屧。重叩香葉堂,共酌春醪饁。年年驛使思,澹澹空窗攝。寄將明月珠,報我時晴帖。

---

① 此詩題位於手稿本第 5719 頁。
② 此詩題位於手稿本第 5720 頁。

復初齋詩集卷第三十一

晉觀稿四乙巳六月至十二月

蘇潭歌寄蘊山①

謝郎昔居蘇步坊，嶺梅寄我關山長。我度嶺南君在北，每托蘇句懷聯牀。及我北歸席未暖，君又南去官丹陽。戊戌訪我寶蘇室，擘窠爲爾拈瓣香。明年秋共傘山宿，夜話此約何時忘。彈指七春不相見，君始卜築於西昌。前言果踐潭半畝，潭上榜此鐫琳琅。對石懷人尋舊夢，倚欄照影踟躕望。念我蘇齋風雨夕，竹窗梧葉同初涼。玉局散仙千載上，宣城太守天一方。空潭無雲寫圓鏡，明月一印千燈光。知我四壁寂何有，但有篆裊茶甌旁。磨墨分襟論臭味，唾壺擊節增仿偟。畏我友朋真實語，寸心得失誰評量。但要此心息壤在，何限石蜜冰盤霜。因流溯源道豈遠，飲水知味飢何妨。吾齋年來舊侶少，耽思旁訊空茫茫。常恐小安一藝末，便爾辜負千觶觴。吾友亦到知非歲，寸陰共矢勤就將。何論官舍與僑寓，日日千里如同堂。

文休承虎邱圖②

煮茶聽雨還汲泉，嘗聞弇州題石田。文水又出石田後，勝攬何減

---

① 此詩題位於手稿本第 5725 頁。
② 此詩題位於手稿本第 5727 頁。

於前賢。自畫自題云再至，乘春待月復幾年。墨渝絹敝字又缺，捫讀但有蒼蒼煙。短簿祠荒古苔積，小吳軒側曲磴連。中含溪澗石對峙，得非劍池遺迹傳。想與包山白陽輩，懷人同上北郭船。礬頭青綠亦已屢，禿筆折到浮圖巔。恐是和州晚歲作，每於老勁含清妍。遊人池池指點處，山光下上招攔然。疏鐘往往隔溪響，佛燈何處層林穿。嘗於摩碑憶魯國，不止對酒懷樂天。"看碑每憶顏刑部，對酒難忘白侍郎"，休承虎邱句也。清遠詩刻時尚在，後此剔蘇尋無緣。我夢經臺與鶴澗，欲假香瓣來參禪。①二承家法擅茂苑，六朝粉墨留山川。花香水翠皆篆籀，忍作絲蝶飛翩翩。襯裝十稔古香在，糢糊隱映神逾全。竺道人來證前語，但覓石皺相迴旋。

山谷詩集任史注本方綱所校上者今始得讀官刊本有感書後②

青神天社四十卷，不得合并三百年。每與彭朱證前諾，彭學士鏡瀾、朱編修淵亭同校此。誰追洪李記同編。縹緗東觀今成軸，風雨西江昔泊船。拜像焚香恰兹日，丙申六月十二日焚香於先生像前爲此校本，是日先生生日也，去年是日於密雲道中有記夢之作。獨憐題帙思茫然。

題周載軒所藏董文敏書莊子說劍篇墨迹卷③
即王漁洋舊藏者，前圖已失去，董書中闕三十行，予爲補書之。

李泰和法說劍書，是即吳興說劍圖。峻嶒戰掣擫押勢，那論謝女兼秋胡。胡爲華亭若有憾，曹衣吳帶紛區區。當時劍服變儒服，安得隱逸傳形模。漁洋詩"君王隱逸各有態"，"君王隱逸"實用董跋中語。精神炯炯在阿堵，目瞬千里軒眉鬚。上決浮雲帶山海，安坐定氣遊沖虛。石城之鋒岱之鍔，漫云干莫與湛盧。說餘千劫用不盡，劍光百變圓如珠。僚丸裴舞一機軸，趙書周畫奚別乎。此畫飛同豫章劍，此理試訊將軍廚。吳興華亭一邪二，新城空爾勞嘆吁。賤子補書亦多事，會心豈必

---

① "香瓣"，手稿本作"香篆"。
② 此詩題位於手稿本第5728頁。
③ 此詩題位於手稿本第5729頁。

緣操觚。品量平原與北海,方圓橫直非臨摹。三百年來誰具眼,能事甘向華亭輸。使筆如劍劍氣出,新城已悟文字初。

英光堂殘帖歌①

幼卿譜帖淳祐間,寥寥絳汝粗一斑。相臺名家寶章集,豈比群玉衷於韓。山林舊集一百卷,倦翁紹定重題端。十年潤州事羽檄,六朝遺迹胸迴環。江左書家溯晉始,山陰筆法嗣者難。獨推米迹壯南渡,英光萬古神鬱蟠。齋曰寶真實寶晉,品自羲獻來崇觀。跋贊誰從甲編訂,鑒賞不負寅哥嘆。故人爲訪甘露畫,記我考索深林巒。倦翁昔探海嶽址,晉唐群木悲江湍。古今俯仰一憑眺,仗爾筆墨留江山。筆縱神來宛如覿,墨渝紙敝猶未乾。元氣蒼茫動真宰,紫金大海吹迴瀾。吾意米書未遽爾,恐是相臺清淚潸。磊磊忠孝在天地,墨華激響流潺湲。江郎示我殘拓本,儼對墨戲橫江灘。研山之圖儻可補,玉蜍一滴渾未殘。蘇米齋中識真面,明月下照鮫珠寒。

黃石齋畫松卷歌②

石齋畫松十八株,北京南京歙與吳。建康林屋吾弗考,往者記見黃山圖。破石松在線天頂,臥龍松院題文殊。自在一松知者少,先生此畫神來俱。帝里慈仁說雙樹,每訪檐陰不能去。新城老子曾賦詩,候官許泌來何處。傳聞新城賃寺居,堯峰相戒毋輕賦。未識王詩松許無,惜無此卷人重晤。題云前庭復後庭,雙松各各干青冥。後者百尺前者偃,四松夭矯誰曾經。新城賦詩在戊戌,僅見其二排空霆。若非先生親寫得,那識對峙鸞翎青。吁嗟此松何年飛去慈仁院,相輪空自傳窯變。元氣千年鶴馭歸,真形一匹縑中見。借問真形爲誰鍊,畫者即是松真面。萬古濤聲走飛電,一寸冰霜心不轉。如此方許畫石兼畫松,何必後先南北一一尋其蹤。瘦書戰掣迴虬龍,軸端駛雨吹

---

① 此詩題位於手稿本第 5730 頁。
② 此詩題位於手稿本第 5731 頁。

松風。

紅豆詩寄酬丁小疋①

丁君寄我紅豆千，粒粒結就丹砂圓。云托相思似諸友，唱酬儼共相思然。我聞江南三數本，最著吳下之東禪。拂水山莊豔西澗，太倉別業推東田。白鴿禪人折枝乞，紅豆居士新圖傳。惠家三世此間住，卷中百首詩同編。丁君所寄乃歙產，侑以筆記如傳箋。令我把玩生遠夢，夕陽荒江老屋邊。丁君寄此良不偶，豈止締結詩家緣。意取紅豆惠氏學，勖我顏此齋名鐫。庶幾著錄兼考索，莫輕詁訓徒言詮。我從嶺南藥洲上，研溪書證松厓先。半農學士配韓廟，時術之錄尤精研。《紅豆齋時術錄》，半農撰。古義九經近始出，春秋綜說疑未全。鄙人竊擬程公說。張大亨。後，薈萃五禮追臨川。吳草廬。惠子之書必有取，顧於體例猶擇焉。惜哉丁君隔千里，所思之妙無由宣。書來要我寫園額，不辭漢隸精廓填。區區文藝答馳想，但類賦色誇鮮妍。試問何時始成實，莫比此樹遲年年。紅豆有遲至數十年始一結子者。

桂未谷屬友爲寫鄭康成禮堂圖索題二首②

寫定群書在禮堂，日西方暮自商量。高門初造孔文舉，刊石何如蔡議郎。通德於今非駉結，不其終古有芸香。几筵想像丹鉛始，豈爲空摹角抵牆。

桂馥東萊北海濱，低回每自擬傳人。昔同丁杰邀羅聘，日考深衣寫幅巾。高密山厓應仿佛，司農廟石尚嶙峋。待余拓本精摹出，澹對焚香畫始真。高密鄭司農廟碑，咋方屬友往訪拓之。

題祝枝山書太白詩卷後二首③黃姬水跋

明賢晉法初誰得，但有枝山與雅宜。迦葉一花拈笑後，如何只許

---

① 此詩題位於手稿本第 5733 頁。
② 此詩題位於手稿本第 5734 頁。
③ 此詩題位於手稿本第 5736 頁。

定靈知。

草法從來莫混行，流傳贋迹太縱橫。青蓮詩卷兼唐調，未礙元暉使繼聲。

再題邵瓜疇畫卷二首①

貞白尋山思不同，頤堂何以得環中。似聞北固江天闊，胸有元章一歃宮。②吳門陸謹庭所藏瓜疇畫《海岳庵圖》，諾爲予摹本也。

峰影迢迢落半江，濕雲橫處鳥來雙。誰憑萬緑開溪閣，煙雨中間下竹椿。

程易田以所製禮堂寫經墨寄惠賦此奉謝兼呈未谷③

未谷昨寄禮堂圖，易田新造禮堂墨。我今復寫禮堂詩，三者相因著而黑。古人喻學或原委，積力之勤留竹帛。史籀虹紳垂石鼓，中郎堊帚騰飛白。鄭君用意蓋不爾，實審群書爲祛惑。平生詁義匪目論，當日如何寫心得。楊南仲篆張參楷，尚將什一存千百。每持石本互參詳，易田未谷同嘆息。此事更將誰委覈，日用飲食需孔亟。三椽蓬茅儻可共，六書甘苦期同役。講堂論堂容膝足，丸螺點漆千金直。寄詩酬程墨酬桂，久要誓取言不食。唐司業張參定五經，書於論堂之壁，見《通鑑》注。

小松寄朱龜碑來屬爲跋尾且曰能使秋史手摹一通寄蔗畦郡伯更佳勝也題此索秋史和兼寄蔗畦④

夜雨挑燈泥小歐，廣陵渺字莫深愁。清香畫戟簾鈎月，老守時時夢亳州。

---

① 此詩題位於手稿本第 5736 頁。
② 此句下注文，手稿本作"聞吳門陸謹庭所藏瓜疇畫《海嶽庵圖》極精"。
③ 此詩題位於手稿本第 5737 頁。"程易田"，手稿本作"程荁翁"。
④ 此詩題位於手稿本第 5738 頁。

憶泉圖爲朱淵亭編修題①

翰林家居二泉間，鵲華日日開煙鬟。憶泉並憶臺與屋，十年宦學胸迴環。時有黃華菊通夢，君有《夢菊圖》。未卜柳絮條誰攀。詩禮庭前脈迤迤，芝蘭砌下淙潺潺。族子阿青爲誰思，酒醒忽共馳鄉關。寒蛩秋燈隔籬落，幽禽春渚深蕙茵。兒時伊吾聲在耳，團圞舊話清淚潸。圖成十年阿青逝，對牀萬緒此一斑。我昨題詩秋史卷，二十四泉茅屋灣。不知君家泉遠近，昔賢想像屢往還。鷗館秋聲大好在，千里月挂蛾眉彎。跳珠濺玉三萬斛，試寫詩券來蓬山。黃華、柳絮，二泉名。紅鷗、秋聲，二館名。

國山碑歌寄吳槎客②

天璽碑訪江寧學，恨未國山捫石角。六秋夢訊善卷僧，去歲全文如剖璞。何意今晨眼忽明，依稀千字光斑駁。侈陳符瑞彼何人，連歲鑴山事礐硞。讀之若披瑞應圖，百寶千祥來海嶽。時馬口踦不成串，禾穎榛叢互抽擢。東觀令史蘇建書，立信中郎考之確。兔牀山人綜群籍，大梁雪客慚相較。置我荆溪張渚間，斜陽古木幽禽啄。蘇建名曾皇賀倫，篆書法苦周秦卓。牛鬼蛇神莫漫譏，蟄伸龍蠖隨雕琢。瑣事於蘇雖傅會，休明之派誰揚搉。變來圓轉漸整齊，小束鋒芒斂刀鑿。我因悟寫春秋卷，謂皇象。于蔡石經雙比轂。二京金石附孫吳，陽羡江寧兩掎捔。詔諛笑罵俱何有，③但愧鉤摹豪管搦。④山人兼寄碧鮮字，蝶化彩雲飛撲撲。團光米廩氣蒸空，斗斛量珠已盈握。

即墨張肖蘇以其鄉所産紅稻見餉走筆爲謝⑤

誰尋百藥傳，記譜二如亭。遠夢來鄉味，長箋到食經。匙翻珠比

---

① 此詩題位於手稿本第5738頁。
② 此詩題位於手稿本第5741頁。
③ "笑罵"，手稿本作"唾罵"。
④ "但愧"，手稿本作"我但"。
⑤ 此詩題位於手稿本第5742頁。

滑,湯瀹酒初醒。大海蒸秋氣,齊煙九點青。

吴超亭宰陝西鎮安以計薦入都賦贈①

關西茂績繼江西,吴下元同日下栖。千里松楸來薦豸,對牀兄弟感聞雞。政聲所以能崇實,詩格如何肯放低。視我情親逾骨肉,茅齋冷共菊花題。

漢建昭雁足鐙歌爲王述庵臬使賦②并序

述庵以所得漢銅雁足鐙款拓本見寄,其槃底云"建昭三年考工工輔爲内者造銅雁足鐙重三斤八兩護建佐博嗇夫福掾光主右耎宫令相省中宫内者弟五故家",其側云"今陽平家畫一至三陽朔元年賜",其足云"後大　　",凡六十一字。愚按,此鐙與揚州馬半槎所藏形式相埒,而徑圍稍弱,半槎所藏者予嘗見其拓文,中間云"重三斤十二兩",以今所見此文云"三斤八兩",正足驗漢代權量相去不遠,而屬樊榭詩注乃云"四斤十二兩",蓋誤"三"爲"三"矣。末云"護工卒史不禁省",此七字爲句,其下又云"某宫内者弟廿五",正與此鐙中"宫内者弟五"之文相應,而樊榭誤以"某宫"句與前一行連讀,遂訛"省"爲"首",又誤牽薛尚功《鍾鼎款識》所載蒲反首山宫銅雁足之文,不知彼文自在永始四年,與此無涉,而樊榭是詩直據蒲阪之事而咏之,謬矣。蓋半槎所藏者,銅質半蝕,拓文隱約難辨,遂致"省"訛爲"首","卒"訛爲"衣"耳。考漢孝成鼎云"守令史永省",又大官壺云"主太僕監掾蒼省",又綏和壺云"主守右丞同守令寶省",蓋"省"乃"省察"之義,猶漢碑"察"書"察"字也。今得是鐙,字字完好,而且造於建昭三年,賜於陽朔元年,一器之中有西漢字二段,尤可寶也,爰作歌以報述庵,不特糾正樊榭詩也。

屬徵君詩内者銘,我見拓文未見鐙。君今爲拓鐙款寄,使我砭誤心怦怦。甘泉泰畤修故事,河東后土屢薦馨。初元以後間歲舉,不獨

---

①　此詩題位於手稿本第 5745 頁。
②　此詩題位於手稿本第 5745 頁。"鐙歌",手稿本作"鐙款拓本"。

涓選更匡衡。誰歟傅會首山祀，荆山之鼎朝萬靈。賈慶造鐙在永始，不合牽引來竟寧。昔屢疑之未敢質，得此款記尤可憑。其槃規旋徑稍弱，漢權漢尺原相乘。底曰建昭側陽朔，故家畫一於陽平。前鐫後識歲一紀，八分小篆絲迴縈。歐公恨少西漢字，今乃一器雙妙并。陽朔之題更圓勁，元尚急就篇初增。半槎所藏字半蝕，幾被亥豕紛訛承。孰如此鐙底瑩澤，燦若列宿抴生稜。劉敞裴煜不可作，林華蓮勺誰能評。我詩不憚靜樊榭，君藏庶可追廬陵。

董文敏仿巨然小幀①

時時樹罅山坳裏，覓得先生善者機。王略雲臺無別法，石泉松葉點人衣。

元崔某草書似"永汶"二字，存以俟考。爲吳子才題菖蒲庵詩并序墨迹宋芝山得於瑠璃廠肆其略云新城□子才號菖蒲庵凡得當今名大夫詩文若干首予知其爲好慕恬淡所欲易足不馳心於聲利之人也君今年五十不踐迹諸侯之門日訓子弟讀古人書通曉道理頗以文墨自居菖蒲草木中小物也於此君得其名亦無愧焉況復有子景長善畫能詩予益異其人故爲詩以書庵之左方青青水中蒲不同草木腐有如君子德當與金石固其根鍾雨暘其葉秀風露挺爾不拔姿豈被輕柔妬作詩高其風勿使泥塗污十六年丙申夏五拙庵崔□□書於俞崗村隱居往在壬寅春芝山於友人處持元紫筍生李升爲橋李吳子才寫菖蒲庵圖卷屬予賦詩卷後題者一十七人當元末兵燹之餘而其子景長惓惓於是圖題者自至正丙申迨洪武戊申於其子之得守是卷三致意焉是卷既不可復見今三載餘而芝山復得丙申崔君之題別裝於册來屬題予因憶前詩爲補書昔人軼事並和崔詩韻②

昔讀李生畫，今見崔君賦。緬彼庵中人，抱節守貞固。玉山金蘭

---

① 此詩題位於手稿本第 5750 頁。
② 此詩題位於手稿本第 5751 頁。

間,盆池飫風露。題李兼和崔,且莫泉石妬。尺箋四百春,慎惹寒具污。

江秋史得東坡章子厚帖將勒之石密雲道中賦寄兼呈丹叔石公芝山①

"章子厚有唐人石刻本,與此無異,而字畫加豐,肌骨相稱,乃知石刻常患瘦耳。
元祐四年十月十五日子瞻書",凡四十二字。

章子厚帖己巳年,四十二顆驪珠圓。我從周家篋中見,惝恍記在十載前。時甫購得嵩陽帖,眼空萬古無米顛。十笏蘇齋海天闊,區區那許爭墨緣。邇來俗書坌眼底,晚香堂刻眉公傳。馬券迹還勒嘗熟,嵩陽帖又摹馮銓。嘗憾書家少唐刻,此意已難語宋賢。況復坡書擅濃墨,黍珠每聚於畫邊。吾藏嵩陽正如此,風落電轉光迴旋。其中又自間濃淡,縱有巧手難鉤填。坡書雖似徐季海,得法本自王僧虔。出林飛鳥想翙翙,素絲蝴蝶饒翩翩。春蚓秋蛇久不擇,玉環飛燕當誰憐。玉靈自釀液可食,指痕要悟琴非弦。是秋重來聖湖上,十五年夢跳珠濺。前生手書合省記,宿逋追寫非畫禪。大書石壁竟何有,危橋飛步奚後先。酒醒却笑章子厚,茯苓爐火何曾仙。昔援杜句題墨妙,聊借唐隸窮媸妍。二京書迹並銅甬,一髮鐵線如貨泉。韓敕碑於古無匹,中郎後漸肥相沿。所以開元溯李蔡,下視魏晉皆蹄筌。迨乎唐後殊不爾,三真六草難兼全。書者意常出法外,刻者此妙何由宣。淳化大觀極豐贍,後來細削如蠶眠。佳刻必肥乃復古,俗工窘幅徒拘牽。骨足撐肉肉冒骨,是中有物非言詮。亦惟坡公力能到,胸次浩浩純乎天。先生此帖實自謂,守駿以跛精而專。但恐一刻又傷瘦,執柯睨視俄天淵。古香樓刻聽雨刻,得失增損夔憐蚿。莆陽宋珏弗深辨,荔支飽嚔空流涎。《荔支帖》後摹刻此段,删去"唐人"二字,誤爲跋蔡君謨書。江郎借爾夢中思,相追把袂同拍肩。九霞空洞來響答,靈音試證然不然。他年嵩陽終勒石,稽首笠屐衣裳褰。毗耶居士新偈子,莫認天女來磨鉛。

---

① 此詩題位於手稿本第 5753 頁。"得",手稿本作"借得","賦寄",手稿本作"賦詩寄秋史"。

宋芝山爲潘毅堂畫六松圖二首①

宋生久借潘生榻，臨別圖成六樹松。三疊迴環餘響嶺，四方上下想雲龍。心依粵圃寒仍綠，六松是毅堂家園名。篆仿秦碑翠更濃。二君皆喜摹古印。不有倪迂感君子，爲誰清夢繞千峰。倪雲林有《六君子圖》。

南嶺中條各倚筇，鶴飛同聽一樓鐘。爾緣石丈盟三友，我憶坡公榜六榕。手植漸看青合氣，歲寒能記昔相逢。欲添苔徑邀然圃，似答秋濤和小松。昔黃小松南歸，與無軒、毅堂同用松字韻賦詩贈行，故及之。

時帆授庶子賦贈二首②

宮坊故事並頭廳，嘉話司成過五丁。敬以臣名承渥澤，長如帝錫作箴銘。新改名法式善，承上意也。玉河橋水春初到，十月一日到任。端範堂筵菊正馨。北郭迴看槐雨處，四門多士待研經。祝其爲祭酒也。

舊學商量三十年，過庭詩禮賴人傳。實聞蚤譽推敦厚，不獨春華借簡編。師又承師敢誇詡，庶須讓庶有班聯。庶不僭庶，詞苑舊語。自今官廨挑燈夕，何減從前力研田。

乙巳仲秋始以所藏化度真本摹勒入石賦詩記之③

敢將洛下拓肩行，聊當章家石未亡。慚愧小齋秋雨綠，窗光日日笑塵忙。

陳怡亭明府以左太沖竹柏得其真詩句自寫小照明府爲海寧文勤公從弟而此圖久失去明府之孫湲復得之來求詩二首④

柏石讖韓果是非，此圖端擬左思讖。依然陳氏傳之久，來證蘇齋解者稀。春雨蕭森開竹户，晚風犖确挂練衣。圓陰海氣苔岑綠，未要論心付釣磯。

---

① 此詩題位於手稿本第 5756 頁。
②③ 此詩題位於手稿本第 5757 頁。
④ 此詩題位於手稿本第 5758 頁。

黃閣清風竹素存,鄉園共被誼尤敦。連枝雨露霑濡近,晚節冰霜氣味論。插架圖書充老屋,傳家忠孝到諸孫。蘭階更要深培植,每憶犂鉏念本根。

徐潭族子爲予畫坡書蔡詩天際烏雲含雨重樓前紅日照山明二句詩意並繪坡公像於其上鈍夫見而愛之遂輟以奉贈時鈍夫將之湖南因賦詩題於軸以爲餞①

我購兹帖時,楊生同賞識。有如昌黎丹篆夢,一笑孟郊心莫逆。前秋鄭雨亭,北上卷重覯。蘇齋相對禪榻煙,却恨楊生遠相憶。雨亭昔爲此帖媒,徐潭昨爲此帖畫。我因徐潭懷謝生,何嘗日對楊生話。我思坡公當日作此書,蔡公夢裏雲山樓日情糢糊。嵩陽居士定誰謂,將謂楊生與我乎。奎章閣老曾題句,南嶽真人記相遇。與君結得庾嶺緣,贈君攜往湖南去。

讀王逢原廣陵集呈石君前輩②

因君一聽彈廣陵,兒時氣味來秋燈。碧海鯨魚掣不得,虛空騄駬跨或能。君時浮雲奮馳簫,我亦前輩隨飛騰。邇來芟薙步就坦,時復聳立中含棱。奇哉嘉祐詩廿卷,瞥如華隼凌千層。韓豪頗帶孟郊苦,匠石誰識臨川稱。臨川崛起濟時會,慨然舟楫謂可勝。瑚璉階墀非褻玩,梗柟梁栭方時乘。欲尋微言相感發,豈止傑句供鈔謄。山陂江渚送目處,碧天斷靄追秋鷹。萬古奇氣要收拾,六經根柢同服膺。所以雁湖慨知己,切劘之義常兢兢。韓孟徑途豈止此,同學漫擬王與曾。萬丈光芒定何物,妙喻試叩鍾山僧。

鈍夫來話別同觀天際烏雲帖題於徐潭畫軸之側五叠前韻③

藥洲西舍西廊下,曬紙摩挲夜到明。海綠搖窗誰畫得,低回一十

---

① 此詩題位於手稿本第5759頁。"徐潭族子",手稿本作"莆田族侄徐潭進士"。
② 此詩題位於手稿本第5760頁。
③ 此詩題位於手稿本第5761頁。

八年情。

我夢三秋庾嶺翠，君思萬點蜀山尖。催詩野寺重陽過，聽雨蘇齋蠟燭添。

風雨同岑歲月驚，霜皋老鶴刷毛翎。飲泉鑑面非文字，此即坡公內景經。

欄邊旭景澹餘紅，纔接春陰又不同。難得徐潭爲摹寫，飄然筆落有仙風。

日日毫端萬斛塵，洞天花蕊爲誰春。分明一掬蘇潭水，照見平生竺道人。

徐潭蘇潭若個邊，南閩海浦西江船。水如人意珮環繞，山作筆峰眉黛娟。

楊生入蜀憶坡翁，更想芝亭嘯咏風。悵恨故家巴縣在，誰蒐遺稿暮山中。鈍夫說在蜀中有巴縣虞某者來謁，自言文靖後裔，其家尚有手迹，比其歸取之而鈍夫已去蜀，至今爲耿耿於懷也。

停雲玉磬寫精魂，一笛空江客共論。恰似鶴飛來有信，爲傳鴻爪印留痕。今日與鈍夫看帖題畫，適有四明邱君攜文衡山《赤壁圖卷》來求題，因並及之。

扁舟此去亂春華，衡嶽雲開句定誇。袖有眉山真面在，洞庭新月滿長沙。

文衡山赤壁圖王雅宜書赤壁賦合卷爲邱東河郡丞題①雅宜題云戊子六月

蕭寥西蜀思，繾綣東吳彥。鏗然玉磬響，②儼覯坡翁面。夢中飛空仙，素羽照江練。四百四十年，元豐五年壬戌至嘉靖七年戊子。倏過如飛

---

① 此詩題位於手稿本第 5763 頁。
② "鏗然"，手稿本作"硻然"。

電。江山英靈氣，文采又一變。韡韡辛夷館，蒼蒼石湖院。猗彼娜如子，長離翩芳甸。英名盛一時，南省方七戰。借酒吸明月，可漱不可嚥。雪堂萬丈光，噴薄來變眩。維時衡山翁，歸來初息跰。築室哦雙桐，信宿共遊衍。豈必赤壁乎，即此湖山昈。一縷江東雲，蕩出空青片。坡與二客貌，君從何處見。一笑到蘇齋，孤鶴乘風便。東河磊落人，南嶺留題遍。墨花捲大海，知我瓣香薦。橫空長笛聲，繚繞青山轉。別寫坡公真，不落楮與絹。

壬辰十月十三日裕軒學士摘葉題詩招同坤一詹事辛楣學士飯於菜香草堂予裝其葉爲册一時和者甚衆其後每值秋晚邀同人小集或摘落葉輒粘於册今年裕軒逝矣展册懷人而丹黃如故也題此泫然去裝册時十三年矣乙巳十月十三日①

王獻竹所閑門款，庾信淮南落葉悲。今日開緘重相憶，焜黃野圃日斜時。

程青溪江山臥遊圖②

臥遊語本宗少文，澄懷何境觀何因。丈夫胸次可萬里，四丈之紙焉比倫。況於禪味契蓮社，那無三昧參妙門。青溪侍郎起荊楚，六法文董該崔陳。禿筆江山想雄放，前無依附旁無鄰。輕舟隱隱下天際，雲氣浩浩連海垠。波濤蕩汩島嶼斷，日星吐納魚龍奔。若非良常泄原澤，定爾赤岸通青旻。今觀此畫殊不爾，涉江背郭開煙村。小橋人家可沽酒，短篷斜日來釣緡。初從層林轉飛磴，漸就古刹圍叢筠。山根忽擁石廠出，水閣正俯溪流分。幾稜稻田映碧澗，三椽書室依清鄰。杖藜攜伴者誰子，詩酒社友漁樵賓。結廬不獨人境邇，觀徼宛即跬步存。始知此事無遠近，恒河積算從由旬。侍郎結願五百軸，處處拈得皆天真。或言中有書卷味，又云草勢爲斧皴。侍郎昔評宋元法，疏密不關形勢勻。信乎峻拔爲之主，渾以天造非由人。翛然意行自

---

① ②　此詩題位於手稿本第 5764 頁。

起止，收視返聽歸本根。是乃斗室遊八極，膚寸五嶽搴囊雲。枝枝節節覓稿本，辟支恐未離聲聞。虛空泱漭但一氣，風落電掃如有神。縮之几案本無物，何處月户揮雲斤。詩成雷硠作奇響，耳邊三日風濤吞。

予曩考落水蘭亭流傳世系至正間在分湖陸氏家而不知陸爲誰某嘗與吳中張瘦同往復唱和題於予摹本卷内今考之是吳郡陸隱君行直也附書於卷再用前韻二首①

壺天日月爲誰長，東武亭侯卷並藏。十二奇峰何處認，虎賁元未是中郎。陸氏所藏鍾太傅《季直表》以愚審定蓋非真也。

千年一卷托蘭盟，何異彝齋證子明。響拓借君聯臭味，致和齋舫倍關情。壺中天、致和齋皆陸氏居也。

王稚子闕舊拓本爲黄秋盦題②

安陽亭西薦弦歌，永初詔誦絲五紽。異哉充公考維水，不知樂府從孝和。西川千年紀循吏，柱天雙闕高峨峨。大書特以郡表縣，官閥次敘無差訛。當時記實非一語，八分字字軒騰波。繢畫之工邁顧陸，武梁何足煩摩挲。劉君米帖書畫友，目視犀笋不足多。近者漁洋役車駐，尚剔壘石加研摩。惜哉此拓前百載，黄君名翼聖，字子羽。躑躅空山阿。匆匆弔古摸未盡，留此悵結情則那。幾秋二闕失其一，闕字半泐遑論它。前者馳訊陳廉使，碑陰數畫昏傍戈。今兹册裝字二十，翳比寒鏡晨初呵。洪家所藏想正爾，淳熙已誤濃墨磨。塔影園中老文學，定未獲此勤切磋。婁機弗辨靈與置，佩觿漫撿陂作頗。百年又到黄氏閣，小蓬萊句誰共哦。秋盦工書復工畫，要補漢迹窮隸蝌。叫絶旁觀有顧八，蘆汀。寄書試傲桂未谷。與羅。兩峰。待我蘇齋摹本出，氣壓宋拓千丸螺。

---

① 此詩題位於手稿本第 5766 頁。
② 此詩題位於手稿本第 5767 頁。

題棧道圖二首①

驅車石崖口，卸橐雪江干。城市一迴望，居人猶暮寒。欲窮盤磴細，敢計旅懷安。多少詩家思，山程宿與餐。

古路緣高壁，危欄可摘星。溪流萬里㴆，柱倚一痕青。雪汻深苔蘚，雲穿響馱鈴。畫圖寫不得，恐有舊鑴銘。

丹叔夢作題畫詩醒而猶記六句因足成之並寫成卷屬和②

誰將畫稿證蓬山，一幅村居竹樹環。浙右家園春雨足，江南野水白鷗閑。香廚卷帙自料理，鄰曲溪翁相往還。定憶老錢來對酌，櫓聲伊軋暮雲間。

范氏書樓圖歌③并序

宋西京范忠獻家藏化度寺邕師塔銘石於賜書閣下，見忠獻孫諤跋，予既詳考是碑，爰就重刻殘字仿三段式裝之，屬友人寫是圖裝其後而繫以詩。④

洛陽樓閣中天起，節度尚書太師里。奎文上燭星斗垣，衣帶嵩陽瀍澶水。尚書歸來讀賜書，四壁琳琅富圖史。囊中三片貞觀石，不許閑人浪搨紙。飛出欄干炯炯光，照來伊闕熊熊峙。我因石迹遠追求，歷井捫參問所由。似鑿龍門穿砥柱，還識荊河名豫州。殘碑經歷關陝路，百尺繪出尚書樓。參差石勢僧斫迹，仿佛樓窗石潤留。題跋何年爭記范，坐臥日夕來摹歐。我樓因以石墨顏，我帖匣庋於樓間。帖則是矣樓曷有，十笏之榻雙扉關。聊借范樓清洛上，喻我詩境東湖灣。攝之舍利半字在，挽迴寶氣千載還。嵩陽居士有舊夢，紅日正到樓前山。

---

① 此詩題位於手稿本第 5771 頁。
②③ 此詩題位於手稿本第 5772 頁。
④ "屬友人"，手稿本作"因屬門人趙謂川"。

江寧周霽堂春暉圖二首①

寸草光陰不忍拋，脊令夜夜夢同巢。如何只寫離情慣，一段春暉在柳梢。

各抱江湖萬里心，南鴻朔雁忍分襟。偏憐去住如相避，每觸新陽憶故林。

曹受之學使自滇南寄詩次答②

萬里新詩話往年，雙芝軒檻夢遙連。臺端氣象蓬山近，受之記名御史。才子聲名洱海宣。駐節蠻雲題翠墨，斜街花霧記茶煙。和章結習論碑刻，欲博禪翁一囅然。謂尊甫慕堂少卿。

吳蓉塘侍講鑑曲垂竿圖③

喚魚潭邊解衣帶，自煮小巢龍鶴菜。尚想蘭亭禹廟墺，市壚新釀花陰賣。龜堂老子餐湖綠，手寫圖經共施宿。不及華文直閣時，却紆紫綬思湖曲。昔時青蓮亦如此，夢中飛渡鏡湖水。高情合付金閨題，晚飯何殊柁樓底。蓉塘胸次又不同，湖光洗出天鏡中。幾點蒼蒼蘭渚樹，一竿裊裊釣絲風。謝公賀監迹已往，青蓮龜堂何足仿。繭紙摹成蟹爪痕，鐵笛招來玉鸞響。扁舟拈得覓句心，茶竈書牀張素琴。君不見內廷侍直有故事，又一煙波釣徒吳翰林。昔查初白《謝賜魚詩》有"臣本煙波一釣徒"之句，翌日內侍傳旨呼爲煙波釣徒查翰林，至今藝林傳爲佳話。

咏雨傘④

肯借濃陰樹下行，收宜雨後曬宜晴。推篷喚起江湖夢，不是黃州竹瓦聲。

---

① 此詩題位於手稿本第 5774 頁。
②③ 此詩題位於手稿本第 5776 頁。
④ 此詩題位於手稿本第 5777 頁。

李文翰學使於嵩山拓寄釋參寥書三十六峰
賦用東坡次潛師韻報之①

芙蓉菡萏空池水，依舊曇名押碑尾。乞得僧虔倚柱師，肯問春風泥絮起。青童玉女欲飛來，翠光如鏡泉如醴。仰嵩堂側畫不如，敲石槐陰味逾美。忽逢李侯笑相視，寄我蘇齋筆重泚。他日同參黃蘗禪，萬象摩尼研池底。

次韻石公懷小松之作②

刻燭蘇齋氣味長，八年秋影寫窗光。誰能叔度俺千頃，我記黃家識九郎。金石因緣重締結，蓬壺信誓細商量。前遊幾個晁秦在，只有文潛舊侶張。

裕軒學士從獵泛舟二圖卷③

宋生寫二圖，同遊釣臺涘。但對泛舟翁，那追從獵始。是日草堂開，秋藕匝灣沚。荷露傾人衣，破板舟初艤。宋生據船頭，畫稿蘸篙水。同人共索笑，先生復莞爾。爲言廿載前，磨墨亦如此。秋策灤河騎，曉逐塞山麂。僮兒挾筆研，手自囊弓矢。峰巒與旌纛，前望若尺咫。豈知今看山，覓句葭蘆裏。歲月倏已改，形容蓋難似。我記先生言，琅琅猶在耳。今忽道山歸，仙者同杖履。九霞空洞中，眷此塵與市。定復笑指說，下界聊如是。少壯在詞館，馳驅豪可喜。晚歲悟禪悅，流行坎自止。前後合一觀，誰喻馬與指。我輩癡鈍人，矻矻執碑誄。得兔蹄未忘，刻舟劍空擬。海上孤月來，飛光照窗几。

再題范氏書樓圖二首④

誰從初地說當初，片石光明悟劫餘。五百年中閱河陝，高尚書到

---

①　此詩題位於手稿本第 5779 頁。
②　此詩題位於手稿本第 5779 頁。“次韻”，手稿本作“奉同”。
③　此詩題位於手稿本第 5780 頁。
④　此詩題位於手稿本第 5781 頁。

范尚書。唐化度寺在長安朱雀街，本隋高尚書穎宅，捨爲寺也。

趙峒朱雀寺迴環，石墨空追禾黍間。不獨誤王兼誤陝，退翁關右説南山。范忠獻往關右而經南山佛寺，此洛中之南山，非陝之南山也，孫退谷誤讀解春雨集，訛范爲王，訛洛爲陝。

誥封三代考妣焚黄恭述二十四韻①

敬溯臣三世，綸光照一門。晉封階二品，灑涕拜曾孫。明發依依憶，先人縷縷言。百年昭代始，九派一人存。曾祖行弟九。爾日基初篤，皆云祜必蕃。倉皇殉姑嫂，前曾祖母王與陳氏祖姑並抱幼子赴井殉流寇之難。忠孝啓元昆。臣祖丞諸邑，齊東任繼崑。初任崑山縣丞，再任齊東縣丞。適逢連歉歲，所活萬黎元。近者祠猶葺，東人頌弗諼。嫠孤更何倚，荼苦不堪論。廉吏冰霜在，貞門節行敦。挑燈聞話舊，臣父每聲吞。筆舌心耕久，杯棬手澤温。幾拓書籍賣，猶有淚濡痕。今日蒙天語，從頭叩水源。勤劬徵積累，慈孝備晨昏。庭訓昭詒穀，春暉切樹萱。豈惟光黼黻，直欲勒瑶琨。宛肖平生迹，胥傳怙恃恩。三函香案捧，五色瑞雲屯。天意深培植，家園念本根。更深三錫接，辛巳封祖父母暨父母，丁酉封曾祖父母，今晉封三代也。永勵寸心捫。無忝承先世，方爲報至尊。勿忘勤夙夜，常若矢饗殯。

又題范氏書樓圖二首②

石在樓中八十載，尚餘貞觀舊莓苔。想公策馬東歸日，照耀潼關四扇開。

太行雪浪壓千峰，感舊姑溪一老農。晚歲却思伊闕下，壞牆日掃麝煤松。

---

① 此詩題位於手稿本第 5781 頁。
② 此詩題位於手稿本第 5783 頁。

題朱臥庵所藏夏承碑簡秋史兼寄小松叠前韻①

芝英體格溯源長,誰續東沙剖夜光。往者歸裝驚陸子,華東沙本今在吳門陸謹庭處。年來夢筆共江郎。洛川未得窮蒐剔,明刻何煩細較量。臥庵本明刻明拓。君記丹陽孫氏本,義門不是妄誇張。何義門所藏丹陽孫仲牆本至今耿耿於懷。

題明晉府寶賢堂帖舊本二首②

晉侯小印尚殷紅,可惜昏煤拓未工。戴補於今兼傅跋,爨餘翻自賞焦桐。

君房墨羨蕭摹初,絳本天留旭草書。若道石粗吾不信,試教洗剔較何如。王元美云此刻石理本粗。

復初齋詩集卷第三十二

晉觀稿五_{丙午正月至八月}

雲麾碑二礎歌①

黎瑤石記二百年，一亭尚護六礎圓。四礎之徙在何歲，南望使我心拳拳。獨餘其二字又泐，以較陝石神猶全。當時雲麾有二李，元秀爵以遼西傳。范陽地紀鄉福禄，題額太原郭卓然。北海英光照千古，匡廬秦望訛相沿。我昔手剔端州記，筆蹤直溯分隸先。異哉趙嶇誤松雪，東里之品猶疑焉。是碑特以雄厚勝，中有逸氣相迴旋。若將行楷擬籀篆，作礎作臼如隨肩。天留奇迹配國學，近在庠塾齋廡邊。莫笑刓餘似鐵鑑，其氣雙聳扶屋椽。昨者大梁石規尺，報書驚喜珠騰淵。友人於汴城獲一礎，初疑是此四礎之一，及拓出審視，則隋舍利銘也。神物同時或符兆，且以雙璧卜墨緣。曹吳二公並精鑒，竹虛司農、白華京兆。願拓百本勤磨鉛。古墨齋榜待我補，誰歟仙鶴苓芝鐫。

漢永康鏡歌爲畢秋帆中丞賦②

背有銘云："永康元年正月丙午，黄氏作竟，幽湅三商。昭如日月，國皆富昌。□□作□，位至公卿。天王日月，上有東父。太卯三利，宜吉□子。"凡四十八字。

今年正月朔丙午，畢公書來傳吉語。四十八字鏡背文，祝國蕃昌

---

① 此詩題位於手稿本第 5787 頁。
② 此詩題位於手稿本第 5790 頁。

位公輔。永康之元月正日,日亦丙午神所予。幽涑三商卯三利,宜爾孫子宜東父。黃氏作鏡兼作銘,銘如驪李質且古。五穀成熟和陰陽,四時安樂調風雨。永康兩字宛叶兆,四神八衞來占祐。畢公夙夜宣上德,河嶽恩膏遍滂溥。熒熒古鏡積苔花,拭用嵩陽洛濱土。甲乙不須長睿辨,釋文豈待洪家補。從茲屢豐日有喜,樂職中和齎樂府。熙春不借鏡聽詞,但唱豳歌擊土鼓。崇高三闕紀澍濡,更拓全文寫圖譜。_{欲乞中丞拓嵩少三闕銘也。}我裝此紙作鏡光,圓配燈宵月三五。

書杜遣興詩後二首①

醜好奚先後,君當翻覆看。莫貪成實早,方信及時難。臘雪禾根暖,春陰麥秀寒。誰知空谷底,香已蘊幽蘭。

明堂庇梁棟,匠石索邱樊。大廈果堪倚,萬牛焉足論。蕭寥稷卨許,寤寐孔姬言。端爲松筠憶,云何計本根。

未谷自山東摹得禹慎齋畫漁洋禪悅圖屬題②

先生詩喻禪,於唐得三昧。當時同遊士,誰識羼提義。澹泊澄复中,静深蕭寥意。既不關語言,更奚涉文字。嗟彼禹鴻臚,畫之爲已贅。而君復傳摹,寄我俾裝背。圓悟佛頂光,青若蠶尾對。還向詩中尋,抑有詩外事。不敢下轉語,但恐生滯礙。

未谷摹姜貞毅敬亭荷戈圖屬題③

桂稱東萊鄉,張溯吳趨里。_{石公。}若遇宣城人,定說敬亭矣。一夫荷戈死,三處星斗光。豈惟三處歟,萬古知二姜。虎邱既遺祠,萊陽復留畫。當時泣血心,今夕挑燈話。有弟能奉母,有兒能作圖。二十四齒銘,魂氣歸來乎。哀鳴異鳥音,縑墨如未損。儻得徐枋書,寄我一摹本。_{貞毅卒時遺二十四齒,子安節、實節襲藏之,貞毅既葬宣州,乃奉遺齒歸瘞萊}

陽，徐昭法爲作《薝志銘》也。是圖實節所繪，貞毅有自題四詩，未谷屬余書於此軸。

再題禪悦圖二首①

昔聞山谷如摩詰，今識漁洋似老坡。依著漁洋寫坡像，翻然不似却如何。

弟子題詩十五人，空花拈著果誰真。爲君瓣爇蘇齋篆，細數從前念念塵。題者自林吉人而下凡十五人，劉石齡詩自注云：“聞諸錢亮工説，曾見東坡像，與先生極相似。”

恭和御製春仲經筵元韻②二月六日

帝備知仁敷教養，虞書孔義並澄觀。二賢可補雙峰解，三事還該六府官。曰利曰安功以次，惟和惟敘敕其難。訏謨抑戒歌聲裏，理境包涵萬象寬。是日講《論語》“仁者安仁，知者利仁”，《尚書》“正德，利用，厚生，惟和”。御論以“安仁利仁”朱子引而未發，雙峰饒氏謂與仁一，故曰其仁與仁猶二，故曰於仁亦既發之矣，然曷不於顔淵、子貢觀之乎？顔淵安仁，子貢利仁。簞食瓢飲回不改其樂，是安仁也；賜不受命而貨殖焉，是利仁也。賜不受命，非富貴貧賤之命，蓋天命之謂性，率性之謂道，率性即安仁，不受命即未能安仁也。貨殖者見有利於人，如貨殖之生財耳。是日筵宴特命樂奏《抑戒》之詩。

恭和御製經筵畢文淵閣賜茶有作元韻③

瑞露香濃散乳茶，講筵肆雅荷恩加。鏡澄淵海文同焕，日麗蓬壺景倍睐。合撰知仁歸有極，九功歌敘叶無差。始知依永和聲理，晉史徒誇一坐嗟。恭讀御製《絲竹辨》發明依永和聲之旨，始知《晉書》孟嘉論絲竹一坐咨嗟之誤。

二月六日侍經筵敬歌以紀④

文華旭景曈曈光，帝車來臨耀斗芒。傳心殿接上丁祀，日維庚辰

① 此詩題位於手稿本第 5795 頁。“禪悦圖”，手稿本作“漁洋禪悦圖”。
② 此詩題位於手稿本第 5796 頁。
③④ 此詩題位於手稿本第 5797 頁。

吉用剛。春祺布氣暄以潤，知仁天語聆煌煌。始和政令德在養，三事六府咨周詳。昔者孔庭七十士，性與天道兼文章。折衷一貫學而識，二千載後逢聖皇。安焉利焉辨等級，顏與端木真品彰。是由心源匯洙泗，萬古典册該琳瑯。講畢賜茶御書閣，華茵霑遍天露漿。重瞳周視四庫富，躬行不獨函軸藏。特命殿前增雅樂，需雲慶喬瑞繞廊。三十八人拜稽首，東班大學士阿桂、伍彌泰、協辦大學士和坤、禮部尚書德保、吏部侍郎蘇凌阿、玉鼎柱、署吏部侍郎李綬、户部侍郎諾穆親、汪承霈、禮部侍郎達椿、德明、内閣學士札拉翰、通政寺使夢吉、參議何曰佩、詹事府詹事德昌、翁方綱。西班大學士嵇璜、梁國治、協辦大學士劉墉、户部尚書曹文埴、禮部尚書彭元瑞、兵部尚書王杰、刑部尚書喀寧阿、胡季堂、工部尚書金簡、吏部侍郎董誥、禮部侍郎陸費墀、兵部侍郎瑪興阿、金士松、工部侍郎德成、都察院副都御史哈福納、張若渟、大理寺卿富炎泰、少卿劉權之、日講起居注官陸伯焜、德昌、季學錦、瑭五珠。西向就席分班行。天厨賜醴重職掌，司儀以次來傳觴。光禄寺官行酒。和聲樂署肄習久，閑歌抑戒吹笙簧。敬慎威儀訓辰告，有覺德行順四方。長言引唱最堪繹，由言無易神悠揚。信哉一字考燕禮，鄭箋鄭注訛相當。《燕禮》揖讓、升賓爲茍敬，鄭康成訓作苟且之苟。《抑戒》六章"無易由言，無曰苟矣"，鄭箋亦訓苟且。竊謂此茍字从艸不从草，《説文》已力几反，自急救也，乃與言不可逝矣，逝字叶入聲者爲韻，不獨字義當以急爲訓也。今日聽樂歌至此句，神韻悠揚，與下句正相呼吸，彌信方綱此説之不謬。誰知衛武箴誦語，節奏如此諧宫商。臣溯廿年叨講幄，隨班步自階西廂。十年前初忝閣職，序立獲依橋石旁。編摩光近聖人側，寅春錫宴濡露瀼。壬寅二月二日賜宴文淵閣。昨歲陪觀辟雍禮，今晨綠漲還方塘。一勺之甘皆道味，況飫寶訓開珠囊。講衞閣衞並卿列，三處敬事同趨蹌。魯論虞典又周雅，六經至治彌馨香。得門而入已優渥，何況日日瞻宫牆。書紳敷言錫時極，矢音敕命幾惟康。年年來近曝書日，丁丁畫漏宫壺長。

熊兆堂觀察來都門邀渭厓學士西齋武部慮庵宫贊小集同賦①

　　卅五年前對榻心，漳河㟁麓喜來臨。我應祝頌偕桑梓，公自功名

---

① 此詩題位於手稿本第5801頁。

繼桂林。幾個銜杯馳遠夢，是日席間屈指，同年今存者四十餘人耳。連宵剪燭
話同岑。東風二月新楊柳，又聽鶯遷舊侶音。

漢耿勳碑①

鄱陽昔述隃麋譜，檇李剛傳一字武。婁氏《字原》：於是碑僅摹一"武"字。
鄱閣銘文伯仲間，乾道之時拓已古。惜哉洪釋殊未盡，爾日氈椎太莽
鹵。又五百年劖鑿後，星杓尚爥幽巖阻。歐陽趙氏所未錄，具眼蒲褐
禪庵主。遺我苔紋綠徑丈，挂壁星月來闚戶。②圓光迥出方罫間，缺泐
那復畸零數。日維壬戌歲甲寅，下辨李掾官西部。匈災乃平萐乃胙，
匪皇啓處征與撫。此數字皆洪所未釋者，萐即箑字。我有蕩陰舊墨本，萐民
八月文同詁。靈臺之碑婁所著，淳熙偶闕吾今補。臨摹十日繪作圖，
復見神曜山精吐。作詩寄訊蒲褐翁，證取石勢行參伍。更乞摩挲西
阪詞，天井崖間仇與呂。

題董文敏與陳懿卜手牘三首③

河清漫俟陳居士，江郭先傳夏茂卿。商略小窗量玉尺，錯金龍爪
印分明。

追蠡斑斑嚃迹留，石邊珍重字摹歐。榷場一種粗工本，未識鴻堂
著眼不。率更帖"珍重""珍"字可驗《大觀》真贗也。

殘墨王家到董家，何妨片璧字敧斜。蘇齋他日重摹出，④待放優
曇弟一花。

肖蘇孝廉以趙吳興畫淵明像並書歸去來辭石本裝軸屬題
因爲臨趙題歸去來圖詩次其韻⑤

松雪於陶翁，出處若判然。及茲畫並書，又若感其言。士貴各求

---

① 此詩題位於手稿本第 5802 頁。
② "星月"，手稿本作"松月"。
③⑤ 此詩題位於手稿本第 5803 頁。
④ "重摹"，手稿本作"傳真"。

志,不爲觀者妍。空山風露氣,一往襟屨間。豈果枯槁恨,懷抱遂相
懸。忘機何足訝,定計蓋於鮮。區區嘆妙腕,細畫如蠶眠。盍借晉處
士,以論趙集賢。

送肖蘇之汝陽①

張君東海客,語挾海氣綠。十年遊長安,未遂升斗禄。抱病秋復
春,城隅賃茅屋。軒軒千丈氣,虹光夜穿櫝。一卷冰雪文,自賞非砭
俗。就我蘇齋話,誰輕宛邱目。平生於知己,珍重理郢曲。每説汝陽
宰,分誼均骨肉。往者周家郎,文譽喧巴蜀。快婿有如此,何減庭蘭
玉。季也今相攸,粤嶠得名族。彭君吾舊友,内訓深以篤。君指嵩少
遊,中州氣清淑。爲我訪金石,幽光剔巖麓。自吸煙嵐秀,不借芝苓
服。詩踐汝南諾,居同大勞築。嘉樹角弓篇,菉竹淇泉澳。即來貢天
閶,新鶯聽春谷。

文淵閣曝書②三月六日

兼旬積雪曙光殘,閏歲深留淯露漙。前月六日錫宴於此。日麗錦函
春倍永,雨餘文石畫生寒。緗芸馥聚經時補,閣中諸架有待補者,今皆漸次補
足。江海源逢一氣看。杭州、揚州、金山三部今歲全竣。添得新松千羽葆,蓬
山高處護層欄。

爲錢湘舲題其鄉前輩潘稼堂先生品研圖③康熙戊辰秋周衛履坦畫

我遊星巖歲乙酉,得誦遂初石研篇。辛丑秋銘七星匣,復若身到
星巖然。八年嶺表無一研,慚愧題字羚山巔。遂初老子不可作,誰見
珠斗羅几筵。金門畫史真好手,貌石與人俱不朽。金精玉質光相射,

---

① 　此詩題位於手稿本第 5804 頁。
② 　此詩題位於手稿本第 5805 頁。
③ 　此詩題位於手稿本第 5805 頁。詩題手稿本作"錢湘舲以其鄉前輩潘稼堂先生品研圖屬
題是圖爲康熙廿七年戊辰秋周衛履坦作稼堂江嶺遊草詩周君知我有研癖寫照遂作品研圖者是也
又一題云周履坦爲余作品研圖余酬以青花水巖研此作換研歌此則贈周之作非題圖也予嘗爲武
進劉青垣學士題所得稼堂七星研即稼堂集中三十研銘之一今見是圖爲繫以詩"。

月斧雲腴璞初剖。先生把玩童子滌，温粹無瑕淡交久。紫煙袖出大海瀾，戊秋歸自羊城後。是時先生四十餘，初題堂扁名遂初。周也能肖意中事，磊砢對面心神舒。儼然吳江講易叟，雙眸炯炯清眉鬚。不枉水巖一卷石，留此老子千載餘。錢郎感舊來吳會，前輩豐標耿猶在。匪以其研以其人，墨食之功或津逮。想像神完抱璞前，晤言石友周旋外。浮聲切響文字間，辨磬之銘毋乃隘。莫說杜老兼陳髯，何論長吉與子瞻。仁者空諸强分別，幾人親到青嶄巖。下洞中洞何足較，真手真研時一拈。崧臺品得李邕記，使我夜夢馳星巖。予昔到端溪讀稼堂賦詩並記，然所稱長吉“踏天”之句、東坡“磬聲”之銘皆文家波致，不足異也，北海《端州石室記》近日自稼堂始著之，而方綱考定爲北海書耳。

簾鈎二首和石公舍人①

傳來詩話映珊瑚，青瑣諸郎興不孤。宿鷺春陰忽驚起，殘陽舊夢更糢糊。捲因讀畫題難穩，斜爲看山澹欲無。樓檻西南人倚處，覓誰緘思到江湖。

只在花風誤揭間，駍䮥多少緒迴環。褰來玉手春初暖，影定蛾眉月一彎。幔冒怯窺新燕子，梯橫訝對小屏山。曲瓊解識琮琤響，省記寒宵覓句還。

齋中大觀真本右軍帖二十有七暇日摹其四裝爲册各繫一詩②

禊帖禊餘八百載，蕭家女婿上車看。蘭亭一段真神味，雪後天然旦極寒。《旦極寒帖》。

宏福沙門集墨緣，後來順伯說家傳。太清樓下拓惟苦，兩字能追四百年。《建安靈柩帖》。

閣本宣和盡失真，瘦金籤帖付何人。牽絲一筆憑君認，癡絶東沙

---

① 　此詩題位於手稿本第 5808 頁。
② 　此詩題位於手稿本第 5809 頁。

浪苦辛。《袁生帖》。

祖逖劉琨進一籌，金陀玉楮恨難收。故應內史知心者，禊罷蘭亭第五秋。《適重熙帖》。

題徐尚之詩卷二首①

徐君篤行人，孝友其實學。讀君哭母文，空山裂冰雹。筮仕十年後，登車一編握。辛苦出處言，得失共商榷。此去親民社，馳思瞻河嶽。浩乎真性情，那必借雕琢。余亦無飾辭，相見以淳樸。不敢隨衆人，輕擬輪扁斫。

君家茶坪翁，祀坡騎箕辰。君筮賁遯爻，又若坡與鄰。千載得尚友，詩思逾清新。近年坡生日，誰歟同薦裸。終南草堂詩，今河南巡撫畢公，往在陝西於終南草堂爲坡公生日之祭。光氣摘星辰。君往得心印，何區豫與秦。研池水增波，海棠枝復春。坡公卒於常州孫氏寓館，有洗研池、香海棠遺迹，去徐氏之居不數武，《茶坪集》中有七月廿八日祀坡公詩。雨中還月下，相對吾三人。

題肖蘇所藏畫松幀子②題曰"蒼龍僵立"

蒼龍僵立坡老語，瘦脊盤空自何許。飛裂奔湍怒有聲，猶挾巖巒勢呼舞。虛無根有鬼神會，浩浩雲氣迴太古。畫師欲寫奪雲勢，虛白光中自撐拄。不點蒼苔氣逾厚，倒拔石骨青初吐。以待嶔崎磊落人，誰歟巖壑冰霜侶。昔倚湘中廉吏壁，今挂海上詩人戶。和君長嘯作鸞鳳，助君筆力如牛弩。大勞山居歸有日，且伴行囊向臨汝。爲君一斗瀉墨濤，掣起飢蛟作雷雨。

唐元和十二年徐州使院石幢記③節度判官譚藩書

望雲紫電雛噴玉，義成拜表鑄苔綠。令公才子十六人，筆諫誠懸

---

① 此詩題位於手稿本第 5810 頁。
② 此詩題位於手稿本第 5811 頁。詩題下注文，手稿本作"肖蘇屬予題曰'蒼龍僵立'"。
③ 此詩題位於手稿本第 5812 頁。

寫不足。唐碑中葉盛顏柳，廣平西平雙管禿。光震戈波照天地，平生妙絕無人續。恨不並將廣平楷，快睹西平世家録。具體顏書譚判官，聞自欒城老同叔。蘇子由詩"譚藩居顏前，何類學顏頗"。夏臺東去嚴邊衛，徐方再統觀民俗。八面雕珉一丈高，實封七百階光禄。父子當年榮戟輝，弟兄此地牙旗簇。岐下遺封帶礪盟，汴泗交流郡城曲。大書峻厲氣春容，想像名家祜猶篤。向來竊品元和刻，陳諫而外難更僕。今見斯幢爲凛然，不敢但作題名讀。何人可以居顏前，何類之名吾未熟。蘇齋曠望平原派，夢想郎官叩張旭。挂壁浯溪與細論，如削唐年汗青竹。

黄新莊二首①

黄新莊北千株柳，記憑籃輿廿七年。一半昏陰遠揚外，絲絲如畫點春煙。

聯彎青郊舊侣非，村塍補種樹成圍。春寒未覺花風起，已有山桃雪點衣。

苑西道中二首②

天近緑雲層，高低寫稻塍。水痕依蟹舍，山影在魚罾。鳥破昏煙澹，鱗鋪淨練澄。誰知方郅幀，金碧切觚棱。

跨水雲根響，吹衣鏡面風。路迴虹暈外，人度篆紋中。稑稦針翻繡，襖襗鷺點空。江南春雨候，仿佛倚煙篷。

小松以肥城孝堂山漢畫象石本見寄賦此奉酬③

湖州昔自青社還，小山林麓曾躋攀。但記武平刺史語，重華曾閔萊衣斒。苔花組繡相映照，人物車馬來班班。圖經疑義訪故老，隴東麗藻誰能删。豈知隴東所未考，武平上溯永建間。邑人故吏過而嘆，叩首至德能廉頑。四百年前發憑弔，二千卷外增迴環。黄君今日歐

趙侶，屢爲陟巘披榛菅。雍邱畫象渺何在，尚想絹楮追丹顯。周初文物斧扆際，二公夾輔瀍澗灣。曰王曰相語簡質，一波一拂鋒迴跧。此字又在永建上，清淚欲爲河內潸。世間那有西漢刻，豈特一字輕千鍰。折痕往往似禮器，妙繪不獨先荆關。黃君工書復工畫，應笑米老徒偏慳。去秋共賞江與宋，秋史、芝山。鈎摹尺素苦不閑。參軍篆與朗公隸，附名儻許相追扳。三春叔度不得見，幾日林鳥鳴關關。濟上苔岑動新綠，石盟爲我歡古顔。報書愧無青玉案，緘思莫說愁關山。欲煩升立《尉氏令碑》也。

再題漢畫二首①

千秋畫史續南宮，刀幣誰知篆法同。借問草書追晉武，何如柏寢記鐫銅。

親見丹青顧愷之，陳王洛畔駐車時。按圖來釋冬官記，端就東都老畫師。昨見顧愷之《洛神圖》中車制略似此。

余忠宣篆鄭公釣臺字拓本用程篁墩詩韻②

青陽手篆江厓石，人與臺高俱百尺。孤光磊磊天地間，釣者篆者同心迹。嗚呼青陽與師山，山河千古爲壯顔。富登渡口接黃海，英靈輧馭日往還。應識今兹憑眺意，不僅臨摹鳳鸞字。易象春秋百世師，精忠大節平生事。雙鈎昨自西吳生，墨本今復來程兄。方君摳衣墨濺面，定躡滑磴留題名。弔古懷賢淚雙落，氣合丹臺凌萬壑。仰止亭邊蟹籪空，鄭虹卷子蛛絲絡。篁墩題句興不孤，石田畫幀儻更摹。千里蘇齋寄酬和，青陽精靈來有無。

陸放翁與玘上人八札石本三首③在金華智者寺碑陰

燈夕臨安甲子周，洞天何處記前遊。癡人種齒渾間事，滿院松風

---

① 此詩題位於手稿本第 5816 頁。"二首"上，手稿本有"石本"字。
② 此詩題位於手稿本第 5816 頁。
③ 此詩題位於手稿本第 5818 頁。

訊婺州。札中言病齒事蓋嘉泰四年春也。

自言投老欲依僧，初地金華見未曾。野叟閣銜分別相，不知何以叩南能。是時除寶謨閣待制也，札有"野老非宜"云云。

當塗郡石極奇筆，來對吾齋詩境看。若更焦山題字得，便應全帖劍南刊。

瘦同以幅紙屬書水村山郭四字并索著句其後且云欲俾友人畫之①

誰道詩應在畫前，翻身作怪亦論緣。片帆煙雨江南夢，中酒樊川記昔年。

高慕陶海上移情圖二首②

空濛何處刺舟還，自寫松風石磴間。記得蘇齋同拜像，果然玉局近蓬山。

嘯咏天風起妙音，千巖響答出層林。永師書法今拈得，松下何曾有破琴。

周伯克尊歌爲孫季述作③

孫郎來往洛陝郊，夜夢周廟靈旗捎。曉見斯尊出壟際，耳邊尚似鏗弦匏。兩夫舁持到几案，④其量二斗逾苞筲。不知宣和量多少，度生於尺權衡交。今雖兩環不可見，想彼圖繢非誇詨。惟曰文公惡高克，以鄭訛衛誰所教。逍遙河上詩所刺，豈有錫卣嘉爾肴。文曰十月日乙未，周歷漫許相訾譊。上稽籀篆證岐鼓，如捫顙兆觀羲爻。其文庚庚欲起立，不敢手摸疑瘦蛟。伯克伯友用作錫，喬皇典册輝旍旐。古者氏名不必備，後來音釋徒呶呶。我更斯尊曰伯克，爲君三筆容齋鈔。牛鼎腳鼎扃之个，度室以几知無淆。昭穆法於鄭衛考，讀禮毋乃

①②③　此詩題位於手稿本第5819頁。
④　"舁持"，手稿本作"舁執"。

弦柱膠。今日孫郎真博古，薛家款識厭可抛。持歸毗陵江上宅，寶氣
四照深堂坳。圖書宛委帶松竹，題扁迴憶函與崤。克家克子勵忠孝，
剛克柔克非詼嘲。研池古綠動活碧，墨雲靉起蒸檐茅。

送汪鹿園秘校出守撫州①

記共編摩十四春，發揮經術到臨民。瀛洲亭上聲名久，袞杼樓中
祐澤新。鍾阜舊聞留景建，道園遺墨在崇仁。因君儻獲蒐羅出，許我
西江一問津。李雁湖注王半山詩，是臨川曾景建增補，今海鹽刻本所未足者，予已抄補
十之三四，恐臨川或尚有之。虞道園詩文自《學古錄》外，予於《類稿》《遺稿》皆已抄補，惟
《翰林珠玉》一編未見也，故以此二事奉托云。

和張壽雪閣學記恩詩②

公家舊事在黃扉，此意拈來識者稀。夢繞龍眠山叠翠，書成鳳諾
日增暉。葵心一氣通丹地，棣萼連枝向紫薇。令兄晴嵐、鏡塹皆先居此職。
添得玉堂詩話好，絲綸世緒譜聲徽。

秋帆中丞以嵩山三闕銘見寄賦謝③

嵩山三闕銘者六，元初延光到熹平。昔人得三已自喜，幾見舊本
藏於程。孟陽。王虛舟。吳山夫。視顧亭林。頗增益，獨惜牛空山。褚千峰。
圖未精。延光之篆元初隸，歸然鼎崎雄東京。東闕隸題不著歲，羌
無贊述惟氏名。季度篇因請雨勒，此非季度實伯并。二室闕端冠二
額，半泐字尚留陽城。其間細隸人不識，蓋以韻語駢頌聲。首述尼
山追大聖，終以感雨推精誠。名嶽英靈會真宰，噓雲吐潤施編氓。
溥優洋溢歌所叶，芊條合穎來滋榮。馮翊呂常始伐石，祀號奏自堂
溪生。請雨寫經一歲事，儒者如此任匪輕。畢公射策冠天下，筆飛
太白泉水泓。拜宣我皇澍濡澤，維嶽峻極綏祐成。向來氈蠟不到
處，忽撥嵐霧生光晶。銘文字出畫亦出，陰符月魄環崢嶸。山精水

---

① ②　此詩題位於手稿本第 5821 頁。
③　此詩題位於手稿本第 5822 頁。

府不得秘，武梁祠刻何足評。淵哉孫生爲圖釋，斷斷洪趙誰能争。往時葉景近之董，_{三闕銘文初見於葉井叔《嵩陽石刻記》、景冬易《説嵩》，及近日洛陽董金甌相函始手剔之。}爛然敢共誇箱籯。我爲撟擖東觀記，^①蔡邕延篤交迴縈。斗南補遺竊欲附，湖州砭誤莫漫驚。山深迤北最深處，巖霏谷合啼鼯鼪。赤文緑字儻更得，莫惜竹膜拋瑶瓊。他年中州金石集，定憶薊北酬蘭盟。^②_{嵩陽居士有舊夢，雙柏先許酹一觥。}_{予齋有《嵩山漢柏圖》，嘗以蔡君謨嵩陽居士詩句題之。}

程易疇芋花圖^③

一萼黄垂折角巾，一苞半紫狀含仁。不知蜀土蹲鴟種，何似豐溪野水濱。月下飛光金泛梗，露披倒穗玉流津。筆頭有此閑風味，辨穀真宜號老民。_{易疇著《九穀考》，自號辨穀老民。}

冶亭閬峰二學士聯牀對雨圖^④

全真元常對風雪，和仲同叔乃慕之。夜雨對牀蕭瑟意，寸心千里遥相期。逍遥堂隔懷遠驛，萬古傾想蘇家詩。詩從元祐溯嘉祐，彭城東府話别離。對牀本取友朋事，西樓觸咏追南池。何如君家賢伯仲，詞林盛事萃一時。伯也十年秩端尹，頭廳重到翿羽儀。^⑤仲也昨春第嘉頌，簪筆日侍趨彤墀。玉堂花陰照瀛海，慶雲五色駢交枝。蕉窗竹坫共一榻，論文校藝同研思。石氣濛濛散飛緑，篁紋蕭蕭生涼飀。豈惟梧桐與松竹，當時漂泊酬唱詞。守杭使北早秋日，覓句那得相肩隨。_{元祐四年，東坡由龍圖閣學士出守杭州，子由代爲學士，是年八月子由使契丹，是二蘇公未嘗同爲學士也。}感嘆區區一言諾，^⑥_{坡與子由對牀夜雨之約始於嘉祐辛丑。}會合要出千古奇。人生至樂果焉在，幾個四海真相知。況復盛年勤切

---

①　"撟擖"，手稿本作"瀾翻"。
②　"薊北"，手稿本作"息壤"。
③　此詩題位於手稿本第 5824 頁。
④　此詩題位於手稿本第 5825 頁。
⑤　"翿羽"，手稿本作"翮羽"。
⑥　"感嘆"，手稿本作"息壤"。

琢，承家報國良在兹。畫出蘇詩未到處，鬚眉喜氣春融怡。就我蘇齋悟前誓，①明月下照雙金厄。

土　城②

雙皐接煙村，人傳古薊門。遠山青合氣，斜月淡無痕。徑轉如城角，泉清出樹根。初涼林麓外，③遺迹叩金元。

程易疇父子造墨極工先後見餉數挺賦贈二首④

不聞歐褚輩，兼擅李潘能。語我書家髓，如親劑兩蒸。日勻三萬杵，手剔百千燈。可但臨池訣，良醫幾折肱。

通藝哀成録，傳家業更精。黟山丹竈冶，元玉研田耕。經術今誰匹，詞場舊有名。百年前著譜，且莫説方程。君鄉人方密庵亦善造墨。

文與也畫漁洋山人秋林讀書圖四首⑤康熙戊申八月

覆盎門邊秋稧時，儀曹畫壁唱新詩。夢中時到邗江水，林外紅橋颭酒旗。

一片青山映墓田，停雲家法故依然。⑥揚州廉吏京華住，握手秋林俱少年。

同時侍御寫江村，衣袖江頭舊酒痕。亭子石帆初未築，爲誰空翠點柴門。

池北他年好載書，輕煙細雨覓樵漁。詩家三昧無多子，澹緑疏黄未著初。

---

① “悟前誓”，手稿本作“證前夢”。
② 此詩題位於手稿本第 5826 頁。
③ “初涼”，手稿本作“濛濛”。
④ 此詩題位於手稿本第 5827 頁。
⑤ 此詩題位於手稿本第 5828 頁。
⑥ “故依然”，手稿本作“有人傳”。

寄懷小松同石公秋史作禁用金石碑刻等字①

何處挑燈夢寶蘇，洛中濟上日馳驅。客從東觀添餘論，人似波斯老賈胡。只少神方能縮地，信知象岡善求珠。武林春在詩囊否，各有蓬萊涌坐隅。

兩峰以扇畫梅見寄次韻奉酬②

想見疏窗蘸墨時，草堂香葉定交枝。何郎霧夕相思甚，只欠風亭月觀詩。兩峰所居曰香葉草堂。

次韻甘嘯巖兼呈冶亭朗峰四首③

業白終憑得髓人，硬黃漫擬瘦通神。齊梁屈宋誰真贋，苦執清詞麗句鄰。少陵"清詞麗句必爲鄰"一首向來解者皆誤也。

五言二謝爲關鍵，三昧唐賢孰識真。不合宋元挑兩代，高徐數子擅通津。漁洋先生論五言詩，直以明之高徐上接六朝三唐，愚所未敢必也。

源流正變從何出，疏越朱弦調獨彈。一片宮商無譜訣，妃豨誤聽曲將闌。漁洋精研古詩平仄，而後來所刻《聲調譜》失之遠矣。

燕山真氣出瑰奇，況值佳辰舞咏時。擬借唱酬聯薛據，欲圖主客倩張爲。

朱補庵爲我臨石谷雨山圖題此贈補庵兼寄魚山④

放翁昔看峽口山，妙處云在煙雨間。意蓋以此喻奇士，所以激勵懦與頑。是時放翁在試院，文心八極相迴環。忽焉快雨瀉奔怒，咫尺萬壑飛潺湲。奇思欲得樓百尺，衆綠一吸低千鬟。不知耕煙王外史，筆皴何處窮險艱。千里百里江海勢，直欲膚寸收之還。蕩胸三日不

①② 　此詩題位於手稿本第 5829 頁。
③ 　此詩題位於手稿本第 5830 頁。
④ 　此詩題位於手稿本第 5831 頁。

能去,借畫之夢無由删。吾齋奇士有二子,補庵筆力誰能攀。爲我淋漓攬元氣,如到急峽高江灣。豈惟石谷所心許,併使放翁增壯顏。但恐放翁詩尚隘,未寫雲氣周人寰。

丁原躬蘭亭研爲陳目耕賦二首①原躬自題崇禎癸未四月八日

蘭亭研背論肥瘦,縮本多從玉枕來。自仿自鎸憑篆勢,畫家生面爲誰開。

願公投老托空門,時事倥偬不足論。供與目耕居士手,日呵石緑倒芳樽。

適以和答兩峰扇梅詩邀瘦同穀人秋史三君同賦而秋史病不能作追思昔年兩峰在都門同唱酬者竹井心餘魚門菈谷今皆化去而蘀石姬川丹叔書巢椶亭未谷匏尊芝山諸君亦弗獲聚處再疊前韻二首其一感念舊遊其一寄懷江都孔令雯谷②

恐是舒州李伯時,坡仙風袖寫筇枝。飄飄下界來遊戲,笑我蘇齋感舊詩。

江上梅花入夢時,蘇齋香篆裊橫枝。故留半幅瑶華寄,待寫山翁琢研詩。雯谷有琢研齋。

題國學蘭亭舊本三首③

長洲宗伯傳經日,百本槐廳絢鳳麟。館下諸生來問字,同時可有伏膺人。

薛家龕石重宣和,妙算豪釐眇伐柯。氈裹若論同籀鼓,越州藏本更如何。

誰將趙法付楊王,東里、虛舟。玉雪坡翁待比量。二百年前肥本

出，始知殘畫賞東陽。

見雷溪草堂集中有訪牧山詩和其韻題明人翻刻化度寺碑後①

畸士抱山吟，所賞疑太僻。山水書畫禪，命意初無迹。蕭寥鉢庵主，來往西山側。破墨出銛鋒，晶芒歛戈戟。兩忘煙楮外，一笑水雲白。當其對榻時，破屋不爲厄。籬華廎陶潛，章草嘆庾翼。見子淡交心，晤言馳在昔。鑒別豈必真，已自塵累滌。殘縑緬微尚，孤光耿秋碧。

寶應村間古墓有漢碑二一刻孔子見老子象一刻大鳥並獸銜環近爲汪秀才攫此石去洪稺存孝廉爲覓拓本見貽作詩報洪②

漢時墓闕如畫壁，洪相訪之汪聖錫。但云益部兗與荆，那及江淮近蒐剔。射陽村石聞之久，吾友江秋史。劉端林。爲屢覓。爾來聞落汪生手，復有洪君生感激。千里緘包墨猶暈，兩紙蒼茫拜初覯。鄱陽昔著驂與輿，恨未山原稽歷歷。此云弟子侍在旁，得非敬叔裳衣褐。左右不與隸績伻，贄幣應從禮圖析。題榜者三隸書六，朴氣使我懷增惕。戲錢腪鼎異或同，獨獸銜環狀如趯。惜無金恭處士字，欲與武梁祠刻敵。牛礪童敲定幾年，蒲阪西山太荒逖。先是射陽村人訛傳呼爲夷齊墓。作詩報洪兼訊汪，善護緘箱外加冪。我續南宮畫史詩，一補龍眠研池滌。昔見李伯時畫《孔子見老子圖卷》，嘗援漢畫爲作跋。

余忠宣篆鄭公釣臺字拓本予既賦詩並語易疇補圖今易疇果以圖來予因爲臨忠宣篆於卷前再用前韻題於圖上③

歙河南岸一卷石，雨窗招之來咫尺。一片篁墩感舊心，那必臨摹石田迹。山前石屋屋戴山，屋亦非復仰止顏。舊有仰止亭，今畫中亭非也。程吳輩接文士出，洛閩溯自南渡還。灣環煙水蒼茫意，墨本猶殘舊搥

字。程篁墩時所拓舊本，方君仰松猶及見之。眺望空濛寫不成，多少前賢往來
事。畫意翻從篆勢生，白野雪坡相弟兄。摩挲四字留天地，凛凛千秋
此姓名。挲書焉敢筆輕落，驚起蛟龍翻大壑。八分只合額新圖，萬古
斯文緒連絡。釣絲裊裊清風孤，獨行高蹤不可摹。說劍老子忽長嘯，
袖有丹臺雲氣無。

題董小池多野齋印說二首①

龍泓墨沼武林春，心印拈來有替人。底事南湖詩老句，識真只數
顧山臣。

鄱陽著錄憑雙洗，范史何年誤不其。雅好於今聚所好，語資書埶
兩兼之。小池有董氏雅好印。

次答冶亭闇峰二學士論詩之作②

虛閑堂開晝不炎，韡韡鄂不香透檐。遲我談詩無雜客，嘯巖坐上
軒修髯。我昨吟君對痡雨，擬諸子由並子瞻。眉山才名古所少，彭城
宦況報已廉。豈如頭廳恰伯仲，日以古學交箋砭。欲從蘇門杜法叩，
聊借迦葉天花拈。世以蘇詩目奔放，三藏法界標華嚴。倒垂銀河注
滄海，變眩百怪包洪纖。誰知當日得力語，圓相表裏天人兼。真放精
微非客慧，豪釐妙筭楮與縑。詩與畫禪本一理，機鋒電掣難爲添。唐
之天寶宋元祐，堂堂筆陣千軍覘。中間微茫不傳處，神工秘籥開樞
鈐。後來空同大復輩，衣冠優孟爭吞撏。白蘇名齋意固躄，王李七子
波猶漸。由宋窺唐覓津逯，必於元陸資膏霑。道園詣極不易到，茶山
白石稍未饜。獨有遺山檞玉局，往爲遯士芰歸潛。中州萬古清粹氣，
燕趙慷慨吾何謙。淵乎白山諸老集，③君家一尺哀牙籤。天挺光芒要
善養，不在虛騁毫鋒銛。今日源流溯坡老，何啻甘苦追江淹。小齋日

---

① 此詩題位於手稿本第 5837 頁。
② 此詩題位於手稿本第 5838 頁。
③ "淵乎"，手稿本作"所以"。

日拜蘇像,更擬臘雪佳辰占。邀同一髯兩學士,泚毫對捲松窗簾。①

題瘞鶴銘三首②

篆勢兼之飛白勢,壇碑得似少霞碑。寥天一氣松風夢,及識群仙作草時。

紫金筆訣悟華陽,萬古雲霄午景長。一線夢中丹篆直,盡收江海入奇光。"歲"字上辨得"午"字,此舊未曾見者,恰值今午歲也。

真本人間乞不全,水痕墨暈總天然。茅庵坡老留何處,一榻空江掬篆煙。

讀小池印說知予所得化度真本所自再題帖後二首③

寸珉秦璽篆三行,憶共汪生訂散亡。水閣瀟瀟秋雨夕,墨緣那計役車忙。

潘跋朱收剩幾行,蕩陰篋裏補遺亡。寄聲爲謝花之衲,迦葉拈來了不忙。

題程易疇寫生册二首④

杜陵觀行蟻,東坡識泥絮。萬物無小大,達人關百慮。誰言淡無營,實以氣充飫。暄涼驗天機,往復遞昏曙。榮條與翹鄂,菁英非外助。⑤一與静者論,各有尋原處。感激膏露滋,惆悵日月除。惻惻皋禽聞,愔愔候蟲語。

書生感時物,動息造化參。所居與天遊,似得真形譖。測之理奇中,孰信功非貪。朦朧萌枿初,蒸菌以類含。勿云傷偃蹇,俾爾恣奇探。有生一偶寄,天地供煙嵐。懷芳九秋熟,得氣三春酣。所以客薊

---

① "泚毫",手稿本作"篆香"。
② 此詩題位於手稿本第 5839 頁。
③④ 此詩題位於手稿本第 5840 頁。
⑤ "菁英",手稿本作"内足"。

北,而日思江南。

送姜星六郎中出守紹興二首①

賀監湖邊載簡書,樂天詩境較何如。素心結契三鱣後,青史功名五馬初。燕寢香凝官閣靜,稽山翠滴畫簾虛。即看憲節乘軺日,迴憶雲司退食餘。

廿載論文有幾人,苔岑交淡比松筠。宣風鏡水心堪鑑,訪古蘭亭味更真。篋笥舊摹南宋本,精神如見永和春。君家白石前緣在,何減吳興墨妙新。予有手拓趙子固定武真本,即姜白石所藏也,今付星六於越中刻之。

倪文正畫②

公自題“疏林遠岫”四字,上有王季重題云:“繞郭即滄浪,
秋清傍帝鄉。故山歸夢隔,還是讀書堂。”

去年我題石齋松,靈威石室森相從。倪公疏林淡無物,近者茅屋遙青峰。黃公畫松意同否,慘淡宵渺難尋蹤。倪公晚築城南室,正值黃公越遊日。紅燈照檻飛閣旁,萬壑流雲入公筆。文正於越中構衣雲閣,手畫其式爲之。顧謂黃公與公訣,淚落江渚身衰疾。此幅蕭寥又不同,爲誰遠思停秋空。繞郭滄浪故鄉夢,拂縑想在京邸中。草書肯似張二水,詩句來題王遂東。

再題寶應漢碑③

吾聞漢石經,遠匹周石鼓。華陰與河內,結體誰復睹。又聞武梁祠,騁技雕文縷。仲章季章輩,選擇書家矩。一仿中郎爲,豈獨畫師祖。江原上庸石,曠絕罕儔伍。金鄉迹僅存,永建題最古。讓此三榜書,差可六經補。江介人家冢,卑濕近村塢。寥寥懷在昔,珪璋儼文府。揖讓幣帛陳,聲容干伐舞。漢京經師遺,一物猶記取。藉非片石

---

① 此詩題位於手稿本第5841頁。
② 此詩題位於手稿本第5842頁。
③ 此詩題位於手稿本第5843頁。

留，焉識鄱陽詁。武梁舊墨本，響拓十得五。云出宋襯裝，元氣斫斤斧。此畫泐不完，此字森敢侮。犧尊在堂阼，鳳鳥下毛羽。廟庭聞金絲，禮器問鄒魯。

石公得靈壁石有白脈繞之屬予題曰石屋橫雲並邀同作①

我昔泊舟湟峽口，峽月窺人若穿牖。篷窗曉氣滃塞空，一線橫雲跨培塿。迷茫不作咫尺看，却自巖巔繞巖後。其巔如屋廠下垂，若與橫雲俯而受。懸厓陡絕不可上，激湍怒掣青蛟走。我舟如案承雲滴，巨石森然交左右。恨不八分題石底，瑟懗凝寒爲之久。何意君家几案間，此境依稀追八九。何年鬼斧鑿空嵌，滿戶煙嵐變蒼黝。會稽聞自禹穴探，林屋儻有靈威守。石公山人得石屋，夜半舟藏誰敢負。但訝迴雲側磴間，庚庚橫理成文否。照見罨溪題榜書，夜涌光芒動星斗。

王文成平思田疏殘稿二首②

梧州春不寐，盾墨照孤燈。元氣三年復，丙戌思田騷動，至是戊子凡三年。訏謨寸管憑。心仍依鹿洞，慮已懾蠻藤。漸啓南寧化，膠庠次第興。

事業昭如此，何須語錄繁。況將行草法，漫説李張存。明人書評謂公行草得右軍之骨，而參以李西涯、張東海法。慷慨黃嘉定，低佪沈賁園。誰家評石刻，輕共孔琳論。予藏先生奏疏刻本有黃陶庵、沈賁園手評，宋孔琳帖石本以添注小字插入正文，是原迹裝誤，正與此迹同也。

寄懷徐益齋彭受禹二孝廉兼示隗生兩陳生馬生四文學③

隗、陳皆易州人。馬，定州人。

謝郎今亦知非歲，昔與彭郎俱少年。幾度鸞凰共春樹，又看雕鶚在秋天。那因病目晨慵楷，想爲懷人夕廢眠。舊學商量何處補，蘇齋

---

① 此詩題位於手稿本第 5845 頁。
②③ 此詩題位於手稿本第 5846 頁。

雪浪笑論緣。益齋、受禹手札皆倩其門生書，故有病目之句，而蘭佩目疾尤深，可念可念。廿餘年前及吾門者惟南康謝蘊山及彭受禹年最少，今二君皆五十矣，受禹書來乞予書，因爲臨東坡定州《雪浪石盆銘》，時受禹館於定州也。

錢獻之得漢未央宮磚琢爲研拓其銘來求詩①

朱老誤題五鳳石，五鳳二年石，竹垞題曰磚，誤也。錢郎此研乃真磚。四圍徑尺中容墨，一例豐碑樣有穿。自篆自銘丙午歲，長生長樂二千年。陶甄却借成今手，多謝分書代我鑴。研上勒予名，是以戲及之。

成魯齋農部以焦山周鼎圖並拓銘裝軸屬題三首②

二程考釋二王詩，世惠無專半信疑。尚勝牛家圖鼎腹，誤憑雲氣畫蛟螭。

手補圖經已十年，海門弔古意誰傳。午窗又作栖霞夢，記倚空江塔影圓。

亭壁山樵筆勢遒，日因搥鑿怨滄洲。君家拓出淋漓氣，好爲雕戈束矢酬。

天井題名碑歌③

遣詞揮翰出一人，我記漢碑無此倫。鄱陽以碑目天井，我亦傅會非其真。大書磨厓武都郡，修坂傑嵼摩層雲。下有深溪不可涉，梯危架廠俾神斤。阿陽李守造橋閣，前後三勒厓間文。歐得其一趙得二，題名之字獨罕聞。洪家釋後復續釋，後詳前略奚以云。陳倉呂國首所繫，故府掾名説則紛。一十二行隸勁古，四年六月日紀寅。自丞以下皆府吏，字小其半尊李君。於中特起撰書例，書兼撰者功尤勤。下辨之仇一門俊，審也東坡贊李旻。子長姓名惜已泯，不獨會翁訛相因。曾南豐語信不妄，小歐陽目應共論。向來流傳多耳食，郙閣亦策

---

① ②　此詩題位於手稿本第 5847 頁。
③　此詩題位於手稿本第 5848 頁。

中郎勳。明馬理說。誰將郭香辨香察，漫比魯峻例史晨。洪說武斑羊
竇道，二碑不著難具陳。樊敏雖鐫息憬字，舊本缺泐同霾湮。豈如茲
題拓者少，照映白鹿黃龍鱗。儼排冠裳敘班秩，降豐賀瑞來佹佹。當
年曹屬有如此，得非李君勇且仁。緋也靖也表閥閱，能以文字為惠
民。異哉子才作子木，積疑得此快一申。尚有惠安西表篆，炯炯石頂
青嶙峋。云在峰迴陜角際，側足千丈流無垠。西部掾碑李禋字，更援
郙閣連石門。此碑果在西狹後，舊疑不是空斷斷。小齋竟作蒼石壁，
蘇書歷井捫星辰。

長生未央漢磚歌題錢獻之所寄拓本[①]

漢篆瓦多磚獨少，長生瓦始歌國初。二林倡之諸公和，載考漢紀
圖黃圖。似聞搏埴迹寡二，蘭話堂本一再摹。甘泉昔考雲林子，雍州
近志排山朱。土花光怪日騰出，寶氣何止千魯璵。爾來漸多媚學侶，
偏傍考訂窮錙銖。畢秋帆。王述庵。嚴冬友。張石公。宋芝山。錢獻之。
趙，晉齋。後先投寄來寶蘇。中腴中縣稱琢研，應規應萬宜摻觚。屏
幛大小爛列宿，一磚於此豈可無。錢郎自陝赴河洛，包裹稜角周四
隅。先於背勒觀者字，何幸我得諸公俱。儼然漢宮度漢尺，尺有四寸
方形模。雖同長生未央字，瓦文宛轉磚則殊。上畫儼如屋有翼，下垂
縈似帶有餘。參差之中又比密，橫以界道斜紋鋪。想見綸連錯組繡，
玉階銅沓黃金塗。金釭銜璧燦行列，列錢之制如此乎。一枚可度千
萬戶，邊損幸未傷犁鋤。西京考工溯陶瓵，凝土氣尚交拊垺。終南九
嵕半雲雨，藻井濕蘚青糢糊。二千年後飽箱笈，幾輩濡染來吾徒。得
歸錢家娛令叔，瀋研跋尾相軒渠。詩格諸老且莫擬，鑑藏二林定弗
如。吾儕砥礪為樸學，漢傳唐疏相爬梳。藝林潤液日開洩，寸田墾闢
加膏腴。所以古磚作今研，磨之琢之兆乃符。拓本置之諸瓦上，方珪
圓璧環籤廚。篆煙蟠作吉祥字，夜燭更仿芝英書。

北周造像石刻本二首①

一云"□年月日信□□於永樂縣王□曰敬造觀世音像一區,常願侍佛聞法"云云,一云"天和四年歲次己丑七月廿三日,佛弟子王□敬造觀世音像一區,為亡父托生西方,現存母萇命,延年益壽,己身□□,日進三司,家内大小康和,生生世世侍佛聞法。女妃孃息、王士□息","王士榮息、王士寬居士、淳于己"皆正書橫刻。

不聞畫帖譜宣和,六代雕鐫剩幾多。漢後唐前雲樹影,衣紋層叠指旋螺。

天和書擅華山碑,小字鉤深法有誰。我訪北朝題像記,三公欲叩一家師。

題邵二雲所藏童二樹寫生册四首②

童名鈺,號樹道人。

如此蘭亭始逼真,生香交翠墨池春。山陰雪意誰曾見,童道人今樹道人。用姜白石遇童道人事。

墨梅底用追王冕,泉譜還聞辨顧烜。容易殘縑自哀輯,一枝巢影寫涼暄。

亦有江翁善寫生,天涯金石幾蘭盟。篋中古幣歸何處,邗上新碑悵望情。去年聞童君所藏古泉將歸江蔗畦,今蔗畦亦下世,其嗣君方來乞銘也。

老友姚江手一編,畫梅詩畫又三年。③從來臭味論千載,多在知音淡處傳。

---

①　此詩題位於手稿本第 5852 頁。詩題下注文,"王□曰敬造",手稿本作"王□□敬造"。
②　此詩題位於手稿本第 5853 頁。
③　"詩畫",手稿本作"詩話"。

復初齋詩集卷第三十三

谷園集一丙午九月至丁未五月

是秋奉命視學江西,[①]取夙昔瓣香山谷、道園二先生詩之義以名是卷,冬到南昌,遂以谷園名齋。

九月五日與鶴街少詹鐵厓庶子蓉塘贊善同膺視學之命一署中視學四人誠異數也密雲道中賦呈三君子時蓉塘在京兆試院分校[②]

四使同僚故事稀,宫端拜命有光輝。芙蕖妙結鏤牙管,芍藥休誇金帶圍。躔次寧徒二星並,夢中先有五雲飛。黄花塞外皇華句,疊唱應傳出鎖闈。前夕夢於詹事署拜受御賜雙筆並開蓮萼,蓋即一署四人拜命之兆也。

灤陽道中山行用道園詩韻兼留别石公魚山[③]

雪溪卷子憶越州,破墨不必皆丹邱。虞公詩思自清激,直寫塞水成汀洲。塞水平時少渟泞,森森石齒可礪矛。我來三秋挹濃潤,一吸萬籟丹黄收。山莊環抱氣雄厚,圭瑁磊砢朝公侯。看山亦用相士眼,不在徑壑紆深幽。道園詩不著一字,誰知力已迴萬牛。叢篁誰敵文與可,瓣香昔共馮伯求。商略劉公復張子,每值策馬凌高秋。黄花軍

---

① "是秋",手稿本作"乾隆丙午九月"。

② 此詩題位於手稿本第 5861 頁。

③ 此詩題位於手稿本第 5862 頁。

近紫塞接，紅葉句爲重陽留。今年寒早倍奇絢，寄語幾個真詩流。臨川豫章待訪古，精微剖析補曩遊。芝亭眉庵迹或在，真意儻乞來扁舟。寫示張馮作留贈，塞山斜月涼懸鈎。

紀虞惇孝廉望雲懷古小照①

白雲意在戀庭除，自倚門閭讀父書。一寸春陰心萬古，墨濤飛動雨來初。

匡廬秋色圖歌和答錢裴山孝廉贈行之作②

昔者老錢使江右，我咏山谷匡廬圖。今者錢郎復秀出，贈我意與匡廬俱。匡廬秋氣連江麓，匡廬秋聲散飛瀑。高吟誰擬續歐陽，圖畫還如對山谷。錢家三世詩脈長，我師太傅友侍郎。妙手重開九叠錦，懷人宛在三石梁。千巖秋色來一紙，匡廬落我懷袖裏。青眼相期真面看，素心可對西江水。三十年前策騎時，幽懷付與何人知。裹茶聊證道園語，觀瀑同論山谷詩。

良鄉道中次和冶亭學士石經臺韻③

吾聞大房山，經洞遺刻古。惜無拓本傳，歲歲雍煙雨。賢哉二學士，手輯舊聞補。峨峨石經臺，半字蒐魚魯。爲拓第一義，遍滿恒河所。元和節度劉，鐫此拯群苦。維時歲己亥，初靖淮蔡土。聊假三車願，竊附兩階舞。霜寒十四州，後來崇紺宇。塗金亦如此，保境誰或侮。梵品閱興亡，發心蓋有取。區區文字緣，訂證金石譜。立馬望芯題，石篆儻如睹。石經臺刻云："《佛本行集經》卷第三十一，幽州、盧龍兩節度使劉相公敬造，元和十四年四月八日建。"又殘刻一行題云："《本行集經·發心供養品下》卷之三，嘗見吳越錢氏造金塗塔，所繪像取《佛本行經》事迹，正與此刻相合。"

---

① 此詩題位於手稿本第 5863 頁。
② 此詩題位於手稿本第 5864 頁。
③ 此詩題位於手稿本第 5865 頁。

趙北口二首①

瀛鄚之間半煙水，村閭如畫接漁船。記從灕滗溪頭望，詩思濛濛三十年。

蟹籪灣灣罫布棋，霜空老柳照橫漪。枯萍折葦蕭寥意，轉勝濃雲蘸翠時。

德州驛舍三首②

前一首得鎮堂書作，後二首林汲過訪作也。

夜發濟南書，陸子勤遠訊。兼懷山陰客，蘊齋。弗我瓊玖吝。電勉切箴規，威儀宜敬慎。何以對友人，但訝年華迅。憶昨拜命初，竟夕自攻疢。讀書十五年，所學仍未進。渺彼馳關山，空爾抱心印。所以漆雕云，斯之未能信。

講堂繁露名，取諸漢董子。圖經説廣川，即今景州是。地界燕齊間，頗聞師承旨。夫子魯諸儒，時應徵召起。十年直承明，一朝還梓里。家餘萬卷書，今方編摩始。一經貴精專，不在鶩夸靡。往闕何從補，對君汗顏泚。

挑燈懷我侶，屈指姚姬川。邵二雲。任。子田。出處雖不同，所恃同此心。惓念西郊詩，野圃坐秋陰。十年感搖落，題葉托苔岑。③況聞河汾老，慕堂。卧疴懷遠林。動靜各有適，定力無淺深。所賴金石性，止水觀浮沉。試拈淨名義，爲君張玉琴。林汲精内典。

望鼉尾山四首④

鼉尾峰娟妙，遥連小洞庭。幾年心有素，一髮眼俱青。丹篆縈如結，鸞凰嘯可聽。何時窺石笈，真得勒厓銘。

---

①　此詩題位於手稿本第 5865 頁。
②　此詩題位於手稿本第 5867 頁。
③　“題葉”，手稿本作“片葉”。
④　此詩題位於手稿本第 5869 頁。

一卷吟冰雪，微聞太寂寥。天風來浩浩，山木日蕭蕭。魚子青於染，黄華雪未消。不應無轍徑，惟有石墝墽。

談龍初有録，得髓不無人。摩詰迎神曲，魚山子建親。一鳴非假托，三昧證前因。今日驅車客，蒼茫孰問津。

卓爾霜空外，曾拈曉望圖。羅兩峰爲予畫《靈尾曉望册子》。霽煙憑咫尺，真境豈糢糊。東岱千峰注，西江一吸俱。皖山山谷脈，可許乞靈無。

冉子祠①

集賢遺篆半荆榛，石刻"東平公冉子祠"六篆字，集賢侍講學士中奉大夫兼國子祭酒宛邱趙期頤書。稽首荒苔嘆息頻。地傍瓜園寒日晚，祠在東平州北十五里王瓜園北道旁。碑留果樹舊時春。碑云舊有文官果一株。檜楹豈止三橡隘，德行猶然百世新。敬語儒官勤整葺，有裨善俗更興仁。

南　樓②

杜陵昔東遊，南樓嘗縱目。至今炯炯光，山翠膏如沐。兹郡文字氣，斯人收攬獨。尚其弱歲時，詩力怒猶蓄。惜哉岱頂作，今不存篇幅。數語留客園，已壓嶺與蜀。杜集《又上後園山脚詩》"窮秋立日觀，矯首望八荒"云云，即其登岱詩也。一片海岱雲，爲誰絡坤軸。想倚珊瑚竿，欲掣斷黿足。獨於嶧山碑，不道燹侮讟。後來贈李潮，始爲詳棗木。後人莫歧視，弔古同景躅。試采祠下蘋，已映南池綠。南樓今爲書院，祠杜公。

滕縣至韓莊道中③

曉日壓雪氣，蒸蒸若浮煙。一縷昨夕雲，粘著寒樹顛。高低畦水聲，氈馱相後先。百里積雪光，晶晶浮遠天。宿麥萬頃綠，劃破瓊瑶田。沙深帶沮洳，蓄暖作漪漣。迢遞微山湖，廬舍菰蒲連。空濛合青

---

① 此詩題位於手稿本第 5870 頁。
② 此詩題位於手稿本第 5871 頁。
③ 此詩題位於手稿本第 5873 頁。

徐，直際淮海邊。

臨淮驛館寄内①

驛庭晚雨濕秋煙，五字留題廿七年。<small>己卯秋宿此有和劉隨州韻寄内一律。</small>却挈郾州小兒女，重吟淮浦舊詩篇。蕭蕭落葉催征騎，淼淼寒流浸遠天。斜月穿窗記前夢，浮家慚愧釣魚船。

東林寺壁有王文成長句墨迹予昔往來次韻屢矣今隔十五載重來而粉壁已壞次韻志感②

粉壁煙煤擘窠草，煙昏粉剥逾娟好。陽明故是千載人，呼吸香爐招五老。弔古不因塵世哀，笑口詎爲蓮池開。即如此迹倏變滅，正似彈指分去來。莫笑和章添幾首，陶潛慧遠非詩酒。真手真研誰識之，此壁此書仍不朽。誰摹石本留山庭，空繞雲氣迴沙汀。廬峰雪後尚餘濕，飛起嵐煙一縷青。

東林寺王文簡題徐東癡詩後墨迹久已失去予昔奉使粤東嘗爲補刻並次韻於後今日重來觀之再次前韻③

誰記徐詩後，漁洋下筆親。虎溪留笑語，廬嶽照星辰。樹古聞疏籟，汀迴漱激鄰。愧予行役者，未識二公真。

通遠驛④

石耳峰前略彴橫，溪聲怪我久寒盟。廿年夢在廬山側，未得圓通一宿成。<small>圓通寺在驛西二里許。</small>

宿樂化旅館蘊山以詩來迎寄酬二首⑤

喚我瀛洲舊夢還，夜涼星斗聚江關。蘇潭正有閑雲在，只恐閑雲

---

① 　此詩題位於手稿本第5876頁。
② 　此詩題位於手稿本第5879頁。"予昔"上，手稿本有"舊以木函之"字。
③ 　此詩題位於手稿本第5879頁。
④⑤ 　此詩題位於手稿本第5880頁。

又出山。

　　故人雙鬢未成絲，似否城南剪燭時。篋裏道園山谷法，對牀聽雨要論詩。

陳松山郡守以袁州慶豐堂記石本見貽賦酬①

　　龍圖學士非吏隱，手向東湖栽石筍。盱江自有校官碑，誰謂年深迹已泯。章友直篆柳淇書，三絕之名傳不盡。郡人猶說叢桂堂，介石亭同記欄楯。宜陽問俗盛弦歌，一洗十年頑與蠢。侃侃議禮果無負，化起宮牆作根本。遂招和氣致年豐，豈獨賓筵喧笑矊。當時僚佐陳與閻，煮酒烹茶破寒窘。文章適爲江山用，唱和都成幽蠟引。柳書雖擬浯溪頌，章篆最與陽冰近。我寶開封殘石畫，南仲胡恢一標準。即看題額炯炯光，巉絕中鋒去畦畛。松山先生今祖侯，試追逸韻留徽軫。宜春山色飛翠來，助我霜豪掣秋隼。

題謝蘊山三山攬勝圖②

　　君守京江時，寫照借三山。想在浮玉頂，金碧憑層欄。焦麓北固厓，俯仰喬木攀。屢貌難扼要，詩思淡以閑。忽於盤石上，佇遠得曠觀。一碧江接海，長風迴紫瀾。隱隱雲外塔，渺渺煙中竿。胥來入懷袖，萬景相迴環。君從講幄出，爾日猶朱顏。胸中鬱奇氣，一吐江天寬。恨不罨溪共，誓結蘇米歡。蘇米我名齋，十載愧盟寒。金山拜石像，焦銘記書丹。北固與群嶽，東西名孰安。見岳倦翁《英光堂帖跋》。篋擬瓜疇圖，石作東海看。剛風紫金境，黿門鳳池間。問君意如何，把酒起三嘆。弱齡師若弟，漸已鬢近斑。江城今握手，聽雨又夜闌。尚記栖霞宿，巖鳥警關關。江山冷笑人，去日不可扳。一嘯衆山響，試我玉琴彈。

---

① 此詩題位於手稿本第 5881 頁。
② 此詩題位於手稿本第 5882 頁。

南昌古鐘歌①

唐南平王鍾傳所鑄，後爲火損，南唐林仁肇重鑄，款云“唐乾德五年太歲
丁卯二月庚申朔二十五日甲申記”。

我來洪都考舊迹，滕閣之次即此鐘。滕閣後來屢改築，此鐘猶是
唐時銅。圖經紛紛説宋鑄，款記初剔東湖東。乾德五年歲丁卯，林節
度識鑴摹工。溯從南平始鑄日，鎮南拜爵乾符中。酒酣搏虎無寸鐵，
真興寫照誰比雄。豈意重煩侍中手，琅琅儷句聲摩空。虎兒勇略蓋
江表，畫圖早已來汴宮。蒲牢高懸簨簾應，妙因善利增崇隆。象之昔
辨橋柱記，寶大兼證於會同。天宮金像記光啓，職方缺載李與洪。目
營淮泚勢炭炭，布金福地心忡忡。宋年唐紀古罕有，史家系述知何
從。林公故居尚留址，崇梵里第溪花紅。霜天聲聞爲誰徹，高樓樹杪
來江風。千年吉金古器少，八法妙楷虞戈通。南平南唐且莫道，圓音
日夜迴春容。我持拓本壓行篋，壁間氣吐如長虹。

顧松巢棧道圖②

松巢畫品傳昭陽，癡名遠欲追長康。棧道之圖特奇麗，題詩最數
王漁洋。漁洋所題扇頭作，而此幅竟五尺強。層厓巉削倚天立，細徑
繚繞迴羊腸。初從輿矼折岣嶁，漸穿雲磴極渺茫。路分向背作開合，
中間空際皆江光。林煙店舍互虧蔽，羈情遠思不可詳。君家淮南煙
水窟，心目何以窮忖量。或云師法在小李，此以貌取徒誇張。不知君
從詩理出，萬里一寫胸中藏。五指四時出雲霧，叠嶂一氣來青蒼。老
儒賣畫竟窮餓，積成奕葉書傳香。厥孫樸學富考訂，禮之鄭衆詩毛
萇。每嗟先迹近已少，發揮門户爲文章。吾以文心悟天咫，昔也花月
矜維揚。今悉化爲經術氣，屢共嘆息任與黃。松巢之孫進士九苞，予門人，精
熟諸經注疏，任禮部大椿、黃孝廉驊，皆其親戚。吾門況復得謝子，揚守治績推循
良。琴鶴歸來無長物，獨持君畫充宦囊。松巢有知定軒舞，漁洋舊句

---

① 此詩題位於手稿本第5885頁。
② 此詩題位於手稿本第5890頁。

空佇望。此是蘇齋説經事，讀破萬卷方擅場。

唐子畏賞花月下圖①自題云："一年數節又分春，廿載論交辱故人。莫負今宵

頭上月，請看明日鬢邊銀。花枝且取無期醉，詩句能工不厭貧。相對素心君與我，

悠悠途路足風塵。春分日與吳嗣業賞花月下，飲酒作此寄意，吳趨唐寅。"

春分之日是何日，想像猶在正德初。匏翁石翁皆老去，只有茶香
對六如。繞身湖光三萬頃，拈鬚各已四十餘。記否三更風露下，時借
畫竹評蘇書。吳嗣業名奕，號茶香居士，匏翁從子也，予嘗見其手札，甚得蘇體。

知寧州事王生爲覓得山谷集新刊本而小齋
所摹公像適裝成敬題幀側②

公像公詩證墨緣，小齋稽首篆香前。奉來江右神逾近，不畫匡廬
筆更圓。原軸《匡廬觀瀑圖》也。一脈心應周子接，分寧有濂山書院，並祀周、黃二
先生。千燈印在道園先。齋扁曰"谷園"，謂先生及虞文靖。師承質厚爲根本，
此是灕峰偈子禪。

東湖③以下丁未

積雨橫堤緑，新陽動倚欄。詩名懷應舉，碑字憶韋丹。遠岫濛濛
濕，疏林潤潤寒。棘垣前夢在，秋曉憑征鞍。貢院在湖上。

對牀聽雨圖二首④

六百年前借詩句，廿三載後始成圖。癸未秋與蘊山同誦東坡別子由詩，始
有作圖之約。中間如夢一彈指，漸作拈鬚兩老夫。漏滴尚疑同館閣，篷
聲不是話江湖。紛紛畫史焉能識，但向禪牀寫竹梧。

沈趙生論感舊篇，韋蘇集結瓣香緣。千秋共有前盟在，幾個能躅
外事牽。簾户燈挑春影淡，魚龍沫響夜珠圓。依然聚首題襟處，只少

---

① 此詩題位於手稿本第 5892 頁。
②③ 此詩題位於手稿本第 5893 頁。
④ 此詩題位於手稿本第 5896 頁。

工夫理昔編。

惺庵中丞贈雙鶴賦此奉酬①

公自仙音鳳嘯聆，許陪軒檻寫新銘。餉來素羽華亭種，胎息黃庭內景經。芝草成田霏露瀯，松花如雪下雲汀。小齋正有蓬山句，我與先生共眼青。<small>中丞軒名鳳嘯，而吾齋名蓬鶴也。</small>

廨後友善堂曹學使舊題也，今飼雙鶴於此，因繹小雅鶴鳴篇攻錯之詞，周易中孚卦在陰之旨撰友善堂記，疊前韻屬蘊山莅限春畦三君和之兼柬惺庵中丞②

日日論文妙義聆，堂開友善即箴銘。雅歌悟得鳴皋理，風澤孚來相鶴經。五夜聲聞傳漏刻，雙清心迹寫淵汀。中丞識我名齋喻，雨後苔岑一氣青。

蘊山和前作再疊奉酬③

得踐聯牀舊話聆，前因不獨潤州銘。早傳蓬島三生約，終驗浮邱一卷經。計日雲程同嘯侶，君家潭水似鷗汀。他山石句添圖畫，襯出西峰萬疊青。<small>適語蘊山他日當以二鶴置蘇潭之上，而愚昨以"他山之石""在水一方"二句題於蘇潭，若爲鶴鳴詩兆者。</small>

春日登滕王閣同濟之用東字④

章門遠目散春空，一氣江郊霽色同。欄影欲隨煙岫轉，窗光直送碧流東。十旬侶約搴雲上，萬井人和喜歲豐。唐代娛遊寧有此，文瀾都在袖襟中。<small>時將按試諸郡。</small>

瑞州水口寄范邁亭二首⑤<small>邁亭時宰瑞之上高</small>

廿載支篷處，西南碧一灣。水如前度夢，花似故人顏。得月澄霞

---

① 　此詩題位於手稿本第 5897 頁。
②③ 　此詩題位於手稿本第 5898 頁。
④ 　此詩題位於手稿本第 5899 頁。
⑤ 　此詩題位於手稿本第 5901 頁。

外,生春淡靄間。吴船誰續録,初見瑞州山。

老友爲循吏,天涯復幾人。即看江路近,定識土風淳。異地苔岑合,同年骨肉親。挑燈話文字,結習亦前因。

桂林伏波巖米題字①

潘景純、米黻熙寧七年五月晦同遊,後有莆田方信孺《米公畫像記》。

兩已背文自著名,時尚未以芾字行。米老名黻,元祐辛未始作芾。我昔珍摹丙寅字,更先一紀誰能徵。紹言之序我未見,西山寓想同詩僧。潘君儻亦紹言侣,易堂幾日衙齋營。此題無乃易堂筆,一十四顆驪珠明。米公早年號集字,晉唐結法腕底并。離顏合歐劑以褚,似敧反正古所評。浯溪之題正如此,英光所勒難爲朋。八桂陰厓閟神物,一洗瘴鬱開峻嶒。嘉禾王子手拓得,持以贈我章江城。松風謖謖吹挂壁,苔花氣到齋楣青。藥洲昔與詩境合,好庵何嘗寶晉銘。我爲南宮譜遊迹,只有臨桂書無憑。今得好庵作像記,又苦石泐空目瞠。故人爲摹邵彌稿,今春準擬庵圖成。此題抵得袖中石,山樵一品來精靈。重顏米齋繡米像,日日下拜瞻雲軿。天台子真忽降夢,②手追每在虞永興。

得方好庵所摹米像石本並記因檢篋中好庵韶州
所摹放翁詩境字揭於使院題此③

放翁詩境字,好庵勒石三。武溪浯溪龍隱巖,作作芒采垂天南。浯溪之刻訪不得,韶陽桂陽軸雙墨。日日蘇齋拜石緣,不負藥洲題石客。藥洲石米韶石蘇,塞破横街兩椽宅。昔因山陰陸,得識莆田方。今者因方又識米,復扁陸迹於其旁。先後迴環孰主客,百千燈一詩境光。陸書再摹那不足,米像記向金山熟。好庵老子招手來,伴我蕭寥

---

① 此詩題位於手稿本第 5901 頁。
② "子真",手稿本作"紫真"。
③ 此詩題位於手稿本第 5903 頁。

竹間屋。若論息壤即西江，儻許同盟到山谷。是日雙鶴來庭陰，和答響出空山琴。放翁此題無古今，廬山高高江水深，是誰寫此槎枒磊落之素襟。韶江江月仍在此，厝堂底用浯溪尋。近日黄厝堂亦以詩境名齋。

東軒詩二首①

記曾十日披雲處，七百三年一映風。戒老何嘗來陝右，慎公亦不住圓通。論文夜月心相質，聽竹春陰句未同。數本蕉杉還識我，綠煙如畫小堂東。

香紋裊篆淨無埃，十載蘇齋舊夢迴。青眼三生真帖在，予篋中攜坡公《嵩陽帖》，爲仿其筆意以書此扁。黄州雙鵲早飛來。池痕潋潋能留墨，檻思綿綿又上苔。借問虛空誰舉似，雪堂端爲老師開。

詩境東軒歌②

我因陸書問蘇詩，嘉泰序自吳興施。小蘇合證蘇詩派，仿佛東軒大蘇在。詩境大書拜瞻陸，摹寫東軒又成軸。廿年不到閩韶臺，磨墨西江水西曲。江水之西軒則東，掩映蕉梧一方綠。詩境於熟悟出生，東軒於弟懷到兄。我忝蘇門稱弟子，如此詩境誰能争。念念塵塵往復迴，十日憩此何爲哉。文瀾要挽西江住，地靈知我東軒開。江山復理前時約，到處相逢詩境來。

碧落堂③瑞州府治後碧落山上

坡公胎息訣，豈假刀圭分。爲誰懷八百，恐是戲卯君。仙人栖隱處，不合使世聞。得無愛兹山，寓言匪夕昕。盡收諸峰碧，皺起空江紋。濛濛一氣中，心已香俱焄。何人復多事，構此勞斧斤。滕閣鬱孤臺，比擬徒紛紛。和來始青歌，招手鸞鶴群。城郭環隱翳，桑麻綠鋪菜。何以侑前賢，且莫追記文。徘徊夕雨霽，目佇春空雲。堂今爲十賢

---

① 此詩題位於手稿本第 5904 頁。
② 此詩題位於手稿本第 5905 頁。
③ 此詩至《臨江戲魚堂帖歌試郡士作》，手稿本闕如。

祠,十賢者晉陶靖節,唐刺史鳳山先生應智頊,宋蘇東坡、潁濱、黃山谷、米元章、朱子、楊誠齋、文文山,明劉青田,而宋歐陽守道碑記訪之不獲。

武梁祠堂畫象

　　虞書觀象遠莫追,豐侯圖形見者誰。今之正書祖漢隸,畫手曷弗東京規。西川稚子闕已湔,我始訪得射陽碑。西陜頌旁迹或贋,嵩山室闕人罕窺。近年稍出郭巨墓,永建題字非同時。魯峻李剛各何在,水經圖記猶然疑。任城近與鉅野接,鄱陽夢早東武馳。吾友黃子官濟上,鄱陽東武一手爲。范廬江既收舊本,鄭郎中復補闕遺。昨者升高尉氏石,五六百載無此奇。地靈光怪要騰出,我輩嗜好來應之。平生夢想武梁刻,一旦忽慰心調飢。果然雕文騁技巧,行行羅列章委蛇。遷史遠稽大戴禮,白虎通義推皇羲。堯舜垂裳自軒帝,其前草昧猶衣皮。夏商之王僅略見,牟追章甫詳容儀。次繪古賢首曾閔,丁蘭刻木萊衣嬉。蓋以孝行爲職志,義姑節女相並垂。亦有侯王並卿相,旁暨荊聶兼要離。馬書班表所未悉,賴取軼事留於斯。鄱陽著錄凡六石,東武五卷誰曾披。今之拓本幅恰五,兩家孰是增與虧。史家佁畢亦云爾,或繫以贊銘非詩。小隸庚庚坼龜兆,一榜一柱森鼎彝。東武之藏吾弗考,已七十字增淳熙。邗江汪君秘殘軸,古光如漆堆隃糜。竹垞初白諸老子,鑒賞往復論心期。我懷此軸非一日,手爲摹本目屢疲。誰知貞珉尚宛具,往者鎛劍寧非癡。丙秋得之春始讀,費我行役日三思。豫章使廨坐晴畫,如入周廟觀器攲。即以車圖桯蓋制,禮書經説祛紛岐。伏羲倉精造工業,手執尺矩句股施。其他器皿及屋宇,胥驗品式知崇卑。後人繪事那有此,畫譜惜未窮津涯。聞有建康重勒本,歲久亂真今孰知。繢圖會當洪氏補,重摹誓豈宋子欺。_{前年予門人宋芝山謀欲重刻是畫,予勸以俟善本,今則可矣。}同日又得武氏石,建和刻想同工師。報黃因寄江_{秋史。}與桂,_{未谷。}精靈會合吾敢私。三漢畫軒不足道,更擬題扁光茅茨。_{予嘗以小松所貽肥城畫象,並孫季逑所貽嵩山畫象、洪稚存所貽射陽畫象同裝,自題其室曰三漢畫齋。}

武氏石闕銘

武氏一門著碑五,廉孝三世名相承。四楊碑外孰與匹,楊則贋耳武可憑。前惟府卿暨從事,後有長史金吾丞。建和丁亥刻者二,是銘特以孝子稱。合之諸碑考行迹,獨闕始公及景興。可作任城世系譜,開明之刻吾無徵。曰丞曰卿洪所辨,隸圖隸續闕不勝。吾嘗拈出韋氏學,魯詩訓故儒林增。《魯詩韋氏章句》獨見於《武榮碑》,嘗取以補秀水朱氏《經義考》。金吾丞碑置孔廟,而此諸刻霾榛芳。黃君同日蒐剔得,從事畫象爭鈔謄。長史一碑極磨泐,賴此補述徽猷繩。本爲父銘銘及子,意以祖父垂昆仍。自從鄱陽著録後,我今爲爾題縑繒。銘文書前空其後,金吾碑式侔亦應。子姓官閥詳與略,昂霄止仲述未能。金石之例或原委,顧吾於此常兢兢。隸書沈厚亦可喜,更墮唐法斯足懲。儻援建康郡齋例,買石取影勤挑燈。

春秋分記宜春舊本課袁郡諸生作

我來袁郡庠,徘徊佇廊廡。柳書碑則亡,李記言敢侮。琅琅忠孝義,警若大昕鼓。緬惟淳祐中,老守來公許。伯也畚績學,奄有服與杜。通例不可見,克齋又有《春秋通例》二十卷,今不存。分記蓋有取。參伍經傳爲,年表及世譜。比事賅始終,著録起周魯。卷雖終九十,心乃接千古。眉山溯湘中,南軒逮正甫。匪惟一家學,直可三傳補。矻矻臨川翁,纂言說頗祖。想見此郡士,弦誦徹比户。未知殘册子,尚有故家貯。我及見影鈔,古香溢墨楮。手寫騰囊中,欲覓學人語。高臺切講塾,群山帶江渚。耿耿夜無寐,春空響飛雨。

題袁州昌黎書院壁示學官弟子用舊題潮州韓山韻二首

廿載題詩粵嶺東,袁山仰止此心同。黨庠試與陳經訓,尉律先教課學童。泰伯一碑猶感溯,《李盱江學記》今是重刻。臨川三禮待旁通。以宜春舊本《春秋分記》試諸生,竟皆無知者,吳草廬《春秋纂言》中引此書也。宜春臺下低回意,已過崇桃上番風。

西江旬日櫂澄瀾,爲學津梁漸有端。忠孝即從談藝起,師儒莫作具文看。雨餘蠶月農功卜,春動芹池士氣歡。忝荷衡才彌愧甚,步趨處處得瞻韓。昔於潮州試士畢恭拜韓祠,又翰林詹事廨内皆有韓祠。

宜春臺水星鼎歌

嘉靖三十三年九月旦,知府事袁襲裳鑄於宜春臺二王祠,以禳火祟。

宜春臺上水星鼎,嘉靖年中袁守作。云爲袁城制火災,我來陽識文初拓。旁列同時郡邑官,篆者鑄者名堪索。水星字作九叠勢,奇偶文旋八卦錯。二王之祠定誰謂,因披志乘周爰度。或云長沙及宜春,王子侯者非同爵。或云仰山祠二龍,靈澍之祈秩有恪。有功於民則祀之,降祥爰視柔與礿。丁壬非借皇甫詩,坎離豈漫義爻托。文成百斛龍蝹蝹,一氣升雲莽寥廓。所以不須鬲與鉉,直注星精鐵垂脚。能俾城邑静忘炎,何啻山林辟不若。宜春臺高熙若春,萬井豐年氣和樂。自然調燮去氛祲,遂有神光下冥漠。旬日冰兢宿山麓,山頭宿雨瀼春郭。摹文那仿博古圖,題字更登原道閣。

章伯益石篆詩示學官弟子

韓取胡恢詩,歐借南仲釋。我懷嘉祐篆,每訪開封石。洪範暨春官,殘簡等圭璧。嘗舉晢醋文,以訂鄉塾籍。嘉祐石經"酬""醋"字從昔不從乍,"晢""謀"字從日不從口。嗚呼陽冰後,篆學日淪斁。二徐功與過,千載難區擇。中郎豐爲豐,徒供佩觿摘。安得大書鐫,有如此碑額。歲維皇祐五,猶先石經迹。豐豆埶形聲,疏解奚沿革。"豐"字上半《韻會》引《説文》作象形,而《大射儀疏》以爲諧聲。溯流可討源,舉一以賅百。昨題李覯碑,豈爲柳書惜。因之辨盱水,並不仿伯益。古學扶根荄,怊悵苔蘚碧。

臨江戲魚堂帖歌試郡士作①

西江古帖誰著稱,我聞清江與廬陵。廬陵之帖久散佚,清江卷帙

---

① 《碧落堂》至此詩,手稿本闕如。

尚可徵。此皆祖禰閣前本，不比絳汝減與增。辰申相隔一百載，《閣帖》初刻在淳化三年壬辰，至是臨江再翻爲元祐七年壬申。皇祐却想蕭殿丞。清池蓄魚躍於牣，堂堂策策交蒲菱。長沙侍御意忘謫，築堂伐石摹縑繒。吕和卿本那易得，王侍書目相然應。爾時郡邑争拓致，江空壁響傳登登。大觀太清樓未啓，臨摹初見長沙僧。江左風味誰貌得，詩家比擬奚愛憎。元遺山詩"詩家亦有長沙帖，莫作宣和閣本看"，正用東坡跋《潭帖》語。後來一例嗤瘦媚，洗出前輩看飛騰。劉潛夫云《潭》《絳》太瘦，《臨江》太媚。十卷釋文頗訂誤，二王别軸猶鋒棱。百年故物逮淳祐，鋪敘亦到廬陵曾。江山秀氣非一藝，往歲權過屢嘆興。東山尚聞堂址在，生徒儻一弔古能。荒煙殘礫豈易忽，或恐光怪雲霞蒸。

東坡書金剛經石刻舊在臨江慧力寺今移郡廨而失其後半用蘇韻賦呈徐袖東通守①

寶蓋飛光下九天，依然證是老翁泉。坡爲其先人忌日書此。不因慧力拈成悟，那記圓通宿處禪。全石吴淞摹未竟，千峰廬阜偈誰傳。合來蘇米齋頭約，對案機鋒著兩仙。擬約袖東同跋此碑也，予與袖東皆喜臨米，故用東坡、元章對案作書事。

和東坡試院煎茶韻②

清音本自山水生，瓶笙肯借石鼎鳴。濤飛雙柏聒我枕，羃簾澹對春陰輕。品泉品藝理無二，誰識尋源測委意。我思戲魚之帖薰以百和煎，上下鼎汝絳與泉。又思原父之書考極周秦蜀，片石遺經拾虹玉。昨以劉次莊帖、劉原父經解二事發題。日日掄才切調飢，轆轤伊鴉響井眉。安得老龐一吸西江水，介卿子固同學相追隨。玉川三傳究終始，不比東坡睡熟望海樓窗時。

東坡是詩，熙寧五年壬子杭州試院所作，是時初改取士之法，罷

---

① ②　此詩題位於手稿本第 5906 頁。

詩賦、帖經、墨義而專用策也，故坡呈諸試官詩有"聊欲廢書眠，秋濤春午枕"之句，正與是詩末句同意，其謂古語云"煎水不煎茶"者即此意也。愚嘗謂經學至新喻劉氏，猶如時文之有五家派耳，故深望學者因傳研經而爲臨江諸生發之。

唐惠義寺藏經殘葉歌爲徐袖東題①

此寺曾來杜少陵，祖筵寶地飄金繩。身許雙峰果何得，三車已説栖大乘。鄝原北山倚天際，牛頭兜率交峻嶒。塔中庋經自何代，繭光漆點瑩千燈。火燒水轉臘偈子，一千年後殘縑繒。袖東居士亦禪客，永師舊語憶不勝。我題此經亦已屢，而此超絶難爲朋。褚公得法在東漢，香光昔夢追西昇。懷仁大雅集字後，妙義想到雲端僧。未敢傅會鍾與薛，決非五代時人能。挑燈借臨三五夕，然否幻藥方諸承。回鋒秘妙不傳處，虛空不住青層層。是日我剔坡書石，臨江郡齋蘇書《金剛經》碑。般若半卷江雲蒸。寶蓋飛空彩旛下，印此一月於川憑。手招居士證此約，米家虹氣捫生稜。塔影却來我齋閣，破邪往往悟永興。

爲燮庵題寫生册二首②

徐熙没骨奪天工，點葉鈎花又不同。誰乞一林宫纈樣，吹來二月翦刀風。

露氣尚留空翠外，日光渾在唾絨間。繡簾莫訝春愁揭，曲曲屏風淡淡山。

次和濟之紅梅③

何礙冰姿領衆芳，本來離色是真香。嶺頭記得紅雲影，珠顆拈成赤水光。夜月一彎仍淡對，東風萬紫漫穠妝。寫生馬遠無高格，尚與詩家壓繡囊。馬遠有《紅梅圖卷》。

---

① 此詩題位於手稿本第 5908 頁。
②③ 此詩題位於手稿本第 5909 頁。

蘊齋來南昌賦贈二首①

譽言那得補拳拳，聞過無由每慨然。握手感君同骨肉，捫心使我佩韋弦。知非二字談何易，②舊札三年夢屢牽。從此箴銘兼信誓，不須友善石新鐫。③君書《韋弦賦》見贈。

杜路情親四十春，慈恩唱和兩三人。花開粵嶺香猶近，水吸西江味更真。陸子報書如定約，蘇齋禪榻有前因。高秋襆被廬峰頂，證合苔岑雨一新。

陸朗夫中丞誓墓圖二首④

寒風瑟瑟振空林，忠孝平生一寸心。逸少漫因懷祖去，石淙不比洛陽岑。孤村遠渚詩兼畫，澡雪焚香影共衾。傳與兒孫清白在，誓言家訓即官箴。

隸書每感汶陽田，見中丞《重刻華山碑跋》。銘坐常懷切問編。上冢三春千里夢，養親一疏萬人傳。風垂青史烏巢樹，血滴丹誠淚到泉。借問秋盦憑淡墨，江頭何處寫孤煙。圖是黃小松作。

蘊齋出示舊扇予乙亥秋寄懷詩及象星所寄詞闋在焉今卅有三年矣感賦兼寄象星⑤

二千里外披襟話，三十年前感舊心。對榻今宵馳薊北，一緘當日夢山陰。刪詩切琢彌知愧，玩易工夫久廢吟。此句謂象星。東海西江苔綠氣，諸峰爲我響瑤琴。

雙井茶用黃詩韻⑥

校文得近雙井居，舊譜欲補子耕書。墨池風起灑綠雪，雲液注湯

---

① ④　此詩題位於手稿本第 5910 頁。
②　"二字"，手稿本作"兩字"。
③　"不須"，手稿本作"不虛"。
⑤　此詩題位於手稿本第 5911 頁。
⑥　此詩題位於手稿本第 5912 頁。

翻細珠。歐蘇句子清更腴，苦心烹飪百不如。夢著南溪轆轤上，泉響一夜吹東湖。

次韻酬諸友見賀培兒中會試之作①

珠光此夕爛明眸，使院花濃五月榴。占以科名援海郡，譬諸草木語言遊。文章已愧傅弓冶，絲縷何期補纊裋。長者惠言勤本計，免教虛譽擬岑樓。

綠雨庵詩②并序

昔在肇慶與象星有蕉窗聽雨之作，今南昌院廨亦有蕉窗，而蘊齋始來下榻於此，③因題此扁并邀諸友同用聲字賦詩，兼寄象星和之，丁未夏五月八日也。

綠蕉不取綠天名，却對林兄憶陸兄。半榻翠分窗外影，廿年夢記雨來聲。亭因接葉添新籟，卷認同心續舊盟。敢借草書揮灑比，好風懷袖萬珠傾。

壁經齋詩爲雒君仲子賦雒君攻古文尚書而仲子守古文也④

尚書以壁名，蓋於古文取。舊宅絲竹聲，後人誰按譜。元光元朔後，乃至齊建武。寥寥六百年，諸儒竟罕睹。兩漢經師家，變籒以隸古。許慎師賈逵，書名六經祖。毛詩與孟易，一一存訓詁。孔書獨所稱，漢學儻可補。西江溯波瀾，臨川緬堂廡。所以對榻設，欲記二君語。深裹摩片石，蓬萊望海渚。我題豈偶然，笙琴應昕鼓。昨題蓬鶴軒以淵穎詩記石經也，今將摹刻漢石經殘字於南昌府學。

臨川屋梁圖歌⑤

臨川大士屋梁物，婁東令君幾齋祓。婁東作令臨川時，大士猶然

---

① ②　此詩題位於手稿本第 5913 頁。
③　"始來"，手稿本作"適來"。
④　此詩題位於手稿本第 5915 頁。
⑤　此詩題位於手稿本第 5916 頁。

一衿屈。已作銀潢注海勢，萬斛泉源怒蒸鬱。平生萬首瀉不盡，老屋三椽篋難訖。束之高懸時自嘆，破牖酸風冷毛髮。大士非字乃化身，補陀巖洞不可越。我昔渡江持節初，夢見容輝寒徹骨。一篆香痕三十年，重覯匡廬顔仿佛。昨摹先生手書迹，擬造軒窗氣碑兀。南海張生安邑宋，兩賢嗜古技癢發。不知何自識江村，只少婁東通典謁。補樹陂苔以氣合，斗牛干莫煩手掘。日日丹鉛説五家，莽莽江天尋十笏。那論闉檻貯蘭亭，但有青蓮留落月。

復初齋詩集卷第三十四

谷園集二丁未六月至八月

題米書盱眙第一山石刻即用其韻三首①

玻瓈泉照使星還，漱玉跳珠石壁間。供取神龍一掉尾，墨雲飛出米家山。

苓芝仙鶴奪胎還，斟酌英光晉法間。誰誤翠屏千里夢，都梁山作汴梁山。石刻句云"船頭出汴翠屏間"，蓋"出没"字鐫者訛爲"汴"也，故用苓芝仙鶴事。

匡廬何處悟無還，一月千燈丈尺間。寶晉義拈無第二，莫隨東谷笑青山。廬山亦有米書"第一山"三大字，恐是從此重摹者耳。

次韻奉酬蘊齋見賀培兒選庶吉士之作②

卅六年如掣電過，每懷箴佩隔關河。七言什襲彌增重，兩世恩榮敢自多。豈止勖兒勤誦讀，更須臨事矢寬和。盟心對影西江水，仿佛重拈侑坐歌。庶常館後堂《敔器圖》，予初選館時與同年錢坤一賦七言古詩，後十二年癸未予教習庶吉士，復和前作，今日家信中偶書此示培兒也。

六月十二日山谷先生生日拜像賦詩用乙未題正集韻③

敬讎三集注，於今十二年。鄙人無能役，敢擬任史篆。顧慚兹辰

---

① ② 此詩題位於手稿本第 5917 頁。
③ 此詩題位於手稿本第 5920 頁。

逢,每勞舊夢牽。甲辰六月十二日,自熱河歸於密雲,旅舍夢先生,其時正三集注本殿板告成也。高閣上摘星,雲氣縷縷然。仿佛大石出,隱映霞裾翩。寱來尋文字,自笑涉言詮。異哉觀瀑圖,落我西江船。疇昔津逮意,陟遐敢窺巔。分明撥鐙書,逆筆卓我前。惚恍中有物,非相非丹鉛。逐境漸浥取,稍稍測其全。矧以胸次貯,不關勝笈編。空濛澹以佇,艱哉苦延緣。蓋以真實義,超出象物先。質厚為之本,萬派泂一淵。風騷萬萬古,力挽大海旋。杜老衡霍語,歐陽匡廬篇。今我曷克任,稽首神弔焉。十笏蘇齋筵,兩公像接連。雙井居況邇,憑此瓣香煙。西江讀書種,心印儻獲傳。玉京鶴先導,金華羊後鞭。先生井里側,不少篤生賢。區區匠石手,勉勉佛時肩。得借牖知覺,敢不勤琢鑴。故於公生日,卜爾齋吉蠲。拜蘇每殘臘,茲意曩未宣。神光皖公來,千里合章川。一點墨池雲,蒸作兜羅綿。借問衆山響,孰是箏與泉。

百花洲和宮傅錢先生壁間石刻二詩韻[1]

卅載秋英擷玉塘,敢誇栽植出門牆。風漪淡得三洲意,雨蓋濃添六月香。亭影欲隨菰芡活,鏡光不礙鷺鷗藏。拈來瀲灩空濛外,面面軒窗露氣涼。

鐘銘手剔土花斑,弔古偏餘物外閑。煙月舊盟如省識,文章前輩敢追攀。圖尋廣漢知泉味,閣訪涵虛照客顏。只有清心共雲水,一襟飛翠對湖山。

題米南宮盱眙題字二首[2]
張大亨、米芾丙戌歲。

破羌寶氣壓船舷,價配淮山不偶然。拈出丙辛天地合,墨穿石眼大如錢。

芾名一紀記崇寧,集字何煩更乞靈。雪上蘇門經說在,看山雙眼

爲誰青。

吴映颷春畦課耕圖二首①

十年作秀才，未歷場屋苦。猶然初策名，文思銳於虎。以兹樹百穀，利勝三百賈。②所以譬春初，新陽纔覰土。一犁南畝雲，十日東菑雨。發生蒸蒸氣，喜動蓑笠伍。人皆病夏畦，正坐力弗鼓。此豈吾諛言，畫師效已睹。

君家由拳上，有録名曰禾。朱竹垞著《禾録》。地志非農書，其用乃同科。經史暨文藝，八萬卷駢羅。伐翳補其荒，有志深切磋。研田利灌溉，棣萼交枝柯。計彼終歲蓄，實藉三春多。阿稽與阿段，督治功則那。惜陰從此始，鎡基勿蹉跎。

大安寺鐵香爐歌③

東湖吉金保大年，此爐更在廿載前。竹垞跋本紙僅十，我今手拓文始全。其高八尺圍徑丈，黝光如漆雕文旋。庚庚陽識化波磔，烏金重計萬二千。上爲國王吴主鑄，府尊令公奉以虔。是時政在徐太尉，楊花李樹謡兆焉。邦亭檀越職斯舉，僧證因者同勸緣。誰令異聞詫泉志，蝕文訛作鐵仄錢。太和五歲歲癸巳，楊吴末造迹罕傳。圖經不見洪與李，李宗諤、洪芻。那問梵刹金陵編。新晴日剔古花緑，夭斜字半垂寶蓮。七官背形想漢隸，破體且莫論媸妍。④此内七作乂，漢碑有之。三椽茅刹砌生草，雄尊尚想齋吉蠲。西峰峭影落磚級，静覆古樹秋空圓。

發沙井⑤

七月十一日，是日處暑。

雨後取新涼，江風透葛裳。樹陰依北轍，雲氣起南康。吏有三賢

---

① 此詩題位於手稿本第 5924 頁。
② "三百"，手稿本作"三倍"。
③ 此詩題位於手稿本第 5997 頁。
④ 此句下注文"七作乂"，第二"乂"字，刻本、手稿本皆作反書。
⑤ 此詩題位於手稿本第 5927 頁。

送，邑令送於江干，蔡、何、鄭三生與焉。詩添二蘊章。林蘊齋、謝蘊山時皆同行。匡廬已迎客，濃翠疊前岡。

早發德安①七月十四日

举确高下中，蒙龍若無路。前輿跨灣澴，後騎披草樹。蛇騰與猿挂，袤宛知幾度。建昌達星子，一逕取斜注。直避鄱湖險，繚繞屢穿互。輿人肩左擔，僕夫泥没屨。我亦衣袂上，飽衰山葉露。晃蕩日出高，曲折隘口赴。香爐生紫煙，句髓今始悟。

隘　口②

匡廬界黄龍，漸入遂閎深。平疇鬱修廣，初日蕩雲岑。暑退風稍寒，空濛延遠襟。誰言匡廬近，正藉群峰陰。悠然南山目，緬彼太古心。片石柴桑字，徒杠栗里尋。歸來館何處，醉石迹未沈。北窗松風意，歲月去駸駸。但坐掬石泉，溪迴鳴玉琴。巖幽虎心善，遠吹來杏林。

瞻雲寺③

到門蓮性香，惠然遠客迎。墨池與鵝池，共此水一泓。瞻雲即歸宗，捨宅乃化城。房廊響鐘磬，慧智相環縈。直上金輪峰，一氣宗旨并。中開右軍閣，文字放光明。磨墨作大書，催我七字成。茗芽山泉香，擷露發其英。初飲廬山水，兼識山僧情。性公逝成塔，苔壁墨縱橫。所以留墨池，近與此老盟。池上富橅拓，想昔爛箱籯。我來緬清真，幾輩耶舍更。紛紛趙凡夫。與董，香光。草篆照檐楹。不敢論書法，恐涉言詮評。飛簾挂珠玉，處處皆泉聲。

右軍閣④

右軍高閣切斗杓，勢與廬嶽爭岧嶢。今爲客堂即禪榻，尚爾雄秀

---

① 此詩題位於手稿本第5928頁。
② 此詩題位於手稿本第5929頁。
③④ 此詩題位於手稿本第5930頁。

凌沕寥。當初捨宅貯舍利,金輪峰倚霞城標。佛馱耶舍來住錫,爐峰嵐起香煙飄。鵝池墨池一耶二,臨川山陰近匪遥。千巖萬壑助書勢,石泉松籟環調刁。想當一筆跨萬古,直從兩晉俯六朝。屏風錦叠大雲海,墨花飛涌潯陽潮。右軍之書晚乃善,石經石鼓進益超。太古篆法何處覓,想叩真宰於山椒。赤文玉簡自神禹,寶峰石室窺紫霄。梁唐遊迹何足道,紛紛銘字青珉雕。至今磨泐不什一,我獨元氣憑僧寮。坐俯軒廊架巖谷,蒼厓鳥迹疑可招。天台紫真儼賓從,白雲洞户來笙簫。黑蛟怒起崖石底,萬松鱗甲光動摇。

嵐漪軒①

銜齋日對落星石,我因題作嵐漪軒。此軒之名七百載,昔則星寺今星墩。想像開士深結屋,玉京瑶草即目存。南極一星鎮名嶽,都陽全勢鬱吐吞。蜂房蠔室不可覓,凝香燕寢誰與論。我尋涪翁醉卧處,日吸龐老窮瀾翻。豈知旬月此栖宿,夜夢正俗同清言。忽然倒影落我户,是有真宰非籬樊。瘦藤雲級無起訖,直自沙尾迴山根。牟尼珠抉九地底,紫金晃蕩榑桑暾。大孤直下江萬里,煙嵐彩翠歸一門。銜齋無物但壁立,狐裘反衣笑自温。天公憐我苦寂寞,變現異境來堂垣。我亦支窗效宴坐,濛濛趺息尋其源。寒山拾得畫猶在,道純公擇座勿喧。元祐辛未大寒日,七佛偈子筆記援。隆公去後超公繼,重開妙墨酹一尊。誰言桑田真旦暮,刻詩瑣瑣量朝昏。涪翁萬古石萬古,春撞日夜風濤奔。待我巾箱與收拾,蒼苔尚有煙墨痕。晨升夕躋屢晴晦,掣鯨碧海騫鵬鯤。爐香裊篆渺一榻,虹光夜起台斗捫。

與諸君望落星石三首②

千年一醉憶星宫,幾輩劉郎宴寢同。政恐清遊煩筆研,竹輿又復苦匆匆。

---

① 　此詩題位於手稿本第 5932 頁。
② 　此詩題位於手稿本第 5933 頁。

匹練飛來萬丈湫，星灣一點碧浮漚。更收全勢高窗倚，要借元龍百尺樓。

記剔怡亭望漢陽，陽冰小篆石苔香。涪翁醉處無人識，恐有雲霾紫電光。_{疑此石側當有刻字，擬於試畢手剔尋之。}

靈秀泉①

雍正十一年癸丑季冬，董文偉記云："試院落成日，有泉出堂階下，因立石名之。"

院居山麓間，泉出堂階下。傳聞始庀材，泓然映新瓦。實爲人文兆，豈比聲聞假。我來試手斟，測量遞杯斝。怃乎於水監，以告飲泉者。學務源委尋，功敢晝夜捨。千峰蒸靈液，一眼始輸瀉。蔭樾交桂枝，_{泉上即雙桂樹。}聰明比蓮社。_{東林寺、秀峰寺皆有聰明泉。}勿矜發脈長，深愧瀦蓄寡。側望玉簾飛，忽送山風灑。

兕觥歸趙歌②

兕觥傳來二百年，黃陳章後今歸顏。朱檢討詩未銘槵，而我一再詩文編。_{予曩爲此觥作歌並考辨。}此齋此觥緣不淺，摹冊成圖褾成卷。觥居東魯定我懷，卷到西江欣客展。客爲誰乎可共論，文毅五世之賢孫。是夕挑燈墮雙淚，天風激蕩江怒奔。趙叟雙瞳爛如電，見此兼旬廢眠飯。湖湘三月寄書來，不辭千里陳初願。報書我爲析其由，百斛明珠那惜酬。只緣陋巷珍高義，代友論心直到秋。秋來訪我廬山麓，青眼相看真面目。地從江介指齊魯，天教舊物歸嘗熟。顏公心事惟我知，顏公嗜好乃獨奇。世間無物此觥配，壓囊只要覃溪詩。君往叩門再拜說，淡交千古盟冰雪。月暈光仍舊酒痕，血誠氣可穿山裂。顏公奉觥向君笑，趙叟傾心誓相報。觥喜多年逢故人，叟泣還鄉告家廟。向來藏觥事偶然，今日還觥事更傳。③譜出兕觥新樂府，壓倒米家虹月船。

---

① 此詩題位於手稿本第 5934 頁。
② 此詩題位於手稿本第 5935 頁。
③ "事"，手稿本作"世"。

試院後圃望廬山用少陵上後園山脚韻①

旬日緘後户，未暇窺北林。今晨一疏散，倚眺當嶔崟。初謂少層欄，不得馳遠襟。遣拓山中字，渴思越崇深。因風溯響籟，日照凹凸陰。柴桑右軍迹，往記遂銷沈。豈知几研旁，咫尺青瑶岑。元氣浩泱漭，鬱積無古今。所存固未往，不以會物尋。收攬得奇秀，澄觀諧我心。秋光指雙桂，粟影綻蕤金。快從竹筭上，一補鎖院吟。

出南康府城西門望廬山雲氣②

門開星灣北，郡抱沙洲面。旬日風四霾，晨容豁一變。融融霽氣中，野曠山蔥蒨。我與匡廬君，始以真相見。兜羅胃半腰，玉簾垂一線。濛濛嘘淡白，吞吐青瑶片。大哉膚寸澤，端可六合遍。顧以晴翠光，洗我連宵倦。衡雲禱無私，海市祈敢炫。半日竹輿上，泠風有餘善。

秀峰寺題宋漫堂中丞留照用自題韻二首③

孰是宰官來説法，挑燈我忽悟深更。夢中記得東軒咏，自署黄州白髮兄。

山門留帶事依然，鑑面何須更飲泉。稽首雪堂稱弟子，生天成佛竟誰先。

附録原作

看雲坐石西陂叟，雙鬢依然歲月更。今日披圖堪一笑，圖中爲弟我爲兄。

鶴鳴峰下摩苔碣，漱玉亭中聽瀑泉。世出世間緣有在，且將小照寄開先。

康熙乙亥上巳自題八年前小照送開先寺方丈。六十二翁宋犖。

---

① 此詩題位於手稿本第 5936 頁。
②③ 此詩題位於手稿本第 5939 頁。

青玉峽①

青玉峽口雙厓開，層青倒捲作怒雷。馬尾東來勢一掉，蹴起萬壑
聲喧豗。我初觀瀑十里外，銀潢遠瀉高崔嵬。到寺亭午霽色出，珠簾
正挂蓮花臺。雲根却踏巨黿背，日影磨蕩神龍顋。仰望珠簾不可見，
中盎一碧如平杯。高峰轉東又轉北，不知拗折從何來。到此萬馬躍
一鼓，飛花噴雪成千堆。大石礌硪剗萬古，淋漓元氣非莓苔。手捫星
辰不敢逼，庚庚眼眩杓衡魁。隔溪嘯答響山籟，長風襟袖凌九垓。穿
雲剔篆不能去，粗沙細礫皆瓊瑰。漱玉亭子大如斗，想像坡老真仙
才。安得急雨看龍鬭，狂呼潋灩千金罍。

七佛偈②

松寒石怪有髮僧，即此崖骨高崚嶒。七佛樓前七佛偈，萬壑響答
來然應。元祐六年辛未臘，持母李服悲不勝。大寒慘慄計扶護，道純
凋落感涕增。鹿皮仙者有舊約，眉州明叔頌可憑。時節非因托鄉
思，③薦先何止繙大乘。吾聞大字推瘞鶴，小字肯例癡凍蠅。蒼潤軒
中乏眼力，玉煙堂刻誰考徵。今晨坐臥此崖下，向來諸家悟未曾。自
言書法法安在，④我師我心非彼能。自本心來乃心畫，崛奇開闔豈定
稱。所言法法何曾法，身心幻化空愛憎。此筆不知波磔變，此厓那計
雲煙層。種根已到七佛所，彼摹本者徒鈔謄。我昨爲補玉煙字，上皇
樵法鋒藏稜。便作松風笙鶴夢，得非刻舟膠柱仍。石鏡溪題黨可覓，
淋漓翠濕湖水蒸。青崖頃刻歛雲氣，一月印出千川燈。

予以山谷書七佛偈後識語摹補海寧陳氏玉□堂帖題此二首⑤

兩行殘墨百車渠，自跋天寒桶墮初。借問華陽銘石處，何如王瓚

---

① 此詩題位於手稿本第5940頁。
② 此詩題位於手稿本第5941頁。
③ "托鄉思"，手稿本作"寄鄉夢"。
④ "安在"，手稿本作"安出"。
⑤ 此詩題位於手稿本第5943頁。

與吳琚。

八萬瀾翻又四千，東坡偈子倩誰傳。凍厓一夜空江雪，元祐思齊訪落年。

王文成紀功石刻①

讀書臺前寶墨亭，平寇字如屋建瓴。此是靜坐所得處，天池日日思講經。勘軍誓師手上變，反風頃刻回神靈。南昌克復勢全握，逆濠黃渡焰未停。鄱陽大戰湖水怒，魚龍激蕩驚雷霆。功成前後只旬日，徂來匡廬濛雨零。文殊臺高夜仰臥，手挽銀河捫列星。嚴雲何處作風雨，夢迴依舊青厓青。捨身嚴邊心不動，擒濠聊試刃發硎。琅琅筆記去年事，百五十字如箴銘。異哉兆出嘉靖字，文云“嘉靖我邦國”。一代興廢關冥冥。先生息息悟天咫，後來鹿洞學侶聆。出靖妖氛豈得已，尚爾疑忌盈其庭。從容結構擘窠楷，風送吟嘯吹迴汀。純臣心事與定力，浯溪刻漫追摹形。從官姓名惜湮渺，我來屢扣山嚴扃。但與野僧久對立，喁唽嚴鳥禪窗櫺。如許磊磊照天地，姚江忍更區渭涇。

於瞻雲寺後拓得石鏡溪字②

後有“紹聖元年七月辛亥，同真淨禪師爇茗此石上，南昌黃某題”廿四字。

山谷道人三大字，平園老叟恨未覰。我昨低回此峰下，寺僧不識光猶瀋。石鏡金輪二峰並，峰石可鑑如冰盦。鏡溪名因鏡峰得，銀河倒挂碧玉簾。道人日坐玉簾側，右軍宅子妙悟拈。南嶽法乳到真淨，茶事笑比南屏謙。是時受敕宣與鄂，橘陰暫往彭澤淹。雙井鄉園地咫尺，金輪濕翠衣袖霑。飄飄凌雲出世想，秋氣涌出鋒毫尖。神來一掃墨酣放，長風快雨吹松柟。千峰橫側作章法，手招海月迴西崦。風流二老汲泉處，但有大石荒蒲蒹。後廿三年老圃客，猴溪橋下涼雨霢。外甥似舅竊筆意，龍潭石挂冰珠髯。尚作青苔爇茗氣，秋天悵望

---

① 此詩題位於手稿本第 5943 頁。
② 此詩題位於手稿本第 5944 頁。

戎與黔。紹興來題復誰子，下有政和六年洪駒父“龍潭”題字，又有“紹興”一段磨滅。其字莊敬非尖纖。先生識語極磨泐，非我虔禱何由瞻。擬畫匡廬禪榻卷，對支石鼎忘歊炎。儻許侍旁并著我，迦葉一笑皆鍼砭。不徒摹窠鶴銘法，右軍格認華陽兼。

李北海東林寺碑①至元丁丑重刻

端州昔訪石室篇，已勝仙鶴苓芝鐫。此碑却對重刻本，摩挲有若初刻然。北海書家比龍象，雲麓嶽麓泐可憐。今觀此碑最高格，至元已距六百年。火燒水轉殘劫後，龍翔法侶來參禪。虎溪橋邊又風雨，神運殿砌移星躔。智師真師兩護法，開府裴與農曹田。甫得嚴幢寶塔字，淨於池水清於蓮。何勞更圖三笑客，唐宋題者來三賢。英英詞翰見豐采，圭峰歛手能輕圓。潁叔大書米細楷，名書芾字十載前。楚國米黻元豐四年十月十六日。爾時歐柳二石在，摳衣顧乃驚老顛。柳碑聞亦帶歐法，世間有此真誠懸。徘徊嘆息不得已，②波策一得寧非緣。尚是開元界格樣，戲仿漢隸鐫頑堅。金華撫圖爲出涕，摹本何必非龍眠。

虞道園東林寺碑③

我編道園稿，不獲東林記。東林追廿年，逮今已五至。雖無亭構基，側想寶珠惠。既規榮禄篆，況睹奎章字。虞公學貫古，文翰乃餘事。北海吳興間，腕力運深思。足以鎮波靡，誰云傷婉媚。千載溯太元，重挹靜者氣。弇州嘆小果，猶非第一義。

趙文敏書中峰禪師修東林寺疏殘石字三首④

東欄石角雨瀟瀟，尚與禪宮破寂寥。惆悵前秋苔濕處，墨雲倏起

---

①　此詩題位於手稿本第 5945 頁。
②　“不得已”，手稿本作“不得見”。
③　此詩題位於手稿本第 5946 頁。
④　此詩題位於手稿本第 5947 頁。

應江潮。

昔睹中峰幻住詞，自拈草隸似枯枝。疏留轉語憑誰契，海粟鷗波執役時。

逸筆藏鋒認晚年，玉池重悟遠公蓮。一波一折千峰影，①合著機鋒叩集賢。

黄　巖②

黄巖秀峰之右臂，山北磴擬天池細。日暉舒舒寺門轉，風力從從如張翅。竹輿伊軋線路爭，前居後頂摩相繼。漢陽五老漸來就，雙劍香爐亞以次。團團寶級塔涌空，一掣千丈收全勢。諸峰大合復大開，變絢嵐光有餘地。罡風絶頂來吹衣，巨石盤盤勢如墜。水聲激溜穿肘腋，雲族低空儼容衛。前峰合沓西北來，一半斜陽掩空翠。磴徑鐫銘不可留，濕裾猶帶凌雲氣。

招隱橋③

山僧送客忘言説，水自飛流石自橫。借問藥苗尋徑者，定知何處午雞鳴。

讀書臺④此南唐李中主讀書臺，俗傳昭明者訛也，蜀人徐岱大書《昭明讀書臺詩》刻於崖壁。

昭明讀書字，劖在天池南。何人傅會此，大書蔽崖嵌。上並山谷筆，其右即山谷書七佛偈。得毋兹石慚。我懷王新建，從官虓虎戡。姓名儳鐫此，磨泐奚爾堪。南唐起丫山，鑑師故國談。拾松煮瀑水，法乳來荷擔。正與佛弟子，⑤一氣壯煙嵐。俗夫漫不考，題識污禪龕。他年志乘續，莫誤來者探。

---

① “千峰影”，手稿本作“千燈影”。
② 此詩題位於手稿本第 5947 頁。
③④ 此詩題位於手稿本第 5948 頁。
⑤ “弟子”，手稿本作“偈子”。

聰明泉①

一泓冰雪淨，兩寺後先名。<small>東林寺亦有聰明泉。</small>淡味回甘久，寒潭徹骨清。御書樓閣影，禪榻粥魚聲。竟夕空光裏，何嘗藻荇橫。

洗墨池②

二泉題字映斜曛，筆派長沙到八分。五老峰陰喬篆古，不知誰憶右將軍。<small>喬白巖有"五老峰"三篆書，二泉、白巖皆西涯派也。</small>

題漱玉亭二首③

米迹爭摹第一山，戞撞星斗弄潺湲。小亭底惜鐫欄柱，輕唾支機釣石灣。

嘉定開禧剩幾行，擘窠砥柱鬱棱藏。薛純陀法誠懸悟，直下龍門萬里長。

攜篋中拓本放翁書詩境字入廬山挂於秀峰禪室題三詩④

昨寓東軒作詩境，今來詩境悟東軒。鶴鳴峰下寒泉上，趺息迴看瀑布源。<small>適題宋漫堂留寺小照用坡公東軒詩意。</small>

常愛放翁禪偈語，每思雪夜宿東林。何如玉峽飛泉側，臥聽空山梵唄音。

擬作圖名寓放翁，笏齋岑寂太空濛。記來收拾西江渌，滌研千巖萬壑中。

篋中瓜疇山水卷頗與晉人遊廬山詩序相似故攜此卷入山因書於卷和其韻⑤

夜宿秀峰院，縷縷山雲生。遠近泉脈迴，相喻山性情。澄懷觀已

---

① ②　此詩題位於手稿本第 5949 頁。
③ ④　此詩題位於手稿本第 5950 頁。
⑤　此詩題位於手稿本第 5951 頁。

久，半月南康城。猶煩塵慮洗，浩浩形神輕。無風松白響，孤磬定中清。更上越巖頂，瘦筇慚未經。倚賴僧彌力，真氣幹青冥。

宿秀峰寺①

山空不聞鳥雀聲，齋鐘粥鼓夜徹明。巨石深崖龍虎氣，空堂啓户星斗横。我來静攝入趺息，大千豪髮以氣并。俄項日出草木濕，山門一帶横雲平。

萬杉寺②

纔喧雙瀑水，已聽萬杉鐘。樹挺枝枝鶴，泉飛矯矯龍。雲深四大字，雨洗七尖峰。慶曆程公迹，天留待我逢。槐京書"龍"字石側有乙酉閏五月程師孟題字。

栖賢寺二首③

三車聽法處，五老向人青。舊記咸平塔，今看舍利瓶。水雲香積鉢，花雨石函經。欲縮歐陽楷，重鐫化度銘。觀寺閣所藏舍利，舊有石塔，瓦函刻云"皇宋咸平庚子葳建此舍利塔"。

妙墨千金迹，曾傳許虎頭。軸端題鐵嶺，門外即滄洲。巨壁降魔氣，青天赤日秋。攝來憑道眼，未用辨朱繇。寺僧出觀《五百羅漢圖》，康熙壬辰江南布政使鐵嶺金世揚以千金請浙人許虎頭畫也。許名從龍，每幅俱有金鐵山印、萬元鎮印，元鎮弟承蒼記云凡二百軸，而寺僧云一百八十四軸。

玉淵潭④

步出長松門，猶聽松濤響。路滑不容立，俯測潭深廣。奇哉玉淵字，其氣雄千丈。建瓴東北來，直瀉勢莽莽。到此一洄漩，小作圓折養。然後萬珠璣，滾滾横摩蕩。劃翻水晶宫，神龍掣蛟蟒。精靈來會合，虛無出惚恍。誰識中粹温，玉煙浮盎盎。拈破鯤桓機，何如求

---

① ②　此詩題位於手稿本第 5951 頁。
③ ④　此詩題位於手稿本第 5952 頁。

象岡。

栖賢三峽橋①

耳聾過玉淵,目眩又金井。天然跨禪院,結構非人境。遂步龍潭下,手撼驪頷醒。紫翠谽谺間,光透西日景。凹凸青赤文,讀之了不省。却上俯禪窗,變眩出俄頃。萬壑迴瀾來,一束激箭猛。裊裊修竹竿,爲客汲烹茗。我坐雲氣中,峰倒不見影。浣筆三折痕,直吸黃巖頂。

五老峰歌②

五老峰如五老人,拔地千丈青嶙岣。廬山諸峰出其下,前後繞膝皆兒孫。我從七峰溯三峽,湖漪叠翠蒸曉暾。全湖之勢西北拱,到此始見峰雄尊。衆峰西來擁屏障,一峰屹立蒼煙屯。一峰纏住二峰起,肩差相讓顏相温。三峰中崎最雄厚,背負龍象鶱鵬鯤。四峰與三蝶相亞,其五離立仍孤蹲。五緯之精降南極,榮光河雒騰天文。衡霍中間控翼軫,斗牛紫氣三垣分。聚來匡廬奇秀處,千里訣蕩開天門。面南炎離炳正位,香爐獻壽精氤氲。日月光華雲霧窟,霞裾星珮清淨身。妙鬘曾鋪大雲海,今晨萬里無纖雲。我與老人來對面,豈借點綴空繽紛。維嶽極天作屏翰,政要會合真精神。山靈知我意有在,積翳一洗人文醇。乾坤清氣在神骨,必鍾靈淑於秀民。湖光圓碧鋪玉鏡,山容紫翠澄秋旻。仰見蒼顛顧我笑,試叩真宰堪共論。晚來雲意仍四合,讓我遊過徐吐吞。我詩不要海綿語,請問初白誰識真。查初白有《五老峰海綿歌》。

華蓋松歌③

廬山東南華蓋松,正對五老之中峰。我由栖賢叩鹿洞,適來松下

---

① ②　此詩題位於手稿本第 5953 頁。
③　此詩題位於手稿本第 5956 頁。

一倚筇。栖賢拱夾澗前後，株株筋骨皆虬龍。全山雲石泉乳氣，交合
奇秀秘所鍾。之而鱗甲互撐拄，盤拏夭矯勢鬱葱。萬年松多拔澗起，
佛手麈尾名相從。松身松鬣飽雲霧，松皮各各嵐翠重。松梢忽捲松
根出，海濤天半雷雨衝。絕頂拗垂倒下豎，結作傘罩青童童。四旁俯
瞰萬峰綠，中虛穹若紫極宫。條條柯擁玉璣柄，蓋杠覆坐光熊熊。此
皆五老上戴斗，鈎陳魄寶精感通。峰迴水轉植得地，千巒萬壑來朝
宗。我從山前望講院，此松卓爾瞻嵽嶫。得非文昌近北極，六府翼贊
靈臺崇。所以廬山古國學，五教原本於辟雍。儻荷人文藉垂蔭，華滋
外發由中充。梗楠杞梓日騰出，扶持長養須神功。峰前正有華蓋石，
椷樸作人名號同。獅子峰束有華蓋石，一名聖壽無疆石。摳衣再拜茂承祝，貫
道溪水吹長風。

次韻奉酬鹿洞院長沈兼山舍人二首①

握手青峰玉峽邊，諸生拱俟已經年。不虛此席千秋重，豈止南州
一榻懸。雲注溪泉增活潑，雨餘嵐翠更鮮妍。講堂白石蒼松氣，弦誦
聲先萬壑傳。

師友淵源一卷中，侯芭奇字憶揚雄。齋依香樹還如昨，水繞鷗波
未易窮。玉局詩盟同付托，東樵經義叩深崇。役車攜得蘭言去，袖有
天池鶴背風。

白鹿洞書院示諸生②

上丁祀事畢，肆禮劯豆俎。遵彼陽厓下，言涉群藝圃。沄沄貫道
溪，得門不數武。升堂訪碑刻，拾級轉廊廡。忠孝紫陽規，心性甘泉
語。所基於大學，誠意爲之主。格致迨修齊，至善其閑矩。往稽董定
遠，借證藍田吕。旁綜著錄家，定本究焉取。堂堂文成公，倥傯勘軍
旅。浣手小戴帙，澄心大江渚。顧鑴洞規間，然否章句補。近者駁朱

習,亦到媚學侶。吾甚爲此懼,入道戒輕侮。但須切求益,且莫泥復古。此邦侁侁士,循牆慎傴僂。泮芹水可思,祭菜籩初鼓。石坊題國學,名義非誇詡。藏書委宛房,甲秀金石譜。分陰宜惜諸,前軒晷方午。

發星子往九江道中與雪樵論五老峰畫意叠前用杜詩韻[①]

茲峰面鹿洞,其背則東林。夢想廿九年,今始覿陽崟。如炙親謦欬,昂昂軒袂襟。相與共清言,秋氣曠高深。一老俯而僂,脅有萬壑陰。諸老鬱蒼然,太古思沈沈。憶昨攀葛夕,小園圍寸岑。收之趺息定,浩蕩觀古今。峰峰次開張,不可限丈尋。空外有鬱積,他日眺湖心。鬚眉照萬里,近揖焦與金。回笑北轅望,何似後團吟。

拓得廬山石刻凡四十五種張之屋壁作歌[②]

入山出山凡三日,中間局院菁葉改。日日盼得山中字,何啻褚薛王羊買。今晨開篋飾屏障,似喚山精變光彩。玉淵歸宗字尤壯,動蕩心魄生奇駭。歸宗隸古無款識,玉淵張書氣增倍。闌干敲起玉潭龍,直上青天叩真宰。槐京帚書特奇縱,莫記何年磨碨礧。同鐫石側齊與程,慶曆尚有留題在。三株樹與五朵雲,厚之幾個聯寮采。此皆深潭側身入,飛流滑磴捫危殆。墨痕翻倒濺衣裾,咫尺蒼茫窮竪亥。東都殘墨亦已少,南宮題識猶疑給。溯從唐宋逮元明,剔遍篆隸兼行楷。寥寥江夏片石摹,中乃海嶽真珠琲。我求西江金石刻,耿耿洗墨池相待。冀得遺蹤逸少訪,滋我題閣塗鴉悔。何況紫霄青綠字,蟠桃連絡菖蒲解。且看長虹四壁橫,此是匡廬大雲海。

望大孤山二首[③]

峭插湖心碧,簪翹一片雲。遠招星渚勢,未許小孤分。塔影尖無

對，磯橫氣不群。玉膏如可食，難遽信傳聞。

　　雲端圖五老，鏡面寫雙姑。未暇尋彭澤，<small>小孤山在彭澤。</small>先來問蠡湖。空煙初縹緲，淡翠易模糊。俊鶻橫江去，船窗急手摹。<small>舟中與雪樵謀此畫稿也。</small>

復初齋詩集卷第三十五

谷園集三_{丁未七月至戊申五月}

下石鐘①

過江一宿湖口城,夜氣山川自吞吐。日高風定湖面平,來約匡君相對語。匡君送客如故人,故人恰接蓬瀛侶。_{周載軒。}玉堂天上仙山事,恐觸山精色驚沮。蛟龍窟宅鬬困廗,窾穴礌硊架巖户。上鐘下鐘皆瞰湖,空中如受嵌如俯。鄱陽直挾江勢來,根有萬古精靈聚。翕闢嗋呿鏜鞳音,應答海若馮夷舞。不是扁舟月夜時,巨石森然皴鬼斧。陰寒魄慄記前夢,插柱危欄想遺譜。重拓舊記待我書,瀾翻石壁膏流乳。在谷滿谷坑滿坑,出虛成菌夫誰主。前記不言今亦默,趺息同觀落星渚。何時重築山響樓,一攬江山渺吳楚。

石鐘山王文成題字②

正德庚辰三月丁未,都御史陽明王守仁獻俘自南都還登此,參政武邑徐璉同行,又詩:"我來叩石鐘,洞野鈞天深。荷簣山前過,譏予尚有心。"

先生題廬阜,觀心欲並毗婆尸。及來戛石鐘,審音誰喻苦葉詩。昨題正月晦,今題三月半。獻俘南都歸,停舟湖口岸。夢迴金冊鈞天深,九華庵中證此心。過門敢擬衛國磬,響山聊借宗炳琴。徐參政名

---

① 此詩題位於手稿本第 5961 頁。
② 此詩題位於手稿本第 5970 頁。

字半泐，猶勝開先壁上尋。不得登登墨響我試莛叩鐘，湖尾浩浩來天風。

題周載軒編修鐘山讀書圖三首①陳玉池畫

玉堂每共話鐘山，今夕追攜蠡渚灣。爲審杜詩吳本異，兼論歐史薛書删。比來訂證因年進，添得工夫愛日閑。只少錢塘煙舫客，燈紅相與照酡顏。謂吳穀人編修也，穀人書齋名夢煙舫。

無多遺墨玉池生，八載筵前涕淚橫。爲爾沈吟濡筆意，故人砥礪見交情。紃毫纔自三壺頂，肆禮仍開萬卷城。天付畫圖功不細，湖山肯負讀書聲。己亥冬予典試江南還，未谷、玉池、匏尊小集載軒齋，席上予誦途中次謝金圃魚字韻詩云："先人每墮名場淚，爾我曾爲點額魚。今夕捫心對江水，幾多寒士在蓬廬。"玉池嗚咽痛哭，今八年矣。

幀中念念起塵塵，嵐翠湖光憶不真。上下石鐘無異響，酈蘇文字埶前因。我方收取空江氣，君果能來握手親。面面雲煙皆息壤，豈徒澹對一編陳。

前寄象星蕉窗詩尚未至而象星適以蕉窗聽雨歌
見寄因約蘊齋同用星字寄酬時象星館錦州②

東海西江響籟聽，客窗同倚眼同青。偏多漬雨綿三月，記映高樓對七星。予昔寄象星《蕉窗聽雨歌》於肇慶試院作，試院正對七星巖。興寄鹿蕉非夢幻，詩緘元白有精靈。幾時宅子清漳夾，夜夜聯牀拓緑櫺。

續鄱陽滂喜歌試饒州諸生作③

鄱陽昔仿急就篇，聊以假借區言詮。尚溯熹平刻石詔，典刑儼若圭璧虔。滂喜悠悠埶闃奧，賈魴以上斯闕焉。三蒼曾用隸法寫，④六

──────────

① 此詩題位於手稿本第 5962 頁。
② 此詩題位於手稿本第 5963 頁。
③ 此詩題位於手稿本第 5964 頁。
④ "三蒼"，手稿本作"三倉"。

體要在訓纂先。此道不絕如一線，類篇集韻還相沿。鄱陽考古重擾撼，曰圖曰纘光星躔。乾道淳熙遞廣益，季也讀杜爲慨然。八分生自大小篆，子母支系何拘牽。中郎石經分即隸，隸則該舉分則專。後人紛紛强糾正，河海那任支流涓。我爲鄱陽作訓詁，援據不獨防束編。高平范公守郡處，檇李婁子書並鐫。鄱陽之學實共貫，嘗熟摹本徒枝駢。我見饒州初刻本，正與滂喜資丹鉛。班揚舊纘無復字，同異出入猶隨肩。今人小學置不講，文字何術能精研。秋日東行按旌節，此郡肄雅尤拳拳。秀良輩出儻可卜，學僮尉律功無愆。洪氏遺書日講習，上庠鼓篋來豆籩。我方重勒石經字，凡將正義期同箋。

徐袖東以盱眙宋人題刻廿種見遺賦謝①

我昔曾聞周密語，第一知言推舜舉。詩題癸丑紹興初，正矢危言感行旅。北盟編自徐夢莘，會景題從張祖禹。元祐丁卯孟秋廬陵張汝賢、祖禹諸人同遊都梁山會景亭，今所得廿種此爲最先者。尚是使星未閱時，崇寧丙戌連壬午。爾日已來蔡元長，關塞征途意奚取。淮山泗水自選勝，酌酒看花時命侶。豈知旁午客往來，奚兒得意爭趨陪。國信生辰例持節，賦詩贈答賓筵開。辛柈飲罷金瀾酒，鼉鼓傾還白獸杯。暖翠浮嵐接海岱，西風殘照莽蒿萊。中觴遥情不能醉，慨然遠目飛黃埃。燕山之石都梁石，誰分枯菀爲可咍。袁起巖與張君量，政地頻年負時望。此題皆未秉政時，袁題紹興辛亥，張題慶元丙辰。張也停舟杳巖訪。弔古感今爲三嘆，是日晴和天宇曠。藥洲題識亦如此，歲改春迴屢怊悵。予於粵東使院藥洲石下得張金慶元乙卯季冬字，與此段正相類。開封耿君名並泑，②六載重來尚餘愴。八分知出君量手，史方叔字差相抗。耿與義編繼霍篪，都梁志續都梁詩。王象之《輿地碑目》云，《都梁志》《都梁詩》並霍篪序，《都梁續志》《都梁續詩》並耿與義序，今二人題刻皆在焉。霍篪題共楊萬里，妙墨飛動留淳熙。後來陳巖及齊礪，但俯井甃蚪玻璃。登臨非復因使役，宋金事往誰復追。第一

山摹米老字,妙明院想唐人碑。他年並拓東谷句,雲輝續録爲補遺。

題明胡曰從篆六書正訛後示饒州學官弟子①

遺迹坡邊留玉雪,漫從竹下溯金陵。凡將正要追文惠,摭古寧煩問李登。講解切磋來塾序,沿洄原委得師承。此邦經術於何補,②仰企先民倍戰兢。

校黄詩重有述四首③

拜像焚香十二年,又尋舊夢到江船。摩挲弘治重鋟本,瘟寐鄱陽一序前。玉父子耕文並在,青神天社譜誰先。知人論世千秋事,只是難追史會編。

紫氣風迴大海瀾,誰知古井不生湍。障川浩浩俱東注,返景時時得内觀。絶利一源憑戰勝,默存萬象入寬安。龐公吸處尋初祖,正自閑中著力難。

新津妙悟本拈花,薌室燈光自世家。笛鶴幾年驂玉局,石羊他日叱金華。九成鼎轉丹留火,三折江紋篆印沙。昨剔犖窠書偈子,一峰盧阜倚殘霞。

摩圍返棹即鄉關,皖口青迴一氣環。中有性情皆學問,後來靈秀祝江山。瓣香日日如親炙,握槧區區實汗顔。悵望南州翹傑士,篷窗杳靄碧雲間。④

廣信試院作⑤

晚涼如水氣如薰,小樹疏花寫澹雲。浙右地應連茁秀,粵東侶記共論文。此郡玉山、廣豐、貴溪三縣令皆予粵東所得士。青峰几案來屏幛,頹壁

---

① 此詩題位於手稿本第 5968 頁。
② "於何補",手稿本作"於何始"。
③ 此詩題位於手稿本第 5971 頁。
④ "篷窗",手稿本作"船窗"。
⑤ 此詩題位於手稿本第 5972 頁。

圖書映藻芹。<small>上饒縣學有《六經圖》石刻。</small>四十三年知已感,可容大令溯羊
欣。<small>院廡有都御史仁和趙横山先生書碑,甲子予應童子試受知於先生,今四十三年矣。</small>

紹興石經左氏傳舊拓殘本四首①

小楷莊年傳夏秋,田車豕立詫齊侯。可憐南渡宫中筆,亦熟麟經
大復讎。

經傳憑誰問合離,開成又隔幾經師。我懷寶泉追皇象,簡紙分明
界畫時。<small>皇象書《春秋傳》見寶泉賦注。</small>

中宫女史擅蘭亭,直到光寧説典型。絶勝内家楊妹子,墨痕一角
遠山青。

園翁塔影虎邱灣,漢隸苔留墨暈斑。不羡陳家殘蜀本,果然小閣
即蓬山。<small>今年夏適爲陳芳林題所藏益郡石經《左氏傳》殘册也,予齋藏漢碑有塔影園印。</small>

再題二首②

不得張參樣取裁,墨香褚法且徘徊。令人慨想楊南仲,及釋周秦
款識來。

文弱規模起建炎,漢唐氣格勢難兼。尚能弁冕廬陵敍,牛角山河
未入尖。

送林蘊齋四首③

誰料今分手,來當古信州。江船陰易夕,霜樹澹餘秋。半載懷難
罄,千峰挽不留。盈盈襟帶水,直注浙東流。

勖我韋弦佩,深逾骨肉言。三千里痦寐,四十載寒暄。今日誰砭
訂,相期到本原。松筠無改易,清夜寸心論。

盟言非旦夕,相識自兒童。丁陸緣難問,蘇黄事略同。<small>予嘗與丁受堂屢訂</small>

---

① 　此詩題位於手稿本第 5973 頁。
②③ 　此詩題位於手稿本第 5974 頁。

姻盟而皆未踐,又與陸象星有結姻之意亦未踐也,咋舟中語及此,因思山谷與束坡有阿巽纏紅之語,而實未克踐耳。前因應默祝,後會表愚衷。悃款停舟語,挑燈記瑞洪。

聯咏羊城日,題襟薊北時。他年俱入畫,此別更難追。廬阜寒雲叠,蕉窗綠雨吹。只應添陸子,商榷對牀詩。

題宋拓率更車駕帖後①

南唐後主撥鐙法,出自三公四百年。山海崇深青島嶼,力追故在上遊先。

題常熟孫直齋所藏王煙客山水幀寄懷甘嘯巖幀有襄平甘氏印蓋其家舊物也②

西廬霞外想,北地故家裝。今日江頭見,橫雲樹更蒼。素心來澹對,遠勢接微茫。隔歲論詩意,煙嵐話最長。

谷緣庵詩③并序

廣信舟次校山谷詩三集注本,竟適得南巖篆"應谷"二大字,筆迹甚美,因題院廨曰"谷緣庵",作詩屬諸友和。

南巖篆書廿有三,會昌迹並洪窈談。象之碑目識者少,信州簁櫂將無慚。兼旬勘罷任史注,元珠象岡驪來探。上水十日費牽挽,空光晏坐千煙嵐。濛濛江氣四邊合,夢中綠雨聲春鼉。此屋原扁曰"綠雨庵"。何人大書山谷字,似記皖口青開崟。朝來翠墨下石壁,谻然洞户城西南。嘈呔響石鑿巖出,政宣題句爭停驂。政和四年江袞仲升、張敦書載道題名,又宣和七年徐說、徐思忠二詩。岌岌二篆縱徑尺,廿三所賸誰能諳。唐人篆筆罕與匹,陽冰令問或可參。庶子泉銘兖公嘆,飛仙下讀方開函。文字之祥致斯應,嗟予才薄何以堪。谷其人耶谷其地,額予軸者顏予庵。遍摹黃書挂之壁,何啻褚帖師同龕。月明正到静香室,瓣餘一炷深馣馣。怡亭蛟龍待李莒,蘇門響答謝子潭。

拓得青原黄詩次韻題後①

凡八石，末一石近日宣城施愚山補刻。

笏齋借公名，洗我研席埃。果得祖山字，咫尺龍鸞迴。青原唐建剎，枕帶貢水隈。廬陵宫下記，想像圖經開。景龍到開元，付法閱偉材。尋思洗鉢處，仿佛艮岑哀。奇筆三百年，虹光亘蒼崖。直接平原勁，中間無級階。紺宇撑江山，賴此棟與榱。洪家外甥題，一氣無湮埋。手腕揮千尺，聲名震八垓。何傷後文補，真意費尋猜。望古緬前遊，忠孝植根荄。況有濂溪嗣，時共春筍杯。青天印沙鳥，倚壁忘形骸。琅琊別駕楷，萬古無傾摧。未及思禪師，麟角得追陪。空江静百籟，鐘鼓不喧豗。相答猿鶴音，九奏除繁哇。霜濃紫翠中，許我擷秀偕。豈敢擬昔賢，于役王事來。急摹龍爪書，滌研雷雨催。賈勇覓顏迹，濡素休徘徊。

胡雒君匡廬識面圖②

胡君詁夏書，載考敷淺原。裝圖朱右例，不足充前聞。必履真實境，一洗傳義紛。買舟渡江來，訪我洪與袁。乘秋泛南斗，覿縷道妙門。欲以沖豫得，會彼文字根。豈知豫章城，坐玩蘇潭雲。靈境曠修阻，痦想馳朝昏。夫子意如何，心齋成目存。理感生白室，妙有運虛輪。故作看山圖，顏以覿面論。始覺入山者，擾擾勞骸筋。其意蓋譏我，執迹徒涉藩。因緣生言説，於道故未尊。八萬四千偈，硈硈舉似人。借問蘇玉局，何似秦延君。

次答蘊山借鶴③

小軒賴子張吾軍，寫券還如補記文。憐我軺車無暇日，借君潭水伴閑雲。兩家來往情初熟，千里心期響若聞。信宿盟言今始卜，雙清聊欲試同群。

---

① 此詩題位於手稿本第 5978 頁。
② 此詩題位於手稿本第 5979 頁。
③ 此詩題位於手稿本第 5980 頁。

如皋陳二珊以冒巢民詩迹並巢民姬人金玥畫扇見贈因用巢民二詩韻奉酬仍題於二珊所藏巢民梅村三帖卷後是予己亥冬舊題者次章兼懷吳靜巖孝廉也①

曹吳先後感心知，又過蘭亭禊飲時。黛閣栖鸞多共命，紅榴結子最相思。扇圓似月春風面，人澹如花暮雨籬。拈出晶盤曉珠句，寶彝萬卷更誰師。扇句丁卯夏書，在漁洋修禊後廿又三年，而寶彝化劫後八年矣。自注有和秋岳侍郎、阮亭宮詹詩語。金玥字曉珠，嘗取義山詩"若是曉珠明又定，一生長對水晶盤"篆爲小印。

水閣瀟瀟綻雨肥，江梅一笛綠雲飛。影庵憶語香侵夢，桃葉扁舟翠濕衣。合七札裝成共笑，小三吾客自忘機。嗤余尚執前塵想，寄訊吳淞倚釣磯。小三吾，巢民齋名也，巢民所收梅村手迹凡七札，此其第一札爾。

題黃小松紫雲山探碑圖②

武氏祠刻石，賢聖留形模。千年閟原野，一旦貢寶符。碑既棟橑峙，圖復氈蠟俱。黃子寄翁子，樂事不勝書。因緣生文字，贊説寫勤劬。因碑復生碑，因圖復成圖。新碑我實愧，仍借漢隸摹。新圖君手爲，果見精靈孚。深山風氣厚，星斗琅玕珠。想有紫雲覆，地藏泄牝樞。邑名曰嘉祥，其是之謂乎。黃子官鄒魯，經義日耘鋤。而我西江役，鄱陽涉匡廬。挈提角與根，癥痹淮泗洙。掃除給井宅，壇闓肆觴觚。壁中金絲始，柱下問禮初。豈惟金石記，較量洪趙徒。荒荒寒原草，蕭寥兩馬車。中有萬古褰，碧峰秋雨餘。儻應添畫我，裝軸壓寶蘇。意欲小松再畫一軸來挂之寶蘇室也。

仲冬自南昌按試吉安南贛諸郡登舟有述三首③

北歸十六年，南帆又冬仲。雲林指炎嶺，雪後寒不凍。會合江山

氣,揖讓章與貢。猶憶篙槳聲,舟底灘石礧。暄陽滿篷腳,春鳥已迎唔。重滌蕉葉研,去著梅花夢。

昔掄西江秀,三賢吉南接。行將三十載,發揮經生業。楊子幕府遊,姚生憲司躅。我仍與儒衿,昕夕理函笈。冀或舊聞補,稍振士風茶。謝郎三郡歸,頗極萬卷涉。鳴和孤鳳凰,卷壓驚蛺蝶。時蘊山方著《西魏書》。豈要聽雨圖,徒留借鶴帖。

是日桂林友,寄我米陸題。莆陽好庵記,詩境我所栖。米書燭虹月,陸句剸象犀。獨其品詩語,自謂道勝躋。想當寓巢鳳,警覺切鳴雞。舟楫鞍馬間,問津庶不迷。慶元丁巳正月,放翁與桂林友人論詩書云"大抵此業在道勝則愈工,舟楫鞍馬間加意勿輒,絕塵邁往之作必得之此時爲多"云云。按放翁是年七十三歲,正月二日雞初鳴夢至一山寺名鳳山,其尤勝處曰味軒,爲賦詩。既覺,不遺一字。

蘊山疊前韻申借鶴之約再賦此索幕中諸君共和之①

仙侶盟雖訂撫軍,實憑諸友共論文。谷園屋小深含露,蓬鶴軒高巧貯雲。同氣能來交響答,他山本不假聲聞。請看押字居間者,俱是凌霄鷟鷟群。

題青原顏書後②

"襌闐"二字八分書,字徑二尺餘。

西江魯公題石二,其一丙午匡廬陰。此題明年孟冬月,大書尚記黃李尋。八分烎業更雄峙,勁勢獨出無古今。後題不存存僅此,始覺禪境尤清深。少陵雙峰得門否,曹溪一滴誰嗣音。後來姚江講學派,亦假題識青嶔崟。宣城老子執陳迹,未會松竹高邱吟。亦如寺僧與汪子,商略補刻争摹臨。世間忠孝即仙佛,正氣耿耿留精忱。森然魄動仰星斗,何必更訪東西林。區區歲月那足較,兩字已重千球琳。旌

---

① 此詩題位於手稿本第 5984 頁。
② 此詩題位於手稿本第 5985 頁。

旗歌舞照千載，文山黃李猶同岑。嘉客來遊偶然記，雲泉相印太古心。松門風起衆山響，天籟如答文山琴。

以文信國青原寺題琴詩拓本裝軸送貯寺中次韻二首①

五百年前聽雨瀟，山靈應答響空寥。手痕依舊來僧壁，還似金徽怨未消。

孤臣遺些譜沉瀟，儻有雲輧下沉寥。宰相狀元書種在，後賢幸勿瓣香消。

研齋自江陰來訪予吉安使院以唐六如扇頭小景
見贈因書六如詩於其上次韻二首奉酬②

蓮花落比乞兒頑，名士當時一第艱。幾個榜頭人夢墨，胸中有此好溪山。

旬日詩懷比石頑，螺江咫尺擷芳艱。研屏綠意濃於滴，忽涌吳門數點山。

欲遊青原阻雨不果③

識得源頭更勿疑，區區辨證太多癡。山川笑我尋前夢，風雨催人訂後期。待洗荒蕪文字習，重拈真味石泉知。隔年淡月僧窗在，江上梅花破臘時。約明歲十二月復來此。

莐隄次予和唐六如詩韻屬題其鄉孫文介十三行舊本次答二首④

孫家片碧泓堅頑，曾費謙齋考索艱。見沈凡民跋語。何似吾家珍玉板，登登翠墨響湖山。杭州石本在吾家蘿軒，息影山莊所謂玉板十三行也。

窗光連夕凍陰頑，愧我臨池下筆艱。稍待嶺梅橫研舫，洛神小影寫春山。時將按試南安郡。

---

① ②　　此詩題位於手稿本第 5986 頁。
③ ④　　此詩題位於手稿本第 5987 頁。

蘇步坊①以下戊申

卅載坊聞蘇步名，今晨策馬出江城。何人石刻懷賢字，似我緘題寄遠情。庾嶺驛梅殘客夢，謝家潭水舊詩盟。依稀來踏前塵迹，且莫邢房說隔生。

南安府開元鐘歌②

開元廿九年鑄，有天祐、咸平、至大年鐫題。

我昨鐘款尋東湖，彼特唐末兹唐初。唐初之鐘世所少，龍興通元製有無。唐儀鳳二年歸州龍興觀鐘、開元十五年江陰軍通元觀鐘銘皆見王象之《輿地碑目》。貞觀景雲式最古，拓銘珍弆西自郎。郎州寶室寺貞觀三年鐘銘尚在景雲鐘前。江南西路訪金石，寥寥唐迹志乘疏。鏗鍧大音忽得此，其修二尺圍倍諸。侈則弗筰弇弗鬱，遠聞呦呦長而舒。手捫篆帶量舞甬，星辰錯落周八隅。辛巳到今一千歲，宋元踵記文旋觚。厥初鑄自女道士，上爲君國延祥符。其餘紛紛競鐫記，兒爲考姊妻爲姑。三百斤銅願如許，想見衆志來合乎。晝錦通真兩寺院，後來轉庋喧朝晡。天祐咸平與至大，長官道侶兼僧徒。中更俶擾失復得，冥冥是有神力輸。近年移自寶界寺，絚之府廨驚頑愚。何人卻嫌款識俗，妄欲剗去真庸儒。一鐘乃具四朝字，使我三嘆縑緗濡。是日借摹來使院，貫以鐵索煩丁夫。其音萬鈞光萬丈，雄雄寶氣周城郛。楊前方後集橫浦，楊邦彥、方崧卿皆宋人記南安郡金石者。吉金未得留傳俱。昔年過嶺未暇覓，空眺古刹雲糢糊。西江第一奇古物，我來補入呂薛圖。北枝梅花點春雪，不虛好夢圓如珠。漫說欹斜撇拂勢，世間少此開元書。

抵贛州二首③

青峰宛轉水籤程，綠雨綿綿不放晴。一夜石瀾三百里，雙江送到合流聲。

─────────

①② 　此詩題位於手稿本第 5992 頁。
③ 　此詩題位於手稿本第 5995 頁。

翠玉樓高待客開，客來直爲看山來。春陰釀得穠花放，襟帶雲煙八境臺。

贛州使院望鬱孤臺和蘇韻①

望古懷陳迹，經過宛昔遊。一亭橫碧巘，萬仞瞰飛流。儋耳三千里，元符七百秋。嘯餘鸞鶴響，夢到鳳麟洲。雨洗濃青氣，瀾迴翠玉樓。院後樓名。恰來環北牗，奇絕冠南州。跂佇山川秀，低回信宿留。不虛春浦外，剪燭夜維舟。

八境臺次蘇韻八首②

曾比東陽八咏樓，不同蘇子寫離憂。青霜武庫將軍筆，圖畫重教倩郡侯。適見王午堂總戎和韻八詩，因擬覓好手畫之。

廿載乘軺記往還，城陰細雨泥春寒。貢川煙翠章川合，迴向南安注吉安。

石沫花瀾雪作堆，灘聲噴激浪雲開。江流屈曲山環抱，盡爲高窗送綠來。

雨氣斜穿日脚明，嵩陽帖裏夢疑醒。看人青眼知何處，恰俯官齋結小亭。學使院廨正與鬱孤臺對。

蘇齋詩境偈中禪，分合源頭本了然。八景七言無覓處，千川一月悟誰先。

萬里憑欄杳靄中，樓臺煙樹點空濛。梅關桂嶺如襟帶，一氣朝宗大海東。

目蘭擷秀倚高臺，雨後春濃霽色開。采采盈襟招遠渚，東山芹藻北山萊。

---

① 此詩題位於手稿本第 5996 頁。
② 此詩題位於手稿本第 5998 頁。

欲尋偃筆勢參差，三宿前因豈易知。題扁匆匆慚腕力，迴環五和鬱孤詩。坡公《鬱孤臺》詩凡五叠韻。

午堂總戎省堂觀察衢溪郡守招遊八境臺二首①

我與坡翁共眼明，先披圖畫後登城。水如愛客來環緑，天爲開筵特放晴。風暖不嫌嵐氣濕，目窮直接嶺雲平。東陽八咏千秋意，略識川長暮靄横。

浩浩東風玉律吹，萬家煙火静恬熙。南來露布春先報，北拱天顏喜可知。時臺灣賊匪就擒。權使况將千里別，省堂調任濟東道。校文偶共一觴持。孔君蘇子神來會，譜作高臺六客詩。

雩都道中二首②

緣江仄磴細如繩，半日高低不記層。嘗見蜀山秦棧畫，中間無此滑峻嶒。

貪看山影浸方塘，知有居人笑客忙。爲爾船窗添一幀，與夫曲折裊青蒼。

宿雩都縣③二月十六日

講院啓城陰，虛堂憬道心。姚江遺像古，貢渚溯源深。竟夕篆煙繞，如聞鐘磬音。花香泉水味，處處是規箴。

將至寧都道中四首④

石留間林蕪，畦灣即畫圖。氣蒸沙水涣，雲密菜花鋪。宿雨昏如織，遥山澹欲無。春泥烏犗影，漁屋半糢糊。

江南春耦景，廿載意中詩。偶借憑輿處，尋思艤棹時。瀑泉聲入

---

① 此詩題位於手稿本第 6001 頁。
②③ 此詩題位於手稿本第 6003 頁。
④ 此詩題位於手稿本第 6004 頁。

譜,畦稜去。篆誰師。二者追摹久,重拈信一奇。

雲鬱山寒峭,融和尚未能。金精在何處,春樹已多層。悵望人文秀,驕矜士習懲。西江推矩矱,所以必歐曾。

羅生媚學者,化去十經年。故友勤哀帙,彭允初。遺文半入禪。澗松應得氣,虹玉必生煙。儻有精靈在,餘波潤後賢。

題孫文介本十三行二首①

元晏齋頭瞫蹴空,襄文想像外家風。丹砂小印精靈在,可爲茄花滴淚紅。

九字蘭亭璞未雕,一虬鐵筆極岧嶢。晉陵寶匣球圖重,素鼎何如仿定窰。

望翠微峰因題羅飯牛畫②

六百年來雙井後,裹茶餉客復何人。竹溪一夕濛濛雨,披豁山光見爾真。羅善製茶,所居竹溪與翠微峰近。

題趙文敏書五賢祠碑後③

蘇公剛説石嶙峋,激宕吳興筆有神。一笑相從墨緣在,甲寅日又甲寅人。碑作於延祐元年閏三月,是年歲在甲寅,而是月之朔日又值甲寅,故用文敏甲寅日甲寅人之語,文敏生於寶祐二年甲寅,至是年六十一矣。

偶臨右軍袁生帖二首④

我不深憑張彥遠,誰能傅會鬱岡齋。只餘嶺斷雲連勢,⑤仿佛緘書寄友懷。

卷抵烏衣四七人,東沙真賞竟何因。一波一折沈吟思,想近江南

① 此詩題位於手稿本第 6005 頁。
②③④ 此詩題位於手稿本第 6008 頁。
⑤ "只餘",手稿本作"只於"。

祓稧辰。

秀　嶺①

　　茲嶺以秀名，石質乃粗獷。戴土兼負石，溝涂錯畦町。寧都東北指，首途建昌境。沙泥昀隰間，犖确不自整。緬斯州郡交，人文連里井。春陰化平蕪，日漸滋秀穎。是午積雨餘，林巒漏晴景。遂已寒氣除，摳衣橫雲頂。

廣昌縣②

　　午次廣昌縣，水迴山鬱紆。爲訪彈琴堂，古木蔭以疏。堂楣潘君記，乾隆癸卯邑令會稽潘汝炯書題名記。令長名氏臚。斷自戊寅始，其前別具書。吾里何先生，名玠，丙辰進士。治此有美譽。廉能屢上考，不得遂遷除。老攝南昌丞，後嗣迹轉蕪。卯秋尚拜謁，論詩極爬梳。一卷海鐘録，篋藏廿載餘。疇昔侍談笑，吾父昆季如。平生矜然諾，取友誼勤劬。此邦饒與易，饒侍讀學曙、易孝廉鯤。茂才手植初。易生卯秋舉，今已號老儒。前事更誰識，蔽芾舊根株。西江再持節，空山春啓畬。浪浪竟夕雨，榕葉翻春鉏。

南豐縣③

　　水舒山澶漫，南豐接廣昌。我從西郡來，由貢以問章。邇來習文詞，此郡富秀良。緬惟元豐稿，經訓兼史長。史家之扶風，肓左實頡頏。三傳貫三禮，聖謨何煒煌。中間賈董輩，以逮劉與匡。醲藉豈得已，仔肩力莫當。班後得之韓，所以別荀揚。內外副華實，下上溯津梁。寥寥三百年，直接韓歐陽。我今渴掄英，求備且未遑。論卑與氣弱，何術相扶將。講院肅堂階，承師遙佇望。儻禰千秋業，敢詡一瓣香。積雨古城隅，燃燭神仿偟。

---

① ②　　此詩題位於手稿本第 6010 頁。
③　　此詩題位於手稿本第 6011 頁。

己卯初夏天子躬薦玉於雩壇詔以玉蔭嘉穀著爲典禮臣方綱矢歌恭紀是年秋奉命典江西鄉試欲以此爲試題而未果今三十年矣敬以此題試建昌諸生因再和前韻俾學官弟子和焉①

兼旬渥雨探詩囊，良苗愧乏栽植方。一禾一穎皆帝力，田夫但飫新登場。頻年江介屢豐稔，舟車樂利通農商。恩膏庇蔭自天錫，爲爾多士陳其詳。昔歲己卯月在巳，青圭禮正接赤璋。郊宮煌煌玉音播，式薦幣帛調笙簧。橘燎上徹圭璧氣，神光照爥夜未央。自此禮官著成憲，田功歲歲來凝祥。其秋使車涉盧阜，寤寐如近星壇光。江天秋色入珊網，磊砢何啻琮與璜。其年以"秋水長天一色"爲題。彈指遂成三十載，持節來莅盱水陽。春陰漸入夏雲溰，麥晨壟匝蠶月筐。千人偊偊負經笈，學圃即見占豐穰。玉瓚馨承氣肅肅，方流矩折波洋洋。山川精神待發見，孚尹之信難秘藏。我圖六經自廣信，昨揖五老從南康。菑畬請自文字始，秀氣直亘南斗傍。勸爾孜孜事昕夕，萬卷日積由巾箱。聖謨群經開萃室，科闈連歲翹枝香。上以相臺五經鋟板，特築五經萃室藏之，近復詔用五經連歲取士，經學之盛古所未有。山輝水媚視所輯，多文富賴維心臧。名材藉手獻天闕，作人棫樸歌無疆。

少陵愛何遜撫州試士題擬作②

坡翁論格律，徐庾憾未消。不知南州集，奚自青城樵。緬想太古音，正始何寂寥。獲麟溯筆削，鳴鳥跂雲韶。飛騰與綺麗，丹青非琢雕。精微問千載，渟蓄於六朝。太白似陰鏗，根柢本同條。夫豈藻繢功，實以神理超。峨峨漢庭吏，一氣笙鏞調。曹劉逮沈范，文苑謝蘭茝。能事兼苦心，鎔鑄非一朝。正使貌襲者，奇氣不得驕。我來訪邵庵，問津愧行橇。原委儻挹注，仰止非迢遙。多師以爲師，叩涉學子招。一勺西江水，咫尺大海潮。

---

① 此詩題位於手稿本第 6012 頁。
② 此詩題位於手稿本第 6016 頁。

題王煙客小幀①

奉常於摹古,並取法與氣。法備良已難,而況兼氣至。奉常於大癡,並取形及神。形似固不易,而況兼神存。此幅自題乙卯春,凍雨初過燒燈辰。西廬梅花半開未,禪牀枯坐一老人。溪橋樹石皆天真,淡濃遠近化墨痕。疏疏煙嵐盎盎氣,意蓋不以圖畫論。夫子自道歟,云仿倪高士。倪黃本一原,俗眼生彼此。試參此偈果孰師,還問西廬坐處是。畫理傳之膝下孫,孫已射策排金門。老夫不要署名姓,八十四叟江頭村。玉鴉叉挂翠爭滴,但願先生日日疥吾壁。九霞咫尺聞答音,一鶴飛來點空碧。

按試撫州與學官弟子論此郡人文冀其克紹前賢
以臻實學用虞道園贈支賢良韻二首②

此事端倪在性天,誰教助長覰逢年。耘鉬有益皆新獲,咀味無窮是舊編。考注力追三禮上,派源文溯五家前。浪浪春雨來膏乳,肯以良疇付石田。

昔拈滕閣賦秋天,桂樹香濃又卅年。玉蔭詩歌憐敝帚,屋梁圖畫想遺編。嶺橫峰側匡廬面,韓祖蘇孫籀篆前。今日眼明千古事,要看剖璞出藍田。元延祐甲寅吳草廬先生典江西鄉試,以太學石鼓命題,故其闈中詩有"韓祖蘇孫星北斗,周情孔思日中天"之句,愚嘗獲見是年鄉試試卷墨迹。

歲試既周自建昌撫州還省有述二首③

半載歐曾寢饋餘,吉州訪到建昌居。每期後學尋先緒,安得高才嗜讀書。壇記真文應好在,市門寫本近何如。唐宋皆貴撫州書本。許灣迴望盰江水,又是槐花綠蔭初。

南嶽真人自有真,豈能以此牖常民。雲霞古簡苔封洞,風雨空江

---

① 此詩題位於手稿本第 6017 頁。
② 此詩題位於手稿本第 6020 頁。
③ 此詩題位於手稿本第 6021 頁。

客問津。誰是虛衷評撫建，我猶遺意識章陳。淋漓元氣憑襟袖，敢説迴瀾力萬鈞。

尤水村繪東坡石銚圖兼以新詩畫梅見寄賦酬①

宛然活火試新泉，真見山房尺笏寬。石銚山房，水村齋名也。千里尋詩來石友，十年舊約肯言寒。水村爲予繪圖在戊戌秋。茶煙欲帶松風起，墨潤先澆舌本乾。拈得蘇齋瓶拂偈，②嶺梅何假寄南安。

拓得元晏齋十三行喜而有賦二首③

梁溪拓影到油箋，褚法輕虛尚宛然。今日神光量内景，陽林何減渌波圓。

褚法遥開宋四家，硬黄漫比晉時麻。丹泉巧思饒州匠，得向毗陵秘色誇。

郭天錫爲釋無聞畫竹木卷④

無聞何如絶聽子，萬籟森然何自起。北山居士偶得之，畏佳圈枿有真理。葛陂天津云可續，槎枒鬱律交寒綠。雷雨深蟠絶壁來，坐卧天風響空谷。神光入定非紛紜，落月静捲空江雲。了堂句子參未了，無聞道人果有聞。我昔曾探臘源迹，雪後春泥點晴碧。猶作吴興波策論，翠羽華旌拓金戟。響山書屋品鶴銘，上皇羽客來共聽。報我髯翁三尺墨，袖有海嶽千厓青。

---

① 此詩題位於手稿本第 6022 頁。
② "拈得蘇齋瓶拂偈"，手稿本作"拈出蘇齋禪榻夢"。
③ 此詩題位於手稿本第 6023 頁。
④ 此詩題位於手稿本第 6024 頁。

復初齋詩集卷第三十六

谷園集四戊申六月至己酉正月

自南昌往瑞州道中二首①

上水苦濡滯，遂忘登頓勞。溽雨鬱旬日，層林洗甘膏。獨憐輿丁疲，不減舟楫操。沙水犖确間，塍陌極低高。愧爾漁舍子，婦孺荼蓼蓀。勤墾具所務，課功計氂豪。於役百無補，棄日等戲遨。每懷江介秋，籃竹睇波濤。

西江江更西，盛陽水風濕。農書頻有秋，茲歲穫倍什。敢辭踏淤泥，膏雨資仰給。黍苗勞有王，皇華詢靡及。沙灣岸曲間，洩雲時滿笈。庶假滋溉氣，佇以襟襟挹。沮澤非薇茹，澗沼芳芷襲。東軒始再來，龐老方一吸。

東軒疊去年韻二首②

重來十日前因在，溽雨連晨滌暑風。卻笑虛空無住著，那將籠取試神通。買山竹澳寧煩卜，照水茅軒又不同。睡覺從何分別起，一瓢顏巷日升東。

碧窗宿霧定浮埃，真意端從畫幀迴。二老聯牀奚借境，三張舊約

共拈來。江山對面非前夢，今古同岑豈異苔。宋迪果成尋息壤，何如故紙永師開。末句謂芝山有來訪之約也，古餘進士去年在京師親見芝山、藥房作此圖，而謁選適得高安，亦一異也。瘦同舍人監倉取蘇詩題泗州南山監倉束軒故事，亦自號束軒，賦詩見寄，故與藥房稱三張云。

和黄文節食筍詩①六月十二日臨江試士題

坡翁和食筍，涪翁和春菜。苦言自寓歟，本性非炫賣。相似氣味間，蒼茫叩真宰。千歲昭子琴，至音無成壞。今我薦筍脯，重拈蠹簡債。三注訂任史，一笑憑鍼芥。公其眷桑梓，秀穎茁江介。鳳皇翔千仞，竹實供一喙。儻有葛敏脩，鏘鳴竹風噫。不虛瓣香爇，敢詡輶軒采。

程易疇得漢印文曰程壽求賦詩②

孫喜小名季迷氏，畀以漢印云孫喜。程翁別號長壽叟，恰來漢印云程壽。吉語受命如響占，天之因人蓋非偶。孫郎寒窗鬱幾年，自得此印科第聯。春風殿庭發臚唱，篆文曉日紅殿鮮。程翁靜者脈有異，壽骨天成自爲記。翁嘗著《異脈記》。康彊逢吉到期頤，丹篆摩挲意中事。比來士大夫，有福能稽古，孫程之名滿藝圃。程翁通藝著爲録，程翁説劍圖成譜。文章金石來結緣，左右逢原任攜取。屬我漢隸扁，索我漢印詩，攜歸黄山之丹室，就官瞭城之水湄。償翁萬卷手鈔古圖籍，報翁萬杵自擣真陙麚。一字一珠爲添算，有鶴飛下簾峰西。

新喻道中③

我題研經堂，意追二劉迹。新喻接新淦，古堞紆以直。曉星濕雲披，新涼溽雨積。遥山百里來，想帶袁江碧。疏陰無匿景，淡意有孤覿。平野不疏蕪，良時厚栽植。豈獨禾役滋，得識新牛力。驅輿搴雲

---

① 此詩題位於手稿本第 6027 頁。
② 此詩題位於手稿本第 6028 頁。
③ 此詩題位於手稿本第 6030 頁。

光,策馬前岡石。

鈐山堂①

堂倚袁江麓勢偏,青峰俯愧碧潺湲。大雞韓孟聯吟好,小吏盧江樂府傳。莫認故巢思孔翠,試憑後學洒山川。世間豈少藏修者,岑寂書窗二十年。

題董文敏仿米元暉瀟湘圖二首②自題云甲子首春

平生得力雲山法,冉冉蒸青接混茫。膚寸洞庭天萬里,廿年那復夢瀟湘。文敏乙巳、丙午間視學楚中,至是二十年矣。

虎兒筆力到房山,潑墨空澄一氣間。七十老翁渾漫與,天機捲卻五洲灣。文敏是春政七十也。

元四賢天冠山詩墨迹卷③

真人治所偶被傳,靈蹤一閟五百年。何人夜半欲負去,銘字妄擬良常鐫。陝刻僞本目爲在丹陽郡,丹陽郡固無此山,今得此真迹,始知丹陽是道士之號,非地名也。少霞山卿不敢受,待我來泊西江船。貴溪溪深龍虎氣,丹井一縷蒸綿綿。軒轅尚解人間書,邵庵本自南嶽仙。洞經真訣秘不説,石壇雲氣空迴旋。卻到雲州異香發,玉京高處院集賢。明月空歌響誰送,招真觀主夜不眠。吳興學士天人姿,浮邱洪厓袂接肩。珠顆墨聯躔四七,桃花紅約春三千。四賢俱是山中人,袁王虞和相後先。重書復得稿餘紙,畫圖恐未忘言詮。至今三峰五面石,膏乳盡作漚波圓。四明東平共來會,崇仁近接於臨川。紫真誰授右軍筆,唐篆我結山谷緣。丹陽刻石苦多事,四賢空外應憮然。金堂玉室渺雲海,下視此山石一卷。況我區區辨陝刻,銛鋒豪末追便娟。鴐水橫雲人已往,精微所質誰與宣。匡廬真面約重覯,信江綠濕濛濛煙。

---

① 此詩題位於手稿本第 6030 頁。
② 此詩題位於手稿本第 6031 頁。
③ 此詩題位於手稿本第 6034 頁。詩題下手稿本有注文"趙松雪、袁清容、虞道園、王繼學"。

吳仲圭山水小幅用題者韻①泰昌元年嘉平蘇門郭淐原仲題

墨竹何曾異山水,以馬喻馬指喻指。巨然洪谷之後身,證法初無一筆似。兩橡草閣空曠中,元氣渾淪乃至此。百年前已價連城,題詩嗟賞有餘清。況我銘心譚藝暇,見爾傷時閱古情。書家俊拔思張旭,孤島青分似率更。蘇門卻兆蘇齋喜,置我梅花崖屋裏。恰有雙清廨舍開,浣筆千峰墨雲起。畫上有雙清館印與予廨舍名同。

文壽承題陸包山畫扇云五陵昔日繁華地今日漫天蔓草生蔓草不除陵寢廢當時一寸與人爭此二十年前六如先生題予扇詩也詞旨慷慨口誦不能忘偶閱叔平小筆不覺興前輩之想因錄世重扇頭涕淚俱下戊戌七月文彭記戊戌是嘉靖十七年壽承年四十二其廿年前爲正德十二年丁丑壽承年廿一唐六如年四十八蓋其放廢後十九年矣六如戊午領解南京壽承甫二齡其年春宗儒先生將之溫州任六如與徐昌穀楊君謙沈啓南韓克贊朱性甫同餞於虎邱也壽承題扇後二百五十年爲乾隆戊申北平翁方綱題二詩於後回憶得此扇時又二十年矣②

吳趨舉首金陵歲,虎阜離筵太瘦生。才子誦詩來感舊,又添去日廿年爭。

底事關心陸叔平,渥丹顏色寫如生。斜陽空外娟娟思,不許詩家一筆爭。

宋光宗書誠齋二字石本③

左題云"贈侍讀楊檢詳",下有"淳熙十六年八月戊子"識語。

誠齋齋名本魏公,發揮易傳淳熙中。經術之用乃至此,十事磊磊抒精忠。以消天變勵人事,抉摘本原如發蒙。誠之時義大且遠,究宣

蘊蓄於東宮。是時光宗已四十,繫鞋禮近非幼沖。三朝見聞想習熟,兩字揮灑何雍容。當時宮僚有故事,葛余尤沈同非同。玉淵酒半再拜請,清賞印識腴縻濃。後三載秋筠守記,論思即召來大蓬。一十五年江畔臥,勸讀録草嗟遭逢。二聖含豪傳秘法,兩宮問寢餘深衷。此石此書齋壁勒,一字一淚精神通。吉水祠前水蕭瑟,明珠夜夜飛玉虹。裔孫手裝舊墨本,跋語半泐追無從。識是己酉八月朔,六百秋耿光熊熊。尤家吳家有此否,墨花涌注章江東。期爾後人勤力學,凜如銘訓滋益恭。傳家忠孝照萬古,浩然正氣蟠長空。<small>光宗書“遂初”字以賜尤袤,書“匪懈堂”扁賜吳琚。</small>

初公堤歌爲懋堂觀察題照①

江州江漲澤所瀦,李翱昔日銘南湖。濱江帶湖數十里,潯皖下上楚與吳。長堤蜿蜿亘江滸,波濤日夜喧菰蒲。繕完歲久計不就,督工誰肯肩勤劬。萊陽初公起東海,手挈元氣來分符。時和歲稔民氣洽,周視溢浦神踟躕。首捐廉俸議倡舉,坐見紳士來歡呼。辰秋相度已春畢,七十晝夜環丁夫。堤橫八千四百丈,江水帖妥平如鋪。是時春陰倍寒冽,風從北來偃荻蘆。同雲密霰灑林木,茭楗畚鍤紛泥塗。公立堤旁凍不避,目營心與衆志孚。吏人爭趨婦孺集,登登築並陾陾捄。堤成江郭麥已緑,勒石表績人樂胥。吾聞鄱陽頌召父,韋丹遺愛樊川書。西江陂塘有故事,此堤名與千載俱。潯陽江介控萬里,洪波九派朝匡廬。海天一覽庾樓上,使君聲繼白與蘇。我詩雖愧白蘇後,白蘇當日無此圖。請續江州水經録,至今此堤猶姓初。

南昌學宮摹刻漢石經殘字歌②

石經未及洪家半,尚抵吳萊籀書換。龍圖晉玉雖舊聞,魏公資州餘幾段。鴻都學開後三年,皇羲篇章未點竄。正始那誤邯鄲淳,隸分

---

①　此詩題位於手稿本第 6038 頁。

②　此詩題位於手稿本第 6040 頁。

先估張懷瓘。黃晁援據正宜審，蔡馬姓名還可按。①六經七經埶淆訛，一字三字精剖判。邇來鄒平與北平，商書魯論珍漫漶。如到講堂筵几度，我昔豐碑丈尺算。表裏隸書果徵實，章句異同兼綜貫。洪釋篇行記聘禮，今我諸經儼陳燦。春秋嚴顔詩盍毛，只少義爻象與象。書云孝於復友於，鼠食黍苗三歲宧。近人板本據婁機，追想饒州簡初汗。鄱陽石泐五百年，中郎聽遠焦桐爨。豈惟西江補典故，龍光紫氣卿雲縵。方今聖人崇實學，六籍中天森炳煥。群言壹稟醇乎醇，如日方升旦復旦。諸生切磋函雅故，不獨雕琢工文翰。宮牆齋廡探星宿，清廟明堂列圭瓚。鳳皇一羽麟一角，琪樹芝華非近玩。研經奚必古本埶，樸學幸勿承師畔。河海方將測原委，質厚先須植根幹。越州石氏證蓬萊，餘論何人續東觀。摩挲小閣一紀餘，甫得南州映芹泮。偏傍或褌箋傳詁，參檢直到周秦漢。踟躕凝立語學官，桂露秋香手勤盥。

陪趙鹿泉大理祥厚齋吏部宴集百花洲和錢宮傅韻二首②九月十三日

昨夢雲猶戀野塘，東湖水繞棘闈牆。風交曲檻桐陰合，露點閑階桂子香。燭影自邀歌扇轉，眼明不許蚌珠藏。秋空一洗炎歊氣，賴有冰壺徹底涼。

蕊榜題來竹管斑，人如菊淡意蕭閑。九旬秋又重陽過，三十年追舊侶攀。己卯九月十二日，予陪錢茶山司寇宴集於此，今三十年矣。青眼盧峰還識面，③素心老友對開顏。使星幾個同岑客，重憶盧劉看粵山。乙酉秋予視學粵東，盧抱經學士、劉象山吏部典試於粵，同登粵王臺，置酒賦詩，予詩有“使星恰得同年到，樽酒江山倍眼明”之句，今鹿泉同年與厚齋老友同來，故云爾。

次答午堂東軒見懷之作④

東軒舊夢不分明，拈起圓通悟淨名。公是慎師還記否，問羊一笑

---

① “還”，手稿本作“原”。
② 此詩題位於手稿本第 6042 頁。
③ “還”，手稿本作“真”。
④ 此詩題位於手稿本第 6043 頁。

識初平。

惺菴席上送午堂還贛州兼呈東峰①

淡交心在嶺梅先，雁信霜濃驛騎旋。三友訂來成四友，貢川安得合章川。地如薊北登高會，人似江西道院禪。記取黃華萸酒共，年年詩卷説朝天。予與惺菴、東峰合作《松竹梅三友圖》，而今春午堂以松竹蘭楳四種見寄，故有四友之句。昔楊誠齋詩有《江西道院集》，又有《朝天集》《朝天續集》，今東峰、惺菴即將入覲，午堂亦連歲奏請入覲，而明年此時方綱亦將還朝矣，故援誠齋詩以見例。

送東峰入覲②

三年戀闕倚征篷，握別情親痦痳同。梓里愍拳如骨肉，蘭巖訓誨切兒童。兒子樹培出蘭巖侍講之門，蘭巖東峰甥也。新陽雨露螭頭近，舊夢星辰豹尾中。得氣江梅春信早，北來衣袖帶東風。

隘口③十一月十一日

匡廬吾故交，痦痳以神會。豈必形迹拘，信宿棲其內。此行屆寒沍，未得造幽邃。澹然領大意，聊取真面對。日出霧未消，高下屢向背。雖違湖路險，卻就徑口隘。正如素心人，渴欲豁蒙昧。不辭歷曲折，始得通情話。匡君笑許我，脈脈佇空翠。何以副每懷，軒然吐奇氣。

陶公醉石④

黃龍山下虎爪厓，濯纓池水泓如杯。盤盤巨石誰所識，萬古寄此陶公懷。陶公觸罷興酣恣，放筆自寫忘形骸。翔翔雲鶴渺八極，飄飄奇氣凌九垓。仰卧問天俯一笑，天路去此豈遠哉。義熙一千二百載，泉荒石冷無樽罍。公之神逸在宇宙，那必執著匡廬隈。松風鳥語莽空闊，雪泥鴻爪徒塵埃。酒痕涴想巾屨在，洗耳迹挽巢由迴。鳳鸞千

---

① ② 　此詩題位於手稿本第 6044 頁。
③ ④ 　此詩題位於手稿本第 6056 頁。

仞一長嘯,何處可名歸去來。宋元題字紛草隸,柴桑橋石增裴裒。嗟
予刻舟見已淺,剔蘚日遣磨煙煤。_{石上有耳迹及吐酒痕,又八分書"歸去來館"字}
_{及治平、至正年諸題。}

瞻雲寺二首①

右軍匡俗一清真,那必區分捨宅人。劫外墨池重作記,定中文字
更生因。寒山篆又當秋午,_{趙凡夫書扁。}紫柏光還證戊申。_{寺有紫柏尊者}
_{像,後題萬曆戊申歲。}高閣試拈新偈子,四山雲影落青珉。_{寺僧方伐石刻予去}
_{年右軍閣詩。}

池光峰定碧玻瓈,蓮性迦陵共命棲。一瓣香餘嘉樹社,_{舊有青松社}
_{以擬蓮社。}多生味在淡鹽虀。_{寺中所造鹽虀,淡者彌佳,見《廬山志》。}虬松響起
論前事,石鏡溪灣認舊題。記共淨師烹茗處,金輪影到夕陽西。

題天冠山圖四首②

趙書歸趙後,山始見山真。玉笈何由秘,丹經信有神。雲霞非夢
寐,羽衛儼冠巾。試覓王高士,重鐫祝道人。_{漢王僑隱此。}

通天元氣表,肖象取垂斿。淨宇秋相接,浮嵐夜未收。淵淵澄內
景,莽莽鎮南州。更上尋真宰,神光半掩不。

招真仍有觀,聽雨舊名亭。陸子鵝湖近,軒皇鳳管聆。會昌猶勒
字,延祐失鐫銘。想像丹陽卷,群公望眼青。_{道士祝丹陽以山圖乞趙松雪諸}
_{公詩,將刻石於山中而實未果刻耳,今尚有唐宋諸題,皆已泐甚矣。至陝刻僞趙書,不特訛}
_{丹陽爲郡名,且以松雪題畫之作誤爲自遊,不知延祐二年松雪與諸公同官京師,唱和爲此}
_{詩,未嘗遊此山也。}

誰貌漚波帖,丹陽作郡名。百年傳習誤,十日畫圖成。楮墨迥深
秀,江山鏡粹精。焚香來澹對,小几篆煙橫。

---

①② 此詩題位於手稿本第 6058 頁。

嵐漪軒和山谷韻二首①

踟跦戶牖非僧廬，淋漓真氣依清都。捲碧天然鎖萬壑，小窗咫尺收全湖。憶昨長雲洩江渚，涼秋空翠撲肌膚。縮歸巾笥光可燭，寒宵默坐得元珠。

虎頭金粟何處影，天皇畫圖似有詩。超公伐石記否在，追摹得之或未遲。他年快軒更起屋，徘徊好事應前知。夜分然燭瘦藤倚，石上又長菖蒲枝。

五老峰②

昔訪黃巖巔，初捫白巖字。"五老峰"三大字，明喬宇篆。晚飯鹿眠場，晨策棲賢寺。皤然五峰尊，昂首肩以次。招揖全匡廬，來納我行笥。歲行星周迴，晚稻變霜穟。怒乎如苦飢，覬飽千嵐翠。勿言真面邇，敢以恒情試。出郭神爲超，所造猶未至。昔貌與前名，淵乎不可企。離合見神光，沖舉非一致。遐睎羽人駕，側佇丹經秘。誰能以象存，眇眇神靈意。煙霄通笑語，向背如掩避。仍合虛無中，空光有餘地。地脈測天經，象緯非顯示。吁嗟五曜司，內景含精粹。余忝文柄持，於茲擷英異。名嶽領地靈，必蓄楨幹器。愧挾浮氣來，未識蘊深邃。蒼顏一笑開，耿耿照寤寐。迴環二十里，無敢騁前騎。稽首青蓮花，南極離明位。半月後圃吟，未拈真實義。請書太白詩，以補鹿洞志。

於東林圓通二寺拓得鐵鑊字各題一詩③

東林寺鑊云："元和乙未十月二十四日，□□山門監寺賜紫沙門宗禹記。"圓通寺鑊云："三班借職監興國軍總□都鐵冶榷程遂良，捨□鑊壹口於廬山崇勝院，永充□□。大中祥符元年戊申歲十一月初三日，匠人李琚、饒興記。"

江夏書重勒至元，唐鑴誰共鐵爐論。晉公尚未平淮日，想見山僧

---

① 此詩題位於手稿本第 6062 頁。
② 此詩題位於手稿本第 6063 頁。
③ 此詩題位於手稿本第 6065 頁。

煮菜根。

坡公寫偈説前因，此鑊還先七十春。相對微瀾生積雨，石龍龍口訊何人。

吳章嶺三首①

蒼然東北注精神，始識迴看五老真。非此雄崖千丈起，如何收束萬巑岏。

冬寒未得造深巉，卻補濃青滴袖衫。絶頂振衣僧舍畔，捫星何減立黄巖。

全勢匡廬遠近間，迴思半月落星灣。此行試覓拈禪偈，算在山中算出山。

寄内二首②

檢點歸裝近廿春，辛卯冬予自粵東北歸，計至明年冬又自江西北歸，已一十九年矣。依然四壁長卿貧。鬢添皓雪心相質，膝有條冰味更真。豈好搬薑同點鼠，不辭補屋用勞薪。東偏爲我安書榻，實要三餘敝篋親。

曉翠名樓緒不禁，曉翠，内子齋閣名也。八分題扁當登臨。三千里外挑燈話，四十年前聽雨心。嘉樹孫枝同祝願，拈花迦葉共追尋。破鐺煮飯須何物，鄰寺鐘來響梵音。

張蔚田停雲志喜圖③

停雲之思古有諸，停雲之喜古則無。誰爲志歟張與初，同心寫貌共一圖。圖君之貌寫君志，並寫圖前數年事。張公都閫出巫陽，初別初公話僧寺。平生止酒念高堂，未減胸中浩然氣。蘆溝月挂霜天高，一笑摩挲七寶刀。是日寒雲動行色，飛鴻激響求其曹。西山青眼千

---

① 此詩題位於手稿本第 6065 頁。
② 此詩題位於手稿本第 6066 頁。
③ 此詩題位於手稿本第 6068 頁。

重叠，只記初公一繭袍。金川鐵甲穿行陳，不得長安故人訊。七千里外得歸來，八九年中敘離恨。燈前磊磊照瘢痕，不是區區感容鬢。掀髯高歌泣鬼神，酒酣倚劍氣益振。開篋依依繭袍在，別時言笑今重陳。誰知棧道厓間夢，仍對燕臺雪後雲。嗚呼丈夫豈限關山阻，四方上下何處非相聚。唾壺擊節聞雞舞，要取平生奇氣吐。此會莫作尋常數，此袍此友俱千古。嗚呼何須上下逐四方，韓孟飛佩徒頡頏。今者爲圖話更長，匡廬真面聚南昌。星斗一氣交雲光，兩公和歌喜欲狂，摩我大字神清蒼。

坡公書石鐘山記久失去湖口令蜀人雷醇夫伐石請予重書而醇夫適以月夜同周載軒編修泛舟詩來視予因賦此贈醇夫兼呈載軒①

誰將屐齒記青苔，七百餘年舊夢迴。片石重留蘇子迹，扁舟又得蜀人來。羽衣吹笛千山響，廬嶽蒼顔一笑開。明月低空還識我，巖泉飛涌墨花催。

題松陵史赤霞悼亡詩卷二首②

淚珠一落三千字，消得空花是筆花。不合姓徐還字淑，玉臺詩句泥秦嘉。徐貞字又淑。

蒲褐觀空證墨緣，松陵鶴去月如煙。只應紅日烏雲夢，拈起東坡偈子禪。君時下榻王述庵方伯蒲褐山房，而予所藏坡公書《天際烏雲詩帖》爲君家故物也。

蘊山應聘主鹿洞講席賦寄③

霏寐嵐漪信有神，瓣香容易説前因。來尋鹿洞申條約，果與匡君作主人。經義師承毋泥古，文章家數莫翻新。開先玉峽看飛瀑，處處源頭可問津。書院壁間有王文成書古本《大學》，愚去年來此有詩，力言近人輕談復古

---

① 此詩題位於手稿本第 6069 頁。
② 此詩題位於手稿本第 6111 頁。
③ 此詩題位於手稿本第 6070 頁。

好駁宋儒之弊，故此詩及之。

曉發九江①

　　我循蠡口溯江灣，面面空蒼遠近間。星渚勢如隨客轉，匡廬意似導人還。磨穿日氣青瑤鏡，剪破湖光碧玉環。兩郡匡陰相向出，微雲一點在鞋山。

石鐘山②

　　兩山倚湖湄，一城居山腹。山亦崇墉狀，水刷削如築。萬里氣吐吞，長瀾漱其麓。竅穴撐空嵌，激蕩隨所觸。大宮細則羽，至音非琴筑。太古無始來，聞者豈余獨。記憶元豐間，洗剔真面目。昨游夢屢迴，今來水猶縮。③斷匡青蒼氣，凌空勢一束。瘦出石根白，盡吸全湖淥。僧窗一長嘯，直下萬川瀆。迴風巨響來，但恐洩坤軸。書記何足道，千劫同轉燭。更煩金石奏，鏘鳴振林木。

昔鄱陽洪文惠重摹漢石經於越州蓬萊閣今六百廿年矣丁酉秋予以黃秋盦所藏三段摹刻於小齋因自名小蓬萊閣而秋盦之先世實有小蓬萊之號誠足異矣及來江西合前後所得十二段重勒於石今按試饒州適王秋坪郡守亦以小蓬萊閣名齋蓋嘗守登州也秋坪精篆法與予論訂古刻恰相聚於鄱陽洪公之里古今人不謀而合有如是者乎賦此記之④

　　我生屢踐蓬萊盟，昔之秋盦今秋坪。盤洲老人去未遠，大滌洞天聞嘯聲。登州未到我能說，坐對孤島搖空明。雲濤萬里攝趺息，齊煙九點綠一泓。南海東海等袖石，長生不約來長庚。予初於廣東惠州元妙觀後石上得葛長庚八分書蓬萊字，拓本扁於小閣，及甲辰夏嘉興王若農又於山東萊州青蘿觀拓得仙人劉長生草書蓬萊字見贈，因合裝爲一軸。孰知今到文惠里，恰仿越州石

---

① 此詩題位於手稿本第 6070 頁。
②④ 此詩題位於手稿本第 6071 頁。
③ "猶"，手稿本作"尤"。

刻成。我方滂喜溯東漢，君正急就摹西京。秋坪適篆急就章入石。兩人大笑事前定，蟠桃連絡菖蒲生。八分小篆以類聚，珠琲廉角磨光晶。培風勵學植根幹，若農力穡敷滋榮。芝圃瓊田在几席，一漚盆盎等大瀛。析津東望直沽口，百川學海原委并。他年重勒石氏帖，不忘息壤芝陽城。婁機字原亦繫此，雪坡偏傍訂益精。秋坪將校鋟周雪坡《六書正訛》。題詩卻寄黃通守，名齋何減顧阿瑛。金書玉簡儻可問，篆法漫借鷗波評。元顧阿瑛築小蓬萊，趙松雪爲篆扁。

得何義門書蘇齋字摹勒於壁四首①以下己酉

何公丙戌書，今八十四春。重勒蘇齋字，又見蘇齋人。敢方蔣家居，破屋然濕薪。空持千載意，兀爾一編陳。上追古人心，獨與玉局親。天放本精微，許我識其真。同日眉山像，會合來精神。疑此不偶然，孰指所問津。張苣堂寄贈眉山坡像石本。

生日闕薦筵，四年虛度臘。乙巳至今未舉坡公生日之會。公乎不我較，意轉如酬答。此迹十年前，訪友代摹拓。夢於繡谷旁，瓣香千燈匣。真宰必來助，初願久乃合。桂坡與雪苑，巾履交雜遝。施顧兩詩翁，大笑慶簪盍。繡谷當時賓，曾否設此榻。惜無麓臺手，落筆長風颯。畫我安宋間，淡對如老衲。將摹安桂坡、宋漫堂二像於蘇詩宋本。

兒時誦班書，緬切陳蘇庵。②浙濟陳許廷。緬思山谷語，質厚使我慚。齋初拜蘇米，意頗恧空談。甘露未成圖，彌勒敢云龕。所以題蘇齋，只假椽兩三。舊書堆數廚，一經始研覃。昨得張米字，張大亨、米芾盱眙題字。五禮例可參。附於蘇門人，已孔艱荷擔。汗浹前輩題，借手爲指南。

何公正書勢，兼有虞褚歐。堂堂二大楷，意并平原收。揭之楣檐間，凛若正士謀。想像道護丁，匹伍仲寶劉。山海寄崇深，孤島青一

---

① 此詩題位於手稿本第 6081 頁。
② "緬切陳蘇庵"，手稿本作"始切懷蘇庵"。

漚。坐卧索靖碑，浩蕩宗炳遊。咄哉見已淺，豈惟藝焉求。結習邕師帖，日佇石墨樓。

辛生和予夜雨詩有奪席經誰富之句蓋爲鄧生發也喜而再次前韻示之[①]

誰許經重席，先占魯兩生。學山觀石勢，發的聽弦聲。字詁唐元度，文箋陸德明。他年憑著録，幾個任干城。

天冠山歌贈貴溪令鄭外峰[②]

我來西江覿真面，天冠洗出青嵯峨。近在城南四三里，貴溪溪水金沙渦。道園松雪俱未到，趙書僞迹訛傳訛。丹陽道士貴溪築，郡名傅會理則那。年來第一快意事，陜石可付粗沙磨。君傍仙山來作吏，爲我厓蘇親手摩。會昌二年剩唐篆，洪芻一再題宣和。世間久無此拓本，造物豈忍堅護訶。奇哉今夕豁眼界，巉絶峭壁排煙蘿。如堂者密宫者霍，丹霞融結香篆窠。招真祈真一耶二，寸田尺宅寧在多。三峰削起五面對，小隱邪地長廊過。參差峰嶺橫側勢，不許凡筆皴黛螺。[③]直從太古蓄秀色，散作逸筆來漚波。後五百年乃到我，於水中沚翹菁莪。錦膊犀軸兆爲此，金漿玉髓緣如何。此行歸來許杖策，盥手時蔭珠樹柯。重當與君理舊約，四七章更追空歌。篋攜小幀何足道，真境仍自留巖阿。所得天台紫真夢，真從道士博換鵝。

馮魚山遊華山拓韓公投書處字及博臺鐵棋字蒼龍嶺鐵鎖柱字見寄[④]

馮生襆被雲臺遊，僮僕竊詈妻孥愁。忽到韓公咋指處，海浪捲袂風修修。何人題字尺二寸，想亦韓後書試投。子胡於此裹氈蠟，傲我

塵境日接酬。書來卻遲一載後，我方握槧銛毫抽。文書堆案蠹食葉，破緘翠涌蓮華舟。衞叔卿者果曾有，玉漿石髓盈丹臼。鐵棋尚與仙蛻留，王質已落樵人後。高垂鐵鎖何處懸，拔地蒼龍負之走。一線冥冥裊裊中，呼吸碧落捫星斗。墨濡竹素神閑暇，衣上白雲如堊帚。馳書誇說恐不信，故要包緘寄情厚。馮生馮生真好奇，陝遊幾客曾爾爲。百五十年鐵半蝕，何況遠問貞元時。<small>韓文公遊華山在貞元十八年，鐵鎖柱字三行云：崇禎四年三月，直隸保定府新安縣□□□惜薪司總理御馬監太監府官韓國安施造。</small>我持此紙挂齋壁，眩掉似慄嚴飆吹。徐思坐臥未移榻，半晌心定方恬怡。掩卷默誦韓公句，想子定有鐫銘詞。何當與子刻其側，元氣萬仞争淋漓。

復初齋詩集卷第三十七

谷園集五_{己酉二月至閏五月}

漢延熹西嶽華山廟碑歌寄辛楣①

三原王焯説二本，綿津宋與山史王。我昔摹臨得雙璧，塔影園客所未詳。<small>顧南原謂宋漫堂本即王無異本，未之深考也。</small>十年奇懷貯胸臆，不得舊拓窺豐坊。可平王宋二本讖，後來鮚埼亭主藏。大和元豐有題字，李衞公迹未襯裝。鮚埼所以詫完好，六百九十文中央。其額居中微迤左，下楷者宋上者唐。衞公西來拜嶽位，星辰炯炯迴雍梁。金天贔屭全勢出，真形摺疊於巾箱。幾日范家天一閣，今歸詹事潛研堂。未歸潛研前一夕，有客取影神仿偟。知我十年夢西笑，寄我一幅來南康。我適摩挲鐵絚字，<small>昨馮魚山遊華山，寄來韓公投書處石刻，及鐵棋、鐵鎖柱上刻字。</small>石經況值摹中郎。此本於今甲海内，寄聲潛研喜欲狂。公之儲弆敵歐趙，釋文訂誤兼劉楊。往者同觀山史本，吟舫共几神飛揚。天以神物付巨手，要使金薤窮琳琅。江南後先九十載，偶筆何嘗追筠廊。筠廊之本廿載後，世守尚驚王庶常。<small>宋漫堂巡撫江南得此碑在康熙三十八年己卯，其後王虛舟官庶吉士時尚於宋蘭暉齋中見之，而王無異本於康熙四十三年甲申已在邡上見於陳香泉《金石遺文録》，予是以據此定山史與漫堂所藏各是一本爾。</small>那如松談暨讀易，流轉南北輈與航。祝公此本永寶用，嶽石一片留青蒼。雲臺蓮

---

① 此詩題位於手稿本第 6088 頁。

華盎盎氣，北斗沆瀣垂玉漿。漢初舊刻早磨滅，而此千載猶晶芒。與披丹篆乃到我，釋文竊補洪番陽。陳君昔刻我臨本，中間肥瘦猶待商。何如今摹就全石，並刻題識森成行。挽迴元氣還太華，會合精靈酬郭香。近語述菴遠程叟，時程易疇司訓嘉定。江干耿耿馳相望。此本之出蓋爲此，豈直爾我私勝囊。賤名八分附其側，墨池五采飛榮光。

明常熟趙文毅兕觥久藏曲阜顏氏文毅五世孫者庭不遠數千里持予詩往求今竟得之者庭賦詩寄謝次韻四首並邀同志和之以志藝林快事①

此物思歸二百年，小詩何力敢貪天。憶君灑淚秋燈夕，訪我匡廬岳麓偏。報國抒丹留碧血，傾家買玉換兕船。者庭刻玉杯以易之。要令奕葉傳忠孝，不是區區翰墨緣。

老翁七十誓拳拳，實仗精誠上格天。家廟歸來神醉止，椒漿奠罷燭花偏。一庭感泣孫攜子，兩載奔馳騎與船。安得延陵和璧在，櫝還同日訴前緣。吳氏玉杯已失。

當時痛飲國門前，感動長星耀亘天。威鳳九苞遺響在，文羊一角觸邪偏。丈夫自要垂青史，奇氣聊憑寄酒船。千古士風須砥礪，激昂名節恥貪緣。

樂府新教曲譜傳，歌聲薊北接南天。杯棬所繫綱常重，銘篆非關嗜好偏。得味簞瓢來魯巷，催詩珠玉壓吳船。桂顏此夕明湖夢，時向蘇齋證昔緣。桂謂未谷。

蘇竹詩②并序

元豐七年四月，東坡自黃之筠，過瑞昌，題字於亭子山壁，點墨竹葉上，至今環山之竹，葉葉皆有墨點，見宋僧道璨《柳塘外集》。今竹

---

① 此詩題位於手稿本第 6092 頁。
② 此詩題位於手稿本第 6094 頁。

已不存而地以公名。昔有王主簿移植竹於廳事，額其堂曰景蘇，蓋坡公夜宿地也，知縣事彭君淑屬予題石，因和道璨詩韻繫於後。

　　蘇公夜宿處，把茅爲誰覆。蘇公點筆餘，墨勢許誰續。千年石墩在，一片瀼溪曲。想像數點橫，覺我八分俗。所幸題此墩，因之繪此竹。萬古青一氣，迴風響群木。一笑劉仙符，夢繞羅浮麓。

附道璨詩

　　一葉復一葉，世道幾翻覆。一點復一點，書脈要接續。親見長公來，一節不肯曲。見竹如見公，北麓能不俗。回首熙豐間，幾人愧此竹。翰墨直枝葉，點化到草木。長公有深意，此事付北麓。

蘇墩詩①

　　我因蘇竹識蘇墩，亭子山頭過雨痕。認取元豐苔蘚在，何殊玉局道人存。招攜響籟泉相答，呵護精靈石尚温。明月飛空巖寺裏，松風延客自開門。

題廣信試院②

　　觀成扁字重徘徊，華陽岳撫軍潛題觀成堂字。容易捫心擷秀來。茗碗蔗漿三大尹，玉山李君實福、廣豐蔡君旅平、貴溪鄭君高華三邑宰皆予門人也。冰壺玉映兩清才。選拔者九人，上饒周生、玉山王生文筆尤爲穎異。堂環茂樹經春長，門倚青峰對面開。他日何人能接武，層欄爲我護蒼苔。堂有仁和趙學齋先生手書碑，予前年來此題記於碑後，先生視學江西後即以都御史視學順天，予年十二受知於先生，今四十五年矣。

天冠山二十八咏③并序

　　去年夏得松雪、清容、道園、繼學四先生天冠山題咏墨迹卷，因得辨正陝西石刻傳會丹陽郡之誤。今年春按試廣信，旋役舟泊貴溪，獲

---

　　①　此詩題位於手稿本第 6095 頁。
　　②③　此詩題位於手稿本第 6096 頁。

遊半日，粗領其概，爰和此二十八詩，并拓其石刻繪圖裝卷，不啻與此山有夙緣者。己酉二月二日金沙塘舟次書。

小隱巖

一桁蒼玉垂，萬竿青竹广。我欲六月中，於此鋪笛簟。

五面石

天冠之西南，面面與冠似。橫側嶺耶峰，隔江已如此。未至貴溪城南十餘里外即望見之，此峰後方前圓，遠近闊狹不同，非真有五也，故知松雪、清容諸公皆未親至其地者。

一線天

懸崖通箭筈，空嵌入始青。我昨匡廬夢，於此測天經。

龍口巖 以下依松雪詩題原次

二泉下山脊，中間夾林屋。祈真與逍遙，誰測首尾腹。龍口、祈真、逍遙名曰三巖。

洗藥池

傳聞澗泉脈，流出藥草香。金膏泛水碧，自然隱文章。

鍊丹井

澗水透迤去，丹華日夜蒸。居民渾不識，如野只田塍。

長廊巖

近接王儦峰，時有仙客步。石澗玉鏘鳴，天風珮環度。

金沙嶺

作如是沙觀，鍊之皆金液。一線雲寶來，隱隱丹井脈。

昇仙臺

岌岌三大字，石壁欲飛動。綠蘚濕濛濛，白雲迴滃滃。

逍遥巖

齊物逍遥旨,噴珠飛雪間。二泉名。如何南斗句,輕以況塵寰。巖上刻篆書熙寧十年九月判官都官員外郎李琮詩,有"消揺入南斗"之句。

靈　湫

古有靈湫幀,今無聽雨亭。翻憑僞趙帖,遺事補山庭。予所得松雪詩真迹此題下無"亭名聽雨"之注,而陝刻僞本有之,此必松雪稿本所有而真迹偶無耳。

寒月泉

兹山龍虎氣,静夜蟾蜍仰。深深得歸復,是以觀所養。

玉簾泉

銀河挂九天,晃蕩大千界。同一西江水,那別匡廬派。

長生池

池在徐巖下,全受天冠陰。一勺不盈畝,汲之清且深。

道人巖

王儦羽化後,何人真道人。自從會昌日,題壁説招真。山有唐會昌二年篆題。

雷公巖

龍雷神變化,地近上清宫。松雪有書石,秘文同不同。龍虎山有趙書碑。

石人峰

獨立四無倚,月巖風洞對。借以作指南,溪迴峰向背。

學堂巖

誰謂鵝湖義,支流鹿洞分。知行證傳習,可以理前聞。此陸象山先生講學處也,故以學堂名巖,松雪不知而云"仙人非癡人,山中猶讀書",道園亦有"翩翩學仙子"之句,亦足見諸公皆未親到茲山矣。

老人峰

深崖閟仙靈,古樹長松抱。蒼然霞外思,西南揖五老。

月　巖

諸巖徹虛明,不使匿幽獨。萬古一空光,大圓無朏朒。

鳳　山

山如鳳翼軒,儻有歸昌律。果若虞公言,誰定伶倫匹。道園詩"只有山中竹,旋為十二宮"。

仙足巖

我來春雨濛,側想秋巖卉。澀蘚滌前蹤,凌雲鬱奇氣。巖上石刻紹定壬辰季秋既望魯國陳成父、賈晦叔、朱子俊、胡子儀、韓仁父餞德寬兄之官古申,紫桂遺香,黃花發采,舉杯相屬,尚羊竟日。

鬼谷巖

巖有唐人碑,想自丹陽拓。丹陽刻又湮,古意莽寥廓。

風　洞

今晨靜無風,忽憶訪遺刻。殘經懸甕山,大楷王士則。太原石經士人呼曰風洞碑,又唐王士則書李寶臣頌俗稱風洞碑。

釣　臺

大石容百人,意釣者誰子。我擷江山秀,卬須從此始。

碟　潭

石磴儼階阤,深潭含古春。半日領其要,四山澹餘津。

馨香巖

旬雨一夕晴,獨得深潤氣。幽巖二月初,密樹鶯喧未。

三山石

三峰與五面，總合一天冠。此郡采真意，還憑道眼看。

諸友人用廣信試院韻紀天冠之遊再次韻二首答之[①]

名著詞場五百載，纔逢我輩數人來。山庭了不知松雪，稧帖何勞訪辨才。寺僧駁甚。半日衣裘嵐氣重，諸天洞户緑雲開。蕊珠玉簡煩料理，且莫輕言涴紫苔。山皆赤石，難施鐫刻，故舊題多泐。此答研齋屬我留題石刻也。

梨棗親從道士栽，竹篼幾個解人來。那將枕石眠雲客，認作彎弧没羽才。箋釋圖經非一事，發揮奇秀待重開。我今囊取空江氣，未許同岑説異苔。小隱巖一名射虎巖，小隱者漢王儦也，至宋宣和間洪駒父以鄉人射虎於此，始以射虎名之。而王繼學詩云"抽矢射白額，歸洞讀舊書"，則以射虎者即隱居之人，誤矣。此亦足見當日諸公皆憑畫册爲題而作，未嘗親至其地也。此答敬堂考地志也。

貴溪天冠山湮没於世久矣，元延祐中，山之道士祝丹陽繪圖乞文於京師，趙集賢孟頫、虞奎章集、袁學士桷、王禮部士熙皆從而詩之，四賢之文著於天壤，然而山之湮没如故也。國初有鄧霖者，得僞趙書一卷，刻之陜西，四方多傳拓者，於是天冠諸巖洞家誦而户説之，然而山之湮没如故也。去年夏予始得四賢手稿而珍之，既而詳辨丹陽非郡名，乃知陜刻之僞，所載趙書自跋云"余昨遊天冠山"者誤也。然趙、虞、袁、王四賢同時官於朝，偶見丹陽道士之圖而賦之，取其侔色揣稱而已，安能一一考其地而實之，故有云五面峰一分爲五者。有云學堂巖是仙人讀書處者，有云小隱巖射虎之人即隱居之人者，皆誤也。凡爲文者每苦考訂之難，考訂家又苦言之弗文，考訂而能文矣，又未必其地適相值而事皆足徵。故彼我易觀而相輕譏者，皆過也。予之來此方汲汲士品之爲務，訂古非所急也，故因吾友詩意而略言之，將以諗斯土之爲士者庶幾益知學焉。己酉二月三日餘干舟中書。

---

① 此詩題位於手稿本第6104頁。

研齋用前韻謝予手書天冠山廿八咏敬堂亦
因道園詩述江右學派復次爲答①

淋漓元氣挽教迴，慚愧工夫蠟屐來。他日臥遊謀畫稿，昔人書法
掩詩才。沈思江路吟兼夢，多謝山光閶又開。只合碑林評偽帖，傭兒
泥帚至煤苔。右答研齋。

信州汲古意徘徊，諸老精神日往來。詞苑歸根皆道脈，地靈際會
起人才。問津竹筏江干近，管牡娜嬛玉笈開。巖户春雷農事及，雨融
雪洿半蒼苔。右答敬堂。

秦漢瓦當屏歌酬申鐵蟾作②

雲林子題益壽瓦，五百年到林同人。長生未央一瓦出，群賢麗藻
萃八閩。林家册子我及見，時在乾隆歲庚寅。太常太僕視閩學，雨齋、
渭厓。先後摹本動搢紳。熒熒丹篆上九禁，正值萬方釐祝辰。古稀天
子斂福極，疇圖敷錫於庶民。千祥萬祜應期至，八荒一氣陶洪鈞。雲
林東觀豈足道，蘭話儲藏猶未臻。先是排山浙朱氏，瓦記一卷羅舊
聞。近者勉齋歙程子，瓦當文述尤紛綸。畢中丞與王藩伯，芾棠之召
膏雨郇。地靈珍怪不敢秘，咸陽渭北郊及闉。雨後煙中剔沙礫，窩泥
筍距繩斧痕。或爲規仰或半覆，芝栭藻井樓殿門。東平那能備禁扁，
仲將尚未題凌雲。梁蔡之前籀斯後，參差形勢考説文。吉語迴環兼
繪象，六書八體漢溯秦。琢之爲研摹作印，年來學侶窮討論。顏齋勒
扁非一處，安邑宋芝山有三十四漢瓦軒，桂未谷爲書扁，吳縣張石公有商盉漢瓦軒，予爲
書扁，予所居後屋兒子樹培亦以三十漢瓦書扁。櫛比布縷差鱗鱗。陽曲申侯出
奇思，瓦當排出屏風匀。文綺交光雙六扇，圓規疊構檐橑棼。燕几之
圖巧環抱，雕花相向周重輪。適來西江滕閣下，漢鐙漢鑑取次陳。藩
伯王公舊賓從，聯吟迭唱蚖膏焚。昔時王朱諸老輩，曾未睹此蒐剔

---

① 此詩題位於手稿本第 6106 頁。
② 此詩題位於手稿本第 6109 頁。

勤。百年於茲盛樸學，考訂奇古無蘥湮。三倉解詁源測委，萬象會極雕還淳。文字壽兼金石壽，長年永奉萬億申。拓之萬本裝萬幅，幅幅合作熙熙春。詩寄申侯代題跋，豈止二篆賅八分。

秀水汪秋白於佘山某家園林得殘石二片洗視是山谷答王周彥詩六十一字拓以見贈并屬和①

江安灘上元符年，筆如渴驥快赴泉。草書獨許顛及素，知音豈在指與弦。戎州偶住頗知命，此君傳神實自鏡。華陽法外萬鈞力，元師禪參一聲磬。蜀刻幾日來吳門，小祇園仍號此君。槎枒勢入道眼證，綠霧青峰一白雲。匡廬真面知交舊，佘山貽我蘭筍秀。古文科斗非借言，石骨箟篔同一瘦。江雨浪浪春二月，天籟處處空音說。光芒萬丈扶屋椽，撥鐙儻乞摹本傳。

遊青原山寺疊前歲韻二首②

門求七祖定何疑，蘇迹重摹不謂癡。籃竹偶隨流水去，衣襟忽與白雲期。能供淡味薑相勸，此義遊山客未知。髣髴元翁偕吉老，葵蓮香飯雨花時。

空山百慮絕然疑，尚憾前題墨太癡。香透木犀詩話在，熟來梅子道人期。前年臘月欲遊未果，故有梅雪之句，而今來遲四月矣，適見寺軒吳舫翁題句云"看梅子熟矣，聞木犀香乎"，故及之。一春衡嶽芋殘夢，幾個廬陵米價知。暮雨未來鐘梵起，溪雲相對立移時。

青原六咏③

七祖塔

一嶺曹溪脈，雙峰杜老尋。從來箋釋者，未識古人心。塔覆黃荆

翠,堂開藥樹陰。四山諸瀑下,合氣静憎憎。

五賢祠

祖述姚江學,鵝湖接鷺洲。三溪源自合,五笑迹誰留。聖域仍題榜,傳心更有樓。彈琴來上巳,何以副前修。山有五笑亭。

翠屏峰

駝峰東北拱,全自漱青來。玉筍千株起,山堂一面開。舊闉軒晚對,時接鳥飛迴。所以元翁意,相邀賦釣臺。昔有晚對亭,今圮。

噴雪軒
宋胡忠簡題寺泉曰噴雪,後人以顏此軒。

名泉即名屋,到屋聽泉聲。是日山之半,微雲皺不生。何人遺字在,猶見倚欄情。卓錫開軒始,元同碧一泓。寺後有卓錫泉。

顏書禖關字

石在三泉側,隆興記所云。周益公遊山記。更饒嘉客共,不獨象之聞。力與山雙峙,今誰祖八分。不知樊絳守,何似段卿文。段成式碑今不存。

黄詩石刻

八石氣嶙峋,猶遭再琢瑉。洪題雖附記,施補惜非真。好事鳴琴宰,憐予響拓親。儻因重市石,一髮挽千鈞。弟八石是施愚山集補廬陵令,范遒亭欲予重搴全石别刻一本也。

入舟催諸友和作叠前韻①

詩家偈子滌群疑,畫稿何須仿大癡。十郡孰將山色比,一原獨與道心期。雲光雨意皆新得,白石清泉認舊知。滴滴青來君記取,昏鴉欲集晚鐘時。

---

①　此詩至《游翠微峰飯金精山洞二首》,手稿本闕如。

十八灘三首

祭灘到謝灘，屈指凡五日。中間旋折處，尺寸瞬難必。槎枒萬石勢，節角相比櫛。一隅回穴來，十倍衝飆疾。嗟爾捩舵人，焉辦然犀術。蒼茫神靈意，倏忽雷電失。眩轉千渦沫，離合雪與帥。水花滾滾中，裊窱一舟出。上下三百里，飛流橫噴溢。莽莽西南來，艤櫂猶悼慄。

水壯灘則深，水弱石逾峭。獨於半減時，水石相映照。往者秋冬過，篷窗未觀徼。但聽衆喁于，地底號萬竅。今來夏維孟，水涸意非料。數舟首尾銜，半日一灘繞。爭此線寶痕，力絕千夫叫。已費三換舟，又苦逆風掉。望見贛州城，始達儲潭廟。借問南來船，春杪發嶺嶠。

甘泉發嗟嘆，坡老憶喜歡。我昔嶺外歸，於此窾啓觀。夫水豈異歟，我心本不瀾。由水乃見石，於石因名灘。窮極諸變幻，所得一輕安。淵名九復九，止止審平聲。鯤桓。石中本無聲，以攝萬象看。杜老未忘機，何必百千盤。明晨坐筍輿，山徑如憑欄。卻望來時路，悵焉懷曉寒。

贛州登陸往南安

直愛看山特一來，非關舟子苦遭迴。溪光細似三楓渡，野色高於八境臺。麥壟氣仍前雨潤，炎洲青接暮雲開。莫將嶺路南雄比，四邑何如兩邑才。

到南安日得雨四月十三日

經旬水淺費沿迴，多少良苗待澤栽。江樹濃蒸新綠合，嶺雲飛送濕青來。穿簾鳥雀喧晨乳，翻石蛟龍響夜雷。萬斛文瀾弦誦裏，豐年好語不煩催。

閱十日復雨

中沚中央渴溯洄，蒹葭采采佇誰栽。雲連郡邑芹香繞，雨挾張陳草勢來。張東海、陳香泉皆南安守也。旬日發榮看滌研，文章解作感新雷。漫言何武諸生選，且要瓊瑰羯鼓催。每苦諸生文思太遲，故用東坡喜雨詩意。

發大庾二首

四山夾耕戶，戶戶沿水濆。炊煙與澗氣，縷縷滃不分。是月梅炎始，稚陽遽如焚。淵乎夜息養，慰爾歲事勤。陰涼取微潤，宿霧澹初昕。衆青南嶺來，迴合潮泉聞。溟濛積俄頃，吞吐萬綠棻。所以公羊詰，膚寸初非雲。

昨往苗待槁，今來畎餘津。旬日暄暘間，益感造物仁。水風櫛疏疏，禾役排困困。得氣揚其膏，滋息以光新。深虞植之薄，奚以副取陳。瀼瀼有澇期，藹藹發榮晨。愧無良農術，豈乏澍澤均。復遵貢川渚，迴望橫浦濱。

蘇步坊三首

昔賢一閑步，常留後人記。數弓表石坊，千載懷賢地。題鐘字不存，舊井亦蕪廢。尚聞六經堂，髣髴田家肆。著錄果有無，款話極幽懿。空餘修篁屋，水澹山濃翠。風吹石蘭花，雨卧粳稻毯。猶憶衣袂香，來搴貯囊笥。

南康東城陰，謝生此宅里。聞名三十年，荣馬一再始。謝生吾門秀，樹立未有已。汲古獨情深，問津涉淵水。論詩西江士，必自媚學子。以勖今群才，使我顏汗沘。夢中橫浦綠，渺焉蓉江汜。朦朧舊詩句，此境直在此。

昔因謝子居，遂以蘇名潭。坊名匪學步，潭水義取覃。我雖爲書銘，此意重我慚。近因蔣繡谷，遠取陳蘇庵。蔣書扁我楣，何義門書蘇齋字。陳錄充我函。左典漢雋。尚想癡訡符，輕詡朋盍簪。謝家蘭玉枝，又苗春風酣。裳襄西江西，佩結南浦南。蘊山兄子學仕今歲充選拔貢生。

發贛州往寧都道中

我搴南山雲，直渡東澗水。内灘險宜避，水路往寧都曰内十八灘。行行繞山趾。江紋沙線間，石仄不容指。成路引登巇，鑿自何年始。竹笐如憑欄，一碧襟帶裏。盡見推挽舟，洄洄石齒齒。水面測山坳，舟人復仰視。不知誰勞逸，愧爾擔行李。雩都上寧都，沙石三百里。金精翠微峰，鬱積不能已。吾懼文平燕，芟治日有喜。又需導養方，奇崛亦難理。水淖戒之玩，厓傾化如砥。土膏占歲豐，嵐光散霞綺。地脈迥沖融，習俗必淳美。四山潯雨氣，冥冥松吹起。

傳習堂

陽明遺像氣森森，仰止雩山照古今。六子尊師如侍側，配食何元之、性之、黃正之、袁雩峰、管義泉、李養愚，六先生皆明代雩都人講學者。一編傳習有餘音。陽明先生有《傳習録》。拜瞻愧積塵勞久，静坐方知夜息深。曉起試聽新雨響，循牆天籟儼笙琴。

雩都至寧都道中山行四首

寧南雩北界，天闊萬山横。雨壓屯雲黑，嵐開夕照明。平頭平黛綠，半景半陰晴。平頭、半景皆雩都縣北村名。補我蘇書幀，多年畫未成。

昨歲春陰淡，今來暑雨繁。渾將凹凸墨，相襯淺深礬。隔壟煙徐捲，層厓瀑忽翻。飯牛生畫意，空外倩誰論。

鳥道羊腸際，蛇行蟻附間。盡上。隨斜取徑，不覺直穿山。邇日趨平弱，從前鑿險艱。此中論士習，多少緒迴環。

江子屏先去，猶留胡雉君。幾能參舊志，覬或補前聞。昔共雩都境，今從贛郡分。連峰三百里，比户足耕耘。

禮洲草堂品茶讀畫歌

五月廿二日試寧都諸生題，閏五月五日遊金精山，輿中乃賦此。

禮洲草堂今何處，寧都客記洪都住。竹溪之竹亦不存，出郭峰青但煙霧。雲庵行者餐朝霞,太虛碧雲爲我家。石牛不異皖公畫,冠石何減雙井茶。此茶製出罦雲手,得味煙嵐鬱蒸後。先生滌研客忘言,四壁空濛亦何有。畫供茗事思已奇,更聞工書兼善詩。大字棲賢記留帶,茶墨之氣交淋漓。當時二老説二牧,宋牧仲爲作《二牧記》。夢向空山來信宿。詩留江上品畫時,客已山中煮茶熟。巖泉草木太古春,我又雲臺夢綿津。不枉啜茶尋畫意,還教磨墨出詩人。

遊翠微峰飯金精山洞二首①

爾雅釋翠微,但云未及上。蓋以積厚成,非矜層嶷仰。此峰其注腳,鑿治初誰仿。屬嶂遂聯綿,霍宮仍虛敞。一徑盤梯級,僅可容獨往。磔磔靈禽飛,從從罡風響。東暘倏向背,石鼓騁莽蒼。掩擁翼衞間,萬靈出惚恍。面勢無後前,架廠通帷幌。離合陰與晴,一以雲氣養。登頓換竹筧,仄徑復開朗。誰謂斗壁懸,置屋平如掌。

東暘冠諸峰,雲臺及其半。石鼓左昂首,叠嶂攢几案。邐迤作開合,神工劃剖判。大石環若扉,衆皴青不斷。何年金精名,侈彼丹青煥。炫晃玉几間,翁葹瑤草散。居人來蓺耨,羽客聞櫛盥。蕭寥萬古心,誰托羲爻象。鸞鶴不可迴,佇此齋心館。道人煮茶熟,桃實紅已爛。石簷滴乳聲,爲客催午爨。兩庋椺闓張,報余錦繡段。

鐘鼓巖②

空山石静本無聲,天樂端由地籟成。隔浦漁樵聞響答,他時坑谷有虧盈。嚕哢坎窾皆新得,哇臼圈枅不世情。夜宿偶拈真實語,誦弦已擬夏韶英。

廣昌縣懷何子山先生③

一榻清風四十年,至今遺俗重仁賢。廉名尚待圖經補,惠政猶聞

---

① 《入舟催諸友和作叠前韻》至此詩,手稿本闕如。
②③ 此詩題位於手稿本第6117頁。

父老傳。庭樹青仍餘芾蔭,海鐘韻想拂琴弦。故人有子因行役,題壁還來飲勺泉。

何玠字子山,順天宛平人,乾隆丙辰進士,在官有廉聲。工詩,有《海鐘草》。按《潘君題名記》府志成於戊寅,載廣昌令至洪冕,然何公知廣昌當在邢文鐸後洪冕前,不知府志何以失載也。先生爲予父執,己卯秋予典江西鄉試,先生時署吴城同知,遂卒於官。今三十年矣,按試過此賦詩以記其概,己酉閏五月七日。

兒子樹培授檢討寄示①

吾家故事三百載,十一世祖醉庵公爲翰林檢討。忝接登瀛十六科。汝正講求忠孝始,我方慚愧歲時過。寶書中祕尋源早,樹培六、七歲時即口授國書數句。韻句柴桑得味多。壬申庶吉士散館繙譯題陶潛《桃花源詩》,今年散館題《歸去來詞》。從此不徒工試帖,杜陵詩法要研摩。此非用杜公"詩是吾家事"也,正謂研求忠孝必自杜詩始耳。

蕉窗爲雪樵賦②

南昌蕉窗懷陸子,建昌蕉窗憶曹生。與君相照綠眉鬢,如此同岑古性情。九述墨林精鑒賞,項子京有《蕉窗九述》。一卷雪個氣縱橫。雪樵臨八大山人畫石於窗間。穿簾半是濕雲宿,識我端州夜雨聲。予舊有《端州蕉窗夜雨》之作。

①②　此詩題位於手稿本第 6119 頁。

復初齋詩集卷第三十八

谷園集六_{己酉六月至九月}

題盱江書院壁①

我再來盱江，重借琴城宿。淵源千載意，寤寐籌之熟。此邦富秀良，天意栽植篤。山川含粹精，人文聚清淑。所貴於經術，非爲炫巾簏。必有真光芒，貫弗汗青竹。古人破萬卷，所以日三復。元氣攝混茫，百寶來沐浴。緬惟直講公，類稿編更續。況乎集隆平，何減校天禄。上接匡劉揚，司徒掾所録。一禀於儒林，陳常樹之穀。後賢當如何，崑嶠日剖玉。勿矜魁穎選，而忘藥石蓄。敬告鄉大夫，祇庸教敦睦。中和樂職詩，优优遍閭族。風暄講堂側，日聽弦歌肅。勉斿以等級，請事有節目。西江第一郡，陶冶深卷軸。質厚以爲本，箴銘誦山谷。

魯貢雙玉歌②

昔聞十轂記魯史，雙玉作貢於王京。爾時未知璋判白，果否品目瑳與瓊。何人傅會逸論語，璵璠本自山元精。問王問玉且莫執，奐若瑟若先揚聲。國寶初從聖論定，誰復例及珊瑜瑛。二徐未及收呂覽，仲梁奚以補季平。顧惟魯僖爲衛請，未必有意抒精誠。我今遴才效

---

① 此詩題位於手稿本第 6120 頁。詩題手稿本作"盱江書院題壁詩"。
② 此詩題位於手稿本第 6121 頁。

國用,薦諸天廟始中程。熊熊寶氣盰水上,六經腹笥騰光晶。一謝琢
瑂飾以藻,一變丹青澤之瑩。仲也乎勝季理勝,山川會合精神并。我
觀其璞識其韞,所期以實非以名。去年穎發今采秀,琅玕琪樹皆天
成。我來西江選樸學,往往虹氣連江城。萬載浮梁辛與鄧,説經奪席
驚群英。魯家一庭合璧出,天球和璞光迴縈。昌黎薦士比部鼎,愷悌
神勞心所盟。廉隅縝密始登造,特達旁達彌堅貞。愧予琢磨敢自任,
貴爾比德方施行。易求照乘玉萬鎰,難致通經魯兩生。

遊麻姑山三首①

出郭向山麓,沿畦間桑麻。夜雨驅潦暑,濕雲洗疏花。微徑半林
木,柵籬三兩遮。依然人境邇,那尋蔡經家。山腰換竹輿,稍稍風氣
賒。玉簫飛空來,紺宇吐流霞。全山鍊精液,一氣無幽遐。二僧澹延
客,石銚方瀹茶。

山庭亘百里,袤跨兩郡間。此邑當一面,寺門近可攀。雖云石作
磴,直以雲爲關。稻畦浸百頃,岡轉屢迴灣。不知獨往人,何以寫潺
湲。谷名既追謝,壇記復訪顏。碑石不可尋,志乘豈勝删。不如選綠
陰,趺坐來看山。

背轉碧濤庵,幾抱仙源曲。前沿萬竹澗,五忠儼祠屋。傳聞會仙
處,壇宇因卜築。客來獨何事,屐響繞雲木。聊假半日閑,僧廚餍齋
粥。盥漱淨巾盂,松篁清耳目。四山遠吹來,凌虛氣肅肅。笏齋欠虛
窗,尚憾居僧俗。

飯麻姑山寺望五老飛爐諸峰②

五百餘年説陳迹,記否張黃共仙籍。張假守曾埰、黃令永綸。王生恐
是方平孫,曾假峰陰曝殘册。王生聘珍昔嘗讀書於此。王姜二子亦解人,
吳生俱是山中客。王教授謨、姜教諭其礎、吳生照也。幾度尋盟待料理,邀我

彭觥試輕策。誰云取用充俄頃，煙飛曉霽霞飛夕。五峰何用擬匡廬，同自星垣墮靈液。雙煙直上跨九霄，把袂浮邱接瑤席。爐飛來即峰飛來，大海蓬壺元咫尺。重崖何意環庭户，元氣蒼茫落巾舄。一杵山鐘清響答，萬壑風泉戛金石。我來自與山水言，山靈真面初親覿。嬋嬡宛委儻不閟，玉字金書啓青赤。知我親收册府才，[①]建昌選拔貢生七人，多經術之士，而王、吴二生適皆同遊。息壤苔岑豁開闢。九霞靈音證前諾，茫然不自知行役。松釵滿地金薤橫，巖户霏霏鐘乳滴。尚嫌文字著筌蹄，劃破虚庭一方碧。

偃蓋松[②]

弔古五忠祠，言觀偃蓋松。此松植何時，時近顔魯公。正使魯公時，豈必魯公植。愛樹思其人，因想公筆力。天啓丙寅歲，檇李吴令題。莫輕補栽幹，何啻重榮枝。峰亦稱五老，松亦稱大夫。齒一匡君配，爵一顔公俱。偃蓋復森森，諸峰護翠陰。百尺凌霄意，千秋弔古心。弔古復懷賢，壇風爲颯然。試摹壇記字，石氣挾飛仙。

神功泉[③]

擲米成丹砂，釀泉爲旨酒。形神資氣化，造物初何有。西海祝東海，栽竹莫栽桑。變眩不一瞬，成虧可兩忘。攜客禮金庭，道人烹玉醴。誰知瀵汍得，卻在陳厓底。深通葛洪井，氣壓龍門橋。渟泓俯萬綠，汲之纔一瓢。何人墨灑壁，鐫此三大篆。我從山頂來，目送沙紋轉。二生立橋邊，似欲研篆學。斜陽一峰來，指似神光卓。

三樹堂歌爲鄞縣邱東河賦[④]

東河別我乙巳冬，爲説古樹蟠龍縱。鐵香香厨萬螺墨，雲海至今

---

① “親收”，手稿本作“新收”。
② 此詩題位於手稿本第 6126 頁。
③ 此詩題位於手稿本第 6127 頁。
④ 此詩題位於手稿本第 6128 頁。

蕩我胸。明年我持豫章節，松濤魏子時過從。得君手書如見樹，三載
庋置行勝中。君在海嶠時憶我，我亦寐寐來甬東。東皋村邊君家宅，
堂前一柏夾兩松。三樹名從宋南渡，六百餘歲撐虯龍。國朝居人盛
文藻，遂噪詞苑喧詩筒。山川戞擊鸞鶴響，與爾濤瀨相撞舂。樹亦蒼
然吐奇氣，日日邱家靈秀鍾。人才輩出文益富，詩篇賡續陰逾濃。世
間幾家宋時屋，東皋石恰東厓逢。君先世號東厓者，得東厓石甚奇，因以載石名
堂。堂名載石又名樹，盤拏樛結誰爲雄。夜夜星精攝元氣，收盡甬上
諸青峰。東河年來宦嶺海，堅心砥節神彌充。天生大材必有用，世家
相勖孝與忠。長養滋培非一日，參天拔地誰能同。如此孤根作三友，
不愧鐵幹柯青銅。持我此詩與對論，似爲此樹寫此衷。柏耶松耶答
長嘯，海山萬壑來天風。

歲科兩試遍閱人文以建昌之新城撫之金谿二邑爲通省之冠蓋通才務學則推新城舉子業則推金谿也叠前二詩韻示學官弟子①

三十年前聽雨餘，捫心敢以鑑衡居。後來白下籃輿句，每惜金沙
竹里書。瑩玉丹青盟未改，江山響答意何如。我因王魯瑰琦氣，猶憶
周何發解初。昨在建昌爲王仁圃教授訂其所著《夏小正傳箋》，又爲魯絜礬進士閱定文
集，皆今日西江名士也，又欲訪求金谿周生肅文、何司訓飛熊兩解元之文共選刻之。

廬阜如何面目真，且休矩矱貌先民。誰將二水分章浦，自有雙龍
合劍津。太璞無媒求以氣，良農有餒取其陳。此間萬丈光芒在，護惜
根荄感大鈞。

臨川學官以邑人李氏所藏王黄州小畜集舊鈔本見示其面題是竹垞八分也碎爛可惜爲加整褾題二詩還之②

我抄跋失沈虞卿，尚記蘭亭有舊盟。面上金風亭長字，又翻新吹
曝秋晴。

---

① 此詩題位於手稿本第 6131 頁。
② 此詩題位於手稿本第 6132 頁。

墨池綠攑日凋疏,寤寐臨川得借書。風味依稀會昌本,手披詩義解梁初。集中有《解梁得令狐補闕毛詩音義》,是會昌三年寫本,詩云:"偶收毛鄭古詩義,認得歐虞舊筆蹤。"

贈吳生①嵩梁

百五人中補此人,通省選拔一百五人。始知廬嶽最嶙峋。蓮洋得髓他年喻,迦葉拈花現在因。鳥自相求能感氣,鶴元不病更清真。生有《病鶴賦》。煩君一吸西江水,莫放坡詩百態新。

雨夕靜香齋與裴鶴峰話別②

重尋廿載珠江夢,一片蕉梧滴檻聲。章貢波添新雨氣,匡廬面識故人情。夜涼抵得千觥凸,秋信傳來二鶴鳴。欲問蓮湖拈別話,靜香髩髴記前盟。君有蓮湖小照。

題徐級園仿文五峰夏山卷③

君仿五峰爲夏山,自云五峰出董源。又作夏山別摹董,天機滅沒參差間。二卷同日持示我,五峰卷更澹以閑。臨摹有神乃無迹,意到不止荊與關。是日蕉窗夕雨霽,東湖秋暑暑未闌。淋漓二卷勃奇氣,灑然空吹來書寒。自說初臨董卷日,絹素黯黮難追攀。燈光閃爍雲霧窟,庚庚橫畫皆煙巒。諦視移時乃落墨,豁然生面爲改觀。他日復徇友人請,捫紙起立尋無端。所以賴此五峰卷,如合銀牋雙千鍰。密林橫籿法尤備,潄流寠石疏非繁。還君行囊峭帆去,試對斷靄重展看。小窗研璞留影在,但作草隸神鬱蟠。

級園仿吳墨井湖山秋曉二首④

墨井道人真迹少,題詞仿佛記耕煙。密林陡壑商量意,如許空濛

---

①　此詩題位於手稿本第 6132 頁。詩題下注文,手稿本作"嵩梁。六月十五日"。
②　此詩題位於手稿本第 6133 頁。
③　此詩題位於手稿本第 6134 頁。
④　此詩題位於手稿本第 6135 頁。"墨井",手稿本作"漁山"。

那得傳。

秋在層青淡靄間，南湖夢櫂海虞還。穿林幾道飛泉響，吾谷霜紅轉處山。

贈綡園①

漁山詩話即耕漁，君以臨吳漁山畫卷屬題。友竹還同有竹居。時潑夏山吳苑墨，如臨蝶扁楚金書。湘東斑管生花後，城北紅棠酹酒初。記始晤於竹井席上。南極少微江上夢，誰知今夕照匡廬。

送鶴峰之粵東②

廿載炎涼閱歷深，炎方重憶舊登臨。暫來故里翻如客，不遇真知莫漫吟。庾嶺梅花憑寄驛，藥湖蓮葉記分襟。小齋何物堪持贈，只有跏趺見道心。

蘭雪圖爲吳生題③

孔子言蘭不言雪，此義韓子乃補之。嗟哉志士感後時，仲舒休奕兩不知。昌黎蘭雪並言本於傅休奕，休奕之説本董仲舒。空山孤根日滋息，大哉陽和天地力。悟徹蒼茫獨立人，水石昏陰淡如墨。

題扇贈鶴峰④

誰將北望懷人意，收入雲帆小簇中。偏是漁村紅樹影，半江殘照太空濛。

錢生裴山以禮闈第一人入翰林出錢湘舲修撰之門賦此奉寄兼示湘舲⑤

朝朝秋色對匡廬，丙午秋予奉使出京，生繪《匡廬秋色圖》以贈行。快盼佳音

---

① 此詩題位於手稿本第 6136 頁。詩題手稿本作"贈徐孝先"。
② 此詩題位於手稿本第 6136 頁。
③④⑤ 此詩題位於手稿本第 6137 頁。

到役車。太傅門庭三世邁，名元衣鉢七春餘。峰青鼓瑟詩如憶，夢繞重輪兆有諸。生爲宮傅文端公曾姪孫，昔文端典乙丑禮闈，夢三大錢聯系，是科得錢文敏，文敏本房則錢相人方伯琦也。豈但君家添故事，玉堂嘉話不勝書。

題王述庵侍郎所貽唐襄文研二首①背有襄文自銘

藩涆研思極秤函，那將陽羨比終南。用襄文答友詩句。西泠橋下泠泠水，滌盡山中十稔談。

侍郎北去驛催詩，夜夜雲霞起墨池。夢我洛神元晏本，一虬燈影隔窗時。②予方摹拓荆川家藏《洛神》十三行本。

李鐵橋於濟寧學掘得范式碑賦此奉寄兼呈小松③

任城寶墨熊光起，天意助成黃與李。李家耽古今兩世，黃子到官餘一紀。得碑圖與剔碑圖，范額王碑出未已。二鄭全碑復舊觀，金絲聲中瞻問禮。孔子見老子象。今者緘來絕奇特，鄱陽魯峻推鄉里。夏侯丁馬剩幾人，四橫徑尺參差是。誰知正面森有芒，眩晃不敢凝眸視。一片山陽烈士心，碑兀輪囷照青史。莽莽畫痕皆聳立，真氣千年尚如此。百六十字十二行，字字行行百金抵。顧視蒼茫兩行額，十年前記臨渠水。碑額戊戌夏膠州崔君得於龍門坊水口。剋期似覿張元伯，裂書漫結陳平子。八分小字記碑右，黃李同鎸爲狂喜。不知何與吾輩事，石不能言果誰使。卯秋黃子得宋本，我爲斷斷研蔡體。范耶蔡耶神式憑，不在煙煤一幅紙。任城五碑茲已八，何況郎中與尉氏。昔所不見忽聚之，二千年迹今完矣。鄭汝器耶張力臣，恨不同時共窗几。寄聲賀李因報黃，姓名已與東山峙。虹光破碧有昔言，竊喜區區獲竅啓。卻近鄱陽洪氏居，篷窗夜夢馳東濟。襄題秋盦所得宋拓本詩，末句云“任城城隅剔草萊，恐有虹光破空碧”，若爲今日兆者。

---

① 此詩題位於手稿本第 6138 頁。
② 此句下注文，手稿本作“荆川家藏《洛神》十三行本，武進孫氏元晏齋重刻，吳門管一虬摹”。
③ 此詩題位於手稿本第 6139 頁。

如皋鄭默齋意園圖二首①

意釣歸來復意行，意中結構本天成。畫家何自追摹得，恰受嵐光檻外橫。

夢遊髮髴共清吉，②半日看山問水源。忽憶前詩何處是，影園記著冒家園。冒巢民家有影園。

舒文節公探梅圖說墨迹卷③

三年讀禮桐岡廬，應召復官北上初。停舟任城訪闕里，工部伍君相與俱。拜瞻古檜雙古柏，林木肅肅風來裾。誰圖米堆西磧樹，空濛一氣春雨餘。先生獨攝氣之表，默候真宰於沖虛。探梅說豈爲梅作，萬象開闔風雷驅。是時議禮疏未上，所懷不止西山隅。旅館挑燈說周禮，韓宣之聘言非迂。萬古綱常植人紀，迴環幅紙皆道腴。二百餘年付孫子，裝軸仍到桐岡居。題詞嚴嚴去雕飾，合河海寧諸大儒。使我執卷爲起立，汗下不敢泚筆書。吾曹日日析文字，可憐所得紛區區。櫝中只一真實義，千光收入牟尼珠。

二十四泉草堂圖後歌④

王子草堂圖屢作，今題弟二囊弟三。弟一圖出王概手，使我讀記懷江南。月村丹青噪畿輔，不載張庚畫家譜。此圖構思在都門，王子握鉛懷故土。畫泉畫堂皆畫雪，王子本不因人熱。吟來望水凍糢糊，想值燕山雪時節。酒酣高歌唾壺缺，拔劍斫地山石裂。澹交幾個心冰鐵，喝取穿雲泉上月。書生屋即閣老亭，前朝事對尚書說。尚書詩格傳海右，秋柳婆娑到寒柳。予篋有秋史寒柳四首詩畫册子。七十二泉黃葉秋，三百餘年蒼石友。園有麟遊石，元行省平章張雲章四友石之一。尚書昔訪

---

① 此詩題位於手稿本第 6140 頁。
② “清吉”，手稿本作“清言”。
③ 此詩題位於手稿本第 6141 頁。
④ 此詩題位於手稿本第 6142 頁。

金興房，鵲華飛翠神蒼茫。誰將澹泞詩中思，寫入荒寒溪上堂。何必平泉綠野莊，相業竟不如文章。高樓白雪鄰家牆，鼉尾魚子誰低昂。千古歷城詩話在，他時更訊周書倉。

唐子畏金陵勝覽圖三首①正德庚辰七月既望寫於夢墨亭

領解金陵客，心灰二十年。鬱蟠龍虎氣，橫亙楚吳天。易放看山眼，難尋買畫錢。蕭疏江上柳，凄斷玉樓煙。

一縷迴雲氣，滔滔萬里來。峰頭纔吐瀑，潭下已驚雷。襟帶長江繞，奔流抉石開。墨花飛酒肆，信有謫仙才。

詎敢談形勝，支筇訪石橋。月明桃葉渡，秋在木蘭橈。胸臆堆千古，江山送六朝。只餘花塢響，簾押雨瀟瀟。

題項易庵小幀二首②

遊絲吳說賞春晴，可信前賢畏後生。虛實宋元消息得，易堂悟到易庵名。自跋謂董宗伯有一筆書，以此法作雪景與古人漬墨顯白者不同，故以宋人吳傅朋遊絲書爲比，子京、子復初有讀易堂，易庵其孫也。

元氣淋漓意不傳，存存退密更神全。香光老子嗟心苦，迴首知音二十年。易庵又號存存居士，昔董文敏跋易庵畫册，謂其曾與宋元諸家血戰也，此幀自題乙未，則文敏没廿年矣。

題邱鐵香所藏奚鐵生畫梅卷二首卷後有廣東
黎生詩也時鐵香假守南雄③

庾嶺一花低峭影，夢中每作故人看。凌江書札章江到，耿耿星河倚暮寒。

東粵西江二十年，幾人清氣答山川。吳生得髓黎生後，卻是詩應在畫前。吳生蘭雪題詩於後也，予在粵東，黎生尚幼，未及與試，後見其詩畫，而予去粵久矣。今吳生亦在西江，選拔諸生之外，執贄蘇齋，故用沈石田"詩在大癡畫前，畫在大癡詩外"之句。

黄詩三集注本刻成集同學諸子於南昌使院谷園書屋文節像前薦筍脯賦詩①

丙申校寫拜像前，耿耿至今十四年。校上西清列東觀，詔付内殿琳瑯鑴。乙巳之夏印本出，煌煌閣庋光中天。連年志喜詩與夢，夢到重泊西江船。甲午得山谷先生像奉於齋中，乙未得任注前序目始成足本，丙申校上之，甲辰、乙巳皆有紀夢詩，皆在六月十二日也，乙巳詩有"縑紬東觀今成軸，風雨西江昔泊船"之句。獨慚末學忝持節，敢擬前哲論宿緣。精華真本訪不獲，側想許尹稱任淵。諸子殷殷嗜古力，三注竟葳汗竹全。三椽院廨谷園扁，稽首何以償拳拳。昔得詩孫古篆印，子耕夢得然不然。寥寥山木續編意，空倚黄葉吟秋蟬。三十年前占劍氣，楊姚謝子俱翩翩。觴觶今惟謝子在，宦歸已苦塵累牽。三年掄才怒飢渴，寸心所積無由宣。明堂梁棟庀杞梓，龍門匠斫須牙絃。斯文元氣在江右，盧阜夜夜通星躔。端從鉛槧出忠孝，要以雄厚還山川。近來稍稍得數子，室深去聲。且喜親堂筵。瀝陳誓言冀公聽，不在縑素文綈編。洪川無梁焉得筏，修途實仗公所憐。寒廳無物束筍脯，真意鑑面同飲泉。千載此心許相質，茗香可續雙井煎。公乎翩然躡雲下，明月正照東湖圓。

題沈石田像用卷中徐昌穀詩韻②

昔觀王綸筆，嗒焉禪者風。今見蔣宥畫，依然老詩翁。詩意豈在多，妙喻深兩瞳。畫旨苑史得，書髓山谷同。能貌此意者，定知非俗工。是日爇香篆，配食豫章公。神若迴顧盼，雲滄天無窮。坐中萬古思，揮弦送飛鴻。

---

① 此詩題位於手稿本第 6146 頁。
② 此詩題位於手稿本第 6149 頁。

題大癡小幀①

米家皴法轉疏蕪，真個松江覓釣鱸。領取香光老居士，空諸所有實諸無。後有丁卯春董文敏題云"初見此幀於陸文裕家，後乃自得之"，文裕、文敏皆松江人，故用張伯雨題大癡畫《松江釣鱸》語。

諸生同餞於北蘭寺晚飯蘇潭次蘊山韻二首②

有美東南詩弟子，至今髥也思飄然。留題古佛初桃閣，收盡橫江萬頃天。秋渚夢圓三載後，蘇門話又百年前。端從王宋參禪偈，不爲諸君賦別筵。康熙辛未朱悔人題曰"綿津詩屋"以比漁洋也，秋渚權載之語。

檻思綿綿上綠苔，似尋蘇步石坊來。古歡舊約憑心印，老榦新英愧手栽。對榻籤廚增感慨，廿年衣袖積塵埃。臨分贈處期同學，力挽層瀾大海迴。

次韻留別純之③

相知三載近，遂定終身依。三載倏已過，矧伊義馭馳。以子媚學意，皎若初旭暉。雖已揚先聲，還復凜後遲。後遲豈敢必，努力篤所思。靜存觀微妙，定宇生光輝。千里猶一室，何間津與湄。誓言寸心在，定力復何岐。知子應鳴鶴，終不負鍾期。

次韻留別習之④

伊余駕言邁，念子猶下帷。余亦懼廢學，前途慎所之。況子抱真意，相勖無飾辭。長若秋雨夕，谷園聯榻時。前哲有軌躅，攝氣以仰思。上下千萬古，與子並轡馳。

---

① 此詩題位於手稿本第 6150 頁。
② 此詩題位於手稿本第 6151 頁。
③④ 此詩題位於手稿本第 6152 頁。

題香蘇草堂圖爲蘭雪別①

諸子期春聚，子獨何時并。香蘇與蘇齋，耿耿此心盟。此山秋雨時，此屋夜泉聲。一几瓣香篆，一燈慈母觥。夢寐與我俱，雲龍矢修程。百家入騰踔，大海一鯨鏗。真氣必我應，儻先數子鳴。是日蘇齋榻，雲結匡廬青。會合定有期，旦旦蓄精誠。空山慎獨處，努力勤令名。

題假鶴圖爲蘊山別②

我堂銘友善，其初曰有鄰。蓋借他山助，實取於輔仁。我館題雙清，其前曰蓬鶴。以目二友居，嘉興吳春畦嘉穀、江陰夏苢隈敬顏。久要寸衷托。所以贈鶴心，先爲假鶴卷。數月借棲遲，三年倍繾綣。所以假鶴卷，扁作來鶴亭。千里在陰意，爾我俱眼青。

發南昌述懷十六首③

三年勤懇意，山谷與道園。夫豈一日事，廿載先默存。寥寥十笏齋，曠古來對論。分寧既編藏，崇仁得考援。遂於匡俗廬，山水共清言。真氣感天地，磊磊自軒軒。文章詎一藝，寤寐矢勿諼。來者能繼否，隙光俄飛奔。斷斷爲學侶，源委徒喧繁。但餘蕉窗味，雨涼秋樹根。

崇仁春秋學，接武眉州程。我懷蘇門緒，企彼張大亨。程書世罕知，宜春刻誰稱。吳纂本亦稀，臨川課師承。空餘禮考注，艱哉補逸經。我冀此邦人，六籍深耨耕。錢郎金陵札，塘。主張一行僧。昨商辛與魯，諸賢待合并。敬堂八書訂，辛生紹業。巽齋五禮徵。魯生嗣光。何時得成峽，雨榻對一燈。此事非我私，寄訊劉台拱。與凌。廷堪。吾黨重久要，所鷔非虛聲。

---

① ② 此詩題位於手稿本第 6153 頁。
③ 此詩題位於手稿本第 6157 頁。

汝南詁文字,孔書易孟喜。豈爲區門户,所得非私己。所以研經義,必自識字始。在昔尊聞生,今之敬堂子。吾選西江士,賞析從兹啓。詎泥古稱先,要取原測委。磐洲與雪坡,共涂猶異軌。每宿鄱陽城,悵望落星沚。敢詡函雅故,將期達神恉。感激來鄧生,相求涉千里。_{葓洲同行。}

昔觀金陵學,車服與禮器。悵懷江之右,寠寐弦歌肆。李斯皇象碑,考古雖粗備。豈若熹平隸,是正經文字。吾里退谷翁,百名寶在笥。吾每跋尾餘,恨不膠雍實。昨者錢生詥,_{泳。}巧與孫本配。竟得洪都庠,五石量位置。我作殘字歌,和者百千輩。豈惟釐字體,將以審經義。舟車二載餘,果得踐斯志。副本嵌蘇齋,他時續爲記。

草廬及道園,文章皆理學。夫豈才筆騁,務與歐曾角。半山急用世,成就或醇駁。當其始學時,本亦勤切琢。士方茅屋居,迂迂見甚卓。履之乃知艱,境苦不自覺。正要翻覆看,方信志行確。平易初何害,質厚乃完璞。近人學三魏,格調襲煩數。端從肆經始,此事須商搉。

時文體屢變,前輩稱五家。後來紛摹擬,踵事何陋耶。臨川陳與章,純瑜粹無瑕。觀者但驚絶,異彩揚天葩。文止淡彌旨,咀腴擷其華。彼哉貌襲取,一瞬千里差。從此問歐曾,若海由津涯。士病氣易驕,奚以洗淫哇。所視夙夜養,豈在礱斫加。漸使胸有書,庶望思無邪。

谷園我題扁,采風陳以詩。每懷屢諏度,弟子笙管詞。豈敢泥宗派,勖以求多師。顧惟士風習,卜爾鄉校司。所以資深原,燥濕應有宜。乾坤清剛氣,視善宣導之。樂聲淡爲主,律本宮不移。吾寧慎擇取,忍以泛濫爲。是中真性情,幾個能具知。千仞鳳皇羽,揀盡朝陽枝。

西江山水境,吳楚控粵閩。遠溯春秋疆,難計合與分。載考敷淺原,吾友胡雒均。舊云甌越引,襟帶略傳聞。章貢百分支,匡阜千嶙峋。麻源雖已涉,玉笥吾未親。寧都探金精,信州考招真。龍虎鉛汞氣,遠近孰主賓。鹿洞有大儒,青原有名臣。終擬此兩山,備作執役民。

周鐘出江漬,款識吾及讀。班諸籀古間,可以呂薛續。今士尚寡聞,安望吏稽牘。頗餘吉金字,五代十國錄。金多石轉少,拓本人罕蓄。一十四府州,唐碑不十幅。欲綴豫章記,空詮象之目。黃書勢雖勁,石泐鋒太禿。摹補計未償,野食勞信宿。賸取吾齋名,唐篆云應谷。

初來聞轉饟,四國郇伯勞。連年獲歲稔,十郡黍苗膏。沿江地卑濕,雨多不傷澇。雖殊箕畢期,一以時徵報。余忝舟輿暇,歡歌聽風操。舒長化宇氣,亦資髦士造。菁莪沼沚豐,薀藻左右芼。良辰各懷新,敢矜鄙私禱。但慮飽易嬉,心力荒怠傲。職思毋太康,民俗慎所導。

九秋仍餘熱,三月尚晚寒。白沙翠竹江,泲流漱石灘。和緩與峻利,調劑術斯殫。馴黠而扶弱,斟酌於猛寬。所喜戶勤儉,畢力營一簞。民貧易以思,土瘠易以安。既非脂膏窟,恒得清廉官。最愜於鄙懷,公讌稀往還。豈惟倡優拙,并少清吹彈。日飲東湖水,如鏡掬澄瀾。

昔我圖藥洲,繞屋皆古刻。今茲繪谷園,前賢罕遺墨。東偏有鄰堂,舊扁不可得。吳荊山書。友善顏新題,曹瘦原。我記聊是塞。中丞雙鶴遺,愛此柵棲息。如我學侶心,千里在陰憶。稍西蓬鶴軒,數友共賞析。静香與雙清,齋館並其北。我扁谷園屋,中間不尋尺。秋雨秋燈下,諸子來請益。往復廿晨昏,萬古羅几席。八年藥洲上,乃遜此暇隙。袖中有此圖,奚必舊陳迹。面目孰是真,匡廬飛古色。

東湖剔鐘款,於今二十年。夢想秋屏閣,三十一載前。花洲蘇公祠,橫橋月幾圓。樂順老人句,未得賡多篇。百花洲壁間錢文端二律,去秋與二主司來和之,今秋竟未和也。拙楷子安序,腕力怯修椽。記與述庵叟,共參詩屋禪。小像供綿津,相邀過北蘭。昨對秋渚雨,逸氣憑江天。欲書秋渚字,百尺飛栱邊。莽莽空翠色,①淡倚西峰煙。

辛鄧傅安。既北上,二魯肇光、嗣光。亦予依。獨憐王家仲,聘珍。麻源掩山扉。我删西江什,蔣公後勁稀。二吳照、嵩梁。儻其亞,天駟不受羈。我愛蘭雪生,造意每入微。窮秋獨歸去,負米爲慈幃。我作得髓說,蓮洋喻是非。敢以一世才,定爾終身歸。昔聞東粵士,思我怒若飢。不及西江水,日響牙弦徽。

閱世三十年,方知學爲福。謝生三爲郡,始羨一窗讀。啓昆。傅生神明宰,作霖。喻生循良牧。寶忠。各抱一經歸,貧不具饘粥。楊生方楚遊,宦歸賣茆屋。書來約秋杪,晤我東湖澳。宗俗。理裝不及待,剪燭何時卜。二三門下士,青鬢半已禿。安得不慨思,燈火親敝簏。顧語新英俊,鑑此年晷速。

章門靜如鏡,昔迴粵海舟。十八年前水,復繞衣襟流。昨非雖屢悟,昔遁何從收。韋絃誠已佩,褊急疾未瘳。知過弗能改,譽言日交投。念此汗浹背,顧影中夜羞。日對匡君語,尚未除驕浮。此去讀何書,始克寡悔尤。惠而能好我,勗以加勤修。歸當勒五序,置諸石墨樓。諸生贈文五首。

---

① "色",手稿本作"思"。

復初齋詩集卷第三十九

谷園集七_{己酉九月至十二月}

清泉亭①

小縣臨官道，江流曲抱城。亭依厓壁立，泉似長官清。②_{時門人何生}_{宰此邑。}乳雪巖花沫，松風石銚聲。倦遊三十載，爲我濯塵纓。

圓通寺③

眉山父子經行處，我昨披榛覓無路。斷石斜陽一徑中，石耳雙峰脈交注。清泉一泓何處來，當時明月如相晤。道人導我屋後亭，真氣一倚山靈助。訥公歐公儼對面，淨几一盂香一炷。畫屏畫出蒼鬃眉，五老神情宛來赴。_{寺後有夜話亭，繪訥禪師、歐陽公像。}後來仙公與慎公，幾將夜話追前度。著火凌空寶蓋飛，牢籠攜取東軒護。何不同摹主客圖，八萬偈子皆箋疏。從遊那不並畫我，三峽彎橋恣飛步。今古精靈天合成，江山宿諾人誰悟。容易峰凹策騎來，數面情親山有素。團團古鑊深苔花，日日搴雲漬巾屨。昏陰林薄一聲鐘，客繞匡山東北去。

---

① 此詩題位於手稿本第 6169 頁。詩題下手稿本有注文"德安"。
② 此句下注文，手稿本作"邑宰何君予乙酉所得士"。
③ 此詩題位於手稿本第 6170 頁。

東林寺三首①

入門先一笑，片石對溪灣。迹溯歐顏後，名鐫蔣米間。六朝人宛在，廿載緒迴環。幾度尋詩意，憑窗面面山。李北海碑有蔣之奇、米芾題字，前年方綱亦題一行於後。

三笑堂前飯，誰明宿夢因。濟南詩臭味，新建墨精神。露菊留香久，池蓮照影親。虎溪橋外月，送客皺粼粼。

湔洗多生習，東林日暮鐘。溪翻千轉偈，石倚一枝筇。真籟非文字，機泉漫碓舂。還來乘夜雪，收盡翠千峰。

桐城晤姚姬川二首②

知我得才賢，姬川以予在江西選拔得二魯生爲賀。深余廢學憐。豈徒增舊話，實要理陳編。瀟皖江千里，蓬瀛侶廿年。桂宦臨別語，追憶倍皇然。昔同人共餞君於程莪園桂宦也。

樸學存吾素，天涯復幾人。平心商出處，養氣更深醇。蹔對如聯榻，修途借問津。靜光應照我，輷輵尚車塵。

過大關錢香樹先生鄭誠齋錢稼軒梁瑤峰及予舊題詩軸皆已碎爛縣令云將爲重裝感賦三首③

重尋浣壁看山字，倍憶看山握手人。是客識山山識客，今朝青眼對山真。

丁卯秋交已卯秋，江山奇秀欲全收。誰知卅載行縢返，甫得匡廬面目酬。

千峰青峭暮雲間，乞得龍眠一幀還。好共谷園詩合軸，平生師友

皖公山。純之、習之、蘭雪皆自署谷園弟子,習之以山谷上坡公詩“小草有遠志,相依在平生”十字篆爲小印。

舒城至合肥道中四首①

白描何處佇蒼茫,已繪蘇公又繪黄。萬馬天閑真眼力,始來牛背著圓光。

分明撫建接煙村,添得龍舒岫勢論。客到鍾山驢子上,可曾三谷憶麻源。

淡靄浮嵐畫不真,半黄衰柳更傳神。不知初雪淮南景,何與藍田學佛人。

丹鑿前身慧業僧,濟南那必泥師承。寥寥得髓蓮洋外,只許斯人説代興。

昔在粵東雷州道中和道園詩韻寄懷擧石藴山又於廉州次韻以示魚山癸卯秋東出關與石庵誦道園此篇欲次韻而未果丙午秋奉江右之命瀓河道中復次韻述西江人文之脈兼懷石庵石公魚山今三年矣而石庵視學畿輔魚山客遊中州石公下世淮北道中感而有述寄懷谷園諸子②

我登匡廬昒南州,諸峰一視垤與邱。章江西來百川水,東湖蓄洩於花洲。此邦詩文有宗派,律比武庫森厹矛。初來志局論史例,遂有新作掩魏收。藴山補撰《西魏書》。因勒遺經繼前修,澤宫齒讓揖射侯。百年墜簡勤綴緝,泰山毫芒非闠幽。南岳真人聞叩石,皖山老子來騎牛。六經中天揭日月,菑畲那向文章求。吾於崇仁問三禮,詩書而後惟春秋。纂言足矣非纂禮,什一或抵千百留。王魯二生同匪異,習之欲以三禮合三傳,實齋不欲以三禮合三傳,二生意實不相悖也。鄧辛兼許源溯流。

中和歌已選何武，灑掃職漫譏言遊。舊本盱江考學記，不虛放櫂宮亭
舟。谷園卷子可誰質，桂四爲我題銀鉤。

張荔亭溪山選勝圖①

賜金園圖今百年，昔張文端公有《賜金園圖》，一時名輩題咏。世家文物留
山川。我屢經過挹嵐翠，猶如親見圖畫然。師門負笈生也晚，未及前
輩相周旋。夢遊問奇載酒處，一水一石懷平泉。昔陪茳亭同儤直，每
話勝踐尋無緣。令弟軒軒負奇氣，詩筆繼起相爭先。四代文章富編
輯，一卷煙水娛畫禪。此溪沿洄即江渚，此山卷石皆龍眠。處處幽尋
不待選，濃青合黛神娟娟。畫家赭石得暈法，不用粉墨烘丹鉛。淡處
蒼茫取大意，一隻裊窕虹月船。君於其間寄吟嘯，攬勝盡得天機全。
名園韻事皆掌故，當時宸翰猶高懸。花香竹氣被沾潤，水光山色增鮮
妍。此圖正在勵忠孝，不爲卜築心拳拳。插架藏書想手澤，角弓嘉樹
依墓田。我忝君家門下士，不敢泛作寫景篇。符離郵亭樺燭剪，夜夢
復到龍舒邊。

閔子祠②宿州桃山驛南十五里

温然純孝見肫誠，德行由來即性情。漢代曾於碑擬象，漢武梁祠碑
有閔子御車像。周時已用卦爲名。二弟革蒙配食。居移汶上言雖托，地界河
堧考未精。欲訪遺文無古刻，經春帶草蔓前楹。

黃　樓③

峻峙彭門壯，憑高眺覽長。一堤回地脈，三面拱天閶。昔宋元豐
歲，維徐泗水陽。河平無上策，土德本中黃。坡老詩成處，秋晨客舉
觴。欄橫波渺渺，天接氣蒼蒼。今尚邀明月，人來立羽裳。夢餘圖一

① 此詩題位於手稿本第6177頁。
② 此詩題位於手稿本第6178頁。此詩自"碑擬象"以後位於手稿本第6183頁，以前則位於第6178頁。
③ 此詩題位於手稿本第6183頁。

幅,拜奉室中央。石墨雄千古,犇秦賦幾行。烏雲紅日句,聚我小樓光。

放鶴亭①

亭居山半麓,山接郡西南。天驥懷如昨,雲龍號不慚。宸遊題屢錫,②佛屋闢成龕。仙羽招虛碧,空音下蔚藍。西江初奉使,卯歲記停驂。對酒澄秋暑,推窗卷夕嵐。重盟來制府,昨話共惺庵。心迹雙清感,中孚一氣堪。谷園諸子應,蓬鶴夜深談。念念前塵在,彭城舊夢諳。

孟廟二十四韻③

道衍尼山脈,祠臨魯甸寬。嚴嚴瞻氣象,肅肅拱林巒。城郭堂筵翼,星雲棟宇蟠。遺經森矩矱,浩氣壯層巒。御藻輝檐額,天文麗井欄。天震井。苔花碑業業,鐵榦柏丸丸。正接山靈秀,相依勢鬱盤。大東青不斷,表海紫迴瀾。配義軒天地,摩厓切仰鑽。篆文誰祖述,《說文》云篆文者,秦篆也。棗木況摹刊。不及書臺迹,猶留筆畫端。昔稱宗許慎,今已少揚桓。前爲孟母廟,廟内暴書臺有"揚辛泉"三大篆。邈爾尋章指,於虖樸學難。幾家窺解疏,那易説荀韓。近有孫音校,重鎸趙注完。三遷圖並證,四考力尤殫。曲阜孔氏新刻趙岐《章指》並孫奭《音義》,杭人周廣業撰《孟子四考》。積篋瓊兼玖,頻年墨與丹。釋應增陸氏,字憶補西安。此僅經生事,寧追聖域觀。往來滋愧汗,惕息共儒官。一昨銘章浦,何如近杏壇。未知私淑義,敢附育才看。問渡茫無楫,調飢甚待餐。辛勤燈火意,八度駐征鞍。

---

① 此詩題位於手稿本第 6183 頁。

② "題",手稿本作"榮"。

③ 此詩題位於手稿本第 6184 頁。此詩自"青不斷"以後位於手稿本第 6181 頁,以前則位於第 6184 頁。

茌平道中雪①

飛雪一夜來,長林展瓊素。皓皓曙光中,翳翳重雲互。蒸空非嚴寒,仁氣所調護。麥壟滋深根,泥融不成洳。知近聖人光,上瑞來布濩。已喜炯晃間,輦道映煙樹。罨靄遠村閒,八九農家住。時聞笑語聲,風吹出籬圃。歲歲炊餅大,家家備春酤。安知行役人,采入輶軒賦。

阜城道中雪②

北地寒未冰,吹噓溫律始。一色連岱崍,雪雲三百里。三日行雪中,村樹閒表裏。豈惟凸凹間,得悟詩畫理。近畿飫深仁,覬土膏且旨。以茲五穀精,勸彼三農趾。枯林襯虛白,淡入光迤迤。盎盎中有氣,綿延意未已。欲寫無以名,敢僅體物比。直將豐年兆,繪出天顏喜。

趙北口三首③

溶溶涵聖澤,浩浩接黃圖。膏壤臨齊魯,煙波似楚吳。風帆迎日動,沙鳥忭恩呼。比戶豐年祝,魚羹酒百壺。

策馬長堤上,春陰又六年。聯吟追鷺序,泛宅狎漁船。點綴遥村意,低佪老柳煙。夢馳南淀水,復到澱溪邊。

十度過瀛鄚,暄和喜午程。每懷題榜客,輒作大書評。欲借煙光潤,他時浣壁成。目遊王內史,快雪正時晴。昔過此皆於陰雨風雪,惟今日雪晴也,橋上“燕南趙北”四字,方宜田制府所書。

送吳超亭之官安慶④

我從匡廬來,憩爾棠樹陰。十年飛鳧處,千里鳴鶴心。我作雙鶴

① 此詩題位於手稿本第6182頁。此詩自“備春酤”以後位於手稿本第6187頁,以前則位於第6182頁。
② 此詩題位於手稿本第6187頁。
③ 此詩題位於手稿本第6188頁。
④ 此詩題位於手稿本第6185頁。

篇,客思渺雲岑。何意風雪中,對影栖故林。天涯弟兄面,幾載訴分
襟。同巷復對宇,_{時與令弟靜嚴同寓予對門。}骨肉切規箴。誰言出佐郡,<u>旦</u>
旦誓精忱。筮仕三十年,無愧影與衾。蒲褐齋中士,_{君爲王述庵門人。}趺
息觀其深。去謁制府公,澹對澄江潯。何減梅華衲,松風鳴玉琴。巡
檐索爾仲,濁醪來共斟。

予藏明周定王小研銘云割紫雲之片石兮漾璧水之元光蘭雪凡古篆十五字今以拓寄蘭雪吳生繫以二詩①

佳名恰好是嵩梁,璧水元珠炯炯光。不比當年新樂府,空歌橋外
月如霜。

元氣淋漓何處收,南州詩派接中州。畫圖他日君隨我,可共蘭舟
共雪舟。

秦敦夫編修購得其鄉前輩汪蛟門少壯三好圖遺照屬題三首②

抽秘薇垣已八春,鬖鬖那復少年身。諸公莫執枚生發,個是參禪
過去因。

我無他事羨蕭琛,借爾圖中鑑古今。緗帙滿牀裝幅錦,扶風古隸
最關心。_{《南史》:蕭琛字彥瑜,常言少壯三好,音律、書、酒,此圖用其語也。彥瑜嘗得古本《漢書》,敘傳非篆非隸。}

前丁未到今丁未,詩話邗江百廿年。百尺梧桐高閣雨,丹山雛鳳
更翩翩。

秦敦夫調鶴坐花圖③

舞彩娛親始盛年,邗江才子玉堂仙。花如內景滋培足,鶴取中孚
信誓傳。言行樞機占氣誼,文章根柢發暄妍。在陰和應孫枝兆,博得
詩翁一粲然。_{末句寄尊甫西巖觀察。}

---

① 此詩題位於手稿本第 6185 頁。
②③ 此詩題位於手稿本第 6191 頁。

臘月十九諸公集蘇齋作坡公生日觀宋漫堂小像及
西陂草堂圖同用西陂集中祭坡公韻①

十年屋扁題寶蘇，掇拾補注慚功夫。空教日對笠屐像，軒軒千仞蒼眉鬚。憐余驕筆日枯澀，但丐公迹思霑濡。施顧注本邵馮補，細流土壤誠區區。百餘年前澤南夢，焚香掃地圖畫俱。漫堂蓄歲畫坡像而己侍其旁，後果得官黃州。惜哉此圖今不見，歲歲筍脯徒追娛。伊川修竹水南卜，然否即此西陂圖。名家子弟肯堂構，手澤想像存杯盂。圖爲宋蘭暉物。商邱學士釣遊處，某水某樹村與衢。瓣香蘇門稱弟子，殘膏賸馥今有無。來就吾齋拈一笑，苦覓故紙無乃迂。醍醐與酒雖不二，那向法乳參文殊。嵩陽居士青眼在，勸君且勿執一隅。料量僧虔倚柱法，駸駸禊帖馳官奴。時以新安程氏所刻《天際烏雲帖》摹本同審定。

以文淵閣校理小印贈羅碧泉宮贊碧泉旋補充日講官
即方綱所遺缺也有詩見惠次韻奉答②

香案西頭玉檻邊，文淵閣官及日講官班皆在西。五雲消息石先傳。右軍虞監銜如接，丹篆韓公夢待圓。閣吏銘應論故事，靈威符已詫群仙。奎章珍重龗峰記，秋月寒廳證昔緣。

兒子樹培手拓貢院號舍磚文題其裝册三首③

小子耽氈蠟，風檐寸晷中。匏尊未谷外，今日幾人同。窑戶泥埏字，苔花棘刺叢。閱人三百載，辛苦訴雕蟲。

隆慶追成化，王錢守溪、鶴灘。應舉年。文初程後進，體已變前賢。但說良工斫，何曾匠質傳。我因陶旊式，鑑古倍皇然。成化磚一、隆慶磚十六。

記訪平江字，金陵舊築時。書生誇老號，矮屋閱秋颸。往者虞山

客,曾爲棘舍詞。只慚來弔古,剔蘇茂先祠。江寧貢院有所謂老號者,見虞山陳亦韓《別號舍》文,予己亥典試江寧,撤闈日訪得張茂先祠晉咸康四年磚一。

倪雲林詩册殘本是元朝官獄册子紙背寫者題二首①

小胥册子官書背,忽訝江風海雨來。借問紫芝吟賞日,何如東野與西臺。此册或云俞紫芝寫。

仙館朱陽訪異聞,菌峰巢閣有真文。從今夜夜茅山夢,長史壇碑滿白雲。補入集中跋語數條,有云張伯雨所撰《茅山志》自寫刻者。

宋比玉采蓴圖用程孟陽詩韻②

韻事鄒陳作畫時,此圖又隔八年遲。夢迴西子湖邊舫,人憶眉公卷裏詩。楮墨浪浪增舊雨,煙波渺渺爲誰思。偈庵老子參禪喻,可記楓亭啖荔期。陳眉公與鄒舜五采蓴太湖事在天啓壬戌,此圖作於庚午。

裴山題予谷園卷云谷園移不到蘇齋感其意
用此句答之兼寄懷谷園諸子③

谷園移不到蘇齋,安得相將數子偕。似爾論心真石芥,慚余促膝小茅柴。輪轅效駕非徒飾,川路知津未有涯。瓦銚瀹泉烹活火,年光又到蓺松齋。

陳桂堂戶部今年元日偶集句云石渠萬卷全歸笥魯國諸生半在門是
秋果典試山東歸而屬予書其齋壁賦此代跋三首④

文字因緣巧合并,濟南名士待題評。璵璠萬丈長虹氣,我正高歌魯兩生。予今年在建昌作《魯雙玉歌》。

十年前記餞筵并,壇闕追陪有舊盟。今日不須誇宋子,竟收未谷作門生。曲阜桂未谷及安邑宋芝山,皆與予考訂金石六書十餘年矣。己亥秋予典試江

① 此詩題位於手稿本第6195頁。
②③ 此詩題位於手稿本第6196頁。
④ 此詩題位於手稿本第6197頁。

南,未谷、匏尊、芝山置酒賦詩爲餞,其後芝山以癸卯中順天鄉試,而未谷庚子冬教習期滿歸里,予辛丑春遷司業,有"愧貳成均遲半載,不收未谷作門生"之句。

私淑漁洋非一日,五言三昧意誰評。有人悟徹王韋柳,始信前賢畏後生。予四十年前即得交宋蒙泉,其後多與山左詩人相識,因得遍參新城論詩大指。予嘗舉新城《三昧集》取右丞不取韋柳,而《五言詩鈔》取韋柳不取右丞,其意安在,屢質之山左後賢,無能答者。

石墨書樓集一_{庚戌正月至三月}

書樓之名十年矣,以得《化度寺碑》真本也,繪洛陽范氏書樓之圖又已五年,今乃得卜小樓三楹居之,以名詩卷焉。

石墨書樓歌①

我圖書樓今四春,寺街卜得樓居新。此圖遂挂此樓下,儼然自命圖中人。不知洛陽范氏築,近依嵩嶽青嶙峋。七百年前置書榻,亦如十笏遍市塵。率更令書三段石,邕禪師證前度因。寥寥偈子那擇地,崇椽華構徒紛綸。但餘老子真實義,②登登壁響澴澗濱。姑溪魯齋後先説,使我感激思結鄰。周欄四達須底物,翠墨聚起春空雲。晝思夕寐亦習氣,索茅祝蜆酬辛勤。樓下盎餘百千篋,樓窗響榻三折親。中有古人不傳處,誰言敝帚迹已陳。三日野宿同枕葄,百尺捫歷羅星辰。異書不在六合外,跬步且試初桃循。敢矜藩溷置筆研,不辭破竈然濕薪。仍扁前題擘窠字,街西日日鐘聲聞。

十一日圓明園宮門接寶夜宿直廬用舊韻二首③

寶篆絲綸切,榮分侍從臣。直廬司鳳諾,待漏問雞人。綠字森瑤檢,疇圖叶躍鱗。欣逢皇錫訓,瑞滿屬車塵。《御製八徵耄念之寶記》。

---

① 此詩顯位於手稿本第 6186 頁。詩題手稿本作"石墨書樓歌題新居小樓壁"。
② "真實",手稿本作"真賞"。
③ 此詩題位於手稿本第 6200 頁。

卅六年前夢，不到内閣直廬三十六年矣。同班七八臣。故事，編修、檢討輪直十員於圓明園侍班，甲戌、乙亥間同直中壬申同年邵蔚田、梁山舟、謝金圃、博西齋、紀心齋、王良齋、王元亭與方綱，凡八人。誰將曾宿處，話與後遊人。海淀舊有屋十餘楹，爲翰林直宿之所，三十年來無復有知其地者。露濕青巢羽，風暄碧沼鱗。祇憐行役久，慚愧濯衣塵。

丁小疋自南昌寓書以歙人所製蒲褐山房墨見餉賦此呈述庵兼寄懷小疋①

小疋來南昌，正予北歸日。握手不忍别，倦言蒲褐室。巽齋時在旁，魯生嗣光。鄭學共相質。誰謂分襟際，相觀斂於密。緘來述庵墨，如展鄭學帙。禮堂資繕寫，六藝綜遺佚。小疋意如何，使我增怵慄。廿載前比鄰，對榻誦摇膝。江城款話期，過眼風雨疾。好在黄山翁，搗麝蒸如苾。知我白守黑，似爾膠在漆。何年共燈燭，寸心箴得失。此墨此志歟，耿耿書難悉。但將千里心，無負一牀筆。篆煙繚空濛，虚白氣充實。大東膚寸雲，吹遍新陽律。時予與述庵同扈蹕山東。

未谷來都門以阮亭名字印見贈②

十年挾策上燕臺，想自夫於别墅來。曾寄畫圖摹海岱，手披雲氣見蓬萊。屭提果得真傳否，禪悦寧非舊約哉。心印笑拈新偈子，濟南詩境要重開。

未谷丙巳圖二首③

丙辛米老像曾摹，識字何如丙巳乎。十二篆師肩拍袂，説文統系續成圖。未谷嘗繪許祭酒以下至二徐、張有、吾衍之屬曰《説文統系圖》，因自題書室曰十二篆師精舍。

握手論文又十春，蘇齋重對話前塵。目光直上窮千載，肯作陽冰

---

① 此詩題位於手稿本第 6201 頁。
② 此詩題位於手稿本第 6202 頁。
③ 此詩題位於手稿本第 6203 頁。

以後人。

桂堂以予前詩及諸君和作題曰魯璠聯璧題此博諸君和①

科名衣鉢即文章,東岱西江話共長。魯玉先歌魯貢玉,桂堂果許桂升堂。遠追潰井千年字,近沿漁洋一瓣香。真到陳家說星聚,珠聯璧合在門牆。

從駕出東安門呈述庵侍郎閬峰閣學②二月八日

東風並馬禁門束,睡眼朦朧蠟炬紅。人似寄園聯屋住,手披鄭學一編同。壞泉淡白春陰外,村柳疏黄舊夢中。添得新知綸閣侶,唱酬何減聚煙篷。

獨樂寺觀音閣榜相傳李太白書也寺僧以紙索詩③

逸氣如虹不可攀,尚留遺墨鎮禪關。閣追天寶開元際,書在平原北海間。應似老仙空宿劫,獨來高處閱塵寰。護持那用雕欄檻,自有千峰碧玉環。閣上可望盤山。

扈從途次見玉亭宮詹閬峰閣學唱酬之作次韻二首④

燕趙論風雅,非徒梓里親。雄深中有物,慷慨契無鄰。大義誠師古,諸家總不真。與君馳藝苑,高步躡芳塵。

侍臣陵下宿,山夜倍思親。對酒縈千緒,悲歌動四鄰。切劘忠孝事,感激性情真。此是詩家髓,清無一點塵。

小松書來云計日當到濟寧要過其衙齋觀所藏金石先此奉寄兼寄鐵橋并邀述庵閬峰和作⑤

黄伯思今張力臣,濟州重到剔青珉。江頭手札無虛歲,海内心知

---

① 此詩題位於手稿本第 6203 頁。
② 此詩題位於手稿本第 6204 頁。
③ 此詩題位於手稿本第 6205 頁。
④⑤ 此詩題位於手稿本第 6207 頁。

有幾人。圖畫紫雲添我輩，盟言蓬閣記前塵。大東石墨神飛舞，合著洪婁會面親。

黄新莊曉發①

近畿尺五天，蒼光護雕輦。周廬衆星羅，一塔城埤辨。俄臨羲馭升，漸覺星光淺。宮門曉不寒，翠氣堆橫巘。峨峨雙纛颺，迤迤平疇展。七車謝多識，三篋慚雕篆。春律縈我懷，舊侶記前跰。落月如有思，重雲積繾綣。老柳三十年，新黄萬絲捲。庚辰二月宿此。

比廬行呈述庵②

周廬夜夜相比聯，聚居有似比屋然。布一幅作屋一椽，官齋卧舍以櫛編。僮僕輿馬追駢闐，几席湢庖無弗便。大者四匝窗楹全，幔亭之幔規而圓。小者鋭頂垂兩邊，茅屋時借蘺補牽。述庵老子翰墨緣，卜宅屢獲相隨肩。章江官署巷復連，北歸瘝瘝心拳拳。春風屬車策兩驌，橐筆挾册馳後先。夜燈相望如帘懸，如挂幅帆齊泊船。夢成江湖水粘天，支篷遠近峰叠煙。泖湖圖畫三十年，雲樹照映磨丹鉛。那執彼此徒牽纏，十笏偈子非言詮，趺息來共蒲褐禪。

奉命祭毛公祠十六韻③二月廿二日

六義歸宸定，諸儒統折衷。臣愚叨扈蹕，敕遣謁毛公。昔聖言兼教，惟詩孝與忠。説家紛演繹，傳義獨昭融。逆志探原委，無邪貫始終。魯齊韓悉叶，風雅頌攸崇。詁備亨遺逸，箋該鄭異同。一經推著姓，千載表專功。往者河間聘，初從博士充。墓仍城北址，祠近獻王宮。仰止階墀肅，摳趨廟貌隆。碑銘稀古墨，棟宇焕皇風。重建碑立於順治十二年。絃誦知仁里，興觀切學僮。即今髦士造，誰似長卿通。毛公詩學傳同郡貫長卿。末學依桑梓，深期牗困蒙。循牆稽首去，策馬愧

---

① ②　此詩題位於手稿本第 6208 頁。
③　此詩題位於手稿本第 6209 頁。

匆匆。

獻縣道中寄懷端林仲子敬堂蘭臺巽齋①

驅車獻王宮，改火及新麥。惓言汲古心，何以申在昔。憑眺值初陽，繾綣忝行役。原卉具靡靡，館基猶歷歷。四禮意可稽，三雍面如覿。卓爾大雅人，艱哉補遺力。後來衰輯家，奚自經傳析。千年溯師承，前哲想多識。邇日同心友，幾得共函席。江干擷蘭芷，薊北佇晨夕。暮雲林坲轉，芳月煙景積。舊夢勞中宵，新知望三益。

邵瓜疇畫米老海嶽庵圖摹本二首②

七年虎卓札中聞，一幅瓜疇袖裏雲。海嶽淨名披舊楊，晉唐古木挂斜曛。書留籃竹丹淵句，券寫江天玉楮文。此是研山真息壤，輟耕圖漫說紛紛。

蘇米名齋十八年，英光真帖意誰傳。故人空寄丹陽諾，今日重開寶晉編。二老鬚眉神宛對，九霞鸞鳳嘯逈然。淋漓萬古江山氣，只在爐薰篆縷間。③

元遺山靈嚴題名云冠氏帥趙侯齊河帥劉侯率將佐來遊好問與焉丙申三月廿五日題在党懷英撰書碑陰下有丙辰冬至日蓬山劉憩淵遊靈嚴詩丙辰即明昌七年丙申是蒙古太宗八年是時遺山正在冠氏金亡之後二年也因手拓此迹即借劉韻記之④

党記劉詩托此傳，驪珠廿七氣橫天。濟南紀後千行淚，野史亭邊一掬泉。內翰相過應寄語，邑侯同到亦良緣。我來手挹芝英露，不枉追攀淨土蓮。

---

① 此詩題位於手稿本第 6211 頁。
② 此詩題位於手稿本第 6214 頁。
③ "間"，手稿本作"前"。
④ 此詩題位於手稿本第 6219 頁。

奉敕充曲阜釋奠分獻官敬述四首[①]

思樂鸞旂泮水詞，壽臧曾頌魯奚斯。豈如今日祥徵備，親見長春聖受釐。氣召嵩呼皆玉策，心傳璧響即金絲。侍臣最忝榮分獻，不比初陪國學時。方綱辛巳秋得充上丁分獻官，今三十年矣。

宗伯銜兼學士班，冏卿漏刻職司關。是日分獻東西廡者，兩閣學及僕卿監正也。菁菹麴醢春官薦，姑洗編鐘月律頒。古篆昨猶稽貢水，乾隆己卯江西臨江府得古鐘十二，獻於朝，詔樂部仿鑄以應十二律，每鐘鐫御銘於上。御銘敬聽振東山。徘徊兩廡宫牆下，[②]心繫昌平俎豆間。

重門落月下迴廊，古檜青摩萬丈長。會合兩行雕罼氣，敬拈一瓣爇罏香。階除歷歷通周城，子姓侁侁佐太常。聖裔充贊引官。欲附史晨銘執事，給充瀆井掃壇場。

同文門接奎文閣，唐隸碑參漢隸書。幾載夢隨昕鼓篋，一宵來近聖人居。前夕館顔氏家。發凡直綴編年後，西廡左氏第三十二。數典猶追問禮初。林放第一。稽首捫心憐廢學，及乘春雨事經鋤。

濟寧學宫觀碑歌[③]

任城八碑凡十龕，鄭固范王斷者三。其餘未斷半已泐，有若蠹簡穿白蟫。魯峻字大武榮小，景君書體方長參。[④]鄭季宣碑昔露半，今也如鑑圓開函。星斗光中附讖語，末有賤子名真慚。額書未顯尉氏令，石柱賴得黄秋盦。五載恍然踐前夢，什襲裝已償昔貪。果來手捫參井度，升堂目眩珠貝探。豈徒武梁葺祠闕，親見孔聖訪老聃。拜觀禮器仰車服，鼓剔史氏官稽郯。國初曹仲經。張力臣。皆好古，班班石側留墨酣。已嗟槩洲費延佇，況我今夕同研覃。李家兩世富藏弆，千峰

---

① 此詩題位於手稿本第6231頁。

② “兩廡”，手稿本作“西廡”。

③ 此詩題位於手稿本第6246頁。

④ “方長”，手稿本作“長方”。

拓本囊煙嵐。斯文精氣那得閟，幾人淡味來分甘。甌齋釋文我竊補，
鄱陽韻部續已堪。千年璞到今日剖，尺青寸碧雲生潭。晚陽濃注泮
池上，衣香墨翠深醃醃。闕里昨來聽鐘鼓，戟門風響交檜楠。黃子繪
圖縮小册，他年詩話留濟南。我歸直廬手畫肚，蠅頭隸古成春鼉。

秋盦署齋觀所藏金石秋盦爲作圖同賦三首①三月十七日

張弨鄭簠同來否，片石摩挲意不傳。多少精微待親質，等閑拋却
十三年。丁酉與秋盦別，至今十三年矣。

任子城陰接海潮，蓬萊幾客托山樵。月明梧竹疏疏影，又借秋盦
識鐵橋。

山城駐馬傲鄱陽，石闕重開記武梁。半晌茶煙千載事，漢碑圖畫
出文章。

---

① 此詩題位於手稿本第 6235 頁。

復初齋詩集卷第四十

石墨書樓集二_{庚戌四月至十月}

奉敕遣祭尹吉甫墓十六韻①

帝念周賢弼，東都六月詩。何年因北伐，表墓在南皮。志乘傳鄉
校，祠銜具太師。瞻言今近郭，惜少古豐碑。沃壤開塋域，高原想屋
基。七言光典籍，千載聖題詞。自昔推爲憲，於民曰秉彝。蕃宣功懋
矣，孝友誼同之。韓弈崧高什，車攻吉日時。以匡王國績，不僅太原
馳。子姓今存否，皇心重念茲。上問吉甫子孫，臣對此地無可考。邑沿秦代
置，地指縣西陂。父老徵前紀，傳聞到伯奇。文章於雅列，人表以宣
隨。《漢書·古今人表》：吉甫在宣王下。臣得從春蹕，欽承薦醊厄。清風聆萬
古，天語穆來吹。是日上語臣方綱曰："此即《詩》所謂穆如清風者。"

兩月以來扈蹕山東今於四月八日自天津馳歸
楊村道中即事述懷三首②

草草裝囊半篋輕，猶煩聖主曲關情。本擬十六日扈蹕回京後即趨往盛京，
今奉命即歸俶裝前往。杏壇得沐餘春及，榆塞先占五日程。直向沽灣通渤
海，便從津遡溯蓬瀛。酉山石室重料理，元是臣心夙夜盟。

---

① 此詩題位於手稿本第 6249 頁。
② 此詩題位於手稿本第 6250 頁。

雙纛祥光拱岱雲，每瞻豹尾共論文。四賢館閣聯鄉里，雨齋、閬峰、玉亭、鏡秋皆予同里。二客江湖話典墳。述庵、鏡瀾皆吳人。行帳分甘成韻事，行營每賜肴果，彼此分饋以資詩料。昨宵對酒戀斜曛。述庵、玉亭各以公私事先後別去，是日方綱被旨即行，惟閬峰、鏡秋對酌爲別。幾時一幅圖煙樹，好向瀛洲續舊聞。

述庵每夕感離群，篇咏賡酬不足云。南北幾人同樸學，後先當代任斯文。桂凌辛魯皆吾黨，風雨宵晨證昔聞。正是春深驅馬候，鞭絲照影盼停雲。述庵每言此時都門英賢畢集，恨予不得共相賞析，然今述庵亦奉使高郵，未得即還都也。

瀋陽道中①廿五日

大東積翠接神皋，日腳紅霞帶海濤。地擁麥禾千野沃，天蟠松杏二山高。林廬密處村逾闊，風雨晴餘氣倍豪。鉛槧攜來添潤澤，巀泉瑤玉尚流膏。

大凌河②

松山杏山一氣中，大凌河與三江通。我來驅馬古店側，夾河嵐翠煙鬱蔥。大海榑桑眩金碧，萬峰一照升瞳矓。昔者軒皇親教戰，阪泉涿鹿開鴻濛。戎衣一著四海定，明師億萬迅掃空。至今湯湯帶水上，懷古髣髴瞻雄風。長松吹林怒濤涌，沙石蕩激迴沖融。是時節屆麥登壟，禾黍綠積雲芃芃。豐水有芑百年後，文思格被千秋崇。儒臣載筆事紬校，仰測原委追神功。模糊道左煙雨字，蒼然片石誰所礱。渡河峰巒更青峭，會合此水趨朝東。河西五里道旁大石上古刻數行，惟見"日落蒼煙"數字，餘不可辨。

望醫無閭③

膏車凌河北，齋心廣寧西。峰遠似未高，青欲碧落齊。職方夏官

---

①　此詩題位於手稿本第 6255 頁。
②　此詩題位於手稿本第 6256 頁。
③　此詩題位於手稿本第 6258 頁。

紀,維南對會稽。積氣莽千里,大海軒端倪。正位領朔方,萬古地鼇提。大禹刊未到,以需至德躋。聖皇鏡仁壽,禮岱陋封泥。昨者隨屬車,沛穰霑福腝。慶霄直接此,東亘日烏栖。紅雲鋪極島,搖蕩青玻瓈。榑桑一鏡中,倒攝千峰低。目遊孤光表,何減筇笠攜。側聞徑丈字,未稔何代題。古瓦越香姜,翠氣掣虹霓。欲問滎陽公,惠我鉛槧齋。不虛同珥筆,分照乙杖藜。鄭耘門閣學奉命祭告禮成,亦同校書於此。

次韻留別警齋景堂①

曾共蓬萊第一峰,大東雲海蕩奇胸。人如宿諾題襟合,詩似秋嵐滴翠濃。各保松筠存道力,欲憑苔竹寄吟蹤。難忘城北瀟瀟雨,禪榻疏煙濕晚鐘。諸公同餞於城北大法寺。

宿永安橋②七月十日

橋下村閭啓,橫窗野色來。幽花間點綴,積雨淡莓苔。稼課秋晴後,涼生午夢迴。還疑書局榻,淨几拭塵埃。

次韻答伯崙③

窮年抱篋笥,不得賈孔偕。梁代博士編,江船佇徘徊。崔靈恩《三禮義宗》,聞臨川李氏有寫本,予昨在江西,兩到臨川,再四訪借,而不可得見也。尋源苦津逮,旋役復東來。慚説詳勘充,把卷徒闔開。側想四禮意,夢溯萬古迴。纂言與纂禮,問途實艱哉。廣場無梫棘,要駕非騮騢。思殫組織勤,焉得銥摡裁。近時惠與江,構厦極庀材。一經苟凌節,萬卷奚兼該。請從黍尺積,仰見筵級階。曲禮系經禮,勉齋接信齋。室深去聲。即几席,何用騁遠懷。信乎虛心人,乃是曠古才。此豈私言歟,敢以矜氣陪。大道如直矢,多師證曲臺。蕭蕭寫經堂,使爾固筋骸。一還淹中舊,孔壁未秦灰。審擇非一端,敬告同志儕。所以子朱子,質諸

呂東萊。

雨後寧遠道中①

夙聞遼潴圻，泥淖當暑潦。不減春翻漿，<small>此處三月間地氣潤沃，名曰翻</small>
<small>漿。</small>每苦車沒軸。昨往始清和，今來過三伏。霖潦停復潵，濕雲斷還
續。寧遠最近關，新漲未全縮。高下坡壟間，十步九屈曲。秋場正鋪
菜，一氣蒸萬綠。遠岡忽澹白，濛濛變初旭。橫煙界平空，不敢騁馬
足。俄聞沙水聲，方知出前麓。半日濃翠中，呼吸青峰沐。層林鬱翁
匄，仄澗屢洄洑。大東土脈厚，潤液滋滲漉。莽莽元氣來，淋漓洩猶
蓄。往者寒序過，但仰山容肅。及此盛暑與，時因佇限澳。兼旬殫測
窺，兩月親簡牘。未若巇原間，真得於即目。灤陽圖雪溪，雲州嗅芬
馥。並借邵庵詩，拈來谷園屋。

中前所②<small>山海關外三十三里</small>

日日行並海，遵海西而南。此城海最近，啟牖目可探。沙外五里
餘，午景一線藍。天地東北周，溫仁氣所涵。大哉積釐厚，風雨助和
甘。秋成村畞樂，比屋瓜菜擔。里戶可不閉，晨夕飫煙嵐。我亦得借
憩，快瀉東瀛談。軒然息吹榻，夢到海粟庵。<small>海粟是予在瓊州使院齋名。</small>

望盤山③

仲秋溯仲春，行役倐半年。春雨復秋霽，日日山蒼然。一昨避淖
塍，谷深類麻源。石塊絡松根，山脈想接連。晨遵薊東路，爽極顯宇
鮮。空光抱城來，橫卷半玉環。城中佛閣崎，勢若軒山巔。山容靜如
揖，森束萬青蓮。蒼涼松石氣，濃淡凹凸偏。一以襟攝之，似與人意
延。幾度限官程，未得遂躋攀。書樓曉翠句，舊約何時還。但恃心未
移，臥遊道可觀。歸當縮小幀，印此琴籟禪。

---

① 此詩題位於手稿本第 6269 頁。
② 此詩題位於手稿本第 6270 頁。
③ 此詩題位於手稿本第 6271 頁。

中秋夕東墅香亭鏡瀾金門琢堂集話湘艀殿撰環翠書舍①

苑樹交光寫一輪，空庭淡共水鄰鄰。天教對榻逢佳節，月入疏簾似故人。河漢微雲依鶴禁，畫圖古木半龍鱗。桂枝十載東堂夢，蓉鏡重圓記夙因。謂湘艀、琢堂兩殿撰。

曹受之編修申之户部兄弟招同周山茨觀察紫雲山房送錢辛楣少詹歸嘉定②

重來禪榻懷人處，又作深秋送別詩。館閣讌談多故事，東南耆宿老經師。茶煙篆午偏宜澹，菊意凌霜未算遲。只愧箴規今日少，執袪何以副心知。

癸卯京兆榜諸君集話城南陶然亭即席呈楚珍閣學二首③

桑梓掄才倏七年，笑拈髭白對群賢。酒仍綠橘紅萸泛，人記岑參薛據筵。銀榜露濃韋曲苑，蕊珠星聚大羅天。秋陰一碧蒼葭響，暮雀依稀棘院邊。昔野園宗伯題貢院八景，有所謂"棘垣暮雀"者，聚奎堂之東齋也。

客思三年惓野萃，有人原隰避門生。石庵前畫今視學畿輔。雪霏記繞田盤郭，昨自薊州歸，憶及癸卯秋與石庵、楚珍同行事。菊意還依覆盎城。列宿分光薇省近，時諸君多官部院諸曹者。同岑添續石苔盟。謂北窗檢討及兒子樹培是日亦在坐也。摩挲老眼青如昨，一桁西峰檻外橫。

蘇文忠別功甫帖墨迹④"蘇軾謹奉別功甫奉議"九字二行

公與子功別何處，想在通守餘杭年。慇懃五札敘疏闊，稍涼倏到風雪前。何人傅會醉吟壁，一棋玉局琳房仙。七星巖口字待勒，謝家莊上圖未傳。槎枒怒墨吐竹石，江海起立雲雷旋。東坡畫竹石於郭功甫壁

---

① 此詩題位於手稿本第 6272 頁。
② 此詩題位於手稿本第 6273 頁。
③ 此詩題位於手稿本第 6274 頁。
④ 此詩題位於手稿本第 6275 頁。

在元豐七年甲子，功甫自端州請老歸在元祐四年己巳，或謂功甫請老歸後東坡畫竹石於醉吟庵者，蓋誤讀《東都事略》耳。此別又在前十載，酒腸已作芒森然。兩髯相對鬱奇氣，劍光舞合雙龍纏。兩餅新茶小蒼璧，一圭賜墨虯松煙。米老揮毫笑對案，與可墨君來餞筵。豈知別緒不多語，驪珠九顆清而圓。沙邊誰子弄明月，翻風雪雀飛帖天。前身共作蓬萊住，青山那必尋青蓮。一壺九華竟誰得，十年萬里非世緣。三兩黃鸝要領取，千峰陣馬紛洄沿。且來蘇齋鑑真面，嵩陽帖已昏粉箋。今年謀作畫卷供，雲龍山下烹惠泉。二鶴亭邊想醉筆，亦似醉吟姑孰篇。枯株蒼茫亙天地，此腕氣可迴山川。留影又著蘇齋壁，夜潮夢艤浮玉船。秋光八月蕩瑤海，雨餘參透梅子禪。

歐陽文忠手帖用李茶陵韻二首①

脩啓：多日不相見，誠以區區見發，言曾灼艾，不知體中如何。來日脩偶在家，或能見過，此中醫者常有，頗非俗工，深可與之論推也。亦有閑事思相見，不宣。脩再拜學正足下。廿八日。

圓整何如方闊難，且休擬溯急流灘。清眸豐頰人千載，漫作三公面首看。

巉天廬嶽碧峰孤，揖讓高文見典謨。夢寐開筵當六月，篆煙得似此書無。予在江西三年，每於六月廿一日擬作公生日而未果也。

蘆雁圖爲兩峰題所藏高麗人畫二首②

雲影蒼茫極海東，秋生詩思淡空濛。最無人態誰傳得，只有昏陰襯蓼紅。

花之老衲墨參禪，渚意料量接遠天。記取城南齋十笏，窗光對拭海苔箋。兩峰自號花之寺僧。

①② 此詩題位於手稿本第 6277 頁。

吳白庵石湖課耕圖[①]

　　范公昔築農圃堂,石湖水繞楞伽房。千巖觀下秋雨白,迤三萬頃皆湖光。迢迢松陵接孤塔,一螺墨點崑峰蒼。後來借屋雅宜子,偕遊彭陸陳與湯。一翁二季文氏最,茶磨峰頂招晚涼。廿年先後富酬唱,幾個農圃專江鄉。田歌知田蓋不偶,吳船吳録所未詳。吳郎生長麻源谷,胸中梨棗日滌場。偶來湖山山寺下,溯洄憑弔范與王。六年詩就一日畫,畫家元暉繼阿章。一揮尺幅出意表,灣渠煙柳曠渺茫。空光白鳥點下上,澄虛一碧無四旁。却將楞伽真偈子,付與小筆題練塘。石圍湖水寺圍石,渾以雲氣爲僧廊。衡山當日此題扁,淳熙想像初上梁。指與吳郎課耕處,且問僧買漁家莊。但恐此計非一緒,耕耶漁耶何日償。珍重羅家名父子,爲爾淺暈皴丹黃。直欄橫杓不虛設,藥爐禪榻堪深藏。安置中間室十笏,可理六義窮三倉。定許罩溪共分席,魯家仲叔皆聯牀。亦有君家蘭雪輩,晨夕所得盈奚囊。禽魚煙月誰管束,牙籤玉軸非絲簧。借爾栖遲過十載,師友賓主都兩忘。如此課耕世亦少,致能雅宜讓未遑。他山攻錯石千仞,蒹葭白露水一方。但持此卷作息壤,青天明月對羽觴。空山雨雪感江海,黃昏浮動梅花香。

黃文節二帖墨迹[②]

一云:"庭堅頓首:承示諭數往助崇德姨母,此蓋公孝友之素,仕宦所得惟此而已,其餘亦何足道耶? 願數顧,省立則參於前,在輿則倚於衡也。庭堅頓首。五鼓起迎駕作此書,極草草也。"一云:"昨夕赴君宜家飲,爲諸子虐酒,大醉不能語,今日頭猶岑岑未醒,淨人頗能道吾友過飲之詳,感愧感愧。經昔百福,今早不須喫粥,便告過此同一鉢爛飯,仍攜新斫七絃來,一洗病耳,如何如何。庭堅拜手德興賢友足下,東坡諸書一借一借。"

　　前帖録卞後藏吳,吳真卞僞有是夫。卞録之僞僞在印,今則無印

奚疑諸。匆匆迎駕起五鼓，六姨敬念嗟踟蹰。何人緩急數往助，矢志孝友公弗渝。孝友兼之姻任卹，書紳不啻參衡輿。所以晨邀我友食，食頃不忘東坡書。七弦泠泠洗病耳，經昔展轉懷吾徒。肫然性情果何物，不在裹飯來提壺。質厚爲本跋書語，此語豈止書跋乎。年年六月拜真面，谷園三載依匡廬。今秋雨涼雲縷定，爲爾香篆檀几鋪。粉花箋色壞已久，項子長印紅糢糊。德興君宜無歲月，壽母句想熙寧初。斂之豪逸就繩矩，儻在元祐非元符。晉陵尤家誰復記，豫章別集編不誣。五更挑燈粥未熟，大星耿耿雙聯珠。

題于忠肅公與葉文莊手柬二首①

"所浼分付東城巡夜之事，未知可曾爲之，希見報爲感。謙拜"，
凡四行廿三字，吳門陸謹庭所藏。

九門夜夜此心同，景泰初年蠟炬紅。留得墨池殘碧血，萬籤竹葉壓涇東。②

徐帖居然別渭涇，葉氏又藏徐有貞一帖，謹庭所不取。清齋浩氣對松青。謹庭書舍名曰松下清齋。那須更訪吳門拓，永巷牙鐫警夜鈴。昔年江寧周幔亭嘗諾以吳門鄭氏所藏明永巷提鈴牙圈上鐫字拓本見寄云。

九日駕幸香山登高接寶恭紀③

山寒寒未深，但聞香界香。夜燈松毛下，十里紺塔光。萬壽山叠蟠，東北來鬱蒼。是日菊華節，農功稼滌場。聖人乂庶徵，念用備蕃昌。令辰來登高，吹悦溥萬方。小臣職接寶，石級凛奉將。花濃澤春軒，樹繞學古堂。西峰環翠屏，拱迓詄天閶。憶昔九老人，恭承萬年觴。地靈荷天錫，重九況暄陽。趨班適際兹，瑞露霏衣裳。丹綸映紅葉，一氣賁煒煌。薄午出山徑，濕雲搴滿囊。

---

① 此詩題位於手稿本第 6282 頁。
② "竹葉"，手稿本作"竹箓"。
③ 此詩題位於手稿本第 6283 頁。

題聚奎堂東齋壁用舊韻①

奎躔光定夜堂深，三十年前憬照臨。仍聽喈鳴同翩羽，何區置兔咏中林。籤條對案層霄迥，燭影鐫題刻漏沈。月挂虛檐涼似水，每追茗粥此時心。庚辰春始來校文，和壁間石刻萬曆庚戌關中王衷白詩韻，今三十一年矣。

題傅獻簡手札二首②

堯俞再拜：氣候蒸燠，伏惟合體萬福，來日瞻奉，此不詳盡，堯俞恐悚。

濟源求買百金無，想像林泉出畫圖。却笑杜陵微禄願，盡捻書籍只區區。

三伏炎袪洛湨陰，粉箋消受竹梧深。研山海嶽同書几，慚對前賢卜築心。是日恰得借友人攜來米老研山，與孫雪居、邵瓜疇二君所摹《海嶽庵圖》同賞。

寶晉齋研山歌③

米老記自崇寧元，漣水之後淮水前。丹陽歸來又幾載，此山日日神周旋。淨名一臥渺無憶，獨於薛也心拳拳。借問丙辛天地合，五十有五誰爭先。六六之峰峰只六，高低左右相差肩。初從玉筍分轉側，方壇位漸通星躔。平坡下睨萬崴峊，下洞上洞承灣環。中間三折誰所覦，此老自説神遊焉。月巖窈窕廣寒窟，珠斗磊砢中台懸。層桄直上逼華蓋，百寶一氣臨丹淵。峰峰飛舞翠巒接，真宰意借龍池傳。天台紫真夜浣筆，一滴潤欲周人寰。何人腕力可勝此，北窗異氣橫江天。此即英光米庵偈，何必易屋蘇家緣。晉唐古木響萬籟，江海以息吹迴瀾。收拾金焦與北固，攝之墨沼蛟虬蟠。嵯峨起伏火輪激，紫金鏡化罡風翻。④淋漓匠巧此老助，默與造物同清言。固哉梅花沙彌輩，舟壑已墮聲聞禪。新城秀水二詩客，相著而黑石墨間。我今作圖亦

---

① 此詩題位於手稿本第 6284 頁。
② 此詩題位於手稿本第 6285 頁。
③ 此詩題位於手稿本第 6286 頁。
④ "鏡"，手稿本作"境"。

習氣,一笑羅叟書畫船。誰令邵孫卷對仿,恰在蘇米齋同觀。熒熒寶晉三篆字,直挾海嶽千峰看。九霞靈音粲相答,留作小几堆蒼煙。

雩谷以婁子柔草書少陵絕句卷見惠賦謝二首①

杜陵深詣幾人知,絕句流傳叩汝師。宕逸雄豪焉乞得,問津草法晉賢時。

畫壁何如題葉處,孟陽想共伯深觀。百年琢研山窗客,小几蘇齋倚暮寒。

十月二日上御乾清門聽政方綱以學士承旨兒子樹培以檢討侍班敬述②

先公檢討嗣尚書,未得彤庭接珮裾。以爾承恩三載後,憶余入直戊冬初。甲戌至今庚戌三十六年矣,方綱是年閏四月授編修,甫半年耳。今樹培己酉四月授檢討,至今始得侍直,蓋近數科來詞林人數倍多也。一門感較前賢倍,十月心銘拜祀餘。前一日率兒展先墓。咫尺廿年簪筆地,日華五色麗前除。

墨　菊③

冷傍東籬識者稀,只無著相有芳菲。南陽色味香難即,栗里形神影並非。莫認杯觴傳夜氣,祇憑文字發天機。淋漓真意誰拈得,悟徹丹黃紫翠圍。

羅小峰畫二首④

何人詩屋占前灣,遠近漁舟滄靄間。濕翠濛濛無處著,夕陽橫在隔溪山。

小米今來傳藝苑,三羅不止擅江東。長安名噪鸞凰重,可憶巢香

---

① ② 　此詩題位於手稿本第 6288 頁。

③ 　此詩題位於手稿本第 6289 頁。

④ 　此詩題位於手稿本第 6290 頁。

柏葉叢。_{君家有香葉草堂。}

題汪退谷瘞鶴銘考手草三首①何義門、王虛舟跋

廿甲午仍一甲午，_{銘至考凡二十甲午也，今又過一甲午。}此編又作此銘看。續編購板還題稿，三十年盟儼未寒。

何汪楷法逮王徐，_{虛舟、壇長。}前輩精微質對初。兩字若援虞趙例，三家談藝竟誰居。_{此草內有義門改筆也，予嘗欲輯義門、虛舟、壇長三先生評書語萃爲一書，曰《三家談藝録》。}

寶晉峰連海嶽居，丹楊故事並陳歟。小齋夜夜金焦夢，已字良常訪異書。_{時有持米老研山來觀者，適友人爲摹《海嶽庵圖》也。}

題明馬抑之臨元人山涇雜樹卷用卷中韻六首②

沈家窗几對清森，吴下西莊深復深。生被老癡偷影去，更栽青李接來禽。_{右繆佚叔民自題韻。}

一葦杭來訪友書，攜將贈客爲移居。百年鬖髿追前夢，丙戌重逢置閏餘。_{右張仲簡韻。}

四樹山涇措意奇，董源誰説定爲師。不知隱几參天籟，何似觀瓶寄井眉。_{右叔民再題韻。}

詩滿烏絲界四維，想摹矮卷亦如之。向來絳帖論橫直，千歲蒼藤幹與枝。_{謂《絳帖》中顛素草書也，此卷畫獨橫裝，故以《絳帖》卷中顛素帖橫刻爲喻。右至正十三年西郊散人唐元本初韻，此卷繆爲唐作。}

曲渚寒煙數_{上聲。}莫禽，新詩渾不借摹臨。澹然一點蒼茫思，占盡東南翰墨林。_{右顧仲瑛韻。}

天然老硬臥枯槎，意到難傳篆畫沙。詩在畫前争會得，沈家今更

落誰家。詩在畫前亦石田語也,馬臨此卷借自沈同齋。右高季迪韻。

雩谷畫梅①

今世梅花衲,羅奚二子間。兩峰、鐵生。君官邗上日,雪滿法華灣。遠夢來城市,疏林獨往還。翛然琢研手,峭對米家山。是日以兩峰所畫《研山圖》並挂於壁也,君所居曰琢研山館。

曾賓谷西溪漁隱圖三首②曾建昌人

漁隱何如梵隱乎,志難寫處寫於圖。夢中時到麻源谷,却對黃姑說從姑。黃姑山,秦亭之支也,昔人有《西溪梵隱志》。

詩人興寄釣人家,偈子憑誰轉法華。淡墨水雲何處著,盎然真意在梅花。

方井蘆庵米董書,近來石泐更何如。煩君他日相料理,且訪江村翠竹居。西溪竹窗,高江村別業也。

以嵐漪小草送似兩峰兩峰云三日讀之如入匡廬白雲瀜瀜從夢魂中出適有持王石谷臨范寬匡廬白雲圖卷來同賞者亦一異也爲作匡廬雲海歌報之③

三年兩度尋匡君,只見匡山不見雲。深秋却上吳章嶺,迴盼匡山如故人。半捲青天出星渚,雙孤淨照皆斜曛。平凝盎盎亙空白,遙青近翠不可分。欲追摹之已落後,入山出山但晴晝。恨不重上黃巖頂,噓吸千峰入懷袖。雲鋪海邪海結雲,寸尺滂蒸彌宇宙。天都黃海笑一漚,初白綿歌枉奇構。此詩此畫鬱不已,息壤相關兩峰子。夢中誦我嵐漪篇,破窗淡月高歌起。冷逼關山盡是雲,濕連滄海噴成水。誰倩耕煙半挺墨,臨得華原一張紙。奇哉玉峽千珠琲,五百僧房境倏

---

① 此詩題位於手稿本第6293頁。
②③ 此詩題位於手稿本第6294頁。

改。層叠長風摇漾來，一痕皺影開先在。濛濛渾以顥氣行，白毫相光眩真宰。九江彭湖大圓鏡，妙鬟兜羅抱銀海。兩峰爾更非別峰，四海雲與匡廬從，峰峰真面雲之中。所以使我尋山與雲不相值，歸來隔歲始覺雲蕩胸。悟徹玉淵聽瀑夕，兩峰已約石谷華原同，墨池萬壑洪濤風。

今年春扈蹕於曲阜濟寧各題碑側一行曲阜學官顏衡齋濟寧同知黃秋盦爲勒諸石拓其文來各爲一詩寄酬①

壇闕何年給掃除，豆籩此夕瓣香初。風迴海岱金絲響，甫得牆陰看隸書。右寄衡齋。

廿載迴環二鄭碑，追陪黃易李東琪。剔銘慚愧淮陰客，焦麓江船暵墨時。濟寧漢碑石上有淮陰張力臣題字，墨迹如新。右寄秋盦。

---

① 此詩題位於手稿本第 6296 頁。

漢籍合璧 總編纂 鄭傑文

漢籍合璧精華編 主編 王承略 聶濟冬

國家出版基金項目

翁方綱詩集輯校

［清］翁方綱　撰

趙寶靖　輯校

三

復初齋詩集卷第四十一

石墨書樓集三<small>庚戌十一月至辛亥三月</small>

夢墨歌[①]并序

乾隆甲子元夕,夢堂閣老時官江左,與盛青嶁、張墨岑扁舟虎山橋訪徐孝先,墨岑爲圖,夢堂攜來京師。辛未立春日,墨岑北來重爲題記,藏於檀欒草堂。兩峰道人夙與夢堂譚藝,結契最深,今重來京師,夢堂已下世,而兩峰得此畫裝軸示予,爲題此篇。

夢堂之夢墨岑墨,如此兩人焉可得。軒然長嘯天地間,髣髴虛空見顏色。顏色虛空誰髣髴,如此林巒橫與側。林巒橫側光動搖,迷茫詩思不可招。鄧尉花深煙盎盎,太湖雲黯雨瀟瀟。邐迤尋來光福塔,分明望到虎山橋。閣老當時正壯年,吳下詞客相周旋。一庭落葉誰家句,<small>夢堂每爲予言官淮上時,一日微雨,棹小舟渡江訪某詩人,今不記其姓氏矣,其人適他出,几上咏雨景一小闋,填草未畢,有句云"濕了一庭落葉"。</small>十載扁舟借榻緣。徐家今日留昭法,西磧連晨訪孝先。孝先八十今猶健,昨歲南昌重對面。每說檀欒共草堂,兩峰攫石追文讌。故紙摩挲酒半酣,歸愚題字人如見。奇哉此紙來對論,兩峰大叫扣我門。哦詩果逢沈碻士,開卷知是張篁村。三千里外浮嵐涌,四十年前舊酒痕。兩三酬唱賓與主,

---

掩映溪橋半煙雨。層折空明綠皴中，伊軋昏陰數聲艣。不知香雪空山偈，何似檀欒草堂語。夢堂之夢彼即此，墨岑之墨應誰似。冬心老子詩畫禪，及見兩峰稱弟子。重攜此畫問家山，呼取精靈照江水。家山江水淡煙螺，不及墨餘空翠多。兩峰夜夜夢堂夢，幅紙奈此篁村何。還訊吳門友竹叟，和我蘇齋夢墨歌。

馬抑之畫卷後有人記云以米八斛易此又留他日以爲易米計又云占得此卷某年當不屬余不知其爲誰也再用抑之自題二首韻①

江家購此從誰氏，想像淮南更竹西。作者莫將癡自許，後來還有最癡題。

淮南米價豈參禪，此繇分明不接聯。同是墨緣茶話在，要憑詩境坐中傳。

夢華得瘞鶴銘殘拓本華陽真逸不知其紀也略辨九字爲題二詩②

似欹反正山陰法，此字欹斜又不同。恰在崩厓飛動處，蝶如石廩氣撑空。

我因九字度全銘，夢溯銀河俯列星。誰把三行誣宋刻，大江一吸六朝青。所謂三行在仆石背者，石勢欹斜致然耳，補刻之説誣也，予於《瘞鶴銘考補》卷中詳之。

頤園侍御所藏程青溪江山臥遊第一百九十六卷又其手書紀夢册石溪和尚題夢在二大字各爲一詩③

櫟園見三百，我甫見其三。恰有石溪字，與君清夢參。如何牛首夜，猶記道州談。漸次非漸次，憑將畫理諳。記夢手迹云宿牛首，夢濂溪先生語太極生陰陽五行，雖有漸次，實無漸次。右題畫卷。

---

① 此詩題位於手稿本第 6300 頁。
② 此詩題位於手稿本第 6301 頁。
③ 此詩題位於手稿本第 6302 頁。

此老夢何夢,皆其畫意爲。夢遊時不覺,題字者知誰。以畫結禪諦,笑拈真夢癡。華亭與北海,孰謂一人師。青溪有“先代一人師”五字印。右題紀夢册。

董文敏山水小幅空澄深潤而後題雖真不稱也賦
此卻題於予所藏楊龍友小軸上①

誰遣煙嵐熟處生,一灣使我夢迴縈。映空樹點疏疑密,抱渚山光重又輕。漁子欸歌無宿積,虎兒草閣有前盟。吳淞半幅猶如此,何況京江寄遠情。

羅小峰山水幀借留小齋月餘矣今日小峰仿元四家畫來贈
因賦此四詩題其上兼請兩峰正之

濃翠如何澹思傳,篆香一縷正綿綿。好山招過空江面,來就僧寮昔夢圓。

道人入道本非禪,過去光中幾劫賢。四句若憑千偈轉,兩峰應在一峰前。

米庵不記真琴鶴,竹譜曾誰識仲圭。眼力幾重穿故紙,渾無一筆露端倪。張米庵所録王叔明琴鶴軒卷、吳仲圭山水卷,皆案頭欲相質者。

化身底處悟前身,自足成家始逼真。斂手薑牙拈筆髓,泥他神似衛夫人。

蘇齋圖并序

元豐戊午,東坡留詩張聖塗放鶴亭,張於亭下結屋名曰蘇齋,此齋名之始也,予因屬兩峰爲圖,以乾隆庚戌十二月十九日拜公生日和公詩韻。

蘇墨亭中字,何年舊觀還。憑誰林麓意,著我研屏間。晚色橫雲

① 此詩至《時帆學士山寺學詩圖》,手稿本闕如。

渚，春陰澹雪萱。蒼茫披鶴氅，浩氣滿江山。

齋扁到今同，茲辰復拜公。墨緣來浙右，《天際烏雲帖》書杭州事。集棃記淮東。顧施注本，淮東倉曹刊。竹響江墩雨，松翻石銚風。是日以《蘇墩》《石銚》二圖爲供。九霞雙鶴語，仍落谷園中。昨在江西使院亦蓄二鶴。

張蔭堂太守載書圖二首秋盦畫

海岱循聲久，滇南莅政新。所研於故紙，悉用以勤民。絃誦連村説，巾箱匝路春。如斯經術最，方是載書人。

贈我武功志，因披黃子圖。山川應汝羨，囊橐與人殊。騰欲鈔千卷，相留倒百壺。論詩齊魯故，豈獨爲王盧。漁洋有《載書圖》也，君適以盧尊水《讀杜私言》鈔本見贈。

爲兩峰題其友人薛衡夫秋林飛瀑小軸

先生珍重懷人意，袖得山椒雲氣來。我欲穿雲尋古刻，寒泉慎莫浣青苔。

夢蘇草堂歌爲馮星石少卿賦

馮公與我同所師，枕葄蘇集忘朝飢。眼穿萬古作合注，直追施宿與顧禧。八注十注不可見，五車四庫來交馳。星宿歸源海洩委，細分脈縷窮豪釐。昔人圭景測未及，親睹庭户堂與基。忽焉簾開儼公至，風駛笠展雲披披。平生下拜費想像，到此始覿真鬚眉。覺來扣我蘇齋户，會心一語匡解頤。指我齋中壁間軸，笑拈夢裏光合離。我知君夢乃非夢，是有真見非尋思。又云偕來潁濱叟，四海知己更有誰。看君眠食坐立處，合眼悉是蘇公詩。君猶謙沖不自是，潁濱亦笑爾我癡。急爲君書擘窠字，月圓電轉神光隨。視我案頭顧施注，待君訂闕還辨疑。了了真境篆香起，裊裊石銚茶煙時。明年雪後此注就，此堂此酒同一卮。草窗弟子莫漫擬，荻溪一曲歌瓊枝。明荻溪王錡號夢蘇道人。

小峰爲我摹邵瓜疇作米老海嶽庵圖裝於
研山圖卷内再用前韻二首

石圖不是誤傳聞，恰對飛來几上雲。人似溪堂兼地勝，齋如寶晉
映窗曛。便從鄂嶽摹詩帖，只少王蘇押券文。一傍菊筵栽槿樹，盡收
古木翠繽紛。

淨名卜築計年年，聊借瓜疇畫意傳。汲古幾能兼擇地，買山更許
富遺編。寶章待訪成何用，研石摩挲每慨然。多少精微須質對，籠門
煙月鳳池前。

兩峰以其令子鐵研墨梅贈鐵香屬題

鐵研鐵生皆鐵史，爲誰鐵體結同岑。鐵香今夜梅花夢，落月空山
響玉琴。去年爲題其所藏奚鐵生墨梅也。

題張古愚畫以下辛亥

借畫參禪張玉川，城南樽酒故依然。江山重覿蘇齋面，秋雁春燈
二十年。壬辰秋古愚愛予"樽酒城南秋雁飛"之句，爲作畫幀，今十九春矣。

時帆學士山寺學詩圖①

處處求詩皆不真，故就山寺離聲塵。真詩畢竟是何物，欲向圖中
問主人。請看團蒲與麈拂，梵唄入夜鐘敲晨。寂寥虛空無所住，何者
可爲詩問津。請君還向詩中覓，久厭故紙蒐其陳。詩中之法本非法，
請君仍向山寺論。昔者坡翁琴偈子，是弦是指說則紛。又聞嚴家羚
角喻，相音水月難比倫。尋常行住坐臥處，衡氣機與善者存。趺息道
根君自悟，空山雨雪初何因。每舉新城尚書語，欲與學子參知聞。拈
花一笑大迦葉，妙香透信來初春。

---

① 《董文敏山水小幅空澄深潤而後題雖真不稱也賦此卻題於予所藏楊龍友小軸上》至此
詩，手稿本闕如。

再題天冠山卷和吳全節韻①

諸峰似客振巾冠，羽服襂褷馭鳳鸞。綠字何年鑱石户，白雲終古護仙壇。艤舟竹霧來春雨，把卷松風起暮寒。圓得十賢前度夢，鉛山如畫信江干。按郁氏《續書畫題跋記》趙、袁、虞、王四家後尚有王奎、林傳、馬祖常、杜本、祝堯及吳全節詩也。

爲東河題二樵畫三首②

馮魚山。張藥房。黎趙渭川。四詩才，山石同岑豈異苔。他日蘇齋詩話裏，二禺風雨送潮來。

曾見黎生畫李髯，南硎。如何丹綠忽濃添。此中鬱勃淋漓氣，壓倒經生十萬籖。

費盡平生感遇心，二樵更比瘦樵深。憑君畫我蘇齋夢，淡到聲希是賞音。憶乙巳冬東河出都日，爲題上官瘦樵畫也，黎君與予初未嘗通問，故有結句。

近蘇齋詩爲純之作③

仲叔同讀書，家近麻源谷。萬卷出趨庭，三椽倚山木。二載忽北走，酬接牽旅懷。笑我廢學人，靦以蘇名齋。胡爲不我鄙，乃喜與我近。盛年未閱歷，過情恥聲聞。嗟予企蘇門，豪釐千里欠。端居不自覺，拈出始知僭。於爾何所得，共學心未遂。徒言隔巷居，題扁使我愧。僭與愧相俱，此非刺我歟。得借以補過，益友良不虛。風吹絃誦音，月照夜窗深。晤言懷爾弟，無寐汗洽襟。

爲兩峰題其師金冬心自寫真借蘇詩三朵花韻④

此老依然鬒未華，太虛爲室養丹砂。空山悟處非關雪，迦葉拈來豈有花。雙樹影堂開石鉢，一條柳栗袖青蛇。詩林朱草蘇齋偈，何似

---

① 此詩題位於手稿本第6303頁。
②③ 此詩題位於手稿本第6306頁。
④ 此詩題位於手稿本第6308頁。

西湖處士家。

崇效寺①

趙宋同遊記宛然，寺之靜觀堂，王覺斯書扁，後題云同觀者趙輠退、宋玉叔、孫國粄三君子也，此句借以懷坳堂、邰亭。右安門側紙坊前。重尋花事期三月，不叩經寮倏十年。古樹春陰橫畫卷，長廊午夢淡茶煙。田盤山色濃於黛，個是開堂老拙禪。時將厓踸盤山。

谷園傳經圖四首爲純之習之賦②

三年題谷園，二子質經義。從遊自南州，而畫於北地。以予之庸虛，辱爾叩深祕。澹乎堂几間，秀發江山氣。祇慚無以答，共學矢此志。相勖夙夜間，相依惓惓意。

仲子嗜易學，叔也肆三禮。三禮證三傳，六經同一軌。漢學與唐宋，疆界奚彼此。纂言非述作，河海或原委。吾意循漪瀾，漸可識涯涘。冀得同心人，與窮千聖指。二子靜深氣，大路問津始。不敢炫博綜，亦弗敢矜己。多聞而闕疑，聖迪子張子。

西秋別二子，寫作谷園圖。經義辛鄧王，詩則東鄉吳。獨爾仲與叔，戀戀極勤劬。去年爾北來，懷我役陪都。我亦山海邊，夢爾佔畢俱。即今坐蘇齋，何啻谷園如。飢渴待霈飫，晨夕營籤廚。疑辨九復貫，悟言迭和予。日邁月斯征，無忘盟言初。

羅子非畫師，昔曾貌康成。禮堂寫經後，亦繪濂洛庭。古人筵若几，此叟胸有程。以此圖谷園，能勿滋戰兢。畫我鬢未蒼，二子皆弱齡。弗言歲陰駛，誰知譽過情。鑑兹中孚誓，何減坐右銘。

送鎮堂宰絳縣四首③

幼學嚮賢聖，發慮不爲身。中間世務牽，時以證昔聞。子遊粵燕

---

① ② 　此詩題位於手稿本第6309頁。
③ 　此詩題位於手稿本第6311頁。

齊，何減歷仕勤。舟車萬里涉，經濟萬卷陳。鬱勃胸中奇，設施無由因。共几慷慨意，到今四十春。甫將真實處，發揮於臨民。

絳維晉故都，縣實東南聚。聞有車箱城，昔置公族所。深源汾澮間，新田同沃土。綿絡山川厚，想像風氣古。豈惟經傳注，可補服與杜。淵淵中丞公，識人逾趙武。但持經術往，即是隨車雨。

易有漢宋學，斷斷徒畛域。子獨觀其通，實有寸心得。閉門日靜參，夫非守淵默。必徵諸行能，集解乃無惑。吾門魯仲子，餞筵日在側。藉曰謙弗居，亦用咨是塞。此後儻成峽，慰此春燈夕。

古有亥字人，厥爲掌邑師。是蓋壽母兆，於此衍積釐。壽母喜抱孫，膝下更蕃枝。書來時報我，千里舉酒卮。此外無他祝，循聲理則宜。吾續白石考，日與單煒期。儻獲真絳帖，片紙亦購之。

隨駕往盤山道中賦贈閣峰閣學玉亭宮詹①三月四日

聯袂趨陪扈從班，隔年信宿析津灣。草痕尚記餘寒薄，柳意深招舊綠還。如畫難傳同野幄，淡交有味對青山。晨容比似恩光沐，春在澄空翠靄間。

雨②三月六日

北方三月雨，其價無與酬。點滴土生香，何減珠玉投。所以雨曰膏，自彼雲之油。司馬昔作頌，備言壤可遊。豈知醴泉義，先自爾雅蒐。至德爲之本，滋液是有由。聖皇發育功，春氣暢和柔。時吹姑洗律，式叶箕子疇。大哉潤物心，宵旰切咨籌。昨者敕大吏，勿許矜豐收。疆臣奏牘有"定卜豐年"語，詔切誡之。上巳始諏吉，田盤指星軺。京東萬山氣，翁河信所哀。積從膚寸起，釀綠崖陰幽。初於林麓背，淡白蒸蒸浮。夜來蘊潛發，一涌天四周。膩入靜無聲，未假條風颼。此即沆

---

①　此詩題位於手稿本第 6313 頁。
②　此詩題位於手稿本第 6315 頁。

瀖漿,凝滑紺不流。遥想雲罩頂,淨沐青礬頭。淋漓松石意,掩映圖畫佯。然非務飾景,實以副誠求。得甘於縠精,而爲縠事謀。竟夜迨竟日,童叟喧歌謳。至尊爲緩程,<small>以雨改由白澗,於初八日至盤山。</small>憑輿看䎹樏。歡趨到從臣,遄計霑衣裘。五更霽色啓,聯班喜氣稠。準備賀雨詩,以補釋詁紬。

<h3>盤山之陽感化寺相傳即田疇居也玉亭宫詹扆圃
檢討行帳近此賦呈索和①</h3>

二妙看山處,西峰禮白雲。上方棲舊隱,南抃記前聞。梵磬詩聲合,林香茗事分。今宵乘月訪,何減晤田君。<small>寺有乾統七年《南抃碑記》。</small>

<h3>天成寺②</h3>

兹辰亭午天無雲,頂禮御題題一覽。此是全山之正陽,諸峰秀色堆頤頷。架巖鑿石路轉平,能使欹崎化層輾。下天城即上天城,栗圃果園重復揜。天成名自天筆成,清淨身於妙因感。遥青霄闢擘兩厓,化城屹以崇墉瞰。十笏窗光納天地,一襟翠皺橫空嵌。下方凹凸叩諸有,斂入濛濛煙澹澹。左搴右拾亞高低,窅窕菌蒸翻菡萏。寺僧强設伊蒲饌,麥畦遠匝平疇毯。都入茶甌定影中,試迴圓鏡初㧖攬。石漸峻嶒松更深,轉語聊憑夜芋啖。

<h3>萬松寺③</h3>

田盤之勝以松石,而石尤借松傳神。此來未及諸寺遍,一雨潤透蒼龍鱗。幽花橫冒半峰出,春晴一以春陰論。長松亦作橫嶺勢,不知畫理何從皴。三休九折到巖腹,雙橋雙塔離根塵。藥師庵前尋舊碣,普照跌處誰與鄰。浮青歡喜相峙起,<small>浮青、歡喜,二嶺名。</small>盤陀大石争輪囷。中峰晴陽正卓午,萬嶺合匝圓相輪。一株一石具全勢,鬱盤積氣

---

① 此詩題位於手稿本第 6317 頁。
② 此詩題位於手稿本第 6321 頁。詩題下手稿本有注文"三月十二日"。
③ 此詩題位於手稿本第 6322 頁。

完吾真。鼯鼠騰跳山鳥應,濤翻急霤泉垂紳。天風蕭寥奏金石,檐鈴梵唄皆悟因。歸途山翠四吹袂,松花滾滾猶趁人。

蓮花池同閬峰三首①

山靈憐渴夢,跬步得泓然。誰識數弓地,深藏一線天。洗心同掬水,喻性漫栽蓮。偶問田疇宅,初非慧遠禪。

初識尋山路,何曾杖策遲。泉原逢衲子,門徑似村家。雨後襟如濯,峰陰景未斜。時因松吹起,流出碧桃花。

未訪金源字,山之紅龍池有大定七年石刻。因懷智朴碑。拙庵有《天池記》。定心疏即事,照影愧清池。半日茶瓜語,他年麈拂期。圓陰雙宿鳥,好在寄禪枝。

和玉亭宮詹雲罩寺②

論詩句日行帳中,目力已營華與嵩。君拈此義詩示我,盤盤頂罩雲戎戎。此間寶積昔卓錫,初以道力顏降龍。繹堂學士未濡墨,築基始自遼道宗。斜盤直上二十里,步步揖視群山容。空諸所無積諸有,噓吸翕匌青重重。漸高漸就俯一氣,雲濤萬頃來蕩胸。塞山莽莽亙千叠,兜羅色界開長空。迴看昨夕論詩處,坳堂芥子旋蟻封。泰山秋豪孰巨細,莊叟齊物奚異同。澄觀仍自不離地,僧廊未免還掎笢。歸來矮榻對趺息,靜光袖欲搴雲松。明知諸相幻無住,墨花翻作山翠濃。夜廬無風籟自響,唱喁如答金界鐘。餐氣巖頭披宿霧,窣堵波影摩青穹。君視此心默敲句,猶在挂月之半峰。澗芳擷秀歷所得,明晨馬上酬話供。春巖曉夢破書幌,時有石戶禪燈紅。

和也園舍人定光塔③

竟挽藤蘿到上頭,幾回來路俯青溝。笑予半日匆匆返,知爾穿雲

面面收。佛有定光非著相,嚴名餐氣是何由。白毫影罩香煙外,大海闊浮綠一漚。

和玉亭千相寺二首①

都來八萬偈,收盡百千燈。松下齋心久,雲頭振策能。飲泉甘自喻,鑑面皺相仍。隨著諸峰影,看成洗鉢僧。

松氣攝群動,階循無盡梯。雲垂榆塞闊,山壓薊門低。石榻搖逾靜,齋扉扣不迷。玲瓏千狀啓,元是一端倪。

宿盤山下八首②

佳辰結周廬,信宿兹山陽。晦明迭晨夕,絢翠皆殊常。緬惟田隱君,微尚托巖岡。豈知千載後,紀勝輝天章。末學慚翩羽,及偕群彦翔。仰企松石居,況忝桑梓鄉。奚啻假橡屋,於彼巒谷傍。

聞名四十年,如夢一彈指。窗户几研間,濯沿疑屢矣。去年再往來,傑閣倚城市。扁傳太白書,軒然鬒雲起。圖經實未稽,徒以山環峙。岩岩神燈光,遍照於此始。即今厓麓宿,兹緣諒有以。

朴公昔作志,實始誅茆徑。時見善者機,以喻詩情性。書疏往而復,王朱資考證。固知地靈淑,漸啓人文盛。詩是真山骨,亦復執禪柄。淡與鴻磐深,静入鯤桓定。是以旅宿間,頗復關道勝。

嘗觀蘿村圖,每憶李鐵君。指點鳶青峰,高韻想此人。十子壯燕山,實邁錢郎群。此翁來把臂,曉亭與東村。豈矜忼慨氣,實以風誼敦。何敢杜陵擬,莫漫東野云。近人峭刻評,恐是皮相論。近有以少陵、東野評李鐵君詩者。

山寒逾矜峭,意在遲杏花。山頭到山下,林際或渚涯。旁穿寺樓户,斜出松杈枒。得氣豈在遲,弗強脂粉加。近即野農居,何減仙子

---

① 此詩題位於手稿本第 6326 頁。
② 此詩題位於手稿本第 6327 頁。

家。縞衣束風吹，薄霧西日斜。飽映行帳看，長天澹綺霞。

石罅各挺松，松以石增媚。石兮卷者心，一於松焉繪。自根而達枝，鬱若初拔地。蹙縮寸節間，凜挾千丈氣。窈深與繚曲，兹理惟松寄。松之所盤旋，盤名職是謂。離離點山椒，軒軒吐山翠。

昔欲圖田盤，非爲訪巖穴。將以印詩髓，謂可探畫訣。憶昔竹窗子，意每王蒙切。斧皴天然合，實境恍如結。空濛自開合，晴晦屢明滅。超超元四家，沈蓄筆三折。臨摹訊好手，寂寥焉得説。

昔慕山閣居，居以曉翠顏。此中竟何得，去日不可扳。念之常疚心，往來緒迴環。昔人同此願，眉山繼寒山。内省卅載來，慚對千煙鬟。墨緣仍重結，青鬢倏已斑。山光淡有素，著我研屏間。

崇效寺僧來約看花不果往賦呈兩峰兼索星石參議純之習之明經兄弟和①

十年花事幾蹉跎，三月春陰冉冉過。不合拈同大迦葉，純之兄弟。只應訊向病維摩。兩峰抱微恙。拙庵畫憶前塵在，盤碙詩如破偈何。證取瓣香跌息得，夢蘇可抵谷園多。昨兩峰爲星石作《夢蘇草堂圖》，又爲純之兄弟作《谷園圖》，是以及之。

次答純之見謝詩境墨兼寄蘊山之作②

不在區區一點螺，所矜十載寸陰過。蘊山爲予造此墨，今十有五年矣。好庵故紙同心印，古壁層苔記手摩。石墨相因功似此，丹青爰變境如何。莫追往日揚州守，我對蘇潭愧已多。

題田盤小景扇頭呈閬峰玉亭③

竹筧穿處白雲扃，小簇歸來對研屏。收得百盤煙一點，依然春雨

---

① 此詩題位於手稿本第 6331 頁。
② 此詩題位於手稿本第 6332 頁。
③ 此詩題位於手稿本第 6335 頁。

薊門青。

盤山行帳以酒罌插折枝花也園舍人繪圖索句①

紅杏青松破酒罌，晚陰畫出半浮嵐。膽瓶禪榻何分別，試作青溝偈子參。青溝，智朴禪師所居也，朴有《紅杏青松圖》。

---

① 此詩題位於手稿本第 6335 頁。

復初齋詩集卷第四十二

石墨書樓集四①辛亥四月至壬子正月

寒閨吟席圖爲兩峰題②

管君貌寒閨,付其内子藏。廿載病且革,乃歸兩峰裝。兩峰初屬寫,吟者許與汪。羅家嫂若妹,共此燈燭光。兩峰室伊誰,女士天都方。一幅五名媛,許姥顏髮蒼。自號淨緑老,色香掃丹黄。所以兩峰配,妙悟托蓮房。性與荷同生,淡共梅相忘。兩峰寫梅手,煙月淚浪浪。此影接寒山,不獨照維揚。江山清淑氣,峭寒魂夢長。何處著脂粉,但有真冰霜。星河憶耿耿,歲月去堂堂。不合綴詩話,惟應禮空王。並作書畫禪,付之雛鳳郎。方氏號白蓮,其自壽詩云"我與荷花同日生"。

再題兩峰臨孫雪居仿米海嶽庵圖③

此庵小米曾作圖,二十年前老錢説。漢陽太守仿作之,自題云師米家筆。適來羅子爲我臨,臨米臨孫那分别。江天四合渾一雲,浩蕩光摇海門活。嶽不可名何有庵,岸曲洲迴莽空闊。近沙點點林木分,江山始爲庵寫真。晉唐栽種豈足道,只爲中間庵主人。蘇仲恭家幾

書券，嶽倦翁來訂舊聞。思翁亦說京口望，墨戲捲盡瀟湘雲。孫董同時想心印，蘇米齋几堪對論。墨雲正是研山影，請君默坐尋其原。

題諸君合作研山圖四首①

仲圭昔爲圖，詩者曾有幾。後來王朱輩，又憾畫難擬。今我几榻間，辨證測原委。既覿山石面，亦窮詩畫理。化工秘一宣，役使斯數子。豈吾善者機，循環叩所以。

古人取大意，象外無不收。北固一庵址，遂窮天地陬。岡巒起又伏，徑轉西南幽。憑輿時隱見，霽景誰雕蒐。淡濃與背向，似非一手侔。所以米老云，此間久神遊。

華蓋仿王蒙，茲已挈全勢。月巖則倪迂，嵌寶相節制。方壇與玉筍，大癡法咸備。梅衲作翠巒，而米龍池寄。一泓出雲海，群峰起仙吹。淋漓澒洞間，軒乎一元氣。

吾几留二旬，意戀不肯去。迴思廿載夢，喜與重晤語。羅君名父子，陳也二朱遇。可無濮陽篆，爲寫蟾蜍句。羅浮展鵬羽，蓬壺並鸞馭。指示巾箱中，是爾真形處。

馮實庵侍御種竹圖用蘇詩韻二首②

溪山掩映好林廬，如許輕陰薄暖初。稚子歡尋鞭筍處，園丁深護劚苔餘。緣坡即漸森相亞，澹月朦朧影尚疏。莫放層青遮石檻，先生虛幌要攤書。

十載清班近玉除，偶追茶夢畫禪初。故山略彴尋詩處，老圃琅玕結實餘。侍御舊號玉圃，今改號實庵。買夏論園勤長養，經春舊雨半凋疏。謂瘦同。只應添著吳船録，問訊東橋有報書。

---

① 此詩題位於手稿本第 6342 頁。
② 此詩題位於手稿本第 6344 頁。

觀碑圖爲秋盦題二首①

濟寧扈蹕去年春，寶墨衙齋似不貧。並轡恰來同志侶，述庵、閬峰。對談況是剔碑人。鐵橋。摩挲鄭范苔痕古，《鄭季宣》《范式碑》皆君所手剔者。想像曹張墨色新。州學戟門漢碑石側有曹仲經、張力臣手題字。竟夕徘徊香篆繞，空庭藻荇月如銀。

黃子別來今匝年，此情此境倩誰傳。對揮棐几人無恙，不觸屏風僕亦賢。我輩侑觴皆卷軸，個中真氣貫山川。迴環古墨揚州夢，早晚飛騰到眼前。揚州汪氏所藏唐拓武梁祠碑今爲秋庵所得，云即寄來鑒賞也。

張長史雜咏墨迹卷②

長史真迹之草書，我聞經旬不敢信。忽披古綃光怪發，江海起立雷霆震。崩崖洶洶吹飛濤，雲捲蒼藤挂千仞。麜驚虺走林木搖，快馬長鎗破行陣。收之趺息迴向觀，處處逢原深不紊。郎官石記視規圓，彥遠師傳果心印。世間狂草迹多贗，逸軌澄神技方進。所云俊拔爲之主，莊叟寓言非目論。嗚呼此迹不易逢，石田衡山恨匆匆。文衡山跋云此迹舊藏金氏，嘗與石田先生就其家借觀，竟不肯出。一筆想像十二意，藏真竟得遇魯公。顛素長安並入石，後先宋刻追藏鋒。安得四詩乞好手，碑林萬古蟠長虹。楊監之圖不可得，公孫劍舞誰爲雄。我當齋心與鉤勒，肯落一點高閑蹤。氈椎萬本日挂壁，陸家褚家楷則同。熒熒長沙玉筋篆，君謨小印壺蘆紅。卷前長沙李兆蕃篆“草聖”二大字，四詩各有“君謨壺蘆”印。

題撝石畫蘭卷③

蘇子亦有言，藝蘭那計畹。相恃在性情，空谷非偓塞。臨水或緣坡，露裛光風轉。豈區竹石畔，微寒兼薄暖。一以君子心，無間幽與遠。所以覃溪詩，來題撝石卷。君詩惟我知，畫亦於我辨。此畫十年後，

---

① 　此詩題位於手稿本第 6345 頁。
② 　此詩題位於手稿本第 6347 頁。
③ 　此詩題位於手稿本第 6349 頁。

著句未爲晚。但要臭味長，不關文辭遣。淡墨裊春雲，茶煙起香篆。

饒霽南侍講春雨課耕圖①

君畫此圖癸未秋，語我江郭營菟裘。是時隨君躡詞苑，未省君計得遂不。明年春與蔣五話，爲誦題句宜賡酬。匆匆奉使我度嶺，轉盼屈指君歸舟。隔絶山川不可見，懷新穎翠難爲收。②昨經廣昌涉盱水，屢憶前夢洄沙洲。麻源谷口春雨足，蔡經宅畔芝田抽。君家蘭玉方繼起，此圖穮蔉信有由。廿八年餘忽披卷，三千里外傳貽謀。不獨阿稽與阿段，指點某樹還某邱。我在盱江歌貢玉，二魯肇光、嗣光。材並王聘珍。吴照。儔。君家季也亦其亞，華實必準曾王歐。三農九穀祝萬寶，始於一雨雲之油。當日作圖意豈料，柳青麥浪煙初浮。季也秋深又歸去，爲我憑眺鄉園樓。盎盎山光脈脈雨，中有詩意供冥蒐。卌載同年老父執，幾人勖共蔣與劉。我詩質直弗文飾，村甿聊作田歌謳。

寄陸謹庭乞爲雙鉤弇州舊藏化度碑二首③

從君勘破茶仙夢，君以何義門臨本見寄。待我重摹玉舜吟。有陸儼山手跋。欲會吴門章仲玉，蘿薋園榻茗時心。

玉躞花陰爲我開，書樓山色滴蒼苔。墨池宿雨青如沐，卷取松根石翠來。

馮伯陽司寇畫册凡七幅司寇之子巡撫鈐所集藏也其孫津來求題二首④

一片劬勞幹濟心，幾曾得暇墨如金。偶然縑素七番剩，積到孫曾四代深。老去拈豪清徹骨，兒詩代跋淚霑襟。江山如許蒼茫思，時聽循牆傴僂箴。

---

① 此詩題位於手稿本第6352頁。
② “難”，手稿本作“誰”。
③ 此詩題位於手稿本第6354頁。“碑”，手稿本作“舊本”。
④ 此詩題位於手稿本第6354頁。

儒林循史同青史，世澤依然藝圃農。春潤波濤來舊研，夜深風雨
灑長松。誰言董派皴千疊，此即棠陰翠一笻。留得宦歸無長物，爛天
寶氣列星衝。

小峰爲予臨文衡山仙衢策杖圖於扇頭予因並臨衡山小楷詩跋於後用衡山自題韻二首①

緑章昨夜通真宰，許割茅岡半幅雲。只寫石梁苔徑好，方壺玉局
已平分。

蠅楷工夫老更勤，竟從渤海例停雲。千文以上誰高古，且莫矜言
篆八分。衡山此題在嘉靖乙卯，時年八十有六矣，是日予正手摹率更年八十五所書細楷
《千文》，故云爾。

送李亮齋知寧州②

以予前年所摹刻山谷書廬山七佛偈後識語拓軸，屬其挂於分寧祠堂也。

三年匡廬面，半榻谷園宿。不及君此行，直造修水屋。匡廬印皖
山，何減石牛谷。瀑源聲不喧，耶舍偈堪讀。時護母喪歸，一歠寒臘
粥。鶴銘書未殘，鹿皮盟實續。愧未持此意，來薦寒泉菊。往者於黔
中，寓意借明叔。見道頌重拈，真實義三復。君自黔山來，惠此分寧
牧。殘珪補玉煙，盥手寄新軸。未知古爲師，奚以厚所蓄。爲我堂几
間，敬致瓣香告。真氣感江山，風雨響梧竹。經術即循良，何區一私
淑。因之語達泉，谷園同著録。王達泉先假牧於此，故並寄之，二君皆予門人也。

杏園雅集圖歌③

明正統二年丁巳三月朔，楊士奇、楊溥、王直、王英、錢習禮、
李時勉、周述、陳循同集楊榮杏園，謝庭循作圖。

紅杏尚書宋子京，杏園閣老伊誰稱。不知雙婢夾官燭，何如九老

---

① 此詩題位於手稿本第 6351 頁。
② 此詩題位於手稿本第 6356 頁。
③ 此詩題位於手稿本第 6357 頁。

追耆英。正統之初莫春首，是時蕭艾猶未萌。盎盎烘晴好風日，靚光不與凡卉爭。多少江南春雨思，卷簾燕子呢喃聲。蘭亭次第群賢至，芸閣追陪後先輩。石欄叢翠點春衣，流水淙琤間鏘佩。琴書酒榼以次來，笑語繽紛度花氣。休沐何煩問及旬，宣德以來論故事。建安南郡偕東里，陳周兩王錢與李。主人好客客復賢，宗伯宮端兼學士。七賢濟濟盡江西，時論狀元多吉水。漸到三楊並直時，年傍七旬俱老矣。董家杏園同不同，想像近在東闤東。坐依石牀聽泉語，吟倚杏花仰看松。倚杏方憐紅纈茂，看松互比黃閣翁。栽種莫區間草木，筠心孰可侔公忠。乃知主人非好客，陳迹區區接茵席。史書那易具苦衷，花下見爾真顏色。西楊南楊論楷格，奎章何減香羅迹。苔漬生綃裁數尺，寒食東風暮煙積。流雲一桁檻外橫，香霧空濛傳不得。

題瘞鶴銘舊拓本四首①

天台筆訣妙通靈，真見浮邱相鶴經。摹作少霞西麓榜，元雲絳雪共千齡。銘首"鶴"字、"鶴壽"字今始見之。

淋漓真宰意誰知，想見江船藉葉時。側島海門風水氣，群仙仿佛駐雲旗。"江陰"二字正在石仄處。

米公不說王陶顧，別有軒軒萬古懷。一友一僧凝佇久，白雲海涌淨名齋。米老題云"仲宣、法芝、米芾元祐辛未孟夏觀山樵書"。

虛舟拓本自松圓，多少來遊客未傳。我借墨緣題化度，更知片石是天然。曩聞王虛舟從蔣松圓得此十六字，今始見之，米蓋仿銘書而不逮遠矣，益知序下三行出宋人補刻之說無稽也，予昔常題此段於所藏《化度》蔣本後云。

題漁洋手評邊仲子詩草四首②

今雨瑤華孰比倫，山齋睡足是天真。老翁七十拈毫禿，不愧尚書

---

① 此詩題位於手稿本第 6359 頁。
② 此詩題位於手稿本第 6360 頁。

郲下人。

濟南司寇接司農，神韻誰尋格調蹤。只有沾衣疏雨句，依然鵲華
對青峰。原句"疏雨忽沾衣"，漁洋改"林"字。

永興戈法略相齊，斑管湘東阮與稽。我記匡廬真面識，天風石瀨
響山溪。二十年前予於廬山東林重刻漁洋追懷束皙詩，並和其韻，至今尚在僧壁也，此迹
内有束皙手評，故云爾。

感舊如登白雪樓，石溪誰記對南洲。重來禪榻芭蕉雨，筠圃梧門
寫素秋。筠圃所藏，予與梧門邀兩峰、季遊同觀。

題梧門詩龕①

聞君禪悦寫茅庵，莫認詩家共一龕。我爲拈來彌勒偈，薛書參透
褚河南。近數日頗因薛少保真書悟褚法也。

合浦李生收得大名成氏舊藏醴泉銘屬題②有王文蓀鵬沖印

宋紙未糢糊，珍如付善奴。芒寒開月匠，瀅液出星觚。豈謂燕南
篋，翻隨粤海珠。摩挲憐小印，河北老金吾。

王小樓選得平樂知府而孔雩谷得平樂縣陳廓
亭得平樂府之恭城縣賦此爲餞③

誰言荔浦隔天涯，同向蘇齋話月斜。驛使未傳詩句到，灕江先作
畫圖誇。墨雲滌研成三友，廉吏清風共一家。圓得小樓居士夢，篋中
真意在梅花。雩谷善墨梅，而小樓篋攜其先殿撰樓村先生《十三本梅花書屋圖卷》也。

沈心齋閣學愛蓮圖爲兼山侍讀題④

竹溪先生圖愛蓮，卅載望重蓬瀛仙。圖成諸公發高唱，又在圖後

---

① 　此詩題位於手稿本第 6361 頁。
②③ 　此詩題位於手稿本第 6362 頁。
④ 　此詩題位於手稿本第 6364 頁。

之十年。時從詹事擢綸閣，仍宿舊衙槐竹邊。誰摹槐陰烈風雪，本自
苕雪澄漪漣。亭亭紅雲寫玉鏡，晚涼極浦吹田田。淡然空明寓心迹，
非香非色非畫禪。此愛超諸嗜好外，道眼收盡池光圓。中通外直即
忠孝，蘭階世世芬芳傳。貽厥孫謀永燕譽，君子之澤彌拳拳。昔偕公
孫廬皋咏，記與濂溪同夙緣。詹事廳深緬信宿，一枝舊陰猶堂筵。保
安寺旁公舊寓，賤子亦托棲半橡。開卷清風凛前哲，師承況感吳與
錢。夢繞蒲蓮三十里，月明正放吳興船。卷中題者青陽吳文簡，先君子之師，
嘉興錢文端，方綱所從受學也。

奉使視學山東道中述懷三首①

西江歸二載，晨夕過自攻。省私與恕物，交惕於寸衷。矧茲禮教
鄉，洙泗邑儒風。六經稽本原，審是孰異同。易田詩申轅，三傳四禮
通。孔壁綜百家，禮堂寫司農。焉得期樸學，辨惑專所從。於隰切每
懷，岱雲詹大東。

去春遊宮牆，始聽金絲竹。竊從西廡獻，仰窺聖時肅。五更星月
下，蕭光徹芸馥。煌煌尊彝氣，森照萬卷軸。自憐久廢學，已愧齋信
宿。茲來奚執役，掃除給井瀆。史晨韓敕碑，汗顏再三讀。劣容濟上
石，題字曹張續。謂曹明仲、張力臣也。

吾里黃詹事，執經司寇堂。先人昔所師，幼聞說漁洋。詹事來視
學，秘啓池北藏。賤子敢自私，竊附此瓣香。夫于萬古心，蠹尾廿載
望。誰來任天社，勿執嚴滄浪。敬持載書圖，問業弟子行。大海響濤
音，耿耿然燈光。篋中適攜《漁洋載書圖》真迹也，《然燈紀聞》，何文簡公撰。

趙北口②

復憶長堤策騎還，蒼茫詩思水雲間。雪來柳往年年夢，趙北燕南
九九灣。夾岸樹疑青鶺轉，曬罾人似白鷗閑。幾時灘漵浮家住，略借

---

① 此詩題位於手稿本第 6367 頁。
② 此詩題位於手稿本第 6368 頁。

修林補遠山。

瑤圃中丞邀同泛舟珍珠泉①

茶甌禪榻即煙篷，搖入杯深蠟炬紅。月似珠圓千影共，心如水澹兩人同。笙歌烘托銀雲外，欄檻交迴玉鏡中。收得鵲山湖渚翠，蘭襟渾不著霜風。

五客話舊圖②

康熙壬戌七月，王阮亭、陳午亭、徐健庵、王幼華、汪蛟門集城南山莊，
禹慎齋作圖，蛟門爲記，卷藏澤州陳氏。

百年文獻此五客，誰言偶話城南陌。尚遲去聲。歸裝三十年，耕煙老子圖山宅。午亭何減午橋莊，江東渭北共嵩陽。五君咏續顏光祿，一卷詩品王漁洋。十二研齋老居士，早歲新城稱弟子。廿秋師友離合蹤，感嘆再三同拊几。對榻松陰蕉與梧，抗論今昔誰吾徒。郘陽黃門半攲腳，心數閣老兩尚書。澤州陳與崑山徐，詩格新城相埒乎。嘗怪黃湄嗜頗殊，近來金農論何如。查田亦及午亭席，區區同異奚取諸。今得此卷笑以唶，石檻秋空澹餘靄。江雲關樹神交會，季角幼華氣雄邁。陳公搦管徐撚鬚，各有漁洋目光在。我篋漁洋詩畫禪，等是鴻臚妙手傳。曾將蠶尾千光相，照出蛟門三好前。鹿原細楷王陳錄，同向江山叩尊宿。放翁團扇著梅花，虎頭小影摹金粟。懷鉛來續池北談，名士高軒問濟南。還憑百尺梧桐夢，亭子新題小石帆。漁洋有石帆亭，故汪蛟門以石帆自號，而予昨於濟南使院自題其書舍曰小石帆也。

登 岱③

十一月十一日大風，極寒，止及山半，賦此。

山椒日日雲而風，衙齋日在雲氣中。茲辰乘風撥雲氣，忽倚靸靸

---

① 此詩題位於手稿本第 6370 頁。
② 此詩題位於手稿本第 6371 頁。
③ 此詩題位於手稿本第 6373 頁。

騰虛空。盤盤磴道接天表，卻借林寺穿青紅。兩厓疊壁削磊磊，千條大壑環淙淙。輿丁旋轉移我目，凹凸向背迷西東。斜陽平注展萬里，石膚不受苺苔封。完完碧落始青色，縷縷紺滑撐層穹。天門根闓訣蕩蕩，巨石星斗光熊熊。俯視雲氣在地底，半捲大海洪濤衝。蕩搖齊州煙九點，呼吸帝座垣中宮。杜陵珠厓著毫髮，何止齊魯青蕩胸。太白意擬上古字，劉跂篆譜同非同。石坊大書題聖迹，孔顏登眺誰窺蹤。六經光照旦復旦，一氣萬古開鴻濛。天根覼縷極惝恍，榑桑日觀升曈矓。始知絕頂無異境，處處上界勾陳通。我來景行嘆仰止，已快衣袖凌千峰。壺天閣下一長嘯，濕雲飛起僧樓鐘。

岱廟古柏歌①

是日岱雲濃似墨，萬壑飛濤來古色。行人先即祠下拜，森憟嵐光動心魄。殿前古柏何年植，恥與秦松論骨格。元封更溯建元前，神秀早鍾神嶽側。丸丸崒嵂千尋上，左紐霜皮萬鈞力。巖巖所詹袞所對，悉此參天氣充塞。於惟青帝持化權，育物功崇東嶽伯。飭爾天閽司擁衞，胥使百神來受職。熊熊蔥翠作羽葆，傱傱靈風相拱翼。全身柯葉一氣中，收盡空蒼萬峰石。俄頃長林振蕭摵，萬籟鳴球爭戛擊。之而作力軒騰擲，鱗簸橫空交霹靂。試借雲勢蟠蛟黑，來寫神霄化龍迹。雷雨倒垂海水滴，頃復曦輪涌金碧。混茫真宰耿元精，澒洞淋漓傳不得。

秋盦得武進唐氏舊藏漢武梁祠堂畫像舊拓冊子寄求賦詩②

渴懷此冊十五秋，羅兩峰。江秋史。日日談揚州。先在揚州汪氏。任城萬古光怪發，黃子獲此信有由。我作重營武闕記，四十四幅珍琳球。趙湖州本不可見，今已遠傲洪與婁。不圖如斯舊紙墨，神光直與元氣侔。甫十四版石理涀，歷幾萬載倉精留。蜀帖右軍勞想像，楚宮

屈子馳冥蒐。孰如朱查諸老輩,來共矗阮經籤抽。眉山史家著隸格,定庵衞博嘗諮求。張尚書本武陽本,依稀尚有寒具油。此冊裝潢無乃是,黃子剔石功應酬。氈蠟誰知在何代,作繪恐是元嘉不。此像不著歲月,趙氏《金石錄》云:"武梁碑,元嘉元年立。"石經未立前一紀,殘珪斷璧如圖疇。宛然庭幃與軫蓋,不特彝鼎追商周。多少題觀再三嘆,賤子夙得摹雙鉤。晴窗不敢以手拭,蒼茫咫尺來星旒。但橅橫斜小隸勢,已眩萬丈珠光投。郵詩羅江兼語桂,未谷。眼福賀我石墨樓。

贈實齋①

韓門蘭雪侶,不得共函開。獨爾仙壇客,胸蟠古篆來。林深舞雩咏,泉響暴書臺。一片龔邱石,同岑洗綠苔。實齋昨辨李陽冰書《庾公碑》搯字同勒名於石後。

十二月十九日過長清縣訪得元祐二年東坡撰書真相院舍利塔銘並手札二通石刻仍用藥玉船韻寄述庵星石兩峰諸君今日作坡公生日也②

圓通飛蓋夢,夜話豈我欺。妙含三舍利,不用銅玉瓷。墨花自瀾翻,大海接渺瀰。奇哉二札草,一掃諸文辭。回首石塔寺,儻逢慧照師。公守文登時事。相輪十三成,一銘以貫之。故來寶蘇室,補此像讚奇。寄語筍脯會,聊當玉帶施。海月照正高,滑盞勸莫遲。更摹笠屐軸,仍煩李伯時。

題高且園三陽圖限羊字③

指頭三昧裏,妙術發春陽。鐵嶺先生筆,金華道士糧。長林吹犖确,白石鬱蒼茫。古篆橫斜勢,天然大吉羊。漢器物銘以羊爲祥。

小石帆亭稿上壬子正月

濟南使院廳事後軒片石植焉,竊取私淑漁洋之義題此於楣,因以

---

① 此詩題位於手稿本第 6380 頁。
② 此詩題位於手稿本第 6383 頁。
③ 此詩題位於手稿本第 6385 頁。

名其詩卷。

蘇米像詩①

新羅山人寫蘇米相易作書事,江滋伯藩使所贈。

蘇米二公相易書,平時所作皆不如,和陶詩罷還朝初。恒河鑑面
故不矑,天臨殿銘墨汁濡,押名樣始兩已殊。元章名作芾,在此前一歲。拍
手對案軒眉鬚,長筵擘箋衫袖烏,一滴百斝紅真珠。雍邱已到中年
外,況復端明客江介。文字山川發光怪,丙辛天地中央配。九日黃樓
漫高會,此中精微出三昧。風雨橫江寫豪快,目光萬古渺一芥。二老
披襟笑顏在,雪然九霞空洞開。新宮銘處雲輧來,滄江虹月貫浮簰。
北面端明得追陪,金山題名何讓哉。即此絹素同岑懷,晼香居士豈吾
儕。維摩方丈著辨才,軸之香篆蘇米齋。

雨窗榷使秋林待鶴圖三首②

春雨即秋林,山房證道心。春雨山房,榷使齋名。揆之千里應,和以九
皋音。長嘯森來會,中孚合在陰。請君拈舊夢,松石本同岑。

磊落蒼茫氣,詩懷北地同。自然調玉律,元不借金風。宿約從芝
圃,尋盟到岱東。月明來召侶,真籟響長空。

我昨題雙鶴,前歲在江西使院蓄二鶴,嘗以名齋。今逢歷下亭。神交非
貌繪,真逸爲誰銘。薛稷千年迹,浮邱一卷經。摩挲禪榻眼,澹對鵲
峰青。

題周山茨千巖競秀萬壑爭流小照四首③

九峰三泖家園近,萬壑千巖想像間。已借巾箱貯空翠,更憑詩筆
敵江山。

---

① 此詩題位於手稿本第 6387 頁。
② 此詩題位於手稿本第 6388 頁。
③ 此詩題位於手稿本第 6389 頁。

水流不競意無爭，如此閑雲古性情。只合吾齋蘇米配，三真六草鬪崢嶸。

常愛耕煙衆緑皴，道生拂素極嶙峋。龍門若準倪迂例，應爲長康著此人。王石谷、惲道生皆有《千巖競秀圖》。

詞館前頭漸少人，坐來念念失塵塵。不知八萬四千偈，十笏如何對寫真。

沈石田雪夜聯句圖卷①

弘治己酉仲冬楊君謙同趙立夫諸君過訪石田，夜集聯句，君謙書。

松籌歸後又三年，憶否春官未上前。珍重臨川書一卷，有人雪洹夜停船。吳草廬《儀禮逸經傳》舊寫本在君謙家，程篁墩艤舟數日始訪得之，在成化甲辰春也。

王漁洋先生妙高臺題壁圖②

揚州司理庚子冬，頎然氣吐如玉虹。十三樓下著不得，大江目送南飛鴻。蓬萊弱水三萬里，坡仙寄意同非同。了元禪機翻不盡，衲裙玉帶誰箭鋒。先生徒見赤城子，飛輪激水乘罡風。比邱德雲即此是，持鉢乞食緣何從。海門洪濤蕩襟袖，石壁倒影蟠蛟龍。塔鈴摩空語相答，待爾千歲方雙瞳。一代人才自孤照，三生那必追元豐。廣陵張生未參悟，江南韓相奚執蹤。我來拜像爇香瓣，坡公依舊偕元公。先生有神領此意，海山萬劫青濛濛。江磯然犀夜把炬，仍落池北團蒲中。七十二泉墨花涌，石帆飛起金山鐘。

漁洋先生上苑春歸圖二首③揚州張霮畫

先生雅奏盈天地，我近求之鵲華間。千古秋光在堤柳，至今神韻著湖灣。帽簷曉露霑宮樹，袍袖花風響珮環。畢竟邗江年少客，後來

---

① ②　此詩題位於手稿本第 6390 頁。
③　此詩題位於手稿本第 6391 頁。

名壓列仙班。

　　當代詩家第一人，里門譽已冠儒紳。錦袍江上同蕭灑，①飯顆山頭太苦辛。紅杏枝柯乍攀折，緑楊城郭照精神。誰從蠶尾夫於集，迴憶蘆溝己亥春。

---

① “蕭灑”，手稿本作“瀟灑”。

復初齋詩集卷第四十三

小石帆亭稿上壬子二月至六月

小石帆亭二詩①

昔聞迦葉拈，風動袈裟角。心飛鷊尾樹，那借雲門覺。吳生發深省，朱老共商推。此間微眇言，淵哉謝雕斫。我嘗夢見之，宛立石之卓。大音乃希聲，良工不示璞。一聲湖上鐘，蒸動珠泉趵。企彼再成英，即此一簀學。

石丈雖借米，石芝仍夢蘇。半舫濯纓間，聊取坳芥如。亭外橋曰濯纓，其西齋曰坳芥。詩髓既證王，經義兼補朱。想像禮堂寫，得正蔡隷無。張逸趙商輩，儵許希勤劬。實齋訂二戴，未谷研六書。小而辨於物，安用侈廣居。窗光量分陰，水雲飛鵲湖。

明湖歷下亭②

到官三月愧來遲，日對樓窗照綠漪。海右亭推名士目，杜陵詩後更誰師。揚州秋柳傳司理，寒食東風憶裕之。神韻空濛爭覓得，鵲山拈出上春時。

---

① 此詩題位於手稿本第 6392 頁。
② 此詩題位於手稿本第 6395 頁。

王蓀畫二首①麓臺女孫

婁東閨閣一峰傳，十指金剛法杵禪。何況冰清家學在，②甌香有女繼南田。

濛濛何處點鬖頭，卷幔山光澹不收。若使金鍼能度世，買絲真個繡廉州。

石芝山房二詩③

片石鐫石芝，因以題屋扁。石既具芝形，屋乃於石辨。此芝秀可餐，此石英可搴。何嘗在西江，堂記名寶善。神清嫏嬛洞，氣攝太行跰。豈無飯青精，及此晨露泫。了然非夢中，拍手笑丹篆。借問玉局翁，偈語如何轉。

石帆補經義，石芝校試文。從來華實并，詎以本末分。此邦士所弊，邇日狃習聞。懲彼速化見，視我切琢勤。欲寫鄭公像，禮堂勘典墳。欲叩申轅師，池北瓣香焄。湖光繢新綠，珠泉深藻芹。即看一卷地，蒸出五色雲。

光嶽樓④

日觀天門接鬱蒼，層檐拱翼壯東昌。地靈恰以樓居要，天筆真於嶽有光。呼吸八窗通瑞靄，迴環萬象出文章。憑高盡攬青淄秀，九點齊煙一氣旁。

次韻酬蘭雪見寄四首⑤并序

予於西江得經義最深者，萬載辛敬堂、南城王實齋、新城魯習之三子其尤也，而東鄉吳蘭雪以詩才矯出相角起，既屢見前詩矣。今予視學山左，而實齋負笈來遊，時敬堂家居，習之隨父任，蘭雪北之京

---

① 此詩題位於手稿本第 6395 頁。
② “何況”，手稿本作“何減”。
③ 此詩題位於手稿本第 6397 頁。
④⑤　此詩題位於手稿本第 6398 頁。

師,惟實齋與予日相切劇,訂補秀水朱氏《經義考》,若將以傲彼三子
者。而習之兄純之精研《易》義,以去歲仲冬殁於井陘道中,予聞之爲神
傷者旬日,適得蘭雪來詩,深思遠韻,有以發我,因於聊城道中盡和其
韻,以吐此旬日來胸中抑塞之氣。嗟乎! 何可傲也,伊可懷也,雲龍喻
友生,風雨思君子,故於首章兼寄兩峰,申吾蘭雪《石溪探梅圖》之約,後
二章者則抒我懷思歸於交勉之義,他日當並使習之、敬堂和焉。

石溪梅信隔年催,好趁春風冀北來。旅夢直教因我續,苑花全合
爲君開。想逢羅子深傾愫,正憶蘇齋對舉杯。寫得詩家高格出,玉淵
珠海棹船迴。

洞天一宿話深長,重借南豐托瓣香。舊雨幾人酬昔抱,新詩千里
説同堂。微言待質宵方半,嚶語初期日載陽。徙倚嶽雲橫翠裏,爲誰
高閣佇蒼茫。

昨日巽齋書,冬仲發汾并。苦言淚湾湾,如訴千載盟。仲也垂絶
語,述之爲吞聲。尚記病臥中,考訂壺罍觥。純之去秋作《釋壺》一篇。此
人竟如此,隨侍迫嚴程。深悔出山誤,誰和壎吹鏗。忍記谷園卷,秋
聽雙鶴鳴。吾方弔魯賢,謂孔撝約。戴禮期殺青。儻覬托不朽,斯文鑑
精誠。遺孤見頭角,勖之以令名。昨試曲阜童子,拔取第一卷乃撝約子昭虔,年
十七矣,亦能不墜家學,故及此以致期望於純之幼子也。

小石帆亭補經義,日同實齋懷習之。漁洋蓮洋拈笑時,此意但許
知者知。濛濛新陽坐千息,急與實齋觀定力。泰山膚寸合匡廬,春雨
夜來蒸石墨。

得漁洋先生題華泉集詩手稿即次元韻二首①

邊公集,濟南亂,板燼,予家藏本亦不存,今來都門始購得,喜賦"何李登壇日,
司徒有大名。淵源開歷下,詞賦盛陪京。四傑誰前後,先民見法程。
艱難遺籍在,十載未銷兵",轅里後學王某書於慈仁寺,戊戌季夏。

稱詩轅固里,何李記齊名。後學能知定,諸家孰與京。非徒敬桑

① 此詩題位於手稿本第6403頁。

梓，直擬叩師程。五字真無敵，神光用短兵。_{華泉長於絕句。}

　　昨摹邊習跋，_{去年見先生題邊仲子詩草，曾摹其迹裝爲册。}詎以法書名。此正當通籍，初來客上京。僧房對花雨，松下共汪程。_{先生是時寓慈仁寺，與汪荅文、程可則唱酬。}想見逌然嘯，軒軒阮步兵。

城武縣學有虞書孔子廟堂碑又有漢竹邑侯相張壽碑金王庭筠四詩碑宋張即之書息心銘一縣學中具漢唐宋金四代名迹方綱按試曹郡既爲題跋並賦四詩示學官弟子①

　　李書直溯議郎前，彝器曾陳柏寢年。闕里任城相接近，延熹永壽更誰先。靈光魯殿森筵几，皇極箕疇飫誦絃。籥鼓壁經重際會，侁侁舞咏日中天。

　　城武何年析定陶，崇仁筆尚涌飛濤。會稽内史傳銀印，東序天球並赤刀。泗水卻迴川嶽抱，華雲西射日星高。光芒黨卜延津合，買石商量充與曹。

　　古銘簡質石殘餘，洪釋何曾假蔡書。想像東光揚扢日，追惟張老美歌初。承師經義應堪補，博物詩箋定不如。只合獻邊同臼樣，鄱陽澇喜重踟蹰。

　　宋四家餘格力迴，論書論世孰兼該。襄陽不減河南派，淳祐何如大定才。濟上博州皆古篆，樗軒越邸爲誰開。獨懷冠氏遺山迹，每佇靈巖日溯洄。_{金時最重張樗寮書，此銘在黃華卒後四十年矣，故序王書於張碑前。}

冉子祠十二韻②_{菏澤縣東十八里}

　　訪古曹南郡，於沂發軔時。恭聞臨野店，秩饗有專祠。拾級門牆側，三楹咫尺思。上公瞻棟宇，南面儼威儀。道脈承東魯，遺封記下

---

① 此詩題位於手稿本第 6404 頁。
② 此詩題位於手稿本第 6406 頁。

邶。子桑雖切問，馯臂漫傳疑。敬本該居簡，科仍邁説辭。往時稱合
祀，近歲有豐碑。康熙丙午重修碑云昔與伯牛子合祀。支庶趨籩豆，烝嘗肅里
師。薛邦風是式，季子配攸宜。柳色沿村淡，茶香繞舍遲。地名茶堌。
人文如啓秀，再拜仰延釐。

次答伯扶兼寄宛白有懷億孫①

暮雲如畫記前盟，珍重迴廊酒再行。單父臺仍留息壤，洛陽花要
訂平生。時與伯扶約撰《曹州牡丹譜》。桃蹊雨綻新陰合，杏苑春催好鳥聲。
江左故人今夕夢，東風軟語颭心旌。

曾廟二十韻②

嘉祥嚴翠合，宗聖閟新宮。至德躋前古，斯文表大東。於惟純孝
則，實以聖經融。壹是身爲本，交推恕與忠。武城先衍澤，郕國緬遺
風。十八篇誰考，三千士最崇。鄉兼齊楚晉，爵啓伯侯公。執喻同堂
問，當時一貫衷。後賢紛彙輯，諸子闢蘊叢。揆厥心源肇，先於內則
功。篇章推次第，綱目極深洪。立事天圓説，公明樂正同。漢儒援二
戴，大學遂旁通。遺事明堂記，周官別錄充。文還賅祭義，《祭義》中段亦
曾子原書也。簡豈墜淹中。何以尋條理，因之括始終。敬思詳所補，仰
藉牖其蒙。庠塾慚章句，咿唔切學僮。循牆滋凜凜，仰止惕忡忡。不
獨漕司石，前春感斫礱。庚戌二月方綱有《曾廟碑跋》。

未至濟寧二十里秋盦具小舟來迎同飯舟中賦贈③

河亭握手記前緣，高館張燈倏兩年。未必還丹勝痛飲，且將飽食
當參禪。雍邱對案初非約，單父狂歌竊自憐。秋史晉齋皆索處，不曾
虹月共溪船。

南　池①

我懷申后孫,每繹齊魯故。未得於兹土,瞻拜培與固。昨者兊南樓,高臺曠遐晤。開元一詩老,古意初有賦。大海奮鵬鯨,中天響韶護。遂令萬萬古,無敢躡其步。濟城瞰河渠,星潢渺東注。浩浩迴長瀾,砥柱義誰溯。池環屋三楹,篆爇香一炷。豈知昔趨庭,時來暫遊寓。偶於許簿筵,聊咏秋蟬句。水光綠皺中,長留若人住。海岱接淮徐,青天撥雲霧。不比瀼東西,江峽蓄餘怒。淵乎禮樂鄉,歌誦想風度。我來薦蘋藻,叩户升堂阼。一寸忠孝心,千秋風雅路。試語後學人,操持竟焉務。奚謂細論文,角弓尋嘉樹。咫尺浣筆泉,問楫如何渡。

太白酒樓②

飲酒必攬勝,萬景借酒收。未知洛陽董,何取津橋頭。太白本仙才,奇氣隘九州。肝腸出錦繡,嘯傲凌王侯。一以酒發之,江山相獻酬。浩乎天地間,大海釀一漚。元龍百尺上,孫楚想同遊。蒼茫視萬古,來者能繼不。江河流日夜,此意托悠悠。竟莫覓詩髓,而但執酒籌。多少尋詩者,錨頭醉死休。以此學太白,何異劍鋣舟。匡山有書堂,采石亦有樓。不聞以酒名,自足窮冥蒐。我願論詩客,莫漫澆窮愁。只合讓此老,軒軒獨千秋。手種碧桃枝,氣接崑崙陬。天縱一酒人,拔出於凡儔。公聞應大笑,靈音下島洲。酒星飛上天,夜夜光芒留。

太白浣筆泉③

太白浣筆時,已非今日水。今我浣筆來,又非當時李。此泉豈異觀,泠然一泓耳。人自生分別,泉寧識所以。吾觀太白才,未易升斗擬。當其濡墨時,雲霞生十指。寸管力萬鈞,海涌群峰峙。測之涓者

---

① 此詩題位於手稿本第 6409 頁。
② 此詩題位於手稿本第 6410 頁。
③ 此詩題位於手稿本第 6411 頁。

流,僅此尺與咫。恐有星宿光,直徹虛無底。融結復上蒸,墨花交筆髓。千載凝不散,至今猶未已。後來李泂輩,山東説才子。峨嵋天半雪,格調徒爲爾。近日托仙才,中條有狂士。亦及石帆亭,得聞屭提旨。未知迦葉拈,勺水喻奚似。今古文字香,須人爲料理。太白筆何在,即此泉水是。長嘯扣石欄,此才當出矣。水風吹衣急,一片溪雲起。

嶧山二首①

九度來過計一登,城隅曉夢憶層層。江南領略群山意,淨洗鉛華愧未能。往時皆以衡文南省過此。

棗木重鐫太放紛,誰摹削立紫霞雯。今晨識得天然篆,元氣蒸空半是雲。

三月九日雨阻卜莊與實齋商訂經義考適得伯求編修受禹孝廉手書二子別來皆七年矣賦此卻寄②

人對麻源説洞天,東風布穀夢山田。同岑寫舊來千里,二子懷余各七年。冉冉晚雲昏似墨,濛濛春雨綠如煙。滮溪不見徐郎札,目到南村老樹邊。

載園歸粵後寓書魚山以所得長垣王文蓀舊藏本宋拓醴泉銘見贈仍用前韻③

庾嶺梅花笑,書來倩雁奴。直同人萬里,對賞酒千瓠。渤海連城璧,長垣照乘珠。蒼然堅栗氣,吾亦見真吾。

予得邕禪師塔銘宋本十二年而今始得醴泉銘宋本喜賦仍用劉後村韻④

泉銘隸法亦肩行,繭紙蘭亭賴未亡。比並篋中真化度,肯虛十載

---

① 此詩題位於手稿本第6412頁。
②③ 此詩題位於手稿本第6414頁。
④ 此詩題位於手稿本第6415頁。"宋本十二年",手稿本作"古本十二年"。

後村忙。

普照寺觀集柳碑二首①

大雅懷仁應悵然，後來南嶽篆參禪。誰知斂手元和脚，一筆挽迴三百年。<small>是碑在柳諫議後三百年矣。</small>

空堂破壁撼鐘音，爭遣龍蛇勢鬱森。欲借朱繇摹道子，料量得法執雄深。

沂州城東道中二首②

晨光渡沂水，沙尾對柴門。紅亞桃遮屋，青迴柳擁村。鳥喧新雨氣，人聚遠煙痕。旅店無畦徑，斜依老樹根。

舞咏風雩意，千秋畫不傳。二旬磨墨地，三月養花天。内史琅邪宅，清明上巳連。鵲山元老子，漫説泰和年。

超然臺六首③

哲人於燕處，久已落驕榮。掬水心何擇，憑高澹不盈。潁濱觀妙徼，潞國爛勳名。一以虛襟貯，曾誰較重輕。

拜像高臺上，山城繞鬱盤。文章橫物表，星斗接芒寒。吐納全齊勢，縈迴一氣看。浩乎塞天地，只在此層欄。

幾年重勒記，尚是仿坡書。宴罷同遊日，公餘落筆初。蛟龍纏岌嶪，雷電繞階除。一字蕭家買，多慚少室如。<small>坡公所書扁前數年尚有一“超”字殘石，今竟覓不得。</small>

廿載江船夢，郏淇綠一涯。相從測南海，有句和西齋。樽酒餘酣在，雲煙出曠懷。禹功明叔輩，仿佛記吾儕。

---

① 此詩題位於手稿本第 6416 頁。詩題下手稿本有注文“三月廿四日”。
② 此詩題位於手稿本第 6417 頁。詩題下手稿本有注文“廿五日”。
③ 此詩題位於手稿本第 6418 頁。

馬耳來襟帶,常山作畫屏。所邀峰對榻,皆似客忘形。月印雩泉面,雲深禱雨銘。斜暉金碧意,兹夕爲誰青。

膠西舊友字,仍戀廣文貧。坡題隸書石刻今在明倫堂前,故用公詩"先生依舊廣文貧"之句。想昔依齋壁,於臺孰主賓。餘波及分隸,大海照精神。稽首憐蕪廢,觀瀾儻問津。

北海書院詩示諸生①

二旬東萊郡,師説仰高密。及兹題講舍,始爲學子述。昔易始商瞿,書賴伏生出。言詩齊魯間,申與轅交秩。顔嚴春秋師,禮則高堂質。此邦聖人徒,諸經遞疏櫛。於漢之東京,匡整諸遺佚。一身數經兼,孰與鄭公匹。鄉校祀瞽宗,几筵凛堂室。昨經高密城,唐碑切歆芯。三復邢州文,惜闕思貞筆。篋中有遺像,精神追勿失。桂君藏一紀,羅子營十日。幅巾若深衣,下筆稽之悉。司農深於禮,浚儀殫時術。温偉緬燕居,容度皆中律。所以堂名禮,心殷寫經帙。必將多折衷,胥審於畫一。適來發斯義,驗爾呻佔畢。凡此拳拳心,若苗望挃挃。庶來函席間,田瓊與張逸。斯堂摹斯石,趨者宜戰慄。大海匯淵津,摳衣氣充實。瓣香各慎思,競兢願難必。

蠡勺亭觀海②

奇哉碧環喻蘇子,今午憑欄正如此。銀河倒暈半彎虹,一碧蒸空三萬里。茫茫元氣收不盡,誰從太始觀無始。潀洞淋漓盎盎中,攝虛入有窮其似。吸翠拖藍非一色,冥濛中有迴瀾紫。參差淡白定影間,萬斛檣帆一點耳。三山卻在杳茫外,東際榑桑約可指。芙蓉一島摩雲日,界會重洋分表裏。三椽亭子四無壁,貯以虛襟延素几。百年前想客來遊,琅邪兄弟摩詩壘。一卷濤音濯冰雪,萬籟成連張緑綺。黄門家園今何處,窟室畫松推妙理。我來詩派溯漁洋,印涉問津誰得

---

① 此詩題位於手稿本第 6427 頁。
② 此詩題位於手稿本第 6428 頁。

髓。親到先生遊目處，欲叩如何是觀止。亭檐大字試重寫，磨墨斗量
滄海水。依然石几天風來，萬壑松聲怒濤起。

高南阜畫石①癸亥秋左筆

遂昌左筆尚嫌肥，月落西亭石篆飛。我學東坡袖東海，借君拾得
一卷歸。

蓬萊閣觀日出②

衙齋旬日聽夜潮，五更曉色催行軺。因跋蘇詩訪蘇石，石栿陛上
凌星杓。閣旁摳衣拜公像，騎鯨碧眼風神飄。盡寫公詩盡厓壁，不許
衆刻來喧囂。如此靈音叩真宰，大圓鏡面連澄霄。始宜此地看出日，
大東百瀆爭來朝。輪囷卿雲抱若木，羲和弭節齊彎鑣。將升未升暗
摩蕩，百寶沐浴海水燒。須臾一線界萬里，紫磨金餅光動搖。四邊繞
作彩縷護，漸高擁到重霞標。遂乘始青就碧宇，直捲海氣於空寥。重
洋帖平風不皺，萬象環向皆光昭。徐依海面測近遠，極島不礙煙帆
超。中央坦熨爛金碧，西北直去青迢迢。砂浮二竹儼畫幅，煙橫九點
堆生綃。瀛壺方壺正咫尺，暘谷昧谷非迢遥。憶從鶴峰訪蘇迹，羅浮
半夜叩鐵橋。大瀛東北亘三面，石磯廿載窮招邀。今晨彈渦采奇石，
盆山日長菖蒲苗。袖中東海豈杯勺，九光十色蒸玉璊。歸來復作蘇
齋供，山卿少霞孰與饒。從公默證吸詩髓，香燈一炷添寒宵。

發登州二首③

水匯天東北，山盤地最高。禹功饒積壤，魯宅控神皋。衍沃覘遺
俗，絃歌選譽髦。此來何補益，日坐聽吹濤。

榻對蓬萊閣，齋題小石帆。使院亦有片石當軒，故仍以小石帆題扁。漁洋
詩未到，洪适夢仍緘。海市碑重跋，濤音集發凡。萬峰低度馬，亞祿

---

①　此詩題位於手稿本第 6434 頁。
②　此詩題位於手稿本第 6434 頁。詩題下手稿本有注文“閏四月十三日”。
③　此詩題位於手稿本第 6437 頁。詩題下手稿本有注文“十四日”。

字誰劚。萊子諸山悉在其下,知由掖而黃而登,地勢漸高也,在此郡二旬,暇輒校勘漁洋昆季所選《濤音集》,但未得遊亞禄山耳。

晴村小眠觀弈二圖①

小眠蓋非眠,倚石豈必石。聊欲試此心,静中觀定力。諸峰雲瀚瀚,大海風激激。一以息攝之,沖乎見虚白。

借弈拈道勝,是中有鯤桓。二豪果孰是,袖手於旁觀。幽花時一笑,古井本不瀾。因緣生較量,政要翻覆看。

夢愚堂三首②

覺後名堂恐未真,古之愚也孰爲鄰。須知策杖青衣客,不是秋林讀易身。

青原詩本同愚者,青郡銘還托古愚。東魯西江三載夢,孰真象岡識元珠。

漁洋拈出百年前,北宋南施亦偶然。今日登萊重信宿,翻從借榻得參禪。

憶園禊飲圖二首③并序

此圖益都朱鶴亭明府戊寅春將之官大冶,邀虞山蔣恒軒先生暨錢籜石諸君集宛平王氏憶園賞海棠而作也。王文靖昆仲皆於都下結屋蒔花竹,其園皆以心部字顏之,文靖曰怡園,其群季曰意園、曰憶園,查初白詩所謂“華萼居相望,平泉第對開”者也。予嘗爲憶園書扁,又與籜石同賦詩,又嘗收得國初諸前輩意園修禊册子,勵南湖、史冑司諸老手迹皆在焉。鶴亭名承照,與予同舉丁卯順天鄉試,其出宰大冶時予方以讀禮居滬上,不及與題是圖,今予按試益都事竣,於晴

---

① 此詩題位於手稿本第 6440 頁。
② 此詩題位於手稿本第 6442 頁。
③ 此詩題位於手稿本第 6444 頁。

村都統坐上得晤其令子肖野，因出是卷屬題，故鄉之文獻、前輩之留題、同遊之感契交集於開卷時，爲賦二律記之。

一幅前遊境宛然，故家苔竹記平泉。君初出宰三千里，我爲追題卅五年。纜綣青箱論舊事，低佪紅蕚破春煙。當時坐客今餘幾，醉墨攲斜認老錢。

宦歸袖卷載清芬，酬唱慈恩譽出群。名士向來傳雅集，郎君此日最能文。賜書樓潤林花雨，罨畫峰堆石屋雲。重續意園修禊句，巢鶯亭子又斜曛。

贈高蘊中①

名之璿，丁卯舉人，官青城訓導，嘗校刊濟陽張氏《儀禮鄭注句讀》。

蒿庵講院有遺經，校槧君家尚典型。跋記亥秋餘酷暑，科從卯歲說晨星。薪傳沛水推耆舊，士禮高堂儼族庭。今日同年題屋榜，石苔猶是竹編青。

聞韶臺②濟陽縣東北四十里曲堤鎮

韶遠三千歲，臺逾五百年。因稽齊境在，遙識聖心傳。古殿金源溯，穹碑至正鐫。歷山雲糾縵，大海水回旋。豈止聲容末，恭惟教澤宣。九成皆政要，萬籟即宮懸。

皇化鏐金石，儒風切誦弦。誰摹學三月，今際日中天。野叟扶犁畔，田歌擊壤前。元音環草樹，真響答山川。王篆垣茨繞，黃書屋壁穿。斯文今古托，夜夜動星躔。舊有黃山谷手迹，今不存，惟元至正三年王士熙撰碑、楊偘書，明王問篆臺扁三字。

顧雅園畫册③

雨昏江上濛濛思，多被漁家兀睡過。如許山坳濃翠滴，斜陽一半

---

① 此詩題位於手稿本第 6445 頁。
② 此詩題位於手稿本第 6446 頁。
③ 此詩題位於手稿本第 6447 頁。

捲藤蘿。

六月九日與諸友人泛湖憩小滄浪①

明湖西北小滄浪，紺碧雲圍菡萏香。竹月細穿銀鏡檻，水風徐皺雪羅裳。頓教蘆葉生秋早，未覺槐花送客忙。收得諸峰隨艇子，依然禪榻聚圓光。

蠶尾山房圖墨二首②漁洋門人汪梓琴造

三寸山房圖樣墨，歙人造自水香園。湖陂一縷迴雲氣，影著覃溪石墨軒。

廿載東平雪霽同，誰從詩髓悟空濛。石帆儻許丸螺印，小洞庭開宿夢中。

謹庭雙鉤所藏化度弇州第二本見寄賦此并題予所藏化度帖後③

弇州三本皆在吳，第一本惜多糢糊。此本第二實第一，矮紙跋者陸與胡。陸深、胡纘宗。夢想對看十四載，今者初覿真形模。神寒骨重非貌取，二百廿六珍驪珠。迴看篋中真龍在，庭前榻上影不孤。吾本爾時摹入石，章家父子衡山徒。亦及弇州三本見，舍彼取此意特殊。卷前跋紙久割失，但餘趙印紅如濡。未審爾時弄誰氏，弇州衡山得見無。我今合摹五宋本，實此二本爲關樞。後村殘字待裝補，洛陽書樓已繪圖。何時西涯四篆卷，得共東壁千文摹。耿耿長庚倚秋曙，依依蔓草披僧廚。題作餐松控鶴帖，以當内史黄銀符。此本碎翦褾册，末段可讀者曰"餐松控鶴"。

鐵佛二公祠落成後雨窗榷使邀同宴集新葺
小滄浪即席賦呈諸公二首④

一盞寒泉薦，清風動渚蘋。綠荷圓似夢，秋水澹於人。四照環澄

鏡，諸峰對寫真。那能憑小記，傳出畫精神。<small>方綱撰祠記。</small>

小舫成詩屋，迴欄綺席開。囊雲堪借榻，得月更登臺。渚面升微
縷，祠陰點濕苔。已招湖外緑，飛雨送秋來。

池上舫齋今題曰小石帆亭①

百尺梧桐閣上人，幾曾著録得身親。重編池北叢書目，始悟金山
畫壁因。疏檻遠峰雲縷縷，小橋活水月粼粼。石帆可是漁洋偈，聽響
泉源試問津。

予既重葺池上舫齋以小石帆亭扁之而廳事東偏去年題
小石帆者今扁云校經義考之齋因復題此②

石帆亭即曝書亭，覓小長蘆小洞庭。七十二泉秋望處，更添蠶尾
一痕青。

---

①②　此詩題位於手稿本第 6451 頁。

復初齋詩集卷第四十四

小石帆亭稿下壬子七月至癸丑七月

石谷畫扇二首①

王翬補杜詩，詩理因以剖。非畫樹與雲，直畫江聲走。雨過雲何事，山凹如堊帚。盡捲濃青去，仍屯斷厓口。蒼茫出楚宮，軒豁叠群皁。半掩不分明，濛濛攝諸有。隔江夕陽來，淡托歸雲後。湏洞淋漓意，妙想得之偶。此豈真目見，實亦憑氣厚。三復白帝篇，孤帆倚南斗。右補杜詩《歸雲擁樹失山村》，自題"己丑秋"。

石谷此二幅，年皆七十八。未知子久稿，然否至正末。選鏡極幽深，聳翠彌峻拔。曙光蒸空出，倍覺層巒活。長林雖茂密，得勢乃空闊。大哉造化功，是從夜氣發。靜者乃得之，非筆所迴斡。自題云仿爲，森秀本天骨。借問麓臺翁，北苑覓衣鉢。蒼然詩髓在，佇立轉超忽。右仿黃子久《層巒曉色》，自題"己丑六月望日畫於西爽閣"。

沈朗倩梅②

一枝瘦影自逃禪，不是梅天是石天。留得商量超仲意，隔溪晴雪認開先。同時宗開先灝嘗作《晴雪》小幅，只題一"灝"字，見者以爲朗倩也，此幅自題云：

---

① 此詩題位於手稿本第 6452 頁。
② 此詩題位於手稿本第 6453 頁。

“今人畫梅,多作繁枝,惟宋楊補之作孤花疏蕊,令人不自知其身在孤山鶴背也,士預詞兄其與超仲商之。”

顧松巢小畫三首①

自題字如黍米許:“乙未三月,時年八十有一。”

少於石谷纔三歲,細楷衡山得似無。萬里煙江收寸黍,樓臺金碧起錙銖。

棧道圖推遠勢難,曾聞縷墨極千盤。大同殿壁王維簇,有許青山一髮看。

秀氣東吳識謝庭,幾家孫子抱遺經。瑟如小印丹砂點,幻取嵐光著汗青。松巢孫進士九苞邃於經術。

松巢桃源圖三首②

橘洲田土更何如,點漆丹砂態有餘。此老幾時真即目,不因靖節與元興。

靈境翻於朴拙工,青疇忽斷綠雲通。漁家但記尋源處,一徑桃花夾岸紅。

不知漢魏寧論晉,畫筆元從篆隸來。多事周郎添俗楷,對君何止作重儓。確齋周儀書記。

小滄浪月夜作③七月十一日

屢乘月夕尋詩話,今夕初涼最清快。紅雲玉鏡寫空明,始是濟南詩境界。初來雲升月猶澹,峰尖四罩青菡萏。水底蒼煙疊綺霞,水面圓珠蕩金瀲。虛亭俯出飛霞表,徑轉祠陰曲廊繞。古來北渚作湖心,今日七橋皆畫稿。此亭本借祠隅築,抱郭人家帶寒綠。西湖堤去問百花,歷下亭來漱鳴玉。百花,臺名;鳴玉,亭名。自有此湖無此亭,一攬全

---

①②　此詩題位於手稿本第 6454 頁。
③　此詩題位於手稿本第 6455 頁。

勢交迴汀。北海筵前佩珂響，少陵詩裏遺堞青。曾公鼂公迹何在，遺山來餘六百載。近到新城柳社遊，只此秋空同月彩。今我來盟鷗鷺静，隔浦漁蓑臥煙冷。蓮葉深沿葦葉深，層欄影接層峰影。月穿蓮葉峰穿月，菱荇中央更澄澈。筆牀茶竈載書來，櫂入蒼灣渺空闊。我歌卻逐漁歌起，鵲華秋光照千里。何須憑眺追昔賢，但有清心對湖水。滄浪一曲深復深，夜久松篁露滿襟。還期雪夜亭邊宿，坐對千峰響玉琴。

蕉林書屋圖①喬萊爲棠村作

項家蕉窗梁蕉林，圖書之富甲古今。蕉窗圖畫我未見，蕉林有此清且深。作圖者誰喬白田，棠村弟子館閣賢。一時文儒盛簪紱，相過鑒賞追聯翩。蒼巖印記卷對啓，秋碧堂帖工初鐫。風清日朗曝秋午，蓬壺玉鏡披暄妍。如此空濛好煙墨，翻從江南寫河北。不謂蕭條風雨聲，盡成金石雲霞色。畫中主人方退食，倚檻飄鬚觀道力。北海長垣誰主客，恨不同時數晨夕。百年故紙生嘆息，蕉林書目已不存，燕南石墨哀何人。諸老笑談皆典故，畫者安得傳精神，焚香展軸嗟李寅。又一幅，廣陵李寅爲棠村畫，題云：“朝堂暇歸書屋，展古畫，修閑福。”

石谷南田合作②
石谷題“甲辰中秋寫少陵‘柴門不正逐江開’詩意”。

清暉真氣接甌香，二老何年叩草堂。石路松門無向背，苔岑渾是一江光。

麓臺仿大癡富春山圖小幀③

大癡淺絳法誰尋，元氣撐空照古今。認取一痕煙露滴，金剛杵果度金鍼。

---

① 此詩題位於手稿本第 6456 頁。
② 此詩題位於手稿本第 6457 頁。
③ 此詩題位於手稿本第 6458 頁。

晚憩小滄浪登匯波樓四首①

昨寫祠碑仿闕龕，褚河南果護伽藍。一收岸岸疏疏影，雁字詩來點碧潭。

幾日蒼葭變綠蒲，晚風涼思展全湖。惠崇底處參三昧，野鴨飛來趁畫圖。

流水棲鴉句宛然，明湖詩社屬提禪。二千卷裏攀條思，卻被江南謝女傳。

抱城十里兩煙鬟，離合神光近遠間。水郭人家供寫照，夕陽全爲客看山。

趵突泉②

濫泉咏畢沸，正出維其深。兹源濼所伏，澄涌無古今。秋晴勢未壯，我來脈初尋。金沙四瀠繞，碧藻間浮沈。奔騰一氣間，髣髴三淵臨。地底積陽奮，仰出宮徵音。微雲四山合，巨石環苔陰。欲就風雨會，試聽蛟龍吟。

訪王秋史二十四泉草堂遺址二首③

趵突泉連望水泉，頹垣古樹但荒煙。詩名直接漁洋後，豪氣猶追白雪前。黃葉至今飛歷下，金輿竟不屬棠川。尋源實欲論風雅，每溯遺聞勵後賢。

煙雨莓苔九尺身，意中石是夢中人。摩挲白下雙圖後，想像平章四友鄰。秋影畦蔬寒宛孌，夕陽沙水瘦精神。我來題字酬顛米，要與蘇齋對寫真。草堂湖石一株高九尺六寸，元贈行省平章張雲章四友石之一也，今在趵突泉上，予爲題字於側，並繪圖記之。

---

① ② 　此詩題位於手稿本第 6459 頁。
③ 　此詩題位於手稿本第 6460 頁。

白雪樓①

樓名仍白雪,樹古帶寒塍。七子才誰競,三泉檻借憑。後賢猶仰止,前輩想飛騰。神韻重拈得,高彌百萬層。

題魯璠聯璧册二首②并序

　　今年秋闈典鄉試者,曹侍講、文洗馬、石修撰、焦刑部、吳蔣兩編修,凡六人,皆予所得士,而石亭來山東,予適視學於此,誠異數也。歲己酉門人陳桂堂編修典山東試,其春桂堂集句書其齋楣曰"石渠萬卷全歸笥,魯國諸生半在門",蓋若爲之兆者,桂堂使旋與馮星實少卿聯咏成册,一時諸公屬而和之,予爲題其册曰"魯璠聯璧"。今又三年,而石亭來典試,正合聯璧之義,益見前册之兆、文字之祥、科名之盛,而吾二人適得逢之。恭惟聖天子久道化成,東魯禮樂之鄉,斯文所萃,愧學淺弗克當也,而榮遇之深不可以弗識,故於石亭之行重舉前盟綴小詩以記之,庶幾六君子偕和之,而並寄桂堂同和焉。

　　四牡光華繼館垣,三年重賦魯璵璠。嗣孫豈易酬裴皞,_{"門生門下見門生",唐人裴皞示門生馬侍郎嗣孫句也。}定保應教續摭言。接翼鵬搏看海嶠,撫衷蛾術愧淵源。瓣香重爲南豐篆,名士依然認舊軒。_{曾子固所築名士軒今在藩署,予適爲江晚香方伯賦名士軒詩也。}

　　桂堂已見堂升桂,貢玉還從魯玉銘。_{桂堂己酉所得士有桂君未谷,精於六書之學,而予己酉在江西得新城二魯生,深於經學,爲賦《魯貢雙玉歌》,故予詩有"魯玉先歌魯貢玉,桂堂果許桂升堂"之句。}欲溯漁洋參六義,敢矜洙泗叩群經。涉江昔夢心同素,望岱秋高眼對青。拈得蘇齋詩話在,石亭果到石帆亭。_{予題使院曰小石帆亭,以漁洋先生有石帆亭也。}

梧門學士和予詩以石帆是其別號也今拓使院石上字奉寄③

　　省記漁洋卜築時,小亭著録已慚遲。幾人黃葉吟秋史,有客金書

夢裕之。堤柳著行梳曉月,湖雲片縷皺寒漪。欲摹一軸詩龕寄,認取前身老畫師。詩龕,學士齋名。

祝枝山書成趣園記卷爲秋盦題五首①

韻勝元從骨勝來,外間狂草信輿臺。馮班何焯津梁在,肯許良常問溯洄。王虛舟每譏枝山骨韻未清,蓋未見此種行楷耳。

褚家册子繡金鍼,可但朱縣得法深。百鍊剛來柔繞指,畫家逸筆似雲林。此卷極似褚河南書《文皇哀册》。

真賞齋中結勝緣,華陽樓榭好山川。夏承婁壽論籤笈,迴遡流風四十年。卷中有華陽樓印、補庵居士印、真賞齋印,豐道生嘗作《真賞齋賦》云夏承婁壽漢碑天球河圖比重,此賦作於嘉靖二十八年己酉,在枝山書此卷後四十餘年矣。

虎搏胡髯語未奇,蒼官石丈氣淋漓。當時落筆如風雨,此老多應造化師。

半載馳書訊濟寧,江東羊薄眼俱青。旁人莫笑干支誤,神似郿州寶室銘。此卷以正德二年丁卯誤書丁丑,故援貞觀《寶室寺鐘銘》干支差誤以爲比。

謁曾公祠憩湖亭二首②

八九汍泉合,四三壬子來。層冰膠浦溆,老柳卧苺苔。石泐水門記,雲深北極臺。平生瓣香意,灣遡屢沿洄。祠下重刻熙寧壬子《齊州北水門記》,至今一十二壬子矣。

雪夜期來宿,霜辰佇幾旬。昏陰誰寫意,凍浦最傳神。趁釀梅花信,須添箬笠人。蒼茫無一筆,枯淡是天真。

題王秋史禪喜圖二首③

我讀草堂畫,復題寒柳圖。夢寐黄葉句,因來鵲山湖。月村畫髯

---

① 此詩題位於手稿本第 6466 頁。
② 此詩題位於手稿本第 6467 頁。
③ 此詩題位於手稿本第 6468 頁。

鬈,望水吟糢糊。蒼然雪意中,萬景一團蒲。此幀六丁取,此夢西江俱。己酉秋在南昌題坳堂所藏大興方仲月村畫《二十四泉草堂圖卷》,今聞已燬於火。重覓法乳處,尚留詩髓無。湖雲又欲雪,寂寥何自摹。空欲補前軸,象罔探元珠。離形而得似,庶幾斯人乎。

漁洋圖禪悦,蔎谷圖禪喜。作圖尚强名,何况詩舉似。我寫四友石,頗關三昧旨。借問黄葉王,何似滄溟李。還坐石帆亭,仍尋趵泉水。孰云蔎谷禪,不即漁洋是。

題七姬權厝志舊拓本①

潘郎作計何匆匆,販鹽九四作婦翁。崑岡一炬玉何罪,至今氣吐仍白虹。平江後園石欄畔,程翟徐羅卞彭段。楊廉夫已感金盤,陳敬初來些蘇個切。珠貫。幾人北郭摩詩壘,八體南宮參隸髓。彈丸走馬落花叢,摇蕩秋光照江水。冢依禪龕石重勒,東吳好手摹不得。跋到升庵又月峰,多少高墳無此刻。繡紋髮鬈金薤書,夜涼環珮疑有無。不合陳鬌舫子上,爲寫長橋玩月圖。陳惟允《長橋夜月圖》爲七姬作也。

再題八首②

過江表草乞精靈,仙尉徵君睨鶴銘。不是筆從天授得,誰知丙舍即蘭亭。

東吳生楷有明冠,兒視枝山孫孟津。若與吳興齊步伐,四明樓石孰嶙峋。七觀勝此。

細楷元常逸氣還,枝山人説勝衡山。江東羊薄吾誰與,痀瘻蘭臺志石間。明代吳中小楷石刻,惟仲温此帖及文徵仲書《吳夫人墓志》最爲難得,予今幸已得見此帖,而未見吳墓志,故以小歐陽書《母夫人墓碑》事擬之。

昨跋枝山仿褚書,雲林啄側意何如。料量詩格宗徐庾,五季風流

---

① 此詩題位於手稿本第 6469 頁。
② 此詩題位於手稿本第 6471 頁。

付宋初。明初諸家書，猶沿元季之遺，仲溫其特立者耳。

誰教橅本苦傳神，側影燈前已逼真。昨夢吹笙披鶴氅，秋盫果是聽松人。秋盫先得摹本，後又得真本。

停雲小印麝煤香，想共摩挲祝與唐。莫恨蘭摧兼玉折，千秋重寶玉蘭堂。有停雲、玉蘭堂諸印記。

綠滿龍泓館酒䑿，老民醉筆太縱橫。可能雙絕争書品，空説三興照月明。①此秋盫得自丁敬身所舊藏，即樊榭所題之本也，樊榭詩"月明曾過三興土"，"過"字未安，竊意元本當云"月明曾照三興土"，而以上句"高文照千古"不欲複"照"字，改爲"過"耳，其實"高文"句真以此迹歸之張羽撰文，不知此迹實因宋楷得名也。

翠羽明璫韻宛然，神光卻勿認便娟。蘇齋響拓君知否，渾樸常居用筆先。予臨此帖前後二通，皆於淳古處得之。

再題王秋史寒柳圖二首②

泉上堂前二株柳，文章猶見百年人。勿言數筆蕭疏甚，多少淵源此問津。

老屋寒林廿四泉，我來重補月村禪。只拈雪後昏鴉思，古木荒陂一釣船。康熙壬午，大興方伸月村爲秋史寫《二十四泉草堂雪景卷》，何義門題首，漁洋、山薑諸先生題句，此卷在歷城方坳堂比部齋中，已燬於火，今擬乘湖上雪意爲補此圖也。

雪後湖亭作③十二月七日

新圖雪後要評量，豈但枯林寫鬱蒼。背郭忽開銀色界，諸峰齊放白毫光。亭如鳥革收晴翠，人倚漁罾點夕陽。極浦略無雲影罩，玉壺冰盡入詩囊。

---

① 此句下注文"真以"，手稿本作"直以"。
② 此詩題位於手稿本第6473頁。
③ 此詩題位於手稿本第6474頁。

雨窗運使送花六盆①

俱是東園第一花,燈前雪後豔交加。虢姨珠祍聯三隊,姜女雲笄副六珈。彩勝幡開風有信,屏山人對月初斜。不虛粉本寒林軸,費我連晨玉畫叉。

小石帆亭著録六卷刻成有述二首②以下癸丑

西京魯齊故,皆立師學官。轅生到翼匡,閱百又廿年。發揮一家指,訓釋諸儒傳。郗承及下邳,並著東海間。及今闓六義,瀝液於群言。苟能溯所近,得不尋其端。與爾轅里人,服膺日拳拳。

峨嵋天半雪,古音高視唐。射洪曲江輩,遂區孟與王。未知汲古懷,奚以叩津梁。韋柳分刊間,豈敢空評量。方綱嘗撰《韋柳詩話》一卷。但誦書庫記,瘏痟石帆旁。五百種著録,嘗舉漁洋先生所論次書目,凡五百五十餘種。八萬卷頡頏。樸學爲本根,相勗勤就將。

薛文清浣花草堂研予昔爲賦詩者今有齋中丞得之以見贈叠前韻奉酬③

珍珠泉抱明湖碧,淡寫前盟論水石。湖濱講學四百年,文清視學山東,今四百年矣。愧我尋蹤寡心得。中丞篋出浣花研,古綠斑斑紫煙積。草堂仙橋訪杜陵,一日偕來四嘉客。研背文清題,李匡、張固、羅俊同鑒賞。儒林循吏恰並時,聯坳遞水誰堪伯。清宴依然巨璞開,斜谷還深峽雲液。七年前記端範堂,夜寫長歌豁真臆。豈知茶話來岱東,同心共賞今猶昔。一笑論緣因脫贈,敢對前賢說於役。但乞河津丐膏馥,料量淵海從涓滴。求道若渴凝若思,陰鑑之精玉之食。攻錯如逢益三友,研劚更喜資多識。感舊懷人尺幅間,雁聲燈影春明宅。濡瀋重鈔讀書録,花潭不止滄浪憶。理學詞章本一貫,河汾杜曲奚分析。與君拈

對膽瓶香，月印梅花作飛白。

謁薛公祠三十二韻①

虔將薛公研，恰拜薛公祠。勉副中丞覵，慚膺視學時。昔公襄餽餉，於蜀效驅馳。地緬前賢迹，天留片石奇。草堂仍好在，橙木寄遐思。幾借平公嘯，來鐫峽内詞。局應憑畫紙，几定拭烏皮。錦里誰知者，仙橋一遇之。狂夫如手訊，野老本心期。筆點紅葉徑，欄憑翠篠池。裝囊辭玉壘，旌節出臨淄。想寓西川夢，時遊北渚湄。自垂河嶽氣，豈止魯齊師。矩矱森如昨，堂階儼在斯。滄浪今地勝，歷下古亭基。亦越成都客，嘗同北海厄。湖堤百花號，薛文清以“萬里橋西一草堂”七字篆研背，今予以“百花潭水即滄浪”七字鐫其側。鵲華兩峰規。葦闊雲千頃，荷灣月半陂。似將學海意，範我研池爲。涓滴皆深汲，津梁孰仰窺。譬諸泉觱沸，肯假石盈虧。經術源逢處，儒林派衍兹。文章雖博綜，正學豈分岐。邇者多聞士，紛如異藻摘。高談箋疏秘，漸甚洛閩媸。此實關心性，憐予怒渴飢。恭惟讀書録，擬勒講堂碑。奉研爲之質，知公不我欺。萬千言可括，四百載來貽。一掬清池水，兼金重鼎彝。誰言杜陵句，即是敬軒詩。小石帆圖卷，同裝更勿疑。

仇實父上林圖卷②文徵仲書二賦

上林仇畫不一本，如臨昭道兼龍眠。海天落照西園集，故家款識闕與全。此圖絹本及四丈，意匠略許弇州傳。崑山名迹詫三絶，賦追司馬書衡山。玉虬之六張揖説，庇軫尺四規而圓。漢制弓橑證賈疏，達常可以審量權。武梁魯峻畫亦爾，仇也意到千載前。古今名筆此斟酌，藝林絶境非侈觀。繭館連延上蘭並，通谷甂錡周平原。八川分馳亙西極，四校殷起凌紫淵。奔星宛虹寫不得，斷霞斜照生晚寒。蒼然遠勢文句外，恍如相對主客言。亡是神光静以攝，齊楚得失然不

---

① 此詩題位於手稿本第 6481 頁。
② 此詩題位於手稿本第 6483 頁。

然。昔者相如二賦就,蕭然百日卧起閒。孰與悟言一室客,妙瑩驪顆餘三千。巨麗之中寓規諷,變態乃極於神完。仇生昔師東村法,全力構此猶壯年。渤海戈波鏤金錯,令人慨想凡將篇。試仿瓦文跋古隸,鵠頭科斗芝英聯。此意從何覓臨本,長生益壽題甘泉。

送雨窗運使之任浙江①

滄浪澹對掬泉珠,心迹清冰貯玉壺。春雨軒開值春雨,明湖夢又繞明湖。研田即事成詩話,經笈相酬入畫圖。一幅遥青蠶尾樹,此行真訪小長蘆。君構小滄浪於濟南城北湖上,予適以滄浪銘研,而君諾爲於浙中購書也。

蔣耐齋觀察小照二首②觀察自篆"常樂自安"四字於幀首

息息跏趺證默存,瓶花交影篆香温。白公閑適都成咏,老氏持盈試共論。至樂不關身以外,居安此即道之門。空光鏡檻無塵到,一片溪雲過雨痕。

官銜德水畫禪參,何減漁陽委順庵。樂事初春趨彩絨,清風千里袖雲嵐。岱峰翠擁齊煙九,蘭砌暄開蔣徑三。不止後園題扁字,片帆花雨寫江南。君將北上。

陳章侯痛飲讀騷圖二首③
孔東塘舊藏者,東塘題數段於軸。

世説高華推孝伯,寫生賴古屬周郎。忽雷海雨江風思,底事相關孔岸堂。

扣角商歌碎唾壺,湘江濤捲百千觚。山陰試共蕭家筆,對寫天皇古畫圖。

---

① 此詩題位於手稿本第 6484 頁。
② 此詩題位於手稿本第 6486 頁。
③ 此詩題位於手稿本第 6490 頁。

光嶽樓①

我研何休學，寸合乃氣融。愚嘗謂《公羊》膚寸而合，非雲也，氣也。又箋杜甫句，未了非摹空。愚謂"岱宗夫如何""夫"字乃實字。今日東郡看，不比來秦中。神秀豈執迹，造化誰爲鐘。意到元氣表，恩與天經通。杳冥發阻積，太古青濛濛。憑窗暢遐寄，雲構開虛沖。目營十郡上，渺彼高臺風。樓東即魯仲連臺。扃扉極精理，焉測雲海胸。魯詩歌嚴詹，所以荒大東。

趙浙清明上河圖二首②即漁洋題詩者

橫縑不與扇屏同，已奪黃彪色色工。祗候院中偷影在，宣和時節舊青紅。

何人誤寫漁洋句，看碧成朱認擇端。夢到石帆亭子上，鵲山寒食小憑欄。今漁洋集本訛作朱浙。

題余伯扶孝廉曹州牡丹譜三首③

玉瓚如結黍苗陰，壤物深關樹藝心。何事思公樓下客，花評不向土圭尋。

細楷憑誰續洛陽，影園空自寫姚黃。挑燈爲爾添詩話，西蜀陳州陸與張。

我來偏不值花時，省卻衙齋補謝詩。乞得東州栽接法，根深培護到繁枝。

題汪稼門藩伯登岱詩後次姬川韻④

絕頂誰能覽衆山，衣香上界紫垣間。稼門入覲旋役。於宣眼已周齊

---

① 此詩題位於手稿本第 6494 頁。
② 此詩題位於手稿本第 6497 頁。
③ 此詩題位於手稿本第 6498 頁。
④ 此詩題位於手稿本第 6503 頁。

魯，見道心如接孔顔。風滿歌謳河陝外，夢從觀縷角根還。仗君鸞鶴軒軒氣，助我籃輿一再攀。時將按試泰安。

四月二十五日由南池太白樓浣筆泉至濟寧學宮及普照寺觀碑四首①

屢夢角弓詩，丹砂諾太遲。雨痕收近渚，雲影結空漪。半日搴芳仃，前春芼菜思。停驂兼寄訊，慚愧拜南池。

萬古青蓮筆，曾何假浣泉。靈音非竹石，真氣自山川。水瀉周堂半，花濃曲檻偏。高樓澄一碧，手掬鏡中天。

已倍前賢獲，任城漢十碑。舊云任城五碑謂《景君》《魯峻》《武榮》《鄭固》《鄭季宣》也，今增《范式》《王君》《鄭固》下截，及《孔子見老子畫象》與《朱君長碑》而十也。《孔子見老子象碑》爲洪趙諸家所無。禮圖洪趙外，河嶽日星垂。邇者來題續，憐余弱管追。商量摹褚法，未得刻曾祠。乾隆五十五年春三月十六日，刑部侍郎王昶、內閣學士兼禮部侍郎玉保、翁方綱奉命祭告復聖顔子、宗聖曾子、述聖子思子、亞聖孟子廟，既蒇事，觀碑會宿於濟寧運河同知黃易署齋。後三年方綱按試復來題記，此段已選工填朱，欲刻於運河同知署之別建曾子祠王澍仿褚書碑之陰，今日量石，竟弗果刻。

寺倚城西堞，碑蕪野火燒。幢花遺舊繡，礙蘚剔前朝。著錄煩朱老，叢殘叩鐵橋。濟州金石釋，端不讓張弨。秋盦將屬朱朗齋爲輯《濟寧金石錄》也。

望　岱②

汶河東北指，其氣遂崇深。始青自太古，積厚乃至今。是春澍濡遍，禾麻役森森。兼旬弗曠澤，仲夏仍占霖。神光挈群嶽，合以答居歆。大東一氣來，直屬於配林。崇朝潤千里，膚寸起遥岑。眇哉杜老句，但取雲蕩襟。正陽接徂來，及物皆照臨。誰言氣象遷，仰見發生心。首塗宿東向，馬蹀敢驟駸。挹之衆山籟，就我七柏陰。泰安試院有七柏軒。

新田十憶圖爲蘭雪題①

出山遊學舟與車，陟岵陟岡廿載餘。托兹十圖以見志，曰此先人之敝廬。去年僦屋來京都，顧影獨與書篋俱。重重詩夢自料理，直從隨宦言歸初。梅下荒灣一渠水，桐下老屋百本書。母昨附緘婦能養，兄有良耜兒能鋤。問我群經殫菑畬，日月其除當何如。此夢何自而補苴，所憶豈止於十歟。岱雲會合又一圖，岱麓意已馳香蘇。不忍言別執我袪，白髮老人雙倚閭。香蘇山館、詩夢草堂皆蘭雪新田讀書處。

蘭雪以所裝六人合作五色梅幀子屬賦詩②

放翁愛梅窮日夕，自願化身千百億。吳生嗜梅爲寫真，頃刻幻得梅分身。絳趺蠟蒂粉墨綠，枝枝洗脫香影塵。來與主人試道眼，孰果拈出梅精神。主人嗒焉忘言説，持向蘇齋來話別。托宿蒼雲岱麓陰，尚嫌人海春雲熱。陳君萬生兩羅子，寄訊蘇齋證詩髓。我留吳生住二旬，千偈瀾翻瓶洩水。淡濃近遠參合離，以詩沁入梅肌理。吳生不忍別我歸，繡囊傾吐圓珠璣。夜夜夢中五色筆，心逐岱麓蒼雲飛。

蘭雪秦淮春泛圖三首③

煙月空光捲六朝，箬篷收盡雨瀟瀟。無人識得重來意，只有垂楊萬綠條。

梅花唱過秣陵春，斑管青袍奏賦人。瘦影簾燈尋昔夢，憑欄珍重苦吟身。

廣霞居士記全荒，孰可同馳翰墨場。只合蘇齋禪榻對，重拈綺歲説漁洋。

① 此詩題位於手稿本第 6506 頁。
② 此詩題位於手稿本第 6507 頁。
③ 此詩題位於手稿本第 6508 頁。

岱雲會合圖①

吳生江干別，四十四周賮。每追暮雨話，北蘭閣秋屏。我思托驛騎，生亦緘吳舲。石湖白庵卷，韓門巽齋銘。不得與子俱，書囊拾秋螢。重來京國遊，憑我蘇室楣。淹遲換裘葛，悲風感原鴒。我亦嘆伊威，誰知復聚萍。執手緒淒咽，岱蘢荒寒廳。是日嶽頂雲，爲我開層青。方侯翻惆悵，不得共簝箕。豈忍便捨去，二旬且留停。病鶴逾清羸，風雪慣沙汀。消渴卻茗飲，溫中煮茯苓。試與對跏趺，返觀深杳冥。静中餘習氣，悟言徹重扃。忽於清泓中，鋭思驅雷霆。千純錦浣江，百家水瀉瓶。論詩岱東郡，上規魯頌駉。近師新城叟，寤寐石帆亭。竊擬私淑徒，賴爾知者聽。舊拈百回義，頓若新發硎。此會實非偶，爲子勤丁寧。尚抱區區懷，冀子時時聆。麻源王家仲，隔户燈光熒。②西江谷園侶，幾個偕晨暝。新知收昔遄，鏗簨希扣莛。因之貫六義，借以衷群經。勿輕一聚合，萬卷來精靈。神聽必吾許，不煩索籌筵。我有敬軒研，藻擷南豐馨。斐然秋盦子，爲寫湖渚渟。以兹墨緣合，寫此負笈庭。兩峰墨梅軸，一吹舊夢醒。聯吟想韓孟，二鳥比翅翎。東野龍與雲，無間神影形。四方上下逐，南北何畦町。蒼然七株柏，質我盟日星。

蘭雪前歲遊孤山賦夜訪未開梅詩倩友作二圖各題一詩③

於未開枝悟畫禪，誰知惚恍更清圓。苦將焦墨蒼苔點，泥著西泠月夜船。右題羅兩峰濃墨本。

詩思濛濛宿未收，湖濱何似石溪頭。舊來渾未言詮者，儘向橫煙淡處求。右題揚州朱君淡墨本。

---

① 此詩題位於手稿本第 6508 頁。
② "燈光"，手稿本作"燈火"。
③ 此詩題位於手稿本第 6510 頁。

使院後圃望岱同諸友賦①

陽厓捲盡千峰雨,後圃宜開百尺樓。未了青來收杜甫,直從碧落注齊州。重將道眼諸君證,更拓高窗十日留。扁我新題甲秀譜,篆雲飛起研池頭。

登　岱②五月廿日

兼旬潔蠲始夙興,霽色潤遍田渠塍。壺天閣路十五里,已有涼樾來杉藤。盤盤磴道左右折,輿夫交側疑橫肱。琅如聯吟客語笑,颮颮眾谷相然應。攝心直造萬物表,莽蒼但以一氣憑。對松山翠轉面面,三天門壁穿層層。俄看突壓大山影,不知盡是屯雲升。雲與全山浩呼噏,膚寸之綠皆雲蒸。半日搴雲出雲上,一瞰萬里山窗憑。榑桑若木出檐際,大海積氣青光承。徂來左翼作階阤,萬峰引帶皆昆礽。咫尺天經界垣座,於惟真宰念庶徵。歲維大和雨暘若,更切育秀於黎烝。是日雲光縵絕頂,瑞匝齊魯環萊登。昔者周詩魯詹頌,箋疏詎寫高峻嶒。後來李白杜甫輩,但取神秀仙靈稱。發育溫仁體峻極,處處帝綍光華凝。純乎生意塞天地,職司教養宜戰兢。滿山松籟奏金石,蔚藍細寫丹霞澄。大塊文章視人領,遊聖門者誰能勝。

崮　山③

驛路靈巖接,碑懷北海鐫。豈知村店側,卻續甫徠篇。磴切盤空細,窗依翠麓偏。何殊岱頂宿,來補昨宵緣。近岱諸山皆童,惟此松柏鬱然,昔每過此輒語長清令爲訪李北海《靈巖寺碑》,至今未得也。

題寶砥杜公敬脩子墨二首④

世表征南宰相家,墨緣不及蜜蒙花。誰將紅杏尚書筆,得向天都

---

①　此詩題位於手稿本第6511頁。
②　此詩題位於手稿本第6512頁。
③　此詩題位於手稿本第6513頁。
④　此詩題位於手稿本第6514頁。"寶砥",手稿本作"寶坻"。

北李誇。

　　未共子千蒐癭鶴，漫同真定賞蕉林。敬修拈出平生事，秋月冰壺一片心。

同諸友小滄浪作二首①六月十日

　　種菱占半郭，與人閱三庚。去年亦茲日，悗言鏡檻憑。微我二三子，孰偕鷗鷺盟。襟搖半峰影，槳劃疏蒲聲。北來風雲思，秋浦、鶴亭二山。南話江湖並。可廬喬梓及春畦也。中通蓮氣味，静喻山性情。豈必蹇處士，始題海右亭。盡得七橋勢，以挈千厓青。

　　二年四序周，風雪月晨夕。各有領要處，獨未雨景得。一角猶斜陽，千峰變水墨。圓荷不受濡，此響乃真碧。一洗明鏡空，誰算秋影積。千珠前夢悟，仍是明月滴。淵乎文字禪，收之坐趺息。歸向石帆叩，相與觀定力。

題文衡山畫②

自題云：“己巳六月伏日，寅之過訪，飲間作此。是日暑甚，揮汗如雨，孔周道復從旁從臾，不覺勞也，文壁徵明甫記。”

　　石田已老雅宜幼，聯吟幾個江山秀。熱客馬車如水流，誰肯相從聽厓溜。是時雙桐猶未植，疏松已和笙簧奏。暑天飲客即詩髓，欲傲人間揮汗透。酒酣一筆長風來，萬壑煙嵐出懷袖。寥寥真籟起虛空，冉冉蒸雲間層皺。三子相從俱壯年，旁觀何以消長晝。中間微笑停筆時，多少精微墨緣叩。涪翁上頡皇象書，然否釵痕參屋漏。先生爾日軒軒氣，未必甘爲昔賢囿。日長山静太古音，快雨新涼研池漱。他時自銘方竹杖，徑丈揮毫元宿構。孔周道復亦借拈，舉子功夫譬親授。粗文細沈何必論，杜老坡公品書瘦。

---

①　此詩題位於手稿本第 6514 頁。
②　此詩題位於手稿本第 6515 頁。

留題使院二首①

二載焚香未踐盟，遠追高密邇新城。還如室以雙清擬，西江使院齋名也。實愧樓將四照名。近聖堂筵天廣大，諸經訓故日光晶。墨緣只有河津研，袖得蓬萊綠一泓。

力弱難收汲古才，探奇空手寶山迴。桂黃二子疑交析，金石叢編目未賅。小篆琅邪重待剔，後碑韓敕覓誰開。夢華居士新田客，最恨匆匆促膝來。每與夢華、蘭雪相聚輒值分岐。

濼陽道中②七月廿二日

鞍馬之間皆道勝，政防安坐轉疏蕪。三年舊夢西江岸，七載重拈塞北途。夜氣於何增閱歷，秋旻得我色敷腴。即從岱頂穿雲後，悟徹濼峰幅幅圖。

─────────────

① ② 此詩題位於手稿本第 6517 頁。

復初齋詩集卷第四十五

蘇齋小草一癸丑八月至甲寅四月

題王麓臺蘇齋圖①

蘇齋名昉張山人，七百七十有五載。張聖塗築蘇齋壁鑱坡題在元豐戊午，見《慶湖遺老集》。中間名齋復作圖，漫堂老子猶有待。宋中丞得《笠屐圖》作坡公生日，在麓臺此圖前六年。買田陽羨願豈虛，勝緣猶在三吳歟。誰道城西數椽屋，不減水南修竹居。騎鯨散髮重寫軸，眉宇軒軒江水綠。畫禪幾個金剛杵，買繡難量蔣家谷。昔摹大字茶仙扁，日想高窗對橫巘。婁東坡記夢中青，初白詩猶午煙篆。是日坐中錢塘生，爲我狂叫飛兒舷，妙高臺壁來精靈。少霞之榜山卿銘，月明笛鶴南飛聲。移爾期仙廬下嗅古墨，伴我跏趺室內哦玉經，一圓鏡作千川燈。

題莫韻亭所藏觀瀑圖②

萬象奔湊摩尼珠，雷硠元氣有是乎。詩家學杜真功夫，我昔開先亭上摹。力不可到神踟躕，讓此草堅三椽廬。草廬三椽瀑千丈，手接銀河九天上。雷霆百沸車千兩，大石碅礧鬬龍象。玉乳花翻氣莽莽，一漚閻浮衆山響。從初淡白只一條，偶作開合於縑綃。層青草樹皆

---

① 此詩題位於手稿本第 6521 頁。
② 此詩題位於手稿本第 6522 頁。

動搖，草廬二客誰所邀。莫子書齋本寂寥，我詩聲喻大海潮。

碧山吟社圖卷爲秦小峴郎中賦①

此堂此畫三百年，作記者誰邵國賢。邵記未讀讀李記，已若十老來周旋。漪瀾龍縫結面勢，撚髭之扁亭翼然。九龍橫捲作屏障，溪迴山寺山依泉。五峰之前溯耆舊，六客而外皆散仙。<small>秦脩敬爲五峰太守之父，嘗有"六客逍遥是散仙"之句，即謂圖中陸懋成、楊叔理諸君也。</small>松風鶴夢翩杖履，②一水一石鋪吟箋。茶衲因緣有覺老，寫真誰爲補石田。石田之卷失復得，能史閣句重結緣。蒼峴山人到小峴，墨潭月印當時圓。山堂響答主客語，文字精靈書畫禪。耆英洛社西園集，不聞付囑箕裘傳。舊時塗抹今無恙，癸亥省記壬寅前。君今癡痳諸老在，揮毫刻竹相拍肩。景暘詩篇世膾炙，松庵唱和留吴船。玉山金蘭儻可接，竹爐温研應同編。碧山詩話彙巨軸，持我此幅爲之先。

賀梧門生子即書於兩峰所作桂枝幀子③

丹桂秋高第一香，喜逢湯餅説東堂。謝家種樹人稱寶，孟氏依鄰信最芳。<small>梧門姓孟氏。</small>片玉筵前金粟氣，三元榜下蕊珠光。小門生又添詩軸，未谷題來話更長。<small>予昔於己亥江南錢棨榜得陳廷慶桂堂，桂堂己酉典山東鄉試得桂馥未谷，予因有"桂堂果許桂升堂"之句，憶十年前，予五十初度，敬奉先大夫手書小名湯餅册子請未谷題跋，今此幀正當屬未谷題於後耳。</small>

昨自濟南上車時東昌同知吴念湖以石谷畫軸見贈題此並寄念湖④

耕煙晚歲筆，猶擬趙吴興。何似夫於稿，還躋最上乘。岱陰青欲滴，虞楷夢來憑。佇爾蒼茫思，如挑北渚燈。<small>念湖説天津金生銓家有舊拓《破邪論》，極古厚，故及之。</small>

---

①　此詩題位於手稿本第 6523 頁。
②　"杖履"，手稿本作"杖屨"。
③　此詩題位於手稿本第 6524 頁。
④　此詩題位於手稿本第 6525 頁。

徐文長像①

楞嚴素問又參同，趺坐緣何一掃空。咫尺摩霄群鶴下，小樓清唳月明中。文長嘗於中夜長嘯，音琅然如鶴唳，有群鶴來應之。

密雲道中呈春溆學士②

紫翠煙濃絢未收，七霜詩思壓征裘。雨消白露旬前漲，峰點黃花塞外秋。兩日黽遲批鳳尾，春溆同辦批本事。卅年重憶集螭頭。異香並巻來懷袖，好爲虞袁記唱酬。

王芳谷畫二首③

瓜田每溯婁東派，董巨迢迢一縷青。拈得石師全力出，褚蘭亭是杵蘭亭。芳谷適爲予仿麓臺橫卷，故用金剛杵語。

於文之細入文粗，萬象牟尼貯玉壺。中有蘇黃酣放在，可容品目到倪迂。

四年三至詩④并序

昔東坡在黃州，四年三往見陳季常，因合前後通爲五詩。予於庚戌春扈蹕至濟寧，夜飯於秋盦官廨，壬子春以按試過濟復飯於此，癸丑春又飯焉，爰和坡詩以寄秋盦，且俾述庵、閬峰、梁伯及諸友人和之。

十年費百書，衫袖餘墨汁。日博任城碑，重冪綺囊襲。何期手量石，戟門循牆揖。巫齋明仲字，呵之欲流濕。君爲賢地主，永夕我駒縶。僮僕更秉燭，巾箱爛交熠。人間苔岑氣，盡入金石笈。往者城南侶，幾輩隔州邑。酒闌再三嘆，各訂祛重執。遂作觀碑圖，題詞繫成什。此會良不虛，此夢屢追及。往復十郡間，下上原與隰。以君秋影庵，該我石帆集。

_____

① 此詩題位於手稿本第 6525 頁。
②③ 此詩題位於手稿本第 6526 頁。
④ 此詩題位於手稿本第 6527 頁。

廁有曾祠碑,苔花雪凝汁。斷斷撰書人,矜言弗蹈襲。我來捫讀之,退與祠官揖。嗚呼道津梁,豈區弦燥濕。文詞與筆畫,流派誰拘縶。是夕兩侍郎,共此燈光熠。約題聯系銜,以擬同負笈。官齋添故事,何減武城邑。此字竟未劖,迅景往難執。留待後二春,纏綿賡前什。驅車詹大東,每懷鈕靡及。惟有故人約,重結濟水隰。豈必泥淺聞,贄之望溪集。濟寧同知署後《別建曾子祠記》,方苞文、王澍書,方綱昔擬題記於陰而未果。

知我啖麨齋,羹飯皆麨汁。極厭排長筵,魚腊鼎之襲。食我具小舟,對榻初不揖。江鄉園旨蓄,猶帶風露濕。河干煙柳綠,爲爾行輢縶。草堂仍薄寒,照户春星熠。揮毫當修禊,薄裝亦理笈。各擬元祐事,相遘雍邱邑。此來麻源生,石帆經初執。李家褚拓卷,羅列爭伯什。惜哉借未遑,遍觀瞬難及。金石有同盟,此地管與隰。爲題石耕齋,同編玉山集。

任城舊碑五,濡遍松煤汁。君增成八碑,壁錦欲三襲。二春我來題,跋石若拱揖。①目營斜照偏,石罅東風濕。亦題王生名,感君青劸縶。君題相映帶,作作芒熠熠。當日張弨輩,釋文手盈笈。未必有此樂,好事傳都邑。復得朱老偕,且莫圖經執。城西古道場,幢像來合什。鐵花古繡文,著録餘波及。此編何日就,望望佇寒隰。未得晉齋來,癖嗜同結集。

春陰牽客醒,三度霑酒汁。漸來客漸滿,錢吳繭袍襲。何郎期未至,緘札遥若揖。君並寫爲幀,我輩煦相濕。恨不洙水林,旬朔共維縶。初剔林外碣,挑盡昏燈熠。直從趙録後,始貯爾我笈。是關千載事,非誇一州邑。昨聞林牆内,石角劣容執。韓敕後碑歟,續考斗與什。予嘗辨《韓敕碑》"什言"是"斗"字,非"什"字。奇緣待何人,造次敢商及。是夕何郎夢,直越歸途隰。阮公與桂君,補我唱酬集。

---

① "跋石",手稿本作"跋石"。

送凌仲子歸江南①

博士代耕耕且養，求師歸去有餘師。六經蘊奧環相質，十載商量更未遲。今日舊聞增訓故，白田紅豆孰然疑。昨宵把袂新安使，目極江東叩楫時。昨送石亭視學序，深以近日江南學人侈陳漢學以駁程朱漸不可長，此詩及白田者，蓋謂王予中且兼示劉端林耳。

題晉祠銘六首②

大雅懷仁兩老禪，驪珠探到永和年。龍跳虎臥天閽筆，終在虬髯玉案前。

沮洳春膏碧欲流，甕山翠黛淨初收。舊來一味鋪濃墨，多少纖雲翳玉鈎。

指麾羊薄掩江東，③繭紙精微孰許同。但少陰題褚僕射，故應兒視萬年宮。

新羅一本大洋東，曾照揚帆萬里風。古木香中雲日色，④扶桑想像挂長弓。

常侍登林不偶然，侍書響榻果誰先。⑤退翁但賞公高印，未必方皋相馬全。

小長蘆客悵摩挲，未敵楊家誤筆多。今夕挑燈尋努趯，銛鋒猶及辨虞戈。

虞文靖元帥劉公神道碑墨迹卷爲味辛賦⑥

高張皆説虞迹罕，我忝十年手重盥。甲辰秋爲味辛題《訓忠碑卷》文靖隸

────────────

① 此詩題位於手稿本第 6531 頁。
② 此詩題位於手稿本第 6532 頁。
③ "掩江東"，手稿本作"草餘風"。
④ "古木"，手稿本作"古墨"。
⑤ "響榻"，手稿本作"響拓"。
⑥ 此詩題位於手稿本第 6533 頁。

書並篆額。我亦恰得天冠詩，正楷甲於分隸篆。天冠詩想在禁林，吳興四明同賞音。此卷還朝復㷀直，世家忠孝如規箴。瀘州接武名父子，西南共事相終始。勒碑墓道無愧詞，^①家狀具書同國史。鄧穰高原貟蟠負，石本幾家曾世守。山河儼爲岠雄文，波策猶然氣深厚。擘窠不減賽李旗，界絲誰說仿唐碑。高江村跋云文靖此書摹仿唐碑爲之。漫因手跋吳興卷，却記榆林對月時。

藤花廳詩畫卷歌^②

明嘉靖己丑吏部侍郎徐縉詩，陸治補圖，今甬東邱鐵香得於定州郝氏。

鮑翁手澤藤花香，南曹畫省之右廂。手栽七年始題句，每坐莫雨乘微涼。吳門風雅踵先後，此花氣接雙檜蒼。鮑庵守溪憩遊處，重闈搦管賽韻長。崦西居士爲誰歟，當年負笈徐家郎。追惟前賢感歲序，傳示館閣增篇章。包山運思十載後，山公草奏三椽廊。林迴檐亞風日色，嫣紅墮粉冉冉光。至今妍潤著窗几，鐵香正有古錦囊。我爲補書鮑翁作，畫中花更神清揚。吳門詩畫來薊北，今又自北傳江鄉。鐵香香廚富甬上，重開此卷擷衆芳。中有爾我千古思，停杯佇立徘徊望。詩境軒中墨緣夢，翠微老子蘭亭裝。邱君說郝氏家尚有薛道祖手迹，今已散失。此段秋心又堪畫，風爐雪乳閒評量。他時更覓長洲陸，作記不羨莆田方。吏部廳壁有莆田方興邦撰《古藤記》。

見程莘田劉石庵二冢宰藤花廳唱和詩知廳壁石刻誤爲王文恪屬包山作圖也既爲跋卷後再賦六詩^③

此卷徐家到陳郝，此藤久闊此吟箋。王湯後又程劉後，待我筆追三百年。

程劉二草合延津，別有星垣悵望人。於馮魚山處得程詩草稿。輸與邱遲雲錦段，崦西夢裏結前因。

延陵震澤每花時，退食從容出省遲。合受後賢來傅會，蒼顔對影寫虬枝。

蘭亭埋璞出中山，攜到薇廳藥砌間。引得春風檐鐸語，藤陰好鳥已關關。

街西亦有竹垞藤，居士移居憶不勝。日下舊聞添畫軸，正尋前諾共挑燈。味辛適以所作《古藤書屋圖》來屬題。

詩畫重量廨壁鐫，珠懸錦絡照星躔。問花此願何年果，憑仗花光一粲然。

黄文節草書太白憶舊遊詩卷①

魚子箋紙追零陵，墨禪輸此有髮僧。石郎戎州觀落筆，張通何似李展能。歌羅驛舍一覺夢，竹枝三疊鵑啼應。摩圍峰下寂無物，忽作怪石纏枯藤。平生獨立萬物表，豈有迹象侔超騰。電掣飆迴攝以息，陰帥陽雷夫誰徵。咫尺神靈雷雨至，處處迴向真源憑。錢穆父言久彌篤，豐人翁賦聒可憎。華陽樓入補庵鑑，彭澤園擬光禄丞。吾嘗手披祝老記，精楷不比癡凍蠅。爾日來觀目爲眩，亦擬草勢心兢兢。折釵屋漏豈二義，科斗籀篆原相承。不膠於心不名技，尚恐祝老非其朋。三年匡廬我夢想，太白吟處雲錦層。谷園書屋索恍忽，夜夜挑盡東軒燈。瓣香私淑吾豈敢，一波一策皆矩繩。西江歸來又四載，晤此真面寒崚嶒。石田可耕海可釣，蕭海釣、沈石田二跋皆爲華氏作。虬螭驂駕雲濤乘。始來吾齋尋宿諾，木犀香泛茶甌蒸。黄龍山中三昧出，銀河飛瀑禪窗憑。

姚雲東松竹②

記著練衣話夜涼，煙横半檻水周堂。竹枝穿亞松針密，渾爲詩人

① 此詩題位於手稿本第 6536 頁。
② 此詩題位於手稿本第 6538 頁。

寫月光。

惲南田秋林晚鴉小幀①

寒鴉只在斷雲間，旅思誰拈野水灣。霜樹愈深秋愈淡，②不須更寫夕陽山。

題馬秋藥刑部遊釣魚臺詩畫卷③

三十年前社雨辰，曾來結侶作遊人。而今又見遊人畫，還似當時社雨春。青眼柳條應識我，紅英綠漲未迷津。不須更問王飛伯，小敍蘭亭迹已陳。

郁氏書畫記所載化度寺邕師塔銘舊本元明人題跋者想像數十年不得見也今忽得其後揭傒斯張起巖許有壬三跋而原帖割去久矣感賦四首④

買櫝還珠櫝宛然，延津何日合龍泉。端平淳祐匆匆記，幾度劉郎閲十年。

嵩翁跋尾配吴興，誰替西涯篆筆能。後記安家前記郁，宣城何似閲金陵。

小楷蕭疏至正間，三公遺韻幾時還。肯憑孤島崇深意，風引迢迢海上山。

墨池祖本共誰論，舊跋偏無隻字存。想並停雲勞仲玉，千金且莫炫吴門。吾齋所藏宋拓《化度》是章仲玉墨池堂祖本也，近聞吴下繆氏所藏《化度》其值千金。

筠圃讀易樓圖⑤

一塵不爲托幽居，自拓高窗日曝書。萬卷瀾翻筌解外，九師閣束

---

①　此詩題位於手稿本第 6538 頁。
②　"愈深"，手稿本作"愈濃"。
③④　此詩題位於手稿本第 6539 頁。
⑤　此詩題位於手稿本第 6540 頁。

象滋初。蠅頭細點研硃後,麈尾清言屑玉餘。仿佛郭香碑篆在,漁洋詩裏好林廬。王山史有讀易廬。

題漁洋手評邊仲子詩草①有徐東癡手迹

我從濟南來,鵲華挹秋爽。詩派歷下論,往復前喆仰。追惟宏正傑,一題華泉像。城西雪樓在,水灂三泉響。張殷留片石,寒柳記同賞。不及軒址尋,睡足心俱往。此邦親風雅,溯侍崑圃丈。池北六七編,墜失浩煙莽。予在濟南重編次漁洋三十六種書爲四十二種。東癡集又蕪,匡廬夢撰杖。遺字二公存,是册每增惘。淨名昔箋詩,兩字勞想象。誰知疏雨句,天造非勉強。有如東柯什,誤會晴雲養。"疏雨忽沾衣",漁洋改作"林雨忽沾衣";"野風欲落帽",漁洋詩注訛作"野風吹落帽"。迪功絶代語,誤筆諧太枉。漁洋題《迪功集》云"絶代嬋娟子",今刻本訛作"昭代",愚於濟南見原迹,始知是"絶"字也。昨見問山編,依依感疇曩。手澤澹庵翁,細楷黃庭仿。何翁吾祖友,亦職詩盟長。不得攜此共,私淑矜吾黨。昨在濟南得見新城何澹庵手寫王季木《問山亭詩草》二册,先祖官齊東日與澹庵友善。何況齊魯故,后孫遺教廣。理篋石帆亭,瓣香書庫幌。斷斷學者誘,渺渺岱之壤。空憑四照欄,時蕩七橋槳。焉得尚書子,貧病吟猶朗。爐無一篋遺,帚有千金享。我欲錄此册,以補瑶華想。質之讀易樓,不負珊瑚網。

題樂蓮裳蓮隱圖②

我於杜集尋李生,誰説句法侔陰鏗。一朵青蓮遍世界,芙蓉所以朝玉京。後來何人敢貌襲,天然蓮宇蓮性情。學杜者多學李少,學力易造天難爭。國朝人文邁往古,漁洋老子羅群英。平生論詩許得髓,仙骨仙才誰合并。王官玉溪結茆處,有人乃以蓮洋名。九曲昆侖一杯水,萬古嶽色長河聲。吾嘗手抉天章錦,銀河親聽吹玉笙。昔從蓬

① 此詩題位於手稿本第 6541 頁。
② 此詩題位於手稿本第 6542 頁。

萊挹南斗,匡廬秀色開崢嶸。楊郎已老吳子少,_{大庾楊鈍夫、東鄉吳蘭雪,予}皆嘗以蓮洋目之。得爾始證蓮華盟。蓮裳飄然竟蓮隱,畫此江渚蓮一泓。知蓮之心無過我,我無隱爾詞源傾。仍視陰鏗用心苦,能事二謝誰使令。拈花迦葉即香國,華池玉液遊紫清。依依勿忘嘉樹傳,日日香飯來青精。不愁還丹遲日月,但問大藥何年成。丹葩出水耀朝日,佇汝浣筆登蓬瀛。

乞兩峰裴山諸君作蘇齋圖①

昨仿蘇齋繡谷圖,此圖果即此齋乎。永嘉雪浦重開注,赤水崑崙孰識珠。欲就諸君評此語,故教我室亦名蘇。畫禪八萬匡山偈,明月梅花倒一壺。_{昨聞馮星實得蘇詩王注元朝刊本,較今刊者注甚多,又聞有宋景定間重刊施注,今不知落誰氏矣。}

麗春雙蝶小幀②

誰書花葉縷層雲,飛下丹臺十色文。不借羅浮傳信使,麻姑自有鬱金裙。_{《花譜》:麗春花如蝶翅。}

陳伯恭購得宋漫堂所藏漢延熹西嶽華山碑③

華山漢碑三舊本,四明商邱與華陰。三本我皆手摹得,商邱本自錢塘金。金君嗜古疏考核,何況蘆墟兼若霖。南原顧君借摹者,豢龍之葉驉之黔。十六年前為鋟木,陳子獨抱汲古忱。我詩卜爾當買券,登善堂果登球琳。六百九十字雄峙,千六百廿年居歆。惟初分隸防次仲,漢京作者馳駸駸。徐會稽來志古迹,嗣真蔡體品所箴。中間鍾索遞相變,三公仲寶嗟崇深。我從彥謙溯范式,纖穠文質酌古今。展對焚香撥雲霧,重遊天闕捫井參。嗚呼此本故家物,感嘆使我增沈吟。四明之本傳最早,豐人翁記嘗摹臨。鮚埼亭主為題識,大和元豐秩禮欽。元豐之字已半泐,遜此完好無蠹蟫。華陰本自二束子,沚園

---

①②③　此詩題位於手稿本第 6544 頁。

賵蹙價比睬。屢經鑒藏惜多闕，後來流傳鮮克任。孰如此本弗失墜，世家開府仍翰林。商邱陳接商邱宋，又逢我輩來題襟。我雖八分遜朱十，或附馮邵能賞音。爲仿大和衞公字，還用蔡法同懸針。劉熊夏承共劘切，金天玉女高欽釜。白帝真源儻許問，懷瓘書估竟可尋。何時嶽廟再謀刻，誓同烹魚漑釜鬵。長垣小印爲之質，質此北地盟同心。前後有“鵬沖”二字小圓印。

南唐官研歌爲冶亭侍郎賦①背有皇祐三年龍圖閣直學士歐陽脩記

歙州研務傳南唐，官式不窳平淺方。坡公元祐溯皇祐，抵掌已效楊劉狂。何如此研此手記，正落冶亭古錦囊。客與覃溪來共几，茶半香初之草堂。是日冶亭午置酒，十手如對神飛揚。清眸豐頰絳旌擁，江南思屬十二郎。依依舊聞爲感述，款款白髮餘惋傷。婺山獵者起諸葉，墨官奚李名相望。少微擢官又幾歲，羅紋眉子遞品量。撮襟金錯濡染後，又置宋城書篆旁。龍圖學士江頭夢，洛陽譜寫姚家黃。忽忽廿年憶往事，摩挲一角頻舉觴。司諫責書職汝助，峽州旅伴誰攜將。一壺一局何足寄，商邱潁水聊徜徉。六朝文物賸多少，百年史筆關興亡。爾時揮灑買田約，誓應梅老吟對牀。澄心紙即故人在，劉仲邃父蘇滄浪。所以此研冶亭付，記共覃溪詞話長。細追七百年前諾，料理試筆重褫裝。安知爾我非歐梅，子美曼卿聯輩行。容臺下直雪晴後，握手果喜初心償。何必劉郎憶賀監，易元官帖同收藏。

先祖丞齊東紳士公題清廉明神位於名宦祠至今歲時享祀
今年六月方綱按試於此重立石以記之臘月廿二日
以拓本致告先墓敬述二詩②

先公惠政在青淄，九十餘年始發之。爾日中丞並遺愛，昨遊伏臘

---

① 此詩題位於手稿本第 6547 頁。
② 此詩題位於手稿本第 6548 頁。

亦題祠。佛公倫巡撫山東時先祖最承知遇,昨方綱爲撰其祠記。區區文字寧裨補,凜凜冰淵切燕詒。自問如何是無忝,松楸一拜一深思。

是日東郊積氣升,寒林如畫暖雲蒸。岱巖千里神如結,輶騎連春緒不勝。薦比焚黃還襲錦,囊開試研已融冰。一行先碣重題字,胝沫應須萬本謄。

蘇齋圖①

重摹蘇齋扁,因借蘇齋圖。昔賢胸中境,欲以寫我廬。嘗觀初白句,此圖匠意鋪。屋即放鶴亭,人必張聖塗。今觀殊不爾,曠哉煙水區。蒼灣錯雲木,野水通樵漁。彭城與西蜀,遠思窮有無。我拓義門字,神與繡谷俱。未知此篆勢,果系南宋乎。蔣氏“繡谷”二字石刻相傳宋高宗書。悵此虛舟題,覽古爲踟躕。舉酒以屬客,此幅如何摹。是日臘雪後,寒色凌眉鬚。三五同岑侶,把卷衫袖烏。就中會心者,玉峰孫少迂。淡然取大意,又與麓臺殊。清空但一氣,象罔真元珠。前身本明月,玉雪同冰壺。蘇公神賞否,酹酒招吾徒。孰知兩峰子,一筆神貫輸。前林擁書屋,後户羅香廚。中庭以奉像,笠屐來元符。瞻拜群拱揖,燈光燦甌㼾。修廊亞桌石,燕几開綺疏。古綠森牛彝,氣壓盉卣瓠。謂我蘇墨稿,曾自彝齋儲。彝齋即蘇齋,此酒此醍醐。復穿曲徑入,研山儼坐隅。恍自襄陽米,②勿問秀水朱。蓋此蘇齋者,蘇米扁其初。是以金錯刀,配此玉蟾蜍。一旦諸秘妙,盡爲我有歟。聊借羅子畫,展爲坐客娛。尚有石茶銚,周種嘗手剌。亦有藥玉船,真一酒所酤。尤子與馮卿,交徧以貺余。續當圖入此,香瓣依團蒲。千燈一光中,許我來跏趺。麓臺畫同異,斯理誰剖諸。吾齋本非齋,紙上憑陝抹。豈合較喧寂,城市還江湖。他年儻結構,更奚補竹梧。仍添一雙鶴,復庋百本書。何如宋巡撫,高閣開東吳。年年作生日,此齋長

---

① 此詩題位於手稿本第 6549 頁。
② “恍自”,手稿本作“恍見”。

姓蘇。

何平巖竹隝觀棋圖二首①

一童一叟商量處，寫盡人間得失心。累爾鑒藏書畫眼，等閑移却午欄陰。

據梧支策鼓琴儕，三者誰關靜者懷。鸞尾風來長嘯起，玉峰特借寫蘇齋。此幅崑山孫少迂所作也，少迂適爲予作《蘇齋圖》，亦寫主客三人，故及之。

柳是像四首②顧云美畫並隸書傳

勸死一言足千古，廿年後乃自償之。如何只寫冠巾樣，半野堂前乍訪時。

相思紅豆結東吳，吾谷霜紅配得無。不合顛狂飄舞絮，當年姓柳字蘼蕪。

眼波一桁送斜暉，周昉誰言但貌肥。詩格商量參閨集，何如楊宛與王微。

一篇小傳抵丹青，彼美之云托顧苓。翻恨八分難免俗，勻來骨肉欠娉婷。

林鐵簫山居圖二首③

七客寮中太古心，重將鐵體問山陰。鳳鸞一嘯層峰響，更寫幽篁理玉琴。

蘇齋香瓣向禪龕，正共花之憶絸庵。今夕橫江來鶴夢，月明真個寫江南。

―――――――――

① ② 　此詩題位於手稿本第 6552 頁。
③ 　此詩題位於手稿本第 6553 頁。

得辛亥臘月馮星實少卿齋中作東坡生日
所題石銚卷詩補和①以下甲寅

我斟七十二名泉，不及蘇齋十笏寬。賴有水村圖髣髴，依然元祐石蒼寒。粗茶芽味酬難盡，經數香濃墨未乾。廿載所吟今繪就，笑成詩境一枝安。《蘇齋圖》今始繪成也，粗茶芽、經數香皆予在山東得坡公石刻中作生日語。

夢華米樓各攜瘞鶴銘舊本對賞於兩峰寓庵閒齋有詩屬和②

行庵一榻釃新泉，翻抵焦巖丈室寬。米老法芝如會合，徵君仙尉肯盟寒。山堂鼎篆蟠猶昨，水榻江雲漬未乾。偏是高人勤早起，何曾凍雪臥袁安。

熹平二年斷碑歌③

十月十九壽小松，半碑出土光熊熊。臘月十九壽坡公，半碑筵上氣吐虹。披圖却圖小松壽，來賀得碑羅戚友。摩挲釁缺氣益振，多少苔岑神爲厚。雖餘歲月紀熹平，但無姓氏知誰某。④廿有七齡惜芳華，七十八隸珍瓊玖。仙源諸孔錄皆非，闕補洪婁賸之偶。異哉永壽碣後先，漢迹同開歲癸丑。神光次第戟門崿，裝軸爭酬小松酒。賤子一言更賀君，何子移家來曲阜。曲阜何幸何子來，宮牆日日增裴褢。韓敕後碑奚秘哉，屓跋爲我星芒開。石氣青蒼與之偕，亦如勝侶俱集小蓬萊。

黄秋盦同知得碑十二圖⑤

三公山移碑圖

始自無軒子，傳來上谷書。余家忝桑梓，數畝愧犂鉏。隸釋番陽

失,封龍白石餘。斷雲披闕月,識是歲元初。

詩境軒賞碑圖

初疑退谷本,後訂越州盟。詩境重摹處,蓬萊悵望情。至今深辨證,猶愧未專精。一片西江石,何年彙續成。予嘗摹刻熹平石經於南昌學宫。

肥城孝堂山石室圖

昨吏山東去,[①]先關寄友懷。岱雲供潑墨,漢畫始名齋。叩謝賢明字,循良埶與儕。濕他合切。陰題永建,隸勁古銅釵。時秋盦以孝堂山漢畫諸石本寄予,予因自題書室曰漢畫齋。

濟寧學宫升碑圖

亟齋三嘆處,今日一升碑。地底千珠沸,繩長百尺為。記余江渚櫂,夢爾泮芹池。上巳桃花水,憑欄滌研時。壬子三月三日題字於此。

紫雲山探碑圖

紫雲山犖确,輾轆想車聲。兩度城隅宿,猶虚石室盟。幅縑曾夙諾,攜手得同行。豈獨完丹約,[②]南池嘯侶情。予在江西初見秋盦此幅畫稿,輒願置身其中,欲請秋盦為作一幀。及來山東,兩至嘉祥,而以行役有程不及入山踐約,為可憾也。

金鄉剔石室圖

東京侯氏表,每致憾熊方。世系於何補,祠官所未詳。圖如鐫武闕,室獨邇金鄉。近與錢家仲,停車意不忘。嘉定錢晦之近日補《後漢書》年表極為該洽。

諸友贈碑圖

官居居濟寧,秋影綠交襦。主客俱千古,雲煙萃一廳。重裝仍淡

---

① "昨吏",手稿本作"作吏"。
② "完",手稿本作"還"。

墨，雙眼爲誰青。余亦齋中宿，乘槎眩列星。

晉陽山題壁圖

君家豫章叟，大字取焦山。似此崖陰筆，寥哉漢以還。垂虹爲誰額，積蘚向來斑。直待秋盦隸，青蒼萬仞間。

兩城山得碑圖①

遇石如蚰蜒，隨方似賈胡。此朱君長字，孰漢八分摹。碑補任城十，圖來泗水俱。極高蘭若頂，延佇費功夫。

嘉祥洪福院拓碑圖

閟宮封魯事，何自得模型。不獨資評繪，因之可證經。李剛碑在否，洪福院丁寧。處處關詩史，時時洩地靈。

禱墓訪碑圖

趙子幾時至，何郎先此偕。最奇永壽碣，特爲孔君揩。韓敕碑終合，仙源迹未薶。焚香日稽首，水涘又山厓。

小蓬萊閣賀碑圖

賀碑兼祝嘏，泗水即洙源。樹苤彌封殖，瀾翻悟角根。尋詩池北庫，移石魯東門。此意何人會，他年對榻論。

趙味辛古藤書屋圖

此藤竹坨前莫考，但說秋深苗未槁。百年坊巷借詩篇，此屋居然屬朱老。此老此屋住五載，日日擘箋詩客待。春明宅子借鈔書，至今尚想諸公在。兒時步訪韓叟家，憶得升堂小徑斜。隔牆冉冉朦朧月，一桁疏疏瓔珞花。冰修初白倚欄後，却記邵張來置酒。昔與同年邵蕭田、張松坪、金紫峰倡酬於此。沈吟此夢三十年，如許春陰落君手。作詩屬客

① 此詩至《題趙文敏取秧帖墨迹》，手稿本闕如。

復作圖，圖中儻即朱老乎。巡檐吟繞新藤蔓，似否當時舊酒徒。此堂何似此藤古，檉柳相交石三五。重開貞石吉金編，次第舊聞經義補。我來感舊緒重重，題作詩盟又不同。滿坐江南煙舫客，石苔如繡雨濛濛。

過述庵法源寺寓齋即送其南歸二首

卅載繩牀竹屋眠，鐘聲梵響故依然。潞河感舊誰能畫，時屬兩峰作《送別圖》。道院尋詩未是禪。查初白有《城南道院集》。半罌吳淞供瀹茗，三生蒲褐笑論緣。述庵昔居此曰蒲褐山房。只添白髮蕭蕭意，省記花前語放顛。

三泖漁莊夙卜鄰，溪山處處見天真。陶詩圖繪雖盈卷，述庵所藏有文衡山《陶詩書畫卷》。鄭學商量復幾人。述庵有鄭學齋。步屧相過蘭臭味，攜筇淡對鶴精神。故應時夢城南話，借榻僧窗月似銀。

徐閬齋孝廉芙蓉湖上讀書圖二首
閬齋名嵩，健庵裔孫。

水翠橫鋪卷，山光半倚簾。筆牀搖塔影，鷗夢倩花拈。綠重皋蘭結，香多釣石淹。采之遺遠者，幽思爲誰緘。

毛李經籤舊，君家舊藏經部多毛子晉、李中麓家善本。知津我未能。幾時偕櫂舫，來此締賓朋。陽羨茶甌在，松陵鶴券憑。咿唔煙浦外，鄰舍有漁燈。

韻亭京兆寫生幀子四首

郊圻風物勝江南，宣勸農功又勸蠶。收得溪光雲樹影，一團花蝶繞筠籃。

蠶子生兼菜子生，郊原宜雨又宜晴。豳風下得新箋疏，籬落人家笑語聲。

麥花風夾豆花風，薄暖微寒氣候同。繡翠分明誰繡得，濛濛渾在雨絲中。

鄉里淳風切保釐，菊秋吟到麥秋時。周爰幾處絃歌起，譜入中和
樂職詩。

題莫韻亭紫藤花卷并序

宣武門外街東藤花一本，臨川李穆堂閣學所居紫藤軒也，其先自
合肥李閣老、長洲韓尚書、嘉善曹侍郎、韓城張尚書遞居之，皆以座主
門生相傳，今韻亭京兆實居此，而韻亭師汪持齋、虞拊石皆出穆堂之
門，信有緣邪！韻亭倩友爲繪圖用穆堂韻題之。

紫藤扁老屋，紫翠蟠瓦溝。百年記老輩，日見軒車遊。芳筵對榻
人，紫綺如擁裘。雖有謝山記，但無圖畫留。莫子屬陳生，冉冉落翰
柔。屏倚紫絲幬，杯泛紫霞舟。重拈南豐詩，賴爾瓣香酬。我却夢臨
川，耿耿遺籍求。昔聞穆堂手鈔梁崔靈恩《三禮義宗》，及予按試臨川，訪諸其家，則云
遺失不存矣，至今夢寐以之。

三花樹齋後歌

三花思惟非學禪，鳴皋拂袖凌紫煙。春雨嫣然俱破笑，番風次第
爭暄妍。三花所思非鄉井，少室書堂記歸省。濃雲一簇帝城闉，小徑
迴欄同瀹茗。海棠丁子綠窗紗，麗日藍天襯綺霞。緋桃幾日團宮纈，
藤陰開軒覆古楛。蠶穀吹香交絢晝，官齋氣味似農家。幾旬占豐來
二麥，知君不是畫三花。膩粉胭脂玉叉挂，拈起橫街舊詩話。我來重
仿嵩陽碑，齋名添得山泉畫。山泉添潤兆如何，嵩陽青眼重摩挲。此
樹年年春處處，誰說三花非貝多。

題秋史爲梧門作詩龕圖

江子詩畫流，畫仿虞宛泚。不知畫中詩，拈取境奚似。云是詩龕
圖，詩龕然否是。竹樹翠疏疏，雲嵐青迤迤。借問入畫身，將何窮詩
理。江南淡煙村，玉堂晴窗几。流水與明月，幻化一彈指。試作詩偈

論,欲呼江子起。印證到蘇齋,迦葉孰得髓。一甌風入松,千篇瓶瀉水。

送楊西河知貴溪

陝石評量有夙因,信州許我識招真。後先蘇室三君子,來與天冠作主人。鹿洞淵源如響答,鵝湖院宇得身親。墨緣爲報山靈説,重向鷗波締甲寅。予在貴溪遊天冠山,始辨陝刻趙帖之僞,趙文敏生於甲寅也,前令鄭馮皆予門人。

扈從天津聖駕自泉宗廟啓行恭紀三月十三日

微雨藹新晴,方塘繡罫枰。雲涵千樹影,玉戛萬泉聲。御路澄煙水,花風捲旆旌。近天瞻沃薈,喜色切初程。上於泉宗廟門乘馬。

庚戌春方綱與述庵司寇閬峰閣學玉亭詹事俱扈蹕山東倡酬成卷辛亥春復與閬峰玉亭扈蹕盤山有懷述庵詩今述庵蒙恩歸里方綱適以扈從天津宿於黄新莊行帳中述庵來話別半日賦此邀銘茶梧門二學士和兼寄閬峰玉亭

行帳依然蒲褐禪,東風又試柳吹綿。蘭襟重寫二三子,茶話追惟四五年。漫記前春題待續,相期後鄭秘誰宣。吳淞江上漁莊夢,悟徹聽鐘對榻緣。

苑家口早發十八日

夜雨微霑濕,塵沙已洗輕。殘星疏樹冪,落月大河横。沽淀千灣接,煙村一掌平。向來灕滗住,悔未學農耕。

津門志感二首

魏城宿草豐湖月,俱作蘇齋偈子看。滿眼春蕪沽水緑,依然玉塔卧微瀾。

海山信誓劫塵塵,一炷香燈悟淨因。又到前時三宿處,桃花紅影隔漁人。

題趙文敏取秧帖墨迹①

三十畝秧牛二隻，水鄉借付沈山翁。鹿頭舫子鷗波影，搖筆冥冥細雨中。

題董文敏乞陳米帖墨迹②

帖云“邇來畫道更進一格，罕爲人作”，又云“陳米今歲頓盡於嫁女”，
以其語考之，是泰昌秋冬也。有龔半千印。

鄉夢吳淞幾度新，盈倉嫁女取其陳。不知畫格如何進，傾倒金陵潑墨人。

直沽篇贈李載園兼寄邱東河③

大直沽邊量海水，未識海門還幾里。不得登樓吸海光，十日行廬聊寄此。李生海門自名集，近與鮑皋思並峙。時和不識賦役繁，數卷殘縑自料理。我攜邱侯墨囊物，來與李生畫笥比。夜深復夢邱侯藏，辨訂相煩吳學士。東河所藏尺牘內一幅是銘茶學士令曾祖者，銘茶尚未能信也。滄洲鐵錢古花綠，梁家秋碧空硾紙。惜不邱侯共攜手，每聽殘鐘戴星起。丁沽西去春雨來，此夢直連南海子。

於天津果得見破邪帖是宋越州石氏刻本也疊前韻兼寄念湖④

觀海蓬萊處，知津問永興。後來聞再勒，久未悟三乘。江左蘭亭體，稽山越渚憑。直沽懷友榻，夜雨亂春燈。

南海子喜雨⑤四月三日

一畝泉邊灑及時，六龍來駐恰雲隨。雲隨，行宮亭名。添波分泊連塍透，滴土生香小草知。綠柳垂絲纔罨靄，紅棠供佛濕胭脂。侍臣橐筆

---

① 《兩城山得碑圖》至此詩，手稿本闕如。
②③　此詩題位於手稿本第 6561 頁。
④⑤　此詩題位於手稿本第 6562 頁。

先霑潤,準備宮門和御詩。

題韻亭扇二首^①四月四日

握手行宮外,欣知奏雨來。暮春饒氣應,京尹驗苗栽。花待排筵饌,詩須畫扇催。紫藤消息近,坊北草堂開。

古寺問紅棠,春陰静繞廊。倩教真粉本,留得好風光。脈脈深傳信,娟娟趣洗妝。夜來花外雨,蒸動研池香。

團河^②四月五日

月漾旋團泊,星源展鳳河。點衣花絮重,繞榻柳風多。筆浣添新漲,茵鋪襯緑莎。小山隨曲折,横捲澹煙波。

---

①②　此詩題位於手稿本第 6563 頁。

復初齋詩集卷第四十六

蘇齋小草二_{甲寅四月至十月}

未谷書來云訪得神韻集原稿本賦此奉寄①

十籤昔著録，漢上懷題襟。寥寥三昧旨，自寫千載音。三家十六
體，百五材誰任。殷高芮元後，重賴具眼尋。不以格調名，相觀禪悅
心。豈別初盛晚，曠望極高深。維揚近補刻，妙理徒湮沈。二年我延
佇，石帆亭子陰。感彼壁絲竹，印此石苔岑。褐夫忍懷玉，國門正懸
金。何當漢上集，結佩明湖潯。發我鵲華夢，山齋鳴玉琴。

崔青蚓漁樂圖爲東河題三首②

兩竿青竹流雲活，一徑柴門古樹中。如此鬚眉雲樹影，恐君不是
畫漁翁。

判得飢腸待酒酤，投綸果要得魚乎。煙江萬里瀾迴筆，盡作衣紋
古篆摹。

邱家珊網日蒐奇，不借煙簑雨笠詞。指點虛無禪偈子，夢迴香象
渡河時。

---

① 此詩題位於手稿本第 6565 頁。
② 此詩題位於手稿本第 6566 頁。

陳章侯寫生卷二首① 自題云"洪綬題於溪山亭子"

溪山亭子今何處,晚翠娟娟覦月明。綠釀幾分荷葉盞,噀空有此氣縱橫。

淡妝色色是真蓮,鬱勃淋漓意不傳。蝴蝶爲誰狂作隊,桃花馬上董飛仙。

李長蘅畫册②

天啓乙丑自題,後有崇禎己卯偈庵程嘉燧跋。

慎娛居士慎所娛,不言不寐形蓬蓬。六浮之閣果有無,萬籟出菌蒸於虛。鐵山山下梅花初,盎盎雪海冰玉珠。偈庵老人說偈乎,看爾運思神咿唔。晴窗菜几開舳艫,復有一客看雙圖。爾與偈庵神影俱,爲誰一研墨一壺。世間幻化憑操觚,瀾迴大海浮泡如。赫蹄雪繭瑩於膚,蹙起叠浪攢峰殊。綿綿雲光吸以嘘,漁杙所隱僧所廬。虎山洞庭誰測諸,問疾留訣良區區。又被偈庵笑盧胡,爲爾說破增踟躕。把卷追憶十年餘,滔滔萬古流江湖。此老不死墨不枯,繡苔山雨青糢糊。招兩孟陽村釀酤,還共此老來跏趺。程孟陽跋云"昨歲在杭州鄒孟陽家見其平生得意之作",鄒孟陽丁巳秋爲長蘅經營六浮閣,在此畫前八年也。

頃爲鐵香題李長蘅畫册有兩孟陽語適見何義門手寫
董香光說此事因書於册後并繫一絶③

二老當年比張顧,仲雨、仲瑛。六浮千古説鄒程。玉山雅集如堪續,我亦應追鐵史盟。

因鐵香寄贈陳榕溪④

日話臨渠宰,風清七渡河。薊田占麥熟,粵秀聚星多。記咏三楓

---

①　此詩題位於手稿本第 6566 頁。
②　此詩題位於手稿本第 6567 頁。
③④　此詩題位於手稿本第 6568 頁。

迹，深懷九曜歌。角弓嘉樹意，老鐵共交柯。

於城東福寧寺拓得先九世祖謙謙公正德丙子撰碑敬述①

水部文章在，禪林記福寧。街初魏村號，門自廣渠經。鐘梵南臺響，花風夕照馨。寺與南臺、夕照二寺比鄰。孩提此遊釣，憑眺近郊坰。久失津源叩，今來訓義聆。同時數僚友，千戶接曹廳。碑有錦衣千戶沈麟篆額，又云千戶沈天祥請撰碑。外氏苗家托，碑陰苗霖即謙謙公外家也。碑陰族子銘。碑陰翁宗、翁慶、翁序。京居非一日，戚黨惜晨星。忍復年稽丙，先父生丙子。叨慚榜列丁。謙謙公入北京籍舉正德丁卯鄉試，至今乾隆丁卯方綱舉於鄉，相去五丁卯矣。攜兒重槧握，感舊屢車停。竹嘯圖追述，莆田族人爲繪《竹嘯莊圖》。齊東勒典型。去年於齊東縣爲先祖重立名宦祠碑記。繫諸家乘紀，千載石苔青。

李穀齋仿大癡載鶴圖二首②

本是米家煙樹法，淨名異氣拓窗初。故應寫作橫江夢，一卷華陽石篆書。

水淡長空渺縠紋，濛濛何處著氤氳。玉笙響徹秋皋外，捲起前岡一半雲。

鐵香得舊題曹筠石洗桐圖詩一卷而其圖失去筠石棟亭弟也有棟亭竹垞手迹用竹垞思仲軒詩韻③

三月桐芭雨，前春棟實期。婆娑二老在，繾綣十籤詩。冉冉翻新葉，絲絲綰故枝。高軒思仲子，及見廿年垂。此卷棟亭題於康熙壬戌，竹垞思仲軒詩在己丑也。

又題夢禪子爲梧門作詩龕圖④時帆適擢祭酒

鴻臚禹子畫禪悅，漁洋昔官祭酒時。夢禪居士偶托意，君擢祭酒初未知。適來蘇齋證前諾,恍復漁洋神在茲。彌勒同龕褚令語,慧可得髓誰相期。千灣磯石共明月,一張故紙非永師。蕉映團蒲竹侵几,十籤三昧參合離。追想漁洋撰集日,橋門槐景歲已遲。不爾奚取拈大意,是禪者夢非關詩。石帆之石我作合,況爾畫稿寧虛爲。請向石庵庵主叩,醍醐然否即酒卮。<small>圖有石庵題句,石庵兼理國學事,與夢禪交善。</small>

阮伯元學使寄拓琅邪臺秦篆①

近時嗜篆王與吳,秦碑具拓琅邪無。<small>王虛舟、吳山夫皆未見此。</small>七百年前趙家録,不言此石今可摹。青州進士李文藻,軒髯意氣誇吾徒。自言鷹窠構危架,不數鵝鼻披榛蕪。僅得十行又半字,持向二錢<small>坤一、辛楣。</small>兼贈吾。爾時惜未段生遇,手量石角窮錙銖。生也親挾海客去,時哉春杪未夏初。天青無雲浪不涌,槎枒烏革蒼石膚。摩挲新陽一斜照,微辨兩行五大夫。趙嬰不存楊樛在,李斯那並王戊呼。邇來繆字訛著録,何況竟石全糢糊。此紙分明畫遒勁,畫較周鼓分纔逾。始知畫肥與體稱,體亦周鼓修加粗。證以歐陽考岱繹,肯執徐鄭援申屠。吾去青州閲一歲,喜得詹事緘頻書。隗狀權銘信可準,之推王劭功應符。之罘片石覓不得,汝州遺刻珍難誣。夢從文登裹圓石,大海崛起蟠桃株。

趙者亭以所造兒觥圖墨見寄仍用前韻奉酬②

昔書綱目第三編,蒸動馨香徹木天。萬古不乾麟髓滴,一丸已壓豹囊偏。傾翻江左金壺汁,感激蘇齋藥玉船。更寫人間忠孝事,試來詩境墨論緣。<small>予嘗造詩境墨。</small>

送錢湘舲宮贊典廣東鄉試③

重覓江門滌研泉,依然蒼莨祖師禪。關心文字七千里,拭目英光

---

①　此詩題位於手稿本第 6572 頁。
②　此詩題位於手稿本第 6573 頁。
③　此詩題位於手稿本第 6574 頁。

三十年。似爾誰能詡科第，爲余寄訊好山川。藥湖石上花含笑，^①尚有西齋話勝緣。廣東學使廨後藥洲，南漢西園故址也，史鐵厓閣老於池上小閣手書扁曰"尚有西齋"，予爲作記勒於石。

南石槽行帳作^②五月廿五日

行殿曈曨旭景開，塞垣瑞色近蓬萊。昔年忝預螭坳直，辛巳始充日講官，以迎駕來宿於此。今日初隨豹尾來。夜雨恰宜消薄暑，午風喜爲捲輕埃。好山宛似支篷得，布幔層陰襯綠苔。

兩間房一坡上恰容兩行帳賦呈青垣宗伯^③廿八日

雨意諸峰合，苔疑篆縷斑。小坡鄰喜卜，舊話緒迴環。遠屋深依樹，周廬曲抱山。南康尋宿夢，榻對落星灣。

爲味辛題蘀石畫扇^④

錢老墨藤花，四年前夏作。以酬斜川集，翦燭夜披昨。聊代卷端題，爲添花下酌。淡墨雖攲斜，風味差不薄。賞宜味辛齋，攜之灤陽橐。斜飛山雨後，半捲雲光廓。持與覃溪論，共此遠懷托。頗關蘇門緣，尚愧踐前諾。予諾爲味辛作《重刻斜川集序》，至今尚未脫稿也。此畫墨勿渝，此花寒不落。適得同年書，爲副寸心約。昨盧抱經手札來，勖予力學甚切。枝葉何足榮，但問本根著。喻茲樹園檀，和爾在陰鶴。

送劉青垣宗伯典江西鄉試^⑤六月十五日

果然廬阜夢重尋，昨在行帳賦贈青垣有"南康宿夢"之句，若爲之兆者。還記章江酒共斟。雙桂堂開留夜咏，百花洲住又秋深。摩挲嘉樹論文語，繾綣登樓望遠心。寄訊山僧揩石壁，補鐫舊句向東林。宗伯嘗屬予以同和王文成東林詩鐫於寺壁，迄未果也。

---

① "藥湖"，手稿本作"藥洲"。
② 此詩題位於手稿本第 6574 頁。
③④ 此詩題位於手稿本第 6575 頁。
⑤ 此詩題位於手稿本第 6576 頁。

盧弓甫學士以雍正壬子入仁和縣學今六十年
有重遊學宮詩屬同人和賦此寄贈①

壬子我未生，君已遊邑庠。廿載隨君後，步趨於詞場。荷君汲古力，跬步相扶將。今又四十載，述作罕輩行。即茲遊泮詩，頗識爲學方。君自入泮後，六年舉於鄉。班趨紫薇省，名唱探花郎。禁林切入直，頭廳遂高翔。橐筆螭坳下，持衡楚粵疆。耆宿兼經師，暨陽復晉陽。藝林廣津逮，不獨常與杭。札記出鍾阜，著錄遍門牆。傳義弗馬鄭，訓纂該班揚。顧惟雅故函，匪矜博洽長。即於宋濂洛，蓋弗輕否臧。儒生於本師，動輒肆評量。根柢計已失，枝葉憑何昌。君讀程朱書，審慎必加詳。是以整百家，不啻晤一堂。重來謁俎豆，無愧遊齋廊。甲科老詞宗，白首加壽康。飲水必知源，益益書傳香。訓詁示子孫，忠孝爲文章。後學是楷式，嘉話資奉觴。隔年始讀詩，遠夢馳錢塘。幾個老同年，舊學勤弗遑。勗我日月邁，問津溯川梁。願似采芹初，分陰惜螢囊。

送蘊山之浙江臬司任②

江東節照聖湖開，矛繡春風領外臺。按部每行山水窟，前生記共白蘇來。偈言老衲聽鐘在，青眼嵩陽宿夢迴。天竺一峰移得否，雲根爲向舊潭栽。癸未秋於城北大鐘寺晤秀山和尚，語蘊山當爲外吏，囑以慈祥愷惠，今三十一年矣。

題聽松二篆書石本用松陵詩韻③

一瓣拈來悟妙香，九龍山下舊蓮塘。何年倒薤青蒼氣，點點松花印石牀。

音田爲我作蘇齋圖次韻奉酬④

夢結彭門榻，追來七百年。月明浮玉頂，雲捲淨名天。繡谷圖雖

---

① 此詩題位於手稿本第 6579 頁。
②③④ 此詩題位於手稿本第 6581 頁。

仿,婆束筆未仙。灤峰青照户,詩髓倩君傳。昨屬友翬王麓臺《蘇齋圖》也,予扁齋之内室又曰蘇米齋,故有淨名句。

灤陽旅舍偶題四首①

金橘秋陽注户濃,簾篩行帳碧紋重。翻疑今夕圓通宿,卧對東南石耳峰。

兩月略無旬日晴,面山未得訪山行。層青只在煙雲裏,皴法徒商繆與程。霽堂舍人、音田吏部皆善畫。

鄂伯儵居南寺灣,夕陽邀我共看山。凸凹起伏青層折,燕几甌香遠近間。

一幅灤濡付郭熙,雪溪誰悟道園詩。天然百里神光接,雙塔南來北磬鍾。

青石梁北旅舍見魚山臨十七帖賦此寄懷兼柬味辛②

茅店石梁北,見君題壁書。堊煤神轉逸,粉署詔新除。桑下借禪喻,灤陽迴夢初。依依講堂在,三宿味何如。魚山自跋云"來往宿此,有桑下之戀也",魚山昨於熱河信宿秀峰書院,爲味辛跋十七帖,故因及之。

南天門③

訣啓山莊徑,檐虛萬象寬。南臨憑敞霽,北拱界高寒。輦道中間直,巖雲左右蟠。誰能矜岱頂,暑夕控青鸞。泰山有南天門。

惲南田山水二首④

遠水空光澹若無,煙添老柳不曾枯。暮鴉點入橫雲影,但覓秋聲在荻蘆。

---

① 此詩題位於手稿本第 6582 頁。
②③ 此詩題位於手稿本第 6585 頁。
④ 此詩題位於手稿本第 6586 頁。

淡墨何曾費細皴,蕭寥樹石是天真。峭寒相對淋漓氣,莫道倪迂不畫人。

褚星槎小照①

弓裘文體擅江東,濯濯春漪釣渚風。水磑白鷗雙賦就,衣香渾在柳絲中。晉褚陶事。

題元祐續閣帖第九卷殘拓本②

劉燾何慚共邵彰,右軍豈必似嵇康。唐臨晉帖參差是,且莫斷斷寶與黃。

錢楳谿又得漢熹平石經論語學而篇五行摹本見寄賦此爲報③

熹平石經紙摹十,錢子得自徐牆東。十紙之餘復得一,仍出牆東舊函中。舊函灰飛不收拾,此紙散落完無從。聯翩蝴蝶勢斷續,碎錦巧遇君彌縫。昔於論語堯曰篇,喜君所得宛合蹤。末幅恰連毛與盍,終篇如以商應宮。三碑東行講堂峙,十丈想像開陽崇。豈知今茲復奇邁,篇首字體篇終同。意予抑與證洪釋,贛貢板本今古通。七十有三行計字,萬五千百都鐫工。竟如開章裘挈領,越州海綠鄱陽礱。龍圖晉玉莫矜負,黃初孔廟誰爭雄。不見錢子甫二載,字增七百光熊熊。使其日夜更窮討,恐刮造化雕鑱功。南昌我昔四石勒,小齋亦托耕石農。迴憶研山奔退谷,馳書濟上誇小松。越州石家碑目在,寥寥墨響蘭渚風。孫表左立如可作,聯珠合璧交貫虹。已愧訓詞補何晏,且漫波策師蔡邕。霜空梧月夢錢子,虛窗研影秋燈紅。

楳谿寄惠雙鉤婁壽碑④

夏承婁壽配石經,豐人叔賦我夙聆。義門未見都穆本,何以甲乙

---

① 此詩題位於手稿本第 6587 頁。
②③ 此詩題位於手稿本第 6588 頁。
④ 此詩題位於手稿本第 6590 頁。

能畦町。昔摹寒山趙氏卷，竊疑自運非模型。小宛堂開跋初夏，綠陰搦管餘芳馨。時於瘦勁出新意，似趁草篆姿伶俜。邇來顧_{藹吉。}吳_{玉搢。}說舊拓，未審都本誰辨甄。獨有義門齋語古，是有端緒非目熒。華家己酉顧戊子，百六十載蹤合萍。_{豐道生爲華東沙作賦在嘉靖己酉，顧憩閑以此本贈何義門在康熙戊子。}真賞齋頭夜飛罦，齊女門外秋揚舲。此時此侶那更得，濟南前夏君車停。小樓四照初握手，詫我五嶽圖真形。君歸割愛輒寄我，何啻諸老同窗檽。卷端數行佚奚害，珠圓磊磊垂日星。鄱陽闕處儼合璧，寒山陋矣矜挈瓶。是間可以考隸勢，豈委波畫於畸零。後梁有人來弔古，峴首想近新茅亭。_①_{此碑後有“貞明四年十二月廿四日偶因行過”十四字，甚古拙，貞明二年《新修峴山亭記》見王象之《輿地碑目》。}阿彌小印宛手迹，南禺賦罷仍心銘。漢隸佐書體孰偶，張遷韓仁語漫聽。_{豐跋比之《張遷碑》，虛舟跋比之《韓仁碑》。}十年前摹夏承本，雙眼正共東沙青。義門苦泥豐賦語，欲叩洪刻官曹廳。小蓬萊閣墨響處，石帆亭子舊夢醒。笑憑黃九懷顧八，重須樂石磨濟寧。_{予昔所摹寒山趙氏本，已倩吳門顧文鋗鑴於濟上，故及之。}

題郭天錫日記手迹三首_②

來往西泠下若邊，墨雲日日蘸湖煙。鹿頭舫子人如玉，申酉初交至大年。

句曲仙翁亦趙書，試將髯也較何如。縱橫三萬銀鈎合，尚是郫江未上初。

對榻無聞了即休，海門月涌大江流。盡收瘦石疏篁影，何減蘇齋接唱酬。_{予藏天錫爲無聞上人作《竹石卷》，爲臨寫此記於其後。}

兩峰紅白梅幀二首_③

紅萼相兼綠萼開，江頭欄亞記誰栽。非因鐵幹矜高格，直爲同心

---

① 此句下注文“二年”，原作“二字”，據手稿本改。
② 此詩題位於手稿本第 6592 頁。
③ 此詩至《題劉崧嵐詩卷二首》，手稿本闕如。

照影來。

巡檐幾度醉顏酡，蕑燭誰憐白髮多。又到雪消新月上，酒闌壺缺奈君何。

萊州大基山溪水流出一石乃坡書醉翁亭記之後三行桂未谷拓以見寄乃知今滁州石是贗刻也賦寄未谷三首

元祐辛冬迹，雙髯對唱酬。鶴孤傳六一，詩瘦憶滁州。真見星堂聚，還同大白浮。東萊英氣在，雲影接元洲。

昔訪琅邪篆，留題記石邊。我懷王詔咏，誰配杜彬弦。太守猶遺韻，門生仗後賢。定無塵俗款，山籟始超然。今滁石記末“十一月乙巳”下復有“眉山蘇某書”五字，此拓本無之。

欲效衡山補，還滋浴日疑。黃灣停舶處，赤壁倚巢時。萬古蒼茫氣，三行夢寐馳。蕉林珍二賦，圓熟肯同之。廣州《浴日亭》詩之類，皆濃重勻熟，非坡公真迹也。

東坡偃松屏贊墨迹殘失蕑綴僅存五十二字後有倪雲林跋於徐良夫家

羅浮山松凍不折，何似中山飽霜雪。枕屏卻寫蒼玉精，大茂罡風吹地裂。負書看草新宮銘，百神守護群真列。山卿少霞誰甲乙，抱樸契虛爭朗澈。鶴峰迴憶合江樓，吹息繩牀塵一唉。中夜黄庭漱玉池，風輪珠露量根節。尺素濡毫本多事，怒猊墨瀋滄波挈。何有瀾翻拆海圖，顛倒天吳雲錦纈。書評季海語已贅，看到耕漁那須説。燭光墨暈起撑空，胰瘝何從著分別。太陰抉石鬱雷雨，處處松鍼立積鐵。來與蘇齋證寫真，紙窗斜轉朦朧月。

羅介人畫梅三首兩峰子

高韻趨庭得，良工幾個知。超然冰雪外，直以性情爲。如此江南思，何煩驛使馳。羅家傳畫譜，合自號梅癡。

辨取真神骨，天涯冷故交。荒江千樹徑，古柏一衡茅。介人家有古

柏,顏曰"香葉草堂"。王冕池頭墨,坡公竹外梢。爲誰成澹對,月落曉
禽嘲。

道人稱鐵研,元不借梅枝。佛偈香殘後,蘇齋篆裊時。赤松非粒
食,姑射有冰肌。從此梅花夢,應推鐵體詩。

題劉崧嵐詩卷二首①

仲則云亡蘭雪病,君才二子欲兼之。前年愧我新城宿,遜爾毘陵
弔墓詩。予自濟南往青州欲拜漁洋墓而未果。

海東吟到嶺西村,心匠何人與細論。只合金鍼能度繡,石溪詩話
寄梧門。君有姬人,繡石溪看花詩卷,昨吳生蘭雪書吳下女士金逸題此繡卷六詩,以寄梧
門學士編入詩話也。

錢舜舉秋茄圖用自題韻②

那向徐家乞寫生,苕溪自倚暮雲橫。蔬畦幾日經秋雨,補得山居
一幅成。《宣和畫譜》徐熙、徐崇嗣皆有《茄菜寫生圖》。

題二客吟呈崧嵐③

誦爾壎箎唱,如披主客圖。翻新生頓挫,峭響出臨摹。如五律第一
字、第三字仄平互換之格。是有君形者,於誰匠意乎。終須窺杜法,萬象一
元珠。

再用前韻題趨直圖示樹培④十月二日

四轉新陽拜賜書,重逢禁闥集華裾。記看右砌隨肩處,恰值王郎
坦腹初。宜爾日長思共几,勉之冬課勵三餘。聯班畏此簪毫手,窗下
重茵急掃除。"窗下日長宜讀書",黃山谷贈妹壻句也。

---

①　《兩峰紅白梅幀二首》至此詩,手稿本闕如。
②③④　此詩題位於手稿本第 6593 頁。

芝山以坡公偃松屏贊殘字卷歸我賦謝四首①

石澗何年太古陰，鶴峰影著研屏深。故將倚石槎枒意，伴我蘇齋響玉琴。

磨墨曾題紫翠間，合江慚愧照潺湲。蒼茫倚柱僧虔法，忽夢羅浮海上山。昔於惠州白鶴峰思無邪齋之壁題曰“紫翠間”，今二十八年矣。

小字松醪賦未真，盆銘妙迹識何人。合教想像松膏筆，收盡中山萬古春。雪浪盆銘聞已磨毀。

邕師碑跋悟歐陽，坐臥尋思野食忙。題作蘇齋書券帖，書樓別起夢歐堂。此卷芝山欲於友人處爲易《化度碑跋》而未果，故持以來贈也，宋俞壽翁有夢歐堂。

唐子畏枯木流泉②

枯木渾是風，流泉半是雲。所以枯者活，而使流者聞。意在遠峰外，乃徐近峰分。欲窮泉來處，端與誰是群。豈惟無人迹，并掃雅鵲紛。寥寥一寒空，依稀淡斜曛。是中初無有，化盡皴皺紋。破除諸義諦，拈著夫何云。然其氣所攝，蒸動乎無垠。静深出亹亹，向榮本欣欣。說破善者機，莫詡郢人斤。未免有習氣，與余證論文。

徐昭法仿雲林小幀③

上沙土室倚寥空，又與蕭閒館不同。絶聽主人如幻夢，如何緑到圃蔬中。

新城王文簡公墓碑今始書丹寄阮學使爲立石④

我昔濟南行，目馳張店驛。空持拜墓懷，未遂踐衡軛。北來逾寒

---

① 此詩題位於手稿本第 6594 頁。
② 此詩題位於手稿本第 6595 頁。
③ 此詩題位於手稿本第 6596 頁。
④ 此詩題位於手稿本第 6597 頁。

暑，隴煙改新麥。有來琅邪生，貽我側釐尺。新城尚書銜，條冰森竹帛。顧我渺研池，敢以十指擘。疇昔嚮往衷，清夜捫未易。齋被作隸書，若補韓乙額。<small>漢隸如《韓敕》《乙瑛碑》皆未有額。</small>凌晨修寸牘，未覺阮公隔。坐我小石帆，神遊昔池北。此舉前令踵，重今官師責。徐公師古賢，雅抱同素積。侁侁都邑子，往來文章伯。長林敢疾馳，征鞍必憑軾。追思飴山叟，竟爲馮班役。千載私淑心，何止流輩百。嗚呼三昧旨，充實萬鈞力。豈有開後賢，圓機墮空寂。國朝雅頌手，齊魯申轅式。遺書今具在，慎爾精審擇。我昔於書庫，條理仰函席。四十二種編，儼若承親炙。<small>予在濟南更訂漁洋三十六種書爲四十二種，編定目錄，存於新城縣學。</small>昨披神韻目，迥異江南刻。陳冒兩家傳，未是真手澤。初盛中晚唐，分刋心失得。精微其如何，大路之所適。殷高到姚韋，隨人各攎摭。羼提人天眼，耿耿星月白。浩乎氣流行，洞庭靈尾宅。焉能限學徒，跬步泥所蹠。岱宗高岧岧，千里一環碧。鵲華兩嶙峋，遠照蒙與嶧。帶經信古堂，春草豐翠色。諸儒風雩間，庪止思無斁。莫輕官道旁，新磨一片石。敢借附名傳，珍留阮翁迹。桂顏二詩盟，定爲拓裝册。憶我明湖舫，趵泉風雨夕。

凍豆腐①

黎祁淡味出冰光，瀹釜依然玉截肪。刻畫霜巉水歸壑，嵌空窠綴蜜分房。虞家三德全融結，穆氏諸昆孰比量。來自青龍橋外店，先春一夜送泉香。<small>苑西青龍橋店家賣凍豆腐著名。</small>

石谷仿雲林小景②

<small>自題云："倪高士初名珽，字宗率更，畫與晚年如出兩手，余客嘉禾見其少作，摹之。"</small>

倪迂早歲筆如斯，奧曠之間意孰知。吾品褚書亦同此，多師應在孟師碑。

石谷小幀①

流水空山修竹間，四山響答水潺潺。②何人佇目彎橋上，意在青林轉處山。

鐵研畫梅③

驪龍頷下珠千斛，化作梅花世外妝。鐵幹爲誰穿絳縷，三元蛇篆出丹房。

---

① ③　此詩題位於手稿本第 6600 頁。
② 　"水"，手稿本作"瀬"。

復初齋詩集卷第四十七

蘇齋小草三_{甲寅十一月至乙卯七月}

崔青蚓洛神圖①

甲戌中秋爲王敬哉作，後有董臨十三行。

彼洛之靈審若斯，陰陽帥雩合與離。神光縹緲倏忽馳，陽林通谷
何人知。帝子降兮北渚時，瓊華翕挹彌瑤池。清思眇眇不可持，縈空
髮髻飄雲旗。翩焉骨輕雲一絲，五銖衣裾不任吹。水光濛濛澹渺瀰，
雲煙細裊窮豪釐。流風迴雪霞升曦，凌波想像然猶疑。何從解珮交甫
貽，真若翠羽明珠施。要之習禮兼明詩，恐是川上精駭移。崔生崔生
洵好奇，仙靈恍惚筆底隨。華亭畫禪安得追，半段晉帖臨奚爲。青箱書
堂非故基，嗒焉茶夢君誰思。與我蘇齋香篆期，窗光皴起芝田漪。畫摹
愷之書獻之，初非絹素非文辭。雪消簾捲小茅茨，一鉤淡月西峰規。

芝山復以元人所繪偃松見贈裝蘇迹後②

屏贊松圖並陳几，忽動萬里長風起。誰初安鑿元代名，我意直是
斜川耳。斜川昔從南荒日，正在石樓雙樹底。嘯餘自作中山夢，大茂
雪霜連麓趾。盤拏勢掣雷電迴，拗怒蒼茫意誰使。松顛若了不了雲，
松脇橫分未分水。化人巨迹蓬萊股，天匠雲斤斫石髓。萬怪奔駛如吾

---

① 此詩題位於手稿本第 6607 頁。
② 此詩題位於手稿本第 6609 頁。

何,中有跏趺不動理。東坡果是千載人,寒瘠不枯腴不喜。何況焚香日拜公,千百機鋒何處擬。反嗔宋子太多事,辛苦荆關測原委。覃溪瑣録尤可笑,往復神形相彼此。今年臘作公生日,轉益文綸滋簁啓。先生有意試吾曹,都落寸田尺宅裏。此松若見善者機,此畫奚從喻非指。贊非言說圖非仿,只有先生春睡美。月明滿地落金釵,四百二峰横翠紫。

李西涯移竹詩卷沈石田畫①

相公到老營鮭菜,蠹簡都算園翁債。有竹莊翁寫影來,一榻清風倩誰賣。我企清風二十年,横街髮鬅昔開軒。夜半禪機退翁偈,清風萬籟傳其言。竹林題待張甥補,學士波傳新樂府。醉花不怕李金吾,醉竹偏憐陳玉汝。移根本自同根節,添來半舫齋中月。隔巷聯吟乞竹栽,長沙長洲那分別。當時長沙詩主盟,有斐一氣皆滋萌。手植都無間草木,苔岑總是詩性情。成齋之箴勖忠信,柯葉日長威儀峻。清溪並照宣溪緘,王世貞號宣溪,西涯所從乞竹栽者。白石初成石翁印。詩家與竹作生日,賓客滿堂搖醉筆。非此槎枒磊落胸,多少精微孰傳出。幅紙經今三百年,諸翁顔鬢故依然。一笑廣長闇主夢,繅絲零落拾吳船。我昔玉堂吟種竹,每過西涯縱春目。數竿淇澳難卜鄰,雙劍延津竟聯軸。懷麓堂深感舊懷,坡詩文正即西涯。風味何人同寫照,雙清松竹屬蘇齋。適得蘇書《偃松屏贊卷》,因以“松竹雙清”自顔書屋云。

再題四首前二論沈畫後二咏移竹也②

豈敢便爲無沈論,贋常八九一難真。杜詩韓筆顔書法,大有中間著眼人。

粗文細沈與誰論,黄鶴山樵覓替人。前輩收藏多小幅,淋漓元氣斧麻皴。

記與成齋締誓言,月明半舫對開軒。更無閑客堪移住,只此君來

---

①　此詩題位於手稿本第 6611 頁。

②　此詩題位於手稿本第 6613 頁。

共養源。

　　醉能付托李長沙，鳳律誰銘蔡少霞。莫信匏翁嘲笑語，醒來不是別人家。<small>吳匏庵竹醉日題此卷云："今朝竹醉教移竹，荷鍤穿雲去路賒。卻笑此君多潦倒，醒來已在別人家。"</small>

秋盦以所藏元文宗臨晉祠銘永懷二字墨本卷屬題三首①

至順二年正月巙巙跋

　　縑護分明璽色丹，奎章閣下曉風寒。侍臣三嘆緘懷袖，莫作唐臨晉帖看。

　　銀鉤細楷拜恩承，真個華亭說永興。且莫會稽官印擬，縱橫三萬字誰能。

　　鬭取船窗卷共摩，鮮于困學對鷗波。妒君又得元人一，酒琖燈光奈爾何。

再題西涯種竹詩退翁和尚所跋卷後②

　　李詩歐帖皆真偈，漸要禪居以退名。<small>予齋所藏宋拓《化度寺碑》，後有潘退翁跋數十段，李茶陵《種竹》諸體詩後有退翁和尚跋，自此予頗有以退名居之思也。</small>梅衲似曾詒小印，匡廬未遽號雙清。<small>在南昌得吳仲圭山水小幀，有雙清館印記，而使院後齋適有舊題雙清館字，予因欲自題曰雙清書室而未果也，今年冬得坡公《偃松屏贊》真迹卷，又適得西涯《移竹詩畫卷》，與舊藏《種竹詩卷》相合，乃自題松竹雙清書屋云。</small>玉堂種竹仍無屋，白石蒼顔待踐盟。大鑑花龕春雨夢，又遲十載滴檐聲。<small>乙巳春有題此卷二詩，時去退翁之題百廿年矣。</small>

立山受堂雪夜過談懷鎮堂③

　　楊郎粵客丁滇客，共訪蘇齋松竹居。正照太行千仞雪，同開絳邑一緘書。寒非嶺外南枝寄，貧似城東舊草廬。對影蕭蕭三白髮，兒時

---

　　①②　此詩題位於手稿本第 6614 頁。
　　③　此詩題位於手稿本第 6615 頁。

風味話當初。

柿　餅①

曹南抵續牡丹詩，直以糖霜譜壓之。豈謂金烏燒赤卵，竟成玉液
漱華池。滑飴露浣經年夢，瑞雪香生破臘時。肺病不須題唉麪，天然
餅大說誰知。②今年臘雪倍大也，予舊書集右軍帖字以唉麪名齋。

自題三萬卷齋③

笑論架插郯侯籤，已愧湖州目錄兼。秀水厨難八萬擬，黃甘字孰
兩行添。漢碑草草傳洪适，宋槧寥寥拜子瞻。化度銘圖摹范老，賜書
樓印敢輕鈐。洪氏所錄熹平石經，吾齋僅摹得其七百餘字耳，趙明誠《金石》二千卷則
今已二千五百矣。

文衡山仿黃大癡溪閣閑居圖④以下乙卯

文畫仿大癡，如仿蘇黃字。同時沈與吳，坡谷推法嗣。先生獨兼
之，飛騰掩前輩。蓋以雄秀姿，而得巧力備。嘗謂文衡山作蘇書勝匏庵，作黃
書勝石田。所以畫稱粗，譬彼沈之細。此遊陪吳師，支硎訪幽邃。陸子
堂爲開，一峰幀可配。援筆爲摹臨，蒼然取大意。黃幀吾未見，頗已
領深秘。水閣與石梁，遠近窮位置。坡陀澹濃間，重掩有餘地。請從
山脚論，吞吐收空翠。實於沈厚中，能寓深穩氣。身名俾壽臧，兒孫
復昌熾。畫家具相法，此理天所致。河陽品營邱，昔已拈斯義。今人
學衡山，但知趁姿媚。如此渾淪境，寥寥幾人至。羅家名父子，鑑藏
得高寄。何當營草舍，日共披篋笥。

惲南田仿管仲姬竹卷二首爲魚山題⑤

散病銅魚舊史家，雪川印出月痕斜。蕭蕭寒玉秋濤響，忽悟奚童

---

① ③　此詩題位於手稿本第 6616 頁。
②　此句下注文中“舊集”，手稿本作“嘗集”。
④　此詩題位於手稿本第 6619 頁。
⑤　此詩題位於手稿本第 6620 頁。

午瀹茶。

十載前遊儼夕曛，雷硠嶽頂下靈文。誰知小几甌香夢，斑管風來掃緑雲。是日觀魚山手拓華頂王孟津書"枕破鴻濛"四大字，及魚山所題仙掌峰"力扶元氣"四大字，皆極雄偉。

兩峰竟以文畫見贈和衡山自題韻爲謝二首兼邀魚山和作①

爾我追前夢，同遊意思長。過橋新雨滑，瀹鼎片雲涼。石翠飛泉急，江沙漏樹光。只應留故紙，支策記平岡。

讀畫馮生榻，春晴晝漸長。誰評年少壯，有此筆蒼涼。共爾參詩髓，添予挂壁光。謇修勞玉珮，何減斵崑岡。予先得衡山大軸，亦壯年粗筆，可與此相配也。

庚子春廣濟閔生爲予寫天際烏雲二句詩意後十五年
始得裝於坡公墨迹前繫以詩②

端明學士夢中筆，多少詩家畫不出。廿年記倚藥洲檻，半夜欲涌羅浮日。後來屢向錢擇石。羅兩峰。説，莽蒼迷離境難必。閔生一朝醉過我，噀墨光飛虚白室。泠然守居閣子風，吞吐錢塘海潮闊。菱湖莊主旁大笑，此夢朦朧復誰述。今開敝篋紙淡昏，信否蘇蔡精靈存。安得摹本容臺證，仍共石墨松陵論。静研神理極波策，江海起立雷霆奔。嗒焉嵩陽居士影，正著大茂孤松根。枕屏堂壁本何有，青眼萬里奚留痕。茶煙一縷香一炷，濛濛趺息尋其原。

孫淵如屬兩峰作倉史造字圖來索詩③

兩峰潑墨太好奇，甚至鬼哭亦畫之。孫君喜正文字者，謂我識字索我詩。我昔嘗訂歐趙録，朔方殘字疑延熹。倉頡廟碑，漢延熹五年立，趙明誠以爲熹平六年，誤也，歐陽公又目爲朔方太守碑。四目靈光德穆穆，寫彼鳥迹

---

① 此詩題位於手稿本第 6620 頁。
② 此詩題位於手稿本第 6621 頁。
③ 此詩題位於手稿本第 6622 頁。

綱紀垂。餘文半泐不可讀,諸家著録徒紛岐。一碑揩扡有如此,千載
而下慎闕疑。蘭臺令史考六藝,七章稽自秦相斯。張敞杜林傳訓故,
古字未易砭俗師。大篆六篇亡建武,何況遠問洪荒時。厥初象形以
依類,形聲相益字乃孳。詩毛書孔易孟喜,南閣祭酒師賈逵。說文舊
本又難得,建類一首無人知。凡今學者審經訓,先就傳注研豪釐。寧
守師承務平正,莫矜奇異恣騁馳。兩峰昔爲桂君繪,許慎二徐統系
推。觀者須識作圖意,不在競說煩文辭。且從勿畔程朱始,由末溯本
培其基。敬之敬之日下拜,立誠居業恒孜孜。

羅兩峰遊岱圖①

羅君碧眼方兩瞳,趺坐意已乘虛沖。常時十指出雲霧,鍊氣浩蕩
逢青童。今者披圖忽一笑,廬間呼吸天門通。吾嘗再陟子三陟,實以
襟貯非繪功。聶君之書壬辰作,馬第伯記絙磨胸。至今仿佛劉志注,
遙參亭下人倚筇。泰安聶鈫撰《泰山道里記》。子時正得聶君共,真形圖衛
巾箱從。石砠層青夾澗氣,筍輿直上憑罡風。萬松翼護鸞鶴立,諸瀑
突瀉蛟虬衝。前濤後響人語接,千盤一穴天悶容。精神飛出天地間,
角根直挈陬維宮。鳥迹之書玉真咏,子往索之儻有蹤。秦牒唐碑何
足紀,萬峰皺疊雲戎戎。東瞰榑桑大海緑,紫金浮動煙空濛。子能攝
之領其要,歸來沐浴神丹紅。且應後園睨杜甫,那復密雪追王蒙。尺
縑使我聳起立,七柏使院飛嵐濃。暑夕支窗北樓望,何意展卷城南
同。子入於機沖莫勝,畫理孰與禪觀空。蘇齋何處著此卷,只有偃蓋
屏風松。

次答蓮裳留別二首②

咳唾鮫珠贈,青蓮起舌端。以君同夢篆,嗤我未還丹。江郭收春
櫂,樓鐘倚暮寒。臨川城中有古鐘。肝腸迴錦繡,始信度鍼難。

---

① 此詩題位於手稿本第6624頁。
② 此詩題位於手稿本第6625頁。

嚴經傳魯峻，雅樂感延州。試訊方平約，重尋海嶠遊。道耕新穫少，飢怒故人求。急待麻源客，青麟擗脯羞。此首前二句以經學望魯習之，以詩學望吳蘭雪，而後六句寄懷王實齋也。

小松爲作偃松小幅①

坡公住羅浮，何思大茂松。千歲元玉膏，日日飲醇醲。想嘗擬寫照，虬蟠固大冬。印此真一酒，訊之四百峰。舊夢忽宛然，翠掃峨嵋空。真骨閱世境，崖石撐青葱。造物初何心，爾自隨遭逢。墨雲蒸絹素，氣合春蓬蓬。太陰鬱雷雨，倒拔根青銅。與公贊語應，何執乎屏風。更奚寫群仙，負書鶴氅從。浩歌豐湖上，一聲禪觀鐘。

吳漁山山水卷②自題云“康熙乙亥秋耕煙先生見訪屬寫”

借詩論畫吾誰徵，石谷我朝之右丞。四王蟬聯到墨井，或以麓臺當少陵。張庚亦以詩品畫，謂石谷可漁洋朋。能近取爲墨井譬，吾意欲以秋谷稱。頗聞當時石谷擬，亦若王趙名相矜。此卷正爲石谷作，海舶初返禪窗憑。自題意傲松雪叟，瓣香爇向梅花僧。爾日未知石谷意，同時可服劉郎膺。奉常法即大癡法，密林卷義追尋曾。惜不傳此訪晤語，二老江閣挑秋燈。合離儻在煙墨外，精微難以口耳勝。誰將畫派劃嘗熟，且莫誤會嗤吳興。漁洋秋谷亦如此，何至區別炭與冰。我因蘇書悟三昧，滁亭大字攀崚嶒。

陳白陽古木寒鴉③

白陽寫生取大意，乃以寫枯爲寫生。枯林淡得山氣韻，飛鴉點出山性情。飛鴉漠漠近漸遠，枯林蕭蕭日向晚。是從人意佇秋空，意在橫雲著層巘。濛濛渾是雲往來，借問何從乞粉本。

---

① 此詩題位於手稿本第 6626 頁。
② 此詩題位於手稿本第 6627 頁。
③ 此詩題位於手稿本第 6628 頁。

題沈石田吳匏庵祝枝山戲贈朱野航短視詩墨迹册子三首①

石田題云："奉戲朱野航短視一首,請同途合轍君子和之。"

性甫鈔書筆有神,翻從短視見天真。奇哉白石詩題在,許我同途合轍人。

靉靆添光試未曾,珊瑚鐵網聚誰能。尋常荻扁人家月,偏著先生夜舫燈。野航館於荻扁王氏家,嘗晚酌罷見月上,野航朗吟"萬事不如杯在手,百年幾見月當頭"二句,因發狂大叫,呼主人起更取酒酌,明日吳下遍傳,留連數日。

陸郎家笥見書箋,感動名卿載米船。今日舉家食粥帖,笑憑目力墾書田。往年爲吳門陸氏題野航手札並李少卿饋米札卷,今附臨於此卷後也。

彭生受禹公車北來感賦②

知三堂下談經侶,四十年來獨汝存。幾度春風遲上苑,一襟舊雨叩師門。文家鳳羽爭騫取,筆勢羊裙待細論。寺塔慈恩追杜咏,柳煙時復夢劉村。

元人跋化度帖凡十三段來歸篋中賦此六詩以待其帖③

名迹多年綴筆談,後村韻叠我深慚。如何想像蘭亭面,跋語裝來恰十三。

有元詞翰盛鷗波,幾輩摹臨奈若何。今日紙邊摩小印,更無一筆辨疑訛。

昨跋秋盦永懷卷,喜逢康里署名真。馳書濟上應浮白,賞對元人復幾人。

側想王孫介壽筵,眇然貞觀執前賢。摩挲故紙來三嘆,何止裝函二百年。

———————

① 此詩題位於手稿本第 6629 頁。
②③ 此詩題位於手稿本第 6630 頁。

吳興妙墨日焚香,添得松屏夢篆旁。助我精靈相噏合,重楷賡錦拜歐陽。

纔隔端平六十春,疏齋松雪未交申。正留五百年佳紙,待我重題作主人。盧疏齋題於元成宗丁未,松雪題於武宗元年戊申,至今四百八九十年矣。

題高南阜明湖夜泛圖二首①

畫我年前夜夜心,誰憑渚面蕩虛襟。薛公祠外天空闊,北極臺邊月靜深。裊窕遺山春夢影,低回杜老古亭陰。柳煙多少依依恨,澹對漁洋直到今。

尚左之流亦逸才,渺難收拾笑空來。寄言遠者勝延佇,所謂伊人每溯洄。點黛雙峰知客意,憑窗四照爲誰開。半篙煙雨蒹葭外,認取濛濛翠一堆。

題趙千里山水卷二首②

金碧樓臺紫翠煙,夢華掌録故依然。如何仙井思春雨,野水殘雲三百年。

大年松雪後先聞,浣盡江東日暮雲。本色自師天水碧,不應輕學李將軍。

待帖詩邀諸友和作③

晉法留真楷,化度碑第一。況傳唐榻本,不減歐墨筆。郁家安家記,吾早窺之悉。何甞親披玩,夢甞臨髣髴。宋褾摺叠工,隃糜玉堅栗。二十有一番,附以十五跋。魯齋後村本,裝宋南渡日。尚恐未及此,秘篋誰與匹。追慕三十年,頗喜雙眼豁。章藻墨池堂,鉤勒所從出。數紙古香在,一片真神骨。已勝弇州三,何論束里帙。持量世楮墨,高懸儗鐘律。潘寧蔣衡書,黑蟻不勝詰。近聞弇州藏,新充陸家

---

① 此詩題位於手稿本第 6631 頁。
②③ 此詩題位於手稿本第 6632 頁。

物。陸君爲雙鉤，寄來肖豪髮。吾齋此墨緣，率更遺衣鉢。壁繪書樓
圖，神往嵩陽闕。那復隴望蜀，妄意磁引鐵。無如翰墨精，真宰自迴
斡。郁安所傳聞，忽來入吾室。按圖驗紙番，廿二到卅七。元迹十三
家，次第數甲乙。明賢僅跋二，何人帖同割。思之復思之，暫失豈終
失。前有西涯題，玉筯篆奇崛。春草陳家堂，印記猶未佚。彥廉節母
兒，南陔白華潔。當時諸名士，筆灑肝腸熱。此帖應戀此，印文紅瑟
瑟。金陵宣城廬，讚嘆非筆舌。首自廬疏齋，次即趙松雪。是幅尤天
然，神光雪爾帥。與帖相顧盼，影定膠在漆。寧能不歸來，幾載忍飢
渴。矧托吾齋本，合同宛記莂。二本不覿面，此諾何時畢。諸賢責久
要，日星以爲質。豈吾私言歟，神聽理可必。黿鼉信不欺，告我曰歸
吉。更煩諸友詩，焚香徹芬苾。此跋且遲裝，日日虔齋祓。

王秋史溪堂種菜圖二首①

蒼然老柳已傳神，雪後寒泉夢未真。黃葉聲中菜香外，詩人小影
是禪人。

濟南詩派復誰知，神韻元從格調規。怪得鴻臚錯臨古，衣紋全學
馬和之。

甲寅恩科廣東榜諸生來謁賦贈湘於宮贊②

海上珊瑚積茂林，手栽樾蔭到於今。卯童幾日皆髦士，冰鑑重來
證素心。八桂天香應更發，三元衣鉢孰能任。葦齋權寫珠江水，仍向蘇
門譜玉琴。予自廣州出試潮州、嘉應諸郡，造小舟題曰葦齋，今三十年矣，聞其舟尚在嘉應渡
口也。今科廣東榜第一人葉鈞是予所拔取葉生應堯之子，其餘亦多予所取入郡邑學者，故及之。

錢南園御史爲徐心田畫三馬圖用蘇黃集中韓幹三馬韻③

錢公書勢秋露垂，忽寫駿尾搖風絲。三馬駉驪間者駱，四蹄削玉

---

① ②　　此詩題位於手稿本第 6635 頁。
③　　此詩題位於手稿本第 6636 頁。

耳卓錐。郊原秋爽氣清曠,顧視深穩非奔馳。神情一以樹光攝,不寫閑牧轗與羈。挂之心田草堂壁,隱几跌坐賞已奇。我誦蘇黄三馬句,氣餒不敢争雄雌。莊生緣督技進矣,遒林神駿乃似之。三折筆蹤悟良匠,九方相法遺毛皮。攜歸江村好風日,此意麈尾茶甌知。還憶拈來瘦詩骨,畫禪不必名畫師。

送鐵香太守之任臨江①

憶從此郡南枝寄,翻欲勞君北望心。試倚方塘圓舊夢,還如對榻寫清襟。金經石補應添跋,玉笥山幽待共尋。今夕兩峰圖畫裏,太行千里悵春陰。鐵香由真定取道南行。

題寧波豐存禮所刻蘭亭②

唐臨絹本極紛挐,始信朱鉛態莫加。漫執神龍憑褚印,不虚烏鎮説文嘉。書樓帶草盟蘭渚,玉版晴虹起墨花。今日四明傳拓出,壓低三米鑒藏家。

鄧蓀洲寫雙井圖見寄③

谷園前秋薦毛泚,鄧生從我旋轅始。瓣香微尚托斯人,秉鐸恰來山谷里。五年手札償前諾,幾秋步繞西潭涘。此井何時深隱潭,雙照難逢晴徹底。生也拜禱先生墓,是夕寄宿荒山址。晨光動影一氣中,似我校刊三集喜。須臾圓綠吐江心,一泓印月雙奩啓。墨暈沉沉神理在,障濕濛濛真境是。先生磊磊軒天地,某邱某水於何指。萬古寒空静湛然,一篙汲綆徒爲爾。畫山並畫鈞臺亭,老屋深林守孫子。知我齋頭日拜公,見爾新圖汗顏泚。嗚呼先生神式臨,若溯大川源測委。瀹茶知味鼎翻珠,寸寸碧瀾何自起。題畫還題谷園卷,寄生並寄西江士。同岑同結古井苔,一口吸盡西江水。

---

① 此詩題位於手稿本第 6636 頁。
②③ 此詩題位於手稿本第 6637 頁。

陳白陽杏花①

何嘗落墨仿徐熙,寒食江村暮雨時。留得半欄斜月影,罨溪來補石田詩。

揭鉢圖②

是鉢非鉢圖非圖,鬼母經即寶積乎。般若迦妻果有無,千子萬子愚癡辜。或假樹木神船車,水陸變幻夢寱呼。怒騁萬怪雄牙鬚,何以群媵環其姝。愛子何以玉雪膚,竿幢危蠹緣都盧。匪宼載鬼張之弧,力竭不得聞呱呱。悲者泣者情跼蹐,世間萬有同一途。嗔貪歡喜誰根株,照以圓鏡摩尼珠。頃刻涌現窮錙銖,一一本具真性如。山河大地繪影俱,泡電收入跏團蒲。昔聞吳越銅塔摹,屠刀放手即拜膜。又聞弇州訪馬湖,大藏輪轉功非殊。我臨香光細楷書,回向文字言說初。兩峰道人偈有諸,大海水繞雲糢糊。

題吳越金塗塔合拓本③

朱石君中丞得於紹興壽量寺,阮芸臺詹事拓以相寄。

我銘毘陵趙藏檟,始辨錢鏐記錢俶。已想憨山記堪續,圓頂鐵輪如阿育。四周四合鏤金麼,月光尸毘無量福。本行往因如可讀,聚沙居士錢之族。寶所從來即保叔,淨慈先於白蓮築。方泉山雨哦銅綠,八萬四千偈子熟。果現圓輪圓四幅,八觚四面相連屬。朱十詩話到朱六,阮敘宏明阮元錄。來印吾齋夜燈燭,梵天花樹依金粟。一月千光川百瀆,地爐芋羹記同宿。五代十國紛鑄金,我昔手拓訶子林。癸亥丁卯讚塔陰,東西二塔光交森。款文四側晦莫尋,後十載勞故友忱。剔盡倚壁苔花深,諸天佛名護寶琛。聚合蓮蕚圍球琳,一四四一非差參。《維摩經》四天王獻鉢於佛,佛以手疊鉢曰一即四,四即一。此塔此影無蠧蟫,白毫相光普照臨。須彌芥子力執任,八百年餘逝駸駸。歐史薛史蒐湮沈,後來弔古古猶今。誰知采山山寺心,湖山江海和我吟,大洋風起迴潮音。

---

① ②   此詩題位於手稿本第 6639 頁。
③   此詩題位於手稿本第 6641 頁。

題漢畫小隸書二首①

武梁祠闕榜琳琅,韓敕碑陰細著行。千六百年銖纊迹,商彝周鼎共評量。

古器傳摹易失真,五銖半兩字猶珍。後來只有歐家壁,貞觀千文可共論。率更小字《千文》,貞觀十五年三月刻石學舍東壁者,不減古鼎彝也。

吳漁山畫松竹石鐫於筆筒用其韻題之二首②

言祠井畔謝聲聞,逸氣軒軒想入雲。海上成連濤響答,相知只有歲寒君。

鐫從丙子追壬子,鑒賞婁東二十年。是仿坡書非偃筆,清蒼直造一峰巓。有壬子殘臘王時敏題。

兩峰仿宋人古木歸雅扇頭③

蕭蕭葉脫洞庭霜,點點寒鴉趁夕陽。何意先生驢背上,收來北渚氣蒼涼。

丁南羽米老像董題贊④

丁仿石本像,董書石本贊。贊出子友仁,像即米濡翰。贊留寶晉帖,像傳桂江岸。好庵詩境翁,題詞岸石畔。題詞既苔昏,贊書並泐半。百八十載前,董題萬曆甲寅。意臨已三嘆。爲趙明府題,今供趙几案。攜來蘇米齋,齋主共禪觀。海月氣升空,迴雲抱山硯。萬古淨名天,飛光劃江電。

葉蓮航進士蕉陰洗硯圖⑤

君成進士歸汝南,枉過蘇齋益我慚。試卷蕉心呵硯滴,⑥此間津

---

①② 此詩題位於手稿本第 6643 頁。
③④ 此詩題位於手稿本第 6644 頁。
⑤ 此詩題位於手稿本第 6645 頁。
⑥ "試卷",手稿本作"試展"。

逮向誰參。

送王蓮府編修典四川鄉試三首①

遠使三年後，來題萬里橋。浣花迎絳節，彩筆下丹霄。衡鑑趨庭得，尊甫少詹公屢主文柄。論詩並彎要。時與項豫齋郎中同使。夢中壬子咏，時復補行軺。昔王漁洋先生以壬子典蜀試，而蓮府昨亦壬子出使，故恰有此句，非敢竟目漁洋《蜀道集》是補作也。

秋老宣華址，前賢駐節心。幾多揚共馬，想像古猶今。玉尺涼漪照，冰壺洗墨吟。摩訶池上月，淡對畫簾深。成都貢院即蜀王衍宣華苑址也，有摩訶池。

右軍摹畫壁，石室未糢糊。少尹碑親訪，元和篆有無。寄聲煩給諫，妙墨拓成都。焉得楞伽跋，寒齋共拜蘇。昨李滄雲給事視學蜀中，屢爲精拓柳公綽書諸葛祠碑，但尤欲得其篆額耳，又聞大慈寺有坡題“觀盧楞伽畫迹”數字尚在，亦幾幸一拓之。

寄送秋盦南歸三首②

得碑十二圖成後，兗濟行將二十年。幾度遲留難別處，南池雲接紫雲邊。

多年擬構小蓬萊，此去經廬半舫開。白首賞奇然圖在，黃繒拭軸晉齋來。

聞道秋還洛下經，嵩陽居士眼俱青。闕迴巖洞深雲木，試叩天關倒列星。

題扇頭小景③

客夢聊隨水石灣，尋詩只在遠林間。因風欲答樵人唱，淡影濛濛何處山。

---

① 此詩題位於手稿本第 6645 頁。
② 此詩題位於手稿本第 6646 頁。
③ 此詩題位於手稿本第 6647 頁。

題羅兩峰爲伊墨卿摹鄭夾漈像二首①

日月井邊三十年，草堂夾澗水潺潺。此間心得憑誰叩，手撝群書七略編。夾漈故宅有修史堂、日月井。

精神給札寫書初，摹出眸光正炯如。羅子苦心還憶否，商量鄭學二旬餘。兩峰昔爲予作康成像，考索鄭志諸書，凡廿餘日乃成。

伊雲林光禄梅花書屋圖二首②時光禄以疾在告

夙世雲林子，空山積雪期。素心猶髣髴，老屋自耘耔。天地温仁氣，煙巒窈窕思。夢中誰寫照，窗月挂橫枝。

仙骨滋多壽，閑中静養源。須知憑道力，不是寫鄉園。忠孝彌栽植，詩書日討論。溟濛江上雨，常與護深根。

錢漆林檢討壬子秋與蔣礪堂編修同典貴州鄉試甲寅秋復與礪堂同典陝西鄉試漆林因繪秦關聯騎黔江並棹二圖裝卷索詩③

主恩前後偕持節，黔陝天教入畫圖。並轡同舟人競羡，重編聯咏世間無。曲江池上銀懸榜，玉尺樓頭月印珠。一路兩心相照處，尋常雲樹豈能摹。貴州貢院有玉尺樓。

光華盛際誼交敦，感舊懷知更紀恩。賤子來題愧前輩，同年忝竊説師門。僕與漆林尊甫雨時先生同舉丁卯順天鄉試，又嘗問業於太傅文端公，故於錢氏得附師門之誼，而礪堂又余癸卯鄉試所得士也。撝言故事誰堪並，藝苑深栽約對論。快語兩家新學侶，秋窗展卷共金樽。

杜疏葭荷淨納涼圖二首④

屋即棗香樓畔屋，人真蓉鏡賦中人。杜家雪藕調冰句，冉冉紅雲

---

① 此詩題位於手稿本第6647頁。
②③ 此詩題位於手稿本第6648頁。
④ 此詩題位於手稿本第6649頁。

是寫真。

東閣猶留古墨香，世家忠孝出文章。深談憶棹明湖雨，不止催詩爲納涼。昨在濟南，嘗以其先文端公所造敬脩子墨數鋌見餉。

送礓堂編修典河南鄉試①

覓得蘇齋句髓參，嵩陽青眼更無慚。纔題黔陝圖成二，果兆星槎役弟三。圭臬天中量玉尺，塔銘洛下訪伽藍。欲持仁壽圓輪字，褚法尋源並闕龕。適題《秦關》《黔江》二圖卷，用少陵三持節句，若爲礓堂作弟三次奉使之兆者，末句托爲訪拓河南藩廨隋仁壽二年舍利塔銘也。

題羅兩峰爲孫淵如作伏生授經圖二首②

兩峰及到龍泓館，贊嘆何殊黃美之。膝下女如河内否，太常貌若削瓜時。夢中孰以真形授，壁挂孫家識老師。墨點漆書矜雅故，後賢争肯效王維。

大傳旁蒐董與丁，亦曾高密仿儀形。禮堂幾個能摹寫，隸古猶然緬汗青。今日講師憑指説，濟南博士有誰聽。兖城記訪淹中里，痼寐時時想授經。伏生《尚書大傳》，予嘗與丁小疋共鈔浙中董君豐垣所輯本，雖增補數十條，然未足稱定本也，兩峰嘗於予齋作鄭康成像，予勒石於東萊書院，而淵如今方之任兖沂曹道，故縷縷及之。

題韻亭京兆風雨對牀圖二首③

三花樹萼對榮荆，捲起西窗月正明。記否書攤雙柏影，滿庭風雨作秋聲。

彭城風雨伊川竹，還似當年客感無。令弟北來應有意，小齋知我畫髯蘇。令弟亦亭多髯也。

---

①②　此詩題位於手稿本第 6650 頁。
③　此詩題位於手稿本第 6653 頁。

復初齋詩集卷第四十八

蘇齋小草四 乙卯八月至丙辰四月

黄大癡山水①

至元戊寅閏八月，大癡道人静堅爲致道觀無塵真人弟子明作，

越十有三年至正辛卯夏，復爲士瞻足之。

大癡本是學佛人，虞山山寺住兩旬。傲金亦是佛偈語，信筆所觸
來天真。密林陡壑雖未見，見此已備諸家皴。橫峰側嶺極重掩，細苔
遠樹皆全神。偶然巾拂對七檜，聊以托意師無塵。後十三年爲補筆，
八十三叟追前因。兩峰道人舊所玩，廿載重觀裝如新。緙絲磨餘氣
逾厚，金剛杵語非知津。我以斯意書髓證，嘗於顏楷晉法論。静堅之
名遺畫譜，稽首至元閏戊寅。當如休公句呈佛，蘇齋一笑君應聞。

梧門圖兩峰爲時帆作②

子以詩名龕，而以梧題門。夫何善者機，假以尋其源。秋氣静爲
理，百籟故不喧。翩翩乳巢間，離離青葉翻。安爲動之主，樞鍵何自
煩。是操律音本，淡與松篁言。香葉草堂客，竟夕對榻論。但有空澄
思，初無筆墨痕。窗燈照苔緑，山雨滌煙昏。持向蘇齋説，相與證
深根。

---

① 此詩題位於手稿本第 6657 頁。
② 此詩題位於手稿本第 6659 頁。

嵩山漢柏圖歌①

嵩山石刻漢雙柏,廿年前記三揮豪。始者韻亭直史館,靈音戞應鏘琅璈。其二配我嵩陽帖,壁間古綠飛羽翻。後來陸子出奇想,翦取拓本如分曹。漸用畫家向背法,鬱蒼真意交翔翱。我歌其三韻叠奏,夜夢嶽頂仙靈遭。誰知巾箱真形出,果有奧秘圖神皋。韻亭廿年秩京尹,日籌禾黍秔以薅。舊廬時憶三花樹,此柏對峙雙旌旄。丹霄元氣寫峻極,橫空雲霧來秋飇。嵩陽之柏盡東紐,枯枝合抱連首尻。長風萬里入其腹,怒吼衆竅聲喧飀。黃神紫氣直晷景,汝潁風雨蒸丹膏。齋頭趺坐攝以息,助我墨瀋驅波濤。丹青益我金石癖,想摹漢隸軒靈鼇。巖巒雲木更深處,中天耿耿星辰高。

瓜豆橫卷爲韻亭賦②

野圃橫交蔓,疏籬暢引條。莢蛾時小摘,糞水記深澆。秋老勤收子,春前謹護苗。黃圖幽雅意,紫翠寫行輜。

二閘橫卷爲韻亭賦③

析津東潞近,通惠慶豐連。漲起三篙水,源於一畝泉。勸農黃篋舫,夾岸綠楊煙。好句先追取,斜陽白鷺邊。

濟南使院西齋石上舊刻石芝字因以名齋欲和蘇詩夢食石芝韻題於壁訖未踐也兩峰持其友某君遊濟南所繪石芝軒圖上有和蘇韻者乃爲賦此④

石芝扁書墨尚新,石芝字勢斜未匀。昨夜夢中復飯此,西軒榻對舊主賓。清晨此幀來何許,石氣芝光照庭戶。一枝仿佛味迴甘,千息濛濛默自數。愧言鐵網收珊瑚,日寫松屏説寶蘇。寶山空迴嘲石髓,

---

① 此詩題位於手稿本第 6660 頁。
②③④ 此詩題位於手稿本第 6661 頁。

詩囊津逮笑賈胡。花之寺僧筆超脱，餉我丹膏光郁烈。①石芝偈子試轉語，爲寫梅花題老鐵。

題祝枝山贈黃勉之詩迹二首②

晉法商量到指枝，不因顚素出神奇。誰期筆髓黃家授，三昧黃龍悟徹時。枝山草書用筆頗有出於山谷者。

五嶽誰從汗漫遊，香生杜若記延州。洛濱想在吹笙日，長跪金光一縷收。此迹在嘉靖二年癸未，時延州生纔十五歲也。

顧云美八分書過山又見前朝寺昨夜所聞何處鐘十四字未谷屬題③

桂四書評豹一斑，衡方白石審瓿覶。泥他顧八東吳客，神在鐘聲塔影間。

西泠別意圖爲蕰山題二首④

袖攜天竺一峰來，惠淨前因問幾迴。白傅留題還省記，蘇齋禪偈爲誰開。都廳翦燭冰心在，畫舫流泉玉笛催。南北山雲交會合，重臨盟已結蒼苔。

奚生澹墨不輕施，必遇循良乃畫之。煙岫六橋青倒影，士民千里夢俱馳。直通晉水迴環憶，合著覃溪餞別詩。展卷古藤陰下席，宣南坊北對牀時。是夕與蕰山論詩話，別於莫韻亭京兆席上，即臨川舊館紫藤軒也。

於韻亭寓齋題兩峰仿元人鈎勒水仙卷⑤

一笑橫江倚棹迴，涪翁詩髓覓誰猜。嚴灘前度蘇齋夢，⑥落水蘭

---

① “光”，手稿本作“充”。
② 此詩題位於手稿本第 6665 頁。
③④ 此詩題位於手稿本第 6666 頁。
⑤ 此詩題位於手稿本第 6667 頁。
⑥ “蘇齋”，手稿本作“彝齋”。

亭瘦影來。

知忻州汪君本直修元遺山先生墓①

先生歿後五百年，饗堂鼎建崇其阡。古愚汪君知政本，此舉無愧於前賢。繪圖作記寄示我，我嘗從事年譜編。鈔詩先訂顧秀野，磨碑漫記劉神川。繫舟巖屋不可到，野史亭址誰留連。今者披圖宛瞻拜，墓門東北圍牆堧。其堂三楹壁嵌石，厚培兩序增新椽。大書中州文獻字，萬古奇氣光星躔。堂前石人後墓道，舊銘石乃堂東偏。巋然特表詩人墓，先生之志藉以宣。其西孫曾祔祖考，東巖隴城同氣聯。五花之土土五丈，墓前積土五方，方五丈，相傳先生葬時，四方來奠者張幕於此，畫花爲記，今其址號五花棚云。葬時故事今猶傳。亭仍重築署野史，幽窗疏雨疑潺潺。耕讀還因起丙舍，絃誦聲來繞墓田。更因校刊先生集，故家寫本尤精研。是與年譜相印合，使我狂喜磨丹鉛。燕趙慷慨悲歌氣，金元著録金石鐫。一於先生詩中寓，杜老之史坡之仙。我寶先生兩石墨，靈巖迹並蘇門懸。亟書汪君名不朽，郝經姜魏同墨緣。門人郝經撰墓碣，又門人魏初、姜彧撰碑陰記。寄書謝子共矗石，附諸集譜垂綿延。送迎神曲我其職，春秋禋祀配管絃。

冶亭席上題石田虎圖卷三首②匏庵跋

西洞庭邊虎奈何，竹莊樂府可絃歌。畫成抵得南山射，諸老銜杯手共摩。

尚書暫返住江鄉，虎肉分遺藉舉觴。難得相山吳共沈，偶然對榻仿蘇黃。

東禪幾日信公藏，付與徐郎跋續裝。今日梅庵來雪後，笑看何減在僧房。

---

① 此詩題位於手稿本第 6670 頁。
② 此詩題位於手稿本第 6672 頁。

二妙寫真圖①

妙善師、妙應道士皆見蘇集。

先生曾有語，何苦寫予真。等是一清潁，分看兩道人。屏松皴偃蓋，樓日夢圓輪。觀妙各奚得，同參百億身。"觀妙各有得，同參天人師"，坡公《泛潁》句也。

送筠圃之官山東②

十載棠陰濟水湄，兒童竹馬有前期。重來歷下論詩處，何減城東讀易時。霽雪千峰披氅去，清風萬卷載書隨。曹南話舊孫黃在，更訪芸臺未見碑。秋盦今臘即來，館於孫淵如兗沂曹道署也，故謂筠圃此行訪拓金石必有出於阮芸臺學使所新得之外者耳。

題王石谷仿宋人松峰積雪卷③

造化一氣清暉供，借問凹凸於何從。東坡居士自隱几，何所分別実咬喁。此心不爲丹青動，崑邱一以珠光封。拘哉取勢與取意，不知有雪何有峰。偶借宣和舊畫稿，栩栩幻出千株松。各有天機恣偃仰，交於石罅相彌縫。山光乃向靜中出，如立如臥森藏鋒。規圓渾是雪光定，有神無迹如遊龍。深藏寺背雲隱隱，極聽橋側泉淙淙。江天更無鳥飛迹，村徑忽有驢客逢。濛濛遠山淡泱漭，裊宛細路皴重重。迷茫萬籟寫不得，一聲杳杳穿林鐘。此時此境問誰會，天潭精舍石研農。爾時壯歲盛馳譽，十指化盡南北宗。太常無恙廉州在，一洗俗史爭昌丰。二十年來枕中秘，但有精理無筆蹤。明暗兩言妙入髓，雲煙萬古歸陶鎔。清空紙上但元氣，神力卷尾餘春容。自題以雪喻畫品，若丙舍帖王臨鍾。蠹畽如杜飛鳥句，待我來補聞音跫。今年近臘雪如掌，衾裯潑水晨起慵。桂四敲門送此卷，檐冰滴研疑春溶。助我蘇齋雪堂夢，不用并剪誇吳淞。爲寫清暉論畫語，雲濤萬頃來蕩胸。題之

---

① 此詩題位於手稿本第 6672 頁。
②③ 此詩題位於手稿本第 6673 頁。

偃松屏軸側,復憶禪榻虞山冬。西峰明滅挂斜照,徑約未谷同揩筇。

顧松巢於數寸絹上畫兩岸猿聲啼不住輕舟
已過萬重山兩峰屬題三詩①

放翁醉下瞿唐句,欲以青蓮語正之。不識東吳顧文學,何由親見放船時。予嘗疑放翁《醉中下瞿唐峽》七言詩末句未善也。

丹崖綠樹挂蒼藤,猿在雲深更幾層。裊裊竹枝煙際語,月斜飛夢到江陵。

萬壑飛流爭一門,試來詩境几間論。蠅頭楷並花源問,覼縷鍼鋒角與根。是日予出所藏松巢《桃源圖》共賞。

先祖齊東名宦碑嵌立祠壁訖賦此寄謝山東諸當事②

自問二年來校士,不知丞邑入人深。太邱門第卿慚長,召伯循行芾有陰。齊魯峰青瞻對意,送迎神曲管弦音。書碑墨瀋沾何既,再拜緘馳淚滿襟。

題王勤中小幀③

趙昌不及徐崇嗣,多在鉤花點葉間。誰識東吳相門子,寫花渾是寫秋山。

夢華爲予精拓惠山聽松篆並後題字賦此報之④

息壤如偕瀹茗香,遙憐病腕署錢塘。夢中記仿涪翁楷,耦揖冰斯共筆牀。

文衡山槐軒圖⑤自題“乙未春作”

十載歸磨古墨香,雙桐青洗雨初涼。槐軒不是因人作,自寫巖扉

---

① 此詩題位於手稿本第 6677 頁。
② 此詩題位於手稿本第 6678 頁。
③④⑤ 此詩題位於手稿本第 6679 頁。

玉磬房。

兩峰爲我仿石谷子寫王晉卿平橋柳色二首①

濛濛山靄半含空,春在膏鬟染黛中。淺渚平坡誰泥著,輕煙翠袖倚東風。

月落前灣鎖翠蛾,水空天遠奈愁何。小橋一夜憑春雨,嫩緑烘來淺淡波。

又題二首②

畫中詩眼爲誰青,省記明湖水面亭。神韻不關多著筆,天然初本寫黃庭。

細雨斜風糝麴塵,晉卿賦色孰前因。邢房稿記琴絃語,重話平生竺道人。

王石谷仿關仝太行山色卷③

張庚曾見關仝卷,千里太行青不斷。雄秀真來北地遊,不比江南小平遠。奇哉峻削插巨巒,接以雲樹彌高寒。始知筆從山半起,得勢卻借層林看。王翬中年負奇氣,不擬其形擬其意。三秋短策驢背橫,萬壑蒼然鬱松吹。卷陶太形何異同,隱土而北連空濛。王郎遊迹果何許,宋元墨稿誰尸功。焉有倪迂仿側筆,蘇學徐書爭一律。雲林仿關仝用側筆,如坡書學徐浩用偃筆也。正於嚴聳得清虛,那識寬閑出繁密。客舍尋詩無粉本,老苔放眼如秋隼。荒原小樹皆章法,沈思中鋒莫畦畛。雪窗肝膽增輪囷,爐煙盎出太古春。對牀未谷覃溪語,④青眼看山是北人。老苔,桂未谷別號也。

――――――――

① ②　此詩題位於手稿本第 6680 頁。
③　此詩題位於手稿本第 6681 頁。
④　“覃溪”,手稿本作“覃眼”。

正月四日太上皇帝御皇極殿賜千叟宴恭
依御製詩韻二首①以下丙辰

瑞雪花仍六出妍，宮開寧壽敞春筵。長庚合萃三千叟，周甲還彌萬億年。薄植叨偕瀼露沃，孤根竊附茂松延。御爐香滿臣衣袖，漫數洪厓袂與肩。

聖藻輝騰彩繡妍，筵上蒙賜御製詩一卷、錦綺十卷、彩箋二卷。意珠百福照駢筵。玉嵌如意一柄、紅琥珀朝珠一串。五雲票擬花連朵，②湖筆五、硃墨二，臣方帮辦批本也。一卣釐宣拜萬年。周提梁卣硯一。金合齋銘緘共矢，金合一、齋戒牌一。囊添緯線數長延。荷包二對、杭緯二匣。敢將靈壽稱扶老，金字壽杖一。已愧恩深重莫肩。

周提梁卣研十六韻③

上日元正宴，疇咨渥賚殊。研田臣食福，勒卣古傳模。秬鬯同三錫，夔龍起四觚。墨能凹凸受，文儼卦爻符。通蓋連環樣，提梁與匣俱。捧歸香襲几，銘字綠填朱。上集商周篆，旁參呂薛圖。子孫云寶用，忠孝以誠孚。家本耕維舌，貧來字是珠。膏磨出津液，味飫即醍醐。大雅釐圭告，中尊釋器沽。冰心盟石友，濡汁滴金壺。呵取中和氣，泓然道德腴。葉蕉憑卷白，袍袖笑霑烏。已壓文房譜，無虛拓本摹。揚休稽虎拜，長若效嵩呼。

元遺山涌金亭詩石久翳不見今始訪知之以
詩寄輝縣令高君爲移置亭中④

亭榜猶疑贋蘇筆，亭歌是乃真蘇詩。欽州馮生爲訪剔，鄧川高侯重護持。俱是蘇齋著録手，如見元子酒酣時。太行元氣動真宰，墨響

---

① 　此詩題位於手稿本第 6686 頁。
② 　此句下注文中"二"，手稿本作"六"。
③ 　此詩題位於手稿本第 6687 頁。
④ 　此詩題位於手稿本第 6688 頁。

逌然鸞鳳期。

文與可晚靄橫看山谷跋①

涪翁昔題醉許筆,湖州不見已八年。或云湖州醉許似,此語聞自沈石田。石田正評晚靄卷,得非熟讀山谷篇。寺丞同觀憶京兆,指說綠髮皆華顛。爾時著作居秘省,意思槃礴驅雲煙。不知衡山別許派,作家畦徑然不然。霜崖瘦節蛟龍走,斫輪遊刃形神全。飛白草書孰分別,襪材落月交喧闐。鄂渚洞庭更遠涉,憑欄殘雪斜暉邊。那將此段著夢境,枯松青草天接連。昏昏晚翠落何許,杳杳斷靄憑誰傳。數峰冥濛深樹外,空光略彴橫溪前。恐是謫居思往復,鴉青藤染霜毛妍。慨想坡公屢擊節,眼前諸友長周旋。江山如此淡泱漭,水石何恨鳴潺湲。造化爲師郢所質,知音誰謂琴無絃。留題數行極古厚,墨君萬丈爭嬋娟。嘆息方將有人識,摩挲竟日未放船。涪翁前世即摩詰,吾齋肖像孤月圓。眉山石室共一笑,破壁風雨橫江天。八萬偈子要舉似,花之道士來忘筌。巴西鄧君悟三昧,蓬萊書府誰差肩。南渡籤題競絹本,張丑都穆紛言詮。我臨重識李展筆,木犀香透山房禪。

上元後一日二雲兩峰未谷味辛墨卿敬堂同集穀人寓齋送述庵司寇歸青浦二首②

鼉尾休誇小洞庭,香山到處寫儀形。豈惟望重雲司句,更切恩深壽杖銘。茗碗上元新歲首,畫圖三泖九峰青。城南擬借僧寮宿,一枕江湖話細聽。

曹史南天各一涯,仲樸、赤霞。眼明復得見青儕。商量詩說皆經說,繾綣蘇齋憶鄭齋。今夕英奇聯袂集,老年兄弟對牀懷。寄園仍夢挑燈處,多少精微辨訂偕。予與述庵同寓寄園舊址,今三十五年矣。

桂未谷思誤書圖①

昔吾抱經叟，沈思極旁訊。功嘲澤面脂，綆汲泉井仞。同年盧抱經學士精於考索，予輩小集談藝，抱經仰而沈思，以手頻摩其面，同人戲語此省㲩脂錢耳。未谷於抱經，相視黪之靳。近者段若膺。與王，懷祖。聲義補前訓。同志有幾人，匡居彌勇進。每話徵新獲，狂喜收昔逋。抱兹炯炯心，益爾蒼蒼鬢。路絶風雨通，舊懷儕輩引。凡今媚學子，騖遠恒賤近。所賴篤實程，勿獎新奇論。博綜雖醫俗，虛衷乃砭疢。大哉聖慎思，允矣思宜慎。

贈金青儕②

萬古英靈氣，何嘗仿謫仙。誰將長劍倚，永矢角弓篇。葛八非狂叫，③丹元莫浪傳。蘇齋千里夢，飛落澱湖船。時青儕隨青浦王侍郎南歸。

北苑瀟湘圖臨本④

我初暑夕披縑綃，徐叟臨本跋我要。歲維己酉秋燈挑，百八十載前夢遥。己酉秋於南昌使院觀徐緄庵所臨本，時距董文敏題跋三己酉矣。徐叟墨法濃不恍，泥塗漁屋愁無憀。畏之不敢詩眼撩，董源此卷董所標。前後兩紀湘中輈，畫禪香廚蟬不雕。平生摩挲想空寥，不知源也奚所徼。意思儻恍軒與堯，北渚愁予降二姚。洞庭木葉秋心摇，蕙櫋罔荔壇芳椒。誰依檣梧目棠朽，窈冥坑谷谽空謬。蕩蕩默默函英韶，煙霧倒景蒸沉瀟。荒遠滅没紛楚謡，鬱葱模糊苦難招。永州退守栖禪寮，日采騷英餐茝蕙。洲渚萬象夕與朝，江天一氣青迢迢。匏和竹沂玉石磬，霓旌羽蓋葆蘭橈。罟罶慘湏蒲蔣蕘，馮夷海若黪文鰩。龍眠名家猶未超，武昌曬軸誰同僚。嘗見董文敏手迹云"乙巳歲於武昌公廨曬畫"，正是此跋時也。萊陽光禄使還朝，持向蘇齋賞連宵。花之僧偈我意消，點子皴復

---

① ②　此詩題位於手稿本第 6692 頁。
③　"狂叫"，手稿本作"狂草"。
④　此詩題位於手稿本第 6693 頁。

麻皴饒。董文敏嘗謂《北苑山》用麻皴，而《瀟湘卷》又用點子皴。頃刻萬籟喧笙簫，千峰黛影衣裾飄。極浦莽蒼凌煙霄，雲空綠淡風颸颸。坐中周生話鹿蕉，夢幻忽作靈景昭。適奉新周湘浦孝廉來和此詩，云屢於夢中見瀟湘境，與此圖相似也。惠而報我英瓊瑤，香光老子翩聯鑣。米敷文卷非斫雕，且漫題字摹三橋。隱几蒸菌來調刁，墨池飛涌湘江潮。

杜疏葭太守之任山東以其先文端公手書咏燕詩扇屬題即以贈別①

門第烏衣報未遲，杏梁雲倚最高枝。人來岱麓棠陰雨，袖有春風燕子詩。海郡沙堤傳舊語，角弓嘉樹指前期。謝公蔭記蒲葵在，重話東山勝踐時。

送馮魚山歸欽州②

不比歸尋五嶽期，又非哭弟九秋時。平生忠孝爾無負，料理圖書今未遲。山月半牀仍夢積，海天萬里此心馳。蘇齋怊悵延陵問，息壤城南幾個知。魚山最愛坡公"深谷留風終夜響，亂山銜月半牀明"之句，予昔用此十四字爲韻以贈其歸，今廿有五年矣，適得海虞吳君竹橋札云"先生近所得士有奇才如魚山者否"。

雨中閣直口占示王甥及培兒時甥校勘起居注兒同修國史③

點墨研朱對屋椽，漬雲隨屨濕花磚。一行油傘紅牆下，此夢行將四十年。"一行油傘紅牆下，正是薇垣下直時"，辛巳夏直起居注句也。

聽鐘山房歌爲石琢堂修撰賦④

聽鐘山房數椽屋，謝子來題初小築。法源開士作鄰家，日夕鐘聲飯與粥。此鐘此屋結墨緣，我憶前遊詩境熟。逢春到寺約看花，四十五年如轉燭。由拳宮傅老詩翁，客到謝家來不速。排筵燒燭照紅妝，鬮韻壺尊遲老祝。謂坤一、豫堂。我隨諸公齒尚髫，謝錢未訂同年録。

指與鄰家海棠説,①記見肌紅交鬢緑。恨不留春合作圖,多少聯吟續
成軸。又到顛風落絮時,誰尋禪榻茶煙宿。昔與謝子同星駸,狀頭錢
石花遞縿。湘緰宮坊亦寓此,歲在癸卯春月三。我詩招邀理前夢,清
齋花下攜都籃。海棠殷然證詩諾,似與諸老盟深談。流光敲火又一
紀,琢堂使節旋楚南。燕語賀來花信卜,鶯遷喜爲鐘聲拈。花作佛香
鐘佛偈,偈子入坐香入簾。我題重跋檐楣額,我詩重作禪話參。横街
西頭新月上,西峰雨後來飛嵐。花時擬更湘緰約,濛濛香霧霏春衫。

洪稚存編修以其先崑霞太守秋山讀書圖屬題②

先生官晉土,芰荷留燕雲。却畫讀書處,家園擷芳蓀。時尚未之
官,寤寐舊香芸。時尚未遷居,繾綣故鄉枌。京華盛詞客,太行照行
軒。如何廣陵筆,深識黄海源。縹緲丹臺影,淡緑烘涼暾。謖謖萬松
濤,響籟超聲聞。浩乎横雲中,静者所默存。萬卷耿元精,一洗煙墨
痕。所以蓄奇秀,發於厥曾孫。此圖失復得,八十又七春。康熙癸未禹
鴻臚作圖,乾隆己酉復歸於洪氏。明年文字祥,果兆廷對辰。攜此職秘館,玉
笈披金門。萬里富輶采,百家綴道諭。一以此圖證,息壤來耕耘。一
以此圖系,忠孝篤書紳。機聲燈影圖,舊題我酸辛。展卷見君家,書
種百世敦。豈敢效諸什,繁稱飾浮文。秋光即手澤,歲歲貽清芬。請
看山中松,風雨培深根。

嵩山漢柏圖歌③莫韻亭京兆爲謝藴山藩使畫

謝子覲京話款款,三花樹齋同晚飯。時從浙臬陟晉藩,還念藤陰
撫臨館。莫京兆説嵩陽夢,廿年前記歌金罍。河南鄉試入闈宴用金杯,庚寅
秋藴山典試於此嘗賦金罍詩。我憶三生鐘下偈,異哉居士真青眼。記辛巳夏覺
生寺老僧語。京兆因之索我詩,佇爾中州駐旌軚。指似壁間雙古柏,角

---

① “鄰家”,手稿本作“鄰牆”。
② 此詩題位於手稿本第6699頁。
③ 此詩題位於手稿本第6700頁。

弓嘉蔭如張傘。我歌此柏舊已三，昨爲新圖軸重展。嵩陽居士夢中詩，蘇潭手爲蘇齋盥。今宵對影我三人，此樹此盟長結縞。太行千里連嵩少，蔽芾成陰青不斷。長空天籟響虯枝，風雨同岑認苔蘚。韻亭髫年讀書處，況有吾詩勤共勉。建牙嵩陽會有日，蒼然老翠交丹篆。貫石離披節比堅，蟠雲覆護柯連本。嶽靈儻已聞此言，柏咏行將續成卷。更和嵩陽居士詩，仍卜紫藤花下餞。

復初齋詩集卷第四十九

蘇齋小草五_{丙辰四月至十二月}

予昔往來潮州嘉應間作小舟題曰葦齋今猶在江渚關
晉軒閣學使粵歸繪圖於扇並詩見贈賦此奉酬①

卅載江頭芥葉蹤，新圖便面省垣逢。每懷桂楫叩須友，猶夢蘭襟
共采蓉。蘸墨春流花滴露，支篷晚飯蔭依榕。蒹葭月淡乘潮外，記得
東南一兩峰。

病起同日得蘇黃石墨二首②

杭州石屋洞題云陳襄蘇頌孫奕黃顥曾孝章
蘇軾同遊熙寧六年二月二十一日

我識嵩陽帖，熙寧癸丑春。後來常潤句，時憶永和人。月落橫烏
榜，湖中繪玉鱗。③洞無凡客到，字有舊苔皴。重刻何分別，同來孰主
賓。子容偕述古，元祐歷咸淳。原迹以元祐黨禁毀去，《咸淳臨安志》載之。石
屋題皆泐，秋盦拓愈珍。守居詩閣子，合共寶蘇論。

---

①② 此詩題位於手稿本第 6705 頁。
③ "繪"，手稿本作"鱠"。

峽州三遊洞題云黃庭堅弟叔向子相侄橄同道人唐履來遊觀
辛亥舊題如夢中事也建中靖國元年三月庚寅

上有數行泐甚，微辨"景祐四年""紹聖二年"字，又有歐陽永叔、魯直云云，不可讀。

南浦行吟後，來鐫石壁蒼。是時三月晦，前後二辛望。感慨平生事，低回峽口旁。兒還昆季侍，筆與白蘇强。却借重題處，翻增舊話長。夢中誰澹對，道侶氣蒼茫。螢譜沿奚誤，巖泉泐幾行。何人景祐字，似更說歐陽。黃子耕編《山谷年譜》作二月庚寅，予考庚寅是三月晦日也。

題馮石如所藏文衡山丙辰除夕丁巳元旦二律手稿册即用其韻①

摩挲豈獨感羲駒，喜共康寧疢疾除。冀北詩如拈笑處，雁門人似對談餘。雁門，文氏郡望也，今此册恰在雁門馮氏。紅絨衣袖圍爐夢，竹杖銘詞玉磬廬。衡山方竹杖銘正在八十七歲。知有後來題字者，馮翁彭叟又添余。

筵開嘉慶錫初元，蓬蓽高瞻聖藻懸。歲律重逢周甲紀，光華却邁昔賢前。册皆北地稱觴叟，譜憶江鄉釣渭年。予撰文氏年譜，衡山年九十，其二子休承年逾八十，壽承亦年近八十。得果此緣書帖在，香霏古墨淡茶煙。

紹興六年墨敕②

三年之喪，古今之通禮也。卿□終天年，連請守制者，經也。然國事多艱之秋，正人臣幹蠱之日，反經行權，以墨縗視事，古人亦嘗行之，不獨卿始耳，必過奏之耶？且今所練兵襄陽以窺中原，乃卿素志，諸將正在矢師效力，卿□□一日離軍。當以恢復爲念，盡孝於忠，更爲所難，卿其勉之。紹興六年五月二十八日，
皇帝書賜岳飛。

嗚呼！岳祠猶存此敕乎？時方宣撫於荆湖，置司襄陽調軍符。衰經徒跣啼呱呱，暑天苫由來匪廬。再三辭免馳泣書，省劄亦復一再俱。絲綸稠叠御墨濡，綷緝繢編爛如。寶真齋贊珍玭珠，獨無此幅寧遺諸。崮也簿錄計區區，左藏南庫堆束芻。此幅想在其中歟，五月

---

① 此詩題位於手稿本第 6707 頁。
② 此詩題位於手稿本第 6708 頁。

末交六月初。是月二十九日晦。亦知練兵急時需，襄陽地實根本圖。岳家旗摇萬衆呼，墨縗弗爲母也除。幹蠱果念父兄無，忠孝兩字兼廟謨。同讎義豈君臣殊，千載可憐紙墨渝。四邊尚絢金花鋪，金牌十二樣可揅。履霜陰始其根株，乳醫老媪壞廡隅。蝸涎不蠱塵不污，熒熒小璽圓穎觚。日星爲質鑑可誣，鼓鼙之聽響應桴。銷金鍋子歲月徂，奸回鼎鑄無人扶。天弗祚宋職孰辜，卨也檜也何足誅。嗚呼！岳祠猶存此救乎？

錢梅溪新修表忠觀重立蘇書原石二片用蘇詩送錢道士韻①

修祠重寫道人心，史表論文結締深。四石舊傳無墨本，一庭新構有濃陰。湖山雲樹來環翠，氈蠟舟車日盍簪。拓寄蘇齋成息壤，泐餘何啻重兼金。

梧門司成雪窗課讀圖②

忽已三十年，郊西話悽絶。惟有淡西峰，穿林照明滅。君家世德舊，儲奔牙籤潔。積厚承有基，循牆訓無闕。明發念先人，母子衷如結。寒夜呀唔聲，茹淚冰霜咽。君復早工文，仰能酬苦節。珥筆歷頭廳，持衡造時哲。即今講肄餘，時爲諸生説。西廂有孝經，非徒罄筆舌。人生耿耿懷，分陰去如瞥。一燈鐘語醒，萬卷電光掣。敲火飛堅石，孤松立積鐵。何地忘此窗，何時忘此雪。所繪大意耳，焉喻肝腸熱。夜夜夢茆簷，一片濛濛月。

雨窗運使書來問疾書中頗以覓題爲難賦此寄答③

書來沽口勸加餐，珍重霖霽暑未闌。夢遠都因懷友切，才高始覺覓題難。墨餘餞客花陰濕，時未谷將之官雲南，過津門話別。語入離襟海氣寒。真意蒼然蘇病骨，不徒詩髓是金丹。

---

①② 　此詩題位於手稿本第6710頁。
③ 　此詩題位於手稿本第6711頁。

送未谷任永平令①

桂四吾畏友，治經精六書。城南二十載，日日叩我廬。爾時舊侶共，北朱南則盧。相與訂疑義，夢寐陸與徐。抱經校《釋文》，竹君校《說文》。君歸復幾日，攜手來鵲湖。錢子及王生，石帆並操觚。嘉定錢晦之、南城王實齋在予濟南署齋日與未谷考析《說文》《廣雅》。念君成進士，不爲利禄須。念君官縣尹，豈爲身謀歟。萬里滇小邑，六月諏長途。贈行一杯酒，珍重復踟蹰。民恬長官清，政簡心神舒。新知更邃密，舊學加芸鋤。無忘鵲湖船，秋雨飯寒菹。無忘城南屋，夜燈翦春蔬。永昌訪古刻，升庵所謫居。轉注果合否，建類究何如。楊用修有《轉注考》。我題慎思齋，慎爾行篋俱。誰謂西南徼，有異洙泗區。蠻黎等教養，壇壝憶掃除。他年一編歸，得之問俗餘。誰能識此懷，勿言漫摻袪。且莫扁歸耕，遽云賦遂初。歸耕，未谷齋名。

讀劍南集四首②

苦心欲挽古風還，神往豳風七月間。一騁蕭尤楊並駕，誰知衣鉢在茶山。

杜老憂時白傅閑，誰云禹稷異於顔。一杯擬酹長吟處，千載蘭亭曲水灣。

絶塵邁往本天機，躍馬梁州試鐵衣。正自個中争得力，桂林片石悟精微。見放翁與杜敬叔手帖。

自鄶如何例玉溪，三才萬象識端倪。玉臺格韻西崑體，只對坡公偶價低。放翁詩"温李真自鄶"。

陸包山畫③

洞庭十六幅，幅幅無李郭。包山自寫真，何嘗貌嚴壑。歸來括其

全,偶然拈大略。銀房幻縹緲,聳出非嶕嶢。焉得靈威符,聊試紫泉酌。中探篆刻書,濃青邈難拓。白雲深淳泓,湖光澹寥廓。收之略彴橫,一貯於飛閣。誰欸兩遊人,青筇借行脚。得非安道臨,想踐元美諾。遠峰綠雨來,極浦澄霞作。一氣接混茫,層皴何處著。

崧嵐索予所定黄仲則詩八卷爲付開鋟即用其過仲則墓詩韻①

綠窗明月東陽訊,南浦飛雲玉甫愁。青眼人來圓宿夢,千巖萬壑翠交流。予編次仲則詩在癸卯冬,諾沈既堂觀察之屬也,故有沈東陽句。洪稚存編修爲仲則作行狀弁於集前,故用洪玉甫編山谷詩事。

和放翁簡傅十八韻題蘇詩施顧注本②

作序六年後,心儀書楷人。家藏藉題跋,謝叟有精神。幾卷涎留蠹,千秋火繼薪。想陪追稧咏,及共戊辰春。放翁此詩在嘉定元年戊辰,年八十四矣,放翁嘗跋漢孺所藏謝師厚書。

梧門圖③

今之梧門圖,昔年海淀居。豈惟舊居寫,乃寫母訓劬。此門翠承林,此梧蔭交廬。謀貽德所植,訓深經之畬。如何筆能傳,但視樹扶疏。雲容淡冉冉,日晷遲舒舒。北堂人儼在,東廂兆非虛。記看棠梨影,燕言角弓初。矢心報春暉,是乃真讀書。又到秋風起,綠洗涼雨餘。

文五峰雅好齋圖四首④嘉靖辛亥歲除爲汝和寫

五色雲蒸認米顛,東吳文學畫中禪。⑤侍書重見奎章客,拜過丹邱二百年。

肯勞王宰翦吳淞,玉筍仙壇翠幾重。別有蒼然煙水意,端應住著

---

① ②　　此詩題位於手稿本第 6715 頁。
③ ④　　此詩題位於手稿本第 6716 頁。
⑤　　 "禪",手稿本作"傳"。

攝山農。五峰自號攝山老農。

帖釋曾誇顧與潘，米黃而後誤誰刊。我從石研追辛鼓，夢到茆齋話未闌。嘗見汝和所摹石鼓研，予據以證辛鼓字。

頤園雅好諾余要，早倩長洲拂素綃。舊跋翾來知有意，芥舟且莫說山樵。沈芥舟題其後，以失去舊跋爲恨，故及之。

題倪文正書青守山相老紅交花未深十字墨迹後①

衣雲三重閣，灑墨四塗壁。一意守黑黝，千巖來青靚。苦竹亦自守，爾室終夕惕。時與山清言，但有雲共冪。内儀以復初，蒙養於泉滴。未知參彖爻，焉從觸喧寂。花紅偶借看，真籟何處覓。蒼茫元氣流，何關墨池滌。

兩峰爲未谷作戴花騎象圖二首②

插花騎象訓諸蠻，想見官清政務閑。隔水蘆笙吹不斷，柳綿如雪糝春山。

禺山唱並玉龍吟，一曲鼙婆和素琴。月照宣南坊底夢，花之老衲畫時心。

三湘卧遊圖爲頤園題二首③康熙丁丑三月上湖陳儀爲岳邁亭學使寫

於隰百年前，三湘路邈然。沙洲迴樹密，④磴石接雲偏。竹亞秋尋寺，蘭叢晚泊船。一襟深翠氣，橫卷但蒼煙。

初候一窗碧，岳句眼誰青。花遠懷逾淡，江寒采更馨。畫臨煩老守，峰意問湘靈。宗炳山俱響，蘇齋雨榻聽。昨爲頤園題王蓬心郡守所臨《北苑瀟湘圖》也。

---

① 此詩題位於手稿本第 6717 頁。
② 此詩題位於手稿本第 6718 頁。
③ 此詩題位於手稿本第 6719 頁。
④ "沙洲"，手稿本作"洲沙"。

周湘浦屬兩峰臨瀟湘圖卷①

周生夢中到瀟湘,却來吾齋理前夢。誰云夢境幻非真,不比香光楚辭誦。湘洲遠如四天碧,湘水依然北渚送。秋風木葉洞庭波,杜蘅繚之桂爲棟。置罍筒滬紛往來,荔椒辛葯誰栽種。北苑當年初何感,坑谷流光發奇弄。霓旌羽蓋太奇古,宵默陰陽思馳縱。不及此幀逢一僧,那借靈來裸迎衆。逢僧話者爲誰歟,夢中騎鯨不施鞚。謝公緬想帝子遊,杜老記尋小有洞。初霞落日峰未陰,澗水松風石無縫。長天澹澹渺空闊,白雲下上相陪從。前生爾住此間熟,一笑人寰飲須痛。但恐兩峰猶著相,筆與蓬心相伯仲。試吟卷尾罨溪詩,詩境因依詩髓共。畫圖直作真境看,入小石帆亭子用。

集前人扇册四首②

杜陽林寫月明千里故人來句意

自題"天啓癸亥爲淨宇禪兄寫於浣霞居,時將有蘭亭之行。長洲杜元禮,時年六十有三"。

浣霞居別淨禪師,即日蘭亭訂所之。款款八年重晤語,空江千里月明時。

項聖謨山水

世家文物墨林孫,手印蕉窗水月痕。古寺淡無僧梵響,松風溪上自開門。

梅耦長寫雲海

四大海中山粟粒,如何石頂又鋪雲。聽山半夜參禪語,一穗香生篆八分。耦長號聽山翁。

金壽門爲丁龍泓寫江路野梅圖

神與龍泓物外遊,野梅江路亂春愁。瓣香始悟花之偈,殘雪煙橫

---

① 此詩題位於手稿本第 6721 頁。
② 此詩題位於手稿本第 6723 頁。

水上樓。

陳章侯飲酒讀騷圖爲未谷題二首①

蓮也每畫人，瘦削如枯禪。或疑自貌歟，今審知不然。昨見所畫扇，一人臥石間。二女侍於旁，高歌和清彈。今此讀騷者，貌即其人焉。豐頤目曼視，意與萬古言。讀騷亦借境，飲酒亦設論。有能觀蓮者，試與窮其原。

飲酒是何境，大抵純乎天。恍莽虛無中，必有所寄焉。宜讀莊周書，何關楚騷篇。昔聞放翁詩，每感韓子言。以騷並莊稱，千古具眼詮。往記畔牢愁，得之蓋未全。酒人與騷人，且勿藉口傳。所以師林軸，老茗晤老蓮。絹末云師子林收藏。老茗，未谷別號也，昔陸放翁謂莊騷並稱始於昌黎，可謂具眼。

高且園指頭畫拜石圖②

斯人意在米顛先，石頂光如佛現圓。會得衣紋同皺瘦，始知不離指頭禪。

頤園學使以孟亭殘石琢爲研摹像於背以贈梧門屬題二首③

日日梧門夢鹿門，梧桐疏雨意誰論。詩龕詩境來拈笑，相著翻多石墨痕。

廬峰青共寫巉巖，泥著亭名自鄭諴。袖有瀟湘千里碧，故應郘曲叩時帆。

劉象山畫蟲豸廿四種扇頭文正公細楷書前人
廿四絶句於背紀香林裝卷屬題四首④

小筆誠懸鐵鈎鎖，寫生錢選錦灰堆。誰知誤點烏衣墨，時到平泉

---

① 　此詩題位於手稿本第 6724 頁。
②③④ 　此詩題位於手稿本第 6726 頁。

緑野來。

謝家群從孰追攀，夢帖蘇齋杳靄間。春草池塘秋蟋蟀，南山句法憶東山。東坡夢子由詩得"蟋蟀悲秋菊"一句，此恰與"池塘生春草"可作對耳。

東閣文章付鯉庭，間徵蒼雅辨群經。日斜下直花陰轉，留得茶煙一縷青。

粵海同聽古寺琴，僧房塵拂答潮音。菩提葉底懷人句，又積苔花石檻深。乙酉秋象山典試粵東，予邀同盧抱經遊光孝寺和壁間文正師二律，在此迹後六年也。

蘇齋雪浪石盆銘研①

松屏大字松雲屯，如對大茂山靈尊。我得殘縑日瞻拜，古墨爲我開煙昏。恰聞盆銘字被毀，伐石夜夢常山村。書生習氣癖銘研，蘇齋研本依蘇門。一規圓影寫明月，兩孫畫水來精魂。詩髓憑將片石叩，筆勢悟入蒼松根。秋毫不見縮小迹，天然豈有鐫鑿痕。徑摹公像代公說，一卷聊抵萬象論。公之齋名即禪偈，銘字非字盆非盆。石中無聲水亦靜，云何石中此理存。

無軒刻予所摹趙文敏飛英塔詩於湖州寺塔下拓以見寄感而賦此兼懷山舟芑堂諸君二首②

歸老西吳寄嘯歌，禪窗竪拂幾經過。大千界邈幽尋久，五百年深客夢多。眠佛定中雲寶髻，虬松影共樹娑羅。尚憐響拓殘縑後，未及圓光縱撇波。

書牀掃葉兩頭陀，更有留題幾客過。翠墨剔餘前迹少，錦囊積比舊時多。想君憑望吳兼越，憶我吟同桂與羅。欲縮湖山來畫幅，小窗橫卷淡煙波。第六句謂未谷、兩峰也，無軒得陳眉公讀書牀，有掃落葉頭陀銘梁山舟題

---

① 此詩題位於手稿本第 6727 頁。
② 此詩題位於手稿本第 6728 頁。

之，無軒、山舟並事禪悦，故有兩頭陀句。

中秋夕爲韻亭題秋盦畫扇①

自題"海中鐵網珊瑚樹，石上銀鈎翡翠梢。烏夜亂啼江月白，
檀欒飛影下窗坳。黄易學墨井道人"。

墨井密林矜石谷，誰知窗月正林梢。三花影即秋庵影，來印蘇齋
舊硯坳。

邵文莊自書詩卷二首②

西涯衣鉢即蘇門，原博蘇書漫迹存。若與白巖争篆勢，使難可並
信難論。

理學文章孰服膺，研爐銘叩惠山僧。李何外獨真詩目，不合斯評
出竟陵。

支公調鶴圖③

似傳笠澤語，半是沃洲雲。名理詮誰匹，寥天思不群。如何禪几
畔，只寫在陰聞。江表軒軒氣，籠鵝笑右軍。

黄秋盦雪浪石盆銘研④

蘇門唱叠詞鋒屯，獨欠黄九文稱尊。東坡雪浪齋詩，秦、晁、張諸人皆屬
和，獨無山谷作。異哉盆銘翠飛去，似厭寂守莓苔昏。同岑今復得黄九，
錢塘重見仇山村。雪浪石圖訪張洽，雪浪盆影摹薊門。銘文迢迢送
遠夢，古香字字吹返魂。持寄蘇齋仍挂壁，笑共黄子窮荄根。此齋澹
然無外物，此銘何自留墨痕。中山飛翠落何處，蘇黄正合今日論。黄
子凌冬訪名嶽，冷雲拄杖玉女盆。歸來爲語銘泐處，此間有不亡
者存。

---

① 此詩題位於手稿本第 6729 頁。
②③ 此詩題位於手稿本第 6730 頁。
④ 此詩題位於手稿本第 6731 頁。

唐子畏桃花塢圖四首①

水田賣了種桃花，誰意香來宮相家。日爇檀薰瞻御印，蕉林漫詡玉鴉叉。<small>幀首有乾隆御覽之寶，又石渠寶笈印，蓋青陽王詹事所蒙賜軸也，有蕉林梁氏印二。</small>

何處寬安夢墨亭，醉憑桃𠻘伴初醒。底因壯歲攜筇杖，氣合江山放眼青。②<small>自題乙丑，時年三十六也。</small>

仇英松下點芝顔，結想仙蹤杳靄間。不及先生粗著筆，蕭蕭石塢寫空山。<small>借趙舍人所藏仇實父爲子畏寫照來同觀，覺彼一幀太精麗耳。</small>

春陰濕翠點雲紅，③妙賞王甥有父風。詩髓蘇齋拈一笑，小橋流水月明中。

宗開先畫册④<small>予題曰衍庵禪影</small>

衍園與影園，孰影孰畫禪。華亭老宗伯，畫禪已居先。强名六朝詩，然否九友間。孰云鏡象空，仍落華亭詮。偶訪王摩詰，或誤沈石天。異哉漁洋叟，翻作詩話看。寒沙古澗雲，晴雪漁浦船。詩意未到時，篆香自生煙。所以研屏影，橫捲蘇齋前。邈然宗炳琴，層青響空山。<small>册有董香光、楊龍友、鄭超宗諸人題，而開先自録謝、沈諸家十二詩，沈朗倩名顥，自謂畫品在石田上，稱沈石天云。</small>

題關晉軒藥洲圖卷⑤

新圖咫尺七千里，舊夢追尋三十年。掌拓榕陰痕宛爾，宿餘桑下戀依然。西齋石翠留前記，南浦珠光澹晚煙。昨夕潮迴陳諫筆，墨雲篆起海門船。<small>藥洲東一石有仙人掌迹，後堂楣間武進劉圖三學士題句云："十洲踏過紫</small>

---

① 此詩題位於手稿本第 6732 頁。
② 此句下注文"三"上，原衍"年"字，據手稿本删。
③ "點"，手稿本作"滴"。
④ 此詩題位於手稿本第 6733 頁。
⑤ 此詩題位於手稿本第 6734 頁。

遊繮，喜翠竹高梧，回首尚餘三宿戀。五夜判殘紅勒帛，對青天碧海，舉頭更上一層看。”此句聞今已不存矣，予所摹溧陽史文靖“尚有西齋”四字石刻僅存耳，適得南海廟韓碑並額舊本，較勝予昔年所拓者，故及之。

王石谷臨大癡畫稿①

己未六月，自題又朱竹垞二詩。

　　畫稿八尺許，經營乃匝月。時於午睡餘，彌覺天機活。斯其中年作，精氣正勃發。却借舊人迹，使我真意豁。枯筆亦有情，點墨非焦渴。一坡一石間，天匠鬱神骨。皆以無意爲，詎可流派說。朱老後來題，容易審倉卒。擬以張顛草，未喻捨津筏。十卷清暉言，幾個探禪窟。篋有奉常軸，肯居弟子列。此稿憑何起，秋霄莽空闊。

自題竹泉圖四首②

　　多少光陰歲月抛，田盤山色怕譏嘲。鷗盟散誕無他誓，只乞區區一把茅。

　　長貧廢學兩如初，敢比柴門挽鹿車。只有斯人知我意，不關生計日鈔書。

　　雙清小印亦論緣，梅衲三生石上禪。直待詩題松竹屋，雙清纔結竹邊泉。予在江西得梅道人山水卷，上有雙清館印，恰與使廨後堂所居屋扁相同，欲繪圖而未果也。前年冬得坡公《偃松屛贊》、沈石田《種竹圖》二迹，乃自題曰“松竹雙清書屋”。

　　賜書樓夢洛城邊，不是緱峰碧玉泉。借個茅軒來對水，幾時真得買伊川。予藏《化度寺碑》宋本，因繪《范氏書樓圖》，亦洛城事也。

附室人二首：　　　　　王修士

　　日寫芝田鶴韻長，春陰合作竹泉光。泉聲靜入琴書靜，竹粉香成翰墨香。

---

① 此詩題位於手稿本第 6734 頁。
② 此詩題位於手稿本第 6735 頁。

夫子安貧我樂飢，雲容淡淡日遲遲。侍兒汲取鴛荷水，唱和紅窗刺繡詩。予近作《芝鶴圖》並《鴛荷》二幅。

漢圉令趙君碑爲黃秋盦賦①

圉令舊本彭氏收，寒山南原寒具油。我憶嘗聞江子說，前年句向錢公酬。錢公之本未裝册，古香尚幸三日留。異哉裝册并巨幅，合歸黃子齋案頭。雖遜寒山弆藏古，然視錢本紙墨優。優署司徒兩徵辟，辟而不至居兄憂。初平之元季冬立，以詒後昆載厥休。隸徑三寸字最大，東京石墨誰與侔。齊梁參軍唐褚令，筆法一二差可求。惜哉南原鑑未密，掎摭稂莠遺薪樗。等諸摹文夏與鄭，何可輕議洪及婁。顧南原自言有《夏承碑》雙鈎舊本，又言有《鄭固碑》完本，而二碑字所摹多誤。黃子高齋緣不偶，秘怪日積琳琅投。千里緘馳要我跋，剪燈奇福交雙眸。庚庚橫畫欲起立，觚棱如對彝鼎舟。真畫軒印珍隸釋，李子并感仲六遊。妙手鐫題並婁壽，黃子急爲謀雙鈎。此標册有仲藝、六遊、真畫軒諸印，李鐵橋跋云："嘗有仲氏真畫軒所藏舊本《隸釋》，內仲氏手記舊拓藏本《圉令》《樊敏》《婁壽》《大饗》諸碑云。"

陸放翁焦山題名石刻②

陸務觀、何德器、張玉仲、韓無咎隆興甲申閏月廿九日，踏雪觀瘞鶴銘，
置酒上方，烽火未息，望風檣戰艦在煙靄間，慨然盡醉，薄晚泛舟
自甘露寺以歸。後又題云"明年二月壬午圉師刻之石，務觀書"。

米陸二題皆仿顏，鶴銘曾說顏平原。龍爪書邪王與顧，平原之似然不然。但借此書發奇氣，千載想像米陸間。米題元祐辛未夏，芾也老芝與仲宣。一十六字筆奇縱，吾嘗手摹銘後觀。江山幾時剩半壁，元祐六年至隆興二年。七十二秋鶴夢還。龕堂老子判京口，莆陽太守循陔蘭。韓元吉无咎時以莆陽守省親至京口。何張二子圉老衲，日對山水同清言。是日寒江大雪後，四五屐響來空山。讀銘仙風起兩腋，凍雲修竹凌蒼煙。直上焦先臥雪處，海門極島吹迴瀾。無端崒嵂起北望，烽火未息

---

① 此詩題位於手稿本第 6737 頁。
② 此詩題位於手稿本第 6738 頁。

增長嘆。川光鐵馬雲霧積，錯雜古寺煙中竿。只有澆愁羽觴酌，恨無仙侶飛霞翰。醉中運腕當橫槊，擲筆霹靂驚林巒。誰知園師刻之壁，禪人一視同枯禪。明春老子話前事，復憶置酒何張韓。矧彼山樵與真逸，徵君仙尉同時鐫。後三百年踏雪客，云何歲月紛訛傳。汪君作考跋沿誤，今得墨本文始全。都元敬跋誤以陸題作嘉熙二年。更想唐詩王瓚筆，方舟壯觀窮大川。安得摹來米題合，淨名夙諾胸迴環。我代龜堂說心事，直與詩境尋其源。山靈鑑此定大笑，雪月正吐屏山彎。

五鳳二年石刻舊本爲伊墨卿賦①

秀水朱老跋誤傳，以隸爲篆石爲磚。膠州高君摹誤筆，以魚爲角白爲日。此石漸泐畫漸湮，十三字就何人質。顏家陋巷古拓本，霧隱蛟虯蟠鬱律。西京小史真迹在，爾日巧工名核實。見《漢書·宣帝紀》。想像金絲壁響時，如誦遺經聲中律。前春賤子趨廟庭，同文門下磬管聽。光芒峙出諸碑右，月日何殊孔鼎銘。再三手拭尺幅素，庚庚橫起苔花青。始知高摹與朱跋，誤筆誤篆岐於形。此書豈可形勢測，此墨猶餘楷橅馨。顧云八分亦非分，隸初變篆吾所聞。閒與墨卿補歐錄，燭花交作五朵雲。

題文衡山書赤壁賦三首②嘉靖戊申七月爲錢德孚作

未許輕量一束楚，即銘方竹八旬初。無人爲語離婁叟，晉帖唐臨幾個如。

蘇學匏庵漫頡頏，儻參知見妙聞香。虞戈闕處誰能補，壬戌之秋楷一行。

腴遜歐波瘦勝之，鶴銘雪意客來遲。適見都南濠正德丁丑與錢德孚踏雪觀瘞鶴銘跋，在此前三十年也。不居老筆君知否，尚是披裘始壯時。

---

① 此詩題位於手稿本第 6741 頁。
② 此詩題位於手稿本第 6742 頁。

書羅念庵先生考正劉忠愍公諱日詩後①

我來吉郡闕謁祠,周生今始徵我詩。徵詩遲遲屢逾月,下筆顏汗無妍辭。英宗正統之八載,將北狩矣僅六期。如此臣乃如此死,醯百王振曾何裨。兩疏煌煌動天地,半夜呼起明祖知。史官同郡有特筆,大書月日非傳疑。嗚呼此日是何日,海枯山裂乃繫之。徐潭潭水照萬古,血裙元氣猶淋漓。奇哉夢歐堂中不敢拜生日,龍泉山頂鬱鬱孤雲飛。徐潭,忠愍葬衣冠處,龍泉山巔有祭忠臺,成布衣器祭忠愍處也。予昔在南昌,每與王述庵約作歐陽文忠生日之會而未果,文忠六月廿一日生。

陳嵩墨梅二首②

中嶽峰頭外史家,橫窗淡月一枝斜。與君商略真詩影,硬語盤空未著花。

嫩寒清曉有誰知,點墨多應造化師。除却參禪無畫譜,蒲團破衲對花之。花之,兩峰號也。

題南海神廟碑舊拓本三首③

手剔莓苔三十年,扶胥黃木夢江船。漬雲一片榕陰綠,又墮蘇齋舊拓前。

老守循州話退之,前三百載事應追。被人傅會雖堪笑,似記黎牀送米炊。《廣州志》誤以陳諫爲宋人,予始辨正之。

永興超出斫輪圓,戈脚元和樣不傳。若共武侯祠石配,薛家褚法却誰先。

題孟法師碑真影本④

華亭太史非說謊,自有風流垂墨響。研山老子跋幾行,又百年前

溯元朗。何人初唐法手熟，使我廿年勞慨想。今宵忽悟繭紙影，帝所儼夢鈞天享。美人春照繡羅裾，仙骨雲披元鶴氅。二篆誰量谷口甬，三龕未遠姚秦像。歐虞酌劑試問津，隸楷渾淪無定仿。虞之廟堂歐化度，反以專精疑惚恍。似歐非歐二義參，弇州虛舟孰真賞。虛舟昔詫孫與梁，我亦舊題摹本兩。吳門千金何日償，松雪八分來息壤。寄語繆家金石盟，已入蘇齋書記掌。此吳門繆氏所稱千金帖者。

文衡山介村圖用其自題韻①
爲顧君畫，後有王履約、履吉詩。

村意淡詩意，蒼然寫介然。小橋敧古樹，野屋貫流泉。杖底元談共，茶邊宿夢圓。韡齋兄弟好，聯榻有新篇。

鄭千里江天秋霽卷②
崇禎甲戌秋畫，後有殷伯巖、申鳧盟題。

南羽龍眠派，金陵畫閣憑。大江來霽氣，小簇最精能。河朔題襟意，殷申把袂稱。岱巔星斗下，披豁共秋燈。

雪後蘇齋作坡公生日用蘇韻二首③

尚嫌前幀墨痕纖，癸丑臘月十九日孫少迁作《蘇齋雪意圖》。那借星堂禁體嚴。直取雪窗拈作偈，渾同水味著於鹽。枯松偃蓋全敧户，齋中藏坡公《偃松屏贊卷》。紅日烏雲半隱檐。不解濰州寒臘夜，春愁何以上眉尖。坡書《天際烏雲帖》或云在濰州臘雪歲也。

暮靄交光到曙鴉，齋心虛室駐羲車。新銘翦刻紛珠綴，小研瓊瑤起浪花。適摹刻雪浪石盆銘於研並銘其背。強弩潮應迴浙浦，奔泉筆肯仿徐家。杭人新葺表忠觀，重摹先生詩於石柱，今拓供像側。駝裘烏帽爭來集，一幅重添玉畫叉。是日兩峰爲予摹《西園雅集圖》。

---

①②③　此詩題位於手稿本第 6746 頁。

題秋盫遊嵩山三石闕圖①

黃子挾奇氣，神遊邃古初。欲窮最高處，四嶽憑三塗。凌冬發秋杪，襆被脂爾車。只攜氈蠟手，何取黥兩徒。洛陽董金甌，手痕在石膚。褚生經眼録，奚足以表諸。邢鋪西原室，百怪秘精模。庚庚捫星辰，皓魄環蟾蜍。文字耀陰精，寶氣躔金樞。屼絶開母石，三丈鼓廠如。洪荒事難徵，靈休緬山隅。諸峰拱嶽廟，黃蓋峰攸居。兹焉峻極憑，亢氏鶉火墟。土圭景地中，寒暑陰陽孚。四遊三萬里，二儀準圜觚。於此摹隸篆，元氣盍積虚。元初延光間，直溯太始書。嶜陰細刻畫，二千載未蕪。想君立其下，感嘆以踟蹰。諸峰雲往來，一貯於袂裾。褚生迴轍處，奥境云無途。而君振衣往，此册靡弗圖。橫我臘雪几，詩境拜大蘇。壁間雙漢柏，②風雨來吟呼。

---

① 此詩題位於手稿本第 6747 頁。
② “雙漢柏”，手稿本作“漢雙柏”。

復初齋詩集卷第五十

蘇齋小草六丁巳正月至八月

未谷以漁洋秋林讀書圖摹軸見贈①

此圖著句十年前，橫街西坊題懶眠。研池餘墨滴秋翠，每憶小字疏籬邊。其秋我往匡山麓，夢寐窗陰吸空綠。濟南持節又五年，桂四新詩論信宿。圖在兗州人濟南，不得迴環晝重讀。別時諾贈癸丑秋，去年來訂前盟續。此圖萬里去滇南，此圖真本劉縣尹大紳攜往雲南矣。桂四之行若相逐。未谷謁選得雲南永平令。一編神韻苦難真，屢對王生感劉牧。去年漁洋裔孫王祖昌持先生《唐律神韻集目錄》來見示，每與劉崧嵐辨之。吾齋已寶鴻臚筆，萬卷裝囊載三犢。《載書圖》予所藏。披函訊客當禪偈，象外空音匣巾簏。秋林之畫畫即詩，讀書書味請質之。借問堯峰簾閣句，何感落木空山時。君看此幀豈寥闃，一浣真籟於涼漪。挂角羚羊覓無迹，前身明月印者誰。是時秋高三五夕，銀雲寫鏡來山池。罨畫溪光北渚樹，取諸造物何常師。公詩注腳只此是，吳門文點能爾爲。摹本非摹軸非軸，不著一字憑何追。瓣香漫托小茆柴，深根風雨青石苔。有夢那飛鬒尾樹，石帆亭子即蘇齋。

---

① 此詩題位於手稿本第 6755 頁。

唐子畏芙蓉①

采采涉江子,涼雲飛珮琚。美人隔秋水,燈焰落紅蕖。煙月揚州夢,文章楚些餘。誰知白陽筆,正晤迪功初。

題瓶荷並蒂圖三首②并序

南蘭女史倚竹氏,惲冰族女也,室人寫生法師焉,因題其並蒂瓶荷,並題於室人爲小女贈盫臨軸,又題其自作也。

天然家法自蘭陵,接葉聯枝最擅能。半世苦心蓮本薏,三生禪味竹窗冰。惲冰有竹窗小印。兼之没骨空鈎似,憶得甌香遞授曾。祝爾交花君子配,手挑金粟記雙燈。

代母窗前課句遲,女師並得畫家師。即看異萼同莖處,正到施衿結帨時。比喻托根春共永,聯翩嘉實日相期。紅雲定卜門闌喜,明鏡芙蓉對一厄。

荷露朝朝滴研池,同聲歌響出駢枝。豈矜織彩爲鴛被,實仗中心締藕絲。共命迦陵傳好語,雙清書屋是真詩。夜舒的的皆明月,冰雪前身照影時。

海翁小幀③

蒼蒼古木挂斜曛,一幅湘簾面水紋。多少嵐光待收拾,斯人何事仰看雲。

程音田屬友爲寫欸乃一聲山水緑又寫夜山圍在月明中二句詩意各一幀即送其請假歸歟④

歸思蒼茫幾個知,停橈歌響一傳之。試憑曉汲清湘句,⑤正著南

---

① 此詩題位於手稿本第 6757 頁。
② 此詩題位於手稿本第 6758 頁。
③④ 此詩題位於手稿本第 6760 頁。
⑤ “汲”,原作“吸”,據手稿本改。

陵水面詩。琴譜寸心千里意，雲迴三十六峰時。片帆春雨江頭夢，多少濃青何處施。

房山能貌夜看山，收得南宮豹霧斑。今夕衆峰迴楮墨，前身明月即荆關。層青如夢峭無影，妙悟尋源深一灣。畫理日從詩髓出，有人丹篆共舟還。謂城東胡君。

張彦山水册十首爲春甫題①

煙外春江起暮寒，君家小几濕層巒。濛濛旬日論詩意，正借耕煙畫稿看。昨爲春甫題所藏王石谷卷，與此同一筆髓也。

飛泉輥雷下，知有前山雨。草窗面幽崖，樵童方啓户。策杖試尋之，昨夕參禪語。

宴坐不出户，静與籬門對。見吾善者機，收拾群山翠。前溪琴筑聲，空水風來會。

張君此幀南翔似，青浮渾是雲浮耳。如何六浮空擅名，下上一雲何處起。商略同岑兩孟陽，結構隨雲無定止。潘郎枯坐鄰寺燈，容易雲根卜居擬。有錢塘潘無聲之涼題句。

幾載江湖鷗鷺盟，淺涼偶得並舟行。欸歌莫謂無聲律，節拍船舷即性情。

放翁鏡湖濱，意在西南笛。風月最佳時，聽久無人覓。云豈隱者歟，每悵詩夢夕。因之況古賢，子推匪沮溺。彼生南渡後，一往深有激。此幅浩煙波，月浸千峰碧。意似笑放翁，沈思苦寥寂。所以論世難，使我耿遥憶。

貞白尋山志，霞標未易升。遠風何處磬，半日不逢僧。野柵想秋夢，翻書餘夜燈。西枝更佳處，伴倚瘦青藤。

---

① 此詩題位於手稿本第 6761 頁。

石跨流泉綠未分，迷茫澗響定中聞。曉來略勺空煙合，橫界前峰是白雲。

聽泉亭子上，秋寫道人心。橋滑轉凝立，瀑飛盈我襟。尋詩渺何有，讀易悟來深。仍返石趺處，松風鳴玉琴。

皴法何嘗仿大癡，草書並不用張芝。淡無迹是無聲史，悟徹空山雨雪時。

李因墨芙蓉①

拒霜宜墨是宜霜，粉墨精神署海昌。煙際江波招落月，猶疑繡影拜沈香。

周公瑕墨蘭用王伯穀韻②

湘皋玉佩結同心，淡染空煙墨似金。識得神來江月影，誰家竹外理瑤琴。

手書大觀帖考以贈女婿馮和軒題其後③

我收大觀晉殘字，遂以晉觀名我堂。展縑夢想君家本，如會稽束山陰張。華亭涿鹿與北海，分合甲乙吾未詳。此帖世間罕全帙，鳳墅老子徒仿偟。長沙清江遞著録，平釋誰見單與姜。爾來晉石飾戴補，妄以瘦格侔高行。寥寥海內説宋拓，孰知快雪真鍾王。華亭借摹陳夏影，儼齋跋亦聞良常。國初皤皤硯山叟，經營正並劉光暘。畿南惜未叩耆舊，退谷山色連湖梁。我生苦晚癖嗜古，南董北米同燈光。每欲蒐羅墨林笈，近與涿鹿聯珠囊。嘗擬考攜李項氏著有編號諸條，及涿鹿馮氏所藏書畫法帖係爲一編。況荷奎文列九禁，《快雪堂帖》石入内府得邀宸鑒。秋碧不數蕉林藏。及今光芒大闚日，墨緣爲爾探津航。已從直橫辨真絳，愚嘗著《絳帖考》一卷。因以泐勢評權場。集書懷仁法尚遜，磨痕亮字疑何

---

①②　此詩題位於手稿本第 6763 頁。
③　此詩題位於手稿本第 6764 頁。

嘗。非徒小學收放佚，即此世澤追芬芳。弗渝弗墜等故物，一撝一拂思循牆。擘窠董題迹如昨，角弓嘉樹恭維桑。隃糜點漆印明月，鑒此二老同飛觴。

湖山歸養圖歌送吳穀人侍讀假歸杭州①

羅君寫爾歸湖山，蘇齋齋頭之餞筵。齋詩境邪畫詩境，歸養之樂全乎天。詩人歸養世所羨，矧自香案蓬仙班。廿年詩句江南北，正際藻譽雄詞壇。長離振羽散五采，田連雅昶賡七弦。何人流別區浙派，詩家引類空拘牽。或以君詩儗樊榭，是猶形貌非真詮。百餘年來富經術，人文蔚起方聯翩。竹垞初白二老後，各以實學爲淵源。詞章不出經訓外，近時我友盧與錢。上湖聚緤説雖異，勞桑脈出張楊園。儒林藝苑本一貫，飛騰綺麗誰探原。此幀湖山非泛寫，盎盎和氣澄泓然。上堂具慶備甘旨，下環茁穎崇陔蘭。怡愉至性彩衣聚，款話内直星辰垣。淵乎作忠教孝旨，此即經義詩傳箋。湖光瑩然山蒨若，緑熨一片融融煙。湖心亭畔柳絲下，是君愛日稱觴船。願君力追風雅始，勿逐末學才豔傳。使人不敢浙派目，學古更躪朱查前。如許春暉貯峰翠，方爲不負歸養年。時晤顧梁二詩叟，我詩共讀眉應軒。

題穀人所藏董文敏發印銘手迹綾幅三首②

武昌曬畫影依然，尚在容臺著録前。不比後人鈐贗本，一方官印誤編年。儻董迹每於中年誤用宗伯學士印，此幅云乙巳春，是明神宗三十三年文敏於武昌學使廨中曬畫軸時也。

絲絲欲裂尺機綾，記裹青田凍有稜。仍到詞林講官篋，一條真個玉壺冰。

畫禪印史入禪參，小築山茶氣味諳。合著歸裝煙舫客，落紅春雨夢江南。夢煙舫，穀人齋名也，幅内有山茶小築釋宗可珍藏印。

穀人音田皆以花朝前二日南歸適陳肖生亦以
是日來辭行索詩戲爲此①

詩筵排日餞春暉，詩客比鄰日送歸。不合白陽居士筆，深紅蹴得
杏花飛。

女貞行爲俞貞女題②

女貞木，冬青枝，經霜不殺青不萎。枝以青名節自持，木以貞名
心自知。女貞冬青非比喻，女貞貞木非章句，女貞圖畫嗟誰語。君不
見宋家義士哭冬青，君不見俞家貞女畫女貞。直以夫亡比君國，此義
心同炳日星。有人冷笑歸熙甫，誤信雲莊説禮經。冊有懷寧汪吉士援羅整
庵説以辨震川誤解曾子問一條，極有關係，故附著之。

受堂新居招同石如蓼堂兩峰紫藤花下小集③

閑坊架底記宣南，廿載樽前續舊談。故借紫雲垂絡索，相嘲白髮
照鬑鬖。人逾吉邵同岑久，花比朱王買宅堪。密葉吹香來飯客，笑應
彌勒共禪龕。是日作蔬食，故有末句，京師藤花舊宅以竹垞、漁洋二先生所植最爲著
稱，而此屋廿年以來吉渭厓、邵二雲皆居之，故有五六句。

受堂名書室曰頤安屬予書山谷頤軒詩賦此代跋④

作室名頤安，晝長此深憇。夢迴萬里塗，屈指廿年事。内觀非世
緣，所得皆經義。自發泰宇光，淵乎宅醲粹。老友時過談，諸子能養
志。幹止艮其成，見資州《易傳》。虛白吉祥至。摩圍老子詩，渾淪一元
氣。俯仰十笏間，綽綽有餘地。放翁心太平，晦翁清淨退。合爲斯室
銘，於今始無愧。

題孫少迂所造小衍波箋三首⑤

九霞波面卷紅蕡，減樣飛來夢更真。一半曉寒花霧氣，知君親見

---

①②　此詩題位於手稿本第 6768 頁。
③④　此詩題位於手稿本第 6771 頁。
⑤　　此詩題位於手稿本第 6772 頁。

綠衣人。

搗糵聲中夜潢_{去聲}。經，知微畫水軸通靈。冰苔蹙起家山影，袖有開函小洞庭。

江上峰青逸響彈，耕漁軒更續金蘭。晝長日試書裙帖，不許批迴報謝安。<small>末章約錢湘舲、徐心田同賦此紙也。</small>

金孝章畫梅爲運生題三首①<small>自題“戊申七月”</small>

米堆煙雨點空濛，山影漁洋貌正同。莫認禪房春草夢，墨痕泥著舊詩筒。

東吳老去日鈔書，誰記巡檐索笑初。鐵榦月明神耿耿，此心不寐正關渠。

配食湖山意不傳，蘇齋詩味喻寒泉。石帆句又逢丁巳，上番春風百廿年。<small>王文簡題孝章贈畫梅詩在康熙丁巳也。</small>

書徐心田家傳後五首②

吳下徐昌穀，知懷北地親。煙花銷靡麗，肝膽切輪囷。豈若心田子，能傳姒祖真。手攜冰雪卷，不寐念先人。

遊子恩暉報，千秋一片心。追摹陳水咏，感激海山深。他日珊瑚網，重鎸翰墨林。江頭春草綠，吹滿洞庭陰。<small>崑山水氏、温陵陳氏兩節婦詩文卷並見朱性父《鐵網珊瑚》。</small>

苦節非畸行，神明下鑑知。所書惟摭實，相托以無欺。盡是孤兒淚，何須幼婦辭。不虛風雪裏，策蹇走京師。

馮子秋鷹眼，錢公駿馬行。爲君開絹素，如此寫平生。綠罿人俱去，青萍匣一鳴。寸心耿耿事，不是博榮名。

---

① 此詩題位於手稿本第 6773 頁。
② 此詩題位於手稿本第 6774 頁。

南浮榹湘楚,北道出居庸。知己覃溪外,同岑幾客逢。松筠心共在,湖海氣來供。淡得論詩意,茶煙研一峰。

張君度仿石田題蕉圖①自題“戊子秋日”

風低蕉葉爲詩催,墨汁淋漓涴綠苔。多少秋光拈不得,那因臨習草書來。

邵瓜疇畫册四首②

軒然綠髓客,霞表得澄觀。春草閑房夢,華陽秘迹看。我疑鹿柴語,未到隱居壇。何不留餘紙,虛空沆瀣餐。予藏瓜疇畫卷,徐武子隸書“霞表澄觀”四字於前,後有金孝章壬辰秋小楷書“陶貞白尋山志”,此册孝章亦書“霞表澄觀”四字於前,後則孝章自題詩,在予藏卷後五年也。

風磴飛泉急,山樓叠翠橫。推窗延雨意,坐石看雲生。何物來沈鬱,於中得性情。不施青綠處,直以氣孤行。

落木庵中偈,弇山堂下評。詩書功轉惜,董巨脈誰争。藝苑千秋事,詞壇七子盟。後來石谷畫,所以配新城。徐元嘆謂瓜疇讀書尚少,王元照謂瓜疇未得董巨正脈,此猶之漁洋言神韻而不能忘李何格調耳。

悟徹鳬溪水,中峰一滴傳。神遊白公社,人記米家船。陸墓書千卷,梅村志廿年。尚論關史法,誰爲叩瓜田。鳬溪僧自肩字道開傳瓜疇畫法者,見梅村所作《瓜疇墓志》。

胡元潤畫册八首③

淡月橫花格,金陵舊草堂。夢中傳彩筆,何似笋堆牀。

半掩茅齋雨氣深,北窗想見看山心。白雲已盡青猶叠,始信禪居不易尋。

二客尋詩去，言瞻一草亭。誰知泉洑處，收合衆山青。

水檻記徘徊，橫窗向曉開。豁然天萬里，渺渺一帆來。

褐公筆倩大蘇論，未到何言氣已吞。半借畫雲爲畫樹，更無一縷著雲痕。

亭亭野人居，高梧淡秋氣。翛翛古緑外，遠色漸而至。界空爲橫雲，稱此野屋意。雲疏屋濛濛，梧影俄在地。知有明月來，一洗苔石翠。

胡三作樹枝，筆欲不著紙。豈寫巖樹歟，實寫雲與水。房櫳渾一氣，欄檻虛無裏。緬想長白翁，得髓眞猶子。隸法禮器碑，疏瘦正如此。胡長白，元潤伯父，工八分，學《禮器碑》。

胡家淡著筆，中乃眞蒼莽。集虛即心齋，虛白觀所養。空山悟雨雪，定力非臨仿。不合君家吟，偏推竟陵賞。長白與鍾伯敬札云：“弟宗信字可復，以字行世。所稱雪村者，玉昆，雪村子也，兄弟輩皆學畫，蓽門晝掩，茗碗爐香間，閣筆盈案。”昔人一門五貴，堆笏滿牀，想如是耶？長白詩極爲伯敬所賞云。

兩峰臨唐子畏嗅香士女曉嵐屬題①

欲拈紅杏惱尚書，不是吳裝仿六如。持向蘇齋參鼻觀，夢迴綺語廿年初。

劉完庵雲樹小幀二首②

屋樹橋泉浩不分，墨無起訖紙無紋。質之久住山中客，請勿輕言半是雲。

吳下醫翁富秘文，顧何侈說緑氤氳。始知不是松泉響，果有山齋號聽雲。往時吳門陸醫士其清與顧維嶽、何屺瞻遊，多蓄古圖書、金石，號聽雲室，予初不解雲何以言聽也，今乃借完庵此幀發之。

---

① 此詩題位於手稿本第 6778 頁。
② 此詩至《唐慈恩雁塔題名殘拓本》，手稿本闕如。

陳旻昭畫八首

長日坐蕉陰，業白石泉對。悠然太古心，山色青來會。

水閣窈而曲，遠林何所依。昨來尋山處，既是復疑非。跂言未及上，衆妍橫翠微。

坡陀遠意豈相干，日對橫溪松吹寒。却被過溪雲氣起，濛濛山雨到前灘。

種花石屋隔林開，杳杳穿雲路幾迴。水響平橋隨屨過，不知身帶野雲來。

嘗見昕公感積陰，閉門不是入山深。山光擁翠來波面，如許江皋憑望心。旻昭法名道昕，昔見其畫扇自題云「如此積陰，當有百尺柳絲矣」。

路轉一峰背，山鐘度微芒。不知何代寺，邐迤尋層岡。略彴遠林外，半江開夕陽。

山深説偈時，石路滑難取。蒼蘚日夜滋，合沓精靈聚。涓涓空音答，冥冥四山雨。

昕公學佛人，宦儒而繡衣。清淨出實相，筆舌皆天機。拈得眼前意，打破畫家圍。故爲心齋翁，名理借發揮。

顏心齋聽泉圖二首後一首題卷後吳竹虛所作《石門藤塢圖》

三折寒流石一卷，晚風爲爾送潺潺。披襟醒酒如前日，握手蒼顏忽廿年。近築虛齋銘午夜，記尋篆刻剔辛泉。看君道氣聲聞外，不假金徽白雪弦。

二載相期過石門，至今詩夢繞山村。泂潭繚曲囊雲訊，夾澗迷濛印月痕。茗話延緣同藉草，津涯信宿一尋原。舊題顏樂亭詩在，拈向蘇齋更對論。

兒齒篇爲張母壽

魯僖之頌頌多祉，黃髮眉壽歌兒齒。後來嘏辭孰可擬，孔疏陸釋徒爲爾。但以壽徵徵物理，釋者母妻同一視。推之大夫與庶士，壽母之義斯隱矣。弗考鄭箋祝慶旨，由妻溯母從母始。庶士之家咸視此，此爲兒齒所托美。所以滄洲張家母，七十有六覯初紀。諸子諸孫環燕喜，備奉時珍飪滫瀡。請從魯頌探原委，專爲母壽非他指。眼前實事吾梓里，經義箋疏即此是。書之女箴載彤史，嘉慶二年歲丁巳。予嘗據鄭箋是由令其妻以壽其母，不可以令妻與壽母作對，則妻先母矣，故借兒齒之義以發之。

鄒衣白畫二首

阿誰寄托杳難攀，舊夢濃嵐淡靄間。直以蕭寥空闊思，摩挲子久富春山。

破墨鋙戈不露鋒，渾淪元氣矯遊龍。欲尋玉筯懸針法，何處穿雲晚寺鐘。

兩峰以所作雙藤筱五叟圖稿本來商詩意適雨中蓼堂過談賦此並寄石如受堂

藤卷畫遲詩更遲，巷南回首餞春時。不虛五客皆稱叟，始識雙連是謂筱。花亞檐陰風簌簌，樹交簾影雨絲絲。斜陽招過隔牆綠，更趁餘縑合寫之。時受堂館於牆東某家也。

金二雅禊遊圖卷

永和千年續，聞自劉左司。勒石霅咏亭，遂補晉賢詩。又四百餘載，集字文始奇。松陵唱酬地，江南春暮時。今茲播琴堂，何減洗墨池。欄林蕩雲影，水竹交風漪。天然繭紙迹，重敘流觴辭。君家樗史本，努趯窮毫釐。宋押具可識，褚法定何疑。我爲拾珠琲，綴以金絡絲。圓如一川月，散作千瓊卮。泉石所流腴，妙寄偶得之。是中真性情，馮葛焉及知。樂石精摹鐫，畫圖并仿爲。肯使會稽後，獨數姚江碑。定武與神龍,且莫區派支。迎風快銷暑,夢對齋艎期。

李長蘅仿宋仲温畫竹卷

自題云:"宋克字仲温,長州南宫里人,畫喜急就,得古人之妙,尤善寫竹,雖寸岡尺塹而千篁萬玉,雨叠煙森,蕭然無塵俗之氣。乙卯仲秋寫,李流芳。"

圖在六浮前二年,鐵山小築全其天。山雨樓前繡苔濕,日與萬玉同清言。兩孟陽來風颯然,共爾落筆晴湖船。疏簾小几對明月,畫仿梅衲詩斜川。墨君何處窮言詮,輞水一滴皆尋源。自古畫竹執真譜,印爾水木開檀園。詩人家住寒翠外,偈子不取聲聞禪。泂泉琴筑非響答,竟夕煙雨愁空山。南翔派法了無著,東吳生意何從傳。焉得畫中急就篇,草隸盡得中鋒圓。不知六浮一攬還,萬玉攝入空蒼間。欲追東吳草隸勢,但有雲氣飛窗軒。

唐子華七松圖

至正廿二年重九日吳興康棣作,文彭題句。

今年盛暍閏夏初,七松搖我窗紗影。謖謖天風空外來,雪捲陰厓作淒冷。蒼然相對初何有,迴立含虛自深静。微吟遠籟萬竅傳,始知下有三折泉。松根漱泉泉轉石,石間沸作松濤圓。三折之泉萬里勢,四壁接起空濛煙。欲尋泉源澹無迹,更不直寫飛瀑懸。但有層青鬱煙霧,山意沈沈點輕素。太陰黯入雷雨垂,却讓孤光在高樹。此間墨法非雲水,我識松泉所來路。一聲飛鶴出晚鐘,舊與幽人結寮住。鹿頭舫子新涼詩,唐棣却付文彭知。飛英塔轉获灣起,寥天玉笛誰與期。來證蘇齋草隸法,正在湖莊秋霽時。

倪文正墨秋海棠卷

自題"秋海棠花,相傳思婦淚痕所化。琢齋"。

一痕思婦淚,千古在枝頭。化碧有如此,嬌紅何所求。燈搖紋石夜,墨點照江秋。青守山深意,蒼茫氣未收。昨爲初頤園題文正手迹"青守山相老,紅交花未深"十大字長卷,故結句及之。

題鸚武家圖卷二首
萬曆壬辰冬,灌園野夫范機爲長公子範撰銘,青城居士陸彥脩書。

野夫居士恨何因,誰托雕籠問主人。翻似山樵仙尉輦,立銘裏幣記壬辰。

流水斜陽片石青,幾年詩客夢梳翎。雨窗間證蘇齋帖,長念觀音般若經。

題李北海嶽麓寺碑舊拓全本
側題云:"元豐庚申元日同廣惠道人來,襄陽米黻。"

書評獨愛俞允文,一掃俗媚人云云。李秀碑勝李思訓,瓣香那必吳興薰。昔者我師北海法,初剔石室端江濱。譬從佛龕矜褚隸,未悟觀主追羊裙。惜哉追琢山嶽銳,一半不音野火焚。碑陰碑側隱之壁,苔橫石罅淒斜曛。古林倦圖舊裝本,煥若寶氣開鋤耘。叫絕米老十六字,擘窠不異焦山垠。東林亦題北海迹,壯歲待謁黃州軍。廬山東林李北海碑前題云:"楚國米黻,元豐四年十月十六日。"未窺晉法已如此,咄咄干莫衝星雯。然不題陰只題側,嘆爾郢匠輸般斤。其陰銜名細行楷,差與大雅懷仁群。參軍員外博士列,尉令丞簿職掌分。繫以贊辭琅可讀,想於麓寺趨惟勤。司馬西河並不泯,湘州刺史侔前聞。奈何淳熙政和字,下逮嘉靖題紛紛。粗豪惡札壓珠玉,千載著錄遺清芬。此本一朝象罔得,我今手撥衡山雲。科斗非奇薤何秘,鸞鳳矯矯龍蜿蜿。北海銛鋒光萬丈,其氣根柢仍閽閽。馬鞍山人真具眼,趙崎輩但驚雷矗。寶珠森然涌浩劫,安得廟令重策勳。聳以虛亭夾以柱,直對南斗酬湘君。李秀全碑會摹就,稽首二礎靈香焄。予適托友人往江南鉤摹董文敏所藏唐拓《李秀碑》。

韻亭以所藏明賢畫後赤壁賦册子屬題二首

月小山高霧捲空,半江落我研屏中。脩然紙上霜林意,快借寒蘆一片風。

坡像吾齋月萬川,誰摹二客壁停船。摩霄大石橫江起,青到先生竹杖邊。

嶽麓寺碑繫銜年月後又得北海所書贊語從來拓本所遺者喜題二首

贊語誰憑起例尋,不徒王暠剔碑陰。曜奴細並池陽隸,一字熹平直百金。漢《禮器碑》後人名有王暠,此碑陰亦有王暠,故以曜奴七人一行爲比。熹平池陽項伯修隸題亦在《禮器碑》字間空石處,予所手剔出者。

剜苔四面想空亭,廿八行餘萬古靈。舊傳此碑止廿七行。披霧英英雲篆出,重開七十二峰青。贊曰"英英披霧"云云。

詩冢歌

惠山南臨石墨池,冢藏千一百家詩。華陽顧君彙成帙,素齋賈生同瘞之。梁溪詩鈔二千載,梁溪詩冢哀同時。爾來詩家盛編輯,宛陵梅里松陵披。梁溪文苑映先後,今古淵源儼師受。顧君弱冠我同榜,讓叟師門日攜手。畫派遙推王孟端,詩評近溯嚴蓀友。恨不同時遍服膺,歲歲黃花共杯酒。鄒小山宗伯師每歲菊花時集門下士聯咏成卷。師歸講學龍山陰,君復繼師主東林。研經漱藝一根柢,道德文章千古心。我收忠定大字咏,珍鐫鳳墅逾球琳。予於青原山麓手剔李忠定篆窠書五言古詩,即曾宏父刻於《鳳墅帖》者。經生忠孝植之本,遂初書目香未蟫。殘稿尚以梁溪編,范陸諸家誰或先。後來漫説茶陵派,海内真詩只二泉。我愛鴻山撫遺響,空山流水琴無弦。奇哉忠憲亦逸品,始識理學非言詮。各以心聲來見真,匪伊其詩乃其人。龍山況是舊遊地,竹爐石牀太古春。此土因依皆息壤,此間會合真精神。年年風雨作秋禊,夜夜星斗垂秋旻。六十卷詩賸錦軸,野寺山家日聞讀。尋來古衲借囊雲,拜擬祠堂傍修竹。題辭更拓細楷碑,詩話添攜采風錄。傳神莫笑顧家癡,弔古非關賈生哭。茲辰故事記重陽,猶憶黃花讓叟堂。勿疑汲冢蠹書誤,不比蘭亭玉匣藏。琅玕芝草日茁起,陸泉簾水争品量。劉蛻文邪朱芾篆,燭天一氣迴虹光。

題賈素齋詩卷即送其歸無錫兼寄述庵晴沙

荷花生日悟何因,却憶蘇齋臘雪辰。文冢千家圓昔夢,社圖十友定前身。陽冰石篆無今古,陸羽茶評孰主賓。試轉響泉蒲褐偈,歸來詩境坐中人。

唐慈恩雁塔題名殘拓本[①]宣和庚子十月大名柳瑊摹勒

宣和舊墨黟雲蒸,豁眼快與神飛騰。恍見慈恩曲江讌,濡豪幾輩揮練繒。無漏寺址永徽塔,北枕三殿南五陵。岑參薛據杜老共,秦山破碎青峻嶒。想初得句最高頂,目縱千里如飛鷹。杜老題字不可見,聞在四卷跋可憑。嘗見涿鹿馮文敏手跋云"杜甫、顏真卿題字在柳摹雁塔第四卷"。魯公之題孰先後,惜未此卷同鈔騰。柳伯和摹極劃剔,王隱士早披榛芳。廉卿序擬晉唐褚,二李手壓官私膀。會昌一品平泉客,何苦士類區淄澠。向來留題一掃迹,後身似是塗塔僧。李牛黨論吾弗辨,玉溪正及諸郎朋。少年齊肩前進士,青袍白足筵間承。侍御史令狐緒、右拾遺令狐綯、前進士蔡京、前進士令狐緯、前進士李商隱,大和九年四月一日,蔡京即同在天平坐中者。後十六年禁職筆,却感前記愴不勝。後十六年與緘、綯同登,忽見前題,黯然悽愴,時方忝職禁□,大中四年二月廿三日。何如三董與二鄭,五客來緬梯三層。西北梁間魯公札,校書歲月誰考徵。五人鄭知章、董季之、董居中、董從直、鄭武,元和十年□月十七日同登,更上從此第三層,西北樑上見顏魯公任校書時手札題名。感舊懷賢撫時事,神龍宴並開元稱。杏園花發爛蕊榜,打毬閣子開月燈。孟郊盧全亦詩客,秘省校書郎孟簡、進士孟郊、進士崔元亮、進士崔寅亮、進士崔純亮,貞元九年正月五日,李存誠、李存範、盧同,元和九年十一月題。迹以人重珍逾增。柳家斯集意有在,後來觀者宜兢兢。不獨流傳江左體,隸肥楷瘦芒生棱。一代人才在國史,勿虛餅餤誇紅綾。遊人題字亦非偶,山河眺覽嗟廢興。此塔西南石重立,有唐書學餘精能。褚公序記宛啄磔,獎師結構基抹隉。迴環千秋遞贊誦,矧此兩卷關勸懲。卅七葉裝記餘紙,

___

① 《劉完庵雲樹小幀二首》至此詩,手稿本闕如。

懸磬室楷如細蠅。徑須重鐫更加冪，他時墨妙追服膺。我依陳思寫序跋，敢貌屋漏交古藤。或希長沙醉草尾，薑牙柳脚攀同登。

朱竹垞煙雨歸耕圖爲錢裴山題六首[①]壬子孟夏戴蒼寫

披雲叱犢要閑身，百首鴛湖唱未真。如許江南淡煙雨，竟教收拾付詩人。

歸耕果是賦歸乎，托意空濛信有無。我笑漁洋半年假，飄然已繪載書圖。

乙歲編詩丙往田，馬塍維耦話依然。不成桂嶺燕雲客，虛費舟車二十年。張秦亭題云：“予以丙戌居馬塍，錫鬯亦以是歲往田野間。”

一編自序穫功深，三百經廚卷尾心。迴首裝囊文類目，已知根柢富詞林。近日楊謙輯先生年譜以屬錢塘戴葭湄繪此圖，編於辛亥成《竹垞文類》之歲，蓋圖成在壬子夏也。

每對菘坡想此圖，錢家緣結小長蘆。古藤屋即藤詩屋，明月前身問寶蘇。予方爲裴山題賃藤詩屋也。

焚香雨歇篆煙橫，目笑何人理舊盟。圓得秋窗蓑笠夢，花之老衲欲歸耕。適倩兩峰臨此也，兩峰將南歸。

董文敏山水卷三首[②]
自題“辛亥仲秋爲玉翁壽並詩”，前有孫雪居八分題。

自結松芝舊館壇，何嘗柏石是譏韓。氤氳幛濕渾元氣，莫道山深夕易寒。[③]

湘浦歸來袖水雲，軒軒空綠壓羊裙。未應老守思江漢，刻意南宮到八分。

---

① 此詩題位於手稿本第 6779 頁。
② 此詩題位於手稿本第 6780 頁。
③ “山深”，手稿本作“深山”。

造化爲師意不傳，牟尼萬象著枯禪。夏峰秋雨扁舟遠，盡入蒼茫寫淡煙。文敏有夏峰舟中畫卷在是年七月。

陳居中畫二首①

嘉泰宣和近百年，東丹遺思復誰傳。寶謨待制詩雖好，筋骨新豐一概然。②

樊榭曾題職貢圖，柘軒得見九方無。商量比興和之義，未必箴規告僕夫。

程青溪畫二首③自題“甲寅九月畫於天咫閣”

青溪道者夢何因，想在樓窗看瀑人。目共鳥飛神萬仞，更逾孤嶂氣嶙峋。

瑽玉迢迢何處來，誰知欄砌水平杯。舫軒山半無樞牡，自對松風響際開。

受堂知秋圖④

坐石觀落葉，自題知秋圖。猶謂知已晚，詩感歲月徂。室以頤安名，前有雙藤株。知足知不足，吾日對真吾。諸郎出筮仕，諸孫繞庭趨。舊友時討論，内養春敷腴。何感而觀物，静裏拈吟鬚。是間杜德機，可與參易乎。疏雨滴階聲，青蟲絡絲綯。催女獻功裘，良士瞿敢逾。追思幼學日，小立竹里徒。又見城南月，霜黃洗高梧。知足知不足齋，受堂書屋名也，竹里謂金壇王巳山有《桐陰小立圖》。

周載軒編修自蜀來拓得柳子寬書諸葛祠記並陰及簡州韋南康紀功碑涪州黃文節書鈎深堂字見贈賦謝二首⑤

評柳誰能識哲昆，此陰曾並紫陽論。晉祠正合藏鋒訣，吳語何嘗

---

①　此詩題位於手稿本第 6780 頁。

②　“概然”，手稿本作“慨然”。

③④　此詩題位於手稿本第 6781 頁。

⑤　此詩題位於手稿本第 6782 頁。

戲墨痕。獨往剔苔今所少，後來鑱迹恨仍存。《諸葛碑》陰及《韋碑》皆被後人鑿壞。披雲隱見涪翁筆，想佇嚴扉霧雨昏。君訪鈎深堂字適無拓工，以昏煤刷之益見古趣。

李子王甥拓後先，豈知陰側自君傳。近因嶽麓碑餘想，擬溯郎官石記前。楷勢幾人存晉法，戈波如此例唐賢。區區譚藝應堪笑，勖我鈎深力研田。前年秋女婿王蓮府編修及李滄雲學使皆拓此碑陰並側，而未知其剔自載軒也，予嘗論次唐楷上品得五十種，今欲以順宗書《韋碑》與北海《嶽麓》並碑陰附之。

蕭山施柳泉秀才求航陙山居圖詩四首①

幽居龍井鳳山間，倒影峰青浦一灣。伊軋艣聲知客到，新從石屋拓碑還。

鐵生好手緣非偶，金粟狂來病已除。謂張芑堂。如此草堂雲水外，秋風幾個答樵漁。圖是奚鐵生畫。

鹿頭舫子越歌聲，遠岸飛來晚翠橫。供爾山窗延月入，肯教鷗鷺占空明。

籀鼓鍰餘丙舍摹，施家翠墨話西吳。他年著録來航陙，儻借多聞證寶蘇。施武子有摹刻岐陽石鼓及《丙舍帖》。

題李載園濮陽策蹇圖四首②

自寫河干食與眠，翛然風味十年前。畿南政迹皆堪畫，③偏借騎驢小影傳。

澤訪陶邱北迤菏，商量經義定如何。目光注視微含笑，想得胸中訂證多。

---

① 此詩題位於手稿本第 6783 頁。
② 此詩題位於手稿本第 6784 頁。
③ "政迹"，手稿本作"政績"。

衝雨鳩工積潦深，馳來老柳舊棠陰。身先吏役飢劬甚，此古循良責己心。

峭聳吟肩得句乎，疏星淡月照清臞。墨緣展向蘇齋笑，正對東坡笠屐圖。

復初齋詩集卷第五十一

蘇齋小草七丁巳八月至戊午五月

於馮氏新刻蘇詩注本得景定重修施顧注中惠守方南
圭詩喜而次韻邀方式亭同作①

快如雲月破昏陰，榻對羅浮道院深。豈獨周鬢新曲語，應知鄭羽早秋心。後先淮浦摩挲意，主客豐湖唱疊音。不枉嚴詩編杜集，非關晉帖要唐臨。

題邊華泉詩翰卷三首②

裘馬何因例少年，司徒詩自太常編。石門霜露莓苔句，可似溪光碧玉泉。

短章杜法紉津涯，四傑風流各一家。莫道李何同派別，摩挲小印似長沙。有印曰"七十二泉清處"。

睡足編開又六秋，疏髯影憶拜書樓。篋中轅里裝裹意，猶想雙松對唱酬。辛亥秋題邊仲子手書詩卷，壬子冬於濟南題華泉遺像，又得漁洋題華泉集詩稿，後云"轅里後學王某書於慈仁寺"。

---

① 此詩題位於手稿本第 6793 頁。
② 此詩題位於手稿本第 6794 頁。

雁銜蘆二首翰林館試題擬作①

畫成真得無人態，不是蘆花雪亂時。點破山光添細影，依然浦面折殘枝。沙留印篆眠仍穩，雲外衝寒去故遲。等是忘機沈水意，長空禪偈有誰知。釋天衣偈曰：「雁過長空，影沈寒水。水無留影之心，雁無遺蹤之意。」

參差濃淡界成行，風緊秋高勢倍強。更借江湖排曠蕩，豈因矰繳爲周防。偶存荻畫傳遊迹，記踏枝歸漏夕陽。間與蘇齋論隸法，一痕橫在字中央。

夜坐書呈春甫蔓堂二親家②

蘇齋鼻觀試禪參，信否丹經借指南。師用倍千源則一，淵名有九此其三。露珠泉沸機非二，春筍秋禾候自諳。八萬夜來真偈子，何須踵息更名庵。昨爲馮星石題踵息庵也。

題吳鑑庵集古雜畫册六首③

大癡諸法備，故在氣沈厚。後來臨仿家，内養觀所守。亦若文字根，莽蒼攝諸有。我從華亭前，直溯至正後。浩蕩耿元精，真綷誰與耦。鬱乎煙岫深，凝立爲之久。

誰將遠勢追韓滉，不是平川仿戴嵩。赤脚短僮攀角上，野田沙草雨濛濛。

暮雀風敆處，昏林淡靄過。遠神來踏墜，斜日半枝柯。此即中鋒勢，相參隼尾波。渾忘鈎染法，未借譜宣和。

元人畫魚法，尚自宋賢來。水藻參差活，河津咫尺迴。臨江堂入夢，是日帖同開。戲海群鴻意，南華芥一杯。適錢塘李春潭以宋人《戲魚堂帖》來求題，春潭又攜所藏《淳化閣帖》，與鑑庵所藏皆銀鋌標本，同賞竟日，故及之。

---

① 此詩題位於手稿本第 6794 頁。
② 此詩題位於手稿本第 6795 頁。
③ 此詩題位於手稿本第 6796 頁。

騾綱不比細秋毫,風雨懸崖石磴高。拈得杜公遊蜀句,疏林萬壑帶奔濤。

山樵皴墨法,悟徹有幾人。張丑評琴鶴,我尚疑非真。此幅獨翛然,儻與吳興親。山樵意到處,今復幾幅存。向來畦徑外,要以性情論。多師造物師,遺迹會以神。收合近遠翠,澹佇秋空雲。

西苑朝房口占①

厄右臨窗榻,迴思四十年。銅鐶殘夜響,銀箭帶星傳。樹引趨班處,燈明入奏前。每苑內東門燈出,則奏摺以次遞進。彎橋斜角月,猶抱殿東圓。②

錢舜舉王會圖卷③

自題"摸寫太湖之濱",後有俞紫芝、吳匏庵、董思白題。

尺幅六人獸兩三,湖濱墨彩縑不憚。湖濱自題止於此,執藝所托誰能探。匏庵跋推雪溪叟,紫芝生作至正談。有元混一盛方物,梯航述職交朔南。旃檀蘇合古辣水,淨瓶寶器來瞿曇。吉利吉思魴尾尾,阿塔必節舑舕舕。乞里彎師麝香豹,④樗寫不盡貘與魋。見元劉郁《西使記》,阿塔必節,元時琉球貢異獸名也。近陳居中遠閬相,筆勢栩栩神相參。周書王會備西旅,豪酋義孰馬鄭諳。繪工豈異經訓證,秘産裝馱爭牽擔。題辭並援梁帝製,且莫臨仿嗟出藍。秋燈我夢缸面酒,伏梁禊帖同開函。

題山陰陳默齋白雲圖卷⑤

孤心渺江海,極目悵誰依。閩島天空白,鳩江淚滿衣。一門忠孝事,萬古嶺雲飛。不忍憑山石,蒼茫對落暉。

---

① 此詩題位於手稿本第 6797 頁。
② "猶抱殿東圓",手稿本作"記倚畫廊圓"。
③⑤ 此詩題位於手稿本第 6798 頁。
④ "師",手稿本作"獅"。

又題默齋望雲五圖四首①

萬里思親愴夢魂，關山江渚共誰論。白雲幅幅無依著，只有循陔識本根。

三百年來陳彥廉，孤懷孤咏爲君拈。白雲卷子同春草，大海青迴淚血霑。默齋博學嗜古，精鑑藏，故以溫陵陳孝子春草堂爲比。

幾家摹寫望雲人，遠近煙嵐總不眞。一點空光茅屋底，孤燈無語叫秋旻。

撫檻幾重春夢影，繞身千萬頃雲光。此雲此夢相追續，下上周迴遍四方。

陳默齋留春小舫圖卷②

我詩圖白雲，擬以堂春草。溫陵孝子心，千古此懷抱。寸草以承暉，寸陰之是寶。溫陵與鳩江，癖嗜同研討。我篋有故紙，溫陵印完好。難得孝子齋，鑑古富葩藻。竹深雲戎戎，禽喧日杲杲。當時山樵輩，惜未謀畫稿。握手得雪樵，舊夢一傾倒。心事即溫陵，思親向海島。齋居春報答，典籍飫稽考。手摹金石文，吉貞壽梨棗。囊雲小舫中，壺日長春早。雲林住倪迂，虹月棹米老。所以梅溪札，墨邀覃溪掃。春留不肯去，詒之子孫保。

題默齋詩卷即送歸山陰二首③

冰雪難攜陟岵勤，庚庚塊立古磚文。蒸空元氣來詩髓，盡卷膡囊是白雲。君以手摹漢瓦並古磚二卷見贈。

詩境深慚夜榻留，茶煙飛起越江秋。蘇齋金石西涯畫，直作湖山對唱酬。君諾爲訪拓風水洞坡公石刻，又代覓奚君作《西涯圖》。

---

① 此詩題位於手稿本第 6799 頁。
② 此詩題位於手稿本第 6800 頁。
③ 此詩題位於手稿本第 6801 頁。

朱西畯月波吹笛圖四首①

乃翁耕軸題煙雨,才子書船寫月波。②認是小朱還小杜,月當樓午一聲歌。

笛聲渚面忽飛迴,風送秋心凸酒杯。如此樓窗深柳影,金波正卷白波來。月波,秀州酒名。

眼明蠅楷五編鈔,古藻鏗鏘韻不淆。想見過庭研律細,宮商比竹自推敲。予嘗見西畯手書《攟韻》草稿。

未編十卷笛漁詩,待小長蘆畫釣師。月上古藤書屋曲,斜街槐樹落陰時。禹慎齋此圖作於康熙廿七年,時西畯年三十七,正其隨侍京師寓槐樹斜街時也。慎齋爲竹垞作《小長蘆釣魚師圖》,在明年己巳歲。

陳南麓都諫北園圖歌爲默齋題③
圖爲華嵒作,默齋名廣寧,都諫從曾孫也。

山陰陳公之北園,於今郡志猶考援。未及百年廢勿葺,公之名德彌弗諼。當年寓物不留物,本與山水同清言。文章經濟在天壤,我於此處窺本原。世間園亭遍卷軸,幾家忠孝貽兒孫。豈惟臥遊足領要,正爲手澤堪追論。我先外祖公學侶,張方九先生。先太夫人公甥女。髫齡燈下記前聞,每說江鄉舊遊處。雁塔名陪舅氏題,壬申公子齊紳與方綱同成進士。蘭亭時憶流觴語。香林詩酒雨齋禪,公孫聖時與方綱同舉丁卯鄉試,又同直史館。未及斯圖共延佇。再訪香林楚澤秋,壬午晤香林於武昌。猶緬家園話重舉。四十年來夢屢移,恨不園中茗同煮。秋嶽之圖繪卣詩,想公几研斯留遺。某邱某水所臨釣,一樹一石初栽治。長林曲渚帶遠岫,小橋密竹交疏籬。茅屋中人儼趺坐,得非策杖拈吟時。雲光雪意非泛設,與公詩思如相期。雪晴尚擬匡山宿,雲深儻結書屋知。公寓齋曰

---

① 此詩題位於手稿本第 6801 頁。
② "書船",手稿本作"詩船"。
③ 此詩題位於手稿本第 6802 頁。

挂雲書屋。挂雲書屋想邈然，匡山讀書復幾年。公有《匡山讀書圖卷》。漫説年深迹非故，須知地借人方傳。曾孫今作白雲軸，公從孫廣寧以思親自寫《望雲圖》數卷。圖中雲尚來迴旋。世家文物壽金石，哲人精氣留山川。我忝外家述舊德，何啻北郭馳江船。贈行詩境天欲雪，鏡湖捲起溟濛煙。

竹垞西畯二圖卷皆爲裴山所得[1]

錢子藤陰居，居然朱家屋。惠然喬梓來，投以二像軸。釣師煙獨耕，笛漁月可掬。煙雨詞自填，月波詩可讀。讀詩復拜像，静照山水綠。何啻由拳鄉，盡收書畫簏。曝書亭中語，爲君拈著録。我於君家交，宫傅門牆辱。論詩菘坡叟，朱老膺所服。未得此二圖，對案霽心目。菘坡每共論，唱和汪厚石。與祝。豫堂。經義三百籤，書庫八萬櫝。家學與自序，恨不一編續。宫傅有手言，粤江馳往復。庚寅冬，方綱在廣州猶與宫傅師札，語及訪竹垞遺書事。不徒木雞軒，葦石齋名。屢夢鴛湖舳。音學陸法言。孫恬。溯，實繼倉雅躅。藻采到搋韻，宫商儷琴筑。何論載酒集，旁兼葉兒曲。今春吴郎歸，穀人。細論盡燈燭。勿以浙派區，須信前輩篤。理學自楊園，例及朱家塾。莫誤高寄懷，詩狂付醹醷。不矝性情真，本出經腴蓄。所以語後學，根深戒末逐。筆耕光萬丈，心聲珠百斛。是乃家學編，以補書亭築，淵乎該百家，即此圖一幅。如聽笛漁笛，重栽竹垞竹。

曹棟亭思仲軒詩卷[2]竹垞及其孫稼翁題句

曹家伯仲喻，朱氏祖孫詩。以棟名亭矣，於欂意寓之。池塘春共氣，簾閣雨如絲。詩局揚州夢，新桐洗露時。棟亭弟筠石有《洗桐圖》。

曹定軒侍御踏雪訪梅圖三首[3]

遥懷試訂春前信，風骨猶傳雪後寒。不用聽鐘圓舊夢，依然花作

---

① 此詩題位於手稿本第 6804 頁。
② 此詩題位於手稿本第 6805 頁。
③ 此詩題位於手稿本第 6806 頁。

故人看。謂壬辰冬兩峰作《寒林訪友圖》也，此卷爲辛楣持去。

香來籬外乍難尋，山意濛濛寄托深。一點斜陽茅屋背，淡無著處是詩心。

廿四風先水外村，峭寒煙重月無痕。楝花卷合梅花訊，詩格曹家正對論。適題曹楝亭詩卷，故及之。

錢梅溪爲我手摹雲麾將軍李秀碑將勒石於吳門寄贈二首①

觸暑吳閶蔣徑間，手摹唐拓李碑還。心馳六礎苔岑合，袖有千年翠墨斑。想對湖山盟北海，肯隨董莫跋張寰。此帖莫廷韓得自張石川寰，各有手跋。石經重晤中郎後，扁二邕齋待我顏。梅溪嘗手摹蔡中郎石經，今又摹北海此迹，故以二邕題其齋扁。

燕山名迹幾人知，郭逸鈎摹復許誰。逸人郭卓然摹勒。借問群鴻戲海意，董文敏摹入《戲鴻堂帖》。何如衣帶過江時。畢竹癡跋稱惲南田藏一舊本，嘗縫入綿衣中以防失墜云。貞珉元氣憑君得，落筆精微不我欺。今日梅溪新拓出，重開仙鶴伏苓芝。

雲麾碑歌②

趙董書皆出北海，書評反以趙亂真。雲麾二李趙所祖，趙臨之説何紛紛。初從宋人有摹本，侈説唐拓疑前聞。爾時尚未六礎斫，拓本已憾全文湮。華亭戲鴻敍更置，天吳紫鳳顚非倫。空餘二礎學祠壁，誤驚汴水蒐羅勤。十年前畢秋帆中丞於汴城得一礎，疑此碑之徙汴者，及洗視乃隋舍利銘耳。賤子童年遊學舍，以手量礎如披榛。銘詞尚辨句一二，意揣全石從圓輪。乃知華亭敍次誤，如拓嶽麓邊行循。北海書《嶽麓寺碑》尾極邊一行尚有北海書贊，予諦審舊本得之，此《雲麾碑》前一礎之首邊一行，予洗石諦視隱隱辨"邕文并"三字，今拓本失之。今年北海墨緣合，麓碑陰字苔花新。於曹倦翁藏

---

① 此詩題位於手稿本第6806頁。
② 此詩題位於手稿本第6807頁。

本得嶽麓碑陰北海小楷三百餘字。吳門果有舊拓在，故人惠許鈎摹親。華亭董莫遞珍弄，咨嗟古墨如有神。陝碑雲麾相比似，强以肥瘦區斷斷。又說鷗波在門外，竟憑鴻堂壽兹文。嗚呼斯事豈小技，文章風節於中存。少陵長嘯滿天地，元氣浩蕩排秋旻。丸煤寸楮蒼勁骨，開元天寶磊落人。并化麓碑界格勢，豈僅陝刻行押鄰。及今可復兹石舊，大書豹韜翊府軍。靈昌是年初改郡，壬午朔月月建寅。太原逸人爲摹勒，范陽福禄鄉前墳。是吾北平古名迹，擬以臼礎同追論。石鼓作臼，《雲麾》作礎。況有錢子篆刻手，李君爲琢青嶙峋。李春潭諾爲伐石。肯效華亭誤編甲，何傷籀鼓文闕辛。只以真面還北海，一掃石墨鐫西秦。趙子函《石墨鐫華》考此碑最誤。中間斷鬱質疑處，多少秘奧難宣陳。勿删張寰馬駿跋，更通小篆參八分。未必汴中四礎合，喜並李蔭題齋辰。豈敢輕量趙與董，北平真意馳吳門。嘉慶二年長至月，覃溪書約錢立群。

董念巢小照二首①

湖海舟車又十年，城南握手夢依然。雪窗消息盆梅共，一縷茶甌裊淡煙。

小松未谷各南東，幾得研摩一笑同。誰是篆仙真石友，傳神只在目光中。適得篆仙觀察札，屬爲作《集古印譜序》也。

文衡山江南春卷二首②
甲辰八月畫，後録倪、沈並自作詞。

自題小景仿雲林，澹倚雙桐響玉琴。正似豫章書法瘦，誰知江上冶春心。

春及尋詩萬筍間，夜吟歸棹石湖灣。袖來青緑知多少，只寫倪迂淺淡山。是年先生春遊天平，秋泛石湖。

---

①②　此詩題位於手稿本第 6810 頁。

蘇潭圖歌①

奚生今寫蘇潭圖，秦公爲繪蘇潭記。千里函封索我題，我夢重到蘇潭際。潭上餞筵如昨耳，轉盼俄成八年事。殿卿畫仿張來儀，己酉九月予視學役竣，諸賢餞於此，予攜張來儀《江渚送別圖卷》俾萬殿卿仿作之。梅雪人同玉山醉。予以何中丞贈行二鶴留於此，故以“來鶴”名亭。梅雪者，元吕誠字敬夫，玉山草堂詩客也，敬夫有來鶴亭。是日潭光午景移，重拈四載寄題詩。乙巳春予作《蘇潭歌》寄蘊山。又前八載題石在，戊戌作《蘇潭銘》勒石。如我二人聯榻時。即此圖中水周檻，記共照影寒生漪。潭比覃溪實我愧，蘇追蘇室真吾師。蘇潭義取蘇步坊，蘇公過嶺經南康。鶴峰遠泡百尺井，田家尚説六經堂。此是蘇潭發源處，蘇齋從此理詩囊。竟換覃溪擘窠字，蘊山所居南康縣，城内有蘇步坊，坡公遊迹也，有井存焉，予戊申過此重勒其石，曰蘇步潭。同結蘇門一瓣香。我初過嶺訪君宅，詩寄嶺南君宦北。其時我始扁蘇齋，日日儋崖蒐古刻。婁東摹得蘇齋圖，王麓臺墨迹卷，予前年摹得之。義門字亦來齋壁。何屺瞻書“蘇齋”二大字。君家此圖今共几，蘇公知我言不食。指點紅欄緑紗幌，書屋香雲鴻雪舫。就中來鶴肇名亭，即我臨岐名所榜。九皋結侶認前盟，千里同心聽秋響。憶對籤廚堂樹經，光陰行役慚吾黨。君屢官齋溯前構，山右移來還浙右。青史勛名勚日新，樹經願力仍懷舊。迴思四十年來事，不愧方塘一泓溜。師弟俱成白髮翁，畫圖怯對春潭瘦。但餘此心常見真，不惟其水惟其人。篆煙來繞寶蘇室，章江迴抱進賢門。奚生何以知我意，一一芳樹皆深根。又到蘇齋拜生日，氣合臘雪盆梅春。

兩峰畫梅二首②

蠟　梅

點酥不用塗黄法，别是凌寒第一香。合與吾齋論臭味，得名得句

自蘇黃。《花譜》初名黃梅，至宋元祐間東坡、山谷詩出，始名蠟梅。

綠萼梅

書冬心自度曲云："綠女窗中，有人同夢，夢在水邊林下。"

兩峰畫格本冬心，二十年前記賞音。偏向故人疏處見，綠煙橫過綠苔深。"故人近日全疏我，折一枝兒贈與誰"，此兩峰之師金冬心句也。壬辰二月初旬大雪後，予與籜石訪兩峰於萬明寺僧舍，挂冬心此幅，題句其上，即贈予攜歸，今廿有五年矣。

西涯圖四首①

詩龕居士考西涯，積水潭東響閙街。畫出沿堤鄰竹樹，依然古寺並茅柴。竟如北郭門牆在，那必南湘嶽麓懷。我屢追摹今指識，盆梅臘信報蘇齋。

遊寺詩兼種竹詩，苔岑不約聚來奇。晚年心事遺文外，勝國詞場接武誰。玉汝齋應添近局，畏吾村記訪殘碑。百年復有西厓老，十里肩輿佇望時。

蓮池稻渚望非遥，海印慈恩侶共招。遺址風漪如寫照，幾人遊釣記垂髫。修眉遠接西峰影，老眼傳神綠柳條。誰補燕都名勝志，黎光橋是李公橋。

吳門文物楚騷盟，領袖原應屬帝城。相里圖來論息壤，衡山卷尾署諸生。相憐桑梓瞻依意，待補檀欒切琢成。定許鈎摹真褚帖，墨緣松竹號雙清。適馳札托錢梅溪於吳門繆氏雙清堂鈎摹所藏褚河南《孟法師碑》真本，而予得藏坡公《松屏贊》及西涯《種竹詩畫卷》，因自題松竹雙清書屋也。

王勤中墨山茶次自題韻二首②

丁巳十二月，雪窗呵凍。忘庵。

晚號忘庵悟未遲，畫禪參透寫生時。雪中印出梅消息，同是春風

第一枝。

　　粉絲露蕊漫收遲，却想徐熙落墨時。百二十年前度夢，蘇齋拈起雪窗枝。勤中晚號忘庵，此丁巳至今百廿年矣，適以坡公生日借此挂於蘇齋，故用坡咏趙昌山茶句。

劉崧嵐知州寄其祖笏亭遺照求題①

　　我銘劉公墓，肅然清風起。我無此筆力，是公神所使。又值風雪中，神來照書几。不寫棠蔭陰，不繪民俗徙。並不貌官衙，冰霜勤礪砥。而其仁知勇，廉能奇且偉。浩乎颯英靈，一備於縑紙。夫何畫史技，傳神至於此。幅中兩嗣君，初髫肄書史。賢孫今政聲，遺訓逾光啓。我欲語觀者，此卷論畫理。中間深厚氣，非關墨與指。真精貫耿耿，名姓軒磊磊。所以墓銘篇，非從落筆始。

李春潭春江花月圖二首②

　　新編詩集號春潭，收盡湖煙紫翠嵐。不比何胥諸葛穎，清商曲子寫江南。

　　何處江樓月午歌，袖餘古墨淡煙螺。城南學士憑誰寄，一笛空濛泥月波。秋室此幀頗仿禹慎齋爲朱西畯所作《月波吹笛圖》，而春潭此歸將爲我勒北海書《雲麾碑》於石，故用古墨齋事贈之。

再題西涯圖四首③

　　蘇門六子試參觀，李文正門人石、羅、邵、顧、魯、何，時比蘇門六君子。深嘆知人論世難。若補柯亭學士柏，移來詩境碧琅玕。

　　詩境詩龕日寫圖，青林翠樾未疏蕪。集賢院想屏風白，偃蓋松陪玉局蘇。湯西厓跋慈恩寺詩卷，以未見文正像爲恨，今予齋適以坡公生日並供文正像，“青林翠樾”，姚孟長題文正墨迹語也。

──────────

①　此詩題位於手稿本第 6816 頁。
②③　此詩題位於手稿本第 6817 頁。

蘇公偶作笑談看，西省清風綠幾竿。竊附筆工傳韻事，商量文字報平安。坡公《西省種竹》詩注有李文正種竹語，而其時有筆工李文正，故貢父戲及之。

文字前塵裊篆熏，細文不仿仿粗文。陂塘且莫嫌秋潦，藹藹春空寫淡雲。王元美評李西涯詩如陂塘秋潦，汪洋澹沱而易見底。

頤園以所藏石濤造車圖屬題適撿篋中石濤書
老子語臨寫卷內題此^①以下戊午

老濟圓輪偈，飛來倒薤書。五千言注脚，三十輻權輿。我爲摹遺帖，誰知繪造車。空庭千萬丈，月照轉蓬初。嘗見石濤寫竹一竿，自下直起長三丈許。

秋盦遊岱圖六首^②

大汶口

適魯望徂徠，探奇汶口開。前年訪碑處，之子牽車來。空翠有諸嶺，層青無異苔。是春登陟始，水溯道源迴。圖凡廿四，自孔林、孟廟起。

大明湖

亭名古歷下，橋接小滄浪。北渚空秋影，南村憶夜涼。勞君題薛研，繪我拜祠堂。憑几馳千里，蒼煙水一方。予於此得薛文清浣花研，因屬秋盦爲作《湖祠拜研圖》，湖上有薛祠也，去年得高南村《明湖夜景圖卷》。

龍洞濟南城東南三十里

嘗聞雨窗說，勝絕竹虛圖。叠壁春堆繡，陰崖夜吐珠。誰留書尚濕，不比石堪摹。題墨應編帙，從來著錄無。洞後厓上墨書開皇三年苟粲虎。

千佛山

山對濟南城，人言帝舜耕。登臨記秋晚，几案與雲平。曾鞏文傳久，開皇像鑿成。歷亭遥望處，寤寐倚欄情。

---

①② 　此詩題位於手稿本第6821頁。

對松山

千巖與松對，氣勢正相當。蓋自雲而外，曾何樹比量。徂徠魯頌作，岱畎夏書詳。所以該青兗，資生俯大荒。

岱　頂

未下北天門，嘗躋岱頂尊。時攜吳子咏，夜共兗城論。傑句驚人否，孤雲片石捫。昨來奇氣訊，潮打越山根。癸丑夏與蘭雪同登岱頂觀無字碑，因昨得蘭雪遊越音耗，附此寄懷也。

周鐵簫獨立圖①

杜老詩非關草露，江寧悟乃入松風。此間禪偈憑誰叩，雨雪空山未是空。

趙味辛令弟子克松陰散步圖二首②

味辛居士來論畫，一卷松濤瀹茗初。可似子昂攜子俊，咸宜坊榻對評書。松雪跋每稱家弟者，孟籲子俊也。

仙骨何煩問紫芝，晨流清露滑如飴。檻泉夾石蒼涼氣，及取空林月落時。

清明省墓有述③

望杏催耕句隔年，每瞻丙舍愧無田。路紆積潦暄陽外，農話深根臘雪前。宿麥告豐知早穫，層林未綠有春煙。把茅敢擬村南屋，祝我題來扁一椽。村人勸我買屋數間於此，此南楊坊村有座師文勤公家丙舍，文勤自題“向陽茅屋兩三間”云。

王溥泉擁書圖④

三篋窮河東，百城富南面。李泌三萬軸，崔儦五千卷。我嘗夢其

---

① 此詩題位於手稿本第6823頁。
②③ 此詩題位於手稿本第6824頁。
④ 此詩題位於手稿本第6825頁。

間,善本極精選。芸帙旃檀薰,牙籤紅綠眩。覺來亦何有,破架費尋揀。手鈔與市閱,計日補裝線。煙薰屋漏痕,錯雜貙首絹。披君擁書圖,肯許探奇遍。必有校勘深,兼之楷工擅。借君積多聞,助我所未見。花香篆煙輕,茶甌古銘研。風來翻葉葉,袖有囊雲片。得非前夢處,嬋嬛洞一變。瑤琴衆山響,滌我午枕倦。

秋盦以所刻雙鈎漢碑屬題①

兩卷岱嵩三宿夢,千年分隸一苔岑。槎枒渴筆秋燈影,盡是低回憶我心。

官舫侍膳圖歌爲魏春松太守賦②

畫中邗浦交淮口,畫中郎官今太守。讞獄維揚二載前,歡聚初追十年後。春帆載得奉饌心,春江欲作稱觥酒。指點煙村算客程,一路郵亭水楊柳。千里關山夢竟真,幾晨定省緣非偶。笑祝他年綰綬來,不虛官舫牽維久。此景哦成邗浦詩,此畫邗江客寫之。欲留江上春帆影,倍戀江光愛日遲。人間忠孝相關處,天意江山有夙期。誰知前度維舟日,宛合今春綰綬時。開函雲樹歡顏照,始信前詩志喜奇。舫意沿洄如往復,波光潋灩更融怡。舟筵翁坐兒旁侍,話舊懷鄉繾綣意。兒前敬問母康安,伯叔親朋及童稚。趨朝不負趨庭始,細數頻年勤職事。勤職依然勤奉養,如此方爲能養志。江天對几兒對翁,不比時憑寸緘寄。碧空雲水聞此言,花鳥風帆入今治。③重來不須倩畫工,重吟如在圖畫中。桂巖舊編增感述,仁庵新什慶追從。問俗邦人旌斾指,迎養湖山詩境同。半帆斜照綠楊外,漁洋竹井誰詩雄。但恐前人邗上句,不及此段春色濃。寄聲二吳入詩話,覃溪七字歌春松。近見竹井老人集有"半帆斜照到揚州"之句,欲以比漁洋"綠楊城郭是揚州"句也,吳穀人時主講席於此,吳蘭雪亦客焉,皆一時詩人之彦也。

―――――――――

①②　此詩題位於手稿本第6826頁。
③　"花鳥",手稿本作"沙鳥"。

蕭尺木畫册爲伊墨卿題①

楚詞之畫壯年作,采石壁圖七十餘。此册戊申春仲寫,七十三叟區湖居。想與采石迹不遠,蒼然老韻凌沖虛。山川曠莽氣疏瘦,神理惚恍超几蓬。匡廬峨嵋豈怪偉,得之寸尺泉林廬。此叟胸中有萬古,意於何境憑舟車。何爲深求杜陵意,苦作傅會音均書。不及脩脩墨痕著,猶追馮翼像識初。采石之壁漸粉剥,而此贉錦光疏疏。墨卿下直偶買得,不減蕭字摹庭除。中間二客對語立,是誰訪古聯襟裾。正值秋盦寄圖至,可補嵩少尋碑歟。故覓蘇齋荒率句,淡味不厭千百咀。郭髯青山定好在,摩詰小簇今何如。

秋盦爲墨卿作少室訪碑圖②

少室隸闕銘,下有一字伊。牛褚所未見,黃子剔得之。墨卿以鐫研,覃溪摹已奇。奇思屬作圖,圖作同訪碑。冀擬石闕下,鉛槧相追隨。今春圖寄來,雙闕巉厜㕒。一人手拓紙,二客如尋詩。借問黃伊翁,二客其一誰。墨卿讓不有,曰貌覃溪爲。然而此伊字,實與君夙期。君研既勒此,君遊定於斯。此畫歸墨卿,此客黃伊宜。其一拓紙者,覃溪樂忘疲。仰讀延光字,旁捫月圓規。中峰翠屏影,遍滿蘇齋簃。又起一畫稿,諸友題碑時。秋盦盡拓嵩山三闕字畫,上下相連作十二巨幅,寄來挂於吾齋,請諸君題之,是又當作圖也。

陸輯雯畫册四首③

子久啓南皆九帙,自題自畫叠雲煙。誰如坡老江湖夢,筆力挽迴三百年。此所題乃石田六言句,蓋合大癡盛年之作至石田中歲之筆纔二百年也,至此畫則三百餘年耳。

風雨龍吟瀰澷詩,杜公托意幾人知。夕陽遠翠橫千里,試寫疏簾看弈棋。

點如蒸餅勒鋒初，薛稷蛟纏勢已疏。煙雨陵陽評鶻突，憑君欲問米家書。

畫禪仙佛兩兼之，妙悟南華郭注時。春雨江頭煩舉似，重拈十笏草堂詩。康熙己酉爲淨名作，時西樵方家居也。

受堂雙籐簃同蔗堂石如兩峰蓼堂作①

老懶渾於花信疏，隔年詩卷又催書。巷南屋接先治架，濟上人歸爲翦蔬。素園四佺。蔓引三春簾捲後，坐添六客竹香初。予舊有《六君子竹詩卷》。鋪陰歌席君休羡，且爲蘇齋畫比閭。末句謂兩峰且莫南歸也。

秋盦拓嵩山太室少室開母三闕全文爲巨幅總十丈許寄來挂於嵩陽真迹之齋與諸友同觀作歌②

嵩陽青眼看人夢，紅日烏雲晴雨共。元初延光古墨痕，却爲吾齋寶蘇用。小蓬萊主真好事，長嘯驂鸞不施鞚。翠屏明月正中峰，昏黑捫星遍巖洞。時逢月户搗藥杵，交響貝多幽鳥唪。似説吾曹磨墨緣，十丈苔花待充棟。古稱維嶽極於天，二室三塗想接連。自從土圭測景後，題辭遂到林芝綿。禹功秩祐記開母，大石三丈森垣纏。堂溪禱雨西鄂長，京雒篆銘楊潁川。神劍鬼斧肖像古，金楹玉烏芝栭圓。枝枝柏聳鼃立柱，六六峰嵃天垂蓮。都在混茫一氣中，氣如圓幀撑青空。斜行界道非文字，似擬晷度光熊熊。我昔管窺幅紙拓，牛褚競炫摹繪工。董君金甌友漢屋，始表束闕潘桓蹤。三闕誰期一合璧，巾箱閽與真形通。那知屯雲是紙墨，但覺積翠來鴻濛。十笏之齋觀頓改，障濕淋漓動真宰。追攀伊闕問輾轅，忽造霞標步章亥。春濃黑霿膚寸雲，石潤疇芬四環海。奇哉仰覯重三日，銘文云"三月三日"，而此拓適三月三日至。直溯靈源二千載。倏嶔巖凹勢離合，帥雪陽陰變光彩。迴看

夢帖是邪非,嵩陽居士今何在。

王春波瀟湘雲水卷二首①

商量北苑南宫派,變化麻皴點子皴。遠渚長雲無起訖,蒼茫試問繫舟人。<small>春波嘗遊楚,而此卷非仿北苑也。</small>

曉吸清湘唱漁父,②半江雲雨隔疏簾。柳州何似夔州句,爲我橫窗宿夢拈。

藥林爲雨窗寫梅竹扇頭用其自題韻③

適園主客對冰清,高節寒香不世情。持印城南禪榻夢,淡無言處話平生。

曹定軒招同蓼堂時帆蓮府泛舟二閘二首④

夏淺帶春融,平津接慶豐。借將晨浥潤,棹入綠空濛。淨練初噴雪,微瀾未皴風。攜壺三十載,勝踐幾人同。<small>甲申四月與粹齋、撢石、藴山泛舟於此。</small>

半日塵襟滌,篷窗兩换船。詩尋蒼渚外,坐近白鷗邊。盞吸鵝兒色,亭如笠子圓。何殊傘山夢,橫檻憑江天。

題　畫⑤

江村雪後十分寒,縮手叢蘆一釣竿。山路酒家門啓未,凍雲深處試尋看。

錢竹初爲味辛作溪山秋霽卷⑥<small>自題壬子七月</small>

壬子秋記東昌住,日對楊郎話煙樹。郵亭屈指君北來,篋有江山點豪素。誰知此畫正此時,宛識吾詩夢尋處。溪頭得非君釣舟,山前

---

①③　此詩題位於手稿本第 6834 頁。
②　　“曉吸”,手稿本作“曉汲”。
④⑤　此詩題位於手稿本第 6835 頁。
⑥　　此詩題位於手稿本第 6836 頁。

似是君家圖。溪光山色淡不分,中有煙華濃靄注。是乃蒼然真意來,指點相訪江村路。薇垣下直展向我,某樹某邱某洲渡。澗青雲白話轉長,欄影磯聲屢迴顧。引人勝概反惆悵,胡爲思深怨遲莫。荼山畫派卅載前,富陽渴筆天機露。錢侯傑起哲兄後,墨暈精神得天助。不合空濛翠濕衣,催君鄉思溪橋步。幾時又作送歸圖,好手如斯安可遇。春波兩峰相繼往,江干儻與錢侯晤。愛山本是住山人,相識何庸畫相付。請煩一幀寄蘇齋,氣合吾詩莽吞吐。

石濤自畫種松圖①甲寅冬自題於昭亭雙幢下

猿子相隨學種松,雙幢入定是何峰。五千言誦瀾翻熟,雲送前灣過水鐘。

高且園指畫用自題韻②

指墨爲竹石,自題寄同心。墨濡氣獨出,了無塵思侵。浦外橫雲來,淡然翳空林。味得水琤潺,蘊此格蕭森。古來篆籀法,飛鳥遺之音。所以苔蘚餘,静悟蒼厓深。

戴本孝畫用自題韻③

畫派元明末,多趨渴筆乾。皴深尖石筍,骨立瘦琅玕。樵路貪煙重,林居耐雪寒。鷹阿山頂望,只作篆雲看。

雪樵拓得風水洞蘇公題名見寄④

連晨風墮仙翁影,笠下神來光耿耿。王春波、賈素齋皆以《坡公笠屐圖》見惠。嵩陽青眼屬何人,夢裏山樓定何境。馮夷禦寇爰適歸,二子初非李節推。桃源田土雙成鼎,美酒湖船計是非。當日題名洞崖上,海天萬里心惆悵。慈嚴院裏風穴閒,定山村外通潮浪。洞天名姓笑相質,正是嵩陽書帖日。竟煩鐫刻説留題,多事海山盟石室。遊蹤誰悉趙

---

① ② 　此詩題位於手稿本第 6837 頁。
③ ④ 　此詩題位於手稿本第 6838 頁。

次公，遊侶又憶蘇子容。蘇齋雨後香篆發，偃蓋飛下羅浮松。_{靈隱洞蘇}子容題刻亦是日所寄。

詩龕圖①

陶謝尚不近，而況爲楚騷。此真不欺語，何傷放翁豪。賢哉靈運孫，詩例乃分曹。一遇韋蘇州，始悔舟思勞。邇者羼提翁，禪律樹旌旄。五言古調復，三昧唐音操。又評韋與柳，弦指窮釐毫。塗改小謝語，吳淞費剪刀。杜韓派如何，萬古流滔滔。此義竟安歸，潛淵聽鳴皋。別裁自近始，且辨徐與高。然後唐溯晉，三謝衷之陶。欲對斯龕圖，一盞薦溪毛。山童瀹茗熟，石鼎來松濤。

爲方式亭題女史王貞儀畫白桃花二首②

洞淵嵊雪降誰家，玉井流泉吸露華。自是仙山人寫照，不關欄倚月痕斜。

虹石齋頭咏畫蘭，空諸鉛粉格高寒。折枝淡得真風露，合入冰絲玉軫彈。_{式亭爲女史鋟其畫蘭詩，和者甚衆。}

夢華拓徑山蘇詩見寄③_{紹興廿八年刻}

熙寧六年徑山作，書寫呈佛二載遲。後八十年乃勒石，住山師復懷淵師。淵住此山詩所記，記自皇祐初元時。問公孰是徑山客，對山一笑山應嗤。乘流止處即丈室，鼾息吹起搴雲詞。洗眼何須龍井水，隼波翻動蒼虯螭。却來蘇齋試轉語，松屏幀子煙迷離。何郎陳子湖上句，連宵費我挑燈披。風吹江船錢子返，又遲幾篋題名貽。_{梅溪北上未果。}恐遭禪人幻泡戲，青眼夢訊端明詩。石屋之題半磨失，湖山處處煙月馳。荒厓老木山蟬響，跋尾試和晁補之。

---

① 此詩題位於手稿本第 6839 頁。
② 此詩題位於手稿本第 6840 頁。
③ 此詩題位於手稿本第 6841 頁。

題　畫①

層林空翠法誰論，淡墨前山過雨痕。若比顏書真力透，苹村終不泥籀村。

兩峰爲梧門寫瀛洲亭圖二首②

玉堂種竹話從容，卷裏追惟緒幾重。三館非因誇米芾，東坡《和元章二王書跋尾》詩有"三館曝書"之句，元章未嘗入翰林也。兩峰已足傲金農。兩峰之師金壽門，一生竊慕翰林繫銜，而未得親到此亭也。方壺蓬島傳仙境，劉井柯亭有舊蹤。我輩覿顏何以報，頭廳日候禁門鐘。

爾我俱邀再入緣，梧門與方綱俱蒙恩再入翰林。忝稱前輩領群賢。外人競訕三千水，兒子今叨十二年。樹培入翰林今十二年矣。敢縮巾箱窺玉海，怯圖歸院撤金蓮。蘇齋每歲作東坡生日兩峰屢欲寫《金蓮歸院圖》而未果。方池南畔長條柳，青眼依然裊淡煙。

伊墨卿秋曹以灤陽扈從圖索題二首③

清切白雲司，濡源武列支。周廬秋樹底，握槧曙煙披。鞭指峰如塔，詩拈石似錘。溪南初下直，奇絶看山時。

趨職晨光啓，西窗捲幔涼。博聞徵梵刹，懷舊有書堂。秀峰講院歲歲爲扈從諸人借寓。邗上人歸舫，毗陵客餞觴。佇君遲不發，留待菊花黃。兩峰、味辛皆將南歸，大約俟君自塞外歸乃成行耳。

歙人程勉之續刻古瓦當文至一百四十一種蓮府王坰持來屬題④

漢宮一百四十五，許説九千三百文。結構篆題該禁扁，偏傍周瓬雜秦斤。申侯華嶽峰峰鏡，陳子鳩江幅幅雲。尚欠候官青浦卷，排山志外補前聞。申鐵蟾昔自西安繪漢瓦作鏡光屏十二扇見遺，陳雪樵近以所摹漢瓦附於

《白雲圖》後，而予所見候官林同人及青浦王述庵所得長生未央瓦，皆在此百四十一種外者。

石濤畫坡公濰州雪行圖二首①_{蘇齋臨本}

我圖雪霽濰州驛，直作錢塘閣壁看。笑殺清湘苦瓜衲，真成瘦馬
兀春寒。

江南飛絮又三年，寒食東風憶畫船。只合蘇齋逢臘雪，偃松幛子
對茶煙。

石濤寫杜詩意二首②

帆挂西陵思渺然，千峰迴復送江船。淮南米價無多語，此是溪頭
偈子禪。

瞎尊者夢草堂詩，萬里收來水檻時。多少注家傳不得，涪翁大雅
記誰師。

石濤畫坡公別歲送春二首③

岐陽臘盡苦思家，未到飛騰暮景斜。偏是禪人無住著，借將文字
繫年華。

華嚴圓頓義安歸，眼界空花洗昨非。拈向鬢絲禪榻畔，柳橋煙重
泥斜暉。

顏魯公茅山李君碑④

顏公變法非丹鉛，軒乎正氣皆神仙。麻源寫罷壇石記，墨花碧涌
東池蓮。李君廿載嵩陽夢，陽臺句曲風翩然。資州集易十卷外，誰從
正議聞三篇。釋文序録陸中允，郭象所以先沈旋。一家詞旨摭名實，
隸法敢越家尊前。采真遊迹事非遠，忠孝一貫誠拳拳。杜陵晚聞多
妙教，肯比王中頭陀鐫。無名强名叩虛牝，不爲不慮離言詮。想公運

---

① ②　此詩題位於手稿本第 6845 頁。
③ ④　此詩題位於手稿本第 6846 頁。

思入微處，存存定力元乎元。此是先生洞經訣，松石翠拱芝莖鮮。瓶香甘露渺何許，擘窠一氣迴朾躔。螭蟠三百六十載，霅溪沈記重扶椽。是碑之立至紹興丁巳沈作舟重立，正三百六十年。又三百年石竟毀，至今瓦礫求珠淵。我昔古苔尋斷迹，寸珉尚辨蛟龍纏。豈知舊本賵躈出，鬱鬱千歲蒼藤堅。公書本用長史法，褚勢盡得歐虞全。直木曲鐵不傳秘，金鎔玉栗中鋒圓。晚窮一原技進道，上溯二篆人參天。吾於此得楷隸髓，華陽真迹同精研。締懷真人上清館，吹笙鶴夢風松顛。壇碑真本儻得覯，顧何亭林、義門。二叟契語傳。咄哉弇州輕比儗，何止筋骨開誠懸。隆池臥庵那悟得，梅莕偈轉茶甌煙。

王石谷梧竹爲梧門題二首①自題"法雲西老人"

梧門齋補新梧咏，移竹圖摹有竹居。石谷雲西非舊稿，小橋流水即吾廬。適於梧門所居西涯舊址邀同人小集，予攜石田爲茶陵作《移竹圖卷》共賞，梧門因屬友人仿爲寫照也。

蕭蕭風露助蒼寒，漱玉琮琤寫石欄。②便是詩龕趺坐處，蘇齋道眼試同觀。

送錢裴山典四川鄉試③

一笑詩因蘇密州，來穿雲棧溯江流。農曹恰得輝前後，蜀道何如補唱酬。④香瓣賃藤書屋底，心盟笠屐小齋頭。此行手自收揚馬，不爲尋碑石室遊。漁洋先生三十九歲以戶部福建司郎官典四川鄉試，今裴山亦三十九歲以戶部福建司郎官奉是使也，漁洋《蜀道集》用坡公密州詩三十九歲事。

冶亭宗伯小照二首⑤

握手論詩二十年，玉山鐵體爲誰傳。而今却著梅花夢，三昧拈來

---

① 　此詩題位於手稿本第 6848 頁。
② 　"琮琤"，手稿本作"淙琤"。
③ 　此詩題位於手稿本第 6849 頁。
④ 　"何如"，手稿本作"何殊"。
⑤ 　此詩題位於手稿本第 6850 頁。

鏡相圓。宗伯近以梅荄自號，故用老鐵自號梅花夢事。

下直揮毫試茗香，新收名帖自監裝。心知書格年俱進，笑借窗光拓硬黄。

安陽新出四漢碑①

安陽城北神祠廡，漢四殘碑齊出土。其一分爲左右二，何減昔説任城五。漢碑最著兗與濟，褒斜石門太修阻。安陽近在河豫間，何人尚穴爲楄礎。柱折垣頹又幾年，奇光鬱鬱今纔睹。子旒一碑歲永初，一曰元孫孫執祖。其一大字最遒逸，力似孔宙神飛舞。一云辛酉三月日，建光光和歲誰譜。略云業在春秋學，著録百人傳訓詁。得非嚴顔弟子行，潁川鄢陵派齊魯。銘文闕泐作者誰，永建人書自誰語。永初《子旒碑》云"不夷不惠，可不之間"，按《後漢書·黄瓊傳》有此語又在永初之後，而章懷引鄭康成《論語》注，蓋未之考也。徘徊三嘆世遼遠，鸞鳳一翎珍鍛羽。劉寬四石渺難得，楊震四碑贋奚取。前年黄子與何君，杏壇二刻重扶樹。近來我輩金石癖，果邀造物精靈聚。十年不得趙生書，三段記摹歐帖貯。予昔以得藏《化度寺碑》古本，屬渭川爲畫洛陽《范氏書樓圖》，是中州訪碑之兆也。行春拜謁西門君，好風來拂蘇齋塵。徐柴二子力勤滌，武君三禮功同剖。偃師武虛谷與徐柴二君同剔此石也，武君著《三禮義證》及《金石考》諸書。附之三傳證六書，寸許八分雄萬古。釋文豈但續洪夐，作詩寄趙兼酬武。墨卿使節過安陽，定拓百本充囊褚。擘窠題作四碑齋，嘉慶三年歲戊午。

題孟法師碑翻刻本二首②

退谷蕉林二本同，河南法本永興通。不知墨響齋頭意，小字何因跋闇公。蕉林藏本後有小楷題云："康熙十年，錢塘倪粲闇公珍藏宋拓舊本。"

廿五年來借問津，服膺告誓果何人。迴環褚法論今古，肯許通泉鶴寫真。

---

① 此詩題位於手稿本第 6850 頁。
② 此詩題位於手稿本第 6852 頁。

復初齋詩集卷第五十二

蘇齋小草八<small>戊午六月至己未二月</small>

兩峰仿石濤作東坡濰州雪行圖①

我笑濤公雪行幀，雪意未必坡意傳。花之居士亦禪老，如以畫印蘇齋然。先作枯林及凍塹，嶒嶒白石淙淙泉。不知寫春還寫霽，沍雲四合沉沉天。中間停筆顧我語，是有詩思難疏箋。守居閤子舊題咏，密州歸路誰留連。何因南嶽道人語，却來北海行館邊。軒轅不解人間書，那知驛壁誰何鐫。馬頭兀兀自殘夢，酒杯忽忽前三年。大雪居然夜潮捲，飛花擘絮春迴旋。茫乎嵩陽青眼屬，杳杳紅日烏雲穿。得非君謨同到此，和者誰也應忘詮。林巒合翠爲一笑，放出大野晴光圓。蒸空山意皆活筆，神在橋際先生鞭。山坳驛舍亦何有，此即瀹茗湖心船。淨慈寺與釋迦院，去來等付春風顛。兩峰道眼爲舉似，槎枒古徑生清妍。先生有神儼迴盼，不爲東武追吟韉。定香橋頭假寓宿，濟明齋畔爭論緣。何如十笏寶蘇室，重添一幅臘雪筵。雪堂名理費言說，雪行曠望仍牽纏。先生知我能會此，肯落苦衲清湘禪。不用登萊玉環卷，笠下大海風翩翩。墨雲低著偃松立，竹符飛下羅浮巔。

---

① 此詩題位於手稿本第 6855 頁。

六月九日梧門招同人集西涯舊址作李文正生日四首①

人追正統十二載，地溯西涯三百年。何意看荷招我輩，重摹移竹畫圖傳。生申南嶽瞻懷麓，遺像香山補集賢。便與詩家添故事，小齋不獨拜坡仙。

迂嘗六月壽廬陵，別業城陰況可徵。萬柄搖紅翻宿雨，一潭深綠洗炎蒸。去年客有先秋語，第二泉邊悟月燈。直與荷花作生日，花之偈訊後身僧。去年無錫賈素齋來京，以其每歲作荷花生日詩見示，而兩峰方夫人嘗有詩云“我與荷花同日生”，故及之。

迦陵交響和長離，異代詞壇盛一時。誰謂竹梧千載寄，翻成韋柳五言詩。院雙柏樹亭猶在，扁小西涯意孰知。論世肯摹新樂府，懷清堂句共評之。梧門書室奉陶韋諸家像，而自題曰小西涯齋。

得從城北感維桑，松竹雙清話更長。海子庵前風冉冉，退翁花下雨浪浪。潭光掩映筠心在，樹古低迴篆勢蒼。借作年年銷夏集，碧雲橫處似瀟湘。

是日諸君於積水潭上作西涯生日圖四首②

合作西涯五畫家，真從卷裏見長沙。僧窗似借柴門樣，留取風神照藕花。

積水南灣此極西，平泉舊業指招提。白洲督復初何有，樓倚三椽架屋低。

淥水亭應續筆談，畫圖詩境接詩龕。③西峰雨後添深翠，特爲茶甌送遠嵐。

西涯楚老西厓浙，風月文章二百年。今日西湖謀畫稿，重留韻事

---

① 此詩題位於手稿本第 6856 頁。
② 此詩題位於手稿本第 6865 頁。
③ “畫”，原作“盡”，據手稿本改。

到江船。予以此稿寄謝藴山，俾奚、方二君重繪於杭也。

雨窗屬題所藏馬湘蘭畫册四首①

花影香塵墨未乾，金陵舊句和應難。登樓淚下秦淮水，誰記江空
獨雁寒。明季齊藩王孫承彩舉金陵社集湘蘭爲冠，承彩有"江空獨雁寒"之句，爲時所稱。
"花影香塵"，金陵人和謝宗可詩題也。

過去生中一念差，不應還又寫梅花。霜清襯出朦朧月，偏照冰肌
影易斜。

付與梅花替寫愁，酒闌玉笛起孤舟。香來托意憑誰訴，倚遍江亭
更倚樓。

江橫破笑夢難憑，煙月撩人殢不勝。靈塔金沙千偈子，濛濛自照
一龕燈。

李息齋墨竹②有鄧善之題

三尺雪繭凌冰霜，蒼玉挾雨鳴瀟湘。息齋小印押紙尾，清風兩字
題於旁。是閑清風想何出，出虛蒸菌非笙簧。翛然颯然自遠至，初於
叢綠披微涼。此君所以不受暑，自有翠節含青蒼。石間三竿拔地起，
散之千葉霏遠香。葉葉歸根擢蒙密，竿竿比籟隨宮商。尋原始見真
筆力，聳鸞掉尾森翱翔。紀年戊戌月春仲，巴西鄧子官於杭。快説息
齋昔遊處，江湖墨雨蛟龍狂。古稱詩借遊萬里，息齋曾使深竹鄉。根
節形神蓄滿腹，海雲澗氣俱飛揚。澹遊學後學與可，右丞而下惟蕭
郎。風竹天成墨竹譜，膩粉一掃隃糜光。恨無虞公作小楷，王士熙配
馬祖常。吾齋合補移竹句，薊邱之植植汶篁。

---

① 此詩題位於手稿本第6858頁。
② 此詩題位於手稿本第6859頁。

南唐澄心堂琴歌①

底銘云"保大二年冬,出澄心堂琴十,付製造所修治,命臣億、臣希正督視。
越明年春告成,復命臣等甲乙而名之,以其丙曰冰玉,且繫之辭"云云,
下有"元祐中獲自泗水,又淳祐辛亥歲自河南"云云。銘二段,多蝕不可辨。

帝臺春詞濕涔涔,日作飛瀑匡廬吟。花飛酒盞奏水調,皖公青峭
嗟雲岑。菡萏香殘玉鈎卷,書堂何日題澄心。《十國春秋》後主更置澄心堂於
內苑,據此是元宗時先有澄心堂也。奚廷珪墨少微研,萬杵雲葉同名琛。想
當芸簽未造日,此堂初聚工藝箴。佳紙不書監製歲,獨此細楷鐫於
琴。保大三年修研記,臣億希正詞惟欽。數從甲乙此其丙,名以冰玉
昭愔愔。江頭落花春夜宴,空山明月流泉音。幾時元祐又淳祐,倏忽
汴宋還遼金。泗水河南迭鐫識,重追王氣溉金鶯。蕭寥九百十五載,
積水潭上弔古忱。慶亭居士嗜種菊,郭西句譜秋空砧。蓄琴十六此
最古,風松珠柱節不淫。雷文張越不可作,沈宮振羽於何尋。沈宮振羽
即用淳祐辛亥題語。澄心堂字鳳沼刻,易元帖體虞戈森。南渡流傳詫神
物,而況紋斷囊垂今。期我九秋菊籬下,同聽五弄弦指沉。梧門學士
手拓此,與我對論千古心。梧門詩得柴桑法,正堪九日偕題襟。先就
吾齋咏挂軸,一補龍袞蒐書林。皆傳此堂自後主,誰知保大鑒已深。
一物足以訂史法,不獨波策關摹臨。松窗儼答空外響,小欄宿霧橫
秋陰。

厚圃侍御以其先人寒香課子圖屬題②

圖追三十年,備寫先人志。武林官廨屋,昆弟趨庭侍。一卷詒謀
在,平生忠孝事。琅琅交誦聲,穿出寒林翠。寒香在根幹,所養深以
粹。此是讀書種,不比凡葩卉。此香兒克承,此志今無愧。寒作條冰
繫,香即匪莪蔚。一椽鼓篋地,一掬思親淚。繞屋萬珠英,鬱勃皆
生氣。

---

① 此詩題位於手稿本第 6860 頁。
② 此詩題位於手稿本第 6862 頁。

王秋堂秋林覓句圖二首①

詩在秋屏北渚間，西峰淡綠未追還。披圖欲補章江卷，試寫沙洲轉處山。

杜老東橋索報書，非關野趣借耘鉏。秋林洗出真蒼翠，質厚拈來六義初。

送曹儷笙典湖北鄉試三首②

一瓣心香在，師門卅六年。壬午典湖北試，瀕行請益於諸城劉文正公，文正嘗典此省試。餐英結騷賦，精氣鬱山川。長笛樓頭思，橫江閣渺然。晴川閣。怡亭苔石篆，猶有墨蛟纏。李陽冰篆《怡亭銘》在武昌。

今古文章柄，持衡在六經。熊劉二老子，江漢一英靈。質厚爲之本，雄誇肯漫聽。涉江盟自矢，天闊眼俱青。近有學熊、劉二家文而致流弊者，蓋不知以質厚爲本耳。

三昧詩家秘，舟車鞍馬閒。神來非假力，意到不容刪。此去增秋氣，迴思悟夜闌。蘇齋商略處，一笑證江山。

送蓮府典陝西鄉試③

秦蜀行輶記，三年躧昔遊。乙卯蓮府典四川試。尊公持節地，辛卯舊題留。辛卯尊人春甫先生典試於此。甘陝群英合，山川積翠收。趨庭聞往日，攬轡壯高秋。嶽峻三峰秀，河源九曲流。薰香賦班馬，杜牧之詩"濃薰班馬香"，謂孟堅、長卿諸賦，非謂遷、固史也。籀史剔岐周。江左懷無異，昔漁洋奉使過華下懷王山史，有"江左夷吾"之句。巾箱縮敏求。郭香碑未補，《西嶽廟熹平碑》，予嘗以手摹宋拓本寄畢中丞，俾重上石，竟未果立。雁塔字堪蒐。大和柳裴同登一石，是雁塔舊刻，屬蓮府爲審定。夢到蘇齋否，詩尋渭水頭。八觀篇可

續，千里待重酬。

送蘭江典陝西鄉試①

疇昔詩庭訓，今從驛使宣。每懷依握槧，有句續吟鞭。《吟鞭賸稿》，尊甫苟坡先生觀察秦隴時作。慷慨先民作，追惟意凜然。苟坡先生詩內論次文家舉淵翔、白民諸君。此行歸藻鑒，所得必才賢。喜與吾甥去，俱承世學傳。月明蘭並谷，雲斷嶽開蓮。攬古慈恩集，尋碑石室邊。師門敢矜詡，篋笥久論緣。定保言同摭，松陵唱許聯。蔣錢圖畫在，好手認秦川。前蔣礪堂、錢漆林典陝西試，歸作《秦川並轡圖》，予爲題句。

錢獻之程勉之皆久留關陝因寄二首②

記補熹平郭祭書，篆秋庵主意何如。四明立軸今安在，及兩王家插架初。《熹平華山碑》，四明范氏與河北王文蓀、華山王山史並藏宋拓全本，予皆借賞摹存於篋矣。四明本近歸令叔辛楣詹事，聞又他往，是以及之。

古瓦排山著錄儕，畫圖三禮儻津涯。鑒藏若補張王趙，可許彝齋續信齋。予與勉之俱號彝齋，予嘗以趙子固、王子明、張蘇庵皆有此號，因繪《彝齋四圖》也。

金瑤岡一百二十本梅花書屋圖③

樓村梅花十三本，鴻臚畫卷夢有無。我昔題之恍入夢，壬辰又溯壬辰初。《王樓村十三本梅花書屋圖卷》，禹慎齋畫於壬辰春，予亦壬辰春題之。此圖非夢乃真境，又非樓村氾光湖。君家松陵煙水地，米堆銅井皆鄉閭。却嫌冶遊太爛漫，手栽自關家園居。吳人種梅到處有，難得讀畫論詩廬。君家喬梓擅述作，令叔迭唱鏘瓊琚。君官薇垣夢梓里，日夕香雪勤耘鉏。詩情畫意真氣味，一家合格交根株。七十二峰遙望處，百二十本歸君乎。此花此樹入此選，千本萬本精靈呼。君莫謙言十笏窄，

---

① ②　此詩題位於手稿本第 6867 頁。
③　此詩題位於手稿本第 6868 頁。

牀榻只庋千卷書。敧石正堪曲幹擁，耐寒豈止斜欄扶。霏霏輕煙尊橫點，玼玼索笑白與朱。遠香近翠不知處，紺雲綠雪穿糢糊。王郎將歸爲寫此，萬象攝入牟尼珠。君歸營屋用畫法，面勢向背相縈紆。樓村噢花説仙福，君乃坐臥來仙壺。得不令爾苦鄉思，日日京國詩庭趨。但持此幅飫我眼，焚香徧子訊寶蘇。屋前七本後六本，刻畫轉欲嗤鴻臚。吳江有人買絲繡，他日不減雪灘圖。相傳吳江顧茂倫《雪灘釣叟圖》，過江人士以不得與題爲恨。

送莫觀雲之官浙江①

蘇齋記贈蘇潭句，天竺雲根一片青。況爾居鄰載酒處，爲予摘葉訪庵銘。重題靈隱高峰塔，每宿君謨舊郡廳。照影蘇潭如對我，冰壺心迹是傳經。

送兩峰歸揚州二首②

廿載詩盟記送歸，江東雲樹素心違。三生逆旅前因悟，此日離筵舊侶稀。老鶴精神彌健在，畫禪跌息兩忘機。只誰重寫長亭句，樽酒城南秋雁飛。壬辰秋同人集陶然亭送君南歸，予有"樽酒城南秋雁飛"之句，張山人洽寫爲小軸。

夢裏花之即亦諳，冬心徧子幾人參。兩峰之師金冬心與僧亦諳交最久。文章書畫非遊藝，天竺雲門續筆談。少府兒郎漫揮灑，衡山家世飽煙嵐。祝君長煮梅根噢，香葉菩提要荷擔。君齋名香葉草堂，文衡山舊迹也，君二子皆精書畫，故以文氏爲比。

譚薈亭撫琴臨池二圖③

省記吳淞夢，秦箏即響泉。邢房誰悟得，背影更超然。本自坡公徧，非關智永禪。廣川前契在，深意托無弦。畫一背影對坐者即君自寫照也。

新會千茅縛,衡山一束芻。静時觀道藝,晚歲見根株。定力持之久,神鋒掃不枯。牟尼非目攝,萬象入跏趺。

譚子受英雄兒女圖①

男兒墮地,萬丈星虹氣。鬱鬱空窗焉所寄,烏絲鐵研消白日,賒酒悲歌睨一世。爾生高軒榮戟間,趨庭侍席看江山。南隨開府北出塞,讀禮薆得鄉閭還。瀕行顧我論心事,脱略世情問奇字。十載輪囷肝膽鳴,他年話舊思親淚。萬念消除作冰雪,黄金可斷石可裂。只有孤飛夢裏雲,依然冷浸江頭月。章江直下盱江深,側聽麻源鐘磬音。龍車虎駕青麟擗,迴向平生一往心。

楳華盦竹影爲梧門題②

春波萬玉影,清峭落誰家。雲起交濃翠,窗横捲緑紗。書來題石室,譜漫托楳華。移得西涯夢,詩盦淡月斜。

董小池南行圖二首③

又將摹篆手,遮日看山行。茅店征輪影,林皋落葉聲。篋收奇石氣,詩夢大江横。留作挑燈話,秋深覆盎城。

濟上還邗上,霜晨漸雪晨。知心非翰札,迴首憶松筠。翠墨論千古,聯牀訂幾人。因緘寄黄九,披豁對吾真。

安陽訪碑圖④

其一今辨是《劉梁碑》,故作是詩,以補前所未及。

我題安陽四碑後,復得精拓豁我胸。又觀訪碑繪横卷,如披煙樹尋遺蹤。諦審銘文國之裔,一字剔盡莓苔封。東平劉掾西掖咏,清漳卧疾彌春冬。誰知乃祖銘石在,野王令以何年終。大書辛酉歲三月,

---

① 此詩題位於手稿本第 6872 頁。
②③ 此詩題位於手稿本第 6873 頁。
④ 此詩題位於手稿本第 6874 頁。

驗此知在光和中。和同義闈春秋學，新城化被庚桑風。著錄百人盛文苑，惜無姓氏碑陰從。①有孫建安列七子，建章臺集歌雍容。爾日此銘共傳寫，八分誰氏迴銛鋒。趙生又寄鄴臺字，後三百載門石䶎。—石云：齊天保八年、九年造銅雀臺石龕之門，百代之後見此銘者，當復知之。何人遙計百代後，却來氈蠟四石同。大河湯湯流日夜，遺瓦處處欺盲聾。四碑五片一朝聚，使君不愧良石農。墨卿蓮府又繼往，適聞蓮府奉使河南。千里和我揩吟筇。直同繪入此一幀，中州金石該説嵩。寄聲精良慎楮墨，接踵訪剔勞郵筒。嵩陽居士青眼夢，墨池已放光熊熊。

題葛稚川移居圖②

梧溪句裏洞扉傳，家具何憑寫稚川。勾漏羅浮渾馭氣，李昇未必似黃筌。《宣和畫譜》：李昇、黃筌皆有《葛洪移居圖》。

送初頤園通政視福建學政③

大東表海文星照，閩嶠英光積秀揄。仲素相傳愿中緒，道園曾共彥方論。櫂迴九曲穿雲氣，篆剔三山訪字原。時復城南橫卷夢，月窗斜界墨池痕。

續西涯十咏題兩峰爲梧門畫册④

帝城西北潭，有客憶湘南。誰知三百載，吾輩續詩談。積水潭。

夢寐法華庵，昔共漢陽客。一角西峰青，忽悟雲水白。匯通祠。昔年與漢陽閔正齋商略《法華庵圖》，而未知此祠也。

一源匯而西，十刹沿以次。若尋詩人居，禪偈非文字。十刹海。

濛濛宿雨香，曉熨湖光淨。一碧鋪紅雲，周迴大圓鏡。淨業湖。

惺齋與擇石，攜手此餐眠。杜韓曲江作，迴首四十年。李公橋。

---

① “姓氏”，手稿本作“姓字”。
② 此詩題位於手稿本第 6875 頁。
③④ 此詩題位於手稿本第 6876 頁。

德勝橋邊路,沿迴松樹街。如和學士柏,非關嶽麓懷。_{松樹街。}

海印憑誰印,慈因是宿因。①時來禪月指,訊爾卜隣人。_{慈因禪院。}

人傳戴水部,地記蓮花社。一半野雲間,秋心風露下。_{蝦萊亭。亭}爲戴水部大圜所築。

貌出斯庵主,溪頭佇立時。還如移竹卷,意和石田詩。_{豐泰庵。}

迦葉拈一笑,真詩惟二泉。未識竟陵品,茶陵何處傳。_{詩龕。}

題　畫②

松門風籟敢爲鄰,磐石剛容看瀑人。此叟胸中無宿物,不煩遮日岸秋巾。

又題安陽漢殘碑四首③

日摹都尉延熹隸,何意縱橫勢過之。化盡方圓波左右,字原而外轉多師。_{碑有波法自右而左者。}

元孫數字記遺孤,字字圓光比紺珠。但取景完元上似,未應泥著小長蘆。_{《元孫》一碑乃漢隸之極圓秀者,朱竹垞以《曹全》類《孔彪》,猶未然也。}

安陽雲樹古祠堧,氣合都門濟上傳。笑壓使星囊槖重,蕭家齋壁米家船。_{濟上謂黃秋盦,使星謂伊墨卿、王蓮府也。}

石墨書樓未是貧,嵩陽青眼本前因。即看三丈純陀字,卅載山陰伴老民。_{因得此四碑,覆札致武虛谷托爲借湯陰人家所藏《砥柱銘》也,昔陸放翁藏《砥柱銘》,挂於齋壁三十餘年,見《劍南集》。}

送蓮府婿之河南學使任四首④

秋水蒹葭思,嵩陽溯澗瀍。得人符眷命,移節壯山川。古學非章

---

① “宿因”,手稿本作“夙因”。
②③　此詩題位於手稿本第 6878 頁。
④　此詩題位於手稿本第 6880 頁。

句,新知證傳箋。六經圭臬處,日月正中天。

家學師承熟,條冰藻鏡真。潘輿迎養近,鯉對舊聞親。①兒女京華信,斑衣洛水春。論文燒燭宴,羨爾駐征輪。

二室三塗訪,諸峰一氣中。囊雲開篋笥,奇字貯星虹。長嘯蘇門接,叢林石闕通。②司城觀察後,著録許誰同。葉司城封、黄觀察叔璥皆嘗撰《中州金石録》。

烏雲天際語,青眼夢中人。妙喻緣同結,吾齋筆有神。更增三體釋,不獨四碑新。安陽新出漢碑四。浩蕩洪河涌,長瀾日問津。

爲胡蕙麓題畫册十二首③

秋來風雨滿空江,目送斜暉去鳥雙。萬木陰中飛緑起,小樓特爲捲西窗。

城隅路轉似山村,栝柏蕭蕭半掩門。挂杖老翁腰脚健,芒鞋穿入碧雲根。

青峰幾曲到禪關,溪水瀠洄杳靄間。記共高人參偈子,撥雲一棹夜深還。

省識坡居白鶴峰,蘇齋禪榻有前蹤。疏林間渡來山雨,鶴夢流雲一杵鍾。此幅與惠州白鶴峰極相似。

削成叠嶂碧屛顔,緩步方橋野水灣。花藥香交蒼石氣,丹經記訪信州山。此幅與廣信天冠山極相似。

莽莽衆山同一雲,大癡醉吐氣氤氲。玉山册子吾曾見,雨夕摹成憶鄭君。戊子秋得見玉山草堂大癡畫《雲山小册》,海陽鄭雨亭爲我臨寫極妙。

---

① 　"對舊",原刻本版壞,二字闕,據手稿本補。

② 　"石闕",手稿本作"石闞"。

③ 　此詩題位於手稿本第 6881 頁。

青緑工夫悟處深，不因氣到敢摹臨。渾圓正得中鋒在，刻繡區區枉用心。

江樹山城小平遠，傳神多在曉行時。一鈎殘月敲殘句，冷峭空濛意孰知。

迢迢線路到前岡，小立中凹看夕陽。不及倚雲樓一角，盡收遠勢入蒼茫。

萬木昏陰濕未開，何人向曉破青苔。更闌讀易忽深省，却扣霜鐘道院來。①

瀑泉何處最傳神，雙柏齋頭悟夙因。萬丈銀河親仰面，韻亭爾我恰三人。予所題《瀑泉圖》最勝者，惟莫韻亭雙柏齋中立軸及此幅耳，故以圖中三人爲喻。

墨緣移竹近詩龕，積水城西接遠嵐。合有天然圖畫在，娟娟綠雨夢江南。因與蕙麓商略《西涯移竹卷》，而蕙麓以所收此十二幀筆意相似，故於册尾記之。

於畏吾村訪得李茶陵墓與梧門蕙麓勒石記之和二君韻題於碑陰②

竹栽覓到郭西村，野衲閑談古樹根。記咏成齋招世賞，重煩蕙麓約梧門。松楸未必南湘指，桑梓誰同北地論。詩史評量吾豈敢，偶徵遊迹續慈恩。

送儷笙之廣東學政任四首③

宮端移節照南天，楚粵人文正接連。蘇海韓潮來健筆，三楓五渡問廉泉。千峰禺峽排雙石，一氣牂牁下百川。酬和心依詩境在，短篷仍繫葦齋船。予在粵造小舟，名曰葦齋，四壁皆詩刻也，聞此舟今尚在。

尚書持節到炎州，三十年前共倚樓。禪榻清音重問訊，師門險韻四賡酬。舊遊幾個聯雙屐，才子今來擁八騶。看畫摩挲南漢塔，貝多

---

① "扣"，手稿本作"叩"。
② 此詩題位於手稿本第 6883 頁。
③ 此詩題位於手稿本第 6884 頁。

葉下又深秋。予在廣州八年，四陪主司遊光孝寺，和壁間諸城劉文正師桓字韻二律，疊酬成册。寺有僧圓公善琴，至辛卯秋，尊甫竹虛尚書時爲庶子，來典試，同賦詩於此，時圓公已移住小金山，憑欄問訊久之。

西齋想像弔西園，亦史窠書舊史論。溧陽史文靖公視學於此，於廳事自題“亦史”二字，極賓友論文之盛，此予聞之鄭誠齋前輩者，“亦史”之扁失去久矣，今惟存文靖“尚有西齋”四字，予有記勒於石。水綠三篔環藥渚，峰攢九曜會星垣。榕陰省識留仙掌，鄰圃空煩剔石根。恨未合并酬米老，海天誰鑒食盟言。學使廨後藥洲有九曜石，宋以來題刻殆遍，其極東一石有鐫題“仙掌”者，相傳上有米元章詩，爲榕根所壓，不可尋矣。又米書“藥洲”字一石，不知何時置諸藩廨二堂之束圃竹叢間，予久擬移此石以歸學使署，而未果也。

敢擬莊渠補六書，且憑紅豆計經畬。商量文字從何始，演繹苟虞已太疏。譚藝自憐圖卷在，銘心夢到訪碑初。仙湖珠海春雲起，麥壟蒲畦近可鋤。粵人所最稱學使之賢者，在昔則莊渠魏公，近則半農惠公也。

梧門手山集慶亭小圃看菊同用束籬字二首①

驅車梵林側，近栴檀寺。期我理古桐。澄心冰玉響，中有十二宮。主人顧我笑，事與琴理通。冷香六六盆，色映窗西束。無言忘主客，壁圖揖陶公。傳神在采菊，意與爾我同。陶琴本無弦，收盡徽軫功。此花乃知音，淡焉寫霜風。是我讀易心，真意來寥空。色香兩無與，正在弦指中。

用意霜雪前，常恐栽灌遲。自言十年來，晨夕恒於斯。避凍須蘊草，就暖初編籬。分秧理苗後，又擇登盆時。培土壯根節，蓄水量陂池。原隰相陰陽，方與家園宜。范史未及譜，范成大、史正志皆有《菊譜》。老圃乃所師。故須秋室畫，兼索罨溪詩。憶昨拓琴銘，矻矻訂所疑。藝植與文字，勤苦應同癡。大笑出門去，午景欄陰移。

---

① 此詩題位於手稿本第 6886 頁。

和答金手山用山谷韻二首①

夙懷慕耿介，矢志礪詞場。上追千載心，憑此寸燭光。屢提三昧旨，浣花一瓣香。標舉廿五家，未肯沿筠廊。宋漫堂《筠廊偶筆》謂與漁洋共訂古今廿五家詩，以徐、高、皇甫諸家接李、杜、蘇、黃後。唐臨必晉帖，那復例蘇黃。元酒尚明水，賓筵敢輕嘗。不見中條客，拈笑正在旁。不似乃雙美，似之翻兩傷。

蘇門聞鳳鸞，千仞長嘯聲。青松宿盟在，奇氣培芝苓。榮名豈一瞬，遠目馳千齡。秦箏與響泉，悵然悟前生。前後無窮世，種此道根蒂。借問永禪師，浮雲何足計。豈爭格調間，神形與形似。

送方坳堂司泉貴州二首②

軒軒鵲華青蒼氣，萬里心仍舊榻前。握手相看俱老矣，論文一笑故依然。冰清照澈三千牘，玉軸還攜廿四泉。坳堂藏《王秋史二十四泉草堂圖》。不愧篋中囊禿穎，盈襟收得好山川。

謝郎新句寄黔陽，持節江干話共長。蘊山亦由江南觀察遷擢提刑。著錄心期角弓樹，說經人寄召南棠。攜兒雪沍馳煙驛，懷友雲司爇篆香。又近盆梅催臘信，城南詩夢到僧廊。

雪樵自杭州屬方蘭士作西涯圖見寄題二詩一寄山舟蘊山雪樵一屬梧門味辛蕙麓手山和③

是乃西涯別業圖，煙橫水竹夢湘湖。依然懷麓人如在，豈執衡山卷似無。一段墨緣傳到浙，半灣潭影亦名蘇。秋宵舊侶挑燈話，薊北村堠說畏吾。

正齋不作兩峰歸，短幅如斯好手稀。畫裏知人兼諷諭，詩家縱筆

乃精微。補碑又擬傳之軸，適與梧門、蕙籠補勒西涯墓石。種竹誰參善者機。若問瓣香真意在，茶陵北地兩皆非。蘊山來詩謂我排何李而尊茶陵，不知此卷特因種竹作耳。

題舊本法帖四首①

樂毅論

短行小字辨來遲，②眼力空嗟茅紹之。七十年前真影在，絨衫窗日擁爐時。文氏《停雲帖》從此本出，與章氏《墨池》正同，而海字三短行至仲玉乃備傳之。

洛神十三行

嬉飛首尾自何年，每憶宣和小篆前。豈識越州重勒後，蘿軒石又傲荆川。周越跋雖云頭尾外得一十三行，然趙跋云先得九行後得四行，則自昔未有十三行定名也，《宣和書譜》僅稱《洛神賦》不完本耳。

定武蘭亭上海潘氏祖本

水晶宮闕渺雲岑，王曉空傳吳靜心。可笑集賢篷舫字，自題真帖自摹臨。此本孫月峰、董香光皆嘗見之，董以趙十三跋爲葉公龍者即此本也。

褚臨蘭亭劉無言摹本

扁鋒馬式孰良工，懷字今看冀北空。不借神龍書府印，果然羊薄出江東。③米老云"懷"字折筆轉折扁而見鋒，今日他本所無也。

韓桂舲秋曹聽雨圖④

陸君昔贈坡公真，尊公手贊傳其神。君今過訪復此贈，蘇齋縷縷盟宿因。君與坡盟非一日，袖攜此卷共我論。我昔二蘇同宿處，篆煙

仿佛栴檀焚。君亦持節桂嶺外,吟嘯意想瓶笙聞。古今伯仲感風雨,天涯對榻心松筠。逍遥堂後萬里夢,故山翠黛圍彭門。東府橫窗淡月影,西風落葉秋樹根。此是蘇詩堪畫處,重語雪堂握手人。安得全真元常句,句合老泉與潁濱。卷有尊甫及令兄詩。徑摹此幀坡像側,蘇齋松竹應卜鄰。一笑濰州大雪夜,鶴飛正點龍山雲。

董小池畫蘭①

自篆櫻桃街士印,自摹元迹小癡蘭。素心幾個論心者,茶熟香溫屢自看。

黃瘦瓢米山小幀②

鄭板橋題云:"雍正六年八月,與李復堂同寓揚州天寧寺作。"

蒼茫一晌揚州夢,鄭李兼之對榻僧。記我倚欄論畫品,濛濛海氣隔簾燈。嘗在東萊蠹勺亭與友共論瘦瓢畫,登萊間人極重其畫也。

詩龕竹石圖③

昔訪西涯竹,莫春歲維巳。初得西涯詩,草篆竹相似。三椽城南隅,隙地能有幾。西郊寫石券,與竹青相峙。癸巳春予城南寓齋植竹,嘗於裕軒先生別業借石。以補西涯圖,誰摹相城里。時校三館書,頗亦坡詩擬。種竹兼縛筆,文正俱姓李。時與程魚門、姚姬川校讎清秘堂,同和東坡《玉堂種竹》詩,坡詩自注有李公擇文正種竹語,而其時適有筆工李文正也。諧談成故事,墨緣良有以。轉瞬廿五年,沈軸賁吾几。重得訪西涯,與君叩詩髓。積水潭寺基,畏吾村墓址。尋碑復繪圖,叩須竹君子。言小雖謙乎,君自題小西涯齋。竹石同之矣。詩龕締詩盟,竹石皆佳士。芸館積投贈,槐廳富圖史。日把陶韋卷,希聲淡彌旨。何如嶽麓懷,汪洋澄見底。當時學士柏,柯亭日徙倚。今之石礿居,舊夢尺與咫。千畝長髯風,十萬來鸑尾。成齋與世賞,唱酬能及此。迴視石田軸,蕭蕭兩竿耳。江湖夜

---

① 此詩題位於手稿本第 6892 頁。
②③ 此詩題位於手稿本第 6893 頁。

雨心,定影空雲水。那必古薄今,輕言原測委。但惟此心在,所托非
縑紙。一水一石間,坐卧深根柢。切磋矢弗諼,攻錯增有斐。知人論
世誰,彌勒齋龕是。摹我蘇米石,期君栽築始。碧潭新月上,長嘯清
風起。

錢梅溪寫經樓圖①

中郎熹平石經後,寫經以隸竟少人。君爲中郎勒殘字,鬱起腕
力爭嶙岣。劉寬王曜何足匹,如遊東觀下筆親。我因吳萊溯洪适,
一字定論非斷斷。孫表左立不可作,洪相但以筆勢論。悠悠滂喜獨
無繼,三倉一線嗟湮淪。顧惟六書辨假借,圖籍斷據誰識真。婁機
字源競傳刻,未必宿海探昆侖。艱哉禮堂寫定意,日對敗籭研精勤。
孰窺鄭君所寫本,陸德明訖王應麟。方今聖人考文字,皇皇經説鐫
成均。尊彝款識耀俎豆,石鼓籀篆羅星辰。惠山山齋聽松字,助爾
墨舞虬螭奔。辨眼鉤深韓蔡手,彈冠鼓篋來橋門。朱絲界行展晴
晝,研池舊迹摹貞珉。橫卷商量秘法在,高窗小几栴檀焚。不應却
仿懶瓚景,此筆未合棲山村。此樓此幀定何所,蘇齋蘇室云卜鄰。
直應貌作爾我對,一點一畫窮本根。隸圖隸續合一手,玉篇廣雅追
説文。如此溪山踐清福,如此息壤盟主賓。雪晨稽首坡像側,篆煙
結就緗囊雲。

伊雲林光禄左手寫經圖②

蘭陔應築寫經樓,不是尋常尚左儔。湘水書聞杜工部,嶺南詩續
鄭高州。各傳才子添吟卷,恰值佳辰助酒籌。更比僑吳先二日,玉山
妙迹抗雙鉤。今年夏六月四日,光禄七十初度,予爲題此圖,時嗣君奉使湖南,今復將
之粵東郡守任,故三、四句用少陵湖南詩及高州太守鄭禹梅皆左手作書事也,少陵子宗武、
禹梅子性皆以詩世其家,而"尚左生"之號始於鄭元祐,元祐六月六日生。

---

① 此詩題位於手稿本第 6895 頁。
② 此詩題位於手稿本第 6896 頁。

爲室人題惲夫人桃柳小幀①

綠窗濃影柳絲中，不爲憑欄惜落紅。碧水漲來人去後，當時吹鬢好春風。

十二月十九日雪中作坡公生日二首

脯筍肴蒲語太纖，雪窗色界抵莊嚴。詩兼畫像陪懷麓，今年六月作李茶陵生日。供借殘磚出海鹽。是日借來吾竹房所琢漢磚研爲供。濰水笑拈歌倚壁，石濤苦貌笠垂檐。誰知數筆蕭疏夢，不著寒雲遠岫尖。兩峰仿石濤作《坡公濰州雪行圖》。

靈旗聞説舞神鴉，士女椒漿走犢車。南宋編摹如可軸，小齋燈燭不虛花。筵開歲尾豐登後，寺倚湖心晒網家。添寫堤紅春信入，松屏待琢玉丫叉。昨訪景定重刊施顧注本於浙中，而馮星石書來，言西湖上新建蘇祠，將以每歲臘作先生生日於此，故欲屬蘊山繪圖相寄也。

再題濰州雪行圖二首

陌上花應懷述古，人間書要問彌明。誰知東武禪牀夢，一片穿窗瀉竹聲。

濰州驛壁定香橋，人與閑雲共寂寥。不合墨池濃霢霂，驚鴻翻起浙江潮。

五鳳五年磚歌

漢紀五鳳無五年，五年字以斯磚傳。斯磚斯字制何昉，尚在未改甘露前。甘露之降月未紀，是春陶瓵浙海堧。拊垺方厚無薜暴，尌膊繩引齊中縣。工度技能比衡律，綜核所以推孝宣。時距建元年未百，初勒年紀於側邊。庚庚橫直鬱起立，如器參綱規方圓。其文陽仰未磨蝕，是受模範非雕鐫。大小二篆初變隸，旁無波拂㜞不騫。何讓甘

---

① 此詩至本卷末，手稿本闕如。

泉未央瓦，甍標翥舉騰星躔。昔魯靈光殿基石，紀年疑與漢史愆。往時吾友共論此，史表之例奚拘牽。錢辛楣疑五鳳二年不當云魯卅四年，吾謂史表書魯安王光嗣四十年薨，是以元朔元年爲安王元年，以征和四年爲孝王元年，則卅四年不誤也。曼卿記又百年後，洞簫道士神翩然。百四十宮列錢壁，三十五舉珍珠船。墨雲飛起石塘夢，篆腳一瞥西泠煙。侍郎得此壓裝褙，書銘如對張與錢。擇石銘、芑堂書。二子家居近太末，未及良佑覔遺篇。莫輕區區一方墣，多少寶刻難齊肩。試拓百本廣著錄，西京隸古爭流涎。欲爲朱十解嘲否，五鳳此刻方真磚。竹垞以曲阜五鳳二年石目爲磚。

味辛尋山卜築圖二首

扶筇終奈好山何，得掖潘輿且放歌。句曲誰聞鄰太白，陶貞白有《尋山志》。西枝未必勝東柯。廣微雅就陔餘補，文度詩成鄴上多。要認登堂稱兒處，卅年琴鶴淡煙波。尊公歸里三十餘年矣。

累世藏書庋屋深，傳家忠孝久銘心。昈諸峰去堪清話，手一編來更苦吟。晚歲跏趺觀定力，舊聞踐迹待重尋。不虛處處披榛路，寄謝層青響玉琴。

爲墨卿題石濤畫二首

放翁感激說功名，豈識禪人寄託情。要借銀濤寫胸次，飛花捲雪話平生。

寒雲遠岫寫東坡，如此跏趺對語何。多少商量詩髓在，嶕嶢石路問維摩。

除夕題墨卿所得宋拓懷仁集聖教序兼寄懷桐陰毅堂

籤仿黎惟敬，吟思長物齋。濃春重榻對，真賞幾人皆。瑤石精靈在，華陽翠墨懷。因君穗城宿，爲訊藥湖涯。魚門三長物齋所藏舊本今歸毅堂也，因仿此黎瑤石題籤，而及昔與桐陰訪瑤石所摹刻鶴銘，欲屬墨卿重訪之。

答金手山見懷二首以下己未

憶爾窮愁作，知余契闊深。峭風澆酒力，遠漏剪燈心。淡倚低樓
月，寒虛挂壁琴。濛濛花霧重，簾幕悵春陰。

問我交春仲，荒寒掩卷蹤。趙君雖屢語，味辛同宿齋所。方子偶相
從。式亭晤我於齋次。戶款尋碑客，李曉園以金石文見餉。林疏載酒筇。近來
依踵息，鄰寺有齋鐘。

送伊墨卿守惠州三首

農事豐湖課正勤，合江綠淨起葐蒀。隨車到處成春雨，滿袖攜來
是白雲。雅補南陔看惠政，亭名野史續前聞。仲通記訪詩碑在，不比
濃堆寫八分。陳文惠《野史亭》詩後，有至和元年十月知軍州事黃仲通述文惠八分名堆
墨書也。

京華聯榻聚頻年，夢裏炎洲共放船。施注喜尋方守句，前歲於景定
重刊施顧注內得惠州守方南圭詩，是舊本所遺失者。蘇書果結默齋緣。惠州廳事有
坡公書"默化堂"三字，而墨卿近號默齋，信有緣也。思無邪扁神追處，德有鄰堂
意凜然。思無邪、德有鄰並惠州白鶴峰坡公齋名。薤水多言吾豈敢，折疏青動
唱驪前。

同學詩心出畫圖，張船山太史、馬秋藥郎中皆爲作圖贈行。柳煙不是賦征
塗。綠分春夕聯籤軸，墨涌城南宿醞酤。驛壁情懷仍北闕，使君襟袂
有西湖。惠州豐湖一名西湖。羅浮笈寫旗亭唱，依舊清冰貯玉壺。

墨卿將行手山爲作詩畫小册持過蘇齋爲題此

真放精微幾個知，雪窗橫峭玉梅枝。憑誰泥著言愁句，嶺外江船
月上時。

送手山南歸

薊門煙柳動征輪，爾尚青雲未致身。夜雨對牀牽去住，悲歌賈酒
氣嶙峋。人慚北地留騏驥，天闊吳閶照鳳麟。行矣舟車慎眠食，勉之

筆力日千鈞。

題李北海靈巖寺碑舊本三首

冒雨尋詩後九年，李寰分隸自誰傳。玉符氣合星芒動，猶想干將夜燭天。今寺中唐隸碑李寰書，多誤以爲北海此碑者。

遊相蘭亭米老聞，山頭不自褚家分。羅源漫爾媸行押，北海功原溯右軍。是碑"嶺"字似可作蘭亭"領"字从山本之證，而著録家未有言及者。

摩挲竹埯篆丹痕，不得秋盦共酒樽。趙去嶺南黄卧病，殘縑幾個對深論。去年黄秋盦寄示此碑一舊本，與此趙晉齋本同，時所拓皆僅有之迹矣。

復初齋詩集卷第五十三

嵩緣草一己未二月至十二月

嘉慶四年二月九日拜鴻臚寺卿之命，入署見廳事有嵩陽景公題字，去年小齋得嵩山石刻全幅張於四壁，以嵩陽爲齋扁，而舊藏坡書《嵩陽帖》今更辨驗得真，因以嵩緣名其草云。

寄題胡雛君說經圖①

胡君老經師，別來餘十年。書屬題其圖，圖合陳與錢。仲魚、晦之。此圖雖未見，展書已欣然。如聽說鏗鏗，交啓笥便便。況兹陳君晤，快若補傳箋。錢君一門著，訓詁紛貫穿。②三君對一榻，此意誰與宣。君家東樵叟，夏書頗精研。記與君共論，未肯孫賦牽。胡東樵《禹貢錐指》引孫放《廬山賦》，昔嘗與君論其未確。兹商惠家義，誤讀忠恕編。惠氏以《魯頌》茅與茜同，來書訂其誤。紅豆於述易，異說信每專。家學所辨證，矛盾徒糾纏。惠氏新刊《易述》與其所撰《易辨證》牴牾極多。自立古義名，妄希屋壁鐫。桂林李同知，文藻。以廣家塾傳。輕使英俊子，相與口耳沿。豈無見聞秘，直追倉雅前。但須虛衷審，勿以弋獲賢。善叩有幾人，非君孰攻堅。質之陳錢子，恐亦護彼偏。近日學者多不敢議惠氏。欲因謝方伯，以訊姚姬川。胡君，姚之高弟，館於謝。

---

① 此詩題位於手稿本第 6901 頁。
② "訓詁"，手稿本作"詁訓"。

臨放翁手牘贈青儕①

放翁此札吾所師，飲食寢寐恒以之。静光時時發泰宇，何問鞍馬舟車時。道途光陰易飄忽，身如蓬轉心如馳。萬景奔來縱即逝，後來補寫悔已遲。此腕一揮可尋丈，此際巧算爭毫釐。雲煙莽蒼變風雨，江海起立騰蛟螭。收之趺息觀定力，是有天造非人爲。放翁舉似杜敬叔，敬叔桂嶺旌麾持。慶元三年歲丁巳，先生歸老蘭渚湄。其春夢到鳳山頂，坐見日月浮天池。先生才思晚益壯，夜卧鏡物如晨曦。南鄭鐵衣有何戀，松軒僧壁如相期。杜敬叔僧舍松下之居名曰虛瀨軒。當年晨夕對牀語，文外有事非關詩。先生自言去騷遠，放筆奇氣逾淋漓。然猶短歌未發洩，放翁萬首詩中無一長篇七言古詩。蘇黃而後當俟誰。蘇齋俊才有金十，一洗雕飾空藩籬。徐郎弱冠雄海上，釣竿執得珊瑚枝。與余論文愧北地，那得瓊實充汝飢。臨歧乞我扇題草，此真詩境請勿疑。予齋詩境字放翁書。更尋詩法更何法，天馬萬里無閑轡。

方㮑盒仿文衡山小景扇頭②

玉磬山房銷夏筆，叔明小景石沙彌。北窗試捲爐峰起，始悟天真爛漫時。文衡山評石田畫獨取其《仿黄鶴山樵小幅》，善論文、沈二家者當以此意求之。

得瘞鶴銘舊本題三詩③

滄波憑覽是何人，王瓚留題儻未湮。丑歲依稀遊迹認，追摹甲午與壬辰。銘石下尚可辨者識語數行，有"滄波憑覽丑歲"云云。

朱方篆筆勢峻嶒，素幀圓如海氣昇。石轉參差飛動處，天其兩字墨蛟騰。"天其"二字在"朱方"下石勢彎轉處。

後先遊記並禪參，米題芝老，陸題圖師。奇絶南宮配劍南。喜並巾箱

---

① 此詩題位於手稿本第 6902 頁。
② 此詩題位於手稿本第 6905 頁。
③ 此詩題位於手稿本第 6906 頁。

添縮本,小齋何減淨名庵。

予昔爲謹庭作松下清齋圖詩謹庭以屬秋盦圖之秋盦恰得胡元潤所畫松下清齋小幅適與詩合亦一奇也今謹庭寄來復求詩①

畫在詩前詩畫外,出世翻身作精怪。石田何必似大癡,本自無通焉有礙。不合輞川先著句,空山習静長松對。軒軒天風何處來,兀兀跏趺但神會。結構軒窗費蔬茗,多事言詮破禪戒。右丞本是學佛人,坳堂大海無纖芥。誰令褐公空幻中,倪黄印出金陵派。秋盦老子特好奇,日補覃溪金石債。十五年前淨名諾,二千里外飛魷話。大癡今世即秋盦,陸子昨書馳海岱。問訊知吾杜德機,云否是間清淨退。秋盦示疾本無疾,胡三此畫元非畫。偈子來供寶蘇室,偃松屏贊翻濤瀨。予藏坡公《偃松屏贊》真迹。雪後春陰雪更深,松窗千載松傾蓋。題詩報陸兼寄黄,研池雲涌烏絲界。青來不用借鄰家,指墨彈如癢搔背。謹庭齋中之松是借鄰家者。

雪意詩題手山畫册二首②

還依滌硯洗苔岑,③不是天涯歲暮心。夢破偶然餘薄冷,意中何處得春陰。憑教彈指流泉起,誰解枯枝凍雀音。三昧畫禪須記取,萬花濃繡擁瑶林。

清才戞玉佩瓊琚,幾個聰明慧業如。蘭雪漫懷吳季子,芙蕖空憶沈尚書。破琴悟徹三生後,迦葉拈來一笑初。合是蘇齋詩髓在,月明如水印窗虚。④

鄭所南墨蘭二首⑤自題丙午正月

逸氣來天地,無言托谷香。秋風起纖末,心事接蒼茫。歲月鬱迴

---

① 此詩題位於手稿本第 6906 頁。
②⑤ 此詩題位於手稿本第 6908 頁。
③ "洗",手稿本作"寫"。
④ "月明",手稿本作"月華"。

首,緘題空自傷。不知暮容鬢,何以晤羲皇。_{自題有"俯首問羲皇"之句。}

伏闕陳書日,趨庭及壯年。山依蘭晚臭,人在菊秋天。培養論才早,精神待用全。想饒坡石韻,風露正娟娟。

鍾伯敬并其弟其妻合作畫册①

病中自以畫爲藥,病起因以畫爲酒。阿弟山水阿婦蘭,一門相與畫爲友。畫成縷縷復自題,記憶庚申到辛酉。快也不居第五名,蘭生楚楚真其偶。自畫印留隱秀軒,舉似詩歸珍敝帚。畫品誰拈竟陵派,摩挲使我嗟嘆久。心畫心聲竟見真,論世知人蓋非苟。虛無一氣捲湘雲,古絹蒼茫更何有。

詩龕移竹圖②

蘭言千里應,玉石他山錯。尚友借古人,久誓苔岑約。是有真性情,一氣胥根著。因材廣以培,活水澆弗涸。昔聞喻茶陵,青林蔭群萼。雖希長髥風,亦庇檀園蘀。千載鑑此心,共命盟所托。穆如青蒼來,何論竿節縛。酈家淇川義,雅故毛韓博。_{《衛風·綠竹》《韓詩》《毛傳》及《説文》皆訓"薕苀"非綠色之竹也,"薕"亦非"篇"字。}一以斐勿諼,猗猗簀如昨。茶陵近李何,格調猶糟粕。詩龕即詩境,移植斯豐穫。月明雙梧桐,長嘯動寥廓。却笑韋明府,留栽錦江閣。_{杜詩《從韋二明府覓竹三數叢》。}品畫問南鄰,尋碑到西郭。試依十笏龕,聲聽九皋鶴。

岱頂秦篆殘拓本③

秦篆今剩琅邪存,尚遜岱頂雄嶙嶒。琅邪字八岱十二,行行圖譜猶可論。會稽鄒繹字尤鉅,彼皆重勒誰手捫。之罘過肥壯蛟鱷,斤權最細騰鼅鼄。摹形漸失去漸遠,此獨河海從昆侖。依然相斯筆畫在,一彎一直窮本根。秦政不綱篆則古,劉跂所以蒐霾昏。劉君拓在歐

---

① 此詩題位於手稿本第 6909 頁。

② 此詩題位於手稿本第 6910 頁。

③ 此詩題位於手稿本第 6911 頁。

宋後，手量石頂肩背臀。董逌書跋雖考異，甲秀堂帖仍重翻。《甲秀堂帖》所存字與劉斯立譜合，而廣川所記字數有異。其石由南轉東北，夢躕參井經躔垣。吾嘗胸羅陟盤磴，松濤夾路排天門。夜披層雲禱神聽，冀叩厓壁通真源。鸞飄鳳泊渺何有，如探南嶽窺舞奔。依稀似記隸題語，北平許名失考援。六十年前石既燬，此刻乾隆庚申六月燬於火。廿九字勢箋徒煩。中間迴環斷與續，摹者贗迹爭囂喧。嗚呼此本不易得，籀鼓而後追胚渾。符書蟲篆別八體，爰歷博學空芝繁。説文不獨攺省水，相承互證親與言。徐家祛妄有伯仲，陽冰衍説其兒孫。史書大篆久不作，周秦刻釋知誰尊。焉得衞宏考并注，更訂馬史施於昆。寥寥缺畫二千載，古苔尚想風雨痕。小指圓鐫石笋迹，洪鐘勁弩鯤鵬騫。近人論篆豈識此，但取細瘦撑籬樊。吾聞右軍法秦篆，古今書勢稱魯璠。①安得此本拓千紙，窗光日日摹朝暾。以爲篆師定圭臬，何減文畫尋羲軒。庚庚挂壁稜起立，墨濤響答雲吐吞。茶煙裊縷一元氣，蜃涌大海山厓村。

杜疏莨太守晚涼洗馬圖用少陵韻二首②

詩是君家事，前遊記藕船。臨民如考牧，浣筆借涼蟬。世學傳忠孝，盟心淡水天。依然許主簿，相對話青氈。畫者劉溶任城主簿也。

飯顆逢來瘦，池光鏡碧虚。偶同東郡讌，時夢錦江魚。他日留碑石，重題問使車。吳興摹戴笠，舊癖未能除。昨以南池石刻少陵像見惠。

題王鄉南南浦歸帆圖二首③

來儀曾借吳興住，帆隱西江岫幾層。今日西江廉吏卷，却從南浦望吳興。己酉九月予自南昌北歸，萬生爲寫《秋渚別意》，予出所藏張來儀畫稿屬萬生仿之。來儀潯陽人，僑居吳興也。此卷頗似用其筆意，故云爾。

―――――――――

① "稱"，手稿本作"珍"。
② 此詩題位於手稿本第6913頁。
③ 此詩題位於手稿本第6914頁。

秋屏閣上雨冥冥，迢遞煙帆送使星。十載論心許誰共，西峰今夕
爲君青。

重定化度寺邕禪師塔銘三段之圖喜而題三詩①

輕言淳祐補端平，舊繡如何曲折成。王柏經疑工鍊石，偏慚家塾
幼隨兄。

王家小印辨虛舟，續考蘭亭始夢歐。宛爾鶴銘中斷樣，怪他僧誤
夜光投。因得王虛舟孟揚藏本，始驗是碑文字位置。

天中樓壁寶書光，前度詩銘更褾裝。重覓趙生開畫本，烏雲紅日
悟嵩陽。昔趙渭川爲予作《范氏書樓圖》，昨致書河南復語及之。

題張叔厚白描陶靖節像二首②

醉歸不爲傲風塵，胸繫羲皇以上人。淡寫霜空無一筆，南山渾是
菊精神。

子久醉題云未醉，貞居偈子即陶詩。玉山金粟空濛影，似否東籬
對酒時。黃大癡題云：“王生持叔厚白描淵明小像來求贊，時僕被酒，信筆寫四句。嘗記
張西岩有一篇，遂寫其上。”張伯雨題云：“淵明詩但恐多繆誤，君當恕醉人。東坡謂此淵明
未醉時語，一峰老師書此篇，當亦在未被酒前所作。”

送述庵南歸二首③

蒲褐香燈老健身，梁山舟。錢辛楣。幾個舊比鄰。論心薊北俄三
載，屈指江東第一人。訓故漢唐津逮近，詩盟湖海淡交親。尋碑古寺
苺苔綠，隔巷聽鐘又莫春。予與述庵、撵石、冬友諸君相約同賦法源八咏，其草尚在
予篋，至今未鐫石也。

千里緘馳付托深，百年文物佇虛襟。去年冬述庵手書以國初諸老輩著述

---

① 此詩題位於手稿本第 6914 頁。
② 此詩題位於手稿本第 6915 頁。
③ 此詩題位於手稿本第 6917 頁。

相期勉。近來我益聲名惡，後學誰知脈絡尋。根柢由中非翰墨，松筠迴首憶苔岑。門牆正有隨行者，細與舟車訂古今。謂金青儕。

郭生自潁上來言蘭亭殘石今在楊氏家語其櫝而藏之寄題二詩①

魯南何處覓琴聲，孫董曾同悟淨名。留得斷珪全石券，蔣家小印記分明。石尾有蔣永仲印，米元章書畫友也。

古釵脚想折黃金，不比銅瓶石甆沈。若準東陽殘拓例，重添韻事到書林。聞此殘石尚有二小塊藏於卜氏，何不仿金華何氏《蘭亭》三斷石合一處拓之，亦足資考據也。

手山將出都屬友爲作園林春盡圖索題二首②

春盡如何寫，香餘點地斑。夕陽紅淡淡，流水碧潺潺。作意拈吟懶，多情去住艱。出門應一笑，放眼看江山。

誰以春垂盡，量君無盡才。鴻泥新徑雪，屐齒舊房苔。鳥囀遲疑久，花風逐漸開。江東春共住，明歲帶春來。宋人送春詞："君到江東趕上春，千萬和春住。"

受堂邀話藤籤以事不果往却簡二首③

密葉吹香苦泥春，放晴天氣及初旬。茶煙偏結枯禪習，著雨惺忪冷笑人。

舊雨聯牀漸少人，笑憑花底畫傳神。翻增一覺揚州夢，却憶雙藤蔽北春。時兩峰已還揚州也。

斜街行爲汾陽曹定軒侍御賦④

斜街紫藤高出檐，金花帖子錦叠函。二十年前聞喜讌，猶記藤花

---

① ② 此詩題位於手稿本第6918頁。
③ 此詩題位於手稿本第6919頁。
④ 此詩題位於手稿本第6958頁。

香滿簾。爾時蘭陔杏苑咏,已報蠟燭重重添。鳳雛鶴子鳴相續,鯉庭
鸞掖聲聞卜。君不見斜街喜氣鄰比外郎營,金榜前頭唱姓名。曹氏
書倉傳世業,王家解字辨形聲。侍郎昔日夢三錢,街東錢家今亦三世
聯。紫雲軒下新詩話,一榜萊衣續摭言。乾隆乙丑會試,闈中香樹先生夢空中
懸三大錢,是年相人分校得茶山也。今科高郵王氏、秀水錢氏與君家皆三世入詞林,是以及
之。《唐摭言》曹汾尚書鎮許下,其子及第,一時賀啓有"萊子新衣"語。

答蘊山楓橋舟中讀手山詩見寄之作①

馮吳判別袂,謂魚山、蘭雪。誰可共蘇門。弭棹人如對,空江氣已
吞。深春來遠夢,小學正窮原。時方爲蘊山校《小學考》。許爾真青眼,烏
雲落照痕。來詩咏予齋所藏坡公真迹,故以嵩陽青眼屬之。

題徐心田登岱圖②

日觀來元氣,黃河萬里奔。眉軒飛海綠,衣濕過雲痕。胸次周齊
魯,精神縷角根。如何窮遠目,匹練繫吳門。

題畫三首③

雨過遠山生靜綠,渚荒新漲没柴門。攜筇欲赴幽人約,詩在橫堤
轉處村。

種得疏花補缺籬,挂帘新出亞檐枝。小舟來破青山影,正是山家
酒熟時。

暮雲捲雨過前山,隔浦漁家曬網還。收拾半江斜紫翠,小樓西户
不須關。

倪文正墨蘭④

易蘊於孩始,誰參此化機。幽陰一軒豁,感悟衆芳菲。小閣青初

---

① 此詩題位於手稿本第 6919 頁。
②③ 此詩題位於手稿本第 6920 頁。
④ 此詩題位於手稿本第 6921 頁。

合,千巖露未晞。筆端元氣重,終古濕雲飛。

破琴研詩四首①

復古瓦追復古畫,淞江夢接浙江潮。偃松來證蘇齋偈,古寺禪心未寂寥。芸臺侍郎得此研於浙中,相傳宋復古殿瓦所琢。

十三弦漫七弦論,萬籟空山靜吐吞。本自無弦何有破,墨雲一片古松根。

多事覃溪刻隸書,天風環珮意何如。尚嫌不及陽冰篆,誰省緘題智永初。

嶽色河聲筆絕塵,邢房短軸仿誰因。淡交一笑依迦葉,重覿平生竺道人。昔年得吳蓮洋手書此事,因乞宋芝山畫之。

華鴻山六十言懷詩草其裔孫屬題②

惠山山泉氣,靈境生天籟。真詩即性情,那必區流派。空巖清磬響,淡月孤峰背。此中傳神處,超然在詩外。老鶴振羽儀,寒松矯煙靄。何事侑嘏辭,登堂春酒介。一紙心自盟,千載人如對。傳家菜根香,世守經鋤未。味之冰雪語,冷掬思親淚。壓倒真賞銘,籤廚寶金薤。

題顧松巢秋林觀瀑圖三首③

細脈初從嶺背分,人家深樹掩斜曛。飛來萬仞空涼氣,莽莽前山四合雲。

畫家氣厚論山腳,清福相關到子孫。今日昭陽經術在,編蒲綠重訪柴門。松巢孫曾深於經學,恐其家無力編校也。

秋在煙橫水澹餘,聽泉亭子倚晴虛。室光生白心齋夢,新綠江南有報書。顏心齋自興化寄贈。

---

① ② 　此詩題位於手稿本第 6922 頁。
③ 　此詩題位於手稿本第 6923 頁。

再送手山二首①

兩月鄰巷住，詞源快通津。臆痛夕輾轉，時手山方悼亡。胸奇日光新。三都紙爭貴，一舸囊不貧。琴弦耿冰雪，劍氣衝星辰。知爾蘇齋夢，時繞吳閶闉。破浪鞭風霆，以躍天池鱗。

念當別袂摻，屢約晨窗語。詞章所根柢，質厚爲之主。凡今媚學子，輕心言復古。上下千萬年，如何以襟貯。因感新城叟，笑拈吳李許。蓮洋、丹壑。此間精微處，焉乞匠師與。魚山與蘭雪，未得斯義舉。青迴篆几煙，綠重江船雨。

董文敏山水卷②

辛酉春靈巖范園作，王煙客題云："余家有董源《溪亭秋霽圖》，爲友人所豪奪，
今從范學憲齋見宗伯此圖，頓還舊觀，因以漢尊易歸。"

范園自看山，初非北苑仿。清言寄沖虛，元氣來惚恍。蒸空青冉冉，意外收莽蒼。幾時西廬叟，赤水憑象罔。夢到染香庵，雲擁滄洲槳。空亭攝諸有，嗒焉悟疇曩。一峰禪偈子，墨淡神逾往。昔嘗親然燈，老境發深想。似否接笻吟，九曲諸峰響。

手山爲其友朱硼東求草堂詩③

朱洞庭西山人，自楚遊歸。

詩得湖山翠，因之扁草堂。雲霞滿林屋，煙水似瀟湘。摩詰圖誰識，王蓬心畫。靈威軸所藏。煩君尋篆刻，石壁氣蒼涼。

手山爲其友謝布齋求左右修竹詩④

王官谷中語，修竹有佳士。詩人所取友，心與修竹似。欲因覃溪詩，以證司空旨。白雲片影來，幽鳥深翠裏。流水答松風，空山響棋子。手山昨共論，蘇齋叩詩髓。月明雨初過，萬籟於何起。蒼然忽生悟，詩品澹如此。

---

①②　此詩題位於手稿本第 6924 頁。
③④　此詩題位於手稿本第 6925 頁。

手山乞紅豆詩①

婆羅園中紅豆樹，丁君寄我煩箋注。十五年前題畫詩，遍結同岑約同賦。丁君思我今千里，紅豆重拈子青子。顆顆依然昔夢圓，研溪正與東田似。吳門惠氏、太倉王氏皆植此。子青束篋上吳船，松陰別語倍纏綿。手山留別詩適即書於丁小疋錄別詩冊後。誰補研溪時術錄，不是湘中采訪筵。我初寄訊春秋學，易解荀虞誰代斫。千里同岑待質心，幾人共語良工樸。西澗東田舊有詩，何嘗識得喻相思。墨池一點丹砂粒，日長珊瑚百尺枝。昔與小疋商訂惠氏經學，故於手山南歸重致勖焉。

題芝山所收小米畫②

輞川摹軸空斷斷，米畫百僞無一真。十五年前茗上卷，宋生爲我傳其神。今晨宋生快示我，此真小米無比倫。絹轉蠹糜神轉出，側膚十里百里論。諸峰輪廓分合勢，意本不與雲相因。層層沙岸淺深樹，乃是一氣雲吐吞。澄觀忽造萬物表，神光迴入三折皴。後來房山辨流派，自古草隸誰知津。一水一石自起訖，空煙冉冉蒸無紋。憐我頑疴借養目，我亦笑謝臨摹紛。向來煙雨五洲咏，董跋笪跋嗟陳陳。虎兒扛鼎豈虛語，筆力直與山谷親。荆關仍即顧陸法，詎以墨戲驚凡民。研山孫叟年六十，始見米迹嘆前聞。我今讀畫廿年後，昔題贋本應盡焚。宋生始可語今古，篆學共几參周秦。元暉古印正照影，蘭亭跋尾追梁塵。恍然寶晉審定訣，驟雨挾海來松門。

北齊造銅雀臺石牮門銘③

大齊天保八年、九年造銅雀臺石牮之門，百代之後見此銘者當復知之，將陳驥承、婁晞，軍主董侯，軍副程顯，幢主孫悦，幢主楊曇。

高家丁丑到戊寅，銅雀臺造石牮門。千二百年片石出，拭苔弔古

漳河濱。安陽趙令王學使，後先拓共蘇齋論。此臺雖是建安造，^①應
劉七子無雄文。匋邪孫兒窨銘字，馬子石室謠誰聞。此銘乃計百代
後，軍主幢主名猶存。爾時石書用石墨，書兼隸楷仍隸分。鐫鑱凹凸
古所笑，遺刻那溯隋與陳。文深仲寶覓不得，我方日辨歐虞真。大河
迢迢水花綠，爲我柱銘洗薛純。_{天保八年即陳武帝永定元年，是年丁丑歐陽詢生，}
_{其九年即永定二年，是年戊寅虞世南生也。中州金石愚所飢渴以伫者，《砥柱銘》耳，故及之。}

和梧門六月九日與諸君詩龕小集之作^②

今夏潦雨煩，^③微疴掩蓬戶。忽憶西涯句，雅集畫圖補。馳思天
一涯，墨卿與蓮府。惟與金生別，悇焉北郭佇。墨迹披新城，樂府怨湘
楚。嗚呼論世難，世遠心逾苦。喜得詩龕篇，鏡裏設身處。往者如可
作，誰與量藝圃。新城雖韻勝，格調仍所祖。明賢矜節概，格調即規矩。
不有讜言執，焉作詩教主。知人乃尚友，對案接千古。去年咏所遺，此
鬱待君吐。未及金生論，重跋新城語。倚風荷一笑，爾我襟遥貯。曼空
詩龕雲，濛濛瓣香炷。_{予齋有漁洋擬西涯樂府手稿，漁洋集所未刊也。}

文休承畫前後赤壁賦作四小幀爲芝山題二首^④

水光翻下界，認得笛飛聲。今古何人共，江山一氣橫。攝衣添瘦
影，喬木印寒清。如此長空外，寥寥寫月明。

烏鵲南飛後，橫江獨鶴來。扁舟如夢耳，二客更誰哉。寄意無多
筆，相望曠古才。蘇齋秋樹底，重話雪堂開。

潵水舊廬圖^⑤

石蘿五圖咏，兼寫婺與杭。獨以潵水廬，寄意蘭溪旁。自貌磐石

---

① "雖是"，手稿本作"雖自"。
② 此詩題位於手稿本第 6929 頁。
③ "煩"，手稿本作"繁"。
④ 此詩題位於手稿本第 6930 頁。
⑤ 此詩題位於手稿本第 6931 頁。

影，佇目神蒼茫。妙哉秋盦子，淡墨雲天長。①峰迴水轉處，中有讀書堂。先世書聲在，溪泉夜琅琅。昔舉白石語，秋聲憶故鄉。今讀廬陵記，茂葉儼齋房。水石見本根，籤廚發古香。勿作圖繪看，勖之經訓詳。一卷冰雪文，以永銘誓將。角弓植嘉樹，此是真鑒藏。

惲南田山水卷②

自題七夕後，石谷來同話。因之落墨爲，意在墨痕外。不知秋燈底，如何曠神會。二君畫理深，每跋意交快。一點一水石，參入造化界。豈僅格意間，區別婁東派。一峰所詣微，烏目誰堪對。可惜此夕語，未曾筆卷内。遊於要眇際，脱謝時流輩。令人空企想，擬之翻障礙。淵乎不傳妙，大川孰津逮。一藝尚如此，望古我汗愧。夢與甌香盟，掩卷發長喟。

又題南田小幀③

自題云：“王叔明《山居圖》在毗陵唐孝廉家，此幅仿之。”

秋山夜雨夢山莊，記著山樵夜話長。研滴一灣殘月水，窗紗細影十三行。

石谷仿郭河陽鶴汀秋霽二首④甲午仲夏

連晨静看耕煙畫，正有西廬八十題。拈出耕煙年八十，鶴秋氣與衆峰齊。

澹著寒林不受霜，蕭蕭蘆雁起斜行。紅氈笠子憑欄客，却愛層青背夕陽。

方方壺山水⑤

方壺於米法，通脱無轍迹。如米臨稧草，斫豪出波畫。渾茫雲渚

---

① “淡墨”，手稿本作“墨淡”。
② 此詩題位於手稿本第 6932 頁。
③ 此詩題位於手稿本第 6935 頁。
④ 此詩題位於手稿本第 6936 頁。
⑤ 此詩題位於手稿本第 6937 頁。

影，空氣搖几席。何有煙外峰，萬里來咫尺。聊寓水墨蹤，噓噏靈根宅。授之要眇言，下見玉池白。道光虛室中，蒸起蔚霞積。更無草隸題，蒼然不破墨。

與芝山考定化度寺邕師塔銘真本兼呈味辛蕙麓梅溪二首①

夜來一枕遊仙夢，點破三生宿墨緣。多少前盟山嶽重，何如秋雨澹茶煙。

鷗波亭子尚迷蹤，小聚沙盦話偶供。味辛爲作零丁。蕙麓梅溪同一笑，二邕今欲匾三邕。昔與錢梅溪同摹蔡中郎石經殘字，又有摹刻李北海《雲麾碑》之約，因爲梅溪書匾曰“二邕齋”，今胡蕙麓爲勒《雲麾》於石，而《邕師銘》舊本恰得論證明白，故云爾。

吳江趙墨樵於嘉興得予壬辰冬陶然亭詩草補圖裝卷來屬題②

玉川樽酒城南夢，羅子寒林訪友圖。不及趙家長笛句，倚樓詩話到江湖。壬辰秋羅兩峰將南歸，同人餞於陶然亭，予詩有“樽酒城南秋雁飛”之句，張山人愛而圖之，其冬與圖裕軒、錢辛楣、曹慕堂訪朱仲君於城南僧舍，兩峰爲作《寒林訪友圖》。

韻亭京兆以丁酉春予爲書遺山鵲山寒食泰和年一詩扇頭請 董蔗林閣老爲仿趙文敏鵲華秋色圖復來屬題③

昨憑四水照雙鬢，南阜神飛北渚間。何意三花樹底夢，袖中真有富春山。予自濟南歸，得高南阜所作《鵲華夜景小幀》，昨適爲阮芸臺題董文敏仿趙此圖，是趙爲周公謹作也，四水周公謹號。

芝山爲予繪杭湖新建坡公祠二首④

湖上煙雲懶不來，夢中想像到容臺。昨屬謝方伯爲圖而未至，適阮侍郎手繪此稿。白公堤後秋光接，望海樓前曙色催。阮云祠旁隙地即擬築樓。密竹儻招詩客住，圓荷正映畫船開。若添玉笛南飛意，只要濛濛鶴點苔。

---

① 此詩題位於手稿本第 6937 頁。
② 此詩題位於手稿本第 6938 頁。
③④ 此詩題位於手稿本第 6939 頁。

馮星石書來云將以每歲作坡公生日於此。

先生神在水雲間，夜月遥應笠屐還。詩帖仍依蔡忠惠，宦情每況白香山。宋生墨寓波三折，謝子潭留影一灣。爲我湖邊盟息壤，玉梅煙重鳥關關。

送馮實庵侍御假歸蘇州二首①

星台豸繡五雲邊，東觀西清二十年。舊竹影分坡老植，實庵有《種竹圖》。新巢詩續放翁編。實庵齋名鶴半巢，取陸放翁"托宿新分鶴半巢"句也。露濃壓卷君恩重，月澹横窗客夢牽。不獨紅燈飛綠斝，潞河老柳照吴船。

吴郎別後憶揚州，謂縠人。屈指胥臺接勝流。幾見迪功才紹古，相依北地氣横秋。久無竹葉題庵主，謂瘦同。近有青蓮倚柂樓。謂青儕。江海蒼然霜露積，篆煙何減對茶甌。

九江譚孝廉書樓寄題扁曰嵐漪②

溯洄彭蠡面匡廬，坐卧嵐光讀異書。我爲借摹山谷字，瘦藤記倚落星初。

九日石墨書樓作歌③

書樓逸氣排秋空，今年秋乃愜昔蒙。兹樓名以范氏石，廿年前記捃吟笻。范樓之石去千載，而我待帖心忡忡。自疑殘本猷未足，因讀郁記藏於胸。郁記之後復安記，墨林鑒又蕉林逢。元十三家盛題跋，趙松雪並盧嵩翁。妙墨遐思不可見，一朝蘇帖兼魚熊。甲寅冬聞邱東河太守得元人題《化度碑》諸跋墨迹，欲托宋芝山購坡書《偃松屏贊卷》以易之，既而芝山以坡卷歸予，東河亦以此諸跋見贈。獨其前帖渺何處，瓊瑵丐想良媒通。聚沙盦主零丁帖，焚香爲我緘郵筒。燕南走訊馮與宋，筵簀瀆屢姚秋農。昔雨夢如今雨夕，故人遠笈開塵封。漿滑瑩然宋賭紙，牙籤縹帶重錦

---

① 此詩題位於手稿本第 6940 頁。
② 此詩題位於手稿本第 6942 頁。
③ 此詩題位於手稿本第 6944 頁。

襪。細看裝式量寸尺，趙盧跋宛符節同。秋陰拭几淨捲幔，一聲鄰寺忽午鐘。郁記所稱唐代拓，如何唐拓岐銛鋒。最奇銘文舊渤處，渤勢一入於石礱。銘末半字並渤痕亦鑴入。昔記虛舟王氏印，時當元末題匆匆。不解伯樂真相馬，何至葉公誤豢龍。趙盧諸跋之舊本，即予所曾見元末王虛舟所藏宋翻本。徐於向背伸縮勢，研尋波策淡與濃。同日雲麾拓李秀，石經蔡隸扁二邕。槙伯之詩仲蔚品，啓法上叩山陰蹤。一語證此邕塔法，元精萬古阿堵中。測景衡懸鋠攠在，殘本頓極梯階崇。豈有前人擅精鑒，反以鼠璞欺盲聾。瑕瑜珉玉自不掩，藝林彰癉有至公。況假彜州舊本二，於吳門借得王元美所藏二本，與予本正同，適形此爲舊翻本也。元音虁尾真焦桐。空復完然字九百，借圖全石究始終。因之繪成三段樣，書樓翠倚洛與嵩。圖則是矣拓則膺，添我詩話一笑供。待帖不來來又僞，始信敝笴軒晴虹。三邕敢將蔡李合，二迹轉愧鈎摹重。蒐遍全唐寶刻錄，或與古墨齋同功。《化度》《雲麾》世皆無全文。書樓之扁今始稱，歌示趙姚宋與馮。壁間竟有范家石，秋窗青峭支西峰。

又書化度帖八首①

姑溪點畫推毫髮，鐵木涪翁篆勢論。獨怪後來疏楷隸，隨波賞到趙王孫。

郁叔何如項叔傳，贋珍偏上玉虹船。後村淳祐端平本，不得專家記墨緣。郁記本項氏印極繁。

千文東壁鼎彝光，小字鈎深未易量。規矩方圓參造化，此中真宰辨豪芒。

玉栗珠瑩到醴泉，泉銘可在塔銘前。虛舟印出王家後，又一虛舟跋語傳。王孟揚所藏是翻本，王若林以《九成》勝《化度》，二君皆號虛舟。

彜州三本空群後，具眼誰拈入墨池。珍重兒童描誤處，薛家庶子

---

① 此詩題位於手稿本第 6947 頁。"八"，原作"六"，據手稿本改，而刻本此處實際上也是八首。

系銜時。予所收宋本爲人誤描數處，章氏悉據以上石，而世所行薛元超本實祖章氏本也。

神在宮銜拓並行，撰書工力接蒼茫。合從分隸論奇古，誰剔房碑到側方。予每以李百藥"百"字定是碑真僞，而李歐並系撰書銜者復於《房彦謙碑》側遇之。

蘭亭每笑葉龍談，趙璧無端跋十三。合配吾齋真宋拓，范樓影共畫禪參。

後村漫補後三行，未必全碑寸尺量。我補范樓三段樣，夢中青眼即嵩陽。

再題四首①

何須筠雪金陵寓，不扁程公樂道軒。膚指押邊真宋紙，借招諸老共清言。

温陵孝子印紅深，一寸春暉碧草心。落得删除曹閣老，西涯迹漫費追尋。李西涯跋云與曹元同觀此跋，今失去矣，元人跋後尚存陳氏春草堂印。

師魯弇州三本同，王沂跋亦云曾見三本。不知相馬孰良工。章家父子王門客，想見離蓰拜下風。章氏獨摹予所藏本，知其在弇州三本之上，但不知王師魯所見其餘二本又若何耳。

真態何論尹與邢，不曾句字誤黄庭。依稀至德隋家觀，褚令螺煙一縷青。時屬友人於吳門繆氏鉤摹《化度》及《孟法師碑》也。

煙郊曉行②

野店迷離夢，脂車又十年。秋農遲刈穫，寒袷甫裝綿。宿霧村斜隱，殘星樹遞穿。猶疑飲馬處，月照潞河船。

九日得裴山桂林書賦此兼寄藴山時聞藴山擢廣西巡撫③

幾得黄花緑酒辰，苔岑心共切松筠。雙藤屋古留荼夢，八桂山青

---

① 此詩題位於手稿本第 6949 頁。
②③ 此詩題位於手稿本第 6950 頁。

對主賓。今夕唱酬俱憶我，同門前後兩詩人。秋光記爾傳神筆，此是匡廬面目真。_{裴山京寓予爲題曰“賃藤詩屋”，昔年予視學江西，裴山寫《匡廬秋色卷》贈行。}

彭受禹自懷來入都過小齋賦贈①

四十年前事，師門話最長。儒官來上谷，經義溯淮陽。屈指同遊侶，誰盟老輩行。涭溪村外樹，秋色正蒼蒼。

贈朱硼東②_{自楚遊歸將之晉}

士有自寫照，以蘭爲性情。青儕來結諾，黃集記前盟。_{君用山谷韻見投}河嶽新吟卷，瀟湘舊雨聲。蘇齋懷友夢，天闊大江橫。

題錫山談氏畫卷二首③

讀易寒泉碧澗隈，偶從野老話蒼苔。半山鶴答松濤語，忽送江頭孤月來。_{談秋雲小景。}

疏桐影到綠窗紗，山鳥聲來夕照斜。知送秋心惠山麓，石狀飛墮古松花。_{談學山寫生卷。}

禮烈親王克勒馬圖歌④

_{王諱岱善，太宗文皇帝兄。}

天束日出大海紅，五色雲挂扶桑弓。樂府誰歌迤萬里，天馬真見來從東。禮王昔階大貝勒，屢以克捷宣膚公。葉赫烏拉萬部衆，群瞻威烈摯且雄。紫雲夾日近翊衞，一家合德襄丹衷。恭聞所乘克勒馬，摧堅陷銳皆當衝。薩爾滸山第一戰，從古無此神奇功。明師一蹶遂弗振，二十萬殲五日中。此馬爾時倍趫捷，出入厓陳千萬重。每聞鼓鼙迅噴鬣，嘶起濤瀨迴長松。至今軒皇教戰處，澗谷嘯舞猶呼風。時無畫者今補畫，棗騮色異尾與騣。_{國語克勒謂棗騮馬皂青騣尾者。}腹間旋毛鱗甲動，耳夾肉角筋垂虹。山前人指洗創處，自跑聖水春融融。_{此馬腹}

下旋毛如鱗狀，或曰龍種也，嘗以病蹄自跑出泉洗創，輒愈，人目其處曰聖水云。其高七尺修丈咫，想像精異還爲龍。長洲汪琬爲作傳，傳後繫語如褒忠。方召周詩無異馴，徒咏修廣聯車攻。曹韓之畫杜甫引，曾何偉迹來花驄。①此馬得遭此際會，是乃月馭星精從。紙上熊熊氣起立，俄頃蹴踏凌千峰。國家得天厚元氣，人物篤起天所鍾。宗親有王嵜楨幹，王有神駿留奇蹤。譜入奎章慶隆舞，陋彼六駿唐石礱。詩成敢試點筆響，恐近瘦骨敲青銅。

臘月六日石君招同曉嵐兼六作丁卯同年小集②

液池雪霽午脂車，苹食承筐記翦蔬。屏翰尚存三節使，其一謂徐五樹峰。星垣相對兩尚書。七旬以長差肩近，曉嵐七十六，兼六七十，石君與余皆肩次之。第五之名接唱餘。丁卯順天榜石君第六，兼六第四十六，曉嵐領其首，而予得隨其後也。夢到奎堂都諫句，月眉寒倚畫檐初。末七字諸城劉文正師丁卯秋聚奎堂詩句也。

金溪朱仰山求紅葉山房詩③

朱生文中豪，健筆富鉛槧。白首對大廷，摛華天藻掞。含香司會府，旅夢集寒霮。屬我扁山齋，火傘騰秋焰。西江文結實，至味誰知饜。臨川屋梁物，氣比豐城劍。顧與章艾輩，流派區壇坫。後生弗窮源，一味事華贍。桃李趨衆妍，茂悦俄生厭。豈知霜中英，自得天真豔。獨收千峰翠，坐閲萬卉斂。苔石有本根，筠心無闕欠。掄才四十年，搔癢麻源念。吳江楓冷句，頗負知音忝。歸向山水言，借此丹黃驗。千古文之心，冀爲學侣砭。五家澤未湮，一瓣香非僭。山靈共一笑，空潭澈雲澂。

李滄雲通政閑軒詩④

君作閑軒詩，自得閑中味。雖援坡公作，而非徐子謂。屬我扁軒

---

① "偉迹"，手稿本作"偉績"。
②③　此詩題位於手稿本第6955頁。
④　此詩題位於手稿本第6956頁。

楄，以代堊塗墍。八分拙無飾，與君詩髣髴。庶持松筠心，掃盡紅紫卉。閑語淡不妨，閑游計不費。屋閑僮僕閑，各以閑爲貴。但恐軒主人，終克得閑未。文章經濟深，清切台垣緯。鈞衡地所瞻，揚歷人斯慰。昔嘗閑侶咏，日事閑圃溉。閑雲竟出山，豈不友朋畏。十年前題謝蘊山書室云"江頭正有閑雲在，只恐閑雲又出山"，時蘊山方養疴里居，而吾詩已先兆之。所得惟此詩，翛然閑者氣。檀爇篆煙橫，茶鼎松風沸。

楊米人餉寶坻銀魚賦謝二首①

使君尺素銀魚餉，正及蘇齋筍脯筵。臘雪春蔬風味在，松肪夢到枕屏邊。坡書《偃松屏贊》墨迹卷同供像前，正是燕南服食故實也。

蛤山霜雪薊門泉，海氣濛濛潞水船。媿我懷人無好句，釣篷青破茗柯禪。

---

① 此詩題位於手稿本第 6957 頁。

復初齋詩集卷第五十四

嵩緣草二庚申正月至七月

朱子白雲峰詩墨迹卷①

數日山中宿，人間別是天。神仙洞門遠，相與白雲連。晦翁書於白雲峰。

祝融紫蓋連，朱陵洞不閉。南軒唱酬處，拈得弟一義。白雲好山居，亭子題浮翠。迴巒靜所養，飛雨翕而至。軒然蕩空青，真宰肯深閟。雲臺真逸筆，那必岣嶁字。千聖精微心，萬峰融益氣。一收波策間，何嘗是兩事。

衡方碑陰歌寄黃秋盦②

衡君小隸之碑陰，已近千載嗟湮沈。宋洪趙諸家皆未見。錢塘黃子剔苔手，武闕不止蒐嶇嶔。鄭尉氏陰秘其半，張亟齋屢低迴吟。借君毅力發光怪，鄭范石並開重霶。《鄭固》《范式》。豈知村臨汶水上，此石屹立完至今。其陰有字世莫問，三面日積苔花森。衡君服官歷南北，會稽北平潁與任。門生故吏遍海內，朱登碑尾僅可尋。洪家釋隸獨指此，耿耿爾日懸精忱。撰邪書邪或變例，繫名繫地誰知音。二十年前過汶上，歸以囊笈誇同岑。桂四隸書專是效，玉箸云可該懸針。況此陰書更遒古，崇牙樹羽鏘球琳。黃子病起力如虎，蛟龍缺齧拗斷

---

① 此詩題位於手稿本第 6959 頁。
② 此詩題位於手稿本第 6960 頁。

金。紙邊釋文作小草,笑與洪趙遥規箴。邀我作書並寄桂,晴窗雪後添摹臨。挂之蘇齋客争訊,商彝夏鼎知何琛。最熟之碑最新拓,高枝喜聽嚶嚶禽。

題何夢華觀碑二圖①

乾隆己酉秋,有客宦南嶺。取道出南昌,維舟泊沙井。篋有歐千文,小字發光炯。昔聞豐南禺,擬之商彝鼎。披霧何家郎,目力千峰頂。一空晉魏楷,豈僅褚薛等。貞觀辛丑鐫,學舍石修整。千秋拓無兩,二嗣名初並。隱之、通之。良常王給事,讚嘆語深省。不及何郎手,連宵趁燭秉。爲我呕鉤摹,神透船窗囧。癡絶後三年,濟上共秋艇。語及歸帖事,黄九夢耿耿。疇昔蠅頭跋,返璧以志幸。黄九濡淚書,照此黍珠影。雍正乙卯,黄秋盫尊甫松石翁還此帖於虚舟嗣君,并漢玉蒼龍璧,手記於帖尾。世推率更迹,金璞秘天礦。化度醴泉間,誰堪甲乙丙。近始悟定評,全塔皆幻景。漁陽與吴興,尚誤歌和郢。曠古真鑒難,區區玉懷褧。近始考定《化度寺碑》將及千字之全本皆宋刻宋拓,予所見趙松雪手跋本,及今聞鮮于伯幾手題本實即是此翻本,雖《郁氏書畫記》亦莫知其爲贋也,惟予齋所藏舊殘本及吴門所傳弇州二殘本乃是真者。獨此小千文,希絶識者領。惠我油素緘,十年冰雪冷。何時果伐石,寶氣出芒穎。此意被人傳,寫作清寒境。山川精靈在,鑒此願力永。響拓無虚鋒,研池有修綆。亦欲摹一幅,臘雪蘇齋静。兼畫何與黄,監刻對烹茗。

褚中令正書,最推孟法師。蓋以分隸矩,而合虞歐規。古來論知巧,惟的乃射之。各以仁知見,遂益方圓歧。世摹乃二本,競狠虞歐爲。歐法雖隸近,虞豈隸意違。退谷蕉林藏,一例奚妍媸。近日吴門石,笑供蓺圃欺。我聞弇州叟,歐派神光馳。後來王良常,斷斷區歲時。反謂雁塔序,超出孟師碑。良常高眼孔,貨幣安陽遺。太古無上品,以儷群睽眙。吾嘗過濟上,摳拜宗聖祠。良常書祠記,記後自謝私。所謂褚楷

---

① 此詩題位於手稿本第 6951 頁。

法，僅以纖媚姿。學褚乃如此，品褚更可知。然褚第一帖，唐拓實不疑。實有良常跋，實稱天下奇。二美跋又合，千載心誰期。吳門千金篋，秘扃世莫窺。曾聞味辛説，十步爲軒眉。又乞謹庭摹，十載空朵頤。一朝夢華子，狂叫雲霧披。庚庚墨起立，濯濯琅玕枝。美人飛珮響，雲鬖繡羅衣。軒窗覺神變，斜照半賝池。爲我影數行，字字蚌胎肌。向來儳刻者，徒見衡氣機。竹雲老子語，既是而又非。奚生爲作圖，寄此悟成虧。覃溪爲作詩，印此光合離。寄語帖主人，此音知者希。精靈自不洩，翻勒何從施。但願吾夢華，叩門日追隨。修篁瘦石間，坐卧此帖持。并畫覃溪入，指點交嘆咨。褚公儻許否，石鼎香煙霏。

南樓老人畫三首①

自題：“戴勝降於桑，雍正丁未上巳前一日聽松閣摹古。”

鑒古工夫老更深，閒拈禮疏到時禽。柔棟剛拂濃春羽，一片江南好緑陰。

才子登瀛第七年，苧村録草藝林傳。梧桐小閣溟濛雨，白髮挑燈只研田。

紡織圖瞻睿藻光，傳家忠孝起耕桑。畫圖勸相風詩始，衣被儒林有墨香。

聞鎮堂將還都門同梧門賦②

十載相望氣誼真，太行山色隔嶙峋。披緘拭目誰千里，對榻關心我二人。茗碗新陽迴檻砌，荊扉晚歲計松筠。詩龕詩境添題目，日日催詩倩莫春。

芝山近作小幀③

十載工夫遠近山，澹濃起伏勢迴環。每同桂四論分隸，意在劉熊

---

①　此詩題位於手稿本第 6967 頁。

②　此詩題位於手稿本第 6968 頁。

③　此詩題位於手稿本第 6969 頁。

魯峻間。

錢翼之楷行書至元丁丑吳永庵遊虎邱詩卷四首①

楚楚真行淨浣塵，花應未發柳方新。江頭雨過山初霽，四百年前虎阜春。<small>後至元三年至今四百六十有三春矣。</small>

道人心在水精宮，餘不桃花漲晚風。寫罷農桑書卷手，經臺同印墨禪空。<small>錢翼之嘗奉詔書《農桑輯要》。</small>

德清訪舊是何年，恢老何如幻住禪。未得停雲重繪卷，高松相對更翛然。<small>卷有永庵道人三月十五日戚居士房懷其師恢叟詩，錢翼之識云："昔趙公子昂在德清別業，恢訪之，趙贈句云'晨坐古松下，有僧來叩扉'者，余曾見之，紙亦舊矣。"云云。此卷後有文衡山跋云："子昂嘗序吳永庵詩集，所謂南山樵吟者。"予則謂文衡山跋時恨不寫此僧訪松雪作圖更爲韻勝耳。</small>

詩從雪上來吳苑，書溯鷗波到悟言。合著衡山爲跋尾，長洲隸法試尋原。<small>《元詩小傳》稱翼之精篆隸，而此卷真行極似趙吳興也。</small>

予得化度真本廿年更加博訪詳考而後知世所存真本此其最舊者復用後村韻題後二首②

郁安空説帖千行，李篆猶存宋跋亡。識得撥雲鱗甲在，向來笑爲葉公忙。<small>郁氏、安氏二家《書畫記》皆載李西涯篆首之本，予渴慕廿餘年今始知其爲宋翻也。</small>

三段分明審界行，那論百藥字存亡。依然壁石揩冰鏡，閲過端平景定忙。<small>此即北宋洛陽范氏賜書閣壁間三段石之拓本，予今始得其行次之概矣，景定謂王魯齋本也。</small>

文衡山小幀③
<small>錢穀、周天球、王稚登、張鳳翼、獻翼、文嘉、筆祉題。</small>

精能纖豪末，滇漲嘆筆力。吳下粗文語，沉思乃造極。劍池石湖

---

① 此詩題位於手稿本第 6969 頁。
② 此詩題位於手稿本第 6970 頁。
③ 此詩題位於手稿本第 6971 頁。

間，煙翠收咫尺。詩在小茆齋，橫雲點空碧。混茫氣所攝，留絹與題客。諸子後先遊，相望並耆碩。周郎獨書年，迴首感今昔。題者數人年皆耆耋，而周公瑕獨書己卯九月補題，時公瑕年六十六矣。鵝群與棐几，陳迹來接席。渾厚兼秀潤，叔寶得文畫之渾厚，士貞得文畫之秀潤。天然非兩格。雙桐玉磬聲，月印水雲白。

書衡方碑後①

古碑意簡質，不具撰書名。郭香香察字，可笑訛相承。魯峻與范式，皆以中郎稱。獨有石經隸，書丹記熹平。郙閣仇子長，下辨系建寧。王幽公乘橡，拓本渺無徵。宋人類金石，遂作書家評。今日東漢迹，莫先衡尉卿。碑尾字仲希，平原之樂陵。是實書碑字，小隸最分明。向來拓紙短，洪釋亦誤仍。一旦合碑陰，故吏列門生。諦審始見真，書者乃朱登。世傳書石家，最古誰與京。昂霄止仲例，奚足遠古程。黃九緘桂四，爲我遥飛舨。

送李滄雲之奉天府丞任三首②

周雅詒豐芑，今同械樸歌。閭陽環驛甸，海色壯關河。諮度旬宣職，詩書孝弟科。陪京根本地，厚澤日漸摩。

往者來西蜀，迴思使大梁。觀碑尋古刹，得句上秋航。到此瞻泉澗，於原陟巘岡。始知經訓證，積累義深長。

隔巷敲詩夢，經年對榻心。江鄉春雨後，隣寺暮鐘深。舊壁看留墨，謂菊溪。甘棠聽理琴。謂崧嵐。定同懷我意，不獨共題襟。

吳南薌爲友人作秋山讀書圖③

始見千秋作者心，咿唔聲答澗泉音。筆端那用金剛杵，萬壑青來得氣深。用張芋村評大癡《秋林書屋卷》語也。

---

① 此詩題位於手稿本第 6972 頁。
②③ 此詩題位於手稿本第 6973 頁。

芝山小幀①

微坳雲氣蕩空明，積雨龍池墨一泓。斜過研山山影轉，淡煙吞吐大江橫。

高且園指頭虎圖②

談虎或色變，何意乃畫之。險絕陰山道，荊公畫虎詩。攘臂欲下車，真若見馮婦。黃昏野壁下，風激飛沙走。不如石田幀，閒寫有虎篇。對榻匏庵主，參得僧房禪。不如且園指，淡墨有生氣。春陰研屏間，能添草書勢。

題順陵碑舊本③

景龍鐘款前，遙證廟堂額。參以篆隸意，超乎薛鍾格。廿年剔古苔，四尺留片石。臥庵所藏本，桓家寒具澤。髯翁跋尾書，二趙恨猶隔。何義門跋援趙明誠、趙巆語。異哉亭林叟，傅會蘭溪客。虎尾唐諱筆，羊饞空求索。讀史爲髮指，況爾推殘畫。不如敝篋楮，皼斜淡煙墨。儻幸雙石存，登登縣齋壁。昔顧寧人舉此碑字以證金仁山《商書解》，今見此全本乃知其不足信也，舊聞此石尚存二片嵌於咸陽縣廨，予屬友訪之僅獲一紙，然淡墨拓猶勝。

宛平縣署古墨齋落成蕙麓邀諸君小集四詩④

干將萬丈長虹氣，星斗宵垂鬱至今。山寺放光禪偈在，琴堂忽照酒杯深。三椽李蔭緣重記，八咏東陽印此心。京尹天教南楚去，爲君勝踐補碑陰。北海書《嶽麓寺碑》，寺中夜光燭天，其陰亦北海書，人罕知者，昨屬菊溪拓之。

蘰圃當年一氣親，內鄉才調並殊倫。那追洛下思尊夢，已壓州泉種菜人。王李同時來鑒賞，歐黎七子盛鋪陳。此歌編入燕都志，題壁憑誰墨有神。此篇論李侯詩派也。

過江衣帶比元常，空費華亭善鑒藏。戲海鴻泥翻寶鼎，毗陵客夢

續甌香。二邑且漫題金匱，四礎無煩憶大梁。橫扁光依天尺五，如何蔣徑可論量。相傳惲南田得此碑，縫入衣内以防失墜，而此本則趙味辛致書，托錢楳溪於吳門蔣君家雙鈎來者，楳溪又嘗摹刻蔡中郎石經残字，予題其齋曰“二邑”，又爲蔣君書古墨齋扁。

得聯舊礎上星垣，①石鼓作臼，此碑作礎，皆都城故實。堊壁何辭墨本翻。日下流傳增著録，石門文字記淵源。京兆石門吳匪庵先生有重立此碑記，予於匪庵得稱門人，而蕙籠又予所得士也。伏苓芝尚餘英氣，丞相祠應叩本原。今日几筵松桷下，欲追韓敕史晨論。時方議重修學宮也。

江西鄧君索題静觀圖二首②

廬阜麻源一徑通，嵐漪静照許誰同。問津向覓羅浮路，鄧岳曾來訊葛洪。

閑雲一縷挂前軒，讀易工夫静養源。雨雪空山誰悟得，巖花開落淡無言。

莫績軒松梅小軸爲令子亦亭題③

雙柏歌中歲寒友，三花樹下瓣香禪。過庭留得琅琴響，雨雪空山四十年。

題兩峰畫蘭④

自題“鄭所南得其意，趙松雪得其態”云云。

所南肯並子昂論，等是茶甌白石盆。淡墨商量真臭味，月斜江上晚煙痕。

劉懷庭以其母鄭行略求詩三首⑤

人生何處報春暉，寸草根深力更微。碧海青天孤月影，傷心不忍

---

① “舊礎”，手稿本作“臼礎”。
② 此詩題位於手稿本第 6977 頁。
③④ 此詩題位於手稿本第 6978 頁。
⑤ 此詩題位於手稿本第 6979 頁。

見雲飛。

失母偏於墮地初，誰憑去日算居諸。從頭痛敘生前事，淚灑恒河磨墨書。

待孫圖話廿年深，戊戌年事。鳳起桐枝鶴在陰。一卷傳經先內則，南陔字字孝慈心。

鎮堂還都賦贈①

一片閑雲作雨歸，故林豈忍久分飛。依然飲水能知味，不是看山愛息機。共説舟車增閲歷，深憑几榻叩精微。髫年促膝春燈影，還記三椽舊板扉。

米元章拜石圖歌②

米老愛書兼愛石，書評不屑唐賢師。石品孰堪此老丈，乃具袍笏而拜之。寶晉齋西月斜挂，桐杉玉露光流漓。八十一穴大如碗，上皇山樵誰與期。此老胸中磊落氣，丙辛作合天下奇。道林詩帖等嶽峙，荒垣瑞墨餘堂基。何人得見下拜處，瘦蛟雪浪争淋漓。淮山研山削天骨，飛星下墮神工移。層苔蝕篆兆文字，太古無上象始滋。合受此老膝爲屈，默通造化情非癡。何年忽落醉後筆，意思閑暇陳老遲。挂我蘇齋米石壁，桂林像軸來同披。頰豪栩栩勢飛動，軒然翠滴真鬚眉。石乎石乎如有意，此老此迹精靈遺。麻箋十萬照天地，不若片石蟠虬螭。潤仿山樵嶽仿李，至今遁迹人莫知。焦山、麓山皆米題字。況我悵遊吳與粵，天璽碑頂曜石湄。江寧《天發神讖碑》、廣州九曜石米題字，予皆訪剔不獲。空使世間傳贗本，俗工塊石紛磨治。虛負當年虔作禮，石盟弗食憑者誰。我對斯圖三嘆息，欲呼雲根力主持。山川神祇爲呵護，一石一字無隱欺。昨書馳訊桂林使，伏波巖下鐫題詞。寶晉英光一吐氣，譬掃雲霧升晨曦。桂林石厓鐫米像，下有方信孺記米出處最詳，而石泐其，適屬

---

① 此詩題位於手稿本第 6979 頁。
② 此詩題位於手稿本第 6987 頁。

謝蘊山精拓之。無爲州軍石尚在，鑒此圖畫聞此詩。玉蟾淚收老梅衲，紫金境想移鳳池。區區點頭空作答，三百年待柯九思。元顧仲瑛《玉山草堂拜石詩》云"拜到丹邱三百年"，柯題《拜石圖》云"石若有情應點頭"。

和陸放翁臨安春景詩三首[①]并序

齋中舊有南宋畫院紈扇一幅，德壽宮題云"芳草西池路，柴荆三四家。憶曾騎款段，隨意入桃花"，此畫爲徽州吳杜村以他卷易去，而此境時時在目也。莫韻亭侍郎偶過小齋，語及此畫，倩友人背臨，屬爲題句，因讀放翁嘉泰壬戌在杭都立春後三律，頗與此扇相似，次和其韻，邀韻亭同賦。

春三月首杭湖畫，六百年前苑路遊。絲柳綠垂樓檻外，小桃紅到水堤頭。卷如逝鳥遺飛影，夢似閑雲點碧漚。不比劍南宮漏句，風光漂蕩旅人愁。

畫簾陰静日遲遲，曾説杭京汴水疑。年閲光堯題德壽，迹傳乾道歷淳熙。香風款段穿村塢，遠影鞦韆誤酒旗。記改湖邊殘醉字，停鞭陌上駐多時。思陵改臨安士人賦曲事。

鑒古摛華豔木天，茶甌香著賻池邊。金銷鍋子論千載，玉冷鴉叉又十年。燕尾翦來雲錦段，虎頭還我月虹船。雨涼忽借追禪榻，依舊齋題巷懶眠。第六句謂顧君弢庵爲補繪也，懶眠胡同見查初白集。

宋紹興十八年進士題名記拓本[②]

張明道刻環滁山，星芒下照流潺潺。大書建陽三桂里，春榜溯從天聖還。集英名唱敍黃甲，制策周漢宣光攀。曰抑藏宮謝西域，對擬杜牧陳時艱。董陳並以王佐系，文山淚爲鄉人潸。誰言三百同榜客，意在五甲斯人間。梅瑞堂陰石重勒，紫陽講院苔已斑。寶祐之記同

著録,金鑾題句寧能删。滁山張跋又缺泐,過客弔古胸迴環。史家儒林冠道學,視此篆額光堂顔。國學元碑今已少,歸然片石留人寰。科名要屬聖賢事,百世奮起能廉頑。父户偏侍一字訂,<small>初刻云自爲户,此刻父爲户。</small>摩挲濕墨凝蒼顓。重濡縑繒拓百本,遠夢馳過琅邪關。

題鄭板橋墨竹①<small>自題云"想見當年衛武公"</small>

篋來蒻薄意何如,草隸應追倒薤初。若得老桐傳鐵筆,便成不準拾殘書。

黄秋盦於金鄉石室畫像肖其一以爲偃師武虚谷寫照虚谷之子持來屬題②

武君洪趙徒,石墨富編耷。河北涉東齊,林冢日哀拾。石巖森會神,庚庚隱起立。肖爾便腹形,著之濡繒濕。黄九好奇者,修緤古所汲。手剔武氏闕,拓並金鄉笈。石室鑴扶溝,笑狠如拱揖。橅爲石友贈,襟於石盟襲。我仿武氏題,小隸傍厓級。他日并鑴勒,真氣苔岑吸。耿耿河朔間,幅幅精靈集。紫雲嵐翠中,老鶻呼風急。<small>漢武氏祠石像在紫雲山。</small>

元十三家墨迹裝册歌③
<small>盧摯、趙孟頫、趙世延、周馳、劉致、歐陽元、謝端、康里巙、揭傒斯、張起巖、許有壬、王理、王沂。</small>

歐書宋拓邕師銘,貞觀貞石新發硎。歐書以神不以形,戍削緛立增伶俜。温陵孝子侍鶴骿,草心寸積春暉馨。寶生寶之印丁寧,茶甌諸老軟語聆。宣城疏齋所寓廳,劉李共酌疏齋醽。橫斜墨彩搖窗櫺,明年初秋秋雨零。劉子攜就鷗波亭,亭主亦驚飛爽靈。如是翁書橅若型,金陵客齋扉不扃。後二十年眼重經,劉子撫卷塵夢醒。盧趙周感來千齡,圭齋肥書驟驪駉。曼碩細楷妍媌娙,康里步馳虞

褚坰。是皆書品區渭涇，或咀白石和參苓。或從彝齋測滄溟，皆以化度躋黃庭。明初李張噪虹舫，項家文房耳驚霆。李長沙篆鏦瓏玲，宋李二跋識者聽。厨飛安得聚海萍，弦柱且成斜雁翎。惠而好我來居停，蘇齋古墨穿窗熒。豹鼠既辨黓非駏，肯誤穎栗滋蝗螟。飄然仙風韻泠泠，諸老冠劍輝日星。真本古朴無畦町，蛟龍缺落嗟銅瓶。此繫此壁方登廷，感激會合酬簹筳。稽首錫賚邀蒼冥，端平景定同眼青。

送姚秋農殿撰典廣東鄉試①

芙蓉鏡下宿緣深，禪夢仍拈薝蔔林。詩境前秋八月雨，藥湖三十六年心。眼光桂嶺重洋外，源合蘇齋一葦尋。訶子樹參蒲澗綠，舊題多在古榕陰。甲寅秋湘舫殿撰奉使於此，予有詩記之。今秋農復以殿撰來典秋試，皆蘇齋弟子也。予在粵自題小舟曰葦齋。

惲方川小幀②

更難著墨是秋陰，葭菼空濛蟋蟀吟。憑借亞欄新月上，杖藜會得看山心。

錢茶山寫生卷③

又記東園影折枝，④半敧軒檻屢陰移。雨涼三十年前夢，惆悵秋燈曝畫時。乾隆己卯秋予與茶山同使江右，憩富莊驛舍，雜卉盈砌，茶山寫爲小幅，自題其上。至己亥秋予與謝金圃同使江南，復宿於此，見其迹猶在壁間，予與金圃唱和題於紙尾，予詩有"夜雨燎衣處，秋燈曝畫時"之句。

洽隱園三友圖歌⑤
明鄭敷教、金俊明、韓馨也，吳興沈宗騫芥舟繪。

芥舟昔締蘇齋緣，手摹坡像神軒軒。我鎸蔣家繡谷字，日懸坡像

---

① ② ③　　此詩題位於手稿本第 6995 頁。
④　　"又記"，手稿本作"及記"。
⑤　　此詩題位於手稿本第 6996 頁。

於其間。何來異境小林屋，篆扁仍題蔣繡谷。_{吳門蔣氏有何義門書"蘇齋"二字石刻，予嘗摹鐫於齋壁，洽隱園今扁"小林屋"三字是蔣蟠猗篆書。}中間對論益友三，傳神不讓坡公獨。其一蘇齋虹檻光，洛神細楷神飛翔。_{予齋有金耿庵手書陶貞白《尋山志》及黃陶庵詩文集。}不寐精靈耿天壤，鹿柴閑人衮九章。其一顧廚參范李，鄭學群經有根柢。即今詩句在吳閶，猶說揮豪似蘇米。其一世家滋蓺圃，五人墓字雄千古。少微真人自有星，洽隱之名此園主。爾時歸園初屬韓，小林屋本洽隱園。洽隱園題結隱處，顧家金粟徐金蘭。結隱來多逸民侶，此心付托終誰語。只有金君鄭叟同，趺坐林扉聽山雨。月泉吟社追湖海，青浦婁東幾人在。楓霜葭露相對看，白石青松顏未改。酒闌共話平生事，二客相忘主人意。天然巧構丹泉手，_{園爲吳門周丹泉所結構。}四合前山淡雲氣。鄭君自嘆今耄老，韓筆金詩皆畫稿。苔岑石洞真面開，古鼎尊彝篆煙繞。宣和五湖埶鄭交，江山萬古來韓潮。水仙蘇齋配食意，江南春信飛生綃。_{予適摹金耿庵像以配坡像，故用漁洋題耿庵畫梅詩語。}

梧門梅溪同集宛平縣廨觀新刻北海碑即贈楳溪南歸①

壁響濡緗願果諧，幾年贉尾蠟煤揩。張寰馬駿皆安在，仙鶴苓芝有舊儕。董刻若論雙石笈，吳淞已剪半江厓。不虛匝月燕都住，親到雲麾古墨齋。

梅壑研歌爲篆仙作②

米老研題丙辛合，晉帖並推辛卯年。二瞻自號後乙卯，書畫正接香光肩。乙卯重經又周甲，墓前節使豐碑銛。君家重來慧業人，君意默貽端石匣。石圓鬭缺匣紋斷，石璞星垂匣虹貫。借來禪室偈子參，重置君家青玉案。篆題梅壑珍二瞻，篆仙印史同開函。函開對展君書畫，畫出親題研手緘。香溫茶熟篆煙繞，直接香光銘米老。此研墨緣即畫禪，此銘奇合同辛卯。邗江詩話傳江淮，研史印史皆吾儕。墨

---

① ②　此詩題位於手稿本第 6998 頁。

池迴作大圓鏡,影到覃溪蘇米齋。

題金耿庵小像二首①

澄觀霞表結瓜疇,山響彈琴入臥遊。目送飛鴻千載意,借招煙雨對茶甌。

洛神小楷斛量珠,青眼嵩陽欲配蘇。一段閑房春草夢,禮堂悟到寫經圖。

嵩陽帖藏逾三十年而益見真題二詩於後②

《化度碑》亦年來更知其真,故因嵩洛事並及之。

藕船玉井橫參昂,海氣蓬萊掣六鼇。每酹蘇齋殘雪夕,鶴飛一笛月星高。

范家樓壁塔遺銘,真影年來憬列星。拈取貝多花葉悟,研池三十六峰青。

因瑶岡南歸屬訪吳江史氏天際烏雲帖石本三首③

黃溪南野詩名在,辰伯遺編迹宛然。想見西村同鑒賞,棋聲白髮燭窗前。嘗見沈石田懷史明古詩有"燈前白髮棋聲在"之句,明古之孫辰伯傳其遺草也,黃溪名宗班,南野名宗倫,皆西村後人,見《松陵詩徵》。

帖入停雲又墨林,懷賢感舊異時心。虞山檜卷商量日,惆悵藤廳寄遠音。項子京跋此帖云:"松陵史氏已刻石行於世,而吳原博跋未刻。"

快雪蕉林贋石傳,黃山曲阜更紛鐫。穆溪儻乞殘濡墨,一補濰州驛壁緣。涿州馮氏快雪堂、曲阜孔氏玉虹樓,及近日徽州程音田先後所刻同出一迹,實是摹本,所以欲得史刻以證予藏真本也,明古居吳江之穆溪。

---

① 此詩題位於手稿本第 6999 頁。
②③ 此詩題位於手稿本第 7000 頁。

錢南園畫馬爲梧門題①

南園昔仿韓幹軸,我效山谷三馬歌。詩龕壁間此二馬,筆力不借横坡陀。詩龕居士未居此,解衣盤礴曾吟哦。南園措意極蕭散,何嘗大草題擘窠。短檠燈昏秋雨積,墙角敗瓦蟲鳴莎。稜稜月下瘦影出,倏若電掣天山過。蒼然塵外真骨格,相賞幾個來摩挲。詩龕居士此具眼,十年追夢磨丸螺。飛騰一掃萬里意,怒拗元氣迴枝柯。神來何自借寫照,安得千仞峰嵯峨。正要寬閒遊息處,空群寓感寧在多。詩龕坐卧日懷友,二徐我記爭切磋。如此平生不輕許,秋鷹刮目如君何。心田鏡秋儻和我,山谷畫本酬東坡。昔徐心田出都,錢南園、馮魚山同作畫以贈行,予有詩云“馮子秋鷹眼,錢公駿馬行。爲君開絹素,如此寫平生”,今此軸是南園昔年爲徐鏡秋作,故有二徐之句。

自題壁間化度寺碑三段殘石之圖三首②

璞剖苔鑱樣宛然,范公老眼尚神全。洛城響卸征車駄,盥手初來度一椽。

河圖大貝爛充庭,研渚函來倒列星。圭景垣躔量寸尺,於宣始對嶽真形。

弔古朱方測海湍,焦山亭子想憑欄。中央一段商量意,笑展山樵墨幀看。

雨直西苑同韻亭賦③

豐澤深千耦,瀛壺繞十洲。玉虹堤外雨,珠露鏡中秋。雲補長橋畫,恩添儤直儔。一行油笠影,點綴白沙鷗。有旨許諸臣戴雨帽。

李寶臣紀功載政頌④

弇州曾説陶九成,石幢亦聞趙明誠。司文之職並王佑,没諾於嗣真清平。拜賜世封墳墓守，怒皆之部延家聲。永泰二年盛作頌，張亞相溯初牧恒。張邪李邪姓迭復，於深於定人胥寧。五州允奉樂石建，四凶却異平原稱。碑云"翼贊三主，鋪敦四凶"，此與顔魯公所稱四凶異也。當時行押擅北海，褚薛而後疇精能。大字三龕匹古隷，我咋題句推順陵。相王尚甘署忠字，成德何害鑴軍銘。有此摩天石作鎮，若倚北嶽藩爲屏。唐家三世相臣手，曲陽廟記苔生稜。屹然殘珪照燕薊，相望千載光日星。使出米芾趙孟頫，如何膾炙争摸型。氈蠟得憑吾友寄，往時憶共錢兄評。推勾之官史所軼，金石著録闕未聆。來護兒兒能把筆，寶泉書述吾誰徵。推勾官朝散大夫行太子司議郎王士則書并篆，錢辛楣云王士則蓋王武俊之子，予謂永泰二年士則纔十許歲，而趙明誠所録天寶九載石幢王士則八分書，其時士則尚未生也，疑爾時别有一王士則耳，《金石録》及《寶刻類編》皆失載此碑。

浯溪中興頌①

崧高烝民美復平，周宣始以中興稱。韓公却表十鼓篆，儕諸二雅編鎬京。不知靈武復復語，峻偉上可岐陽承。巉厓大字照湘水，摛詞者結書真卿。爾時鑾輿歸告廟，新宮之哭援魯成。又云上皇尚在蜀，左司祝册文宜更。琅琅建言炳萬世，此筆岌嶪皆箴銘。如斯方配道州作，豈止瞿篆誇庨亭。後來黄張發感喟，山谷、文潛。翻令楊范滋題評。誠齋、石湖。抑揚功罪義奚取，荒苔凍雨心誰盟。我但服膺山谷句，擘窠法與瘞鶴朋。山樵書或顔派溯，西臺本蓋唐拓仍。墨補失真又幾載，絹摹屏障嗟廬陵。顔元二公古祠在，森森正氣懸日星。鶴鳴山高鏡石碧，漫郎吟想溪流聲。我詩小草賥軸側，何甞點筆寒泉泓。

自題書樓壁三首②

范諤隆興跋，登登墨響留。東陽蘭渚韻，皇象篆碑伴。皆三段石事。舊本追千載，新知感去秋。天然嵩洛迹，不比拓雙鈎。

---

① 此詩手稿本闕如。

② 此詩題位於手稿本第7008頁。

洛下三椽閣,諸峰涌墨雲。淡煙縈裊處,緑字赤青文。聞自唐書府,難尋楷右軍。只應殘塔石,蕺扇補羊裙。

手度巾箱影,圭量歲月深。瞻依維嶽氣,坐臥擬墻陰。寸尺收坳芥,迴環訂古今。研屏雲樹合,何減日星臨。

復初齋詩集卷第五十五

嵩緣草三庚申七月至辛酉二月

玉蘭軒奏事①七月二十六日

極島合秋陰，仙壺貯碧岑。地迴瑤海北，天在玉蘭心。竹露穿巖翠，松風答澗琴。濕星殘月夢，花雨尚盈襟。

友人以初白題松下清齋圖詩手草見示因次韻二首寄謹庭②

齋心誰悟右丞詩，習静何關樹槿葵。一事破除猶未得，硬黄搨墨每移時。

半榻留雲鶴踏枝，綠分松蔭到園葵。不知可似胡元潤，神在窗紗漏月時。謹庭嘗以所得胡元潤畫《松下清齋圖》屬題。

曉嵐以北齊朱岱林墓志屬題二首③

草隸書聞記朗公，青迴海島想遺風。郎中若準歐書祖，只有參軍署隴東。

弟志兄銘石合鐫，昂霄止仲例誰傳。李髯記共錢詹事，翦燭西窗廿載前。李謂南磵、錢謂辛楣。

---

① 此詩題位於手稿本第 7010 頁。
② 此詩題位於手稿本第 7011 頁。
③ 此詩題位於手稿本第 7014 頁。

九皋比部以所藏張文敏書破琴詩屬題二首①

此書未必意臨蘇，還憶王詵宋迪無。來向蘇齋圓舊夢，阮家證取破琴圖。予嘗爲阮芸臺題破琴研。

得天居士埶前身，學到中條無學人。舊甕邢房松下悟，十三弦叩屢提因。予齋有吳蓮洋書此詩事，蓮洋自號學無學人。

王麓臺仿大癡秋山書屋②

苧村昔評秋林軸，筆端何取金剛杵。淡遠方能造渾成，秋山果否秋林補。又聞秋山蕭寺卷，恨未親從奉常睹。小印西廬押後人，想見神來無畫譜。當時仿作讀書圖，夢寐山樵閱寒暑。丹黃只在寥沉中，青翠濛濛以襟貯。淺叠平岡出全力，遠塢橫煙半吞吐。蒼然始見一峰奇，又非側入窮幽阻。麓臺嘗酬初白詩，良工相較誰心苦。若以耕煙譬阮亭，豈借鄭虔論老杜。即離虛實吾安放，沈思峻拔爲之主。北苑以還真實義，禪榻香來雲一縷。形神格韻終何在，斐亹嘗熟誰千古。獨立蒼茫一筆無，濕暈蒸空響秋雨。

惲鐵簫墨牡丹③

此宜稱鐵體，嘗記下星精。古樹橫坡徑，春陰倒暈成。濕雲香正午，浥露墨初晴。石檻苔如篆，時聞點筆聲。室人説此人遇槐樹老精事。

陸包山荷花④

周公瑕、文壽承及叔平自題。

蒲葵扇底練裙邊，何處秋空思渺然。十里雲霞開渚鏡，一襟風霧屬吳船。白陽陳子論連夕，棐几周郎感昔年。月上太湖三萬頃，東峰影入白鷗眠。

---

① 此詩題位於手稿本第 7014 頁。
② 此詩題位於手稿本第 7015 頁。
③④　此詩題位於手稿本第 7016 頁。

題石谷畫①

樹穿樓檻遠微冥,空際常留石氣青。烏目山中人是否,了然鐵笛轉雲屏。

送蔣礪堂之南贛道任②

繡衣風節照江湖,行部綏釐勉載劬。章貢二川通粵嶠,贛南八境接洪都。嶺隅往者稽虔鎮,城邑中央眺鬱孤。俱是使車諏度處,豈惟題壁夢酬蘇。明延陵陳組綬有《虔鎮表》。

送徐詞甫還惠州仍用方南圭詩韻兼寄懷魚山③

詩盟記在石樓陰,比似仙居悵望深。詞甫由浙江仙居縣令罷歸。野吏苔岑如宿夢,山卿季孟證初心。湖分藤菜秋塍氣,江合端溪旭欲音。讀易了然嚴寺悟,題名坡迹待重臨。東坡於英德南山遇石汝礪談《易》,話羅浮之勝,予嘗摹此題於齋壁,昨墨卿來書,以羅浮無拙題,欲仿此蘇書寄題也。

九月望後石君招同魯巖曉嵐樹峰爲丁卯同年小集④

五十有四秋,金颷排雁影。去日誰與援,露鶴晴皋警。依然鴛鷺行,比翼霜毛整。威鳳揚其音,歸昌律調鼎。後先三節鉞,肩切金華省。尚書對台垣,北斗茫耿耿。我忝卿班末,來陪瀹午茗。迴憶丱角初,承筐共啖餅。吾師奎堂句,眉月挂櫓冷。愧溯卯秋闈,步追歌和郢。癸卯京兆試與石庵誦文正公丁卯闈中詩語。鯉也詩禮榮,韋平繼樞秉。石庵閣老在坐。舊夢二斜街,丁卯秋文正師邸第去石君寓齋最近。虎坊橋巷並。謂曉嵐寓齋也。何減小歐陽,坡詩懷泛穎。柳瑊摹昔題,撝言述造請。一幅成畫圖,綠茁孫枝穎。石君孫涂適奉欽賜舉人之命。

---

① 此詩題位於手稿本第 7017 頁。
②③ 此詩題位於手稿本第 7018 頁。
④ 此詩題位於手稿本第 7019 頁。

長洲韓氏墓田丙舍圖卷①玉峰王學浩畫

　　我臨鍾傅帖，何感似蘭亭。王子椒畦墨，香山石氣青。世家文物紀，詩話研田銘。寒碧心耕在，秋燈照聚星。適得君家寒碧老人銘研。

元人跋化度寺碑真迹十三段今裝於予藏宋拓本後喜而繫詩六首②

　　我藏范石本，廿載想真評。坐客題難得，書樓笑未成。有元來妙墨，諸老儼聞聲。五百年前夢，何人爲諦盟。

　　宋紙元明印，蕉林溯墨林。賆池經幾換，零落到於今。待帖虛延訪，遲裝費苦吟。果符牛斗氣，感激昨秋心。

　　吳興名冠代，康里亦師虞。得各歐碑秘，相量晉法俱。千秋同古鏡，萬象入元珠。井底樓欄翠，英靈省記無。

　　郁叔禾中記，誰初說鑒藏。篆題寧借李，氈蠟競稱唐。訝許投瓊玖，天然配錦囊。從茲更平聲。著録，金薤倍琳琅。

　　小隸雙鑴櫝，旃檀並几薰。月窗圓墨沼，茶鼎聚香雲。趙迹蘭亭跋，馮家快雪聞。不曾聯合軸，親覯右將軍。《蘭亭》松雪十三跋是在吳傅朋本後者，而馮氏未刻其帖。

　　居士嵩陽眼，看人萬里青。蘇書神合照，元跋韻同聽。斷石橫苔壁，雙峰拱翠屏。巾箱圭臬影，咫尺步天經。予繪《范氏書樓圖》亦嵩陽事，又恰是元代諸賢作跋，與坡公《嵩陽帖》虞、柯、倪、張諸跋相映合也。

宋翻化度寺碑今始辨審明白既得其後元人諸跋
附裝於予藏真本復題三詩③

　　鷗波困學元書手，近日良常亦學歐。豔說邕師全石在，何妨贋鼎峙千秋。趙松雪所跋此本暨鮮于伯機所題吳門繆氏本，又王若林所云於津門見全石本，

皆此宋翻舊拓，而從來未有辨之者。

手拓重摹又十年，琢餘瘦玉韻娟娟。笑移元跋歸吾篋，買櫝還珠一噱然。

庶子名銜石久殘，誰應范閣憶憑欄。料量三段圖成後，聊當端平補闕看。予藏宋拓真本是范氏賜書樓原石，極殘泐，而李百藥字尚可辨，此宋翻本存字最多而李名轉不存矣，然予因此本與真本合驗，而始得繪成范氏書樓三段石樣，不爲無助耳。

顧阿瑛小像梧門摹以屬題因仿達兼善金粟影隸書於軸①

神妙虎頭金粟影，如何仿像玉山題。江南御史龍頭客，忽夢橫江萬竹低。

題西齋洗馬詩卷兼呈楚帆給諫並寄冶亭漕帥二首②

藝苑飛聲四十年，淒涼賸草拾南天。玉河橋水柯亭綠，多少瓊瑤未得傳。

香濃雪泬愴人琴，給事頻年感舊心。留得梅庵詩話在，淮南煙月訊知音。冶亭近號梅庵。

送莫韻亭司空使瀋陽四首③

邦典馳金節，司空授使旌。卿雲高北鎮，瑞雪壯陪京。旱麓歌申祜，豐垣仰遞成。始知周雅義，毛鄭未研精。

舊領黃圖治，東郊切保釐。即今驅馬處，猶記課耕時。近邑郵程熟，於原遡澗期。蠟辰含宿麥，豳頌籥章吹。

東北千山接，閭陽一髮青。雪凹堆衆皺，地脈肅群靈。大海迴襟帶，高樓拱日星。驛亭中後所，軒奏韻猶聽。

李侯詩息壤，劉子律長城。爲爾酬奇氣，知予寄遠情。江南春草

① 此詩題位於手稿本第7023頁。
②③ 此詩題位於手稿本第7024頁。

夢，海岱石帆盟。何減蘇齋話，梅檐鶴笛聲。末章兼寄滄雲、崧嵐也。

陳石民仿松雪蘭卷①

雪水空濛裊淡煙，孫枝神出月娟娟。如何想像東屏帖，參得穠纖墨影禪。

既以元十三跋合裝吾齋化度真本作下册喜題於後二首②

干莫延津聚合奇，戴憑重席奪來宜。不徒感以斯文例，是謂欣於所遇時。宋人得《蘭亭》以欣遇名齋。借得雲交川托月，判來璋合幣留皮。口門讚説功慚窄，塔頂圓光叩導師。

嘗怪章家勒墨池，二承親侍悟言時。豈無玉磬桐花夢，要待蘇齋臘雪期。誓舉蓉猗鐫飲瓈，同量柏寢古尊彝。墨緣北地重輪影，涿鹿漁陽恐未知。末句因盧疏齋而並及鮮于困學也，孫退谷有墨緣重輪之印。

又題二首③

諸賢題罷意如何，佩倚湘皋澹綠波。更進鍾王配彝鼎，兑和弓矢俯虞戈。

疏齋松雪隔前塵，纔度端平六十春。除是書堂東壁跋，善奴親授過庭人。率更書《陰符》《千文》皆有付兒手跋。

題元人跋化度幅末宋紙④

五百年前瑩水苔，黍珠光裏玉煙迴。多憑諸老拈圓相，猶帶旃檀篆影來。

藴山拓寄粵西金石文賦此奉酬兼寄裴山⑤

三十年前粵嶺東，我初手拓昌符鐘。爾時未遑越史證，日尊之號

---

①② 此詩題位於手稿本第 7026 頁。

③④ 此詩題位於手稿本第 7027 頁。

⑤ 此詩題位於手稿本第 7028 頁。

稽何從。青州李髯助奇氣，十載後訪桂與邕。蠻煙瘴雨什得一，髯也寄語心猶忡。昨者錢子按節至，銳於始剔思琅銅。遠跨昌符三百載，廉欽舊志嗟盲聾。蘇潭手拓同日寄，溯唐貞元與建中。貞元之鐘亦陰款，房刺史鑄銘於容。紀元孰知會祥字，類考竟誤嘉禾鍾。鍾廣漢《建元類考》失載李乾德會祥大慶年號，而予曩見《廉州志》以昌符爲安南李氏者，足徵越史罕傳也。嶺西吉金茲已二，諸葛鼓應黿逢逢。蘇潭中丞宣聖化，裴山校藝諧丹衷。上丁下巳合弦誦，①哀載肯數汪家叢。汪氏《粵西叢載》於金石頗詳。竹垞經義表杭刻，磨厓易卦兼中庸。豈意溫公隸摹勒，風火象象摩高穹。魯論語篇美惡問，盍毛包周奚異同。紹興己巳摹刻隸書《易·家人卦》，淳熙甲辰冬大楷《論語·問政》章。此皆桂林巖石上，六經星斗光熊熊。其餘諸賢遊憩迹，侍親邀侶攜僕僮。浩乎篇咏各選勝，我於米陸曾追蹤。米詩自題簡信叔，陸札珍弄鐫思恭。皆繫好庵詩境語，往者我自韶江逢。聞韶臺上倚秋碧，一髮桂海馳千峰。江光攝入長嘯處，載歸扁我齋十弓。惜乎宬尊剔不獲，方孚若記云放翁詩境字一刻於韶之武溪，載刻於道州宬尊，三刻於桂之龍隱巖，予嘗托友於道州訪之不得。二嶺氣接軒長虹。新碑百幅挂四壁，謝錢二子雙詩筒。世間有此癡贈答，蚌書之蠢耕石農。我輩宧囊此長物，相著而黑膏煤松。龍隱巖耶水月洞，夜泉戞響秋雲空。多少銛鋒倒薤影，笑爾謝也錢與翁。我亦燈窗發遠夢，攜手與爾同支筇。依然仙湖曦石下，小艇載月捫雙榕。

鎮堂生日邀梧門同作②

十年清宦歸，猶作萊衣舞。雙株玉芝蘭，即漸南陔補。快作圍爐話，平生真實語。舊篋書幾束，淡煙香一縷。不愧此寒燈，霜空月當午。如水此心在，齋菜斟清酤。白髮老弟兄，年年來祝嘏。詩境約詩龕，酬唱誰賓主。

---

① "下巳"，手稿本作"上巳"。
② 此詩題位於手稿本第 7030 頁。

題仿元人草蟲卷①

茅窗程叟話依然，秋在蟬蛸蟋蟀邊。此段曉涼風露氣，拈來又是十年前。

藍田叔畫②天啓六年秋七月仿一峰於龍井山房

誰將蝶圃一峰論，正似山樵仿石門。真氣偶來奚倚傍，墨禪試訊苧桑村。

唐静嵒仿李營邱溪山雪霽③

自題康熙戊子之春初，爾日及見麓臺石谷無？如此蒼茫但神骨，恐彼二子見之驚嗟吁。嗟爾明窗掃地西峰居，萬象攝入寒冰壺。倏憑意造無徑路，杳冥自涌圓光孤。得毋淨因禪者壁，墨禪説法非操瓠。欻然石罅詩眼界，中有虛白心齋廬。長空飛鳥接一氣，凍雲淡入層林枯。婁東所嘆松峰起，伏法何必營邱雪泛山陰圖。自題抵得無李論，那信王曉蘭亭摹。營邱畫或有出王曉筆，即世傳《定武帖》重翻本者。

曉嵐以隋仁壽元年青州舍利塔銘見贈是日蘊山以唐顯慶四年桂州舍利塔銘寄來同裝軸題二詩④

圓光定影印心知，偈語邕師又孟師。合兆隋珠超薛陸，夢追告誓服膺時。予近日辨證《邕禪師》《孟法師》二銘頗得其真也。

澈公詩句想唐初，孟弼依然古隸餘。塔下誰傳書姓氏，小歐陽目例何如。唐以前舍利塔銘未見有書人姓名者，惟此仁壽元年十月銘孟弼書。

題　　畫⑤

誰家風幔不依樓，一碧橫江夕照收。我欲借尋詩夢意，春潮臘雪

---

① ② ③　此詩題位於手稿本第 7031 頁。
④　此詩題位於手稿本第 7032 頁。
⑤　此詩題位於手稿本第 7033 頁。

記濰州。

載園以予瘞鶴銘縮本鐫於研背報以是詩①

每辨三行宋刻非，汪陳元未造精微。海門一寸巾箱影，袖有江雲側岸飛。天其二字在厓石轉處，此向來諸家所未知者。

十二月十九日蘇齋拜坡公生日適黄秋盦以所藏蘇米諸賢像册寄來屬爲摹山谷像於内精靈會合奇哉賦詩記之兼寄秋盦②

年年臘月拜坡公，軸配諸賢出真相。嘗聞羼提老子語，涪翁之配寧多讓。匡廬天半峙峨眉，故在秦李黿張上。誰言詩到蘇黄盡，萬古江山敵高唱。荒寒四壁一蘇齋，發洩當時秘妙藏。嵩陽居士青眼看，秋影庵中夢來訪。頹豪栩栩傳有人，坐間高生。醉態崢嶸儼相向。山谷嘗言李伯時近作子瞻按藤杖坐盤石，極似其醉時意態，吾輩聚會時開此像，如見其人，亦一佳事。嵩陽帖正焚香對，快雪篋請窮諸妄。馮氏快雪堂所刻《嵩陽帖》即董文敏所云摹本，而外間有目彼爲真迹者。江心雙井月一泓，秋盦筆力破溟漲。依然插斗松風閣，篆起蛟龍纏叠嶂。

予所藏宋拓化度寺碑山陰潘陋夫有多篇漸溢吳興跋之句蓋陋夫與湘帆愚亭諸君手跋至數十段故以吳興禊帖十三跋爲比也今予竟得有元諸賢十三跋以媵此帖因次潘韻志喜③以下辛酉

記否書樓唲墨人，十三弦隔響泉塵。他年續補緣重結，往日留題事果真。松雪那憑舷外夢，蘭亭本是帖前身。嵩陽居士論青眼，偏稱蘇齋四壁貧。

文衡山盤谷圖歌④嘉靖甲辰九月

雙桐室築十八秋，何感而覿盤中幽。是秋甫作石湖泛，正及陽羨

梁溪遊。相城人去三十載，粗株大石何人收。韓公盧老賡和意，衝風飛雨來溪頭。盤盤石路極岣嶁，鬱鬱松栝延冥蒐。松間石罅三折水，活活響送寒雲流。中有杖藜迴眺者，再往儻是韓盧儔。指似雙桐屋然否，玉蘭玉磬香茗甌。望之如仙不可即，筆如屈鐵老更遒。諸家更莫粗細較，一氣渾與元精謀。先生昔仿大癡軸，少作力已追前修。古稀年乃等少壯，華亭禪頌同披裘。禿毫槃論一束楚，鑒古我欲嗤弇州。贉首蒼茫四大字，何必古隸珍天球。軒然紙上墨起立，太行星日光潛虹。宅阻誰歌爭子所，請以石本鐫長洲。

北鎮廟瓦歌爲莫韻亭賦①

司空奉使閭陽還，示我古瓦形堅完。醫無閭山北鎮廟，一枚重比青琅玕。行篋載稽鎮廟記，記成三百廿載前。明成化癸卯巡撫王宗彝撰廟記。文云歲久甍瓦脫，更溯封號推金元。封山謨典肇虞舜，職方東北周人寰。雞養長廣同貫利，無慮地界且慮間。我朝功崇德深厚，百靈肅秩陪齋壇。大東篤祐壯元氣，精裡鼇巋千煙巒。偶從一瓦睹程式，斨膊垺埶平而彎。其修逾尺厚及寸，香雲半掩凝露寒。侍郎篋中好詩筆，袖有大海風迴瀾。摩挲古綠凹作研，遠跨冰井香姜斑。廣寧道中昔遙望，旭陽想像層霞端。何如几上雙柏影，青眼正共嵩陽看。韻亭齋壁摹嵩山漢柏也。

劉崧嵐刺史屬爲書予峽山寺諸舊作賦此奉寄②

舊墨巖雲夜吐吞，風泉佩響尚留痕。試將過去翻瀾偈，重與前來宿客論。三峽怒濤喧石榻，半江凝碧在松門。更添轉語知多少，臘雪蘇齋叩酒尊。去臘姚秋農使粵歸，言寺壁予舊題幅後和者甚眾。

西郊僧舍看花之作呈味辛穀人定軒梧門③

誰將弔古代題襟，圖畫難傳別緒深。種稻溪聲交遠近，養花天氣

---

①　此詩題位於手稿本第 7038 頁。
②　此詩題位於手稿本第 7039 頁。
③　此詩題位於手稿本第 7040 頁。

半晴陰。九旬春到平分候,三十年前感舊心。一桁西峰青峭影,借君詩卷當登臨。是午同人步訪畏吾村李荼陵墓,故有弔古之句,而船山作《春郊話別圖》以贈味辛,又諸君昨遊西山詩卷適爲定軒題也。

題諸君遊西山戒壇謁裕軒慕堂二先生祠詩卷後二首①

燕晉合祠記,遼金松石間。千秋餘冷翠,二老共蒼顔。煙雨仍遊憩,英靈日往還。諸君來下拜,不爲看秋山。

十載香花繞,祠建於乾隆辛亥。三秋卷軸新。紫雲添客夢,慕堂齋名紫雲山房。漫圃悵誰鄰。裕軒別業曰漫圃。他日燕都志,追摹佛榻人。此峰能説法,几杖寫精神。

送味辛之任青州郡丞三首②

忽忽二十年,詩盟托甌茗。每聞秋雨聲,歸計苦不猛。中間對論心,橐筆共薇省。老楮與高槐,東廊移日景。年來舊侶稀,漏箭晨星耿。爾今岱東郡,③驥足步初騁。愚山夢愚處,海氣樓窗囧。吟嘯琴鶴間,豈謂丞廳冷。

畫圖僧房餞,二月春未深。唐花香啓窖,已壓綺繡林。笑看緼火迫,奚假雨露陰。於惟恭毅公,世德培纓簪。遲遲發逾昌,忠孝踐銘箴。諸孫即漸卜,棠蔭日清森。傳家金石盟,可質影與衾。角弓嘉樹傳,鐵面冰雪心。

青社富攬古,諸城鄰益都。之罘雖艱訪,琅邪猶可摹。李髯家傍郭,段生亦吾徒。益都學生段松苓,李南磵門人,精於金石考證。手輯翠墨記,不數牛家圖。兗郡況咫尺,黃九丞廳居。同地兩郡丞,同寄覃溪書。日日擴新得,集益於寶蘇。尋山事卜築,何必誇中吳。味辛近有《尋山卜築圖》。

---

① 此詩題位於手稿本第 7041 頁。
② 此詩題位於手稿本第 7042 頁。
③ "爾今",手稿本作"今爾"。

爲周湘浦題坡公濰州雪行圖臨本後二首[①]

東濰驛壁挑燈影，南嶽真人寄遠心。君憶蘇齋殘臘夕，茗甌香對雪窗深。

湖海昏陰點石苔，西峰斜照爲誰開。屏山小字重摹帖，還記春潮捲雪來。

董文敏鶴林春社圖[②]董自題序並詩及陳仲醇跋

此圖此鶴真華亭，唐君公社鄰窗舲。香光偈子眉公聆，唐家真侶雙雲屏。仙風鏘然扉不扃，望衡筆想馳海萍。盈盈一水波泠泠，畫禪畫意忘畦町。青天倒影水在瓶，依然拂檻軒修翎。浮邱來證淮南經，城郭宛爾令威丁。東佘山麓交渚汀，春空霧雨花冥冥。岱雲一嘯塵夢醒，主人中夜存黃庭。何用華陽真逸銘，蕊珠秘笈森杓星。群鴻戲海同千齡，董陳與我俱眼青。

坡公書天際烏雲帖一稱嵩陽帖而虞柯諸公詩多咏杭州放營妓事略於首章似非題此帖之本義予既辨證所藏真迹爰爲補作四首[③]

濰州驛壁定香橋，野店殘燈記屢挑。何意濟明書榻上，朦朧江海起春潮。

寶山晝睡又錢塘，蒲褐澄觀一炷香。多少相望千古意，爲誰青眼訊嵩陽。

肯借臨摹晉法傳，南陽倚柱笑僧虔。蔡家正有真茶録，可要重量陸羽煎。快雪堂及諸家所刻石皆摹本耳。

山雲樓日畫來難，聊借東州雪意觀。參破貝多花葉悟，峰陰塔影一憑欄。吾齋近號石墨書樓，以《邕師塔銘》結嵩緣也。

---

① 此詩題位於手稿本第 7043 頁。
② 此詩題位於手稿本第 7044 頁。
③ 此詩題位於手稿本第 7045 頁。

復初齋詩集卷第五十六

有鄰研齋稿上辛酉十二月至癸亥七月

　　辛酉春月以後，溫肄三傳三禮，功頗較密，是以久不作詩，適伊墨卿得坡公研拓銘遠寄，因以顏書室。宋芝山、吳蘭雪屢札索詩，自此復偶有題咏，即以此研自題稿也。

惠州守伊墨卿葺白鶴峰東坡故居掘地得研背有先生書名
並德有鄰堂小印拓以寄予因仿琢焉並以名齋①

　　我題橫扁紫翠間，卅載飛景迅莫扳。記倚井欄測水脈，空江影動青孱顏。爾時此研秘不出，直待遠贈來茅菅。鄰堂印記爲誰擬，默齋手札訂我頑。伊墨卿號默齋，而惠邸廳事有坡公書默化堂扁，予昔贈詩紀之。今春拜奉軸真像，吳門陸謹庭所贈。烏雲夢語光迴環。片石仿成適今臘，一月印出千潺湲。中央署名勢飛動，廷平帖押神追還。想見峰頭築縹緲，已有賀厦禽關關。何時有鄰擘窠字，重踐墨食經營艱。豈甘蔡書論贔屭，欲就蘇室心躋攀。有鄰儻借陸鴻漸，卜宅似否茗溪灣。作銘寄伊兼訊陸，翟秀才舍燈留關。昨爲友題張伯雨墨迹帖云："無言先生家吳興長城，故得茶品獨高，嘗聞陸鴻漸置園其處，與先生之居並存否邪？伏觀《啜茶帖》，感慨而書句曲外史張伯雨此帖。"恰爲吾有鄰研齋作券，然吾意却在鎮堂，非謂謹庭耳。

---

　　①　此詩題位於手稿本第 7049 頁。

坡公真像吳門陸謹庭寄贈①

我齋奉公像，百摹不一真。漫堂鏤施注，元迹云傳神。又見梅溪本，松雪下筆親。肥瘦迥不同，笠屐名則均。世稱仙曰髯，每儗於思倫。豈知髯逸氣，超絕凡笑嚬。兩顴清不肥，修眉秀峨岷。神在目炯光，下上照千春。軸有聲衲偈，傳自吳閶闤。松下叟得之，以供吾几陳。憬然始下拜，往者空牆循。此中浩然氣，蟠塞上青旻。自有詞翰來，幾得並斯人。竊叩弄公集，篋公墨稿新。卅秋積疑處，一旦獲快伸。予齋藏先生書《嵩陽帖》，今始得定爲真迹。故合千載緣，憐我四壁貧。鏘然響雲軿，碧空驂鳳麟。顧我書齋粲，含意粹以醇。公詩非放筆，中有遺火薪。庶幾仰窺之，破牖懸星辰。渴懷夢耿耿，遠自粵海濱。番禺朱季美，德雲參嶙峋。金山龍眠筆，江水所問津。匡廬本來面，悟此清淨身。橫嶺與側峰，分合誰主賓。異哉漫堂補，肯共邵髯論。松雪蓋臨此，蘭亭帖未湮。所以郝陵川，題爲王安仁。面右多黑子，江月凌霜晨。蘇齋澹風雪，今覿貞松筠。趺坐思無邪，研銘德有鄰。又到筍脯筵，峻嶽崧生申。

東鄰李秀才愛蓮堂以今年仲秋盆荷作並蒂花四日不萎
適爲兒樹崐締婚於李合卺之夕壁上恰有予舊題
並蒂蓮圖詩因次其韻②十二月廿四日

蟠根仙李壓房陵，自有雕華意匠能。倩爾雙趺圍作錦，憐余十笋冷於冰。三秋藕實駢相接，四晝榮添得未曾。他日兩家同蕊榜，今宵花燭即元燈。③四兒樹崐時與李氏伯仲同几讀書，故末句及之。

桃花寺行帳見莫韻亭宗伯和予並蒂蓮之作仍用前韻④以下壬戌

臨摹那復羨毗陵，吳帶當風最擅能，兒樹培乞吳鑑庵編修寫圖。秋水神

---

① 此詩題位於手稿本第 7051 頁。
② 此詩題位於手稿本第 7052 頁。
③ 此句下手稿本無注文。
④ 此詩題位於手稿本第 7053 頁。詩題下注文"以下壬戌"，手稿本作"正月二日"。

來雙叠雪,春官鑑澈一條冰。同聲切響論文近,接萼聯枝對影曾。此日玉堂傳麗藻,交花先兆上元燈。

鐵松觀碑圖①

我讀小松觀碑畫,此幅側面尤傳神。畫者拈豪意有屬,與松對坐伊何人。細觀乃是李老鐵,非爾孰與松對論。松來濟上二十載,獨於鐵也情倍親。興酣拊几忽狂叫,嬉笑酬贈皆天真。此幅畫者畫老鐵,神情亦在雙目輪。泉聲瀺灂戞左右,老樹合抱交輪囷。碧天橫雲捲宿霧,石牀點筆無纖塵。鈎簾席地好風日,如此方是觀碑辰。我聞率更憩野食,坐臥三日甘劬辛。又聞米老展對几,不設寒具忘主賓。今爾鐵松二老子,直從兩漢馳周秦。任城學舍富古刻,紫雲武闕蒐貞瑉。南嵩西華北上谷,圮家絶壁披荒榛。兗水圖嚙牛運震,濟州考陋張力臣。腹間全文補鄭固,趺際殘畫剔史晨。洪婁歐趙所未見,凡將潀喜兼問津。豈止昔稱歐與米,戈波行押相奔珍。似聞二老著語響,非復題跋常格循。行行昏煤借訂證,往往蕪徑憑耕畇。有如斷厓絙鐵索,所繫一髮維千鈎。等閑茶甌與麈拂,燭天虹氣蟠嶙峋。戟門濡墨恍昨日,銜齋啖夠又九春。知君觀碑共念我,我齋已托研有鄰。

蘭雪以詩索我所藏周定王東書堂研答二首②

我藏書堂研,於今廿五年。因拓蘭雪字,備考蘭亭鐫。周王蘭亭石,妙繪追龍眠。如見永和春,列坐晉群賢。顧惟繭紙迹,孰初硬黃填。我得舊拓本,籤以褚臨傳。良常王給諫題。不知良常見,然否薙薈沿。蘇耆與張界,同異誰蹄筌。窮年極攻錯,此研參墨禪。近爲五字辨,群崇帶暢遷。予考諸臨本,拈此五字與薛氏所謂五字不同。重擬蘭稧卷,信誓蘭盟堅。研乎知我意,濡潤借涓涓。待此轉語定,春觴迴石田。乃以真帖跋,銘於書寶邊。研背周定王題東書堂書寶。古迹屈從手,斯言然不

然。使古人之迹屈而從手,王元美《東書堂帖》評也。

昨從惠州守,拓得坡研新。因斯研之仿,篆曰堂有鄰。一月百千燈,焉知仿非真。果逢坡真像,翩來臘交春。豈非公精靈,鑒此呵生津。準此重摹例,研亦欣傳神。我摹蘭雪篆,妙悟書堂因。蘭雪非別字,乃真帖化身。蘭雪非周刻,乃覃溪手親。詩境岑同苔,詩夢火傳薪。香蘇即寶蘇,乃不隔一塵。古文十五篆,筆筆虹垂紳。豈似玉帶生,一字心未申。文信國玉帶生研,諸家集中録其銘詞"磨爾心之堅兮",或作"磨爾之堅兮",少一"心"字,足見真本、摹本之異。有鄰研之兆,兆爾新田人。亟礱片石來,與子對榻論。

又得朱蘭嵎摹龍眠坡像①

醉餘真意態,江嶺幾人傳。雨笠空雲水,風襟攝海天。未知松雪本,何似漫堂鐫。辨證嵩陽帖,焚香二十年。癸卯春得此軸之重摹者,今二十年矣。

再題松雪天冠山詩墨迹卷後②

料量大雅例懷仁,借品漁陽困學民。始信山陰真繭紙,松花石理玉精神。

嵩陽居士帖歌③

仙壇石未拜米顛,蘭亭初賞天歷年。爾時可有山谷字,柳家脚想元和妍。邵庵眉庵老學士,蘭亭題罷眉軒然。縕真齋几雙眼豁,錦囊茶墨三生緣。丹邱猶是香案吏,五雲閣下春翩翩。幾日去爲江外客,荆溪氣吐牛彝邊。環慶之堂悵今昔,石鼎舊韻南嶽聯。奎章夢同句曲感,彝齋跋並雲林傳。何年此跋首尾闕,柯詩之後張詩前。倪迂名印賸泐半,宋元舊楮蝸留涎。幻夢模糊雪雲日,訝遭誤點蠅絲牽。項

---

① 此詩題位於手稿本第 7057 頁。
②③ 此詩題位於手稿本第 7058 頁。

家物耶吾家物，吾家深原嗜獨專。墨林深原遞手篋，卷又改册紛雲
煙。項購松陵史明古，明古嘗以貞珉鐫。最後香光説摹本，摹本誰弄
誰鈎填。碔砆明月鑒不易，蕉林快雪贋後先。近聞千金市駿骨，紙墨
一律光新鮮。豈知真本不圓媚，尚憑書録追粉箋。宛陵劉摹豔初拓，
西村史刻敢比肩。金生昨爲史刻訪，蘇齋儻照臘雪筵。今年兩得真
像軸，精靈來戀西吳編。嵩陽居士爾孰謂，得非化度邕師禪。話從柯
書率更體，合配元跋珍珠船。星芒巧聚翁字印，研屏顆顆丹砂圓。

拓得麓山碑側元豐庚申元日米題字①

米公親見李江夏，廬阜神光夜燭天。題側何嘗行押仿，碑陰直並
系銜傳。雲開南極橫千里，鐘聽東林早一年。尚未坡翁雪堂面，手追
已在晉人先。元豐庚申二月以後元章乃得晉法於東坡也，米題北海《東林碑》在元豐四
年辛酉十月。

錢梅溪造頂煙墨二種一漢碑一吳越金塗塔
予以蠅書書名其陰各系以詩②

濟上題名又十年，墨斜石頂徑中穿。故人一別成千載，二寸重量
寫麝煙。壬戌三月於濟寧學舍題字魯峻碑石上，今十年矣，昔嘗爲小松題所藏唐人造二
寸銅碑。

二朱先後二周盟，一塔千光聚偈成。八萬法輪皆寶相，如何墨譜
續方程。題墨邊云周紫芝、周賫、朱彝尊、朱珪、趙懷玉、阮元、翁方綱、錢泳。

塔影軒二首③

草隸中吳話，文家又顧家。几留雲氣罩，池記月痕斜。三宿桑交
蔭，千燈海聚沙。邕師禪偈在，香篆貝多花。文肇祉、顧云美皆以塔影名齋。

青眼嵩陽帖，峰陰宿雨寒。高岑思緩步，裴李借同看。他日追題

---

① ②　此詩題位於手稿本第 7060 頁。
③　此詩題位於手稿本第 7061 頁。

壁,前來夢倚欄。書樓憑翠墨,寫入響山彈。昨題《嵩陽帖》,有"峰陰塔影一憑欄"之句。

宋芝山臨顧云美塔影園圖小軸見寄恰與予所僦居齋名相合因以予昔所見云美隸書詩句臨寫於上即用爲起句①

昨夜所聞何處鐘,此圖然否夢前蹤。水雲能記意如許,石澗更知深幾重。檢點詩心聽宿雨,商量畫稿起諸峰。小吴軒下朦朧月,累爾横江辦一笻。

方式亭惠造蘇齋筆見寄賦謝二首②

江干鏤管識蘇齋,儻許彭城放鶴儕。種竹劉郎玉堂夢,故人幾個好音懷。

磨墨蘇齋眼共青,陸書詩境合鐫銘。蘇潭去後摹蘇研,虹石誰云兩石亭。前年吴石亭視學安徽,爲予造蘇齋墨,故并及昔蘊山造詩境墨及昨伊墨卿寄拓蘇研事。

再題石谷畫稿③

層林陡壑皆章法,雜樹誰摹馬抑之。盡攝諸峰煙雨氣,前岡半厂立移時。昔見明人馬抑之臨元繆叔民《山溼雜樹卷》,題者數十家,石谷此卷殆突過之。

霜　草④

一寸枯荄認緑根,初寒匝野變霜痕。馬嘶宿霧迴時路,人記秋場滌處村。罥罩微陰知雪意,蒹葭襯碧出柴門。迷離幾個殘星點,略彴瀰横曉色論。

惠州守伊墨卿摹勒蘇書德有鄰堂思無邪齋拓本見寄⑤

有鄰無邪二榜書,坡公手題鶴峰居。我齋蘇齋室蘇室,一笑窠墨

---

① 此詩題位於手稿本第 7061 頁。

② 此詩題位於手稿本第 7063 頁。

③④⑤ 此詩題位於手稿本第 7064 頁。

檐楣俱。拓摹誰歟伊太守，南圭想共圜蔚蔬。默庵來作默堂主，伊號默庵，而惠州郡廨有坡書默化堂扁。真見紹聖親操觚。我昔摳衣造峰頂，屋壁仿像經營初。此扁風神蕩江水，炯若嶺月軒眉鬚。三十六秋夢一瞥，歸來以息觀雙趺。塵塵念念何所得，隃糜研滴不自濡。嵩陽帖配偃松字，正及鶴觀芝田畬。羅浮一枕浩噓噏，少霞山卿秘有無。去年始拜真像軸，暑夕果得銘研摹。德有鄰堂公自銘研去年四月墨卿拓寄。此銘此像同照坐，堂邪齋邪孰見吾。坐臥吟嘯大雲海，星斗沆瀣來醍醐。以水洗水鏡磨鏡，翟家舍即婆酒酤。如此英光亙天地，憑何尺宅為犁鉏。真放精微乃造極，鯢桓審平聲。止毋疏蕪。月圓電轉只一掃，萬象來繞摩尼珠。似聞默庵返閩櫂，古隸夢我城南隅。問泉豈止四十尺，井欄日夜響轆轤。小窗依然收塔影，荔墻綠重圍豐湖。

有鄰研齋詩三首①

我摹鄰堂研，果拓鄰堂扁。此堂築未期，此堂夢已踐。研銘名一字，題者驚見罕。豈知齋名蘇，於誰戶之款。亭亭對塔影，裊裊瓣香篆。無邪與有鄰，不要偈語轉。研池淡一泓，悠然片雲卷。

書摹張伯雨，茶訪陸季疵。松風響石銚，陸郎儻共之。此意今耿耿，卜鄰話然疑。對牀寒燈句，角弓嘉樹詩。二老日來往，中夜風雨期。只愁妨考訂，幸弗耽酒卮。擬以繪研背，或幀於齋楣。

蘭馨復竹潤，何似王翰親。西枝與東柯，幾擇孟里仁。桑梓知恭敬，枌榆氣樸淳。蕆圃觀所造，蓮喻比其鄰。思我無所思，淵乎初見真。相交淡水石，得托貞松筠。一再補蘇銘，誰謂篋笥貧。

寄鎮堂二首②

問訊吳興鴻漸里，何如句曲菌山巢。午香一縷茶煙澹，筆勢先從繆篆交。

讀易寧矜十絶編,卜鄰不爲一瓻緣。跏趺隔巷寒雲外,神在梅花索笑前。

題顧云美塔影園所藏漢隸舊本三首①

墨香百五十年前,虎阜鐘來窣堵圓。又借池光消客夢,倒窗塔影故依然。

朱十書亭仲六遊,斜行印押爛銀鈎。只應宋迪邢房軸,智永前身省記不? 予藏《曹全碑》是朱竹垞舊本,《孔宙碑》是仲伯子舊本也,昨宋芝山爲予臨《顧云美塔影園圖》。

虞歐顔褚覓誰因,十鼓岐陽想問津。稽首相輪真實義,月穿雲破是精神。予嘗於漢隸印證唐楷,謂《韓敕碑》褚也,《孔宙碑》虞也,《鄭固碑》歐也,《魯峻碑》顔也。

十一月十五日曉起待漏有述②

冷撥爐灰讀考工,并隨孫郭注魚蟲。消磨詞賦豪鋒禿,依舊光陰蠟炬紅。杜牧餘箋追矻矻,樊川《考工記注》。陸游去日惜匆匆。放翁詩“少時學問苦匆匆,弦誦光陰轉手空”,深有慨乎其言之也。依稀四十年前夢,薄雪窗光漏點中。乾隆乙亥十一月四鼓起待漏,取案上杜樊川詩一帙讀之至竟,今四十七年矣。

韻亭宗伯令嗣將之任滇南以素扇屬書山川出雲爲天下雨舊詩戊戌秋予爲宗伯尊人績軒明府畫蘭並銘硯作也感而有賦即以贈行二首③

畫蘭今日見蘭孫,萬里山川舊雨論。二室三花深澗氣,瓣香飛聚黍珠痕。

研池半偈清風在,蓺圃重拈廿五秋。添入雪窗行色卷,墨雲冉冉上攀頭。

---

①② 　此詩題位於手稿本第 7068 頁。
③ 　　此詩題位於手稿本第 7069 頁。

訪吳江史氏石刻坡公天際烏雲帖不獲以詩記之三首①

妮古如何聚晚香，赤霞舊諾倩瑤岡。沈吟南嶽真人訊，寤寐西村處士莊。萬古有情銖黍墨，雙鉤可記粉箋光。幻浮閣子歸來後，直到覃溪爲表揚。

陳吳手迹果遺諸，項子京云此帖史氏已刻石行於世，陳汝同、吳原博二跋未刻入。想像柯張跋尚餘。柯敬仲、張伯雨題今皆有闕失。畫借素縑留腰褭，石應鉛水滴蟾蜍。濰州雪夜春燈下，定武蘭亭響拓初。不及馮家劉雨若，蕉林枕秘硬黄書。涿鹿馮氏所藏蕉林家本劉暘上石者，至今藝林馳譽，莫知其爲贋也。

夜雨相過話宛然，棋聲白髮綠尊前。沈啓南爲史明古寫《夜雨相過詩意》一幀，今在史氏家，瑤岡猶見之。十三弦後人非夢，七百年來韻埶傳。依昔窗光收塔影，及今峰翠著湖邊。穆溪儻有詩盟在，敢吝蘇齋臘雪筵。杭湖新建坡公祠，而赤霞近方遊杭，故及之。

元日②以下癸亥

塔陰元日雪，木杪宿雲屯。鳥語新開户，鐘來太古村。燒松殘半偈，爆竹静微喧。一縷枯禪話，香迴裊篆論。

王復齋鐘鼎款識歌寄阮芸臺中丞③

昭回作作星斗芒，銘先漢晉溯商。六十二銘三十幅，商鼎賜始洪鄱陽。復齋碑録洪所鑒，臨川手輯此最詳。復齋小印弄珍玩，磊磊與册森虹光。宣和之圖薛之帖，一一次第箋於傍。熒熒碧色赫蹄在，十五種榷盱眙場。題曰良史拜手上，擘窠目者同錢唐。錢唐薛家手重勒，而此舊拓仍初裝。石氏册追邃父記，少董分合誰評量。三十緢嗟秦取去，東州榮芑言之長。柯博士題薛帖首，山陰德平錢所藏。今

---

① 此詩題位於手稿本第 7069 頁。
②③ 此詩題位於手稿本第 7071 頁。

此恰有德平印，丹邱筆儼銘戈鋧。①又二百年墨林購，篆書倦圃辨子昂。竹垞衎齊迭嗟賞，畫象冊子並武梁。武梁之冊昔借閱，任城司馬秋庵黃。頻年眼福墨緣合，此時二冊同歸杭。儀徵阮公富經術，墨本釋語鑴琳琅。賸池寶氣照湖水，薛帖遜此隃麋香。阮公新成經解詁，六籍鐘簴鏗笙簧。舊題諸家詎能及，博古考古徒誇揚。秋庵既摹武梁闕，公又重勒臨川章。耿耿元精炳天地，王俅那詡傳嘯堂。世間第一奇古刻，千里快語馳錢郎。手胝莫辭印萬本，松下陸叟遥飛觴。錢謂辛楣，陸謂謹庭。

仲子自江南寄近作學古詩相質因賦五詩以代面談
兼寄呈述庵辛楣姬川端林②

廿年浮氣消，粗解理此心。日量繘所試，方識古井深。萬古一修途，聖哲均苔岑。漢學與宋學，誰謂區古今。先從馬鄭輩，圭臬準丈尋。然後就程朱，指南得其針。中間百千家，坦轍不嶇嶔。顧視宿舂糧，徐步澄虛襟。飫我以琳腴，淵乎竹素林。

昔聖垂訓言，豈計傳箋釋。倉雅所未詳，況復時代隔。鄭君讀玉藻，始爲脫爛惜。後來證墜簡，糾謫逾千百。何如闕寡尤，漫爾矜創闢。有宋諸大儒，理明疑既析。輕改前詁訓，恐滋來者惑。政使禮堂寫，隸古自爲則。試準蔡議郎，料檢熹平刻。百家整不齊，嗚呼豈易得。

矹矹東樵叟，易書禮並研。禹貢與箕疇，百篇奧誰宣。水經直可補，桑欽酈道元。未審大學翼，何似鹿洞鑴。我服易圖辨，一掃經生沿。項氏有玩辭，蕭家有考原。元泰和蕭漢中。尚未極批根，豁諸名象詮。讀書莫鼇峰，仰思歸震川。盍錄之百本，敬附於韋編。

秀水朱檢討，經録三百卷。群言暢其凡，衆目資以闡。顧聽胥史

---

① "銘"，手稿本作"銛"。
② 此詩題位於手稿本第 7073 頁。

鈔，不使歲月顯。作者有前後，師承歷深淺。序説或追題，來處渾弗辨。條條補末行，一一臚於簡。周秦到元明，絕續脈在眼。山海雖崇深，即漸可知本。此書儻就理，如農識疆畂。一笑昔徒勞，區區訂訛舛。予舊有《經義考補正》十二卷。

六書測原委，金石收放紛。古文奇奥字，恨難補見聞。不如舊篋中，宿疑待討論。大海莽迴瀾，何者所問津。遠乎渺萬里，近即吾户闥。①摭之皆實得，②嗜博徒苦辛。學惟無自欺，居業乃敬身。江頭媚學子，同志復幾人。塔影雲雪中，挑燈自書紳。

題海寧查氏摹刻褚臨蘭亭後③

領加山邪舜元房，静學齋乎維德堂。米南宮歖陳祭酒，使我掩卷增仿偟。褚臨第一烜赫本，米老寶鑒垂英光。甔之斫筆懷側筆，世間石墨難具詳。髮僧振公禪偈子，海嶽書史空評量。買珠但記蘇與米，丙寅壬午先後裝。千川一月各圓影，重輪渤海還鬱岡。二十八行鬱岡足，誰意董撤中三行。董陳兩家稱世好，曷不丐假鐫琳琅。嗟三行者竟焉往，延津風雨隔渺茫。白華南陔叩束皙，笙吹屬尤不屬梁。吳石借摹似反本，穎僧半押真相當。恐遜尤生鐵方寸，一掃類字鼓偏傍。金壇刻後竟鼎足，金壇一矣二海昌。藏真之刻轉顏惡，管臬副者同册方。亦云宇宙兩幅失，奇哉史闕不補亡。昇山誤同落水夢，秋碧錯認恒山藏。玉煙重觀董詹事，後有癸酉小字一行，是董文敏七十九歲掌詹事時。竹雲更跋王良常。弇州早聞寓意錄，祭酒篋已飛煙翔。猶賢研山與快雪，別題三米又洛陽。吾考此迹自穎本，且莫傅會張循王。穎全不似此差似，那論諸葛韓馮湯。賸惟米題較肥瘦，匠巧渤海論豪鋩。師門三世訝手澤，百年前嗅腧麋香。石勒於康熙四十一年壬午，劉氏維德堂藏，查聲山倩尤天錫摹鐫也。

---

① "吾"，手稿本作"語"。
② "皆"，手稿本作"即"。
③ 此詩題位於手稿本第 7076 頁。

題天際烏雲帖三首①

定武群肩損半疑，懷仁集字是前規。世間遺迹龍騰處，月滿湖船幾個知。"君"字即《蘭亭》"群"字的證，不僅因褚摹也。

曾將繭紙蘭亭例，肯僅神龍潁井間。惠字不妨描作慧，已應價倍領從山。

宋白粉箋今翳昏，繡囊明鏡舊精魂。誰將卷後多佳紙，快雪珍藏一例論。快雪所刻是摹本，聞其卷前後紙色均也。

張叔未寄古器款識數種云欲求鍾鼎款識詩先賦此二詩奉寄②

新篁里扁竹新田，深竹香凝古篆煙。前輩風流禾錄少，不藏古瓦獨藏磚。

復齋鑒古筆容齋，薛帖名同孰與儕。惜未同時徵賦咏，也應研石小磨厓。

焦山新貯漢陶陵鼎歌爲芸臺中丞賦③

昔考焦山周鼎款，摩挲舊拓三十春。今得此鼎周鼎配，研池鬱起蛟虬蝹。儀徵阮公札示我，訂古力挽江濤奔。往者新城二王作，朱十跋並汪程論。阮公獨據覲禮補，戠牧並援釋敦文。昨者手摹款識册，周漢上溯商彝尊。宋人青箋斂光彩，讓爾續釋精隸分。詁經日日究倉雅，歊雲寶氣徹海門。此鼎來共松寥主，千年京口增舊聞。文曰共廚容一斗，隃麋汧職陶陵均。三環雙耳對拱峙，古篆變隸初渾淪。以函雅故正文字，百川東注此問津。阮公政術即經學，諸儒講叩類引伸。昔也文章豔煙月，今則經訓茹紛綸。天教峰庵控江島，以匹周篆超先秦。丹徒鮑君載書去，錄我舊草鐫江濱。亟收圖經入鼎錄，鶴銘那數張力臣。顏劉志稽後先釋，呂薛編合形聲存。他年山中富題識，

---

① 此詩題位於手稿本第 7078 頁。
②③ 此詩題位於手稿本第 7079 頁。

王朱敢擬追後塵。詩寄阮公聊一笑,夢偕江閣星斗捫。

湯泉寺池上作①

盥手渟泓不偶然,盟心題字又經年。諸山草木香迴合,對溜雲霞氣接連。午剔模糊苔壁句,石刻皆不甚可讀,惟略辨朱之蕃、李鬻數人題耳。春陰圖畫石幢禪。石幢六面,萬曆中定遠戚繼光撰,南海陳經翰書。是無盡藏瀾翻偈,仍向跏趺坐處圓。

琴几爲子占賦②

西君新得磚琴几,溫如紺玉平如砥。珍過南陽瑪瑙材,維摩舊樣參差是。古琴紋斷軫半抽,腹云天順三年秋。此琴此几誰手撫,遺曲遺音宛在不。深崖道人蓄此久,貴官重價空來叩。西君相見一長嘯,奇氣翻然惠瓊玖。畀致山村自山寺,泠泠山響迢迢思。十笏量來星白齋,擘窠正配覃溪字。郭公雅式知者少,鄭州泥痕碧瀾繞。古琴挂壁古几橫,落月停雲半林杪。磚几香霏石薦煙,澹對何礙琴無弦。我詩不用鏤丹篆,已有幽蘭韻渺然。

書道園學古録卷尾寄松嵐③

石帆片石追東州,米老拜後誰丹邱。一碧登萊玉環捲,濤音和答來汀洲。羼提老禪趺坐處,談笑辟易千戟矛。南嶽真人未通夢,七言三昧功焉收。賽予要眇美宜修,彀弦志已馳四侯。嗚呼杜韓不傳秘,豈在鑿險搯深幽。六朝腹笥空半豹,三唐目力無全牛。動操故在弦指外,聲畫詎以形聲求。樂府遺徽氣逼古,丹室煮术香生秋。翰林珠玉芝亭篆,處處碎佩叢芳留。邵庵眉庵一轉語,蜀江章江萬古流。我師石帆真鑒後,松嵐緩步來同遊。昔題谷園日銘坐,愧嘗問權章江舟。廿春拈花佇迦葉,軸尾細字盟銀鈎。

---

① 此詩題位於手稿本第 7081 頁。
② 此詩題位於手稿本第 7082 頁。
③ 此詩題位於手稿本第 7083 頁。

塔下山房二首①

二年來塔下，今始扁山房。淡沱春陰外，跏趺午景長。小桃纔纈粉，高柳又深黃。鄰寺聽鐘義，依然亞渚墻。

蒲牢真實語，相答讀書聲。他日傳文筆，穿窗寫月明。倚舷新芥舫，炊飯破茶鐺。渙水循江夢，烏皮舊几橫。戊寅、戊子春日小律風味頗似。

題坡公濰州雪行圖三首②

滌研看山爲少留，梅花窗外小銀鈎。前年湖上停杯處，官閣春燈影未收。

登登蘚壁拓西村，遺響松陵且莫論。石墨誰憑陳太守，量來鴻爪雪泥痕。陳述古嘗摹刻此帖。

壁題不爲仿君謨，且就松屏認寶蘇。雪擁枯禪容半榻，寒林一幅對跏趺。

聞吳門繆氏所藏化度寺碑是張爾唯舊本因題 記於醴泉銘王長垣本二首③

華碑不數關仝畫，已壓長江貫道圖。一笑蘇州刺史句，何如河北老金吾。《延熹華山碑》《關仝行旅圖》皆長垣藏也，昔退谷、長垣諸君同餞張出守，筵上共賞張所收江貫道《長江卷》，衆欲分其某段，有"剸取吳淞半江水，惱亂蘇州刺史腸"之句。

退谷長垣北地同，白魚潭想外家風。只除邕塔量翻本，未必鮮於冀北空。繆氏《化度》懸價千金，有伯機手題，然是翻刻耳。張爾唯，山陰人，白魚潭張家，吾外祖之族也。

以粵東使廨愛蓮說石本軸之愛蓮堂示仲通兄弟二首④

莊渠教士觀心處，重溯春風四十年。紅豆說經終信否，碧波明鏡

故依然。中通藕節香來續,一串珠光聚又圓。個是論文真實義,藥洲衣鉢倩誰傳。

玉堂詩話薊門東,吳帶曹衣色色工。吳鑑庵司成爲作《並蒂蓮圖》,曹儷笙通政、吳山尊侍讀皆有四六詩序。豈識本根清不染,相依光霽意交融。連枝幸共培嘉樹,得氣無忘賦角弓。迦葉偶成拈一笑,苔岑渾在墨雲中。

五峰扇頭小景二首①

欲尋高處試攜笻,雲氣穿來悟別峰。隔澗前題僧寺句,雨涼時度一聲鐘。

山窗濕徑撥雲開,沙鳥煙橫掠檻迴。一碧江光難著墨,片帆正帶夕陽來。

書禮器碑後②

小歐陽著仇緋書,郙閣頌字摹本殊。寥寥千年著於録,誰見當日親操觚。衡方碑憶訪汶上,末行小字平原朱。番陽誤入采石例,豈識書者來門徒。古人質實不矜炫,偶然附見文之餘。湯盤孔鼎照萬古,安陽貨幣伊誰摹。岐鼓於今媲雅頌,籀史果孰稽韓蘇。煌煌孔庭戟門刻,永壽禮器森疇圖。其文及陰并兩側,其芒戴斗躔千珠。力或兼鈎勒奔馬,纖逾絲髮輕黍銖。方圓準概倏百變,勁爲卓立妍爲纤。兑戈垂矢不一手,瓦原玉兆知有無。奇哉果著七人作,山陽金鄉師曜奴。亦以小字附石後,勢與陰側相盤拏。最奇補書更雄肆,詘機石鏃金僕鐸。但未某行某也系,使我再拜增蜘蹰。後來李潮韓蔡輩,一波一策能爾如。焉得鸞迴勢聳處,直到鳥迹神來初。自古神工不留訣,後世仿像徒虛誣。昌黎漫爾笑姿媚,重離何自開佃漁。爾日講堂經待勒,諸方篆未喧鴻都。蘭臺漆書敢私臆,蔡侯麻紙但樹膚。側想金絲殿庭際,鐘磬柤柆簜禁壼。即壺字。署名得職此碑末,何啻壇闕給掃

---

① 此詩題位於手稿本第 7088 頁。
② 此詩題位於手稿本第 7089 頁。

除。熹平項題我親剔，紫雲武闕唐拓俱。更上彝器款識補，遠矣東序西房儲。千秋仰止嚮往處，低徊禮器以此乎。逴犖之思傳億載，日日贊誦追華胥。

題化度寺銘二首①

虞褚圓尋章法易，歐方章法獨尋難。醴泉結構溫公並，幾得珠杓一氣看。

賜書樓壁竟成圖，枲儿量來膩玉膚。香界光中金粟影，山陰楷後古今無。

又題二首②

追蠡依然夏貢金，桑泉索靖叠痕尋。三花樹古迥雲碧，收得樓頭壁響音。未裝以前摺痕紙破處猶可辨。

卅五行排石接連，此石上半今就所存字尚得三十五行相比次。青橫二室澹窗煙。嵩陽居士真非夢，春草春暉意不傳。元十三家所題陳彥廉春草堂本，鮮于伯機、錢良右所題朱益之春暉堂本，以今核之，皆宋時翻本也。

禊帖墨花歌③

偶於重刻褚臨本有似落水卷墨花者，因賦此。

四水潛夫說墨花，雪城王孫落水卷。澹拓千秋意不傳，輕雲籠月神何遠。長安薛家響晴晝，三重膩比山陰繭。墨汁金壺細灑來，遊絲縷曳光風軟。澹濃凹凸輕重間，春蚓秋蛇爲誰綰。恰似橋邊展軸時，上巳重三弄妍暖。交跗叠萼蕾與瓣，動影迴波照偏反。濛濛薄霧昏陰襯，蜻蜓蛺蝶穿深款。瑤臺嬋娟典午春，迦葉偈子如何轉。窈想隃麋結蕊珠，綠絲絛問吳淞蠒。茫茫褚本絹更樠，記憶芝房手重搴。訝憑詩夢喚梨雲，還試青岑理苔蘚。買繡雙鈎竟何得，劍鐰粉紋噆已

晚。窗光簾纈藻荇中，莫執茶甌裊香篆。

書自撰蘭亭考後四首①

舅氏山陰一老民，可容逸少擅清真。似孫改又俞松續，儻見湯馮
肄筆人。

金龜玉兔偶流傳，斫損鬚鋒未必然。少董手摩青石片，可聞湍字
受鑱鐫。"湍"字損之説蓋宋諸家跋中沿誤。

襟李王姬百兩將，後先書府宋追唐。唐太平公主、宋理宗周漢國公主並有
神龍《蘭亭》事。墨書安得神龍印，羊薄江東遠擅場。

蘇泊厨籤取六丁，誰教領字冠山形。華亭兩幅飛何處，空乞金沙
拓海寧。海寧查氏重摹褚本，"盛"至"盛"三行借鬱岡本補。

---

① 此詩題位於手稿本第 7093 頁。

復初齋詩集卷第五十七

有鄰研齋稿下_{癸亥八月至甲子七月}

題道園學古錄四首①

陰鏗篇最少，何遜韻尤高。誰識蘇黃後，深追李杜豪。古弦夔石拊，真籟錦江濤。不獨仙壇近，麻姑癢處搔。

情景沈冥際，誰將著色論。淵乎秦以上，藝也聖之門。西蜀揚兼馬，南州宋接元。詞章即經濟，於道孰爲尊。

每愛朱存理，珊瑚閣木難。世家風味在，手草日尋看。_{予今行笈攜有道園題跋手迹數番。}松雪青相盼，奎章墨未乾。_{此句謂柯敬仲。}補諸李本錄，幾載愧磨丹。

應谷初題屋，迴思十四秋。微言來撫建，_{此句謂吳蘭雪。}答問切馮劉。_{昔年與馮魚山論此，及今爲劉松嵐也。}一脈群經萃，三唐六代收。苔岑疑舊夢，石墨愧名樓。

几間秋海棠盛開賦此二首題化度帖②

冷紅澹對海棠枝，江上斜陽莫雨時。_{帖有冷紅老人江研南題跋。}拓得邕師真塔影，畫禪偈是退翁詩。_{退翁潘陋夫也。}

---

① 此詩題位於手稿本第 7097 頁。
② 此詩題位於手稿本第 7098 頁。

海棠真韻帖真香，斷午炊云未是忘。蔣小山跋此帖，有"對秋海棠賞帖，斷午炊不顧"語。欲問放翁拈一義，愛梅何似愛紅棠。

秋闈擬課示兒樹崑并示伯符仲通①

矮榻挑燈近月圓，風檐辛苦損餐眠。勉之萬里摶扶始，志豈三場嚄著先。銘勒棟園珍握椠，詩盟澮水舊寒氊。西江夢續徐郎句，桂樹窗陰四十年。汪棟園學使題貢院柱聯云"爾無文字休言命，我有兒孫要讀書"，予歷任文衡，皆書此於坐隅。戊寅八月在蠡縣課諸生三場擬試，徐生益齋有句云"諸生此日聯賓從，多士來年拜主司"。明年己卯八月，予於江西貢院有詩記之。

奉答鎮堂用予舊韻見寄②

一几烏皮漫憶歸，誰憐倦翼渴追飛。茶甌舊帖思張雨，竹篠束頭共陸機。鄰圃甘憑圖架構，經畬苦未詣深微。穿窗落葉鳴風急，認爾攜筇夜款扉。

彝齋四圖詩③

熊熊何物光，乃掩商彝氣。恐非榮祿簡，足發雲林喟。奎章拜石翁，此堂環慶對。胸蟠萬古思，開緘一觴酹。慨想邵庵公，鬖絲禪榻味。德齋潘與張，旁觀又幾輩。盡和卷中詩，未了夢餘寄。那問子尾銘，青州古苔翠。王子明《彝齋圖》。

不繪梅竹譜，不傳蘭蕙馨。亦不貌水仙，出門大江橫。但寫嚴灘上，月出群山青。老子一大笑，兩忘神與形。蘭亭落水本，此時印精靈。始悟此齋顏，雲水點空明。我無真稧草，而借蘇帖名。所以彝齋檟，即蘇之蘭亭。趙子固《彝齋圖》。

張家四世藏，乃獨名表草。淵乎蘇題庵，丑也子孫保。蘇庵即彝齋，事事副幽討。儻亦集賓朋，臘雪薦蘋藻。後來宋中丞，笠屐丹篆

---

① 此詩題位於手稿本第 7099 頁。
② 此詩題位於手稿本第 7104 頁。
③ 此詩題位於手稿本第 7109 頁。

裛。賸彼傅稚書，爲誰潢糵搗。石師一幅絹，煙江浩空渺。可就清河
舫，月虹謀畫稿。張茂實《彝齋圖》。茂實名應文，號被褐先生，張米庵丑之父，嘗以藏
坡公《乞居常州奏狀》墨迹，又號蘇庵也。

是日兩峰筆，亦仿牛彝供。米家之研山，來充墨緣用。我摹落水
帖，如與姜趙共。班書靈茂刪，瀾翻舊時誦。海鹽陳許廷號蘇庵。燭天粉
箋光，飛出九霞洞。後先虞倪張，誰質柯敬仲。神來縹緲間，雪雲繚
楣棟。不知杭守居，還記君謨夢。方綱《彝齋圖》。

書畫詩夢石研屏歌①

我題書畫詩夢石，五者定知孰後先。書中詩畫石中夢，有若象數
相滋然。請從吾齋詩夢說，畫家經營三十年。雨亭鄭叟潤。藥洲上，
吸月來壓珍珠船。同攜大癡綽墩卷，墨雲挾雨龍蜿蜒。鄭叟三日爲
我仿，後春北上誇老錢。謂撢石。蘇書蔡夢杭守句，烏雲紅日嵩陽緣。
江南鶯花倒眉暈，西湖雪羽飛柳綿。一以君謨唱來和，神光離合難爲
傳。錢子羅生聘。迭商確，吮豪未敢賥錦邊。三湘老史閔猷子，貞。
一夕大叫狂非顛。空中噀墨灑虛壁，濕紙紺起飢蛟涎。至今裝潢此
帖背，雪帥惚恍神情牽。帖中有人憑樓立，蘇耶蔡耶言莫宣。我齋十
百笠屨影，卜爾訊寄靈筳篿。今宵雪後乃忽悟，五峰居士書畫禪。書
非詞筆畫非墨，九霞洞接空濛天。似雨疑晴嶂疑霧，真宰元氣相迴
旋。山開一面受紫翠，遠極無際吞雲煙。斜峰陡起削天半，半與雲氣
低空懸。空外江光墨搖動，銀河赤岸來飛泉。恐是荊關董巨輩，精魄
幻現於丹鉛。不然熙寧元豐日，詩酒痕浣留山川。依然樓頭目真見，
錢塘午枕官閣前。鏁舟曩寫蘇與蔡，執著窗几紛堂筳。如此蘇齋研
屏石，豈假星月歐梅篇。我有偃松枕屏字，亦出鶴嶺羅浮仙。松屏今
與石屏合，四百二峰收一卷。眼青萬里是何處，風落電轉規輪圓。粉
箋殘幅乃真境，衆山應響元無弦。有鄰齋銘篆香淡，寶晉研石徒牽

---

① 此詩題位於手稿本第7111頁。

纏。西陂那必麓臺卷,晚香縮本旃檀鐫。予以坡書夢詩縮臨此屏之側。

再咏研屏書蘇帖後二首①

一峰天竺夢依然,那悟邢房較樂天。海接斷虹江吸日,藕香誰記
著湖邊。

茗碗松風午漏稀,忽開返照半漁磯。夢蘇他日山陰陸,渺渺空江
一鶴飛。

得馮漁山書賦寄②

掩淚空山志未酬,知心幾個數車舟。只追大事雙親葬,不計平生
五嶽遊。禮寫堂筵誰補鄭,囊探金石試論歐。藥洲水檻飛騰意,今日
天涯對白頭。

留題馬蘭峪寓齋四首③以下甲子

三載枝棲荷主恩,莫春悵別緒誰論。雲霞冉冉縈蘭谷,霜露依依
感石門。傍郭茅茨添日永,繚垣松柏識香溫。低回星月趨班處,每愧
衣霑綠雨痕。

聲華官屬竹蘭馨,握手盟言抵坐銘。屢宿桑間疑説偈,前生塔下
似聞鈴。舊題《嵩陽帖》有"塔影憑欄"之句。山邀衲子泉留語,湯泉寺。石借鄰
家研作屏。五峰頻惠研石。北刹鐘來敲午夢,諸峰繞户眼俱青。

儗屋三椽蔣徑開,所居是蔣光禄舊寓。覆檐高樹爲誰栽。萍蓬苔竹
應前契,松柏絲蘿未借媒。月照莓牆披野荔,露翻風葉下庭槐。後園
又到花時節,記趁喧鶯乳燕來。

角弓嘉樹藹南榮,浣筆難忘耒几横。茂叔幾逢聯蒂咏,濂溪無此
好書聲。帖經風味他年憶,弦誦光陰去日争。繾綣弟昆臨別語,謂伯

---

① 此詩題位於手稿本第 7113 頁。
② 此詩題位於手稿本第 7114 頁。
③ 此詩題位於手稿本第 7115 頁。

符、仲通。東菑宿雨起春耕。

留示仲通①

本約聯鑣去,偏遲一月留。關心兄妹緒,隔屋弟昆酬。篋裏窗陰夢,囊中塔影收。蘇齋忝函席,日日倚書樓。

喜仲通同行復用前韻

準擬杏林苑,聯枝聽栗留。《毛詩》疏:黃鸝一名黃栗留。趨程心肯後,負笈願初酬。樹密含煙久,沙輕宿雨收。從茲邁程始,寸木積岑樓。

過薊州獨樂寺閣

抱閣千峰碧玉環,追思十載叩禪關。憑欄曉翠詩誰憶,橐筆春深鬢已斑。崇效漫懷僧智樸,鬘青可擬趙寒山。懶登不爲趨程急,羞對嵐光照病顏。

夏店水月庵扁是摹王无咎書而不著所自

孟津王學士,那邊獻追羲。此榜東郊外,重摹幾客知。良鄉涿鹿楷,良鄉宏恩寺傍、涿州湖梁橋西皆有孟津書碑,至今未得手拓。目玩手摩遲。賸憶鄰庵榻,聽鐘款戶時。王无咎此扁在京師懶眠胡同水月庵,予舊居在庵南也。

答鎮堂聞予將歸之作②

得渥松膏柏露歸,故人莫漫悵分飛。積予對塔禪牀夢,輸爾團蒲掣電機。舊學久應加退密,新知何以喻精微。晷長日日披衣起,不待晨鐘便款扉。近日更嗜蚤起。

次韻石君見招丁卯同年小集③

未改重三卜,依然上巳旬。四日癸巳至今匝旬。恩霑松柏露,宴接蕙

① 此詩至《答鎮堂聞予將歸之作》,手稿本闕如。
② 《留示仲通》至此詩,手稿本闕如。
③ 此詩題位於手稿本第7117頁。

蘭春。屈指重鳴鹿，再一科即丁卯。同盟古大椿。紀、徐二公皆躋八旬，石君與方綱皆過七旬矣。預謀圖畫稿，端不讓前人。擬仿李文正《甲申同年圖卷》也。

齋中化度碑有潘退翁跋李茶陵竹詩卷有退翁和尚跋是以甲寅舊題有漸要禪居以退名之句今十年矣果得蒙恩家居竊以退圃自名其齋而書扁時偶寫爲補字撿視退翁跋有和尚爲我補過語信是坐右箴也仍用前韻志喜①

省躬失學從何補，敢遽蕭閑以圃名。易傳訓深藏也密，晦庵扁記淨而清。朱子嘗自書"清淨退"三字。結跏漫說償新得，開卷誰憑證舊盟。梅竹浪浪禪榻雨，十年前認夜檐聲。"雨浪浪，梅未放"亦退翁跋竹卷語也。

丁卯同年之集石君復用予舊韻見示再次奉答②

我謀北郭雅集圖，非仿西園埶扇影。紅燈白鬢照鬖鬖，感舊銘心代箴警。試爲畫師粗指似，亞字雕欄席初整。主人據石筮於磐，早占玉鉉端揆鼎。坐中皤然台背叟，妙筆簪來紫微省。褎然舉首者誰歟，乙榜今猶燭光耿。屈指行將六十年，五客排筵仍啜茗。席上當時明月在，雲頭瀲灩開金餅。渲染平泉綠野紅，依然桂蕚秋香冷。畫就主人先撰序，我次紀徐陪和郢。傳諸北杜鴻儒。與南梁，同書。恨不同來樺炬秉。酒闌脫帽頂俱髺，前度跏趺禪榻並。一幀圓光相對中，悟徹鬖眉波泛穎。軸成裝篋各弆藏，歲歲佳辰頻造請。卷端大字屬石庵，不煩寄訊梁元穎。

錢擇石山桃小幀③

花時三二月，四十九年前。此老欄憑處，銜杯態宛然。繁紅追蕚破，素絹補絲連。尚記孫枝發，濃垂粉墨顛。擇石作畫用生絹孫枝發筆。

---

① 此詩題位於手稿本第 7117 頁。
② 此詩題位於手稿本第 7118 頁。
③ 此詩題位於手稿本第 7119 頁。

次韻鎭堂二首①

分陰更要續前功，豈敢忘規褱耳充。萬卷瘁寧辭手口，片言誤肯效盲聾。三迴筆儻追顚米，十絶編還笑放翁。<small>劍南詩“讀易從今十絶編”，然未見放翁於《易》有所解述也。</small>每愧疏蕪求補益，低回日夜幅繰中。

茶事季疵憐渴夢，卜鄰王翰孰堪充。鏡因怯對羞雙鬂，字想書空稱半聾。退密印摹慚項叟，<small>近以退盦自號。</small>無邪銘拓借坡翁。<small>近作有鄰硯齋詩“松風響石銚，陸郎儻共之”云云，爲兄作也。</small>風流二老相還往，正在斜行淡墨中。

題去年十二月十九日諸君集何氏昆仲方雪齋作坡公生日圖②

三年闕此拜筵詩，得見斯圖邀我補。雪齋是仿雪堂乎，鶴笛聲中客三五。吾齋昨扁研有鄰，真像精靈耿檐户。拜像兼之摹研銘，公來斯日斯筵主。百年以來宋到翁，近添畢阮傳吳楚。何家兄弟坡與潁，臘雪年年詩筍脯。後先詩勒一蒲編，經數香濃千篆縷。嵩陽偈子松屏贊，石銚玉船皆可譜。郝經篇即龍眠軸，千川一月當樓午。定屬詩龕作彙函，不獨西吳傳里語。<small>坡公與長清院僧手牘云“特煩以生日惠貺經數香爲壽”，郝陵川集注坡像面有黑點，予去年得吳中真本，正與之合也，擬約梧門編輯宋牧仲以後至予齋並秋帆、芸臺二中丞及何氏此集詩爲一帙爾。</small>

錢梅溪自吳中寄示雲庵李秀碑全本而汪巽泉適借得其友楊君所藏視今二礎多出前段殘字喜賦二詩③

二邕果欲扁三邕，洪隸圖添墨暈重。乞得蘭亭真筆勢，分明直畫半穿宗。<small>“崇”下半“宗”字直畫上穿，以北海此碑證之也，予昔於中郎石經、率更《邕師塔銘》皆嘗作圖。</small>

前秋記續黎瑤石，何日重摹郭卓然。問訊履虛聊一笑，斷礎親見

---

①　此詩題位於手稿本第 7119 頁。
②　此詩題位於手稿本第 7120 頁。
③　此詩題位於手稿本第 7121 頁。“前段殘字”，手稿本作“前段上列及下段殘字”。

六公篇。是日與古墨齋主人胡君共賞。

曹月鉏不染心圖①鍈

尊公昔共訶林榻，已信傳家道虛集。八萬四千圓偈中，三十六峰雲海立。令弟開緘一笑拈，蘇齋舊盟非結習。坡公語借潁濱傳，雨中荷葉終不濕。

張惺齋池上草堂圖②

君家一方池，池上三椽屋。中有千載心，托此圖一幅。家傳五百材，③群雅富鄉曲。昔年西阪公，於此手著録。精微付與君，斜川肩玉局。才名三十年，編上鶴書目。奇慚侯生問，夢屢謝家續。濛濛春草思，迤迤高齋綠。竹疑汗青書，厓想科斗讀。累世丹篆香，一寸光陰燭。所以敬亭雲，君家檐際宿。吟嘯出飛泉，鏘然韻琴筑。池邊片月來，鬚眉澈冰玉。只合覃溪詩，貯此空明腹。

吴中新修泰伯墓四十韻④

聖言超萬古，至德本無稱。意在文辭外，誰煩史牒徵。世家司馬系，地志有商仍。《江南志》云商泰伯墓。趙録芟繁久，衡陽采藥曾。《朱子語録》某書謂泰伯采藥不返，蓋朱子之意不甚信趙氏所撰《吳越春秋》也，楊方有《吳越春秋削繁》五卷。山追皇矣省，弟有熟哉朋。緬厥元端服，寧同散髮鬠。之奇雖具述，端木自師承。已見稽同母，偏多贅會鄶。泰伯、仲雍奔荆蠻，文身斷髮，哀七年，會於鄶。疏與《史記》世家同，然此疏明言泰伯服其本服，此前數語偶牽合耳。姬公經未肇，周禮祐先膺。後代儒生語，知人論世勝。匹諸心扣馬，質彼雅揚鷹。牧野新旄鉞，勾吳舊股肱。此間如索解，一字恐難增。那借天占步，偏於月喻緪。慎之章句演，誤敢纂箋謄。詹氏《四書纂箋》引《鄉飲酒》義三讓月成魄爲訓。自古關名教，凡民切戰兢。發祥追褅袷，侈詁

---

① ② 　此詩題位於手稿本第 7122 頁。
③ 　"家傳五百材"，手稿本作"傳家百五材"。
④ 　此詩題位於手稿本第 7123 頁。

極孫曾。豈有岐居始，翻教魯頌矜。後先推闡義，忠孝本源澄。迹考吳金匱，祠從漢永興。恭聞囚獄化，祠記況太守鍾到官，先謁泰伯祠，獄囚皆感化服罪。容易饗堂登。菶地傳梅里，豐碑表晉陵。禮援加爵焕，官守式神憑。晉泰寧元年詔祀用王者禮，晉陵太守殷師甞表其墓，置一戶守冢。聖代崇褒耳，乾隆二年奉詔頒帑修墓。邦人荷勸懲。士彌深誦法，俗益革囂凌。邇者群襄役，僉然共矢應。重開森矩磏，相率薙榛芀。夾廡添新甃，修垣度直繩。拜瞻交楫漎，歌和助捄陾。錫邑環雲簇，鴻山聳翠層。宅束九里近，基仰丈圍乘。雁宕村相接，南徐記實稱。此都風雅藪，多士頌章能。禮讓爲門牖，精虔上豆登。推仁詒澤暨，則友篤恭應。所以著前訓，端如鑑履冰。魯論三讓語，孔壁一傳燈。問涉寧岐渡，遵高敢躐塍。微茫心迹遠，紃縵篆煙升。輕説來題句，寒江畫檻憑。

題夢詩石屛側四首①

端明學士江頭夢，造化鑴鑱幾百年。今日蘇齋禪榻上，嵩陽青眼故依然。

有美堂前閣壁書，定香野店濟明居。不知道眼何分別，細雨濛濛柳絮初。

西村石墨響猶存，南嶽真人句對論。收拾龍團花乳沸，了無明鏡繡囊痕。

元氣淋漓動鬼神，天工不借斧麻皴。斷虹幻出層樓外，正有蒼茫憑立人。

梅溪縮臨唐令長新誡於石求作詩因題昔年所寄熹平石經縮本後二首②

稧石誰家仿用和，陰符真草褚戈波。武梁闕榜千年在，終奈師宜

---

① 此詩題位於手稿本第7126頁。
② 此詩題位於手稿本第7127頁。

寸楷何。

量到錢郎墨黍珠，煙濃對榻倒金壺。舊來神妙秋豪影，幾個窗光共寶蘇。

乾隆甲子夏六月方綱受知於仁和趙都諫補順天府學生今六十年矣兹六月朔敬拜宮牆有述二首①

繞池默誦學堂書，猶憶垂髫鼓篋初。忝竊豆籩碑記附，知大興吳公昔集同人於此議捐修學舍，曾得列名記末。汗顏桑梓禮文疏。京兆蔣戟門、吳白華皆嘗見招鄉飲大儐，以病未赴。仞牆瞻拜難鑽仰，藝圃閟深幾耨鋤。只有齋廊殘石剔，舊捫苔緑在衣裾。東廡之東文山祠壁《雲麾李秀碑》，今得重爲補記於石門吳京兆記後。

掄材題續信江邊，②丁未秋，於廣信試院題字趙都諫碑末。衣鉢延陵望渺然。方綱於吳京兆得稱門人。敢詡門牆光著録，竟叨京尹接聯翩。謂中州莫韻亭、南皮張研溪、吳門李滄雲後先來官京兆，而毗陵胡蘏麓知大興，又知宛平也。話餘古墨齋扉啓，坐有詩龕筆記傳。是日飯蘏麓古墨齋，并邀梧門祭酒同賦詩。共説槐廳新咏近，重賡苹鹿到賓筵。今祭酒是予門人潤補臣，其尊甫九庶子今秋重賦鹿鳴也。

是日又得二首③

辟咡芹池上，依依入夢迴。新涼乘驟雨，際曉戰輕雷。製忍披淋漉，昔入府庠簪花日亦值大雨，家無雨衣，以油紙覆衫上，雨衣曰製見《左傳》注。心憐尚幼孩。霑濡戴星起，直爲省愆來。

攜兒趨北郭，是日樹培隨侍。氣已得秋先。及睹新椽桷，時方重葺廊廡。誰摹舊誦弦。盟申雙破硯，《雲麾李秀碑》今始得宋拓全本審定次序。話並兩寒氈。司鐸二吕君來同飯。退食將何補，從頭寸晷研。

---

① 此詩題位於手稿本第7128頁。"兹"，手稿本作"兹於"。
② 此句下注文"於"，原脱，據手稿本補。
③ 此詩題位於手稿本第7129頁。

題紹興米帖大字卷紹興十一年辛酉上石

大觀紹興三十年，此老遺蹤徹九禁。虎兒簪筆上敷文，御墨龍香研池浸。英光動搖石經案，記否月虹宵倚枕。千古相臺忠義氣，快搴鑑遠雄尤甚。誰憑仿像袍袖烏，壁響登登石工賃。殘煤幾疊對山青，渴思長虹注海飲。琅華館主剪秋燈，石丈欄前拜斂袵。蕉林鑑賞印依然，竹露蒸空墨不滲。向冰閱古何足道，篆香廿載豪鬚沁。軒軒神倚擘窠來，雨過簾篩碧梧蔭。

題閣帖第十卷宋拓本二首

丸癗潘藏舊錠痕，當時未得米黃論。沓拖風氣爭傳得，顛素翻教叩本根。"癗"字尚不誤。

何來半袖與新裙，題壁元非貌右軍。不解夜眠東轉帖，米家何以識羊欣。《鄱陽帖》《淳化》前後複見，其在第五卷，米云大令書；其在第十卷，米云羊欣書。

伊墨卿得邢子願與謝在杭手牘云後五日當與墨卿周旋也異哉爲題此

閩客篋中齊客書，二百年歸閩客篋。新詩續補小草堂，腕懸正借來禽法。異哉墨卿真墨緣，爲爾重拈謝家帖。周旋墨卿談何易，誰與來禽舊盟歃。西疇農人告春及，未了經鉏先噉餂。指頭禪動轉語初，題後香消大千劫。攜到蘇齋跌榻邊，悟徹多生禿毫業。青李囊盛函勿封，壓倒香廚萬籤鄴。默齋緣邪蘇齋緣，二百年纔半旬浹。重裝酬唱真多事，長樂人還臨邑接。爲語周旋墨卿者，掃却今宵語稠疊。只有空光篆裊中，此老神來作行押。疏疏檻影月浸花，籔籔池陰風捲葉。却添跋後重臨本，試問如何共贉韘。予爲臨此牘并臨《青李來禽帖》於後。

---

① 此詩題位於手稿本第 7130 頁。
②③ 此詩題位於手稿本第 7131 頁。

沈石田楓橋餞別圖爲墨卿太守賦[①]并序

《楓橋餞別圖》,明成化丙午沈石田爲孔公鏞作也。孔公字韶文,長洲人,知高州府,以誠信撫賊著名,《明史》有傳。嘉慶己未,伊墨卿由刑部郎出守於粵,大學士富陽董公以此卷贈行,墨卿莅惠州,以剿賊事解職,所遇事勢不及孔,而其心一也,此卷沈題若爲之兆者,爰爲賦此。

憶前五載餞別時,此董閣老無聲詩。似知三百年後事,沈云無愧無諛詞。推誠撫寇報君國,那比奏最尋常期。亭中對坐岸對語,想誦祠記交嗟咨。圖中鬱鬱有真氣,持到惠州果踐之。又從海嶠赴京闕,他日拊卷切保釐。江湖空闊積霜露,蒼茫竹樹云誰思。昔人贈處意非偶,一水一石神與馳。勿忘蘇齋評帖日,白石濃綠留研池。庚庚瘦書欲起立,豈獨踵續高州碑。

同日得辛楣穀人仲子手山書賦江南思二首爲寄[②]

東南耆宿老錢郎,千載誰追鄭禮堂。欲就東樵援李溉,仲子寄來浙中新修板之《易圖明辨》,其中澠闕實尚未補。未應紅豆抵熊方。昨見惠定宇補注《後漢書》,實不及錢晦之補《後漢年表》。宣城句想餘篇牘,楊復圖來待審量。仲子時爲寧國府教授,所釋《儀禮》漸已成帙。幾個虛衷同訂詁,悵懷規杜佇蒼茫。末句借劉光伯以兼寄端林也。

今代詞源孰葦杭,屢提果否嗣蓮洋。四唐要借津桴問,三李如何尺黍量。正味東南指煙舫,奇才淮海聚維揚。正味、煙舫皆穀人齋名。三李,手山齋名。欲憑轉語參詩夢,同向蘇齋印篆香。乞穀人、手山賦詩夢研屏也。

題龍門山磨崖古驗方上齊武平六年造佛像記[③]

泰始扁鵲俞拊方,藥師本願琉璃光。三龕萬佛普度世,褚書石洞

開賓暘。褚碑前多北朝刻,古醫經集闕兩旁。憫憐衆生勒崖右,稽首
仰讚臨空王。瞽聾齊仗藥樹活,蘭玉共祝天花香。何人像下作妙楷,
跨越六代開三唐。河清天統武平際,像記往往乖雅倉。雖從別體領
拙趣,那堪續隸參凡將。獨此筆精所僅見,崇深誰接三公郎。歐公集
古詫奇偉,特推褚記評殊常。想並龕門細書拓,驗方銖稱皆等量。褚
法史陵厥有自,試追格韻從蕭羊。絲闌界紋測矩步,金粟髻影研豪
芒。異哉半寸秘波策,千二百載留巖岡。雷穿日夕蝕風雨,僅泐一二
昏鋒鋩。兗州牛君昔手剔,參差圖記字與行。文十二行,行十七字,牛氏圖誤
云行廿五字。吾友錢塘黃府倅,丙秋襆被走洛陽。遍拓龕文皆足本,片
石咨嗟老遂良。褚書《三龕記》後有褚名款,"貞觀辛丑"一行石片碎落,數年前尚藏僧
寺,今失去。偃師武君舊賵葉,以對牛記重褫裝。黃子又圖石龕壁,丈
六圓頂秋霄望。虎頭神妙一元氣,蠅楷絲髮同津梁。蘇齋重臨附於
後,意借褚法孟與房。褚書《孟法師》《房玄齡》二碑。有人好事拓萬本,驗方
重校鐫琳琅。猶勝絳州頭眩帖,右軍永興競米黃。弆諸玉函金匱笈,
幻照濁水牟尼藏。研池倒影黍珠墨,嵩雲咫尺摩青蒼。

陳章侯調羹補衮圖爲春甫侍郎題二首①奚鐵生書籤

誰傳玉醴度金針,識得調羹補衮心。不信老蓮搖醉筆,是何獻頌
是規箴。

鐵史題籤亦酒徒,禪龕昨夢爲誰圖。香廚忠孝傳家學,只有條冰
對玉壺。自題畫於昨夢庵。

張君度畫册四首②

艤櫂穿林憩小齋,主賓茗碗甫傾懷。看君濃綠盈襟袂,昨夜山雲
濕半階。

叢篠前來處,詩聲隔水聞。手披飛磴霧,衣皺碧波紋。叠石新開

①②　此詩題位於手稿本第7138頁。

徑,幽泉何處分。晚涼亭子上,閑送度山雲。

欲選篁深背夕陽,竹籬夾澗受波光。盈襟未雨濃青滴,不是花香是水香。

十萬琅玕灑翠深,脱衫揮扇又披襟。何如但寫跏趺處,亭子虛涼試定心。

倪文正山水卷[①]自題云"崇禎己巳八月爲台翁先生仿雲林筆意"

自題仿迂倪,本自一家則。正如内外儀,渾以兒名易。於時己巳秋,隔歲匡廬憶。初抗擊奸章,一掃群陰積。正言獨力支,此筆千鈞直。翛然淡雲水,間之層峰石。綠隱深鈎錯,書含凛芒戟。夢迴南浦舟,淚爲東林滴。筮機並包絡,構象非筆畫。勿執雲林稿,橫煙點空碧。

是日又得見文正題小桃源詩草[②]自題云"始寧倪元璐題□亻先生小桃源五絶"

五詩小桃源,來與畫卷對。忠孝即神仙,何用謝流輩。浩乎渾天機,源頭證諸内。水流花自開,空山何人會。一往太幽深,感激作湍瀨。此筆寫此心,鬱紆繢素外。其觀象繫乎,兒易所津逮。詩弗陶公仿,畫亦非倪派。詩當居畫前,掩卷斯人在。一幅圓鏡光,月吐研屏背。

宋比玉畫[③]

自題云:"仙城旅館㸑無煙,風雨翻天夜打船。記得蓬窗燒短燭,猶留半幅到君前。作此畫於姑蔑城下已八年矣,今日客信州,持贈無學,聊題三韻。乙卯六月。"

江鳴夜雨濕嵐煙,誰記依沙宿舸船。水涌雲飛交篆籀,自題自夢八年前。

---

① 此詩題位於手稿本第 7139 頁。
② 此詩題位於手稿本第 7140 頁。
③ 此詩題位於手稿本第 7141 頁。

王元照仿大癡①自題"丙辰清和"

耕煙煙客派誰收,氣至端於法備求。吹笛乍難逢子久,買絲且許繡廉州。摩挲老眼開縑素,商略微言付茗甌。留得神來真本在,梅村枉説換貂裘。法備氣至,煙客論畫語。

唐子畏秋林高士二首②

欲寫林中士,先尋澗外秋。地偏盤繚曲,天遠畔牢愁。仄磴穿雲去,危巢控鶴求。更憑崖斷處,橫笛起江樓。

小立悠然會,誰傳静者心。酬詩鏗澗響,玩易掩嵐陰。近有藏書借,閑餘夜話深。對窗蒼石氣,不是補疏林。

陳白陽寫生卷二首③嘉靖癸卯秋

自稱老懶五湖時,破墨山窗賸折枝。一抹橫煙江月上,有神無迹氣淋漓。

雨歇煙昏草篆斜,不須題字始名家。午餘掩卷翻成夢,褚隸量來小聚沙。味辛每爲予説吳門繆氏所藏《孟法師碑》之妙,予見其雙鈎油素有白陽手題葉數字數,對此恍復夢見之。

董東山仿黄鶴山樵幀子爲歐陽敏齋賦④

瓜田逸史品皴法,獨以枯筆推東山。甫從元人溯董巨,豈知氣格該荆關。此幅自題叔明仿,南村聽雨胸迴環。麻皴斧劈堆衆皺,筍株玉映千煙鬟。巨石層林自結構,橫雲瀉瀑聲潺湲。蒼然勾斫不傳處,渾乎篆髓誰躋攀。澒洞淋漓一元氣,遥青正落空江灣。先生晚年匠意獨,街西下直庭蕭閑。偶與茶山論畫派,每嗟北苑追摹艱。富陽又繼華亭出,董家一派神來還。瓜田枯筆説未盡,山中濕翠深茅菅。拈出經營著墨意,濃緑一掃秋斑斕。歐陽集古我鄰壁,簾鈎對卷斜月

———————

①② 此詩題位於手稿本第 7141 頁。

③④ 此詩題位於手稿本第 7142 頁。

彎。茗香復憶四十載,西風峭影梅雪間。自題乾隆己卯嘉平。

題單父劉氏所藏秦淮海元祐八年賜研用淮海集中元祐
七年賜館閣官花酒詩二首韻①

研高一尺四寸,寬一尺,厚四寸餘,重五十觔,背鐫云:"元祐八年八月十二日,臣觀始供史職。是日詔遣中使賜李廷珪、張近、潘谷、郭玉、墨、石硯、水池盤龍麥光紙、點龍染黃越管筆,後二日乃賜器幣。近歲史臣惟遇開院有墨硯紙筆之賜,續除者但賜器幣而已,續除備賜自臣觀始云。國史編修官左宣德郎秘書省正字臣秦觀謹記。"

潘李隃糜石水池,桂香吹散上林枝。濡來越管縑緗滑,濕想元雲靉霼垂。史院續除前罕匹,仙家十賚語非嬉。鬢絲莫笑春衣句,黃本東華校勘時。"仙家十賚文"亦少游句也。少游嘗爲黃本校勘,見王直方詩話。

誰誇大令筆蹤尋,詎止江花夢嗣音。鄂國贊留書牘少,端明題記浴堂深。細書氣已盟苔石,巨璞光還照藝林。拓幅蘇齋真像側,茗甌香淡篆煙沈。岳倦翁《少游書贊》云:"昔江淹夢五色筆,而不以書名,既已禪長公之文籙,奚必誇大令之筆精。"坡公乞郡正在元祐八年也。

石田山水卷爲胡蕙麓賦②自題"弘治三年六月作於石山堂"

石田早細晚乃粗,至今細沈推中吳。中年以後忽放筆,脫盡蹊徑非臨摹。此卷又遲廿年後,一騁元氣於操觚。圓鋒皴疊磊磊石,大葉密點蒼蒼株。橫橋斜徑迤草閣,山影半落雲模糊。漁舠欸乃出洲渚,柴門咫尺成江湖。憑欄覓句者誰子,儻匏庵與西村乎?自題倚杖意有屬,江山對語如可呼。茶竈中間玉琴響,萬景吞吐牟尼珠。浩乎神來寫豪快,天機迴斡相撐扶。白公廣大教化主,涪翁草書三昧俱。是有竹莊真畫譜,白石翁印果有無。真放精微坡老偈,始識細沈非岐途。古墨齋窗聽秋雨,篆煙飛起桓家廚。此内白石翁印是後人妄加者,故辨之。

---

① 此詩題位於手稿本第 7144 頁。
② 此詩題位於手稿本第 7145 頁。

元僧雪窗蘭①

畫蘭兼畫空山谷，山空無人生使獨。不是孤高傲衆芳，自覺盆池太粗俗。山人住山豈山癖，佛事虛堂參飯粥。意行隨步繞前岊，泉籟翛然和琴筑。道心那借鼻觀通，山意無言臭味足。只寫陽坡受暄處，半偃風迴經雨宿。天機領取空曠中，脫盡禪窗掃襟綠。更誰拈向霜雪心，操響弦來漱冰玉。齋名漫說柏子庭，聲聞渾未忘拘束。跏趺直到江月來，試問如何偈子熟。

石濤應真卷②

昔觀五百應真圖，龍眠軸寫淮海記。又題清湘自寫照，雙幢入定長鑱試。不知清湘目見否，千相波濤翻海勢。衣紋轉側面背間，八萬四千偈子寄。一花一葉倚團蒲，淨瓶拂塵非思議。石作禪牀林作幕，穹巖流水空塵世。真氣拂拂十指出，群鳥忘機獸馴避。洞扉吐納出層青，直到寥天四垂際。墨雲噴雨掣電來，大海諸峰蕩餘霽。冥濛四合梵唄響，盡入雙趺攝深皆。夢中誰記飛錫聲，大滌陳人苦瓜濟。自印虛空不起草，是皆實境非禪譬。軸頭萬里之長風，一切圓成屬提義。此筆曾看寫此君，月落空庭千丈計。果來吳畫佛頂光，普門開元坡老識。合披此卷坡像前，香裊橫斜真篆隸。

安廣譽仿雲林小幀二首③

煙橫水墨淡秋空，元與遥青淺絳同。不可言傳誰仿得，盡收真翠濕濛濛。

天然神骨似論文，未許纖穠作派分。欲點玉又來著句，墨痕恐礙入簾雲。

---

①　此詩題位於手稿本第 7146 頁。

②　此詩題位於手稿本第 7147 頁。

③　此詩題位於手稿本第 7148 頁。

復初齋詩集卷第五十八

石畫軒草一甲子八月至乙丑二月

題補臣祭酒四世司成詩卷二首①

補臣名潤祥，自其高祖鄂拜、叔曾祖鄂爾奇、叔祖鄂容安，至今凡四世居是官。

敬陳祖德紀君恩，字字箴銘勖後昆。四世清班超史牒，中天盛事在橋門。圖書東壁光輝接，閥閱西林掌故存。姓西林氏。忠孝傳家餘手澤，摩挲寶氣記同論。去年於令叔五峰伯齋中見剛烈公所藏文端公"忠孝傳家"四字田黃篆印。

科第欣逢甲子周，尊人庶子公今歲重賦鹿鳴宴。丁闈款話記從頭。令叔祖制府公與予同舉乾隆丁卯鄉試。每追秋賦奇文賞，不獨春坊接武酬。碑石題名推世胄，辟雍鐘鼓儼箕裘。六經綜括群書目，於古官師有此不？

李希古林泉高逸②

蕭寥曠莽意不傳，漁樵自與山水言。或云李希古，身在畫苑心林泉。或云邵堯夫，問對探賾窮先天。叩諸此幀何有焉，漁者但說鰣鱖鮮。罟罾蓑笠月一川，樵者但擇林麓偏。蒼皮素節來盈肩，丁丁聲與欸乃連。偶坐石旁或水邊，水石共此煙蒼然。畫手多事寫爲幀，此幀

---

① 此詩題位於手稿本第 7149 頁。
② 此詩題位於手稿本第 7150 頁。

乃以高逸顔。癡彼蕉林藏,謂取大略觀。覃溪復爲墨卿咏,不值漁樵二子一笑水石間。

南海陳喬生新建徐巨源番禺黎美周賦芳草卷子前有冷庵受證墨竹皆以贈吴人徐子能者子能有跋①

河外江南品藻分,蛾眉芳草本同群。誰將五色江郎筆,柳暗朱樓托夢雲。

穗城記訪抗風軒,潮打榕根剩繚垣。四十年前江廣路,幾曾煤楮拾南園。

社集姚黄擬月泉,影園詩話一時編。蘼蕪芍藥紛持贈,可抵秦淮鬭草篇。

竹潤同岑豈異苔,甘辛共氣爲誰栽。榆溪肯就松門社,然否風流續玉臺。

書米海嶽蘭亭跋真迹後八首②

夢想褚禊帖,華亭撤三行。明知是贗本,領上山誰詳。癸丑蘭因文,潁闕此變常。癸、丑、蘭、因、悲、夫、文,七字皆是潁本石空處,而領從山本獨此七字有異。可笑董華亭,誤沿王鬱岡。海寧陳與查,奇賞詫文房。劉收復查刻,此後蹤茫茫。近聞查氏孫,篋衍矜舊藏。慨訪四十年,乃在鄰刹旁。

山陰董小癡,報我得異聞。邇年查氏篋,并覓三行存。可補陳與董,留質徒紛紛。惜哉未勒石,購者非解人。空寄扃鐍中,舊櫝塵煤昏。許我一借觀,傲彼前哲論。雖非唐真迹,或出褚末孫。急掃齋榻几,相與窮本根。張米庵云褚臨《蘭亭》真迹在海寧陳氏家,是白澄心堂紙,不思南唐李後主乃造澄心堂紙,而褚用之,豈非笑柄。

---

① 此詩題位於手稿本第 7150 頁。
② 此詩題位於手稿本第 7151 頁。

小癡邀墨卿，同啓查氏篋。二卷止存一，何時飛鱗甲。存者亦褚臨，江村録所挾。江村録則真，褚臨名空慴。黃絹印殷紅，跋迹語稠疊。此帖亦飛去，此跋仍踵接。何減褚帖存，氣尚流葷壓。小筆十八行，筆筆撥鐙法。

昔聞蘇耆卷，裝自天聖年。後以名繪易，歸米書畫船。崇寧歲壬午，二卷裝聯翩。秋裝文惠本，弗追銷夏緣。所易蘇氏者，跋兼馮趙韓。小米與鄂嶽，並以承素論。何如米此跋，跋歸褚令專。餘皆不言褚，而況領从山。

劉注鄭构編，蘭亭用篆筆。妙會右軍書，正從岐鼓出。由字獨楷則，米跋以爲質。浪字如書名，褚外有誰匹。丙辛天地合，實兆文字吉。辛未到辛巳，一簡再三述。讚説有如此，可配硯丙戌。所以真米跋，而來寶蘇室。

蘇齋即蘇米，搨此遂匝旬。世間米迹少，十僞無一真。此跋極草草，我獨尋其原。草頭下筆時，不共蘇迹論。_{蘇行書草頭右先橫，米行書草頭右先直。}猶如褚臨王，精鑒帶崇群。_{此皆褚臨《蘭亭》恪依右軍者，愚著考備論之。}結想曈矓外，恍對枕笈親。以兹真品悟，反勝贗繠陳。了然虹月影，寶晉真精神。

吾齋配蘇像，米題藥洲書。時未以芾行，尚在元祐初。_{米題藥洲字在元祐元年丙寅，至六年辛未始書爲芾。}蘭亭跋及贊，最賞詹東圖。近來王給事，學米惟此橅。聞是鉤填者，改誤孰徵乎。_{蘇氏卷後米跋云有改誤數字，然今見其石本，並未改字也，此王損齋、董思白、查聲山所未鑒及者。}何若闕其帖，象罔真元珠。獨存一米跋，玉鏡懸冰壺。侑以文水籤，一臠珍嘗諸。_{此卷外籤是文休承書。}

我評褚臨本，必自僧懷仁。群崇遷三字，可直金百鈞。他時獲精拓，償得壽貞珉。此跋如並登，二王_{夑州、儼齋。}肯結鄰。但書伊與董，同觀及梧門。留賞來群仙，映霄飛慶雲。元章馬式語，未必夑州聞。

山陰百花發,知爲誰寫真。

惲南田桃花二首①

甌香落筆時,何知有縑素。鈎簾及春半,蝶粉飄晴曙。但有冉冉雲,蒸空作花霧。非關玉洞深,豈問漁津渡。不與人意謀,嫣然風與露。尚嫌流水聲,隔界來蹀步。②氣暖眼欲醉,誰著夢渚句。一洗宿雨餘,江外煙華駐。

皴法誰憑窘處量,始知法外得徐黄。暖雲破笑非丹粉,鈎染何曾仿趙昌。南田嘗言作山水苦窘,乃以寫生名世。

問鎮堂病同梧門用長字③

近應眠食勝,几榻喜新涼。淡入齋心定,閑添睡味長。故人雙手牘,款户一詩囊。博得開顏笑,何須檢藥方。

顧杞巖畫黄初平牧羊二首④

誰見薪蒸刈短童,鈎衣石角暮山空。後來閬苑無窮事,却借坡公問仲通。

使君攜自五羊城,爲我尋詩訊舊盟。正有黎陳芳草句,道人相與話平生。

查梅壑畫卷⑤自題“辛酉冬擬白石翁”

每想耕煙子,下榻梅壑齋。盡屏諸畫幀,而況凡朋儕。獨於梧竹間,蕭然几案揩。時聞落墨餘,笑言二老偕。雖云四家仿,中有曠古懷。商訂精微語,妙悟非安排。論及華亭董,董沈孰根荄。肯居臨橅乎,稍執即已乖。恨不厠坐間,筆髓儻津涯。此題白石擬,蓋借屏繁

---

① 此詩題位於手稿本第 7155 頁。

② “隔界”,手稿本作“界隔”。

③④ 此詩題位於手稿本第 7158 頁。

⑤ 此詩題位於手稿本第 7159 頁。

哇。蒼然如其書,屋漏折古釵。亦有小癡叟,銘硯憶西街。共題字一行,古色飛荆柴。

石谷竹石①

錯金書勢溯誠懸,倒薤誰追篆髓前。參得褚公銅甬法,響泉未是永師禪。

石湖二咏②并序

案頭適展玩文衡山《遊虎邱》詩迹,而友人以陳白室仿陸包山《石湖春霽卷》、又衡山在石湖莊所題李營邱《雪景》屬題,因借其韻得二詩。

何事溪光點緑苔,春空渺不借亭臺。包山儻爲王郎寫,王謂履吉。白室應追范叟來。范謂致能。小徑翠依湖舫曲,彎橋青對寺門開。一篙茶磨斜峰影,猶想前汀宿雨迴。

剛從石壁訪寒梅,豈爲東坡掃北臺。汀渚昏陰殘夢裏,粉銀色界跨空來。水雲抱檻晴仍皺,禪榻穿林凍未開。不合中參評畫語,響留山徑鳥飛迴。

文湖州竹③自題"巴郡文同與可戲墨"

退谷研山所舊藏,却無退翁手題字。猶之文畫必蘇題,豈執蘇題定真僞。退翁曾取坡公語,月落空庭千丈勢。但執斯評亦失之,匪取其形取其意。老可當年禪偈子,如斯妙墨猥云戲。何知是竹是懸厓,蛟龍鬱律蟠胸次。神來空裏一枝垂,淡靄濛濛風露氣。所謂自在得三昧,急起追之縱即逝。想初揮灑道院時,留待子瞻爲題記。春雷翻石墨雲起,夜雨巴江泊舟醉。七百年餘舊夢迴,仍到蘇齋盟草隸。此

---

① 此詩題位於手稿本第 7159 頁。
② 此詩題位於手稿本第 7160 頁。
③ 此詩題位於手稿本第 7161 頁。

君説法了無言,樓外鐘來隔林寺。

惲南田豆花小幀①

誰如老圃閲秋深,露滴青蟲濕滿襟。一段晚涼摹不得,隔籬人語月微陰。

書題葉詩册②

乾隆壬辰九秋葉,三十三載重開緘。依然籬間翠初拾,街西款户題同拈。擇石辛楣二錢子,笑此城北詩老函。裕軒晚作菜圃主,菜香小扁當酒帘。相招四人敗蒲榻,坐到新月穿蘆簾。那用瑶華緗素束,只就落葉青圓尖。野圃天然風露意,裝成配我書畫籤。爾後每來秋屋飯,墮几歲歲丹黄添。好奇羅生與宋子,幾片鈎染交穤纖。貝葉經餘宿世夢,摘葉銘自誰家庵。戌秋詩盟渴追憶,塔影窗户消午炎。未得攜兹對斜照,田盤幅幅留煙嵐。壬戌在蘭谷寓齋亦有薜垣。歸來舊篋自料理,此葉淨拭無書蟫。擇石逝矣辛楣在,舊侶幾個懷江南。石欄點筆風葉響,江湖霜露深蒼蒹。續題重待馮與宋,綠邊小印輕紅鈐。魚山、芝山即來都門也。

陸包山畫③

嘉靖癸巳春元秀樓寫意,萬曆乙亥重題。

并州翦刀翦吴淞,三萬頃波峰幾重。陸郎何感杜老句,包山一幅支青篷。想見陸郎盛年筆,小樓破曉春初濃。太湖一碧沐鬟黛,東西洞庭水映空。春濃正在澄澹處,宿靄淨捲無微風。近山尚霏雪梅白,遠渚已點夭桃紅。帆光隱漾入天際,目矚迤到憑窗中。是日新嵐襲衣袂,嫩寒隔浦馳詩筒。四十三年恍如夢,七辰八丙憐匆匆。七辰八丙,陸叔平自題畫語,正在乙亥春也。花信催人茶事近,似否鴻漸疑龜蒙。重

披絹端淺絳素,意訪秘簡靈威宮。①雲深墨點望不到,煙蓑釣笠青濛濛。老年楷仍文氏派,石湖舊雨同搘笻。對牀儻是二承董,再稿更擬移諸峰。

再題包山畫四首②

羊城往日層樓上,坐見重洋浦外山。一點濃青遥借影,鏡中無此好煙鬟。

岱嶽羅浮遠近通,金庭玉柱翠玲瓏。包山故是雲霞宅,碧海方壺寫照中。

石壁曾尋古篆來,篝燈深入隔塵埃。昔有人入洞庭深處,見壁上"隔凡"二字。墨池但寫閑雲意,已似嫏嬛洞户開。

研屏幻夢接江湖,咫尺丹房叩寶蘇。七十二峰鈎帶出,淋漓元氣是根株。

卞潤甫畫白公琵琶行四首③

司馬青衫淚未收,江山何事管閑愁。無多煙樹蕭疏甚,識得潯陽郭外秋。

千古英雄感遇心,偶然興寄古猶今。那教鶴髮花龕叟,悵結江灣荻浦深。

澹月濛濛浸晚江,爲誰遺響落船窗。爾時未作西田夢,煙客梅村白璧雙。卞自題"丙寅冬日作",尚在吴梅村作《琵琶行》前廿餘年也。

鎖江樓下話依然,回首煙帆四十年。弔古迷茫難寫處,未完稿在斷雲邊。乾隆己卯九月,予典江西鄉試歸,宿九江郡。次日五更起登舟,德化令聶君長人欲留話城北鎖江樓,爾時意擬一詩懷白公江頭送客事而未就也。

---

① "意",手稿本作"憶"。
② 此詩題位於手稿本第 7165 頁。
③ 此詩題位於手稿本第 7166 頁。

李長蘅畫二首①

四老檀園抵練川，茗香書几韻翛然。子柔草勢如堪喻，逸氣應追晉魏前。

六浮閣子攬層空，締構超然意匠中。萬樹梅花香結篆，盡收春半雨濛濛。

王麓臺畫②

自題大癡法，渾厚造平淡。一以董巨宗，下可倪吳瞰。如詩有少陵，書必平原探。平原贋者誰，詩懼李何濫。平原大令脈，來者難荷擔。玉溪與山谷，丹青變緅紺。相馬驪黃外，知味甘辛啖。借問石師禪，案偈憑參勘。古人去我遠，縑素況昏黮。妙用儻一原，臨仿初何憾。南田石谷輩，肯逐虛聲譀。精微渺如何，摩挱蒼錦賧。

陳荔峰學士典試粵東還出姚秋農學使所拓藥洲石上予舊刻詩記賦此二詩題於藥洲圖卷③

七千里外苐棠陰，四十年前綠蘇深。南海潮來風雨夕，西齋樹下誦弦音。主賓對榻論文語，苔石同岑感舊心。編入藥洲詩話卷，後先衣鉢在詞林。乾隆己酉、戊子、庚寅、辛卯凡四屆鄉試，每與典試諸公唱酬成册，今秋農與荔峰此景依然也，予在使院撰《藥洲詩話》六卷。

門下門生蔭樾繁，予因錢湘舲典粵東鄉試得甲寅鄉試榜小門生，今培兒又得此一榜小門生也。江花夢筆孕根原。乾隆甲申十二月十三日，予按試瓊州，渡海夢筆有彩光，是日樹培生於廣州廨舍。濂溪那計深遺愛，定保應教補摭言。悵望老榕尋海嶽，藥洲榕根下聞有米題字，未得剔出。低回芳草泝南園。羅浮五色鵝城繭，幾日馮生得對論。適得黎美周、陳子升諸人賦芳草卷也，馮魚山來書云明秋當北上。

徐天池梅花①

月墮山陰倒折枝，雪深半夜鶴來時。夢迴一嘯知何處，煮石農家洗硯池。

周少谷梅花②

一聲山鳥報先春，玉蕾初調粉翠勻。雪洉光中難定影，石欄知有吮豪人。

王石谷梅花③

放翁多少梅花句，亞水橫欄插角巾。不及耕煙一尺絹，山光爲爾點精神。

十二月十九日蘇齋拜先生真像三首④

三年闕拜像，公乎不我嗔。今日臘雪筵，惠此真精神。昔也蘭嵎生，今之朱野雲。肖彼顴右誌，會此眉後紋。雙瞳蔥岷江，碧宇下星辰。大海迴紫瀾，浩蕩誰知津。萬古一元氣，偶露於斯文。敢謂十笏齋，片紙留公真。

是日墨卿子，自前惠守至。爲寫白鶴峰，軒然墮空翠。商略龍眠稿，參諸泛穎義。湖濱前夢在，尚想騎鯨氣。夢中同笑者，野雲記旁睨。定影即吾齋，松風蕩虛吹。涉川莽無涯，喻葦得根蒂。叩須招我友，尋源托攸濟。

昔聞山谷翁，快覿龍眠軸。揩藤據於磐，醉態憶之熟。謂當諸友集，筵間挂一幅。想約秦晁張，共此窗燈燭。吾齋渺何有，遺字照猶綠。蘇齋偈無二，蘇門客儻卜。三山叩蓬萊，一峰攜天竺。試問垂慈老，菖蒲連石竹。

---

① 此詩題位於手稿本第 7172 頁。
②③④ 此詩題位於手稿本第 7173 頁。

是日又題坡公真像軸後①

禪人瘦影道人風，雖寫軒髯實不同。書格僧虔兼子敬，詩懷白傅接陶公。圓光汝海瀾翻偈，真面廬山峽吐虹。醖放精微難喻處，試拈仍在雪窗中。

又題嵩陽帖後②

從茲始覿坡公面，醉後攜笻態宛然。紅日烏雲離夢幻，粉箋昏墨合參禪。顋間右誌元非相，石上三生信昔緣。莫認濰州題驛壁，落花如雪點茶煙。

未谷以予昨寄札裝册寄來求題二首③

宛然懷袖投膠話，莫作批迴牘尾看。萬里天南雲樹外，翻思薊北雪窗寒。

歲寒霜雪夢江湖，梅信敲冰蕾作珠。拈起斜枝論隸法，料量滂喜續奇觚。適爲蓮府題童二樹《梅花》小幀，正是分隸一家故實也。

惲道生山水卷④

自題云"仿道復而更恣肆"。以下乙丑。

畫旨如何秘不傳，白魚潭唱越溪船。蒼深氣在經營外，恣肆功居結構前。未必稿從摹道復，肯將窘處讓南田。詩家真放精微意，正到蘇齋石銚邊。道生著《畫旨》四卷，山陰張爾唯曾刻之。

隨月讀書

五更起讀書，正挂穿窗月。捲幔以函承，冰泓趁凹凸。左鐙右研間，潑案光如雪。研屏月又吐，誰辨輪與窟。宛爾蘇屏咏，風林蕩江樾。隨之面窗西，詩思轉瑩徹。春長陰逾惜，静境老方閱。爲補江家

---

① ② 　此詩題位於手稿本第 7175 頁。

③　此詩題位於手稿本第 7176 頁。

④　此詩至本卷末，手稿本闕如。

詩,晨鐘警寒切。

王孟端山水卷

丙戌九月。自題云:"落日山逾碧,孤亭景自幽。蒼江寒更急,客興自中流。"

舟中寫山亭,落日展寒眺。亭虛屬何人,遠碧供衆峭。畫成舟已行,筆想淡逾妙。山光在幅紙,林影耿斜照。俄頃篷篾間,盡收曠與奧。有如夜簫聞,快作簫材報。當時若裝軸,月下疑同調。有心轉成癡,無欲乃觀徼。竹爐韻依然,品泉領其要。終古惠山青,疏篁發長嘯。

惲南田畫松

篆籀清蒼氣,仙靈采服時。從何筆端覓,純任化機爲。褚令三鼄隸,陶公五字詩。長風鸑鷟語,警露鶴先知。

楊鐵厓山水卷 自題"老鐵維楨作"

鐵龍精吸秋江冷,峭倚珠簾半山影。江聲飛入草閣寒,袖有蓉香三萬頃。梅華夢幻華陽巾,畫家誰並鐵體論。識得蓬萊月虹舫,石篆壇邊禮白雲。

南田山水

世間花木靈異氣,到此融結爲山川。斯人何人奪造化,畫之禪偈詩之仙。嘗以此事讓石谷,自謂苦窘然不然。石谷有作須爾跋,良工心苦誰爲傳。天機故在賦色外,元氣淡入空濛煙。定光一縷不著紙,神妙正落甌香圓。荊關董巨豈我法,元四家并非言詮。此幀自題澹軒仿,專家孤肯徐黄沿。遠峰近渚活雲影,樹杪石罅皆飛泉。無字句處詩髓在,寫生所以全其天。臘寒借挂寶蘇室,雪窗來照筍脯筵。野雲道人爲狂叫,石屏石畫光迴旋。我詩品畫出意表,鏗然山響非琴弦。弦外之音水中月,參透三昧真南田。

王石谷仿大癡富春山圖

昔聞大癡富春卷,秘藏石田有竹莊。一朝失去爲重寫,舊觀筆想神來償。實諸所無空所有，因緣何自生比量。今見耕煙散人作，却追往昔毗陵唐。洛神楷照定窰鼎，此間合著王臨黃。不知何似沈臨者，吾師吾師知止堂。海虞歸來又幾載，雪窗澹爇旃檀香。初從大嶺得位置，氣接衢婺通錢塘。重巖叠巘四迴抱，澄潭夾澗橫橋梁。孤亭架構俯湍瀨，長林櫛密排青蒼。石壁漸深路轉曲，水煙澹處皆雲光。橫雲遠入渺無際，數峰插起青天長。此即南樓山居否，無用師共棲禪房。一峰經營四三載，華亭仿亦四十霜。元四家推最合作，華亭曾語王奉常。渾融脱化備衆法，水暈墨彩成文章。世稱大癡晚年筆，一邱五嶽誰頡頏。華亭誰爲篆三癸，耕煙老境尤精強。自題庚辰屆七十，剩幅舊稿留詩囊。況餘華亭奉常語，舊聞歷歷棐几傍。世以麓臺當子久，或疑石谷謝未遑。豈知背臨功到此，何讓有竹初裼裝。此圖右軍之稧帖，此臨豈止馮葛湯。富春居接畫禪室，清暉縮地來贏糧。不惟其形惟其意，玉花萬古猶騰驤。心脾暢受雙眼福，華亭且莫誇三湘。

李伯時畫好頭赤臨本

八分書題云：“右一匹，元祐二年十二月念二日，於左天駟監揀中秦馬好頭赤，九歲，四尺六寸。”

毳張品價接蘇黃，冀北傳聞計谷量。豈識天閑圖選中，去聲。有人題目擅孫陽。山谷、文潛、无咎皆有和坡公好頭赤詩。

適有持趙仲穆畫馬求題者用前韻

五雲閣吏記髯黃，誰就桃溪絹匹量。小水晶宮添照影，鳳頭驄在雪川陽。

楊西亭畫牛

天然石谷稿中來，未要前村牧笛催。是水性情風意思，稻田西畔小橋隈。西亭，石谷弟子，石谷畫中牛馬之屬多西亭筆。

於禮器碑側左叔虞下得河洛二小字賦呈墨卿

壬春手剔項伯修，曜奴小字金鄉佯。迴視武梁祠像側，熒熒玉理森銀鈎。我欲重摹漢細隸，汝帖款識焉能儔。孔庭矩碬禮器在，皇哉盂斝彝鼎舟。七人書具古銘篆，亞中立册橫戈矛。今晨得見澹搨本，捫參歷井辨斗牛。陽城地中真暑景，河雒分野交奎婁。何人小筆河洛字，左叔虞次題瑕邱。建武以來籀書缺，火德之運忌水柔。袁良碑記國三老，永建年已別體收。此字神完畫逾細，知復系誰邑與州。此碑絕少宋元拓，今石泐甚難窮蒐。又苦俗工濕墨掩，頗憶階阢低回留。恨不滌苔萬斛水，嗟爾敝網寒具油。其陰下上側左右，隱若細浪騰蛟虬。以手摩挲儼起立，欲名甲乙翻飢輈。惟漢東京習讖緯，紫宮大一閟九頭。有人躋堂問禮器，圖書易像推箕疇。下逮种放劉牧學，豈借石墨來闡幽。慎之慎之漢學演，六書急就尋史游。鄱陽亦作續滂喜，涯涘或測洪川流。河南洛陽偶題耳，十朋百貝榮光浮。孔庭碑即經訓系，寸縑濡儻明珠投。定應快覯後碑出，他時桂四前盟酬。

吳荷屋編修以所藏張樗寮書華嚴經殘葉屬題

寶墨通靈信昔聞，榜書奇絕兆炎氛。可庵來配湖州竹，定起兜羅妙鬖雲。相傳樗寮爲人書扁，謂當致火，已而果然。荷屋藏文與可墨竹，以可庵名齋，若以此例之，當有吉祥雲來護也。

集古名繪册十首每幅皆錢茶山侍郎題

疏林短幅爲誰開，水澹煙橫氣往來。識得伊川題佚老，畫屏十二寫鸞臺。郭河陽。

不取人間無李論，昏陰殘照是精神。萬鴉誰借南唐譜，渤海戈波對寫真。李營邱。

悵望千秋隔九疑，遠山澹影水平陂。却來想像鍾山相，一筆王求不與時。燕穆之。

畫牛北宋胡員外，著録名齊戴厲裴。草樹敧斜皆草篆，盡隨浮鼻晚風來。胡九齡。畫牛者三家，戴嵩、厲歸真、裴文睍也。

晉卿偶作三釣船,臥遊未擬蠶三眠。篙師童子面如玉,中有玉人如酒仙。<small>王晉卿。</small>

山影平空水淡煙,蒼然樹石始神全。誰言一角殘山水,但寫孤舟號半邊。<small>馬遠。</small>

夏珪雪山藏古寺,未點雪處皆山光。神情間冷與雪稱,偏在峭深紅堵牆。<small>夏珪。</small>

畫不能傳更覓詩,雪雲澹到竹斜枝。神光却在雙寒雀,半樹深山晚照時。<small>趙士雷。</small>

前春臨董太匆匆,夢裏寅哥又不同。元氣淋漓難覓處,蒸青渾在濕雲中。<small>高房山。</small>

十州兩字葫蘆篆,正在輕雲軸影中。不比外間描贋本,畫橋窗戶襯青紅。<small>仇十州。</small>

陸甫元登岱圖<small>宋芝山畫</small>

陸郎同我金石癖,手撥日觀峰頂雲。滿空青石太古色,皆作磨厓籀篆文。天與宋生助奇筆,誰要聶叟誇前聞。對松蒼鬱逼元氣,衣袂軒軒鸞鶴群。<small>往時山東聶姓者,手攜氈臘,遍拓岱刻,手著一編記之。</small>

復初齋詩集卷第五十九

石畫軒草二乙丑二月至十二月

廣平府重建夏承碑歌①

此碑出洺七百年，建寧之迹初猶全。秦唐二守一再跋，始則半段終重鑴。至今喧稱講舍拓，紫山院廱原漳川。或云修城雜瓦甓，荊榛想像然不然。韓門昔來主講席，每嗟覓剔無由緣。鄱陽續釋圖孰識，南原隸辨訛相沿。義門往得仲墻本，欲跨都穆徐充前。良常但珍玉筍篋，秋澗儼合湖州編。鈎摹山夫近有自，銘文壇長詞非偏。我讀南禺真賞賦，取並婁壽球圖傳。東沙果餘古錦笈，星斗夜墮吳江船。宛然南禺題記在，不假滂喜洪婁箋。惟初隸古溯科斗，例薤體本芝英聯。庚元威稽墨采布，竇尚輦贊彎弧懸。兌戈垂矢燦彝典，夏金雛鼎光騰淵。測量周秦大小篆，陰陽霅帥窮方圓。堂堂筆陣凌百代，何減華嶽撑金天。華碑我援季海記，惜今未得朱蠟填。廣平太守雅好古，永年大尹勤來宣。愛我借裝陸家軸，松齋蘿月神娟娟。小窗油素森起立，芒迴電轉雲非煙。橫石按圖審位置，陽額重暈中留穿。追還建寧舊石本，萬古翠墨留幽燕。他年過客鑒奇古，秦唐繼者誰推賢。我亦附名洪趙後，摩挲賾尾光迴旋。愛古遲遲署軒扁，神物切恐衝杓躔。

---

① 此詩題位於手稿本第 7185 頁。

題宋游丞相景仁所藏蘭亭卷四首①

世家小篆押南充，秘府函裝想像中。寶慶端平題字後，更誰録與
耤耕同。

莒山刻遜桂林妍，每憶詩僧住玉泉。一卷永興甥手迹，阿姑天復
記唐年。陸司議《蘭亭》詩後有天復二年九月博陵用吉行書二行，記得自盧氏阿姑事，自
注時年十五。

領字從山墨孰添，金陵三米目誰兼。未應傅著河南本，真見神龍
弟一舊。退谷知止閣所刻目爲三米本者，亦云自游相所藏。

會稽清勁復深嚴，借得評來定武拓。不識薛家摹近否，巾箱喜欲
換題籤。會稽本清勁而深嚴，此卷内紹興甲戌莒山續耆時發，自題所刻果山郡齋本跋語。

再題游景仁所藏蘭亭玉泉僧本卷後②

題云："右得自玉泉僧法顯，法顯能詩，余甲寅、乙卯間隨侍至臨安識之，
別三十三年而再見。"按此是紹熙五年甲寅、慶元元年乙卯景仁
隨其父提刑至杭也，後三十三年則寶慶三年丁亥也。

游相篋籤辛與壬，玉泉僧最關苔岑。滿師房未銅漏換，辨才酒且
缸面斟。湖山一夜細泉語，此是大海靈潮音。仰看淨空飛白字，俯樂
拊檻游儵尋。却話前來初賞日，興言陳迹俄昔今。前乙卯到後己未，
慶元乙卯至寶慶丁亥三十三年，寶慶丁亥至開慶己未趙子固得落水本於滿師亦三十三年。
巧爲蘭亭訂墨林。性命可輕此難得，首尾三十三年心。落水卷，子固跋云
自丁亥至己未首尾三十三年，心好日玩，終爲我有。誰知相君有手記，記憶禪榻
同拈吟。老翁聽法一撫掌，雨響方塘雙筑琴。奇哉蘇齋小几上，游卷
趙卷先後臨。挑燈廿載無悟處，白石二跋感我深。廿八行儼僧說偈，
五百年續人題襟。山陰花開照萬古，唐年宋月駒駸駸。我欲重開二
摹本，墨花那計穿蠹蟬。苦被右軍笑舟劍，金龜玉兔蟹與針。機鋒轉

---

① 此詩題位於手稿本第 7187 頁。
② 此詩題位於手稿本第 7188 頁。

語訊陸叟,清齋午夢高松陰。

南田小幀二首①

自題:"陽羨山家見盆池竹石,極似元人小景,戲臨之以示賞音鑒取。"

石室叢篁看山雨,晉卿破墨説前生。晚涼誰記江南夢,簾外斜陽笛篔橫。

苔石無多意思深,問君何處著摹臨。只應紙閣春潮帖,澹對甌香是賞音。

羅浮萬年藤杖歌寄酬馮魚山②

馮生快作五嶽遊,歸來小憇雙石樓。孤藤一枝拔地起,倒挂石骨鞭蒼虯。諸慮百尺那得致,赤城九節誰爲抽。葛洪鮑靚采芝後,泰泉圖經所未收。馮生一見拊掌笑,截作緑玉扶老鳩。七星三洲在几席,鐵橋瑶石皆朋儔。飛步可登杖何用,日夜倚壁蛟龍愁。今春偶遇北來客,一夕念我飢如輈。太乙之藜長房竹,忽到蘇齋窗几頭。蘇齋居士不出户,但愛小牘披銀鈎。電光眵眠鱗甲動,丈室試訊拈花酬。昨得天然石屏畫,幻境紅日烏雲謀。渴思遥憑偈句覓,青眼果許針芥投。馮生爾豈真欲招攜同作五嶽遊,正謂卧拓四壁咫尺凌滄洲。③知我石屏是詩髓,江海萬象窮冥蒐。多少詩家畫家貌不得,爲爾一枝藤杖點出嵩陽眸,嵩陽帖乃真羅浮。

甲子科廣東榜諸生來謁培兒因叠乙卯春贈湘皋韻索荔峰和④

前盟筆授悵訶林,後甲星周倏昔今。甲申樹培生於學使院廨,而湘皋使粵在甲寅,今又十年。穗石潮頭印涉語,藥湖榕下課栽心。八年宿夢憑誰記,兩世傳經敢自任。青眼與君論萬里,故應宋迪寫弦琴。是日宋芝山爲寫紅日烏雲石硯屏小幀,而以蘭雪、荔峰二君名印押其上,取青眼居士意也。

---

① ② 此詩題位於手稿本第 7189 頁。

③ "尺",原作"只",據手稿本改。

④ 此詩題位於手稿本第 7191 頁。

送墨卿太守之江南即題其江城視膳圖二首①

平生經術積，不爲名與身。頻年鐘漏矢，日對君與親。子從海疆來，隔巷吾比鄰。每於風雪夕，感激行輄晨。依依結夢寐，耿耿此精神。畫師但即景，愛日江南春。誰將馳驅衷，繪此膝下人。舟車鞍馬間，處處見天真。從兹益展布，始慰頤祜申。江寒玉鏡光，直上徹青旻。

匜歲同古歡，金石書畫船。此行載滿笈，蘇齋題墨緣。淮浦到海渚，江城復河干。河干日報書，江城開笑顔。閭閻切拊畜，雨露亟旬宣。清風凜介節，飲水知廉泉。直至節鉞崇，口碑非石鐫。方信著錄精，無愧筆一椽。方信溫清勤，無愧膳一筵。豈僅有鄰硯，區區書贈言。

柯敬仲墨竹二首②自題云“凡踢枝當用行書法爲之”

尋源何處翻千偈，仙翮非關祖八分。只有石壇顛米拜，翹來鸞尾碧梢雲。

奎章閣下悟蘇書，環慶堂前寫夢初。一片江南好煙雨，龍鍾清淚滴蟾蜍。予戲臨此題内數字，以補敬仲題《嵩陽帖》詩後闕處也。

題女史韓希孟繡花册③

文俶寫生六幅，董香光、陳眉公題後。

吳門繡繪韓希孟，夫婿題辭顧壽潛。苑樹花風添線度，天孫雲錦借人拈。唾絨玉渚暄陽活，裛篆金針幻影兼。畫譜更應推織事，詩家莫漫品香奩。

題大癡真迹卷④

大癡真迹誰定評，峰巒特以渾厚名。千古畫苑弟一義，豈惟四家

---

① 此詩題位於手稿本第 7191 頁。
② 此詩題位於手稿本第 7192 頁。
③④ 此詩題位於手稿本第 7193 頁。

元季并。後來作者論祖述，墨法直掩關與荊。或於神奇造平淡，偶出
湛晬浮光晶。自然妙有貌不得，此事詎假臨摹成。吾嘗譬諸讀杜義，
取骨取格皆虛聲。簡齋已失況海叟，空同大復奚足程。富春山卷最
傑思，臨本各以意訂盟。浮嵐暖翠神到處，未許執迹爲經營。此圖誰
云僅尺幅，莽莽元氣相扶撐。初圍層青四合抱，妙暈淺絳開岭嵘。重
林畏佳深潤積，迴汀略彴長煙橫。濛濛濕翠濃欲滴，渺渺淡靄蒸虛
晴。雲嵐掩覆不盡處，別有遠韻來空明。始知學杜那貌襲，蘭苕區別
碧海鯨。富春卷乃石谷仿，肯將三昧嗤新城。適以石谷臨《富春山圖卷》同
賞。法書要須法外意，天機豈以人力爭。金剛漫試吼鯨桴，鐵笛自語
蒼龍精。月明疑有峰浸影，玉琴響徹寒潭清。蘇齋石畫共一照，乳泓
沫寫泉淙琤。

張長史郎官石記序舊拓本[①]王濟之、元美、敬美跋

公孫劍器渾脱舞，來過君表交衢中。廣川嘆已先都穆，琅邪品漫
援涪翁。由唐溯晉叩津逮，十二意纔授魯公。唐時罕傳右軍楷，晉法
券孰歐虞同。褚中令語彥遠録，長史草聖一折衷。草書秘乃正書出，
中令脈初大令通。所以弇州例唐楷，遠自羊薄窺江東。化度醴泉廟
堂並，歸昌萬古丹山箭。小惟官奴大瘞鶴，涪翁亦測葭旋宮。弇州之
評或取此，虞戈何處尋輸攻。敬美所云“容極”二字仿《廟堂碑》者不足信。琅邪
後又二百載，中吳僞本誰磨礱。巢痕石柱尚栖鳳，華亭朱蠟嗟戲鴻。
此册華亭惜未睹，小印妮古丹砂紅。我慚細書附紙尾，雨窗旬日摹匆
匆。得見西昇勝登第，宋子且緩潞水篷。盡壓行滕寶墨氣，米家貫月
真長虹。

再題四首[②]

六幅觚旋爛喬雲，仙郎列宿接香薰。西臺若準題名石，獨冠昇卿

寫八分。

岑銘觀主闕伊龕,王謝東山辨一函。江岸平沙錐畫處,專精故在褚河南。

樂圃不名吳郡刻,南濠翻闕陝碑題。蘺薋園借秦雲影,鳥鼠山人篆印泥。胡孝思篆首。

唐臨晉帖趙彝齋,可借夰州曠古懷。小水晶宮窠篆在,郭周仇白夿津涯。帖前有趙子昂印,後有郭天錫、周景遠、仇白諸印。

次韻答劉芙初孝廉見贈二首①

緩步詞場埶並驂,露華盥手記詩龕。昔於梧門處見芙初課試之作。仲邅儳訂春秋學,巨濟應同海嶽庵。歲晚江湖縈篆夢,夜深星斗落蘇潭。遙知別後緘難罄,故寫齋銘笑劍南。詩以放翁老學庵爲喻,予深愧之。

敢言針芥暗珠投,操響群山臥可遊。欲問津涯招我楫,愧無瑤玉與君舟。三年更接飛騰氣,千里何關繾綣愁。圓得蘇齋青眼偈,墨雲屏側有詩留。

長離篇示蘭雪蓮裳兼寄手山②

婉婉長離翔,鬱鬱嘉樹林。以彼歸昌律,和此中孚陰。春晚霧雨積,夜半天風吟。勿虛偶會合,相與觀其深。胸奇秘碑兀,津源理苔岑。埶與沈趙盟,日題風雪襟。不關竹梧寫,自領微妙音。江南落花後,頻年緘素心。分刌量黍尺,浩蕩馳古今。鄰寺午鐘來,知我調玉琴。

題牧山秋澗圖用舊和雷溪訪牧山韻③

一幅郊西廬,寒蕪寫疏僻。何如破楮篋,苔墨理陳迹。王宷石泐

---

① 此詩題位於手稿本第7197頁。
②③ 此詩題位於手稿本第7198頁。

餘，邑師塔影側。姚秦像銘楷，渤海銛戈戟。印我石畫禪，樓橫月華白。恍然秋空濛，重尋澗幽仄。林開亞檻枝，鳥下窺簾翼。摩挲風味在，那必區今昔。搗葉潢更新，書籤研仍滌。正落賸素間，西窗寸峰碧。

題荷屋侍御所藏吳匏庵沈石田溪山風雨詩卷同蘭雪賦二首①

二老緣誰結，蘇齋共可庵。繫匏無相著，白石即禪參。樹挾迴溪響，雲深對榻談。春燈搖影濕，風雨夢江南。

幾得摩星檜，同來煮玉延。江湖鄰未踐，坡谷韻誰傳。夢借烏雲幻，詩追聽雨眠。西村題跋在，還我汶陽田。《虞山七星檜卷》《海月庵玉延亭卷》，吳、沈二先生最著名之迹，卅年前尚在京師，今皆不知何往矣。吳匏庵成進士後，未嘗得久居於吳門，而松陵史氏所藏石田《雨夜過從詩畫卷》聞至今尚在也，史氏嘗刻坡公《天際烏雲帖》真迹，其中匏庵手題尚未割去，予托吳門友人屢訪未得。

題　畫②

破荷葉影照橫塘，半捲紅雲襯夕陽。何處敧來涼露點，荷風香是水風香。

喜與雲谷校錄漁洋撰五七言詩之作③

昔遊申轅里，近訪徐高錄。三昧與十選，且讓統籤目。射洪曲江來，滄海量坡谷。焉測古人心，禪牀夢同宿。嶽色長河聲，萬古鏡空綠。敢言附知津，瞻彼遵川陸。厹提一微笑，大軷經緣督。印須來質諸，條理原委曲。池北庫對開，石帆亭更築。蓬蓬冀北雲，青合西樵麓。

送胡蕙麓之蔚州任三首④

京邑誰兼領，君來遂十年。長才資遠馭，古郡控雄邊。地勝幽連

代，風淳晉界燕。下車襟袖綠，遍貯好山川。

　　盛夏仍趨闕，初春已蒞州。土寒居耐暑，國俗晚宜秋。長物飛桓檟，神交有沈周。宦囊廉可笑，三丈墨雲留。<small>途中所攜書畫一篋盡失去，惟予所題石田山水軸存耳。</small>

　　魏象樞。李<small>周望</small>。藏書在，人文政化培。西涯遺迹往，北海補碑來。坐有錢郎約，齋還古墨開。此行堪筆記，不獨勸金罍。<small>席間蕙麓有屬錢楳溪重勒《雲麾李秀碑》之訂。</small>

梅道人竹卷爲雲谷題①

　　佛奴燃續官奴燭，轆材更待彭門竹。萬丈空庭落月光，一吸清貧饞守腹。誰知困學漁陽庵，江南雨聲聽不足。道人胸中水鏡清，無事自作鶻兔爭。餘英餘不萬綠氣，水石正戞深秋聲。風敧半倚酡顏破，雪壓重論古性情。千竿萬葉墨露傾，橫峰側島孤青撐。渾茫孰見筆起止，耘老溪上澄暉亭。胸中成竹本無譜，喚起墨君來對語。湖州日接石室翁，風雨橫江瘦蛟舞。蘇齋爲爾草隸盟，笑問可庵橫卷補。<small>荷屋藏文與可竹卷，以可庵名其齋，予謂雲谷此卷似欲勝之。</small>

再題冷庵仿仲圭竹二首②

　　雪川一片橫江雨，尚與騷人壓蕙樽。湘管玉壺收不得，偃松屏影月娟娟。

　　佛奴竹譜接文蘇，窠石青蒼草隸俱。風雨若論題壁意，世間真有兩官奴。

大癡爲邵貞溪作富春大嶺圖爲雲谷題③

　　泖塘卜築嚴陵客，富春正潑南樓墨。世有同時九十翁，嚴下電光雙眼碧。秋空神出一峰陰，憑檻貞溪千里心。覃溪寄和花溪咏，未借

<small>①②　此詩題位於手稿本第 7202 頁。</small>
<small>③　此詩題位於手稿本第 7203 頁。</small>

耕煙舊稿臨。邵亨貞字復孺，與大癡皆年躋九十，因以寄雲谷尊甫也，適以王石谷臨卷對看，故有末句。

王孟端竹卷①

友石山人石誰友，氣挾青蒼上星斗。論心故在水竹間，九龍山陰陰半畝。萬古仇池只一卷，咫尺洞天通小有。沈寒來自弟二泉，蠶潰吳塘交左右。山人識得響山心，潺湲不用微弦扣。此石此竹善者機，恰與淳泓一灣受。空光水石不盡處，風雨破窗雷電走。誰知不爲寫此君，亦非刻畫投瓊玖。只爲山泉寫月明，九霞靈扉穿户牖。淋漓莽蒼_{上聲}。一氣中，柯葉根原待誰剖。何必敧傾醉草狂，蕭灑薇垣綸翰手。彭城萬丈好轓材，一夕笛聲酬得否。笑君不費紅氍毹，鄰客那知缸面酒。多生唤起茶夢醒，跏結聽松禪榻久。

石谷仿梅道人山村夕照小幀②

返照神來記杜陵，幾痕墨暈楚山層。江光直送雲歸去，捲幔何人水檻憑。昔年嘗見石谷寫杜詩《歸雲擁樹失山村》一幀，妙絶。

夢禪爲蘭雪作香蘇山館圖二首③

詩夢來禪夢，香蘇即寶蘇。銘深甌篆裊，幻起縷雲烏。欲對諸峰語，能酬十憶無。勤劬將母意，煙重筆難圖。蘭雪所居有十憶之作，曰香蘇山館，曰詩夢草堂。

老禪非畫史，只配石庵書。墨話吳生昨，詩聲北郭初。爲誰添草閣，直似寫匡廬。廿載論分隸，蒼茫宿雨餘。昔爲夢禪題所藏舊拓《夏承碑》，今廿餘年矣。

重摹北海書雲麾將軍李元秀碑舊本殘字④

我借楊君舊殘拓，適從錢子鈔全碑。此碑全者已中斷，想見缺月

---

① 此詩題位於手稿本第 7203 頁。
②③④ 此詩題位於手稿本第 7205 頁。

循圓規。昔聞六礎僅存二，其四梁宋蹤莫知。前秋我作縣齋記，徒發董刻鴻堂嘻。董藏宋賝雙秘笈，莫雲卿跋森鼎彝。我見摹本色飛動，何至董家捫籥爲。北海平生烜赫迹，靈巖嶽麓差近之。陝石雲麾格已遜，太原摹手神儳追。今觀篆題逸人筆，尚難令問陽冰期。熊熊燭天劍芒拭，耿耿貫月長虹披。靈昌一洩萬古氣，<small>靈昌郡太守李邕文並書。</small>范陽誰並八體奇。日下遠稽籀史鼓，天然一例曰礎支。礎從良鄉輦京邑，誰信孫顧虛詞欺。<small>孫退谷、顧寧人皆未考黎瑤石《古墨齋記》，而以爲宛平令掘地得之者，誤也。</small>王京兆攜四礎去，何獨留二滋然疑。今見上橫又礎半，四礎之説誰訪咨。唐拓中間本泐損，亦若歐楷摹邕師。我今作圖正如此，二邕扁換三邕宜。<small>昔與錢楳溪考訂蔡中郎石經，因繪漢講堂壁丈尺爲圖，而予爲《化度寺碑》作圖，以二邕名齋，今又爲北海此碑作圖，故云三邕也。</small>琳琅金薤罕著錄，苔花鏡面交陸離。鐫成陷壁配府學，凛若帠坐圓非敧。胡子助我伐山石，選工補缺窮豪釐。錢子江南又開璞，擬作巨幅兼完虧。慎取鴻堂前轍鑒，他日會合雙琖持。千川印輪真影在，九皋聽唳神來馳。要乞甌香寫照手，狠出衣帶橫江時。<small>相傳惲南田以此碑舊本縫入綿衣，以防失墜。</small>

王卜崖給諫棗香書塾圖四首[①]

斜街一榻槐花雨，未抵青箱故事傳。今日諫垣圖畫出，追思四五十年前。<small>初白老人棗東書屋詩用王吉事，故借作起句。</small>

同氣關心過紫荊，棗香風送讀書聲。丁寧及早培根意，一段光陰畫不成。

結實勤劬幾個知，吳郎漫計課疏籬。夕陽屋角垂垂影，記得墻陰下學時。

忠孝詒謀歲有秋，角弓封殖譽薪樨。兒孫世世書香接，兄弟聯牀

---

① 此詩題位於手稿本第 7207 頁。

到白頭。

葉雲谷户部假歸粵東以其尊甫花溪居士新柳三詩屬和①

斜日綿飛句未成,歷亭誰續櫂歌聲。藥湖欄檻尋詩意,四十年前倚月明。②乾隆甲申、乙酉間,每攜漁洋《秋柳》、秋史《寒柳唱和卷》於藥洲亭上,與諸友論詩,今見花溪此卷,不覺忽追昔夢也。

墨雲縷結短長條,③肯逐流光試舞腰。綺靡黎陳芳草唱,莫輕詩派説前朝。④予昨適得南海陳喬生、番禺黎美周賦芳草卷子,欲約粵東諸舊友共和之。

黎二樵。朱野雲。何處寫鶯啼,詩在橫窗竹影西。拈得早春江上夢,輕黃嫩緑總筌蹄。⑤雲谷來歲初春俶裝北上也。

王孟端山水軸⑥

詩追石室彭城後,書到華亭二沈間。尚恐竹爐風味淺,篆雲皺出九龍山。

雲谷瀕行索我蘭亭考手草四卷鋟板於粵附以二詩⑦

邗江今日憑窗處,明月前身雪水船。載我新詩響秋雨,漚波影作舊時圓。雲谷此行擬於揚州訪趙十三跋真本。

那從石塔秘東陽,識得花飛曲水香。吳説遊絲柯拜石,錢郎禪偈訊馮郎。將以屬馮魚山作跋也,魚山昨手摹東陽本入石,而錢梅溪諾爲於揚州摹吳柯二跋,故及之。

---

① 此詩題位於手稿本第 7208 頁。詩題刻本與手稿本同,《友聲集》作"雲谷農部請假歸將出都以尊公花溪先生新柳詩卷屬次和三首"。
② 此句下注文"不覺",手稿本作"不覺",《友聲集》作"不禁"。
③ "縷結",手稿本作"縷結",《友聲集》作"綰結"。
④ 此句下注文刻本與手稿本同,《友聲集》作"予昨適得南海陳子升喬生、番禺黎遂球美周芳草唱和手迹卷,欲邀粵東諸舊友同賦詩也"。
⑤ 此句下注文刻本與手稿本同,《友聲集》作"雲谷來歲初春俶裝北上,故及之"。
⑥⑦ 此詩題位於手稿本第 7209 頁。

元康磚歌寄酬芑堂兼寄芸臺叔未雪廬①

芑堂寄我元康磚，新著三吳古磚記。摹拓磚文挂壁看，小魚側映元康字。修當晉尺七寸七，厚以寸二寬寸四。其質堅完中矩繩，其字圭稜不嫵媚。書來贈我作研材，爲君什襲藏書笥。元康入晉二十載，史系應居永平次。頗怪晉書草草成，惠紀茲年竟茫昧。《晉書·惠帝紀》失載元康年號。昭哉隸古此大書，似補唐初史家墜。保母大令敢攀躋，五鳳竹垞休傅會。邇來磚文匹瓦文，候官林後添詩事。阮中丞開積古堂，精舍八磚巧位置。五鳳一磚訂朱誤，歐陽真覯西京器。誰歟天册磚右方，宛撫柔蕘仙掌勢。阮芸臺八磚精舍所藏天册元年磚有手掌文。清儀閣主張孝廉，亦有齋同八磚例。鼎彝盉卣以次登，抈泥尉側其工類。烏曹作磚考古史，物勒年名昉何世。芑堂往拓蜀師磚，廿載共論金石契。雪廬徐子識都籃，近訂海鹽吳蜀志。墨池雲結湖海盟，吉語銘援祝延義。新編琅琅十且百，吕薛録餘精款識。阮録增諸王復齋，彙合二張兼叔未。弁卷須君飛白書，釋文竊附罨溪隸。

寄懷趙貢父即書其友顧藕怡詩卷②

昨題秋澗圖，得誦漪陸詩。篋中漪陸迹，記我蘭癡詒。萬古江山氣，三秋風露思。爲君簾雲影，矗作墨竹枝。嗒然南窗夢，淡然海光馳。③誰悟抱山吟，心與志彀期。④吾嘗論七言律詩之難，以志彀爲喻，而藕怡獨能不爲此體。却憶任顧子，研經尺黍時。謂幼植文子也。

送李滄雲京兆歸吳門二首⑤

旬宣畿甸並陪都，經術年來切敬敷。正倚閑雲題小閣，君自題書室曰閒軒。翻教夜雨憶中吳。蠚濤玉囿曾聯卷，昨見王述庵輯《湖海詩》，以君與

---

① 此詩題位於手稿本第 7211 頁。
② 此詩題位於手稿本第 7212 頁。
③ “淡然”，手稿本作“淡與”。
④ “心與”，手稿本作“心以”。
⑤ 此詩題位於手稿本第 7213 頁。

吳馮二君並推吳下也。竹井辛畬宛合圖。君此行有《歸帆安穩圖卷》，故用英夢堂歸帆亭及蔣辛畬《歸舟安穩圖》。雪洈銅坑春信報，定應夢到小齋蘇。

滌研挑燈不記年，省垣列宿紫薇天。重盟函席滋慚矣，君鄉試出陳和軒之門，會試又出姚正初之門。兩世論文不偶然。令子會試亦兒子樹培所閱薦。酣放精微非二事，笑拈真意竟誰傳。唱酬千里如連巷，鄰剎鐘聲破衲禪。

滄雲以中秋日登舟南旋即用朱野雲畫扇韻①

月明千里一帆開，知是詩囊得句迴。安穩山莊鉬月處，笛聲先送鶴飛來。適爲君書"鉬月山莊"扁也。

再題南唐澄心堂琴拓銘裝軸二首②

軫間唐宋千年字，我作金門寺壁看。知爾泠泠弦指外，小樓吹徹玉笙寒。

據梧且莫辨虧成，自愛登登墨拓聲。稱得昇元冰玉帖，郭西磚几澹雲橫。磚作琴几，極古，亦城西韻事也。慶亭主人近愛種菊，不輕爲客一彈，故次章首句及之。

文與可山水卷山谷題云吳君惠示文湖州晚靄橫看觀之嘆息彌日蕭灑大似王摩詰而工夫不減關穜東坡平生稱與可下筆能兼衆妙而不言其善山水豈東坡亦未嘗見耶此畫初入手心欲留玩數月乃歸之會予遠竄宜州呃遣光山之僕自此往來予夢寐中耳此卷丙辰初春兩峰羅君持來予就案頭臨山谷跋兩峰攜去後聞歸於李春湖學士齋未得再見也今春湖攜至蘇齋予按山谷此跋在崇寧二年癸未之初冬蓋與可山水當時已不多見也然虞道園紙背滄洲之句頗與此相似況有黃書真迹乎予在江西題其齋曰谷園蓋深以山谷道園屬望於學侶而吾春湖家承詩法宜有以希蹤前哲此卷庶得所歸矣借玩旬月深感墨緣非偶故用道園詩韻復題於後③

眉庵老子思湖州，遺法尚借柯丹邱。蒼然展此幅五尺，晚靄何處

---

①②　此詩題位於手稿本第 7214 頁。

③　此詩題位於手稿本第 7215 頁。

渚與洲。摩詰之韻關全法,涪翁筆力森戈矛。仙井虞家看山雨,安得
隸楷同時收。我昔江渚懷前修,每因文跋援鄧侯。<small>文衡山跋與可畫卷云:</small>
<small>"聞宜興吳氏所藏《晚靄橫看》,甚妙,沈周先生嘗見之。"鄧文原跋與可畫云:"曩客京師獲觀</small>
<small>文湖州《晚靄橫披》,山谷題識其後,真絕品也。"</small>未知宜興吳氏後,何人囊弆光闈
幽。窗燈照我谷園扁,氣挾干莫衝斗牛。道園詩脈山谷接,嶺橫峰側
非目求。江頭雨過紙猶濕,湘南夢與詩爭秋。千古緣交麝煤重,十載
賞記煙雲留。誰追文沈對談處,兩峰話已隙景流。春湖學士篋示我,
何減谷園同臥遊。淋漓真意老龐吸,豈惟氣壓虹月舟。却笑臨摹浪
自許,澀縮安敢輕雙鉤。

陸放翁嘗夢一故人謂之曰我爲蓮花博士鑑湖新置官也我且去矣君能暫爲之乎月得酒千壺亦不惡也因賦詩有不知月給千壺酒得似蓮花博士無之句蘭雪選得國子博士因作蓮花博士圖屬予爲詩之①

世間有此仙曹否,俸餘月給千壺酒。五百年前陸放翁,居其前者
放翁友。放翁去後五百年,不得其人缺久懸。東鄉吳生詩健者,姓名
早注雲笈邊。再上春明暫息翼,爲此遲作瀛洲仙。飛觴日日澆塊磈,
渴思倒瀉銀河水。盟締蘇齋蓮作裳,<small>謂臨川樂生。</small>不知誰得蓮洋髓。忽
拈詩境喜欲狂,放翁衣鉢從今始。放翁手揮詩境字,鑑湖多少詩家
事。千載相關詩性情,覓君來補仙曹吏。此官此酒不易償,陸邪吳邪
爲誰置。吳生官舍璧沼前,校讎甲乙磨丹鉛。正從杜老聽簷雨,肯許
蘇家乞酒錢。綠槐陰下蓮漏添,踏藕且莫思蒲帆。即教薇省簪毫去,
仍帶蓮花博士銜。<small>生即遷中書舍人也。</small>

群玉堂米帖歌②

我臨米書群玉本,真氣耿耿廿四秋。況今見此大字卷,八之下半
退谷收。岳藏簡帖六十四,未及書品窮冥蒐。英光之跋錄待訪,墨稿

那乞從雙鉤。岳云米顏本異體,豈知顏柳漸入歐。旁推段季何等札,
儜與羅讓襄學伻。米公晚年體數變,丙辛大研墨一漚。直從鼎銘溯
石鼓,詛楚而上秦希周。中間略說修禊帖,會稽果見題壁不。內云書宜
題壁。劉寬兩碑撰書闕,師宜懸帳蹤誰留。以劉寬碑爲師宜官書。恐是心
輕晉後迹,欲擬邃古前無儔。昌黎亦已俗書薄,義之焉及籀史游。岳
家贊語獨何感,六書統系思悠悠。雪溪向冰妙心手,紹興秘府誰爭
優。尋丈光芒到髭髮,天工人巧非價酬。退翁晚悟作草法,丐爾運腕
媚以遒。不取小字吾不解,官奴力命追何由。但取蒼茫月虹氣,篆煙
裊起茶香甌。

**文與可晚靄橫看卷又見汪砢玉珊瑚網云崇禎初此卷歸一大
老後共宋徽宗竹禽卷殉葬然砢玉云樹瘦於竹艇小於葉今春
湖所藏真迹既無艇而樹亦不瘦於竹知彼又一摹本也惜砢玉
不知有此卷真迹尚在人間耳賦此并索春湖荷屋和之**①

竹禽空配宣和卷,鷹壁非同録事廳。陸放翁《綿州録事廳觀姜楚公畫鷹》
詩云即少陵爲作詩者,然吳曾《能改齋漫録》云杜子美賦姜楚公畫角鷹本綿州司録廳照屏,
皇祐中任是官者竊去,則放翁所咏者贗本爾。杜老放翁屏未換,道園山谷眼俱
青。印章不獨文之券,卷前與可印篆亦非後人所能爲。庵扁重添可也銘。荷
屋藏文與可竹卷,故爲題可庵扁,今欲更爲春湖作也。來合蘇齋盟息壤,鬱蒼真氣
破窗櫺。

再　題②

昔聞湖州竹,畫意不畫形。茅蘭與草樹,一寓吾性靈。下筆風雨
快,揮灑不暫停。偶然恣波撇,浩乎非模型。葉大煙露肥,蒨繞山池
亭。豈至樹之瘦,比況楹於莛。何人趁筆摹,或慮啓聽熒。暮靄橫林
端,幽意寄空冥。那必釣渚旁,渺焉借短舲。鴛湖人已往,珊網夢始

---

① 此詩題位於手稿本第 7220 頁。
② 此詩題位於手稿本第 7221 頁。

醒。又將二百年，劍匣開青萍。幸茲璧完璞，執辨斸非鋌。涪翁暮年書，真力剷滄溟。不勞嵩陽帖，坡書區渭涇。坡書《嵩陽居士帖》，涿鹿馮氏所刻僞本聞今尚存。句月蘇齋几，虹氣貫月星。我詩作盟券，真面匡廬青。

題　畫①

目光肯寫送飛鴻，一片泠泠萬竹中。解識空亭寒綠意，響山原不借絲桐。

文衡山歸去來圖卷三首②後有王若林爲喬介夫小楷書《歸去來兮辭》

一幅翛然漉酒巾，筆端親見葛天民。何煩仿像柴桑舍，自有陶詩是寫真。

竹外墻頭遠岫橫，拂縑誰識宦歸情。泰泉對倚船窗語，佇盼衡門聽水聲。文衡山於丙戌冬告歸，與泰泉黃公守凍潞河，至丁亥春冰解始與泰泉並舟南下。

己字山翁訂白田，如斯細楷亦論緣。豈知玉磬桐陰響，消受湖光四十年。衡山到家始築玉磬山房於雙桐間，時年未六十也。

書樂毅論舊本後③

華陽隱者句曲仙，何取世態相周旋。未知梁武粗健語，可語朱异徐僧權。通明細書審精要，蕭家早並追阮研。永師題出梁陳後，敕摹尚及馮褚前。貞觀六本何自仿，東晉五代爭遙傳。官奴把筆鬌齓日，時當稧席前五年。天台紫真授筆訣，腕指斡運杓衡懸。所謂勢如戟反正，小能寓大方能圓。想爾趨庭侍研側，行行指示非言宣。即如鄰字再三見，陰陽向背妥不偏。定是馮郎職館直，墨拓初未經珉鐫。後來摹本豈知此，一律勻比貌取妍。最下鴻堂雪堂刻，褚衛杜撰訛相沿。何人謬移文彭楷，焚香特寫彥遠編。鬱岡珍作二本冠，來禽道聽車流涎。張丑及見吳氏本，捃苗方笑宋人然。賞到良常王給諫，餘清

① 此詩題位於手稿本第 7222 頁。
②③ 此詩題位於手稿本第 7223 頁。

本謂清而堅。彼堅且栗實影寫，以繢爲素非廓填。嗟哉貌古轉失古，咎浮快雪滋甚焉。石熙明家海字本，高學士裏行輶甋。顧稱右軍手書石，晉刻何翅興寧磚。非惟不憑褚撰目，更誰參訊智永禪。紛紛贋説等傅會，賴此舊本形神全。格高黃庭畫贊上，真意古淡純乎天。泓然甈蠟塋匪紙，重臺何止壓碧箋。所以楷評勝遺教，縱橫馳想手與弦。山谷放翁眼如炬，何嘗矩步來拘牽。獨有停雲嫡苗裔，惜欠考系空蹄筌。寶家希絕且莫嘆，過庭怫鬱非真詮。借問永興臂痛帖，青藍甗縷當誰賢。

吳荷屋筠清消夏圖二首①

本來荷結屋，因以可名庵。壁合金書錯，禪空玉板參。半庭苔石氣，落月墨君談。正共吾齋約，文蘇對影三。君藏文湖州竹卷，予爲題可庵扁。

退谷江村録，徒供小史鈔。篆香惟意貯，青眼以神交。他日新編集，仙湖舊結茅。鬱蒼煙雨裏，盟記出雲梢。孫退谷有《庚子銷夏記》，高澹人有《江村消夏録》，故謂荷屋以此名其著録也。

臨右軍快雪帖書後②

山陰古雪光著紙，山陰佳訊張侯似。中禁西堂貞觀編，十一籤餘告循紀。魏公孫又褚公孫，小印依稀憑褚氏。翰林學士印如何，米跋傳訛自誰始。紹聖無丙申、丁酉，米跋偽也。延祐千年溯永和，護都沓兒並承旨。我見承旨四大書，書與大癡窮畫理。款云"子昂爲子久書"。大癡之畫真快晴，一角紅輪蒸海水。諸峰淡托銀粉中，東海徐郎亦傳此。後一幅款云"東海徐賁爲之圖"。不聞影拓出鷗波，惜也粗摹煩外史。張伯雨臨此帖極草草。藉稱畫意不畫形，喻馬不成遑喻指。官奴玉潤旦極寒，幾並蘭亭嘆觀止。安得黃徐二粉本，君倩細書來並几。只合夢詩石研屏，烏雲紅日飛嵐起。鴻堂影借雪堂留，太簡藏邪章簡擬。空窗一縷真

---

① 此詩題位於手稿本第 7225 頁。
② 此詩題位於手稿本第 7226 頁。

氣來，篆裊甌香即書髓。蘇齋臘筵結佳想，青眼嵩陽舊居士。

十二月十九日始裝研屏寫樣於卷即題蘇齋圖後二首①

夢生詩畫畫生詩，片石因緣孰憶之。驛壁濰州深雪夜，茶甌湖舫晚潮時。笏齋味只殘縑紙，筍脯筵澆薄酒卮。慚愧嵩陽青眼在，斧皴真宰氣淋漓。

去年真像耿窗檽，今臘重盟研石青。墨噀空中如欲語，笛飛下界儻來聽。半低斜照非煙雨，一氣長虹仰月星。笑我區區舟劍鍔，畫圖泥著偃松屏。

再題樂毅論二首②

細書爭得壁書同，泥著泠然列御風。若準侍書摹閣本，何妨羊薄擅江東。

片石清砧響易酬，稽山定影冠虞歐。偏憐學舍傳神瘦，一例蘭亭仿越州。越州重刊秘閣本頗細瘦矣。

又題四首③

禊序歐臨又褚臨，誰平集字價千金。不如樂毅傳劉邵，真影猶堪照古今。劉羲、邵彰。

繢素功翻變古初，來禽眼孰米庵如。等教算子排圓熟，何暇譏評到侍書。

再翻秘閣是何年，又過陳思寶刻編。儻後江湖詩集出，青珉新上載書船。餘清所祖石蓋在南宋末年。

北邢南董趨行草，正楷何曾仰問津。悟澈華陽笙鶴夢，欲從邕塔認劉珉。

---

① 　此詩題位於手稿本第 7227 頁。
②③ 　此詩題位於手稿本第 7228 頁。

復初齋詩集卷第六十

石畫軒草三<small>丙寅正月至十二月</small>

顧茂倫雪灘釣叟圖①<small>丙辰三月江都李寅畫</small>

吳江詩畫有二顧，並以詩話推新城。此圖正有新城句，雪灘不愧
詩人稱。雪灘當日擅詩品，著録茂倩兼吳兢。英華之目續文苑，一時
聞者多伏膺。齏鹽空有孟嘗號，擊鉢誰並江拱能。釣叟集應富汗竹，
釣叟歌未編剡藤。畫圖最傳濯足卷，沈家髮繡逾筆精。藝林名噪不
可見，嗟此片楮蒼葭汀。金子昨歸拾蠹簡，張君昔以貽鯉庭。<small>張進士嘉
麟買此以贈茂倫嗣君，卷内有記。</small>釣竿煙霧自千古，轉益悵佇詩精靈。頗聞
論詩極矜慎，然否徹盡筌蹄層。邇來樸村綜遺什，比之樵水猶奇零。
何況見桃話感舊，卷中三嘆煩虹亭。新城二絶又廢一，諸老對語誰同
聽。梅華圖卷記前諾，西村石刻儻眼青。江都李寅亦好手，我夢秋碧
馳松陵。<small>予舊題瑶岡《梅花書屋卷》，因及茂倫《釣叟卷》事，故瑶岡歸而購此也，予嘗見李
寅爲梁蕉林作《書屋圖》。</small>

王西園山水②<small>自題"嘉靖癸未七月一鵬"</small>

王郎老筆氣縱橫，尚啓香光接相城。石路蒼然山雨後，隔林茅屋
讀書聲。

---

① 此詩題位於手稿本第 7233 頁。
② 此詩題位於手稿本第 7234 頁。

樂毅論舊本有穆倩小印模糊不可辨適友人持此印來補押其間喜而賦詩二首①

邗江二十四橋月,黄山三十六峰雲。渾借道人枯筆影,香參石墨作知聞。程穆倩,黄山人,家於邗江。

是篆機鋒是畫禪,印來摹本悟重圓。蘇齋石研屏相對,何處神行夢幻前。吴六益題穆倩畫云:昔人夢蛟蛇虯結,便工草書,此幅豈復有夢耶? 何以神行其間也?

薛道祖詩墨迹②

《重陽日寄上都兩舍弟》:"秋影蕭疏無雁行,籬花冷落未開黄。都城遍插茱萸日,鄄縣涪江正異鄉。翠微居士書。"

世稱米薛或薛米,米迹罕矣薛更難。研山齋藏水村卷,德壽小璽猶流丹。已嗟星鳳不可得,廿一簡夢蛟虯蟠。當時蘭亭推定武,薛家兄弟功同殫。書名豔將浪字比,印章鋒忍河東刓。此詩重陽兩弟寄,記否仲氏經行嘆。天然繭紙出深秀,日想公帑窮研鑽。中間塗改啄波策,可擬鑱損流帶湍。傳聞押字付孟庾,肖此筆勢迴龍鸞。薛家真拓何處覓,此帖尚疑蠟未乾。吾齋正有蘭亭癖,慚愧臨本污素紈。頗憾古杭朱巽卷,贋本失步嗤邯鄲。群崇帶頂悉差舛,太樸記語同欺謾。超然鳳羽攬之下,異哉蟹爪神獨完。此迹内蟹爪二處。君珍宋迹幅盈十,露華尚濕籬英寒。恍追翠微登秘閣,押縫取並懷充看。

坡公與樞密正議大覺禪師二帖二首③

二札敘冬寒,蘇齋對榻看。壁留殘雪夢,帖續晚香刋。樞府傾懷切,僧窗道眼觀。勿輕量墨瀋,大海正迴瀾。

陰寒帖儻存,江郢牒堪論。笠屐神來往,山川氣吐吞。鄰籤空賟

---

① 此詩題位於手稿本第7234頁。
② 此詩題位於手稿本第7235頁。
③ 此詩題位於手稿本第7236頁。

躓，晉法豈籬樊。此意誰津逮，終須叩本根。_{趙閑閑品坡書直溯王子敬，且謂}
_{李北海視此爲窘於繩墨，即此二簡豈非所謂“氣壓鄴侯三萬籤”者耶。}

文五峰畫上海顧氏園亭册^①_{嘉靖辛酉春爲汝和秘翰寫}

書家矜筆格，往往疏考證。斷斷考索家，鑑藏或難稱。安得雅好
齋，玉泓眼如鏡。策名上九霄，歸舟理三徑。米家好峰巒，丹邱記名
姓。手摹十鼓研，工字辛文應。_{嘗見汝和所摹石鼓研辛鼓首一“工”字，與方綱所}
_{考正合，此顧氏所見古本之確據也。}雲林束觀書，王許後誰定。_{王晉玉、許崧老。}
蠹蟬損未妨，_{汝和所藏蠹損《閣帖》。}珠玉走不脛。淵乎攝山農，味此窗燈
檠。底事元經續，_{續元閣。}收之道心瑩_{瑩心亭。}並几者誰歟，潘家儻酬
贈。松竹間蕉梧，一以苔岑勝。齋圖十稔後，_{五峰爲汝和作《雅好齋圖》，在嘉}
_{靖辛亥。}舫扁三橋勁。一灣吳淞水，翠墨千秋映。欲叩蘭亭刻，潘本價
孰競。長垣老金吾，小印果同正。_{昨見率更碑舊本泐處，汝和與王文蓀皆以小印識}
_{之，極有關考鑒也。}舊聞知者希，欣賞膏猶賸。豈徒泉響間，羨爾亞欄憑。

題法源寺壁^②

七星塔句薛岑同，八咏樓窗夢越中。半偈篆香參已熟，幾春謀石
笑初礱。經幢漬墨霑衣綠，花雨迴廊濕檻紅。欲叩聽鐘人畫法，拈題
處記翠濛濛。_{拓此八人詩刻寄野雲，俾寫昔年同遊意也。}

南樓老人花卉册^③

憶侍宫傅齋，今五十五春。敬觀紡績圖，御墨垂光新。_{乾隆壬申七}
_{月，錢文端將告歸，蒙恩賜題《太夫人紡績圖》。}當日肖物功，不減紡績勤。白陽
家法外，別有真精神。兒孫忠孝根，栽植良苦辛。一花一葉間，蒸動
香菡萏。感激文章力，見爾膝下人。見花不見實，坡語非知津。_{蘇詩}
_{“慈顔如春風，不見桃李實”。}師友爾一門，予舊句云“我師宫傅友侍郎”，侍郎謂坤一。
寸縑皆尊聞。豈獨鶴庵語，得之張莘村。

---

① 此詩題位於手稿本第 7237 頁。
②③ 此詩題位於手稿本第 7238 頁。

陳荔峰學士由順天學政調任粵東賦贈二首①

千里黃圖眼力超，鳳皇鳴律下丹霄。珠江積翠連三島，舜石元音問九韶。津逮百川來墨沼，齋名一葦續行軺。予在粵東扁其小舟曰葦齋。藥洲老樹如相識，爲我瀾迴大海潮。

兒子停杯賦餕筵，話從生長粵江邊。及聞南漢摹金塔，尚有西齋似潁川。夜雨每添紅豆夢，惠定宇有《九曜齋筆記》，蓋隨侍其尊人半農先生視學於此。春風又茁曜池蓮。矧余慚愧掄才者，佇爾頭廳四十年。

王石谷仿黃鶴山樵小幅②

汎泉飛下碧雲岑，松石嶕嶢萬籟深。恰受三椽趺坐處，來邀山月照彈琴。

得虞恭公碑舊本尚辨字千許題下撰書銜名亦略可見喜而題後③

候官林侗作碑考，字援醴志四百奇。石存上橫僅餘尺，全碑梗概誰復知。趙崡秦人記親到，云不可拓空嗟咨。趙林後又百餘載，劉洞村緬荒趺基。昔年張瘦同。錢待庵。二老友，遊秦爲我郵筒馳。卅有六行行廿許，恨不續紙補所遺。率更之名罕著錄，翻本妄假皇甫爲。今日翻刻本云銀青光祿大夫歐陽詢書。此是率更最晚筆，後於邑塔泉銘時。所謂暮年思轉極，非騁奇恣非矜持。每當神來淡彌旨，偏在泐處工難施。安得此近千字本，琴無弦處能傳之。娟娟雲霧漏纖魄，活活荇藻穿清漪。美人臨窗幀羅綺，天馬逸氣留銜羈。上纔分明目開霽，下乃掩映心摹追。有如訪古暫弭棹，行間墨縷餘深思。觀碑千古費揣擬，坐臥三日歸求師。岑公撰銜賸幾畫，幾共敲礪遭磨治。唐陵陪列最名迹，孔祭酒石虞猶疑。歐楷邑塔自第一，吾齋賸錦誰壞篍。百十年前此裝册，一函貯弗差豪釐。邑碑古拓此今拓，幸有難遘如相期。亦

擬作圖備遺失,顧云殘缺徒貽嗤。亭林《金石文字記》碑不全者以"殘缺"二字了之。蘇齋楷法又獲此,春雨杏苑交繁枝。適逢聯飛送好語,墨沼日日香風吹。昨讀《廣川書跋》,有"燕字聯飛"語,以證予新得梁摹《樂毅論》,果可信也。

廣川書跋謂樂毅論燕字謂之聯飛者今於元祐秘閣本見之廣川政和間人此古本明證也賦四詩記之①

米老蘭亭辨斫鋒,幾曾石本記遺蹤。似敧反正縈迴勢,想付官奴墨尚濃。

越州覆本態依然,索笑猶煩董廣川。不比黃麻重寫後,更無人說翅聯翩。俗傳馮承素拓者是黃麻紙寫。

章法中央兩翼分,北邢南董可曾聞。後來競賞江村本,省却斷斷貌右軍。

朱异僧權此識真,砧聲且莫羡高紳。焚香若準三橋語,始覷追摹六本人。今所傳海字本"燕"字已不如此。

漁洋秋林讀書圖昔年劉邑宰大紳攜歸雲南時曲阜桂未谷爲予摹本予既一再題咏今劉君自滇寄此文與也原本來屬題感賦②

舊夢迴環二十年,碧雲紅樹故依然。緘書拂絹人何在,感未谷也。對榻論詩語孰傳。葉訒庵題句云"兩翁跋脚西窗語",蓋此幅是寫西樵與阮亭也。歲久更應添畫旨,秋空了不著言詮。研屏綠滴瀟瀟雨,合向蘇齋證墨緣。

董文敏書盤谷序並畫茂樹清泉句意③

此雖寫山實寫人,此雖論畫實論文。寫人乃爲山競秀,論文乃得畫見真。勳名富厚何從寫,自題云"大丈夫得志一段無人畫者"。枚發曹啓何從論。書生習氣生得熟,冷淡境界新推陳。蒼茫一變青綠法,長松大

---

① 此詩題位於手稿本第 7242 頁。
② 此詩題位於手稿本第 7243 頁。
③ 此詩題位於手稿本第 7244 頁。

石流清粼。空山太古積元氣，散作樹頂鴻濛雲。采山釣水者誰子，李侯肯與盧老鄰。但有空亭眑眑思，出虛成菌蒸氤氳。太行天井韓所詠，董自臨趙非目親。自跋更無歲月紀，儻在持節湘浦春。衡陽洞庭鄂渚夢，一邱五嶽兼峨岷。傳到邵陽車御史，軸頭官印百琲珍。樂平翰林巽泉子，典衣爲爾破楮緡。蘇齋聽雨來對榻，燕川訊我當知津。倪迂龍門有禪客，吳興舊稿孰主賓。如此空光納諸有，想以襟貯同所欣。一笑絹邊未盡處，留待鑑者方傳神。咫只萬里沉鬱意，畫禪文格交渾淪。復哉韓文董畫秘，巽泉獨共覃溪聞。鴻堂認取虞戈趯，研屏影即羊欣裙。

再題秋林讀書圖四首①

廿年真軸覯，百載絹微昏。想像諸題迹，依稀小楷存。文點小字二行僅可辨。盟心泉繞石，跂脚弟偕昆。賴有崑山咏，猶追對榻論。讀葉訒庵詩，始知畫中二人其一西樵也。

秋意澹何許，林虛暮靄橫。篋籤人共展，詩髓畫難成。葉點雲千縷，嵐飛浦一泓。玉琴山響答，相和讀書聲。

學圃范成實，歸裝幀尚存。先生《載書圖》在予篋。一經名帶處，萬卷孰歸根。著録聯兄弟，藏書到子孫。幾家池北庫，歲晚得深論。

邗上金山卷，禪心悟羼提。先生像，方綱所見邗江、金山二圖及禪悅小照。蘇齋香茗供，玉局斗山齊。篆裊松風外，峰青竹檻西。鶴南飛笛後，第一軸佳題。先生生閏八月廿八日，此軸文與也祝嘏作也。

野雲自江南來爲予言今春在焦山與墨卿憑眺謂
不得與覃溪梧門偕也賦此索梧門和②

憶昔攝山頂，遠目馳金焦。兩點空翠微，層青光動搖。一帆

---

① 此詩題位於手稿本第 7245 頁。
② 此詩題位於手稿本第 7246 頁。

下天際，極浦來迢迢。半江濃夕陽，碧與峰巔招。想彼船窗人，指我憑僧寮。此意貯我襟，廿年夢未消。豈知聽鐘夕，齋茗春闃寥。詩畫兩禪翁，訪古正停橈。鼎肩辨王朱，鶴銘懷張弨。詩境與詩龕，欲寫同生綃。并得墨卿札，夜燭官舫挑。研屏翻偈子，海門忽涌潮。

喜蘭雪卜居近巷之作①

詩龕詩境對籤廚，何似香蘇接寶蘇。日夕問津招我友，往來熟徑識通衢。木雞軒記橫街並，覆盎城南尺牘俱。四十年前敲戶語，豈徒三李訊吾徒。昔與蘀石鄰巷論詩，每清晨款戶者不問而知錢兄詩草來也，前數年金手山寓南鄰，予亦援此欲共論詩，既而手山南歸，未果此願。

題虞恭公碑下截泐處二首②

只疑邕塔隼波存，夢倚嵩陽晚照昏。誰點墨池雲過影，小樓西角玉鉤痕。

流水孤村隔碧巉，珠胎玉屑幾人緘。摩挲泐缺翻成笑，已傲林侗與趙崡。

見梧門和作賦此申前篇意③

我意圖金焦，實借攬北固。窗捲淨名天，雲迴晉唐樹。海嶽舊名庵，蘇米券相付。記從雪居摹，亦托瓜疇晤。嘗屬兩峰臨孫雪居《海嶽庵卷》，又屬芝山臨邵瓜疇《海嶽庵卷》。海天空曠中，煙橫澹輕素。四三笠屐徒，指點措筇處。研山銘共鐫，彌勒龕同住。知復誰主賓，往來沿與溯。仍即蘇齋夢，重理邢房悟。不是寫懷人，亦非寫遊寓。松石證苔岑，江海積霜露。豈獨枯木堂，瓣香拈一炷。

---

①② 　此詩題位於手稿本第 7247 頁。
③ 　此詩題位於手稿本第 7248 頁。

以元祐秘閣樂毅論證予篋中大觀帖第六卷真本題此二詩①

廿年舊篋晉丰神，南渡重摹尚不真。耿耿公高孫印本，齋宮晚宿爾何人。《淳化閣帖》畢文簡家賜本，有公高之裔印，又有題云乙卯閏六月十四日，太一宮齋晚臨南軒看，孫退谷云此題下有長字印，疑是買似道。方綱按，宋一代凡五乙卯，買似道入相前四年爲寶祐三年乙卯，曁其前慶元元年、紹興五年、熙寧八年，此四乙卯皆無閏月，惟大中祥符八年乙卯閏六月，而畢文簡已卒於其前十年，則此題者別是一人，退谷疑爲似道，非也。

匭紙瑩然照影來，神鋒不是巧工裁。擘窠銖黍皆元氣，印取千川月鏡開。以二帖準之，凡紙墨昏翳不見神采者，皆後摹也，古碑泐蝕又非此論。

適蓮府婿以所得虞恭公碑全拓巨幅來爲合予本校定所得至二千八十餘字從來鑒藏著録家未之見也賦此四詩②

一珠一字氣熊熊，歷井捫參杳靄中。夢想舊時氈蠟手，神追猿臂八旬翁。率更書此碑年八十矣。

神妙秋豪豈在多，殘星偏幛淡雲羅。泉銘尚遜邕碑古，羊薄行間較若何。

紙貴翻同墨惜金，幾人惆悵九嵕陰。研屏借補林侗考，匹馬空山弔古心。

化度虞恭並有圖，穹碑莫笑太糢糊。岑公漢史商量意，待爾開函叩寶蘇。文終用蕭何事，月氏用張騫事，而或有未見全文多誤會者。

題野雲所作同遊法源寺小幀後③

朱老邛上來，袖出法源稿。兀彼金焦夢，印此鼓鐘考。五六杖屨朋，締言王徐造。王述庵、徐鄰哉皆時寓此寺廡。後先紀嚴吳，餕筵禪榻掃。紀心齋、嚴道甫、吳穀人南歸，皆於此分韻贈行。寮西丁子香，掩映紅棠好。覆幢

---

① ② 　此詩題位於手稿本第 7249 頁。

③ 　此詩題位於手稿本第 7250 頁。

深綠中,憑檻寫幽抱。老錢詩髓拈,戴子音均討。_{東原。}邵君孫乘訂,惜未睹遺草。_{二雲。}忽復四十春,鑊去高槐老。_{寺有大銅鑊,今不存,象槐雖入拈題,亦已非舊。}窗鐘耳根業,池水紙坊搗。況憶老侍郎,鄰屋清尊倒。_{記乾隆辛未香樹先生聽鐘山房看花小集,今五十六年矣。}寄訊小羅生,縑幅苦不早。_{昔嘗擬邀兩峰畫此未果,而今兩峰子畫頗知名,故及之。}

漁洋先生秋林讀書圖真本竟得摹軸於蘇齋壁①

藝林當日推二王,及睹劉老甄三唐。_{漁洋未得全見胡孝轅《十箋》,所從西樵授讀者,劉刻《唐詩宿》也,愚在濟南尚見其書。}濤音笑拈蠡勺後,羼提閣子同維揚。停雲家世曆文物,却寫聽雨聯匡牀。雙桐玉磬墨法在,十笏禪室微言長。我昔服膺萬卷架,_{黃崑圃先生萬卷樓藏書多漁洋手訂者。}兒時早爇一瓣香。夢追金翅擘龍象,幾人挂角參羚羊。空音詩喻有如此,疏林翠滴非丹黃。新城邑宰萬里客,滇去只此充歸裝。桂君書來極惆悵,是日買絹神徬徨。一卷諾遲十載贈,昔昔遠夢牽書堂。今春自滇寄我跋,十老詩句開縑緗。百年絹昏幾拂拭,戊申文點字兩行。水屋道人快影寫,蘇齋小像笠屐傍。此間論詩無一字,峰青遠接天蒼茫。先生有神試領取,爐煙篆裊來毫光。諸公題什皆賸語,絢絲漫笑堯峰汪。金山昔記留帶處,玉局舊迹同僧房。_{嘗題先生金山畫像在坡公像間。}正合蘇齋作生日,豈假鶴笛飛南湘。流水明月今即昔,烏雲紅日陰含陽。研屏八萬四千偈,如何舉似真漁洋。

又題梧門摹軸二首②

人從研北懷池北,圖向城南證濟南。風雨對牀秋響處,若非詩境即詩龕。

月點銀雲鏡一函,半庭涼露滴松杉。實諸妙喻空諸有,問是時帆是石帆。

---

① 此詩題位於手稿本第 7251 頁。
② 此詩題位於手稿本第 7253 頁。

揚州甘泉山石字歌寄阮芸臺中丞伊墨卿郡守①

五鳳二年石非磚，朱老誤作陶瓴傳。今茲維揚得古石，其文亦在
變隸先。弟廿弟百記中殿，漢屬王冢圖經沿。廣陵赤社競侈靡，都會
傑構飛甍翩。當時甓礎礧千億，壁璫俙指琅玕駢。顯陽歌舞散煙霧，
不及石字留頑堅。至今靈壇記禱雨，幾泓翠墨濡蝸涎。惟昔八分自
二篆，篆變生隸方生圓。初具橫從匪波策，急就未續凡將篇。偶然紀
數極草草，一洗後代臨池妍。縮之若摹甲乙次，奚啻古器陰款然。多
年廟堄今廓壁，中丞雅邁太守賢。中丞昔琢五鳳研，八磚精舍誰差
肩。此石特爲二公出，刻文更出五鳳前。歐陽不見西漢字，王禕纔述
古瓦編。林侗近詑未央篆，②此石地恰名甘泉。墨卿篆學過林叟，拓
寄細楷寸楮邊。邗上昔工煙月語，今也經詁紛傳箋。此石此字可無
憾，幽光未洩餘千年。五鳳舊本同賵軸，③玉虹一氣來星躔。

凱園將出都以其尊人晴溪吏郎所藏陳居中獵騎圖屬題④

居中院直嘉泰年，豈見絶塞人鳴弦。蕭疏數筆淡草棘，亦若鈎葉
寫柳綿。西崑詩格作衣摺，南渡幾個追龍眠。但餘半幅不盡處，咫尺
萬里論雲煙。中有待詔藝諫語，蒼茫沙路馳遠天。蕉林舊緘觀大略，
惜無小印鈐絹邊。張公寶此甫壯歲，賵裝對案嗟群賢。東江朱溯東
山董，二公皆晴溪師。師友幾輩相差肩。絹昏倏又六十載，公子捧檄增
拳拳。一坡一渚想法秘，追風掣電非神全。貫經堂東簾月上，目光動
宕縑絲穿。詒爾子孫記此段，不虛墨補蘇齋緣。

---

① 　此詩題位於手稿本第 7253 頁。
② 　“近詑未央篆”，手稿本作“近寶未央軸”。
③ 　“賵軸”，手稿本作“几案”。
④ 　此詩題位於手稿本第 7255 頁。“吏郎”，手稿本作“吏部”。

石谷仿關仝八景卷①

丁亥嘉平,時年七十有六。

耕煙老人仿關仝,親見分題瘦金字。近從晴市起炊煙,遠自松峰款蕭寺。絕巘何來界瀑飛,橫厂盡作穿雲勢。一以重巒大開合,澹無筆處皆空翠。渡口漁舟柳陰牧,灣疑欲雨坡疑霽。一聲漁笛欸乃間,捲盡空濛不傳意。耕煙往時謀畫稿,臥寫山莊歲己未。中間峰迴磴轉處,恰與斯圖同位置。知君壯歲熟荊關,老境追摹倍精詣。自題澄觀霞表語,法備因之兼氣至。山茨水杙非目營,密點橫皴得天契。此景何止於八歟,一徑幽深入無際。渾乎起伏頓挫餘,屏却機鋒偈言示。馮君畫理參墨禪,持向蘇齋轉語試。耕煙晚歲多背臨,目想神遊通夢寐。何必千金買范寬,正合廉州繡絲例。直從洪谷右丞後,力挽時趨流派弊。烏目山中鐵笛起,響合玉琴青一氣。

馬遠小幀楊妹子題二首②

一縷黃金是一年,何人菊徑泛觥船。斜枝淡倚屏山影,湖角秋空豈易傳。起七字用楊題畫菊句。

畫稿園前舊典型,思陵筆法到光寧。等閑截斷樊川句,可抵宮闈補石經。題句"人世難逢開口笑",以他語對續之。

元人立軸③

峭絕山扉夜,能收萬壑涼。半林迴側磴,千仞俯平岡。直下溪雲合,諸峰草露香。斧皴參隸法,渾是氣蒼蒼。

張水屋以甲寅秋之蜀任時兩峰所作棧道小軸屬題二首④

十年前見故人心,一髮青天棧路深。大字杜詩親拓否,蒼蒼煙墨

---

① 此詩題位於手稿本第 7256 頁。
② 此詩題位於手稿本第 7257 頁。
③④ 此詩題位於手稿本第 7258 頁。

白雲岑。杜公《劍門》詩，未知石厓所勒有川嶽一聯否？每欲托入蜀者訪之。

扇景功兼顧小癡，畫禪參後憶花之。依然樽酒城南夢，不是青蓮蜀道詩。水屋自畫劍門真境於扇，故及之，顧松巢以善寫棧道著稱，而兩峰號花之寺僧也。

黃君靜懷以自號雲泉寫圖屬題①

小篆八分法，蘇齋時共論。蒼蒼石氣出，浩浩海波翻。此畫非形似，空光自吐吞。淋漓飛動意，相與叩根原。

書虞恭公碑全拓本後②

唐初温與顏，才並宮僚選。顏氏文學稱，温以名位顯。太原昆季間，大臨元愷踐。琅然颺對音，珪璞非雕琢。不聞蘇卿節，歸來陟鼎鉉。千秋岑家筆，倍價羊公峴。顧惟舊史論，寶酷鄰温褊。當時廷爭語，誰剖忠與諞。藎臣邁古風，所矜豈口辨。此碑三致意，與史同關鍵。劉書吳創歉，弔古懷增緬。深意苦不傳，缺落昏苔蘚。艱哉殘畫中，今始光芒展。湘江八十翁，寸楷抵筋篆。三公郎中後，紙續永和繭。騰淵積百琲，嘗鼎珍一臠。化度醴泉銘，衣裳孰弁冕。石邊敲礪餘，幾識書與撰。纖魄隱林霧，疏星翳雲巘。舊本偶幸逢，吾甥助功葳。暑月到秋旬，嚴蘭日手搴。馳書涇陽翁，匭紙增篋衍。林侗趙峒董，似未深留眄。九峻遊如昨，昭陵迹誰闡。我圖邕師塔，合作嵩陽卷。雨餘夢歐緣，松響蘇齋莽。憶借顧苓跋，印記頤堂跰。高麗與月氏，熟事猶滋舛。碑內高麗、月氏二事，近人頗多失考。銛鋒餘二千，何辭手裝翦。坐臥索靖書，妙借語一轉。

野雲爲我作焦山圖二首③

夙昔剔銘意，踏雪思放翁。自題鼎篆後，不擬王考功。更援古洲

---

①② 此詩題位於手稿本第 7259 頁。
③ 此詩題位於手稿本第 7261 頁。

辨,亦豈張汪同。海門一點碧,氣納江天空。竹院轉陰厓,兩賢泠御風。爲我騁遠目,萬里磨青銅。

兩賢伊與朱,前盟記蘇米。詩到危巒尖,窗對斜陽啓。和我玉琴響,枯木堂檐底。莽蒼空翠中,今古窮根柢。江海積霜露,洲沙迥渺灑。飛起研山雲,林端綠如洗。

縮臨鶴銘並米題於焦山圖軸間題二首①

我因側想歊厓石,墨捲長風萬里來。未識三茅鬱岡字,米顛曾見館壇開。

石篆三行駛浪邊,翻疑落葉藉江船。君看絕磴青蒼氣,已邁淳熙六百年。嘗據馬子嚴題以辨篆石旌事三行宋人補刻之誣也。

題孔�雩谷雲壑卷三首②

不見十五秋,雲嵐滿衣屨。仍昔締蘭盟,苔石看碑處。屈指酬唱人,幾得論襟素。檢點初心在,耘粗道根固。玉池湛丹淵,禾莖養珠露。思我無所思,妙理隨以寓。山空雲欲行,水流泉自注。蘇齋禪榻對,重理跏趺悟。證此雲壑源,濛濛篆香炷。

夢迴句曲餌丹砂,不是山卿蔡少霞。郇黍召棠經畫手,依然琢硯寫梅花。

戲仿英光借曠懷,雲迴篆縷自江厓。擘窠臨出吳居父,還叩蘇齋即米齋。

再題焦山圖③

我笑王朱詩,世惠與無專。等之槃籥耳,著録訛相沿。我笑張汪考,仆石宋誰補。不見米陸題,眇焉區今古。近時阮中丞,漢鼎對周鼎。庚庚星斗光，肩若苔花並。近時陳海寧，摹石儼全石。蒼蒼煙浪氣，一例新篁碧。周篆果信乎，宋補亦足傳。但有書山樵，何必洞焦先。方篆天隸間，仄轉江雲活。如我厓磴倚，放眼江天豁。山靈許我否，鶴夢御松風。上清館壇字，真宰淋漓中。

蘇書潁州月夜泛舟聽琴詩殘石本①

吾齋羅浮松，迹配嵩陽雲。未遑覓竹栽，奚以酬墨君。忽飛明月光，滿酌潁水尊。鏡中坡仙影，未醉初半醺。一以松屏照，綠徹鬚眉紋。憐我四壁荒，發之千偈聞。舊來嵩陽夢，不隔宿雨昏。泠泠玉琴響，滌盡墨沼渾。

小池寫蘭於蘇齋壁賦贈二首②

寫蘭左筆最爲難，恰到彝齋壁上看。落水蘭亭青眼在，半江明月印巖灘。趙彝齋畫蘭筆筆向左，正合作吾齋詩話也。

日日商量篆法深，相關氣味喻同心。濛濛淡影非煙雨，未要書家仿錯金。

書陳后山集宋槧本③

一瓣南豐古墨香，較量壓架配蘇黃。新津注尚開雕未，紙貴誰論越與襄。吾齋施顧注蘇詩、史容注黃詩皆宋槧也，宋時刷印書越紙在襄紙上，見后山《論國子監賣書狀》。

陳白沙詩草卷二首④成化癸卯十月書於桃源舟中

海上桃源夢，神來碧玉樓。江門虹貫夜，茅筆氣凌秋。栗里人歸去，曹溪水盡頭。翛然風月外，拊石一橫舟。

憶昔陪雛校，叩須藥渚津。借詩商待聘，靜坐識依仁。晝睡煩多

① 此詩題位於手稿本第 7264 頁。
②③ 此詩題位於手稿本第 7265 頁。
④ 此詩題位於手稿本第 7266 頁。

語,春陽悟幾人。只應瑶石隸,雩咏見精神。黎惟敬隸題卷首。

又和秋林讀書圖舊題韻二首①

秋窗誰共昔論詩,曾見然燈授記時。五百牙籤追訪處,手摩遺楷拂蛛絲。嘗舉先生所著録有卷第可考者,得五百五十餘種,列其目於《載書圖》後,而池北舊藏者在濟南時惟見《唐詩宿》及何端簡手録《季木集》耳,端簡與先祖友善,著《然燈紀聞》一卷。右汪鈍翁詩韻。

書庫秋空對寫真,金風長外更何人。不知履道琴亭石,詩派如何近卜鄰。先生不嗜白詩,而池北書庫則仿香山履道里第名也。右葉訒庵詩韻。

漁洋先生五七言詩鈔重訂本鋟板成賦寄粤東葉花溪十二首②

濟南文獻千秋業,三昧唐賢僅一隅。安得湖光蠶尾緑,盡收鹽邑十籤厨。漁洋先生僅見胡孝轅戊、癸二籤。

舉隅心苦獨良工,雅頌原難例國風。金碧浮沉商繢素,誰憑廿四品司空。

八代文章衆體兼,起衰可借葦間拈。若將左氏浮夸例,誰法春秋筆謹嚴。姜西溟序未喻此鈔之意。

正雅遥追二漢還,杜韓翻以變從删。玉瑩即是丹青理,大謝如何作轉關。魏楚白謂五言從謝靈運轉關。

三昧何嘗别五家,古音唐調本無差。峨眉天半泉飛處,白雪樓空日又斜。唐無五言古詩,李滄溟語。

少陵尺璧重連城,挂角羚羊偈敢争。金翅擘天鯨掣海,不妨中有玉琴聲。

羼提神肖大峨仙,浮玉山頭笠屐禪。正值秋林摹軸出,蘇齋筍脯

---

① 此詩題位於手稿本第 7266 頁。
② 此詩題位於手稿本第 7267 頁。

共詩筵。今年搴得先生《秋林讀書圖》，同作坡公及先生生日，而此刻適成，以二像並懸齋壁，嘗聞濟南人説先生貌似束坡也。

撥鐙逆筆誠懸溯，崑體功夫熟後生。耆舊襄陽争識得，槎頭縮項有前盟。先生嘗言少陵與孟襄陽不同調而能賞識其詩，先生於山谷、道園亦然。

寒雲鍾阜草堂靈，山入江南一髮青。焉有李何偷格調，白家書庫始窮經。池北書庫名仿香山。

金風亭長編王阮，王儉、阮孝緒。池北歸來富載書。欲叩祭川原委補，幾時同乞役鈔胥。竹垞先生《經義考》所録前人語應詳其歲月者，愚欲與此書同補訂之，未知何時得成帙也。

放翁深嘆注詩難，解唱黄麕莫誤看。絶代嬋娟訛一笑，石帆亭子記憑欄。先生《論詩絶句》"不如解唱黄麕者"一聯人多不知其所指。《題迪功集》首句"昭"字嘗見手稿，乃知是"絶"字之訛。

校讎那問閣天藜，日共松軒答木雞。池北瓣香拈冀北，覃溪青眼對花溪。昔與籜石同訂此書於木雞軒。

明吳中諸賢和江南春詞卷[①]并序

沈石田和倪雲林《江南春詞》，文衡山、祝枝山、唐六如及吳下諸家次和爲卷。嘉靖丁酉有倪君者，臨寫爲副卷，而文休承爲作圖，衡山隸題於首，袁胥臺題後，南海吳荷屋侍御得此卷屬賦。

此詞此卷皆姓倪，幻霞孫耶誰考稽。啓南初爲國用和，醉後險押難攀躋。一時賡叠踵繼起，三春遊冶窮招攜。衡山爾時猶冠歲，倏四十載重褾綈。小兒揮灑亦莫比，蒼然雲木來幽栖。倪斑書又率更仿，雲林初名斑，學率更書。倪君軸復胥臺題。軸端擘窠隸古勁，老矣感舊增愴悽。同時藝林文楷擬，野鶩孰敢嗤家雞。詞翰並疑初脱手，副本那復區町畦。我因詞場參畫派，破墨恐未忘筌蹄。中吳文獻已三世，師友之盛古莫齊。江南煙雨二三月，緑渚摇漾銀玻瓈。畫船棹入碧雲

---

①　此詩題位於手稿本第 7269 頁。

塢，采桑徑隱垂楊堤。雙桐想近悟言室，蝸廬儻接茗雪溪。雲川小幅正如此，_{予藏文休承小景爲雲川先生作。}肯以濃倩嫌格低。衡山胥臺意然否，逸品何必元朗奚。可庵侍御持示我，夢到茂苑春蕪萋。曲高勿矜倪漫士，畫禪請叩吳仲圭。_{荷屋善畫。}

又題休承小景①

多少詞家意不傳，數峰青滴隔溪煙。玉蘭堂指雲深處，一隻敲詩載酒船。

唐魏栖梧書善才寺碑有人妄集碑中字曰河南褚遂良書涿鹿馮文敏遂跋爲褚書昔王篛林嘗有跋改題魏書而無識者反删王跋而存馮跋愚今爲重録篛林跋改題之并題四詩於後②

開元著作魏栖梧，肖褚誰教冒褚乎。省却河南封郡字，錯疑押署是臨摹。

良常特筆闡幽潛，翻讓馮家舊篋籤。巧合神龍名褚迹，不曾妝壓宋宫奩。

快雪珍藏合共函，官奴帖系褚河南。若教旃德劉生勒，排類真應續笑談。_{馮氏刻《快雪帖》《樂毅論》，後題貞觀六年十一月河南郡開國公褚銜，褚公於貞觀十二年始入直官起居郎，至高宗時乃封河南郡公，而作僞者繫於貞觀六年，與此碑稱河南褚遂良正等耳。}

雲壑黄華態有餘，後來米派更何如。澆漓後學嗻誰效，尚辇猶追太古初。

野雲爲作小石帆亭圖而五七言詩鈔重訂本適鋟板成賦此邀梧門同作③

昔我問津處，立石如帆席。居然小亭對，意有蠶尾碧。敢竊著録

---

① ② 此詩題位於手稿本第 7271 頁。
③ 此詩題位於手稿本第 7272 頁。

稱,忝附鈔胥役。四十二種書,五百籤廚積。予於漁洋先生所論次鈔目至五百五十餘種,因更訂帶經堂著錄爲四十二部。嗚呼尚友心,卬涉非尋尺。萬古江河流,法乳源一滴。秋林昨摹軸,笠屐共齋壁。遂窮三昧旨,始聚千狐腋。華岡善卷間,滄海此卷石。坐亭者誰歟,主客今耶昔? 然否笠屐徒,青蒼舊盟覿。尚想白雪樓,吹餘趵泉激。添種菱三畝,如何四溟闢。風動袈裟角,借問聽鐘夕。用吳蓮洋句意,欲補鈔五言王孟及杜韓以下也。

次韻石君閣老餉鹿脯①

適臨鹿脯帖,腕力慚疏慵。何來朵頤夢,翠釜登駝峰。新詩加侑詞,束錦如受饗。見《公食大夫禮》。珍重脯縻饔,拜恩自紫宮。擎出玉梀橋,跨鞍不扶笻。憐我未晨炊,炙研爐待烘。充腹午枕餘,黄庭浴喉嚨。幾個童年話,斜街淪茗供。屈指來秋宴,並筵宮醋釀。②續公大叩響,東序鳴金鏞。

室人以墨作桃柳枝③

春在輕盈裊宛間,淡煙斜過研屏山。娟娟清露晨流影,點盡紅雲碧玉灣。

明人畫册④

六浮閣子空濛影,人在南翔畫意中。不借白雲穿蓊鬱,山窗氣已貫晴虹。

題洛神十三行宋拓本二首⑤

褚法追尋廿載前,丁未秋手拓荆川本,有"褚法遙開宋四家"之句。記從元晏想荆川。美人遲暮陽林渚,未必神光遜少年。何義門跋荆川本云,越州石氏

---

① 此詩題位於手稿本第 7273 頁。
② "宮",原作"官",據手稿本改。
③④ 此詩題位於手稿本第 7274 頁。
⑤ 此詩題位於手稿本第 7275 頁。

本石已稍刓，比之美人遲暮，故當讓此三五少年時。

永和小楷付官奴，半袖新裙乞得無。泥著北邢南董例，用卿元晏各元珠。吳用卿、孫元晏二事可作匹對。

寄懷方石亭二首①

敬亭蘿月苦吟身，翻作京華去住人。遲我十年敲句法，爲君千里瀞征塵。露薇鹽研先馳偈，香棗焚膏太劇辛。怪底孤雲看不厭，卷中虹石借傳神。適得墨卿太守札，訂來春寫經送高旻寺之諾，故有第五句，而石亭欲手寫拙詩，故用陳香泉爲漁洋錄詩，漁洋有"香棗塞鼻乃可書"之語也。

揚州煙月作書城，冰蘗衙齋是性情。予方謂邗江自任幼植、顧文子輩砥礪經術，近則阮芸臺訓詁經籍，迥非昔所謂煙月揚州矣，而石亭書來謂額約齋鹽政署中冷如冰蘗，正與此語相稱也。麻谷源頭新畫稿，石帆亭子舊詩聲。王實齋適自建昌來揚，將爲芸臺校錄拙詩，知必邀石亭同校。卬須孝緒研經錄，信誓青儕讀禮盟。雪夕玉琴來響壁，張吳有句敢先爭。近日張季和、吳蘭雪二君詩思轉遲，故附此以調之。

昨寄石亭詩云張吳有句敢先爭蓋季和蘭雪近頗艱於詩思也頃復作揚州書若二君能少釋前嘲者當改此句并簡石亭②

三千里擊圖南翼，十八灘撐上水船。迦葉試拈誰一笑，破琴入夢豈論絃。石帆電轉秋燈偈，鶴笛雲飛臘雪筵。借問慧居成佛後，那憑思發在花前。

朱野雲祭研圖二首③

一卷米拜後，食報忍盟寒。誰信田非石，君於友取端。呵之皆潤液，軒起助波瀾。歲暮惟吾子，焚香氣結蘭。

鹽手瓶盂側，陳詞臘雪時。奴星非結柳，郵表附伊耆。三益題梅

屋，屬題三研齋扁。千祥祝玉池。豈徒醻福酒，春動上林枝。聞友人來侑祭者多發科第云。

三硯齋歌爲朱野雲作①

朱生十指驅雲煙，歲功報嗇惟研田。稽首真宰來星躔，授汝三研潤且堅。一登臺山閣老筵，品在棋墅窪尊邊。朱竹垞詩話評葉臺山有"東山棋墅，左相窪尊"語。一供凡夫説文箋，篆首雪涌寒山泉。凡夫書石函字。其一面側蘭渚鐫，流觴曲水境宛然。四十輩盡摹群賢，尚餘一面嗟墨緣。縮仿定武初椎氈，我敢葉趙名差肩。擘窠賀此齋楣懸，今年祭硯倍潔蠲。此齋此硯盟拳拳，是有精氣非丹鉛。一手三硯坡公傳，蘇齋拜像接臚前。夢詩研屏虹玉船，借爾漆匣光迴旋。雲飛電轉寶月圓，日日對案杓珠駢，英光大笑拜米顛。

十二月十九拜坡公生日適友持宋拓米摹王略帖相質予審定是重摹石本因題蘇帖後②

帖題英光孫退翁，破羌臨儻寶晉同。破羌之刻聞淮東，九霄環珮響天風。英光寶真鄂國石，盦書正落雲氣中。誰區米法右軍法，相臺親見翔鸞龍。玉堂竹齋手裝在，大硯錢眼鳳味空。淨名庵幻玉池影，萬木襟帶青芙蓉。乃知米臨吳刻特，龕餉府供，倦翁雲壑以氣從。世間元有研山二，六峰豈溷六六峰。香光雖賞快雪帖，據舷肯爾追南宮，再摹王略偶一逢。始來蘇齋印心印，紹興珠篆側想開元紅，香光跋乃題懷充。

---

① 此詩題位於手稿本第 7278 頁。
② 此詩題位於手稿本第 7279 頁。

復初齋詩集卷第六十一

石畫軒草四<small>丁卯正月至十二月</small>

得見廟堂碑唐石本喜而有賦①

夢想此碑五十年，意超六一集古編。茂苑韓家二百載，何王徐輩胡闃然。<small>義門、簜林、壇長。</small>月峰僅説蹲注勢，麟洲漫例郎官鑴。去年我見郎官記，平原脈儻褚法沿。如何遽躋唐楷冠，況儕化度並醴泉。今晨乃悟真象岡，玉水何必區源璿。豈惟峭勁率更似，妙運矩折於規圓。貞觀同文此始肇，一變六代餘風扇。山陰龍跳虎臥氣，聚合五緯懸中天。金春玉應備聲振，壁中絲竹鏘管弦。往者永興永壽刻，<small>漢永興元年《百石卒史碑》、永壽二年《禮器碑》。</small>特以隸體時居先。有唐經術逐兩漢，北堂鈔富來丹鉛。穆乎堂階盛車服，森若彝器光杓躔。喬雲中開日月照，喊鶯聲動泮藻宣。大中奏自馮祭酒，此拓豈止天禧前。康里名家世虞法，<small>有康里氏印。</small>間補陝刻仍未全。昔聞張威榮輯篋，山谷已嘆天吴顛。城武或評力單弱，略無摹勒歲月傳。今覿匡廬面始近，改正陝刻功非偏。圓腴城武終遜陝，惜滑於頂纖於肩。何哉亭林及爲反，庶耶樂耶孰闕焉。<small>顧亭林疑"反"爲"及"之訛，蓋未見此真本也。"在三"句下"兆□推"，此間"庶""樂"二字必有一闕，則不可考矣。</small>徘徊三嘆古香襲，十已六七群疑蠲。問津枭几戴山扇，卬須挂席趨長川。至道光華旦復旦，牟尼攝

<hr>

① 此詩題位於手稿本第7281頁。

景元之元。孔祭酒碑書肖否,有如疏演傳注箋。何假西安城武補,虞戈存者珍逾千。臨川學士篤古癖,那數邠國中令賢。我摹紹京光宅字,重賦會稽銀印篇。原石末云直鳳閣鍾紹京拓勒碑額,萬年縣光宅鑴字。

吴仲圭竹卷爲荷屋賦①

我昨爲君可庵銘,巾箱夜夢來真形。何山道山大風雨,那辨耘老澄暉亭。乃是雲谷笈中軸,墨君噫氣非晦暝。意欲移諸可庵壁,但恐穿户飛雷霆。誰知君家此軸在,又後三載揚吴舲。葉雲谷藏仲圭竹卷在至正庚寅,此卷作於後三年癸巳。官奴佛奴兩青友,燃燭一照湖州廳。坡書可訣誰所授,是有真宰無畦町。空庭月落千萬丈,娟娟玉珮疑湘靈。鸞翔鳳翥萬籟響,仙人羽節來雲軿。江南片雨落何處,軟紅借倚塵夢醒。煙中之意復非雨,淡入水際神空冥。此皆竹譜不傳處,房山薊邱模與型。道人昔寫筭篝記,妙於遊刃新發硎。怳乎洛神寫子敬,采旄處處傳娉婷。此卷縑素淨如拭,巴山夕陰連洞庭。道人真竹乃非竹,一氣宿莽皋蘭馨。軒然江海洗空綠,印此午影寒窗櫺。可庵居士攝以息,文耶吴耶奚渭涇。囊中且試餐玉法,霞表自有相鶴經。未須添跋可庵扁,山樓大笑俱眼青。

梧門爲其友彭石夫求詩二首②

能來詩境求詩者,喜是詩龕問字人。博士爲書驢券紙,茶甌香澹滿衣巾。

詩龕友又野雲友,日宿詩龕即畫圖。添著野雲三硯影,袖中雲氣起江湖。

米書多景樓詩墨迹③
自識云"禪師有建樓之意,故書"。

采桑子詞和神曲,坡公未留題壁詩。豈待西樵王伯子,追想大笑

---

① 此詩題位於手稿本第 7283 頁。
② 此詩題位於手稿本第 7284 頁。
③ 此詩至《送姚秋農典山東鄉試二首》,手稿本闕如。

揚頦時。北窗雲捲多異氣，淨名一掃剛風吹。丹淵華月老顛在，氣挾溟海風檣馳。諸真環集擁祥霓，魚列切。五雲閣吏誰藻摛。元祐之辛攬浮玉，山樵銘訪同法芝。正對三山縱奇筆，雄跨萬古濡淋漓。海耶嶽耶境孰指，竈門那必接鳳池。江山第一樓第一，雲鏊大書無此奇。北固山有吳雲鏊書"天下第一江山"字。三十六峰硯山抱，纔覓晉唐古屋基。此樓此詩照江水，未必石刻神能追。《安氏書畫記》云此迹已勒於石。大江真氣在橫几，建樓且莫誇禪師。

再題廟堂碑唐本二首

始從羊薄悟山陰，可要湯馮繭紙臨。比較宋初詩格律，吳生唐畫尚雄深。城武、西安二石皆宋刻耳。

樂毅黃庭宋後傳，隸方輕例篆規圓。松風却夢華陽館，押署商量異與權。意在許真人《舊館壇碑》也。

明忠節諸君子手牘

凡十九幅，高忠憲；劉忠介名戢山；顧裕憼名大章，常熟人；徐忠烈名從治，海鹽人；楊忠烈應山；周忠介；范文貞，吳橋；李忠毅名應昇，江陰人；黃忠端名尊素；倪文正；祁忠惠名彪佳；侯忠節名峒曾；袁忠毅名繼咸，宜春人；凌忠清名義渠；姜貞毅如農二幅；左忠貞名懋弟；黃忠節陶庵；史忠正道鄰。

嗚呼！書不忍觀事不忍論，非其書也伊其人。鑒書至此何代可比倫，讀史至此何感來酸辛。嗟爾區區細楷書銜書謚煩鮑君，嗟爾勤勤裝潢襲之篋之太史秦。儼如祠宇拜寫真，赫如雲軿瞻降神，行行字字光星辰。尚俾觀者頑廉懦，立勉敬身淋漓浩氣墨猶新，一尺之牘重千鈞。

春敷宗伯蒙恩賜宋文同山水畫軸屬爲賦詩

尚書春侍文房譙，珥筆題詩動天眷。禁林賜幅好溪山，不數彭城轕材絹。披圖識是文與可，筆筆茆蘭鐵鈎鎖。持向蘇齋索我詩，夢到春江同泛舸。絹邊紀賜不敢題，文家丹篆壓古綈。弄藏略辨墨林記，有退密印。杕閣何處來山栖。石室先生誰與同，拓窗雲捲諸青峰。小橋淙淙新過雨,茶話款款開詩筒。晚靄昔看山谷書,滄洲曾篋仙井無。江天曠莽相對語,主客那配文與蘇。儻知今日賞奇者,青陽叟共蘇齋徒。君不見西陂宋尚書、竹垞朱檢討,笑啓香廚成二老。亦有過庭才子迭品評,肯讓前賢擅文藻。九華更起賜書樓,又借溪山謀畫稿。末用竹垞題宋商邱家賜畫事,並及吾婿,當作一幅看畫圖,添寫爾我成三人共几也。

朱仰山辛敬堂同過齋中論五言詩

放翁無長篇,陶謝仍不近。道園老法吏,胸乃齊梁蘊。腴不在皮膚,聲豈關脣吻。太白似陰鏗,聞者勿竊听。此秘終安在,良工悟丹粉。左氏豈浮夸,敢外春秋謹。二子經術士,觀徼於何隱。蘇齋一瓣香,月印千觴醖。

自題縮臨蘭亭

朱君宋鐫硯,池亞蘭渚芬。茂林曲水欄,泛觴少長群。亭中鋪繭紙,真若來右軍。我辨玉枕本,誰矜硯山聞。鬖髿儻卓影,勇爵徒酬勤。針眼蟹爪間,妙入豪黍分。午風迴角扇,晝夢追羊裙。觴咏所不傳,契合於斯文。花氣聚新馥,茗篆寫前欣。仍結硯池光,裊作春空雲。

孫淵如觀察購得研山齋舊藏熹平石經殘字爲題於後

我齋借題蓬萊扁,秋盦之夢三十年。丁酉秋黄小松得漢石經殘字,予借摹於壁,因以小蓬萊名其閣。爾時追惟硯山笈,四字補自華亭傳。此本《般庚》篇多“凶德綏績”四字,予屬友於華亭王氏摹補。今君何幸購此本,硯山華亭印宛然。義門識是越州石,石家目記陳思編。稽山藏碑富假閱,蓬萊八石孰後先。張龍學與王晉玉,想像一二遺星躔。我齋摹本自此始,盉毛包周熟口涎。孝於惟孝肆乎肆,往復商訂黃與錢。黃君有兒尚世守,錢生縮本又手鐫。會稽南昌各庠廡,錢梅溪又重摹於會稽郡學,予亦重摹於南昌郡學。塾童氊拓争丹鉛。毗陵使君雅好古,莘老亭子來廓填。準以越州原石目,恰與吉日周篆聯。君適購得吉日癸巳舊拓本。堂溪日碑系左立，專家那僅中郎沿。洪《釋》云"《公羊》《論語》後有堂溪典、馬日磾姓名"，又云"《論語碑》有左立二人姓名"，今所見《論語碑》末云"博士臣左立"，下僅辨"郎"字。鳳毛麟角偶一見，殘珪斷臼神仍全。北海硯山舊跋語，閑軒帖考所未詮。墨池越海涌空緑，匱紙尚結苔花圓。何必資州魏公本，更摹永興東觀篇。他日東州續寶刻，知有爾我同墨緣。時予與君約重勒唐本《廟堂碑》於曲阜。

學書偶述四首

惟書著竹帛，孳乳含陰陽。佐書昉籀篆，訓故該三蒼。畫物以取象，象叶兼圓方。稿草初何起，不獨始索張。楷者隸之變，波沿晉逮唐。豈以行草例，圓漸破觚妨。山陰正楷脈，葦借虞歐杭。醴泉化度銘，合參孔廟堂。萬古此筆髓，律切龍鸞翔。詎止江左體，佩印傳銀黄。

邠國鐵面子，作事令人驚。不知何書手，亦似眼有棱。盡收圓腴旨，追琢粹以精。千載緬虞書，繼火賴傳燈。兹刻北宋初，於古豐鎬京。何啻鳳翔觀，周鼓秦詛盟。嗟我童肄習，規矩尋高曾。竟謂虞法乎，誰知傳非經。宋儒改詁訓，本恃見理明。嗚呼難言哉，此非筆舌争。一展陝拓本，使我惶屏營。

定陶出虞碑，我聞虞勝伯。刻畫雖細淺，匠矩真策勒。聲價乃遜陝，歲久空泐蝕。今見康里子，寶殘貞觀刻。始以此二本，審别白與黑。一爲正攲彎，一或理枯瘠。庶幾圓方合，珠瑩玉温澤。儻謀貞翠珉，得砌金絲壁。寢饋三旬來，廓填豪釐逼。入石輒又非，擲筆增太息。再三手畫肚，夢寐戈脚趯。神光即離間，捉搦焉可得。

吾愛趙王孫，唐楷三益取。廟堂外誰歟，化度醴泉許。化度吾繪圖，范老可共語。醴泉並論者，虞恭最遒古。豈比化度石，書樓殘莫補。半行渤海男，繫銜人弗睹。昔推邵彌本，百年四易主。已失率更名，餘本焉足數。我得舊拓裝，復蒐全墨楮。存者幸完璧，缺亦珍鎩羽。殫力窗光間，奇零策與努。恍圖化度時，重訂書樓譜。歐陽格變方，我參虞陸褚。隸楷此圭臬，山陰真法乳。樂毅與黄庭，宋翻徒延佇。篆勢豈易言，悵望稧蘭渚。《樂毅論》《黃庭經》宋後重翻漸失真矣，因慨圓機之流弊也。

遂園稧飲圖

康熙甲戌三月三日，錢陸燦、盛符升、尤侗、黃與堅、王日藻、何楷、
孫暘、許纘曾、周金然、秦松齡同集徐乾學、秉義之遂園。

尚書告歸第五春，惏園遂園祓禊辰。徐孺之榻誰主賓，香山洛社八百旬。玉山草堂界溪濱，三百年事拈重新。仲瑛後又十二人，仲也果亭折柬申。盛君珍示同饌珍，二人治具爲主。侑觴不假廚誇郁。雲水之味羹非蕈，塔峰崒閌青嶙峋。點波柳浪搖渚蘋，詩聲棋聲雜笑噸。或佇而思把卷呻，琦元璞者誰後身。紺池了澈行藏因，十二人外惟一釋子。金粟影空非寫真。虎頭對面來傳神，禹之鼎。小橋夾鏡流清鄰。偉然星台司鼎鈞，秀茁蘭玉隨侁侁。池邊檻叠琪瑶珣，傳是之樓埶與鄰。宋槧校讎顧叟親，敏求記儻湘靈論。老錢畫記儍指陳，錢湘靈作圖記。丙春甲春感前塵。崐山徐到梁溪秦，此詩此卷貞松筠。侍郎舊夢切書紳，諸老白髮垂冠巾。衣紋漫擬苔花皴，重比謦欬留誨諄。百年老輩澤未湮，耆英説演莊大椿。

次韻手山見贈

揚州夢宛硯屏前，磨洗新詩費十年。袖出苔岑盟石券，得伊墨卿、方石亭、樂蓮裳諸札。眼空迦葉散花天。寶蘇丹篆香同瓣，學杜金針響應弦。從此不愁千里隔，試參句髓暮雲邊。

明晨手山出都之楚走筆爲贈

肯追北地空同子，握手徐郎適楚湘。自有天機詎摹擬，偏於別緒悟文章。真人南嶽初非夢，我友芙蓉共結裳。樂蓮裳爲校錄《道園詩集》也，此句兼寄蓮裳。即爾悲歌侘傺裏，要聽奇律出歸昌。

再題小峴侍郎所藏碧山吟社圖卷

吟社盛推化治間，李鄖記追三十年。又後十年二泉記，如踐社集

偕群賢。我讀李記如讀畫，況今遺墨覿二泉。蒼然諸老真氣出，自與
山水同清言。臨流踞石或題壁，拈毫即席飛觴傳。長松濤來交澗響，
皓鶴語共盟華顛。品茶儻是竹爐主，活水參入松風禪。二泉歸來亦
白髮，憶初潑墨煩石田。堂開重倚惠山麓，十老勝迹猶依然。侍郎裝
圖并邵記，復如徘徊泉麓邊。我亦十年憶展卷，賡唱又得匏庵篇。碧
山社草想著録，浮邱洪厓袂接肩。橫雲吞吐護山趾，定有妙迹層青
鐫。何當訪到刻竹處，雲根洗盡空濛煙。

愚所編次虞道園詩十卷得鈔本於揚州賦示手山蓮裳蘭雪二首

廿年谷園夢，予在江西取瓣香山谷、道園二先生之義，題書室曰谷園。千載尚
友心。不及任史輩，握槧雙井陰。在朝非素餐，歸田豈投簪。鼇峰石
問答，鍾律鳳鸞音。未知春秋學，先天義孰深。麥壟春雨來，瓜疇懷故
岑。數行遺墨補，津逮安可尋。予以所藏先生墨迹補《學古録》所無者，凡廿餘首。

夜雠青棠屋，老友今幾在。三十年前於所寓青棠書屋錢籜石、馮魚山往復商
訂。谷園諸英流，秋渚青未改。覷追黃昀譜，勤苦已增倍。隸書憶假
臨，胥鈔恨誰待。予手抄先生碑板文最多，武進趙味辛所藏先生隸草卷尚未及録，聞
今已失去，不可得矣。篋抵南州集，跋續永興楷。手胝更萬本，裝寄珍千
琲。各酬苔石盟，風露起江海。

管仲姬長明庵圖

此庵此燈幽澗潯，橫渚之曲峰之陰。蒼然夜景窈以深，古殿闃密
非雲黔。衆山掩屏靜愔愔，月影不寫松毛針。一竿紗籠照古今，攝盡
露電泡影沉。諸法皆幻無住心，此燈亦幻蹤誰尋。仲姬合什斂衪襟，
破墨千界微蹄涔。風傳塔鈴何處音，石蓮臺起翩驚禽。八萬偈響宗
炳琴，漏聲莫認來東林。

趙仲穆澗樹小幀二首

松風澗水聲合時，如此沈雄寫杜詩。那問吳興本家筆，淋漓元氣
是吾師。

絕磴青迴氣鬱盤，臨流且未瀉飛湍。茅亭仄徑連宵雨，正趁空林作曉寒。

題宋拓玉枕蘭亭四首

砥砆片碧渚蘭香，密縷雲迴曲水觴。照出方流波折影，窗光合著夢歐堂。

群頂誰鑱損最先，薛家焉及大觀前。退翁未熟桑俞録，輕傅湯馮手拓年。此賈似道刻石，而孫退谷以爲唐貞觀時刻，不知貞觀時何以得有五字損本乎。

虞歐楷法借傳神，未礙初唐作晉人。香篆豪端參活相，黄庭樂毅本天真。

旬日料量宋硯鐫，千燈一月妙誰傳。夜來夢倚山陰几，銖黍牟尼定更圓。

成齋竹舫圖
陳璃玉汝，李西涯門人。

昔補移竹卷，因識題竹處。今摹成齋真，何減麓堂晤。齋以半舫顏，舫即竹爲圃。其半邀月來，人與月同住。孰知竹醉夕，竹移西涯去。竹醉自不知，客醉偏工賦。頹然西涯翁，點筆與竹語。顧謂老門生，和我乞栽句。匏翁白石翁，賡酬迭賓阼。不知主者誰，舫借榻徐孺。空光吸月觴，夜久下涼露。麓堂成齋影，飄然此縑素。嘯起青鸞尾，秋得詩聲助。詩境詩龕閒，此景當誰付。末句寄示梧門，俾諸君和之。

贐詩圖二首爲胡黄海廣文賦

一洗塵勞夢，仍憑舊雨看。贐行珍敝帚，詩意黯征鞍。短譜琴三疊，長歌鋏一彈。笑探囊古錦，風味太酸寒。

自命醒狂者，誰知老鄭虔。風松深墨竈，雲海冷青氈。尺素三千里，離筵二十年。鬢絲禪榻影，又到夜燈前。

五同會圖詩爲陳工部賦

明弘治間吴尚書寬記云："都御史長洲陳玉汝、禮部侍郎常熟李世賢、
太僕寺卿吴江吴禹疇、吏部侍郎吴縣王濟之及余爲五人,以同時
同鄉同朝同志同道,因名曰五同會,亦曰同會者五人爾。"

五人同會會五同,五圖五家各藏一。二人並坐三徐行,越州丁君
之妙筆。三千里外江鄉話,三百年前列卿秩。朝退公餘款一觴,石友
蘭言合膠漆。繪餘以序序餘詩,意傳難罄鵝溪匹。吴王皆和陳公韻,
成齋原唱於誰質。當日匏翁最耆碩,守溪文亦深經術。虞山山房篋
罕傳,吴江唱叠藤陰密。吴禹疇五世孫聞瑋所居復復堂紫藤一株,百餘年舊植也,
凡過吴江者必唱酬其下。復復堂前此軸在,竹垞虹亭交促膝。五圖其二孰
憶之,吴王李耶事難必。五圖陳氏原藏者毀於火,吴禹疇家藏者見於竹垞詩話,今
陳氏又得其一,則不可考者其二圖耳。農曹水部好昆弟,今日延津劍光出。我
亦長懷半舫齋,移竹西涯成故實。後賢況有明卿跋,星聚寧徒太邱
述。更摹半舫齋中月,予藏李茶陵《移竹詩卷》在玉汝竹舫書,因用沈石田題"夜來半
舫齋中月"之句,摹成《齋竹舫圖》。五老神光笑言溢。翻憾朱徐二老子,吴藏
外未詳遺佚。不及蘇齋裊篆香,重記陳家續裝帙。

書道園遺稿後二首

江梅垂垂發,芳草綿綿思。春生被誰覺,上日客遙寄。朦朧萌拆
間,遠自千里至。借非杜陵翁,更誰傳此義。水月澹黄昏,嶺雲横驛
騎。等此妙諦參,未用色香譬。空山冰雪期,迦葉笑拈示。如何分別
觀,歌倚初筵醉。

幽夐與雄壯,本自非二者。陽春白雪音,所以和者寡。昔聖叩酬
知,翻以風雩寫。弦誦即經綸,行藏奚取舍。甫也或及階,裁僞親風
雅。誰啓李何輩,杜襲面目假。近人三昧旨,遙領千載下。借問揚補
之,何區葉梅野。

遼壽昌五年陀羅尼幢爲秦敦夫編修題二首

大安函記叩招提,八咏來遊未共題。四十年前秋樹影,剗苔憶話

夕陽西。

隸楷猶追北宋前，壽隆誰辨壽昌年。訪碑喜得同心友，閑共兒曹說古泉。遼道宗壽昌年號史訛作壽隆，兒子樹培每援洪氏《泉志》壽昌元寶以證此。

送姚秋農典山東鄉試二首①

聲華即漸陟頭廳，海岱先占駐使星。鵲華齊煙襟可貯，金絲魯壁響如聽。十年舊夢馳千里，萬古斯文切六經。儻藉齋廊謀樂石，虞碑篆接嶧山青。頃與孫淵如觀察約重鎸《廟堂》唐石本於曲阜，故屬爲致語。

前追高密後新城，著録東州愧未成。記訪申培轅固里，忝尋鼊尾石帆盟。閏秋筍脯煩深訂，六七牙籤悵遠情。拈起秋林懷北渚，趙商張逸許誰爭。河内趙商、北海張逸皆鄭氏高弟也。“經詁則遠追高密，詩法則近溯新城”，予曩詩示諸生語也，八月廿八爲王文簡生日，秋農嘗有詩，辨當時置閏之誤，予在濟南更定漁洋所著書目爲四十二種。

手山蘭雪相值於城西古寺論詩竟日蘇齋爲之作圖題此二詩②
五月廿一日

兩生半日郊西話，何似邗江十載前。添著夢餘花絮影，梵幢午檻澹茶煙。

商量沈趙對牀吟，舉似岑昕夜榻深。有客蘇齋苔石畔，爲君拈出瓣香心。昔周减齋嘗記秣陵高岑與釋子道昕夜談畫理，兩人舌本觸處相生，别多妙緒，及落紙却無初商一筆，予謂此可以論詩也。

寄顏衡齋二首③

試尋真影在曹南，陜石肩齊已出藍。儻藉戟門深蓋覆，應從郜鼎表虞堪。今見唐本《廟堂碑》，始知城武本爲近真而世無知者，竊謂當移於曲阜戟門下以表之，郜鼎正是城武事，故借用昌黎《石鼓歌》也。

---

① 《米書多景樓詩墨迹》至此詩，手稿本闕如。
②③ 此詩題位於手稿本第7285頁。

禮經遺迹想淹中，科斗誰追魯舊宮。補訂虞戈商隸楷，區區慚愧學雕蟲。

次答吳蘭雪①

今日蘇齋詩髓得，有誰肩可亞吳金。苕岑二子燈窗憶，風雨三秋客夢深。疏懶疑非吾輩事，馳驅靜照古人心。寒宵四十年前話，江水猶盟痡嘆音。乾隆壬午秋予與夏邑彭學士奉使江漢，驛館夜話自慨年已三十而讀書不多，爲誦杜老"疏懶爲名誤，馳驅喪我真"之句至於淚下。

野雲爲摹漁洋與崑山盛誠齋像合軸題曰石帆詩意②

任淵録黃詩，名存而實非。今江南人家所傳寫《山谷詩精華録》是僞托本。盛曹録王詩，實與名焉歸。有謂《精華録》是漁洋手自編定托名盛侍御、曹祭酒者。蠶尾有總述，崑山詳發揮。想從石帆亭，弦指契音徽。以此附任史，豈獨仿陶韋。千秋滴法乳，半夜或傳衣。神韻品然否，江山助庶幾。一痕小洞庭，蠶尾青依稀。鏗爾舍瑟處，正要叩精微。鯢桓與發踵，孰喻善者機。

再題二首③

心相知定笑拈中，敬禮應非妄嘆同。嶽色河聲丹篆在，王官品孰續司空。

然燈授記豈言詮，崑圃門墻舊墨緣。雙井津如天社問，更誰來補淨名箋。先君因何端簡公得執經黃崑圃先生之門，崑圃漁洋門人也，方綱嘗見端簡公《然燈紀聞》手稿。

野雲爲某友之任杭州寫柳耆卿詞楊柳外曉風殘月句意屬題二首④

中酒懷人兼覓句，蕭森冷峭意誰傳。寒雅驢背彎橋上，客夢依依憶昔年。

---

①②　此詩題位於手稿本第 7286 頁。
③④　此詩題位於手稿本第 7287 頁。

簑窗官舫尚眠時，此景雖真未必知。只合蘇齋禪榻畔，疏簾半捲借敲詩。

八月廿八日漁洋先生生日於蘭雪詩舫作二首①

千點桃花尺半魚，拈來詩舫泛紅蕖。畫煩與也誰堪繼，髓得蓮洋我不如。萬古仙才尋乳滴，三椽鄰屋瓣香初。商量真實筌蹄外，履道琴亭插架書。適因蓮府之任山東學政，屬爲重校予所定新城四十二種書也。

石溪喻迦葉，崑山仿新津。我借崑山寫，以悟迦葉因。王官廿四品，此喻埶主賓。昨圖茶陵李，亦並竹舫陳。當時文與也，未謀著録人。陽羨詩鈔鐫，陽羨謂蔣京少。蘇齋信誓申。石帆不傳秘，要共石溪論。蓮洋所得髓，恐尚非其真。

送蓮府視學山東②

湖光對案鏡空明，代我重來補舊盟。豈易陰栖樓照影，至今夢愧渚泉聲。校經義考津源溯，小石帆題悵望情。多少精微心質處，遠追高密近新城。愚昔年示學官弟子云"經詁則遠追高密，詩法則近溯新城"，至今愧斯二語。

送李春湖視學湖南③

鯉庭舊句記衡湘，鳳闕新恩指嶽陽。彩筆遥連江水緑，蘭襟遍擷楚騷香。山川著録憑經笥，金石璘瑜富墨囊。北海碑陰兼米迹，爲君握槧放光芒。《嶽麓寺碑》陰亦李北海書，并碑側有米襄陽題字，皆世所罕知，故屬爲訪之。

野雲畫斷牆老樹爲卷屬題二首④

短簫聲裏樹猶芳，不信蒿真上大牆。唱出誰家新樂府，天然古意

---

① 　此詩題位於手稿本第 7288 頁。
②③ 　此詩題位於手稿本第 7289 頁。
④ 　此詩題位於手稿本第 7290 頁。

佇蒼茫。

　　蘇齋詩對野雲論，秋在蒼煙古樹根。只有虬蟠蟲篆法，敧垂不比漏餘痕。

戴道默墨竹①丙申九月作

　　國初滄洲戴道默，風動素縑皆筆力。畫禪米芾丹篆章，御賜印曰"米芾畫禪，煙巒如覩，明説克傳，圖章用錫"。賜出上方開寶色。嘗見戴藏范寬軸，亦鈐此印旌奇迹。廿四年前晴午秋，我歌河間紀四席。莽蒼石氣跨空來，衆賓擱筆皆嘆息。此石與竹相撑扶，神出古逸淡逾碧。十萬青鸞掉尾吹，兩竿翠拔幽陰逼。此謂葉葉尋其源，象外意憑詩老得。渭川千畝何足吞，并無范寬在胸臆。百五十年更千年，畫於順治十三年，至今百五十年矣。又記范家來挂壁。煙巒相質蘇米齋，此畫此禪真竹石。

嘉慶丁卯秋奉旨賜三品銜重預鹿鳴宴紀恩述懷敬成四律②

　　三品恩綸下九天，千秋嘉話紀初筵。前此未有重宴鹿鳴得邀晉秩者。敢同許渾題詩集，唐許渾詩名《丁卯集》。覰説蘭成射策年。章服蓬瀛添故事，摭言宴賚補前編。捫心何以酬高厚，慚對苹芩小雅篇。

　　中天日月六經光，末學庸虛燼火揚。風翩龍門看翻鷟，雅歌鳳律譜笙簧。五丁未踐槐廳貳，昔任國子司業未及半載，竊愧前輩"司成五丁"之語。三卯叨陪桂蕚香。己卯江西、辛卯廣東、癸卯順天，三預鹿鳴筵宴。花甲輪周同蕊榜，更超彩鏡唱霓裳。己卯江西宴時，以彩繒數十丈結圓月輪，伶人笙歌其中。

　　青袍紫陌並騰鶱，款款前秋感舊言。鎖院句重懷倚月，癸卯闈中劉石庵誦丁卯秋文正師"棘垣月下"之句。斜街夢屢共清尊。劉文正師邸寓。幾人朱紀襟期續，石君齋中與曉嵐諸同年集話，歲歲有詩。千里梁羅問訊煩。梁山舟在浙江，羅徵五在湖南，今並蒙賜秩預宴。祇合城東徐五叟，白頭相對話君恩。

---

①　此詩題位於手稿本第 7290 頁。
②　此詩題位於手稿本第 7291 頁。

崑圃門墻到已遲,然燈授記遠尋師。《然燈紀聞》一卷,新城何端簡公記漁洋論詩語也,端簡與吾里黃崑圃先生皆漁洋門人,先父因端簡得受業於崑圃,而方綱生晚,至崑圃先生重預鄉會宴後始得謁見,去先父受業時三十餘年矣。聲喧丹桂黃槐日,緒冷單衫破帽時。梓里淵源名敢接,風檐辛苦愧誰知。卯科竟補漁洋句,折得詩篇鈍似槌。漁洋“得第重逢辛卯歲”之句蓋預擬而未踐也。

是日筵間又得二律歸示樹培樹崑①

遠溯六丁卯,追惟三百年。一枝丹桂夢,重踐白沙筵。農部庭趨記,苗家石附鐫。栽培忠孝始,凜若訓詞傳。先九世祖水部郎謙謙公舉正德丁卯順天鄉試,其前正統丁卯陳白沙先生舉於鄉也,吾家一桂房自襄敏公官大司農娶於大興苗氏,遂入籍順天,今三百六十年矣。

袖舉承筐者,來廑述祖篇。漫拈同日咏,深賴後人賢。楠葉亭如對,楸枰話共筵。高岑登塔句,容易策名聯。榜首潘君令祖舉於丁卯,予因記初會同年時,朱石君與丁芷溪共儿談奕,曉嵐從旁調之,今石君、芷溪之孫並登斯榜。

送朱野雲還揚州②

攜我蘇齋趺坐語,扶筇處處訪名山。定知江上篷窗夢,日在城南茗碗間。屋後聽鐘圓偈子,袖中畫幀隔秋還。天教詩境詩龕侶,共爾層巖細菊斑。君諾爲選勝遊之境,畫吾輩同尋詩也。

寄題焦山寺壁③

平生江海心,但未具扁舟。栖霞峰頂望,三島碧一漚。無專世惠銘,古篆辨京周。似識華陽鶴,松風夢記不。觀書並法芝,剔石疑古洲。誰傳宋刻語,請誓江水流。爲我光怪發,驚起魚龍秋。萬古山樵筆,耿耿元精收。踏雪來訪古,幾人繼陸游。欲煩野雲子,笑拈蓮社酬。一函貝多葉,再拜香茗甌。茆庵最深處,憶爲坡公留。

---

① 此詩題位於手稿本第7292頁。
②③ 此詩題位於手稿本第7293頁。

小峴詩來語及漁洋戊申寓保安寺街因用漁洋己未稿月夜三詩韻奉柬末章兼示蘭雪①

小巷百年前，諸公共燈燭。詩聲答鐘梵，風味餘苔竹。叩門僮僕應，履迹經過熟。依然梧桐月，照此三椽屋。

老懶愧衰遲，閉門常謝客。踟躕陰惜分，珍重牘盈尺。何減昔禪榻，相與數晨夕。又添石帆卷，重仿秋林迹。

瓣香馳古今，風騷窮正變。流水淙鳴琴，機鋒圓掣電。想公授三昧，嗤我丹百錬。派試西江吸，米問廬陵賤。

題上海顧氏藏廟堂碑城武舊本二首②

屈戌河陰古綠苔，竟疑銀印表函開。怪教松雪疏齋輩，仿本歐碑合讚來。元趙文敏、盧疏齋諸君所跋《化度寺塔銘》，《郁氏書畫記》稱唐拓者亦是宋翻本耳。

從今日夢墨林藏，茂苑韓家試較量。一例評論城武刻，鑒真果否屬青羊。王百穀跋《廟堂碑》，項子家藏本第一，此本第二。

接葉亭③

不訪鄰亭六十年，製茅杜句意誰傳。此取杜詩"接葉製茅亭"句。曲池竹徑斜開處，窠石苔痕尚宛然。香樹論詩叨坐末，毅齋大楷憶欄前。舊有吳門沈毅齋書碑，今不存。只應付與倪迂筆，一幅秋窗淡晚煙。野雲為作圖。

米仲詔怪石④印曰"古今怪石知己"

米公袍笏來合掌，屹然雄尊呼石丈。蘇公夜泊湖水濱，森然奇鬼欲搏人。誰知後有大小米，勺園近扁風煙里。米家燈幻色空天，怪石平生訂知己。腹凹仍用米家皴，墨池之水誰主賓。拜壇若邀白野篆，寫生定訝章侯陳。拱邪戟邪形語儕，古盆雪浪同岑苔。笑憑友石先

---

① 　此詩題位於手稿本第 7295 頁。
②③ 　此詩題位於手稿本第 7296 頁。
④ 　此詩題位於手稿本第 7297 頁。

生友，來扣覃溪蘇米齋。

明吳門李仰槐畫琵琶行卷二首①

後卞前唐卷對開，誰收司馬淚痕來。船窗月寫空江白，碧眼仙人李仰槐。<small>唐六如、卞潤甫皆有此圖。</small>

百年尺絹又糢糊，是寫溢江寫石湖。欲覓白家詩思在，隔林秋影淡寒蘆。

定軒給諫充內簾監試官以闈中諸公唱和詩草裝卷屬題②

奎躔光聚夜堂深，對案風清朗照臨。<small>內監試與試官坐正對。</small>判牘押來留紙尾，<small>闈中唱和多用題紙餘幅。</small>薦條冰樣寫詞林。<small>十八房銜名鎸木謂之薦條，內監試掌之。</small>幸叨錫宴觴頻勸，<small>昨重預宴席與定軒接坐，舉杯相屬。</small>每話挑燈漏未沉。六十年前鈴榜手，河汾著錄叩傳心。<small>昔丁卯榜下，謁見監臨蔣曉滄先生，以闈中手書薛文清讀書錄數條見示。</small>

王麓臺廬山圖③

<small>自題"丁丑之秋，余篆沙河黃尊古兄自江右來談匡廬之勝，自慚俗吏不曾乞得陀羅尼頂珠，以致墮黃塵十丈劫，圖此以當勝遊，并預結香山石樓之願"。</small>

麻石獅子詩畫禪，獨往客代匡君言。遲爾庚戌到丁丑，谷簾日響松風圓。一條瀑布落何處，九叠屏幛來開先。五老情聯笑然否，似有人對潯江船。玉淵潭涌三峽澗，五老照影於栖賢。此圖五老但曠望，真面儻許精神傳。佛頂光原無定住，金剛杵著何峰邊。却與黃君話疇曩，匡君又借結後緣。杜老丹砂負前諾，鑪峰轉盼誰真詮。青鞋發軔記遠壑，齋鐘香飯憑尋原。水閣憑欄者誰子，沙河寫照今宰官。並寫黃君支策過，意俱五老空翠間。江頭白雲莽吞吐，江船那補舊夢還。只餘渾淪雄厚氣，墨綠渲染濃未乾。婁東嘗熟本一脈，黃君旁睨

---

① ② 此詩題位於手稿本第7298頁。
③ 此詩題位於手稿本第7299頁。

秘執宣。我從大癡悟杜法,忽憶讓叟談匡山。_{鄒小山宗伯師書籤。}

蘇齋詩境歌①

放翁鏡湖詩境字,墨捲長風鬱奇恣。是日好庵看落筆,湖雲橫起飛空翠。此境奚關桂永韶,趨庭亦弗追韓潮。_{方好庵崧卿子。}何況華亭拾香屑,四唐金粉掩六朝。_{黃石牧號詩境。}風騷陶謝尚不近,鏡湖放筆誰畦畛。軒軒萬古佇一襟,試叩精微來返本。所以陸扁齋題蘇,鏡湖肯執眉山乎。烏雲紅日非夢幻,側峰橫嶺皆匡廬。只有研屏對煮茗,山入樓窗青倒影。淡煙香篆白豪光,拈出蘇齋是詩境。

又題詩境石本②

庽堂詩境其堂庽,得非手剔宓尊乎。我訪宓尊字不得,獨此韶桂雙石俱。桂則再拓韶五至,好庵何嘗親手摹。絕勝壁間三丈拓,廿八載憶方伯謨。_{放翁齋壁挂《砥柱銘》,爾時放翁得石刻皆莆陽方楷監裝。}此書當時爲孚若,心造太始無古初。三千量到材百五,象岡赤水真元珠。此書此老自道耳,好庵行笈會得無。青山到處誓盟此,幅幅團扇軒眉鬚。後六百年挂我壁,蒼然詩老來鏡湖。指與現前真實義,江海浩蕩雲煙驅。智者禪參對說偈,敬叔札訊同舟車。_{金華智者寺八札,桂林杜敬叔札,皆放翁書,同挂於壁。}那及紫帽山中客,復見十載濡墨如。_{嘉定丙子又在書後十年。}屠希筆試禿管掃,錫山僧飽味筍枯。傅十八官訂禊日,想臨歐楷新編蒲。_{放翁詩簡傅漢孺及屠希筆錫山筍枯皆開禧丁卯歲。}電光倏轉十丁卯,十八官楷拜寶蘇。惠我詩翁法乳滴,詩境方是蘇齋圖。

贈張南山孝廉三首③

南山舊墨緣,韶石響鳴弦。_{鳴弦峰,英德南山也。}江碧深留鏡,榕陰記泊船。詩盟圓似夢,易說了非禪。_{石汝礪與坡公談《易》,見《韶郡志》。}紹聖前

---

① 此詩題位於手稿本第 7300 頁。
② 此詩題位於手稿本第 7301 頁。
③ 此詩題位於手稿本第 7302 頁。

題字,重拓四十年。

　　山志陶貞白,松濤李少温。鶴銘笙籟答,慧麓篆煙痕。瀹乳來參味,青蒼許對論。多生耳根業,訊爾妙之門。爲臨陽冰聽松篆。

　　風抗南園後,魚山又藥房。何區五家派,莫誤二樵狂。酣放精微處,崇深黍尺量。於蘇窺杜法,詩境乃升堂。

予臨惠山聽松篆以贈南山而南山適以松石卷屬題因感聽松篆後題云松石相望於十步外不知幾何時合而相從此語若爲之緣者賦此二詩①

　　松石本無意,苔岑成夙期。竟憑真氣合,不恨淡交遲。萬谷笙鐘起,千峰雨雪時。琅然鸞鶴語,卷外許誰知。

　　以爾松廬境,參予石畫軒。研屏相澹對,濤籟即清言。雪乳香浮琖,菖蒲綠結盆。琅玕芝草長,息息見深根。

送方式亭之官江西二首②

　　舊夢江頭佇遠情,詩盟珍重謝宣城。昔送蘊山出守,誠以十年不爲詩。何人許續知音者,十載相期報政成。參透眉山禪語轉,式亭臨別盡録予論蘇詩語盈笈。肯煩太乙隸書評。式亭以精楮界絲千幅手寫予詩稿,故用劉太乙以八分寫漁洋集比白香山藏廬山事。匡廬衲子如相見,半偈如何爲寄聲。

　　對牀風雨豈輕論,昨寫金吳證佛門。今年夏金手山來都,與吳蘭雪論詩西郊禪寺竟日,予爲寫軸。幾个虛襟今雨貯,偶留滌硯過雲痕。課耕北渚收湖淥,叩楫西江只谷園。谷園,予在南昌自題書室名。何減蘇齋諸子共,盆梅臘雪倒清尊。

題化度寺塔銘上海顧氏舊藏本四首③

　　吳融但説鄭公文,書品宣和始著聞。誰記賜書樓壁影,窗橫嵩少

---

①② 　此詩題位於手稿本第7303頁。
③ 　此詩題位於手稿本第7304頁。

二峰雲。吳子華《九成宮碑》詩尚未及於歐書，惟《宣和書譜》始最稱是銘楷法。

已無耒几山陰楷，誰嗣官奴樂毅篇。莫執鷗堆年月字，輕言書在醴銘前。貞觀五年十一月十六日是起塔之文，今每因帖尾誤裝而失考爾。

三十行餘又四行，我疑樓壁手曾量。後村淳祐端平句，豈果笙詩賴補亡。劉後村後來偶得三行以裝於後，非果恰補其闕耳。

鮑家新軸訂春來，顧跋裝函笑對開。鄰寺鐘聲真偈子，井欄時夢剔昏苔。

十二月十九拜坡公生日題錢裝山所作李委吹笛圖①

年年我夢赤壁磯，掉舟縞鶴凌江飛。欲寫江灣研屏底，迷茫幻境是又非。錢子昔使湘灘路，意想臨皋昈雲樹。欲摹江船鶴笛圖，每懷二客攀遊處。此詩待畫畫待詩，今來蘇齋乃畫之。七百廿有五載後，臘月十九筍脯期。電光十二轉壬戌，元符之誤王非施。誤作元符五年者，乃馮山公沿王注本之失耳。坡書真墨像真影，石屏松屏對烹茗。烏雲紅日一樓窗，蘇室蘇齋信詩境。鶴飛不比舟中夢，鶴笛無煩客追郖。真詩唱出鏘玉鳴，何用洞簫與瓶笙。俯巢自響鷺鶴語，長嘯定駭魚龍聽。即今臘雪盆梅際，猶和穿雲裂石聲。月吐橫雲斷江岸，千古江山來對面。公乎青眼瞵素間，不賴重摹匹束絹。錢子汪生遞寫圖，詩境復招詩舫吳。公乎儻聞應大笑，擾擾下界紛墨朱。

是日又題吳蘭雪詩舫所摹幀②

翩然進士紫裘生，認得黃州赤壁盟。雪後爲誰圓昔夢，鶴飛重要譜新聲。叚詞爾我憐詩瘦，真意今宵寫月明。仍就蘇齋來挂坐，玉琴山響大江橫。

---

① 此詩題位於手稿本第 7305 頁。
② 此詩題位於手稿本第 7306 頁。

漢籍合璧　總編纂　鄭傑文

漢籍合璧精華編　主編　王承略　聶濟冬

國家出版基金項目

翁方綱詩集輯校

［清］翁方綱　撰

趙寶靖　輯校

四

復初齋詩集卷第六十二①

石畫軒草五戊辰正月至己巳九月

吳荷屋購得玉泓館舊裝化度塔銘

邕師塔銘淡墨本，顧云得自茶陵家。不及溫陵春草篋，茶陵大篆蛟蟠挐。溫陵之本近千字，疏齋松雪評交加。世間第一烜赫迹，顧此殘拓何爲邪。玉泓館主費裝褫，數番冷癖等嗜痂。西鄰吳郎晨過我，臘雪正點寒梅花。范氏樓圖照我几，後村補句憑誰誇。開緘識是宋初紙，初砌樓壁來輭車。弇州三本新聞舊，墨池祖本瑜無瑕。我寶墨池水圓鏡，此皆匱紙煙籠紗。伊始尚未紙墨擇，隔行得認絲紋斜。恰合我圖後前幅，肯使壁影豪釐差。奇哉尾幅紙脫處，昏黔黯澹開雲霞。陽陰帥雪恍以忽，陸離玉佩交疏麻。歲陰春啓二旬久，餐英一氣來瑤華。墨池圓鏡請對照，松風細乳響瀹茶。更無煩乞後村補，那用題篆摹西涯。嵩陽青眼貝多樹，可庵來共玉畫叉。

友人爲摹太白少陵像於齋壁

何關飯顆笠重題，亦異峨岷軸並攜。二鳥千秋煩省記，三才萬象孰端倪。角弓嘉樹丹初誓，瑤草青精米一稊。稽首焚香憐鈍滯，儻分

---

① 此《復初齋詩集》卷第六十二，除一首詩見於手稿本，其餘手稿本闕如。

大藥乞刀圭。

孔廟乾明元年碑是北齊樊遜書①

乾明改皇建，率更甫四齡。後三十六年，褚諫議乃生。寥寥古隸
餘，造化啓文明。漸減左右波，旁推章草行。②南朝江左體，石墨渺誰
稱。③空餘瘞鶴處，松風緬吹笙。孔庭北齊碑，雲霞煥岩亭。殘觚百名
及，書勢千變乘。昔聞寶尚輦，遠溯劉彭城。私淑三公迹，遂定一家
盟。峨峨樊員外，雄筆峙光青。白雲一片石，述祖猶涕零。何似庫狄
刻，④遠跨驚蝶名。丁真永草前，孰擅書家評。汝州掇遺字，甫配姚秦
銘。歐褚此前驅，龍光刃發硎。奚傷首尾蝕，字外餘精靈。以此媲仲
寶，那煩寶家甥。識得率更師，勿復思史陵。⑤南齊樊退誰，莫誤識者
聽。⑥後來重摹類帖，因《汝帖》泐此名右半，訛爲南齊樊退書。

秦小峴屬題所藏明人手柬二詩

芙蓉秋水訪南亭，飛瀑霞標倚翠屏。還有謝孫真意在，信陽老子
眼俱青。無錫秦用中擇之以遊永嘉、天台諸詩呈何大復。

親到昆湖舊隱居，入門童僕盡鈔書。筆飛時共琅琴語，猶記潭邊
響夜漁。嘗熟陳瑚確庵手柬，確庵自號七十二潭漁父，毛子晉令其二子受業者也，次句即
用確庵集中記毛子晉友所贈句。

吳荷屋侍御去年典浙江鄉試友人爲作湖山秋霽圖

葵莑蘭蓀記擷芳，松風石銚試初涼。圖應隔歲瑤華補，霽到秋空
玉尺量。人識滿襟搖水翠，天教老眼攝湖光。南屏扪檻坡餘夢，重向
蘇齋印瓣香。

---

① 此詩題位於手稿本第 7085 頁。
② “旁推”，手稿本作“旁通”。
③ “誰稱”，手稿本作“何稱”。
④ “庫狄刻”，手稿本作“庫狄干”。
⑤ “思”，手稿本作“希”。
⑥ 此句下注文“後來”，手稿本作“今”。

化度塔銘四首

端平存字已無多，匱紙憑誰想墨螺。閱盡嵩雲穿户影，熙豐慶曆到宣和。吴本慶曆間拓，予藏本熙豐間拓，鮑本政宣間拓。

堆左珠光露電痕，半蕪煙雨謝重昏。奉餘月脚天雲脚，得並金黿玉兔論。"天"左脚有石皮黟墨痕，"奉"下脚有似半月渤痕。

疏齋松雪話重拓，細楷誰争困學籤。那得蕉林千字本，春暉春草益耶廉。適又聞友人家有梁蕉林舊藏尚近千字之本，亟擬借來同賞也，陳彦廉春草堂舊本有盧疏齋、趙松雪諸題，朱益之春暉堂舊本有鮮于伯幾書籤。

星沙聚影月千川，荷屋芝山對榻緣。合作蘇齋樓墨響，青分孤島相輪圓。將合摹重勒石也，予近頗以樊孝謙書證取三公郎中筆意。

開封府學新出宋嘉祐石經檀弓一石

三字石經邈不傳，誰以篆楷追邯鄲。至和摹勒到嘉祐，楊章胡輩來書丹。秀水朱十作經考，付之淪佚空嗟嘆。吾猶獲見書及禮，禮則冢宰兼春官。庶徵之哲獻之醋，《洪範》"曰哲"，从日，《司尊彝》"諸臣之所昨"，"昨"篆作"醋"。可希古本舊觀還。若得諸經盡如此，奚煩解詁增與删。異哉新墨得此本，寥爾六列磨非完。小功不税至祖莫，"祖莫"，"莫"字依鄭用之。糢糊不止苔花斑。亟裝春官舊拓後，欲續洪釋收叢殘。誰將南仲友直筆，概作同日揮豪觀。其箕於烏豈假借，内"於"皆篆"烏"，"其"皆篆"箕"。魯魚亥豕等誤刊。惜未廣蒐諸石迹，得悉爾時群力殫。庶區左立暨孫表，審定王曜兼劉寬。浚儀草窗諸老輩，未得齋廡同盤桓。聊取蒼茫汲古意，莫輕佛刹碑陰看。石得於觀音寺碑石之後。正楷亦遜周官手，唐石直擬虞戈攀。去年見唐刻永興《廟堂碑》原本，惟嘉祐石經《周官》楷書極肖。論文校藝附經訓，萬古霽照流琤潺。寄錢藩伯王庶子，蘇齋對話秋宵闌。

康熙丙申三月繆湘芷陳滄洲諸公元福宫看杏花詩爲徐壇長書卷

舊句拈同四十年，更追舊句百年前。旗亭畫壁人如約，禪榻摩碑夢宛然。兩卷沫流徐下相，三生韻續杜樊川。石梁奇絶憑誰識，縑幅摹來補墨緣。乾隆癸未、甲申間，予與裕軒、擇石、辛楣每看花於此，今四十餘年矣。此卷亦有李臨川摩挲舊碑句也，予嘗謂壇長集中論金石二卷可入《昭代叢書》，而壇長此詩所謂石梁者予尚及見之，石勢奇絶，今則無復有知之者矣。

題洪介亭小容齋

寬安十笏夜窗深，六百年前述作心。五筆重編詞苑後，更添萬首續唐音。

小峴司寇九月六日集同人補作漁洋生日

不爲前旬補瓣香，亦非花事訂重陽。好憑細雨開裝軸，特近深秋共品量。借問王裴吟輞水，何如韋柳接柴桑。此間迦葉拈成笑，笠子圓光小像旁。

蘭雪倩友人作蘇齋論文圖頗具泉石之勝二詩博和

論文得擇好林泉，憑水三椽豈偶然。遠近嵐光來几上，瀠洄石瀨帶經前。宛余舊夢披樵徑，與爾尋詩買釣船。十笏荒塵寧有此，峯雲對榻似棲賢。

新知舊貫叩精微，豈僅評量柳與韋。昨於小峴坐間擬論韋柳詩格。萬卷迴環離又合，幾家神貌似仍非。屏除獺祭甘於嗜，收取鮠桓善者機。愧質江山無妙語，且勤近巷款荆扉。

明天啓小鐵斧

短鐵方錍下通秘，金塗天啓三年字。雙龍似蹙夾紗燈，斫來傀儡登場戲。誰歟般爾運成風，寸尺考工營面勢。十九年矣猶童心，何必魯昭衰衽敝。熹宗時年十九。深宮揮削得意時，巧匠雖多慚比藝。何用此時持事來，批紅正稱閹兒意。熹宗創造木傀儡戲及雙龍綴夾紗燈，每當自斫梳匣、漆器，窮極工巧，有章疏來，輒語閹宦代爲批行，見明陳悰《天啓宮詞注》。此斧當筵首策勛，親成梳匣縣珠翠。不斷丁丁長晝聲，多少餘閑此中棄。纖兒撞壞好家居，霸昌誰下房揚淚。此物何煩爭弔古，殘劫光陰目空睨。
滿坐傳觀供一笑，茶甌沫屢秋窗試。何似阮家延祐銅，艾虎苔封伴書
笥。<small>適阮芸臺寄來所得元延祐二年銅艾虎書鎮。</small>

寄題靈隱寺壁

未忘迦葉散花天，敢擬繙經宿墨緣。盥手初煩僑舍客，齋心聊當
泛湖船。青藜分隸曾何有，白傅匡廬不偶然。幾句研屏新偈子，多慚
紫竹石幢邊。<small>時屬石琢堂以拙書《金剛經》爲寺供，并以杭城新刻拙集庋僧房也。</small>

徐星伯編修購得秋盦所拓武梁祠像

毗陵古墨香，前輩富題識。昔聞羅生說，日訊邗江寄。畫在顧陸
先，鑒遠豐侯義。庚庚橫理光，燈昏客談際。思之不可見，橅本投以
次。洪釋郡齋鐫，豈免傳訛字。<small>曾子一幅識語予宋刻本已訛灵。</small>黃君官濟
上，天意巧位置。力扶尉氏碑，盡藏張弨志。手剔紫雲麓，重新武祠
砌。鐵橋爲經營，賤子附書記。異哉文字緣，邗江冊來至。荊川到衍
齋，寶以球圖例。竟歸黃君篋，若爲修祠界。我亦再三題，河瓣屢停
轡。番陽奇觚後，幾人集漢隸。石闕榜贊銘，極此銖分細。不聞相洲
拓，誰搏說苑事。<small>韓伯瑜事見劉向《說苑》《北史・劉彦光傳》，相州學舍有此石刻。</small>
廿載感故人，忽啓詞壇笥。復憶啖麪□，□題爲排類。昨得阮公札，
研背金銘驥。<small>此祠闕碎石有畫，一馬旁題"此金"二字，餘不可辨，黃秋盦琢爲研，今爲
阮中丞所購得也。</small>後來誰知者，黃君積勤勩。狂叫運河船，目送秋空霽。
即今重裝卷，什倍荊川秘。我交黃九後，徐九乃同嗜。更補隸續圖，
如陳古彝器。三禮阮轟前，萬丈星虹氣。

題明弘治癸丑會試錄

茶陵主禮闈，北地初釋褐。一代詩關鍵，天意孰迴斡。二李恰師
生，六公乃衣鉢。論者互軒輊，黨伐此由枿。空同雄鷙姿，俯視莽寥
闊。文漢詩盛唐，訑體固難奪。自謂境非真，豈啻棒初喝。<small>空同自序，悔
其非真詩，但未能改耳。</small>師門造謁時，曾否牙弦撥。東江與燕泉，同門席孰

割。顧、何皆在是榜。後人品真詩，中的省弦筈。未知二泉名，果接麓堂末。鍾伯敬云："空同出，天下無真詩，真詩惟邵二泉耳。"詩龕信墨緣，紙幅偏闕脫。如何詩乃真，聊此題代跋。並想錢與羅，奎堂語披豁。西涯門人錢鶴灘、羅圭峰皆與分校。

宋徽宗畫鷹政和甲午蔡京題

噫嘻！時去靖康丙午僅一紀，收國之元在邇矣。次年乙未，金收國元年，改國號曰金。汴宮猶貌羽下韝，君相吮豪窮物理。霜毛整翮出晴皋，掣勢寒凌素秋起。臣京內苑昨見之，側目翻風峭如此。王監山頭杜有詩，京也誇從斯軸始。蔡跋云鷹未有白色者，此白鷹效祥而至。森森戴角氣所纏，耿耿金精兆孰使。贉題況是瘦金書，肯以南唐錯金比。後來那費李空同，呂紀林良進乎技。宣和畫譜抵得志五行，押來粉墨東都史。

題錢氏護碑圖二首
《吳越文穆王神道碑》，晉天福八年同平章事和凝撰。

詎止班書贊，韓彭布芮儔。湖山同帶礪，風雨護松楸。迹並垂金券，詩誰記錦樓。挂名欄檻外，片石壯千秋。銘首二句用《漢書·韓彭傳》述贊語也，文穆王詩名《錦樓集》，《十國春秋》諸書皆未載。

一掬雲孫淚，成茲不朽心。更延光萬丈，那計施千金。螭首苔穿樣，人爭篆刻陰。襄陽宛令字，隸續後誰尋。此碑題目一行字倍大，錢竹汀謂古無此式，愚謂此即《漢宛令李孟初碑》式也。

有得舊石刻坡公別功甫九字於畫竹上者題此正之

文字槎牙酒劍鋩，醉吟誰識郭家牆。卻非誤讀東都史，風雨延津更渺茫。郭功父自端州請老歸在元祐己巳，東坡爲寫竹石事在元豐甲子，或有誤讀《東都事略》而傅會者。

庶常館示兒二首

老夫二十六科後，汝亦經今十一科。尚較師門班序淺，頻更歲籥國恩多。崑圃先生前辛未至辛未六十年閱二十四科，而方綱壬申至今已廿六科，蓋由恩科增積也。史稽朱去追如昨，董戴劉前愧若何。今閣老蔗林、雲房、蓮土三公。萬卷樓窗披篋日，每嗟膝下繼編摩。憶崑圃先生於嗣君出守日嘆其未得入詞館也。

依然冰署雪詩天，交拜紅氈坐右邊。詞館尚右，西臺尚左。尚憶西廊書束日，壬申仲冬，是日與山舟同几寫名刺數十通。敢同東面旅占筵。玉河橋水春來近，敧器圖綾句最先。初入館與籜石題後廳《敧器圖》。錢董當時諧謔語，詞林故事覬爭傳。同年董曲江語籜石此事將來覃溪可踐，至今愧之。

洪忠宣手植柏爲介亭賦

洪公祠中手植柏，老幹疏柯撐鐵石。忝駐鄰牆未一瞻，學使廨相接近。今從孫繪圖中識。孫拜奉圖如見公，尚惜畫工圖不得。自言每到宿祠廡，石洞風呼雷雨夕。雖僅石闌圍四隅，氣挾星芒可千尺。公之植此自何年，遂並當時書塾傳。勁節丹心自青史，屯雲白晝生空天。澹湖珠湖帶環碧，范松史柳誰差肩。范文正手植松，鄮江史剌史柳。忠孝文章燕詒澤，孤高正直長綿延。世世子孫讀書種，此根萬古培山川。

司馬文正與兄子九承議墨札刻石爲人斷作硯矣因爲覓其全迹題此

三十年前江子笈，郭生油素濡猶濕。何人截作半剡璋，葉君得之囊什襲。考是溫公與姪書，爾日通鑑編初輯。洛中展墓省兄時，問視儀等兒曹執。汝何寧州戀一官，忘卻老親七八十。若箴若晉三百字，今我讀之猶悚立。既使朝家申孝義，何減孺子鳴歌泣。字字仍皆莊楷出，鑒稿憑誰篋收拾。有似坡題墨妙石，亦供半硯丹黃裏。半硯翻滋贗本開，此緘那覓傳家集。坡書《墨妙亭》詩石後半段亦爲人截作硯，然有真贗二本矣。停雲帖寶太師書，葉君儻惠鈎摹急。江家笈秘人何在，夏縣苔濃緉還汲。溫公書用本縣紙，見《邵氏聞見後錄》。還君半硯裝吾軸，感舊知新重增悒。南屏峰影小磨厓，閑有家爻隸誰及。

杭湖風水洞蘇題僅存姓字四楷迹今年作坡公生日挂此軸於壁題其後

昔聞涪翁掃齋壁，日懸坡像而拜之。我齋拜像歲已屢，神來顴頰非然疑。何如自書姓名字，飄然灑墨厓壁時。風鳴石瀨激水穴，洞谽天造非人爲。神劒仙噀玉虹氣，海月印出真鬚眉。長松老鶴下普照，銅盤丹鼎餌内芝。憐我空齋闃無物，苔岑古緑以餉遺。世間豈少廓填迹，晚香妮古嫌肥癡。記疑眉州乳媪石，磚比曲水悲夫詞。四泓澄瓊藹温桌，一笑奩鏡風水披。旁題亦有遊客共，嗜彼何啻群星隨。蘇齋正啓臘雪後，盆梅那競春來遲。嵩陽帖恰名款闕，九霞户響來靈漪。虛簾遥夜昨夢到，青眼萬里人誰知。吾齋直作富春渚，乳泉瀹滿甌花瓷。青筇拄到磐石上，篆香裊起鑪煙吹。如此寫真石墨影，松屏竹几池半規。巖花飛繞定山轉，坐間孰是李節推。

齋中與友論詩五首

賤子幼苦學，韓門乏階梯。同里兩朱兄，竹君、石君。鳳梧穎始黄。聊假古錦笈，氣吐長虹霓。么弦不孤張，峻坂寧猛躋。初非牧之序，盡名李藩題。後生不考原，李徑遂成蹊。豈不鬪富豔，仍懼途渺迷。洪川浩無梁，慎策羸糧齎。此前二首皆爲近人嗜長吉而發。

吳門金十郎，香瓣稱三李。臨川有樂生，或乃二李擬。錦袍固天界，錦瑟豈霞綺。翡翠盆池戲，寧喻龜鶴旨。馳情凌紫煙，奚止嚼瓊蕊。奴僕命騷歟，艱哉加以理。充實與節制，憤悱誰發啓。馮生較黎生，印涉端江水。"養之以充實，又養之以節制"二語，昔年寄評黎二樵稿也。

蘇學盛於北，景行遺山仰。誰於蘇黄後，卻作陶韋想。夐乎藐姑射，異彼適莽蒼。每過木雞軒，静觀夜氣養。勿放坡詩新，始喻陶琴響。輕言吹一映，頓使光萬丈。離垢偈有無，舉似記疇曩。詩家真衣鉢，何如錢與蔣。心餘爲蘀石禮闈分校所得士，故以比南雅及孟昭也，然此一首實爲蘭雪學遺山而發。

保氏教國子，先使研形聲。虞廷切依永，八音配五行。孫愐。陸法言。雖寥邈，宮商儼重輕。宋賢既逾矩，後學誰懸衡。何至有明季，真文涸庚青。即今風雅選，敢悖杜韓盟。屋職乃通用，豈鶴奚能評。愚讀杜附有《韻考》一卷。莫嗤邵髯編，粗附劉淵成。注蘇雖蔑古，杜韓尚循程。一昨與臧子,古文測禮經。戴君不工詩,經詁乃道耕。去年與武進臧在東辨《儀禮》今古文,因及戴東原韻學。苟不審鍾律,豈虛言性情。并嚴句字節,鏘爾韶鈞鳴。且勿異才騁,慎之浮氣争。

旬月馮生詩,獨與詩舫謀。錢七昔共燭,_{汪康古。王受銘。}篇去留。尺黍可誰語,千載耿前修。如何是勿欺,大路無岐輖。復憶藥洲上,_{羅臺山。李南磵。}寸晷酬。敢矜八斗才,端借萬卷收。智勇俱困處,識此精微不。鄰庵暮鐘起,對牀沈趙儔。_{韋左司"風雨對牀"之句謂沈趙二生也。}吾門謝與馮,半夜惜更籌。此景不可再,胥鈔已窮蒐。_{壬辰正月蘊山、魚山於吾齋對榻論詩,二子止此一聚,最關賞析,不可復得。}時方各盛年,深誡譽名浮。誰意此敝楮,商略泛茗甌。門生釀金待,元晏弗外求。念之增恫惶,載柞無畝疇。日拜坡笠像,大海起一漚。簾雲盼臘雪,以積貽來牟。

再題南雅石屋洞軸兼呈諸君

與君懷抱貯空明,袖石居然碧海傾。繭紙仍飛嵐翠活,乳甌何減玉琴聲。子容述古憑誰識,水穴風巖待我盟。欲補前遊增絹素,小樓畫意淡雲橫。

小峴見和風水洞坡迹之作蓋傲我以遊杭也賦此奉答

妙說前生已到杭,得陪蘇頌與陳襄。故應今日空齋裏,著句屏風小閣旁。幾被綠苔迷石屋,_{石屋洞坡題是重刻。}笑看青眼幻嵩陽。手書可借邢房悟,梅竹依然臘雪觴。_{杭州白堤後新建坡公祠,阮芸臺嘗寫爲梅竹小幅見寄。}

石谷仿王孟端小幀
_{自題"王孟端《林泉高蹈卷》得元人逸趣,漫仿之,戊寅清和"。以下己巳。}

石谷遙追孟端乎,孟端預擬石谷乎。九龍山下雲深處,意思閑澹有此無。_{王孟端詩"我家九龍山下住,結茅正在雲深處"。}遠山正是結廬影,中間一碧漪文鋪。琴書户檻一重掩,青蒼杉槲八九株。二人孰是高蹈者,

或云載酒問字徒。笛聲牛羊歸徑晚,雲擁粳稻深菰蒲。煙橫空外不傳意,直以襟貯奚臨摹。石谷中年轢今古,百家攝入牟尼珠。漸老漸深轉超逸,豈有法派元明殊。我疑畫中對寫照,孟端石谷爾與吾。商量落墨到微秘,奉常廉州如可呼。是乃林泉有人在,聊借友石爲舉隅。自題拈出真畫髓,躞端捲盡桓家廚。但聞飛岑璁玉響,白茆何必虞山湖。石谷居虞山之白茆鄉。

書淳化閣帖第九卷舊本後二首

專謹與縱逸,焉能評子敬。斟酌草與行,乃信書之聖。異哉肅刻岐,邈爾閣本鏡。章草未宏越,方圓孰季孟。張估參寶述,創草始破正。何怪竹雲叟,卷尾來聽瑩。卷末《諸舍帖》王箬林誤析爲二。

异州亦知言,南宫接北海。我借嵩陽夢,眉山叩真綷。是乃大令脈,冷眼閑閑待。何必羊薄徒,真氣方驚倍。静悟官奴帖,直並洛神楷。莫信堯夫孫,褚柳前題在。宋邵博《聞見録》據陶隱居以疑褚柳,未可信也。

趙忠毅自書詩卷爲李心庵農部題癸卯五月

此吾燕山感慨悲歌氣,一片肝膽清光照天地。菜花亭到味蘖齋,公有《味蘖齋遺筆》一卷。鬱勃淋漓欲誰寄。燕子簾前風尚遲,夜合欄邊雨初霽。意到聊拈午夢餘,眼中那最關心事。殘月暉暉太白硯,豈直爲擊閹兒計。嘗見公自銘硯云:"殘月暉暉,太白曚曚,雞三號,更五點,此時作疏擊大閹,成則策汝勛,不成隨汝貶。"且向樽前策汝勳,五月霜豪變寒喟。疏疏章草風雨來,盡作蛟蚪怒蟠勢。宛見吳橋手輯初,吳橋范忠文嘗哀輯公手稿若干卷序而梓之。鏗然墮地星虹字。嗟爾心庵詩老勿作筆墨觀,收之硯函歘起冬生翠。直是烏烏擊筑聲,化作朵朵涼雲鐵如意。

書虞恭公碑宋拓本後二首

五湖長後五傳篋,不見江陵勃海銜。那記九嵕驢背上,孤村流水響松杉。邵瓜疇藏舊本有顧云美跋,云:"余七歲時見此本於外祖陸文近先生几上,八分書籤,外王父尚寶公筆也,後再見之邵僧彌頤堂,今五十年凡四易主,辛丑冬塔影園書。"此與王箬林所稱海内第一本者皆已脱失撰書姓名矣。

老翁八十韻猶傳,珠顆三千落更圓。當日名卿抒寫意,故應珥筆亞宫泉。《虞恭碑》,頌名卿作也;《醴泉》,應制詔作也;《化度銘》,傳世作也。

青藤書屋歌爲山陰陳九巖賦

山陰縣治南觀巷西里,徐文長舊居也,後爲陳章侯居,今爲陳鴻逵兄弟尚古堂。

青藤書屋三百年,前有青藤後老蓮。青藤道人復生否,袖裏青蛇來放顛。九巖十峰卜居處,我未識陳先識錢。錢子繪圖邀我賦,手摹稧帖爲之先。吳柯所跋迹已換,趙十三跋空鉤填。尚勝馮家趙臨石,敢矜越渚姜守鐫。紹興守姜星六以予所摹落水本勒石蘭渚之側,亦稱姜本。昨於藤陰嵌屋壁,夜想清嘯來漱仙。蕭郎展處百花放,漱仙詩儻一笑緣。見文長集。又聞古瓦太康券,苪書闓澤黄滕堠。晉時罍杯并貯此,持杯寫券皆畫禪。庾信居本宋玉宅,陳家兄弟富簡編。我今何以報陳子,但説瓦券蘭亭緣。藤乎蓮乎詩畫叟,徐陳榻即虹玉船。且莫酻呼詫狂怪,但有文藻遥接聯。萬古瘦藤大於斗,鬱蟠古篆金石堅。吹香密葉水雲活,此是尚古堂詩箋。

春日寄懷立山

倒屣迎門悔已遲,聯牀話舊久愆期。還追高適慈恩句,每切龐公上冢時。苑柳緑於前度夢,篆藤紅似昔年枝。破窗滌研添新雨,欲對鬖鬖兩鬢絲。

張叔未斷碑硯歌

姚郎二十六年前,貽我殘碑隸七片。新鄭公孫遺愛祠,偏傍缺落霉苔遍。誰知七片今餘一,清儀閣主珍爲硯。十字年存天寶七,專知判繫銜猶見。來濬。于奕正。黄叔璥。録文已僅,況此奇零遞流轉。所餘六片落何處,元晧道寂誰書撰。有云元晧,又云道寂等。此隸近疑韓蔡間,二篆勢出中郎變。金芝瓊草紫煙發,點筆正稱嘉禾彦。張君手拓金石文,篋隨黄令如郵傳。熒熒小印戊子生,十八戊子光流電。叔未小印云"生於乾隆戊子"，上溯天寶七載第十八戊子也。咏到蘇齋不偶然，姚郎札已蛛絲冒。我爲縮摹殘拓補，老眼戈波欲追眩。此碑此硯千古心，我與艻堂重對面。尚勝浯溪藥臼香，坡公詩比抔尊羨。元道州宬尊石，嘉興僧持歸作搗藥臼，叔未亦拓其文見貽。

黃山鐙歌題叔未款識册

黃山宮起孝惠年，此銘蓮勺谷口前。歐陽録珍西漢字，林華之釋然不然。秋望昆明饗飛雨，藉邀沙麓靈光傳。況追上林苑北繞，元宮麗又先甘泉。龍虎鹿盧虹燭氣，李常賈慶守者宣。薛摹梁山亦如此，二斗扶造元康銷。何與孝王鑄山事，崏山宮記好時邊。此鐙銘曰"黃山第四"，與薛尚功款識所載梁山銅銷相證，正合班志槐里有黃山宮、好時有梁山宮也，薛援梁孝王鑄山貢銅，非是。此鐙補歐兼正薛，張子拓並銷元延。雁足之鐙字亦好，奄有建昭陽朔鑴。吾嘗取證樊榭誤，首山槐里地接連。此銘方是籀文三，述庵憶話蒲褐禪。昔爲王述庵考所藏建昭雁足鐙款，因辨屬徵君釋"三"字之誤。張子拓來又七載，新篁里扁深竹田。仲梅郵筒量漢尺，芸臺精舍論古磚。艻堂近著金石契，此册更追順伯編。誰云物惟聚所好，要在文字裨傳箋。吾交艻堂三十載，每欲圖畫匡牀聯。伊昔盛年騁詞筆，尚懼審析畸於偏。爾來虛衷理訓故，一銘一畫溯與沿。摩挲秘墨六十幅，直方圓曲羅杓躔。森然印此鐙月影，異同敢以私臆專。夭君重繹薛款識，阮公閱葳磨丹鉛。芸臺近摹刻復齋、尚功二書。梁兄白髮來説隸，會合豈止誇墨緣。梁山舟、阮芸臺即來都門也。

董文恪仿宋復古山水軸二首

如此長松古澗陰，手書記爲永師臨。苔岑交合群山響，正到蘇齋理破琴。

尚書真氣逼香光，得法雄深出鬱蒼。那借畫禪禪偈轉，晚鐘落照寫瀟湘。

書舊本張遷碑後贈東平牧臺季良兼贈張叔未孝廉

季良,予己亥江南所得士。

東平蕩陰碑,東里四字泐。吾嘗捫石膚,髣髴潤與色。是年使金陵,驛館秦淮側。汪生古之狂,容甫。爲我蒐石墨。舊蠟光瑩然,四字千鈞力。秋燈水檻陰,油素手拓勒。歸來初冬初,霜曉拜階城。碑亭庠門畔,州牧共攄臆。召南懿於棠,纘戎斯其職。末行儳書名,十載惡追憶。今又三十秋,幸未苔蘚蝕。爾日手植材,宦達圭璋特。得鼎茲牧良,蔯沛功繁殖。《張遷碑》,蔽芾作蔯沛。蘇齋鉛槧餘,奇觚重拂拭。嘉禾寶硯匣,古香同慨息。鄭祠片石銘,天寶七載刻。借此隸爲題,適與碑相直。張家故實垂,頌自名卿得。何論吉與揮,討論更修飾。一寸書田腴,千秋同報國。莫雲昔江東,春雨今硯北。若農稽既勤,相滋著而黑。表頌即硯箋,更益根本植。繫諸亭下圖,知我言不食。

示吳樂二生作

蓮花博士蓮裳士,同作青雲得路人。不比郊西前歲話,來添齋壁畫圖新。慈恩塔訂詩盟切,上苑枝交句髓真。俱是對牀禪偈子,雨香蒸動研池春。前年手山來都,與蘭雪論詩城西古寺,嘗爲作圖。

因錢雲壽孝廉南歸屬其訪拓停雲館帖原石

玉磬聲追二百年,世家文物故依然。徐題嘗熟傳從蔣,顧補湖莊記自錢。武進桐鄉應作譜,吉州鳳墅待重編。摩挲老眼梁唐楷,儻借秋燈竹影邊。近欲續曾鳳墅《石刻鋪敘》也,徐壇長所云停雲原石在嘗熟蔣氏者,蓋得諸錢湖莊也,今由武進劉氏又到桐鄉馮氏。

宋芝山爲華州王幼海昆仲作陶園話舊圖

宋生邗上去,西笑話歸歟。舊夢王山史,披襟讀易廬。畫禪千偈語,風雨一停車。真氣寥空外,蒼茫對古初。

題大觀己丑薛刻真草千文四首

樂毅洛神書宋後，荆川鑑又到江村。誰知先有崔家迹，逸韻圓姿貌鐵門。

宋家闕筆字堪徵，八百年來鑒未能。如此風神偏少骨，不知何以說隋僧。"天地□黄""桓公匡合"二句内闕筆字，"敬"字末筆原本右半不穿下，今石亦後人增出，末筆笨鈍，可驗是北宋初年書也。

歐蔡評量石本時，舊裝恨補太參差。丁真永草雖同品，果否雙行尚未知。

兩字金書夢裕之，薛家佺勒兆誰知。亭林退谷皆無語，卻待區區寸管窺。帖尾云"佺方綱摹"，若爲予今駁正兆者。

墨卿書來云先生春來日與蓮裳南山論詩可羡也是日適得南山手書而蓮裳將歸矣

千里金張叩筏津，手山、南山皆有札商由蘇人杜之義。一源蘇杜孰推論。杜惟質厚元無訣，蘇取雄奇恐不真。故紙何關拈笑處，焚香要共會心人。樂吳隔巷精微訊，但卓錐來未是貧。昨與蓮裳、蘭雪論詩未盡所懷。

野雲自江南來欲爲我畫金山坡公留帶事先以此詩索梧門蘭雪和

蒜山一水問松林，等是跏趺止觀心。親見了元相對語，誰憑廣漢更追尋。箭鋒機到難參偈，玉峽題應笑嗣音。借叩飯牛茶畫夢，欲從何處試摹臨。予遊廬山玉峽，見厓上鐫"宋中丞留帶處"六大字，羅飯牛時與漫堂同遊也，末句竊以昨阮中丞仿白香山匡廬故事於靈隱經藏庋吾輩詩爲可愧爾。

數日來與梅溪細論趙跋獨孤本蘭亭知今揚州燬於火者吳柯趙跋而董跋失去矣因書快雪帖後

飫聞邗上客，深藏獨孤卷。昨忽聞燬去，如失晉真繭。幸君曾借摹，鄰榻來剖辨。妙哉吳柯迹，鮮于接錢選。遂並趙臨本，芝房萬手摹。華亭有偈言，引以徐霖篆。不知落誰氏，華亭迹俱窮。董文敏跋並觀者諸題皆失去。媵此曹廖章，空對梁馮展。薛拓果誰識，趙臨嗟已淺。群帶雖損乎，崇抱由皆顯。由字楷則彰，米老評孰踐。但學蘭亭面，此臨尚未免。可恨馮家刻，未喻鼎嘗臠。想像真匡廬，洗削層青巘。白石編傍估，一平聚訟讞。昔見落水軸，帆光夢追跰。又聞松雪札，神留直齋昒。何日吾二人，盟諸碧岑蘚。辨才禪試參，鄭杓極重衍。無上金丹證，欲借語一轉。米海嶽評《蘭亭》云"由字益彰其楷則"，鄭杓《衍極》，劉有定注言之最詳，而趙臨本竟不合也，馮氏乃獨刻趙臨本而不刻薛拓原帖，此藝林一大恨事。

小圃偶題

去年屋漏痕，頗省垣茨堅。芟之叢蔓蕪，補以野草卉。參差老瓦盆，預想畦蔬味。雖借鄰樹陰，尚近炎炙畏。阿稽阿段輩，井華汲猶未。自然風露香，已抵廚筧溉。籬落以意爲，栽接初不費。老夫貪晨起，澹得空涼氣。

移　竹

倏將四十年，乞栽從漫圃。盟尋石田卷，詩儻西涯補。笑此兩竿移，因之數弓庼。意矜鸎響秋，仰迴驂卓午。根節寸尺間，汲筩兼覷土。勿嗤簾影薄，量借畫家譜。涯詩和又寡，城北詩龕今歲未作六月西涯詩也。細沈墨飛舞。玉琴淇上泉，珠涌跳欄雨。

冶亭札來屬爲詳考修內司帖因書初白詩後

淳熙官帖覆淳化，前後刻皆乙巳春。松南南村盎底錄，何如鳳墅能鑒真。秘閣續餘復有續，得共羊薄江柬論。我寶蘭亭與樂毅，元祐迹並元符新。淳熙之續又其次，南渡屝屦追前塵。獨其前刻近存古，偶磨月日非贗珉。昨見元常還示帖，已嗟疏瘦覷問津。古香漫詡大觀亞，己丑又上躋壬辰。梅庵詩老惠我問，初白齋集歌重陳。君藏當壓初白笈，九秋月誤敢比倫。縫潭而下罕全帙，香光所感幾積薪。官閣摩挲鑒又跋，期我細楷勞諄諄。何當對牀理舊夢，香初茶半邀比鄉。冶亭藏帖處自題曰"茶半香初之室"。肯援三衢汪學士，奚李點漆評櫝銀。淳熙《秘閣前帖》在乙巳二月，即修內司刻也。淳熙《續帖》在乙巳三月，即西廊史庫本也。初白詩乃誤作九月，不知其後刻在三月，豈有前帖在九月之理。又汪逵辨記一條亦非修內司帖，初白誤讀《輟耕録》耳。

星伯拓得洪文敏太平州瑞麻贊介亭爲賦詩欲以米紫來書軸易之二首

容齋手勒坡書石，證此麻圖己酉秋。誰識焕章學士筆，尚留姑孰泮池頭。淳熙十六年文敏擢焕章閣學士，其刻坡書即在是年冬也，《宋史》本傳淳熙改元乃紹熙之誤耳。

借君家傳考鄱陽，米迹吾鄉話轉長。破絹昏煤追內史，卻將徐榻作曹倉。郭允伯所藏宋拓《聖教序》米紫來得之以歸曹倦圃者，昨爲某公以重貲購去，予題其後深致珍惜，而此軸得歸星伯，故及之。

廬陵王孝子詩殿墀

我摹忠孝文山琴，讀書種子千古心。戊申按試廬陵，以所題文山琴裝軸送青原寺，有"宰相狀元書種在，後賢幸勿瓣香消"之句。廿年今誦孝子録，何減昔時弔古忱。昔賞王生文，軒軒吐奇氣。豈知純孝者，文章皆實事。吮創母病痊，廬墓虎馴避。旱螣忽涌孝子泉，杖桐忽茁青柯瑞。兒時祖母苦廬中，隨父不食稱孝童。兩世旌孝古所少，兩兒今克傳苦衷。兩兒又能文，文又傳忠孝。讀書種子乃至此，耿耿精誠江水照。昔來戊申今戊辰，天教孝子義兒真。青原壁上古琴響，瓣香更勖爾後人。

寄答手山

坡詩百態新，醉眼紅緑眩。然視李詩囊，鴛繡鍼猶見。良工不示璞，爾力非關箭。劖迹與弦聲，柯睨機誰倩。杜法則超然，未素何由絢。萬卷遽破乎，瑩玉丹青變。金子別隔年，蘇門句千鍊。昨秋夢欀聲，幾轉湘衡面。手山自楚南歸吳。碧海掣鯨來，肯僅蘭葱蒨。欲報坡詩叩，佛頂光如電。一幅穿簾風，寄我囊雲片。印取邗江水，初涼月升扇。以扇寫藤花見寄。

自題樂毅論臨本後

馮臨六賜本，何似蕭阮儔。梁時舊摹出，得記朱徐不。太湖與秣陵，殘刻難並收。梅徐詑奇妙，空溯趙與歐。復齋手拓時，已嘆歲月流。石膚日磨蝕，遑問努趯遒。元符勒元祐，秘閣精英留。公私二覆本，皆繫於越州。石熙明家石，宋末又增修。幸借元符舊，柯睨真銀鉤。當時賜官奴，筆訣追有由。筆筆虹月光，特達琳琅球。處處自起訖，舍矢貫樹鍭。縱橫寸黍内，碧海騰蛟虬。豈復宋元後，一律圓媚柔。江村吳家迹，粗副邢董求。不直張米庵，齊傅嗤楚咻。劣足傲快雪，褚銜幻如疇。快雪本褚於貞觀六年系河南郡公銜，實為笑柄。趙臨亦偽作，雜出紛贅疣。寥矣吾安放，遠目梁唐謀。薛家扇書函，儻及貞觀酬。西堂中禁品，像讚黃庭侔。當日舉正書，藝圃窮冥蒐。側想褚臨本，出藍非藝遊。戈波渟蓄間，風引幾迴舟。撥鐙有逆矩，卓穎非凡疇。試取國工喻，頎典以孫斡。似欹乃反正，所戒氣驕浮。人品繫心術，經畬賴鋤穮。豈獨一耒几，晉法微闡幽。研屏理窗光，匴紙甖於油。問津印涉始，溽暑越早秋。停雲對墨池，兩家埶箕裘。那問高學士，清砧響茶甌。

送王幼海之官靈石

關河老柳帶軺車，仍載陶園百本書。把酒人懷西笑句，看碑屩即華陰廬。苔岑畫意詩囊底，井邑秋深秂穫餘。合結蘇齋金石夢，雨聲上谷對牀初。將謁孟蟾於保定。

邢子愿畫石卷予舊題有杜陵爲掃鵝溪絹之句
今杜疏菫郡守持來屬題前題已失再賦此

竟掃鵝溪賞杜陵，可堪蘇石氣峻嶒。江村誰並官奴跋，祇合香光共伏膺。近數日來考訂《樂毅論》吳江村本，謂來禽正匹戲鴻耳。

明吳貞肅與祝孝廉手牘二首

儼如寺榻人千古，一幅淒涼對酒圖。出處商量真實意，不虛祝傳附於吳。

遺墨相關祝孝廉，零丁洋句夢同拈。老錢又見籤題蝕，誰續姚家志海鹽。攀石家本海鹽也。

王元照小幀二首
自題"那堪佳處偏容我，不是持竿便把茅。癸丑夏王鑑"。

把茅未畫畫持竿，補築弇園擇地難。何處買絲人擬繡，斷厓老柳隔雲看。

遠黛模糊濕未分，嵐光一半捲橫雲。濛濛欲雪江南岸，意在昏鴉皺水紋。

荷屋所藏玉泓館舊裝化度寺碑已別售矣借留吾齋合摹二句題此二首

兼旬試晷小窗前，舍利圓光秘莫傳。顧影低回難別意，尚留玉液一泓然。

索靖碑前午景移，率更欲去又遲遲。眼青只有湖山石，追取書樓響拓時。

論詩家三昧十二首

辰告訏謨定遠猶，謝顔句髓白誰求。帶經第一拈花處，未許尋常劍鍔舟。《大雅·抑》篇二句，是漁洋平生詩品獨至處。

燕燕追飛衛水頭，思君之勩古無訧。黯然忠孝箴銘在，何必詩評許彦周。

雅音叶律古無邪，識得根原正即葩。底事滄浪禪理喻，杜陵法本自儒家。

五字初從傅與枚，關西鄰下派誰開。悠然山色琴弦外，秋自柴桑菊意來。

芙蓉初日本天成，翡翠蘭苕漫掣鯨。多少六朝金粉句，只言太白似陰鏗。子堅詩多不傳，未可以漁洋語薄之。

開府江南恨孰傳，右丞騷賦續神弦。少陵南往追耆舊，翻憶襄陽孟浩然。

韋柳商量句髓深，蘇王未必不同心。爲誰曉汲湘江綠，韶護雲山欸乃音。《韋柳詩話》一卷，愚在廣州藥洲時作。

金鑾應詔集賢同，嘉樹無忘賦角弓。萬古中條懷古意，豈徒詩品付司空。

匡廬真面嶺峰論，雪竇禪參不二門。未喻松風貞白夢，漫將雙井例西崑。

肯讓坡詩百態新，蘇黃詩盡屬何人。邵庵自說先天義，鳴鳥聲希想獲麟。蓋未有不研經義而僅執不著理路、不落言詮之說以爲三昧者。

掃除何李讓徐高，神韻奚煩格調操。真放精微非貌襲，箭鋒巧力在秋毫。

嶽色河聲篆溯唐，王官谷後說蓮洋。鵲山寒食明湖柳，一氣青來接太行。以徐高上接陶韋，以蓮洋上接司空表聖，此二義竊欲附商者。

復初齋詩集卷第六十三①

石畫軒草六己巳十月至庚午十二月

於桐鄉馮氏拓得停雲館帖賦此兼示裴山芙初

一聲玉磬雲墨蒸，雙桐壁影敲登登。紅絨笠子好窗日，二章尚記譜二承。百二十年戌到戌，_{明嘉靖十七年戊戌此帖經始，至國朝順治十五年戊戌帖歸錢氏。}有人竊補揮練繒。湖莊砌石謂娛老，山樵賣畫贖未能。_{南雲山樵，文肅孫也。}爾來贋本遍南北，匠門書几憑老藤。_{重刻石在張日容家。}兒時辨眼說真贋，飫聞武進劉家曾。四五十秋訪不得，昨者蔣畢馮粗徵。後先南宮舉首客，_{裴山、芙初皆禮闈第一。}墨緣巧遘蘇齋朋。過庭懷琳草間換，首尾隸尚長洲仍。義門雖溯越州出，魯南奚取澠迹稱。文家書最小楷勝，秘閣刻漫黃庭矜。獨喜官奴付鉢在，井苔且勿侈秣陵。此帖精華當在此，陰符褚草僞可憎。_{褚小草《陰符》繫銜貞觀六年，與《快雪》《樂毅》同一失考。}一真十贋那足校，況乃珍秘猶超騰。崇深儻窺學仲琚，姿媚恐妒鑴吳興。_{趙帖刻最不工。}湖莊跋字渺何許，雪坡補後誰重增。尚聞數石馮未買，幾時并合收緘勝。躋諸鴻堂雪堂右，唐臨晉法筌蹄層。月峰竟以館代閣，瑞伯肯誤蟲語冰。終乞劉郎致餘石，不辭響拓挑秋燈。

---

① 此《復初齋詩集》卷第六十三，此卷至卷第七十，手稿本闕如。

唐貞觀造像金塗銅碑

貞觀廿一年正月八日，佛弟子趙婆長孫、阿薄合義等敬造阿彌陁像一軀，
上爲帝王、師僧、父母、法界衆生，共成佛道。

我題天寶銅像碑，三十年前黃子笈。共高二寸闊八分，檀瑩香檀
露華裹。芭堂同日蘇齋摹，儼共姜周蘆雨濕。芭堂膚側繪作圖，黃笈
於杭孰收拾。阮公得此高倍之，示我杭湖金石輯。塗金面涌相輪光，
古綠顥沈寒不躍。雙龍合抱彌陁額，丈六人天屹層級。收入圓趺電
影中，庚庚銖黍豪森立。貞觀廿又一年春，趙婆長孫來合什。更在前
碑前百年，褚書爾日人爭習。我愛龍門造像刻，宛是褚書珍什襲。陰
符更越度人經，細楷難量蕊珠粒。八磚精舍鐘鼎閜，百寶縢囊巧裝
集。湖船感舊更懷人，響搨窗光追景急。黃金經牒妙香泥，張段祕書
交拱揖。蘇齋又續看碑圖，寄傲芭堂摹弗及。

與琴鄔論詩因題蓀石蘭竹小幀

讀畫參禪不二門，漫言佩芷襲芳蓀。儘教率意無高格，且試商量
可問源。

靈隱書藏歌

靈隱書藏事孰始，始自杭刻朱翁詩。朱公未及藏記讀，阮公索我
書之碑。我詩杭刻已深愧，緣此議藏能毋嗤。同人去夏集湖上，石子
鐫我禪壁詞。僉曰一集未盈篋，蓋仿曹氏書倉爲。遂啓佛閣廚七十，
以備續度籤裝治。主以二僧編以例，匡廬白集寧聞茲。石子書來趣
函寄，正我盥寫金經時。古稱大都與通邑，名山藏副於京師。名山名
刹更增重，豈比家刻傳其私。苟非懸之免指摘，或且倍甚來瑕疵。往
者新城王叟集，青藜劉君隸寫之。欲藏嵩少果踐否，林吉人楷名空
馳。嗚呼寸心千古事，甚於鏡影公妍媸。念此傍偟汗浹背，欲緘油素
又屢遲。上有靈峰下湖水，鑒我樸拙心無欺。繼有裦函來寺者，何以
助我加箴規。寫經微願那足補，日日齋祓勤三思。

鍾伯敬摹坡像研_{丙辰二月}

畫來研背仙鬐鬣，畫爲友歟爲藥歟。友則儋也藥豈須，此筆未染詩歸初。意或欲矯王李徒，故來詩境片紙摹。煩豪栩栩神蓬蓬，我齋香爇松屏障。伯時子固石傳樣，反遜此出真實相。神情似笑詩顏放，挽迴波瀾起溟漲。墨池泓然無盡藏，政要隱几窮諸妄。"以畫爲友，以畫爲藥"，昔見伯敬墨迹自題畫語。

張芑堂寄石畫研屏_{以下庚午}

不見張子三十年，金石之契誰爲傳。書樓翠墨舊時夢，日擬圖畫陳於前。忽得緘馳石一片，澹如造物工天然。淋漓真宰濕元氣，渺渺細路蒼蒼煙。濛濛掩映遠近樹，得勢妙取斜陽偏。條條橫亙大石氣，青自太始無象先。略以樹意辨山脈，意佇無盡虛綿延。空光飛鳥不到處，迢迢一線憑遠天。此景何幸落君手，來我看碑舊几邊。豈非精誠所融結，早荷神力窮雕鐫。吾儕墨緣締豪楮，遂以巧構煩山川。蘭芽亦借古磚研，虹舫訊我虹月船。又以古磚研作蘭一幀，媵之屬朱虹舫來寄。我齋偃松屏障墨，嵩陽青眼雲日穿。軒題石畫六春首，蕊月正護春燈圓。乙丑春以所得天際烏雲詩意石畫屏自名其詩卷。

兒子復得山涇雜樹石畫研屏

昔題山涇雜樹卷，馬抑之仿繆叔民。卷後占者曰某歲，此卷當易收奉人。余時意擬儻獲此，癡想本自癡非真。豈意石畫研屏側，此涇此樹宛目親。橫卷俄成石兩面，橫斜疏密非筆皴。涇厓之際若有路，成蹊意與遊者論。繁林交陰葉間蕊，空青隔處爲橫雲。或言松桂或桃李，樵徑外疑巢鳥聞。影來墨池玉泓水，倒出月鏡香圓輪。開花成實待采擷，垂條立幹爭輪囷。石本無言種誰手，化工那叩栽培因。畫無盡處石無盡，矮窗一氣無邊春。對此讀書日有得，石研成理呵成津。沈家父子舊裝什，臨作對幅誇南鄰。馬抑之畫卷，沈石田尊人所藏，昔每以王春甫喬梓所藏石谷樹稿卷擬之。

朝鮮金進士以寶覃名其齋索題因賦此兼示介亭椒石和之

蘇潭二鶴肯盟寒，松扇清風韻未闌。敢詡文章傳海島，每懷風雨夢江干。雞林紙價爭真否，蠻布琴囊愧借看。他日蘇門添故事，謝家草茁碧琅玕。

野雲摹坡公真像以贈金進士題此即以送别

磐石筇枝醉態真，誰從燈影見精神。匡廬八萬四千偈，正要吾齋舉似人。坡公云："吾嘗燈下顧見顴頰，使人就壁畫之，不作眉目，見者皆一笑，知爲余也。"據此知外間所摹像皆非真耳。

雷塘菴主像

公摹書塾碑，因剔甘泉字。古隸漢西京，特見居廬記。像圖兼墓圖，廟石考以次。豈惟志乘補，重以文獻備。窅彼雷塘庵，梴與書樓植。脩然笠屐主，收盡巾箱秘。昔也煙花場，今爲經肆地。塘以庵傳歟，塘庵孰位置。炯炯雙眸間，上下千秋意。畫者何處拈，波光與山翠。

蘭雪即行走筆送之

舟車鞍馬際，廬井與江湖。去住皆詩髓，襟裾有記珠。三春聽雨處，十憶對牀圖。萬卷精神合，香蘇即寶蘇。

題陳受笙集古刻册二首

手書不是信傳聞，下辨仇君記李君。更在熹平石經上，世間景慶此星雲。右題《黽池五瑞碑》，漢隸皆無書人姓名，惟樂陵朱登書《衡方碑》及仇靖書此皆在蔡邕之前。

孝謙隸楷啓初唐，尚勝龍門古驗方。我正遠追光伯筆，杜江陽溯杜當陽。右題《北朝造象記》，阮芸臺跋因北朝諸碑而及北朝經學也，予於北朝最愛樊孝謙所書《孔廟碑》，每讀宋江陽杜進士獻可所輯《春秋》諸家説，尚及見劉氏規過之書。

題魏莊渠手牘

我昔藥洲上，鮮門追蕲門。拈示靜坐處，一氣齋心存。即兹三行札，豈探六書源。性理締宗旨，篆隸窺籀樊。二者孰居要，勿畔道之門。吾寧慎所從，敢云瀝群言。梓溪探梅説，詎以俞邱論。曜石亦有述，紅豆徒囂喧。勿輕片紙訊，下上蠟與原。

題徐元嘆咏山中未開梅詩手草

誰於冷澹見雄奇，那炫空山傲世姿。落木庵居留楮葉，西涯竹卷托禪枝。欲憑煙月論心事，不恨冰霜補過遲。暮雨浪浪人對語，偈餘擔雪早春時。此詩即書於篋藏李茶陵竹詩退翁和尚跋後也。

送屠琴隖之官儀徵三首

阮公經術手，藝圃栽於杭。豈惟樹藝圃，還樹召伯棠。藝圃深經術，經術爲文章。仍磨入磚研，餞爾贏詩囊。

昔聞陸麟度，遺愛邘江澳。四焉文具在，先子所親目。康熙中陸公師治儀徵有政聲，載曹諤廷《四焉齋文集》，先君遊揚州時親見其事。平湖作宰日，嘉定頌盈軸。吾嘗手跋之，憶爲傳生祝。門人傳進士作霖宰嘉定，予爲題稼書先生《去思頌》以餞之。屠生非詩人，政理接前躅。他年國史傳，循良補二陸。

二年秘省直，翻恨未細論。臨別題坡卷，悵言叩本根。艱哉千古事，勿輕浙派援。初白庵主後，樊榭與壽門。舊時菘坡叟，往復共尋源。苟非深杜法，何以目道存。湖山英靈氣，洞壑風水吞。眇乎雲日夢，鍥著春潮痕。

四明天一閣宋拓華山碑今由錢氏歸阮芸臺
持來再題用王孟津贈山史韻

經師兼及蒐金石，跋尾曾聞秘甬東。謂全謝山。未蒯石邊唐宋迹，誰追窗影廓填中。補摹河北金吾印，想像南禺雪爪鴻。廿載紫雲堂下夢，憑闌小語記錢翁。<small>乾隆庚戌仲秋辛楣攜此共賞，是日晚飯汾陽曹受之紫雲書屋也，此內無辛楣跋，亦猶在四明時無豐跋，而宋漫堂本得自王長垣亦無長垣跋耳。</small>

與立山同觀雙藤筱卷

陰陰春雨餘，楊公來話舊。白首老弟兄，款敘自孩幼。雙藤卷適開，又值春陰候。豈爲花事歟，詩意滿襟袖。追昔庚午春，半榻繩樞傀。三轉橋西屋，論文每長晝。仲也副舉秋，林陸歡相就。爾時丁九弟，尚未都門覯。九弟今陔蘭，又茁荊枝茂。蘭又蔭生孫，筱接絲如繡。誰知五叟幀，爾我二老逅。年年此濃霏，籤籤鋪陰厚。爲爾上冢人，晨露加芳漱。對牀硯席添，鄰巷聽檐溜。重當貌一幅，石倚青苔皺。我補草隸題，交影藤根瘦。

題陳魯南寫生軸二首

破墨拖枝意渺然，石苔空外點橫煙。隔江雨後青蒼氣，肯借園前院體傳。

苑遊記共停雲叟，商略天機過白陽。題字若論坡老派，可偕玉磬叩升堂。<small>魯南書學坡公。</small>

琴隖將出都以寓居古藤老屋圖屬題二首

街西粉墨吹香遍，繼小長蘆屋古藤。一幅篋攜窗影去，二年館課讀書燈。

漢隸商量法更深，盤拏鐵幹翠交陰。濛濛寫出濃春雨，爾我年來對榻心。

大埔鄒生今九十九歲以恩賜檢討來祝聖壽將歸求贈言二首

昔時髦士今耆宿，記我韓江聽雨春。橡木深根垂古綠，婆娑蔭到百年人。

賓僎堂昨句如新，作賦摩空得幾人。海接金峰培氣厚，力田孝弟更風淳。乾隆乙酉春，予初試潮郡，以“天地左海”爲賦題，今四十六年矣。

芸臺家塾摹刻秦岱頂字漢華嶽碑屬爲賦詩

漢蔡中郎秦李相，隸原於篆推杜陵。雷塘庵主並橅勒，高古無上誰其朋。先是北湖書塾壁，岐陽十鼓吾伏膺。四明假來舊裝册，陳倉野若披榛芳。自從刻此無與繼，類帖而下贋可憎。公昔手剔琅邪迹，段生眼共追窠鷹。梅溪長歌和梁尉，姚寬語漫徵紹興。學易老人舊譜在，甲秀堂峽猶堪憑。華碑世傳三墨本，我皆響拓餘鋒稜。豐學士藏題識備，鮚埼亭跋藝藪稱。漫堂山史本互較，孟津後執遍賞曾。宋漫堂與王山史二本皆有王覺斯題。窗光宛聚范王宋，嶽靈照徹嵩霍恒。郭香香察且勿辨，劉熊我竊比夏承。中郎所以秦相溯，杜於古隸彌兢兢。肯舉二家該衆派，坡老恐未深勸懲。但言蘇肥杜貴瘦，何嘗妄剖蟲與冰。即兹二刻石鼓證，氣接萬古相然應。後來右軍亦祖此，八分二篆誰兼能。一書屋笈合雙璧，俯視百萬筡蹄層。那問姚秦石趙字，汝刻蘇綽温子昇。芸臺續摹北朝諸石刻，故篇末及之。

近人有仿張爲主客圖取張司業賈長江以下五律成集者賦此正之四首

五字論中晚，誰將杜法參。宗支從渭北，甲乙到樊南。是有君形者，寧徒正味含。罪言如不朽，綺語又何慚。唐五言律詩繼少陵者，樊川、玉溪耳。

十子錢郎後，誰升李杜堂。寓言原楚些，古賦自班香。“濃薫班馬香”謂《上林》《兩都》諸賦，非遷、固史也。力挽千鈞上，神周萬象旁。弦歌韶武接，豈止律三唐。

律句趨平弱，人心學術關。聲雖嚴黍尺，氣可敵江山。五字推敲處，千秋祖述間。如何憑窘步，騷雅欲追攀。

撚斷吟髭者，牙弦叩軫徽。沁心非僻苦，放手乃精微。長律申之秘，中圓轂者機。借他評畫説，打破作家圍。五七律同轂率也，而謂唐人撚髭句不屬七言可乎？近日惲南田謂打不破畫家一字圍曰窘也，此仿《主客圖》者正坐一窘字。

坡公鹽官絕句殘石刻杭人濬溝得之吳槎客摹以見寄

秋潮聽罷喧枕聲，晚妝夢入涼吹笙。衝泥洗足更何有，臥看佛閣香煙生。始從南寺歷北寺，塔影放出空光明。霜風來問檜千載，蓮漏替報雞五更。偶敲僧榻聊試墨，禪機詩法兩不爭。只有湖山墨緣在，莘老殘石雙妙並。恰在杭州通守日，軟脚酒締嵩陽盟。墨妙亭石或贋出，而此真氣餘縱橫。吳君手拓寄我讀，漳浦藏印非舊評。《墨妙亭》詩殘石有石齋印者非真也。湯村部役豈足記，賀監點筆令人驚。即今重嵌湖寺壁，快想侑酌蘇祠傾。且莫施顧注本議，猶勝王許詩譜賡。吳君以此石本先北寺辨集本之異，而是日吳君適以重鋟許東陽《詩譜》見寄，故末句及之。

郝徠峰讀書圖二首

玉虹吸月米家船，炯炯神光燭影邊。合著遺山來鑑面，蔡邕書籍爲誰傳。用元裕之贈郝伯常語。

氣霽疏林淨午煙，曬書涼露碧雲天。一襟却倚空窗月，秋在憑欄得句先。《世說》郝隆曬書在七月七日。

楊雪颿觀察蕪湖屬其重立米碑

洞霄宮客秘虞歐，齋醵蘭盟貫月舟。小楷我同珍穎上，繫題誰識仿襄州。競看仲玉新圖繡，笑訝屯田墨迹鈎。千載中天文盛際，故應殘石表琳球。是碑在米老重裝蘇、王二家《蘭亭》，時米初罷管勾洞霄也，石尾有米小楷書七字，故與穎井《蘭亭》旁注小快字同表出之，米學唐人羅讓書《襄州新學記》，此其題式也，章藻重勒一碑是集米書爲之，而章氏刻入《墨池帖》，跋以爲米墨迹，故辨之。

五老峰歌題齋壁作
偶見王麓臺畫，賦此正之。

我昔攬轡南康城，夏生萬生負笈行。輿窗指似面面出，五老真意如笑迎。午飯栖賢水周闤，插天翠黛排崢嶸。直過九江尚迴眺，肩背以次穿雲橫。不知青蓮攬結語，果於何處茅舍營。金芙蓉作黃色喻，彼詮釋者真書生。空青博厚一元氣，匡廬全勢融結成。山之東南奇至此,爾日巢壁拈何名。何人忽作登陟想,漢陽誤認天梯坪。<small>廬山最高處曰仰天坪,在漢陽峰上,李太白詩,刻本或作登五老峰,誤也。</small>近者查田攬雲客,海綿亦托扁石輕。何峰何頂幻萬象,一卷一笏渺大瀛。恐是詩家極誕漫,渾乎峭絕誰攀爭。麻石獅子寄禪夢,五星河渚追光晶。翻作尖峰矗如筆,又或叠架肥相撐。<small>《山志·五老峰圖》以中峰獨圓而旁四峰夾起者作筆架狀,蓋與麓臺畫均失之。</small>試來吾齋齋壁見,竊比於我五老彭。真宰上通襲氣母,大朴頮頟沖不盈。杜陵信誓讀書處,角弓嘉樹無寒盟。峰峰居尊非蠑長,老老齒讓齊長庚。谷園詩几舊謀稿,浩蕩雲海詞源傾。真面更何橫與側,客來羅拜飛霞舲。

樂安公主玉印歌爲朱野雲題扇作

翰林假歸囊不俗,買得前朝寸方玉。莫執便娟屬叟詩,穠李華餘事翻覆。此母終然傳此婿,帝甥樞繫倉皇際。都門誰覓鞏家孫,兩印依然礪盟誓。鞏公兩印玉亦完,散木庵同錢七觀。錢歌屬嚴并買此,欲軸屬叟詩同看。宋生多事圖成册,簹弗雲鬟膩珍澤。扇頭窠籖邢江雲,篆裊香殘圖不得。小池印史摹並鐫,要我題增屬與錢。請君勿作脂粉語,三印兩人千萬年。<small>鞏固私印、“帝甥”二字壺蘆印,董小池與此同摹重鐫也。</small>

書洪文惠石鼓跋後

歐陽疑岐鼓,尚信章與韓。韓歌峙今古,始定爲周宣。楚椒晉羊舌,記禮皆考原。鈞臺景亳後,遂繼孟津傳。蒐狩兼會同,豈執車攻篇。是以岐陽篆,吾師董廣川。盤洲詞場日,鑒古想接肩。臨安緬鎬京,榛苓懷澗瀍。載矢蒐岐頌,自言切拳拳。書追獲麟後,意在鳴鳥前。滂喜續急就,亦附三倉編。上下萬古心,八分二篆詮。惜無鼓釋文,正彼施薛潘。劉球婁機韻,近刻又訛沿。熹平一字辨,蓬萊八石鐫。不徒舊拓補,僅秘宣和刊。

書隸韻後五首

以韻拓漢隸,創自洪盤洲。豈知淳熙初,石本表劉球。此石廿載後，字原槧饒州。後人推隸學，繼洪惟溯婁。婁編野處嘆，意與家集酬。未窺通守篋，時假劉韻蒐。香光考德壽，但向匱紙求。區區沈應奉，附名珍千秋。卷末云御前應奉沈亨刊，董文敏定爲光堯宮本。

諸碑采彦發，最後得復齋。可惜饒郡裒，不及陳思儕。淳熙初二載，榷場孰取皆。漢碑萃兖濟，陜洛通江淮。爾日書船泊，寸鉛曠古懷。所以檇李編，恨不鄱陽偕。莫輕劉氏子，上下營顛厓。此皆盤洲老，蠹紙昏眸揩。偏傍辨點畫，横直窮根荄。悠悠滂喜補，肯許倉雅乖。

尉律課學僮，初以八體試。甄豐定佐書，漸見三倉備。凡將與元尚，出入誰裒次。艱哉盤洲公，懲鑑增新啻。衆史雖堵墻，不敢贊隻字。惟期軔及泉，豈計山虧簣。自言辨碑難，嗟爾表函易。毋乃小胥爲，均諸竊柎棄。方圓增減際，假借形聲義。尺黍鐘律篪，豪芒圭鍼祕。辨眼劉沈間，鉤摹款與識。偶貽墨蠅誤，敢逞捫籥智。容齋序婁編，慨乃並時寄。請問海虞鐫，誰附鄱陽笥。此刻勝於毛氏汲古閣刻字原遠矣。

南原撰隸辨，云以資解經。其然豈其然，欲聳鑒者聽。且莫故書補，先問聲與形。雍熙狀所附，筆畫參奇零。何必檇李述，羨同懷瓘銘。中間叩韞璞，那辨緊與綎。反遜劉石本，朴質無丹青。不以箋傳炫，亦未許説聆。恐是南渡後，書賈所發硎。有時尺沼影，圓曲窺天星。陳家寶刻編，儼升歐趙廷。攟摭豈一例，肯遽區渭涇。

我齋軸漢隸，十丈充蓬蒿。小几憑作梯，下上若猿猱。廓填借窗光，終日寧憚勞。忽復三十秋，尾波記釐毫。每欲量筆勢，小大各分曹。武梁祠畫榜，豈例蜀與褒。漢隸大至三四寸外，無若蜀王稚子闕及褒斜鄐君刻，而莫細於武梁祠字。劉婁率一律，寸木岑樓高。不獨孔琳書，僧押同呰警。焉得方伯謨，神全九方皋。復憶石公語，把卷持雙螯。予昔撰《兩漢金石記》，張石公酒間笑曰：公再閱歲時，豈能似今耐摩挲巨幛邪？莆田方伯謨爲放翁親視裝治《漢隸》十四卷，無一字差誤。

送洪介亭典陝西鄉試三首

正擬拈詩髓，舟車鞍馬間。劍南緘訊處，陝右夢追還。巨掌雙開嶽，晴輪四扇關。篋中敲筆響，氣已岣河山。起句用陸放翁致杜敬叔語。

昨附盤洲跋，岐陽渺薛潘。輕言麟狩傳，來補鳳翔觀。碑洞諸題在，唐陵片石完。尚希林趙後，十鼓敢追韓。林同人、趙子函皆遊九嵕而未知有《虞恭碑》全石。

吾門三使陝，經術又詩人。關隴漁洋記，蒹葭渭水津。眼空誰問冀，胸貯得全秦。十載重題軸，蘇齋句有神。甲寅秋蔣礀堂、戊午秋王蘭江及今而三矣，予題礀堂《秦川圖》有"摭言故事誰堪並"之句，若爲今日兆者。

葉東卿得司馬文正公與兒子手牘殘石爲硯予因爲訪得其全迹東卿勒諸大理石屏合前殘字裝軸屬題二首

晚鐘響處磨崖影，飛向君家作研屏。莫笑攲斜雜莊楷，重翻果有損蘭亭。

家訓傳家比六經，書燈夜夜耿窗櫺。傲他醉墨摹蘇竹，誤點青山半壁青。此迹舊在江秋史齋，與坡公別郭功甫九字帖同冊，《功甫帖》予已摹勒小硯，昨見錢梅溪持來贗刻坡竹，亦重翻九字於其右。

旬日來校劉氏隸韻手摹殘隸得四種裝爲册各繫以詩

巴官鐵盆銘

隸法焉能誤篆文，斗形笑說運成斤。戎州歸路昏苔繡，恨不同時寫舊聞。

何君閣道碑

槃洲隸品漢東京，不是中元先去聲。永平。磨墨成池筆成冢，岐陽鼓後與誰爭。

周憬功勳銘

武溪深曲九成臺，湟峽雲從桂嶺來。多少庚庚橫埋夢，居然石墨對船開。

閿鄉四楊碑

宋裝禮器舊誰聞，偏記楊碑界局紋。空費丁香窗樹影，王黃朱孔坐斜曛。三十年前王述庵購此碑，詫爲異寶，日與朱竹君、孔葒谷、黃秋盦來吾齋共賞，後乃知是贋作也，漢隸有界紋者《禮器碑》舊本尚或遇之。

題隸韻卷後邀芸臺秋農同賦兼寄敦夫六首

悠悠潦喜意誰知，苦說中郎未好奇。借問孫甥難替筆，何如搔首欠伸時。

陳起陳思伯仲間，北碑氈蠟渺河關。摺痕那問裝衣帶，尚有鄰燈乞影還。

厚庵醝使翰林秦，繼李苕溪有解人。嗤絶海虞純楷手，翻教繡像讓曹寅。毛氏汲古閣重刻漢隸《字原》，倩一不曉分隸之楷書手寫之，視婁氏《字原》之從《隸韻》摹出者，又增一重霧障，真所謂扣槃捫籥以爲日者，此《隸韻》一出即《字原》可廢耳。

許鄭誰區素與青，季將碑字漫奇零。掃除嘉祐章楊篆，笑比南原索解經。《孔宙碑》"酢"字正在石泐處，以此刻證之足矣。近人有謂《説文》改"酢"爲"醋"者，愚謂不必强許以就鄭也。

金鄉七子蔡朱仇，難借劉球問耿球。王曜雁行君記否，米顛空説逯鄉侯。逯鄉侯《劉寬碑》，米老目爲師宜官書。

圜規庬直量崇深，旬日苔垣雨榻心。悟得鍾王攲反正，晉書制贊字兼金。

趙象庵舍人菊隱小照

似隱元非隱，澆花覓句人。苔岑論臭味，樹石總天真。下澕撽雲夕，東籬挂月晨。淡無著墨處，全是菊精神。

送姚秋農宮允視河南學政

六經圭臬中天際，尺黍持衡借指南。三闕雲深嵩石室，隔年字別洛伽藍。興憑粵嶺尋詩夢，札記王甥續筆談。正要章楊論篆法，日題隸韻寄征驂。適與秋農共論揚州新鐫淳熙《隸韻》，援洛中嘉祐石經爲證，去年洛寺得《禮記》殘石，今貯陳留學宮也。

畫蘭小幀二首

湘江月未高，篷捲橫洲霧。淡處點蘭芽，秋空半風露。

譜到趙王孫，神來矜尚左。我作竹枝看，江南鐵鈎鎖。

薛衡夫山水卷

圖成三丈神千丈，咫尺天台連雁宕。温台簇起指掌中，天姥龍湫儼相向。松巖薛君之妙墨，快爲乃翁傾斝釀。老人臥遊過九十，福地金庭日來覘。尚記捫蘿策杖時，踏盡平生屐幾兩。盤陀趺共水相忘，石梁橫借雲依傍。霞起赤城凌倒景，玉甑洞天排列嶂。孫興公賦藻孰摛，徐霞客記草誰創。十八精藍齋舍遍，名在丹臺何自訪。一條瀑布萬古飛，昔爲君題屢馳仰。兩峰羅子持示我，作者於今罕輩行。兩峰筆派到小峰，君有才郎起相抗。裝函千里叩蘇齋，瑤草瓊葩指崑閬。三世流傳翰墨緣，千峰一氣來奔放。知我琴心衆山響，小隸厓間皴疊浪。此圖補入畫徵録，少府劉家濕屏障。

二老比肩圖

獻縣紀公容舒、戈公錦，康熙癸巳鄉試同年也。圖成於乾隆己卯五月。

二老此會時，我病未趨謁。五十一年後，鬚眉栩猶活。子舍並街南，橋東岸舫闊。何減獻王宮，村樹倚鄰刹。白頭老同年，幾個共京闕。歡言戶羅榮，即見狀堆笏。茶星秋出使，汾晉車初轄。前度芥舟詩，題遍雲霧窟。是秋我快披，匡山眼如豁。己卯秋予典試江西，時讀芥舟遊廬山諸什，蓋癸酉秋董文恪奉命寫匡廬全圖，故二主司皆得遍遊廬山，前後典試者所無也。
仙舟復同年，萊衣續衣鉢。紀文達與戈仙舟同甲戌進士。季也侍裝函，伯也
代書跋。維時文達公，綠陰筆交樾。顧謂沈郎笑，篆憑陳十渴。儼齋
草隸下，樹石稿纔脫。目光宛注存，笑語深貽厥。兩家到孫曾，三世
對門閥。近畿文獻留，幾夕燈燼撥。石間童捧書，衣上膝搖月。是即
家訓編，儼銘閣老碣。因之勖吾甥，豈獨手胍沫。

宋芝山江山秋霽

邗江煙翠點微茫，夢遠秋空雁一行。泥著小欄憑鏡影，近來並不
訪倪黃。

題葉東卿所藏古劍戈二首

程叟說經非說劍，鄭疑北海信三山。橫街小几苔垣下，記考深衣
樹影間。程易田撰《通藝錄》，依鄭剛中以“臟”爲“鬣”，誤也，故因及昔寫康成像事。

未谷緘來三十年，右軍苔剔薤科拳。枉教歙縣金修撰，破却工夫
作禮籤。戈銘十五字，篆款云“廿三年陳□□□命右軍工戈蔑丘豎”，此戈視曲阜顏氏所
藏芊子戈更古也。

李次卿於書肆購得予所撰兩漢金石記有人
增書武斑碑字喜而題此二首

從何得此初殘本，拓距歐洪甫幾年。嘆息秋盒不及見，紫雲山路
日磨鉛。

伯魯書人是伯曾，洪家伯允釋還憑。裂繡子帛將誰問，得比衡碑
署樂陵。《衡方碑》尾云“樂陵朱登書”。

重建愛古軒歌
廣平郡廨，愚據宋拓舊本爲摹勒《漢夏承碑》。

此軒二百三十載，復見建寧碑未改。迴視漳川講舍摹，何減穿暈
痕猶在。此碑出土升此軒，隸釋當時笑隸原。婁氏《字原》載此碑已多訛。

豈意芝英金薤氣，仍飛棟户繞梁間。秦公愛古非全古，一半字經成化
補。那須款記認陳留，除却中郎復誰語。從今莫詡都南濠，愛古軒碑
價更高。涇陽張公此軒主，一笑對客浮春醪。前石後張兩賢守，快比
秦唐金石壽。搨碑書扁力何有，區區賤子亦藉傳不朽。

天冠山詩畫卷

天冠詩墨貯吾笈，二十年後重作圖。趙虞袁王神迥出，一洗陝石
之虛誣。一線天與五面石，道人意作冠巾摹。山間行吟問徑者，豈是
虞趙袁王乎。記我停車信宿處，畫山卷即尋山途。尋山訂古緒往復，
夏生辛子曹與吳。文字之靈照今古，昔賢所夢來吾徒。行輈罕此奇
快事，墨緣壓倒桓家廚。披圖磨墨汗浹背，如斯汲古嗟已粗。岱峰歸
餘涉洙泗，禮經句讀紛墨朱。竊希高堂問禮迹，淹中里訪山城隅。徘
徊日夕竟何得，空剔瓦棘驚樵夫。大庭庫址再三嘆，戟門橋外增踟
躕。陝石辨正事何補，區區軸玉誇寶蘇。

城東萬柳堂蕪廢久矣泰州朱野雲約同人
栽柳葺垣作亦園訪柳圖題此二首

尋詩訪古叩禪門，詩在城隅老樹根。補柳重題元代柳，亦園仍作
野雲園。廉右丞號野園，今朱君亦號此。池亭且漫前朝溯，文獻先從近歲論。
交響迦陵微好語，詞場客又倒清尊。

茨垣塔影夢層層，不爲攀條石檻憑。內史流觴襟尚結，外家鄰塾
緒難勝。香煙縷又披高閣，句髓拈誰記老僧。謂夕照寺松芝和尚。已有
客題前己卯，盟心佛閣對冰兢。野雲於佛閣得康熙庚辰查聲山書陰隲文，自跋有
"己卯秋典江西鄉試"語，予亦於乾隆己卯典試江西，因附識此墨迹後云。

瞻雲樓歌爲昌化魯孝子作

古人望雲托思親，思親特借雲傳神。豈知刲股愈親疾，寸心默與
雲天質。雲天照見刲股時，此事不使旁人知。孝子之心哽誰語，孝子
之子能傳之。左股血糜驚戶牖，孝子當時年十九。至今題詩屬此樓，

此樓翻借傳不朽。杭之昌化浙水濱，淋漓氣尚衝星辰。瞻雲更比望雲切，千古羹牆一片血。

室人墨菊

南山淡影墨光深，不寫東籬隱逸心。自是菊泉新釀意，墨光灑作一叢金。

城東訪舊詩四首

拈花一笑踏前塵，曾作禪堂種樹人。叩戶琴弦添不盡，手書甕底墨猶新。題查聲山《訪訥禪師詩墨迹卷》，朱君與廉右丞俱號野雲，故借用邢房悟前生事。

故邀深雪掣機鋒，不寫山陰訪戴蹤。橫出瘦梅清峭影，昏林遠岫一聲鐘。題元人《雪景》，朱君於寺得此軸，因得訥禪師像，像有深雪題贊。

花繞齋厨鶴聽經，團蒲香炷眼俱青。幾人可共禪牀對，寫入匡廬夜話亭。題訥公像，廬山圓通寺後有夜話亭，壁寫歐陽文忠及訥禪師像。

登登壁響悟前盟，梨棗心田且退耕。更養根荄題萬柳，誰教因果話三生。題聲山書陰隲文，予幼時於外家塾壁手拓聲山小楷石本，故因及之。

題涿鹿馮氏所藏蘭亭第十九本
因讀攢石集刻其舊作，恐貽誤觀者，補録此詩。

華亭偶説褚曾臨，那記金龜蟹與針。翻愧米題黃絹本，黿齋合縫費追尋。

坡公啖荔圖朝雲捧酒壺於傍

意到仙人白玉京，非關風骨對傾城。冰盤桂醑三杯醉，絳雪瓊漿一氣清。西麓銘餘雲尚濕，合江樓下月初明。竹陰那必湯泉響，自是先生長嘯聲。

復初齋詩集卷第六十四

石畫軒草七_{辛未正月至壬申五月}

野雲爲摹趙子固硯背坡像

此圖四十有七春，重摹重見公寫真。先生自言燈下影，大海星宿追峨岷。趙彝齋硯恍對面，三硯齋客朱野雲。知我蘇齋齋壁句，觀者要與蘇對論。醂放精微非二義，悟言觀微皆妙門。玉堂赤壁等幻戲，雲窗月笛一映塵。笠下蒼茫照萬古，直以大海傳精神。子固硯圖尚未肖，不在顴頰鬚眉紋。浩然之氣塞天地，載酒堂後誰主賓。軸成坐客皆起立，憬若寤對申情親。又一彝齋下拜處，_{予亦號彝齋，昔年手摹趙子固落水《蘭亭》，朱竹君、倪餘江皆爲題"又一彝齋"四字齋扁。}鐘聲落月鄰窗聞。篆煙香縷儻如結，叩須叩涉來問津。

夏山欲雨圖

_{巨然、許道寧皆有此作。}

夏山奇在欲雨時，醉許之前推禿巨。江干先有風水聲，不是溪橋寫行旅。巨卷聞說瞿昆湖，晴巒半開雲未鋪。一筆蒸空罩山頂，密林瀰漫青糢糊。此幅東都絹本臨，非巨非許誰能任。沙灣未斷布網處，杕閣時聞樵采音。山凹淡白白漸深，四匝一氣天沈沈。支窗萬綠皆積陰，忽若遠籟穿秋林。此皆墨法沈頓處，不在飛湍起煙霧。淋漓真意何自來，渾厚蒼茫得天助。墨林江村莫讓渠，蹙軸今到王尚書。玉

琴操動衆山響，濛濛已兆初春初。有項子京、高澹人諸印。

送秦小峴歸城西草堂歌

公昔持節嶺海疆，日懷城西舊草堂。遂庵如見遂初叟，草堂中有遂庵。詩名高揖范陸楊。去年詩索屠生和，圖畫江鄉競傳播。誰教好手出林巒，似盼歸人來坐臥。白雲司榻書景深，忽動梁溪返櫂心。此堂此庵寫心迹，元非寄托在登臨。華家真賞顧花間，華東沙真賞齋，豐南禺作賦，顧梁汾花間草堂，毛際可作記。遂初之意誰追攀。活火松風烹乳水，橫窗翠黛捲龍山。此堂歸來有此客，尋詩復夢長安陌。盡是詩中宿墨緣，不負堂前雲水白。豐銘毛記恐弗如，遂庵今始擬遂初。畫卷更添吟社卷，小峴家藏沈石田《碧山吟社圖》。書來示我益齋書。尤延之《遂初堂書目》一名《益齋書目》，見《楊誠齋集》。

題王石谷爲邵柯亭先生作江城話別圖

都門故事溯師承，翻借離尊寫秣陵。石谷中年名正噪，康熙辛酉，石谷年五十。田居北望緒難勝。一經津筏家傳始，同氣淵源世澤仍。記我邵庵懷舊句，船窗先指讀書燈。先子受《春秋》學於柯亭弟虞廷先生，乾隆癸卯虞廷孫自本、曾孫延曾皆爲予秋闈所得士，嘗用道園集中邵庵事賦詩以贈楚帆。

野雲寫秋山小幀寄贈金秋史進士

遥青濕翠澹重林，不寫山居幾曲深。一段橫雲來隔岸，有人相對話秋心。

王蓬心山水小軸

畫品推小簇，遠師王右丞。縮之徑寸間，曠奧彌精能。邇者苧村叟，意弗乾擦矜。得墨乃見筆，冉冉雲與蒸。五洲小米卷，三湘北苑凌。亦有石谷稿，障濕追杜陵。淞南蓬心子，薇省人共稱。晚放楚洲棹，墨參南嶽僧。此尚中歲作，苧村録未曾。想在城南齋，已超諦上乘。發我黍珠墨，細楷攢飛蠅。軸之三硯旁，挑盡春夕燈。

張文敏畫梅二首

天瓶書法我無詩，特寫空山雪後枝。恨未添鬚圈瓣處，料量攦押鐵鈎時。

末和寫論付官奴，夢到梁唐舊本無。別有橫斜疏放意，劍南老眼徹冰壺。予有宋拓《樂毅論》，得天居士品題如此。

裴山拓寄桂林方孚若詩境小字並其昔與謝蘊山題名石本二首

到處題詩境，如緘敬叔時。放翁與杜敬叔論詩手札亦鐫桂林巖石。宬尊厓待剔，漫叟迹誰知。方孚若又勒此二字於道州宬尊，予屢屬友訪之不得。元道州宬尊石今爲嘉興某僧所得，去年張叔未拓以見寄，刻云方子爲元子作此石，今藏嘉興曹秀才家。坐臥聞吟嘯，箴規日奉持。求方因夢陸，小軸亦吾師。

謝郎同咏處，錢子記重來。袖有湘灕綠，筵餘客主疊。山川知境熟，忠孝出詩才。老竊師門忝，青慚寸石苔。

萬柳堂補柳詩二首二月二十二日

廉野雲園樹，今又野雲補。竹垞東海詩，猶及金垂縷。往者宏詞科，群賢迭尊俎。上追三百年，蓮塘與花嶼。阮公萬柳緣，曾作六橋主。上巳蘭竹觴，東郊童冠侶。是日天氣新，新黃膏覸土。亦有杏橤桃，漸卜丁香吐。盎盎晨光中，欣欣載筐筥。求友鶯已巢，銜泥燕初乳。濛濛綠煙來，澹與人意佇。塔影郭外雲，春分社前雨。芸臺三月三日治具小集。

外家塾南寺，兒時所釣遊。尚記髡柳根，沙際依淺流。幾得舊觀還，愛爾良辰諏。稚陽遶萌芽，春氣正和柔。墢深量土潤，功倍營田疇。行見踠地條，青瞻御書樓。朱君長兒孫，他年話朋儔。吾鄉景物志，遺聞繼前修。多時償願言，默有神明酬。陰德自栽培，穎發非鉏耰。感舊孰如我，嘉樹傳可求。勒之僧壁石，泓然映春洲。

三月三日補柳小集

東皋栽植接春耕，塔影西峰遠黛橫。廉相陂塘新柳意，已公茅屋舊詩聲。筵開罌翠當杯合，畫補煙光蘸水明。留客茶瓜呈佛句，低回三十四年情。乾隆丁酉與曹慕堂來此，有"隔墻還見野雲橫"之句，若爲今野雲居士補柳兆者。

趙文敏蘭亭十三跋殘字歌

此帖曾見俞壽翁，未來獨孤禪室中。紹興甲子菊花節，瞫錦尚颸遊絲風。吳傅朋跋見俞氏《續考》。異哉馮家識力短，闕此片石精磨礱。不刻右軍刻松雪，劉雨若者摹匆匆。即今燼餘栩飛蝶，猶想海戲冥群鴻。世傳潘刻静心本，何止書竊陽虎弓。嗟爾劉郎方寸鐵，略等秋碧尤鐫工。失摹解日兩小字，今並羽化隨煙蓬。誰歟跋尾叩真宰，鮮於外肯朱錢同。朱敦儒、錢選。練塘正書跨北宋，丹邱拜石追南宮。寥寥三段摹我篋，吳傅朋一跋、柯敬仲二跋。龍飛鳳舞推神功。董華亭恨口門窄，趙彝齋漫篝火烘。董跋又隨別本去，誰家暗檻珍雕櫳。真帖不考考趙迹，我不嗟趙徒嗟馮。長安薛家石久泐，孫陽孰果冀野空。吳興終身弗去手，竟莫辨析群遷崇。桑俞二編渺悵望，五字九字懷忡忡。癡説爨餘香十里，百花誰問山陰紅。

題秦敦夫古器款識册二首

景初懸帳迹猶新，豈有凌雲奮藻人。細隸武祠題尚愧，輕將澤漆例評論。古隸細字未有過景初帳構銅者，其果韋誕雖不可考，然未可例視也。

彦發猶聞録厚之，薛家款識孰多師。邗江並有長箋在，可借銅斑競陸離。揚州新鐫淳熙《隸韻》在婁氏《字原》上，與阮芸臺所藏復齋款識足並傳也。

張桂巖蓉桂圖

桂巖自寫沅湘圃，不比王維畫雪蕉。佩結爲裳香作楫，墨花秋動楚江潮。

以寶晉硯山合海嶽庵圖爲軸

玉笥方壇積翠重，晉唐古綠更煙濃。此圖却補梅花衲，不借江南六六峰。

周崑來神駿圖

自寫題神駿，禪非悟道林。所參於骨法，肯設以機心。墨喻龍翻水，人傳璧價金。蒼茫雲霧外，得筆乃雄深。

送樂蓮裳南歸

空同於昌穀，惓惓適湖湘。後來吳天章。與李，丹壑。然否嗣漁洋。詩髓悟者誰，坂路峻且長。格調神韻間，延佇徒仿偟。自我涉江廣，小謝出南康。時與木雞叟，藥石。藝圃咀宮商。小馮來欽州，拊曲亦在傍。二子叩與應，神理仍杳茫。至今撫卷嘆，深慚細論量。臨川有樂生，芙蓉集爲裳。三載佇汝來，衆峰絃一張。春盡又思歸，千里跂予望。夜宿劉子齋，風雨沈趙牀。是時才筆雄，威鳳嘯天閶。南雅翹吳門，芷灣起程鄉。亦有爾同里，洪生自宜黃。偕於我蘇齋，問涉杜韓航。風雲鬱江海，舟車即津梁。往訊蘭雪生，叩否金十郎。壯懷豈易吐，尺黍調絲簧。近來摛藻董，唾拾長吉囊。騷些命以理，銍艾誰贏糧。匡廬非側橫，真面對青蒼。譜之葭琯飛，奇律嘯歸昌。三年約金吳，嚌胾乃升堂。始知詩境熟，快共蘇齋觴。

辛未會試榜後感賦二首

倏轉韶華六十年，敢期名徹九重天。蒙上垂問。實艱跪拜身衰蹇，愧厠恩科歲接聯。冰鑑二賢能不忝，曹儷笙、文遠皋皆主今科會試，故榜下皆説某當重赴瓊林也。瓊林一榜已争傳。撫衷何啻重陪讌，抵得黃家問字緣。黃崑圃先生乾隆辛未重宴瓊林。

回首城東候曉期，單衫破帽涕交頤。連晨户掩朋相慰，過午腸空母未炊。忍復科名矜早譽，尚慚卷軸是虛欺。但思乞火寒窗底，故紙

殘毫學楷時。<small>借友人課文餘紙以寫史、漢、莊、騷諸讀本，即辛未春事也。</small>

陳白陽寫生卷

白陽畫變長洲派，何似黃華祖右丞。若準粗文窠石法，可容醉草托狂僧。

荷屋集藏六十二蘭亭册二首

遠匹南充近菊潭，可曾歐褚派均諳。退翁且莫誇三米，潁井先須叩魯南。<small>領从山本出於潁井本。</small>

誰知秘閣説清容，石本南畺態轉穤。争向懷仁真迹辨，且看書府押神龍。<small>神龍本以無印者爲上，此内皆有印者。</small>

程松門畫漁洋煮泉圖

煮泉鵲華間，如與泉對語。此泉七十二，泠泠自太古。先生曠古懷，泉上澹延佇。寒食泰和年，褰裳渺修阻。誰問白雪樓，金輿莽遺圃。程君長邗江，詩法問齊魯。尚執清湘禪，然竹汲漁浦。神出戴笠翁，石欄憑北渚。雨止雲尚寒，秋空月當午。松風珠百斛，篆紋香一縷。北苑自有經，桑苧初無譜。空音味外味，試問如何煮。

遊景仁藏蘭亭三首

不見僧權押縫書，米題黃絹信何如。齋艎手跋同壬午，可識摹鐫秘閣初。<small>王文惠本。</small>

僧房小語墨微昏，得共平原拓影論。碑録若憑王順伯，仙壇曾否叩麻源。<small>勾氏本有宋人手記，石在撫州寶應寺浴室，又云王順伯疑顏臨者。</small>

彭城小印押柔荑，御札親瞻訪會稽。何似細書鐫冑監，幾行石續六經題。<small>高宗劉妃縮臨本。</small>

題蘭亭獨孤僧本燼餘卷二首

我覯落水卷，墨花滿晴虛。想見千載上，永和三月初。觴咏對蘭渚，少長群賢俱。寧不擇佳筆，稱此繭紙鋪。石追郡齋日，敲拭增糢糊。奚傷追蠡光，夏金九牧餘。渾淪真氣出，濁影牟尼珠。何至皮相者，謂出退筆書。前趙後邢侗，邢跋亦云禿毫。執末忘根株。儗於永師簏，親見禿鼠鬚。

群損大觀前，何必鑱始薛。迷茫藻荇中，是有真水月。集賢三本評，落水記所閱。將字半蝕痕，尚比玉瑕闕。執意焦尾桐，至音猶朗澈。誤怪宛陵劉，惜此方寸鐵。正當未火然，已苦等蟲齧。道眼跌坐餘，針蟹何分別。仍共落水裝，到岸豈津筏。誰悟白石語，挑燈曙餘雪。

送劉燦廷之官荔浦

積慶門闌奕葉光，於今政事出文章。桂林地近依郇黍，荔浦陰濃藹召棠。五嶺炎蒸來沃蔭，一經培植念維桑。攜兒鉛槧舟車始，夢到城南舊草堂。

蔣笙陔殿撰賀讌詩四首

殿撰班先玉署英，父師位恰大司成。尊公丹林祭酒也。名叨帝鑒逾常格，喜動天顏倍錫榮。續人摭言傳沔漢，喧將盛事話蓬瀛。門牆更有聯翩語，衣鉢由來竊比彭。會試出彭寶臣殿撰本房。

釋褐橋門拜講堂，金花玊盞侑笙簧。姓名勒石新恩重，詩禮趨庭舊說長。忠勖詒謀承北闕，孝銘揚顯在西廂。國子監西廂石刻《孝經》。彝倫可踐皆經訓，日月中天國上庠。

龔學士歸不記年，劉黃岡後幾人傳。朱莊花事燕臺近，黃岡殿撰會試出北平朱公之門。崔顥詩聲鶴笛先。乾隆壬午予典湖北鄉試，題黃鶴樓句云“千古題詩到崔李，國朝制藝在熊劉”。遂有英光積門閥，憑將力學答山川。詞林典故恩輝接，喬梓琳琅彙一編。

老鳳新鸞感昔遊，瓣香花甲說從頭。追摹崑圃堂筵繼，康熙辛未黃崑圃先生探花及第,乾隆辛未重宴瓊林。什倍雲巖母志酬。乾隆辛未吳雲巖殿撰詩有"天憐母志"語。歸第笙歌餘韻繞,壓函瓊玖豔交投。太常縑幅今誰記,黃海淵源爲爾留。新安曹文敏公登第日,吳太常燁賀詩有"具慶下兼重慶下"之句,今笙陔祖母壽躋八裘,而曹儷笙司農今科主會試,故以致勉。

丁道護啓法寺碑響拓本

我求歐褚法,意到齊隋間。文深與孝逸,手拓胸迴環。每從樊員外,借作仲寶觀。啓法拓者稀,何髯再三嘆。何櫝遺之顧,世竟無重刊。顧姆懸千金,寶若球琅玕。窗光爲我摹,陸君盟未寒。憶摹常山寺,隋石書齊官。已導褚先路,肯同晉迹攀。漸開徑坦迤,未若峰巉屼。迴首羊薄上,始信津筏難。丁覘爾何人,君謨姑少安。北海印尚存,庚子録非删。更訪范家閣,覬逢舊館壇。梁《許長史碑》今聞在四明范氏。

惲南田蕉林書屋圖爲春湖題

檇李記蕉窗,項墨林有《蕉窗九述》。梁家軸又雙。誰能惲格擬,氣合李寅降。玉楮敲秋碧,牙籤剔夜釭。他年静娛室,一幅寫西江。嘗見江都李寅寫《蕉林書屋圖》,後題贊云:"朝堂暇,歸書屋。整籤帙,修閑福。"

介亭借宿宜黄館旬日矣邀南雅向亭同賦寄以慰之

兼旬抵得故園歸,借掩城東兩板扉。直爲南豐量石墨,豈遑區子感伊威。夢於舊榻成綿雨,詩在新涼換裌衣。真個欲傳秋信早,不煩落葉打窗飛。

李春湖得大觀帖第二四五卷

我藏大觀真半卷,遂見汪家一之四。舍人隔屋送酒來,日勸張君花下醉。瘦同。酒酣大叫鋒迴處,王導書如古刀幣。我藏第六卷正同,庚丹陽帖星圓勢。以我見聞真大觀,晉藩馮相疇編系。退谷徒援王灃翁,宜興那問華亭裔。十卷皆全世有幾,矧教紙墨論同異。我嘗真石借矩量,三二尺横餘莫計。北裝氈裹車轂聲,賸有榷場邊損記。晉藏不損馮邊損,却想幷州宦燕歲。俸縑五卷甲戌秋,四淡一濃朱舊筍。爾時尚未購其七，間與汪君傲醅睡。弇州云續又得第七卷，使象先夜眠不著。貞元伯雅印宛然，四五卷開初自二。第二卷首有貞元印、伯雅印，知弇州所得自二卷起。正合公瑕淡墨評，何必豐坊真賞例。昔嗟邊損雪神光，每憾馮家鐫未備。馮家檀憶淮南去，鄒子爲予談往事。涿鹿馮氏所藏《大觀帖》今在淮上，鄒曉屏嘗詳言之。唐卿補本又何往，弇州購自朱忠僖家是第二、四、五、八、十、凡五卷，內一濃墨本，唐元卿補入者。汪篋籤題恰相次。汪象先藏一至四，今見卷五。寥寥天壤僂墨緣，萬古英光不輕寄。印餘華夏鑑賞同，籤仿公瑕宛神契。宗丞几爇檀篆香，淡對蘇齋小分隸。吾齋篋一君函三，夜夜鄰穿玉虹氣。

題大觀第四卷虞帖三首

眼稜面鐵肯傳神，圓美之評最誤人。不及硬黃添暈手，夢餘官印佩黃銀。

祭酒昭陵片石留，周官嘉祐篆誰酬。只應嘗熟馮班記，方穩虞書妙過歐。

奇零屃屭僅三行，審正秦碑代補亡。麟角鳳毛收拾遍，天球大貝想齋廊。帖僅三行，又闕佚小半，而審正陝石已有五處，予昔嘗擬重摹《廟堂碑》唐本於曲阜，未知何日得踐斯言。

題大觀第五卷既移屋帖三首

官奴付受意誰知，真見書裙午睡遲。東觀識來西屋字，買王始是得羊時。黃長睿以此爲羊欣書，實定論也。

整齊變化寓參差，章法天然落筆時。莫信良常王給事，等閑傅會孔琳之。王篛林謂帖末九字小於前，是旁注者，非也，第三卷孔琳之帖內小字一行乃是旁注耳。

物勒工名執藝臣，石邊小字覓難真。幾年車轂敲磨後，尚記宣和內苑人。第二卷鍾書《宣示帖》，度其字右側邊有臣張長吉、張仲文、郗惼書，第二帖末空石右邊臣張珪，第四卷宋儋帖第一行右邊臣張珪，第五卷徐嶠之帖第一行右邊臣傅其理，第六卷右軍書《想小大悉佳帖》之四行右邊臣張珪，蓋《大觀》每石邊皆有之，此其略可見者，記以爲辨驗真本之券。

答金手山

北地湖湘篇，昔仿贈金十。昨於樂生歸，重感前袪執。道惟大路師，蹤非古賢襲。詞場群彥翔，耦進堂階揖。此心之精微，修綆肯同汲。嗜甘而忌辛，駿駣豈閑舞。蘇門問杜法，圭景苦卓立。郈曲理牙絃，寒竽詎終澀。豈爲夸譽名，恧饑需孔急。比巷曠然應，千里緘儻及。墨池點南雲，邗浦又涼霄。寄與樂吳論，恍共蘇齋笈。

蓮府婿重借舊裝化度春草堂本來小几對看感賦

温陵孝子寸暉心，那數重裝到墨林。猶識項前小史字，磨丹露滴直兼金。

送謝蕉石知歸德府二首

秋光嵩洛照屏顏，五馬珂風響珮環。政事文章湯宋後，筆牀琴軫汴睢間。關心雪汻茶甌夢，回首雲深玉署班。四十年前聯榻語，負書銘記少霞山。<small>憶尊甫出守鎮江，在吾齋作通夕話也。</small>

開府平生未竟心，詞垣兩世受恩深。養親倍展馳驅力，有弟能偕答報忱。按部彭家懷舊緒，<small>君妻兄彭君先爲此郡。</small>緘題蘇室切知音。春暉暇更箋滂喜，膏晷陰仍繼桂林。<small>尊甫撫粤西時撰《小學考》，今將付梓。</small>

題樂毅論越州學舍本四首

孫鑛能知闊幅殊，竟疑墨本在中吳。雙桐影拂瓊塵起，何似徐家淺石膚。<small>此本字裹小損裂痕，文氏《停雲帖》皆一一劘損以肖之，故用錫山徐氏家藏《樂毅論》石屑飛起事，見王順伯《復齋碑錄》。</small>

我懷蕭阮問朱徐，尚想馮郎拓影初。張丑眼空南渡後，江村絹素竟誰書。

枲几精神到練裙，誰從羊薄理前聞。梁唐一線窗光在，闌檻何須叩永欣。

石追元祐説元符，劉邵監工尚憾粗。豈意江村珍絹本，重開帖尾付官奴。永和年月下無“書付官奴”四字，宋後僞作者所加耳。

錢舜舉楊妃避暑圖卷爲荷屋題

貌肥丹粉肯輕施，不是華清出浴時。底事史評資笑語，魏碑分隸更豐肌。是日荷屋以所藏舊拓《勸進碑》屬題。

范寬山水
荷屋所藏，王鐸丙戌五月題。

紀家月舫題范畫，夢餘廿又七載前。暇嘗默坐想畫意，巒頭沈頓皆華原。秋杪屯陰快新霽，可庵手此砭我頑。中峰突兀壓全軸，不使叠嶂參其間。石橋林屋帶複磴，略以雲氣相迴環。一於中峰得遠勢，墨影淡入蒼蒼煙。終南太華起對面，化盡平日師資傳。秋光却在空廓外，絹糜敗處神逾完。畫家工力孰與匹，可庵故事近可援。邕師塔銘玉泓軸，半幅昏楮開媄娟。留我齋几未逾月，通靈飛去難追攀。絹昏得此盎盎氣，賸補更極中鋒圓。香光那區河朔派，孟津漫借草隸詮。修椽之筆乃在此，且莫傅會元遺山。

葉雲素栽竹寫書二圖

寫君栽竹傳君心，凌虛節節春暉陰。家園水郭新雨足，筍株玉立青森森。千梢萬羽掃衆綠，穿林亞石源可尋。先生笑指插架富，切磋有斐皆規箴。課僮搴雲捎月手，何用仿帖函來禽。蕭寥千載禮堂感，整齊百家非蠹蟬。八寸策間自界格，萬古汗竹蒐瓊琳。目追涇東已倍四，迴首隶竹滄江潯。葉文莊《隸竹堂書目》二萬餘卷，今君家所藏已至八萬卷也。膝前有人日鑒古，小歐陽又能嗣音。風篁相答簡軸外，鏘然似和泉鳴琴。

哭培兒三首

老年嗟喪子，敢比笛漁才。覘厠西曹直，曾官藝苑來。恩蒙天語及，方綱召對時，上每垂問及樹培。班切畫圖陪。乾隆庚戌十月二日御門，臣父子俱入直，繪爲卷。逾分焉承受，慚惶强制哀。

編摩殫午夜，黽勉廿年餘。紫誥酬兄志，兒官檢討時，以加級五品貤贈其兄樹端。金泥報母書。官郎中時，以加級四品貤贈其外祖父母。張家先子感，國史效忠初。先君每以先姑丈之祖陝西波羅營副將張公國彥全家殉節，恩予蔭襲，未得繕寫全傳爲憾，兒修國史時手錄其傳，歸藏於篋。此段堪追處，翻憐我不如。

分書效史晨，泉志補洪遵。小石峰誰記，昔攜石號之曰石峰，以所藏石峰小印付之，蓋期望其成也。黃花節忍論。九月初八攜石生日。竟無摹拓迹，未作苦吟人。燕角村珉刻，僧寮儻勿湮。兒於城南剔得遼石幢，自跋於後，植諸法源寺，將來或借此以不泯乎。

送蔣礪堂總督兩廣二首

揚歷精忱荷主知，海疆不獨切民宜。重洋表裏澄心鏡，五嶺東西挈手鼇。教養撫綏交劑矣，恩威寬猛合兼之。低佪藥渚榕陰夢，十載潮陽按部時。礪堂昔觀察惠、潮諸郡。

忝從梓社桂英栽，得見南天制府開。君自世家光舊閥，我嘗倚棹愧掄材。七千里外韜齋句，四十年前茗檻陪。固合詩名查老遜，未親訪友穗城來。礪堂新刻拙集，故用佟陶庵撫粤東爲查初白刻詩集事。

顧南雅從遊赤壁圖

坡公攝衣時，斷岸俯千尺。周郎安在哉，誰論彼二客。氣躋萬物表，舌捲空江碧。李委笛聲外，孰可同帆席。顧子起江東，胸有萬古積。寒溪臨皋詩，日曆若親炙。夢到巉厓間，絶境劃開闢。前有策杖者，飄如舉仙翮。後即南雅來，追摹笠與屐。畫手寫大意，未遑心志逆。中間笑語言，多少精微獲。下瞰馮夷宮，欲吞雲夢澤。先生語顧子，記此長嘯夕。是乃詩夙盟，一笑水雲白。所以叩蘇齋，印此真赤壁。旁有孤鶴飛，爪痕在厓石。

吳南薌自山東來繪泰山孔林蓬萊閣觀海爲册屬題二首_{以下壬申}

　　觀海登山學聖門，君從何處問真源。胸蟠檜柏駼鸞鳳，手挈陬維縷角根。越渚石經摹未盡，用洪文惠蓬萊閣事。岱巓秦篆道誰尊。斯文萬古天東在，少石先生儻共論。明鄞縣陸少石督學山東，嘗云"泰山五嶽之宗也，聖人百世之師也"，此圖可補其語。

　　俱是使車懷惡處，披圖重結緒迴環。數行甲秀非全譜，予手摹劉斯立《泰山篆譜》，擬勒石而尚未果。一卷濤音未罄删。前在東萊訪得《濤音集》《蠡勺亭觀海》諸什，頗有足補漁洋詩注之誤者。殘隸何郎雖寄訊，何夢華於孔林剔出永壽元年《孔君》殘碑。後碑鄭叟敢追攀。《韓敕後碑》鄭谷口尚及見之，而予屢訪不獲。賴君橐笈傳神筆，補我雲嵐舊夢還。

吳荷屋登岱圖_{自題云"松盤攬勝"}

　　欲造元氣表，直上皆蒼松。萬古兩壁對，一氣洪濤衝。引路到天門，盤盤百千重。一步一迴眺，交翠來蕩胸。而君於此間，覓句意從容。昨夜岱頂宿，石窗仙客逢。話此憩半晌，目已小千峰。俄頃雲生屨，濃綠濕我筇。大石孤嶂外，一聲煙梵鐘。

題上官瘦樵畫册

　　鄭邱對賞人安在，何況查田問竹莊。清峭記攜驢背影，驛梅雪嶺瘦膡囊。乾隆辛卯晤瘦樵於潮州，以其祖竹莊爲《騎驢叟小幀》爲贈，鄭雨亭、邱東河皆與瘦樵友善。

二老話舊圖五首
二月二十九日，楊立山表弟來作此圖。

　　幾日兒童侶，今皆八十翁。誰期百里外，每話一窗同。不隔湖梁水，無勞束軸筒。天教雙白髮，長聚畫圖中。

　　來還及春信，爲我起殘更。記訪茅茨榻，仍前豆腐羹。宦情非杜路，壽骨說蘇程。剩有縹書味，酸寒老弟兄。

羅家井籬舍，鑼鼓巷書齋。我輩未生始，先人早盍簪。名場齊譽久，把卷外家懷。舊本官刊帖，何殊撰杖偕。<small>方綱幼時，先君每說你姨父楊公有舊拓《淳化閣帖》，暇當攜汝往看。</small>

丁陸肩相亞，馮林韻共聯。墨深秋雨滴，影匝夜燈圓。苑柳絲還結，篸藤蔓尚纏。趨來故人子，似我齔髫年。<small>是日陸鎮堂令嗣適來共話。</small>

慈恩高薛句，朱紀未成圖。<small>曉嵐、石君屢約其圖爲卷而未果。</small>少壯時如昨，飛騰意有無。中間交感處，觸緒倩誰摹。只有青蒼氣，苔岑借竹梧。

早春謝送花之作寄覺性禪老兼呈野雲

經寮分隙住園丁，春信初迴逗近坰。報客語先催鳥嘖，參禪偈是護花鈴。借君對賞來浮白，嗤我衰遲欠踏青。冷淡心情穠麗句，新鶯苦泥著荒庭。

野雲得古象笏題曰笏齋

牙笏揩摩玉版光，函開三硯對焚香。吮豪大笑胡髯叟，欲傲金陵笏滿牀。

陸郎經傳屬友摹二老話舊圖於扇頭二首

聚話蘇齋不偶然，苔岑數筆亦前緣。每追對榻拈吟處，多少窗光惜未傳。

莫厭寒燈共苦辛，咿唔賞析最情親。他年買絹重謀稿，今日趨庭問字人。<small>昨欲同寫四兒及陸郎於卷而未及寫入，故以此詩締數十年後同寫之兆云。</small>

舊居二首

八十衰頹訪舊居，年深今異昔門廬。瓶敧缺井檐仍覆，瓦剩東牆蔓未除。小院荒蕪誰識處，半椽想像我生初。北窗并廢瓜荆綠，不忍追惟庋案書。

鄰翁鬢感雪霜侵,隔户人煩茗碗斟。已是後來非舊識,況從前夢
説如今。偏憐露坐門隅話,似畏茅柴土銼尋。賴得楹扉都換了,不然
觸目更傷心。

是日城東訪舊遊復得二律

萬柳堂非爲看花,童年遊釣水之涯。朱居士共參禪偈,阮侍郎來
瀹蕣芽。老懶御書樓未上,晨光夕照寺初斜。社鄰那續遺山句,借榻
僧窗憶外家。

育嬰堂後讀書堂,屋宇雖移地未忘。柴李遺祠仍待葺,國初柴李二
老人始創育嬰堂,堂後有柴李二公祠。孫馮舊迹未全荒。有孫退谷手書楹帖,門外有
涿州馮文敏書"教養佳境"四大字,牌坊今已重摹。百年故事須增復,卅載前來已
感傷。陳六謙碑手摩處,矮窗記影十三行。

覺性禪老送瓷缸養魚作

禪牀讀罷止觀經,閉眼萬象生精靈。空諸起滅垢淨相,一寫圓月
開泓渟。階前叢竹隔溪樹,淡若藻荇橫窗櫺。一卷南華誦秋水,河伯
海若俱忘形。鯤池九萬壯風翼,坳堂假以圖南溟。碧雲團團縹瓷甕,
滴起勺水翻銅瓶。游儵唼喋花影活,吹沫細浪交浮萍。來叩蘇齋覓
轉語,肯涉較量楹與莛。磊空稊米等豪末,濠梁所以喻渚涇。知魚之
樂彼即此,入機箏竹推青寧。豈如道眼渾一視,唾珠滾滾泉泠泠。風
米喧皺破荷葉,半窗翠涌盆山青。昨夜檐前響飛雨,正作戲海群鴻
聽。爲君大草翻墨勢,玉池默坐存黃庭。

董文敏書劉必通賣筆木牌

禮曹門前縛筆工,百年來説劉必通。賣筆老人爲我説,及聞乃祖
識董公。董公初擢容臺日,聲名走卒喧兒童。每逢下直望輿拜,墨本
舊作紗廚籠。雕鐫挂向市闤口,問價傳到滄海東。十年票本筆盈筍,
追陪錢七與紀四。紀四自嘲古錦囊,曉嵐以錦囊囊之,自題句謂"雖不善書,而
用此筆以傲人也"。錢七醉滿皷斜字。約作劉家水筆詩,老梁筆飲銘相

寄。山舟鎔錫貯水以防其膠，名曰筆飲。日日歸途駐馬看，何減二榜清禪寺。唐王知敬書清禪寺榜，人皆駐馬觀之。忽忽廿年門徑改，依依對案細毫次。老廢詩篇病廢書，弱毫尖硬試何如。敗瓦閒坊偶尋得，縢紋殘破更難摹。宣城諸葛山陰帖，蘇陸詩誰問李晑。東坡集有筆工李文正，放翁集有筆工晑希。我詩聊補橐筆初，錢七墨花今已無。坤一作墨花竹，必用劉家筆。續入瀛洲道古録，舊話帝里城南隅。仿佛二閘水亭上，小船汲取明月珠。東城外二閘一草亭有董書扁。

寄鄭東侯山西文水人

天語榮同踐賜筵，去年春上問有重宴瓊林者否，董閣老以臣方綱對，壬申無會榜正科也。重逢花甲寄同年。停雲家法今文水，尊公書似衡山，故以衡山仲子文水爲比。國學師資老鄭虔。去秋重宴鹿鳴晉秩國子司業。畫品飫聞虹貫舫，書來誇説地行仙。江頭白髮雙尊宿，清淨遥拈丈室禪。謂同年梁山舟夫婦今年皆九十。

仿作漢建初銅尺歌

文云："慮虒銅尺，建初六年八月十五日造。"

慮虒銅尺建初字，更在禮器金鄉前。奇觚小隸初變篆，那數武梁祠闕鐫。五鳳石書亦如此，朱老誤以石作磚。石多金少古所秘，矧挈度量參衡權。銅精介節取同俗，秬黍蒦起黄鐘先。建初年方議虎觀，竹簡初啓雲臺編。西京劉歆銅斛式，杜夔荀勖銘相沿。龍山晉水銅出冶，程邈隸古誰差肩。太原郡邑紀秋望，律準月滿生規圓。鈞繩四幂百寶氣，星芒漆點凝紫煙。千四百年躍水出，孔壁絲竹宫牆邊。昔與孔葒谷。顏衡齋。二詞客，手揩古緑同劘研。壬秋並几草亭上，長歌記共嚴冬友。程魚門。錢。擇石、辛楣。廿年後得拜洙泗，復借行篋勤鈎填。摹以香檀裝以櫝，日久比較工微愆。昨者阮公復借示，妙哉葉子真宿緣。西洋精銅三尺出，庭前榻上光迴旋。一如慮虒新造日，肯假款識秦熺傳。後來沈彤説周禮，朱載堉紛繪漢泉。墨拓重輕楮燥濕，伐柯睨執空言詮。此銅尺即古銅尺，仍昔官鑄無變遷。周漢晉皆等圭臬，阮葉翁各盟丹鉛。阮公既富周漢器，葉子復深篆隸箋。我雖嗜古無長物，得藉鑒訂來群賢。此尺此銘此秋月，快若寶鏡開中天。料量等差辨同異，何必東觀董廣川。重結蘇齋金石契，玉虹夜夜衝杓躔。誰云隸從漢京始，自今檟更垂千年。

王煙客寫生卷二首

西田罋上真風露，雨後皆成古墨香。中有綠蓑人澹對，橫涇一碧氣青蒼。<small>西田地名歸涇。</small>

老筆濃陰點石欄，空諸鈎染法尤難。莫將道復傳神比，我作芝麀篆隸看。<small>煙客集名芝麀。</small>

又題仿漢尺檟代銘二首

鄭君禮注費人猜，未得周遺矩樣來。今日手量銅式出，班劉竹引爲重開。

寶匣熊熊氣躍龍，河豚米老贗何從。從今不仗朋枚釋，箱篋長收古鼎鐘。

以禮器碑末行小隸爲軸報東卿

慮虒一行隸兼篆，東京小隸此最先。黃山梁山鐙銷字，我見尚或疑摹傳。葉子爲我仿銅尺，此銘古竇如初鐫。篋中無物可與儷，永壽韓相碑陰邊。拓工惜紙棄不顧，我昔量石捫星躔。良常王叟詫隸古，誤謂屢變來爭妍。碑石勒名自誰始，二仇已在中郎前。山陽金鄉七人作，曜奴尚泐其一焉。岐陽十鼓無姓字，古今書手誰差肩。隸勢況居漢碑冠，閣道漫翊洪适編。<small>隸釋品漢碑，推《何君閣道碑》第一。</small>幾年濡紙戟門畔，一條亦若量尺然。神光炯炯起豪末，金絲呦呦來豆籩。建初尺檟得共几，何減再拜聆宮懸。摹尺圖兼摹此軸，氣壓百幅巾箱船。韓相碑函久闕此，一串珠斗垂璣璇。恍如中秋造尺夕，笙吹譜下寒宮圓。

題聖教序舊拓本三首

纔隔馮湯三十年，群羊杈脚已難傳。未知中禁西堂目，可在馮湯響拓前。群脚杈筆，懷仁所集最爲見眞，乃作雙層落筆，右軍眞迹必不如此。

秘笈牙籤借殿庭，道場爭比叩蘭亭。硬黄一例來禪院，屆层元曾似梵經。

輕薄誰將院體論，勿嗤蟬拓墨微昏。若留什一空千百，尚想牀頭削棐痕。

復初齋詩集卷第六十五

石畫軒草八_{壬申六月至癸酉八月}

洪介亭遊華山圖卷

全秦人文入鑑後，放眼華嶽真精神。遺山漫賞范寬軸，我今得子
胸中秦。秦地山川脈聚此，杜陵所以佇澗濱。尚遲車箱問涼序，未遂
拄杖窮源津。坡公特羨無爲子，王事恰值重九辰。吾子鎖闈燒燭夕，
詩思已越通天門。歸途繞出仄漮磴，絚索直上千嶙峋。身到柯平削
壁頂，手撥松罩諸峰雲。莽莽層青但一氣，瀾翻觀縷誰與論。二年後
乃落楮墨，三峰勢尚開雄尊。樵聲水聲玉井側，石梁石杙仙掌痕。向
來詩記不到處，搴華始徹蓮跗根。吾門陝右三使節，蔣子關路哦秋
旻。_{甲寅蔣礪堂、戊午王蘭江皆吾及門，典陝西鄉試，礪堂有《秦關圖卷》。}獨尔探奇
造意表，妙取雲石爲論文。畸叟霞客遊侶耳，奚足與尔量見聞。我仿
郭香察書勢，蘇齋老眼方鑑真。

或仿造雷氏琴周益公銘并題南雅二字小兒拓裝
爲軸以贈南雅學使之行題此

不是南飛鶴盞時，酒闌句憶贈行遲。湖州舫借平園夢，小字金書
記裕之。_{乾隆壬辰春，予於紀心齋南歸席間題此琴真本，今此是仿趙書爲之。}

題孫退谷所藏絳帖第九第十卷二首

退谷得自涿鹿馮氏，有蕉林印。

一軒印記是何年，有元人方一軒印。快雪樞來配寶賢。階砌石欄橫直樣，只留懷素接張顛。

退翁籖笈等馮梁，真影仍憑鳳墅量。今日絳州誰道古，可能韓考便追姜。近日絳人韓霖撰《絳帖考》。

八十初度奉答諸友祝嘏之作二首

瓊玖何因集益收，謷言滋戒啓驕浮。惠撰壽序者拜却之。汗襟愧有千尋積，困學功無寸尺酬。孟易孔書津紾逮，劉規服注補奚由。畫圖十二勞丹粉，幅幅能追省過不。寫圖十二幅。

話舊楊郎誨未聆，吳箋千里墨猶馨。誰箴陌上聯三叟，實愧樓名拜五經。葉子手量苔更綠，東塘記訂眼俱青。月圓正照慮虒字，尺矩銅規即坐銘。愚與楊立山、吳槎客今皆八十，立山無詩，而槎客詩來，并以所著《周尺訂訛》見寄，此答槎客兼答束卿也。槎客有《拜經樓詩集》。

陳務滋爲我作蘇齋較銅尺圖

海光樓卷未圖尺，孔東塘於揚州得建初銅尺，時有《海光樓圖卷》。羼提老人闕賦詩。漁洋詳著尺記於《居易錄》而無詩。恰到中秋月圓夕，遠追荀勖祖沖之。金絲俎豆真鐘律，篆籀煙雲古鼎彝。上下千年一冰鏡，更從傳注日求師。

題友人仿雲西春山幀子二首

未必層巒仿郭熙，畫禪品目定誰師。蒼茫略取橫斜勢，櫟葉松針灑翠時。

石欄斜迤誰營屋，爲聽泉聲又品茶。憶昨曲廊留客處，偶敲棋子墮松花。

補釋鮑氏所藏化度寺碑題後

高家樂毅海字石,糢糊影記王復齋。錫山尚餘井甃綠,石屑已訝飛成筵。恨不親從氈蠟役,撇波一二隨摩揩。又想焦巖鶴銘腹,五片錯落參離華。安得僧廊給掃汛,手量隙地相差排。自餘殘刻百不數,五色補掇追皇媧。獨有歐陽邕塔字,遠與削棐盟根荄。廟堂九成或肩亞,鳳羽千仞鏦雝喈。蕭阮羊薄不傳處,范家樓壁真磨厓。我繪范樓三段樣,嵩陽斜照萬古懷。每嗟羈裝但選勝,而此空楮行行皆。淡雲過掃葭葦岸,缺脚斷拾龍鸞釵。儼尋洛陽范樓夢,拂拭煙雨披昏霾。客來停杯佇遐想,我喜問涉窮津涯。褰裳玉珮寄遠者,珠簾霧擁遙連輋。如剔華陽仆石背,趙竦寶篋來江淮。夜來行間發光怪,塞子拙釋誰匹儕。高家石耶焦麓石,蕭字壁竟南徐諧。他時趙盧復同賞,嗤爾郁記文類俳。<small>郁氏記盧嵩翁、趙松雪所題《化度》乃宋翻本。</small>後村勿矜淳祐補,王柏空摭詩譜乖。陬維捫歷遍參井,嵩雲正照題茅柴。

東卿所藏汝帖前八卷是圖牧山贈顧萬峰者萬峰屬僧超源寫圖於帖後以記之予昔得牧山所題墨池堂重摹化度寺碑爲仿此圖用雷溪訪牧山韻題其後今東卿爲我重寫此圖而東卿適得汝帖後四卷補完其篋予因以墨池化度舊拓殘本贈之復叠前韻

率更邕師偈,緣締非孤僻。顧王二家藏,欣遇以陳迹。<small>顧汝和玉泓館本、工庵州二本皆嘗來予齋。</small>最奇宋翻影,曾依趙盧側。一再吾几茵,手量鍛芒戟。<small>趙松雪、盧嵩翁所題宋翻本嘗兩到吾齋。</small>即今鮑家籤,就予理黑白。<small>鮑氏裝《化度》最有緒,今三到吾齋也。</small>何暇數墨池,重臺步戣仄。君家汝州函,相對如拱翼。萬峰感牧山,盟言又今昔。老衲秋澗圖,破硯爲誰滌。似寫葉與翁,小窗盆池碧。

東卿以宋人畫林和靖像換得汝帖後四卷因橅像於帖後四用前韻

何人梅鶴間,寫此神幽僻。月明萬籟寒,空山掃無迹。開卷清峭意,映帶啄波側。梅橫攲似簪,鶴瘦爪如戟。煙墨昏影中,雲雪點虛白。似笑篆待補，如尋徑初仄。石已換仇池，帖不煩蕭翼。夢中眸泠然，炯炯光猶昔。仙風韻泠泠，洞天開大滌。裹此殘軸香，捲盡全湖碧。

寄答金手山楊村舟中見懷之作

千里何如遠唱酬，津門兩月悵淹留。開緘爲我添詩夢，對菊懷人倚暮愁。墨點剡藤濃似昔，雲橫畫幀澹於秋。蘇齋正補重陽霽，不爲看山上小樓。

送阮芸臺之漕帥任

大儒闡經術，我見清江楊。督漕任最久，績並楚粵疆。手著漕運書，舊志更加詳。_{舊有明海州楊宏《漕運通志》十卷，清江楊清愍《重訂漕運全書》二十卷。}阮公名翰林，政聲滿越杭。受詔出冬官，漕渠肅紀綱。聖謨仰工氂，利弊慎修防。胸中官禮疏，經緯節目張。是即經義考，不獨籌農商。十載鄒枚侶，述作鳴天閶。二年洪趙録，題跋富詞場。秋深揚帆去，餞筵闕舉觴。昨校漢官尺，夢踐金絲堂。所學必徵用，若濟洪川梁。公詩不虛矢，國計兼民康。惠言蘇齋及，義與篝詁長。諧諧律五字，附之金十郎。_{金手山附艘南行。}

題兩峰墨蘭

澹月僧廊白石盆，蘭盟誰譜趙王孫。老錢醉愛攲斜筆，風味依依似壽門。

吳越錢武肅投龍簡拓本

茅山龍起臨水里，五百年間異人是。蟠雲飛下天目峰，彊弩三千海潮徙。銀枝燈焰照無睡，舜井珠環未開始。簡書七十七老翁，大中壬申今戊子。告投名山諸洞府，醮謝高深暢遲邇。八萬四千造塔前，林屋洞簡基於此。温公始著寶正年，落星石刻文猶紀。後先雖用李唐朔，遺闕或褹歐薛史。一片鎔銀渺不存，賜餘券鐵何岐視。芭堂寄我舊摹本，炯如石鏡寒光峙。細書玉帶毬馬氣，錦繡山川來表裏。苔邊剥落煙墨昏，霧擁雲蒸太湖水。

朝鮮金進士得予舊作拜坡公生日詩草裝册名
其齋曰寶覃并寫坡像於册屬題

便作龍眠小軸觀，藤枝磐石氣蒼寒。蘇齋一榻烏雲夢，星斗光芒大海瀾。

又寫予小像於册後屬題

翁笠焉能效寫真，瓣香未敢許知津。只應月照松窗影，蘇像筵前執役人。或欲作仿坡戴笠像，予謝不敢。

朝鮮申紫霞學士來小齋坐有汪生爲寫小照屬題其幀

淨慈禪偈答周邠，未得周邠自寫真。袖裏青蒼雲海氣，篆香特爲補斯人。君取坡公答周長官詩“清風五百間”以顏其齋，故云爾。

方洵遠山水小幀

花之玉井墨參禪，借畫論詩四十年。煙岫重林誰轉語，小獅儻悟石獅前。

感　舊

昔從擇友初，辛苦求良藥。孰以漢學師，心弗宋儒怍。中間盧與姚，往復盟言酌。詁訓與校讎，深虞植之薄。既勿矜創見，亦弗炫馳博。兼之戒好名，一意苦幽索。闕疑而慎言，敬企先民作。役車舒桐間，攜手望灂霍。尚想桂宧燈，訂我瀛池諾。姬川南歸時於魚門桂宧饌筵，屢及校讎時相箴切語。竟爾雄辨騁，漸即俹規錯。不以虛懷貯，安得深根托。頗愧程藪園，空援孔撝約。盧公書滿家，猶恐人束閣。苦言辣可憎，正未深咀嚼。昔送姬川詩有“苦言近辣有人憎”之句，姬川作色曰“蕭非敢憎也”。俱成八十翁，豈比偶語謔。未得置書郵，暇且舊句削。

太常寺仙蝶圖爲金蘭畦尚書題

奉常廨宇蝶有神，廨中爭呼老道人。曾荷天題表靈異，幾人得與目睹親。野園宗伯昔繪卷，杪冬齋宿歲在寅。花陰月午覓共詠，老錢句屢南廊循。乾隆戊寅冬，介野園少宗伯攝太常事，以《仙蝶卷》屬同人題之，蘀石詩先成。或宿檐扉或集扇，金睛鼓翼光殊倫。常時園林見亦罕，金公特記來芳辰。又爲畫手一再至，石間栩栩傳彌真。升歊潔淨沐膏澤，時和風露相調馴。煙霏一氣縹緲外，迴出鈎染鉛華勻。野園畫卷不可見，此卷長共池亭春。金公舊作滕閣主，滕王粉本誰重陳。我亦羅浮咏鳳子，竹間古篆仙家鄰。補入春明夢餘録，衣香墨彩交花茵。

輓洪介亭

磊落輪囷氣，朋遊近所無。詩編家世繼，自號小容齋。衾枕館垣蕉。每養病宜黃館。忍讀南豐記，嘗屬予爲書《宜黃學記》，尚未勒石。誰披太華圖。平生知己淚，馳訊寄東吳。謂顧南雅。

題絳帖殘本

潘駙馬帖無跋尾，後記單姜前記歐。姜平欲作史考鏡，意與祕閣同論不。近來冒刻皆僞耳，百年前見馮伯衡。孫退谷。劉。公㦢。馮摹效潘不知跋，王廙何以顏李建中。俜。三百年前晉鏤影，矮行旭草珍琳球。四十三字已闕半，竟無考者知其由。潘家砌欄遍鎸勒，顛素儻在橫欄頭。嘗見長史詩草迹，墨噀狂怒騰蛟虯。何來大鳥墮羽翮，却異紫鳳移衾稠。千文殘賸勢尚爾，那問晉後參差收。廬陵鳳墅記摺樣，剪痕斷續勞冥蒐。硯山齋笈正如此，藏真鋒接微茫求。宋拓兼之宋裝背，小紅字等桓元油。未論段眼別東庫，奚假辨正傳襄州。淳化大觀迭沿革，書家史家參校讎。絳惟增删別以次，初非起例爲去留。晉唐餘乃綴以宋，屬屬不與官刊侔。此卷偶逢顛素筆，尚想池檻空光浮。俄頃變眩風雨集，江海起立神鬼愁。藝評漫展帖譜系，鑒古聊對閑茶甌。硯山題來小窗影，臘雪却憶從初秋。一軒印記何足道，鈔胥誤轉滋謬悠。《閑者軒帖考》引曹士冕語“二十卷”訛作“十二”，遂致近日僞作《絳帖》者稱十二卷。北平續題吾豈敢，但訝戴補廚簽抽。晉潘夔入《寶賢帖》，戴補此卷有誤筆。作考當鐫晉祠壁，汾沮洳照瓊瑤流。

昔魚門心畬兩峰諸君同集小齋觀予所藏元人飛鳴宿食雁軸和元釋子行端之作今荷屋購得一卷亦多元釋子題感而賦此

禪意偏於畫意偕，荻蘆之畔渚之涯。江村似爲君重購，荷屋卷有吳江村印。寒拾何關我舊懷。行端號寒拾里人。地借稻梁觀所托，天教霜月聚其儕。欲將雁卷編詩話，隔巷相呼松雪齋。

輓錢裴山

報國承家切藝文，上屢問君家世文學。封疆揚歷竭精勤。楚吳粵客皆滂湝，詩畫書名豈譽聞。禾録誰盟耕釣叟，君藏竹垞《煙雨歸耕圖》，志欲踐而未果。墓碑我愧殿中君。自太傅以來錢氏四世知交，而予未得作墓銘。賃藤忍對街西屋，痛憶江東日暮雲。竹垞古藤書屋，君扁之曰“賃藤詩屋”，予嘗爲書之。

覺性送紅梅

偈言點破橫機處，拈到蘇齋畫幀前。故借冰鬚紅萼影，來參白石瓦盆禪。窗開檻外知春早，人在城東得氣先。淡月朦朧萌拆意，墨池清瘦被詩傳。

日本鎏金鏡歌

東洋極島東更東，鎏金上選精洋銅。鑄出團團聚寶魄，雞林進士來詩筒。匣開光可一室照，不與幽湅三商同。背文四出鏤珍異，詫西王母東王公。邊題植田吉正字，中央二篆圓且豐。諦觀題字頗疏瘦，奈此篆勢訛非工。百篇書果載徐福，古文豈止卑蝌蟲。昔聞裔然鄭注獻，曾未別本咸平通。邇惟七經孟子校，足利本雜明天崇。采到毛家汲古刻，那問孔壁金絲宮。摩挲精巧器玩耳，且莫鶩遠驚愚蒙。百金刀肯鏽澀否，一笑請質六一翁。

石田寫生册匏庵題丁巳四月

玉延亭主匏焉繫，日作江干灌園計。吏部東廂寫書筆，摇作辛夷吐花勢。相城老人非寫生，鐖圃瓜疇感舊情。只傳瀉露霜風意，猶是挑燈夜雨聲。玉磬山齋未成築，停雲靄靄衣襟緑。二老商量對榻來，園丁閲到兒孫熟。約齋覃溪共賞心，三百年前宿夢深。誰知天籟閣中叟，笑倚蕉窗破四金。

送莫韻亭歸河南

壬辰春識面，子方對大廷。壬申冬話别，子今貳冏卿。中間歷卿貳，保釐尹帝京。余忝乃翁友，來切詩境盟。館垣同校讎，嵩柏共圖形。子之齋閣几，余之手箴銘。忽忽四十年，舊交若晨星。子又捨我去，歸仍嵩少經。髫年讀書處，見山啓窗櫺。君家有見山樓。唱酬記珥筆，詩禮憶趨庭。我詩復張壁，夢到第三廳。三花樹陰下，二閘泉響聽。謝郎守居近，時共念我情。尊人與謝蘊山同成進士，同出蘇齋之門，今蘊山嗣君守歸德。嵩陽居士帖，千里俱眼青。

十二月十九日荷屋筠潭碩士芙初琴南向亭東卿小集蘇齋適荷屋以所得蔡忠惠茶録宋拓殘本來與天際烏雲帖同觀賦此

坡書君謨鬬茶事，守居閣子屏間字。蔡書自造茶録卷，禁中語寫三司使。恰到笻枝笠屐間，春潮墨擁湖山翠。陳蔡蘇來繼白公，茶煙又颺鬢絲風。丁謂漫教評陸羽，述古惟應對子容。後先賜餅湖船夢，一笑覃溪蘇室中。我齋筍脯貧不具，但有茶甌香一炷。嵩陽帖篋楮半昏，古香齋拓裝兼蠹。驛壁濰州雪沍時，定香橋店無尋處。月上疏簾燭又添，覃溪重補可庵函。道眼憑拈色香外，書髓那必虞顔參。未須陳家品荔譜，且試南屏問老謙。

鼎帖以下癸酉

昨題書字絳編卷，今得鼎刻海及鹹。段段皆逢武陵字，何啻櫂倚桃花潭。十卷尾訖十七首，山陰帖以前後攙。褫裝殘册僅存此，墨濃豈辨紗紋簾。博而不精陶齋説,澧陽儦與汝海參。昔見丙舍雲字記,黃庭細楷尤珍函。霜寒摹鈍去千里,且極寒亦非出藍。寶家未具帶名草,西堂褚目誰增芟。南唐北宋迭仿拓,南渡踵益袞廚籤。聽音望遠渺焉執,尋蹤揣骨初何嫌。側想窗光硬黃意,借騁海客方蓬談。近來僞作費賵錦,假以僚吏排系銜。寸尺偶吐虹玉氣,勺水幻作牟尼拈。蒼茫却識問津處,墨池蒸動香馣馣。

題李蘭卿薇垣歸娶圖

曉辭橐筆禁扉旁,春送花風奠雁裝。一路樹陰交韻勝,滿函詩句載恩光。筵間畫省濃雲集,衣上星垣瑞露香。今日玉河橋影緑,斑雛歸去紫薇郎。

孫嘯餘授經圖

孫登長嘯餘,妙意超圖史。案上百城書,膝前五兒子。寫出授經心,可以參畫理。庭階作藝圃,苔石爲橫几。或抱賵錦函,石墨間表裏。或持舊卷軸,篆籀探原委。或手擷薾榮,爾雅窮根柢。或佇立研思,精微溯宗旨。此皆經之腴,環待庭聞啓。君第笑授之,因材教所視。復聞繡褓中,蘭芽踵而起。養正自蒙求,詁訓該詩禮。淵源日深長,傳疏義備矣。所以傳經蘊,即君此圖是。

自題臨霜寒帖後

昔聞涪翁霜寒跋,不以法度窘精神。今觀鼎州霜寒刻,精神法度孰與論。此帖我聞絳傳似,寓巧於拙方鑒真。山陰真書唐已少,禁堂褚目曾未聞。誰知黃庭樂毅外,妙緒一髮留千鈞。此幅鼎蓋出於絳,但有鈍拙無光新。武陵花源覓倒影,黃庭小字焉比倫。真鼎無由問真絳,笑彼摹出吳江村。邢董同盟揚不棄,覷並樂毅黃庭陳。所謂霜寒右軍者,冶態效盡東家矉。黃庭訛沿宋翻本,顧乃傅會唐摹云。樂毅亦遭張丑識,余清齋《黃庭》即穎井脱失廿一字者,其《樂毅論》亦爲張丑説破,是宋後僞作,而董皆目爲唐臨也。問絳問鼎真先民。迴看鼎刻雖太拙,尚想指火

於爲薪。晴窗偶拓廿七字，竊杮欲抱枯槎根。吾寧守跛弗貌駿，嗜甘
豈得專非辛。推諸樂毅畫像贊，以質官奴王敬仁。他年儻更真絳得，
什一右軍楷則循。印合涪翁品書品，不虛榷觿漁家津。

雲泉山館爲張南山賦

廣州城北雲泉館，張子索我雲泉詩。白雲瀡泉我未到，八年吟望
恒於斯。遠追坡公訪信老，自尋雲外泉出時。近憶漁洋贈範衲，聽泉
來叩安期祠。百年前記蘇詩石，石題亦勒崔公詞。我剔粵東金石遍，
竟未訪得蘇崔碑。臨別白雲若迴盼，又四十載詩夢馳。詩翁逸客今
選勝，買地一攬雲泉奇。倚山臨澗結亭閣，衆綠飛起珠江漪。環碧之
樓拜往喆，得非菊坡書室基。蘇崔精靈尚來往，且莫遠問秦安期。菖
蒲芳竹雜澗翠，木棉花風交荔枝。他年蒲澗補山志，月坡雲徑連軒
池。重立蘇崔題刻石，漁洋詩或鐫並垂。八年未到俗客耳，我詩焉用
疥壁爲。澗香正發紫含笑，愧答優鉢曇花師。

日本煙雨圖

東海誰教西域師，空濛幻出氣淋漓。何嘗弭棹瀟湘渚，却識房山
學虎兒。

張芑堂畫蘭

道人金粟虎頭癡，神到蘇齋論篆時。左筆斜來欄雨外，誰將飛白
勢傳之。芑堂號金粟道人，工飛白。

石士見示蘭雪遊武夷近作

山中悟手書，自擬換凡骨。憶否還丹誓，誰與課日月。笑寄同學
侶，鬒容改綠髮。豈知海東人，蘇門佇蘭雪。今春高麗使相沈君問蘇齋詩弟
子有吳蘭雪者，可得見否。

東卿伐石選工就吾齋摹鐫禮器碑陰末山陽金鄉小隸一行

此碑書人七，鑒藏家未見。或云書後續，或言體屢變。豈知石鐫

名，山陽金鄉縣。曜奴者誰歟，序銘藝獨擅。尚在中郎前，未附劉劭傳。《三國志·劉劭傳》注附漢末能書諸人。若懸師宜帳，何減張芝練。自成一家法，合居七人先。次則碑左側，力可象光劗。再次增書者，鬱律奔雷電。鍾梁皇象間，駿騁誰及跰。杜歌丈人行，俎豆誰馨薦。東京風猶古，不著書與撰。瘦硬通神義，如何墨池選。我遊戟門下，望古徒牆面。側膚楮極邊，圍雲飛變眩。千載書家始，記此苔石片。

輓孟時帆

鎮堂詩弟子，海淀讀書齋。兩世論文契，誰同感舊懷。龕留褚中令，屋即李西涯。忍憶題名石，吟聲在古槐。君前後官國學最久。

石谷小幀 自題"丙寅正月寫'高齋出林杪'句意"

林表誰憑叠翠真，青山白水淡傳神。耕煙未敢題崔杜，似效倪迂不畫人。杜句是坐字，此寫韋句耳，或以爲寫杜句者，非也。

題查聲山書嘯賦

自題云："康熙庚午二月，孤山馬當舟中倚舷長嘯書此。"

書追畫讚黃庭上，人在孫登阮籍間。恰到馬當明鏡裏，半厓仙鶴響空山。

查篆仙廷尉八十壽

二瞻名重查田句，梅墅八十，初白有詩。萬卷樓追癸酉筵。乾隆癸酉，黃崑圃先生八十。愧我忝隨鄉社侶，羨君真是地行仙。君健步勝於我。世家榮戟經猷接，篆籀瑤華印藪編。梓里於今儕輩少，新詩應許老夫傳。

新城陳氏園圖卷

新城陳氏南昌園，五十年事誰共論。百花洲外不數武，記我竹間來款門。乾隆己卯秋榜後，張學使拜廎。侑主司酒。別館招來南浦雲，使車穿過東湖柳。亭際盛繞木芙蓉，亭下環堆石翠重。短橋響已成飛瀑，小欄青欲滴西峰。何人分隸摹鍾梁，他山之石水一方。夢想至今仍健舉，瀕行猶若戀林塘。唱酬者誰錢司寇，肖石熊生來話舊。

縷記陳家卜築時,同輩誰能識遺構。我去南昌三十年,持節重艤章門
船。秋深憑眺一再訪,歲久廢址無人傳。陳家積厚久且長,花木氣盡
歸文章。監司郡守聯翩起,今日詞林又侍郎。名園自古有興廢,方寸
良田日澆溉。詩書耘圃發深根,矮榻留貽計年歲。建昌試院坐號木板,陳
氏歲加修治,至今院吏能言之。即茲園可代箴銘,顧我方慚說使星。根本知
從矢忠孝,栽培不是炫芳馨。楹帖重新開墨沼,贉錦憑誰謀畫稿。蘇
齋豈漫寫遊蹤,陳氏子孫恒世保。

辛鼓殘字摹石

辛鼓殘畫追車工,玉泓館摹與我同。薛潘諸家未之及,圖釋力竭
懷忡忡。相傳剝蝕無一字,戟門右側空面東。昔年西廡課餘暇,捫參
歷井來尋蹤。石膚森然吐芒角,辟走上忽光熊熊。向來拓手迅掃過,
全石笑比圓潭空。我剔紫雲武闕石,倉精業仰包犧崇。避車證之甲
鼓首,昌黎所以籀史通。《武梁祠壁石刻畫像銘》云:"伏羲倉精,初造王業。"即此甲
鼓"王"字也,或釋"王業",非。此鼓此字儻津溯,若衡若矩其均鍾。古之寸
黍皆律度,何幸雲月開塵封。韓歌講解豈虛語,朱考漫依薛尚功。我
未釋文先審篆,且試硯璞勤磨礲。纖纖缺出庚庚理,氣已大野蟠長
虹。拾其奇零丐其益,日進璧沼鏗鼓鐘。葉生篋更廣箋釋,迪我小子
俾啓蒙。國子學生葉志詵、翁樹崐同摹。上海顧家銘勒後,補遺直到葉與翁。

題高麗鄭謙齋孤山亭圖

謙齋名敾,字元伯,百年前高士,壽過百齡,東國有黃大癡之目。

篋貯新羅絕境來,孤山亭嶂點皴苔。誰言鄉樹扶桑外,亦有漁舟
島嶼迴。知並倪黃高士品,能同蘇米墨緣開。西園帳憶停觴語,名動
雞林未易才。昔兩峰於蘇米齋仿《西園雅集圖》,高麗朴次修同賞,坐間周山茨有名動
四夷之嘆。

爲雲泉館題清湍修竹扁

宛追稧序共群賢,意到馮湯趙葛前。水影搖空山翠活,天然真帖

是雲泉。

吳石亭衡藝圖三首

匠氏運繩墨，矩與巧孰宣。與子盟苦辛，贈言廿載前。多少精微質，相望雲樹邊。令子捧篋來，忽以畫圖傳。

送君役皖江，追惟歷亭諾。商量群籍深，大海始一勺。緬惟徽文公，儒林振鳴鐸。百家程鈂掜，萬古準繩削。邇來嗜異徒，高談外濂洛。詁訓與考訂，非徒附影掠。寧甘靜臣砭，勿蹈價規錯。持此蔓尺懸，庶發瞑眩藥。披君衡藝圖，重我須友約。立岊佇蒼茫，苔岑感寥廓。昔《送石亭視安徽學政序》深言近日學人每侈陳漢學以駁程朱，其有宋儒不深考古訓處，寧力靜則可，而嗜異則不可也。

吾門三學使，姚曹與君接。斯文量尺黍，計畝論餉餂。兒子嗣書香，詒謀富箱篋。江上風雨來，耘圃響秋葉。吾所得士視學著稱者，姚雪門於湖南，曹儷笙於河南，及君而三矣，愚皆有詩致勉之。

野雲寫萬柳堂橫卷寄芸臺

去年尋詩處，東皋綠初黃。迴廊墨壁字，已黅燕子泥。禪人記茗几，阮公連歲題。宿夢留城東，昨緘來竹西。江南春雨後，憶此花農犁。山坡高閣下，坐臥壺榼提。纏綿水鄉語，樹杪斜陽低。我訪舊書窗，釣遊迹欲迷。阮公來和我，欄憑菜花畦。俱入朱老畫，後先童冠攜。旗亭畫壁唱，高薛慈恩躋。并將詞場述，寄尔禪榻棲。三硯齋頭月，又吐垂楊溪。二十四橋水，影動青玻瓈。

漢熹平石經殘字裝冊歌

吳萊得見魏公本，資州傳是漢刻乎。石熙明家越州帖，孫叟珍作熹平摹。此非會稽洪石迹，小蓬萊借題經廚。吾齋錢郎及黃九，後先響答鼓應枹。十年兩地殘紙接，其一硯背光如濡。《學而篇》五行。竟可料度講堂壁，慮虓銅尺銘建初。四十六碑堂十丈，洛陽想見東觀儲。爾日書丹據何本，禮堂之寫功焉如。鄭君生後許南閣，山巖屋壁存故書。許師賈逵本古學，鼎彝詎肯傳寫殊。八分仍自二篆出，韋編漆簡尋川涂。中郎鈞深秘儻在，寥寥一十三段餘。劉球婁機一再仿，下與韓蔡論操觚。吾滋懼者嗜異輩，偶攠目見佟補苴。慎之慎之云復古，博則取益泥則誣。班諸岐陽周十鼓，森若東序龍馬圖。日月中天星宿海，敢以隸勢量一隅。切勿儕居蟲鳥篆，昌黎已誤稱鴻都。石經與鴻都是二事，其以石經爲鴻都者，誤也。

送宋芷灣出守滇南兼寄懷顧南雅學使

正敲蒲澗竹泉詩，忽指蒼山洱海期。勉荷主知芸館重，飫聞地切芾棠思。每聞礦堂說滇省官民相得。必資經術新猷出，莫僅吟懷舊夢馳。對話東吳顧文學，蘇齋磨墨雪窗時。

題古器款識冊

維古器文不易得，傳者大抵多仿爲。就其仿者最奇古，重以暈碧苔華滋。量臀鼎腹發光怪，往往不減商周遺。舊稱款識王與薛，薛尚功録名尤馳。圖寫十鼓已多誤，遍徵三代夫誰知。復齋所拓三十幅，畢少董以青箋治。間以歐劉呂趙釋，博古考古猶然疑。復齋此本阮公得，吾齋借留逾歲時。阮公持歸繪橫卷，几案青綠皆尊彝。娜嬛館藏拓又積，贈我七十幅倍之。亦有鳥蟲間蝌斗，雜以螻蚓蟠蛟螭。傳之好事廣鑒識，何害句倨差毫釐。最詑無若焦山鼎，王朱皆弗敢置辭。昔年偶因石本校，悔爲撰考何由追。無專世惠謂說耳，藝林競播漁洋詩。籀書斯篆漫引類，吉金銘刻皆可施。邇來嘉興張叔未，阮家器文彙賻池。揚州秦君漢陽葉，時來吾齋手共胝。我不欲同焦鼎擬，竊嘗研審窮觚揹。金壁釭與鄭注合，黃山鐙已薛跋嗤。苟裨異同訂經史，附諸詁訓非虛欺。又思王俅嘯堂集，首尾穎出沙畫錐。雖聞蝌書躍水似，豈至蜋肚尖鋒垂。歷觀款識殊不尒，定知傳寫增澠岐。此雖摹本可神會，要取真氣懸衡規。吾每黍量復手拓，廿年前語錢辛楣。今展受笙陳子笈，精選剟盡焦鼎疵。黃山鐙亦張子贈，慮虓尺就吾齋師。吾齋裝冊意且俟，必度筵几循堂基。但勿傅會強詮解，徐歷參井捫陬維。斜長圓曲勢不一,寒芒正色方仰窺。不敢處處憑己臆,恐有真宰來護持。喬雲寶月照函席,硯泓碧樹珊瑚枝。陳子葉生對甌茗,俯視一切巾箱碑。

儷笙以芝軒贈瑞州試院拙題東軒石本之作見示奉答三首

東軒詩話圓通偈,重到蘇齋茗碗間。消得硯屏連夕夢,雪崖天半對眉山。數日來論次漁洋所録二蘇七言詩,故用"峨眉天半雪"語。

量才種樹積經畬,不比東軒作記初。二老憑拈千轉語,廿年又到兩尚書。

我因詩境畫東軒,緑雨蕉杉瀉竹根。今日鳳梧千仞上,墨雲重覓篆煙痕。

再題石經殘字四首

一字訛從董廣川,我摹黄後又摹錢。料量洪石蓬萊約,宿夢追迴四十年。

仿像龍圖晉玉藏,開元小印篆焚香。蔡邕趙陝堂溪典,東觀西臺認洛陽。

鼚石蓬萊歎未全,越州海緑莽空煙。只將退谷孫家比,粗識華亭秘笈前。

並勒南州又越州,予嘗勒石於南昌學舍,錢梅溪又嘗勒石於會稽學舍。婁機翻樣乞劉球。婁氏漢隸《字原》所摹字皆從淳熙《隸韻》出。何妨借説參三字,宿海昆仑一氣收。

鄭繼之手書詩軸

誰言得杜骨,僅以感時篇。墨有寒濤涌,詩寧變雅傳。此中真逸氣,空外尚迴旋。激宕關山北,長歌響浚川。

蘭亭考鋟板成二首

趙遊三十三年夢，甫得羊城八卷鑴。押縫闊行真拓本，幾時纔識署僧權。黃長睿云第十四行特闊者方是真也，趙子固、游景仁皆有三十三年得《蘭亭》之語，予自初見落水卷至今《蘭亭考》八卷刻就，亦恰三十三年矣。

湍無損筆竹迴鈎，粗記前盟薛與尤。昨日偶題蒲澗館，墨緣又續種蓮洲。適爲蒲澗新築雲泉山館書"清湍修竹"扁，而此考刻成亦有緣也，竹左迴筆，尤延之語。

陳章侯梅竹

岳墳春暮廿年前，又到孤山載酒船。一段空煙梅竹影，神來尚挾董飛仙。此幅是老遲四十許時作，故用其西湖畫蓮事。

題劉後村所藏俞壽翁五字損本蘭亭二首

鼠鬚昏影渺難攀，想像沖融蚤宄間。幾個親從薛公子，譙樓墨響共中山。

群崇三點又雙杈，得認亭陰與渚涯。只好評量悦生匣，南充遊侶相君家。

小忽雷歌
款云"臣滉手製恭獻，建中辛酉春"。

我題海光樓卷後，慮虖銅尺及此三。想見岸堂邗浦夕，把卷對酒春風酣。雖殊劉歆銅斛律，尚壓詞場石村筆。孔東塘《海光樓卷》，從子衍杖石村寫。德宗未幸奉天前，韓滉初使西州日。巧工劃破紫石聲，玉壘老樹蒼龍精。海潮吟蟬二琵琶名。匹不得，六么六引翻手成。兩行小詩牙軸首，凄涼九百十載後。一聲冰鐵石室間，後車欲酹何人酒。建中之春去幾何，中丞女官數大和。田山薑又王蠶尾，出塞曲寫樊花坡。揚州詩夢俄飛電，黃葉秋深蜀岡宴。爭遣東塘樂府傳，小忽雷與桃花扇。

朝鮮畫南極壽星軸

南極老人圖，東海居士筆。海氣夜澄空，神光注丹室。是乃真有見，星精來太乙。炯炯藜杖端，作作弧南出。寫之寄蘇齋，詩筵仲秋秩。團團海東雲，正照榑桑日。萬丈垂光芒，寶氣皆芝术。金石聚紫煙，是何幻秘術。

李委吹笛圖

穿雲一曲橫江笛，只乞坡翁幅小詩。誰識蘇齋窗月影，長留石壁鶴飛時。

蕭子雲帖

山陰官奴帖，蕭阮頗臨習。蘭陵侍中楷，每覬沫得濕。山陰昔臨鍾，飛騰苦追及。還示與丙舍，焉可形體執。列子天瑞篇，南唐竊刌拾。僵癡近千年，眠蠶閉蟲蟄。尚賴宋鐫工，復理閣前笈。梁家虹檀芒，庚庚森起立。豈無策偃波，仍含蚌珠粒。楷則與隸勢，氣合無層級。南徐廳壁字，側掠來拱揖。收之寸分間，儻有鬼神入。於此叩知津，官奴付什襲。以規力命表，何羨鼎爨泡。嗤彼邢董輩，江村綆瓶汲。滴乳淳漆光，飛起金壺汁。

復初齋詩集卷第六十六

石畫軒草九_{癸酉八月至甲戌五月}

大令昨遂帖

古人論篆勢，以神不以形。秦漢刻雖渺，猶寓於真行。山陰祖周鼓，傳神乃蘭亭。大令昨遂帖，涪翁有心銘。勝母里弗式，豈不誠趨庭。正借堊壁勢，識爾循牆經。創草破正意，疏密間縱橫。槎枒碑矼間，真宰邁其精。尚闕別悵字，"不奉"下"別悵"二字舊尚存半。未遑半㵣争。摹鐫已如此，逸氣想崢嶸。肯隨良常説，概以專謹名。我審淳熙拓，允愜山谷評。箋素雖敗逸，啄策仍飛驚。準此量石墨，奇觚懸日星。得假義獻迹，籀斯遠近程。代斫璠題榜，以喻汗簡青。

淳熙修內司帖

修內司帖邵彌本，補臨粗及十卷全。既殊初白偶失考，亦非篛林所誤傳。準以肅州初拓卷，訝似一石同摹然。雲林疏拙果善品，研山朴氣真忘筌。紹興雖有冑監石，銀錠櫊久非初鐫。淳熙甫追棗木刻，舊聞已近二百年。淳化壬辰至淳熙乙巳一百九十三年。尚餘開國淳質意，等量屚屋油素箋。蘭陵侍中具鍾體，梁摹法想官奴沿。獨此諸家拓所讓，蕭齋一字神猶圓。氣凌肅摹工什倍，遠跂畢賜膏流涎。一波一策悵今古，十步百步勞眼穿。長洲諸孫目論耳，故家門閥喬木椽。明賢學古不考覈，但取氣格凌星躔。篛林苦泥第九卷，賴此祖本居其前。

《蕭帖》所刻第九卷，別一本也，此足正之。自餘摹勒互同異，重儓誰與評差肩。一藝問津艱若此，何況傳注承拘牽。取冠吾齋蕭帖考，儼若鐘律筍簴懸。皴痕驚倒石友拜，淨名異氣來米顚。此米家第一石文從簡跋語。

乾隆癸丑翰林同年雅集圖卷爲潘芝軒司空題

昔摹蘇米西園圖，事與雁塔同年殊。及見茶陵同年卷，又不盡爲登瀛摹。嘗見李西涯天順甲申同年圖卷所繪，不皆詞垣也。憶我壬申館課暇，王家園亭齒席俱。或臨清流或倚石，笑語擬約錢犖石。與盧。抱經。宜貌橫卷并序咏，歲月易去誰追逋。轉瞬一十七科後，潘公殿撰來東吳。又二十年重寫此，公屢持節旋軺車。司空位望領群雅，同年内外多遷除。開卷仍偕館垣日，花風佩響鏘瓊琚。瀛洲亭南對窗啓，秘閣方藏四庫書。玉河水照襟袂綠，石欄點筆酬唱初。直以歐虞並册府，而合蘇米聯江湖。門牆有人作米記，鼎彝氣合松竹梧。他年此迹重吳下，玉堂典故條冰壺。永和禊集亦癸丑，有此二十三人無。何用米畫仿紈扇，嗤我噀墨題寶蘇。

題七家合作歲朝圖

王翚松、楊晉梅、虞沅水仙、王雲山茶、徐玫天竹、吳芷長春、顧昉紫芝。

交枝接葉濕莓苔，不費天工繡段裁。殘雪半窗燈影下，諸君笑語帶春來。

龔半千畫

借問半畝園，苔石誰位置。減齋老子詩，未拈第一義。鍾阜傘峰間，磊落空蒼氣。淡無塵事接，所造乃幽異。欲窮北苑旨，粗賞清溪意。寒山拾得禪，鐘起前山寺。

吕廷振花鳥軸

意在輕鈎淡染初，踏枝翠倩曉風梳。橫斜畫檻松杈夢，記借窗光論董書。

寄答縠人蘭雪兼示石士芙初

葉宋分符去,書來覿二吳。離懷頻款款,冷癖笑區區。祭酒題斑管,縠人自言好作長短句。匡君面蠡湖。蘭雪主鹿洞講席。江山憑秀異,鉛槧計工夫。古有稽經律,今誰大雅扶。贏糧翹健翮,叩楫審修塗。疇昔飛騰意,精微印得無。何時重滌硯,坐雪對操觚。莫恃林泉暇,難追歲月遒。陳劉吟席接,慚説小齋蘇。

華蘽石小照其嗣君冠所畫

閔生畫乃翁,畫得蔘之白。寥乎江漢間,煙霜挂寒席。華君畫乃翁,畫出蓮之心。澹焉二泉上,風露傳幽襟。我仿率更書,如盟二泉酌。夢到東沙藏,來尋劍光閣。蘽石嗜摹歐書。

自題廟堂碑城武本

虞碑近取虞文徵,定陶河決前未稱。王彥超摹孰先後,二本孰可唐本憑。我來曹南歲壬子,十手舁致開榛芀。苔花三日淨帚洗,竹窗半捲歊雲蒸。畫淺不敢濃墨試,淡煙篆起聲登登。篋歸十年未裝楮,始覿唐本古錦繒。昔者退谷珍秘笈,然否茂苑韓家勝。或云城武與陜雜,城武與陜非其朋。義門評此太枯瘠,但羨陜以圓腴矜。唐本昔賢罕著録,月峰前蓋涪翁承。誰言蹲注近歐法,絶去險峭神淵凝。山陰蘗几不傳秘,絳霄寶月霞千層。摹到此本鳳攬仭,惜也瘦影神藏棱。視彼陜摹再加縟,誰喻心苦三折肱。退谷義門號精鑒,内史銀印睹未能。此本摹鐫無歲月,當俯陜石如昆祁。吾嘗厚量寸僅四,安得曲阜堂階升。峙諸戟門漢隸上,深檐覆護煩捄陾。萬古斯文仰杗建,百代晉楷爲傳燈。唐本無人更摹石,偏傍略表虔豆登。世間別無虞戈訣,舉隅以識真永興。

獅圖爲陳石士題西齋洗馬記康熙十七年八月大西洋國貢獅事

西齋談獅作掌故,遠跨永興東觀賦,睒睗雙睛側十步。心餘詩筆作獅吼,雄辨肯落西齋後,怒欲抉石醋杯酒。三十年前兩同年,爲爾海外奇毛傳,陳家壁上風軒然。

倪文正山水小幀

倪畫推逸品,彼僅擅一藝。誰言幅縑素,磊磊軒天地。嗚呼此倪畫,思貫天人際。指端淡林霏,胸中浩然氣。黤慘衣雲閣,千巖在襟袂。收之隃麋光,默坐養昏翳。蕭寥空闉闇,可以參象繫。苔石青相守,觀物以喻志。見吾杜德機,知人可論世。

紀文達洗硯圖

皤皤黃閣老,峩峩鼎彝器。蚤歲獻王宮,詩禮富根植。卯秋舉首時,硯席忝鄰次。半夜吟嘯聲,千仞雲霄氣。戌春來登瀛,浩闐芸閣秘。煌煌帝文照,四部森起例。柯亭劉井間,墨沼爛金匱。相與觀本原,往往發幽懿。二陸各何在,蕈羹憶鹽豉。何如手石盟,正寫同岑事。同纂校者陸侍郎費墀、陸都諫錫熊。槖筆上薇垣,薔露猶珍笥。公在內閣票本小硯予爲題曰“薇垣鹽露”。九十九硯齋,泓然邀月地。老屋古樹窗,岸舟題米芾。公齋扁曰岸舟,汪文端公書。畫幀茶煙颭,張侯澹相對。此幅張再摹,軸就邗江寄。追尋謝樹語,重滴蘭陔淚。家學崇堂構,藝圃深澆溉。是即庭訓傳,奉之勿失墜。庶令拜像者,音容覯精粹。不虛覃溪題,略肖平生志。

答錢梅溪寄所刻坡公偃松屏贊兼寄墨卿南山二首

前身記對松屏案,同作羅浮道院僧。不是親觀搖醉筆,神追古絹幾人能。

老守年前憶惠州,南山結伴問羅浮。書來似説錢翁軸,袖有松濤萬壑秋。張南山主講惠州,作羅浮之遊,適得伊墨卿書語此。

題丁小疋歸耕圖

不爭挂角讀書圖,博帶休矜兒大夫。且説丹黃三百卷,何如煙雨小長蘆。小疋校正《經義考》,有補前賢所未及,故用竹垞《煙雨歸耕圖》也。

得借廟堂碑唐本以校舊拓城武本因論虞書三詩

多幸鍾梁隸，洪婁未改圓。虞碑無二種，陝刻近千年。黌舍應知此，經生尚勉旃。開成搴不得，嘉祐秘誰宣。唐石經學虞書不及宋石經之似虞。

宋學理精專，唐碑漸變圓。說經卑訓詁，行楷競便娟。每惜曹南刻，無人曲阜傳。千鈞一髮繫，賴爾玉衡懸。

反及寧形似，癡於說篠驂。皋門居豈近，素帶句誰諳。弱楷描吹萬，奇聞對在三。客來援左注，笑殺杜征南。此碑“金冊”句上“反”字必有闕文，顧寧人以爲“及”字。“猶如玉藻而素帶”句，鄭以爲脫爛，其上必有闕也，陳澔遂以移接上文。漢隸“皋”爲“睪”，惠棟遂謂“澤門之晢”即“皋”字。適有友說《左傳》“人盡夫也”援杜注“天”字欲改讀“人盡天也”。近日考訂家可笑至此。

商邱宋氏舊藏廟堂碑城武本二首

自是神圓豈貌圓，真形故在陝碑前。天教瘦影河濱出，張壽鄰來四百年。元末定陶河決得此碑，與《漢竹邑侯相張壽碑》並在城武縣學。

巧爲春湖配寶真，即憑濕墨也傳神。西陂籤記佳公子，蘇像筵前侍坐人。宋蘭揮印。

捧石讀畫齋詩爲吳南薌作以下甲戌

玉山草堂石，蘇題接米拜。柯後孰蘇米，印此竹石派。今之吳仲圭，盆盎江海對。前生顧家園，未了詩畫債。鐵穎達御史，磊磊錯金薤。俱是袍笏氣，淋漓吐光怪。我爲題捧石，意在詩畫外。是乃詩畫禪，石丈點頭快。請下一轉語，石丈盟言在。並收印人傳，蘇齋作詩話。

會稽內史銀印歌爲春湖宗丞作

會稽內史銀印章，書家寶傳晉到唐。永和不記貞觀記，書碑特賜著作郎。書碑事非稧序比，國學孔子之廟堂。此印篆與碑楷照，徹天寶氣金煌煌。楷書萬古碑萬古,右將軍助虞戈鋋。篆丹不傳傳楷墨,楷墨中有丹篆光。向假永興節度款,眼稜面鐵琅琊王。定陶之石無歲月,龜圖馬負知何祥。當時此印初賜出,紅鈐墨拓傳四方。惜此墨本不可見,跋語僅得分寧黃。後來此印傳印藪,玉箸如覿古錦囊。又聞謝表勒法帖,臣世南語拜載颺。幾見孫鑛王世懋,桓廚筆述韓存良。今者蘇齋一几上,唐刻特表康里藏。復以陝刻城武刻,舊墨舊楮參頡頏。更無書家故事擬,只有此印堪譜量。並摹此表於幀首,削柎裛宛葇几香。遠師秘監贈司馬,豈遑舊迹言之長。我今賦贈李公博,臨川墨沼所未詳。君家夜夜虹貫月,正到石墨書樓旁。

元康里氏所藏唐本廟堂碑內有移複數字是從本帖錯出者羨之題二絕句

千金若準黃詩例,此帖如何倍賈沽。抵鵲荊山非異事,家家竟各有隨珠。

東絹鵝溪果有無,韋侯且漫掃松株。鄜州笑問貧兒女,乞取天吳紫鳳圖。

漢陽葉生摹泰山秦篆刻石

烏絲幅削出嶽形,向背離立如列屏。學易老人秦篆譜,岱頂目欲追千齡。上蔡獵師牽犬罷,狂焰肆來焚六經。殘編脫簡綴不得,絲竹科斗凄魯廳。嗟爾刻石亦遭燬,區區篆畫殘泠竮。顧惟書師閭里合,胡毋博學誰模型。倉頡之七爰歷六,籀篇仿像餘奇零。琅邪字小之罘失,獨此五段辭猶聆。莒公兗公拾又補,爲尔氊蠟車屢停。出西北東轉南向,界行邐迤中絕陘。行疏密與畫肥瘠,我嘗上下剖渭涇。於秦篆溯周十鼓,若啓堂戶窺窗櫺。寸尺以差度闊狹,肯執瘦細爲畦町。此譜懸諸篆刻例,廣川跋較非徑庭。圓鐫鵝鼻如小指,姚令威語天不扃。壽之漢江禹廟壁,遠勝甲秀廬山廷。蘇齋葉子共手校,歐劉氣合劘日星。迴視壁間廿九字,濕苔墨涌群峰青。

又題詩境石本三首

放翁晚對鏡湖書，正是詩招傅粺初。一筆長風來萬里，平生煙水遍舟車。

方君三刻闚宗尊，然否唐堂得細論。_{黃唐堂以詩境自號，意其或見渭溪石刻。}即境始能超境想，詩家到處是尋源。

直懸橫揭扁耶銘，_{此二字韶郡直刻，桂林橫刻。}嶺與峰看合衆青。主客圖兼聲調譜，説詩元不是真經。

近懷二詩

王生治戴禮，意不屑訓詁。劉録逮隋志，篇目誰揩拄。魯生有遺草，書傳緝良苦。選鍊存糟粕，精微孰詮補。淮上緘屢馳，麻源記難譜。焉得凡案間，一源窺萬古。近約辛陳子，念結王與魯。微雪點研池，春陰起庭廡。

錢公詩之心，直上闢莽蒼。實境納諸有，頗亦覘所養。蔣君攝物表，寸尺可尋丈。意薄考訂家，豈虞侈柞響。如何王朱後，輕説唐宋仿。木雞中有恃，銅弦外彌賞。近懷吳樂生，共論錢與蔣。簾風動苔岑，日切春筠長。_{錢撰石齋名木雞軒，蔣心餘詞名《銅弦集》。}

刲股圖爲桐鄉馮母王孺人題

刲股何以圖，事隱無人見。家庭莫能傳，焉得畫手倩。一刀一羹盂，一几丹誠薦。誓言此血肉，母病亟回轉。手自調爲羹，等之常視膳。几盂旁無物，默禱虔哀戀。耿耿星月光，香煙裊一線。直上訴青穹，鑑此心一片。追此真境出，落筆爲膽戰。此畫此題咏，抵寫孝女傳。浙水今共稱，馮家王氏媛。

寫韻樓畫册_{石門女史吳玖}

秀水吳江亦二吳，不曾寫韻學仙姝。欲憑笙鶴真風露，幻作徐熙沒骨圖。_{秀水吳素聞、吳江吳含五，皆近日閨秀工畫。}

劉完庵古木寒鴉

自題云：“屋後鳥聲多，因知有嘉樹。天順三年冬仲。”

意在文唐祝沈前，同齋借畫夢依然。空濛詩思昏陰外，淡到寒鴉夕照邊。此幅頗似馬抑之所臨沈同齋藏元人雜樹卷。

羅鐵研梅

冬心師法成家法，煮石農參柏葉禪。我說梅花稱鐵體，一聲笛起晚江邊。

又題廟堂碑後二首

北堂鈔書手，東觀親秘笈。熹平石經後，儻有舊聞及。金册玉弩上，安必無綆汲。此闕在何時，宋石已再立。馮審以前本，渺無片楮拾。唐初事已遠，何況經義執。孔疏陸釋文，爾日篋同襲。拜緘銀印時，堂階墨猶濕。

陝石城武石，皆署臣世南。於惟楷畫正，夫豈姿媚耽。陝刻漸圓逸，習者矜墨酣。豈若城武摹，尚餘質味含。或以枯瘠病，實未舊本諳。我今審唐刻，灼此相追驂。尚見昔規型，問禮官稽郯。蓋植曲阜廊，跌並五鳳龕。萬古仰斗杓，兩廡蔭松楠。曹南一邑庠，牆陰久昏蕈。安得告職司，嗜古非空談。東州憶於役，兩載夢尚慚。耿耿矢願言，此事誰荷擔。

李唐采薇圖

石間小字二行云“河陽李唐畫伯夷、叔齊”。

西山蕭寥冰雪冷，兩人相對形與影。薇蕨半筐執記之，萬古此心長耿耿。臨安畫院稱李唐，下筆樹石皆青蒼。爲誰氣節砭頑懦，神往周初貌首陽。首陽山下孤雲飛，浩歌志欲黃農歸。東海幽栖畫不得，只合荒涼寫采薇。此薇根是商時植，尚有空山逸民氣。摘取聊充激烈腸，風前灑向思親淚。叔也半面危苦顏，伯也正坐摹尤難。飢餘久矣色如菜，遂志命也全乎天。中有忠君殉國誓，目眶骨立神凛然。爾當南渡屭守日，焉得見此形神全。欲傲昌黎太史遷，作頌作傳筆所不能傳。二百年前賟錦素，何時篋向嶺南去。嶺南藏又過百年，苔蝕蟫涎不能蠹。莫輕八法衣摺皴，賴此數筆撐乾坤。敢將論世尚友例，翔作尋常圖畫論。

仇十洲棐几齋清舞圖

嘉靖丁巳秋集周公瑕棐几齋，卷後有公瑕詩，張伯起賦並詩，又袁魯望、彭隆池、陸子仁詩。

周郎昔築棐几齋，意擬逸少門生儕。東吳筆妙文徵仲，玉磬山房百五才。丁巳之秋秋夜宴，留髡達曙傾金罍。至今仇卷誇霓舞，不是徐詩響落釵。妙舞神來皆筆妙，衡山已老伯起少，時衡山年八十八，周公瑕四十四，張伯起三十一。隱囊慵倚六止生，驚鴻翩起眸光照。勿謂晚來一束楚，正對花影相拈笑。窗中畫出主人心，錦茵肯僅憑欄眺。裊宛煙橫緒縈結，低昂拍按弦清切。羅袖輕飄艾蒳香，氍毹斜轉梧桐月。每到紆迴頓挫閒，悟來撇押鈎挑訣。松風澗水寫不成，激楚陽阿倩誰說。蒲葵扇却稽山姥，鼓缶道人何處鼓。臨潁美人弟子行，那記張顛草書譜。三椽竹屋半禪參，張伯起號鼓缶道人，又號半禪。一曲吳閶新樂府。盡將紅絨紙閣談，寫作公孫渾脫舞。如此門生橅右軍，不勞道士費鵝群。滌餘墨沼流雲皴，噀向羊欣白練裙。掌上欲留仙起語，歌聲尚繞畫梁塵。誰言誤曲周郎顧，我作衡山筆勢論。

禁苑鶴鳴圖爲伊墨卿題二首

追摹禁直地崇深，占取中孚鶴在陰。入侍星垣看曙色，趨承庭訓切官箴。衣裳啓笥彌增省，忠孝傳家祇寸心。霑渥清高金掌露，合來崑閬共揚音。嘗謂中孚九二爻辭爾我不必分屬應爻言，故借此證之。

晚年視膳住江鄉，戀闕依依話倍長。坐立無忘天咫尺，班隨盡寫帝恩光。借添晷刻紅燈影，留與兒孫畫省香。他日閩南傳故實，蘭階即是鳳高岡。

漁洋山莊圖康熙戊寅夏王翬爲阮翁作

散人自憶慧車子，何以妙寫漁洋山。山人爾日西臺長，茗甌初不遠市闠。烏目山頭鐵笛起，溪堂溪響鏘珮環。畫山何必山中人，意所到處天不慳。帶經詩思即畫髓，寥空結構澹以閑。山莊拈出奧曠旨，一碧渺際漁家灣。濛濛嵐影斷雲外，水光澹沱浮煙鬖。法華米堆望不定，數帆遠襯青潺潺。山中梅花倚修竹，香靄深入蘭蕙蒿。散人正卜理歸棹，五湖帆挂誰追攀。却爲先生寫留此，彈琴坐久林月彎。山人詩思豈遥托，山莊果否營茅菅。我悟先生詩品在，此境已被詩追還。雖異夫於鑑尾近，安知先生今不居其間。嗚呼！安知先生今不居其間。

嘉慶甲戌四月賜加二品銜重預恩榮筵宴恭紀四首

再叨寵綍陟崇班，重餤紅綾倍覥顏。畫漏喧追薇省直，春葩禮沐杏林攀。壬申會榜在九月，今始得預春闈筵宴。摛言故實科名忝，錫福優加歲月閑。經術文章無寸補，高深何以對蓬山。

陶詩俎豆韻猶傳，乾隆甲戌四月，庶吉士散館，繙譯陶淵明《桃花源詩》，竊以俎豆一聯蒙聖恩拔置第一。愧厠詞垣早二年。塔記同登排雁序，科逢周甲看鶯遷。齒行坐儼聯金榜，名帖函教品玉煙。紅藥朱櫻花照酒，執經憶共海昌筵。壬申、甲戌皆海寧陳文勤師主會試，時在師寅齋與甲戌諸君誼敦同門，正今日甲戌預宴兆也。

崑圃門牆綴末行，及聞重譙拜綸章。敬維桑梓淵源近，每溯申轅詁訓詳。先大夫受業於黃崑圃先生，崑圃受業於漁洋先生。友益戌科才最盛，經廚甲觀話初長。癸酉、甲戌間借書於黃氏萬卷樓。早同高薛慈恩句，月舫燈毬漫比量。乾隆甲戌榜以著述名者若紀曉嵐、朱竹君、錢竹汀、王西莊、葉丹穎、王述庵、王穀原、顧古湫、范蘅洲，餘所未識尚不可枚舉。

老病人扶態可憐，衰遲九叩賜筵前。題名敢擬儕梁顥，壬申同年梁山舟今年九十二。圖卷應添繪鄭虔。鄭東侯今年八十五，擬北來而未果。舊侶星迴科廿八，新英風擊水三千。昏眸澀怯同霓咏，東里多慚潤色篇。儻笙爲撰詩序，適因補摹《漢張遷碑》今所闕“東里潤色”四字，以銘友人所藏《鄭子產碑》軸，兼寄東侯和之。

是日讌次復得二詩

達海文辭麻虎楷，國初翰林學士達海巴克什前輩繙譯最著稱者，內閣中書麻虎工楷法，壬申初入館時得其手迹裝卷，甲戌夏以贈朱春圃，春圃題其卷前曰"逸少蘭亭"。梁家北牖鄭南窗。馳懷千里仍如對，畫幀重題恨不雙。鄭東侯擬北來，是以欲作《二老重宴圖》而未果。舊第改門成旅館，連牀磨墨共晨釭。斜街六十三年夢，緘寄山西憶浙江。

詞林典故重儒紳，宴賚承聞寶墨新。同宴時有述乾隆庚辰賜史中堂詩、庚戌賜嵇中堂聯句。黃史嵇家應著録，梁姚趙句孰鋪陳。丁卯重宴鹿鳴，梁山舟有詩，庚午姚姬川、趙雲松詩皆未見。門生撰序來綸閣，女婿掄才對主賓。今科蓮府婿主會試，是日以少宗伯入宴。定保撝言詩話在，爭傳甲戌接壬申。

仇十洲觀榜圖二首

一聲爐唱下丹墀，十里斑騅簇彩旗。他日曲江僧塔句，幾生合掌佛名持。喧憑旅館挑燈夢，寫向寒窗對酒卮。多少風檐辛苦者，素心撿點課兒時。

金花帖子墨猶新，捧出雲霄耀鳳麟。風送江湖傳好語，日華廚醖宴加珍。豈爭觀者稱名事，要作朝家有用人。二十九科飛電過，重揩老眼汗沾巾。

葉雲素員外移居二首

葛洪丹竈孰爲鄰，東野移家未是貧。隷竹堂書應補目，山薑壁句記前塵。君生年月日與田山薑相似。門仍次道春明宅，膝有歐陽著録人。倚檻虎坊橋外月，晴川何減照清鄰。

索我來題子午泉，屋後井水子午二時味甘。手斟爲客勺分煎。細量刻暑花陰試，更續遺聞日下傳。湘浦韓城茶話夢，王劉二閣老舊寓。芑堂然圃墨參禪。嘗與張芑堂、陳然圃考鑒金石於此。與君靜締跏趺處，意釣鯤桓吸玉淵。

屋圃觀海圖三首_{守登州時作}

碧瀾三萬里，一氣攝衣襟。閣倚千峰上，窗憑百島深。君來舒嘯賦，我夢答濤音。<small>王西樵、漁洋昆仲《濤音集》，予壬子於此校刻之。</small>大海笙鐘奏，成連正鼓琴。

宋刻蘇詩石，無人辨渭涇。畫盟吳道子，書叩董華亭。迹執憑神鑑，圖來感地靈。爲君重浣筆，歘吸海山青。<small>坡公《海市詩》碑今閣中是重刻者，予於祠後剔出真石，其背鑴坡書吳道子畫跋，又有董書《海市詩》碑。</small>

握手田盤宅，俄成廿四春。袖中磯石皴，衣上海苔皴。復憶行韜處，曾同珥筆人。菖蒲盆盎對，鏡檻話前塵。<small>辛亥春與君同扈蹕盤山。</small>

吳蘭雪扁舟歸養圖三首

南奔爾所恃，途奉爾所生。三年官博士，禄養以竭誠。朝辭冑監廨，暮計簽水程。妻孥隨視饌，屈指僑上京。辛勤北來況，初非爲榮名。扁舟載此心，千里相迴縈。

北畿達西江，迢遞千里路。篷窗語老母，保慎風與露。晴雨氣候殊，渚岸渺雲樹。指說河豫間，先公莅棠處。<small>尊甫官中州多惠政。</small>款款旅思牽，依依追去住。道逢王家甥，緘若蘇齋晤。此緘又二春，時與舟景遇。果到蘇齋題，相與傾積愫。

華生寫扁舟，昔年貌蔣公。今又寫吳子，西江兩詩翁。詩家氣雄奇，蔣吳雖略同。誰知此扁舟，善寫奉母衷。我說詩之骨，一歸經術功。澹然歸養心，盡在經腴中。吳子且緩歸，更益經腴充。始知雄奇氣，燭舫蟠長虹。

夏珪長江萬里圖

長江綿亘蜀楚吳，莽莽遠勢來夔巫。巴陵洞庭壯南紀，海門直注扶桑隅。不知畫院何粉本，極浦舟路連杭湖。小橋野店帶城郭，村家漁市編洲蘆。間以峰巒作章法，橫雲遠樹曠以紆。山窗客目飛鳥影，指説峻坂交川涂。金焦北固在何許，欸歌一碧穿菰蒲。夏珪江景師小米，淨名海嶽有意無。中間用筆沉頓處，肯假襟帶爲目娛。當時供奉好題目，拈如既濟戒尾濡。天塹之險繫全局，意豈僅在臨安都。所以工執藝事諫，李希古法非虛摹。二百餘年付鑒賞，幾家丈尺贖蹩殊。吳淞水與并州剪，江貫道卷資盧胡。國初山陰張爾唯將之蘇州郡守，同人餞筵，爾唯出所得江貫道《長江萬里圖》，或欲裂取其中某一段，孫退谷即席集句云"剪取吳淞半江水，惱亂蘇州刺史腸"，一坐大笑。此卷神完氣深厚，汪家鐵網誰珊瑚。汪珂玉《珊瑚網》諸書所載是圖丈尺多不相合。王汝玉跋王臣隸，裱裝前後傳非誣。何論臣名絹邊字，禿鈹夾筆良區區。紹興年誤陸太宰，可笑亦入桓家廚。諸書載陸完題句紹興年間夏珪作云云，夏珪寧宗時人，而云紹興間作，蓋不足信。

夏珪松陰論古圖

丈尋絹軸聞院體，山勢盡攝於長松。松間穿下飛瀑響，雲濤萬頃相撞舂。松下石陰稍平處，如野航可二客容。是與長松對論否，正及飛瀑雲蕩胸。作家布局懸腕意，渾在濕翠來高峰。尔日院中呫墨手，仰嘆真宰窺何從。故題論古屬二客，似避法偈參千重。嗟哉作者不傳秘，何必甲乙南北宗。即兹院體偶拈出，已具輪斫非偏鋒。尚限華亭選佛界，一聲何處禪室鐘。

題元人松壑圖

大壑泉淙淙，欲寫難取勢。不比山石盤，可以參位置。必借松屈蟠，章法乃節制。所以寫長松，迥別視群卉。早於澗谷底，蒼茫見幽異。元人韻簡澹，始得諸法備。偶傳磊砢節，已負棟梁器。士當未遇時，無意出經世。蓄養根幹深，多年閟青翠。泉聲合濤聲，鬱鬱干霄氣。

五月廿四日崐兒陪諸同人訪城東宏善寺陳香泉畫鶴賦書壁賦此二首寄題并邀諸君同作

醉書那便壓官奴，草譜旋教跋直沽。香泉是年秋於直沽草堂作《孫過庭書譜釋文》。半壁風神猶磊落,百年煙雨未糢糊。南徐飛白廳誰問,廬阜陽明迹久蕪。廬山東林寺壁王文成題詩四十年前尚存。如許霜空寥廓影,軒軒氣對禹鴻臚。此壁畫鶴,禹慎齋之鼎手迹也。

慎齋想並鹿原來,林吉人隸書“聽松”字。妙墨時推一代才。金石遺文憑搣拾,帇泥至勢尚縈迴。拓餘客袂搴雲起,累尔僧窗半日開。茶罷登登參梵響,耐人緣締是昏苔。

覺性禪師送瓜豆報以二小詩

蔬畦風露倩詩傳,及取秋花未蕾前。曉起豆棚瓜架底,淡無言説是參禪。

畫鶴精神掠影遲,壁題嫌未是真詩。故教青李來禽帖,省記函封報餉時。

讀蘇詩四首

蘇齋讀蘇詩,迴復萬古心。嗟此邁往途,敢以薄力任。法自吾儒家,杜陵揆心箴。真氣真性情,均鍾調瑟琴。洞庭九奏響,勃發於謳吟。庶惟杜韓後,山海量崇深。非由讀杜出,誕岸誰追尋。所以星宿源,憑杜爲指針。

詩源浩無津,每借仙與佛。杜求洞宫丹,亦向雙峰刹。真詮帆欲追,遠壑軔初發。是有拈寄處,奚關智巧竭。八萬四千偈,如何問禪窟。身在匡廬中,山淨溪長舌。百千泛穎相,照徹鬚眉髮。續之無盡燈,合什妙圓月。誰知澹忘言,胎息本無訣。

先生初不飲,言飲蓋其偶。後來縱筆爲,詩必繫以酒。對客喧壺觴,自名豈升斗。真一特假辭,和陶亦何有。昔聖酒無量,曾涉詩教否。太白酒中仙,彼自出塵垢。一以瓣香參,何必持螯手。相與觀其深,慎之論尚友。

蘇陸較香山,似近實不同。蘇則函衆有,又不侔放翁。無如李何輩，僞體欺盲聾。翻借蘇爲藥，欲效針砭功。誰將珠玉韞，誤等薑桂充。嗤爾白蘇齋，偏嗜非由衷。渾淪元氣出，廣大教化中。試以白集擬，然否杜法通。且漫杭湖上，柳堤飛玉虹。

讀元遺山詩四首

秀骨出天然，非可學而至。驚心動魄語，抑豈堪屢試。今人惑津梁，惟思騁奇異。又怯昌谷囊，難憑儉腹致。輒覺陸坦迆，不及元雄恣。猶如學坡詩，莫喻其深秘。城東一矮榻，二楊同啓篛。乾隆己巳、庚午間，日與立山、蕎圃誦《遺山集》。光陰掣電過，六十年前事。夢迴橋南窗，憬焉發深愧。

淵明飲之逸，太白飲之仙。坡則欲兼之，仙佛俱有焉。以我讀坡詩，竊疑未必然。放翁之飲酒，半壁澆江山。各有沈摯處，敢誰輕與軒。遺山真嗜飲，何處窺其源。惝恍莫能名，亦擬索真詮。記與擇石語，擇石笑不言。飲中較之蘇，離合夫誰宣。僅以飲酒論，何礙詩足傳。

遺山接眉山，浩乎海波翻。效忠蘇門後，此意豈易言。爾日讀坡詩，胸有節制存。元精貫當中，耿耿誰與論。我觀寶書品，於褚斥籬藩。蕭阮羊薄上，遂擬探本根。未審防澆漓，如何追胚渾。望古俯衆流，興定之初元。令人緬星漢，峻極窮昆侖。儻以質坡翁，孰竟委與原。秦黽諸君子，恐未參妙門。

金翅擘滄溟，金針度鴛繡。何人望見之，渺不露結構。歛之入毫芒，縱之恢宇宙。軒軒非濤瀾，錯采豈雕鏤。所擬長沙帖，抑非閣本舊。又不以翻新，本自佇興就。象罔於元珠，憑何超嚃詬。此秘非傲人，正復難輕授。精純義山真，故在鄭箋右。

復初齋詩集卷第六十七

石畫軒草十甲戌六月至乙亥七月

題裴鏡民碑

雲林論書法，斷自唐中世。晉賢古淡風，作者有誰繼。覯哉虞歐褚，下上天人際。一線山陰傳，兢兢無失墜。於惟化度銘，渾乎諸法備。肯以貌遺神，方整變遒媚。殷家名父子，署書同峻利。資聖濟度榜，過者爲停轡。聞憙留裴碑，益州珍石記。品到南宋時，兼擅歐虞勢。正似錢郎詩，遙想杜陵秘。沮渠《老君碑》。與敬客，《磚塔銘》。頗亦闡幽懿。後學問津源，如何審位置。蕭阮臨摹始，尚想鴻龐氣。太音希聲弦，太羹元酒味。寶泉述褚書，已涉澆漓意。此論或太過，聞者宜凜悸。黃米並時論，尚憾真楷未。矧伊宋後師，懸之寶編類。卬須筏喻者，相與探古隸。

日本國人畫魚於波浪間題云御團扇

雞林市上秋漪夢，著我蘇齋雪硯屏。猶帶噞喁吹沫響，來交簾影石苔青。

桐城吳氏所藏史忠正手札卷

是吾燕京日星虹玉之氣寄此寸楮中，首云節孝之門必昌大，次云卜爾卓有建立垂無窮。只此二言已括千萬卷，不出平生懷抱孝與忠。

吳君負母避難者,與母罵賊殉身孝烈同。天教墮厓避賊鋒,天教母節昌吳宗,天教吳氏一門節孝並垂得史公。浩乎正氣千秋萬世壯崞梅花嶺,炯乎寸楮丹心碧血炳照灉舒桐。

又書遺山集後三詩

程學盛南蘇學北,陸元二老脈誰傳。紹熙正際明昌日,南北相望二十年。遺山生於明昌元年庚戌,正放翁提舉武夷冲祐觀時,二先生竟算同時,未相見耳。

江左休誇病鄞中,撐霆裂月許誰同。金源南宋分疆後,天放奇葩角兩雄。

驢背鍾山照眼青,文章未合付熙寧。誰知接續咸淳末,始洩精華釀六經。遺山卒後十五年虞道園乃生,蓋自王半山詩由經腴出而未得其正耳。

又得石硯屏水墨寫天際烏雲二句意

墨痕重處是雨意,白影半幅皆日光。二者幻入硯屏石,儼覯蔡守於餘杭。蔡詩蘇書我舊夢,畫者力追愈渺茫。十年齋扁題石畫,硯屏架庋蘇像旁。今者更出巧位置,又一硯屏前夢償。昔摹樓欄客憑立,笑皆執迹奚品量。此幅妙將山照意,淡托空際遥天長。驅雲擁翠到山脇,那復皴法能具詳。窗明並添高閣迥,是乃善寫樓窗涼。人間何有晚晴句,玉溪早貯古錦囊。淋漓元氣不傳處,云誰之思天一方。豈必守居此閣子,亦非湖舫殘虹梁。佇言萬里寄遠者,鳥飛不盡煙蒼蒼。始知墨含雨濃濕,盡入頓蓄徘徊望。知我蘇齋賞蘇帖,煮泉不爲龍團香。墨雲蒸空挾海綠,晚潮涌作屏風張。迷離捲起行草勢,鬢頭黛頂皆成章。供我添題化度跋,相對青眼論嵩陽。

硯屏間臨此帖以詩代跋

得帖四十六年後,先生恐我摹失真。嘆起硯池瘦蛟舞,空光水墨爲傳神。

題漢瓦當拓本二首

文曰:"千秋萬歲,輿地毋極。"

胡桃麝劑搗丸泥,小杜休矜帛縷齊。想見黃圖千里外,瓏玲壁影入雕題。

中央八字賦銘如,增損何嫌準六書。小史尚方誰意造,凡將篇後范工初。

輓辛敬堂

老屋青燈淚,憑誰贖敬之。用元遺山詩語。四門多士感,一篋六經治。手勘留盱浦,適爲魯習之校《尚書説》。心精過奠基。袁江廿年夢,迴睇冷雲時。昔訪萬載李進士榮陛著述,屢致感嘆。

贈馮郎士履

文筆峰成塔,俄驚五十年。興廉村夢處,石畫記誰傳。勉力承先志,精勤望後賢。瞻天青萬里,宿墨補前緣。廉郡舊有坡公書"萬里瞻天"四字,石坊久失去,予嘗集蘇書補之,昔與魚山謀寫"天際烏雲"二句詩意,今於其嗣君之歸,屬其抄寫《施注蘇詩》闕處見寄也。

題儷笙小照四首 自序云取放翁"青燈有味似兒時"句作圖

君家累葉積書倉,畫手猶追舊學堂。樂事誰能償早歲,人生此境最難忘。風來簾動聞賡韻,月白庭空熱辦香。一寸膏油紅燭影,於今萬丈吐光芒。

放翁詩感宦遊蹤,陸集此句在乾道乙酉,時年四十一,通判鎮江。豈若君家世澤重。珥筆同時隨儤直,趨庭舊話侍從容。圖成手記猶含淚,詩課更深憶聽鐘。夢到江鄉風雪夜,對牀兄弟共春冬。

此中真味幾人知,等説開函滌硯池。理蘊溯迴深有本,聖涯津逮靜無欺。茅簷矢志惟忠孝,徽國傳心即父師。今日詞林來領袖,端憑舊學作根基。近日樸學考訂家漸或不盡恪守程朱,故爲院長題此而及之,非僅爲新安吐氣也。

年華六十迅飛騰，身到蓬萊最上層。繼晷弗諼偕日永，寸陰是惜
勵冰兢。聖恩仰戴彌高厚，家學尊聞倍敬承。丹地森嚴台斗際，祇期
無負此青燈。

徐天池墨荷

破荷葉背水草蟲，道人枯坐來觀空。盆池忽遊群鵠影，青藤書室
淡月中。

曹儷笙六十壽四首

聖皇仁壽宇，中天景慶光。百福萃昌時，彙啓群彥翔。篤茲黃閣
老，克膺純嘏常。五色麗日中，丹鳳翽朝陽。輪囷吉祥雲，政事兼文
章。熙熙長春景，發我書傳香。

吾猶及前輩，黃髮尊模楷。海寧及諸城，台垣攝冢宰。尚憶稱觴
日，精神動寮寀。追說孝感熊，御墨球圖在。絳紗八千人，綸閣三十
載。聖祖仁皇帝賜熊孝感句。至今舊典型，淵源溯瀛海。

何以祝延釐，家學即纂金。何以侑壽觴，青燈即寶箴。夙夜慎乃
司，精白勵乃心。聖恩酬高厚，聖敬凛高深。星辰天咫尺，福祿帝照
臨。長以貽子孫，以式於士林。

喜逢花甲周，詞林漸罕儔。領袖群雅材，輝光照瀛洲。四座傾詞
源，千篇鏗唱酬。獨此迂老友，質言勖前修。江頭長壽仙，九十神明
遒。羨我此筵詩，笑擬添海籌。程易田，君之鄉人也，嘗自號長壽童子。

題百三十八叟江夏湯翁書福字挂軸二首

江漢喧傳御賜詩，尚書句亦近期頤。揮豪果即斯人否，擬叩經方
養玉芝。恭讀乾隆丙寅御賜楚民百四十一歲湯雲山詩，未知即此人否，沈尚書歸愚集中
亦有詩也，歸愚亦年近百齡。

相從靖賀問神丹，縹緲雲霞篆勢蟠。我意竇公貽秘簡，欲追後鄭
訂春官。靖長官、賀水部皆得道不死，竇公年百八十歲時獻《樂經》，即《周官·大司樂》篇也。

偶爲兒子説漁洋詩附書焦山鼎歌後非敢云改定也

讀書先識字，最古鐘鼎文。焦山有古鼎，王朱遞考援。此鼎贋作耳，何時置祇園。篆文既久蝕，摹形乖字原。無專與世惠，等是無稽言。程君摹印手，穆倩。然否追胚渾。呂薛圖具在，何至迷夏殷。滋陽亦繪圖，如見雲雷紋。眇彼西樵詩，豪奪奚足云。焉及楚公鐘，祭芑寫舊聞。何嘗貳百直，復理三千緡。秦檜以三千緡購楚公鐘，此拓本歸項子京，題云其册直貳百金。倏今定陶鼎，遠頡南仲勳。近日芸臺又以所得漢定陶鼎置焦山寺。不如山樵銘，真氣壯海門。誰補古凡將，庶以洗囂喧。韻摭夏英公，聊共汗簡存。汲古叩津筏，冀與知者論。

心安畫梅

淡得僧窗説偈心，欲憑清峭寫昏陰。琅然玉磬難傳處，只有枯枝凍雀音。

送楊雪飀任陝藩

清江門第慶重申，吳下棠陰頌正新。嶽降蕃宣來二華，帝咨屏翰重三秦。保釐夙夜虔旌節，經術文章切吏民。更矢奮庸勤報績，爾家詒燕賴名臣。

十一月十四日樹崐生男儷笙以二詩見賀次韻

詩來誇我歲逢恩，何幸光輝蔭在門。正彩繡紋添建子，冬至後三日。有黃閣老賀生孫。客題菊咏南山壽，是日王午堂來就几寫菊花詩。壁挂魁星北極尊。適友持贈宋絨織魁星像，項墨林、文衡山、梁蕉林所藏軸也。同日吉祥雲繞户，墨池蒸起妙香存。

手澤深追罔極恩，來詩敘及先大夫手書彌月賀客册。當時賀客滿蓬門。實培根本詒家世，豈僅文章示子孫。敢詡掄材台鼎貴，倍思肯構器銘尊。李公懇款寒燈句，夢想摩挲片紙存。李濟庵先生北直名進士也，手書辱賀彌月七言律詩，予鬌齔時尚記粘壁。

是夜漏下三鼓友人贈嘉祥紫雲山漢畫祥瑞圖石本喜而有賦

圖名祥瑞縣嘉祥,迹記任城漢武梁。題句廿年文字兆,開緘半夜墨花香。醴泉芝草根源結,吉語駢詞富貴昌。詒厥子孫金石壽,長宜小印篆琳瑯。以壽如金石、長宜子孫二印印之。

百寶千珠細隸論,凡將澇喜爲添孫。不虛青眼嵩陽夢,今日真題石畫軒。

王春敷宗伯父子趨直圖四首

青陽王接宛平王,詩到蘇齋話最長。寶氏連珠推渤海,記臨唐帖仿歐陽。宛平王文貞、文靖父子同官宗伯,前古所未有也,適仿歐書寶賦"父掌邦禮,子居廟堂"一段題君齋壁。

鞭絲帽影切彤庭,隨步官箴義訓聽。樹色日高三殿近,螭頭雲叠九華青。

禁中賜馬小長蘆,得句誰争秀水朱。漫説藝林名父子,笑他吹笛月波圖。竹垞有《賜禁中騎馬》詩,《月波吹笛圖》,朱西畯小照也。

玉堂故事又容臺,親見朝迴述旨來。八十慶筵天畀與,長春雙軸畫圖開。蓮府因召對,蒙恩賜祝明春八十壽,因作《趨直》《紀恩》二圖。

金冬心墨梅

諨公房裏拈禪偈,朱草林中托興深。個個冰珠清峭影,難傳湖舫妙明心。

建武泉笵歌

吾齋既仿建初尺,此笵又來建武泉。建初尺即建武尺,徑寸之度周輪邊。白水真人應符出,偽新貨布寧敢沿。黄牛白腹蜀謡起,援神契漫侈漢宣。扶風詎肯遨二帝,一十三策侃侃然。太僕監掾職主省,考工令史工名虔。十有七年三月朔,五銖之復半載前。復五銖事在建武

十六年。勒銘二行字久蝕，官墼反寫疑未全。“七”字蝕下半。隸碑洪婁遞
摹釋，卒史歲月詑誰傳。孔廟《卒史碑》“七”字正如此，洪氏《隸釋》、婁氏《字原》摹
皆未合。是乃篆省初變隸，尚方巧鑄精銅鐫。凸凹星羅起觚線，四枚正
背光迴旋。何張二子釋已誤，幾日得自杭湖船。張芑堂、何夢華昔年於丁龍
泓齋摹拓尚有誤。漢東京器此第一，續諸元尚凡將篇。

小孫彌月客贈古泉已一寅一戌一。古墨萬曆丙午程君房造《百子圖》。
各題一詩

虎兒敢托米生年，米元暉生於寅歲，小名寅哥。犬子詩來配貨泉。姚秋農
賀詩用犬子事，恰有泉文應之。正叶熊祥占似續，斯干巧合鄭君箋。鄭箋“似
續”讀作巳。

則百斯來大雅篇，螽斯揖揖瓞綿綿。盈箱吉語盈門福，寶墨緣成
寶墨圓。

題朝鮮畫雁

價倍淮南邊壽民，嘴藏半翅更傳神。水光不借叢蘆荻，意對詩盦
得句人。詩盦，金進士號。

王春敷宗伯八十壽詩四首

箕疇歙錫篤生申，還荷恩光作慶辰。八帙尚書恭拜賜，萬年天子
賁新編。史編從古榮難遘，詞苑於今瑞罕臻。特選韶華迎麗日，夾鐘
暖律是長春。

翠聳青陽九點煙，蓬壺海綠十洲前。翰詹重望推宗伯，父子同時
畫集賢。政事文章充道氣，門墻著録富經傳。斗台照耀星辰上，合作
初春百福圓。

綺文捧下錦雲章，珍賜駢羅出尚方。佛現鬘華來寶相，賜無量壽佛
一座。恩教如意侑霞觴。賜玉如意。虔依講幄賡颺處，是日上御經筵。叩近
天顏喜色旁。昨日畫圖趨直地，孫兒扶侍更輝光。奉旨許孫扶謝。

梅舫午堂先後詩,同朝老輩繼公誰。前春查梅舫廷尉八十,明年王午堂都諫八十。集編一品神仙録,家有千秋世澤垂。福厚與年加益進,步行勝我健難追。黃庭息息觀心法,日浴丹田養玉芝。

吳南溪夢遊黃山圖光禄煒其後人屬題

麓臺昔畫匡廬稿,弗肖香爐與五老。南溪今作黃山圖,天都蓮峰果有無。麓臺畫借友人說,此卷端憑夢想結。南溪廿載官帝京,中外揚歷聞政聲。不得鄉園償勝踐,方信兹山有舊盟。迴環記共雲留宿,坐臥何非山性情。松聲水聲遠近間,藤蘿苔瓣來覆肩。金霞紫光罩丹氣,仙音靈鳥交翩翩。幻浮影入大圓鏡,夢遊乃作遊記觀。宣城欲傲睡庵集,湯睡庵集中記黃山最詳。慈光正印普門禪。相傳普門和尚因夢境以造黃山文殊院、慈光寺諸勝。此圖今又八十載,障濕濛濛叩真宰。畫到先生目攝中,眇眇神光未遷改。三十六峰飛翠來,處處皆有南溪在。不須更陟光明頂,墨點空蒼即黃海。

又題侯官林氏長生未央瓦册

東平王子著禁扁,但有署書無瓦文。蕭何二闕迹既邈,覃思何以傳羊欣。八觚殳體隨勢造,秦金那必徐鍇云。漢瓦當字正如此,鳥蟲執自祛放紛。王叟詩漫侈古篆,相斯隸異朱十聞。此蓋篆將變隸始,尚方物勒工藝勤。勿輕奇觚雜急就,星虹力已蟠怒筋。九嵕山隈訪碑客,蹢躅匹馬當斜曛。百年前詫諸老輩,貯池搗藥旃檀焚。我亦羊城及諸友,鹿原孫笈垂清芬。藥洲燭炧徹四鼓,陸郎筆共雄千軍。後來朱楓。程悼。遞掌録,百種剔盡郟犁耘。裝之屏風榜之室,申君兆定摹瓦文爲屏十二扇,宋生葆淳及兒樹培皆題其室曰三十四漢瓦軒,瓦文自二字至十二字,凡百四十餘種。駢詞嘏頌撐橑棼。或審其文或考地,後先牽説徒紛紜。或以爲甘泉宮瓦,或以爲未央宮瓦,陳香泉跋亦疑甘泉瓦之題。蘭話堂中訪舊語,來齋兄弟箱囊芸。又到覃溪石墨几,慮虒尺來程寸分。前題風味耿追憶,李吳葉子同瓣薰。蕭寥黃圖寄感喟,豈以概語摘藻群。區區檐楣陶瓴事,奇古笑等蒐典墳。朱跋槃鑑刀尺比,欲並寶刻歊升雲。

於四明范氏天一閣訪許長史舊館壇碑不可得賦
寄犢山兼致晉齋夢華

華陽笙鶴松風夢，望切三公海島青。擬共焦巖真侶券，遙追西麓少霞銘。趙何儻借居之近，羊薄相期鑒者聽。肯讓南禺烏鎮石，山陰端有換鵝經。欲乞趙晉齋、何夢華二君訪此帖蹤迹也，豐南禺所刻《蘭亭》烏鎮本今存天一閣。

林吉人蘭話堂未央瓦册邀蘭卿蘭雪同賦又書一絕

蘭話林家迹共論，二蘭今日踐盟言。勝他昆季評金石，未誤劉歆作仲邁。林跋沿于奕正《天下金石志》之訛，以考秦漢古器爲劉歆也，原父一字仲邁。

四兒樹崐手題宏善寺畫鶴壁間書其卷前

壁題補我花時句，畫鶴僧寮訪舊題。三十七年前夢在，兩三人影樹陰西。乾隆乙亥四月予與裕軒、慕堂同來，有詩而未題壁。

蔣礪堂五十壽二首

書來感歲華，今年正五十。敬言覲恩光，北上手重執。白頭八十叟，喜倍理經笈。萬卷菁華發，始踐盟言立。三年粵東西，歡騰百郡邑。不愧篋中筆，繩抪自篋襲。礪堂取荀子繩抪名齋。不愧路旁頌，膏雨遍原隰。猶然日三省，每懷諏靡及。即此真實語，該盡祝嘏什。

松鶴古畫軸，丁葩富雲煙。金石漢瓦當，白福介祉延。錦繡簇屏幛，歌舞沸管絃。不如實政事，事以民宜傳。丹心報黼座，足以申精虔。夜氣朗珠石，足以對海天。重洋静無波，吏肅職日宣。暘雨豐稻穀，孝弟講力田。秩斯嘉績綏，是乃稱慶筵。

張南山孝廉書來勸我論次粵東詩派賦答二首

曲江鶴立矯雲霞，風度樓仍照海涯。直亘千秋鳴九奏，誰論五子又三家。長洲楷隸摹瑶石，碧玉裝函酹白沙。可借楚騷香草賦，影園高唱洛陽花。予篋藏黎美周《芳草賦》墨迹卷。

莊渠紅豆遞經師,四十年前鑒古時。未及二樵評畫理,與盟九曜
熟心知。重開藥渚燈窗語,萬里蘇齋臘雪期。官閣春深懷我共,人和
歲稔是真詩。時礪堂刻我《石洲詩話》屬南山爲讎校。

四月八日雨

法雨香華句,承恩六十年。簡慚枚馬授,名奏邵梁先。乾隆乙亥四
月八日,西苑直廬恭和《御製浴佛日雨》詩,時與邵蔚田、梁山舟共几起草,方綱詩先奏進。
砌藥翻春露,宮鶯濕曙煙。白頭鶬鵝夢,猶繞苑牆邊。

題孟法師碑六首

隸評伊闕佛三龕,豈假岑碑共一函。色相空來拓塔影,褚河南作
護伽藍。此辨帶隸之説。

自有丰神自不同,規圓渾在矩方中。後人自墮澆漓窄,且莫深文
陷褚公。

鐵面將軍眼有稜,護兒兒筆幾人能。迷茫白寢來癡夢,錯認碑林
貌永興。此辨似虞之説,摹刻者誤以白刃爲白寢。

等將隸法譜歐陽,巳字王追馬糞王。縹緲三壺搖海緑,何嫌玉水
記流方。此辨似歐之説。

山陽禮器法雄深,誰識西堂著錄心。濟上曾祠瞻拜意,題名未敢
附碑陰。

千金廿載説吳門,零落籤池孰共論。墨響齋憑懷瓘估,硯山一例
品棠村。

贈郭蓴樓

塔影園裝卷,黃題擬寄羅。墨緣論古隸,循吏績弦歌。左闕雕鐫
訪,西川驛路過。蘇齋同几夢,重補黛丸螺。往見塔影園舊藏王稚子闕卷,黃
子羽題云“此闕在新都道旁,每公事往還,策馬平岡,古木斜陽,裴裵不忍去”,欲屬羅兩峰寫
此作《訪碑圖》也。

岳忠武答李忠定手牘

軍事旁午，未得時候台安，遠蒙翰教，忠懷義氣直薄雲漢而貫金石，凡在含靈能無感奮？況飛素切同仇者耶！比已鼓勵軍士，直抵淮陰，滅此而朝食，已報國恩而答知己，飛之願也。即不然，亦惟力是視，死生以之，決不狼顧偷存，視昔息於人間耳。

使還附此申謝，不宣，岳飛頓首觀文相公閣下。

南宋奇迹紹興初，岳忠武答李忠定。如此將相並一時，萬古綱常賴冰鏡。矧伊烺烺誓天日，志切同仇輕性命。一鼓軍士抵淮陰，死生以之圖報稱。鄂王墨寶世罕傳，一十一札垂家乘。相臺孫兒籲冤手，蒐遍故家血淚迸。李公上饒單騎帖，星斗光芒正輝映。鄂王正氣凛如生，柳家心正知筆正。小楷奏函尚仿顏，忠武小楷似顏，見謝在杭集。行草如蘇力彌勁。浩乎剛大塞天地，方與蘇書風節應。忠武學蘇書，見相臺跋。中鋒峻峙背兀軍，欲挽銀河戰百勝。行筆如虹萬丈强，寒膽千秋照邪佞。忠定裔孫補書首，鬱洲大字拜生敬。梁文康書“精忠遺迹”四字於卷前，失去，李忠定後人爲補之。請勒湯陰廟廡壁，登登響徹神之聽。

書何端簡公然燈紀聞後二首

初揭三昧旨，然燈與授記。然否秋窗間，試拈第一義。深之造平淡，淺矣言風致。平淡而非真，尚涉虛夸事。學古豈貌古，一本於言志。性情與學問，處處真境地。法法何嘗法，佛偈那空寄。且莫矜忘筌，妙不關文字。

何公問字日，吾祖官於東。何公官京師，吾父始謁公。爾日漁洋集，何黃昆圃先生。香瓣同。何黃二詩老，吾父並遊從。二老對榻時，儻得深折衷。萬卷樓舊篋，我窺自孩童。此間下轉語，東魯士未逢。石帆青照海，一聲北渚鐘。

書魯峻碑陰二首

顏氏春秋魯邸詩，千商丁直幾人知。洪編笑誤誰家隸，濟學齋廊剔石時。予嘗親到碑下，證洪氏《隸釋》所載此碑陰之誤，因得據以補朱氏《經義考》。

草書懷瓘說張芝,且莫徐家稿草疑。魯峻碑陰名氏在,楷行草法已兼之。"狐"字楷書,"妙"字行草。

寄答玉亭制府二首

萬里新詩感舊遊,卅年儤直話從頭。堂開端範同齋宿,寺倚田盤記唱酬。辛亥春同扈蹕盤山隅亭,寓居山隅感化寺。韻叠閬峰人已遠,禪參蒲褐夢何由。玉閬峰、王蘭泉皆同隨直。緘來白髮相思字,風味何殊對茗甌。

節鉞勳名照汗青,退思依舊矢齋銘。武襄氣已昆侖壯,玉亭新詩紀緬寧破賊事。漫曳音還韶護聽。顧南雅昨書云玉亭近詩似元次山。詩格今於報國見,詞場合作惠民經。東吳顧子時懷我,吟共蘇齋臘雪廳。

題二薛帖二首

爭比王羊草靡風,料量褚法偃波中。西堂自有山陰譜,周鼓何妨漢隸通。

昇仙陰俯石淙詩,米老雄冠劍佩時。借問山陽曜奴筆,如何學古反澆漓。近人有評褚書法似《漢隸禮器碑》者。

蘇書天際烏雲帖有翁字小圓印六十餘處今 兒子屬友仿作之喜賦二詩示兒

吾家姓印來蘇帖,真見蘇齋小篆紅。從此收藏添印記,尺量金石建初同。量古金石以建初尺爲準,前年葉東卿爲我仿作。

書樓石墨篆新鐫,寶氣熒熒踐墨緣。指與吾兒川印月,星原到處聚星圓。

書啓法寺碑後二首

鑒書如論詩,坦迤亦一弊。縱橫出雄奇,神在天人際。文家據上遊,甫到沖和詣。畫家論山川,平衍豈得勢。開闔正變兼,參差見格

制。暢委到歐虞，探原即篆隸。吾於道護書，幸舉彝齋例。右方直下
處，陰陽盼明麗。低昂縠率間，妙算匠天契。化度與離堆，下上窮根
柢。離堆我未見，大楷脈攸繫。豈若學顏書，圓腴爲活計。方矩斯圓
神，依仁乃遊藝。

　　彝齋品道護，所以識蘭亭。米老亦有云，褚臨聊借盟。大令洛神
法，良字等書名。北齋樊遜隸，由字楷則營。隸者楷之式，得假爲讞
平。六朝壞法甚，偏傍盡乖經。此碑亦沿陋，館狐紊形聲。<small>館爲舘，狐爲
狐。</small>即以架構論，亦僅圓熟評。惟其運筆訣，足以結體程。審此結體
秘，以定誠懸衡。漸且晉唐貫，進與造化爭。所惡宋後人，圓機墮柔
傾。力扶築基始，迴斡元氣撑。六朝溯漢魏，跬步圖糧贏。問津由此
碑，筆髓即道耕。勿侈吳客談，懸市千金驚。

友人以畫魚蟹索題

　　一池新綠唼浮萍，濺沫噴珠細響聽。記我倚欄尋宿夢，丁形蟹爪
印蘭亭。

送左樹亭之官江南

　　十載江頭舊頌聲，召棠蔽芾綠陰成。重尋父老農桑話，計日兒童
竹馬迎。浦外濃雲添客棹，窗含宿雨結詩盟。官齋煙樹琴尊夢，時共
覃溪和子卿。<small>王侍御澤，其門人也。</small>

送嚴少峰歸杭守任

　　袛今誰是錢塘守，青史勳名擬白蘇。御座書屏來北闕，修祠詩話
滿西湖。<small>少峰適董濬西湖葺蘇祠事。</small>帖摹蔡夢因人重，記與歐文寫景殊。
經術循良根本在，端明方足繼君謨。<small>前作《有美堂後記》已勒石，今臨蘇書《蔡忠
惠夢詩帖》以贈之，故用虞道園題此帖詩爲起句。</small>

寄訊蘭雪

　　宿雨晴來帶曉寒，老夫尚怯袷衣單。道心静欲添香篆，詩味深於

浴內丹。午夢暑消緘淡素，秋窗風定室寬安。維摩示疾元非疾，莫借藏園畫稿看。_{蔣心畬有《藏園養疴圖》。}

讀劍南詩八首

一飯不忘君，奚必其學杜。忠孝出天性，肝膽相撐拄。偏值宋南渡，鬱借江山吐。蕩滌不平鳴，風雷有餘怒。羌非藻繢爲，亦弗騷些取。即以格調論，亦不仿樂府。胸次浩浩乎，自行於千古。

讀易十絕編，未甘王韓許。岐陽鳴鳥前，蓋早聞律呂。家學詩禮編，治經儼遺緒。春秋南宋後，演說日矜詡。不及先生易，但說虛衷取。了無解詁處，留罅待人補。空山流水間，靜光自太古。包犧幾萬歲，偶作誕幻語。_{先生詩云“伏羲幾萬歲”，又云“伏羲三十餘萬歲”。}

楚騷與陶謝，自云不相近。琴瑟均笙磬，同龢而異引。謝詩啓唐賢，四縣鏗簨簴。音聲彩色間，或謂別畦畛。陶則純乎天，天籟初何隱。性情即出處，百變傾不盡。晉之白樂天，夫豈難反本。_{元遺山云陶淵明晉之白樂天。}謙言顧未肖，穀率於誰準。似白而不同，_{放翁詩道似香山實不同。}形迹原可泯。學陶而不近，斯理疑未允。怒者其誰歟，祗此蒸成菌。

轟飲三萬場，指麾百萬兵。奇氣辟萬夫，轉戰下百城。怒蹴黃河奔，倒瀉天漢傾。天機雲錦段，坑谷咸池聲。萬象牟尼珠，頃刻拈即成。此腕揮千丈，耿耿貫元精。然而亭蓄間，得味乃迴縈。一往不復收，千里長瀾平。筆鋒垂復縮，奇岫側忽橫。沉鬱頓挫處，所以推杜陵。

絲竹不如肉，漸近自然境。古體發天機，宜勝律精整。近有評陸者，古體捷馳騁。反薄其七律，格與宋賢等。豈知長篇氣，未勝其力猛。_{放翁七言古詩無過二十韻外者。}尚讓杜韓蘇，扛舉千鈞鼎。使參岳家軍，中原復俄頃。竟磨盾鼻墨，勒銘北嶽頂。高文照兩京，峻極千秋永。恐未及鏡湖，松窗寫梅影。

洪妻說漢隸，未聞精褫裝。何若方伯模，監工庋甌堂。<small>先生藏漢碑屬莆陽方伯模監視裝成十四卷。</small>三丈銘挂壁，三十載古香。<small>先生於所居壁挂薛純陀書《砥柱銘》，自淳熙己亥至開禧丁卯再咏，已經廿有八年矣。</small>屠希能憲筆，日抽古錦囊。醉掃行草書，瘦蔓飽秋霜。宜州三錢筆，無此發老狂。後有江門茅，安得竊比量。是乃忠義氣，發揮於文章。有鐫陸書者，正與詩相當。

廣大教化主，唐之長慶間。以較宋南渡，時會若差肩。東都蘇黃輩，果否追杜韓。尚餘此毅力，半壁撐江山。晚宋例晚唐，孰争杜樊川。罪言十六衛，慷慨激肺肝。鏡湖此一老，氣欲星虹蟠。范楊蕭尤侶，得無力稍孱。茶山前揚鑣，白石或後攀。俯視諸小集，江湖到月泉。未知輯南州，舍此更誰先。獨立長嘯聲，蒼然霜雪寒。

唐既弗杜仿，宋亦豈蘇擬。曠蕩今古論，筏喻云誰使。磊落輪囷氣，造物端倪啓。武夷領祠日，明昌才出矣。<small>宋光宗紹熙庚戌，放翁提舉武夷冲祐宮，是年即金章宗明昌元年，元遺山生。</small>二老雖未逢，魄力略相似。寄托又不同，何幸並吾几。硯池雲一泓，軒然可萬里。後來言格調，辛苦徒爲爾。海虞彙萬篇，差勝錫山梓。<small>嘗熟毛氏《劍南詩集》刻本，勝於無錫華氏刻《元遺山集》。</small>泰山一豪芒，邵庵粗料理。<small>愚所校訂惟《虞道園集》甫有緒。</small>卬涉窮津涯，庶從經術始。

復初齋詩集卷第六十八

石畫軒草十一乙亥八月至丙子十二月

岱頂秦篆存十字殘本

秦篆岱頂廿九字，庚申之夏火所焚。乾隆五年。後七十載殘字十，爐餘扔來補舊聞。元君廟剩廢池址，瓦礫堆起光輪困。粗可讀者臣請矣，斯臣去疾昧死臣。依然之罘繹碑上，李斯小篆留先秦。蔣知縣拓到葉子，持贈蘇齋同鑒真。葉子正摹秦篆石，甲秀堂迹完如新。我爲辨方題小隸，劉斯立譜次第循。工鐫力怯屢縮手，嘆息古法難傳神。葉子精思燈取影，阮侍郎共舊本論。芸臺亦摹刻此。天鑒苦心何以畀，物惟絶少彌見珍。不比會稽鵝鼻頂，申屠巨幅勞貞珉。頗聞江寧繹山本，李登刻近灰劫塵。寄語江城嗜古客，儻獲蒐佚毋蘛湮。葉子亟摹此殘拓，硯璞匹之岐鼓辛。我附北平許跋後，卷石氣已雄天門。

爲吳荷屋題平帖齋

潘郎偶勒家園石，秘閣後先爲匹敵。直得森然起發凡，儀鳳鷹揚來助力。襄州始刻單家編，毛監丞籤安可得。陶齋雪上官滿時，舊本空諸掃無迹。鳳墅逸客雖多聞，原委增删難剖析。霜寒表與頭眩方，傳仿能無神理隔。老吏初誰廷尉平，蕉林退谷徒矜獲。前秋一卷顛素草，我與晉帖同添釋。吳子篋來群玉論，隸扁熊熊射鄰壁。荷屋先得《絳帖》末卷，與《群玉堂帖》殘帙同弆，予爲題"絳玉舫"扁。今兹快得廿卷全，竟與硯山爭寶墨。孫梁馮並百年前，潁川劉君面如覿。事見劉公戱《識小録》。硯山舊物我夢存，殘楮黃家空嘆息。一軒況有元初印，宋晚還餘墨香滴。單考偏傍果不虛，籤題東庫仍加羃。前後諸賢用意殊，即此鏡如量黍尺。爲君題作平帖齋，夜夜晴虹貫空碧。

自題退補齋

退補從何補，先應説退思。幾時償所歉，清夜檢其私。挂壁銘誰誓，開編愧日滋。前愆焉塞得，卒踐祇誇辭。

哭崑兒三首

黑業多虧折，無端損爾年。何心追往事，拭淚對秋天。爲父慚奚補，留兒弱可憐。翻思元日句，不合壽坡鐫。兒以十二月十八日生，自號壽坡，今年元旦客爲鐫印以贈。

寫照長松倚，常傾坐客題。兩邀闈卷薦，並負畫荷黃。敢諉文於命，誰爭數不齊。二兄同硯久，伯符、仲通。撫柩最悲淒。

學詩功未就，方葉共題襟。所同唱酬益友方式亭、葉東卿尤善。北地師如溯，新城派忍尋。八月廿八日漁洋生日。他年傳寺塔，遺墨愧高岑。或借微名字，青留貝葉陰。城東法塔寺，及弘善寺陳香泉書《畫鶴賦》壁，兒皆有手題存焉。

張南山書來云羅浮山道上乞分霞嶺詩刻石

羅浮二山界，舊名佛子凹。蓬萊之左股，鵬羽掣六鼇。到此蒼翠間，風雨氣乃交。分霞名初勒，五色鳥所巢。遠寄五字題，墨涌千峰高。笑酬張子意，補昔伊守勞。昔伊墨卿守惠州，來書云羅浮山中未有覃溪詩，今此補之。琅然少霞銘，聲接大海潮。

春敷宗伯八旬恩賚圖二十韻

八旬恩肇錫，二月律陽升。詔選稱觴吉，歡初藝苑騰。宗伯生日在十月，奉旨諏吉爲祝，詞臣罕有。九重來寵渥，十賚古奚稱。稠叠珍恭捧，駢聯慶拜登。梵天無量佛，寶座記然燈。無量壽佛一尊。事事皆隨意，如如最上乘。玉嵌如意一柄。爐香陳琪璧，几案喻岡陵。陳設九件。幅幅光繻帛，絲絲織彩繒。寧紬九件，八絲緞九件。佩囊團綺繡，迴毾結金繩。大荷包九對，小荷包九對。湘管名花簇，筆三匣。黟雲瑞靄蒸。墨三匣。一池函映添，三硯壽爲朋。硯三方。是日宸光近，祥煙講幄凝。趨瞻虔額叩，翹荷切冰兢。喜傍天顏側，申加縮福增。是日經筵，敬於駕前叩謝，上親解荷包以賜。温逾紳綬襲，耀及子孫仍。特許孫兒扶侍叩謝。畫手難傳處，儒榮倍萬層。光華依斗極，日月沐升恒。海屋千籌算，圖書八庶徵。丹誠彌世篤，青史幾人能。勉效芝英隸，前題仿夏承。竊用《淳于長碑》筆意題幀首。

贈丁達父二首

脉望名齋結古歡，庚庚瓴甓篆叢殘。何如不音彪。準蒐遺篋，破冢荒林洗剔看。

掃葉書牀猶在否，陳無軒有掃落葉頭陀所銘書牀，無軒書帖多歸達父，故云。掀髯對榻夢依然。丁小疋多髯。治經相勖專精語，回首西窗四十年。

論詩寄筠潭觀察二首

誰言葉宋分符去，復得蘭卿約芘鄰。夢到潞河風雪夕，傲他洱海唱酬人。玉亭制府寄詩語及芷灣。檐花索笑如拈訊，行草無拘始見真。蘭卿説筠潭欲作楷札，故以此寄之。多少燈窗梧竹響，欲憑舊雨爲傳神。

我於杜法叩元音，上下千秋作者心。只在豪芒懸穀率，相期山海問崇深。蘇黃盡處途逾騁，韶武原頭事孰任。除却繡絲平熨帖，更將何術度金針。

因覺性師寄題永師潭柘寺壁

未踐禪扉叩，遙聞隔水鐘。齋心貝多葉，笑指虎溪筇。覺老定中訊，永師塵外蹤。蘇齋覓轉語，雪灑半厓松。

蓮府壻新歲二日蒙恩茶宴以石渠寶笈三編聯句句有千文編次語蒙恩恰賜趙書千文屬爲賦詩以紀恩遇

千文字記項家編，未得珍題捧御筵。豈若吾甥叨茗宴，恰來趙迹應詩聯。尚書玉躞頻年積，王氏青箱弈葉傳。他日香廚籤賜譜，光分寶笈壓虹船。尊公歷年所蒙賜軸祝其將來亦用《千文》編次，此卷爲總目也。

唐雁塔題名石尚存三行世無知者爲作詩
左拾遺裴休、大理評事柳乘、鄉貢進士柳槃，大和四年十月十二日同登。

唐題光化記摭言，樶本始宋宣和刊。大名柳瑊勒爲卷，石又散佚拓罕傳。今之存者宋後迹，遊人登眺相追攀。競唾會昌一品老，前題那繼杜與顏。杜題雖聞卷第四，然否高薛岑差肩。顏題記官校書歲，三層西北梯梁間。皆柳重樶非舊石，儼覿紫陌新郎班。慈恩寺壁石何幸，姓名置此非等閑。書家烜赫褚聖教，屹然隸楷雙扉關。倐經二百六十載，大和四年庚戌至元祐三年戊辰二百六十年。醉僧大草借此鑴。舊題三行罕問者，拾遺裴休柳乘槃。是乃當時曲江宴，宴罷濡墨之舊觀。爾日平泉未作相，尚在牛李黨事前。濟源裴君亦淨侶，二柳儻結無漏禪。圭峰碑約柳篆額，元和脚孰家雛聯。鄉貢進士只此一，抵得諸佛名經千。柳樶不傳獨傳此，褚楷素草光中天。素草紛紛共詮釋，矧此妙楷丰神翩。大和四年十月日，豈惟筆諫珍誠懸。元祐篆題補刻耳，素師遑敢居卷端。萬古科名豔石墨，幾人得並繒素看。竊喜蘇齋剔碑手，詩在重宴瓊林還。

李漢孺親家六十壽

爐香我正拈禪偈，塔影君方讀道書。丈室笰牀誰領取，寸田芝术自芸鉏。閑中養福春長駐，靜裏觀心味有餘。綠酒紅燈上元夕，精神倍勝十年初。

秦嶧山碑舊本

嶧山秦碑日本刻，謂出棗木肥本前。棗木之刻誰所作，杜公初擬孤嶂巔。"孤嶂秦碑在"，杜早年句，未考是重刻。唐時所勒木耶石，拓本聞自董廣川。夏竦之藏董之跋，氣質渾重然不然。杜以肥瘦辨今古，之罘摹更肥甚焉。嶧山刻辭史所佚，時在秦望之罘先。尚假儒生爲粉飾，斯也覰撰蒼頡篇。爰歷博學皆踵此，閭里籀篆資以宣。此即元祐嶧陰本，徐鉉前此又百年。許説秦碑徐所校，攷旁繫傳同丹鉛。蒼頡七章即秦篆，豈以小異徒騁妍。从水省或水不省，爾時必有繫惄詮。增損既準秦法律，形聲儷與周官權。奇條漫説吏師授，虐焰安得解詁傳。不然徐鄭肯摹失，玉篇隸楷仍相沿。《玉篇》亦載汝字。我由夏董溯徐許，杜詩寶賦非拘牽。土人重刻又見寶泉賦注。羊車石徑迹蕪絶，鵝鼻石屋空荒煙。竊嘗八度瞻紫翠，世傳七本誰差肩。楊東里、都南濠皆言世有七摹本，今吾齋有其三。海東金君惠緘致，墨暈玉筋中鋒圓。置諸嶧陰堂本上，已壓甲秀匡廬編。適爲葉生校定廬山甲秀堂《秦篆譜》。

寄金秋史兼贈趙雲石

秋史遠懷我，扁以覃名室。何異蘇齋榻，晨夕來促郄。積水萬里外，情難尺緘悉。豈惟晒雲樹，酬應馳聲律。古人重交友，所貴名副實。淵乎真性情，必驗於經術。有來雲石子，誼與秋史匹。款户印精微，今古遥相質。漢學與宋學，問津途則一。盡掃門户見，方憑義梳櫛。詁訓考訂家，同此汲綆出。百家富贏糧，寸心程得失。大海函鏡中，相觀斂於密。索我經剳記，慎擇難殫述。重盟金石諾，補我跋尾帙。客有樓拜經，笑理古文柒。君之友柳詠芝山《拜經樓詩草》有"徐生只是秦方士，那得舟中載古文"二句，極有味。語及吾兒笈，淚灑哀遺佚。遠致撫秦篆，尚壓徐鄭筆。冰融壽籛硯，星指歸帆吉。溯言孤島篇，思倍王摩詰。

管仲姬墨竹卷

自題云："夫君去日竹初栽，竹已成林君未來。玉貌一衰難再好，
　　不如花落又花開。管氏仲姬寫寄子昂君覽，録壬辰秋舊作。"

吴興絶妙竹枝辭，學士芳辰一見之。過雨湘江新翠滴，迴文蘇蕙寫緘時。誰言皓腕臨溪曲，宛效鷗波點墨池。正及琴弦傳密語，同聲

吹徹玉參差。

以齋中雪浪石盆銘硯拓贈蘇静齋題二詩

壽坡松蔭蔭蘭陔,雪浪盆銘小硯開。爲報定香橋雪意,瑞花喜趁上春來。今年正月得雪。

瓣香苔石海南祠,篆褭栴檀借佛兒。誰比蘇齋墨緣結,宋蘭揮與蔣蟠猗。漫堂、繡谷皆號蘇齋,故以二家後賢爲比。

跋然燈記聞六首

然燈付法元無法,誰識牟尼授記初。偶趁涼宵池北語,當時敬用佩紳書。

崑圃門墻萬卷披,丹黃親見載書時。海鹽戊癸籤誰記,光印千燈幾個知。嘗慨惜胡孝轅《唐音統籤》漁洋只見戊籤、癸籤耳。

盛唐格調費摹臨,何李登場枉用心。早識如姬竊符巧,不如貌取寂寥音。

瓣香且莫效文房,七子登壇最擅場。屠沽猶然目元白,何知世更有蘇黃。

制軍清節礪寒燈,淡飯粗蔬對友朋。此是真詩誰寫得,竟無人識一條冰。何端簡公官直隸總督,每留先父共飯,見其自奉蔬菜而已。端簡諡偶不稱文,人多不知是翰林也。

何黃皆侍新城席,初集先人受讀親。末學淺聞奚補益,虛慚壇闕掃除人。

唐顧升爲妻莊瘞琴銘並莊寫心經拓本顯慶二年八月

敬客書銘梗梓谷,殘珪已闕歐趙録,顯慶初年拓同讀。在《磚塔銘》之前一年。二薛爾時皆效褚,豈若斯銘渺延佇,眑眑人琴怨修阻。人邪琴邪訴欲語,顧升爲妻莊寧譜,莊寫心經並千古。馬家劉妹誰摹臨,褚法耿耿結同心，千古如聽莊寧琴。唐時婦人工書，馬氏、劉秦妹尚在此後。

論褚書八首

不品歐書品褚書，規圓渾一矩方如。倉精造象開王業，量到奎躔仰曲初。漢武梁祠象題云"伏羲倉精，初造王業"，王即石鼓王字，或釋王，誤也。

轉益多師慎所師，後賢何致憾澆漓。遺山針度駕機繡，未信坡詩百態奇。元遺山論蘇詩，即竇尚輦論褚書之旨。

中禁西堂自品題，三倉八體共端倪。圓鋒敹即中鋒正，滑棐瑩然想會稽。

元常十二意誰尋，逗露張顛得法深。於舞交衢過君表，問君何處著摹臨。

三龕記到度人經，巨細相懸豈在形。隸勢渾淪憑測景，尺圭所以定經星。

曜奴七子彼何人，韓敕碑傳瘦硬神。只有褚書留此法，誰知一髮繫千鈞。

近來學褚良常叟，篆隸惟憑瘦細論。不識圓腴真血脈，顏筋柳骨出誰門。

陰符草僞楷方真，那執稽山帖目論。獨有孟師殘拓在，千金懸市秘吳門。褚書小字《陰符》真草二本並在宋《越州石氏帖》，其草書者贋作也，世罕知者。

友人以予篋趙書天冠山詩勒石

是乃趙蘭亭，超諸獨孤本。獨孤本勿論，鄧霖刻太舛。我笑董贊詞，賸入誰家卷。趙《蘭亭》十三跋後董文敏一跋論趙書極詳，久爲人割附他卷矣。趙書神秀筆，直造山陰閫。所憾趁姿媚，或鄰鋒側偃。此則純中鋒，敹即正之準。乃知羊薄脈，未去枿柎遠。中山薛拓初，五字詎鑱損。獨孤本《蘭亭》是薛氏中山初拓，五字未損，而趙未深考。一還晉舊觀，誰謂響拓晚。奚其雨若摹，必執永和繭。西江廿載盟，匡廬半偈轉。寄訊錢梅溪，蘇齋對甌舛。錢梅溪先已摹刻。

電白邵生子咏及孫裕初書來以予舊題熱水池詩石本見寄感賦

多年電白憶溫池，前歲歸裝寫舊詩。涂蔡二君追禊刻，見熱水池碑記。北平三世有韓碑。雲泉笒竹雖重咏，昨寄題廣州白雲山詩。藥沼津源幾個知。寄語馮郎盟記否，蘇齋蘇集瓣香時。

趙仲穆書洛神賦

過庭妙筆寫洛神，跋者擬之王子敬。子敬洛神無歲月，而此六年題至正。時在集賢侍直前，先承旨法彌端勁。不比創草破正餘，堊壁功分醉時賸。書付官奴師楷秘，借爾行押追妍勝。暉繼阿章印未刓，少霞山卿誰季孟。安得雪川合神光，小水晶宮大圓鏡。袁忠徹跋云所藏並有松雪《洛神賦》真行二卷。書家且莫炫王羊，何必象賢慚先聖。直將晉法品吳興，肯讓右軍傳大令。

和石士芙初唱酬二首

鯨呿鼇擲本和平，經籍膏腴即性情。無句可傳皆道妙，如虹之氣以神行。杜韓沃蠻憑駼駕，毛鄭尋源切邁征。浩蕩川涂印涉始，宿舂且試辦糧贏。

季常貢父唱誰工，俱效蘇門學士風。舉首褒然從古羨，芙初會試第一。詞垣再入笑余同。予與石士皆再入翰林。條冰鑑澈蘭襟外，鄰寺鐘來竹幌中。欲傲樂蓮裳。吳蘭雪。春櫂曲，江南煙雨翠濛濛。

送文遠皋巡撫貴州二首

每懷於役切諮諏，今見臨民裕乃猷。勉副主恩勤教養，深憑經術出綏柔。堯衢番峒環耕鑿，禹甸荊梁接頌謳。郇黍召棠釐保錫，發揮實學鞠人謀。

萬里新綸照鼎台，七旬舊侶昨詩來。雲貴玉亭制府適有見寄之作。研田憶我迴雲樹，驛路懷人寄嶺梅。謂礪堂。仍結玉堂聯榻夢，敢矜銅柱勒銘才。黔江圖畫前題句，又佇南天制府開。礪堂前有黔江小照。

四月十三日同梅舫石士茞鄰守樗蘭卿遊崇效寺

大字琅華石墨緣，來同趙宋集群賢。齋扉白紙坊邊叩，圖畫青溝偈子禪。問訊花時春又過，和歌棐下意誰傳。遊蹤且莫追諸老，已隔懷人五十年。乾隆癸未與籜石、辛楣來遊，今五十四年矣。

查梅壑畫桃花源圖并書陶記卷爲梅舫題四首

畫於甲戌仲春，寫記在乙亥長至。

橘洲田土翠空濛，不與仙家幻境同。合著柴桑文字□，桃花水借菊花風。

二瞻晚歲寓維揚，花外池亭柳外莊。身在太平圖畫裏，天然真意寫耕桑。

誰言行押仿華亭，法外蕭閑不取形。元四家參疏密處，白雲吞吐半厓青。

後乙卯人年八十，澹無言說自尋源。故教二叟拈詩話，梅舫覃溪對榻論。梅壑生於萬曆四十三年乙卯，自稱後乙卯人。此卷在康熙三十四年乙亥，年八十一，今鑒藏與題句又得吾二人，皆年逾八十，是以戲及之。

桐鄉馮伯陽司寇自銘硯已失復得其孫孟亭侍御作奉硯圖予
既題之後此圖又失去今侍御孫復得之來求詩

硯既失去復歸篋，圖又失去今歸來。此硯伯陽司寇琢，江寧藩廨選石材。七十老人銘手勒，厥孫得之重手揩。如見乃祖潑墨日，伯陽畫山水得董文敏法。孫又七十官西臺。手銘後又圖手奉，韻事賡遍西園才。我詩辛亥歲春首，又廿載追文宴陪。昔與星石訂蘇注，上下施顧窮根荄。寤寐鄭羽景定本，日夕殘篋憑沿洄。依依風味緒如結，此圖何啻舊本開。重重石盟題又續，呵之玉液流煙煤。角弓無忘譽嘉樹，手澤永永貽蘭陔。汶陽歸田趙歸璧，信誓一氣青岑苔。夢蘇草堂詩話在，墨緣記取來蘇齋。孟亭之嗣星石少卿，昔每於吾齋同訂蘇詩注，慨想宋景定鄭羽重刻本而未得也，予爲題其齋扁“夢蘇草堂”。

菩提葉紗册寫經歌

佛說菩提本無樹，何況有葉能成紗。此句舊題訶林壁，壁寫應真禪結跏。譯經細書梵夾字，貫休墨妙古所嗟。朱老題詩詫石硯，豈識楮葉來幽遐。剡藤之滑蜜香膩，穀皮魚網何足誇。寺僧語我砌下綠，斛水濾淨纖無瑕。團團瑩几借襯紙，絲絲入理如皴麻。菩提薩埵一切義，懷仁集字更幾家。梁唐嘉樹迹久失，樹在光孝寺，有扁題“梁唐嘉樹”四字，久燬去矣。琴弦記拂玉畫叉。寺僧圓公善鼓琴。五十年前穗城夢，落葉風響僧鑪茶。達摩西來片雲影，此即蒲澗優曇花。

題觀碑圖

五月廿九日梁茝林約孔荃溪、李蘭卿、葉東卿來題漢石經殘字石，
而茝林恰得此殘字十段，故題於此圖以記之。

三字經誤自范史，鴻都經誤由韓詩。鄱陽雖聞續滂喜，劉球且漫同婁機。今古幾家真賞識，共借楮槧窮精微。濟上張燈春夜宿，黄子官廨竟一音。即今蘇齋十笏窄，尚論漢隸千載疑。苔岑石笥結風雨，孔李梁葉相追隨。奇哉一函梁伯子，宛覿十段錢梅溪。梅溪與我別十載，識爾搗藥裝潢治。却仿罩溪押尾印，幾日梁子盟夙期。小隸石邊一行續，似聚黄子前圖時。濛濛雨又墨池起，石理歲歲苔花滋。

書放翁與杜敬叔手札後四首

略云大抵此業在道勝則愈工，雖前輩負大名者往往如此，
願舟車鞍馬間加意勿輟，他日絕塵邁往之作必得之此時爲多。

一言抉詩髓，道勝則愈工。自昔不留訣，寸心千古同。論詩到真際，乃得於放翁。放翁千萬篇，初不涉性功。宋史揭道學，徒以驚盲聾。別才非關學，嚴羽豈禪宗。不著一字處，何傷品司空。三百蔽一言，無邪該律箎。所以昆侖竹，旋爲十二宫。

姚江講學派，漸演爲江門。何至擊壤習，白沙又定軒。韓公騁怪奇，錦囊寧足論。杜牧勖之理，始闖騷些藩。近來貌長吉，豔采彌囂喧。不聞束維子，舊已噴藥言。變而不成方，皆謂離本根。斯文若元氣，是有真宰存。

行止坐臥間，矩繩若砥矢。甘辛丹素秘，河海探原委。初不泥睆柯，何嘗置監史。而其形神影，周環堂階庑。兢兢閑之固，耿耿中有恃。萬變極騰趠，一針無偏倚。杜陵破萬卷，手擘蕭選理。放翁志中原，目對鏡湖水。舟車鞍馬間，韶武弦歌旨。上下千百家，詞場一根柢。

静勝故道勝，豈惟驕縈退。出師戰紛華，絶利源在内。超然泰宇光，默與神工會。然後發天機，摛扻非藻繢。極之嬉笑謔，寓以呻悲嘅。料敵奪之氣，轉偈空諸礙。變眩莫可名，而有妙名在。剗彼良田疇，多少芟柞載。詎炫種倍收，毋輕歊一溉。

自　警

粗識砭頑力，難追補咎方。鯤桓憑踵翕，罷息企朝陽。過去多生業，虔申一炷香。微誠雖積矢，宿負幾能償。

吳荷屋筠清館擬屬友爲圖適得項孔彰竹林書屋圖屬題二詩

收來息息證存存，寫向筠清館對論。圓得可庵居士夢，月斜棹訪墨林孫。孔彰號存存居士。

煙雨梢頭半是雲，茗甌孰共篆香薰。只應品帖參禪處，留待蘇齋記墨君。

賦得卒踐塞前愆

清羸爲勇猛，宿昔孰真詮。堅固靈根在，冥頑逐處鐫。覺時難定痛，省後正留愆。冷逼金篦刮，寒勝玉鏡圓。千迴丹鼎轉，三復白圭篇。刻刻焚香誓，冰兢月在天。

送汪巽泉典山東鄉試

宮端尺節五雲深，海岱星輝朗照臨。詩禮堂依籩豆俎，莘莩宴洽瑟笙琴。六經仰切探源近，廿載前追擷秀心。予視學山東今廿四年矣。七十二泉飛翠起，墨花秋滿鵲湖陰。

酸棗令劉熊碑

書家品隸推蔡體，華嶽酸棗皆中郎。我辨郭香察書字，徐會稽説非荒唐。矧此洪推最高格，比於華嶽彌矜莊。歐録僅已見殘本，但以季子稱俞鄉。歐陽《集古録》不知爲酸棗令，但稱《俞鄉侯季子碑》。何疑黃絹幼婦語，圖經舊識王與張。唐王建、張祜皆有詩。三十年前江子笈，鈎摹影來貯我囊。巴君又一鈎本寄，汪子札謝殘拓裝。二鈎本證一殘拓，憶答汪子喜欲狂。此夢又將三十載，北來握話汪家郎。不惟經笥續考訂，兼此秘册留縑緗。始知江子所鈎迹，迥非巴本能較量。誰言妙字不从女，魯峻碑尚行草旁。《魯峻碑》陰"妙"右作草書勢。江子所鈎誰氏本，三嘆如對隃麋香。濕煤濃蒸古意在，風雨氣透莓苔蒼。華碑三本我目覯，而此其二蹤杳茫。江本、巴本今皆不知何往。奇聞大令帖裏篋，以玉抵鵲崑山岡。昔錢辛楣於四明范氏天一閣見所蓄碑帖用《劉熊碑》包裹。卷端乙去粗惡隸，棗令篆仿神飛揚。洪云篆額存棗令字。檟歸鄰舍夜照户，亙天古墨熊熊光。

石谷仿黃鶴山樵小幀二首

自言悟徹真青緑，水墨光中定更圓。纔識山樵水墨法，盡收三昧到耕煙。

何人禪榻對爐熏，雨歇前山午磬聞。意在萬竿深竹外，半窗水翠一襟雲。

書劉熊碑摹本後

蔡邕章句系月令，華陽志不辨景鸞。近見輯蔡章句如此。顧於嗣真品書品，别白太學親書丹。我題夏承暨華嶽，未敢附合滋抨彈。洪於棗令推漢隸，王建張祜詩所嘆。朱十頗援鄭簠語，語以奇古仍未安。是乃蔡書最高格，正可石經同几觀。石經尚有堂溪輩，體涉王曜兼劉寬。此碑存字雖已少，峻整勢更加巑岏。朱跋何區派三出，我舊服膺鄭與韓。韓禮器碑七人作，鄭郎中石三段完。意追秦前周鼓後，天球大貝古鼎盤。昨借維揚汪氏本，留耕朱老秘楮殘。_{朱卧庵之亦。}我蓄巴君江子笈，晴窗邀客並展看。江也鉤摹獨神肖，波畫濯影明琅玕。韓敕鄭固二碑上，鸞翔鳳翻千仞蟠。以亞周秦古篆籀，下視三字論邯鄲。石雖不存存此影，宜著蔡隸於卷端。猶勝懸帳記米老，逯鄉字說師宜官。

東卿莅林蘭卿同校劉熊碑雙鉤本二首

隸到中郎最上乘，沖乎筆正度淵凝。如何輕易論奇古，頓悟筌蹄百萬層。_{竹垞以《劉熊碑》為奇古，非也，蓋所見殘本太過汹蝕，遂目為奇古耳。}

滑蠒晴鋪窗定影，蘇齋客對眼俱青。始從贔屭鑪錘外，秘鑰徐來叩石經。

東卿摹勒漢熹平石經學而篇五行殘字二首

硯山退谷摹三段，武子牆東賸五行。_{此五行殘刻是錢梅溪所得徐墙東樹丕手摹者。}日下城南翁葉拓，蓬萊宿諾接翁黃。_{昔與黃秋盦同摹《般庚》《論語》三段，嘗題之曰"蓬萊宿約"。}

意抑吾嘗取伯申，_{高郵王廷尉引之。}易詩合共傳箋論。_{《易‧繫辭傳》"噫亦要存亡吉凶"是"抑"字，《詩‧小雅》"抑此皇父"是"噫"字。}石經方是研經事，不假南原辨隸人。_{顧南原云《隸辨》之作欲以解經。}

鞠見南桐陰放鶴小照

碧梧丹頂白雲間，喚我彭城舊夢還。此是蘇齋真響答，詩盟清嘯對江山。_{予初奉使過徐州放鶴亭，夜聞鶴鳴，而見南即予己亥江南所得士也。}

題　畫

為誰點破翠空濛，仄磴雲迴密樹叢。神在遊人竹筇上，山光盡到目光中。

蘭卿移居

新居喜及小春光，舊扁仍題妙吉祥。屋俶敢矜依次道，巷鄰何減夾清漳。論詩篆蓺邀彌近，下直芸添晝漸長。地記鐵門名更好，量來筆籭永師房。

江南蕭君田盤訪梅圖二首

澹交直取性情真，鄧尉銅坑宿夢因。挈榼提壺爭覓得，松風水月瘦精神。

故繞前岡結冷雲，幽花半樹謝聲聞。相量松石論高格，可借詩盟李鐵君。

寄金秋史

書來慰我寂寥間，寶室名覃正惡顏。豈有津源窺大海，敢希楚望答東山。來書以趙汸《春秋》學爲況。鏡盦更顯形容老，蟬楮多憐目力艱。欲效葰歌朱集後，即憑島信附詩還。竹坨《高麗葰歌》爲友人作而未嘗遠寄耳。

簡芙初

蓮洋得髓定何人，匠契金手山。吳蘭雪。恐未真。渺矣雅材稽傳疏，慎之經詁訂朱長孺。陳。長發。指南易失川涂近，坐右誰憑藥石親。多少鯨魚跋浪手，等閑虛負隔街鄰。

唐臨瞻近漢時二帖

今日得見唐臨晉，快馬長鎗破行陣。偏闕數行來趙補，翩然裘馬丰神俊。紙尾自署子昂字，銅邊我識元時印。此去唐臨三百年，更追三百年以前。頓起龍跳虎卧勢，神光卓爾空際懸。鬱怒雄恣清而妍，技進非技純乎天。斯意突過全幅全，斯人名乃遜趙傳。使我三嘆增怵然，篆香裊入棐几邊。耳字翻成誤旁注，《瞻近帖》三行末。縫書笑比徐僧權。何用跋到元明間，鍾張競說相差肩。

文遠皋巡撫河南

千里心期佇望通，中天眷命許誰同。文章幹濟追湯潛庵。宋。牧仲。揚歷精神照洛嵩。報答主知惟實學，發揮經術更虛衷。蘇齋石墨論緣切，那數前題寄畢公。秋帆昔寄嵩少石刻。

追題陳雪園觀察讀書吾廬圖三首

篆香揀茗瀹花瓷，共識平原欲繡絲。六十年前前輩在，好詩題遍白雲司。

數椽峰泖好林廬，風遞書聲出戶初。一段流觀千載意，依然繞屋樹扶疏。

孫子能添翰墨香，舊時風味述詞場。戊科我記諸詩老，軸到蘇齋話更長。卷有金海住、鄭誠齋、王芬子諸公題句。

題疏影軒遺詩

國史箴得失，風自閨門始。即以女子詩，不外無邪旨。莊姜共姜篇，秉心貞義矢。下暨許宋思，亦各關倫紀。何至唐晚什，光威聯綺靡。徒涉景事工，寧論誨言砥。正變所以分，興觀化攸啟。閩中何恭人，五言首咏史。繼以勗兒作，寄舅兼懷姊。既殊香奩豔，何嘗玉臺擬。弗取巧縟評，或漸風雅企。寄語采風者，庶於斯編視。

王午堂都諫八十壽

記對匡廬祝願申，澹交石墨性情真。七言宿諾能傳信，三友前盟果結鄰。昔在南昌奉贈三友之句，謂公及東峰也，今得與公及梅舫廷尉年皆八十。詩有雪梅閑氣味，人如松鶴瘦精神。罄宜百福胥來萃，正合年光臘近春。

羅浮道士寄贈古藤杖諸君爲賦詩

右攜筇杖左人扶，放翁嘗嘆衰至此。放翁時年七十七，散步江干興未已。尚憾杜陵少行立,偶托扶筇聊徙倚。坡公雖答安期贈,高筇仍將樂全比。我今衰老不出戶,左腳病來難舉趾。高人何意被知覺,醉墜儼同勞問視。分霞嶺凹百節藤,一條拔地輪囷起。紐作仙壇竹葉符,欲伴栩鬚花蝶使。四百峰頭曠莽懷,五十年前佇神理。驕榮多欠三洗伐,慧力儻憑七發啓。諸君助我長嘯聲,滿襟詩思瀹煙水。佟說披雲采藥苗,欠伸初未移窗几。爾自葛陂學變化,我愧青藜照文史。那矜掣電蒐四壁,且乞寒芒鍊五指。削成一束瘦草書,還寄山中老道士。

周鞠人看山讀書樓圖

打破畫家圍,看山逸興飛。此間論楮墨,空外得精微。坡老參禪偈,莊生杜德機。一窗青四壁,那借軫絃揮。

復初齋詩集卷第六十九

石畫軒草十二丁丑正月至六月

米題藥洲石歌寄趙篴樓

雙門銅漏仙湖蓮，玉虹夜夜森垣躔。光動訶林三佛號，米家月貫珠江船。我借竹間聽秋雨，廿五字搊漚波圓。書名初從兩已背，晉法欲過熙豐前。寶章待訪季春始，那必傅合淯洭年。方孚若記久闕泐，蔡天啓志猶疑焉。易堂之書亦失考，淯洭臨桂孰後先。寶藏繫銜書博士，石丈特借留題傳。米書正楷世所少，鶴銘偶共芝與宣。東林嶽麓北海擬，獨此腕力兼雄妍。雲壑北固所未到，淨名異氣橫江天。升卿名附蔣題得，張升卿公翮又見拜石旁，蔣穎叔元祐二年題。奇絶趙跋觀詩篇。又仙掌石上嘉熙己亥清波趙時容題内，亦云觀米南宮詩刻。藥洲九曜此其一，仙掌半欹榕根纏。記倚蓮漪度面勢，十夫舁致語老錢。辛楣。日銷月鑠蝕煙雨，曷若覆護苔花磚。蔣子憐余渴信誓，趙侯惠爲新檐椽。海嶽庵基瀹雲起，硯峰六六青迴旋。武陵花源重叩楫，鼎帖又來結墨緣。篴樓武陵人，故以《鼎帖》真本奉寄。五十年前宿夢踐，快睹大廈深廊筵。亭成我當書壁記，少霞銘果良常鐫。

蘭卿借蘇齋笠屐像並偃松屏贊卷集同人作坡公生日求賦詩

憐余老病難扶拜，累爾開筵筍脯加。欲借元詩添白集，故教松翠接鄰家。顴髯笑示金針度，笠屐來憑玉畫叉。試卜蘇門風格近，瓦盆消息候梅花。

莛鄰同日作坡公生日求賦

蘇齋室邐訂心期，臘雪前盟幾個知。憑仗莛蘭香瓣合，續編畢阮草堂詩。海天笠屐寥空外，酬放精微秘印時。水竹西陂麓臺卷，讓君勝踐兩兼之。昔嘗約梧門編輯從來作坡公生日詩，自宋漫堂綿津山館及予蘇齋並畢秋帆終南草堂、阮芸臺杭州蘇祠諸什也，宋卷王麓臺畫。

王煙客山水康熙己酉秋仿子久爲其年詞宗

婁東畫派論大癡，金剛杵現麻石獅。誰知一門透宗旨，祖印早已兼雄奇。國初四王噪藝苑，董華亭後繼者誰。司農雖推吳墨井，但取骨格超等夷。南北宗到石谷合，官奴付受先參之。重巒疊翠大開合，萬象吞吐圓牟尼。中峰提筆裘挈領，濃綠衆皴川分支。仍用富春大嶺意，北苑皴法何常師。暮年俊拔乃造極，元精耿耿神護持。却顧迦陵共命語，彈指笑却千熊羆。自有鯨魚碧海掣，肯以翡翠蘭苕歧。玉衡賦遲十載後，填詞圖未點筆時。故邀詞家共品鑒，使我借畫深論詩。楊風書亦嗣顔柳，玉臺咏漫風流遺。金門寺壁客弔古，坡老且勿西崐嗤。

高麗李六橋以寶翁名齋復以天際烏雲四字
自題齋扁書來求摹此帖寄答三首

萬里邀青眼，嵩陽夢海東。知君齋壁意，笑我蔡蘇同。墨妙孫莘老，緘題玉局翁。君謨小閣帖，夜夜貫晴虹。

金君寶覃扁，君復寶翁名。慚愧英光笈，低回海嶽情。烏雲紅日影，含雨照山明。石硯屏相對，憑誰畫得成。每屬畫家寫此句意。

昨酬梁李集，筵接雪梅看。春日添詩話，松屏共歲寒。西陂青結篆，大海紫迴瀾。阮籍蘇門嘯，聲來應鳳鸞。嘗欲輯宋漫堂以來作坡公生日集諸什爲一編，故並寄阮芸臺，知近日莛隣、蘭卿續舉此集也。

重題文信國琴詩後

山深雨響日瀟瀟，萬古琴弦答沈寥。浩氣猶然塞天地，非關騷些怨難消。

李松甫七十壽

桂林勝事豫章傳，松比精神鶴比年。歲月優閑成福地，煙雲供養浴丹田。萬籤篋擁跏趺坐，三品兒來彩舞筵。老杜詩名老彭壽，詞場合頌李臨川。

友人以靜海勵文恭自書詩卷來屬爲書重宴拙詩因題其後二首

自壽偏因和答傳，門生門下墨論緣。似憑北地遺山句，偶借南湖雪景篇。四律錫山同志勖，七言崑圃憶詩筵。意園上巳留觴咏，舊篋添來禊社編。此勵南湖先生雍正戊申年六十和答鄒泰和祝嘏之作，泰和爲小山宗伯師之兄，兄弟皆出南湖之門，今以南湖手迹附裝於尊甫澹園先生《意園修禊》詩草後。

四世詞垣積累深，米家書派事誰任。重榮宴忝師門接，萬卷樓陪侍坐箴。黃勵兩家交竹素，中轅一脈托苔岑。硯齋石記孫莘老，淡墨秋山夢手臨。勵氏世仿米書，入詞林者四世，近所少也，吾鄉黃崑圃先生受詩法於漁洋，方綱得因先大夫執經於門，繼聞餘論，勵與黃姻家也，十餘年前黃氏萬卷樓尚存孫退谷硯山齋帖石，今不知歸誰氏矣。

岱頂殘字石二片是蔣伯生大令手剔得之而王芷堂郡伯拓寄者朱埜雲爲作圖以寄之屬題二詩

野雲夢到天門上，惟見金泥起白雲。寄與笑吞丹篆者，孟韓而外幾人聞。

我憶曹南片石青，金絲墨響叩遺經。煩君并畫移碑卷，五色雲霞護廡庭。予因蔣君往山東致書陳中丞移《城武廟堂碑》於曲阜孔廟。

題野雲移碑圖兼寄陳笠帆中丞二首

真見氈苞席裏時，虞家勝伯幾曾知。大中祭酒應相許，不是重摹第二碑。

爲誰補證相王銜，《城武》刻誤以"相王"下加"臣"字。畫裏罩溪共笠帆。增入藝林金石録，野雲妙墨助開函。

莅鄰取予詩句作燈窗梧竹圖

笑我論詩處，焉有景可補。蘇齋容膝地，虛几冷牖户。而與二三子，縱談馳萬古。浩蕩極詞源，問涉津與渚。大海莽迴瀾，收之密絲縷。上求雅頌師，旁蒐傳箋詁。漢晉唐以來，法必衷諸杜。玉瑩變丹青，咀吮閟甘苦。發的聽弦聲，按節豈名譜。精微其如何，圓神印方矩。是有君形者，蒸菌皆尺棃。謝馮二圖後，悵結以延佇。松風響石銚，瓷甌起花乳。聞木犀香乎，蒲簾濕春雨。昔與謝蘊山、馮魚山論詩，蘊山作《對牀聽雨圖》，魚山亦擬圖而未就也。

又題二首

葉宋相期繼謝馮，左司沈趙句誰同。韋左司示仝真元常之作。對牀聽雨彭城夢，托寫蘇門學士風。

寫意何難得味難，工夫不在楮毫端。瓣香果許參丹篆，信誓苔岑問茝蘭。

阮芸臺將之湖廣總督任宿拈花寺覺性衲子來索詩題其壁兼寄芸臺

阮公持節嶽雲開，猶帶僧寮雪意來。半夜跏趺參唄頌，隔年屐齒濕莓苔。壁留江渚雷塘夢，詩借蘇齋鶴笛催。他日衡湘圖畫裏，芋爐記共懶殘煨。

錢梅溪癸酉春卜居常熟翁家莊即吾家鐵庵公故里也今來求詩二首

錫山卜築到虞山，紅豆春濃拂水灣。三載遥懷來寄訊，半生静閟得蕭閑。畫從烏目巾箱補，書倍遵王目録删。新起錢家金石例，綆深汲古許誰攀。

吾家司寇舊山莊，手澤璇洲記草堂。四世孫曾交有諾，_{鐵庵公孫企}
_{祖、曾孫建堂，音問疏闊二三十年矣。}廿年書問夢難忘。因君托訪鄉園近，似
我追陪几硯旁。重結梅花盦主拓，更添金罍富琳琅。

書周鞠人詩卷三首

襟懷欲向白蘇論，肯涉公安半點塵。萬卷菁華收攝得，無言方許
淡傳神。

淡無言處畫無聲，臭味深於古性情。未必蓮洋河嶽篆，王官果踐
玉溪盟。

意深梅鶴孤山雪，手把漁竿笠澤雲。更叩精微酣放義，相期橫筆
掃千軍。_{適以甫里、和靖二集求題。}

鞠人除夕獨遊拈花寺屬野雲作圖屬題

吾舊尋詩處，邇來屢題壁。衲子參梵唄，野雲寫泉石。周子意翛
然，尚恐未幽僻。畫作獨往人，於此歲除夕。先過覃溪齋，快賞坡詩
迹。虛襟古墨貯，縱目禪扉闢。樓下柳未黃，塔指峰遠碧。詩到淡無
言，昏煙晚寥闃。仍對覃溪詩，相謀阮公屐。_{咋寺僧乞予記芸臺宿此作詩。}
雪檻空濛思，鐘杵跏趺息。夢迴江南春，近即城東陌。憑窗來萬古，
開徑佇三益。

方忠文公自書憶釣舟詩草_{洪武丙子二月}

嶺南人家破牆出，何啻遺經響琴瑟。千秋木末亭上雲，長護先生
此奇筆。我昔追摹溪喻篇，道心活潑機洋溢。矧此釣舟大行草，浩氣
陰陽來雪帥。一縷元精照天地，萬丈虹光走虛室。何人壁藏秘至今，
四百年餘未磨失。不忍輕同翰札論，惟有遺聞略堪述。華亭昔記公
祠廡，裔孫復姓名還佚。徐公斷臂脫娠身，_{浙江僉事徐公安善奉委收方氏族，}
_{脫其娠婦，事發斷一臂。}別寄民家匿蹤迹。浦江記載到松江，亢宗之慶傳
聞密。及今快說孤忠報，尚憾華亭未殫悉。煙煤寸尺配河嶽，惻愴蒿

焄薦芬苾。斯文一踐儻在兹,耿耿日星以爲質。

送譚子受之敘州同知任二首

家訓即箴銘,江源補水經。以尊甫遺集並所著《四川水道記》見貽。川涂憑叱馭,詩義記趨庭。繾綣蘇齋語,商量杜法聽。琴心弦指外,響合蜀山青。偶與論杜詩數篇頗神契。

廿載關津話,同岑復幾人。昔與尊公同扈蹕時事。盡收書劍氣,澹對性情真。雨濕檐花夕,雲開驛柳春。世家忠孝托,繼起作名臣。

樂毅論海字本

宋人最重海字本,缺角石想唐時鐫。高紳學士役車得,秋空砧響聞清圓。緘之文木束以鐵,趙郎官遞徐郎傳。淳熙之中順伯録,石膚已漸薶昏煙。夢溪姑溪所稱述,妙絶品孰歐梅先。石熙明家趙州石,取影尚及宣政前。馮承素輩迹已邈,元祐秘閣文猶全。全者梁樞緬支系,押尾名識异與權。豈知重開派別出,廿九行又紛鉤填。牧民信既改其半,宋末重刻本"牧民明信""明"字右月内作二點。莒即墨僅留一編。"縱二城","二"作"一"。停雲館偶末行脱,叩以海字仍茫然。王青羊本章藻勒,陸醫士並何髯詮。魚尾波説永興擬,疏瘦字骨工難宣。精華誰云近銷乏,壓吳廷笏層萬千。何況鴻堂雪堂刻,褚銜杜撰嗟可憐。豈惟那董揚不棄,洛神尚勝藏荆川。上追官奴付受緒,肯逐圓熟争流涎。潁上誰教竊典故,秣陵小説得井邊。周越《法書苑》與《姑溪集》説异。

郭天錫書圖畫見聞志

郭天錫寫郭若虚,是乃郭象注莊歟。上稽繪象追有虞,考工布采爾雅圖。下援唐宋意匠殊,山水竹石逮禽魚。變幻仙佛神夔魖,城郭器物橋亭廬。丹黄黝緑粉墨鋪,以次鑒賞兼藏儲。作者情態如可呼,北山詩客家丹徒。了公竹院窗影疏,米顛虹舫招倪迂。蘭亭卷又快雪摹,捲盡象岡牟尼珠。百家相遇於古初,一卷借鈔史與俞。甘泉坊憶俶宅居,何如日臨松雪書。

張貞居自書詩草二首

詩成肯付小胥鈔，手擺嚴雲護菌巢。試借吹笙通鶴夢，壇碑舊館問三茅。

已字山銘蔡少霞，神廬內景養黃芽。拈毫卻下虞公拜，丹篆符書更幾家。

咏瓶中芍藥

西郊畫壁旗亭句，又到山陰棐几邊。水泛玉盂香乍滿，翠圍金帶夢初圓。階翻宿雨仍春信，欄倚新晴冪午煙。誰記豐臺帘舍影，濛濛卻借膽瓶傳。

趙希遠山水二首

何年苕雪兩溪上，淡寫香光居士圖。爲訪異書披洞府，能傳逸思到江湖。

杜老柴門泛月時，兩三人共野航詩。閑雲扣楫相招意，宿約尋山幾個知。

周忠介手迹二首附同時諸人札

俊顧廚兼黨籍論，誰如璘禍弔湘魂。編餘故紙淋漓氣，多少江湖血淚痕。

賸來詩話付江東，文舅姚甥尺幅中。松癭閑庭門客語，只應夜月照秋空。

黃石齋暨蔡夫人手迹合册二首

大滌蓬萊寫洞璣，誰從象正叩精微。撇波圓曲奎躔影，電掣虹流認又非。

深閨不二偈禪參，合什焚香共一函。墨妙正同觀彖繫，何須更仿衛和南。

王元章墨梅

此即元章草書法,紫氣干將光出匣。瘦蛟臥脊勢盤空,冷逼溪雲吐山脇。會稽王家草破正,空濛煙雨傳江峽。洗硯池頭花乳石,篆意橫斜寓穿插。向來未共藥房論,友石齋來仿行押。松風亭下夢羅浮,翠羽千峰動鱗甲。

野雲爲雲谷畫扇

數峰煙外隔斜曛,遠翠濛濛淡不分。只有梅花開半樹,硯池冷結一溪雲。

劉完庵天池圖卷

長洲劉珏爲茶鄉先生畫贈慧上人,有弘治丁巳吴匏庵記並詩,又陸宗勉、文宗儒、沈石田諸詩。

天池石壁非橅型,直造大癡之戶廷。吴茶鄉爲慧老贈,完庵筆力馳滄溟。弘治丁巳季春半,四五客共篋輿停。吏部東廂寫書手,禪宇偈記憑窗櫺。温州太守未之郡,茶香居士甫壯齡。匏庵侄奕字嗣葉,號茶香居士。是日露衣冒山雨,油傘十里來支硎。徑尋玉枕秘笈處,上有千葉蓮華青。懸崖峭絶不可上,意到雲外團茅亭。盎盎平杯下霄漢,削起當面橫翠屏。天平俯挹萬筍笏,東西控帶兩洞庭。石林蟠根連地肺,飛閣静轉風輪鈴。老僧不爲迂遊客,嚴開自誦止觀經。借畫留山當説法,淋漓墨濕通真靈。匏翁一家接蘇學,季孟尚欠山卿銘。茶香無詩。軸來三百廿載後,何啻賡和陪短舲。展向蘇齋硯屏側,巾箱五嶽來真形。李少翁乞縮地術,偷桃兒儻法語聽。卷還琴几作喝答,松風石澗泉泠泠。

馬遠畫

無款無印,前題云"小麥青青大麥黄,新鵝乳鴨滿池塘。斷橋曲港深深處,蚤有人家煮繭香",外籤"宋高宗題馬遠斷橋流水圖",此畫實是宋人筆,謂馬遠亦可,然謂高宗題則非也。

荒畦幾稜去聲。寒雲外,曲折溪流擁蒲秆。人家蟹舍煙雨間,煮繭梯桑蠶子曬。鳧雛踏亂溪水聲，灣轉斜陽極山背。畫史當時不署名，江鄉節物候陰晴。畫院偶同工執藝，禮圖儻借爲催耕。馬侍郎作豳俗卷，又添去日秋陰争。

送張南山還粵東兼寄黃香石

惠寫蘇齋壁，遙題嶺海樓。緘懷香石子，書到穗城秋。北上重祛執，南園一氣酬。儻因蘇問杜，不負藥名洲。

送黃仲實歸都昌兼寄吳鳳白

弦歌言子室，因得識澹臺。古邑千秋感，東陽八咏才。一經陳篋叩，兩世戴編開。欲問虞公迹，重鐫剔石苔。

村牧圖

澗曲空涼得晚晴，斜陽屋背遠山橫。水風半捲宵來雨，送到前溪牧笛聲。

呂翔仿黃鶴山樵松溪高士

松溪高士爾何人，然否香光自寫真。收取淋漓苔石氣，正從未潑墨時論。

國學蘭亭後歌

手追此帖五十春，摩挲鏡檻歲在辛。日量石鼓叩篆法，此帖孰自尋源津。或云周臨或云趙，或疑薛刻徒紛綸。泐餘畫剩細絲髮，欲問筆蹤難見真。時爲冑衿講筆正，但懲纖媚傷渾淪。今見四百年前拓，初非僅以纖媚論。舊聞姜跋落水本，彝齋八字盟未申。山陰龍跳虎卧勢，蘭渚鳥語花開辰。肯以後來石刻例，俗工漫許能傳神。崇山三點既茫昧，敓正之秘誰與陳。周伯溫那丹篆夢，趙松雪漫工效顰。薛家親見中山刻，睨柯詎等杝析薪。恐出宋後坊賈輩，聊試板樣登貞珉。薛家重刻竟安往，遊相百函空結鄰。東陽上黨石尚在，或可與此同稱珍。若居潁井別派上，質厚尚足驚凡民。終然定武支裔系，屨不爲賡奚斷斷。笑憑吾家小孫女,寒窗披豁林吉人。吾孫女日臨林吉人跋者,即此肥本。

史忠正贈戴鍊師歌墨迹

碧血丹心在,刀圭大藥傳。星辰來翰墨,忠孝即神仙。蓬島非煙霧,邗江蕭豆籩。此歌留正氣,萬古鏡長懸。

羅兩峰仿松雪元章作二色梅爲周鞠人題二首

縞衣綽約春來瘦,風節嚴凝雪後寒。須識澹濃非二筆,會稽句並雪溪看。

兩峰歲歲蘇齋壁,墨點煙橫臘雪殘。君到吳淞傳此意,對花真作故人看。

玉亭求題扁曰白齋

阮翁句説嵇翁並,昔徐東嶷號嵇庵,王漁洋詩有嵇阮之句。何似蘇齋寫白齋。舊雨一燈圓宿夢,新詩萬里寄同儕。香山風味馳緘答,洱海雲嵐對榻懷。信誓東吳顧文學,聽鐘禪偈共茅柴。

贈顧南雅

南雅今詩伯,因懷葉宋吳。矢音争膝理,箭括妙鎦銖。疇昔商量意,精微匠契無。近聞琴鴟子,扁宰亦名蘇。居孟昭君之詩弟了。

今科新進士來謁吳鑑庵子其濬一甲第一人吳榖人子清鵬一甲第三人賦贈二詩兼呈儷笙閣老秋農侍郎

斑管去年題祭酒,去年寄懷榖人,用漁洋"斑管題詩吳祭酒"之句。今晨青眼悟嵩陽。緘函正味篇應續,頃榖人以所著《有正味齋詩集》見寄。文獻中州話更長。詩禮一門添世學,山川合氣借鍾祥。卜鄰蔣徑淵源近,喬梓成陰記玉堂。前科蔣丹林子一甲第一人。

趨庭彩筆宴交歡,聖主恩深正拜官。鑑庵蒙恩賜秩。槐砌金花承冑監，_{一甲三人於國子監釋褐簪花也，穀人時官祭酒。}蘭階玉樹接宮端。_{鑑庵長子美存時由詹事擢閣學。}文章矢報憑初素，忠孝培根勵寸丹。慚愧老夫昏病眼，雲霄揩拭硯池看。

烏程王氏寶鼎精舍古磚文册

朱老昔題寶鼎磚，對起雙螭凸磚面。朱題以考孫吳事，陶瓴工兼繢工擅。寶鼎年即西晉初，漢晉之交篆初變。此磚名重此精舍，吳晉良工埴成卷。朱老徒執螭文疑，斷斷甔隊區堂殿。五鳳魯刻石非磚，曲阜廡庭朱未見。近乃阮藏磚五鳳，竹房吾衍銘爲硯。阮制軍與張孝廉，各以八磚目精選。天册磚留黃掌痕，亭長磚餘畫形昒。此皆妙出雕鐫巧，建武邯君宅奚羨。元康磚側細鱗活，芭堂贈我光迴旋。芭堂雪廬諸著録，日剔苔花珍鼎甗。我補晉紀元康年，何用西京古徒絢。_{此内元康元一磚是晉惠，非漢宣也，《晉書》於《惠帝紀》失書元康年號。}庚庚橫理拊垺起，反寫誰摹官墼倩。意到山陰保母前，飛墮吉祥雲一片。

朱子名印敬題

葉生篋奉公手牘，使我瞻拜公名印。牙鑴二字螭紐文，氣作日星河嶽鎮。士皆誦讀孔孟書，甫由章句針車認。逮深考辨擒才藻，嗜博蒐奇競旁訊。漸馳異説忘本根，掘未及泉空井軔。敬之敬之方寸間，得門始識宮牆峻。從來文集詩册端，不敢書名昭敬慎。即看兩字篆文紅，收盡六藝經腴潤。雲臺雲谷手題處，咫尺廡庭端笏搢。_{夫子自號雲臺真逸，又號雲谷老人。}葉生不敢名號題，_{葉號雲谷。}函開拱揖賓朋進。儼承灑掃俎豆旁，馨欬尚想鏗聲振。寶之勿作宋篆論，萬古津源此傳信。

蘭卿裝予重宴詩册屬題

定許蘭卿接礪堂，遥追崑圃説漁洋。藝林他日傳詩話，始信蘇齋氣味長。_{昨蔣礪堂裝此屬題，予以將來得預重宴期之也。}

文衡山山水卷二首

細沈粗文並壯年，我因寱想褚書妍。同州雁塔争摹石，可及西堂著録前。

淡墨蕭然草閣扃，江灣氣合衆山青。兒孫世積延長澤，此是文家相畫經。

乾隆己卯予初奉使於定遠驛館夢硯池有光作一台字醒而異之後爲謝蘊山題蘇潭扁辛巳謝蘊山入翰林擬以此賦贈而未果也其後按試廣信於上饒南巖得古篆應谷二字因有文字之祥致斯應蘇門響答謝子潭之句蓋以坡谷詩盟踐蘇齋之契合也今又三十年而上饒周湘皋入翰林賦此致賀兼呈儷笙

上饒應谷謝蘇潭，谷應蘇門續筆談。經術幾人憑澈鑑，詩盟今日笑開函。三千里外初占夢，十九科來接盍簪。辛巳至今丁丑，凡十九科，蘇齋所得士改庶常者凡三十人。合入冰壺台鼎照，不虛驛壁記江南。儷笙今科主會試。

題同年梁山舟重宴詩册

恭逢重宴懷梁顥，每過斜街感鄭虔。前輩黃秔皆有作，新詩姚趙竟無傳。記麻虎楷同臨習，惜鐵幢兄未並筵。文水馳緘曾寄語，江頭尊宿望如仙。山舟與令弟鐵幢二兄皆吾丁卯同年，又同年文水鄭東侯與山舟對門寓楊梅竹斜街，予每過二君齋同臨習麻虎緰譯楷法。麻虎，國書名手也，東侯亦庚午重宴鹿鳴，而癸酉姚姬川、趙雲松重宴之作屢訪之至今未見，前年寄鄭東侯詩有"江頭遥望雙尊宿"之句，謂山舟與其夫人皆年躋九十也。

以詩催石士訪拓停雲樂毅帖二首

元祐高紳本，停雲共墨池。文家章氏脈，今日幾人知。甲乙編書課，丁寧告塾師。馮摹僞褚者，踵謬到何時。世所習者快雪僞本耳，不知《樂毅論》真石惟全文在文氏《停雲帖》，此元祐本也；不全者在章氏《墨池帖》，此高紳本也，二家刻此亦不知所自來，愚始辨之。

章刻已重翻，文家石尚存。錢劉傳最久，蕭阮道彌尊。晉法憑津溯，梁橅見本原。竟須裝萬本，藝囿冀深論。此石自文氏歸常熟錢氏，又歸武進劉氏。

次韻答儷笙閣老兼呈巽泉閣學暨新庶常諸君

老馬筋力衰，敢自矜識路。但羨鸞鳳羽，翩集朝陽樹。卷阿盛中天，群材慶知遇。台鼎冰玉鑑，寶珠珊網慕。川嶽聚精英，日月瀛壺駐。分光到蓬户，答拜慚蹇步。叨承采芻言，諷禮戒遲暮。歸昌揚其音，攬輝頻下顧。仄思寡陋席，何以副簪屨。煌煌東壁府，馳驟非虛赴。藝林深根柢，詞場函雅故。古者士相贊，忠信爲托付。實學即官箴，博綜匪旁騖。經術日耘耡，雕華漫月露。玉河館舍開，堂阼春風煦。紅氈讓右階，詞館尚右，西臺尚左。髦班疏附。絳帷來和篇，黃閣先得句。補題敔器圖，庶常館後堂有舊畫《敔器圖》，壬申入館時與錢籜石同賦詩，後十二年予教習庶吉士又題之。延暉喬雲護。延暉，儷笙書室名。增入翰苑書，永荷鴻鈞鑄。所以行序推，儀吉占鵷鷺。

蘭卿屬友寫去年崇效寺看花圖屬題

丁香花事叩僧廬，白紙坊南約並車。卷識禪人拈笑處，智朴《紅杏青松圖卷》。話憑詩客手栽初。寺僧言丁香漁洋手植。西廊雨過春陰淡，古木茶煙午影疏。趙宋孫來圖軸否，靜觀誰記孟津書。順治丁亥端陽後王鐸書"靜觀"二字扁，趙輨退、宋玉叔、孫牧先三君子同來。

王覺斯山水軸

自題云"閱大内畫七萬六千軸，惜無好絹擬其尤者"。

張苧村推孟津書，書家不羨董思白。今觀此畫傲倪迂，奇創相矜戴道默。自言閱盡七萬軸，浩浩天機來筆力。不得好絹試摹臨，捲軸吮毫三嘆息。此題細楷不著年，琅華館帖空鐫石。孟津楷以古見奇，此猶於古非臻極。然其閱盡在晚年，正與道默接几席。蕉林北海亦並時，硯山琅華對秋碧。爾日商量心得語，下上原委馳高格。若皆古楷記録之，使我見爾真顏色。淋漓巨嶂元氣收，咫尺蒸空翠來滴。畫禪禪偈竟如何，此意溟濛傳不得。

海寧陳文簡八十自壽詩册次儷笙韻四首

賜第師筵記壽觥，乾齋句繼丙齋虔。低回老董傳家語，每伏青蒲念父兄。末七字文勤師告歸時留別句也，乾齋閣老、丙齋少司寇，皆文勤伯叔輩。

不署銜名印杖朝，"杖朝伴食"四字印。委蛇退食想丰標。依依禁直丹心在，敢邃溪山勝侶招。辛亥八十，後二年予告歸。

街西舊話補香光，禊帖三行叩海昌。夢借太邱星聚影，棐柎削竊會稽王。海寧陳氏、華亭董氏，姻家也，董文敏藏褚臨《蘭亭》卷質錢於陳氏，而董割留其"盛"至"盛"三行，陳氏刻帖遂闕此三行。昔聞查映山購此三行於篋，屢叩借看於映山之子，云失去矣，至今耿耿於懷。

屈指延暉慶八旬，曹倉稠叠紀恩綸。礧堂句踐瓊林宴，俱是蘇齋著録人。昨蔣礧堂以予重宴詩裝卷屬題，予有詩期望礧堂重宴也，故因題陳文簡八十壽詩致望於儷笙耳。

廟堂碑移植曲阜聖廟同文門下敬歌以紀

孔廟虞碑迹久失，初非筆勢趨彎圓。此石元時定陶出，所祖本在陝石前。諸家著録弗詳考，或以瘦細疑鈎填。多年城武廡墙下，日銷月鑠荆棘纏。竊嘗手拓爲辨證，借以遠想貞觀鐫。唐初藝苑盛文藻，諸儒尚及師説沿。瀛洲學士校讎日，孔疏陸釋相差肩。北堂書鈔典籍在，西堂書目星辰懸。山陰猶存璞玉矩，歐褚宛合形神全。何至重摹滑軗側，競謂虞法圓機傳。有如宋後改詁訓，漸滋空議薄傳箋。方今聖人崇實學，六經日月光中天。此時此碑移曲阜，如對泮藻鷺聲宣。班諸乙瑛韓敕側，肅肅俎豆森堂筵。中丞陳公敬將事，正值榱桷新修虔。昌黎作歌比郜鼎，石鼓恰與論墨緣。按《春秋傳注》，郜鼎正是城武縣也。周官禮並嘉祐篆，大運帖非王著編。怳追會稽内史印，來聽魯壁鏘管弦。

石濤山水卷

閻浮一漚影，參透苦瓜禪。幻藥方諸滴，牟尼象罔傳。小團蒲結法,四大海迴旋。面壁層青合,秦箏即響泉。

儼笙閣老巽泉閣學同韻之作裝卷題二首

三十科逢三十賢,壬申至今三十科矣,中間所得士人翰林者三十人。今看台鼎領群仙。新詩並出皋比席,舊韻如賡侑坐篇。豈止風騷徹原委,要須忠孝勵班聯。金針玉尺相劘切,始是森嚴對木天。

翡翠蘭苕碧海鯨,鈞天九奏鳳鸞笙。和聲依永皆言志,居業修辭在立誠。劉井柯亭聯步處,杜詩韓筆寸心盟。卬須萬頃文瀾闊,多少沿洄佇望情。

宋人馬融後堂絲竹圖

安昌後堂記戴崇,淮陽特著彭司空。馬季長亦後堂宴,夾坐絲管鏘房櫳。生徒問字鮮入室,絳紗帳隔煙霧蒙。爾時鄭元與盧植,想持箋傳來折衷。賈逵鄭衆精且博,三禮三傳孰異同。史家但以奢樂紀,畫手亦摹弦律工。自坐高唐陳列女,賦就長笛吹鐘籠。宋時畫苑作題目,意以道學區絲桐。坡老不免戀聲色,亦從侈寫弔渚宮。此特季長一小節,詎以貶損傳注功。彭宣戴崇各自得,鄭盧肯以私廢公。廣成頌壓西第頌,何害經訓兼博通。畫苑借題聊爾耳,勿執粉繪論馬融。藝林終當並馬鄭,附諸肆雅弦歌風。

米海嶽墨迹

余廿年前別俞禪師、張長史,今歲仍得見於越上,長史遂出此,
展之可愛,成佳物也,主者寶之。芾頓首跋。

雍邱榻對坡書後,奇氣軒軒海嶽庵。長史廿年重對賞,已知晉法出青藍。

吳閑閑釋中峰二墨帖

閑閑詩題華陽洞,中峰偈似潙山禪。我因恍見趙虞迹,書符答頌山扉間。一洗龍虎鉛汞氣,豈作豎拂橫機看。書家行雲活水勢,畫意

柳葉蝗描傳。夢到匡廬武夷曲，寄之茗雪餘不灣。中峰語録看雲集，一縷篆起跏蒲蠋。消納諸方文字業，請參松雪與道園。

題儷笙所裝拙詩卷

科逢三十記淵源，五狀元兼七會元。五狀元者，錢湘舲、石琢堂，及己未、辛未、丁丑三榜也；七會元者，錢湘舲、錢裴山、顧名珏、馬名有章，及己未、辛未、丁丑三榜也。曹咏曹倉來爇篆，蘇齋蘇室共蘭言。白將返黑新歡倍，藍出慚青舊句温。迴憶江頭台字夢，千篇難繪聖君恩。

題花洲畫卷二首
嘉慶丙寅初冬，萬輞岡爲曹儷笙尚書作。

秋渚商量畫稿遲，乾隆己酉冬，予自南昌滿任，萬生仿元人畫《秋渚卷》贈行。樹陰又近廿年移。多憑擷秀深於昔，更借論文識所師。迴首東湖南浦夢，盟心山谷道園詩。荷香水翠涼雲影，似我尋碑晚眺時。予訪南昌金石，惟於百花洲得唐乾德五年林仁肇鐘銘。

陳園水木小橋東，新城陳氏園在百花洲旁，今無知者。一碧西峰倒影中。持節壁題懷太傅，百花洲亭壁有乾隆丁卯錢文端公詩刻。尚書家學溯先公。儷笙尊公文敏尚書乾隆辛卯視學於此。每追犧棹金樽緑，倍憶開轅蠟炬紅。今日台垣開畫卷，冰兢鏡檻寸心同。

復初齋詩集卷第七十

墨緣集一丁丑六月至戊寅正月

集取墨緣，以果得移《廟堂碑》於曲阜廟庭而志喜也。

玉亭制府晉協辦大學士寄賀

主恩優渥勵丹心，台鼎光輝照苐陰。長若薇垣依北闕，豈惟藝苑繼西林。鄂西林昔以大學士管雲貴總督。從茲綠野平泉句，普遍蒼山洱海深。更倍勤民宣化切，南風薰答舜弦琴。

莅鄰作種瑤草圖屬題

吾聞芝草無根、醴泉無源，深山自長青琅玕。世間美瑞此麟鳳，同心臭味結茞蘭。登之玉堂貢天闕，豈假寸尺荄萌看。奇葩異種不世出，金柯玉蕊衝杓躔。或云仙家秘芸圃，月斧誰苗桂子丹。方諸幻藥事本誕，欲叩真宰嗟其難。少霞山卿勒銘處，翠莖九節根千盤。縫雪元雲爲擁護，貞心肯受暑與寒。報答山靈醞釀意，孰喻因篤栽培端。無栽種法有養法，日夜相與尋本原。山中舊盟儻問訊，桂旗蘭幄笙簫間。五雲閣吏敢承記，中宵默誦黃庭篇。百千燈光一川月，定影處處珠胎圓。

岳東伯寫生卷

漳餘秦餘大古春，今雨舊雨誰見真。山中澹無酬對侶，只有石檻老瓦盆。平生笻笠遍江海,硯池名嶽堆嶙峋。茶煙篆起作飛雨,苔岑一氣蟠香雲。此即瑤華托緘素,煙中月下還水濱。試問次山篋中集,何如林宗折角巾。

儷笙和予白齋之作因論白詩兼寄玉亭協揆

白蘇齋漸啓鍾譚,初白庵應踐白庵。誰接朱多與王好,我懷錢七及胡三。櫱石、雲持。教涵廣大非流派,酣放精微乃指南。可泥蘇州刺史句,左司方許偈禪參。末句爲漁洋論白詩發也。

元人耕稼圖二首至正癸巳二月忽哥赤敍

樓攻愧卷虞公頌,稼穡艱難勸相時。指説東西門壁記,農官十道係分司。

忽哥赤敍太師陳,幅幅江南井里春。玉粒棘抽來庾億,楚茨可是繼豳。

倪雲林詩草元人寫二首塗注依原迹

次端明韻次奎章,兩字曾看注在旁。見雲林題坡書并和虞奎章詩手迹如此。記借推敲風味在,霑來茶鼎藥爐香。

改詩笑例杜詩攀,老去矜言律細删。正似硯池移淨訖,洗梧桐又洗盆山。

葉生所藏岳東伯寫生卷是其先文忠公所藏文忠手題
在焉又其家有今雨齋復求題此

今雨盟來今雨齋,臺山淡墨寫遥懷。窪尊棋墅星虹氣,又到珠江穗石涯。"窪尊棋墅",朱竹垞品葉臺山語。

焦山鼎歌爲茝鄰題

梁子篋拓焦山鼎,鼇峰孫貽林鹿原。鹿原細楷識於後,鼇峰藏弆名尚喧。徐興公藏書國初尚存。前數行書亦不俗,恍見王鐸來梁園。望歲莊農施中題。鼇峰舊推鑑藏富，記與幔亭同悇言。閩江寧周幔亭說，焦山鼎文舊拓徐興公所藏最善。今觀此是寺石本，乙巳摹者程崑崙。康熙四年程康莊約程邃重刻。新城二王賦詩日，汪序朱跋爭考援。此拓固非鼎腹本，此鼎實惟贋迹翻。宣和呂薛王俅錄，鐘鼎盉卣觚彝尊。孔悝銘追召虎拜，縮綍用享垂子孫。未知司徒南仲字，何時久蝕煙雨昏。歐劉昔釋林華觀，漢鐙篆尚徵引繁。何況周京審名氏，無專世惠棨籥捫。垢道人稱鐫篆手，豈肯謬賞鯤鵬騫。牛空山又縮本繪，瑉石底借充璵璠。六書八體原委測，三吳七閩文獻存。區區儻托古法物，寥寥真意驚海門。王朱汪輩遺集在，鹿原試共鼇峰論。及今藝林正文字，庶與螺扁窮荄根。西樵詩爲鼠輩作，猶勝阮亭貌胚渾。多年此事未釐別，江水日夜雲濤吞。

贈李蘭屏南歸

蘭屏兄弟蘇齋話，不羨林家蘭話堂。千里趨庭留繾綣，六經瀝液共商量。茝鄰圖畫推鷰掖，薇省詩篇起雁行。傳語江南摘藻客，誰如丹壑繼漁洋。

再題焦山鼎銘釋文後三首

竹垞取譬甘泉瓦，瓦篆曾無一筆訛。剗敢岐陽追石鼓，歌詩不類竟如何。西樵、漁洋詩皆擬之石鼓。

兔園册子積塵編，古學淪將二百年。甫及昌辰親訓故，後生且勿議前賢。王朱諸老輩尚承明朝人積弊之後，乍難精審耳。

於今雅頌盈天地，藝苑咸知叩本根。更要闕疑精審訂，解經慎說顧南原。顧南原作《隸辨》，云吾將以解經也。

答蘭卿

紉佩依依問鶴田，茝蘭款款締盟緣。誰教瑤草無根咏，譜入江梅結實篇。嘉樹角弓封殖願，石帆魚子羼提禪。敢憑吹澀寒竿處，夢到

然燈授記前。<small>來詩以何端簡公《然燈記聞》爲問，又取山谷詩語鑴印。</small>

瘞鶴銘粵東重刻黎瑶石本

南園誰續粵風餘，殘墨遥尋海島廬。尚借篆銘翔鶴侶，欲追繭紙換鵝書。題名米芾摹應補，仆石張弨剔已疏。想像華陽真逸字，玉煙堂本較量初。<small>此本較今拓本多“華陽真逸紀也”六字，而張力臣所云仆石下剔出六字則已有之。</small>

題蘭卿小印檀二首

結實培根梅子喻，蘇黄卷裏托平生。雲龍韓孟追從意，却付金農寫篆盟。<small>以金冬心篆雜説印記之。</small>

蘭話曾教比兄弟，<small>昨取林同人、吉人以贈令兄蘭屏。</small>蘭成忝得接師生。<small>予與蘭卿皆十五歲中鄉試。</small>囊中盥露薇垣硯，秘閣論詩記舊盟。<small>昔在直廬，與校理檢閲諸君聯咏，有《秘閣唱和集》二卷，内閣票本小硯嘗以八分書題曉嵐檀檀曰“薇垣盥露”。</small>

題王百穀自書詩草<small>隆慶戊辰</small>

昔聞文家派，藝林接長洲。後惟青羊生，不數彭陸周。觀此手書詩，二承其匹儔。何用解嘲作，戊辰南歸舟。衆誇牡丹唱，薇垣殿螭頭。劍雖徐君擬，鋏肯馮驩求。孰若放江湖，脱屣輕王侯。七十春鶯宴，裙屐弊風流。嘯傲越女白，憑陵燕臺幽。山房玉磬響，然否半偈酬。豈止杜季良，借品馬少游。艱哉翰墨場，如此勞蹇修。即兹企鮑謝，頗亦窺虞歐。未知衡山傳，誰補王弇州。

街東新居

幸荷故人分禄米，粗成營構草堂貲。捻書問價貧何有，蹇步移牀病不辭。銘就羅浮雙拄杖，押來海嶽半庵基。剛憑鳥語新簾捲，又借鷦巢卜一枝。

再題張長史郎官石記序

十年前借白詩評，鑱迹弦聲笑拈取。十年後却重借看，至竟無人作轉語。楊監草書雖有圖，裴儆竹院寧無譜。平直均密於何辨，結構分明快應睹。蒼茫但取神古逸，波策如何傳匠矩。借問羊薄窺山陰，陸薛焉從得虞褚。徒使王家大小美，輕將貞觀虞書伍。文必西漢詩盛唐，七子同時論接武。仲蔚眼空僧醉草，弇州香瓣尼庵主。非無高識邁古風，且慎卬須叩津渚。震澤手題先誤會，<small>王文恪援山谷無轍迹語。</small>月峰瞻企空延佇。<small>孫月峰跋弇州諸藏帖而未得見此。</small>昔賢精靈炳天壤，郎署班行羅石柱。中吳紀聞那區別，西河劍器無今古。大匠豈吝斤削痕，羿彀誰明正鵠所。采齊肆夏翔步間，佩玉鏘鳴節宮羽。從宜從序昭律度，象緯文明森會府。長史此書在暮年，東吳逸氣何修阻。更莫傅會山谷論，或得附諸懷瓘估。宋生多年篋秘之，友石鐫竟鴻堂補。重須弇州香瓣處，晉法商量去幾許。<small>友石齋將於江南購《孟法師碑》也。</small>

率更書九歌殘石爲葉東卿所得

龍眠嘗作九歌圖，率更之書罕著記。四十年前劚地得，豐潤潘侯初拓寄。秋盦黃九對榻論，歌章存五闕殘四。末有率更書繫銜，題首今俄空八字。率更細楷世已少，尚勝姚恭隨舍利。峻崎雖仍唐界格，清逈猶含晉餘意。儣追千文東壁鐫，等價心經白鹿寺。溳陽石今漢陽齋，葉子購之珍篋笥。葉子讀書城南坊，猶得都門論故事。都門舊訪淤泥碑，枉入亭林金石類。<small>城西淤泥寺歐陽書石刻非真也。</small>何人傅會享用休，牛鼎篆銘喧邑志。<small>乾隆丁酉豐潤縣掘土得牛鼎及此石刻。</small>東皇帝子浩揚靈，呦呦焄芬曖幽異。神光離合惚恍間，矩曳規旋筆鋒備。豈惟石墨難代補，題後還應汗滋愧。醴泉化度試尋源，孰是先河第一義。

許道寧山水軸<small>董文敏題</small>

涪翁把卷佇方將，摩詰家傳共品量。冉冉蒸雲畫禪室，早曾親見墨淋浪。

劉芙初母八十壽

萱堂慈竹祜培根，八帙筵開積慶門。豈比尋常稱壽母，早看閥閱出名元。歡承累葉陔蘭什,拜酌重陽釀菊樽。更借長春暉照永,籌添海屋蔭詞源。

題　畫

放翁千首訪梅詩,未說溪橋策杖時。意到前村殘雪外,酒帘斜月挂橫枝。

答周生

杜陵詩問玉溪生,菜几齋誰六枳盟。儻借雪坡論篆隸,蓬萊閣石認熹平。

贈蘭卿

謝馮二子論詩後,三十年餘佇至今。量就錦機憑玉尺,熨來繡線即金針。付君到處遊虛刃,是我從前叩寂音。萬變大瓠緣督秘,只爭一點運斤心。

題藥洲米書石後寄趙笛樓二首

良常東泄換新銘,何減榕陰補舊亭。五十年前苔竹夢,依然拜石眼俱青。

墨舫同遊舊迹徵,披榛剔蘚幾人曾。只應弔古張君量,並櫂花源問武陵。藥洲石有慶元乙卯張君量泛舟弔古一段題刻,予適得見《鼎帖》真本,榻寄笛樓,《鼎帖》每卷有武陵題字,即張君量所刻。

送顧南雅歸吳門

五載滇南蔭樾深,十年蘇室叩題襟。扁書且試廬問息,屬爲書息廬扁。弦撥誰知指外音。屠琴鳴。謝向亭。倦言時問訊,杜韓叩涉舊盟心。江頭煙雨苔岑夢,衹合覃溪對茝林。

記樂毅論海字本後

高家海字本,宋世稱最珍。右軍樂毅帖,秘閣外罕聞。高家暗櫺後，趙竦手拓親。趙後傳之徐，徐復貽子孫。歐趙所未詳，順伯録具存。順伯跋徐笈，石膚嗟蝕昏。終宋之末季，續橅渺無因。北南宋之交，越州拓猶新。是時秘閣賜，正並學舍陳。學舍爲重鐫，石氏儼結鄰。嗟此會稽郡，上追永和春。寥寥八百年，歷閱幾貞珉。蕭阮臨寫來，貞觀付館臣。未知元祐藏，硬黃爾何人。備寓筆斂正，匠授規斫輪。外映波迴折，中含氣粹溫。元祐元符刻，百載近未湮。元祐《秘閣帖》，至元符間刻成，去越州學舍重刻時尚近。石熙明家塾，豈未深對論。歐梅到順伯，品騭推獨尊。圓神與銛鋒，得争古法醇。況此石氏摹，已非檜高紳。又閱年三百，並勒於吳門。章簡名父子，鐵穎館停雲。海字闕短行，莫知所問津。私淑墨池影，乞諸青羊君。邇來何屺瞻。徐壇長。輩，始爇瓣香薰。猶勝邢與董，妄嘆吳江村。下視快雪馮，褚銜惹笑嚬。俗書益贋托，種種滋塵塵。顧量海字泓，一羽與百鈞。尚賴停雲石，今在嘉禾閫。宋後失楷則，但務趨圓勻。必也正名乎，元精耿渾淪。秘閣本第一，海字本附群。以尋虞歐脉，晉唐樹骨筋。此責將誰諉，華實窮本根。小字如大字，縱橫氣雄奔。嗤彼三日婦，脂粉塗面屑。稽首宋拓前，河源仰星辰。智永未題日，冀逢真右軍。

次韻筠潭與蘭卿論詩二首

妙有神光卓在前，瀾迴風引苦延緣。繡絲理密針鋒細，箭筈機張縠率圓。禪偈初非離鏡象，文心所以徹中邊。直須筆力能扛鼎，始識長虹貫月船。

同門詣出謝馮前，對雨盟申沈趙緣。合坐聞琴山響處，幾人喻佛頂光圓。素心宋子煩緘及，昨玉亭自滇南札及宋芷灣在蘇齋論詩語。白髮吳郎悵酒邊。適顧南雅來話別，云吳穀人酒量大減於昔。繾綣連晨南雅別，低回不忍上吳船。

題霜寒表二首

法度精神豈易言，武陵縫帖又重翻。山陰楷即鍾張隸，滂喜悠悠本一源。

不是霜寒凍筆書，永和千載暮春初。肯將手授官奴意，浪許吳廷付小胥。餘清齋《霜寒帖》直是小胥寫耳。

蘭卿縮摹雪浪盆銘箋歌

此銘磨去今幾年，蘇齋夜夜衝杓躔。蘇齋既摹雪浪硯，李子今仿雪浪箋。九霞靈音洞府答，蘇公聞之爲粲然。盡水之變盡物變，變眩未易窮言詮。百千燈光無盡藏，四大海本一幀圓。有如烏雲紅日帖，我昔得自羅浮邊。持歸笏齋謀畫稿，羅生愕眙對老錢。一夕漢陽閔獃子，酒酣大叫狂非顛。噀墨空光掣飛電，紺碧鬱作饑蛟涎。俄焉大星隨爲石，片影著我窗屏前。眇然君謨小閣夢，杭湖縷縷春潮牽。蒼璧無須鬭團月，秦箏何必非響泉。滴乳涓成廣長舌，赫蹏熨出兜羅綿。幅又細書書又畫，文字念念塵塵緣。此箋又來齋壁挂，此銘那必盆口鐫。蜜蒙十萬越剡杵，芙蓉丈八玉井船。詩境軒中對淋雨，妙吉祥館一氣聯。蒸起茶甌瓣香篆，墨雲皴合溟濛煙。

寄題金秋史禮堂

不其帶草積春深，手寫群經對榻心。漢宋訓箋川溯海，異苔得味本同岑。來書以宋儒音訓爲問，故就禮堂寫經意奉答。

寄題秋史吉祥室

虛白光中妙吉祥，心齋正復坐難忘。篆迴蘇室盆銘字，秋史蘭卿合瓣香。適爲蘭卿題所摹妙吉祥館雪浪石盆銘箋，即以此箋附寄。

題蔣氏瑞萼堂三首

田紫荆庭謝草池，寶珠鶴頂瑞連枝。角弓燕譽先人澤，葉厚根深手種時。

弟勸兄酬杜句誇，巡檐那復索梅花。年年乳燕雙巢處，此徑天教屬蔣家。

畫圖傳得好春光，共命迦陵共被姜。一朵嫣紅芳百世，長留詩話在三湘。

蘭卿摹雪浪石盆銘爲箋石士摹石銚爲箋賦此記之

畫禪拈起破蒲團，蘇室軒然十筜寬。雪浪漱來新茗熟，水村圖肯舊盟寒。萬番恣掃溪毛潤，二子能澆舌本乾。不比衍波箋太滑，石梁正合石盆安。

廟堂碑移立曲阜再賦此補城武邑志

昌黎韓子歌石鼓，郜鼎稽從宋移魯。借非薦廟倍光價，故實誰知自城武。見《春秋傳》桓二年杜注。城武虞碑廟堂刻，早應徙置陬鄉宅。虞書真本世莫知，遲待多年移未得。咫尺相望充與曹，誰記珍珉出定陶。西應甗椎陝石響，岱華對峙星辰高。我去曹南廿四載，耿耿摩碑風味在。昌辰聚合果有期，曲注文瀾迴大海。孫何舊本漫題籤，山左關中笑共函。孫退谷、何義門皆云山左本，而不知在城武。同文門下心盟處，只有覃溪與笠帆。城武漢碑畫雄壯，岐鼓森同臼凹樣。城武學有《漢竹邑侯相張壽碑》，中被穿穴拗損。樗寮黃華妙墨兼，又有《張樗寮》《王黃華碑》。正配仲吾竹邑相。合讓此碑移曲阜，峻極斯文齊岣嶁。更無第二學舍容，天下宮牆仰山斗。諸郡諸儒傳掌故，檐廈崇深鬼神護。膠庠競頌陳中丞，著錄休矜王節度。虞勝伯文久鑒藏，今日十倍熊熊光。城武萬古碑萬古，始識虞書升廟堂。詵按是碑今仍在城武，以紳士阻止陳笠帆中丞移立，未果。

石士以魯純之令嗣所裝予手草屬題因檢予曲阜道中感懷純之詩以示石士時王實齋甫來予署孔撝約之令嗣方應童子試今廿有六年矣賦此兼呈石士菽原

憶讀義爻作釋壺，純之作《釋壺》。漆書豈易綴操觚。去年石士以習之注《尚書》見示。尚慚貢玉歌雙魯，深望聯珠比二吳。今年鑒庵、穀人令嗣皆中鼎甲。戴記頻年聞著錄，謂實齋。容臺計日待分符。謂撝約令嗣荃溪即將出守。

鄧陳晨夕商經義，岱麓光陰續得無。

姚簡叔仿李營邱雪景卷

我因李畫想右丞，捕魚圖未全精能。昔聞山陰泛雪卷，樹石法備煙客稱。神來脫卸起伏際，不在勾勒皴層層。山陰客有姚簡叔，墨暈無迹豪含稜。平橋沙岸曠修渚，孤村石澗接遠塍。林梢斜受白烘襯，屋宇半掩寒凌兢。昏陰吞吐飛鳥外，有人氈笠山窗憑。帆光近遠錯雲木，爛銀一熨晴煙蒸。是參筆虛與筆實，略無苔粉留縑繒。誰言臨摹不取似，淡素正與濃青承。展之四坐膚欲粟，迴起萬籟琴弦應。米老休矜無李論，蘇齋叩爾師然燈。披蓑返棹神理在，輞口小築興可乘。西峰拓窗縮寸碧，篆煙呵遍陶泓冰。

金石録十卷印歌寄贈阮芸臺制府

十卷欲抵三十卷，三十卷即卷二千。馮硯祥家此舊印，趙金石録之殘編。也是園叟爲著録，藝林豔羨逾百年。此書宋槧誰得見，菉竹堂寫名空傳。我見朱竹垞。何屺瞻。手所校，謝刻盧刻訛猶沿。今晨阮公札遥寄，秘笈新得邗江邊。阮公積古邁歐趙，蘇齋快與論墨緣。恰逢葉子訪篆記，宛如舊石馮家鐫。重章叠和紙争價，長箋短幅紅殷鮮。錦賮何減浚儀刻，宋時趙不語常刻於浚儀。囊楮倍壓湖州船。葉子篆樣又摹副，其一畀我蘇齋筵。我藏趙録寫本耳，幸有蘇集珍丹鉛。紹興倉司施顧注，傅楷更在趙録前。奇哉漫堂寶殘泐，惜也邵補功微愆。欽州馮家有全帙，廿載借諾心拳拳。乞公借從穗城刻，什倍開府綿津賢。誓言此印爲之質，萬古虹月衝杓躔。明年仍還馮家櫝，一月光又印萬川。

題葉東卿仿作劉歆銅斛尺即書於秦敦夫元延尺拓本册

君合新莽貨幣四，以準劉歆銅斛尺。首足枝間圜好同，龔信中憑黍容積。因借建初推建武，周尺雖遥如可識。建初慮虒券在兹，十五等校無差忒。昨來揚州袁君寄，元延尺自金陵得。篆雲長沙鑄廿枚，

陽識庚庚晝微蝕。校諸建武宜不遠，二分微弱相參核。東京時隔未
百年，律志貨志爭差擇。君今取作劉歆證，我以借訂元延釋。慮虒長
沙豈歧互，杜夔荀勖誰沿革。歐録已無西漢字，建武昨銘泉范刻。沈
肜近援朱載堉，良史圖衷王順伯。元延尺櫝即寄來，二分之差且毋
惑。六十四泉合丈尋，絫起古花量活碧。

復初齋集外詩卷第一

甲申上七十七首

元　旦①

嚮晨已覺歲華增，獻瑞還於暖意徵。臘雪奁占年有稑，曉雲都傍日之升。五更爆竹紅連陌，一夜椒觴綠映鐙。總入吉祥雲物裏，曈曨曙色上觚稜。

食栗三十韻②

吾鄉新歲語，慣以栗爲利。但取能獻祥，豈誠誤識字。<small>京師諺云食栗則利。</small>迎節消寒時，此物常充饋。佛粥和既旨，春盤飣亦備。鐏發得氣先，拱棘含苞異。漸脫紫殼圓，始賞黃穰貴。撰每雜椒馨，蒸或等玉膩。乾較鮮更美，熟與焦誰試。我昔遊燕南，飽見中林植。收同千樹戶，產憶三秦記。固安與中山，連類滋北地。易州種尤佳，名與寧桃媲。<small>易栗、寧桃並北方佳果。</small>山家所旨蓄，園丁時贈遺。至今觸風味，彌復感節次。尚無一畝園，虛愧數升致。几筵羞應時，磊砢寫盈器。皺如場剝棗，實擬籩加芰。錦里芋同嘗，楚宮榛且置。薦酒邀賓娛，擲柱效兒戲。秋核摘豈遙，晨漿嗛猶易。過拳雖近夸，已攣寧無謂。唐隰儉可風，東門咏勿棄。繭栗取諸色，黃中表誠意。縝栗比於德，不獨告虔贄。齋栗型有家，温栗風有位。即物寓至理，顧名當思義。佳境等啖蔗，良圖漫食荔。寒氈爆固好，頑兒覓何愧。甘芬本自然，焙爐徒多事。紛紛買楊家，笑我亦嘗嗜。京師最重楊家炒栗。

正月八日上於太和殿視祈穀祝版侍班恭紀①

聖主薦馨誠畚達，敬天心即愛民情。焚香正導初辛氣，釀雪都爲五穀精。自古有年占八百，②況今三白肇嘉平。炳耸光與同雲色，總向蠛蠓蠖溉生。八日爲穀日。

新春雪後郊行五首③

銀泥堆屋肯輕消，野婦晨炊野叟樵。只有寺僧閑倚户，盼人晴上馬家橋。

弘善禪居樹不枯，虎頭神妙想鴻臚。看鐙我亦貪城市，閒殺雲林似畫圖。弘善寺有禹鴻臚之鼎畫。

塔標法藏寺峻嶒，每苦風高不易登。且喜晴光映林木，放生池雪爛於冰。

微茫如薺遠揚條，綠似萌芽白似描。點綴雪中都自好，不知何苦畫芭蕉。

野人饋歲取松柴，亦趁風光臘底迴。今歲風光晴更好，入城肯送杏花來。

金溪李貞女詩④

青青豫章木，生根便爲偶。請看李氏女，終作周家婦。女以夫爲家，夫死身焉投。姑亡養誰奉，舅出貧誰賙。煢煢節誰知，女皆置弗

---

① 此詩題位於手稿本第 7315 頁。
② “八百”，手稿本作“八日”。
③ 此詩題位於手稿本第 7316 頁。
④ 此詩題位於手稿本第 7317 頁。

謀。八年如一日，深閨閉幽憂。素車今歸來，一息而千秋。姑亡如有嗣，夫死如有述。古稱婦奠菜，未知有此不？石受靁而穿，金值火而流。未知此女心，生死一姓周。①徑宜以婦稱，附之詩柏舟。

夏仲昭墨竹②

卷首商文毅公書"瀟湘過雨"四字，後有柯學士潛、劉太常儼諸公題。

去年曾賦朱五所藏史琳卷，今朝錢七示我夏㮾之橫圖。瀟湘過雨題宛似，此題乃出商公書。商公之書得竹意，夏公作竹如作字。篆籀遺法豈不傳，但見陰森舞交翠。湘君宅畔煙冥冥，一梢雨後留寒青。水邊迷離草樹雜，葉底袚濯蛟龍腥。柯莆陽、劉吉水，掣筆淋漓爲君起。嘆息斯人復何人，不虛自在稱居士。自在居士，夏自號也，東坡題文與可墨竹云"斯人定何人，游戲得自在"。

吳仲圭竹③

澹濃落墨只兩竿，千枝萬葉搖其間。須臾絹空不見竹，幾折活水流潺湲。水濚枯葦葦夾石，石角乃忽來青鸞。垂梢頗愁疾風折，掉尾似入陰雲蟠。卷末翛翛數十葉，比之拂石疏尤難。長松無聲月在地，清影一片留空山。諦觀不悟筆所使，但有蒼然生暮寒。

同蘊山郊遊三首④正月十七日

未踐城中約，翻期郭外尋。渾將看畫意，並作蹋青心。白紙坊迤邐，伽藍記鬱森。西郊路不遠，已復一雲林。本約遊北城諸寺，不果。

紺塔十三級，風鈴一片音。浮雲圓自罩，碧殿影逾深。卻説江南寺，君爲北望心。爾時未得我，同上上頭吟。天寧寺塔高二十七丈五尺，凡十三層，蘊山因説前年登南京報恩寺塔。

---

① "未知"，手稿本作"未如"。
② 此詩題位於手稿本第7318頁。
③ 此詩題位於手稿本第7319頁。
④ 此詩題位於手稿本第7320頁。

緇流能作記,重勒益都文。善果今因號,南梁漢孰云。年來思訪舊,日下續前聞。不獨逢燕九,尋真叩白雲。善果寺馮益都撰碑,後有僧超宗記。

仲春二日經筵恭紀①

華蓋文昌座,宵來紫氣深。春風生珥筆,曉殿啓傳心。先遣官祀傳心殿。延訪精神接,光輝咫尺臨。兩班分彩袖,六拜萃華簪。群臣行兩跪六叩禮。得展琅函秘,如隨矩步箴。進講時講官皆方折而行。發明增仰企,紬繹本微忱。論政民之利,陳謨帝曰欽。惠而因益善,成以省彌森。是日進講《論語》“因民之所利而利之”,《尚書》“屢省乃成”。都自躬親踐,寧於章句尋。群黎看遍德,千聖聽同音。訓誥稽從古,君師建在今。五雲飛繞處,六合總爲霖。

仲春三日積粹齋前輩蒙恩授御史五年以來同直講幄於後輩中最承辱愛爰敢抒其愚以當芻蕘之獻凡三百二十字②

瞳曨上觚稜,威鳳翮其羽。請聽朝陽鳴,不獨丹山舞。峨峨雙廌冠,同日登柏府。先生登更速,書名日纔五。先生以正月二十八日以御史記名。講官改諫官,此事舊罕睹。是日羅旭莊前輩與先生同授御史,旭莊前充講官。帝心蓋有屬,先生宜記取。先生在講幄,職業畣自許。獨力肩校讎,寒暑忘去聲。勤苦。絲綸所昭布,箋奏所綴敘。繫以條甲乙,析以目覼縷。政典與官常,目存而心貯。以此任言責,知必有建樹。古題諫院名,比之衮職補。詩人咏德輶,柔茹與剛吐。孰是中立人,不畏亦不侮。作耳目喉舌,作股肱心膂。又稱嘉謀猷,入必以告主。或用爲風霜,即等作霖雨。所以哲人節,不待繡衣斧。立懦而廉頑,桓桓毅孔武。往者居館下,文章爛纂組。是皆忠孝心,非但雕繢語。我皇闢明聰,翕受同舜禹。九衢植善旌,九陛懸諫鼓。喤喤臺省端,敲扣鐘與呂。先生今此往,必應於箕簸。先生受恩久,勤思報當宁。我送先

生出,執手更延佇。編摩多質疑,尚賴不我拒。愧我徒鉛槧,祝公爲鼎柱。疏擬魏元成,頌擬仲山甫。公其益勖諸,賦詩忝贈處。

春宿史館①二月四日

良夜東風滿上林,都疑金鑰玉珂音。鐙紅自爲恩光近,漏院方知瑣闥深。②仲月初來持被宿,春星正照披垣陰。向晨須傍螭頭立,默數籤籌勵寸心。

二月十七日同錢籜石庶子辛楣學士博晰齋洗馬周稚圭侍講自西苑歸沿長河一帶遊萬壽寺昌運宮雙林寺大正覺寺凡四首③

盤空蒼石磴,不到倏三年。駐馬聊參偈,開門即聽泉。松花清磬外,蒲席晚鐘邊。始信仇池穴,能通小有天。

遂跨廣源閘,因尋昌運宮。碑曾勒楊李,人尚說張馮。合抱諸松在,蒼陰萬壽同。正臨春漲闊,謖謖響迴風。昌運宮本名混元靈應宮,在宛平縣香山鄉廣源閘,茶陵李文正撰碑文,新都楊文忠書,正德五年爲太監張永建,萬曆中太監馮保重修。

碧澗通朱户,紅欄倒綠波。間於橋宛轉,飛出石嵯峨。苑樹和煙密,山雲得翠多。不圖雙步屧,半日畫中過。

梵磬雙林度,風鈴五塔聞。臺留釋迦迹,户揭貝多文。有屋皆臨水,④無窗不納雲。定乘五六月,於此散炎氛。雙林、正覺皆梵僧所居,雙林寺亦以馮保得名,大正覺寺一臺五塔,全以石爲之,上有佛雙跌迹,亦名五塔寺。

曉起入館雨作⑤

二月二十日館課,諸君以玉河新柳爲賦題,龍池柳色雨中深爲韻,
以潤物細無聲爲詩題,天明時果雨,因口占此。

小雨晨光濕正勻,定知柳色發龍津。泥他杜老江船句,一夜隨風

---

① 此詩題位於手稿本第 7325 頁。
② "漏院",手稿本作"漏遠"。
③ 此詩題位於手稿本第 7326 頁。
④ "臨水",手稿本作"隣水"。
⑤ 此詩題位於手稿本第 7327 頁。

莫著人。①

春日寄懷林蘊齋②

美人服紫芝，逍遥澗之阿。令德言樹萱，高節匪矢邁。雜佩中玉藻，古調彈雲和。絲弦既孤直，瓊琚仍切磋。莫知我勞懷，遠隔山與河。夙昔雖歸荑，十載如抛梭。芳菲念彌篤，種植功未多。蘭蕙有同臭，松筠無改柯。薊門柳漸稊，鑒湖春始波。出門躡新綠，思子當如何。

漂麥行③

園不窺董江都，鉏不釋兒大夫。往往田間亦經濟，耕讀豈即非良圖。持竿但視鄰家雞，雨從雲下吾安知。日暮雞來啄不得，得毋尚賴持竿力。曬麥如雲黃，雲收似滌場。妻孥歸一笑，把卷可俱忘。由來貧士食籍有常處，雨催麥來雨漂去。

同裕軒學士遊城南二首④

傍郭禪關一扣扉，繞扉碧作水田衣。春霖不減黃梅漲，已有陰陰白鷺飛。

但聞渠水響，豈惜屐泥霑。斜日明漁舍，微風蕩蟹簾。栽桃煩厲土，打稻記腰鐮。須趁荷開到，茨菇葉又尖。去年夏與學士來此，學士歌"茨菇葉兒尖，荷花葉兒圓"，擇石有詩記之。

次内子鄰家桃花韻⑤

北鄰不相識，從未一經過。每日分紅影，春風動碧柯。屋頭新雨霽，牆角夕陽多。誰解濃陰裏，惟君共我歌。

---

① "莫著"，手稿本作"著莫"。
② 此詩題位於手稿本第 7328 頁。
③④　此詩題位於手稿本第 7329 頁。
⑤　此詩題位於手稿本第 7330 頁。

春郊二首①

曉出東郭門，迷茫曖層樹。不雨已濕衣，濛濛但花霧。片雲從風來，薄影翳前路。遙望桃花林，晴隔百餘步。驅馬往就之，徑黑又加雨。②我鞭如釣絲，驚起雙宿鷺。

新雨霑既足，田夫作且喜。驅犢與扶犁，相望桃花裏。高田晴無泥，下田環蓄水。拂以楊柳風，村村綠瀰瀰。此水可灌溉，不獨滋葭葦。良農善因天，厥功倍耘耔。高田固難貯，下田可借此。③試望城西南，菰茭日肥美。

同蘊山遊城西二首④三月十三日

入寺僧迎笑，先知爲杏花。繞簾蜂不去，壓帽樹偏斜。客共蒲團席，童挈瓦銚茶。一枝呼僕折，竟似到山家。

河堤新柳色，亦不礙春陰。今日停朝雨，微風動我襟。水隨芳草遠，路接畫橋深。應擬判平聲長日，源頭步一尋。

鄭東侯檢討以紅白丁香二枝見贈賦二絕爲謝⑤

瓏鬆盼客日開顏，夢倚斜街月一彎。誰識君家綠窗影，曉來落我硯屏間。

膽瓶幾換白兼紅，丁子花開綠雨中。此即鄭公書帶草，可能容易結東風。

同蘊山法源寺看海棠⑥三月二十二日

紅棠消息兩三樹，往歲酣風步遊處。僧言今歲少作花，君不來看

---

① 此詩題位於手稿本第 7330 頁。
② "加雨"，手稿本作"如雨"。
③ "可"，手稿本作"或"。
④ 此詩題位於手稿本第 7331 頁。
⑤ 此詩題位於手稿本第 7332 頁。
⑥ 此詩題位於手稿本第 7333 頁。

春又去。感此入直午便還，況有謝子勤追攀。巷隅粉蝶飛撲撲，牆角桑扈鳴關關。殿東未及西院多，倚檐半樹堪婆娑。空王豈必惜爛縵，拗枝幸勿相嗔訶。煙輕霧澹開晴晚，縞李穠桃隨步遠。滿院寧甘粗俗評，偶來忍聽匆匆返。十二年前給孤寺，錢髯陸郎共題字。西府雙株高過樓，夕陽禪榻思前事。莫惜街頭秉燭歸，朦朧斜月上人衣。僧言花少猶皮相，未惜拈花笑者機。①

送陸象星就館涿縣②

策馬京東半日過，先生於此寄弦歌。新詩定爾懷楊子，楊立山昔館於此。舊侶猶然試潞河。獨處莫教生曠逸，臨歧何以當磨礛。不同遠送高生日，只爲推敲帖體多。去年高湛如適闈，予送之，將上車，猶娓娓細叩官律聲病。

陪裕軒學士步自萬泉莊登古城遊慈壽寺摩訶庵大悲庵釣魚臺凡四首③四月十日

西山欲作雨，十畝曉陰遮。帽亞聊成傘，畦行不用車。插秧分隴處，飛鷺一行斜。卻倚村牆立，山楂吐白花。

何年城數堞，遺阯尚崔嵬。遠樹浮襟底，長風拂袖來。石垣堆似砌，野水綠於苔。不待懷陳迹，南頭訪釣臺。

王公讀書處，可以閱金經。拂拭苔紋古，鐫摹貝葉青。諸天下雷電，白日閟精靈。秀水聞雖富，猶遺摭列星。摩訶庵《金剛經》集篆始自五代僧夢英，爲十八體，至宋僧道肯廣之，爲三十二體。明汪中丞靜峰得之黃蓮洲，命其門人洪度摹刻於木，徐中丞雅池摹勒上石，每分之後各爲小楷釋之，凡石六十方，後有宛平王文貞公跋，此事《日下舊聞》未載。寺爲文貞、文靖父子讀書處，文靖子克昌有記，勒石寺西廊下。

旬日關花事，來因問牡丹。徘徊諸寺晚，風雨昨宵寒。折贈煩僧意，攜歸莫笑殘。闃寥清磬裏，元不礙憑欄。摩訶庵牡丹已落，大悲庵尚有數

---

① “未惜”，手稿本作“未悟”。
②③　此詩題位於手稿本第 7334 頁。

花,寺僧折一枝爲贈。

齋宿原心亭作①_{五月十九日}

良夜耿無寐,空亭清我心。檐敞交遠風,窗虛倚修林。高枝豁氛翳,好鳥揚其音。不知澹月升,滿户松蘿陰。況乃宫牆近,窈然鐘磬深。圖史既以富,陟降儼惟欽。諸公萃華軾,相與成幽尋。清言叩妙理,如聽朱弦琴。

五月二十二日上大祀地於方澤禮成侍班恭紀②

帝德含元化,乘時品物亨。坎薶崇泰折,坤順叶長嬴。仲月來繁祉,層壇俯禁城。祥看燎火影,氣入夜鐘聲。鳳輦迎薰駐,鸞旂裛露清。櫺星輝袞服,_{上至櫺星門易祭服步入。}御幄苾粢盛。_{壇上有黄幄。}奠幣黄繒焕,雕禾玉斝明。無文同越席,大武奉牷牲。樂備初終獻,音均律吕成。鏗鏦八奏裏,調攝一陰生。撰物資天緯,扶陽仰聖情。豈惟柔致養,要取姤含貞。四陛環沾渥,_{壇四面皆有澤。}群靈儼送迎。神光真降鑑,望瘞尚徐行。_{上自壇出復西向望瘞。}富媪重熙集,南訛百福并。小臣瞻咫尺,珥筆述精誠。

同藴山城南看荷③_{六月十四日}

亭午思遠風,城隅散輕屧。亦不爲芰荷,聊以卻炎炙。蘆中聞水響,蘿際跨橋窄。魚來花破紅,鳥下葉翻碧。茅亭大及舫,苔石滑於席。緑雲瑩心神,明鏡照絺綌。攜手共清言,遠目極歸陌。颯然涼雨來,恍憶去年夕。_{去年六月九日來此遇雨。}

王右軍書六角扇歌④

兩行墨落驪珠五,六角扇出戢山姥。光彩驚動市人看,翟羽蒲葵

---

①② 　此詩題位於手稿本第 7336 頁。

③ 　此詩題位於手稿本第 7338 頁。

④ 　此詩題位於手稿本第 7339 頁。

安足數。怪君污復感君惠，三錢毛錐百錢字。青李空思内史貽，籠鵝
誰向山陰致。人家柰几滑生雲，去後争傳王右軍。他時還付官奴法，
書破羊家白練裙。

雨過太液池看荷①

黑雲壓空鬱霮 ，跳珠倒落紅雲内。池南池北杳靄間，不辨波光
與山黛。半陂盡是葉溟濛，初陽喜未照晻曖。須臾葦芡蒲茭中，無數
鳬雁鷄鵁隊。遠渚一面開微晴，露轙霞裳變明晦。畫槳招招玉鏡裏，
行人卻跨金鼇背。

宿瀛洲亭②六月二十八日

池上歇微雨，流螢高下飛。溟濛亭外樹，仿彿綠紗幃。臨水共清
話，聽蟬一啓扉。夜涼初有露，的的滿羅衣。

記注館對雨③七月五日

濃雲飛舞下金鑾，急雨琤琤響石欄。鳳闕溜如銀漢瀉，螭坳墨作
黑蛟蟠。天垂素練千條影，人倚紅牆一角看。校理常程猶未晚，日光
晴上壁門端。

七夕寄藴山二首④

似先秋序感秋心，後三日立秋。不獨宵陰晝亦陰。漫擬七襄愁織
女，還同九日寄岑參。牆根潦綠添層蘚，雨脚餘涼起暮砧。甚欲尋詩
復尋友，六街泥隔畫簾深。

河漢微雲倒影層，薄寒人正倚秋鐙。袍如敝緼竽何用，筆有懸針
乞未能。幾夕晴纔開半夜，一鉤月卻似初升。分明照入池塘夢，定共
清吟睡不曾。

---

① ② 此詩題位於手稿本第 7340 頁。
③ ④ 此詩題位於手稿本第 7341 頁。

奉使粵東留別蘊山用蘇詩別子由韻①

月落高城樹崒兀，我車爲爾不能發。隨車親族二十口，不知何以獨寂寞。下馬復爾手提攜，料爾忍看帽出没。但念爾我齒漸壯，人生曷可虛歲月。爾勤於學我勤事，方不負此緒悽惻。玉堂聚首定永久，明知此別本倏忽。努力培爾金玉質，同入清廟拊琴瑟。雖隔千里如一堂，此即爾我平生職。

七月二十五日話別聯句②

軟語連宵奈別何，覃溪。相看轉覺語無多。未當分袂心如醉，蘊山。忍別離筵聽汝歌。③風雨他時兄弟約，覃溪。羽儀今向海天過。明朝便是千山隔，黃葉聲中憶玉珂。蘊山。

是夕雨復用前韻④

陽關酒盡更如何，未抵宵來別緒多。宛作他年聽雨兆，難爲此日遏雲歌。凌晨驛舍聞雞起，指日江城策馬過。最是秋深相憶處，君家里第好鳴珂。路出南康。

涿州道中作呈象星用陸放翁別曾學士韻⑤

昨與謝子別，攬轡不忍前。彼此握手語，珍重若簡編。勗我造士法，如霧披青天。寬嚴用交際，教育理相緣。此言中我病，聽之夕亡眠。⑥顧我迂拙性，別後知誰憐。吾黨陸夫子，兩日萬事穿。清思氛翳徹，妙語沈痾痊。結交十五載，況此同周旋。肩隨出國門，並馬娛山川。所幸德音遍，庶補離懷悁。吾生托益友，蚤自匡居年。勉思謙與厚，培基而造巔。嚶嚶肺腑聲，聊托行役傳。

---

① 此詩題位於手稿本第 7342 頁。
②④　此詩題位於手稿本第 7345 頁。
③ "忍別"，手稿本作"忍到"。
⑤ 此詩題位於手稿本第 7346 頁。
⑥ "亡眠"，手稿本作"忘眠"。

白溝二首①

新城城南路，始見溪流匝。水漲橋爲折，馬足安可蹋。須臾喚渡來，行李紛相壓。我坐待妻孥，岸旁數鵝鴨。晚泊白溝河，沄沄似清雪。復憶前歲來，小艇小於榻。己卯使江西舟行過此。

昔我客蠡吾，亦在燕南際。頗聞雄鄚間，宛具江湖意。咫尺百里途，未騁一葦利。時時釣魴鯉，緬想煙波致。即今綠渚旁，輶車拂輕吹。秋光不可留，卻憶移家歲。

道　旁②

畿南三日行，車徒喜新霽。我喜更倍之，道旁滿嘉穗。禾黍綠油油，菽麻陰翳翳。瓠葉既交風，豆畦亦分翠。層層玉實映，一一珠光綴。盡得宵來露，乃是豐年氣。聖人釀元和，敷施即天意。肅乂所培植，雨暘甚調劑。首儲三輔計，實裕萬方利。所司報歲收，想已達鈕砎。況今順金風，和鸞鳴玉軑。碧草黃花路，宸眷尤注憇。主伯及士女，依依環輦際。指日見京坻，如雲接幽薊。敬告鄉父老，努力答君惠。

趙北口二首③

昔來曾值雨濛濛，萬樹柔條弄晚風。和韻敢追王子後，題襟多寄蠡城東。幾行葦荻秋雲裏，對立鸂鶒夕照中。今日驅車晴更好，天容水色澹平空。阮亭有《趙北口秋柳》詩，予己卯秋過此，賦詩懷徐益齋，因及戊寅秋和阮亭秋柳事。

館課曾聞賦水嬰，會心魚鳥幾人知。艤舟遍許閑行客，曬網時逢老釣師。綠水盡關民樂利，黃圖全注澤漣漪。是皆實景非虛頌，他日趨陪和御詩。

---

① 此詩題位於手稿本第 7346 頁。
② 此詩題位於手稿本第 7347 頁。
③ 此詩題位於手稿本第 7349 頁。

邢顒里^① 任丘

道出任丘城，村墟倚河干。緬惟邢家丞，高躅凌建安。時當東阿
友，群奉西園歡。文章豈不重，輔翊在克端。偉哉劉公幹，詞場振藻
翰。翩翩七子際，崇實良獨難。末學托鄉人，學源愧窮瀾。矧茲五嶺
行，言采三秋蘭。披華與啓秀，望古意屢殫。

獻　縣^②

景十三王王祚窮，中山乃以媱醫終。求書詔下漢五葉，獻王召對
三雍宮。千金買字獻天子，六經大義昭發蒙。經禮三千官三百，收拾
放逸先陳農。要以藜火待子政，肯比科斗逢魯恭。蕭相圖籍叔孫禮，
制氏之樂寧言功。一事猶留後人隙，冬官竟補以考工。聖經如日旦
復旦，世儒稽古同非同。千年此地盛文藻，王之遺澤亦已豐。我疑荒
林斷碣裹，定有古字光摩空。

滹沱河^③

兩涉河間獻縣河，路人指此即滹沱。前年亦問常山渡，何日還從
下博過。白日微風如見底，^④平橋落日欲生波。俱非文叔經由處，懷
古從來最易訛。光武渡滹沱河冰合處在饒陽、深州之間，深州即下博。

熱^⑤

南行近旬日，八月未知涼。炙日團村樹，蒸雲照野塘。蟬聲如伏
暑，客意向炎方。不獨仍絺綌，羅幃漸欲張。

劉豫墓^⑥
在阜城縣北一里，土人呼曰劉王墳。

官路芊芊蔓草長，路人尚爾說劉王。當年此地金源接，和議終成

---

①② 此詩題位於手稿本第 7350 頁。
③ 此詩題位於手稿本第 7351 頁。
④ "白日"，手稿本作"白石"。
⑤⑥ 此詩題位於手稿本第 7352 頁。

宋社亡。一旦假名仍北去,千秋史筆共邦昌。小朝廷果成何事,至竟無人用李綱。綱《論和議疏》有“欲劉豫我”之語。

旅夜懷蘊山①

出郭近千里,關山空暮雲。最憐今夜夢,猶與汝論文。月是城南照,香仍硯北薰。丈夫業未就,不合蚤離群。

曉②

驛馬嘶殘夜,村雞叫曙天。草根清露響,樹杪大星懸。戍遠鐙相應,林深夢尚牽。飛霞先日出,點破一溪煙。

董仲舒祠同象星用三江韻③景州

試問下帷日,孳孳守舊窗。寧徒事章句,必有補家邦。繁露書猶富,天人策少雙。乞將明道旨,傳付向珠江。

德州道中二首④

不識鄭家口,遺蹤何處尋。曾聞齊境樹,近接召棠陰。當日頻遊地,孤雲一片深。即今持節到,倍切戰兢心。鄭口在景州、德州界上,先子客遊處也。先祖倅齊束時,與德州最近,先子嘗往來焉。

老守挑鐙話,於今五載餘。難忘季札劍,謂吳氏。敢負子卿書。謂蘇氏。故舊凋零盡,兒童記憶疏。向來懷舊意,每過輒踟蹰。河間杜太守甲與吳氏、蘇氏有連,吳爲先祖僚友,嘗致書托先子於蘇氏者也,予己卯使江西過河間,及與太守追話其事。

恩縣道中讀杜詩⑤

杜陵遺集最相關,行役披吟肯暫間。此地更誰追德水,盧德水有《讀杜微言》。同來使我憶茶山。己卯秋與錢茶山司空過此論杜。數篇尚自慚重

---

① ② ③　此詩題位於手稿本第 7353 頁。
④　此詩題位於手稿本第 7354 頁。
⑤　此詩題位於手稿本第 7355 頁。

寫，茶山有手録諸家評杜一本，予己卯途間借鈔未完，故及之。萬本何曾及一斑。予有校本三種，只攜其二以行。譬若岱宗瞻望切，依稀只在有無間。

高唐州見月二首①八月四日

兩頭如玦恰纖纖，始覺新涼向夕添。莫訝肩輿看處別，只如小閣薄垂簾。

高唐城外柳毿毿，薄雨消來見蔚藍。識得玉鉤明遠句，不虛客路向西南。

高唐旅舍與象星論詩作②

憶昔與君同硯席，興酣往往稱詩客。江家亭上日暮雲，卧寫流泉響溪石。結交夐得林與馮，蘊齋、鶴亭。二楊亦復題襟同。立山、彤三。攜手城東恣遊衍，如花妙句爭春風。爾時祖宋旋祧唐，瓣香多在新城王。狂來墨汁不暇滌，青紅海蜃皆遮藏。賴君砥礪勇自許，不惜零縑與寸楮。幾日相期東野雲，十年倏過西窗雨。此事如何言中律，刮磨洗伐功非一。斤鑿終憑修月手，縱橫敢訽凌雲筆。我愛諸友紛天葩，獨從庶子披春華。錢籜石。遠襲漫矜何與李，近宗亦及朱兼查。岡頭招得桐花鳳，頻年小謝池塘夢。蘊山。會心句法素心人，不減當時與君共。顧我已非婉孌時，裁答愧作瓊琚詞。花朝雪夕雖頻數，琢玉攻金那自知。此行南尋曲江派，大任大相才稱最。歸來一卷采珊瑚，獨勝千金聚珍怪。山城借酒贈君詩，破窗古驛風颿颿。秀才風味今尚爾，碧天初月涼於水。

茌平道中大風③

新涼昨夜捲浮埃，正好凌晨驛路開。颯颯岱宗飛雨過，泱泱東海

大風來。千林翠色皆秋矣,萬壑商聲亦壯哉。卻憶東阿山徑裏,前年六月聽奔雷。

次韻象星斥堠之作①

每當月落復參橫,諳盡征人道路情。豈有督郵石分界,無勞數里鼓隨行。傳聲不獨宵更警,舉火遙知候吏迎。卻似我詩堪紀地,荏平明日又東平。

東阿道中山行作②

連岡散綠野,昃徑迴蒼陰。問舟遵近渚,出郭緬遙岑。廣澗翳復阻,層坡窈以深。既愜夕靄趣,言遂青霞尋。緊昔東阿王,影纓振華林。杳杳魚山巔,泠泠鐘梵音。笙鶴佇縹緲,巖穴含蕭森。悟彼空洞旨,寫此清虛襟。寥寥寄天籟,空山閱古今。

穀城山懷古③東阿

子房未遊下邳時,匹夫但解酬恩私。一擊不中亦不疑,舉國大索空兒嬉。翻來納履事絕奇,素書天造非人爲。孺子可教父不吝,讀此當爲王者師。是時真主未知誰,④報韓之策持安施。一旦帷幄參神機,搏秦捕項隨指麾。借箸而籌古所稀,以石投水誰致之。功成徐握一卷去,從赤松遊可療飢。穀城山如高蹈姿,穀山城如美好儀。芒碭雲氣商山芝,激昂會合寧能期。英雄或與時委蛇,功名信有神推移。圯下人去水漪漪,漢家卻起黃石祠。

汶　上⑤

汶水泛泛抱郭流,汶陽遺韻緬高秋。誰知孤篠稱潘令,空使叢篁

---

① 此詩題位於手稿本第 7358 頁。
②③ 此詩題位於手稿本第 7359 頁。
④ "真主",手稿本作"真王"。
⑤ 此詩題位於手稿本第 7360 頁。

植薊丘。殘柳數行圍小驛，暮煙一片接輕鷗。不緣費宰徵求急，安得名賢願此遊。汶陽、孤篠見潘岳《笙賦》。

孟廟二十韻^①鄒縣

小縣猶鄒號，崇山以嶧稱。巖巖瞻氣象，世世奉嘗烝。居本先師近，門還聖道承。第二門曰承聖。循牆如足縮，盥手得階升。浩氣檐鈴語，香煙殿柏凝。雕欄摹宛肖，古井記堪徵。功埶錢唐並，禋惟道輔增。刑部尚書錢氏、唐先儒孔氏道輔，並從祀西廡。掘泉深覺牖，治甓到雲礽。殿前康熙三十三年雷震出井，即孟井也，乾隆九年裔孫普瞻重修。北闕奎文在，西廊跪讀曾。亭移重砌石，字映一龕鐙。御製贊語己卯秋曾恭瞻於殿之西院，今移殿前。仁義於今盛，文章曠古興。人皆仰堯舜，士盡企顏曾。私淑應宗魯，明倫不獨媵。苟非申孝悌，曷以勵賢能。庠序惟先謹，師儒豈易膺。辭須知所蔽，心貴使之恒。即以觀人論，都關偽體懲。七篇如鑑朗，六叩倍冰兢。古藻紛鐘簴，靈光滿豆登。出門蒼黛色，仍有曉雲蒸。

嶧山懷古^②

昔聞二篆生八分，史籀以來秦一人。非聖無法罪無赦，乃有筆力迴千鈞。茲山從遊紀封禪，鐫功作頌垂貞珉。同官雖著相去疾，臣相斯實爲其文。鞭螭或取海上石，結篆即用封中雲。碣石之罘並照耀，金石文字推先秦。六經燼餘餘烈焰，一朝迸作野火焚。枯木雕鐫就假刻，長繩拽倒來真君。琅邪泉銘稱二李，諛佞焉得同典墳。後儒稽古辨顏貌，區區但以肥失真。龜山鳧山夾秀氣，妙迹何啻亭與云。況復山阯傍孟廟，但遜石鼓堆戟門。我行要訪昌黎筆，穿碑字勒南海神。何必金書玉簡索渺莽，岣嶁山頂窮嶙峋。

---

① 此詩題位於手稿本第 7363 頁。
② 此詩題位於手稿本第 7364 頁。

韓莊閘二首①

秋浸空明月一灣，數椽茅店枕江關。微山湖水如磨鏡，照出江南江北山。

門外居然萬里流，人家一帶似維舟。山光湖氣相吞吐，並作濃雲擁渡頭。

---

① 此詩題位於手稿本第 7366 頁。

復初齋集外詩卷第二

甲申下八十九首

柳　泉①

入江南界四十里，屬銅山。

地藏禪扉好，疏籬一院陰。柳泉曾憩息，花木最蕭森。他日懷人處，同年佇望心。膽瓶茅店裏，我到又秋深。己卯九月自江西歸，路過此，有句題地藏庵云"更多佳處題難遍，留與珠江二使星"，時同年秦序堂編修、景介之學士典試廣東。

徐州渡河②

健帆如鶻轉秋篷，萬里川光一掌中。蚤有屯雲濃欲雨，誰知半日靜無風。濱河沃壤皆黃澤，抱郭長堤似白虹。珥筆昔年曾撰頌，神謨況仰郡城東。城東門曰河清門。

徐州蚤發三首③

河聲如奔馬，直指南山岑。風鬌與霧鬖，卷地來層陰。浩浩竟夕風，際曉吹我襟。不可無朝嵐，掩映城郭深。人煙尚未起，長堤帶青林。我馬長堤上，勁快如秋禽。

南山俯大河，榮光日五彩。張山人既去，放鶴亭猶在。我昔攀藤

---

①　此詩題位於手稿本第 7366 頁。
②③　此詩題位於手稿本第 7367 頁。

蘿,褰衣陟碗礧。倚石誦蘇文,長嘯落璣琲。四更尋路歸,不到今五載。九皋警露侶,清響久相待。吾將遡閬風,招之向炎海。

出郭三十里,旭日照孤村。村有滕氏居,几榻淨氛塵。憶昔憩行李,迓我風雪晨。童僕俱沃盥,一一煩主人。人生偶款洽,已逾數面親。何必彭衙道,始羨邑宰孫。驅馬且復去,繾綣難悉申。

閔子廟十六韻①<small>在宿州城北八十里</small>

十哲皆高第,先推德行評。聲稱居冉上,品詣與顏並。婉婉庭闈際,闇闇氣象呈。人言因浹洽,侍側獨和平。身肯膺私爵,言皆中物情。季孫空復使,長府竟何成。遂使編書者,幾同以字行。<small>《論語》惟閔子不名。</small>孝原格父母,②樂乃感先生。配食崇鄹邑,專祠對宿城。封仍汶水號,③里即閔家名。④一徑松楸古,千秋俎豆榮。下車門數武,入院殿三楹。綠草縈虛砌,蒼碑表舊塋。<small>墓在廟後。</small>衣蘆人已去,漚絮水猶清。<small>廟東有洗絮池。</small>落日檐廊影,秋風鳥雀聲。平生內省意,瞻拜更怦怦。

濉水和象星韻⑥<small>宿州</small>

問渡江郊第一灣,浮橋略似鳳陽關。長淮近與雙虹引,<small>有二橋,一曰濉水今疏,一曰豫水安瀾。</small>清渙曾同五色斑。史事幾經秋水白,州圖一帶暮煙環。魏公戰壘誰憑弔,極目符離大道間。

固鎮驛舍和壁間梁階平少宰韻⑦<small>靈壁</small>

五載清淮北,茅茨為我開。壁看題未改,月照客重來。宿鳥藏深葉,疏簾襯綠苔。紫薇紅重處,秋信又頻催。<small>予己卯秋來此院中,適有月月紅</small>

---

① 此詩題位於手稿本第 7369 頁。
② “原”,手稿本作“元”。
③ 此句下手稿本有注文“爵曰汶國公”。
④ 此句下手稿本有注文“地名閔子里”。
⑤ 此句下注文手稿本作“廟後有墓,墓前樹碑曰周孔門高弟閔子冢”。
⑥⑦　此詩題位於手稿本第 7370 頁。

一株,賦詩紀之,今其處植紫薇花。

中秋連城驛舍對月同象星用客字①

己卯與壬午,此夕皆作客。客意豈不同,今兹又行役。已循舊途
長,復聆舊友益。何怪江東月,顧我若相識。團團升高樹,灧灧照孤
驛。露裛清澮深,波含長淮白。屋小聊支窗,院淨恰鋪席。未須張鐙
燭,且莫設肴槅。醇意非杯酒,涼思滿絺綌。玉瀣明我襟,澄輝墮君
幘。明到鳳陽關,推篷到江北。②期君當無眠,更看水天碧。

淮上月夜同內子作用劉長卿逢湖南驛使寄嚴員
外韻四首③八月十六日。并引。

茅齋舊課,感隨州落葉之章;江浦獨吟,得淮外暮雲之句。④歲經
五稔,路記重來。浮連筏之一灣,心如水監;憩矮簷之半榻,月似人
圓。踵往韻以裁詩,倚同聲而述志。披襟煙水,匪矜南國乘軺;照影
淵冰,何減西窗翦燭。

當年何水部,映月發高吟。終古淮南月,能清過客心。中流帆影
動,隔岸柳煙深。憶昔徘徊意,蒼茫略可尋。

我昔感搖落,涼秋蟋蟀吟。遂因淮上咏,一寄故園心。不覺移家
遠,已來江渚深。推窗見明月,聊可當幽尋。

臨淮奵客館,昔共稼翁吟。遠樹來窗裏,輕鷗出水心。月尤今夜
好,人比舊時深。復有長離羽,凌江約共尋。⑤謂象星也。

秋風大江北,叢桂小山岑。⑥擁傳世人羨,挑鐙爾我心。新詩拈韻

---

① 此詩題位於手稿本第 7371 頁。
② “到”,手稿本作“對”。
③ 此詩題位於手稿本第 7372 頁。
④ “淮外”,手稿本作“淮上”。
⑤ 此句下注文手稿本作“謂象星也。《贈陸機詩》‘婉婉長離,凌江而翔’”。
⑥ “岑”,手稿本作“吟”。

共，舊事與年深。良夜清於晝，虛懷子細尋。①

和象星定遠道中山行韻②

午出紅新驛，行行指張橋。道旁石枕溪，溪畔樹干霄。冉冉雲忽來，濛濛樹之腰。始知林宛轉，直接山岩嶢。石級歷犖确，衣襟吹飄蕭。果然氣頓涼，不但勢處高。俄聞水有聲，何處泉爭澆。微茫清溜滴，曲折行人邀。試望皆山田，卻復在山椒。其田不容足，其水不容刀。而無旱乾虞，且無汲引勞。山女直裹頭，山童斜束髫。主伯力既均，經界分亦昭。問以歲所收，答云粟在庖。庖粟既可飯，山蔌又可肴。喜無燥濕偏，其得風雨調。村墟語互雜，歌笑聲相淆。我聽亦爲快，半日不覺遥。暮投定遠縣，遂宿城東郊。

八斗嶺③

合肥縣城北百五里，土人云有曹子建墓。

天下才一石，陳王得八斗。此語出自靈運口，不知何人細分剖。道旁云有子建墳，荒煙落日無碑文。君不見老瞞冢署漢將軍，衹有漳南日暮雲。

護城驛④合肥城北八十五里

雞初鳴，護城驛，行人夜半行，到此辨阡陌。護城驛，雞既鳴，腷膊四相應，又喚行人行。驛夫起待旦，行人下馬換。換馬捷於風，馬尾鐙尚紅。迴看驛壁篝鐙處，落月朦朧挂高樹。

即目三首⑤

一徑沄沄抱數家，急流不借水翻車。空明只有鵝兒浴，妒殺連翩

---

① "子細"，手稿本作"仔細"。
② 此詩題位於手稿本第 7374 頁。
③ 此詩題位於手稿本第 7375 頁。
④⑤ 此詩題位於手稿本第 7376 頁。

銜尾鴉。①

近水居人本善泅，自憐赤日喘吳牛。倒騎衝入梟鷺隊，半歃空塘穩似舟。

稻孫生似稻青蔥，借得泥深水亦通。更不見泥惟見水，數行飛鷺半陂風。

戲和象星咏蚊韻二首②

茅店叢篁下，紛飛入夜多。便思遷爽塏，巢睫更如何。

夜來貪琢句，本自睡無多。有句非仙爪，能如背癢何。

舒城至大關道中重和錢香樹司寇秋日山行韻③

山風吹山雲，變滅無定覯。山亦隨轉旋，揖左而讓右。山從廬州來，巨斧劈眾皺。龍舒到龍眠，分合屢往復。圍如馬合群，厲如獅怒鬥。快如縱去蛇，峻如飛來鷲。一一撐晴空，層層削堅瘦。數折淡無痕，萬綠補其腠。夕照隨淺深，秋聲答前後。山田映人家，山店依斥堠。似識重來客，於今五載又。壁間前輩題，燦若文章面。庶乞筆鋒勁，得共山靈壽。行滕裹詩去，滿袂煙嵐秀。

大關至桐城雨中山行復用前韻④

明發大關南，轉若獲新覯。煙光變明晦，雲勢迷左右。吐吞但一氣，不知山有皺。乍離乍合間，一重一掩復。忽露數峰出，雲與亂石鬥。雲數疊如馬，石一卷如鷲。穿雲而絡石，壁立草木瘦。萬壑清見膚，一雨達其腠。濕光蒸不已，濛濛失前後。都成翠與嵐，那辨亭兼堠。連岡迴廠餘，暗曖一村又。對面來山泉，百道交圃囿。定有仙家潭，飲之令人壽。坐聽琮琤聲，已飽巖谷秀。"一村又"三字已改入己卯詩內。

---

① 此句下手稿本有注文"東坡《無錫道中咏水車》詩'翻翻聯聯銜尾鴉'"。
②③ 此詩題位於手稿本第 7377 頁。
④ 此詩題位於手稿本第 7378 頁。

烈卒行[①]并序

明卒實成當流寇圍桐城,出探軍事被執,賊脅使降,[②]成至城下大呼陳賊勢不久,且救兵將至,宜固守毋降,遂觸城死,賊支解之。至今城上有迹如人頭,天陰愈顯。去年有司上其事,祠於邑,予在史館既紀其事於册,今過城下爲之詩。

烈卒實姓成其名,獨以一死捍一城。城危不下如累卵,偵賊身乃陷賊營。賊解其縛脅以利,汝往降此貸汝生。卒陽許諾赴城下,大呼城上人來聽。賊糧且盡救且至,慎勿受餌以自傾。父老毋恐士毋怠,語畢頭觸城砰訇。城隅身竟碎賊手,城石遺迹猶分明。皖江水抱城流駛,皖公山照土花紫。頭影千秋血不寒,北門牆下陰雲起。生爲烈士死鬼雄,何啻千百斬將搴旗功。君不見死於桐邑祀於桐,桐人至今呼實公。土人稱曰實公祠。

朱邑墓和象星韻[③]
桐城西南二十里,碣曰“漢大司農朱公邑神道碑”。

遍觀文黨訖王成,君獨深追愛戴情。漢大司農之墓道,古龍舒國即桐城。[④]嗇夫豈得云官小,列傳何妨以吏名。近到江郊尋縣宰,弦歌深望耳邊聲。將到潛山也,時門人倪春巖宰潛山。

陶沖驛大雨[⑤]桐城縣西南四十五里

萬壑秋聲一夕飛,九天泱漭水皆垂。誰知即是馬頭上,昨日山間雲所爲。

雨　後[⑥]

雨後潛山縣,青山抱郭稠。稻畦新水響,竹徑濕雲流。跋馬低於

---

① 　此詩題位於手稿本第7379頁。
② 　“降”下,手稿本有“城”字。
③ 　此詩題位於手稿本第7383頁。
④ 　此句下手稿本有注文“邑,舒人”。
⑤⑥ 　此詩題位於手稿本第7381頁。

岸，編桴小過舟。晴光貪向晚，小驛肯淹留。

返　照①

返照潛山山徑中，赤雲透日似丹楓。雲間卻瀉山泉下，暖翠浮嵐一水紅。

潛山縣二首②

孤城開暮雨，數里露巖松。日滿潛江水，雲藏天柱峰。溪流非一渡，坡路有千重。半日舟兼陸，深煩地主供。

稻田高下熟，我到正深秋。迎馬喧山雀，飛鴉趁水牛。郡人常備潦，此邑獨蒙休。夜晤倪明府，須勤教養謀。時安慶諸邑惟潛山無水災。

太湖縣③

百道飛泉落，潺潺縣四周。馬嘶吳水晚，城對楚山秋。地本聯灅漢，星應近斗牛。西南得小驛，暝望宿松投。

宿松至黃梅道中雨④

江關淅瀝雨初飛，晚色溟濛雲四圍。山氣蒸如開飯甑，湖田皺似疊僧衣。前峰纔暗後峰霽，宿水乍消新水歸。傘笠一行沙渚上，憑輿閑看釣魚磯。

黃梅縣二首⑤

憶昔漢皋上，盈襟采碧蓀。此鄉雄楚北，秀氣掩荆門。吾黨契文字，今宵同晤言。勝他宗派在，妙偈説風旛。門人蔣、石二孝廉出迎。

古有掄元訣，於今久不傳。石家前輩作，此邑一鐙懸。亦有丹青變，何妨莔蕙妍。願將所思意，同賦涉江篇。時邀蔣怡庵同行也，前明石解元

---

①② 　此詩題位於手稿本第 7382 頁。
③④ 　此詩題位於手稿本第 7383 頁。
⑤ 　此詩題位於手稿本第 7384 頁。

有恒亦邑人。

廬山下作歌①

我聞廬山高並南嶽尊，挹注南斗朝崐崙。大江從西來，九派流向潯陽分。帝降星精自五緯，屹然五老鍾威神。香鑪旁起作擁衛，神漿鬱岊蒸氛氳。九叠之屏三叠水，銀河金闕光吐吞。千巖萬岫蓄不住，然後一線迸落開先之寺門。錦袍仙人讀書此，手把芙蓉朝玉宸。後來歐九發高咏，尚欲李白爲比鄰。我愛漱玉亭下東坡句，飛橋月出可以清心魂。白龍玉峽雖未到，遠近等是看山身。昔我來新秋，正逢山出雲。但於兜羅界，仰見蒼龍鱗。頗聞茲山無日無白雲，安得今朝風日霽西江，萬頃照出高嶙峋。三郡城所環，五百里周輪。寺前後相帶，峰左右爲群。遠公講經迹，尚恐地近人。襄陽泊舟處，只記鐘空聞。我亦袖得廬山片石去，②已勝攀陟泰華窮峨岷。

東林寺重和王文成韻③

遠公結構不草草，禪居焉比官居好。當日初非驛頓處，但有泉清松檜老。禪榻荒涼君莫哀，禪扉今爲官人開。寺僧匍匐道邊謁，如望十八高賢來。遠公龕下僧稽首，褂袍新薦謝雨酒。④果然祈禱能有應，如此高僧合不朽。導我看泉復繞庭，鐘聲送客來前汀。但鐘相送僧莫送，容我縱目匡廬青。

建昌縣道中三首⑤

略彴灣灣跨淺汀，竹欄三五小茶亭。白雲半日肩輿上，背倚廬山作臥屏。

---

① 此詩題位於手稿本第7385頁。
② "我亦"，手稿本作"我今"。
③ 此詩題位於手稿本第7387頁。
④ "褂袍"，手稿本作"掛袍"。
⑤ 此詩題位於手稿本第7388頁。

堤抱田塍樹抱堤，稻根青與樹頭齊。老鴉閑啄樹頭粒，來向稻根青處棲。

過盡山來渡幾灣，誰知渡尚在山間。卻於喚渡亭邊渡，斜見廬山背後山。<small>有渠曰山下渡。</small>

樂化蚤發①<small>南昌城北四十里</small>

樹頭殘月映江升，露滿茅簷睡未能。絕似昔年晨起處，桂華如粟撲秋鐙。

自南昌至大庾舟中雜詩二十首②

往歲登高處，江天一色中。斗牛仍夜氣，蛺蝶幾春風。棖桷經新換，標題弔古同。<small>滕王閣新扁曰古滕王閣。</small>又逢行采秀，雙眼豁秋空。

小艇名三版，篙師共一家。艙如支斗帳，櫓似叫飢鴉。盡日風平岸，中宵浪走沙。北人車馬慣，便已類乘槎。

此邦富才傑，我昔采文章。盡浣五家習，遙追一瓣香。綠波飛鷁去，高閣彩罿翔。直送珠江水，洪瀾萬丈長。

豐城城下泊，昏黑啓篷窗。夜影雲圍樹，秋聲雨夾江。漁鐙依遠浦，水鳥撲寒缸。今夕星芒下，應看劍氣雙。

竟夕江濤急，喧豗鼓筴篷。添來菊花水，此即鯉魚風。岸樹千重黑，桅鐙一面紅。我仍斗室穩，把卷竹窗中。

窈宨萬煙鬢，層層斷靄間。客心趨嶺嶠，秋色壓江關。盡助迴瀾紫，非因夕照斑。西江一吸後，更許飽看山。

解纜峽江縣，江深山復重。迴看帶睥睨，無數青芙蓉。村墟漸已遠，炊煙時一逢。泊舟傍山塔，杳杳聞山鐘。

----

① 此詩題位於手稿本第 7388 頁。
② 此詩題位於手稿本第 7389 頁。

日出江霧滿，推篷欹枕時。山光看不定，帆影去何遲。童子開村釀，舟人唱竹枝。今朝路遠近，晴雨爾應知。

衆峰趨郡郭，一水帶江城。筆作文山立，波如吉字行。路人爭指點，前輩盛科名。終古英靈在，何須愧後生。

萬古潮陽筆，歐陽實代興。斯文接唐宋，一脈啓王曾。道已千秋仰，堂猶六一稱。江山蟠秀氣，總合繞廬陵。

道逢邊學士，讀禮一歸舟。借問持衡意，深煩爲我謀。寧辭勤考校，何以廣諮諏。不獨鄉人誼，停橈爲小留。

同舟四五輩，意氣盡吾徒。促坐連深夜，論文必正途。客星明海嶠，秋雨響菰蘆。爲問搴芳意，何如惠仲儒。惠侍讀士奇視學廣東，至今人稱之。

貢水會章水，吉安首萬安。山光夾兩岸，雲氣接諸灘。片片花飛浪，層層石束湍。今朝仗風力，一倚短篷看。

灘尖浮水出，灘樹與船平。賴有波濤駛，無煩篙櫓爭。言從萬安郭，直指贛州城。山罅樓窗客，看人獨眼明。

贛實西南障，雙流據上遊。衣襟視吳楚，肩背接閩甌。山角危樓倚，江灣紺塔浮。雄關新月上，夜泊正高秋。

九日泛舟處，沿厓葭菼蒼。但看暮山紫，不見菊花黃。向浦帆光直，橫雲雁影長。明登大庾嶺，定作補重陽。

芙蓉江上夢，往歲感分襟。今我南來路，如偕謝子吟。重陽涼雨後，萬里碧雲深。九十九曲水，無非憶汝心。

近時楊進士，鍵户意如何。繾綣同門子，商量舊學多。誰能感風雨，我已懼蹉跎。師友天涯切，中年賴琢磨。大庾楊鈍夫就見舟中，諄諄以蕺山近學爲問。

發鼓晨兼夜，看山晦復晴。晚風開蟹籪，宿雨聽鼉更。門對漁家網，帆隨估客程。高唐驛舍月，又向嶺頭明。

人起小溪曙，天臨大庾秋。倍深拱北戀，已辦向南舟。遠勢來諸嶺，迴眸俯八州。我來花發處，已似到羅浮。

九日贛江舟中聯句①

夾江怒石如卷濤，覃溪。兩山氣勢秋爭高。陸鎮堂。破浪擊楫聲嗷嘈，蔣方熙怡庵。黑雲霢霧風蕭騷。熊之理介廬。星槎同泛江之皋，裘石泉。今日佳節陪吾曹。覃溪。右手持杯左持螯，鎮堂。佩蘭盈紉茰盈綯。怡庵。筵以野蔌侑冷淘，介廬。沿山而行歷崷崒。石泉。山之面目腹背尻，覃溪。攫挐螭豹紛騰逃。鎮堂。諸灘亦復咗鯨鼇，怡庵。又如初平所牧羔。介廬。前蟠後踞環周遭，石泉。菊花新水漲滿篙。覃溪。急湍飛雪迎輕舠，鎮堂。高非土阜深非濠。怡庵。灣澴匹練迴紋縧，介廬。琮琤臥聽鏗雲璈。石泉。縴夫使縴如椊㭾，覃溪。往來上下捷於猱。鎮堂。晴空雙櫓不待操，怡庵。蒲帆背日明征袍。介廬。去鳥萬里窮秋毫，石泉。汪濊學海皆恩膏。覃溪。況探嶺嶠隨節旄，鎮堂。韓門得伴湜與翱。怡庵。碧雞金馬招王褒，介廬。繽紛珊網羅英髦。石泉。念此可以消濁醪，覃溪。但題山水不題餚。鎮堂。豈借落帽誇遊遨，怡庵。霜天颯瑟萬木號。介廬。蒹葭佇望伊人勞，石泉。齊聲唱徹牆上蒿。覃溪。彭城之謝柴桑陶，鎮堂。至味爾我同麴糟。怡庵。百川手障歸人豪，介廬。筆底萬斛來滔滔。石泉。

大庾嶺次和象星韻四首②

旬日灘行窄，常嫌巨石攢。忽從天一線，擁出級千盤。本自成花國，何曾阻鳥翰。誰將南嶽比，乃爾隔炎寒。嶺上題曰雁回人遠。

曲江開道路，茲嶺亦奇遭。寺踞層厓古，雲橫亂石高。涼風催去騎，落日下平皋。貪向官程晚，非辭展謁勞。曲江祠內僧出迎，予以行有常程不入。

陸賈書生耳，當年出漢關。樓船未下瀨，桂蠹遂來蠻。亦仗忠誠矢，寧徒藻彩斑。況兹行役到，珊網肯空還。

佇望南安郡，人文鎖大江。近看章貢合，遥指斗牛雙。在昔懷登陟，於今擁節幢。幾時同謝子，幽澗聽淙淙。<small>末章懷藴山也。</small>

自始興江口至韶關舟中即景同限韻二首①

峰來江欲動，雲起石爲關。今日舟中客，方知嶺外山。魚龍光駮犖，虎豹窟孱顔。海嶠多奇氣，都收几硯間。

拔地無膚土，横江有峭帆。低昂來衆皺，掩映滿輕衫。磊落人如此，嶔崎品不凡。朝宗心總切，未許托川巖。

舟發韶關再用前韻②

傳語停舟處，雙扉莫上關。月仍窺半舫，天又送群山。雲氣嘘丹壁，苔花點翠顔。化工誰剟削，盡落廣韶間。

遂邀諸子過，同賦涉江帆。日透明珠網，<small>船窗皆捶蚌爲之。</small>風清白葛衫。<small>杜詩"韶州白葛輕"。</small>文瀾開浩渺，詩骨淨塵凡。他日攜尊酒，題名共翠巖。

觀音巖聯句用東坡遊徑山韻③<small>英德縣北六十里</small>

船頭飽看韶州山，<small>覃溪。</small>眼如禪月印萬川。<small>鎮堂。</small>中有峭壁洞壑旋，<small>怡庵。</small>窅然深入静以淵。<small>介廬。</small>誰爲寶相居其巔，<small>石泉。</small>下照覺海開青蓮，<small>覃溪。</small>盤空石路龍蜿蜒。<small>鎮堂。</small>上方花雨上乘禪，<small>覃溪。</small>慧鐙銜壁如列錢。<small>鎮堂。</small>蒲牢吼起蛟鼉眠，<small>石泉。</small>罡風脚下吹飛鳶，<small>介廬。</small>楊枝水和鍾乳煎，<small>鎮堂。</small>懸厓斗立俱安便。<small>怡庵。</small>如到南海普陀然，<small>介廬。</small>重來題字期明年。<small>石泉。</small>

---

① 此詩題位於手稿本第7397頁。
②③ 此詩題位於手稿本第7398頁。

遊峽山寺和壁間鄭炳也宮贊韻①清遠縣北四十里

峽山山頂高嶒嶒，蕭梁遺事老衲徵。夜來羅浮夢離合，疑有風雨移丘陵。瑰特開自二禺化，縹緲合以飛來稱。晝合陰翳夜生白，冬來雷雹夏結凌。石洞猶疑白猿嘯，松門但有蒼鼯騰。曲磴千盤巖勢變，古殿一徑嵐煙凝。斯須老衲導我登，大石疊翠如雲蒸。彼豎義者彼服膺，誰非北秀非南能。初祖講經石。忽聞半山響若應，飛雨急鬭不可升。以筇借我我不憑，但縱遠目追秋鷹。禪關更上滑難上，衲顧我笑勿我矜。我經匡廬想飛瀑，昏黑獨倚青厓藤。昨登大庾問古迹，挂角寺下風凌競。豈知緣江一艤棹，使我詩力百倍增。噌吰遠近答溪澗，杖履三五攜友朋。萬斛秋江會颯沓，萬壑秋樹紛鬅鬙。來於何處飛何處，請以公案煩山僧。我置無言櫂船去，滿江卻印禪堂鐙。

到廣州任有述②九月二十一日

二十年來采泮芹，粉圍紅燭曉氤氳。③重逢甲歲衡多士，還得珠光報聖君。百粵山川鍾地脈，五羊城郭壯人文。今朝日近亭邊望，盡繞文昌五色雲。

初發廣州按試肇慶以西諸郡登舟有述兼呈象星怡庵介廬石泉④九月二十六日

嶺海蒐奇豈易勝，宦途利涉果誰憑。平生本不求溫飽，今日深知畏友朋。城角曉鐘清似偈，渡頭殘月淡於冰。自應檢點初心在，風味青衿記昔曾。

高要舟中與諸子論文作⑤

斯文寄天地，肇始自儀象。函三本一律，吹萬臻同響。說經漢氏

---

① 此詩題位於手稿本第 7399 頁。
②④ 此詩題位於手稿本第 7401 頁。
③ "年來"，手稿本作"年前"。"粉圍"，手稿本作"粉闈"。
⑤ 此詩題位於手稿本第 7402 頁。

繁，詞賦唐代廣。有宋薈群儒，大義谿指掌。演迤爲今文，競掉詞壇鞅。歷四百年來，藝圃無隙壤。明初王濟之，程墨式已昉。元酒不待齊，豈必醴與盎。思泉及荊川，用法直不枉。我愛方孟旋，風骨亦遒朗。終歸歸僕丞，百川障決泱。至哉大美言，如風行水上。後來闡諸家，波瀾日浩蕩。隆萬及天崇，巧力迭相仿。遂來復社輩，好惡生標榜。隱微繫人心，道脈關消長。國朝聚奎躔，熊劉最閎敞。明堂圭璧品，磊落光萬丈。文懿文貞出，大樂鈞天享。景慶麗星雲，哲匠同時仰。往者推宜興，儲任共欣賞。胥惟經術深，不獨持論讜。淵乎竹里翁，弦外寄遐想。五色園客絲，衆繭歸一紡。如車賴司南，如舟得五兩。如控馬有轡，如登山有杖。自從先生後，斯道益炯晃。飲食而知味，一一飽所饟。顧惟立繩墨，本不由勉強。設非積學久，敢以虛詞罔。精理內充實，真氣外摩蕩。誰能猝使然，是亦關所養。六經乃膏腴，諸史亦寶帑。中藏未涵濡，外貌徒仿像。鯨魚掣滄溟，鯤鵬適莽蒼。苟虛羽翼培，焉免枋榆搶。爲山必基簣，搏水可過顙。真譽必有試，僞體吾何獎。幸得受斧斤，南來收篠簜。滔滔珠江水，照此珊瑚網。遠稽文獻公，嶺海風嚮往。近時詩振奇，陳屈尤競爽。喬生蒲衣倫，瑰瑋非骯髒。要取器雄深，寧借氣慨慷。陸犀水貝璣，韓子歌荒莽。仁義動君子，吾道信所仗。豈謂帖括卑，章句聽剽攘。今古一瓣香，大抵存吾黨。方圓各成器，奇製何必放。籩簋弗薦誠，安用陶與瓬。契古有神會，譚藝殊技癢。寸心得失間，令我懷疇曩。陸子吾畏友，況接熊裘蔣。長嘯求元音，聊倚舟人槳。

賦得十月先開嶺上梅①

得南字，羅定州試題。

　我來高處信先探，占得春光遍嶺南。大庾夙聞香雪滿，小陽多仗暖風酣。蚤時種樹心應切，他日調羹兆已含。要答天和培地脈，個中消息與誰參。

---

① 此詩題位於手稿本第 7405 頁。

倒　挂①

綠衣紅尾映窗紗，此去羅浮路未賖。飛處定知巢碧樹，生來本合食桐花。風翻翠鈿看翎舉，日麗丹崖倒影斜。安得化爲真鸞鷟，徑將籠去獻皇家。

夜雨呈象星②

端州試院芭蕉樹，徹夜寒聲攪夢思。一笑與君俱作客，尚非風雨對牀時。

舟發肇慶口占③

未得登樓望七星，卻來篷底辨山形。此行不挈端州硯，已飽端溪石壁青。試院有樓可望七星巖，因樓板不堅未及上。

高要舟中夜雨次象星見示韻④十一月二日

敧枕端江上，聽詩口沫流。誰知隔窗雨，泊在亂山稠。硯石清成響，衣襟暖欲秋。今宵帝城裏，已夢海南舟。計京信此時當達。

曉發高州次象星韻⑤

依依殘月在林梢，尚想新秋出帝郊。亦有平原車可坐，轉多密箐鳥爭巢。地因嶺霧難褰幔，人似山僧慣打包。他日曉行圖一幅，與君張挂舊衡茅。自羅定、肇慶皆由水路起程，至高州始由陸路起程。

是晚化州驛館再用前韻⑥

麥花榕葉滿鞭梢，半日州郊接縣郊。竹架肩輿輕似鵲，草團驛舍小於巢。檳榔殼可連心擘，橘柚皮同厥貢包。今夜劇譚成藥録，梧州㮋桂庾山茅。

---

① 此詩題位於手稿本第 7405 頁。
②③ 此詩題位於手稿本第 7406 頁。
④⑤ 此詩題位於手稿本第 7407 頁。
⑥ 此詩題位於手稿本第 7408 頁。

十一月二十六日雨行遂溪道中讀虞文靖詩有懷蘊山吉士
兼柬籜石坊長即用文靖題柯敬仲畫韻①

昔學杜陵與潮州，勢捲江海簸陵丘。磊落汪洋雖快意，細視不辨渚與洲。深識老筆誰復到，敢劀壁礌窺戈矛。去年長夏與謝子，遺山深裏俱見收。學古録勝劉静修，寧論揭生與楊侯。奎章學士漢庭吏，其色密栗其光幽。青山一髮足招隱，況乃健筆迥萬牛。②涼窗興發唱必和，時請錢七如羊求。白翎雀篇最跌宕，醉舞暮雨虚堂秋。有語必令謝子記，偶然所得皆鈔留。豈知今雨來嶺海，卻展舊篋口沫流。殘冬筆硯暖不凍，鉛槧隨我天南遊。歲聿云暮何所憶，卬須我友如招舟。他年青瑣共讎校，並題文采珊瑚鉤。

英利驛館夢蘊山作③

夢與蘊山語，因叩蘊山業。熒熒青鐙輝，宛爾照書篋。娓娓論繙譯，瀾翻動雙頰。勉以務强記，不獨矜博洽。示我巨室章，向我丏繙法。工師匠人字，一一手推掐。巴克什達海，老筆心所愜。巴克什，國語大儒也。達海，天聰中内院學士，充日講官，今所行《四書》出其手。記憶爲點定，虚實相鉤押。得波齊摩訶，安置俱妥帖。得波齊摩訶皆國書語助詞，用之最難恰合。塗改行草半，爛漫盈我睫。此道妙運用，尺寸脈絡接。無取文詞拘，要使義理協。琳瑯金齎文，刻鏤白玉牒。或校讎中秘，或敷陳奏摺。歲杪金匱記，爾定鈔幾葉。藻聚群公麗，繙出衆手捷。未得我與汝，螭坳同硯匣。每歲臘月恭進記注，例用庶常寫正本，滿講官繙譯，今年曾約蘊山同入校對，故云爾。故借孟子篇，萬里如負笈。伊余耽舊學，曷爲喜見獵。直以精誠感，匪止意想涉。子誠棟梁材，采斫自巖峽。可以喻大木，積累臻岌嶪。皚皚剖璞玉，可獻不可狎。萬鎰價定酬，雕琢功豈乏。幼

---

① 此詩題位於手稿本第 7408 頁。
② "健筆"，手稿本作"健句"。
③ 此詩題位於手稿本第 7410 頁。

學與壯行，夙昔同所挾。願當離群日，①撫懷滋怵怯。今夕宿海際，明當扣海楫。書如東觀看，筆想西窗夾。一事尚繾綣，萬事肯凌躒。録之俾毋忘，甲申月維臘。

歲暮瓊州試院和象星韻②

易覺韶華轉，誰知絶島孤。文章仍我輩，歲月爲誰徂。坐久頻挑燭，情親勝飲酥。海邊聊一笑，不必曲筵鋪。

海安公館除夕四首③

好風如地主，催送客帆歸。小泊迎新節，重來款舊扉。雲隨旗脚轉，浪似雪花飛。卻望瓊州郭，濛濛樹一圍。

涉海心常怯，今纔信海安。廚人祝湯餅，昨日得家書，新生一男。旅客憶牢丸。京師是夕食餃子，因命此處執爨者學爲之。窗爲遮風補，花非翦彩看。檳榔椰子肉，然否即椒盤。

畫鼓將軍廟，喧闐競賽神。燒鐙雜估客，酹酒遍行人。炬火松薪接，煙硝爆竹頻。亦能驅瘴氣，煒烊啓陽春。敕封英祐將軍江公有功粵海，屢著靈應，海口、海安並有祠。

應記今宵景，諸公憩海墺。潮隨城漏長，語共燭花圓。戶少辭年客，僅分押歲錢。一雙秦吉了，相喚緑窗前。

---

① “願當”，手稿本作“顧當”。
②③ 此詩題位於手稿本第 7412 頁。

復初齋集外詩卷第三

乙酉一百八首

海安公館元日①

檣頭昨已轉東風,待漏心仍萬里同。一夜潮迴天影碧,五更雲擁日輪紅。泊船商賈新年集,比户謳歌絶島通。要爲人文占瑞色,倍將兢惕矢臣衷。

次韻象星見賀生子②

我昨瓊州夢得珠,開緘恰及返轅初。已將彩筆占同兆,十二月二十七日,瓊州試院夢人與一珠,又與一筆,次日果得家書,亦一異也。況讀新詩意有餘。歲事更應輝客館,春風好作寄京書。他時亦要符前度,同月同辰映里閭。予以辛巳正月十日得子,象星旋以壬午正月十日得子,故戲祝之。

觀濤亭同象星賦③海安所北十里

渡海海濱二日住,謝神禮罷鳴我驂。觀濤驛亭首歸路,海安之北徐聞南。今晨大風起海際,天吳倒捲洪濤酣。與君迴望入港處,但見積霧如煙嵐。憶昨酹酒江公廟,傍晚無風天蔚藍。斜陽萬里照孤島,空明盡見崖與儋。板船雖大底頗窄,中央剛受人兩三。北人苦去聲。

---

① ② 　此詩題位於手稿本第7419頁。
③ 　此詩題位於手稿本第7420頁。

船不得臥，而君出户心懷貪。以手招我看月上，天水一片光相含。人間沙鳥不到處，只有明鏡磨空潭。白浪如花滾飛雪，未免目暈難窮探。爾時壯語未暇吐，留與今説寧非慚。未渡既渡那有二，人每境過方知諳。春水潮迴響殷殷，春渚草動香罨罨。漫詡枚生曲江約，須信宗慤長風堪。他日對君茅屋下，荒怪卻效海客譚。定憶今朝驛唐路，筤輿三五隨摻趨。

自瓊州歸路宿雷州府試院次象星韻①

驛路經由接海邦，新年重拓舊黏窗。轅前添得生徒拜，酒畔何須子弟腔。太守設劇卻之。雨雪當春渾不畏，蚊蠅入夜已難降。歸途清暇誰如我，尚愧泉邊聽玉淙。府城北十五里，有陸公泉，予來往皆未得一憩。往時學使者皆以去時歲試來時科試，予因接任科試，故歸途過雷無事云。

將發廉州府觀劇作二首②正月十八日

蠻簫村笛海邊春，冷淡轅門見卻新。已怪客腸如木石，誰知更有幕中人。熊介廬以有服不出飲。按行西郡自初冬，今夕伸眉一笑逢。不爲樽前有弦管，春風漸已見桃穠。此地正月半桃已作花。

發廉州府道中即事四首③

粤海西南際，迢遙瘴嶺隅。直將銅相馬，試經古日以金馬式爲賦題。不獨浦收珠。島潵扶桑接，瓊雷驛路紆。乘風破浪意，他日繪爲圖。

曠極篁茅徑，襛添桃李陰。沿溪撲松鼠，隔葉叫山禽。路有辛盤薦，村仍爆竹音。馨香在懷袖，我已探春深。

海近風常厲，嵐深雨易飄。臘難將扇棄，春不借冰消。冒曉披重闒，經冬長翠苔。若教微霰下，真有雪芭蕉。

衰草彌荒渚，平沙帶遠汀。穿雲猿拾果，向日鳥梳翎。肴榼懷春

---

① 此詩題位於手稿本第 7421 頁。
② 此詩題位於手稿本第 7422 頁。
③ 此詩題位於手稿本第 7423 頁。

侶，招邀憶舊垌。東湖柳村柳，應傍郭門青。予所居巷南曰東湖柳村。

石城道中①正月二十二日

平沙歷歷間村場，小渡灣灣跨驛塘。艇子尖划同木屐，車兒疾溜似冰牀。無風山亦雲中掩，欲雨天如雪後涼。仿佛初冬燕薊路，只添密箐與疏篁。

石城宿松明書院聯句②正月二十二日

返轡高廉界，覃溪。孤城粵海西。四圍山擁翠，鎮堂。六洞水環溪。院記松明古，怡庵。人傳玉局棲。畫梁巢鵲鷇，介廬。敗瓦印鴻泥。講座都無碍，石泉。書樓但有梯。竹間跳石駟，覃溪。龕畔睡金猊。俎豆鄒同薦，樓上同祠明庶吉士鄒汝愚。鎮堂。間關轍與齊。圍鑪留韻事，怡庵。傳火覺遺黎。近取琅琴語，昨儋州牧裴鷺臣於東坡祠舊阯建書院，覃溪師取東坡詩"琅然如玉琴"之句題曰"琅琴留韻"。介廬。遙從儋耳題。斯文今古意，石泉。翦燭記招攜。覃溪。

高涼道中春雨寄懷謝蘊山祥厚齋李敬堂呂陶村丘木亭五吉士用昨夕松明書院聯句韻③

萬里碧萋萋，心馳御柳西。頭廳消積雪，別館帶長溪。日啓葳蕤鎖，春看鷺鸞棲。新篇丹濯露，秘笈紫流泥。數子皆勤學，初桄已有梯。器摹敧在簏，庶常館後堂有《周廟敧器圖》。袖惹篆噴猊。珂佩鏗鏘接，聲華磊砢齊。莫辭雕結綠，敢漫誚懸黎。良月多嘉會，因風續舊題。此時應憶我，池上手同攜。

化州驛館坐雨聯句④正月二十三日

春雲常照海，夕霧乍披巖。鎮堂。驛路叢篁夾，城樓石礨嵌。覃溪。

---

①　此詩題位於手稿本第 7425 頁。
②　此詩題位於手稿本第 7426 頁。
③　此詩題位於手稿本第 7427 頁。
④　此詩題位於手稿本第 7428 頁。

散絲來密點，濕翠滿空巖。_{鎮堂。}油傘沿途罩，茅亭振我衫。_{覃溪。}正愁泥滑滑，莫厭語喃喃。_{鎮堂。}柱礎蒙青蘚，庭蕉矗綠杉。_{覃溪。}几應同玉潤，壁已類梅黬。_{鎮堂。}果落寒猿拾，枝敧宿鳥鵮。_{覃溪。}隔牆花正吐，當戶草寧芟。_{鎮堂。}潤囀鶯簧巧，香偷燕尾饞。_{覃溪。}迷離窗紙暗，錯落壁鐙銜。_{鎮堂。}院吏稀公牘，行轅少報緘。_{覃溪。}畏寒裘未減，入夜火頻添。_{鎮堂。}榻對如成約，輈巡或作監。_{覃溪。}肩因尋句聳，首爲放歌儳。_{鎮堂。①}潯酒柑仍賤，^②收皮橘不凡。_{覃溪。}花還開老樹，藥可寄瑤函。_{鎮堂。}襆被須晴曬，調羹避水鹹。_{覃溪。}檐聲俄斷續，簡字幾鐫劖。_{鎮堂。}瑟瑟飆逾緊，蓁蓁漏漸嚴。_{覃溪。}歡教連晝夜，調欲減雲咸。_{鎮堂。}屈指東風便，羊城穩挂帆。_{覃溪。}

端江春雨歌③

端州石，連山厲，端州水，連江綠。端州之雨更有情，來往送人如計程。_{去年十一月二日發肇慶遇雨。}高涼道中春陰又千里，及此始見春水生。草長沙暖鷄鶒浴，絕愛瑽琤新戞玉。箬笠蓑衣溪上舟，三篙兩槳山之曲。君不見七星巖、羚羊峽，半空秀色江頭插。儻得斜風疾雨中，紫雲割入琉璃匣。

東莞舟中望羅浮山歌④

吾不學鮑靚南海之仙道，⑤亦不求葛洪句漏之丹砂。西郡遄歸東郡去，石隆鎮口扁舟划。舊聞半夜火輪吐，句曲洞接蓬萊股。岡巒表裏皆雲煙，尻背合離或風雨。石樓小大宜可登，璇房千百誰能數。昨朝曾觀博羅圖，四百三十二峰疑有無。石洞黃龍秘，經堂白鶴孤。瀑布遙從鐵橋下，洞庭卻疑茅山隅。⑥安得夜吟六銅龍，畫翻五色雀，坐

---

① “首”，手稿本作“言”。
② “潯酒”，手稿本作“浸酒”。
③ 此詩題位於手稿本第7433頁。
④ 此詩題位於手稿本第7434頁。
⑤ “吾”，手稿本作“我”。
⑥ “卻疑”，手稿本作“卻夢”。

遍三千丈頂諸蘭若。定勝紅棉斜照中,惟見空江抱山脚。

藥洲次石上宋人韻①

二首之第二,集刻一首。

二湖九井又三洲,一石源誰匯衆流。那要論他淮泗品,太湖天竺定評不。②

雨三自莆田來惠州舟中次韻③

爾自閩江溯海天,挑鐙篷底話前緣。大蘇郡近仍千里,小阮交深已十年。畫舫不須勞遠夢,朱顔猶未減春妍。相看幾寸鬚鬖出,忍負寒青舊坐氈。

鈍夫用蘇文忠合江樓韻贈雨三因和一首即贈鈍夫兼示雨三④

昨望羅浮真壯哉,惠州潮州江漸開。潮州江從閩水出,惠州山自大庾來。看山汎江並二美,⑤同舟遙夜歌聲起。醉餘夢見長帽翁,山畔孤樓照江水。不見居營白鶴新,我輩復作看山人。推篷起舞對清影,四更娟娟江月春。蘇有《登合江樓咏四更山吐月》之作。

篙眼詩同楊鈍夫賦⑥

南海放船指惠嘉,水漸淤淺山谽谺。十日挽船盡上水,篙工手脚如爬沙。作力爭爲邪許叫,打鼓卻羨回帆撾。岸頭蒼石堅過鐵,篙嘴雖鐵難同划。嗟哉去來非一日,石上眼已紛如麻。泰山積日穿線罍,況與雙櫓磨伊鴉。北方石戴古車轍,見慣不復生驚嗟。竭來篷底觀徼妙,心間即是住即差。與君篷窗且無睡,坐看片月橫江斜。

---

① 此詩題位於手稿本第 7435 頁。
② "不",手稿本作"牛"。
③ 此詩題位於手稿本第 7436 頁。
④⑥ 此詩題位於手稿本第 7431 頁。
⑤ "汎江",手稿本作"泛江"。

藍關韓文公廟①龍川

十年前夤切宗韓，②壬申入翰林，初謁公祠。五嶺來初廟貌攀。詩句
人傳蹤迹在，神仙事托渺茫間。地名藍關，復有秦嶺，皆援公詩，並塑公兄孫湘
像，乘雲而立。須從泉識源源水，郡守某取蘇文語題殿楹上曰"得泉"。不礙雲橫
處處山。只有南天不見雪，地名翻自號藍關。

舟中八咏和鎮堂介廬作③

帆

美錦誰能製，新蒲且試裁。撾從回處記，風信正時開。安穩行人
托，連翩海鶖排。石華同采日，細雨及春來。

篷

此邦修竹賤，夾篏一彎爲。不比車箱窄，聊同瓦屋卑。對窗俱借
庇，六扇莫教支。④過龍川嶺而東，妓船皆六篷，予因僱三篷船。輸與黄通判，高
軒聽雪奇。嶺南無雪，明初番禺黄庸之度嶺而北，倚篷聽雪，詫曰："天下奇音莫是過
矣。"歸構一軒，名曰聽雪篷。

篙

空江水淺處，人力與風争。石上攢窠眼，舷頭拉杍聲。⑤夜喧千艇
唱，春動一痕輕。無那燕南夢，河橋老鐵橫。琉璃河橋下鐵篙，俗傳王彦章
所遺。

槳

渡上招招處，摇來兩兩頻。昵如送孃語，古樂府："一篙載兩槳，送孃還故

---

① 此詩題位於手稿本第 7438 頁。
② 此句下注文"祠"下，手稿本有"有'風流藝苑盡宗韓'之句"十字。
③ 此詩題位於手稿本第 7439 頁。
④ 此句下注文手稿本作"過龍川嶺而東，船名六篷，悉娟妓也，予因另僱三篷船"。
⑤ "拉杍"，手稿本作"拉杆"。

鄉。"滑似蕩舟人。共濟心元切,稱蘭誼更真。只憐空翠影,劃破一渠春。

桅

流駛人俱倚,帆收影尚全。一條須穩立,十幅乃誠懸。竿豈貧兒曬,橦非倭子緣。還同枝挂月,高處夜鐙然。

縴

蟻貫金堤似,絲牽玉虎同。繫舟之繩亦名百丈。翻疑總馬轡,聊當順船風。木有繩從義,人行鳥道中。宵來看火繼,兩岸一行紅。

柂

捷手開頭並,神功掉尾長。樓如飯吳越,人記鼓瀟湘。左右流全賴,東西捩有方。王介甫詩"東西捩柂萬舟回"。長年都把慣,穩坐後梢旁。

纜

繫得復解得,江南還海南。憶過橋筰日,曾咏紼纚諩。《韓詩章句》:"纚,筰也。"朱《傳》:"紼,繂也,以大索纚其舟而繫之。"據此即今之纜。未碍沙邊久,杜詩:"扁舟繫纜沙邊久。"寧論錦上貪。夜深維更好,爲要過船談。

漢壽亭侯玉印①并序

漢獻帝建安己亥,蜀人獻玉一,中有井環,漢中王命上下鐫篆文,曰"漢壽亭侯印"、曰"關某之印",遣益州司馬費詩齎至荆州賜前將軍佩之,印後爲吳將徐盛所得。黄龍己酉,盛過鄱陽湖,舟覆失之。明萬曆丁巳,湖晝夜有光,漁人得之進於朝。越二歲己未,命董太史其昌齎送浙江西湖聖因寺虔奉,御題云"西湖聖因寺東漢壽亭侯藏廟玉印一"。乾隆辛未南巡,見其古色黝然,用識歲月,俾永藏焉。

素絹夜展來靈風,大篆九字硃砂紅。滿座觀者盡下拜,況鐫御識

---

① 此詩題位於手稿本第 7442 頁。

於當中。聖湖之上聖因東,西川片玉凜神功。俾民皆不逢,不若庇國常泰年常豐。

舟中閱傅宗文賦并蘭詩文喜呈雨三①

一家文彩共騰聲,幾載相望萬里情。以爾金階名照耀,予與雨三先後並以恩科成進士,又俱中會試第一百一十七。況今玉樹秀崢嶸。賦如春草推池上,詩到冬郎亦鳳鳴。漫説髫年曾射策,我先慚愧庾蘭成。

潮州試院後堂題壁②

一桁垂簾三面廊,春風仿佛會經堂。京闈貢院聚奎堂之後十八房所居曰會經堂。聊將選士同千佛,戲説掄魁領五房。同時閱卷恰有五人。鎖院還成鶯揀樹,貢院房考屋向南數間爲佳,趙雲松編修有"人似新鶯巢揀樹"之句。棘林只少雀喧牆。介野園師有《貢院八景》,其一曰"棘林暮雀"。他年更秉南宮筆,説著潮州定不忘。

潮州試院檢舊稿得癸未送楊鈍夫南歸詩用韓送區宏韻中間多論嶺南詩派今果與鈍夫相聚於粵亦一奇也疊前韻示鈍夫③

憶昔城南送子歸,驪歌激昂落紙飛。效韓不恥我力微,語戀但道君莫非。四十韻字探明璣,蹈險者衆夷者稀。論詩直恐無範圍,嶺南佳篇記依俙。稍剔其病揚其暉,抉擇屈陳審從違。薙子刻削出芳菲,夜夢自此勞音徽。去年我驂南嶺騑,杪秋換船泊江磯。畏我友朋古所譏,停橈與子譚京畿。挑鐙舊緒來依依,吾曹豈在誇輕肥。萬里促膝心誠希,自逾大庾嶺崔巍。又登陸路馳轇轕,經冬樹色尚紫緋。旅館憶子吟常欷,二月入省換袷衣。屋梁顔色曈曈晞,同舟況及月望幾。潮州鎖院如京闈,掃除蟲蛸拂蚺蠵。此地並榻誰昔祈,得非我句成先機。經旬潦雨霆霏霏,板屋對罍交革韠。辛苦唱和豨與妃,肯待暑過卉又腓。鳥有嚶鳴鳳有威，迦陵交響來祥機。雙管晝夜毋停揮，書以蕉葉編之韋。吞篆見笑琴見頋，豈區南海與北扉。

潮州謁韓文公祠[①]集刻改本用删韻

道脈需扶樹，其間必有人。漢唐何契闊，孔孟接精神。聖域誰登岸，詞源此問津。旁蒐豈紆曲，私淑實艱辛。讖緯師儒濫，荒唐釋老因。千年貽廢墮，[②]一手闢荆榛。磊落仁兼義，昭彰物與倫。六經初約旨，八代遂還淳。曠古淵源續，斯文日月新。聞知遥溯禹，詳說肯推荀。北斗名終仰，南箕舌漫陳。吏承天子命，人坐海邊春。秩祀碑爰作，風雷鼉竟馴。江山同著姓，江曰韓江，山曰韓山。今古覺斯民。廟倚層巒啓，牆如數仞循。楷模枝屈鐵，階下橡木相傳公所手植。鸚鵡帖鉤銀。公手書《白鸚鵡賦》，勒石壁間。古碣霾煙雨，空階薦藻蘋。歌惟蘇七字，配有宋三仁。殿旁屋三間，祠文信國暨陸、張二公，扁曰"宋有三仁"。歷數潮陽哲，誰堪趙子鄰。趙德配食左龕。講幃猶蕭蕭，廟旁韓山書院。士習祝彬彬。[③]安得陳言去，真教師説遵。范還求以正，肆即本於醇。醲郁膏宜沃，菑畬訓必親。花開雖卜第，郡人每以橡木之花卜科名盛衰。堂號可書紳。堂曰原道堂。攀附思郊湜，精靈感吕申。持衡乞神聽，毓秀仗明禋。敬酌祠官禮，如趨瀛沼濱。翰林署中祠公，行二跪六叩禮，此處祠生云向例皆一跪三叩，予改正之，并語太守，使永爲儀注。倘能培俊彦，出以應昌辰。

春江祠和象星作[④]

一雨一晴春水長，泊船半夜聞水響。朝陰濛濛覆岸花，一雙白鷺隨兩槳。春船偏不攜春人，窈窕山光蕩水紋。蝴蝶蜻蜓敢偷眼，紗窗只載春空雲。潮州至嘉應州長樂一帶皆六篷船載妓，予悉遣之。

---

① 　此詩題位於手稿本第 7447 頁。
② 　"廢墮"，手稿本作"廢墜"。
③ 　"祝"，手稿本作"况"。
④ 　此詩題位於手稿本第 7449 頁。"祠"，手稿本作"詞"。

篷辣灘①大埔與嘉應交界處

僵沙磧礫石巃嵸，大灘小灘如接踵。石罅微瀾不受篙，一風吹之萬花涌。去時水淺石苦骹，來時水大沙猶壅。行人就岸盼舟人，前船撇漩後船擁。借問舟中贛江客，何如綿津及惶恐。謂鈍夫。

聞漁湖蔚田同日擢中允賦寄②

雙飛鸞鷟玉河濱，萬里欣聞正蚤春。卻憶十年元共甲，不徒今日說同寅。詞林著作銜仍領，中允聲名秩更新。端範堂邊綠陰下，聯裾依舊得三人。同年錢擢石掌坊事，去年春予與博晰齋同爲中允，故云爾。

嘉應試事既竣示諸生二首③

條風動春江，參差水荇芼。勿以秕稗溷，充我茅芹造。程鄉古秀壤，毓材實閎奧。一州文所聚，四邑澤斯導。青衿蔚侁侁，聲名嶺南噪。胡爲利器試，乃有捉刀號。文或寫作殊，人或姓名冒。或夤緣號舍，或諱匿年貌。璞鼠翻遇鄭，膺鼎冀納郜。④頑童既徼倖，劣生更仿傚。父兄暨師長，恬不知懲教。嗚呼非一朝，厥病曷由療。古有假手人，終身嘆氄氄。墨水與容刀，同罰不爲暴。天道信報施，豈獨衆所娼。矧伊藐閑檢，適貽身名誚。近聞風稍戢，然否吾敢料。童試有保生，此事實扼要。首戒學官稽，再核案牒報。循名求其真，鑑貌按所肖。層層嚴出入，一一愼考較。更別其疑似，庶馴彼桀驁。鎖院十五日，宿弊此一掃。文雖遜舊聞，終勝於剽盜。匪爲目前計，願永告庠校。爾文可章身，忍等溝澮潦。爾才可決科，忍聽虛牝耗。長者誘毋誑，幼者進毋躁。欺上即不忠，罹法豈謂孝。平旦捫寸衷，清凉拔淤淖。苟有人心人，此轍勿再蹈。移風進真醇，改過發悔懊。有如此江水，澄心送我櫂。

---

① ② 　此詩題位於手稿本第 7450 頁。

③ 　此詩題位於手稿本第 7451 頁。

④ 　"膺鼎"，手稿本作"贗鼎"。

古詩三百篇，孔子皆弦歌。以合韶武音，鏗鏘奏猗那。雅材一百五，律呂相切磋。雖無四聲譜，按節咸成科。蘇李扣宮徵，枚傅鳴瓊珂。《文心雕龍》云古詩或言枚乘，《孤竹》一篇，傅毅之辭。千聲聽日宣，五言製遂多。建安詞飛騰，元嘉步透迤。柴桑乃太羹，庾鮑亦嘉禾。山水滋刻劃，對偶漸切劘。律體雖未出，聲調自不頗。律實始唐初，後乃沿其波。省試帖經試，不比閒吟哦。延清雲卿輩，應制追卷阿。亦有特進麗，咏物窮蒐羅。是皆與試體，同本分枝柯。此道至杜陵，萬古流江河。後學不循麓，那邊躋巍峨。右丞之雅正，錢郎之安和。元白暨溫李，衆軌同研摩。今姑爲下學，問轍徐經過。行先正其步，體先去其痾。使字昧字義，譬如倒持戈。押韻受韻縛，譬如躓升坡。甚至平仄誤，甚至聲音訛。出與對交病，一與三相磨。觬觥句尚爾，奈彼篇章何。源委別河海，晝夜分羲娥。音律自心生，奇偶豈有他。安得誘土風，終自蔽曰窠。此鄉舉子業，一編競摩挲。何獨風雅途，偏爾貽譏訶。試詩詩一體，持律未敢苟。能者宜感奮，距肯徒嫿婗。[1]言取蘭苕華，比我菁菁莪。戲翠即掣鯨，勉矣毋蹉跎。試童子以"翡翠戲蘭苕"爲題。

惠州試院戲贈諸君[2]

惠州考棚小於篷，矮檐對雷相西東。小窗四扇各支風，但聽蔣熊楊翁。怡庵、介廬、鈍夫、雨三。日日吟誦於其中。借問識曲聽其妙，撫卷不言對我笑。掩卷昨夜夢訪蘇，半夜不閒乃得珠。隔籠蠻語兩吉了，流涎俊味雙鷗鵒。太守以鷗鵒一雙送厨，命厨人畜之。聞道黃柑朱橘不論錢，惠州城下水拍天，攜君去上珠江船。

發惠州三首[3]

木棉花兩岸，頗憶放船時。駐惠春逾晚，吟蘇事絕奇。在惠州試院有詩云"掩卷昨夜夢訪蘇，半夜不閒乃得珠"，乃試府學諸生，以珠六號卷爲第一，拆號爲永

---

① "距肯"，手稿本作"詎肯"。
② 此詩題位於手稿本第 7455 頁。
③ 此詩題位於手稿本第 7456 頁。

安蘇朝陽,亦一異也。漲多泉苦滑,閩蚤熱偏宜。已到迎梅雨,輕紅擘荔支。惠州荔支有三月紅。

　　旬日常蒸鬱,新涼借小舟。言乘惠陽水,直指穗城流。試牘令人臥,詩篇孰與酬。今宵艤棹處,須一對羅浮。潮州、嘉應、惠州三處,試卷皆至萬餘,惠尤乏可采之卷,詩則嘉應、惠州二處無一入格者。

　　話別龍川令,良材手植曾。我方慚琢玉,君蚤有傳鐙。作賦雄堪愛,論文細未能。懷人數千里,[1]悵倚暮雲層。欽州馮敏昌,予按試廉郡時所拔士也,龍川令劉君業勤嘗授之讀。

送明曉峰中丞遷撫江右二十二韻[2]

　　北斗天杓渥,西江海嶠鄰。璇璣霩一氣,翼軫映同春。帝倚樞衡重,人依政化醇。大賢崇閥閱,南服飫陶甄。水自聯章貢,疆仍控粵閩。潯陽分潤液,廬嶽望嶙峋。日麗驪旌駐,雲凝棨戟陳。半簾飛雨露,[3]畫棟上星辰。舊種洲邊竹,晴吹閣外蘋。薰風初叶夏,喧序本含仁。紫氣輝兼夜,西峰爽到晨。湖山千里境,歌舞八州民。往者拏舟過,深聞頌德均。轓熊終日待,麥雉望風馴。雅量澄江甸,歡聲徹海濱。翰看雙鹿馭,轅接五羊闉。舉白筵俱暖,垂青款更頻。同舟敢附李,降嶽實惟申。梅嶺關連壤,洪都澤沛津。吏民攀祝切,節鉞歲時新。五老精躔緯,三王迹勒珉。從茲履台鼎,黼黻佐洪鈞。

初食荔支邀諸君賦[4]

　　三月三十發惠州,黃梅雨漲如潑油。船人一笑荔子熟,到省正及充盤羞。北人聞名苦莫致,篛籠白曬常見收。四月漫須辨異種,《荔支譜》:“四月熟者嶺南火山,佳者六月方熟,東坡所云四月十一日,是特廣南火山者耳。”萬里對此堆晶毬。瑩肌不忍以手擘,高格豈合從涎流。蔡君謨帖得新拓,

---

家雨三昨自閩來，以《荔支帖》見遺。蘇玉局句誰能酬。酒闌月斜客襆被，歸當飽食到立秋。賢哉盆泥蓄以水，陸郎懷橘真良謀。人生若此洵可樂，冰盤玉碗夫何求。楊鈍夫暫歸數日，欲以數枚遺其二人。欲與諸君記歲月，瓊膚丹殼煩鋼蒐。吾家小阮知味久，或有妙語防人偷。謂雨三。

江月詞和象星作①將之南雄

江月灧灧升羊城，家人卜我近遠行。江月遙遙照雄郡，多士計我行遠近。月入我船蕩我槳，對舫朋簪共清賞。月搖我槳引我船，梢工苦夜不得眠。老龍船大河船小，僮僕望月話春杪。南方熟蚤北方遲，②君獨見月瞻京師。涉江采芳我懷切，虛明鑑此珠江月。

雨中遊峽山寺和蘇文忠韻③四月十一日

四山響急雨，瀑布如銀灣。直穿藤蘿磴，洗此蒼翠顏。絕頂溟濛中，仙馭疑往還。我來但倚石，苔滑不叩關。須臾晴日漏，松影交盆山。對面照翠屏，咫尺杳靄間。竹橋架短亭，半岫層雲環。二客獨走險，仄徑尋煙鬟。山頂有古飛來寺，介廬、雨山拄杖訪之。

附同作

陸廷樞

峽山聳兩峰，峽江晴一灣。④長風激畏佳，⑤急雨鳴屛顏。似聞修竹林，時有帝子還。我來值初夏，捨櫂叩僧關。萬壑輳丈室，爽籟盈空山。坐臥瀑布下，徙倚長松間。雲巒互變滅，澗谷相迴環。歸猿不可見，風雨迷煙鬟。

蔣方熙

言循港江口，沿舟上七灣。禺峰忽屹立，駛雨摩蒼顏。北禺卻且

---

① ③　此詩題位於手稿本第 7460 頁。
②　"熟蚤"，手稿本作"热早"。
④　"晴"，手稿本作"清"。
⑤　"佳"，原爲墨圍，據手稿本補。

憩,南禺行復還。滇水不中宿,峽石當秦關。石瞰江欲斷,飛泉倒上山。仰看泉復落,琛戛諸峰間。三叠跳蒼雪,萬壑紛鈎環。尚看雲峰嶂,宿霧迷雙鬟。

熊之珵

聞鐘發清遠,朝雨迷前灣。入峽五十里,叠嶂排蒼顏。雙禺峙南北,雲氣時往還。停橈躡飛石,攀葛敲禪關。已看山腰瀑,復陟寺頂山。松檜　以蔥,俊羽鳴其間。歸猿有古洞,漱水如鳴環。俯視凌江潯,泉皺堆青鬟。

楊宗岱

北禺峰絕頂,聞有花溪灣。鈎梯如可到,酌之以駐顏。何來二方士,手提蘭若還。風雨半空墮,一角挂海關。①飛行五百里,菩提種此山。我尋古棧閣,②濤聲在寺間。寺與濤相齧,江抱如帶環。憑闌眺衆岫,一一低青鬟。

翁需霖

繫纜泊觀峽,新漲潑碧灣。飛泉下千仞,澎湃澄心顏。捫蘿溯險上,聽鐘及午還。始知層雲頂,花雨爲禪關。大江白練帶,濃綠低群山。七十二嶙峋,落我襟袖間。何必訪逸蹤,玉洞留仙環。斜日修竹林,窈窕明煙鬟。

英德峽呈象星③

清遠上至韶,兩山總名峽。中經英德縣,五百里岌嶪。北來雙韶石,曾拂薰風蓮。南有帝子蹤,古洞留浩劫。昨過聽瀑泉,禪榻茶共呷。出門望雲際,白浪如啓閘。放船西北指,山風襲衣袷。既取耳目

---

① 　"海關",手稿本作"梅關"。
② 　"棧閣",手稿本作"杙閣"。
③ 　此詩題位於手稿本第7466頁。該詩"清遠"至"亦類"位於手稿本第7466頁,"騏脱羈"至"匹絹"位於手稿本第7471頁,"吾豈乏"至末位於手稿本第7472頁。

曠，焉礙篷窗狹。上水行雖緩，重來意頗洽。衆峰騁奇變，一一露背
脅。厰者類平削，凸者類倒插。亦類騏脱羈，亦若虎出柙。連綿相合
抱，低昂互騰壓。巨鼇所肩負，巨靈所指搯。嶔崟磊砢勢，可望不可
狎。我舟如貫魚，依石聲唼喋。石上滿蒼苔，經春長石蝴。新雨漸没
篙，淨綠可浮鴨。夜讀貓石詞，欲和覺口呿。英德西北二十里有貓兒石，約至
其處賦詩，及船過而水長丈餘，不可識矣。朝艤觀音巖，水大足上怯。巖在英德北
六十里。憶泊河源船，晚飯將軍甲。龍川縣西三十里山名將軍甲，甚奇。石罅
摘寒卉，幾日開涼箑。五嶺遊幾遍，郵籤隨硯匣。誰貌碧玲瓏，匹絹
吾豈乏。歸來水逾壯，陽山崖復夾。雖無移山術，更學拏雲法。

舟至觀音巖水大不得上介廬鈍夫雨三別雇小船直抵寺前録壁上趙秋谷二詩見視因用其韻①

我聞禪門説，南宗水一滴。水何問大小，門安别出入。我昔登此
寺，曠蕩石龕闢。下臨百里峽，一線孤煙直。誰知今倚棹，天水渺一
色。對面但微茫，②石罅架金碧。三子冉冉上，想見豁胸臆。定聞舟
中吟，如吹下界笛。用東坡泛舟、李委吹笛事。

峨峨青蓮座，天然非飾裝。叶，此字不見於漾韻，故且注叶於下。不待貝
多花，巖石自千狀。盡作怒垂勢，金鵄翻海浪。高絶忽突出，佛日借
巨障。印之長瀾清，抱以群山壯。户牖果天鑿，面勢得地向。石欄何
用葺，佛本無得喪。中層欄壞未修。矯矯飴山翁，筆力詩家讓。來此眺
江山，勒語頗清曠。日夕未及鈔，猶憶去年上。

彈子磯和鈍夫韻③英德北一百二十里

危磯瞰江勢中凸，半空遮斷横江鶻。憶昨入峽望見之，但覺插天
立積鐵。黑風吹海岠如削，白雲下垂補其缺。竟欲上並韶石奇，且莫

---

① 此詩題位於手稿本第 7472 頁。
② "對面"，手稿本作"對岸"。
③ 此詩題位於手稿本第 7474 頁。

論從太華割。來詩引《廣東新語》云“彈子磯似太華南峰背”。上灘下灘舟避石，灘石此實爲窟穴。篙工屏氣撑長風，似畏人語驚鮫室。我歌不敢高穿雲，仰面亦恐喝石裂。

舟次韶州鈍夫以詩志暫別①

換船入港夜發鼓，南風吹君向横浦。十日須停半嶺雲，連宵已響千山雨。挂角招提記嶺頭，我來未及拜高秋。煩君爲覓英靈語，遲君題詩風度樓。風度樓在韶州張文獻祠。

張文獻公墓②在曲江縣城北八十五里

挂角寺，風度樓，公之精神遍處處。曲江江水萬古流，江水盤迴山突怒，蒼石横纏綠榕樹。舟人過此皆指點，③唐代僕射相公墓。君不見舜祠作故里，韶石作華表，九奏餘音聽未了。落日遥空飛碧雲，想見英靈繫朱鳥。

聽　雨④四月二十四日南雄試院作

幽幽雙叢蘭，相對有餘馥。雖置官舍中，静如在空谷。四座況弗喧，清言澹絕俗。薄雲翳盆池，微風動簾竹。晚雨嶺上來，小景窗中足。攬兹一庭陰，俯彼四山綠。書史既滋潤，懷抱良寡欲。無言卻炎歊，泠然濯冰玉。

南雄試院並蒂蘭同象星介廬雨三以同心
之言爲韻得心字⑤四月二十五日

碧樹交柯結締深，光風雙吐小庭陰。謝家伯仲池塘夢，楚客瀟湘屈宋心。得氣虆應連九畹，采芳本合閒重襟。莫輕翡翠枝頭戲，恐是

---

① 　此詩題位於手稿本第 7475 頁。
② 　此詩題位於手稿本第 7476 頁。
③ 　“皆指點”，手稿本作“指點皆”。
④ 　此詩題位於手稿本第 7476 頁。詩題手稿本作“晚雨”。
⑤ 　此詩題位於手稿本第 7477 頁。

迦陵共命禽。_{左太沖詩"幽蘭閒重襟"。}

代作得同字①

不獨心同室又同，直須成伴即成叢。楚人句本聯江上，鄭國香多配夢中。膏露始知分夜月，鬢釵長是綰春風。玉連環與晶如意，但説連枝恐未工。

南雄試畢贈許才江②
名思緯，南雄府經歷。

髫齡黌序共橫經，季子春風記鯉庭。許渾橋還號丁卯，杜陵詩蚤寄江寧。十年夢遠花爭發，五嶺人來眼倍青。禮數公餘須脱略，依然解帶話寒廳。

賦得雨中荷葉終不濕③
得珠字，韶州府考古題。

那因淅瀝便霑濡，總爲亭亭淨植扶。有響自成擎雨蓋，不貪何礙走盤珠。綠看雲罩千光動，敧到風來一滴無。本性淤泥曾未染，憑教萬頃濯江湖。

賦得浮萍破處見山影④得青字

半掩山多入綠萍，晚風定後偶揚舲。平分翠浪開真面，倒展斜陽作畫屏。菰荇葉吹千叠密，蔚藍天襯一痕青。菱歌暝戞峰頭寺，定在煙波闊處聽。

午日賦藏花限韻⑤

避席無嫌隔座遥，傳杯那借沸笙簫。爲貪射覆開泥甕，何取長生

揭木瓢。①鬭草麗寧輸野岸，奪標勇似競河橋。團欒盡是探花客，更有分圃句共雕。

韶州試院同鈍夫讀蘇詩補注②

長廊絡繹雨脚懸，重苔四壁流蝸涎。惡文堆案意欲臥，起與架上抽詩篇。長帽翁集嘉泰本，傅稚楷書久不傳。吳興傅稚漢儒書蘇詩刻於淮東倉漕司，即嘉泰本。近者施宿注，乃有商丘鐫。幕中邵馮爲刪補，舊注十倍梅溪賢。初白庵主復手編，如與元祐人周旋。王施隻字不假借，五十卷可收其全。即如補録元之舊注語，未見豈不心茫然。猶惜舛訛未詳校，沈杭邵審皆虛焉。每卷末有沈德潛、杭世駿、邵嗣宗覆審字，予嘗問之邵蔚田，初不知也。近來文士喜道古，古人注本次第宣。王詩已獲誦李壁，黃集孰爲傳任淵。近海鹽張氏新雕《李雁湖注王荆文公集》，亦尚多訛字未校。又聞江西人家有欲刻《任天社注精華録》者。後山任注黃史注，一一雕購思無緣。作者既難讀匪易，那不讎勘憑精研。君當考義我按節，消此簾半斜陽天。

同楊鈍夫咏竹茶簍③

昨日曾盛鄭宅之香茗，今日卻貯樂昌之白毫。白毫葉大不受貯，仍以粗篾加纏包。閩茶千里來，粵茶百里致，賤近貴遠物情異。香茗換瓶更收盌，白毫連籠實於地。青筠疏目隨所遭，君不見良材懼輕棄。《急就篇》注：「簍者，疏目之籠。」

韶州謁張文獻公祠④

相度高今古，鴻名嶺嶠齊。地靈鍾孰比，天寶事遥稽。帖泰時方盛，⑤披猖迹未梯。道元伊吕並，望遂許燕躋。薇省晨傾日，藜鐙夜映

---

① "何取"，手稿本作"巧取"。
② 此詩題位於手稿本第7482頁。
③④　此詩題位於手稿本第7484頁。
⑤ "帖"，原爲墨圍，據手稿本補。

奎。玉堂人入直，金鑑手親提。遏亂言垂藥，防微識剖犀。誰云思江海，直欲戮鯨鯢。瞑眩空驚盼，豺聲卒噬臍。棘蠅揮不去，海燕渺何棲。碣石成蛙黽，漁陽動鼓鼙。淋鈴惟雨泣，羽扇只風凄。雖遣中涓祀，終傷右地睽。一麟翹角恥，九鶴叫雲低。懸榻徐如見，延賓孟亦攜。詩篇多興寄，漢魏有端倪。直使騷開徑，寧徒嶺闢蹊。梅關仍抱寺，平圃尚餘畦。公舊宅在平圃驛。六邑韶江繞，三楹孔廟西。荒庭鋪綠蘚，古木囀黃鸝。繪像留貞石，爲樓跨彩霓。祠三間，有公石像。祠外有風度樓。秀還期子姓，今後人尚多儒學生員。風欲被遺黎。戞石虞音在，懷賢杜老題。向時煙艇意，新水漲玻瓈。

又①改作

自古邦家佐，如公器識稀。退心仍戀主，雅度又知幾。夜雨鈴先兆，秋風扇未揮。是時書進御，八月節光輝。徙倚金華省，低徊白獸闈。錄中非一事，慮始必尤微。韶石風弦送，湞江綠帶圍。冥冥穿戶燕，空傍海雲飛。

英石二首②

英德山如畫，偏憐小簇工。峽連青窈窕，石剖碧玲瓏。淨几開長篚，新墟趁小童。望夫岡下泊，晚雨爲支篷。

聲含金玉否，斧鑿本痕無。懷袖攜原易，雕鑴質莫誣。那須文木飾，毋乃匠人粗。不買搖船去，橫江岫色鋪。府志英德産多奇石，無斧鑿痕，有金玉聲。

連州峽中山勢奇詭入粵以來所未見也即目成篇③

一峰縋若猿猱升，前有穹龜俯漁罾。一峰黜若鼯鼯騰，後有狡兔避黑鷹。一峰如傘如纏藤，一峰如叟如枯僧。一峰仰卧一跪興，轉瞬

---

① 此詩題位於手稿本第 7521 頁。詩題手稿本作“謁張文獻祠”。
② 此詩題位於手稿本第 7486 頁。
③ 此詩題位於手稿本第 7487 頁。

一壁尤崚嶒。橫空爛漫鋪繚綾，重斑疊翠綺與繒。織爲芝菌襄荷菱，瓔珞垂結流蘇縆。又如凹廠如豆登，如蛇蚹拄蜂房承。然後折落泉千層，硍訇亂灑珠玉冰。或縈林杪穿石稜，晶簾雪浪數不勝。是時新雨決溝塍，滿江蓊匌雲合蒸。少焉斜陽疊岡陵，遠近颯拉樹鬅鬙，萬壑響籟相然應。船窗目接左右憑，以詩代畫我未能。

連州江行雜詩十二首①

四山葦葉響如秋，江口斜風送客舟。冒雨柂工齊助力，迴帆撾是上連州。

曉起簾鉤動水紋，亂峰層樹一窗分。須臾翠竹甘蕉影，盡染書籤作綠雲。

如畫煙巒倒影同，滿江盡照碧玲瓏。小僮卻洗英州石，皺起微瀾水面風。

晚泊波心避石稜，涼蟬聒處一漁鐙。不須了鳥窗齊閾，自有兒童扇撲蠅。

路轉峰迴曲曲行，暮雲西北盼郵程。落霞忽照片帆上，四面山開三面晴。

白雨纔看遠岫遮，篷窗旋聽點橫斜。陽山郭外停橈處，萬壑風聲走浪花。

嶺外韓公來兩度，居陽山較久於潮。埔饒澄邑皆多秀，豈合茲鄉獨寂寥。潮郡文風，大埔、饒平、澄海三縣最盛。

斥堠溫泉接石螺，層峰密箐土猺多。頗聞一種猺人曲，不亞珠孃蜑子歌。②石螺、溫泉皆灘名。

---

① 此詩題位於手稿本第 7489 頁。
② “不亞”，手稿本作“亦配”。

屋架山腰與堠連，堠旁小屋響涓涓。出山一縷如蒸霧，知是山根熱水泉。

鷹揚兔起復龜巢，仙客何年卧結茅。峰頂數行疑鳥迹，歸時須上上頭鈔。羊跳峽諸山有飛鷹搏兔、靈龜聽泉、仙人仰卧等名。

片刻風帆駛不收，萬峰飛舞送行舟。翻思緩入羊跳峽，三日陽山四日州。末七字船人諺。

嶺雲西下界蠻陬，海上初春十日留。尚有雋才能琢句，連州曾否似廉州。謂欽州馮生敏昌。

僕人於江邊得樹枝狀如鳥又得怪石一峰承之雨三見之喜曰此鳳鳴高岡之象也因爲作[①]

千歲虬松枝，墮地生毛羽。一片懸崖石，臨江出雲雨。兩物相合豈偶然，振翼似欲鳴寥天。舟人拾取僕人得，我方校士來於連。承以文几洗以水，日照玲瓏紫煙起。

得京書[②]

頓令徹夜夢鄉園，款款親朋笑與言。驚覺五更喧鼓吹，始知試院鎖轅門。

燕喜亭在連州城外一里許試畢起程未得一遊賦詩紀之[③]

連州試罷未停輿，石上鈔詩命小胥。振鷺瀑邊謙受谷，言容言德果何如。

冷然洞和象星作[④]連州同官峽

楞伽峽，誰曬網。同官峽，誰晾紗。楞伽峽有曬網石，同官俗呼晾紗峽。

---

① 此詩題位於手稿本第7492頁。詩題"作"下，手稿本有"詩"字。

② 此詩題位於手稿本第7492頁。

③ 此詩題位於手稿本第7493頁。

④ 此詩題位於手稿本第7494頁。

洞口經春薜蘿滿,猶疑絺衣挂壁凌雲霞。我畏寒濕不敢入,君卻束火衣加襲。平林廣厰類人爲,只有石橋難久立。君不見韓公詫飛流,柳子論鍾乳,我疑此洞通仙府。何當投石深潭中,射出巖前作飛雨。_{洞極深處有石橋可渡,志云:"洞中有潭,幽深不可測,以石試之,久乃蓬蓬有聲。"}

七月一日作①

芳菲采遍嶺南州,白露盈檐序已周。翡翠漸看巢有樹,珊瑚容易種成洲。桐留舊蔭來深院,竹送新涼到小樓。檢點卷箱清曉坐,鳥聲花氣澹如秋。

藥洲聯句用松明書院韻②_{七月五日}

禹餘宮畔水,_{覃溪。}舊繞越臺西。種藥香留徑,_{鎮堂。}開亭勢面溪。依蒲魚撥刺,_{介廬。}醉石客羈棲。古甓分城闉,_{鈍夫。}陳丹賸壁泥。藤纏碑似篆,_{覃溪。}樹接鳥如梯。_{鈍夫。}檻外翹涼鷺,_{鎮堂。}波中抉怒猊。蒼痕仙掌在,_{一石上有掌迹。介廬。}青幹露梢齊。遊續程兼許,_{有宋人程師孟、許彦先諸石刻。鈍夫。}人懷梁與黎。屏黏五君咏,_{春間曾用此韻寄懷藴山、厚齋、敬堂、陶村、木亭五吉士,今以五君和詩黏壁。覃溪。}韻踐上春題。晚雨殘虹外,_{鎮堂。}清尊喜共攜。_{介廬。}

九曜亭食龍目聯句③_{七月十日}

梅炎剛過夏,_{鎮堂。}蕉響已驚秋。鎮院旬方暇,_{覃溪。}芳園晝可遊。環池修竹翠,_{鎮堂。}壓檻濕雲流。急雨飛檐際,_{覃溪。}微涼起樹頭。聲疑荷葉碎,_{鎮堂。}點似露珠投。枝重俄懸果,_{覃溪。}人攀欲借鉤。堆金丸錯落,_{鎮堂。}集翠鳥啁啾。熟信兒童報,_{覃溪。}遲防鸛鶴偷。擊殊幽剥棗,_{鎮堂。}嚙異葛垂樛。旁挺誇前賦,_{覃溪。}叢生愛小洲。拗枝連綠葉,_{鎮堂。}擘殼宛晶毬。肌滑寧輸荔,_{覃溪。}瓤多不數

---

①② 　此詩題位於手稿本第 7495 頁。
③ 　此詩題位於手稿本第 7496 頁。

榴。那甘奴作號，_{鎮堂}。巧與目爲謀。圓訝驪眠摘，_{覃溪}。黃如蠟蒂抽。映盤冰一色，_{鎮堂}，袪熱蔗同收。漢殿應分種，_{覃溪}。羊城蚤薦羞。羈棲經兩熟，_{鎮堂}。旋轍恰初周。樹木十年計，_{覃溪}。分甘一歲留。閑吟人據石，_{鎮堂}。軟語姘浮甌。夕照橫橋際，_{覃溪}。還疑雨共舟。_{鎮堂}。

南漢金塗鐵塔歌①

昭陽渠水珍珠浸，南薰殿柱香煙通。千佛光中等一照，如此窣堵波者色即空。烏金爲地黃金輪，七級遍座蓮花身。想當讚奉乾德節，合殿梵唄蟠香雲。下刻銘詞祝休烈，大寶丁卯歲四月。法師金紫爵特書，萬方清泰齋因設。供奉講經此供養，人天圓聚齊合掌。一朝替戾岡聲可奈何，辭佛去作降王長。兔絲石篆讖何如，虛堂二丈金猶塗。君不見內侍儀同上柱國，西廊亦刻龔澄樞。

中秋九曜亭對月同象星用去年客字韻②

暮雲捲海色，蔭我亭樹碧。清光升喬柯，涼月照芳席。仰視天宇曠，俯見萍荇積。衆影交空明，方塘湛虛白。人坐群木巔，舉酒共嘉客。處高貴養謙，戒滿恒思益。君子崇輝光，時節倐復易。竟夕竹露聲，泠泠九曜石。

廣州木芙蓉③

一曰添色芙蓉，晨正白，午後微紅，夜深紅。

屈子亦有言，芙蓉兮木末。搴之亦寓詞，何況紅白爭染抹。並蒂芙蓉本自雙，少陵曾未來海邦。不知一靈道人何處釋此句，亭亭淨豔明珠江。後檐之後二丈二，榕葉交陰竹交翠。鎖院經旬秋忽深，半樹斜陽爛照地。喞啾翠鳥出亞枝，麗罬朱欄動涼吹。往年豫章城，繫馬陳氏園。照水環亭三五樹，豐房密葉相翩翻。江花粵花種各異，添色

---

① 此詩題位於手稿本第 7499 頁。
② 此詩題位於手稿本第 7500 頁。
③ 此詩題位於手稿本第 7501 頁。

近據虞衡志。一年成樹捷可喜，須識栽培經久意。我倚微晴坐短垣，直須深紅秉燭看。黃昏鬮苔穿土更無數，豎童薙草來抱根。其根粵人取以治病。

洪東村竹泉春雨小照①

架廠雲氣深，陰崖石色古。匡牀清道心，虛庭澹無語。翛翛青鸞尾，鏘然如律呂。一片透屋涼，山泉漱飛雨。

同諸公邀黃立齋提督小集粵秀山龍王廟即席作②九月廿五日

移樽不惜跰屘顏，爲有層巖細菊斑。大海迴風入歌笛，元戎小隊駐禪關。坐圍酒色鐙光裏，秋在橙黃橘綠間。暮雨瀟瀟和落葉，欲分驪唱響空山。

廣州試院咏菊二首③

輕寒已見拆圓房，接葉無須待晚霜。恰及看來仍九月，漫論開處即重陽。東坡云“菊花開處即重陽”，言嶺南氣候不常也。采芳敢擬紉爲佩，袪火先謀聚作糧。百貨仙城爭買舶，此花何至亦名洋。

籬落常思野色連，數盆卻見晚秋妍。客居小圃剛周歲，人對高涼憶去年。雨過香生雕檻冷，月明影上畫屏圓。藥洲果是堪栽藥，便引清渠作菊泉。

九月二十八日同諸公餞明曉峰中丞於關部署中即席作④

賓主牽攀去住情，繞梁歌尚徹仙城。珠江水欲浮杯影，庾嶺梅先入笛聲。隔歲還疑聯客席，去年此時予初至粵，諸公邀飲於此。三秋暫得駐行旌。滕王閣上簾飛雨，已有紅雲照夜明。

---

① 此詩題位於手稿本第 7504 頁。
②③ 此詩題位於手稿本第 7505 頁。
④ 此詩題位於手稿本第 7506 頁。

五羊石歌①在廣州城五仙門內坡山五仙觀中

一羊中作觸觗勢，②四羊旁臥各成隊。作石蒸雲尚有香，何況當年集仙穗。諸番膜拜者薰以沈水，有煙氣自竅穴中出，若石津潤生雲。妥帖情自依堂宇，豐穰祥仍祝閶闔。方今嶺海荷帝德，五風十雨嗣康歲。百穀堅好物阜成，爾羊寢訛受和氣。打鐘道人日摩挲，剗若剔蘚掃薈蔚。

客餉風乾羊肉蘋果各賦一詩③

北地蒸羊入饌初，估船徑達海邊廬。誤書漫爾同徵芋，訴夢猶然憶蹴蔬。夜雪飲非低唱處，春風筵記大官餘。誰知荔實椰漿外，澆沃香羹卻要渠。

本性甘和熱不侵，漫誇南武荔成陰。誰從燕薊樹邊摘，來傍蘋婆訶子林。萬里貯憐瓷甕遠，幾宵色映紺盤深。鹽梅調劑堪蒸鴨，豈比哀梨脆不禁。

送象星入京六首④

朝陽噦百鳥，集我雙桐陰。啁啾各召侶，中有共命禽。一朝感分歧，萬里戀清音。巢雖寄南枝，駃乃懷北林。徘徊諒有托，惻愴勞我心。

惻愴非空懷，眷言展情愫。身世各有牽，會合豈常遇。念當薊北居，時枉城西步。經旬鄙忽生，數日夢已屢。翻因度嶺來，卻踐連牀晤。雲龍追孟韓，贈處企回路。目極嶺上雲，愁積城邊渡。揮手凌大江，相思隔煙樹。

煙樹日已遠，況乃天苦寒。北風浩以厲，恐子衣裳單。子誠濟世才，天路振飛翰。雖祝子奮飛，中心轉辛酸。慮子敦王事，誰與同古

---

① 此詩題位於手稿本第 7508 頁。
② “觸觗”，手稿本作“角觗”。
③ 此詩題位於手稿本第 7510 頁。
④ 此詩題位於手稿本第 7511 頁。

歡。昔怪東坡翁，勸弟莫愛官。念此復自笑，執手以盤桓。

　　盤桓夫何爲，誨我意深切。和平勿偏頗，寬綽毋激烈。清言沁肝脾，足以補拙劣。日余寡師訓，厚禄兹忝竊。臨事欠再思，論文抵一咉。聞規尚恐昧，索處更焉説。亟望子返駕，不獨感離別。

　　離別會有因，亨衢望修軫。出處本一理，進退各有準。苟得非所悦，獨善終焉忍。途豈楊子歧，撰敢由也哂。歲月何飄忽，霜飆又淒緊。勿爲税駕計，及此前路引。

　　前路未可必，舊學何時成。以我日慙汗，願子恒寄情。詎鄙射與御，執一方成名。詩篇雖小技，多詩以爲程。要貴詞祖述，莫逞氣縱橫。愛博終何就，心專庶能營。廿載同遊人，林蕴齋。馮鶴亭。難合并。相勖各努力，日邁月斯征。

陪鎮堂兄遊海珠海幢二寺二首時鎮堂將之京①十一月十一日

　　得陪巨眼識珠光，訪古臨歧意未忘。何處寺能當海闊，斯文人豈測淵藏。石欄畫尚看前輩，樓額題空記侍郎。南渡風流忠孝迹，御書猶榜讀書堂。海珠寺爲番禺李忠簡昴英讀書處，侍郎王野書額，今惟“久遠堂”三字，宋理宗寶祐三年孟夏御書，樓上有近人題“藏淵”二字，後有吳道子畫觀音像勒石。

　　亭午潮迴鐘磬音，寺門松檜更雄深。新晴石徑涼如雨，當晝僧廊靜有陰。香入客堂非問法，花仍舊幹好論心。明朝對岸搖船去，定夢招攜訶子林。海幢寺舊爲郭家園，今殿前鷹爪蘭猶園中舊植。

光孝寺菩提紗歌②

梁天監元年，梵僧智藥自西竺國持來，今猶植寺之戒壇前。其葉似桑，大而圓，末銳，二月落，五月生，寺僧采浸寒泉，至四旬久，葉汁盡，輕弱成紗，可以作書。

　　佛説菩提本無樹，何況有葉能成紗。我來西廊看畫古羅漢，日見

---

① 此詩題位於手稿本第 7516 頁。
② 此詩題位於手稿本第 7517 頁。

寺僧浸水如漚麻。水乾綠退淨無滓，輕於織綃細於紙。連枝結子到
附根，萬縷千絲幻誰起。既了生滅垢淨因，那置聲香色空裏。此樹植
自天監年，風幡偈子壇下傳。不知訶梨勒果遺種在何處，垂垂瓞蔓猶
縈纏。樹底出紗持贈客，流雲障日如不隔。大作屏幛小鐙帷，誰知作
書更受墨。鄭虔柿，懷素蕉，馬保赤不萎黃青不凋。爲寫佛經置佛
座，長蔭古樹風蕭蕭。

光孝寺聽僧圓德琴二首①十二月十六日

閑雲小駐潁公房，一徑松風韻滿廊。解道和平無攪醳，未應浮脆
似笙簧。苦茶留客煙仍澹，諫果堆盤味更長。記取鉢泉瀟俗耳，不須
千斛覓滄浪。有六祖洗鉢泉。

梁時古樹倚前軒，尚厭蕭蕭落葉煩。客對金徽如有問，僧敧竹几
本無言。②覺生定識邢和璞，解瑟翻推釋道源。弦指兩忘方是偈，從今
且莫説風幡。

此後丙戌歲作手稿佚。

---

① 此詩題位於手稿本第 7519 頁。
② “僧敧”，手稿本作“僧依”。

復初齋集外詩卷第四

丁亥上八十八首

遍訪韓山石刻蘇碑原石竟不見餘無佳者獨拓公所書白鸚鵡賦分遺幕中諸君並詩邀和①

韓祠諸碑非不妍,繪畫山斗本自難爲言。蘇學士碑石色稍近古,諦視刻自成化年。王維鸚鵡賦,大字東牆鐫。如聽鬱輪袍,逸響飛雲泉。霓裳三疊初拍弦,興到非仿禰生篇。翠衿丹觜詞更俊,阿買八分退縮不敢前。蛟虬一騰趠,姿媚百態捐。若非鐵鎖古鼎躍,定是鼟倒科斗拳。公名兩字磊磊如日月,況乃前後二百四十二顆明珠圓。渝州龍君所摹勒,云此獲自羊城邊。猶憾八月公守此,吏民胡爲一字無流傳。懷賢意良厚,此語殊不然。潮人未知學,公始趙子延。從茲鏗鏘出文彩,比户漸曉誦與弦。於今衣冠照嶺海,詩書科第爭翩翩。鰥魚徙後一丘亦棲鳳,丹篆吞來凡骨皆成仙。公之筆力入人肝脾作元氣,豈特公姓留山川。光芒發洩處處是,公字但患摹勒不到學不全。歸來偏旁細與數子辨,一笑瑣瑣何拘牽。

嘉蓮圖引爲張壽谷監司作②

西園池水鏡啓奩,夾鏡檜柏杉榕楠。日光漱漱風浙浙,一碧皎若

鋪銀蟾。亭亭莊嚴寶相瞻，明矑鬖髻垂蜚襳。水宮仙人翠羅襜，凌波微步移纖纖。五銖衣染朱綠綖，明璫碎佩敲珠簾。侍女添香候漏籤，紅裳繡扇圍幕襜。千房萬蕚消朱炎，此時瑞産光猶潛。移時晚雨開霡霂，風露一夜凝厭厭。湘妃漢女來窺覘，雙頭雙蒂一笑拈。迦陵共命喜報簷，水面一簇紅雲添。群魚伏萍不敢噞，萬花氣壓静以恬。二喬初涉江波漸，尹邢雙鬭蛾眉尖。叔隗季隗何用謙，桃根桃葉一體兼。同心結藕更不嫌，連絲連苅膠漆黏。天爲綰合情屢淹，凡水一滴何曾沾。行看雙歧麥蕲蕲，連林木作連理占。鳬必交頸魚必鰜，更有瑞羽來鶼鶼。駢珍叠慶貢堂廉，日咏鄒馬枚徐嚴。使君選工繪素縑，清標洗我塵容黔。如對伊人溯秋兼，我筆已有珠露霑。

聞蔚田侍讀謝病歸太倉寄懷二首[①]

玉河師席切頭廳，蔚田近奉命教習庶常。潞水俄聞買短舲。不合近年仍善病，庚辰春蔚田以病欲歸，既而病愈未果。知君晚歲欲窮經。人如北郭詩懷澹，山似婁東畫册青。此夕瀛洲占上象，奎星未是少微星。

都門此際感離群，悵爾江東日暮雲。定到龍山重問字，謂鄒小山座師。還如鳳闕共論文。午橋句好應懷我，丁子花開最憶君。東海舊扉吳客館，他時春晝倚斜曛。休寧會館，徐尚書故宅也，蔚田僦居於此，每歲院中丁香盛開時，約同人爲文酒之會。

鎮堂得峽山廟秦犧尊卻和[②]

大廟峽在英德下五十里，舊有秦時犧尊，宋宣和間有取者，舟出峽，風濤大作，乃懼而還之。

滇陽城自秦始興，此尊故事何年徵。至今尊復不可見，懷古我昨船窗憑。我來嶺南考金石，石多金少理固應。咸陽銷金法最酷，此尊未必煎金仍。又疑虞瓦商則木，三代器制遞損增。鑄銘范象到棬錠，況並簠簋齋盉稱。韶州學宮剔鱳銑，大寶鐘字光生稜。韶州府學有南漢

大寶二年鑄鐘一。東莞禪院復其一，夜半負去久莫懲。東莞修慧院亦有大寶年鐘，明永樂時爲盜竊去。羅浮銅龍詫和仲，南華鐵甌傳惠能。金塗塔云劉鋹作，駱越鼓記馬援去聲。曾。漢器無多況秦器，司尊彝又周官承。或云爲犧負秬鬯，或云繪飾兼薪蒸。或云又以莎爲飾，①又云翡翠紋層層。若得此尊證一是，別白豆甒卮鋗登。眂其舟脣量其腹，更計尺寸容斗升。吾聞西漢字已少，父乙父己誰摸膡。或冀秦權秦斤類，奇觚一遇殹與丞。證佐并逢楊劉輩，與歷厓陳披榛芳。風濤訶護豈果失，終當細叩巖棲僧。君不見嘉定廟碑覓無虛，峽雨颯颯吹枯藤。大廟峽貞惠夫人廟有宋嘉定碑，今亦不存。

饒桐陰以詩卷求定書其尾②慶捷

韓門宏與册，受裁語不傳。後來梁公實，闌入王李徒紛然。山川淑靈自有真抱負，豈必學步方爲賢。海日主人六瑩客，譚詩往在長安陌。同時喬生震生皆軼材，北王南朱共吟席。古風雖見許新城，同調難將混初白。見查贈藥亭詩。頗聞見情性，要須洗皮毛。勿徒矜言土風操，大含元氣細或窮釐毫。先從博所覽，次乃咀其膏。澹濃意勢視遠近，起伏向背分首尻。不知千鍛百鍊經營幾時始得一筆寫，而豈易言唐宋漢魏躋於騷。嗚呼！自騷而下處處當領要，爾毋僅學王朱乃襲貌。未到傳衣得髓時，難逢迦葉拈花笑。加其光澤去其繁，一一皆令見本原。佇爾源委正變日夕參，微言不徒發響追南園。

鈍夫新年戒不作詩而日鈔讀漢書作此戲之③

君不學黑色兒挂蒲韉鞅，亦不似玉溪鄂杜吟馬上。日向深院枯林冷屋邊，細嚼梅花傾濁釀。鈔書鈔注字如蟻，更鈔評點功不止。延君說經言三萬，博士買驢券三紙。喚君作詩君不膺，④低頭但聽咿唔聲。欲試君三遍讀，我無睢陽心計精。欲止君兩遍看，樂全嘲弄非人

---

① “云又”，手稿本作“又云”。
② 此詩題位於手稿本第 7538 頁。
③ 此詩題位於手稿本第 7540 頁。
④ “不膺”，手稿本作“不應”。

情。東觀之筆西京文，不雕不琢如典墳，豈知中有詩境存。兩都兩京此其源，不獨史法追龍門。觭曲碎事皆可論，請君更問褚少孫。

由西湖山老君巖至城東韓山謁文公祠登鳳皇臺六首①

池面噞魚雨，城頭攦鷁風。滿江新漲綠，一夜與湖通。雲氣低平野，松濤響半空。銀山如雪浪，飛涌竹梧中。西湖山一名銀山。

嶺南訪古迹，②到處有西湖。況此蓮池接，湖左有蓮花池。清涵雁塔孤。山有一石矗立，大書"雁塔"二字。祠稽苦縣李，地並惠州蘇。待月乘風字，蒼茫定有無。元祐二亭名。

竹隱九郎宅，韓江之東九郎山，有明隱士陸大策故宅，曰竹溪隱阯。雲屯湘子橋。何年鐵索巨，中貫石梁腰。驅鱷功猶烈，凡鱗静不驕。韓山鐘磬起，隱隱應江潮。

祠屋山椒闢，斯文仰在兹。請看從祀者，盡作是邦師。唐天水趙公德、國朝學使惠公士奇。聞説城南廟，猶餘半段碑。摩挲重勒石，檐下立多時。城南亦有韓祠，聞其中有蘇文忠碑，原石半段，而今無有知者矣。

片石傳公迹，莓牆轉曲廊。英靈同俎豆，忠義即文章。東楹一壁勒公所書《白鸚鵡賦》，中祀文丞相、陸丞相、張樞密。潮起厓門暮，風來海口涼。木棉高百尺，紅雨接蒼蒼。

向晚孤臺上，迴看又不同。煙嵐青隱隱，城郭碧濛濛。雨作龍吟澗，風如虎嘯空。鳳皇儻可致，吾欲引新桐。

拙　窩③
在金山，舊有廖槎溪所刻周子《拙賦》並朱子所書"拙窩"字，今俱不見，
惟嘉定丁丑趙清卿八分題句，及元人篆書"清輝同趣"四字尚存。

拙窩名以槎溪得，拙窩字況晦翁勒。拙窩義乃拙賦因，槎溪濂溪

本一脈。拙賦拙比廉泉廉,拓本曾自道州巖。八分完美石非古,那得
治平遺迹瞻。按山陽度正所編年譜,先生作《拙賦》在治平四年。南京郎官南劍
客,佐郡來潮此焉宅。題詩時訪大顛堂,特起孤亭換遥碧。亭舊名遥碧。
山石易泐字易刓,巧誠有之拙亦然。白鷗湖與青草渡,弔古漠漠同荒
煙。用槎溪集語。用拙豈以形迹論,金石不存吾道存。野性初非厭機
巧,至理本自盈乾坤。山頭祠屋仍同饗,山有濂溪祠。此窩并作高山仰。
想見蒼茫真率意,白雲寥天日來往。松篁三面青四圍,摩崖但有嘉定
碑。始知藏拙固非拙,何礙山水同清暉。

伏虎石①

在金山之麓,明總兵俞大猷刻銘其上,云有漢將軍射此伏虎,不洞,貫之乃止,没羽。

片石居然以虎名,何人長嘯晚風生。亭陰徙倚渾無事,時復評量
李北平。

舟發潮州十里許阻風五日不行二首②

前年我來潮,清溪舟路塞。沙面戀舟底,舟子推不轉。腰足作邪
許,篙力無所展。三日十五里,一里百千喘。水淺勢尚爾,風逆阻寧
免。水今東南流,風亦東南卷。舟則西北去,何恰與之舛。撼篷聲可
怕,閉户悶熱遣。翻若不繫時,驚濤恣遊衍。有風乃無雨,春漲纔没
跰。只恐到清溪,此番又阻淺。

繫舟舟亂動,初不知有風。俄而萬竅號,掀簸聲沖沖。滿江水怒
鬪,卷浪騰諸空。其旁沙礫石,亦在飛舞中。倏若雨陣來,所向迷西
東。誰知但寒氣,不雨成溟濛。萬山雲下垂,一片凍不融。舟人詫奇
事,密雪忽墮篷。③舟小屢低昂,況復加牢籠。豈意春雷發,跧伏學蟄
蟲。前一夕聞雷。一塘十里路,費此五日功。

---

① 此詩題位於手稿本第 7547 頁。
② 此詩題位於手稿本第 7548 頁。
③ "墮篷",手稿本作"墜篷"。

江行春望作歌索諸君和①

小舟避風四塞户，堅卧有似僵眠蠶。又若乳燕未啓蟄，弱羽穩閉梁間龕。五日不行行尚恐，冒冷瑟縮程敢貪。偶聞風殺窗欲啓，遲迴顧慮至再三。今朝江平風浪息，況有紅日高嶺含。譬坐幽齋不稱意，聊出郭外馳驂驔。鱗鱗初見縠皺起，匀入鏡面圓成潭。纖雲掃盡不留暈，下上一影天蔚藍。紅欄碧窗並映照，水晶匣貯琉璃函。中央虚白四邊綠，誰知岸柳垂毶毶。柳絲中有屋如畫，屋背轉出山如篸。山坳濛濛畫不到，細點非石非煙嵐。漸分遠近露向背，乃是合抱杉榕楠。數峰愈遠愈無迹，一支澹入長空涵。始知入春已旬日，暄和萬象供人探。藤陰竹陰綠嫋嫋，桃隝杏隝紅酣酣。滿江樹陰歇兩槳，有人林際攜雙柑。回思晝夜掩黄簽，鬱鬱兀坐夫誰堪。尋花絶句杜員外，推篷卷子鄭所南。收拾入詩報數子，肯但促坐追清潭。

鎮堂見和江行長歌兼及故鄉春候再用前韻奉酬
並寄裕軒辛楣兩學士蘀石詹事藴山編修②

九十日春岸旁覺，杏候農事桑候蠶。只餘僧舍花未放，銜泥燕掠蛛絲龕。黏枝稍待繭蝶破，抱樹已有遊蜂貪。江上纔逢二月二，長安何減三月三。我昨船頭就長句，薄描客路煙光含。君乃沈吟推昔夢，恍憶郊甸追驂驔。帝京春畚迢冰泮，繞城明鏡初啓潭。春明不少好坊宅，洛陽況有名伽藍。元時燕丘長生鉢，隋家七寶舍利函。昌運宫前松謖謖，高梁橋下柳毶毶。善果寺後古碑側，婀娜一枝杏可簮。每因尋花路窈窕，人家外見西山嵐。城南覓栽多少本，③不必榛栗杉楓楠。或盛瓦盆或連土，青苔附著淨水涵。買歸分種卻不算，信宿仍向僧寮探。都籃茶具挈一束，側帽並鞍吟半酣。填倉已過躪青接，豈止

---

① 此詩題位於手稿本第 7549 頁。
② 此詩題位於手稿本第 7553 頁。
③ “少本”，手稿本作“小本”。

元夕傳黄柑。鄉思逢春感每易，懷人即景情奚堪。扣舷聲動煙水外，不知身在南嶺南。寄詩槐廳玉河畔，如與數子班荆譚。

鐵漢樓二首①

在嘉應州北城上，祀元城劉公。

七年投竄極炎荒，俎豆猶生下邑光。晚及眉山同返棹，蚤曾涷水得登堂。海濱風雨來陰澗，城角星辰切畫梁。公自高樓飛百尺，去人豈止一胡牀。

同文館獄起元符，章蔡鉤連事太誣。猛虎豈難辭殿上，大蛇終自擁山隅。相傳元城謫梅州，行山中，有大蛇出迎。後來講院仍弦誦，舊勒庵銘尚有無。淳祐中知州楊應已爲建鐵庵並銘。至竟奸雄銷骨盡，庭皋榕葉兩模黏。

自嘉應至長樂舟行雜詩十首②

一川碎石不成灘，石罅焉如船底寬。長似彎環出人巧，③船頭船尾蹙飛瀾。

水壩多因閣水車，濛濛竹背露人家。飛流軋軋支機石，吐出江心片月斜。

晚來漁户半收罾，側眼輸他小鳥能。亦似鸕鷀閑照影，一條葦上販魚鷹。

魚鱗雲起淺藍天，幾處花風斷岸邊。一片誰家好修竹，借人晚飯暫停船。

兩翼山蠶五彩衣，村村好色出家機。春船盡販程鄉繭，時遇羅浮蝴蝶飛。

---

① 此詩題位於手稿本第 7555 頁。
② 此詩題位於手稿本第 7557 頁。
③ "長似"，手稿本作"長是"。

春雲濃綠映篾篘，染入波痕滑上篙。影漸深深陰漸重，緋紅忽點一株桃。

正月溪邊暖意迴，春衣換罷綠窗開。桑皮竹骨興寧扇，已見遊人逐隊來。

興寧孝子學書池，枝指道人曾勒詞。固合今無好書手，百年舊迹少人知。興寧城南十里有羅孟郊墨池，祝枝山銘，屬縣令訪之不得。

自從題扁擬柴關，未得諸君一往還。頗勝橫街南畔屋，一茶牆角看西山。招諸君見過葦齋。

小船十日畫中行，卻異陽山以峽名。不是王蒙劈皴法，別開卷子看仇英。

南海神廟韓碑予既辨爲唐刻作此記之[①]

南海碑載廣州志，云宋陳諫重書丹。我來東郭拂塵網，[②]字畫已淺幸尚完。書者循州刺史諫，異哉刺史非宋官。書其無歲刻有歲，元和十五年冬刊。諫初刺封復刺循，其時正在元和閒。公然唐人移作宋，誰造此語茫無端。或疑公文必公字，文成破體追鼎盤。豈知其年夏氣至，公蚤度嶺移於袁。九月還朝碑十月，書上石者不必韓。事神治民孔公政，一一皆出事後言。古人去任乃頌德，不比屬吏承上歡。此意都非後人識，區區考誤何足删。楷法娟娟亦古逸，摩挲暮雨蒼苔斑。

四君咏[③]

四首，有序。

余性寡交，非相知深者不敢妄附也。丁亥二月八日，泊舟清溪，與陸大兄推篷看月，語及廿年來交遊，或如舊焉，或不焉，俯仰致懷，

---

① 此詩題位於手稿本第 7560 頁。
② “東郭”，手稿本作“東廊”。
③ 此詩題位於手稿本第 7561 頁。

念既往之受益，思將來之相與，以有成也，爰作是咏。

贊　元

　　林生君子儒，求道求諸己。理義悅我心，貧賤固奚恥。閉門奉老親，食力率妻子。弱冠京華遊，四十自不仕。

坤　一

　　錢公今詩伯，大雅該衆途。博學更經學，老筆承明廬。析理瀝群液，論文傾一壺。篇篇自芟削，要比小長蘆。

象　星

　　陸兄真吾兄，襟期冠儕輩。秋潭水澄澄，春空雲靄靄。情將嗜好冥，性與沖虛會。蒼茫萬古心，別在文字外。

良　璧

　　謝郎吾黨秀，才比宣城眺。春風蘭玉香，初日芙蓉照。綠字紬秘文，朱弦叶清廟。待爾鸞鳳音，和予一長嘯。

蚤　霧①

　　夜來何處雨，寒與朝嵐抗。濛濛澹白痕，吞吐不相讓。日光動山尖，漸漸分叠嶂。一痕壓忽平，低垂屢摩蕩。少焉忽橫鋪，瀰漫非一狀。絕壁空青斷，爲雲爲水浪。一道飛泉來，衝之失依傍。不能及山腰，卻挂青松上。花淞凍旋消，文豹晴待放。南山氣佳哉，取路出空曠。"氣佳哉"句須改。

將軍甲②

　　積鐵無微鏽，苔花過不濕。巉巖千丈根，漱此江水急。上有百尺藤，盤盤綆倒汲。亦復受綠光，石壁日呼噏。蟠作翠柏皮，直上絕梯

---

①　此詩題位於手稿本第7563頁。
②　此詩題位於手稿本第7564頁。

級。槎牙龍虎骨，倔强不受執。拗怒俄下垂，攲側勢岌岌。攫拏忽一聳，撑空作人立。玲瓏萬石筍，環衛樹鈹鈒。嫋嫋覆煙蘿，迴看卻如笠。

署後藥洲九曜石鎮堂鈍夫久許和作至今未踐也丁亥仲春潮州舟中用昌黎贈崔立之韻索之①

我詩懦滯愧不敏，有若讓坐前後盡。上聲，見《曲禮》。憶初入署先訪石，摩挲及半輙發軫。匆匆於役苦不閒，忽忽霜風變淒緊。小池水落石正出，歸來時值雉化蜃。石旁古隸蟠蛟虬，石上老榕走虺蚓。崖竅覓奇與客共，摹拓力窮還自哂。此時翻慮詩我先，倉猝難將邢對尹。猛出奇情斜點筆，長句徑就避迫窘。急磨大石上朱蠟，疥壁不要欄與楯。意激諸公使速和，交綏已見靮靷。火攻不妨試嵩顛，失道寧甘比涓膉。粤中唐石蓋已少，到難字蝕迹堪閔。南漢之石宋之題，千鈞重賴一髮引。昨者榕根又洗剔，淳祐一行出石筍。金石文章聚所好，響應如以牡叩牝。前後所得累十紙，裒藏不啻籯椸篋。只餘和章欠未償，更欲坐待焉能忍。逝將拭絹覓好手，旁添荷芰菱芝菌。中央一亭環衆皺，伏者黿鼈飛者隼。須摹漱灔搖襞紋，不止一卷貌頑蠢。兼畫同遊三五輩，於此推敲擢肝腎。君詩如再不䙀成，使彼畫手奚憑準。羊城天氣況暄美，初春木葉青不殞。咏亭咏石咏藥洲，任君放筆無町畛。只恐先須和此篇，肯負江光清泯泯。

浯溪中興頌碑②

長安落日低靈武，石馬昭陵汗如雨。鯨甲昆池變劫灰，神靈爭戴中興主。一時詞人撰河清，倒挽銀河洗甲兵。返蹕何論哭九廟，喘息且幸蘇蒼生。上元年説天寶載，不獨春陵喜賊退。雄詞磊落鑿高壁，要與清廟生民配。曰聖重歡民重安，初未深及玄肅間。後人自墮凍

---

① 此詩題位於手稿本第 7565 頁。
② 此詩題位於手稿本第 7567 頁。

雨淚,當時臣子不忍言。字大逾斗碑逾丈,凌厲仲將邁皇象。君不見湖州碑亦臣真卿,豈但區區爲放生。

鈍夫將歸大庾分韻志別送字①

悠悠十年來,墨筆俱倥偬。應酬弗擇雅,遑暇事甄綜。前年度嶺來,喜劇邀子共。春禽求友聲,迎暖兩三哢。不減長安城,瑤華互傳諷。并使小謝句,落我池塘夢。_{謂蘊山。}憶子少年日,才名畣驚衆。金門雖得上,猶未免飢凍。立身會有時,歲月何足控。問津當向誰,治_{平聲。}病須自訟。遣詞如考律,一一究所統。平直及方員,抑揚與縱送。別白歸一是,然後發輄中。及乎經緯富,組織漢唐宋。七襄雲作裳,五色繭成甕。誰知内結構,一線密無縫。苟非百錬功,曷引千鈞重。研求不厭深,洗伐莫辭痛。子才非一途,於世必有用。顧慚問難意,不棄菲與葑。三度羊城春,歸及節解糉。沄沄滇陽水,咫尺隔章貢。詩孱不足餞,難比清風誦。遥懷期後寄,附札煩爾仲。_{時令弟琴研在予署中。}

寄祝坤一六十壽二首②

松風鶴骨日清脮,況值承明地望殊。老筆褒曾蒙聖主,少詹班已領諸儒。香芸爲護神仙字,逸藻看成水墨圖。不算聲名與官職,即詩足壓小長蘆。

經術研覃老更深,坐圍插架富球琳。論文且莫參時輩,看畫何須問古林。雲覆鼎彝皆舊色,日長花竹有新陰。待從茗碗香鑪畔,日聽逌然鸞鳳音。

---

① 此詩題位於手稿本第 7568 頁。詩題"送"上,手稿本有"得"字。
② 此詩題位於手稿本第 7570 頁。

文信國墨迹册①

紙本六頁，文云：一、唐仁臣不測，有申述宜速應之，或渠得章貢捷劄，宜即率二謝兵馳入城與之共守，卻命□行府萬兵即下□□事又在目矣；一、諸處取到物色，已有幾無對證者無數，證者固自難理焉，如優全所共，如前此項有數目者，即與嚴行根究，須斬犯法者數人，然後取得起，若肯納還，又可少寬其刑，如平素省劄如印紙，他們收得，亦何用此納誥之人，誥在其手，則省劄、印紙、敕黃皆在焉；一、徐嬾同柳娘在劉千户下，傅佺已親見之，但虜榜不載，想徐嬾托以爲別人女，不直指爲吾女也，徐嬾有夫，此項可托其夫往贖，幸圖之；一、環娘十歲，虜中既無名，想亦在民間，此項須立賞格，遍劄永豐諸隅物色，方有出場；一、在此無片楮可用，費力費力，全靠使司取些物色來，及靠舍弟與民章來，有些小攜帶，此外無策無策；一、黃州周都統死於瑞金，可惜可惜；一、在瑞金時，賤體一病，甚可憂，入汀以來，幸已勿藥；一、合家書與舍弟，又一書與民章，又一書連梨撫千户送達。天祥惶恐拜筆，十月八日發。

陰風晝翳興國軍，軍譟不辨肩輿人。何暇裁書一報百，五妹六歌欲出聲先吞。身在汀南望章貢，兩眶淚血猶餘痛。一城不下大勢遂不支，還以馳師卜一中。其餘家事籌豈遑，略及環孃與柳孃。驥子寧知寄誰厩，雁兒已分秋無梁。懷親寄友出倉卒，數語畫策仍周詳。想當爾時軍挫氣未挫，西江一舉全視劉民章。昔觀蛻庵跋，曾入珊瑚笈。此跋出一峰，亦言爲下泣。公之精神所感動，紙上墨痕皆起立。紙既黑，墨又昏，盤旋一片恐是朱鳥魂。鬱浡窗楹暮雨作，滃溰歘起西臺雲。

一峰跋云：此書乃空阬之敗之後，遺其所知者之書。蓋是時天阬甫脫，勁敵在後，正流離顛沛之際，荒迷不次之秋也，而其筆意乃雍容閑雅，無一毫驚懼驅迫之狀，非素存素養之，熟能如是乎？毛氏幸得此書，今讀其辭，想其事，使人心膽奮惕，精神凜洌，不自勝其感激，因泣下，而謂後世之爲人臣者，其立心操行當何如耶？按空阬之敗在益王昰景炎二年八月，今據此迹是十月，尚在汀也。劉子俊字民章，與公同里，時方退保洞源，後死五坡之難。

---

① 此詩題位於手稿本第 7571 頁。

畫鹿二首①

花紋濯濯日斒斕,誰道山中松下寒。咫尺圍場千里勢,不煩奇筆掣束丹。

引隊秋深去餌芝,仙嚴那必有仙騎。翛然野性凌風露,自趁峰青月白時。

將按試廣州以西諸郡次內子送別韻②

牡礪牆陰荔熟時,偏因澆藥賦將離。客逢軟語都堪畫,宦有奇囊定是詩。士習敢云雕變樸,征塵或免素爲緇。與君檢點初心在,翦燭同論屈指期。

南海神廟開寶六年碑歌③碑陰有潘武惠諸人題名

五十五載民望安,雲華但記求神丹。水魚湫湫指南國,坐見魚藻爲安瀾。安瀾門外路尺咫,扶胥口接黃木灣。金鴉浴鵁百靈集,祝融之宅控島蠻。自從元和作碑後,寥寥直至開寶間。昭陽秀華日瓌麗,論車尚笑燒沈檀。已抗王師負險阻,況視民命輕草菅。包茅之貢醴之告,有廢莫舉真可嘆。熒熒衆星夜流北,戰艦始下西江灘。南溟送潮勁於弩,廣城一蹴如彈丸。羊頭二四讖果驗,白天雨至誰敢干。允章輩但辦降表,裴麗澤遂銘碑端。露布北馳廟南啓,二載一獲規模完。碑陰諸臣列名姓,首曰翊戴功臣潘。信知山川神所庇,不獨將帥臣克艱。至今海道如几席,僅與遣祭文同看。君看波澄萬里字,煌煌御筆騰龍鸞。

雙桐歌④

廣州使院雙青桐,九曜坊外尚映空。我來校士桐樹下,往往已過

---

① 此詩題位於手稿本第 7574 頁。
②③ 此詩題位於手稿本第 7575 頁。
④ 此詩題位於手稿本第 7579 頁。

桐花風。夢想摩挲綠陰綠，旁間古度與水松。今年遇閏節較晚，三月過半條始豐。院鎖百有六日後，一十三葉交蘢葱。仙湖之雲藥洲水，爲乳滴滴煙茸茸。十尋況有竹掩翳，百尺對峙門西東。是日微陰細雨際，青青多士衿佩同。分行絡繹映枝過，藹如翾鳳穿花叢。吾聞茲木中琴瑟，可無鳴和律呂笛。中央借蔭並有謂，擬作底貢東廂充。更汲晨流引新植，石欄晴日課短僮。

七榕行①

槎枒朧腫之老榕，使院院中凡七樹。東北一株稱最神，日日焚香拜童孺。吾聞大者名曰社，毋乃異物陰來護。西齋西株狀又異，枝既生枝勢尤怒。倒結根如雷雨垂，下穿地作絲蘿附。一一虯蚓蛟虯螭，跨水橫窗吐煙霧。其二門外二牆陰，陰各相抱枝相互。人言此木多不材，又云可作然脂具。是非得失吾不辨，但視所處隨所遇。藥洲東畔石上一，蟠蔽米書獨何故。從來良材在擇地，而況不材植容誤。栽培一物非偶然，落景迴欄屢憑顧。

春日藥洲雜咏②

十首之一、三、五、八、九，集刻五首。

今年下車日，適及牆桃紅。三年始一見，嫣然出春風。朝霞點綠水，襯以雲濛濛。娟娟雨乍過，澹澹煙微籠。所賞在幽韻，肯與凡卉同。

作亭環以水，臨水藝以竹。此物此土賤，森森易成束。池上微雨來，瑽琤夏寒玉。更騁玲瓏鞭，添織龍鸞蹙。夾池密無縫，不使受餘綠。增美而芟惡，庶用豁余目。

在昔聞旁挺，曾與側生賦。絳囊已登盤，圓目猶在樹。後時豈必傷，涼燠性有素。君看實未采，先掇花間露。誰種黃皮子，乃以解荔故。同時卻作花，茲理審可悟。龍眼花露勝於荔支花露。

---

① 此詩題位於手稿本第 7580 頁。
② 此詩題位於手稿本第 7581 頁。

月季類薔薇,亦曰酴醾族。四時同一春,累月自相逐。深紅與淺紅,交絢不爲縟。甘蕉綠於雲,紅者偏映竹。抽條發其端,鮮豔若可掬。誰言花上點,復帶蕉心綠。

素馨南漢花,産自花田村。疏風澹月中,中有美人魂。穿鐙復繞鬖,竟夜長溫麝。膏沐綴彩縷,胡爲怨陽春。夜合本躑忿,暗香自襲人。孰謂泣含露,而以名合昏。君看東園樹,成蹊初不言。

於端州石室得李公垂題字四首①

前題"李紳"二字,後題"長慶四年二月,自户部侍郎貶官至此,寶曆元年二月十四日將家累遊"。

端州司馬南遷日,未覺登臨似謫居。可惜八關十六子,不曾刊卻禁中書。

酒勸迂辛又一時,只留月日更無詩。即看攤押尤逍逸,未羨烏程寺裏碑。

當午鉏禾幾換春,墨痕深護萬層雲。獨憐翠壁平如掌,不勒康州禱雨文。

功甫曾同北海推,後來南仲亦題詩。僧言前令尋唐刻,兩度來看卻未知。予初讀南宋葉南仲《遊松臺詩》有"短李高名光翠壁"之句,知此巖有公垂迹,及遊巖内見宋郭功甫顯云"考二李之勁筆",自注"邕、紳",然遍模巖石不得也,今始得之。

陽春石巖②

昔來陽春賦石洞,未及洞外諸石巖。誰知巖亦具洞勢,外皆巉巖中空嵌。韶峽連峽奇並具,更奇平地出險巇。若非數程去江遠,疑作一片飛來帆。旁視卻作屋壁拆,復作錯落金釭銜。忽作槎牙龍虎骨,騰起又作麞麕廥。一作孔翠開錦翅,又作旛旆垂旒緢。又作繪屏作

---

① 此詩題位於手稿本第 7589 頁。
② 此詩題位於手稿本第 7591 頁。

步障,作綺繡段瓊瑶函。尚聞巖内巖又起,空同玉玻二巖名。最嶄巖。石牀石柱不可到,金芝玉髓神所緘。盡作雲霞鳥獸狀,層層雲氣霾深巖。十三叠泉飛灑處,道州上蔡名姓劚。望古徘徊夕陽下,滿厓金石鳴松杉。巖有周子、祖無擇題字。

電白驛館阻雨五首①

横雲昨在亂山尖,遂有淋浪滿夜檐。地入高涼連桂海,天交小暑作梅炎。三間驛屋荒蹊闢,幾道流潢野水添。仿佛潮陽春繋纜,候晴只當守風占。

甓垣一帶水衣生,映水鬖髿畫不成。漲入盆瓶愁瘴濕,庭如藻荇積空明。蝸涎漏作痕交篆,犢鼻竿疑網曬晴。個是茅齋舊時味,不知襆被住山城。

解囊行李半泥沙,一笑聊酬僮僕嗟。蒭韭漫須同渭北,煖湯且莫比彭衙。東山古有敦車下,西嶺明當走日斜。猶得閑窗供客憩,露涼夜漬佛桑花。

新芳雨下定成蹊,旅店諸生擬試題。屈指輶程知日近,②夢於鎖院看雲低。破衫殘篋行誰問,裹飯虀鹽手自提。此境新嘗吾愧淺,③敢輕蹀馬電陽西。

行厨竹外魚蝦賤,坐席松陰暑熱消。縣令爲言塍水足,村孃及護稻花苗。此邦士有躬扶耒,尚恐風難返斫雕。卧聽霡霂渾不寐,不因沾濕路迢遥。

題朱竹幛子④

宣和譜竹尚青緑,寫生不數蕭悦前。澄心堂中鐵鈎鎖,筆法卻溯

從誠懸。後來石室專用墨，墨君自此名始傳，元時高房山、薊丘父子相接聯。梅花衲頭一點風雨黑，散入九龍山人屋壁爲春泉，一一行草篆隸交雲煙。近見李南翔，時以朱取妍。此幅神理復未遠，想應得法南翔邊。蜺旆霞佩珊瑚鞭，十萬紅尾鬖翩翩。淺處水與石，深處仍有涼娟娟。丹氣洗盡翠氣出，乃知區區辨別朱墨猶拘牽。晚風修修動簾押，空堂捲對斜陽天。

西施舌二首①

誰自胭脂匯，分攜上海航。尖仍越女白，吐作夜螺光。一名沙蛤，歐陽公詩"紅螺行沙夜生光"。絲網憑人結，金盤奉客嘗。只應留舌在，猶足配華堂。

但取屑甘齧，徒誇郭舍人。看寧一錢費，采並五湖濱。石蚘花初發，江珧味共珍。笑他檇李實，爭記指痕新。

白蓮二首②

洗盡鉛華豔冶情，只留煙水伴空明。幾層雲罩瑤池影，一片風吹白紵聲。魯望豈能將恨覺，謝公終是欠心清。遠香最在溟濛外，暮雨娟娟畫不成。

曉氣輕空濺作珠，濃陰澹靄太模黏。欲傳涼漏風來候，得認空江月墮無。鷺立偶然窺見影，龍眠何處取爲圖。素屏邊與方塘上，一樣琉璃鏡不殊。

次韻內子聞笛見寄③

君居官舍憶居京，況爾池上樓風清。落梅折柳亦何有，一兩花但對膽瓶。樓風吹過千里夢，剪燭使我旅思驚。江干笛材半煙雨，爲君

---

① 此詩題位於手稿本第 7601 頁。
② 此詩題位於手稿本第 7605 頁。
③ 此詩題位於手稿本第 7606 頁。

都作鏘玉鳴。

次韻内子聽雨見懷①

高涼二旬雨不絕，落葉摵摵花瓏瓏。是日行輻郡東郭，溪流巖瀑交撞舂。海雲怒飛萬馬急，低傍澗竇高穹窿。日光明滅倏穿漏，參差照出江邊篷。忽焉四邊水皆立，灑以萬里之長風。驅徒喁于若響答，我亦吟嘯風雨中。卻憶茅齋藥洲上，甕城水與仙湖通。倚樓聽竹正點筆，九石新沐如眉峰。遥天微藍嶺西路，盼我行色送遠鴻。新詩寄到雨微歇，鎖院初昏起暮鐘。

夏夜觀諸君荷筒吸酒歌②

姜生日日對花兼鈔書，熊子書聲琅琅如貫珠。忽然舌乾向花乞，拗取花枝作酒壺。花枝上通葉下覆，楊子以簪刺其腹。陸郎摘葉蘇生扶，映出一堂眉鬢綠。須臾碎雨來灑花，竹篘瀉酒相交加。淋漓入座是何響，白波急捲風中斜。漏巵無底江海空，噴壺倒注垂長虹。瓟貽五石不足道，鯨吸百川寧許同。諸君仍用鈔書讀書法，一口百節皆疏通。牀頭百雅還常覺，海上淵明疑可學。賣杯争忍作東坡，避暑何須仿公愨。夜闌雨止花又香，四座灑灑荷風涼。明月倒出荷中央，五君胸中各有明月光，起聞我歌更洗觴。

石　船③

此下四首爲《高州八咏》之三、四、六、八，集刻《冼夫人廟》《高力士宅》《覲山》《省亭》四首。

石船傳自潘茂名，中窪外翹如船形。又如荷華一瓣青，云即仙翁所揚舠。化而爲石墮郊坰，後人爲起仙迹亭，一靈道人又作銘。其長六尺廣二尺，可與道旁礧石匹。胡然作船虛又實，托爲乘雲御風質。頑苔居人覓瑟瑟，復閟船有石篙一，別在雲鑪石巖室。

---

① 此詩題位於手稿本第 7606 頁。
② 此詩題位於手稿本第 7607 頁。
③ 此詩題位於手稿本第 7610 頁。

丹　竈①

欲求鍊丹處，賴有石如舟。因之築丹竈，何異刻舟求。

潘　井②

仙翁鑿井今幾年，卻構磚亭護井泉。不爲井泉護井水，井口昔吐燒丹煙。相傳潘茂名鍊丹，煙從井出。

銅　鼓③

東坡作詩謁洗廟，欲擊銅鼓而歌之。是時林靄鼓已獻，更有何鼓可侑先生詩。吾聞蠻方重茲器，峒户遠逮西南陲。往往敲扣環子女，模範大小隨所施。廉欽此去近銅柱，定有伏波遺製遺。不然村塘嶺名豈徒取，或恐漢唐宋後蠻種相留貽。此鼓迹又異，近始得水湄。高田村邊萬曆時，溪出鼓一久莫知。四十年前鶴峒水，夜半忽有雲雷隨。蝦魚海族光怪盡騰出，土人細辨乃識規銅爲。今紐雖存簴已失，舊亭猶覆柱則欹。我來手量臍及腹，二尺之高九尺圍。旋紋模黏沙土蝕，並少竹笛唱和蘆笙吹。憶昨波羅江，廟殿絙索東西垂。東者舊嘗考，西者未考製已卑。亦云灘水所浮得，得非應期而出有類斯？嗚呼！應期而出寧虛爲，神物會合乃見奇。何不移置海神廟，三鼓鼎峙娛神衹。此鳴彼應如塤篪，南嶺北嶺鏘金絲。不愁魯鼓薛鼓無其辭，當作送迎神曲與爾相諧依。

驛壁見王覺斯草書④

嘆息斯人去孟津，八分倔强復何人。草書誰道體非古，似爾真兼分隸神。

---

① 此詩題位於手稿本第 7611 頁。
②③ 此詩題位於手稿本第 7612 頁。
④ 此詩題位於手稿本第 7615 頁。

石　龍①

古石龍郡今化州，州廨井口當龍頭。井乃出沙沙沒井，有似雲霧潛蛟虯。掀掀腹脊出郭外，蜿蜒直繞江邊流。忽蟠遠勢入城內，復於廨左纏蚴蟉。之而鱗鬣作騰趎，夜半璇星精下投。始青之天一丸碧，元氣化作黃金毬。楚人頌裏雖見述，蘇氏井邊還未優。二十四品譜不得，《橘録》"橘有二十四種"。禁方恐是龍所留。琅玕漫聞叟對弈，回仙誰見詩題樓。圓苞初擘實幾寸，老樹一蔭香千洲。城中野外計樹取，龍腰龍尾以次收。爲珠爲涎俱有用，光焰一吐八月秋。厥包錫貢揀上品，比諸銀筶球琳璆。其餘輸販江閩廣，亦若四出霖雨周。傳聞龍鳴有靈兆，滇南宰相生炎陬。明楊文襄生於州廨，龍鳴三日。又傳鐘鼓鎮使靜，潛見未必因人謀。邇來人和所感召，老樹又見新條抽。龍之澤物宜在此，鳴耶否耶焉所求。袪痰利氣導津液，一片奚啻百疾瘳。問龍乞水何瑣屑，多實庶使人齡修。

松明書院四首②

集刻改本三首，序亦見集。

點漆螺丸便有餘，先生何用爨論車。空教傅會塗人口，誤載圖經只爲渠。

東家祭竈景荒涼，隔舍相邀鐙燭光。那計餘薪映千載，庵名當日只桄榔。

海南海北總春風，不爲松明合祀公。榮絕貶官鄒吉士，清名真與古人同。

興廉村畔樹冥冥，始是元符路所經。碧井榕林如可問，誰能代羇結書亭。

---

① 此詩題位於手稿本第7615頁。
② 此詩題位於手稿本第7617頁。

合浦道中三首①

雨歇白沙鋪,日出海角亭。路長石磽确,流潦縱復橫。登頓坡陀間,屢得渚與汀。雜花不敢嗅,恐有蠻瘴腥。百步無一陰,不得休輿丁。忽苦篁箐密,陰濕生寒青。前岡綠霧起,渺與積水平。幽澗瀧瀧響,翠鳥交交鳴。

南日不可炙,行人各持蓋。俄而片雲來,路又繞雲外。偶逢團團樹,借蔭那不愛。肩摩相與憩,翻然若湫隘。安得萬畝陰,大庇行人曬。

我昔與謝子,論詩叩關鍵。有作輒同,每見卷必展。黑蛇改遂多,細蟻鈔猶辨。行輿今一開,笑擲吾何淺。千古文之心,乃欲訓詁顯。訓詁即已隔,毋論詞義舛。我今苦寡陋,訓詁聞并鮮。悵望北山雲,鱗鱗夕風卷。

銅　柱②

分茅嶺以茅分嶺,此柱傳聞及嶺半。百餘年前有人到,丈餘偶自峒民看。重立誰識開元時,況乃由唐更溯漢。冥冥扶桑海搖綠,守柱人家幾經換。銘詞新息定威稜,脮臘西屠空薦盥。石蓮臺護李皋文,楚銅但記辰溪畔。

安南古鐘歌③集刻改本並序

富良江邊戰馬嘶,猶傳絡繹貢象犀。曷聞麻調華祝壽,承天鐘賜三佛齊。咸平六年,三佛齊國王思離味囉無尼佛麻調華言建佛寺以祝聖壽,願賜名及鐘,詔以承天萬壽爲寺額,並鑄鐘以賜。此鐘云自海口得,昭光因此營招提。中涓書銘學士撰,九年乙丑昌符題。可補越嶠先後志,續者有李前有黎。黎崱撰《安南志略》二十卷,李文鳳撰《越嶠書》二十卷。我模雷文及碎乳,④沙痕潮暈相高低。舊記款文況失考,檳榔樹綠斜岡西。

---

① 此詩題位於手稿本第 7621 頁。
② 此詩題位於手稿本第 7623 頁。
③ 此詩題位於手稿本第 7625 頁。
④ "雷文",手稿本作"雷紋"。

復初齋集外詩卷第五

丁亥下七十一首

不得蘊齋書三年矣丁亥七月二日合浦驛館得春閒越中書次象星韻四首①

幾個童年數舊知，更尋嘉樹角弓詩。聯吟橋路從三轉，促膝堂開記九思。三轉橋、九思堂皆予輩與蘊齋吟話處。共被春鐙仍索莫，別筵涼月最淒其。爾時執手常嫌少，尚是城南酒對持。

雪溪越女叩湖舷，尺素春春蕩槳前。柳綠河橋人濯濯，草青樂府思綿綿。馬頭散似隨風絮，雁足遲於上水船。只有懷中字不滅，烏絲黯淡已三年。

孤村奉母少經過，幾曲柴門春水多。霧豹隱文知澤久，山雌挬茹奈臛何。心如對論應盟鷺，筆不輕揮肯博鵝。此意鄉鄰都未識，豈能塵市日肩摩。

舊學商量每夜闌，那因契闊阻飛翰。少陵細更窮豪髮，東野愁仍擢腎肝。我曩未知陰足惜，邇來稍識古爲歡。期君餘力相劘切，莫使翹懷但永嘆。

---

① 此詩題位於手稿本第 7630 頁。

蜃氣詩①

吾聞漢志云，海氣樓臺象。蓋蜃之所爲，厥族蚶與蚝。龍噓
氣成雲，其類蛟螭蟒。而此雉所化，亦復干雲上。登州鼉磯島，群
仙互來往。異景十月交，昔自東坡賞。我今雷廉間，海岸平如掌。
萬里天一碧，晴空面初仰。俄而一縷白，直起可萬丈。雲氣與水
氣，相錯相摩蕩。非復山澤間，魚鱗與草莽。青或黛幾斛，赤乃錦
千緉。紫纙振綸組，素又披鶴氅。七華絢開翠，百寶爛出笴。頃
刻以千變，難遽一二仿。所謂樓與市，大略已可想。其借青冥氣，
岧亭結惚恍。斯爲華蓋居，可聽鈞天享。其借雲漢氣，縹緲架軒
敞。斯爲五雲閣，可勒少霞榜。然後爲街衢，爲城郭閭黨。屋鱗
鱗翼翼，人熙熙穰穰。農賈之所陳，雞犬之所放。胥自贏殼間，孕
蓄凌莽蒼。然其出有時，先後在朝爽。雲消日未升，星疏月猶朗。
魚龍靜深沈，渚嶼淡泱漭。是惟無生有，萬象接惝恍。況聞七珠
池，曬珠如曬網。其光射天際，燦若鏐與鐺。或時作朱霞，錯磨秋
沆碭。斯光即斯氣，是一固非兩。寓形本無迹，造物初何昉。所以
赤水珠，得者必象罔。

虎頭蟹次象星韻②

虎門户慣竹籩加，半殼時時拾水涯。尚與天中厭蟲豸，廣州小兒以
殼爲佩。那將海畔混魚蝦。分明敂首紋成錦，偏有琴聲夜響沙。說與
凱之應未識，更誰能作畫圖誇。

題城月驛館壁③

牆倚荒寒竹，窗含淅瀝蕉。白翻雙烏下，綠入一村遥。院曠風橫
簟，溪渾雨盎瓢。晚來雲氣濕，疑帶海門潮。

---

① 　此詩題位於手稿本第 7632 頁。
②③ 　此詩題位於手稿本第 7635 頁。

七夕寄内二首[①]

是夕到雷州，明河澹不流。月涼如傍曉，海近易生秋。重以懷風雨，非因看女牛。水紋簾捲久，未遽下銀鉤。

九曜亭邊望，應憐女七襄。迢遥渾欲語，容易即成章。螢火流羅扇，榕陰轉畫廊。今年秋展閏，猶是未新涼。

陸公泉歌邀鎮堂同作[②]

陸公守雷州，明嘉靖時人，名瓚。但飲雷州水。雷人乃以公目泉，謂公之清亦如此。此泉涌出送公行，瀚然香洌得未曾。公既不居捨之去，民亦不有舉以歸諸僧。僧言泉美公所賜，石間落落三大字。我來駐輿散晚涼，且借探源一尋寺。竹竿徐引風泠然，潺潺響出佛座邊。石池卻在寺門外，如絲氣上相接連。千珠復萬縷，亂激蒲葭蓮。乃知飲水固非得水處，昔人蓋以此寺志此泉。筒莫争餘瀝，銘莫矜卓錫。我今豈識陸公誰，但向竹林影畔數上聲。小礫。此泉可容評到伯芻與又新，訊君手品茶經人。

七本刺桐書屋歌[③]

刺桐雖粤産，雷瓊乃有之。桐名非桐類，或云即古蒼梧枝。春時每作花，片片風襹褷幾隻。翦出紅鸚䳇，愛誦昔人七字三語詩。雷人指樹向我説，二月三月來看真一奇。青天四垂薄雲掃，宿雨剛洗腥紅肌。[④]爛爛火下燭，熒熒霞倒披。海濱人家一株不知瞑，而況此屋前後七樹交華滋。然而此花俗弗貴，此葉特與田功宜。傍海田低氣陰濕，燒畬音沙。不假他草爲。三冬門巷争掃拾，幾家取給歸茅茨。粤中百樹少榮落，此樹獨與耕者期。[⑤]以是粤人不愛花，愛葉有甚枝頭蔌蔌香

---

①② 此詩題位於手稿本第7636頁。

③ 此詩題位於手稿本第7638頁。

④ "腥紅"，手稿本作"猩紅"。

⑤ "獨與"上，手稿本有"榮落"。

風吹。我聽其言忽自笑,我名此屋乃亦非花時。羊城雙桐春映墀,每來雷郡率已遲。前年以冬月,今以秋月停旌麾。吏人爲我拂舊幃,期我題字於檐楣。我顧院中屋側亦何有,惟有七樹葉葉光離離。院已周百弓,樹亦各十圍。屋乃無書不妨取書味,亦若目想花發聊可忘朝飢。仰屋歌罷新月上,照我大字如畫錐。

賦得幾年始得逢秋閏①

雙星耿耿晚涼天,兩度橋成費幾年。桐信早於金井覺,鵲勞深借玉溪傳。風輕漢渚寧辭皺,月轉鍼樓又漸圓。盼得閏來渾易過,臥看莫忘綺寮邊。

同象星賦南宋畫院題十首②

氣霽地表

芳酒鳴琴登薦時,陽阿房露有誰知。卻描大地山河在,盡要秋光入御卮。

雲斂天末

常說烘雲法最難,況教收盡溢清寒。芙蓉閣上江光晚,一桁珠簾試卷看。

洞庭始波

及記嘉生千木奴,御題未作賈家湖。傳神只倚虛涼意,萬頃吹空細欲無。

木葉微脫

翠寒堂畔暮蕭蕭,已賴空明逗晚潮。減筆漫須矜撇捺,抵他梁楷折蘆描。

---

① 此詩題位於手稿本第 7646 頁。
② 此詩題位於手稿本第 7655 頁。

春草碧色

新緑遥看近又無，艮山東麓太模黏。争如一段裙腰色，半入劉孃包繡圖。

春水緑波

無復春江寫郭熙，六朝舊憾賸漣漪。①只應一角西湖册，仿佛旗亭記曲時。馬遠有《旗亭記曲圖》。

海風吹不斷

畫水軒然易起波，神來其奈畫風何。太平寺記梁溪見，一筆徒誇濟貫河。

江月照還空

盧泉三叠紹熙傳，誰見銀河落九天。道是月光偏不信，依然金闕紫生煙。

四更山吐月

涌金門外玉繩低，湖闊峰高月上遲。清霄芙蓉剛未放，不知誰唱海棠詞。

殘夜水明樓

水墨湖山淺淡妝，自分晴翠與波光。園前多少争妍手，妒煞南樓一夜涼。

渡海回試雷州道中呈鎮堂兼簡蘊齋四首②時聞蘊齋到京之信

鶂頭馬首去駸駸，漸覺舟車歲月深。學業自慚無寸補，道途豈止損分陰。樹穿密霧皆晴色，鳥帶幽篁亦好音。空復雲沙日追歷，所懷

---

① "舊憾"，手稿本作"舊恨"。
② 此詩題位於手稿本第 7662 頁。

何以慰同岑。

采奇未厭駸駸駸，果有珊瑚出網深。饎饎泉仍浥餘酌，桄榔葉又發新陰。揚風無復甘喬野，切律初聞學語音。陶潚生才原不薄，琢磨終就玉山岑。海外各邑士子近日皆知爲詩，故云。

詞場掉鞅兊駸駸，驥足應須抹刷深。①孟氏不妨詩似謝，李侯肯恥句追陰。與君款款穿林語，憶昔丁丁伐木音。何日慈恩寺塔上，同行緩步得高岑。

十三年倏去駸駸，林子之京感必深。落葉青門迴舊雨，暮雲碧海起秋陰。魚吹細浪圓生沫，雁叫寒沙遠有音。從此不須兼憶越，只憑直北望雲岑。

南　渡②

雷州城南十里，寇萊公詩“到海只十里”，即此。

觀濤亭路煙已迷，南渡渡口雞始啼。昔人出城十里目爲海，而我渡海二日行李猶攀躋。到此不知與海接，但見勢若搖動青玻璃。亦不知雷州城近遠，但見東南日腳倒插如虹霓。照出一村郭，映帶千鳧鷖。山氣漸濃水氣淡，秋光吞吐直到西湖西。

次内子秋日見懷韻③

秋意浩無際，寫成爾我思。涼寧關節改，閏更覺歸遲。佳月盼盈手，銀河佇未移。拈他謝莊句，兩地恰同時。昨寄信内子，約於八月十五夜同用共字記海上陰晴，借月賦語也。適接來詩有“銀河千里共”之句。

丁亥中秋雷州刺桐書屋對月用共字寄内④

刺桐我名屋，屋以刺桐重。大字榜新題，刺桐乃舊種。七株冪作

---

① “抹刷”，手稿本作“秣刷”。
②③　此詩題位於手稿本第7664頁。
④　此詩題位於手稿本第7665頁。

陰,一徑密無縫。今夜忽炯碎,穿漏光錯綜。仰視團團天,淨碧掃霾雺。玉妃破海出,屏絕雲帲從。誰謂瓊樓寒,寶幬徹不用。似窺我兩人,拈韻此時共。珠海與瓊海,浩浩筆齊縱。相對二千里,謝賦何足誦。

是夕復用共字寄蘊山①

嘗聞使燕錄,此月萬里共。雷州去京華,何止若燕宋。渡海北二日,海霧尚若重。況乃刺桐陰,計必障煙雺。夕風吹空來,海氣爲之用。驅雲於四周,明月詩乃誦。窈窕徘徊久,愈上光愈縱。我屋如積水,樹影藻交葑。月色與海色,一氣屢錯綜。欲擬謝莊語,秘思抽無縫。

復用共字呈鎮堂②

海賈測陰晴,但利珠爲用。爾我又不然,倚户歌自縱。地偏旅思多,坐久露華重。反能洗海霧,推月出塵雺。蒼然一空軒,不礙密樹種。其陰皆壁向,月仍爾我共。有如一片湖,蒼雲卷老葑。夜深海氣來,涼入客裳縫。微霜霑人衣,此句邀君誦。君獨倚水調,孜孜學詞綜。是夕鎮堂和竹垞作詞甚佳。

寇公祠③

寇公祠屋掃莓苔,野渚荒荒廢沼開。只合有詩留嶺海,誰知無地起樓臺。秋蚊暗牖蒸雷起,暮雨乘潮撼樹迴。掉臂天門入時客,蒸羊境上絕堪哀。

遂溪道中④

秋風嫋嫋吹荻蒹,欻轉大聲涼雨兼。霧擁渾乎海水氣,雲霾何處湖光巖。昏昏水墨暗村徑,摵摵篁茅飛野檐。欲訪梁溪題字所,燒痕

---

① 此詩題位於手稿本第 7666 頁。
② 此詩題位於手稿本第 7667 頁。
③ 此詩題位於手稿本第 7669 頁。
④ 此詩題位於手稿本第 7670 頁。

樵響亂峰尖。李忠定書"湖光巖"三大字,訪求不獲。

題梅嶺圖戲示楊琴研①

石磴盤盤剛一紙,梅關南下之五里。紅梅驛與紅梅村,遠近分明皆可指。橫雲平抱雲封寺,下視蒼茫路邐迤。行人仰面坐竹筧,歷歷畫到關門止。我昨乘輻來珠海,海天縱目自此始。連峰石翠交撲衣,半嶺松聲猶聒耳。梅銷故宅那可問,梅樹新花今又幾。披圖誰識在高州,題句還應共楊子。子家正在嶺雲下,庾邑名從庾嶺起。嶺斷雲連殘雪深,雁迴人遠斜陽紫。更添數筆北枝北,盡得西江半江水。

賦得悠然見南山二十四韻②

穫稻西田罷,聊隨物外探。忽看霜岫影,倒入菊花潭。班坐還當夕,孤村本在南。許教山作主,那免席相參。遠遠青螺黛,亭亭碧玉簪。寫煙開晚勢,冒雨出層嵐。幾點圍蓬蓽,千聲響檜楠。微於古樵路,時露小茅庵。此際持醪客,曾何人境貪。秋空天象迥,潦退水光涵。渺爾詩情會,悠然畫意堪。斜禽餘映白,斷靄盡拖藍。皺向疏林見,涼從細磴諳。高懷滿茰把,幽意對松談。巷僻因披草,興尋或用籃。送仍煩斗酒,攜不必雙柑。好鳥如相答,殘陽照半酣。寒交日維九,步到徑之三。玉斝鄰來勸,金英僕共擔。蕭森一氣裏,香靄數峰含。③莫訝丹黃少,元知淡泊甘。素心躋已屢,青眼對奚慚。北牖風誰領,東籬興自耽。惟應陟高頂,佳日課農蠶。

九日觀高涼山圖歌④

此山胡乃此郡居,夏蟲烏可語冰歟。觀山筆山抱郭俱,靈湫石竇張以呿。吐納煙景歊晴虛,畫工反置如棄餘。盤盤細磴青縈紆,一線

繞上雙石閭。松門獵獵風所樞，尚是泉勢來徐徐。臨深視下境固殊，僧房亂聒榕杉櫚。小橋橫空寸木如，翻倒萬籟於襟裾。一人支策神暢舒，登高之地洵有諸。高涼不涼澤沮洳，披圖頓已煩熱除。會心不遠迹不疏，意到那必須籃輿，是夕菊節張鐙初。

電白山行①

牛羊兕象虎豹熊，嵩嵤高下原隰充。沙平水淨淡無風，滿山朝日升曈曈。煙林遠近相蔽蒙，忽如八窗綺交通。霧嵐瀜合欲混同，俄又疏作層層峰。鰼勾峰起浮山從，謝嶺脈注高涼東。熱水百丈拔巃嵸，噴雲洩乳時結融。或云源可江海逢，我意諸山本玲瓏。雕蔸瑰特一氣中，誰謂粗頑不可攻。滿眼成質皆化工，一笑仰面看秋空，山亦宛轉爲我容。

論時文十二首②

祗今誰把南豐作，不發征車百過看。可但風行水上意，抵他大海紫迴瀾。

拂袖飄然出世心，寥天孤鶴許誰尋。千秋只有徐家筆，遠和陶韋五字音。

凌空夭矯出奇觀，奇字由來未是難。誰信孤心蟠萬象，小窗鎮日坐蒲團。

三婢曾經誦不忘，漫云揮灑兩兒郎。只應萬古西江月，留與臨川照屋梁。

荒江老屋弗群書，嘉定歸黃一脈俱。底事竹垞朱老子，拈他大結但區區。

茫茫元氣付誰收，瑞應先於文字求。始信中聲在天地，請看鳴盛

---

① 此詩題位於手稿本第 7677 頁。
② 此詩題位於手稿本第 7678 頁。

起熊劉。

　　帖括聲名動九重，遂令天下士趨風。杜詩韓筆當時論，真與昌黎景仰同。杜謂茶村。

　　榕村村屋綠冥冥，鐙火遺編似六經。後此桐城二方。義門何。出，淵源尚爾溯門庭。

　　在陸草堂一甄綜，白華樓本竟須刪。今文果出古文手，直接蘭臺令史班。中子受業於同人。

　　風度漁洋似己山，詩文月旦二王間。藍青若準西樵例，始嘆牆東不可攀。罕皆受業於耘劬。

　　騄駬虛空孰躡塵，嘉魚而後定還淳。須知妙處無多子，莫更雕蒐太苦辛。

　　前輩飛騰境本真，後賢何處出清新。未知竹里堂中客，誰是拈花微笑人。

竹 簿①

　　電白之海海一支，我昨騁望秋空時。橫縱沙汊灣流漸，灣灣點點如鳧鷖。青如水田葑，細如水苔絲。既不如略彴緣危架獨木，亦不如坳堂置芥平酒巵。又不如遠帆一葉記，容刀一葦詩，沿洄來往衝離披。但見無數碎影劃動青玻璃，朝來微雨裏，客路繞水湄，五藍渡口波逶迤。我乃把書來坐之，其廣逾尺徑及咫，人少則平多則敧。後者立我僕，前者一夫試水如篙師。篙則以竹簿亦爾，圓齊玉筍駢頭爲。橫比管排簫，寬比筠織籬，直比水晶箔，長比驪龍髯，輕比蜻蜓翅，脆比珊瑚枝，疏比罟氏網，密比農家篩。忽疑連筏撐可渡，復類秧馬滑可騎。已似水中結茅屋，更若蹋青搖曳行大堤。尚聞耕漁人，縛草蓋戶於此栖。三月五月逐水去，千里百里浮家隨。其上培土可樹藝，孳

---

① 此詩題位於手稿本第 7681 頁。

長並到豚與雞。一物之用有小大，泰山毫末理亦齊。憶昨齋名舟，春前題句潮陽西。山房詩又咏海粟，瓊臺卧聽秋濤吹，四圍百島萬里有奇。①□與茲編何差池，②秋風到岸振我衣。迴望海際山參嵳，一點藍影當渺灦。卻乘竹輿背山去，滿林篠箭來涼漪。

由崆峒巖迴覽諸巖作歌③

陽春巖自西轉東，厥名最著惟崆峒。面郭修纖三五峰，其外突兀中嵌空。中乃凸怒千芙蓉，金漿玉髓所結融。磊砢窅窱堆玲瓏，銀房石室交戶櫳。石氣水氣紛激衝，雲液丹液虛濛濛。微微肅肅寒非風，轉於虛白生青葱。目不停瞬無定容，巖外巖又蕩我胸。龍蛻老骨撑碻磳，玉玻而下來躚蹤。每一巖起諸巖從，一巖又具千萬重。滾滾頭角群虬龍，駭突萬馬馳風驦。茫茫粵海青磨銅，置此平壤於當中。關作苑囿煩天工，④不用世間塊麗充。直插玉筍排龍嵷，外包大巖作垣墉。剖峙璜琥珪璋琮，層層刻鏤淡間濃。平鋪萬象皆化工，遠近高下一氣鎔。外雖不屬內實通，雲霞來往人莫逢。天籟響答相唱喁，坎窾鏜鎝成皷鐘。雨止天碧斜陽紅，巖巖齊戛檜柏松。千竅萬穴雲戎戎，翠黛金碧收一笻。卻倚暮靄支秋篷，水際看巖又不同。

於陽春巖壁得周子及祖擇之題字二段⑤

一題“轉運判官周敦頤茂叔熙寧二年正月一日遊”，一題“予因按部稅駕此山，皇祐二年仲冬月十九日，范陽祖無擇題”。

胡澹庵詩覓不得，朅來空玩青孱顏。銅石一巖訝鬼作，瑶芝倒插苔花斑。四壁壁光瑩如炬，忽照字在瑶芝間。乃出澹庵百載上，熙寧轉運此往還。又題范陽來按部，皇祐之冬稅茲山。范陽筆力尤

---

① “萬里”上，手稿本有“万”字。
② “□與茲編何差池”，手稿本作“与茲編竹何差池”。
③ 此詩題位於手稿本第 7684 頁。
④ “天工”，手稿本作“天公”。
⑤ 此詩題位於手稿本第 7686 頁。

勁逸,石房石級勢轉屏。顧視熙寧一行勒,疑古丈夫紳佩綸。借使行部迹僅此,亦足立懦而廉頑。三洲靈窩銘未泐,德慶三洲巖有祖無擇題。七星石室葛可攀。肇慶七星巖有周子題名。向來每失攜杖膜,停舟悵望黃泥灣。

黃泥灣雨行①

江灣灣,巖翼翼。風蕭疏,雨淅瀝。新興南,陽春北。夏雨送,秋雨迴。今雨聽,昔雨懷。昔我往,今我來。來往此灣灣此雨,灣後嵐影灣前渚。灣頭雲木轉空明,知是端江春水生。迢迢一線牂柯綠,濃淡瀠洄記客程。

遊三洲巖二首②

瀧江望自東安東,江邊藍影一點濃。今晨行近轉未近,先以疊厂駢玲瓏。捨舟越塍一二里,倏忽吐納千百峰。氣凌衆皺閟衆有,路所不到光乃通。彎彎飛磴不敢蹋,琅琅群籟來於空。雲窩石柱本無物,觸之皆訝爲鼓鐘。巖有雲窩、石柱諸異。乳氣漸青石氣赤,③綠花合作雲濛濛。外望疑晴內疑雨,暄涼咫尺迥不同。卻因剔蘚讀古刻,數人俱罩綠花中。

介亭尚弔祖侯蹋,用蘇詩語。此巖乃有祖侯題。一十二字畢遊記,祖無擇來皇祐二年二月望日。古筆簡古今誰躋。況復筆勢鬱飛動,介亭曾否留此奇。酒瓶三百一揮去,獲郎賴爾工深擠。江山文彩磨不盡,紫霄星斗光猶垂。孫莘老詩"主人承明老,星斗工文章。築亭紫霄上,坐客蒼林旁",爲祖擇之作也。獨笑番禺屈道士,上蔡銘乃銘梁溪。傅會何必非景慕,④空江落日亭亭低。屈大均《廣東新語》"三洲巖"一條下云"李綱所題,祖無擇銘之",李伯紀南宋人,祖乃銘其所題,此可一笑也。

---

① 此詩題位於手稿本第 7687 頁。
② 此詩題位於手稿本第 7688 頁。
③ "石氣",手稿本作"日氣"。
④ "傅會",手稿本作"傅會"。

江行看晚燒作①

江紋不動如鋪萍,萍際綠乃群山形。彎彎倒展成卧屏,邐迤林麓接巉陘。翠色漸紫望漸暝,一凹乍閃紅熒熒。四山亂點俄聚螢,鮫人噴珠驪睒睛。金蛇掣電梭流星,蜿蜒燭龍燭蒼溟。忽入嫋嫋穿冥冥,一放數里驚迅霆。連延燁炘聲齊聽,積蘇亦帶椒樕馨。水氣微上鰕魚腥,氣騰嵐白煙轉青。一痕霞起赤未停,千縷萬縷吹泓渟。助以長焰蒐嶺嶜,山山熠熠點點零。又隨漁鐙起筶箵,火畲之法本古經。土化孰謂山可刑,山田田户爾弗寧。弗若漁者閑倚舲,更有晚煙炊野垌。下上前後影滿汀,盡入此夕船窗櫺。

甲申十月三日始自羅定按行科試今復以丁亥十月三日科試來此四首②

霜空訪古粵王臺,擷秀初於瀧水隈。行處早逢山號錦,到時如以嶺占梅。主恩又許三年住,客棹仍依十月來。甘子園邊千頃竹,濛濛小雨定輕埃。

湘灘直引桂江東,學海誰誇手障功。西嶺自兹分嶺路,小春敢説坐春風。虚心到處金沙揀,苦口他山玉石攻。檢點此來初念在,羅旁水澹柏林紅。

岸綠環陰渾不凋,暮煙依舊冪丹蕉。地無雁到寒成信,人記霜時晚聽潮。八桂雲深養鵝蕊,三洲水暖候魚苗。西風幾度吹波換,容易葭邊即繫橈。

近聞比户事謳吟,經術猶虞效未深。此日琢磨良有藉,當時栽種已成陰。昔所得士有司鐸他郡者。水芹豈爲徒攄藻,院鳥應知更好音。直作昔來看亦得,只添茗穎發青衿。

次韻内子九日見懷之作①

我在高涼倚素秋，知君竹外捲簾愁。昨來鎖院瀧江上，卻夢瓶花小閣幽。九月詩於十月和，三年節更一年留。來冬此際歸期近，笑約鄉園對唱酬。

象星以和吳淵穎題韓蘄王湖上騎驢圖詩見示因賦此②

金焦故事編金陀，月明馬蹄誰更過。背嵬家兒棄不用，一把雪憶旗紅羅。買宜人墳屹湖岸，塵土西風幾經換。跨驢忽記池州詩，高峰想到飛來半。翠微一上煙濛濛，六橋舊水涼映空。那復都堂字巾影，但照酒樏兼奚童。進冰船路細如畫，旌忠莊外閑人話。懷舊亭看乾道修，克敵弓尋李橫挂。

王右丞畫江南初冬欲雪時歌③十月五日試羅定諸生題

右丞之畫乃非畫，黿子云即右丞詩。即如捕魚一幀并非爲漁作，直若寫取江干初雪時。右丞《江干初雪圖》見宋韓忠彥集。江南較江北，往往寒稍遲。山多氣葱蒨，水闊煙迷離。人家逶迤樹映帶，一碧千頃萬態宜。雖有細雨兼涼漪，實與晚秋秋景無差池。苟非欲雪候，焉識初冬期。層雲梢梢冒樹枝，天色黯黯鋪渺瀰。是時釀雪尚未雪，澹白微卷青玻璨。岸背蒼蒼點葭菼，山根歷歷堆茅茨。來篙去櫂細於葉，梁笱罨罩紛如篩。湖心前後籬相亞，石畔婦子綸初垂。鳴榔挾罝具不一，或坐或立俱水湄。上有箬笠防霰集，旁有瓦釜供鱠炊。上有欲落不落之雲影，旁有將凝未凝之流澌。更有霏霏慘慘可望不可畫，乃是雪欲來以風先之。千山嵐接鳥不斷，一徑門掩人未知。模黏簫瑟又空曠，一一皆是詩家資。右丞渭北人，何由睹此奇。輞川竹里但咫尺，豈有江鄉漁舫集若斯。又非嘉陵江山小篏出粉本，蒼茫遠勢能爾爲。

---

① 此詩題位於手稿本第 7693 頁。
② 此詩題位於手稿本第 7694 頁。
③ 此詩題位於手稿本第 7695 頁。

乃知妙手取大意，不在形迹徒橅規。亦若坡稱襲芳佩蓀芷，但有神理無言辭。所以毫无咎，題以江南初冬欲雪之目非我欺。又言洞庭木葉下，秋風北渚來雲旗。便於畫中髣髴楚人賦，解説不煩王叔師。指點虛無太惝恍，那亂三湘愁九疑。況不傳畫只傳記，令人千載而下佇立徒凝思。

西蜀劉世儀爲予作風露竹各一枝①

因君得見峨嵋月，爲有疏竿向晚橫。卻落半窗來晚吹，朦朧煙露不分明。

刻漁洋杜詩話成寄内四百八十字題卷上②

昔思追杜老，近始識漁洋。上下千古事，平生一瓣香。與君拈五字，取法自三唐。律敢誇今細，言從敘舊長。是書裒集日，及在蓋吾鄉。紙上尋師苦，鐙前點句忙。筌蹄時未悟，訓詁事方將。博士驢書卷，天吳鳳倒裳。憶初辭帖括，何處得門牆。桑梓畿維赤，淵源脈遡黄。予師山左李正甫侍御，侍御爲吾邑黄崑圃宫詹門人，宫詹則漁洋門人也。人寧契丹篆，書或借青箱。裘費千狐聚，厨分一臠嘗。草堂舊箋釋，樹義各矜張。毛鄭功誰任，錢盧象未忘。紛綸説經井，絶倒解頤匡。一一神鍼度，恢恢巨刃揚。拈花聊借笑，觀水豈徒航。尚恨微言晰，偏於雜箸詳。③各條皆散見先生所著三十六種書内。雲霄幾毛羽，流落一豪芒。顧我方求路，真如乍裹糧。睡驢珍計顆，細蟻綠分行。胥聽人稱小，潢仍手自裝。其年迫冬律，仲月踐嚴霜。就食灕溪渡，全家滾水陽。憂餘心怛怛，悲極淚浪浪。月照村居静，風呼野色荒。繩樞一面牖，苦草半間房。狼籍殘篇帙，紛披出篋囊。以窮惟自奮，所得賴君商。削槧懷鉛事，茹糠飯糗旁。此如昨日耳，忽已十年强。蛺蝶飛逾遠，芙蓉蒂更芳。雖同萬里客，不比百花莊。畫紙棋何益，敲鍼釣太狂。驕兒俱誦句，小女已扶牀。借問續文選，何如學曉妝。蕭雝君比鄭，元鄭氏允端，閨秀之學杜者也，有《蕭雝集》。神韻我師王。即此覘全豹，歸歟自五羊。詩還離_{去聲}。西閣，家本近南塘。只要捻書籍，何須足稻粱。吟關意飛動，思豈畫微茫。直捨千家注，遙收萬丈光。家庭問答語，瑣細彙鈔藏。他日重迴首，前賢遠擅場。時因浣花咏，夢到帶經堂。盡古人三昧，如觀馬九方。淺深隨歲月，磨練出津梁。亦不徒聲律，期君和予倡。

此詩大致已通矣，何以尚鬆懈至此，蓋未曉串鍊銜勒之故也。

擬和黃文節孤山籬落^①_{并序}

衡州僧花光仲仁，善墨梅，魯直見而嘆曰"如嫩寒清曉行孤山籬落間，但欠香耳"，又於楊補之梅亦云而無其詩，因補作之。

水仙王廟啼早鴉，籬門一曲整半斜。峭寒著人尋轉賒，亦非水氣非霜華。橋邊竹外與水涯，淡若初雪光點沙。是時月落痕在花，凍雲尚閉處士家。潭冰未開魚未叉，人氣亦未來香車，縱有畫手何處誇。夢蝶真人夢栩栩，寂寥生澀覓縑楮。花光禪老出荊楚，安得湖山見如許。村梅不村或其侶，橘洲漫說醉風雨，憾不聞香乃禪語。^②

重題郭功甫石室遊篇^③

我昔別蘇斯室巔，快意並讀北海篇。^④_{此篇云"考二李之勁筆"，自注"邕、紳"。}反憾不見短李迹，凝立暮雨愁蒼煙。二李俱收復觀此，迴思初到已兩年。去年舟中致墨本，連夜光燭驪龍淵。模黏苔黂春雨後，豈及風日今暄妍。句響尚出蛟兕吼，字勢俄作芒角懸。此非君家雪室壁，胡挾霅劍鋩森然。壁石磊砢本鬱怒，爭頭傑豎矛槊攢。篇中雄語力

---

① 此詩題位於手稿本第 7706 頁。
② "憾不"，手稿本作"恨不"。
③ 此詩題位於手稿本第 7707 頁。
④ "並"，原爲墨圍，據手稿本補。

彈壓，不使怪狀逃鑱鐫。與嚴爭高聊寄耳，與山俱盡誰知焉。戊春來郡已春去，醉吟庵下青山前。古木訓狐亦何有，采石舊月落釣船。道人自合送隱靜，宛陵那用推青蓮。太初畫沙何足道，東坡竹石誰與傳。奇哉酒腸勃欲吐，擇此石乳平而圓。紺滑陰森易漫漶，未經響拓翻如堅。爾來北海迹亦著，拓本行且遍市鄽。幽境造奇乃自我，山居圖畫須同編。粵石性易漶，此嚴諸刻獨完好，自王漁洋已言李北海記多剝蝕，予前年來此始剔而拓之，字尚多可觀，然一年已來人爭拓矣。

見鎮堂讀莊之作二首①

借莊以自寓，達士時有之。讀莊奚不可，獨子非其宜。子上有高堂，堂構需子治。平聲。子身雖未歸，心已勤所思。男兒克努力，正在思親時。弟又附書至，妻又待米炊。子家多兄弟，長者已岐嶷。其餘諸弱小，視子以為師。況子富仁義，自昔培根基。盛舉未得路，更要勤書詩。入奉慈母訓，出與良朋隨。文詞琢班馬，道德追孔姬。寸陰復分陰，並力尚恐遲。奈何事墮黜，②聽彼荒唐詞。不見林夫子，有集名意而。歲月坐已逝，到今悔可追。昨蘊齋書來，云十年前覃溪序予《意而集》，云是莊老嚛黜一流，今追憶前言，噬臍何及。

子業亦已勤，子文尚未老。立言如立身，磨礪苦不早。子性極高明，而筆近枯槁。須知中敷腴，外亦要研好。古聖貴詞達，一畫自羲昊。象物各比類，已復開葩藻。繪事本素後，沿波必源討。劌目雖人工，屬心乃天造。含咀出英華，得意非草草。試用此理推，目前盡瑰寶。此即讀莊可，可與知者道。

米海嶽書寶藏字③英德

米公昔作淦洸尉，尉隸英州百里末。每書片紙州人貽，紙末仍題

博士苐。尉舍杳茫不可問,想見江灣一茅墜。鬱鬱寶晉之英光,直起珠臺貫星緯。黃金誰鎖玉麒麟,滿江眩動雲霞氣。至今洸水來繞之,洸人想像州人喟。其旁兩字勒墨池,搴手毫釐判涇渭。陽山山字拓又訛,臨清寺碑辨曷既。<small>臨清大寧寺亦有米書"寶藏"字。</small>去來竹膜幾劘揩,莫雨吹春洗巖卉。

始興舟中讀黃詩寄鈍夫蘊山雪門①

季冬溯凌江,江落泉始潨。衆篙爭一瀾,石角鬪觲觲。有如北嶺登,那得西江吸。低徊遊灂作,反覆入黔什。渺彼崑體波,往但楊劉浥。前輩於庚庚,②白日一飛熠。題襟誰漢上,滔滔百川翕。古者賦比興,由性非學習。著錄遂日多,安得不雜舂。三館四庫書,肇自祥符輯。毋昭鋟版後,經說多戢戢。薈粹屬何人,金璧沙礫拾。高從六籍導,次以群言挹。心在千載上,曷可一家執。後來馬<small>貴與</small>、鄭<small>漁仲</small>。輩,貫串遍巾笈。正賴細密功,豈獨謳吟給。嘗觀紫微圖,群雅聯鏽罍。后山師川下,次第讓相揖。銓衡衆論間,□當頗岌岌。③詎知師多師,敝帚非我集。杜陵野老法,萬古一歌泣。何至若後賢,朋輩相盜襲。磊磊軒天地,區區畫疆邑。彼哉附和徒,追豚自招苙。昔聖訪寶書,於國百二十。删詩授卜氏,傳逮伯魚伋。十國篇三百,尚合殷周緝。選練去重複,聖心滋有悒。夫豈少爲貴,實因救世急。難得盡雅聲,相變不相入。後世詩非古,亦自有等級。一夫膡膏馥,千手競霑裛。展轉不能出,焉復有餘汁。關西與鄴下,何苦門户立。江郎五色筆,亦弗克芟葺。況彼貌杜者,步步蟲出蟄。近則李與何,④坐受唐賢縶。以自得鵬鯨,⑤機羽安敢及。<small>魏道輔題《山谷集》云:"方其得機羽,往往失鵬鯨。"</small>我去古人遠,綆果如何汲。但看鸑鷟姿,自覓琅玕粒。芳草本共

---

① 此詩題位於手稿本第 7722 頁。
② "庚庚",手稿本作"徐庚"。
③ "□當",手稿本作"當日"。
④ "近則",手稿本作"近到"。
⑤ "以自",手稿本作"以此"。

氣,吾何區燥濕。并不知是黃,何問詞調澀。二三媚學子,望望隔原隰。寄之章貢水,晚霧點凉霄。

今年纏於各家各體略見真徑路,是以所得較往年稍多,從此更當加倍努力,謹慎醞釀,勿忘勿助。除夕識於韶州使院之問心堂。

五古恐有太似學初白處。癸巳三月二日記。此後戊子歲作手稿佚。

復初齋集外詩卷第六

己丑一百十七首

文休承虎丘圖①

盤盤樓閣依層巔，遠寺近寺相接連。兩壁蒼蒼鐵花古，雖有青綠無雕鐫。年深青綠亦已黯，尚蹲巨石臨平川。川光上帶石氣冷，空山暮雨來飛泉。寺樓忽斷寺塔出，山腰半露山梁懸。長林迴開嫋嫋路，行人步入濛濛煙。自題昨遊今又到，好山不厭頻欙船。定非烏程廨舍作，況是悟言家法傳。蒼然遠色弔古意，憶爾策杖歸鴉邊。小吳軒一覽茂苑，大姚村那臨石田。娟秀直於老硬得，駸駸果度驊騮前。欲題三絶怯疥卷，停雲館帖光迴旋。

自題縮本十三行小硯銘後四首②

硬黄唐與麻箋晉，誰爲區分祖禰間。尚與香光留恨事，紙間疏雋不容攀。

蠅頭楷法晉時稀，玉枕蘭亭果瘦肥。欲自褚河南假道，度人經字影還非。

并臨跋記起居郎，正要誠懸問小王。勁逸兩兼徒顧盼，祇應離合

讓神光。

端溪片綠日蒸雲，欲作蕉書翠不分。力弱可憐難壓得，疏寮石氣自氤氳。

仲春舟發廣州咏懷①

十二首之三、五、六，集刻九首。

上丁率諸生，今甫再身親。洗爵問禮器，款記尋無因。惟辨至正年，清江傅廣文。若金。昔人修廢墜，此義猶燦陳。今士學文辭，嗟但文問津。徘徊憩東廡，雨洗紅棉春。歸草釋奠頌，構思鈍及旬。轉愧媚學子，下學初循循。

昔與諸子論，論必少陵杜。又取蘇雄豪，疑亦杜之伍。此事非皮相，貌古者非古。必唐必開寶，昔聞李何語。年來於杜蘇，漸掃箋訓詁。蒼茫作者意，空際淡一縷。俄頃神鬼出，咫尺起雷雨。變五光十色，聽九奏萬舞。旁人訝風魔，舌撟不能吐。此時簾閣風，想與諸子聚。

文詞乃一藝，所貴培其根。根深培弗易，思與靜者論。我撰金石記，事徵道亦存。嶺南舊述作，下上孰委源。後生耳目淺，市書刊誤繁。惟有新荻側，歲歲添沙痕。

七星巖二李題名歌試肇慶諸生作②

我坐使院擁巖雲，黃縑翠墨繡五春。巾箱時時放奇氣，其間磊落邕與紳。二李之筆誰所述，郭郎本自李後身。予初於巖洞間見宋郭功甫題云“考二李之勁筆”，自注“邕、紳”，因銳意蒐訪。北海記在大巖口，我冒春雨披荒榛。字視嶽麓更奇古，後題惜被苔花湮。略云乾道歲已丑，安得援此考偽真。其秋我上二禺峽，證是陶定磨嶙峋。乃知此迹宋已著，伏苓

---

① 此詩題位於手稿本第 7756 頁。
② 此詩題位於手稿本第 7763 頁。

芝刻非空云。是時瀟湖潦漸減，至冬石室秘始聞。短李記遊僅數字，深蟠絶磴迴千鈞。聞昔幾人廢蒐覓，我亦半載勞骸筋。樂圖當時江表客，墨池胡及長慶人。李紳此刻僅見於宋朱長文《墨池編》。可笑八關十六子，禁中一笥偏不焚。竟令江夏弗獨步，六公篇並高秋旻。張廷珪尚疑六一，正書安得混八分。所憾短語不堪配，^①不勒禱雨康州文。旱畢短長偶失檢，顧家辨證徒紛紜。頽垣破磴倘可得，落霞孤鶩煩使君。我當作銘附高壁，蕉窗翠氣先氤氲。

<h3 style="text-align:center">莫春肇慶使院即事^②</h3>

八首之二、五、六、七，集刻四首。

尊經閣本講堂規，列戟門尋禮器碑。近日庋還添史册，後生雅共考尊彝。院舊府學阯，尊經閣尚存，西即今府學。學官歐陽卓山買二十二史貯之，又從化學官饒桐陰請依經義定奠獻諸尊之次，二君皆予乙酉所得士。肯徒稽古相誇詡，更欲他時看設施。社稷民人胥視此，晚陰記竹短牆鼓。

祖侯遺墨墨名巖，空副王家池北談。大巖之左副墨巖，有宋祖擇之石刻，載漁洋《北歸志》，予屢訪之不獲。旬日幽崖深霧雨，古云秘迹護煙嵐。豈雷電下五丁取，那玉虛宫二癸庵。放失宏多蒐蓄少，異聞仍有未曾探。

端溪硯石重球琳，一物蒐羅閲古今。聞説宋時阮字在，空青鐫入水聲深。羚羊峽硯阮刻字云"治平四年歲次丁未，重開此古巖"。羚湘峽更精粗辨，上下巖窮窈窱尋。臈作碑材又紫緑，已經三百載於今。院有明成化六年一碑，是阮石，以手摩之光潤如渥。

楊郎話與陸郎詩，三度蕉窗聽雨時。懷古可誰商往寧，^③莫春今我夢前期。南宫樺燭長廊静，北極台垣晝漏遲。遥想棘牆吟暮雀，杏

花紅過出樓枝。<small>謂春闈典校諸公也。"棘垣暮雀",昔介野園宗伯師語。</small>

閱江樓二首①<small>三月十四日試童射於此,憶丙戌是日恰三年矣。</small>

閱射何曾暇閱江,千帆綠自滿疏窗。紅旗風颭青林外,時見低空沙鳥雙。

安得粗材化俊民,卄分轉眼弁分新。百川借問障東注,源委如何試閱人。

賦得雨中荷葉終不濕②
<small>得交字十六韻,試筆慶學官題擬作。</small>

扇扇虛堂裏,敧翻菡萏包。妙香清不染,淨業白誰教。翠迸珠千滴,煙生渚一坳。定應裳共薜,豈有淚成鮫。冪瀝空光轉,玲瓏碎點敲。澤雖乘藻戲,霑肯到黿巢。動影魚相煦,群飛鷺或捎。綠雲聽過響,涼吹任斜拋。本自江湖迥,寧虞質性淆。膏腴都屏卻,挹注但浮泡。莫誤裁筒飲,休將作鏡嘲。承流獨偃仰,分潤衆菰茭。氣味通莖蓋,根株勵草茅。田田還棹外,冉冉只花梢。愛漫同波及,心元論淡交。新荷驟雨曲,那作麗詞鈔。

七星巖三詩③
<small>并序,三首之弟三,集刻二首。</small>

五春以來,校士斯巖之陽者四矣,有探陟之奇,有騁眺之勝,有蒐別之勤,檢近今詩人之作,若漁洋、竹垞、初白,以予興寄所得,殆於兼之而筆不能自達,是庸效和。

巖背山若屏,巖凹陰屢移。青白紫綠黛,變現無定姿。雲乳離合外,縹緲間有詩。前輩人未到,今我偶取之。海山靈音答,聽焉孰鍾期。銘題勒唐宋,往復嘆興衰。峰迴步武碎,所得惟嶔崎。我亦濡繒

<small>① 此詩題位於手稿本第 7776 頁。</small>
<small>② 此詩題位於手稿本第 7778 頁。</small>
<small>③ 此詩題位於手稿本第 7779 頁。</small>

紙,陳迹一卷隨。右初白韻。

端溪書院御書閣詩①

閱江江樓拓碑罷,閱江樓内總督郝隆恭勒聖祖宸翰二碑,又臨米臨董各二碑。西望欄檻如斷虹。正聞檻下弦誦起,慶雲糾縵迴高穹。學官學生肅前導,升梯讀字糾縵中。②閣上總督趙宏燦、馬爾泰、楊琳先後恭勒聖祖宸翰五碑,又臨米一碑,臨趙四碑,臨董六碑。昨石六今石十七,在天羲娥地華嵩。更兼五緯貫四瀆,列宿列壤光熊熊。下國書齋枕江澄,湯盤孔鼎羅笙鏞。天藻涵濡被潤澤,當春萬象咸昭融。阿有菁莪水有芑,沐日浴月吹雨風。金膏水碧八窗綠,桃英李實千蹊紅。崧臺諸山盡拱北,牂牁萬里來朝東。帆檣飛出小湘峽,桑麻鋪到水月宮。春陰春漲氣更暖,迴看城郭青濛濛。

次韻内子春日藥洲見寄③

二首之第二,集刻一首。

江頭紅素正霏霏,暖被花曛氣力微。幾處新流傳錦字,無多淺夢到羅幃。山山彩蝶聯翩舞,樹樹倉庚熠燿飛。君感伊威翻未得,幽房不比故園扉。

立夏前一日羅定江口聞蟬寄蘊山二首憶三年前於此聞蟬寄懷蘊山有楊劉句定成之句故次章及之④

春尾瀧江第一聲,故園已憶喚涼生。又經舊緒三年觸,不比關心五月鳴。夾岸榕棉時得氣,釋文楚鄭驗殊名。青門煙草青如沐,亦計當窗美蔭成。

館中新咏富楊劉,三月東風綠始稠。往日論文帶崑體,少年同學

滿瀛洲。吹噓漸近培方厚，格力全迴律更遒。雪似楊花倘賡唱，莫從徐庾擅風流。

次日到羅定蟬聲滿院因以效崑體試諸生而自賦此二首四月二日也①

密葉經時長養成，瀧江立夏最先鳴。高應瘴雨蠻煙外，靜有餐風吸露聲。妍暖何嘗稠强聒，疏燕漫托碧無情。玉堂酬唱非形似，撏撦區區到五更。是日遍叩諸生新蟬崑體事，多以温李爲對者。

疏若縈迴警若催，幾春樾蔭此徘徊。即承潤澤來金掌，肯但風流似玉臺。挾翼輕虛非尚口，伴貂温勁要良才。萬年枝畔蓬山上，多少青梧與綠槐。

題蔣新仲調鶴圖②

倪迂鶴林圖，畫鶴不畫人。彼迂意中盤礴有人在，未逢佳士誰寫真。顧長康貌謝家子，云宜置之巖石裏。彼畫人更盡丘壑，丘壑蒼茫誰知意。所以毗陵蔣四芝，田耕袖中一卷浮丘經。風前露底松竹下，我與隻鶴俱眼青。石泉巖翠皆是拘飼具，③不在松花竹實菌术苓。畫師妙體磊落意，得勢遠遠從青冥。洪髀纖指復高脛，直下三條蔣家徑。飄然神會君之前，睛轉聲圓立不定。君時側坐層坡上，天籟儵儵滿清聽。此物非關放與馴，蓋以醇和喻情性。曠逸寧將脫略比，顧盼自與低昂應。憑將赤霄獨往心，要借青田夙侶證。我昔青門握君手，鯉庭並坐相先後。君時二十未有鬚，骨格昂然已豐厚。夕照寺邊松架底，脫帽清談振林藪。鏗鏘九皋成律呂，風雨廿年繞户牖。一從佩符領郡國，羽儀闊遠懷思久。去年李委吹笛來，一聲卻落瀧江口。江水泱漭雲模黏，披圖忽對人鶴俱，一笑與鶴偕來乎。我聞趙抃之成

① 此詩題位於手稿本第 7787 頁。
② 此詩題位於手稿本第 7791 頁。
③ "拘飼"，手稿本作"招飼"。

都，亦攜此鶴相伴隨諸塗。可惜當日不聞有此圖，此景竟讓君獨娛，更不須擬雲龍山人與林逋。

沈石田山水軸歌①

沈畫世間真僞半，巉崖老樹紛塗竄。當時已聞誤自收，後有臨摹孰評斷。此軸白石翁自題，題字槎枒皆古幹。點畫縱橫豫章法，此法正落懸崖畔。一峰淋漓突兀起，群岫向背陰晴換。濕雲如墨瀚欲動，飛瀑臨溪吹不散。直穿亂石下橫橋，橋際二叟觀水嘆。復有一叟掩柴門，相對白石清江岸。渺然咫尺江湖思，天際艇可門前喚。山活都自三吳移，樹古寧惟七檜冠。筆頭萬里幻有術，絹底六月清無汗。瀧江雨濕更鬱蒸，坐臥朝朝對几案。便擬虞山水墨卷，盡寫石翁詩作贊。

藻鏡堂四首②

萬丈光從十笏收，魚塘南畔水東頭。莫疑藻荇交來影，杯水坳堂芥亦舟。

膚寸階前尚起山，羅陽城本萬山間。無邊活翠流雲氣，莫認清池碧玉環。

松篁近遠辨浮沈，雨後空濛月有陰。可要片嚴圓著相，區區石鏡獨經心。州城東南有石鏡嚴。

淵流品藻溯何從，未得苔剜蛻壁龍。石佛龕邊年𠯑字，拾來一配景雲鐘。城東南龍龕嚴有唐武后聖曆二年石刻字，訪之不獲。

三水至清遠江行③
六首之第六，集刻五首。

胥江闊到湞江住，一束中流南北禺。上有二千年寺阯，舊言五百

---

① 此詩題位於手稿本第 7794 頁。
② 此詩題位於手稿本第 7795 頁。
③ 此詩題位於手稿本第 7800 頁。

里潮趨。圖經邃古稽軒帝，憶昨荒寒訪阮俞。且叩雲封上束嶠，殘碑一一剔山隅。相傳庾嶺雲封寺即峽山飛來寺之一角也，予撰《金石略》獨南雄嶺上諸碑尚未采入。

清遠峽口阻漲泊舟三日①

六首之第四，集刻五首。

三日儦卜築，縛茅臨江居。推篷或論詩，展帖時臨書。楊生喜見訊，水檻浮槎如。驚人句曷若，掣鯨勢有諸。生請倡予和，吾敢貌杜歈。夜誦李何集，陶謝儻同渠。因懷述作手，力謝開闢初。露下石碓響，林陰翻水車。

自英德夜上韶江四首②

遠山漸近覺舟移，宿雨初晴倚棹時。雲氣駁成番瑪瑙，江紋叠作綠玻璃。灣澴諸峽平相抱，突兀三峰黑更奇。鳴弦峰。霓槳不搖空渚響，並無巖隙浪花吹。

滇陽峽府海巖通，晚泊周圍已不同。山闊盡上聲。供斜照紫，江寬全受落霞紅。千峰拊石鳴弦奏，萬木敲宮戞羽風。猿嘯魚喁禽鳥答，貯來寸寸碧瀾空。

滿江帆影岸林影，沿水櫓聲山磬聲。月爲微雲增窈窕，露如細雨滴空明。迴汀煙白螢流急，巨石泥黃虎迹橫。巖際僧猶來乞食，觀音閣與衆星平。

獵獵南風挂破蒲，舟人喜和鳥群呼。釣綸收處星乾濕，樂石青來霧有無。點點夕霏巖吐瀑，微微曉氣草垂珠。武溪笛與曹溪梵，並入空煙響荻蘆。

---

① 此詩題位於手稿本第 7803 頁。
② 此詩題位於手稿本第 7809 頁。

舟泊南雄三首①

月出三楓亭下水，風吹大庾嶺頭雲。西江九十九灣響，並入新泉一片聞。

五年三度避炎熱，此夕此來初雨晴。斜日涼蟬過溪笛，滿城吹散古榕聲。

百尺朱欄一臥虹，月彎飛出海天東。還來舊日初來處，海闊何曾到袖中。

南雄使院晤林蘊齋二首②

今夕竟何夕，紅鐙綠酒前。雲猶旅況淡，月爲故人圓。握手七千里，驚心十五年。京華親串話，忽到嶺梅邊。

爾倅羅浮下，時歌將母詩。艱難因弟病，輾轉獨吾知。懶肯爲名誤，貧寧計宦卑。江干行役地，款款證前期。

同年譚敬亭怡香書屋圖三首時假守南雄③

午風握手古榕前，人在三楓五渡邊。誰道㭅陰香萬畝，意中更關藕花天。

風前對語兩白鶴，月下論心雙碧梧。如此鬚眉此雲水，天然玉鏡映冰壺。

題詩自遍箇箬竹，判牘寧移孔翠屏。一種江鄉畫圖樣，書樓山接郡樓青。敬亭粵西人，官粵東。

南雄府廨古榕後歌④

我歌府廨之古榕，駐馬盤桓又三載。枝高蔭大非偶然，春華幾接

秋英采。古幹倒垂復生幹，幹圍轉與根相倍。參天拂地庇風雨，接嶺綿雲連澗海。午來綠氣飛滿城，是日榕聲兼雨聲。其東一株後人植，視我歌日合抱成。講堂門邊嶺驛側，下蟠上蠹皆迴縈。我時手攜譚敬亭，石苔斜日坐寒青。爲言此樹易鬱茂，難得度嶺先崢嶸。雙樹記後獨樹記，三載讀溯五載情。凌江滇江陰處處，信爾托本於炎精。勁葉直躬莫偃蹇，虛心受氣長發生。作歌爲附前歌後，稽含已狀陰十畝。嗟茲栽植敢矜負，更計根深養材厚。連蜷半黑雨又來，橫煙冪到三楓口。

仲夏韶州使院集諸生於堂講少陵偶題一篇檢舊稿書後七律示之叠韻二首俾諸學官弟子和焉①

何處虞韶想九成，誦弦比戶有專營。但由六藝興三物，那隔千秋聽六瑩。得失心寧徒漢魏，魯黃注漸濫元明。瘦碑大雅堂蕪後，誰見溪頭悵望情。

變化功夫久始成，諸生近漸寡紛營。師承法自儒家得，表裏源惟作者瑩。土物六秋仍麥穧，海榴五月又花明。綠蕉白葛梅炎氣，不止捫蘿拊石情。

舟上連州雜述②

六首之四、六，集刻四首。

此路富古刻，琳珉剔青熒。至今夢猶勞，不獲羽皇銘。蘇書南山背，遂及太守廳。前年手摹政寶堂字。昨竟獲手帖，信乎有精靈。去年得《天際烏雲帖》。洸口米所尉，兩字石猶青。未知臨清寺，孰果摹手經。陽山山前石，題字僅字形。摹款又已訛，空欲覆以亭。我摹藥洲石，如到甘露庭。此翁倘報我，肅慎詺楚萍。倐忽已三年，濡紙崖下舲。

連灘不在險，山狹水自急。所以石勢奇，萬叠巑岏立。舟亦擇石

縫，一線延緣入。衆力並一篙，進一乃退十。兩崖斷空青，滴下鐘乳汁。無風翠自飛，不雨雲亦濕。翻因舟遲緩，盡領衆呼吸。

薛四丈裕民自故城過訪以尊甫謙齋先生墓志屬作傳感賦三首①

上下百年事，往還三世交。先人視諸丈，異姓比同胞。遂有彭衙作，曾無彈鋏嘲。依依談舊事，娓娓不勝鈔。

此志吳公作，青珉字幾春。直言一介士，所活萬千人。史筆論文日，江郊旅館濱。早聞邕與翰，賞識在風塵。吳幼日宮允嘗與先大夫論文高郵。

河間昔於役，老守夜挑鐙。杜君甲。風雪艱難話，江關涕淚增。盍簪懷歷下，投紵憶延陵。新臺令嗣君吳丈。襄飯兼書籍，貽漸小子承。②

連州山水之勝予屢有詩而意猶未盡載補以歌③

夢得亦有言，千山畫不如。韓公來咏同冠貞女峽，但說江盤峽束奔龍魚。騷人遷客往往詫險怪，雖等圖畫終因拘。請看峽厓上，嘉靖字溯嘉泰初。開疏次第利舟楫，中間厓傾谷陷江仍淤。安得東南滇洭西北桂，一瀉兩厓合抱千里餘。倒入緑明鏡，芝菌菱荷葉。石丌石礧出百怪，又出衆泉雷轟電激變幻於晴虛。厓端草樹摇，滴滴皆翠珠。一石仰噴一石受，受者偃蓋噴承盂。孰知此即千巖萬壑盛怒處，一鼓勢到峽水江水俱。江流爲濚又爲潝，峽口有嶂復有崓。條條水氣合雲氣，層層樹膚連石膚。一筍一笏忽飛舞，羅列廬霍嵩衡巫。巾子峰下雲洞上，無一卷弗峽口殊。陰精閟意蓄窈窕，陽岡刻露誰權輿。地迴群瀧轉臨賀，天洩諸峽垂尾閭。六瀧二峽又西北，滇三峽特中央居。羚羊三峽一徑自西去，故獨厓窾犖确鑿此神工之奥區。噫吁嘻！神工茫茫信有諸，朱鳥七宿祝融所都簫韶三十六峰、帝子七十

---

① 此詩題位於手稿本第 7822 頁。
② "貽漸"，手稿本作"貽慚"。
③ 此詩題位於手稿本第 7825 頁。

二嵎。交互盤絡連根株，金堂玉室相架鋪。天窄壁削一轉不得放，鬼神掉舌嚄以呿。①呼吸物象攝巨細，風濤變眩窮瞿狙。鱗箕攫挐競屓屭，蛟鱷睞睗雄牙鬚。屋則雕甍及堂密，人則肖貌兼衣襦。類則由僧逮仙佛，境則自市連樵漁。音則笙竽琴瑟與鐘磬，色則青黃碧綠白紫朱。噫吁嘻！連峽之奇至此乎，一步一觀觀一改，昔人燕喜之亭只一墟。峽中皆石本非石，又疑昔人空作鐘乳書。琅玕玉英帝所儲，吹於峽山爲阮俞。其在韶江象樂作，亦非果有后夔搏拊伶倫徒。吾將叩真宰，乞水之液石之腴。生作有文之楨幹，萃作有用之器球璉瑚。章相追琢可以貢廊廟，和風湛露長霑濡。陽山連山二邑並鍾秀，勿復區區但以山水名嶺嵎。

連上雜事詩八首②

峒峒排茶户，山山起火耕。路通湖楚稅，雄響獠猺粳。杍首何闤巷，蠻歌亦入城。鹽齎慣勤苦，米價已均平。

石留去聲。林蕪際，難甘苾茹譏。猍音旋欲變，嬶俗漸應非。纇璞雖淹領，雲肌本烱輝。熒熒碧沙礫，時傍釣魚磯。

塾序循階闈，曾何碑刻存。亭仍沿北宋，院尚號南軒。昔者聞題石，初非但記言。巾山泉氣冷，小步擬尋源。

玉筍山猶近，③金鼇集夙傳。詩論唐五季，名著粵前賢。尚是詞章事，空留獻納篇。只今楊柳岸，誰上渡頭船。

峽與灘相接，灘陰峽則陽。奇能束雲水，絢轉類文章。峻仄撐幽險，深寒逼鬱蒼。不知迴暖脈，何以出溫湯。

來往看連峽，昔今渾不同。紫青朝或夕，變幻雨兼風。神力豈遷改，側思初結融。篾窗茅箐底，只有霧濛濛。

---

① “鬼神”，手稿本作“鬼物”。
② 此詩題位於手稿本第7829頁。
③ “玉筍”，手稿本作“玉笋”。

讀書臺百尺，臺下士宗韓。陽山宗韓書院。臺説當時迹，書從何處看。習耕多力作，逐末爲營餐。户户計廛億，亦成歌伐檀。

缺落韓亭記，夭斜米字碑。沿流討源意，援古證今誰。静福山唐偈，洺洸口邵祠。林蕉石留去聲。際，未敢遽周咨。州北静福山唐蔣防銘，州東南洺洸口南漢禹餘宫使邵廷琚祠，今皆無知者。

題畫竹二首①

底須論遠勢，人目樹之枝。金錯鐵鉤鎖，淡然無迹時。

向曉但煙霧，煙斜霧又横。遥山近山影，一半不分明。

比干墓銅盤銘②

汝帖薛帖又一時，周前款識誰知之。楚姬寶匜魯正叔，已無其器存其辭。壇山之刻類小篆，最古惟有延陵碑。君耶李耶富詮釋，③證佐底用漢洗爲。此墓亦有漢篆筆，初非父乙父己師。左林右泉表萬世，靈焉是寶王受釐。是時丹鳥白魚出，作書云取飛潛姿。媒氏史氏所弗習，五十六體誰考稽。剖心一語爲灑泣，秉鉞三誓皆銘思。區區四十枚古玉，録自朝孺傳邦基。遺民懿好倘可則，汲之北道淇之湄。鳳翔偃師且勿辨，紛紛傳信疑傳疑。

瘞鶴銘④

華陽真逸銘鳳聞，此紙字尚七十存。紙之四隅爛列宿，想江海立魚龍奔。雲林廣川各有記，記録乃自陶南村。圖經王書語奚自，黔安老人頗亦云。金陵地肺石可據，隋唐之説何紛紛。近年張弨王瑛輩，始剔幽翳窮辛勤。歐陽那必誇六百，筆勢請從數字論。二王鉤格抵撕押，其法本兼篆隸分。晉魏迄隋楷參隸，不獨驗歲非右軍。通明昔

---

① 此詩題位於手稿本第 7832 頁。
② 此詩題位於手稿本第 7833 頁。
③ "李耶"，手稿本作"季耶"。
④ 此詩題位於手稿本第 7834 頁。

辨樂毅論，小楷尚意摹非真。安得縱橫復緊密，逸軌惟逸斯通神。此銘字正以逸記，^①具二王骨該顏筋。所以大字獨推此，夫豈寶衆空脿文。^②黃庭亦言非逸少，鰓鰓名字區墲垠。^③山椒萬古寥廓意，竹膜一片沙水痕。華表語孰歲年憶，松風夢只秋空雲。鋒稜宛轉作縮本，巾箱羃盡江煙昏。

題陳文恭書崔清獻劍閣詞後四首^④

綠陰青子梅關路，文獻遺思清獻詞。更得槎枒古岡筆，認來一一雪霜枝。

劍閣當年琴鶴翁，放罷倘與憶梅同。運糧更望繩橋道，遮手秦川落照紅。

十三辭表動三巴，閒臥榕窗日又斜。^⑤見說堂開名晚節，杖藜元不爲黃花。

江門出處語存諸，公若歸來一笑俱。白石清泉應太息，刻舟漫執澗邊蒲。後人因此祠有"蒲澗清泉白石"句，遂刻石於蒲澗。

大風泊廣州城東五里^⑥

岫雲蕩驕陽，海氣浣餘熱。初無淒序徵，遂有屯陰結。驪龍珠蛟涎，噴薄凜冰雪。大洋淼萬里，中伏鬱一泄。虛徐五兩末，飄飄指佷穴。峨峨海估艑，鱗次如編髮。俄頃珠貝宮，吹出金銀闕。卻望扶胥口，沙擁雙玉玦。

---

① "記"，手稿本作"絶"。
② "脿文"，手稿本作"諜文"。
③ "名字"，手稿本作"名氏"。
④ 此詩題位於手稿本第7836頁。
⑤ "日又斜"，手稿本作"倚日斜"。
⑥ 此詩題位於手稿本第7837頁。

浴日亭歌①

昔人小浪望海處,海水日涌沙觜沙。五更奇景不可見,空說赤氣翻金鴉。亭如飛罍儼東向,亭上大石雄詞誇。坡翁偃筆嘉定刻,石翁茅筆尤槎枒。後人更來懷二翁,皆倚殘月看晨霞。須臾霞擁火輪去,暖若丹液開黃芽。海水震蕩百靈集,忽轉十色騰九華。然後千峰紫翠上,緩緩彎導羲和車。誦之如駕擘海鳧,曠蕩直溯銀河槎。卻顧亭際亦何有,七十二級憑渚涯。南海神居水環合,波羅江口支分叉。西濱廣府一都會,東則迤邐指惠嘉。小海大海渺萬里,内洋外洋同一家。海隅出日咸率俾,中天測表無攲斜。紫瀾風迴拭明鏡,孤島雨過生綠花。波恬千帆萬帆出,曒無十里百里差。照臨沐浴遍處處,五更亭上豈獨賒。祝融司方發百寶,所寶米穀魚鹽麻。日出而作日中市,市估市舶日有加。蠻僮蜑女炫服影,更聽廟下銅鼓摑。

河源示喻宰二首②

向來經術志何如,未暇寒暄問宦居。途次笑談今雨外,意中弦瑟早涼初。地鄰默化名堂處,人記新篘買米餘。夏耰漸平秋穫起,戲言不獨爲樵漁。

城隅河之源,霍山綠經此。俱趨合江樓,亦有長寧水。豈其本不同,側想湜湜沚。我棹迺東之,誰能別所以。慎欲嘗旨否,斜風響迴涘。

龍川嶺三首③

還來手遮日,林際看橫煙。澗澗峰峰合,濛濛暖暖然。牧樵涼隔霧,姑婦曉於田。面面陽岡曲,層層響暗泉。

---

① 此詩題位於手稿本第 7839 頁。
② 此詩題位於手稿本第 7842 頁。
③ 此詩題位於手稿本第 7843 頁。

兩崖新澤壯，今我及秋來。大墅雨痕劃，方塘雲影開。高田霖未害，晚稻翠成堆。轉倍常年穫，扶輿焰水隈。

將毋范寬筆，竟繪一秦川。岐嶺疑雲際，藍關想雪邊。遂因詩立廟，聊借境懷賢。懿好民之秉，奚庸地志傳。嶺上有韓祠，並有秦嶺、岐嶺、藍關諸地名。

葦齋夜泊①

伊軋昏煙碎篠旁，不辭短棹破江光。爲遲淡月三更上，且受空窗一面涼。黑擬深汀搖蘦定，白勻橫霧抹林長。漁筒水碓聲旋起，知有郵籤客未忘。

葦齋晚發②

新安窗戶不遮旁，一半茅檐落月光。蛛網橫牽竹風響，柳絲斜挂露珠涼。秋驚嵐氣侵簾薄，夜慣灘聲攪夢長。睡起煙銷日已出，湘然巖汲句都忘。

院中秋雨③

殘暑微涼已颯然，始知秋在斷檐邊。氣交遠岫青餘濕，響到疏窗綠更圓。栽種成陰看後起，丰容何感只輕煙。叢叢玉露峰峰爽，合作新題補五年。是日覆試童子詩賦，以“西山爽氣露凝千片玉”爲題，予向於冬春夏皆按試潮州，今始及秋來云。

中秋夕潮州使院待月④

一雨涼纔著豆棚，十分秋已上金橙。天從虔楚東頭望，風向欄杆缺處生。碧涌平江虛浩浩，思憑層閣渺盈盈。今宵最近滄溟闊，判托微雲睡未成。

---

① 此詩題位於手稿本第 7844 頁。
② 此詩題位於手稿本第 7847 頁。“晚發”，手稿本作“曉發”。
③ 此詩題位於手稿本第 7847 頁。
④ 此詩題位於手稿本第 7850 頁。

廣州西北七十里靈峰山寶陀院蘇文忠以元符三年十月題詩於此今石是元泰定二年重摹又明萬曆十七年南海朱完繪文忠像番禺劉克平八分書讚克平並繪晉郭景純像於石暇日拓之同鈍夫用靈峰字二首①

妙峰豈必在峰形，如此清詩峰則靈。半偈圓初消舊夢，後人踵漸起新亭。因緣象述生文字，史傳牽連仰典型。只合衣冠南海氣，麗詞指點入圖經。

望氣留題豈有蹤，下惟白水上青峰。昔時行徑沙兼蘚，幾閱遊人屐與筇。老衲尋泉除瓦礫，新雷翻石起蛟龍。請聽何處靈音答，古木蒼蒼出晚鐘。

韓山流杯亭二首②

仰止步不盡，乃至山之巔。有亭標山高，勢反因流泉。泉欲落未落，雨意山蒼然。三峰氣蒸涌，萬木橫綠煙。遠江近樓臺，高下寸尺前。來路原道堂，記初檻及肩。

蘇子碑中語，喻言水在是。作亭者誰歟，觀水真於水。亭名在是。四山合泉來，一曲繞尺咫。我立數沙礫，俯映江之沚。莽莽萬里去，泠泠一杯底。山頭到山下，一片秋吹起。

約經堂歌③

南宮院鎖堂會經，誰教仿像爲此廳。我來名之義共聆，潮人今古韓是型。六經之旨垂千齡，浩如百川匯東溟。此江東去亦不停，此城扼之勢迴渟。鳳臺玉塔對窗櫺，沙旋橋轉交渚汀。紫欄一道迴日星，韓山始如屋建瓴。今我何有只虛庭，後堂日日堂扉扃。但仰望山山

---

① 此詩題位於手稿本第7851頁。
② 此詩題位於手稿本第7853頁。
③ 此詩題位於手稿本第7855頁。

更青,白痕屈曲開遠陘。繞山林木成畫屏,林端更上復有亭。一一堂側皆寫形,初日囧囧簾熒熒。棐几雨過風又冷,諸弟子文新發硎。撫新憶舊幾秋螢,木樨花發院已馨。開堂萬里潮可聽,又收江色上短舲。

賦得人情皆向菊①

得占字,試嘉應諸生作。

菊本花之逸,難邀愛者兼。露痕消芰粉,風意脱梅炎。西顥金初斂,南陽水一奩。淡誰荒徑外,涼最暮峰尖。憶共萸紅把,曾隨雁影占。素心商細雨,香夢冷疏簾。料峭蕭森際,空濛約略拈。悠然籬畔句,定不獨陶潛。

秋陰行試嘉應諸生作②

昨賦秋雨今秋陰,仍挾秋雨之霡霂。秋來梅州氣鬱森,程江環抱如翠襟。渺然點墨江之潯,層層皴染薄不禁。淡借近壑濃遙岑,模黏匼匝不可尋。秋帆正掛秋江心,洲渚明滅煙淺深。是耶非耶芳樹林,我所思兮野萍芩。蒹葭蒼茫灌欐慘,寒不搖落瘴不侵。幽花奇幹瑯球琳,了了燦發碧映金。一枝一影斜岸臨,江紋平鋪静沈沈。白鳥飛破青嶔崟,合離醖釀倘作霖。沿洄佇望來商音,滿江竹梧鳴玉琴。

菊影二首③

層層葉葉叠秋英,莫訝空階畫不成。栗里人歸邀月共,南陽水積滿溪明。瘦還有恨來清夢,淡只無言記晚晴。風定雲輕欄檻外,綠紗窗印一枝横。

纔見斜垂忽又横,高低不與小池平。幻空莫擬黄金色,摇動知翻玉露聲。老圃涼尤添旖旎,南山夕恐未分明。不須更用荆薪照,凡卉迷離那得争。

錫山高忠憲裔孫静思以忠憲謫潮紀遊文刻見示賦二首①

幕中日日望韓山，想抱遺書淚幾潸。述接關閩濂洛後，②誰爭俊及顧廚間。雲低古渡拏舟徑，雨積空祠帶水灣。莫認彭咸真侘傺，翛然七月紀來還。

天地綱常以手扶，那將夷險判殊途。迹仍嶺外千山涉，公本胸中一事無。青佩餘風開北戶，黃昏淡月挂西湖。矮檐四聽書聲起，頑懦何因爲舉隅。

舟發嘉應三首③

又當晚飯綠榕陰，六載停橈悵望心。柏未經霜花霧重，葭初倚水碧雲深。媧禹已熟方言驗，揩柱誰從土俗箴。沙勢紆迴灘響疾，祇應搖兀看青岑。

江海霜風到九秋，陂農心廑潔冬謀。水輪分畎豈能足，山背低田聞有收。莊户樂輸鹽繭稅，生徒歸及役車休。齏鹽粗糲間鐙火，可獨風檐短檠酬。昨試士以短鐙檠詩。

姜子重來楊子去，拈題又是雁飛時。樹陰杳靄江雲合，山色空濛楚雨滋。小舫涼應尋舊榻，行囊晝未換生絺。都將寸晷商量意，閒劃波紋試晚颸。去年九月楊鈍夫將之惠州，姜星六歸漢陽，蔣怡庵歸黃梅，陸象星還都，於廣州西齋以“值秋雁分飛日”爲韻分賦誌別。

早發龍川嶺④
三首之一、三，集刻一首。

松門榕厦月星中，高下迴盤犖确通。雨過雲生煙忽斷，水明沙暗霧旋空。澗阬一夜陂塘響，禾黍千家槲柏風。半嶺魚鹽漸成市，濛濛

---

① 此詩題位於手稿本第 7859 頁。
② “述接”，手稿本作“遂接”。
③ 此詩題位於手稿本第 7861 頁。
④ 此詩題位於手稿本第 7863 頁。

杲日已升東。

　胡生問詩法，旨托風騷遠。因緣束所補，商攉揚之反。融結思川浦，纏綿望雲阪。江碧魚可求，破驛且朝飯。

望霍山二首①

　衆山東來俯如遜，獨宅龍川占坎艮。峰峰芝术有誅鉏，丈丈藤蘿那登頓。清泓一畝玉醴高，杳渺古時金液嘆。今影非影雲非雲，遍不崇朝豈膚寸。山影見於天則雨。

　三百六峰更二巖，黏天淡只青巉巉。孤篷晴日亦何有，面面間數江頭帆。物大施博神氣異，鵝城鶴嶺容衛嚴。白雲橫過羅浮頂，廛廳騰倚花日銜。

德有鄰堂歌②堂今爲蘇祠

　空堂敗瓦莓漬臧，瞀井石髮垂髟髟。翟賢翟舍那復問，鶴峰終古青嶄巖。側聞先生卜鄰日，獨俯萬室憑千巖。社宴雞豚數鵝鴨，兒童父老群相攙。先生之鄰竟何所，濛濛千息夜自緘。跐趼静觀無一物，梨棗未熟須長鑱。種茶鋤菜豈滋味，汲水鑿石奚甘鹹。淵乎思我無所思，思於斯堂斯堂監。③我讀丹陵還舊句，④水東碑字誰所劖。唐子西詩“碑壞詩無敵，堂空德有鄰”。又誰毀之紹聖後，想登堂者猶避讒。先生鄰竟有與否，今我秋末蔓草芟。硃池墨沼尚無恙，喬木翠羽相呢喃。長江雪浪浩千頃，羅浮遠勢來巉巉。缺月黃昏挂梁栝，冷風静院鳴松杉。空山易雨又霜露，氣著木石礳巉廳。雞鳴鐘動百籟起，弦歌和樂鏘韶咸。民彝民秉在於德，神之聽之感至誠。蕉黃荔丹祝公降，片雲碧擁江頭帆。

------

①　此詩題位於手稿本第7864頁。
②　此詩題位於手稿本第7865頁。
③　本句前一“斯堂”，手稿本作“斯室”。
④　“還舊”，手稿本作“懷舊”。

題黄默谷雜畫①

十二首之三、四、五、六、八、九,集刻六首。

不知飛瀑落長松,突兀華原得意峰。萬壑聲來何處領,半厓人曳一枝筇。

東坡嘲尹白,忽思平子賦。如何墨暈中,遂有風與露。圈花無因端,撇葉非點誤。轉餘花葉外,斜横片煙霧。

近日遲辰州,鉤描尚婉約。濟以白陽法,月明香露落。

大石少皴勢轉生,鬱蒼氣與松林争,傍崖老楠豉忽横。一村漸引入坦平,村烏澗樵颯瑟聲,落霞斷雁想空明。遠山遠樹色重輕,沈著收束一筆成,翻説臨本從藍瑛。

老圃黄金色,斜陽更晚蟬。欄干十二曲,洮石緑盆邊。

偃蹇將容與,繽紛又陸離。三湘三楚末,九畹九歌時。

校射湖上示喻心筠②

心筠時宰惠之河源,予己卯所得士也。

曉出第六橋,湖尾抱射堋。侁侁士胥至,鵠耦分層層。早霞滿湖渚,明滅漁舫鐙。恍予風檣昏,跂彼揖讓升。敢希罤之裘,竊取觶語徵。十年擇士心,回首益兢兢。握手非論文,民俗民行興。勤苦肯講習,晚禾正時登。西風玻璃紋,吹緑來遠塍。

十月十五日遊惠州西湖③

八首之四、五,集刻六首。

講堂未礙鄰僧廬,去年曾作楊子居,楊子不居欲歸歟。堂中尚有百卷書,堂下兩廊屋十餘。諸生執經所畜畲,青青子佩鏘瓊琚。朔望

---

① 此詩題位於手稿本第 7867 頁。
② 此詩題位於手稿本第 7871 頁。
③ 此詩題位於手稿本第 7872 頁。

升堂開卷初，及思去年蒻新蔬。松風吹雨過窗虛，兩本櫧楠青莫除。澗茅茁者又引茹，更借寺樓俯山渠。惠陽書院同鈍夫分韻，得居字。

後寺已隱山，前山又包寺。寺小僅一楹，楹尚棲禪字。莫嫌松不靜，斯響昔斯地。飛八羅浮月，橫卷豐山翠。微行叩户翁，殘臘到何意。昔苔猶網户，雀泥佛龕墜。是日午澹陰，涼映罷亞穗。棲禪寺同鈍夫、實堂分韻，得寺字。

鈍夫歸大庾予送以序已云不言詩矣臨別握手復成一章①

六載聯吟吟未安，只無字句有迴環。人今斜照虛堂外，天又深涼薄暖間。海與西江無異水，嶺非東嶠莫言山。綠陰紅雪松窗外，②時夢同舟月一灣。

次答蘊齋茅田官舍見懷③
二首之第一，集刻一首。

是日君憶我，又非憑越山。綠寧春草換，愁與落潮還。鄉夢復未準，客懷安得閑。叢篁小驛底，時剔澗苔斑。

與内子校絳帖作④

兼旬病肺揩昏目，甫得潘師旦帖開。並倚紗窗過駒在，微風小檻戲魚來。釋文兒女環相指，跋語姜劉倘可該。姜堯章有《絳帖平》二十卷，劉次莊有《絳帖釋文》二卷。砌石井闌摹刻遍，幾時剔蘚故園隈。

題山陰吳水雲畫⑤
四首之一、二，集刻二首。

右軍書扇圖

欲借當風看帶紋，南塘深樹綠於雲。蕺山如此清無暑，欠著羊家

---

① ③　此詩題位於手稿本第7877頁。
②　"外"，手稿本作"下"。
④　此詩題位於手稿本第7878頁。
⑤　此詩題位於手稿本第7881頁。

白練裙。

白衣送酒圖

誰見柴桑九日詩,①會心偏在醉歸時。此翁遇物渾無與,②多事陵陽牟獻之。事見《陵陽集》。

羚羊三峽歌③

牂牁粤水之崑崙,左江右江争此門。崧臺下放北江出,亘二十里看崩奔。羚羊峽束萬里勢,洪濤東向怒一噴。小湘纔受大湘接,中央特讓香鑪尊。兩邊青厓供倒卷,千尺雪浪狂吐吞。滇黔水集五六月,礌硠聲勢雄乾坤。舟與悍湍觸已屢,今來冬晏春未温。大江平鋪碧玉鏡,高峽刻露蒼雲根。四圍遠近辨峰嶺,一線丹綠緣芳蓀。煙蘿咫尺樵徑迹,沙石高下江水痕。長風西來浩千頃,鏗鏘漱響瓊瑶琨。青花紫氣映綠霧,後瀝口到黄岡村。出峽漸遠江漸細,衆峰東出萬馬屯。④七星迴環迷向背,船窗屢訝參井捫。

陽江至電白⑤

五首之二、五,集刻三首。

陽江西南界,講舍搆甫完。尚無弦誦人,瓴甓堊以丹。衆息斤斧聲,釋來想一歡。歲晚務暇際,遂爲居業觀。侁侁集佩衿,矻矻傚特豾。廊廡雖深幽,晷刻敢即安。我得借皎卧,鋪簟仍置餐。門扉欲題字,惄然晚雨寒。

坐數池下礫,仰看池上詩。池旁舊亭畔,又添詩者碑。亭仍綠柯倚,彎橋乃新治。橋底氣如湯,風薄而右移。折出山之陽,可燔炙可

---

① "見",手稿本作"檢"。
② "遇",原爲墨圍,據手稿本補。
③ 此詩題位於手稿本第 7882 頁。
④ "東出",手稿本作"東去"。
⑤ 此詩題位於手稿本第 7889 頁。

炊。興僮紛濯足，沃沸無已時。道旁厭喧雜，就深來亭基。誰知道旁水，即是亭下池。

熱水池和壁間譚古愚觀察韻①

二首之二，集刻一首。

竹筧穿渠又映林，筍輿曲磴更遥岑。輕寧試鳳言離垢，蘇詩“解衣浴此無垢人，身輕可試雲間鳳”。媚漫潛虬咏怍沈。咫尺空明延佇處，去來褰涉溯洄心。豈真素綆銀瓶乞，雲起前岡釀晚霖。

高州除夕②

翻因薄暖覺天涯，檐燭橫窗動綠紗。小雨暈痕迴院瓦，輕陰消息到瓶花。候交嶺海占時近，庭倚婆羅樹子斜。③氣味年年諳道路，不勞櫪馬更林鴉。

---

① 此詩題位於手稿本第 7892 頁。
② 此詩題位於手稿本第 7893 頁。
③ “婆羅”，手稿本作“波羅”。

復初齋集外詩卷第七

庚寅七十七首

高州元日①

好音行向泮林聞，曙色初於海際分。萬里緑傳江北草，半窗紅接嶺東雲。竹簾影畔榕陰合，銅鼓聲中柏葉薰。小雨乍晴新霧捲，暖風吹皺硯池紋。

是午復雨②

曉晴特放海雲紅，急爲星迴計歲功。午恰薄寒微暖際，春生疏響淡煙中。輕陰已蓄爲霖用，遇閏應添卜稼豐。咫尺盆花共坤竹，香含簾閣只濛濛。

正月十三日發高州二首③

户户新篞作上元，匆匆列炬映行軒。④鍼秧受緑風無迹，線海微明月有痕。香趁早涼聞旆毢，晴開春社散雞豚。帖經又過新年課，及聽村人釋耒言。

旭日三峰點翠鬟，使銜正在翠中間。白仍舊路灣沙合，青又東風

帶草環。力士宅邊雲淰淰，花根村外鳥關關。梅風過後旋梅雨，可少陽岡長蕙蘭。計今年回試此郡，又以五月也，故云爾。

晚宿化州①

鑑江曉聽響沄沄，綠繞征車到夕曛。官舍低依橘枝出，水涯高向稻田分。暖風吹碧成篁霧，落日蒸紅下蜃雲。傍海春城簫鼓氣，亦因泛溢試杯紋。

石城道中與實堂尚亭論詩有懷鎮堂並寄蘊山二首②

鋒銳誰爭白與元，驅安那判輊兼軒。釀來心手調和候，化盡煙雲變滅痕。努秣先應防害馬，篝車可但祝操豚。巇原陟降羊何並，竟日從何着一言。

原繞層煙巇擁鬟，每舟搖玉七年間。三椽破驛添鐙火，萬里長箋刻佩環。甲申冬於此賦詩寄懷蘊山、木亭、素雲、敬堂、陶村。山石借攻仍落落，樹禽求友更關關。並騑不獨探巖壑，悵望經春擷荓蘭。

石城松明書院同實堂尚亭用鐙字二首③

未遑蘇迹考梧藤，且要書聲滿陌塍。重拂蛛絲舊題壁，來挑紗幔昔年鐙。遺編寓惠居儋競，惠州有《東坡寓惠集》，儋州有《東坡居儋錄》，皆後人所編也。軼事童兒牧豎徵。已較諸生肯稽古，斷斷駁證遽誰能。

昔臘今春皆冷序，我真客舍爇薪蒸。時從柏葉香邊記，月又松毛挂處升。天澹雲閑照池水，花飛鳥語鬧檐鐙。山城鼓笛喧闤夕，無謂焚膏睡未曾。

青平驛舍復與實堂尚亭叠韻二首①

要借篇章叩本元，非關奧秘遡皇軒。祭川果識河源脈，劚石先觀斧鑿痕。往往襲珍矜瓦礫，家家數畜察雞豚。千金享帚誰曾見，可待田巴伏一言。

時樣高低學髻鬟，淺深觳率視黄間。江蘺豈必同芝草，飛燕何嘗例玉環。廣樂九成和衆籟，朝陽一嘁静群關。直須開闢元音手，淨洗齊貓與鄭蘭。

徐文長墨荷二首②

墨花一柄葉一扇，花葉不多煙霧多。石氣冥冥半風雨，凸凹並欲認成荷。

未是濠梁崔白儔，天然荒率傲滄洲。如何敗網卷盈握，亦要元龍百尺樓。

合浦道中五首③

跨空枑枅不可見，新月又滿藤江湍。昔人齁息醉兀處，惟有溪煙山霧寒。春雨緑摇白草岸，夜雲低合平沙灘。農事已興瘴未起，今我來此益清安。

海角亭邊廢山館，吹風洗雨破苔垣。常聞大字昔題濕，空與平時野老論。屬國年誰舊史補，廢齋鐘倚暮雲昏。學官守匱生徒鈍，悵望檳榔樹外村。廉州府城西海角亭舊有蘇扁"萬里瞻天"四字，府學有安南昌符年鐘一枚。

馮生新詩弔新息，年在陸機作賦前。使我遠懷銅柱界，欲模遺字分茅巔。嶺西道長人士少，海濱斥廣城堧偏。生儒幾輩尚怱茹，又聽

---

① 此詩題位於手稿本第 7911 頁。
② 此詩題位於手稿本第 7912 頁。
③ 此詩題位於手稿本第 7913 頁。

東風拂誦弦。

澹白縈空海一條,人煙全壓瘴煙消。暖浮日氣青葱草,涼借風光薯蕷苗。禾役轉從鴉隊映,穀根不受蜃陽驕。沿村亂石寒林際,只有微痕驗過潮。

小驛五更衝虎去,亂風殘月忽溪橫。①淡煙濃霧不知處,近犬遠雞相應鳴。浩浩長風自海際,微微曉色挾星明。珠池五采空光起,散作春霖灑郡城。

繼蘇文忠瓶笙詩用敲字課廉州士作②

我來興廉村畔郊,東風弦誦吹東膠。誦今仰昔深堂坳,仰止先生奠芻茭。鬢髯耳底有餘隙,③涼雨激激風颼颼。公從何處喻弦匏,十三篁和十九巢。娥皇奏樂鳳羽捎,楚妃嘆息子晉教。又非郁捋喈以嘲,桃邊棗下徒哇咬。抑揚虛滿來空嘐,即之乃在雙瓶交。水火占得既濟爻,宮商皦繹不相淆。遠遠天際響誰拋,雲璈風鐸非蠋鐃。世間感召豈虛謏,雉登木上牛鳴窌。市聲出蜃珠噴鮫,那不悟幻同浮泡。先生晚乃厭喧呶,哦詩海上拔老蛟。夢雲笑電紛旓旐,鈞天聲下蓬萊嶠。只供浩浩風積飇,琉璃鍾水誰燔炮。石中無聲静索笅,空山雷轉言何詨。此州廣斥土且墝,珠場嶺路達分茅。往來春颿秋復颿,天籟何必於轉肴。院鈴不動鳥語巢,今來發生生意包。據梧枝策語漫嘐,無言淡只盆花梢。彌明聯句何用鈔,檳榔樹外山鐘敲。

瓶笙詩意猶未盡更賦此篇示馮生倒用前韻④

是午白雨圓棬敲,詩飛落紙胥怯鈔。萬蠶唼綠柔桑梢,衆籟似感鳴嘐嘐。我訪楛笝菁甌包,桐實采致阿閣巢。明神所以馨爾肴,七年

---

①　“亂風”,手稿本作“亂峰”。
②　此詩題位於手稿本第 7915 頁。
③　“有”,手稿本作“猶”。
④　此詩題位於手稿本第 7917 頁。

海上披暖颶。竊慮奇氣閟衡茅,谷探巖聽歷礐嶢。蠻鳥鉤輈鸛鷗詨,大管吹言小簫笑。葦可以籥瓦可炮,《周官·壺涿氏》"炮土之鼓",注"瓦鼓也"。誇多敢擬玁紛颷。茫然長思佇空嶠,或曳琅璈戛雲旓。或驚荒怪奔鱷蛟,或雜箏笛助喧咴。或鏦笙簧起浮泡,百琲珠吐潛織鮫。萬仞竹撼深空窌,是皆真響非假謘。我聲以金止以鐃,範以節族肯輕抛。然猶按之恐混淆,炎方之氣離火爻。自古民因宅南交,山川空闊吐呀庨。時作喝于間宊咬,且勿柝與圈臼嘲。發若機括誰所教,今來春又旌麈梢。月令調習笩簧巢,抑揚絲竹金石匏。出虛成菌殊虛飆,我但隱几静不隙。短長高下無欺茭,楊子:"茭媞,欺謾之詞。"吾無隱爾空堂坳。固哉何必雙瓶膠,下作寒瘦島與郊。

海上春陰行試廉州士作①

程江秋陰廉江春,去年試嘉應作《程江秋陰行》。春江陰接春海陰,春海如墨堆春岑。千點春綠鳴春禽,春風鼓動春潮音。我行乘此煙嵐絶島之春氣,又來望此魚龍起蟄之春霖。深院花光檻羃羃,暮簾蜃霧天沈沈。但見珠池鹽池白,一片倒吸空影滴瀝凝雲霴。此時鹵地與編户,紛計網罟耕織紝,我獨何爲佇空林。昔來欲雨今未雨,昔春方始今春深。直從春城罨春岸,并作空濛澹沱之春心,君莫但作春陰吟。

廉州海角亭蘇文忠題萬里瞻天四字真迹久失予昔兩至此每思補書今來篋中適有公書蔡君謨天際烏雲帖墨迹并取戲鴻堂石刻瞻字合之而綴以詩②

興廉村,青樂軒,公昔從何望中原。杳杳一髮天低鶻没處,青山只隔洪濤喧。天風九奏聲,未必真要聽軒轅。孤亭何寂寥,山溪日潺湲。六百六十七年後,悄然響答如共先生言。夕陽飛鳥斷雲下,依然此楣又此垣。一笑長風浩浩起萬里,但有蒼煙緑葉榕林翻。

---

① 此詩題位於手稿本第 7920 頁。
② 此詩題位於手稿本第 7921 頁。

城月驛館予舊題二詩已爲館人堊去仍用舊韻題壁①

七年前晚飯，雨記破窗蕉。屢佇垣苔濕，都忘驛路遥。新泥印沙鳥，塞向改團瓢。京師謂草屋曰團瓢。又聽山雷起，梅炎氣漸潮。

驛旁補堊屋三間，海汊迴溪雨一灣。幸借窗虛未茇竹，仍憑村遠不遮山。行韜豈料欄重倚，歸路前題菊已斑。偏有多情雪色壁，掃除舊字巧相攀。

陸公泉三首寄鎮堂②

誰知昔日攜君手，遮日今來更弄泉。篝竹叢陰啓僧舍，刺桐花葉接山田。

沙禽一一起灘頭，借得斜風折碧流。晚霽春明坊外客，舁籃時復夢炎洲。

陸公泉上跳珠雨，吹漫聯吟舊壁題。二月菜花風又起，芭蕉綠過石欄西。

將按瓊南先寄儋州梁司訓③

東風又起桄榔樹，弱草仍環載酒堂。琴瑟換吹葱葉語，詩書盡發芋羹香。輕陰百峒催農出，細雨千村作社忙。可但聽潮燒燭處，十年舊學要商量。

觀濤亭④

亭倚牆基石蘚斑，占風問渡七年間。波濤咫尺萬里碧，天地東南一鏡環。日抱珠厓煙外島，⑤鳥飛澄邁雨餘山。聽潮更驗船旗脚，夜

---

① 此詩題位於手稿本第 7929 頁。
② 此詩題位於手稿本第 7930 頁。
③ 此詩題位於手稿本第 7933 頁。
④ 此詩題位於手稿本第 7940 頁。
⑤ “珠厓”，手稿本作“朱厓”。

看蓬萊宿北關。

海泊示諸子①

熺炭三更抗積霖,南風一夕洗餘陰。轉成栖宿機誰料,聊欲輕安試此心。萬斛龍驤危碇力,半灣鯨背揍沙吟。"揍沙"見元人宋無《鯨背集》。卻攜虛白齋中客,真和成連海上琴。

海中晴望作歌②

七年三渡南滄溟,一旬今午開畫晴。候風候潮卻離岸,潮平風緩計水程。不可里計可鍼測,空際遥指綠皺生。濛濛一線淡雲氣,細如玉帶相迴縈。青銅鏡走白銀汞,此皺未綠紋猶輕。中流忽碾浪花碎,長煙一熨淨練平。漸深漸遠起層叠,綠乃變眩千光晶。燭龍萬丈吐群焰,崑崙一脈排列星。鮫珠滾出雲錦沕,朱燄搖動珊瑚莖。群仙空明互出没,萬象融朗朝太清。羲和奉馭照八表,表裏遠近皆清澄。東西漸被朔南暨,罔不率俾周大瀛。炎方南離宅南宅,金簡玉字同發英。沐日浴月出百寶,吐納可以占文明。極東扶桑擢枝際,齊州九點煙一泓。北瀰天墟拱北斗,演迤何止徐與青。徑圍直亙萬萬里,津門析木遄邁征。南括梯航更萬國,側西澄邁驛所經。青山如髮鶻没處,坡翁昔看白鷺橫。千山笙鐘萬谷應,尚想奏樂軒轅聲。我來東風二月末,十旬入律波不驚。四洲一島連百峒,和氣普被晴光蒸。明當山城蹋平壤,椰子樹綠看春耕。

登瓊州府城樓③

蓬萊島闞蜃樓虹,黎母山雲佷穴風。呼吸八窗天拱北,瀠洄萬里海朝東。崖儋界繞千蠻峒,郡邑牆分兩學宮。地脈人文極南宅,春當雨霽日當中。

歸次南渡①

波恬纔過又沙揚，埦赤旋經忽壤黃。萬里東流此南汊，千帆電白繞高涼。界分水郭鳧鶩隊，鱗次山村黍稌塘。漸漸人聲喧近市，刺桐塍陌是雷陽。

同年楊槐亭太守招遊雷州西湖復叠前韻②

茲郡歷四序，甲申冬，丁亥秋，今春夏也。忽復婺女中。繞城麥風初，月弦已滿弓。積雨散四澤，洩雲紛層空。十賢祠外亭，千里目可窮。漫漫水薤碧，蒹葭披鳧翁。練衣過淥淨，絇歌助談雄。始知亭背窗，飛起玻瓈風。水墨淡隱隱，一聲遠寺鐘。廿年話朋舊，笙宴記三終。驅車來幾時，③姬隅熟兒童。南澗長藻芹，東野感雲龍。蒙密眺梧竹，解作彌丰容。他日修樧間，百圍可度工。不獨七刺桐，花葉蔭泮宮。

城月驛壁自和前韻④
二首之第二，集刻一首。

兼旬匝日濛雨間，十步九曲野水灣。澗氣橫成近海港，谷煙吐出前村山。連林迴望綠翁鬱，小檻舊種紅爛斑。千峰一夕衆泉響，淨洗高涼青翠顏。

示遂溪縣學官二首⑤時新修學

縣郭新雨餘，農力亦不細。今晨騰楹下，得觀工執藝。闕術羅廣廛，循池緬前制。壞碑無佳字，深廡更重砌。考器或源委，問禮誰根柢。薙蕪石闌側，捫蘚鱗笥際。欲書史晨穀，匪仿乙瑛隸。

此地昔酬酢，遷謫多名賢。忠定與忠簡，各有崖字鑴。今士守章句，興行孰後先。氣節那遽見，且視功静專。兩廊罄管作，百里車牛

---

① ②　此詩題位於手稿本第 7955 頁。

③　“驅”，原爲墨圍，據手稿本補。

④　此詩題位於手稿本第 7956 頁。

⑤　此詩題位於手稿本第 7957 頁。

牽。詩歌及官始,孝悌起力田。暄晴又初夏,風雨懷七年。

晤化州都司張艸齋知爲外氏族也贈以詩①

誰挽稽山躑躅紅,荒潭吹絮換春空。百年南北睽違後,五嶺蘇程道路中。驛樹蔦蘿絲冉冉,城壕鐙火照匆匆。豈應陸弟周郎擬,直取屏風團扇同。外家所居白魚潭也,都司善畫。

瑠璃泉②

高州俗無井,此脈獨泓然。溝蕩後山石,支傾下澗田。翠芽千葉嫩,青豆一房圓。持餉往來客,紛紛驛騎傳。山産茶。

佛桑花二首③

閻浮提那出優曇,薝蔔禪誰宴坐參。借問開門有林媼,何妨寫狀即稔含。紫磨金餅朝煙散,佩結朱霞宿雨酣。柔軟淨明拈處是,未須此曲唱伽藍。

迴廊沈蒸午無炎,焰焰肜雲淨豈嫌。五尺明妝時自照,一分太赤更難添。重臺譜合齊當户,卍字欄烘不捲簾。人淡落霞斜日裏,嫩藍襯出半峰尖。

訪湛甘泉所刻南嶽碑黎瑤石所刻瘞鶴銘示增城從化兩學官④

湛摹禹碑聞退谷,黎刻鶴銘聞張弨。零金斷璧落何處,七年緬仰空迢遥。甘泉八十卧衡嶽,紫雲峰際吹碧簫。四千丈寒雲氣下,一收鸞鳳泊與飄。瑤石山人亦好古,幾時攝衣到金焦。天雄觀碑尚有作,此銘之辨何寂寥。嘗讀松南南村録,豈曾纜繫揚子潮。大石山人先瑤石,顧元慶。蘭亭考續都南濠。烏衣四部又有記,摩挲未審王顧陶。壯

觀亭模郡守刻,是時詩盛七子交。法書固未恨摹擬,王羊褚薛焉能嘲。前輩多聞必闕殆,舊本返樸誰斫雕。新都修撰補周鼓,欲凌潘迪跨鄭樵。釋文亦到嶽麓字,若覯金簡名山高。楊本廷相。沈本鎰。復錯出,精靈那得元夷招。龍書蜾扁非筆畫,請叩綠樹森猿猱。衡陽建陽皆築室,江門筆法追縛茅。漆書科斗何足仿,韋編直學羲文爻。羊城水陸詢故老,羅浮巖洞猶建標。風雨冥冥海門廓,問道常苦川涂遼。兩家遺文半魚魯,嶧篆不必野火燒。嗚乎沿委討源意,匪愛一字蕭家蕭。

馬自軒總戎池上作①

題詩細柳坊,喚客瑞蓮堂。是日花氣合,迴風亭隝香。龍雛青粉膩,鹿子碧茸長。渚面空翠起,海雲飛葛裳。

五藍驛館望海作②

渡海四十日,驚濤夢猶恐。電陽界陽江,舊驛新櫨栱。南牖白一線,此即萬花涌。電東陽江西,咫尺音洶洶。每詢吏民言,胥述自親踵。陽江邑腹海,其外仍沙壅。電城則海堰,附島如丘壟。沙復有居氓,耕讀非閑冗。亦多工商賈,樵牧課蠶蛹。雖居者多少,③勢亦與城拱。余時檻屢倚,聞此神獨悚。土地有揩柱,雨露同播種。菽麥與葵苴,基始一墢攤。人云文格變,士肯徙義勇。爾來憑驛垣,鳥紀七毿毿。迤靡林霧深,錯互山黛重。何能寸壤補,徒日撮土捧。

羅定龍龕巖訪張文貞詩刻④

束之流瀧州在神龍二年八月,巖又有聖曆二年瀧人陳集原建佛道場序。

張王來瀧後桓王,祀未及桓獨祀張。祀張但以石室句,石厓何曾管興亡。小宋夾婢筆草草,數十篇書概襄陽。景運門失鬚髮動,漫及

士則工文章。嚴深虎飢縱可覓，新州老淚賸幾行。塵埃造像蛭稬字，徒傍金籙祝佛場。

羅定吏目劉世儀爲予作箵簹谷過雨圖用蘇韻文韻各一首[1]_{劉蜀人}

爾懷洗硯倚巴篷，豈擬山人臥九龍。雨過江南百泉響，如何影落渭川中。

請證莊與左，初誰森戟槍。半厓青未放，澗霧只深藏。_{畫評與可竹之左氏，子瞻竹之莊子。}

羚羊峽大風雨歌[2]

束江亭邊繫烏榜，過江橫風搖五兩。小湘怒捲大湘來，峽接香鑪勢如仰。墨雲際曉南澗合，雪浪連夜西江長。奔雷殷出紫崖脊，急沫鼓作腥潮上。陰森蒼藤翠木外，上猩猿猱下蛟蟒。啼含綠霧涎噴沙，歌舞虛無精惚恍。七巖琅璈戛珠玉，果聽廣樂鈞天享。滴瀝金尊溢萬甕，噌吰羯鼓鏗千杖。大風又起後湖後，雲氣水氣相摩蕩。峽外之峽巖外巖，海天呼噏一泱瀁。鴻濛氣結離火暈，迴斡力借高峽爽。更借羚山山頂寺，直送飛濤落千丈。七井三洞十六阮，户牖淋漓衆山響。

送喻心筠之陵水縣任[3]

三載弦歌徹嶺疆，_{自河源縣調。}嶺隅島末峒蠻旁。東南海接黎西北，青綠椰分藤白黄。講學應須訪丘記，勸農可要繼陶章。檳榔熟後炊煙起，試發詩書當貿香。

次韻北平試院三松歌呈定圃中丞兼寄柘南司寇[4]

此歌昔跂豐潤東，辛酉秋迄辛未冬。柘南老人示我作，至今猶志

嘉樹封。永豐一岡領芫蔚,孤竹三冢爭巃嵸。氣壓桃林關外石,柯交捐逐堂下松。撐空離立勢突兀,屈蟠老翠彌丰茸。陽山龍山護槎枒,灤水漆水環鬱葱。凌霜湛雨幾百載,摩霄鼎峙青童童。上如高軒如偃蓋,厥蔭維構維垣墉。射虎之石想没羽,崇臺百尺貽清風。乾坤正氣積川嶽,右北平郡惟盧龍。宏材巨幹作梁棟,栽者每視前哲蹤。先生來繼柘南老,大匠先後巨手同。撫摩蒼髯對巾屢,①俯視桃李紛青紅。喬林美箭次第出,盤根結菌日不窮。松濤響答鏗著壁,宮商迭和逾錚鏦。賤子孤根托藝苑,②量才未可計釜鍾。南嶺春無改柯葉,故山石憶勤磨礱。藥湖北渚陪燕舉,賦詩豈敢忘角弓。香樹齋窗露微月,廿年軟語留心胸。維桑與梓必恭敬,恍聽灤驛山寺鐘。③

新安縣貢生廖龜開平縣學生張次叔年皆九十四爲各賦一詩④

舒長化日人多壽,日日炎洲況坐春。似我閒亭閱金石,摩挲籀鼓辨周秦。

老年問字始精勤,莫説風檐便苦辛。木榻茅茨荒澨畔,可餘口授本經人。

錢舜舉畫卷⑤

湖邊不賣宋嫂羹,南山金碗天崢嶸。下若蕡苕雪川綠,王孫芳草還春榮。可憐時節看瓜蔓,紫茄並不堪寫生。空山荒墟落花側,秋雨野徑愁燐驚。誰言昔日老詞客,錢唐風物摹昇平。銷金鍋子一腐臭,修竹翠袖誰分明。玉子岡頭宴金粟,梨花寒食蝴蝶盟。涼風蜉蝣暖螻蟻,未知視此孰重輕。棄不棄閒論榮悴,嗤爾吹笛龍鐵精。未易一

---

① "巾屢",手稿本作"巾屨"。
② "孤根",手稿本作"孤莖"。
③ "灤驛",手稿本作"灤驛"。
④ 此詩題位於手稿本第7993頁。
⑤ 此詩題位於手稿本第7998頁。

一喻物理，①借問學圃何時成。末有老鐵在玉山高處題云"世間棄物，渠以不棄，筆之於圖，因思明物理者，無如老莊，榮則悴，悴則榮，榮悴互爲其根，達老莊之旨者無如公"云云。"學圃今猶學未成"，舜舉自題《寫生紫茄》句也。

奉寄集齋宮傅錢先生五十六韻②

百川放滄海，源委歸有極。浙江胥江濤，萬頃環溲減。上應天北斗，垣正中臺直。作股肱喉舌，如畢榮旦奭。維帝時斂福，八荒慶同錫。薄海呼嵩聲，仰公歌八伯。奉詔拜於鄉，爲鄉父老式。往者歲辛巳，稽首來玉城。白雲司故事，香山躅前迹。昇平熙洽瑞，爵齒德彌陟。既昌多祉受，況培人文脈。昔校畿輔士，六載持玉尺。歲時集諸生，大義親指畫。齊魯韓毛詩，施孟京費易。門牆著録徒，鉛槧誰敢釋。賤子甫九齡，緒論後乃獲。侍坐香樹齋，茶煙漏初寂。始聞六藝旨，盡解諸儒惑。論詩到三唐，何有王李格。字字歸本原，仁義忠孝則。前輩於爲文，多本稽古力。別才非關學，此語恐有激。小長蘆鈞翁，晚歲心轉呕。櫝中八萬卷，上緯下方域。旁羅物象數，胥聖經是職。池南亭在否，應尚賸朱墨。公與翁一手，後學敢默息。翁老經所遺，③由家訖鄉國。宣講與立學，若輪之有軾。終篇及家學，自敘匪矜飾。古人學致用，豈敢自珍匿。必共聞共見，於政可輔翼。所以劉子駿，勤苦爲剖析。石渠白虎儒，論難同講席。蓋與辟雍禮，表裏著於籍。諸經諸史志，暨款識金石。荀王阮所録，什一於千百。爰逮崇文目，手校凡幾册。陳騤洪遵編，掌故粗可識。婆娑木天陰，劉井柯亭側。老眼炯炯光，閘紙猶蟻黑。一十四籤外，部分已攄摘。條目授何人，不得付雕刻。姚黃楊吳家，求訪竟何得。及今猶可爲，事未百年隔。長水諸子姓，未艾君子澤。兩浙老經師，三館舊耆德。歸然魯靈光，豈但學士柏。伏生授非遠，竇公書可覓。新知望南雲，舊貫憶東

---

① "一一"，手稿本作"一二"。
② 此詩題位於手稿本第7999頁。
③ "翁老"，手稿本作"翁考"。

壁。嶺表又七載，賞析久離索。香山<small>黄文裕佐。</small>翰林記，散失誰紬繹。經説叩其家，攬古空懷惡。問津川無梁，非公藉誰迪。江海逾萬里，几席即三益。秋風動書窗，滿紙飛古色。

觀汪龍岡所藏右軍臨諸葛武侯墨迹卷①

"師徒遠涉，道路其艱，自及褒斜，幸皆無恙，使迴馳此，不復云云。亮頓首"，
凡二十七字，有宣和、紹興二璽，程正輔、周密二跋。

世間晉迹蓋無有，此語吾聞諸退叟。丙舍力命橅元常，借發天機得之偶。尚出唐鉤字廓填，鍾紹京與薛稷手。東都閣帖源南唐，北李製墨薰濃香。二王語易河南目，池州紙用澄心堂。黄麻繭楮那易辨，錦贉褾軸屢改裝。曹宋紛紛去題識，片紙源委愈渺茫。況遡東京到西蜀，其時行草初繼章。融瞻俱入王愔録，瑯琊家集惟存目。半路濡毫勝負知，千秋籌筆神鬼哭。可憐僧虔尚偏枯，押指徒學倚柱書。<small>王僧虔學諸葛亮《倚柱書》，見張懷瓘《玉堂禁經》。</small>誓墓一篇自深意，彼爲懷祖真區區。草篆馳議北伐初，安西之謀非壯圖。清談不作王夷甫，佳兒豈是管葛徒。長江千里勞士卒，括糧許洛方西輸。馳驅關隴並巴蜀，護軍安得前哲俱。請郡寧謀會稽築，懷古真到隆中廬。後先此心非此字，波磔誰能辨同異。褒斜數語報平安，中有倉皇君國淚。重摹響拓何足言，但取忠良嚮往意。尺素過眼皆雲煙，煙薰屋漏久更堅。弁陽老人亦未會，徒執小璽宣和年。

次韻定圃中丞監試院中和法陶庵先生之作②

鈞衡南極海珠旁，手闢賓門肅紀綱。前輩風流餘舊壁，幾宵星斗在虛堂。十州百邑千人静，五嶺三山八桂香。不獨新泉試紅玉，秋濤午枕記詞場。

---

① 此詩題位於手稿本第 8005 頁。
② 此詩題位於手稿本第 8007 頁。

續硯銘册歌爲林道山賦①

君説硯如述祖德,高情言言屬天雲。肯堂肯構所播穫,此田此石爲耕耘。春風呵凍露濡液,瀾翻舌本毫策勛。相著因緣埶聯合,讀書種子良辛勤。金漿玉髓兆文字,紫煙翠氣騰氤氳。出於石還潤其石,上按象緯推皇墳。繇曰奇偶貫五位,獻圖受福於大君。②道山自記云:奎硯東西眼二,中連綴小眼五,爲合璧聯珠之象。先是鹿原公獻是硯,得直武英殿,後得此石,以爲瑞應。次稽五瑞得黃玉,是與圭璧璜琥群。道山自記云“黃琮硯”。下逮芝英暨雲物,魚游龍變虬螭紛。芭蕉雨著翡翠葉,芙蓉水護鴛鴦紋。錦囊香帨佩楚誦,流觴修竹摹右軍。昨復奇氣自石出,十硯銘變十鼓文。道山近集石鼓字,以銘其硯。向來籀篆少縮本,鄭薛幾輩勞骸筋。我校薛本藉君釋,訂鐘諿鎛鼎窊娠。日日榕窗拓翠墨,寸楮十指迴千斤。更煩楊劉補洪趙,直追秦漢溯夏殷。乞靈於石石首肯,星芒夜夜珠江濆。

次韻蘊齋二首③

細雨檐花又一時,各吟中酒阻風詩。蠻雲橘檹檳榔氣,瘴霧鶄鶒翡翠姿。

聽君卻話昔遊時,廿載旗亭浣壁詩。海樹珊瑚野陰暮,城南溪壑又春姿。

上林瓦歌④

昨銘硯賦甘泉宮,今瓦文摹上林苑。上林兩字疏更奇,斟酌雲夌與複篆。上方五鳳鐙稍廓,下視史榆畫則扁。縱橫直下無波磔,銖兩程形豈旋轉。自然隱起非巧工,那援躲甂銷機甋。漢武時用史籀書,杜陵古隸傳秋胡。韶華誰記咸陽庫,⑤麒麟脇字三青梧。虞淵佀簿果

---

① 此詩題位於手稿本第 8010 頁。
② 此句下注文“是賊”,手稿本作“是賦”。
③ 此詩題位於手稿本第 8013 頁。
④ 此詩題位於手稿本第 8014 頁。
⑤ “韶華”,手稿本作“昭華”。

木蔬,枇杷橙栗榆槐株。亡是听尔兀如睡,三百餘里一線經緯初。遑復周身數帛縷,一瓦一縫圖黃圖。舊儀分疏漢宮闕,上蘭平樂森布列。館舍區司屬水衡,北繞黃山渭川闊。步櫚周流穿洞房,壁瑠琁題懸日月。狁橑拖楯見宛虹,朝夕倒景此儵忽。秋風八月鉛淚不可收,①借爾千鈞留一髮。陶旅家作祝嘏辭,或云東京乃有之。千秋萬歲昌富壽未央,長生亦自甘泉基。揚雄作賦風蛾眉,不知馬卿勸百得失誰毫釐。此文弗頌亦弗祝,質直但取宮名爲。記物記地記工式,依然周官考工之所遺。建元初元踵秦制,尚爾樸素風可追,況有隸法奇古夫何疑。一枚何年落蘇氏,閬鄉近接嵱潼趾。原父作記竟未見,西京遺迹又獲此。圜圓計寸尺過思,輪仄中分畫表裹。規員生度矩生量,以證漢志應黍累。并證科斗芝英鵠頭法,千門萬户體勢從此可以擬。摹文卻用溪底雲,歷劫燒殘紫煙起。

喬松耐歲圖爲饒桐陰尊人題二首②

桐陰之草堂,上有蒼髯松。不知今幾年,日見桐陰濃。伊昔琴瑟質,華實歷春冬。成氣迨致巢,濡毳漸茸茸。朝以靈液煦,夕以厚澤鍾。初歲絲用績,改歲葉可封。歲久來群棲,往往鸞鷟逢。非復新引時,百尺翠重重。而彼蒼髯者,昔今無改容。歲寒無昔今,花甲周以從。亦復無歲寒,嶺東海上峰。

婆娑更見芘根深,葉葉柯柯歲歲心。此是汝家詩禮訓,蒼蒼獨立過庭陰。

蘊齋復叠前韻四首見貽如數奉答③

多少南雲悵望時,纔能促膝共題詩。官曹脱略形骸外,依舊軒然海鶴姿。

---

① "八月",手稿本作"八水"。
② 此詩題位於手稿本第8019頁。
③ 此詩題位於手稿本第8020頁。

江亭回首暮春時，古寺層苔洗舊詩。君上毘盧高閣望，停雲變幻最多姿。

貴瘦輕肥論伯時，閲人賅盡在坰詩。正將空闊康莊似，要試驊騮騄駬姿。

天涯風雨對牀時，惆悵韋郎五字詩，萬壑霜空落潮響，魚龍煦沫起奇姿。

予三年前是日泊舟於此有讀黄詩寄楊謝姚三子之作今復以分寧新刻本校勘天社任淵注仍用舊韻寄三子並示伯求德敏庚寅臘月五日始興舟中①

舊咮又三年，推篷山泉潗。依然篙竹聲，戛此石角觟。粤江鄰西江，一嶺翠呼吸。乾坤清剛氣，不徒在篇什。往者我尋源，但矜餘波浥。滄海横流闊，照以宵囊熠。聽律推元聲，皦繹由始翕。詩到蘇黄盡，此秘非傳習。輾轉相箋釋，楮墨爭雜沓。近日舊家本，編年何人輯。新刻篇第頗失次。但言羞雷同，有才翻斂戢。矯之美言疢，懦者牙慧拾。論詩百年來，北王南朱挹。新城論雖許，竹垞見猶執。竟與放翁熟，同誠初負笈。秀水朱簡討云：嘗病涪翁太生，放翁太熟。請問生熟義，誰饜誰取給。誰調閑良樂，誰羈靮騏騚。元酒明水設，本先讓與揖。玉瑩變丹青，艱哉何岌岌。淡然無一物，倏忽百怪集。鯨翻鮫鰐横，星墮神鬼泣。爲絲麻菽粟，爲冠裳裼襲。色元黄朱緑，區州居部邑。太史衣褐樣，非染藍芥苙。亦非蝤蛑格，卷壓百三十。六經一筆書，矧范滂郭伋。山谷嘗手書《後漢》范滂、郭伋諸傳。磊落忠節貫，萬古脈孰緝。吾求之派圖，瑣屑徒滋悒。仍歸求之道，大路我懷急。更求山澗谷，求泉水出入。是日泝江口，自下如拾級。新陽動微漲，薄莫濃陰裛。涼出草樹間，衆緑澄於汁。舜峰三十六，迴望屹而立。前乃如袂擁，後或如垣葺。沿江萬小礫，如卧如蟠蟄。一氣奔南贛，群峰怒誰縶。西江

① 此詩題位於手稿本第 8035 頁。

莽莽勢，相望果相及。白沙翠竹底，遠浪連灘汲。品泉水一勺，聚□米一粒。①積小以成大，吹燥而諧濕。陟嶺崇由卑，行灘坦非澀。大海相迴環，千里見原隰。明晨更登陸，初晴開昏霽。

歲莫南雄試竣鈍夫自大庾過訪仍用三年前詩韻六首②

七周歲尾冒風沙，一嶺寧知道路賒。就我舊烹南澗水，想君來見北枝花。江頭羽蓋馳郵騎，郭下鐙船結網家。炯炯懷人屋梁月，依然如夢落窗斜。

論文此郡苦披沙，村酒渾無味可賒。醞釀雲陰如欲雨，朦朧雪意不能花。梅魂沁骨宜人睡，榕廈成門近汝家。但放繩牀依枲几，茶甌一縷澹煙斜。鈍夫來主此郡講習也。

嶺北嶺南灘與沙，雖分兩省地非賒。和聲本自宮同徵，著眼誰將霧入花。山谷詩圖居祖派，江門風月目儒家。談空說有何分別，一徑升堂舊不斜。

東海當年與白沙，嶺邊一笑意寧賒。卷中墨尚飛狂草，樓上雲猶涌碧花。巾玉試尋吹破處，枕峰今日落誰家。前賢出處難評定，袖手閒憑局畔斜。出陳白沙《碧玉圖》與張東海墨迹卷同觀。

底從滅裂怪麻沙，板本豪釐萬里賒。流弊滄浪專廢學，空聞迦葉可拈花。歲時仿傚覘遺俗，圖籍從容問故家。是爾山居進士事，講堂容易綠陰斜。因論江西新刻黃集也。

題扁鋒欃錐畫沙，味蘭堂景畫還賒。殘年話入聯牀雨，令弟琴硯同來。六載前吟並蒂花。江沫全蒸山木氣，炊煙四起釣人家。明朝憶爾書齋裏，卻倚篷窗石徑斜。

---

① "聚□米"，手稿本作"聚米山"。
② 此詩題位於手稿本第 8041 頁。

將按試韶州先寄示陳訥士司訓用昔年講社詩韻二首①

此日觀摩尚未成，七春口耳苦營營。持弓秉鵠誰環堵，見彈求鴞實聽甖。層堞年光上妍暖，深江臘氣轉空明。度原審徑三農起，可獨春鉏布穀情。

皦繹端由翕始成，童蒙筮謹筴初營。循聲叩節從攻木，美實充庭必尚甖。獻歲笆簧準嘉概，上丁普淖事齊明。齋心雲水原無物，配爾殘膏短檠情。

前詩和作者學官弟子凡百四十八人深喜此郡士人能志於學爰第其次擇優者弟子十八人童子八人而再試之復叠前韻二首俾和②

比屋聲容象勾成，我懷怵惕轉屏營。心筠本以貞松竹，磨琢何嘗炫琇甖。鄉里力田行孝悌，詩書彜訓範聰明。威儀律呂身文字，根柢淵源貫性情。

即論文豈速求成，炯炯心精慘澹營。四德六爻占孰記，宋時韶人石汝礪器之講《易》，以“乾，元亨利貞”一句推衍六十四卦，嘗與蘇文忠談於英德聖壽寺，其書今無知者矣。千秋一録鑑猶甖。訪碑昌樂空瀧緑，泐字雲華別洞明。又到春江北樓倚，竟無人識溯洄情。

---

① 此詩題位於手稿本第 8045 頁。“社詩”，手稿本作“杜詩”。
② 此詩題位於手稿本第 8047 頁。

復初齋集外詩卷第八

辛卯九十四首

韶州元日四首①

五更一色九霄明，四野千祥百福聲。江海景光調玉燭，巖巒飛舞頌昇平。重重節慶增人壽，萬萬年觴樂歲成。三十六峰雙闕石，鏗鏘律吕動韶英。

九奏臺晴倚曙霞，計偕客棹向京華。八荒北極天門仰，一轉東風斗柄斜。比户暖聽舟子唱，夾江春滿釣人家。薄寒正擁紅雲起，已並酴醾望杏花。

連延積霧卷微陰，咫尺膚峰蓄寸霖。遍野麻綿粳穀麥，滿城簫鼓瑟笙琴。融風轉要新陽洗，宿潤都含曉霽音。水壑山田有占語，人煙處處映青岑。

五來得句記初筵，七轉星辰接八年。②俊造連科寡登選，廿童六邑漸詩篇。齋郎學子營區舍，籥舞笙歌習誦弦。時將修學肄佾。未識明春當此日，幾人一慰役車還。

---

① 此詩題位於手稿本第 8055 頁。
② "星辰"，手稿本作"新辰"。

黃默谷屢爲余作右軍換鵝圖賦此酬之①

君從何處貌右軍，落筆清真輒相似。右軍之真我豈知，見月指月元非指。日臨蘭亭不成書，真誥那別楊長史。虞龢表敘曇礦村，清旦船風意有以。兩卷初非寫河上，半日何曾對道士。家雞野鶩莫漫爭，書理轉向鵝兒生。杜陵新黃但對酒，姿媚肯逐昌黎評。千年溪頭一引頸，尚似我字胸中成。溪頭空涼水雲勢，宛轉虛無追筆意。遂令此意夢右軍，②不必前回叩山寺。飄然落紙即此畫，試欲臨摹本無字。勿愁張翼更亂真，傳盡精神與胸次。是日握手聞韶亭，群山濃黛眼更青。憑君莫開缸面酒，不擬道德兼黃庭。

送同年譚古愚司臬河南③

海天膏雨手，嵩洛白雲司。圭臬真如律，官民不忍欺。職稽康誥訓，姓載衛人詩。更倚三花樹，行刊五瑞碑。

去年正月十一日鶴峰同往廉州今復以是日相值滇江同往連州而琴研亦以歸後四年復來遊連皆若有夙因者賦此二首博幕舍諸君和④

千山圖畫舊愁邊，莫比看花一度緣。上日東風楊柳外，有人記上渡頭船。劉夢得、孟賓于皆連州事。

閉門風雨夢灘聲，可用郵籤計水程。茶竈聊同禪榻畔，濛濛千息照分明。

連峽之奇予屢有詩茲櫽括以二律⑤

底將摶土問鴻濛，一一分形物役中。拇指劣容汪罔蓋，塊蘇翻肖化人宮。隱瀏處處霧陰漏，石筍時時海眼通。頃聽發榮泉向背，春雷菜甲果泥融。

蒼茫咫尺意焉知，變化縈迴契有司。禹牒發英文必應，夸娥遠賈售誰期。虛無遂有根神會，姽嫿寧應質儗爲。漫坐船窗聽百鳥，春湍祇續峽中詞。

賦得柳暗花明又一村①

半轉篁茆半隱汀，一圍紅紫一層青。疏疏霧夾濛濛雨，曲曲橋遮短短亭。籬落人家挑菜女，釣篷蓑笠灌園丁。斜陽綠到前村外，遠遠山坡牧笛聽。

張魏公列秀亭題字一石今始得之連州學舍廢垣下賦此②
集刻改本，此初稿。

我求此石今七年，荒亭敗瓦空蒼煙。齋厨垣傾講肆側，幾載土覆杜荙纏。③徽公一手具狀後，史家議論誰得偏。羅大經與周公謹，苟離富平憤莫宣。渭南瀟灑漫水竹，長城破碎嗟江山。關門忽改退之句，謝糧語假妻室鑴。尚想人材小元祐，束禾占到禾絹前。長星竟天爲誰怒，一臥涼雨青石邊。莫秋登高望艮嶽，寒食上冢非漢川。臣母早時訓斧鉞，臣兒漸能語聖賢。題詞瞻望秦國字，有人遠憶連江灘。復有人此冒雨讀，六十年後嘉定間。碑陰有嘉定五年方信孺題名。公之精氣非筆墨，④猶立懦志於荒蠻。濯纓堂阯接咫尺，宣公大字何處騫。"列秀亭"三大字張宣公書，今不存矣。當時父子共論説，想見侍石聽山泉。

---

① 此詩題位於手稿本第 8071 頁。
② 此詩題位於手稿本第 8072 頁。
③ "杜荙"，手稿本作"枯荙"。
④ "筆墨"，手稿本作"筆畫"。

峽山寺蘇題云東坡居士渡海北還吳子野何崇道穎堂通三長老黃明達
李公弼林子中自番禺追餞至清遠峽同遊廣陵寺元符三年十五日
此碑久失予集公書刻之飛泉亭壁借公衆妙堂詩韻二首①

公書非書即其人，廣陵廣慶本一門。<small>廣陵寺本集作廣慶。</small>借問何者爲歸根，蹇驢步武蝸角存。下有釣磯上雲軒，七十二峰紫翠暾。亂泉灑壁珠跳盆，我攝以念無冷溫。夜來月明清夢魂，西江一口何由吞。

公晚歸來攜道人，寸田尺宅道之門。是亦寓境非本根，空山處處行迹存。豈問來輿與歸軒，夕陰茶話又曉暾。萬古落月一金盆，自厓者莊目擊溫。松泉聲吹玉梅魂，四山應答誰吐吞。

與内子讀黃文節江梅有佳實一篇適得石田畫梅長軸
同用畫中自題韻四首②

朝朝疏冷巡檐共，及見南枝七換春。峭蒨寂寥無個會，被他好手已傳神。

托根得地故無鄰，與個中人萬古春。絹素如何偷得去，松風水月是精神。

宣州老子眈無人，只寫江南淡淡春。誰向槎枒乞書法，枝枝點點瘦通神。

生意調羹本夙因，白光一室盎如春。更無字句描摹處，挂起南窗看遠神。

張粲夫取韓子門以兩版叢書於間之句名
其室曰版門來乞分書并詩③

共有西齋詩味在，堙源何客去而嗔。少遊他日平生夢，風雨羊城

---

① 此詩題位於手稿本第 8080 頁。
② 此詩題位於手稿本第 8082 頁。
③ 此詩題位於手稿本第 8083 頁。

對榻人。粲夫昆季皆予所得士。

春耕行①
三首之第三,集刻二首。

村村樵童隨壤童,歔得豳風續粵風。更向諸生見何武,②擊轅牛鐸有黃鍾。

扇頭雙蝶雙雀同内子題③

雙雀俱順東風立,雙蝶亦作春風夢。同向春風各不知,深院霏霏以香送。深院亦復不知春,雙桐桐花花霧重。又過二月雷雨夕,彩雲飛出羅浮洞。"以"應改"實"字。

試惠州諸生擬作春服既成詩④

上巳彈琴想,如於鼓瑟監。時和多藹吉,法服本深嚴。熨貼鳴機後,裁縫溯手摻。新陽纔動襜,舊笴肯重緘。便肖沂雩侶,初無禮樂銜。近依襜肅肅,新炙岱巖巖。濕或桃花雨,單非杏子衫。風來塵滌斛,浴罷鏡開函。密蔭宜人坐,昌條悦鳥鴿。翠交襟麗綖,歌雜韻呢喃。老少懷因契,輕肥願早芟。於紳書宛轉,爾撰異酸鹹。洙泗金絲竹,徂徠檜柏杉。譬諸躬所襲,兹已得其凡。古色留書幌,春光上碧巉。固應鏗爾奏,流響和韶咸。

試惠州童子擬作他山之石詩⑤

有美如斯玉,曾何石與儕。納忠仍璞質,取象到山厓。阜戴岨而出,宮因霍以觚。轉非於我肖,耀肯自他鞲。突兀巉嚴裏,峻嶒虎豹皆。風雷所穿穴,雨露此根荄。本是同岑種,能無抱器懷。舊時巂采韞,幾載翠煙霾。自剖精英出,長將澗壑偕。重難彈雀仞,頑只繫魚

簿。歲月鋒棱透,岡巒次第排。光還添黛髮,色乍類青緺。瘦束雲初削,孤飛雪可箃。傍泉深洒濯,倚壁插崴嵬。碌碌材寧棄,硜硜性未乖。疑璇並圓折,憶磬映清淮。作礪金資傅,爲章鍊補媧。人猶憑啓沃,物豈隔形骸。元圃崑丘外,瑶池碧水涯。鶴田芝宛宛,瓊粒鳳喈喈。圭璧心常在,冰霜契早諧。誰能忘切琢,更要細磨揩。磊砢充無價,堅剛進有階。淵魚相煦沫,園樹亦模楷。砥節交非易,粗沙質漸挨。荊人憂鼠腊,匠氏費芒鞋。初比甘同疢,終知境入佳。漸摩去圭角,蒐剔遍茅柴。所以聞貧富,因而別正咼。風詩淇澳旨,即可悟心齋。

惠州西湖借蘇韻二首①

前秋小舫叉魚夕,帶雨層城不上關。留得昏黄煙翠氣,攜來衫袖墨痕間。野雲低合三春水,江沫濃蒸四遠山。葭葰菰菱又魚稻,不徒湖上舊觀還。

已無道院兼禪寺,只有漁庵與梵鐙。隔歲蘆洲堆似屋,半間茶竈冷於冰。書聲舊日全依水,祠隙何時改住僧。遺迹流傳類如此,蔚田訪古笑吾曾。今栖禪寺已非其舊,而羅浮道院本在此湖,今輯《羅浮志》者竟云在羅浮,誤矣。永福寺舊亦書院地,準提閣後斷碑今視之,乃故崇道祠,祀周元公云。

是日合江樓再借蘇韻二首②

萬井雙流收四望,一樓百尺鎖重關。溟濛蜑雨蠻煙外,開闔人聲市氣間。縱有沖虛鄰七洞,那將縹緲説三山。良常原澤新宮榜,日夜雲溪夢往還。蘇詩三山正指蓬萊、方丈、瀛洲耳,今注家皆誤解。擗石云"市氣"造則上句亦應造。

---

① 此詩題位於手稿本第 8097 頁。
② 此詩題位於手稿本第 8098 頁。"合江"上,手稿本無"是日"字。

樓前網户喧朝霽,樓下居民績夜鐙。①極委凝寒閟陰火,大東積氣冶陽冰。荔支浦外扶犁叟,豐樂橋西乞食僧。共說雨暘祈禱足,旱乾漲溢見何曾。

韓　祠②

水從韓祠分,山從韓祠合。故因祠爲關,又以秦嶺匹。此嶺本一嶺,霍與宮吐納。置祠於中間,響然風雲欻。下視入潮路,遠見江州塔。③江東西縈帶,山百千開闔。然後爲韓江,倚祠一講榻。後夜山月明,水窗支南閣。

再題葦齋三首④

梅州五月梅雨中,江水水田齊映空。水長毗連水田屋,水落暫繫蘆花風。

前宵程江昨韓江,一面篛篷三面窗。誰方三重蓋茅屋,更擬一口吸老龐。

韓江程江千里心,三秋雨換三春陰。夜長葭蘆菰蒲響,風暖蔥篛苦竹林。

賦得返照入江翻石壁二首⑤得暉字

萬古乾坤清照氣,幾人山閣倚斜暉。半江金碧俱浮動,四壁空青欲倒飛。錦繡文來海皆立,虛無影極鳥雙歸。蒼茫昏黑光難定,試覓詩痕認又非。

杜陵更有難傳處,人在江光半掩扉。水國山川明歷歷,楚天宮殿

---

① “居民”,手稿本作“民家”。
② 此詩題位於手稿本第8103頁。
③ “江州”,手稿本作“江洲”。
④ 此詩題位於手稿本第8105頁。
⑤ 此詩題位於手稿本第8106頁。

遠微微。文章陳迹仍煙雨,今古殘陽一石磯。不獨片雲牛渚夜,空城映水憶元暉。

因前詩與潮諸生論經解並及韓公短鐙檠歌爰借韻示之①

説詩解頤誰短長,褰褰乃並禹與光。轅生弟子到新息,那比狂狷譏踽涼。功名不同途轍異,當時挾册初一牀。荀氏人師折氏客,春秋論語二三策。六禽爭效薦八珍,千狐何嘗成一白。循循升車行步前,進退居處食與眠。千里失敢毫釐恣,松竹節本心筠翠。此即流別四部箋,倏忽光陰七春棄。

上官竹莊畫騎牛翁用畫上三詩韻②

田翁唱得牧童辭,此是田間考牧詩。煙雨模黏非誤筆,獻之草勢本張芝。

鳧鴨生雛稻有孫,溪流昨夜擁籬門。早涼牛背如舟穩,花氣濛濛霧滿村。

難得風神偏帶村,評詩應復肖陶孫。腰間玉具亦能作,繡裏金鍼非一門。竹莊嘗繪古將相名賢百二十人爲册。

示嘉應學官弟子用前秋和韓詩韻③

嘉林匪遽千尺長,嘉玉那易四璉光。見卵求夜彈求炙,何嘗文繡爲牜涼。七春又過夏雨綠,憶來蟋蟀始在牀。澡絲聚繭期圍客,④且緩論文看杖策。⑤重來拭目轉睞青,視爾齋心生室白。驪黄牝牡非目前,我於深穩追龍眠。然後筆落天機恣,滅没煙林出丹翠。不獨嘉種豐嘉禾,莨稗何曾忍輕棄。

---

①　此詩題位於手稿本第 8107 頁。
②　此詩題位於手稿本第 8114 頁。
③　此詩題位於手稿本第 8122 頁。
④　“澡絲”,手稿本作“繰絲”。
⑤　“論文看杖策”,手稿本作“綸文看杖策”。

前詩嘉應之士和者至二千人爰擇其稍成順者弟子五十人
童子八十人使歌粤風源流仍用前韻①

炎州珊瑚百尺長，②祝融沐浴百寶光。風輪四起周海脈，豈以堎汏區并涼。土音三家遡五子，彼皆各夢同一牀。我來八載羊城客，欲挽舊習真無策。摩挲島珠曜石青，淘洗金膏水銀白。輕縑素練已在前，雙槐百花孰芊眠。明香山黃廷美有《雙槐集》，東莞鄧元度有《百花洲集》。卷阿一奏律奇恣，那數五色羅浮翠。聖朝同風遍八方，率育陳常崦與棄。

文衡山書阿房宮賦墨迹錢塘梁文莊公從吳中繆
十區弈勝得之自記於册尾後歸毗陵蔣新
仲辛卯夏程江使院出以示余題二詩③

一局空教嘆覆棋，紅鐙綠髮又烏絲。春風十里珠簾卷，誰是三生杜牧之。

鐵門限法轉槎枒，坐語維摩自一家。卻夢斜街深竹下，春陰吹落紫藤花。

惲南田臨王元章梅卷二首④

我夢會稽王冕篆，鐵絲個個映寒濤。又非花乳求休去，⑤瘦倚橫雲一笛高。

蓬萊倒挂綠啁啾，影落甌香澹不收。煙霧橫斜無著處，滿窗明月即羅浮。

---

① 此詩題位於手稿本第 8125 頁。
② "炎州"，手稿本作"炎洲"。
③ 此詩題位於手稿本第 8143 頁。
④ 此詩題位於手稿本第 8144 頁。
⑤ "去"，手稿本作"法"。

易元吉畫①

石邊餘墨署八分,瘦勁不似園前人。何待南濠考蘇跋,始據東都證後村。寫生早入宣和譜,裕陵御贊貓初乳。枯枝風帶蹋枝禽,想見霜牙森爪股。不獨猿猱能擇風,吮豪斜日倚秋空。瘦石微涼草樹響,全神攝入蹋枝中。<small>元吉有《猿猱擇風圖》,見都元敬《金薤琳琅》。</small>

方方壺仿郭河陽千山積雪圖②

方壺非字乃化身,曾班司命朝玉宸。生生太始元氣純,浮英積粹華池津。上羅星芒照昆侖,正坎黃芽無點塵。珠宮貝闕如鍊銀,千房萬笏玉嶙峋。綿綿蒸空暖如春,瑤泉琪樹夜達晨,榑桑照之中有人。非復終南岱峨岷,丹臺霽曉存吾真。

李穀齋仿雲林小幀自題云弄墨閑窗卻病魔倪迁心腕得來多三休可是亭如此九折嚴詩憶老坡借其韻二首③

個是危崖近秘魔,老松更比老僧多。藏機不寫前頭路,澹著莓苔淺著坡。

貯風延月只詩魔,著眼玲瓏本不多。懶瓚胸中無宿物,莫將脚力較山坡。

舟泊官塘示和詩諸生④

甘言譬疾疢,苦言比藥石。藥又必瞑眩,或疑此有激。夫道若大路,爾疑今可釋。白絲何用染,花草動凝碧。空林絢丹纈,我懷紛如積。古人從遊際,先辨惡所匿。然後日新志,盥薦而槃滌。⑤自今書紳

---

① 此詩題位於手稿本第 8144 頁。
② 此詩題位於手稿本第 8145 頁。
③ 此詩題位於手稿本第 8146 頁。詩題手稿本作"李穀齋仿雲林小幀用其自題韻二首"。
④ 此詩題位於手稿本第 8150 頁。
⑤ "槃滌",手稿本作"盤滌"。

始，銖累非昕夕。

入舟月出①

東嶺負朝日，歸人涼貪曉。閒卻遮日手，不覺下嶺早。嶺下即舟中，日西月已東。卻支東南窗，受月兼受風。受風要面水，受月不面竹。竹外水中央，歸人泊舟熟。風水漣復淪，月作黃金鱗。猶疑嶺東夜，江渚咏江蘋。

磨　石②

此《羅浮雜咏二十九首》之末一首，其前引云：“八年來於役嶺東，十過茲山之麓而未得一入，篋中適有畫冊凡二十九幅，爰假陶詩《飲酒》《擬古》篇韻賦此寄興。乾隆辛卯六月十六日石龍舟中。”集刻二十八首。

我欲繪全山，峰多繪不完。前後容衛盛，雲霞擁裾冠。不如繪此石，盤盤蒼翠顏。因以疊峙法，攝衆峰禪關。衆潭洞巖瀑，胥我巾笥端。十度皆雙納，八載指一彈。袖中有東海，並有鴆鶴鸞。並瓊樓玉宇，蓬山伴高寒。

送趙甌北觀察貴西和定圃中丞韻四首③

囊雲兩袖款天華，及訪黃龍洞裏花。五嶺五羊今蹋遍，一琴一鶴本君家。新詞記驛懷莊蹻，舊夢題名共少霞。倚篋魚珠聽夜雨，恍移鄰屋漲江涯。甌北官京師日與予比鄰。

蒲蓮葭葦咏溪堂，選遍侁侁弟子行。十郡首豐魚稻麥，二湖歌載瑟笙簧。仍臨百峒分銅虎，更上三峰看石羊。④青羊石，羅浮峰名。欠爾羅浮圖一幅，合離風雨點斜陽。畫《遊羅浮圖》不果。

銅鼓山高瘴霧間，詩情莽其粵江還。城陰嵐氣迴千里，石綠丹砂

---

① 此詩題位於手稿本第8151頁。
② 此詩題位於手稿本第8170頁。
③ 此詩題位於手稿本第8171頁。
④ “看石羊”，手稿本作“叱石羊”。

繞百蠻。賒賦農商逾萃集，榕根士女托牽攀。①泉流石磴盤雲細，②渾照冰條碧一灣。

十載南宮列宿邊，山公清鑑不遺賢。定圃主癸未會試，予與甌北分校。合并舊雨鐙窗憶，又閲春風嶺樹先。氣凛蛟龍静魚鮪，種羅椒桂到君遷。更深長養旬宣術，不足區區爲別筵。

次韻蘊齋茅田官舍見懷二首③

官舍一間水一方，養魚蒔菜似漁莊。時時覆盎城南夢，水簟風來何處堂。

小鮮烹豈更求方，息息圈枘籟叩莊。海上同聽半煙雨，三年序又過堂堂。

裴鶴峰觀蓮圖二首④

瑞蓮短咏憶亭邊，初相識於高涼總戎廨，廨有瑞蓮亭。曜石摩挲説愛蓮。轉眼又逢春種藕，紅鐙緑酒已三年。

先生道眼本來空，明鏡平雲色色紅。恐是炎天要冰雪，知君換骨有清風。鶴峰善醫。

題　　畫⑤

澗氣空涼自合離，米家鶻突法誰施。無多雲意藏鋒筆，正在山泉未落時。

恭和御製賜宮傅錢陳群竹根如意圖韻寄呈宮傅⑥

萬國歡聲祝慶成，老臣拜賜獨屏營。手裁百福圓成柄，筆落千珠

---

① “托牽攀”，手稿本作“記牽攀”。
② “石磴”，手稿本作“百磴”。
③ 此詩題位於手稿本第 8174 頁。
④⑤　此詩題位於手稿本第 8175 頁。
⑥　此詩題位於手稿本第 8176 頁。

露共清。扶杖捧逾如意舞,孤根結就寸心貞。江鄉小草芹葵獻,①比樣還將勵庶卿。

藥洲中秋同内子用升字②

畫欄修竹鬱層層,如許清光放未能。萬里浮家同海賈,八年閉閣對秋鐙。石斜露到榕根滴,屋角雲連蜃氣升。算得天台收桂子,西齋南榻小窗憑。

燕文貴摹王右丞江干雪霽圖卷③

燕侯畫名擅工緻,眼力時放秋山寺。忽焉沈鬱得清脱,又非虛無晃莽際。遠山輕明近山重,濃潤不在句勒細。千叠萬叠起復回,蓋以煙樹爲全勢。煙中樹罅皆磴道,石壁空青有餘地。仍藏野郭與山村,屋竹籬茅互虧蔽。風從北來竹帖然,一夜凍合千條川。馬蹄登登蹋川去,仰射初日光清堅。千檣欲進未得進,一江澹澹濛濛煙。枯林大石作開合,不著色處神尤圓。昔者詩老居藍田,意到每在漁舫邊。暮寒危橋折深峭,曉霧卷渚增清妍。始知萬峰一積素,山中人匪真畫山。古云右丞愛畫雪,以寄孤高洗炎熱。燕侯雪江并非江,沙鳥林雅照明滅。試聽澗澗翠如滴,未礙絲絲筆似鐵。春江曾記黿補之,蜀道然否鄧巴西。有鄧善之印記,蓋其所藏。院中亦有燕家景,摹本可到河東師,模黏響泉月落時。

董文敏仿北苑幀歌④

吾家北苑仿者吾,絹尾小草筆筆殊。絹端蒼然已作雨,氣到樹底根連株。空煙非煙乃雨氣,枯木竹石何從枯。筆圓筆側又一變,宋派元派果有無。畫沙要識非筆畫,山皺還借爲樹膚。實虛孰是捨筏處,蒸氣冉冉仍模黏。草隸折旋不可覓,空窗斜日轉綠蕪。

---

① "芹葵",手稿本作"葵芹"。
②③ 此詩題位於手稿本第 8178 頁。
④ 此詩題位於手稿本第 8180 頁。

再用前韻題後①

憶尋董法自蠡吾，論畫獨與刻畫殊。又聞退谷評董畫，自一家法非守株。以董法董乃自得，百年絹素腴不枯。未知巨然仿遠軸，②蕭疏酣放有此無。我今八年飽山水，袖有萬軸非皮膚。但憶紙窗深竹屋，竹扉不掩窗不黏。城南巷曲無巘墼，亦弗但效蕪徑蕪。

次和定圃中丞再任監臨中秋作韻③

約法森嚴待士寬，氣迴炎鬱作秋寒。人同玉尺懸冰鏡，句挾珠光走彈丸。香霧虛簾動縹緲，卿雲大海抱團圞。連年八桂禺峰滿，公在禺峰頂上看。

日本金花箋歌④

橿原筑紫束海束，附著鼇柱連鮫宮。迴環七道帶三島，魚眼射日長波紅。結繩刻木俗一變，聲華始與上國通。不知何人造楮墨，元和咏錄長慶中。太學客卿黿司馬，金書玉字彝鼎同。隸文竊得二王法，寂照能繼奝然蹤。肇七歲兒講聖鬘，曼陀羅雨誰能窮。亦聞經義傳後鄭，水晶軸縹紅羅封。樹皮魚網昉敬仲，不聞分別芨與松。扶桑國芨皮紙，日本國松皮紙，出《負暄雜錄》。側理作貢自南越，征南傳注收虆蒙。九真粗以樹葉作，硾藤焉並魚子充。方今賈舶集萬國，香木不但裝鍮銅。金花本出官誥用，十色儼配巴蜀供。松煙之墨蒔繪硯，紀律呂應風雲從。鋪將螺鈿書几滑，卷隨蝙蝠扇摺重。動搖日光散雲氣，幅有紵嶼纏蛟龍。那侈尚書百篇本，亦勿但說詞藻工。海隅出日入鉛槧，占星測水來同風。

---

① 此詩題位於手稿本第8181頁。
② "遠軸"，手稿本作"遠岫"。
③ 此詩題位於手稿本第8182頁。
④ 此詩題位於手稿本第8185頁。

昔金陵城北嘉善寺有奇石景最勝文衡山許攝泉重陽日同遊
衡山題詩竹上云蕭蕭落木帶江干翯翯幽花過雨斑豈意旅遊
逢九日共來把酒看三山丁亥九月九日徵明同子嘉彦明同子
穀來休承即刻詩於竹好事者取製筆筒乾隆辛卯九日石洲
　　　西齋摹刻於竹節硯背次韻二首①

小洲點筆石闌干,石理彎成竹節斑。此是貞心真尚友,不因筆法
貌衡山。

此詩與竹更何干,莫但尋詩見一斑。我已袖中有東海,波瀾萬頃
盡_{上聲}。湖山。

自題縮臨瘞鶴銘②

我縮此銘蓋有由,前年問石此石洲。仙湖藥湖不可辨,蹏涔大海
綠一漚。禹餘宮帶素馨苑,因弔五季憑暮愁。落花如茵翠煙積,榕根
宋刻莽不收。領僮藉葉剔石背,蕩溝殺草凡幾秋。昨謀百夫致一品,
買宅不稱甘露求。_{米題石。}今春復得第一石,_{吳鵬題。}奇章那必誇羅浮。
翻然奇閟□在底,③欲挽劫火蒐諸幽。故思放翁躡雪語,獨俯洲北之
小樓。參差諸石寫背向,大小隨仿波磔遒。煮茶鍊藥又采菊,想見昔
人此泛舟。而我去來只一硯,縮之寸尺池上頭。只應不作此洲看,坐
臥江海萬里流。

並蒂鐙花十二韻同内子作④

丹桂名金粟,青蓮號夜舒。憶曾霞外約,俱借火中居。一線紅誰
結,雙丫碧不如。同心膏瀉處,分股焰交初。莖倚疑攢樹,藜然互照
書。星無河漢隔,人在綺羅虛。舊對冰條影,秋空海霧除。葉飛珠沆

---

①　此詩題位於手稿本第 8189 頁。
②　此詩題位於手稿本第 8192 頁。"銘"下,手稿本有"研"字。
③　"奇閟□在底",手稿本作"奇氣閟在底"。
④　此詩題位於手稿本第 8193 頁。

瀿，石剔玉蟾蜍。得句詩囊喜，遄歸旅夢疏。夜長千縷結，①檠短一茅廬。兒女團圝咏，荒蕪次第鋤。蔗漿與茗飲，北望七年餘。

梁溪堂課耕圖②

德慶人，嘗宰粵西之興安。

識君二十五年前，鳳城秋曉花滿筵。我時垂髫步君後，吹衣縿綠風翩翩。君考辟雍鼓鐘久，詩書孝悌講力田。十年讀書皆經濟，袖中錦絲欲問世。慷慨翻收種樹書，殷勤遽把離亭袂。春風暖上八桂林，落月底合三湘陰。嶺雲洞乳不知瘴，瘦藤烏欖環酌斟。君家西江正西望，三洲水映三巖深。德慶有三洲巖，興安亦有乳洞三巖，見《石湖詩集》。李衡木奴詎足計，龔遂菱芡尚可尋。歸來負郭初何有，霜劃龍鸞釵萬畝。夢到靈渠餉餉邊，靈渠在興安。勝栽玉樹芝蘭手。君家玉樹又成陰，我及摩挲七年後。七年西江不見君，日日坐對西嶺雲。明年共禊城南水，重看東風面纈紋。

送林實堂歸分宜計偕入都③

梅花風到杏花風，與我新年驛路同。仍就西江波浪闊，已攜南嶺袖襟中。居仁詩派家承授，方進經師語發蒙。三載石欄迴佇意，大河北去雪濛濛。

於韶州張文獻祠後土中得徐季海所撰碑蓋七年以來訪求不獲者賦此示學官弟子④

公薨開元碑大曆，長慶初始鑴於塋。去塋百四十四步，然否即今祠所營。宋天聖年碑重立，中間想見祠屢更。徐會稽持嶺南節，官閥本末考必明。夢得詩序豈暇辨，歐陽碑跋空煩評。大書尚書右丞相，

---

① “結”，手稿本作“話”。
② 此詩題位於手稿本第 8194 頁。
③ 此詩題位於手稿本第 8197 頁。
④ 此詩手稿本闕如。

終贈都督於遷荆。若嶽出雲作霖雨，格於上帝貽蒼生。海燕歸來元鶴遠，柱石不救大廈傾。司徒之制碑未載，歿有盛德生雄名。建中至德果孰是，新舊二史誰權衡。我聞米家寶章集，此□迹銜王傅彭。偃筆渴勢有同異，一尺高絹神崢嶸。徐公八十作王傅，正及建中初政成。張仲容本不可見，印縫故紙珍瑤瓊。我昔祠下拜公像，絹絲殘作飛蝶縈。徘徊三嘆辨題字，荒垣破壁驚鼯鼪。此碑何在緬煙莽，問諸郡邑求諸甖。余祠歐碑亦不獲，衆峰聽戞風水聲。今者又得墓田石，石書古原潔且平。中爲公墓夫人次，次殿中丞太常卿。往來樵蘇有必禁，田數田户毋俾爭。明守新喻符錫筆，筆勢嶄嶄撥與撑。昔人好賢舉遺墜，蓋爲此土牖此氓。千秋一録但贋本，五言萬古孰是程。粤人文與器識進，公乎儻能鑒精誠。有如此碑葄復出，徐書剥缺猶晶瑩。公家佻佻諸子侄，或遊庠序或讀耕。正令撰書不必佳，亦當拜讀涕淚並。我住韶城七寒暑，寸尺未得申景行。得碑忽值臨去日，無數瞻仰低回情。

雨中陪定圃中丞光孝寺聽圓師琴二首五和諸城相國師韻[1]

濕雲涼到殿東欄，此段空濛轉語難。借問指隨弦柱遠，何如心在水精寒。泠泠瑟縮經檐户，落落清圓響彈丸。誰道空山感秋氣，平沙雁叫似烏桓。彈《塞鴻》之曲。

靈洲一點土微平，圖畫何殊在穗城。張《小金山圖》於壁。曲罷無言深谷應，客來隱几大江橫。步趨前輩衣襟側，指數留題歲月驚。只合衝泥還洗足，井華瓶手夜連明。

視粤東學役竣留別[2]

四首之第二，集刻三首。

文章何克效涓埃，十郡三周算取才。畫鼓宵鈴如響答，紅鐙緑酒

每趨陪。爲憑軒借依雙槳，中丞舫齋。更上堂難忘四來。制府堂名也。西爽苔筠束圃樹，將軍園曰西爽，方伯廨有連理木。又催春先去聲。嶺梅開。

九曜石前後所得拓文凡二十有八矣載歌於後用祝人文①

一亭何以千嶙峋，一卷又具群星辰。大摹宿海探昆侖，我坐而致渺無因。故俾蒐剔勞骸筋，目力八年不得伸。今將去此圃重巡，依然熊熊羅秋旻。瓏玲錯落復輪囷，非我追琢乃昔人。象形列畫胥經綸，文昌集計布置均。分區定景各成文，沙明蘇拭終見真。嗟爾毋過矜埒垠，光怪常不離胚渾。又莫轉徙迷源津，望其竅穴識其根。南離南極輝日新，氣凌膏碧金水銀。聚則不易散則湮，後人無辭濯磨勤。②西江萬里來峨岷，七星九星周海濱，珠聯璧合收洪鈞。肇慶有七星巖，東安有九星巖。

刻程湟溁海日堂集成偶閱蠶尾後集得漁洋先生題集後詩附刻於卷次韻二首③

魚子夫於過百年，晚風荷竹尚翛然。平生滄海登樓氣，山木區區寄杜鵑。

珠光霾歿已多年，重把延陵劍宛然。綠荔斜陽留飯處，紅棉飛絮又啼鵑。漁洋《北歸志》云乙丑四月三日哭周量殯所，過海日堂，周量子衍祖留飯。

題畫三首④

微行蚙蠋交町疃，焉識江南鶯語時。柔櫓一枝無遠近，等閑劃破綠玻璃。

焉得山精白日藏，連林野色碧荒荒。個笻肯負樅堂氣，直爲溪風過石梁。

---

① 此詩題位於手稿本第8207頁。
② "濯磨"，手稿本作"濯摩"。
③ 此詩題位於手稿本第8208頁。
④ 此詩題位於手稿本第8209頁。

晚陽籬下理殘書,應待鄰翁一起予。如雨拏音已葦際,清晨網定有溪魚。

大癡秋山鳴玉用卷中倪元鎮詩韻①

據梧杖策何分別,②泖海相形未覺遥。焉得飛泉界道起,天台果有赤城標。

温硯壺③

炙硯何如温硯功,綿綿千息候春風。水濡火爇誰寬猛,陰冶陽然豈異同。我袖石兼炎海去,臘殘人出熱腸中。④颼颼誤聽濤聲起,⑤一榻茶煙旭日紅。

題大庾嶺三詩⑥

藝桂一林梅一枝,今來猶未雨雪時。遠煙斜霧沙水驛,輕霜碧樹文獻祠。夾澗合雲瀚衆木,一泉決水鳴諸陂。誰能亂石橫橋側,懷古空爲寄使思。

裴淵吳萊俱有記,書生形勝説空存。嚴疆控鎖幾千里,大海煙嵐歸一門。文物聲名通上國,⑦謳歌誦讀遍荒村。昔賢開鑿陶鈞力,未易區區詩派論。

關側一花低暮空,寒山影外夕陽中。煙多渾訝神出水,意到不煩香引風。舊路夢來陰歷歷,前江合作氣濛濛。年時盆盎山海意,忽落雲封古寺東。

---

① 此詩題位於手稿本第 8211 頁。
② "杖策",手稿本作"杖策"。
③ 此詩題位於手稿本第 8215 頁。
④ "熱腸",手稿本作"熱場"。
⑤ "濤聲",手稿本作"松濤"。
⑥ 此詩題位於手稿本第 8218 頁。"題大庾嶺",手稿本作"過大庾嶺"。
⑦ "聲名",手稿本作"聲明"。

雨夜泊滕王閣①

章江門外瀟瀟雨，亂颭鐙光與水光。多少新知舊貫意，沈吟遠渚近洲旁。荆湖交廣來千里，陶旐珠璣雜萬商。竟夕人聲兼石瀨，釣筒漁杙繞菰蔣。

喚渡亭②

亭以白公名，建昌修水口。舊稱楊柳渡，夾亭以楊柳。夕陽兩沙岸，曠望今何有。亦弗辨雲居，道場依古阜。蛇蛇百弓堤，鱗鱗跨萬畝。人家竹爲籬，竹老根不朽。雞犬相鳴放，泉渠交左右。何人築斯亭，村外人家後。似笑今古人，沙邊對立久。徒煩赤脚夫，往來我顏厚。我僕猶木末，晚風相招手。

望石耳峰用蘇韻③

識取壺中處處天，涓涓隨地有廉泉。憑將寶蓋飛輪夢，參遍橫峰側嶺禪。臘雪一雲俄影罩，暮鐘萬壑忽聲傳。歐蘇亭子俱何處，且莫銀河喚謫仙。峰舊有歐亭、蘇亭。

望香鑪峰④

孟公亦有言，始見香鑪峰。高人爲寫圖，宛在雲溶溶。峰以雲爲體，離合雲是從。疑若不甚高，上更雲幾重。昔彼潯陽泊，山遠江空濛。五百里麓繞，三千尺水衝。泉九叠三折，澗三峽九洪。五老真五曜，雙劍猶雙龍。諸峰環諸刹，獨拈此之逢。匡俗固遠矣，繼者孰可蹤。六朝舊人物，欲以白蓮充。逸民浩滿胸，宗炳雷次宗。此峰煙下屬，東西二林中。故獨目全山，以托諸遠公。今我來溪沚，凍雪灑長松。不讀遠公傳，午飯但聽鐘。雲氣四山合，溪橋響淙淙。

廬山東林寺新城王文簡公題壁並詩云乙丑新正四日同里阮亭王某
奉命祭告南海過東林三笑堂觀故友東癡先生題詩爲之憮然
詩載南海集中而壁字久漫後八十七年方綱過此重刻並次韻①

山根雪色壁，日與白雲親。但取菊意在，那殊蓮漏辰。五峰排矗
矗，九派接鄰鄰。萬壑千巖響，來相見以真。

東林重和王文成韻②

李江夏碑半煙草，三笑堂楹僅完好。破壁漫説陽山人，新題苦執
漁洋老。溪聲上合松吹哀，山籟下撼茅扉開。林麕驚竄田雉雊，池
龜出曝沙鴒來。前溪溪窗一回首，舉此荒涼屬客酒。溪口横雲還復住，
溪橋斷板亦又朽。燕泥雀鷇滿驛庭，霜蒲雪蘵交迴汀。嗒然鐘聲何
處覓，客路日繞青厓青。

望天柱峰③

班掾昔作郊祀志，盛唐不著樅陽歌。射蛟雄風空想像，大江駭浪
浮黿鼉。祠官具儀侍臣頌，不徒郶黍北里禾。南訛譜入鷫子樂，桐生
靡詘知謂何。是時諸經先後出，説經議禮宜同科。二月五月記巡狩，
五禮五器均駢羅。虞書中央溯蒲阪，一歲四仲皆經過。禹隨高山奠
淮服，道水並紀江漢沱。惜哉歐陽夏侯輩，同異未及深編摩。後儒斷
斷來辨駁，釋山釋地誰偏頗。我涉炎荒五千里，昆仑遠溯於牂牁。衡
嶽東門亦曾到，連州浛洸口。桂陽水接瀟湘波。及兹七千二十丈，入雲
萬叠青藤蘿。以大宫小斯謂霍，楚南江北區則那。名山大澤鍾氣異，
出雲降雨用物多。他時紫蓋石廩側，手撫緑樹量巍峨。

---

① 此詩題位於手稿本第 8226 頁。
② 此詩題位於手稿本第 8227 頁。
③ 此詩題位於手稿本第 8228 頁。

復初齋集外詩卷第九

壬辰正月十七首

元日桐城道中小雨二首①

霧蒸陶埠水，雲起皖公山。一夜融相就，諸峰往復還。因暄散陂澤，生氣動江關。澹合濛濛外，空青遠近間。

依山田復阪，近驛石兼沙。土軟仍樵徑，煙生有釣家。微温覘地脈，倍捷轉春華。是日立春。盡挈三陽氣，溟濛到養花。

舒城道中重和宮傅錢先生山行韻②

陽岡雖多曲，複澗乃屢覯。坡陀驛南北，纏屬溪左右。得勢在起伏，初不關皴皺。橫側向背中，又自爲迴復。夫亦地脈然，匪取奇詭鬪。松櫟烏柏楓，鸛鶴鷖鶴鷺。變眩百籟起，不知石厓瘦。皖江土膚澤，此乃其經腠。所以樂順翁，濃墨驛牆後。翁意必有會，不爲津亭堠。半山山谷迹，蕪絶不可又。龍眠讀書莊，已復同廢囿。南趨徑桐灊，北去抱淮壽。豈徒供弄泉，手搴巖條秀。

---

① 此詩題位於手稿本第 8230 頁。
② 此詩題位於手稿本第 8231 頁。

合肥道中①

高館荒荒似野亭,騾車半日繞城坰。山從皖口諸峰合,水自巢湖百折經。官路耕鋤喧已動,沙村鐙火倚微暝。載塗雨雪寒猶淺,喜及淮南草木青。

鮑明遠讀書臺二首②

蘿月娟娟記北墀,廢梁縣側古垣基。重來衰草寒煙裏,真見飢鷹獨出時。

昨從楚尾訪遺居,舊扁亭名尚有諸。六代文章半金粉,試尋俊逸出何書。黃梅鮑明遠故宅,後人爲建俊逸亭。

早　春③

江郊盎盎融融氣,都在枯椿老柳中。隔渚田丁驅犢起,繞籬菜甲有渠通。無心燕子來探綠,得意桃花故緩紅。且試人家泛鷗處,鱗鱗匹縠卷東風。

閔　村④

閔祠宿州南,閔里乃在州城北。北去汶水五百里,舉此蓋可推方域。斂干穀甲供億時,昔人已疑里非百。周尺周索不可稽,尚記昔賢辭一職。村原春鳩未霡霂,村畔人家早困億。不聞人聲聞雞犬,想見穮耡無德色。驅車橋下新水生,時有牯牛堡春麥。

渡　河⑤

處處波光帶銀漢,條條雲氣接昆侖。我來大澤乘春始,獨傍黄沙看雨痕。遠樹平原趨兗郡，亂山小驛合彭門。依前鈴馱敲殘夢，那溯靈槎邃問源。

柳泉旅舍予己卯十月題壁云此行佳處題難盡留與珠江二使星謂同年秦序堂編修景介之學士時同典廣東鄉試也今十四年而予自廣東旋役宿此復題三詩①

三首之二、三，集刻一首。

袖中那得海山青，轉憶盆池羃野亭。雨過花低入斜牖，風吹茅破見疏星。

莫論江廣通津地，土銼煙煤一驛亭。正到尋春紅紫陌，同年落落已晨星。

官道行②

官道官柳柔未黃，憶繫官馬此驛旁。官馬還官又官驛，官道迢迢衍以直。麥畦夾場場間溝，昔來滌場今種麥。嶺海五周三萬里，八載時時看禾役。春風先後鈴馱鳴，殘夢續作雙櫓聲。兩岸岸樹相黃青，偃仰敧側計水程。石路沙路紛縱橫，不知石戴古車轍，但見迤迤沙際一線行塵行。行塵迤迤我豈知近遠，前塵纔過後沙捲。正月晝長風已軟，石複沙重路又轉。濛濛春雲挾雨定，春煙春山映出官道間，我更恧然懷晚寒。

鄒縣道中③

晚望嶧山不可摹，澹煙野水相模黏。過之明日五更尾，雪後正月下澣初。兗南林木已如畫，雖未得綠脈不枯。日出縣北二十里，周生孔彰。具飯追我途。孤嶂有碑杜老説，野火之焚孰傳諸。生爲剖析非與是，我瞻林壑曠以紆。昔人一言輕百里，今無然友與屋廬。高德裔

記字又漫，王文考賦迹久燕。君看遠睠近畎水，一一可達泗與洙。旬日魚負泉亦活，信宿牛力土更濡。如繩大路洸汶去，我執山麓良區區。

望蠶尾山①

蘇家小洞庭，誰書職方藪。於陵灌園處，尚書且尚友。山人非知山，寓物假諸有。大音本無聲，寥落一户牖。尚書晚年語，何人當時受。何人立度均，妄鑿妍與醜。日臨蘭亭本，厥昉何人手。尚書初不爾，莫年深思後。渺然佇遠者，空絕此遺皁。萬古碧澗風，月吐青螺口。後人其謂何，此意寥闃久。心飛蠶尾樹，吾聞長水叟。驅車兀何得，曉星枯楊柳。

東阿山行②

山虛風自生，夜寒夢屢覺。山徑帶城濠，林蹊乃山角。百里墳衍外，一轉千墝埆。黃華雪簾來，磽磝雲斑駮。春氣静方涌，益益滌暄濁。發生意不薄，啓蟄機已確。仁聲流畏佳，出菌非虛樂。泠泠接大壑，蒸動東伯嶽。明看萬峰族，膚寸遍南朔。前驅山口光，沉寥聽雞喔。

趙北口大風③

長橋非卧虹，老柳乃蟠龍。屈曲凍雲裏，輥雷走層空。水光不受雲，萬頃玻瓈風。洶洶蕩雲去，迤迤轉牆紅。九十九淀水，蒸春氣融融。交合沙樹屋，衆影與雲同。仍看萬柳株，横卧一雲中。

此後壬辰二月至乙未九月手稿佚。

乙未九月至十二月四十八首寶蘇室小草

秋社日陪諸公遊城南二首④

秋社擬秋禊，補作不可緩。九月當三月，晝晷亦已短。今年夏多

---

①　此詩題位於手稿本第8240頁。

②③　此詩題位於手稿本第8242頁。

④　此詩題位於手稿本第4503頁。

雨，殘暑不須澣。天高氣空澄，人意豁疏散。諸公早相過，次第呼侶伴。澹乎秋樹根，積淤路初坦。瓜瓠豆葉風，吹綠蒲塘滿。水壯已復潦，山影中橫斷。前春境髣髴，是午尚妍暖。坐久欲忘歸，起步沿町疃。人影空林中，鵲巢大如傘。不遭田父飲，時得寺門款。

諸公入直暇，我亦讎校餘。相就郭門外，軥轆塍畔車。翳林坐豐草，愧彼耕與漁。豈不昉歲月，粼粼鑑清渠。默省前度來，所得良已虛。遊目玩飛潛，相貯以襟裾。得各箴規言，講析在詩書。但當攻痎疾，更莫貪夸譽。孜孜如不足，款款無相疏。何暇思其外，較短論長歟。魏風取禾喻，舞雩辨惑初。適我無非新，大化日乘除。

擇石齋看桂花①

冬閏秋較遲，花開昨猶未。主人直廬歸，袖得山莊氣。今午拓四窗，閑階無雜卉。依然冷官況，一盆自矜貴。沁以百觚釀，香欲十指沸。自誦塞上詩，奇崛老可畏。霏霏几格間，郁郁書畫味。影誰摹沈周，硯且滌米芾。齋中有石田挂幅。

丹叔侍讀所藏萬年少畫女仙康熙癸卯宣城唐祖命爲
王文簡三十初度贈者屬賦詩②

此畫豈假漁洋傳，數筆空際神便娟。嫣然馭氣出古逸，白描不必師龍眠。漁洋得之幻成夢，夢遊黃山正此年。六十三翁同命駕，軒轅臺頂凌輕煙。容成浮丘接衣袂，一瀉萬頃雲海圓。漁洋集是年有《夢與唐祖命遊黃山》詩。至今見詩不見畫，孰知妙出秋毫顛。國初詩家有評語，天女動步皆奇妍。又擬城樓結天際，臨軹引去風迴旋。所以耕隖輳此贈，象外之象弦外弦。旁無署名但印記，印曰萬壽文殷鮮。我聞道人妙書法，法得顏體忘蹄筌。從來用法必變法，學柳下季乃仲連。惜哉此幀未題字，令我何處施言詮。酒闌月墮露滿席，有夢欲問邗

江船。

蘊山來詩有聯步花磚少一人之句聯字原是隨字。
黯然有感續其語爲四詩寄之①

聯步花磚少一人，書來舊夢遡壬辛。看山小閣風兼雨，正是重陽落葉辰。

共步璁珩托後塵，蓬山情話更誰親。舊看膝上王文度，可抵平生竺道人。時予與孔撝約編修同修韻書，撝約，予同年戶曹嗣君，而蘊山辛卯禮闈所得士也。

漫說蓬山聯步人，張雷劍氣上星辰。玉堂內殿仍分直，剛對黃華一笑新。謂姚雪門編修供直內廷也。

日影花磚念念塵，雲窗霧閣未離身。黃雙井集還同校，呂紫微圖第幾人。來書以校刊黃詩自任。

九日曉登陶然亭後閣②

夜露重於雨，秋淨不受霾。澹乎空澄氣，拓窗如水涯。林霏漸蒸潤，鏡鑑相磨揩。高下百籟中，響出霜鶻排。意到暖翠上，一氣濃煙偕。翁匌草木香，全聚於菊荄。焜黃間老綠，收合入我懷。不可僧壁吐，留向城北齋。是午竹井司寇有登高之約。

諸公集獨浩園登高③

是午轉嫩晴，暄若海棠晝。菊華矜衣裳，薔養遲采秀。取涼入石磴，三楗石之膝。漸上乃有風，鱗鱗吹雲皺。秋山絢雲光，得氣不肯瘦。古花出罍斝，金石論交舊。所難值重九，境與人意遘。新詩重留客，斜月待虛牖。晚色收一樓，霞綺爛堆繡。

---

① 此詩題位於手稿本第 4508 頁。
②③ 此詩題位於手稿本第 4509 頁。

九月十九日同魚山籜坡兒子樹端登城南斗母閣晚過崇效寺用竹坨韻二首①

飛動煙潭字，猶疑墨未乾。_{寺有王覺斯書"靜觀"二大字。}高窗先意到，遠勢試尋看。珠露空階滴，金颸細菊攢。今朝補重九，一雁碧雲盤。

往與菘坡老，尋碑拭蘚乾。幾年殘廢後，重展畫圖看。鄰閣披榛到，荒畦密葉攢。道人知考證，遺集説田盤。_{盤山僧智朴小照今在寺中，寺僧因語及智朴所著書數種。}

竹井司寇索和九日詩次韻②

詩思翩如蝶意輕，酒光濃似岫煙晴。迎霜花有遲迴態，著露林無颯瑟聲。座上人豪傾北海，窗中句健壓宣城。判年如此苔岑色，直得闌干待月生。

和詩未往而答詩已來再次韻③

杜陵醉説往來輕，表聖評花恰午晴。明日半開如夙約，好詩全不仗秋聲。寒交雁候聯翩信，青合山光內外城。禪榻小窗時澹對，松濤都似和先生。

饒桐陰觀海圖④

課士窮海濱，三年迹如掃。窳歌磐石上，別思誰與道。⑤官舍椰子林，那覓再熟稻。日日感陰雨，眼盼秋瓜老。亦復具遥情，時及朝日杲。出郭渺大海，一崖倚晴昊。短僮負笈外，不知坤輿抱。一瀉下萬里，滾滾風浩浩。平生最壯觀，賦詩侈幽討。急來官舍中，謀作畫圖稿。冷官首蓿盤，辭歸恨不早。秩滿例遷邑，軟塵歷城堡。而子獨不然，射策富摛藻。徑上蓬萊觀，掇食瓊田草。依舊兩頰紅，肯使色枯槁。

①② 此詩題位於手稿本第4514頁。
③ 此詩題位於手稿本第4515頁。
④ 此詩題位於手稿本第4521頁。
⑤ "誰與道"，手稿本作"與誰道"。

學道真實意，忠信以爲寶。從兹砥文詞，更要夙志保。凛乎如臨淵，源委義深考。秘館示我圖，恍復夢此島。大洋百峒間，舊遊談亦好。

次韻裕軒學士野圃晚秋見寄並簡慕堂笥河魚門①

西郊題葉詩，和章如筍束。我句無可著，短袖舞獨速。似要倩霜風，收此眩眼綠。驚人無傑思，僻處尋題目。先生愛石竹，頗亦搴觳觫。竹殘亦可忍，但護菜畦曲。圓頭花蔓菁，大葉紫蘆菔。菘芥課僮煮，茶瓜因客蓄。泉甘非在山，井渫豈占谷。而客皆熟遊，以詩作尺牘。儻得諸公偕，是亦我所欲。并聽殘葉聲，來打溪邊屋。

裕軒送菜及菊再次前韻②

新機妙誰擬，舊書真可束。叩門談養生，揠苗戒欲速。後水非前波，新葉豈故綠。念念相接生，寸寸有節目。縱觀物消長，使我增觳觫。每歲收晚菘，清晨步墟曲。氣到非水澆，鮮嫩過萊菔。③然其日夜息，蓋得霜力蓄。莖如心抽蕉，根若泉灌谷。不獨筍節喻，可補道藏牘。試看匠接栽，恐非菊所欲。贈此非一義，書用銘我屋。

秋末晚菘歌課兒作④

南朝精語配春韭，山居品目聞周顒。此菜春花本秋植，食單還得於秋供。葉青莖白足肥潤，煙苗雨甲齊葱蘢。黃芽獨得醞釀厚，中心色比葩蕊重。北人先春培以糞，風日不見惟窖封。老圃知時候霜信，寒露而後屆立冬。寒意已萌凍未入，曉氣都作霜華濃。是經三秋到秋末，取材稑比困廛農。吾鄉最貴安肅種，尊之吳下巢自邛。一本大或廿觔重，十字切可數客饗。脆甘自愜冰雪響，盤筵不厭芥菔從。甕齏臘味良自足，土酥美饌夫何庸。論把那借園官送，隙地未易參軍

---

① 此詩題位於手稿本第 4522 頁。
② 此詩題位於手稿本第 4523 頁。
③ “萊菔”，手稿本作“芥菔”。
④ 此詩題位於手稿本第 4531 頁。

逢。但咬菜根知力本，地利亦視美所鍾。負籠且莫嘆遲暮，滌場謀致千碓春。

三花樹齋歌爲莫韻亭編修賦①

翰林移家乏家具，但賞牆邊屋邊樹。我來名之恰君家，題作嵩嶽之三花。貝多之花歲三發，安得齊共春爭葩。婆娑一院院三樹，二月盛轉三月加。丁香海棠接旬日，小桃先映紅窗紗。新巢語燕來次第，暖風賀廈聲楂楂。君家二室下，開軒傍河陝，三花樹間置枕簟。幾年對樹黯思惟，蓬島瑤林墨香染。時來摹繪柏雙株，夢裏遙峰青一點。此花此樹識者誰，小齋十笏砌半規。偶然名同豈無意，要煩盡拓嵩山碑。

南厓學士新居招同諸公小集即席賦呈②

半年謀移居，三秋苦霖潦。及茲檐曝光，復記燭同秉。忽忽十六年，別話僅俄頃。秋當閩嶠去，春尚校文並。南宮鎖院夕，姑洗月維窝。新月入窗櫺，舊句時記省。逍遙堂後榻，兄弟坡與穎。不忍暫睽離，旅思積衡永。己卯冬學士奉使祭告南嶽。旋瞻藩牧節，陟歷楚晉境。叔也遊天都，賤子度南嶺。萬里雲迴合，相望精耿耿。秘館所儲書，昌辰脫囊穎。末學廁典校，熠火敢言炳。叔也歸自南，猶恐未合并。天俾經術手，縱之史才騁。果遂對衡宇，益覺親鄉井。奎璧森文昌，照耀寒芒炯。蓬島珠樹中，一雙鴻雁影。伊余慚弱羽，亦自勵修整。巢鳳揚其音，皋禽敢違警。公膺屏翰奇，鈴閣常鎮靜。何減在館垣，洗心外務屏。大被況奇溫，重幃不淒冷。築堂名鄂不，一氣聯根梗。南即椒花舫，令兄笥河齋名也。庫排甲乙丙。養素富籤帙，崑圃黃先生。硯山羅鐘鼎。退谷孫先生。二家目所遺，百檀身之等。我來得借觀，同儕亦造請。周顒時饋菘，圖學士圃菜其佳。束晳邀説餅。曹太僕昨招同啜麪。栽樹賦角弓，汲泉有深綆。幾個同岑侶，語默忘畦町。希聲琴非弦，太璞錦加襞。猶似婉孌日，論文氣銳猛。但添閱歷多，默坐意已領。南窗晴旭升，深院裝雪景。回頭江海夢，吹唤梅花醒。苔竹不世情，得味在幽迴。相與約消寒，設客但烹茗。

汪秀峰工部招同筍河編修魚門吏部瘦銅星橋兩舍人香涇進士集蝸寄軒分韻所藏古印方綱分得宋李易安玉印①

"清照之印"四字，白文小篆，縱橫六分，覆斗紐；筍河分得李廣銅印，白文，鼻紐；魚門分得李綱瓷印，白文，"李綱之印"四字，見方一寸一分；星橋得李長蘅石印，白文；瘦銅得徐渭竹印，連珠白文；香涇蔣麟書得徐石麒晶印，朱文；秀峰得管夫人牙印，朱文"仲姬"二字。

明鐙古印排參差，玉牙銅竹晶石瓷。芸籤縹帶裝作譜，恍讀篆籀金石辭。金石古有幸不幸，安得精鑒皆聚兹。德父凡夫前後趙，裒集石墨弄鼎彝。凡夫有婦陸卿子，子婦文俶又繼之。小宛堂前書畫品，婦姑點勘誰則知。惟傳德父二千卷，易安室跋同校時。想當賭茶覆懷袖，何暇小印來鈐施。跋在紹興歲壬子，明年手上樞密詩。知非之年已過二，後詩慷慨猶曰嫠。《雲麓漫鈔》載易安上韓樞密、胡工部詩，有"嫠婦何知"之句，時易安年五十三矣。此印篆名不篆姓，截肪蒸栗誰所治。②婦人印宜從夫氏，三十五舉獨此遺。昨者軸頭文俶印，天水趙氏紅離離。③俶人偏旁篆非古，長箋家法識者嗤。適有客持米帖來，前有印文云"天水趙氏文俶"，"俶""亻"旁篆作"丨"。世間觭成漫分別，但要大者無瑕疵。小水晶宮又一趙，牙章請賦管仲姬。秀峰分得仲姬牙印。

松柏桐三章爲烈婦棟鄂氏作④相國舒公季子舒安妻

澗之中，松柏桐。山之阿，絲女蘿。桐生必直，松柏得其職。

松柏桐，霜雪封。枝葉從泣露不融，化爲和風就大義，從容相門所鍾。

---

① 此詩題位於手稿本第 4536 頁。"分韻"，手稿本作"分咏"。
② "截肪"，手稿本作"截肪"。
③ "趙氏"，手稿本作"趙字"。
④ 此詩題位於手稿本第 4541 頁。

松柏桐,千歲留。矢靡他,寸心酬。一十載到白頭,廿八日氣橫秋。

題陳其年檢討填詞圖後①

六首之三、五,集刻四首。

羼提每借畫通禪,彈指三生翰墨緣。故著禪人工瀚筆,蒲團個是佛光圓。

鬐絲禪板夢模黏,夾立天魔境更殊。洞府碧桃黏著未,抵他丈室散花圖。檢討別有《天女散花圖》。

書王雅宜手券後②

山人書出文氏門,先河永興獨溯源。或云少作守籬藩,或譏草書貌騰騫。嘉靖戊子序始暄,石湖湖莊一釣艑。櫂迴桃花隖邊村,平生心契文與袁。三橋臥雪好弟昆,酒錢定可辦一樽。快說溪上瓜芋蹯,魚租農課葇殖蕃。一歲所入給饗飧,俯仰無事稱貸援。屈指此時城市喧,錐刀擾擾計較繁。一笑相與腹笥挊,仰而看山俯灌園。偶然得紙墨汁翻,那復細大擇語言。雖近章草弗怒奔,亦用文法無仿痕。押尾掣勢尤軒軒,所以永興筆意存。十鬭九帖紙墨昏,摹本無復尋其根。積時一帖最雄尊,又恐米老譏河豚。破邪論序態嬋媛,山人臨本其嫡孫。吾嘗借謀勒璵璠,欲叩筆髓窮昆仑。於楷悟行要不煩,山人蓋親目擊溫。六十八字洩胚渾,彼學步者蝨在禪。吾評虞書外籠樊,豈求中郎於虎賁。歐陽褚薛皆叱吞,貸券之事吾弗論。

昨客持來米帖見其前有天水趙氏文俶印然初無意買之也今日魚山持帖來見贈乃即昨所見者而帖中並有趙靈均印昨未諦視也賦此以報魚山③

世間文字緣,不肯輕然諾。如此數通帖,必於吾子托。昨賦易安

印，偶感金石拓。著録前後趙，倡和閨帷樂。寒山事更諧，子婦相繼作。俶也名家裔，丹青極薦萼。承姑授之女，俯仰皆無怍。字余曰靈均，堂構勤丹臒。篆學嗣乃父，賓客日酬酢。小宛天階館，千尺雪飛落。甲乙遞校讎，朱鉛迹如昨。江南故家藏，競獻充館閣。前春忝紬秘，創見喜且愕。作書遠報子，張萱撰極博。五度惠陽莅，空過屠門嚼。文淵目重編，誰與稽七略。博羅張孟奇《彙雅》三卷，趙凡夫手校本也。吾所得粵士，張生錦芳。近沈著。頗知研偏旁，猶未脫糟粕。汝最雄鷙才，長嘯出寥廓。要知百家言，胥於六經約。惟古立六書，形聲肇渾噩。訓詁復漸乖，轉注尤大錯。說文改卷第，繫傳訛注脚。糾紛到明人，解說務穿鑿。古則迹在瓊，其書渺難索。趙古則《六書本義》。莊渠粵人師，此事須商度。魏莊渠《六書精蘊》。長箋於前人，不肯片長掠。頗悔子母源，亦叩鈜鐋鑰。惜也均之篆，間以臆斟酌。所以竹垞老，直從僞體削。即此兩印文，已弗八體若。顧惟究作述，碑録皆囊橐。時地金石林，江海始一勺。楊升庵《金石古文》。屠緯真《金帖考》。暨孫雪居《古今碑帖目》。徐，伯臣《金石文》。豈例丘之貉。識字與爲文，萬古水赴壑。辨體兼溯源，有本斯勿涸。更須慎支流，蹊徑自束縛。歧途轉復多，失足中必卻。每見成名後，信手易揮霍。徊規改弦張，助長揠苗穫。竟坐師心誤，都由植基薄。吾黨能幾人，汝來居南郭。日求師友益，獨攜季弟弱。琳瑯燦金罍，鏗鏘聽管籥。銖黍尺寸分，量度升合龠。揆之銅燥濕，鑑彼金踊躍。茫茫人海中，誰作苦口藥。竹箭美有筠，檀園樂誰擇。前賢之精靈，相發如警鐸。投我英瓊瑤，和爾在陰鶴。

過亨山廷尉新居賦贈[①]

握別十年前，夢想留題字。及兹新第成，猶是爲學事。先生奉家訓，動履出經義。洎由秋曹出，持節歷連帥。詔還持廷平，感激酬所志。述恩與勖德，觸處有位置。凡厥堂構基，蓋與擇居異。釋宮稽佚

---

① 此詩題位於手稿本第 4548 頁。

經，王史氏所記。胥由廟寢始，堂門制以次。楣北爲室房，奧窔宦斯備。然後箱塾序，長幼主賓位。讀書時習禮，下逮壺矢器。況公欽世守，煌煌御書賜。昔年太夫人，特荷褒獎至。每問平反語，澤到斯今被。不聞班誠中，内行以年誌。昨讀望溪文，同編史家類。尹母年譜入四庫著錄中。繹名登斯堂，孰不檢身惴。思誠重以軒，尊行有餘地。題扁篆隸分，誰乎曰予季。西偏得小齋，曲折轉幽邃。顏之以友於，齋樹綠交翠。蒙求家塾啓，義方施厥嗣。射館時寅賓，揖讓或飲觶。來者無雜客，道德詩書肄。文行與言語，矢規理莫二。伊余無一長，坐此每内愧。惟賴切琢深，先生不我棄。相勉以實踐，毋爲文字累。置酒賦新詩，贈處非徒寄。灑掃應對始，禮樂刑政試。念念皆箴銘，兢兢恐失墜。譬若作室家，垣墉謹塗墍。式由启閫間，推暨鄉閭誼。畿輔新館舍，先生所手識。堂亦立誠名，同人願咸遂。小集溫公仿，實得真率意。歲時笑言歡，父老杖屨萃。雪消梅萼吐，日暖松響吹。載酒城北林，聽鐘街西寺。

魚山法源寺寓齋同用微字韻①

按此爲十一月十三日雪後二詩之一，其一《蔣香漊蓮花寺寓齋分得高字》已見集中。

今年臘前已再雪，瓦縫雪日相争輝。豈惟深巷尚積素，鄰寺纔掃行徑微。與子穿徑啓高閣，西山晴翠應拂衣。連甍遠近相照耀，長衢來往馳鞍鞿。胡爲株守據一榻，羸僮困卧支雙扉。斜風颼颼響窗紙，寒林寂静無鳥飛。口惟磨鉛弄文史，但有冷客相因依。流泉鳴與檐溜滴，問爾何自觀天機。忽憶去年雪消夕，挑鐙初話南嶺歸。

青棠書屋對雪禁體限三字②

馮生氈笠過我談，臘前前什占果三。直從清晨看未足，漸交亭午勢轉酣。雙僮帚作擁潮響，一院氣已先春含。盎然蒸動風合霧，滋液

---

① 此詩題位於手稿本第 4551 頁。"韻"，手稿本無此字。
② 此詩題位於手稿本第 4552 頁。

滲漉麥與蠶。帝畿尺五愷澤近，①先此騁望城西南。僧寮傑閣拓杳靄，江家亭子可駐驂。四空茫茫密無際，西峰失卻層青嵐。乘興叩爾寺旁舍，人家歷歷畫意堪。往來車馬少行迹，吾齋壁立空書蟫。灑窗迷濛竟不覺，如舟壓重橫江潭。爾我呵凍品金石，遑計朝食無儲甔。出遊固嫌靴濕底，小酌并乏泥開壜。有鐺可煮且堅坐，要看斜燭歸茅庵。

題陳其年檢討洗桐圖後四首②

填詞圖後第三春，駢體工夫應制辰。一唱倚聲皆律呂，新桐早已識伶倫。

畫師有意仿倪迂，庭下分明碧六株。目送飛鴻俄一笑，秋光先已入拈鬚。

金井蕉林絕妙辭，王桐花獨欠題詩。流螢高館聞疏雨，可是諸公刻燭時。

我欲樹根題小字，髯翁親手寫來桐。③一花一石何交涉，萬古淋漓醉墨中。

宋高宗賜岳鄂王手敕卷④

文云：具奏省，卿殄滅群寇，安靖一方，應無遺類爲異日之患也，朕甚嘉之。
已詔卿赴行在，可即日就道，勿憚暑行。紀律嚴明，秋毫不犯，
卿之所能也，朕不多及。七月十二日敕岳飛。押。

楊家墨札三十九，嘉泰刻在紹興後。此敕續編又百年，鄂王名姓光中天。七十六軸勒不盡，蒐訪散佚臣珂傳。王拜受敕此最早，洪州軍始移於虔。虔人脅從乞寬貸，一城咸慶蒙生全。健兒三百突石洞，

---

① “愷澤”，手稿本作“天澤”。
② 此詩題位於手稿本第 4560 頁。
③ “寫來桐”，手稿本作“洗來桐”。
④ 此詩題位於手稿本第 4561 頁。

馬上捉賊渠魁騂。將軍金鼓自天降,紅羅岳字光星躔。是秋御筆四字出,精忠語遂千古焉。六年行師皆暑令,霜嚴氣挾秋天勁。詔宣就道即日行,闉外丹心凛君命。後來終始一如此,不獨中原百戰勝。傳信絲綸又一時,籲天畢竟天能定。渡江十四玉寶空,緝熙殿字依稀紅。《建炎以來朝野雜記》:高宗渡江庶事草創,紹興十六年始備八寶。内夫人手戰袍賜,黃庭堅體行押封。西湖石經石又泐,岳墳古樹號悲風。粉箋拂拭照窗夕,銀燭搖光如玉虹。

媚花簫歌倪迂江侍郎席上作①

簫長一尺六寸一分,第一節之上餘二分,第一節八分,楷書"媚花"二字,第二節一寸,第三節一寸二分,第四節一寸五分,第五節一寸八分,第六節二寸,第七節二寸三分,第八節二寸五分,第九節二寸三分,徑圓九分,中五孔,每孔相去寸許。

寶雲居叩雲林子,一條紅冰拭書几。匣中飛出蒼玉鸞,猶帶秦淮暮潮水。水痕漬出土花翠,何代昭陽夜深淚。子規裂石風雨來,洗出簹端媚花字。署名想像纖指寒,六孔圓長九節間。一聲孤雲飛不得,迴廊花影橫闌干。宮人斜畔草蕭瑟,金粟誰爲玉鸞匹。三十六宮秋月深,夜夜流光欲成漆。媚蘭題字壁已無,瓊花宮詞粉墨枯。暮雲寒聽歌水調,更添高燭客傾壺。

亨山廷尉邀飯予病未赴卻承惠新刻賦謝②

欲希卜畫製新箋,樽酒論文邁昔賢。卜畫、論文皆廷尉箋頭小印。隨九五原孚以吉,《隨五草》。詩三百更蔽其全。《詩續》。漢唐義疏該千卷,伯仲題襟憶廿年。閨訓餉來如啖炙,轉添兒女競鐙前。《貽教堂九種》爲小女藏弄,意欲爲無厭之請也。

平瑶海郡丞還丹駐世圖四首③

先生不學染鬚方,日讀丹經閉玉房。一氣河車凝雪白,三田寶液

---

① 　此詩題位於手稿本第 4563 頁。
②③　此詩題位於手稿本第 4564 頁。

候芽黃。山中松粒千年煮，洞裏花風百和香。幾歲澗泉深汲了，綠囊直拜紫元章。

道眼清光迴不思，果然消息在華池。本金未要參砂汞，龍虎誰教別坎離。風雨成群有鳴鶴，鑪煙一室照神芝。石牀玉臼來何許，可是匡廬是武夷。

握手洪都庾嶺間，廿年江廣共追攀。新詩豈止歌三疊，舊夢如經轉九還。雷郡采風看海島，羅浮見日話蓬山。少霞雲閣仙宮榜，幾個同岑供奉班。

要看鈴閣上星辰，未作松風鶴夢人。趺坐寸心安是藥，惠民老手暖如春。勸耕於野雲隨轡，行部銜芝鹿擁輪。化日光中清白吏，始知仙鼎即前因。

瑞雲巖石篆詩爲孔葓谷户部作①

農曹示我巖石文，中央三字題瑞雲。旁曰白巖款亦篆，又旁題記斜斷紋。正德庚午喬宇識，白巖之號舊所聞。茶陵篆籀有師法，斯冰家世窮典墳。六年之前歲甲子，茶陵代祀鏗鏞鼖。新廟奕奕篆作頌，金絲詩禮講大昕。一時門牆儼禮樂，留都況表社稷勛。廷爭無愧誦東魯，議禮大節光河汾。亳州牡丹亭子上，曲陽廟壁山石垠。喬莊簡篆“瑩心亭”字，見亳州薛氏《牡丹史》，又北嶽祠有正德元年白巖山人喬宇篆碑。未若斯篆因石勢，剝裂漬月凝蒼雯。君家書樓秘群玉，充庭禮器貽清芬。山川精神發虹氣，卿雲糾縵來繽紛。圖書上瑞貢天府，人文播秀於茅芹。此巖此字豈徒爾，兩行楷畫侔顏筋。

吳水雲仿范寬訪戴圖②

世間何者爲興盡，窈渺空洞不可傳。君欲寫之作何境，但借粉本

開長川。乘風挂席候海色，萬峰一片瓊瑤田。不獨畫雪且畫月，浮雲新霽空碧天。沙明波淨照石壁，晶輝下上相淪漣。扁舟者誰綺裘客，氅巾吹笛拍手仙。清光乘醉吸雪月，豈知欲到何門前。我來一笑君誤矣，此非子猷乃青蓮。子猷之興本難寫，我昔倚櫂曾迥沿。山陰剡溪雖未至，温伯雪子奚言詮。詩家意盡辭不盡，每尋歸宿輒邈然。姜白石《詩説》："意盡辭不盡，剡溪歸棹是已。"東坡并不説訪友，我自興盡迴酒船。

立春後一日漱桐舍人以詩送碧桃一枝次和爲謝①

冷硯寒廳未覺春，晴檐鵲噪打門人。城南名士江南句，紺雪衣裳臘雪辰。"城南名士遣春來"，山谷句也。

記仇實父畫②

莫生攜畫過我廬，矮册素縑周四隅。一十二幅筆筆殊，淡然入路縈若無。小橋文石細架鋪，桃十餘樹松三株。三折水與雲卷舒，遠山層層青不枯。受之浩浩波既瀰，遠帆四三已有餘。近山乃來抱城郛，紺垣紅樹涌塔孤。又有一殿重門紆，蒼松羅立古丈夫。層松層峰儼爲徒，一城堞下堤臨湖，堤轉寺寺廊相扶。三人騎者一衣朱，一人迎者其僧乎。一洞呀然靈所都，中有妙鬘結跏趺。其前香煙繚石鑪，先至者跪後指呼。其旁盤盤分二塗，一則徑上一迴迂。交出山背凌空虛，乃有石梁貫崎嶇，儻可置筇及籃輿。俄焉水閣臨魚罛，復一土堡前貫渠。其塘方折若周陂，背負土戴石者砠。言言之郭山作膚，山下千帆飛舳艫。帆脚迴光風急輪，夕陽黄映城頭梧。水風迴緑葭菱蘆，一半忽入雲模黏。軒然雲與山勢俱，濃青大緑相噓噓。到此頓挫幾躊躇，收以磐石如團蒲。其石嵌空中若刳，坦處寺徑蕪恰鉏。然後二人一提壺，若向雲處昂眉鬚。一石怒如勒奔駒，長波淡沱環以趨。最後一舟來徐徐，林開山緩别一區。筆皆輕細神怡愉，若不著紙中有

---

① 此詩題位於手稿本第 4568 頁。
② 此詩題位於手稿本第 4569 頁。

腴。吾近頗於畫悟書，益益浮動淋漓初。蓋此之謂中鋒歟，世傳仇畫豔失誣，此畫實境非虛摹。聊記其概以自娛，他年親歷儻識諸。

即事二首①

溫生上直馮生病，虛負連宵爇短檠。小字長篇各成帙，少年盛氣易浮名。好花壓擔春防早，凍雀喧枝雪又晴。計日土膏風漸暖，拋書南郭看深耕。

程子憶梅詩興飛，坐閒已說酒徒稀。比鄰曹去邵復去，同直姚歸任又歸。此夕誰能無舊夢，僕文每獨好人譏。小窗斜月盆花影，幾個來參杜德機。

擇石勸我由平正入真，至言也，斷不可走敧仄路。除夕前二日記於青棠書屋。

---

① 此詩題位於手稿本第 4572 頁。

復初齋集外詩卷第十

丙申正月至九月六十八首實蘇室小草

傅青主畫爲慕堂少卿題①

泉柏争一崖，其勢不相下。不知泉欲分，但見柏凌跨。鬱律夭矯上，翻得崖險借。虯枝出左紐，鱗爪森四射。莽與石骨合，正遇泉飛瀉。半天風雨來，轟轟巖凹亞。柏忽不及遮，一折出其鱄。背復一股垂，若避柏三舍。始知蒼翠氣，萬壑所撑架。隸書署曰山，無乃十指化。吳雯印在尾，旁睨想閑暇。如此磊落人，眼界河與華。元氣揮霍成，無復丹粉麝。奇絶賣藥歸，逆旅孤鐙夜。

范文正二尺牘卷②

後箋尺麻素，前研花粉勻。兩紙廿五行，再拜於交親。上言邊事勞，惟仗朝廷仁。即目可寧息，漸就威靈馴。敬告知府兄，下云三月旬。嗚呼必癸未，慶曆三年春。韓龐同拜恩，元昊已稱臣。此時憂轉甚，固知不爲身。先天下而憂，何況環慶邠。三年臥治邊，壬午溯庚辰。滿腹萬甲兵，落紙氣誾誾。浩然塞天地，收之對姻賓。豈限鍾與王，盡是公笑嚬。篆香繚盆花，穆如拜其人。何必天平山，萬壑青

---

① 此詩題位於手稿本第 4579 頁。
② 此詩題位於手稿本第 4580 頁。

嶙峋。①

高唐王琴歌爲温簣坡舍人賦②

腹銘云:"皇明隆慶丁卯歲仲秋,衡藩高唐王府岱翁製,馮朝陽斫。"

昨觀潞琴汪君屋,對樊榭詩手瑟縮。此琴幸無詩在前,又先潞琴五十年。博學篤行史所紀,篆隸妙迹人争傳。曾聞寫書多秘本,散落市肆嗟雲煙。青州地連淮海岱,嶧桐采並松石鉛。憲宗之孫恭王子,承平無事手七弦。隆慶丁卯字在腹,郡封溯自藩封先。馮朝陽者王門客,儻引莘葽在王側。厚焃厚炳等著聲,翰墨文辭奚裨國。調弦合漆自好手,一曲高唐誰譜得。温生得琴自賦詩,抱琴之感寧知之。試將策馬登臨意,寫作金徽變化辭。日高薇省坐繙史,松風正馺初春時。

陶然亭作③

步趁雪晴初,門無貴客車。新陽如著樹,春水欲通渠。鳥語識人意,山光共碧虚。憑窗先有得,衣袖好風舒。

慕堂以所得文三橋二印見示款曰嘉靖丁卯初春作於潯陽舟次予以嘉靖無丁卯疑其僞作慕堂因言穆宗即位在丙寅十二月壬子越數日即丁卯春矣潯陽舟次當未聞改元事此説良是因賦二詩謝之④

半潭煙雨一泓水,印文云爾。暮雪春鐙簾角風。⑤不説潯陽泊舟處,小輿恰説過垂虹。⑥三橋官南雍日,肩小輿過西虹橋買石四簏,自此乃刻石印。其從前皆作牙印,命金陵李文甫代鐫事,見周减齋《印人傳》。丁卯則官國博,正其刻石印時也。

粗言細語何分別,此老聞之定不嗔。今夕玉蘭堂下夢,停雲父子

---

① "萬壑",手稿本作"萬笏"。
② 此詩題位於手稿本第 4583 頁。
③ 此詩題位於手稿本第 4584 頁。
④ 此詩題位於手稿本第 4586 頁。
⑤ "簾角",手稿本作"簾閣"。
⑥ "恰説",手稿本作"却説"。

又三人。戲謂慕堂喬梓。

法源寺蘇靈芝書寶塔頌①

鳶肩兒嬉繡褓後，十三郡若反覆手。元垢淨光爲誰頌，惟唐紹統歲在酉。御史大夫誰家爵，功曹參軍誰僚友。始終成就耿判官，范陽暫爲唐室有。東宅四水西八川，命啓禪虞義重剖。大書改鐫至德字，對揚休祚顏何厚。光天文武孝感稱，前一載乃尊號脣。畫深畫淺出一手，石膚石理痕層層。何人誤傳李北海，戈脚頗效虞永興。易州鐵像遜鋒鍔，春明著錄宜考徵。十丈之塔不可見，但有波磔光交騰。東廊年年看花眼，爲爾冒雨尋鄰僧。

傅青主書長幅爲慕堂題②

崢嶸思入槎枒筆，蠶葉聲卷風雨疾。請君莫作禿素看，遠遠欲造元常室。邇來孟津並王鐸，長縑落勢逾超逸。二人雖以分隷名，真氣皆從行草出。蒼茫若準畫理論，奇崛尚恐王難匹。所以署名曰真山，百千青峰化身一。東坡匡廬八萬偈，續寶泉賦何從述。涇雲何處山堂鐘，一夜松根響泉溢。

石韞吉士揚州書來以唐永昌元年陀羅尼經幢拓本見寄作詩報之③

王子還家逼殘臘，悉曇文字窮諸衲。一石摩挲二尺高，訪古倚遍江磯塔。維揚輿地目所失，廢寺苔封手親拓。永昌元溯儀鳳元，一紀唐年剛一帀。陀羅尼經序義闡，佛陀波利譯音合。曹溶古林曾著錄，永淳誤識從氈蠟。《古林金石表》作永淳二年。石幢之文此最古，景龍迹叩無人答。常熟有景龍年陀羅尼幢，已不可讀。伽佉聲義況可推，歐虞筆勢不相雜。王子春來賦近遊，禪智山扉定攜榻。儻偕謝守尋舊碑，爲借花風掃禪榻。

① 此詩題位於手稿本第 4587 頁。
② 此詩題位於手稿本第 4588 頁。
③ 此詩題位於手稿本第 4589 頁。

道甫侍讀以鄜州寶室寺貞觀三年鐘銘拓本見寄作歌報之①

石多金少竹垞説,惟見景雲法性銘。我從嶺南考唐器,丁巳鐘款餘乾寧。上稽著録自歐趙,叢編寶刻蒐岭嶒。開元天寶逮大曆,明皇分隸夙所聆。歐公特愛武盡禮,景龍拓本傳於邢。此較睿宗書更古,再上即溯周秦庭。惟古鳧氏肇鑾銑,體備枚篆皆有經。咸陽玉筯未創始,夏后鐘鼎先象形。後來漸用楷隸作,亦得古人之奇零。②此銘入唐纔十載,六朝破體敧玲瓣。歐虞勢兼入波磔,樸拙欲仿無畦町。三年誤作攝提紀,將軍來妥栴檀馨。鐘主上大將軍張神安。晨昏禮懺聲戒定,蕤賓徵律日景丁。寺名千年弗改易,得非呵護憑精靈。杜陵倚處虛幌月,曾記照爾禪關扃。松根絡壁千歲久,嚴子手剔光煢煢。寄我紙長尺有二,中有鄜畤坡陁青。郭髯趙崛俱未見,今日牛斗初發硎。紙旁雲紋夾花乳,夜夢嚴谷霜中聽。嚴子創獲當有記,我詩響細如撞莛。

伯恭吉士所收徐天池書楹帖筆勢縱逸瘦銅舍人見而愛之吉士欲以舍人所藏董迹相易舍人難之因求予爲臨本予既臨訖始悟正德丁卯之誤蓋贗作也而舍人以詩來謝借其韻解嘲二首兼呈吉士③

線脚風鳶一筆勢,幅中七字作一筆書。遊絲似我自臨池。何妨幻入鵬飛處,袖裏青蛇認是誰。

是田水月茯苓芝,遊戲神通借墨池。説取説焚俱不必,二豪捧腹定因誰。用蘇詩"穆父欲兼取畫石,穎叔欲焚畫碎石"事也。

編次吳天章蓮洋集有述八首④

得髓何如得貌難,千篇一字未遑安。高才豈假師門入,大路終憑

---

①　此詩題位於手稿本第 4590 頁。
②　"古人",手稿本作"古篆"。
③　此詩題位於手稿本第 4592 頁。
④　此詩題位於手稿本第 4597 頁。

踐迹看。修絚百尋寧憚汲，朱弦三嘆不空彈。丈夫磊落留天地，①莫倚珊瑚説釣竿。

五城七寶起樓臺，琪樹瑶花苑囿栽。②汾上詩家自商隱，漁洋早歲學吳萊。扶揺御氣聞餐露，水石空山叩轉雷。卧子梅村竟長往，後人更莫詡仙才。

坡云真放本精微，未便輕窺善者機。滄海横流果誰謂，大江東去繼聲稀。評來池北談何易，學到遺山境尚非。衣鉢蘇門止如許，陳思端畏後人譏。漁洋每以坡公擬之。

滔滔一氣本清空，何必離騷是楚風。表聖中條相視笑，唐賢三昧偶然同。北來燕趙悲歌合，南去江湖小集通。嗤爾王詩添惠注，卑之尚借讀書功。

幾日丁香又海棠，雨聲鐙影贊公房。提壺波卷相催急，布穀瀾翻未易量。醉墨草來紛破壁，夢雲花底著禪牀。從來萌拆朦朧意，肯受遲迴次第商。

逸氣飛揚天地間，大河流響日潺潺。開編肯便從麻革，賣藥相逢有傅山。書畫評量旦暮遇，風騷追溯漢唐還。後人若續英靈集，妙悟年來莫等閑。③

復憶楊郎與謝郎，十年同志又同堂。精微本不關言語，才力誰能細較量。一往氣豪吞畔岸，無多天籟托宫商。眼前拾得煙雲了，容易挑鐙許瓣香。

拳拳聲病細塗雅，每爲馮生話日斜。多少天才怕繩尺，幾微吾愧未梳爬。世間儘有行空馬，下視寧能例井蛙。飯顆山頭從一笑，不妨

① “磊落”，手稿本作“磊磊”。
② “瑶花苑囿栽”，手稿本作“瑶林苑囿開”。
③ “年來”，手稿本作“拈來”。

李杜各成家。

笥河招同諸君集花下二首[①]

小桃如雪靧胭脂，妒煞髯翁種樹時。謂魚門。[②]土脈易滋新雨後，閣名難得盼柯宜。笥河有盼柯閣。[③]豐年喜動枌榆社，藝圃陰交棣鄂枝。容我墨痕狼籍在，春明宅子借書時。

來禽仿帖記前因，芳樹鐃歌及令辰。鉛槧相偕獻頌者，雲霄俱是看花人。淡濃斟酌拈誰著，水墨軒窗夢未真。紅杏尚書空比擬，修書然燭更精神。

亨山廷尉以詩招賞花次韻奉酬[④]

公研實學戒虛聲，旁訊耽思夜徹明。顧我涓流何補益，盡歸千頃浩澄清。廿年舊雨箴規重，一點浮雲富貴輕。杖履春光拈示客，深垂緑樹爛朱櫻。

櫻桃花歌亨山廷尉席上作[⑤]

淡陰天色圍簾櫳，麥英花襯天色中。疏枝密蕊夾紺雪，素藹緗葉交蘢葱。鶯含之實待醖釀，先以吐秀相結融。粉雲紫玉百寶浴，幾日孕出珍珠紅。窺窗小鳥撼鈴語，薄羅翠袖迎迴風。蕊宫仙人絳桃籍，珊珊碎佩摇玲瓏。輕明圓瑩意有在，俄頃露氣蒸春空。餐英儻可瓊液比，尋香莫漫蜂蝶通。吹香渡水半山句，漲緑那必山陂同。日來從公掃石榻，煮茶竹院煙濛濛。

亨山以詩跋予櫻桃花歌謬謂在半山詩之上次韻志愧如來詩之數[⑥]

酒滴東風客負花，花評驚見主人誇。坡翁亦咏刁家隖，季孟何當

① 此詩題位於手稿本第 4600 頁。
② “種樹時”，手稿本作“種樹詩”。
③ 此句“盼柯”及注文中“盼柯”，手稿本皆作“眄柯”。
④⑤ 此詩題位於手稿本第 4601 頁。
⑥ 此詩題位於手稿本第 4602 頁。

蔡少霞。

吹香句好照餘花，散策翻將寂寞誇。記否午陰苔石底，醉紅濃緑綺成霞。

半山詩格借評花，放筆由來直幹誇。待得成陰來采實，敢輕吸氣説餐霞。亨山每以實學見勖。

三月二日同人集菜香草堂修禊得修字①

自我北歸後，三禊歲四周。前年往城南，兹選城西幽。延勝復招侶，雜坐皆臨流。禊以潔爲義，匪徒事宴遊。潔志無外慕，潔行勤内修。薄瀬潔我衣，薄味潔我羞。無煩廣結納，弗尚繁獻酬。是以宜此圃，雅意澹淹留。侑觴無絲管，夾水有田疇。主人話桑麻，春氣暢和柔。何必秉蕑贈，自有蘭言投。仰觀天色新，俯玩岸緑抽。花事漸以次，即目非遠求。焉能捨所遇，規規上巳侔。亦非仿寒食，前期佳辰諏。禊帖取大意，不必憑趙歐。

西便門側道院紫丁香②

暮棲城頭雅，返照不知暝。因尋城陰寺，已及林中罄。白髮跛道人，三十年苦行。有此嚴淨宇，兼爾繚曲徑。紫丁香一樹，花雨冥冥映。足識宴坐心，石上觀物性。百結不自解，春紅付其正。濃淡孰擇先，定光倒一瑩。意到空山中，香發亂巖迸。風磴高下堆，磔磔禽響定。余亦小株畔，啜荈清梵聽。短垣仍市喧，道人剔鐙檠。

竹井相國招看海棠③

相國府海棠，手植三十年。我及賞已四，每賞逾加妍。去年春雨後，把酒酹花前。謂言來歲發，顔色倍便娟。豈知奇豔出，一樹抵萬

---

① 此詩題位於手稿本第 4603 頁。
② 此詩題位於手稿本第 4605 頁。
③ 此詩題位於手稿本第 4606 頁。

千。草堂名檀欒，樹在堂西偏。去年枝橫放，已過中屋椽。今忽一酣肆，莫測其四邊。每邊百萬蕾，蕾蕾枝相牽。不復綠葉見，瀰漫花光圓。下無片隙地，上有垂藍天。日氣風露氣，合作濛濛煙。前枝不肯住，跗萼交迴旋。精神大於萼，非復紅粉鮮。後枝近檐際，不得逞連蜷。忽而直騰上，高出萬萼巔。俄又密下覆，下可三四筵。往歲窗檻憑，曲折坐屢遷。主人出奇計，巧不可言詮。縫布製爲亭，面勢代茅編。正與前枝對，使客領其全。然後紅翠光，滾滾盎盎然。中央未吐者，鬱勃如涌泉。雲佩霞衣裳，結隊來聯翩。今日恰上巳，采蘭被禊虔。今春況燕喜，黄閣絲綸宣。長廊上新月，高燭照金蓮。暄吹遍南陌，晴雨來西川。借酒更祝花，不獨結詩緣。花蓋識客意，粲然爲笑嫣。從今相府花，名並西府傳。請續陳思譜，我詩爲之箋。宋陳思有《海棠譜》。

法源寺梨花①

寺西圃梨樹，十五年夕曛。記與謝生偕，緩步自水潰。其時樹未高，澹白香已焄。隔門攜手望，玉煙渺葐蒀。昨歲偶一來，初日得氣昕。今來又以夕，崇桃懷實賁。忽然一仰面，粉翠霧不分。明淨復柔豔，瑶佩冰綃裙。娟娟倚春空，亭亭絕遊氛。春空如碧水，翦瓣爲圓紋。有痕無筆墨，奇哉九光雯。細思太素初，了然非紛紜。夜氣與曉氣，不受栴檀薰。所以王仲初，喚作梨花雲。流水即明月，執著當何云。恨不與謝生，拈此參聲聞。何必曹溪香，去訪貝葉文。韶州南華山梨花最盛，昔擬遊未果。

法源寺海棠②

年年看花心，遲迴此巡圃。惆悵廊下垣，未鑱年時句。定惠一株耳，而此凡九樹。雖無坡翁手，揩目亦已屢。先從佛閣下，羯磨寮前步。此株花尚疏，薄映香煙炷。東折僧室入，驚豔牡丹誤。徐拂唐碑

---

① 此詩題位於手稿本第 4608 頁。
② 此詩題位於手稿本第 4609 頁。

看,正逢繁花布。後陰客堂幕,前則齋厨庫。閃閃金粉光,遥盼足先駐。門西殿之南,齋鑊誰更鑄。<small>寺有大銅鑊,已燬。</small>長松間雜花,直引西院路。院門未到間,但見紅紫霧。入來已成團,棣花尤娟嫭。花皆著柯梗,不肯葉間附。後倚海棠二,側牆嫣相妒。敷席於牆隅,三粲色交互。環襯萬丁香,締結丹與素。此時香風來,炫動群翠羽。羽衣絳節儔,雲軿莫知數。仍添新栽一,更二大株護。却坐前檐前,何暇四迴顧。融怡纔齲笑,顑頷又薄怒。揄袂乍修舉,低帷復嬌寠。掩抑初若避,盻睞轉如訴。震蕩駭心魂,不可以意諭。西復一株配,變絢非色傅。瓊琚兮和予,要之精凝注。彷徨乎余懷,修竹耿薄暮。況此乘曉來,甫歇積霖霔。鴉鵲睡未起,苔濕盈我屨。穆乎收和顏,晬盎風與露。不暇叩僧舍,且叩馮生寓。歡喜堂一株,生頗前夢悟。惟當勤灑掃,日日攜坐具。更不暇句琢,漫以脂粉污。我與寺比鄰,夜屢鐘聲度。每來攜友生,又各牽所務。俄頃日出高,即漸役心騖。看童汲井華,愧僧飯煨芋。

增壽寺奈花[1]

潘賦賦二奈,曜以丹白名。此寺二株花,一色素其英。其蕾丹初含,其花糝漸輕。及乎盛放後,神與梨花爭。或曰白海棠,性苞比圓明。不嫌後春信,所以卜夏成。寺西王家園,株小亦同榮。園中望寺内,高低爛盈盈。飯罷步街北,撲面風沙生。豈知坐樹底,豁日玉雪清。留坐看明月,玉房丹靄橫。要眇服珠華,元泉洌層城。惚恍中有得,使我思慮瑩。徘徊宿陰下,榆莢飛春晴。

亨山廷尉以重過相國草堂觀海棠四詩屬和末章結韻即押尊名以示不避之意蓋方綱往時以鄉人尚齒不敢直書也次韻奉酬[2]

從容退食正芳時,朱粉初非筆墨施。擇勝亭陰吹不散,風光日色

---

① 此詩題位於手稿本第 4611 頁。
② 此詩題位於手稿本第 4612 頁。

共遲遲。相國於花下結布幔爲亭，予取東坡"擇勝亭"爲書扁。

上巳連旬宴賞頻，來披宿霧更精神。朝陽城陌東華外，別有松筠氣味親。

鄙人一字未吟安，多負前宵月倚闌。相府名花成樂府，川紅故事補騷壇。蜀人謂海棠爲川紅。

下博村陰昔訪花，博陵唱和句蒸霞。停雲記倚彭家館，玉磬風流到孔加。丁丑於蠡縣彭氏齋始讀廷尉詩也，明長洲彭孔加自署印章省作加字。

烏程陳映之文學贈龍脊茶即用見示湘管齋唱和詩韻爲謝①

釋文我架屋下屋，籀鼓如披竹書竹。昨從映之借觀宋拓石鼓文。新詩示我湘管詞，歷落金絲間珠玉。副以春溪片喬雲，焙龍腦入新芽綠。舊聞顧渚擅湖州，那讓青紗裹山谷。想見江南三月天，薄暄人試輕方目。候湯心在水精域，上品何煩丁蔡錄。一甌澆我看花詩，連夕飛觴太粗俗。何人相賞味外味，陶潛賀若無弦曲。徐黄花鳥法没骨，漢唐篆隸瘦撐□。個是君家寓賞編，何必南濠問都穆。都少卿有《寓意編》。

伯恭招同諸公集紫藤花下擇石爲畫紫藤海棠各一枝題此②

横街街南紫藤紫，一觴相屬錢學士。學士欄邊撚白鬚，花影窗光落之紙。娟娟露氣不著花，紫痕受墨墨受水。麗龘低垂只一枝，約略斜陽後簷底。亞枝海棠風忽敧，捲簾數筆行又止。莫嫌惜墨花不多，中有今宵醉顔酡。學士白鬚影婆娑，俯蹢虯枝仰見月。海棠過矣奈花何，酒闌重聽學士歌。

雪門宮贊招同擇石閣學丹叔學士魚門吏部集雨春軒閣學有詩宮贊答之次韻二首③

同志相期實副名，敢誇牛斗識豐城。先生每退園廬直，後進推爲

---

① 此詩題位於手稿本第 4614 頁。
②③ 此詩題位於手稿本第 4615 頁。

玉署英。席上談論盡規矩，世間月旦極莊楹。師門轉益多師在，豈獨追陪唱和情。右閣學韻。

花陰多暇又新晴，跋燭屏風僕屢更。芍藥丁香説南苑，圖書甲觀萃西清。珠簾畫棟扁舟夢，緑字紅窗對雨情。只合日邀錢學士，一樽落月待同傾。右宮贊韻。

夾漈草堂研歌爲曉嵐學士作①
背左有"鄭樵記"三篆字，右有"元祐"二字。

紫雲清泓滑入手，何時閩南到江右。南昌裘公欣得之，托贈遂爲君家有。背鐫夾漈草堂字，大似琴銘腹中剖。曰鄭樵記篆則三，六書偏旁嚴不苟。山中著書三十載，此堂松竹長爲友。日月分明兩硯池，泉石何曾矜畝畎。鄉林别構修史堂，流水三間雲一畝。夾漈故宅有修史堂、日月井。欲窮七略判九流，遷固上接春秋後。元祐一行題不留，兩字僅可依稀求。研在鄭前更誰作，草堂未築溪西頭。與人作研蓋非偶，功與上方給札侔。昌辰秘館闢西披，二十略特精校讎。紅窗緑字啓漆匣，山中當日有此不。學士八閩昔持節，草堂阯界於仙遊。莆人每聞風雨夕，讀書聲到溪邊舟。欲從君乞考往迹，並乞研滴涓涓流。

借舫爲篔坡舍人賦②

畫舫曾名齋，書畫亦名舫。貫月槎有光，不繫舟何往。此屋皆不爾，亦非借喻想。蓋借吾葦齋，四壁詩可榜。宛隨嶺東行，席間恰函丈。又借朱學士，吟舫椒花敞。況與斜街鄰，陸莊樣可仿。舍人以座主陸學士得於朱學士稱門人。吾齋既借題，大字撑疏網。朱舫更借書，至味充朝饟。一宿翔天池，三飡適莽蒼。捨筏固非借，尋源善自養。請君到岸時，相與證息壤。

錢塘黃小松與予初未識面乃以元氏三公山碑拓本郵書相寄歐陽趙洪所未見也賦詩謝之①

昔人三嘆顧名山，並轡從容北望還。賤子燕南限聞見，古文漢後孰追攀。隴西氏即南陽否，無極碑空白石班。《隸釋》所載元氏縣無極山白石神君，及元和四年三公山碑，並云常山相南陽馮君，而此云隴西。竹柏橫斜小窗影，夢拓篆隸一機關。

晚涼二首②

馮生曾寄東郡食，趙生亦磨西齋墨。曾生不登粵秀堂，共賃寺廊肯遊息。體中何如煩借問，同門虛名果何益。晚涼對語長松根，往往汗下不可拭。

忠告無若錢壺尊，好事誰比程魚門。錢公校文去山左，程子丐爲鈔七言。我欲斜街拉朱五，晚涼對語長松根。二三同學日聞此，沿波且未遽討源。

三公山碑歌③

趙洪皆有三公碑，常山馮相南陽推。此亦馮相隴西郡，又非四載光和爲。錢塘黃君遠寄我，元氏王令初拓之。石高四尺廣二尺，一百九十字有奇。云時羌寇雜蝗旱，到官正值民流離。禱於厥神卜擇吉，興雲膚寸雨四施。國以大豐致和氣，長史令丞刊紀茲。語雖簡少頗質實，不同樊尉頌德詞。又有山神三條語，尚書正義援者誰。可證九山白石記，賢哉德父能闕疑。盤洲昔記眺古處，從容並轡三嘆時。名山雲霧未遽洩，星虹之氣今我貽。維隸與篆均八體，繁省增減從所宜。前有程邈後次仲，周篆秦篆趨坦夷。五鳳之石定陶鼎，西京筆法尚可窺。曾見慮俿建初尺，書言府弩銘爭奇。此碑字勢正相亞，短長

---

① 此詩題位於手稿本第 4634 頁。

② 此詩題位於手稿本第 4636 頁。

③ 此詩題位於手稿本第 4637 頁。

直取天機隨。漢隸如此世蓋少，光和碑已無人披。昨者任城出斷石，膠東令字洪所知。常山近畿吐光怪，體大物博難津涯。區區釋文考年世，寡陋焉足相攀追。小窗日日縵雲氣，篆香以配古鼎彝。

仙客納涼圖爲曉嵐學士題①

誰畫此翁贈學士，羽扇磐石脫雙履。萬壑松風猶在耳，一襟浩浩煙與水。蓬壺下眺渺萬里，貝宮胎寒吸月起。方瞳炯炯氣騰紫，借問此翁夫誰是。或云老人南極星，弧南夜候丙與丁。碧虛一氣風泠泠，我意吹藜照六經。胸中太古冰雪精，六月不熱能千齡。玉池虛白生黃庭，蕊珠太乙青簡音。

觀撐石所藏明人尺牘②

静緑敞虛庵，新安程晉芳魚門。抽書代筆談。故人纔遠別，覃溪。秘笈得留探。勝國群賢迹，吳縣張塤瘦銅。詞場舊味含。褫裝編以四，魚門。對榻客成三。體備真行草，覃溪。箋分茜素藍。申懷同錦帶，瘦銅。馳訊托虹驂。拙勢彌徵巧，魚門。酸言每得甘。銛鋒脫秋隼，覃溪。細縷卧春蠶。渴極枯槎似，瘦銅。雄來颭戰酣。款行無定式，魚門。繪畫偶相參。有句還呈賀，覃溪。③分壺亦屢擔。在朝爭黨錮，瘦銅。爲學喜研覃。議政詞多激，魚門。憂時念切忱。文章各盟社，覃溪。偃蹇或溪嵐。悽切兩相憶，瘦銅。④狂如七不堪。米鹽何瑣瑣，魚門。規諷必喃喃。題扇音塵感，覃溪。書裙姓氏諳。寫哀情稽顙，瘦銅。爲釋子和南。往事驅風電，魚門。遺文重鼎盦。社仍傳在亳，覃溪。官孰問於郯。定論歸千載，瘦銅。諸家守一龕。詩寧月泉讓，魚門。人肯谷音慚。檇李曹朱後，覃溪。錢公金石耽。計今昔所得，瘦銅。蓋九百餘函。手跋紛排蟻，魚門。囊緘不受蟫。酒痕縑未浣，覃溪。花氣墨交馣。齋況鄰蘇

---

① ② 　此詩題位於手稿本第 4642 頁。
③ 　"呈賀"，手稿本作"呈和"。
④ 　"悽切"，手稿本作"悽絕"。

米，瘦銅。珉須勒絳潭。不緣哀碎錦，魚門。容易盍朋簪。猛欲桓廚奪，覃溪。終嫌趙壁貪。此心隨岱麓，瘦銅。驛騎走趁趨。魚門。

明日又與諸君同觀叠韻①

一代人爲鏡，覃溪。非徒藝可談。搴芳盈蕙畝，武進黃景仁仲則。嫉惡信湯探。昔讀儒林傳，興化黃驊藥林。胥同臭味含。藝分周禮六，番禺潘有爲毅堂。絶羨鄭虔三。歙墨松同黝，無錫楊芬燦荔裳。宣瓷紙仿藍。詩矜漢唐閾，順德溫汝造賈坡。文驟宋元驂。二沈書先出，欽州馮敏昌魚山。諸家服未甘。千毫同削兔，覃溪。衆繭共論蠶。憲廟中年後，仲則。吴風筆陣酣。祝唐文沈接，藥林。師友父兄參。派別能扶樹，毅堂。淵源遞荷擔。雖於片楮寄，荔裳。不廢秘思覃。晬色和如醖，賈坡。殷懷凛若惔。交原重金石，魚山。語或帶煙嵐。復社禾妻盛，覃溪。東京俊及堪。衣冠爭岌嶪，仲則。筆舌太詀諵。短趯長波際，藥林。人才國是諳。餘情照來許，毅堂。有美盡東南。夤襲縑加標，荔裳。如銘簠與盦。緘題屬王謝，賈坡。故舊訪僑郯。遵海蒐焚草，攀石所居澂湖草堂，有竹坨墨迹楹帖云"拔山傳諫草，遵海重清門"。覃溪。藏書賴石龕。小長蘆不見，仲則。天籟閣何慚。昨賦皇華去，魚山。知公學圃耽。借觀留棐几，藥林。招客展琅函。四百年油素，毅堂。三千集篋蕈。朱竹坨選《明詩綜》，凡三千四百餘家。編仍詩綜例，仲則。幀並墨花龕。偶一收蘭竹，册中惟夏太常竹一幅附以馬守貞蘭而已。藥林。空諸印月潭。他年補團扇，攀石自言平生見明人扇面以千計，而册中所收扇十之一耳。覃溪。可要覓遺簪。野鶩家雞厭，毅堂。飛蠅附驥貪。駸駸數行跋，魚山。頗已逼趁趨。覃溪。

緑硯齋歌②

我齋之名名以硯，硯名何以名一齋。硯承乎窗窗接樹，樹光窗影相磨揩。丁香馬纓花事過，蒲萄架正連高槐。交檐層青密無隙，月明

---

① 此詩題位於手稿本第 4644 頁。
② 此詩題位於手稿本第 4647 頁。

滿地松橫釵。午陰日氣綠更重,下茵上幄同根荄。惜無方池虛以受,恰此片石圓而褁。簾虛花飛不得到,巖名蕉白或可懷。清泓曉注蔭四合,點筆細翠紛如筵。豈煩蠡麕螺黛比,請看綠字蒼文排。此石何力堪借此,此田非石憑吾儕。以耕以耨要仁義,或源或委無津涯。活泉不凍取不竭,發榮滋長一氣偕。齋中無綠皆綠意,硯乎賴爾顏茅柴。綠雲忽散滿烏几,窺窗好鳥環喈喈。

笥河編修重葺椒花吟舫同諸君小集以落之即席賦呈①

去冬鄂不居,今秋椒花室。雖同稱賀觴,我則道其實。街北卜街南,溯從童遊日。子年長於我,問字多儔匹。百弓不能容,度地稍深密。閩海黃海歸,雲氣胸蕩潏。揚雄舊宅啓,載酒日填溢。書櫥十餘庋,未足供羅畢。面勢文之心,巧匠所莫悉。形弗拘其占,尺必中於律。先之培地基,簀土可積崒。因悟問學始,使我增凛冽。②又拓後檐隙,塞向與穿室。譬淹群經史,力爲蒐遺軼。衆客先卻避,徐徐結構出。今晨燦窗光,金溦而尊馜。先生日無事,吾曹得接膝。前楹嘉樹陰,旁檻盆池蔤。琅琅讀書聲,隔户子與侄。四海一子由,季也溫粹質。下直來同宿,舊事挑鐙述。世間孰真樂,味蔗能勝蜜。光明磊落胸,無愧紙與筆。暢以對淋雨,交咏斯千秩。一杯進相屬,藥言苦弗怖。③漢學唐宋學,後前各護疾。國朝顧與閻,頗亦理舊帙。近來惠氏書,訓故比如櫛。莽莽衷百氏,耿耿尚難必。六書於經義,冀得百什一。先生審文字,同異校得失。此書須早成,望道必循術。次則群言紛,別裁猝難畢。惟古雅歌薦,竹管雲和瑟。豈謂騷些感,侘傺楚頌橘。質諸神和平,肯以聽專壹。先生筆聳立,萬景雪以帥。宜日鏗大鏞,以破細啁唧。印可者誰歟,昨纔別錢七。古今文人病,甘辛易私眤。又或樂泛愛,不肯輕評騭。規少譽日多,得不滋放逸。塗茨既加

① 此詩題位於手稿本第 4648 頁。
② "凛冽",手稿本作"凛慄"。
③ "弗怖",手稿本作"勿怖"。

丹,汲井未盡繘。從子試問津,俾我奄觀銍。但當勤稽田,且莫多種秫。客來淡相對,即是椒蘭苾。絳蠟燒銅盤,何取膠在漆。我視新輪囷,仍作舊蓬蓽。紗窗旋氈簾,春鵑又秋蟀。君子其攸芋,慎厥修之吉。

題褚筠心學士西域詩冊三首①

憶跋豐碑漢永和,往年館下共摩挲。輸君樂府成嘉頌,勃律天西采玉河。謂癸未夏筠心作《和闐玉賦》也,漢永和二年敦煌太守裴岑《紀功碑》在巴里坤西五十里,今移於城之關帝祠。

掖垣西畔紅牆下,鉛槧編摹過十年。金匱寶書門對啓,長廊日影記花磚。筠心直方略館時方綱直起居注。

隔巷秋晴宿霧披,論書讀畫又評詩。應煩史斷新翻曲,紅杏尚書剪燭時。方綱近與筠心同修《明史綱目》。

書竹葉碑後三首②
碑在曲阜顏氏家,略可識者九十八字,其陽不可辨。

石筍園林放翁感,秦中樂府白公嘆。今人若肯荒苔拭,莫與前詩一例看。

鄱陽曾續史游章,考索諸碑語未詳。斷玦殘圭復何限,窪尊石臼審圓方。

泐勢翻將竹葉題,童敲牛礪或鋤犁。誰家雪色高堂壁,月下紛紛詫仲圭。

再集詩境軒觀撢石齋續藏尺牘瘦銅亦攜陸清獻札卷同觀聯句③

客魏勢炎炎,瘦銅。宮闈肆覬覦。何人爭伏閣,仲則。有子泣攀髯。熹廟承神廟,商邱陳崇本伯恭。雍瞻繼豫瞻。淋漓復社筆,覃溪。科

---

①②　此詩題位於手稿本第 4655 頁。
③　此詩題位於手稿本第 4656 頁。

第吉州占。信國祠堪死，_{魚山。}忠文謚不嫌。憂時心並碎，_{賈坡。}絕命句同拈。看月山塘夜，_{瘦銅。}招魂寺塔尖。生能捐黨錮，_{仲則。}死亦動閭閻。父子徐家秀，_{伯恭。}閩漳理學兼。空山洞璣象，_{覃溪。}妙畫悟飛潛。道想南州著，_{魚山。}身憑北寺阽。平臺何謇諤，_{賈坡。}遠戍竟淪淹。家國無鳴鳳，_{瘦銅。}夫妻自比鶼。書難通錦字，_{仲則。}塵欲暗經奩。_{石齋在戍所，蔡夫人爲寫《心經》百卷。}往者還山作，_{伯恭。}誰題蔡氏籤。十章留淡墨，_{覃溪。}三尺拭零縑。漂泊論江海，_{魚山。}綢繆訴米鹽。茂漪慚隸古，_{賈坡。}志道遜鋒銛。閨秀儒林並，_{瘦銅。}名臣軼事添。化箕光耿耿，_{仲則。}填海計沾沾。不有芸囊秘，_{伯恭。}行將屋壁黏。册傳錢氏續，_{覃溪。}印屢墨林鈐。喬木清門在，_{魚山。}飛霜白簡嚴。陳東留太學，_{賈坡。}竇武忤群閹。_{蘀石高祖嘉徵以優貢入京，劾魏忠賢十大罪，疏稿今裝於册。}去日水雲白，_{瘦銅。}流光石火熸。國朝盛文物，_{仲則。}題跋自宫詹。接軫峨冠冕，_{伯恭。}名材富杞楠。酒邊香辟蠹，_{覃溪。}花底鏡開蟾。今日秋霖霽，_{魚山。}閑庭静綠霑。同攜清獻札，_{賈坡。}自署友生謙。問學先誠正，_{瘦銅。}陶鎔極静恬。人歌君子惠，_{仲則。}朝重大夫廉。一鶚看丰峻，_{伯恭，}三魚想佩襜。相公書特薦，_{覃溪。}幕府口難箝。迹以端人重，_{魚山。}言皆俗學砭。已春追訪舊，_{賈坡。}喪次乍離苫。孔孟塗難躐，_{瘦銅。}程朱味孰厭。小心能入道，_{仲則。}大語莫狂噡。一洗前朝習，_{伯恭。}非關陸學漸。師門敦勸勉，_{覃溪。}字説破修纖。賵紙珠聯璧，_{魚山。}伊人水溯兼。迴環看未足，_{賈坡。}斜日下風簾。_{瘦銅。}

王蓬心探春送別二圖合卷歌爲郭匏雅_{毓圻。}賦[1]

　　張君攜畫過我齋，秋光眼爲春光揩。意中煙樹忽落此，似曾相識真吾儕。疏疏桃柳盎盎水，頓挫而出茅荆柴。遥峰近坡氣所受，騎意更緩於芒鞋。誰令話別又秋日，寒江雨霽吳山排。翛然一帆鼓風去，送者未返猶佇厓。人生所遇盡成畫，畫外復各餘情懷。濛濛嵐際送

────────────

飛鳥，蕭蕭葉下鳴空階。野風吹衣攜手共，窗鐙照酒同心偕。無多著紙丹粉墨，安得寫遍江湖淮。惟應張君對評畫，春明僦宅來橫街。

述庵通政見示滇黔楚蜀諸咏並惠道州周元公
拙賦八分石刻賦謝二首①

滇蜀征行二萬里，鄰牆闊別十三年。予舊居與述庵比鄰。詩人從古未經處，盾鼻飛書到凱旋。蒲褐夢緣曾記否，鬢絲禪榻故依然。相看道眼清如水，金石雄文氣涌泉。

披圖聚米當登臨，握槧懷鉛盡好音。岸柳春風前度影，江船夜雨故人心。拙窩賦古波痕在，挂月巖高草徑深。判共城南亭子上，晚涼斜日試追尋。

雙松圖歌爲汪東序編修賦②

汪子哦詩歷城樹，徠甫柏松攀幾度。卻來日下寫雙松，滿幅濃霄鶴飛露。松陰翠滴衣彩斑，澗風謖謖溪潺潺，松風鶴夢爾故山。爾方置身蓬山閣，何思故山之曲溪之灣。要將蓬山紫宮長畫景，添爾雙松萬丈之蒼顏，露濃非復徠甫間。

和吳香亭太常八月十五夜陶然亭看月得陶字③

如水露光下，氅衣輕復陶。大千圓鏡裏，尺五禁城高。金粟流珠蕊，銀雲點白毫。公詩渾掃郤，浩沟狀秋濤。

送陳無軒之保定兼寄黄小松④

幾夕挑鐙與願違，征衣何幸款柴扉。秋還落葉聲中駐，人正黄花塞外歸。凍雨斷崖來古墨，憑鞍青眼共斜暉。小松以衡水《蓋文達碑》、元氏《遊龍山記》額見贈，無軒以《北嶽祠》諸碑見贈。此心金石論交久，別夢先隨一雁飛。

---

① 此詩題位於手稿本第 4660 頁。
②③ 此詩題位於手稿本第 4665 頁。
④ 此詩題位於手稿本第 4672 頁。

亨山廷尉自山右代祀使旋以途中詩刻及恒山志並太原介休諸石刻見贈賦謝①

公持經術薦蒿焄，衣袖猶攜嶽頂雲。壯麗河山天使筆，飛翔鸞鶴上台文。蔡張前後祠碑録，蔡永華《恒嶽十紀》三卷、張崇德《恒嶽志》三卷。傅鄭微茫隸派分。傅山、鄭簠皆有《郭林宗碑》。千里精靈如可接，寸心斗室已香熏。同日徐蔗林以曲陽《北嶽祠碑》見寄。

北嶽真形圖歌爲亨山廷尉賦②并序

廷尉代祀恒山，得一石三四寸許，具體天成，繪之册，方綱爲題曰"北嶽真形"而詩於後。

昨言嶽雲在公袖，果攜嶽雲一片來。嶔崎錯落具向背，峰巒邐迤相差排。紫芝想接白雲洞，翠雪正掃琴棋臺。星精上直胃昂畢，水源下理江河淮。縮爲卷石蓋不偶，膚寸千尺精靈開。噫嘻乎！北嶽之勢真雄哉！昔時飛石曲陽記，虞帝所以隆燔柴。今兹豐功渾源告，我皇至德馨香諧。恭承休命百靈肅，想公虔禱三日齋。巾箱圖之佩示我，義莊永鎮福孔皆。廷尉家有恒山義莊。唐碑宋刻連日讀，雲濤几席相縈迴。作歌蠅楷繫圖末，何減嶽頌書磨崖。

九月二十八日瘦銅舍人招同竹君魚門伯恭集記珠軒看菊以人情皆向菊爲韻分得人字③

今秋寒氣早，節交冬序新。君齋尚有菊，艷艷明霜晨。示我對菊詩，相得性情真。連篇無非菊，不愧菊主人。兼金筵太華，載醪味尤醇。伯恭攜酒。持用再三勸，我願一語陳。菊惟淡相對，乃得歷兼旬。友朋亦如此，所勖在修身。以兹交味長，喻彼正色親。所以歲寒集，不在酒入脣。滿室菊神理，勿問誰主賓。鐙影活於月，何減登高辰。

---

① 此詩題位於手稿本第 4673 頁。
② 此詩題位於手稿本第 4674 頁。
③ 此詩題位於手稿本第 4676 頁。

漢籍合璧 總編纂 鄭傑文

漢籍合璧精華編 主編 王承略 聶濟冬

翁方綱詩集輯校

［清］翁方綱 撰

趙寶靖 輯校

五

復初齋集外詩卷第十一

丙申十一月至丁酉五十七首_{秘閣集}

竹井相國壽讌詩二首①

松風蕙露鶴精神，斗柄台司一氣春。六律環生鐘建子，五雲高聳嶽生申。中天際會綏多祉，黃閣絲綸播大鈞。履道坊兼洛陽社，不徒百福集斯人。②

公詩骨重格堅蒼，律切均調氣味長。深竹雲捎成萬綠，老梅風信冠群芳。佳辰嵐翠圍山閣，樂意檀欒聚草堂。金帶玉盤銀錯落，③花開日日是霞觴。

彤三擢福建糧道二詩贈之④

璽書黃霸動公卿，橋石君謨勒姓名。政事文章久期許，管司樞轄益精明。如神聽斷非虛譽，受寵安閑了不驚。涵養翻從宦途得，海天飛步一雲程。

後先閩粵持旄節，同憶雙親見背時。廿載撫衷惟淚滴，寸陰矢報少人知。拜恩正值焚黃日，陳橐行歌蔽芾詩。_{前任者方遷提刑也。}定與

---

① 此詩題位於手稿本第 4685 頁。
② "斯人"，手稿本作"詩人"。
③ "錯落"，手稿本作"鑿落"。
④ 此詩題位於手稿本第 4688 頁。

賢昆拊背語,丈夫得路未爲遲。令兄立山將來京謁選。

記陳伯恭齋觀墨①

宋墨一挺百車渠,梅花斷紋琴背如。龍賓主者古丈夫,峨峨玉具光映矑。庚庚隸古肥不粗,良常山翁行押書。禹穴仿佛靈威符,李桑林製丹蟾蜍。氣爲赤城霞壁鋪,霞壁、李桑林,朱鋌上字。露研滴滴紅真珠。蠅頭八分古所無,四賓一主偕觀乎。人生習氣笑未除,相著而墨墨又朱。循環膠漆如葭莩,物滋象數以類摹。方圓規萬百寶圖,圭璧雜佩丹鼎觚。群玉册府蓬方壺,成化宮粉瑩如膚。綠綈蛤肌信有諸,亦伴九子香雲腴。晃經蔡譜次第區,九十七品製各殊。或三益之百其儲,陸子舉白軒眉鬚。云獲牙章自中吳,萬墨主人語非虛。三橋博士趨庭初,並以賸爲陳子娛。其意實欲娛吾徒,大字萬墨齋名俱。八分我當彩袖污,陳子準備酤春酤。

魚門云此詩太鋪排,似不可存,且柏梁體不可多作。謹記謹記。丁酉正月覆看,尚可存。柏梁體不可多作,此語亦未信。

次韻裕軒學士感舊②

牆陰履迹數前遊,物態山光共一樓。綠樹紅欄增歲月,銀鞍繡轡富春秋。雲煙吐卉爭香發,金石潛波看影流。公在靜中仍默坐,篆飛縷縷起茶甌。③

錢塘黄小松既爲予蘇詩施注宋槧本八分書籤復以所收劉原父藏郍敦永寶用三字摹印見贈俾鈐册首賦此報謝④

我寶蘇集追商丘,裝潢羅焕名尚留。每册尾有縹褙羅焕字。爾時竟未好手遇,籤題妄以瓦礫投。況能更得古篆筆,摹諸印章記弃收。快哉

---

① 此詩題位於手稿本第4689頁。
② 此詩題位於手稿本第4692頁。
③ “篆飛”,手稿本作“篆霏”。
④ 此詩題位於手稿本第4693頁。

我作寶蘇室,一函畢聚琳瑯球。精靈翰墨夙緣在,黃子與我面未謀。
一行隸法儼東漢,三字篆勢真西周。王在邵宮格宣榭,鑾旂赤芾命用
休。萬年眉壽孫子祝,誰知語爲此卷酬。我思原父奉使日,石林石咏
遊麟遊。蘇官鳳翔亦嘉祐,曾說鑿井驚潛虬。二老當日定有約,集古
不但廬陵歐。世間何物貫虹月,夜窗有客看斗牛。三公山碑手剔後,
隋唐宋迹次第蒐。小松近寄諸碑多前人未著錄者。勃發光怪應心手,自然刻
露非雙鉤。水之至理貝之卜,六書增減蓋有由。文字之占即瑞應,擇
人而出以氣求。安知六百餘載上,爾我非即蘇與劉。中間介紹有陳
子,蠟箋十幅瑩於油。隸書屈指今有幾,乞題幅幅煩致郵。托名故紙
事不偶,重雕他日同校讎。夢中丹篆儻憶否,兩君定爲舉白浮。峨嵋
山人已吾許,^①太白一笑三千秋。

述庵通政招同魚門耳山稷堂竹橋仲則集蒲褐山房觀所藏鄘湛若研側八分書天風吹夜泉湛若下有明福洞主印予拓其文與廣州光孝寺湛若八分洗硯池三字合裝爲軸題此^②

吾聞異人精氣在天地,化松千尺芝九莖。羚羊峽石帶潮水,墨花
倒瀉海可傾。二琴遺響落何處,九疑瀟湘莽洞庭。詩人憑弔徒爾耳,
天風夜泉誰爲聽。我昔粵城陰,訪君滌硯處,尺甃珠翻一泉注。最近
房融筆授軒,想倚蕭梁訶子樹。怪哉三字鬱鬱蛟龍躍,瘦著苔垣不飛
去。夜寒呵凍池有津,大雪置酒呼比鄰。雲旗慘淡恍惚歌舞出,此石
此字誰前因,訊爾山房蒲褐人。

題唐靜巖仿吳仲圭溪山無盡册子^③

昨題石谷溪山無盡卷,卷尾良常老子打諢詞。今見靜巖供奉筆,
云仿梅花庵主爲。庵主之畫吾未見,見此不啻俱見之。層層嶺勢暗

---

① “山人”,手稿本作“仙人”。
② 此詩題位於手稿本第 4697 頁。
③ 此詩題位於手稿本第 4699 頁。

迴抱，處處泉脈爭紛馳。①遥以淡皴近濃染，來者新術去故蹊。不知意中筆外更有幾向背，大抵皆在一峰沈鬱頓挫時。②意思閑暇手不放，經營無迹人莫知。然後可以千里可萬里，大開大合默與造物期。石谷想亦仿吳作，不著名氏知誰師。供奉自言臨仿得，故要觀者參合離。試喚庵主證此義，欲説起訖無端倪。韓家潭東芸素館，葛翁邀我同分題。溪聲山色詩法又無盡，我但意到憑天機。晴窗日影屢移榻，茶鼎沸沸松風吹。

亨山廷尉見示顧晴沙觀察所寄叠用竹井相國擘石閣學喜雪唱和韻詩歲暮懷人重次此韻二首奉呈相國廷尉兼寄閣學觀察並邀述庵通政秋漁農部同作③

歲闌風味莫相嗤，饋問時從一卷披。晴試窺簾新燕語，喜添黏壁故人詩。掃門雪擁如增曲，受月梅橫未肯攲。渺渺所思千里共，幅箋真説往從之。相國手札有"欲往從之"語。

翦燭分陰兀自嗤，烹魚尺素久疏披。語精未許苟楊擇，時過翻尋象勺詩。適校農部家刻《孔子逸語》並廷尉所著《小學考證》。鑪火屢添占候息，藥言如器喻虚敬。椒盤此義憑拈示，欲倚鄰鐘一叩之。通政見招除夜小集。

必不可硬作，又必不可裝點，所謂"剛無虐，簡無敖""聲依永，律和聲"也。丙申除夕自記。

元日太液池上作④以下丁酉

池柳氣已動，未黄先有煙。新陽於萬物，如畫具中邊。去臘寒極正，兹辰暖倍妍。爛銀大冰鏡，渾是日光圓。

---

① "紛馳"，手稿本作"分馳"。
② "一峰"上，手稿本有"中間"字。
③ 此詩題位於手稿本第 4700 頁。
④ 此詩題位於手稿本第 4709 頁。

題雪門所藏楊文貞墨迹法帖釋文刊誤册①

自題云："初録於武昌，來京師重録之。"

京居建文初，楚寓洪武末。追惟尹千户，意氣甚豁達。痼寐筆墨緣，漢口波瀾闊。②誰能官上京，懷舊猶飢渴。金石參同異，文字正闕脱。佐書小史勤，衫袖肆鉛抹。必將見聞蓄，欲使邦國活。士當館塾時，已難精英遏。所以號賢相，卜從初釋褐。鄉里有後賢，筆蹤靈胎奪。根柢其如何，勿遽言衣鉢。儻繼公名位，無負吾此跋。

王少峰寫意小軸憚鐵簫補成者爲鄒蘇門明府題二首③

少峰名個，長洲人，見任吴橋知縣。蘇門名武鋮，錫山宗伯師之從孫。

磊砢春輝百福圓，寫生退直歲朝前。玉人擲果車頭句，往事尋思二十年。④錫山宗伯師每除夜輒繪諸果爲《歲朝圖》，乙亥春挂一幅於廳事，自題有"此幅居然衛玠車"之句。鐵簫爲師内弟，是以感述及之。

鐵簫畫柳康熙末，廿四泉飛柿葉秋。老境添來數枝蒂，石盆風露古溪頭。昨題鐵簫爲王秋史畫寒柳册，去此畫庚辰四十餘年矣。

豐人翁臨右軍養生論卷⑤後自題"嘉靖庚戌端陽日"

道生重上大禮疏，歸卧又已十三年。⑥元芝樓窗湖雨白，要晞朝陽揮五弦。誰其質者古可作，右軍帖草菑生篇。傲物取憎遠明哲，棲心曠達希自然。自題養生本頤卦，内經又溯黄帝銓。論語鄉黨書無逸，六經之説胥牽連。所以石經魯詩出，大言清敏之家傳。誰云摹古逞狂誕，草書筆筆篆勢旋。無垂不縮米老訣，假人作已懷琳妍。此書上下可通貫，須悟停蓄非連綿。煎膠續弦世那識，形骸土木誰神仙。

---

① 此詩題位於手稿本第 4709 頁。
② "漢口"，手稿本作"漢江"。
③ 此詩題位於手稿本第 4710 頁。
④ 此句下注文中"此幅"，手稿本作"尺幅"。
⑤ 此詩題位於手稿本第 4711 頁。
⑥ "十三"，手稿本作"十二"。

三鶴堂歌①并序

夔州郡廨有三鶴集庭樹,顧晴沙觀察爲之記,曹秋漁農部以圖來屬爲作歌。②

一鶴攜蜀帥,三鶴隨茅君。何因並集一庭樹,勢欲追飛萬里雲。一者翩來二飲啄,在陰之應聲相聞。我未見堂讀書記,因記披圖識其地。欄邊架厂擇軒爽,苔際鐫銘工位置。想像巉山月夜笙,髣髴上皇樗者字。杜老此郡住二年,刺史堂無招鶴篇。縱説子飛遺玉蕊,空思鶴唳必青田。二句皆夔州詩也。我爲曹君詩重補,不費東西瀼屢遷。君攜三鶴來,兼攜樹石亭。石邊樹底風泠泠,君家產鶴記即相鶴經。會從佛阜圖相證,對立溪橋眼更青。秋漁家東園佛阜,產鶴事見《六圃記》中。

正月十一日石君學士星橋舍人忍齋進士雪門侍講集小齋茶話舍人即席有詩次韻奉酬③

寒廳有客便生春,麗句分光暖接茵。刻燭請看吟拍節,學士戲謂舍人一拍成詩,目之曰顧一拍。然藜俱是校讎人。開年旬日仍休暇,射格添籌更鬬新。連夕不辭烹雪茗,屋東漸漸放冰輪。

萬墨齋詩二十韻④并序

伯恭吉士藏舊墨百挺,丹叔詹事以文待詔"萬墨主人"牙印贈之,吉士以名齋而屬方綱題并賦。

百墨宜稱賀,誰言萬有加。他年言定踐,此日即先誇。陸子能投贈,陳齋謹拜嘉。主人今置酒,子墨舊生涯。印譜雖多石,文鐫本尚牙。鐙光付何震,玉磬有侯芭。國博時趨侍,蟲符訂舛差。、聲明點

黯，^①㸚字算恒沙。<small>佛經云兩㸚者，新舊篆隸也，印“萬”作“卍”。</small>徵仲題名在，長洲隸派賒。籀斯之小變，韓蔡實萌芽。想有擘窠扁，懸諸玉畫叉。客卿非一輩，稱此者誰家。展著能幾緉，書鈔必五車。庋厨宜審曲，斫硯使微窪。於魯君房譜，金莖玉露華。新巢來燕子，香夢到梅花。兼擷梨雲粉，<small>成化宫粉鋌。</small>仍蒸赭岸霞。<small>明李桑林製朱鋌。</small>有囊皆製錦，無壁不籠紗。鈐紙當春夕，穿窗對月斜。衡翁應一笑，此客又塗鴉。

竹井相國惠示元日之作尚未及和而亨山廷尉亦以
相國此稿來屬和因效作二首呈相國廷尉^②

勝讀江春入舊年，<small>相國並以丙申除夕詩見示。</small>燕公大手近鑪煙。九韶舜樂雲端下，萬蕚唐花雪外妍。自說白頭耽粥味，誰知黃閣有詩仙。松風鶴夢陶家語，只在椒觴柏酒前。<small>右呈相國。</small>

鐙夕過從十四年，<small>癸未正月與宋蒙泉前輩同集高齋。</small>瑶華積帙富雲煙。<small>廷尉刻《真率唱和集》將十卷矣。</small>祥占府穀歌惟敘，瘦對盆梅老更妍。氣得初春言有物，眼明識字骨真仙。<small>廷尉近著《小學釋文》。</small>城南盎盎東風意，正在雍容齒會前。<small>將以月之十九日爲里社小集。右呈廷尉。</small>

景君碑舊本有塔影園印顧云美所藏也用前韻四首^③

吳門修竹日看山，小字鉤深塔影間。鴻爪分明印痕在，鑪錘始識有餘閑。

鳳凰漫道善翻身，畫肚工夫隔幾塵。谷口鄰庵揩淨几，衆碑中更一碑陳。

漢法應推吾衍知，轉於平硬見參差。舉三十五一隅反，如此窗光橫鐵絲。

---

① “丶”，原爲墨圍，據手稿本補。
② 此詩題位於手稿本第 4723 頁。
③ 此詩題位於手稿本第 4728 頁。

劍池池水影重重,繡佛齋先小印紅。三十年來顧文學,又營草屋聽松風。文肇祉亦有塔影園。

又一首呈宋子時自山右來寓法源寺①前有《書徐霨仙篆書後二首》

不獨論出處,兼之通性情。試求萬物始,都自六書生。問借僧寮驗,於時草綠萌。雪泥前度迹,空谷又飛聲。

齋中供文忠三像幀子偶拈先生泛潁詩二句題其上繫以三詩②

是處逢公是在兹,焚香掃地我今誰。夢醒趺坐俄成笑,笑煞傳鐙偈子師。《傳鐙錄》:良玠禪師過水睹影而悟,偈曰:“我今獨自往,處處得逢渠。渠今正是我,我今不是渠。”

滄海橫流大有人,蘇門那便托忠臣。放翁縱許饒千億,肯爲梅花乞化身。

月印千川總一光,舟中山本不低昂。在兹故是論文語,鷗趙如何答履常。

漢楊太尉碑宋拓本爲黄小松題③

八分散隸與飛白,皆溯魚鳥通蟲蟲。今人分隸失古意,但以扁側驚聾憒。試看此本法非法,篆楷章草無不通。當初倉史寫鳥迹,金天鸞鳳雲蓬蓬。遊絲宛轉羽毛活,一線萬丈縈虚空。方圓長短隨物象,盤迴屈曲非人功。所以後來晉人巧,尚以鵝頸求其蹤。近時良常老人眼,禮器碑謂褚所宗。山陰晚年筆法進,得見岐鼓車既工。良常極口薄鄭簍,④古者衛律初學僮。沛相門徒痛伐石,汝南學侶偕河東。建寧永壽甫十載,諸生佐史講解同。太尉忠貞在人腹,朱弦三嘆追無

---

① 此詩題位於手稿本第 4737 頁。手稿本詩題下無注文。
② 此詩題位於手稿本第 4738 頁。
③ 此詩題位於手稿本第 4739 頁。
④ “鄭簍”,手稿本作“鄭篁”。

窮。①鬱思荼苦幽倒薤，此筆尺寸皆長虹。當時曾寫大鳥影，五色羽亦貞石中。百九十人隸法好，文殘尚爾嗟歐公。歐公不獲君乃獲，裝褫者誰毋乃洪。莫輕春陰紙窗下，覃溪幅詩寄小松。

三月十二日同湘潭羅碧泉吉士勘書於莫韻亭編修三花樹齋適編修尊甫績軒明府自郇城寄畫蘭幀子用自題韻寄懷二首②

旬日蓬山長綠苔，閑庭留客故徘徊。簾陰何處瑤琴響，忽送湘江暮雨來。

斜抹溪雲細點苔，挑鐙舊夢我徘徊。天涯肯作閑芳草，直爲同心夜話來。天涯芳草，明府齋名。

爲宋芝山題張墨雲畫③
張名積素，字府修，猗氏人。

宋子太行來，拂紙三嘆息。爲言昔張君，六法窮閫域。猗氏有陶宰，授訣出清識。自此學益進，老境思轉極。沈鬱太行圖，奇絶不可得。媵此尺寸絹，蒼然萬古色。後世誰復知，螺丸點焦墨。徘徊空濛際，蟠屈不敧側。何人爲著録，名姓免剥蝕。此意曷敢忘，古誼吁可式。余雖不能畫，頗亦窺筆力。挽回三百年，誰獨鄭虔憶。彼惟不求知，奇氣太行逼。求士宜念此，輾轉余胸臆。

芝山以吳蓮洋墨迹見貽④

蓮洋昔評羼提書，詩法獨出無古初。羼提之書不用意，意特偶托詩之餘。前年我訂蓮洋集，廿卷一氣千璠璵。亦若興到不別擇，迴憶十載煩鈔胥。近來人多新城侮，新城所賞誰問渠。我獨慨想一家法，何異肯播深菑畬。悲歌慷慨燕趙氣，河聲嶽色中條居。中州越石發

① “無窮”，手稿本作“無從”。
② 此詩題位於手稿本第 4746 頁。
③ 此詩題位於手稿本第 4750 頁。
④ 此詩題位於手稿本第 4751 頁。

遥想，建安横槊知誰歟。蒼茫肯作波磔看，料量虞褚實與虚。西望太行一長嘯，春水萬里桃花魚。

同荭谷農部芝山上舍渭川明經於法源寺拓得遼石幢二并金禮部令史題名記後段①

寺門殘絮風揚沙，年年妒客來看花。今年花好不一到，多事片石生咨嗟。趙生宋子並好古，曰科量度圓與窪。孔公臧弆敵歐趙，小史甔蠟窮羲媧。石幢敳斷僧眔護，音釋那辨轉法華。佛名佛咒吾弗計，褚河南耶誰護伽。"褚河南是護伽藍"，鮮于伯幾語。遼初正書逼唐法，欲詳年月防舛差。明昌大定定官制，金源全盛馳藻葩。竹溪文名動西掖，張旭石記蕪官銜。苔横半段尚支甕，合煩二子烹茗芽。孔公舊聞續日下，編藏不憚尋幽遐。灝采貞石所未志，元用彊記將誰誇。空音泠泠如塔語，重城喚客勤脂車。采師倫碑定訪得，禪林判共坐月斜。

書漢鐎斗銘後②

元康元年，考工工賢友繕作，府嗇夫建，護萬年，縣長當時主，
令長平、右丞義省。重一斤十四兩。

張文學藏漢鐎斗，我不見器乃見銘。兩行隸書細在柄，府嗇夫建令長平。其年鳳集甘露降，佐史受賜民協寧。大烹大醹户牛酒，考工工氏煎凍清。③時稱百器匠巧備，廚人治涪咸中經。工名物勒準月令，令長嗇夫試有程。誰歟佐史擅小字，横直毫髮皆模型。西京書迹世蓋少，五鳳年石垂千齡。林華谷口拭彩出，永叔原父交眼青。此前五鳳又十載，小篆一變無畦町。我愛曲阜讀禮器，鏰鏰鸞鳳來充庭。珊瑚碧樹籤書後，孰桐百尺芝九莖。今朝觀此揭柄字，天咫儼縮招揺星。史皇文果自鳥迹，禮器碑乃希象形。摹以漢尺尺中律，因之想象杅簠鉶。世間更有客亭子，杜陵語記龍眠聽。宋淳熙中江陵楊冠卿有《古銅

---

① 此詩題位於手稿本第4755頁。
② 此詩題位於手稿本第4760頁。
③ "煎凍清"，手稿本作"煎凍精"。

鐫斗頌》，客亭其號也。

李南磵郡丞聽泉圖①

先生初作恩平宰，語我歷城泉可買。長安城南昨握手，掀髯歷落
初心在。居然長松大石畔，秋史華泉後先待。龍潭繡川接渤澥，錦雲
濼口明湖匯。明湖灣環西北來，華不注激淵有漼。深涵齎沸旁濆出，
曲折鏗鏘落珠琲。忽焉眾派交一響，松根連絡不可解。七十二泉莽
鉤帶，天風珮環變光彩。眾峰砰訇應碨磊，目移耳傾神爲駭。撫琴動
操三十載，房君山池池未改。天生此手肯弄泉，且去攜琴臨桂海。

午日亨山廷尉邀同月溪陳公秩齋介庵兩先生
集話繪爲四老圖屬題二首②

堂構循環几杖銘，特延諸老萃儀型。洛陽歲歲沿成社，白傅家家
寫作屏。席象四時皆教讓，觴傳午日即長齡。主賓靜對忘酬酢，此是
先生注禮經。

封樹無忘賦角弓，維桑敬止笑言同。細論鄉里優遊意，盡寫風光
杖履中。新雨連牀醅社釀，家園計畝報秋菘。芝顏不比山間瘦，尺五
天高近日紅。

蘊山倩揚州寺僧竹堂爲予篆秘閣校理印並二詩來次韻爲報③

玲峰群玉壓巉巖，文源閣玲峰石。寸石榮分撥蠟函。四字篆看來尾
押，一條冰繫舊頭銜。故人遠夢文成叠，絮語如銘檀屢緘。勞著拈花
香界手，此名真個出塵凡。

巖乳霏霏露氣濃，洞天綠字閟黃封。若非東野吞書笑，誰解新宮
負笈從。明月梅花如我到，玉堂奏草忽君逢。塔鈴儻契三生語，未信

---

① 此詩題位於手稿本第 4769 頁。
② 此詩題位於手稿本第 4770 頁。
③ 此詩題位於手稿本第 4771 頁。

雲山隔萬重。

鄉試主司宴所簪花惟河南省純金蘊山以乾隆庚寅科所得鎔爲巨觥自賦長歌寄以屬和①

煎金作花花作觥，鑪錘都自匠心出。問君何以獨有之，表裏精純由本質。金入洪鑪不厭頻，覆斗仰圜皆中律。雙南貴重鑑虛公，三雅清明氣充實。煌煌寶色自中州，來致邗江稔歲收。笑傾稔歲邗江酒，還用中州寶色酬。斗牛氣化龍津浪，駱越鼓作金門樣。相馬多師叩所師，卻憶西江夜月時。

蘇文忠墨妙亭詩殘石十七字黃石齋銘其背爲硯今以拓本摹諸宋槧施注卷前而繫以詩②

公來亭中覽諸碑，明年乃克爲此詩。後八年乃來知郡，周覽太息想久之。在郡甫得七十日，百世過眼皆如斯。此詩入石公自寫，十二字忽龍岡垂。王文成驛丞署尾硯藏新建裘氏。禾中人家又藏此，背銘署款黃公爲。碧玉三年語何謂，銘曰：“身可污，心不辱。藏三年，化碧玉。”古鐵一折知因誰。石齋有古藤杖名曰鐵虯，觸石而折。惟公於湖有夙締，不獨老可竹所思。烏臺案與倉司刻，前後捃摭事特奇。我觀後視今昔句，繭紙不爲蘭亭悲。公固不可常理度，化而爲硯恐早知。流傳摹玩復題贊，公乎遊戲所設施。蔣燦書雖不可見，《墨妙亭記》蔣燦書，見《吳興掌故》。傅稗字亦殘碑疑。又謀雙鉤上樂石，大雅堂刻杜例追。小窗忽作大風雨，官奴把燭捧硯時。

與南硐話別復用南字二首③

詩家漫向羼提參，味外希夷象外含。私淑百年猶潤澤，後來萬卷極青藍。舊聞豈但誇池北，名士元應在濟南。拈出黃塵墓下句，未須

續録作龍談。

絕學茫茫孰荷擔,問津一線指車南。經儀曲禮該於五,范寧何休益者三。世遠本根難遽復,夜深鐙火要無慚。東原已死書倉病,幾個同心可共談。

王安節畫册二首①

聽泉坐桐下,觀書卧巖口。世間幾熱客,有此懷抱否。時人語曰天下熱客王安節。

君摹畫家稿,石脚樹分枝。欲叩草隸訣,於君轉筆時。

永樂庵避暑二首②

十五年前尋菊處,月光居士安禪寓。古鼎尊罍篆隸文,洗我眼光如月露。三間高閣兩高槐,禾黍風中綠雨來。薄暮紙坊雲影黑,更催高閣兩窗開。

安爲動主初何營,此風泠泠非聽經。居士所學在識字,六書之義皆箴銘。三生樓鐘亦禪語,看畫空廊悄何許。長安人海幾個來,解説今來對今雨。

海苔紙扇歌用黄文節松扇韻③

□蒙花紙陟釐紙,張杜胸中無一似。貽我苔岑自孔家,製學松枒有莫子。團團海月氣森寒,海緑空揺絶島山。藻荇迷離半庭影,不知人在交柯間。

書怡亭篆銘拓本後④

李陽冰篆《荔虹銘》,李莒八分書。

篆銘武昌小島石,勢隨島石窪復圓。有若籩豆石豐殺,其字亦宛

---

① ② 此詩題位於手稿本第 4780 頁。
③ ④ 此詩題位於手稿本第 4781 頁。

籀皷然。①傳聞空中鬼神泣，落筆甫在前二年。寶應二年，陽冰篆"鄂州"二字，時鬼神泣空中事，見王象之《碑目》。陽冰劇迹事蓋少，昔人稱並庶子泉。滁陽之銘今不見，此石水浸又罕傳。奇哉二十有二字，所謂鳥迹來飛仙。秦碑許説皆小篆，陽冰刊定諸儒箋。增修附益廣篆義，臆説終受徐家鐫。中興冠古在筆力，元氣蓄洩生迴旋。通變不倦乃神化，垂裳義本書契宣。右軍楷亦篆法出，似敧反正斷卻連。從古人文與世運，質文巧拙遞變遷。流行曲折非假借，崇效雲物卑山川。此篆時時出新意，雖有糾繞無連綿。裴蕢並用示通貫，源流祖述當誰詮。字書銘刻不同例，五一六體流相沿。②八枎半竹勢屈曲，垂露兼借鍼鋒懸。首尾蜿蜒自起伏，山谷故説蛟龍纏。晴川洲水蕩星日，目眩椎拓無由緣。歐陽有跋趙無跋，往秋佇望鄂渚邊。李家八分又有莒，未知潮也當誰賢。何事嶽麓訪岣嶁，水潦且問滄浪船。

宋芝山爲予作山水頗似嵩陽帖首二句神理
因以天際烏雲卷目之而繫以詩③

有情語自無心得，紙上山疑夢裏來。若悟響泉松下是，不須日暮上琴臺。

閿鄉楊氏四碑歌④

春觀楊震楊著碑，小松示我已絶奇。誰知及秋四碑聚，蒲褐禪室陳於斯。我居同巷借旬日，鈎填響拓心手追。既窮假爾與墜墜，史識攸速兼僁㑊。紛紛辨釋定一是，悠悠滂喜孰續辭。楊家三公逮四世，諸子澤復諸孫貽。獨於統也史弗著，尋也胡自編墨池。爵名實賴震碑繫，碑所弗繫焉能知。銜環黃雀誰爲慶，送葬大鳥誰爲悲。麒麟鳳皇不世出，連林比景珊瑚枝。一門四石照天地，並河跨陝光陸離。洪

---

① "其字"，原脱，據手稿本補。
② "五一"，手稿本作"五十"。
③ 此詩題位於手稿本第 4783 頁。
④ 此詩題位於手稿本第 4787 頁。

婓得多歐得少，後先倒置使我疑。吾鄉玉圃金石輯，漢碑中州百廿奇。閔鄉墓側親到否，安知榛翳或屋基。此本墨光異近世，恐非乾道當淳熙。穿雲漏月偶一指，六字況補洪所遺。《高陽令碑》"建寧元羅舊"五字，《沛相碑》"萬"字。寄聲小松來共賞，蔡潘藏帖更訪之。四碑皆有蔡嘉松原、潘寧陋夫跋。

予三年前爲徐尚之題浴牛圖二絶今見圖乃別是一幅更爲一詩題之①

因畫識人人憶畫，詩先於畫畫先詩。柳風雲影踢成響，句子偶然拈得時。

魚門茝谷小松毅堂枉過評帖竟日題小松所攜釋無隱説經詩畫卷②

因論西嶽碑，果覿東郭字。卷有東雲雛蔭商文、郭汶園宗昌題字。寒窗偶臨摹，精氣感而致。小松手更奇，坐客勞篆記。是日小松爲坐中諸人各鑴一印。爾探松談松，吾抉笴河笴。松談儳聞歟，笴河翻不至。雪竇參禪子，示疾亦吾避。謂羅臺山。是夕十丈蓮，夢中忽飛翠。但聞木犀香，何必蟠龍寺。

《蟠龍寺説經圖》，崇禎壬午冬席廷璉瑚伯作，前有汶園郭宗昌行書"人天歡喜"四字。贈敘一篇，順治九年壬辰左馮翊貽安山人翼統張正學和南書。庚辰進士。圖後贈序，崇禎壬午上元西麗農人東蔭商撰，社弟郭恭八分書。不傳，南汕社印。南汕劉澤溥調生詩。南祉同社弟郭思。不憶。嶼丈人東文鳳。羽君一字花癡。

篔谷圖爲周青在明府題③徐友竹畫

乙未詩題乙未圖，④十年思之一日就。篔簹之谷谷既同，友竹之竹竹尤茂。先生卜築魏塘居，葉野吳莊相錯繡。宋咸淳間葉龍圖時構竹野

---

① 此詩題位於手稿本第 4789 頁。
② 此詩題位於手稿本第 4792 頁。
③ 此詩題位於手稿本第 4798 頁。
④ 本句前一"乙未"，手稿本作"乙酉"。

書堂,見《嘉興府志》,元吴璀闢竹莊於魏塘,見《嘉善縣志》。江南一髮萬山青,青眼將穿爲誰瘦。每到秋空月曉時,不徒薄霧斜煙畫。①雨滴孤篷剪燭聽,夢驚千里柴扉叩。碧天無際響歸鴻,寒渚有人憑翠袖。連林石脈同一蟠,留客雲深不分繡。不知上谷旅館夜,何術追摹宛爾遘。北方竹少谷近寒,吹律循良績頻奏。蒼然手自植蕃鮮,況爾家園茁深秀。示我溪山一幅圖,風氣天然非筆構。水邊梅外論標格,湖月林風溯交舊。此圖中若補先生,試寫苔岑皆篆籀。

今年得詩一百九十二首,除夕籌鐙後記於緑研齋之南窗下。撰石詩律之細,固不待言,然此事亦必日日用力於古人,而後窺見此事之所以然,未有終歲不開卷而徒憑舊日之識解者也,自今更宜加力加力。

---

① “薄霧”,手稿本作“薄靄”。

復初齋集外詩卷第十二

戊戌八十六首秘閣集

勺湖草堂圖歌①并序

堂在淮城西北隅,爲阮裴園檢討讀書處。檢討歿後,其門人平陸荆五峰來守淮,爲重構書塾以祀之,厥嗣吾山郎中以圖屬賦。

勺湖草堂今書塾,淮南太守重葺屋。勺湖書塾昔草堂,淮南弟子虔瓣香。後先表記復程記,斯塾斯堂廿年事。濂溪亭合號春風,鹿洞齋堪名敬義。嗣君展軸手親指,某樹先生憩遊地。當時翰林推二阮,卻溯徵君已三世。學規經術端四禮,館課詩編富五字。湖畔書聲自繞林,湖上吟情尚飛翠。林成栽植咸手澤,翠叠波瀾盡經笥。先生持節臨湘潭,洞庭南北教澤涵。家家一編奉節庵,勺湖之勺遍分甘,湘南復不異淮南。淮南太守亦弟子,入塾猶如親杖几。湖光一片蕩空明,綠涌三春櫂歌起。莫言城隅纔數椽,氣壓層巒大海水。

竹井相國招啜茗看畫兼以郊行新詩見示次韻二首②

得公山氣句,已儼畫中行。樹杪橫煙出,城頭霽雪明。散衙茶鼎熟,留客竹風輕。早有傳柑話,催聽出谷鶯。除夕前一日有柑橘橙之賜。

---

① 此詩題位於手稿本第 4810 頁。
② 此詩題位於手稿本第 4812 頁。

畫意枯荷皺，琴聲大蟹行。穆如人澹對，貯以閣空明。茗碗期非偶，文章事不輕。蓬萊道山頂，老鳳領新鶯。相國時以院長兼大教習。

竹井相國席上即次相國喜雪詩韻①

相國庭有春，非借鐙與月。新詩自歲朝，聽鐘依玉闕。遂有松竹響，交和陰森檖。皓潔點空濛，圈枅窮杪忽。盎盎氣逾蒸，滾滾瀾不竭。知是雪樞機，巧隨物凹凸。檐作銀垂簪，階有玉立笏。流潤俄石齒，餘津到苔髮。固應幹勾萌，不假煨榾柮。客來怯險押，峻甚摩空鵠。賮軸徐拂拭，嚴巒動飛越。主人圓清幽，②畫史名碑兀。真意兩相高，靈氣鬱出没。是日於相國獨往閣觀獨往客畫卷，獨往客黃尊古號也。奇哉卜晝晴，肯緩詩興勃。陽琯升樗柴，農歌起耕垡。三館冰條銜，五字建安骨。不徒黃柑遺，更催海棠發。相國有海棠之訂。

韋鐵夫授經圖③

易義溯自春麓公，鐵夫祖春麓有《周易解義》若干卷。秋林講易鏗如鐘。嗣君約軒有《秋林講易圖》。聞說春秋更獨得，抱遺終始同非同。先生江鄉茌斄序，上下著錄諸家通。潘元卓碑飭籩豆，泮宮之惠貽學童。此圖金壇歲癸丑，十載於泗先聞風。化頑卻愧非一事，蠲逋尤切經術功。地糧分析侃侃議，食貨績入儒林中。藩宣仍是詩禮教，師承果作齊魯宗。齊學魯學殿庭上，寧陽平林誰折衷。④漢寧陽韋勛治《嚴氏春秋》，見洪適《隸釋》，平陵韋著治《京氏易》，見謝承《後漢書》。君家三傳按三禮，一門世世講席重。非授趨庭授報國，六經無出孝與忠。衣襟苔石有餘潤，蓬池綠雨春濛濛。

邵僧彌畫卷⑤後有金孝章書陶隱居《尋山志》及楊無補跋

空江誰記明月痕，九霞調笑靈音諭。松風吹笙鶴背夢，玄之又玄

---

① 此詩題位於手稿本第 4815 頁。
② “主人圓”，手稿本作“主人閬”。
③ 此詩題位於手稿本第 4816 頁。
④ “平林”，手稿本作“平陵”。
⑤ 此詩題位於手稿本第 4817 頁。

衆妙門。耿庵何感貞白志，黃詩自悟敖陶孫。空濛無物但雲氣，竹情水性石本根。良常洞庭別有路，不在磴跨藤蘿捫。曉升夕際向背外，恐更綠字金書存。千巖響出鸞鳳嘯，一氣變作榑桑暾。孰云斯人筆寒乞，跛兒縹緲玻璃魂。永嘉倪黃好粉本，無補自與山水言。頤堂禪榻半升酒，不須更問吳梅村。

復雪次竹井相國韻兼呈藕石①

霽後連宵瑞氣浮，梅邊得句更清幽。轉成飛絮暗簾幕，已想綠陰黃栗留。誰借畫山圓昔夢，莫憑故紙結春愁。紅棠樹是真金粉，判與先生足臥遊。相國出觀王煙客仿大癡富春山圖卷，藕石云是其所藏爲客攜去者，相國詩中及之。

冷枚畫②

冷枚法本西洋派，多在輕烘淡染中。始識曹吳工一變，衣紋出水帶當風。

次韻魚門見酬臨董書山谷尺牘相贈之作二首末章爲錢子發也③

董書黃手牘，每對怯傳神。琴憶邢和璞，船迴賀季真。濛濛乘雪曉，益益借郊春。愧比嚶鳴者，圓吭律未勻。

嚶語非虛合，文章故有神。終憐氣味似，太恃性情真。商略胸羅古，尋常酒遣春。可徒博風趣，箋粉界絲勻。

瘦銅舍人所藏聖教序元朝拓本也上有黎瑤石隸書題籤予既購得宋拓本重裝摹其籤賦此詩題於上④

右軍化身千百億，紫宮琪樹離瑜飾。一花一葉落人間，猶結蘂珠

---

① 此詩題位於手稿本第 4818 頁。
② 此詩題位於手稿本第 4822 頁。
③ 此詩題位於手稿本第 4824 頁。
④ 此詩題位於手稿本第 4825 頁。

丹翠碧。長安宏福那收得，玉色金聲寓於石。少君殿屋秀凌雲，松雪洞庭聽玉笛。誰言訪舊宋之南，裂文記損三十三。漫補凌雲借凌偃，誤將松雪等松談。郭云全本實割補，董説小王彌媚嫵。錦囊瑶石傳印章，籤記長洲師隸古。吾友程壻有長物，徒令人援竹雲跋。我收真宋與程同，淡墨簾紋瑩不滑。更無風引三山舟，亦誰碑笑七佛頭。金書縹字畫禪室，卷尾更問王弇州。王元美謂唐藏經卷尾有于志寧等姓名，宋徽宗瘦金書題“聖教序”籤，見董文敏《畫禪室偶筆》。

集右軍聖教序書書施注本後[1]

子瞻之集得施注，山陰作序托旨深。正當鐫木窮墨妙，[2]敏求記篋空探尋。火飛蠹缺感塵劫，夢想一字真千金。後來標部乃僞續，遂與真本分古今。五百七十二載接，我室夜夜聞空音。不惟時論備引述，豈異墨迹傳詞林。重鐫願作萬本印，神交相照千古心。質諸先生小像下，雨花香滿春鐙陰。

沈聲庵觀察松嶼授經圖二首[3]

三十年前鯉對同，鸞笙鶴氅叫秋空。浮丘一卷重尋在，青眼嵩陽舊夢中。

經學君家有世傳，垂髫風味故依然。三生蘚洞窮丹篆，萬壑松濤答管弦。

裕軒前輩招同周林汲羅九峰兩檢討菜香草堂看山桃[4]

四首之三、四，集刻二首。

韭長壓擔滿城中，出土新芽迥不同。留得光陰前一月，丈人有術駐春風。

---

① 此詩題位於手稿本第 4831 頁。
② “正當”，手稿本作“正書”。
③ 此詩題位於手稿本第 4832 頁。
④ 此詩題位於手稿本第 4836 頁。

箋傳紛拏豈力争，寸心矜躁轉難平。頓來活潑消融盡，半日溪頭好水聲。_{魚門云二首拗。}

蘊山入都握手口占二絶仍用原韻①

花信江南送幾程，扳輿攀弟與梅兄。舊巢痕卻紅棠戀，月澹僧廊繞樹行。

十五年詩忽眼前，小窗疏雨緑如煙。重尋舊味重攜手，轉爲春陰一悢然。

漢銅鳩杖頭歌②并序

海鹽張芑堂明經來都，以漢銅鳩杖頭見贈，歌以酬之。

張君同我金石癖，袖有江南萬峰碧。語我此事不早圖，誠恐他年惜筋力。赤藤斑竹覓不難，鳩首古銅焉可得。曾在宣和圖譜見，不徒管笱山雲飾。新陽羽物象春生，刻玉官頒順秋職。或銘在杖不銘首，寓義無文器維則。維漢東京溯漢初，長尺之端端寸餘。圜箭竹節中含虛，浮光瑩然照我書。子非叩閣老人乎，周款漢識一一摹。豈止譜續宣和圖，五行洪範天禄儲。奇字待子同爬梳，且莫遽問登山扶。

表弟楊立山進士謁選至京話舊三首③

爾望耽官職，翻知宦况深。艱難弟妹語，忼慨友朋心。莽莽瞻前路，匆匆返故林。城南握手處，幾個記同岑。

畢力營昏嫁，非因五嶽遊。心精計兒女，功倍買田疇。陰德今方驗，盟言後必酬。某丘某水樹，亦要覓菟裘。

人事與天意，回看四十年。萬端清夜轉，一笑晚風前。世故水雲淡，此心金石堅。挑鐙尋舊學，對榻倍皇然。

---

① 此詩題位於手稿本第 4837 頁。"原韻"，手稿本作"前韻"。
② 此詩題位於手稿本第 4837 頁。
③ 此詩題位於手稿本第 4838 頁。

題蘊山近詩卷二首①

把君詩卷憶，江右瓣香傳。仙井崇仁老，分寧退聽編。後來誰繼作，著録卜吾賢。金入洪鑪意，寥寥六百年。

把君詩卷憶，西苑直廬春。緑樹橋迴馬，紅牆水映人。十年重襆被，此夕聽車輪。儻見前題字，②苔衣拂舊塵。

筆飲詩③并序

錢塘梁山舟侍講煎錫爲筒受水，以韜京水筆字曰筆飲，去。海鹽張芑堂明經刻銘其旁以見贈，爲賦詩。

元穎穎不渴，金粟金所滲。芑堂別號金粟道人。煎之寶汞光，瑞則垂虹飲。筮得人文兆，金仰水俯浸。需雲就之暖，北陸寒不噤。見《焦氏易林》。北方毫習水，蓄潤耐彊任。貂毫鹿角膠，束縛唯何甚。以兹悟筆法，攦押視淺深。偃側固不虞，燥濕都弗禁。所以張道人，高價不肯賃。插花亦韻事，江夢到我枕。

竹井相國招同繡庭大司馬擢石閣學耦堂侍御蓉裳編修縠人吉士集檀欒草堂看海棠④

輸與雕欄笑客忙，卻於輤扇出花光。一分未減圓前夢，昨歲來澆欠此觴。值閏恰宜過穀雨，牽愁偏不漏斜陽。城南息壤今仍負，慚愧春陰對海棠。

芑堂明經自吴中攜來明人尺牘數百通蘊山太守韻亭編修藥林孝廉集詩境軒同觀聯句二首⑤

小字還多大幅奇，芑堂。官書私牘序兼詩。韻亭。迹徵明代幾全

---

① 此詩題位於手稿本第 4839 頁。
② “儻見”，手稿本作“儻覓”。
③ 此詩題位於手稿本第 4840 頁。
④ 此詩題位於手稿本第 4841 頁。
⑤ 此詩題位於手稿本第 4842 頁。

矣，蘊山。帖半錢家實倍之。蘀石所藏明人尺牘八百餘幅，可存者四五百幅耳，此雖近四百幅，實可當千。覃溪。安石報書空署尾，蘊山。溫公軼稿復誰知。藥林。此中大好哀成集，韻亭。仲蔚差堪配雅宜。俞仲蔚自書所輯《荔枝譜》，王雅宜自書所爲文稿，最精妙。覃溪。

碑板文辭易失真，韻亭。每於信手見爲人。覃溪。碎金江左風誰嗣，蘊山。積玉長洲迹已陳。文衡山得金元玉手帖輒裝爲軸，題曰"積玉"。覃溪。師友宛然來次第，藥林。哀藏轉復費精神。芑堂。從今不敢輕裁札，往往黏牆惹笑噸。覃溪。

是日即席同贈蘊山得衫字①

傾愫何曾費遠緘，澹懷不似換征衫。翰林子墨青交眼，苑樹光風綠滿帆。蘭臭從來金石締，洞天他日姓名劖。直應異代精靈聚，一氣相投四百緘。②是日同觀芑堂所攜明人尺牘。

送蘊山之揚州守任仍用前韻三首③

六年奏最挂星帆，一卷山齋石墨劖。能爲揚人説風俗，若評歐記遜深嚴。見予送序。東南文藻雄繁會，宿昔纏綿綺麗函。相見淡然無一語，④恍仍對榻舊青衫。

唱和郵筒歲屢緘，道山舊侶憶徐嚴。精微付受猶難必，格律繁蕪豈易芟。忠孝自然由本質，性情何物要鐫劖。阮亭合向揚州住，神韻憑君覓一函。王文簡撰《唐人神韻集》刻於揚州，今訪不得。

敢説門牆賴發凡，直勝著録壓裝函。淵源青固知從素，嗜好酸非果異鹹。庭際春陰合江海，石間夜露下松杉。潭名元只庵名是，新授蘇門學士銜。予將以蘇庵自號，而號蘊山曰蘇潭，蘊山所居蘇步坊有泉出焉。

---

①③　此詩題位於手稿本第4843頁。
②　"緘"，手稿本作"函"。
④　"淡然"，手稿本作"淡如"。

臨蘇書蔡詩於小屏上題此①

壁詩夢詩非一時，濰州杭州誰憶之。熙寧老守筵上語，縱笙遼鶴人莫知。遠雲近日相開闔，樓影山光那分合。濟明家賞元祐春，簾雨濛濛又深閣。後詩誰作應問公，我今一笑對春風。欲移有美堂間壁，畫作西湖水映空。

宋仁宗曹皇后玉寶歌②篆曰“慈聖御筆”

金粟逸人論飛白，東都不見昭陵迹。摩挲歐九再拜文，想像山陰字逾尺。何必蕭家壁上蕭，慈壽宮寶熊熊赤。曾侍昭陵落筆時，忍說宮名遂曰慈。宮中膝下家人禮，天子娶婦后嫁兒。黃衣克承先帝志，垂簾特允群臣詞。仗迴祈雨記左史，屏間望拜煩韓琦。賣松兒曹作家傳，慶寧好夢非危疑。當日如何秉史筆，蘇軾尚且援和羹。慈壽之宮更名慶，宮則慈壽人慈聖。崇稱蓋在奉諡前，論赦已開元祐政。一函文字付裕陵，此物應同識遺令。璞完微橢不純方，篆畫天然合圓勁。璞已經火篆已刓，不同玉簡螭細盤。墨林項氏記於側，金粟張子銘其端。還將小損玉筋勢，試作深宮飛白看。

芑堂以宋人書藏經見贈再用前韻③

憨字尚沿唐諱筆，我嘗以證宋槧書。誰知迅掃若風雨，絳宮雲笈千蕊珠。宋楷二派瘠與腴，啄磔然否鐘虞如。斷斷攫押扁闊際，如剖鹿洞參鵝湖。

寄懷瘦銅關中兼柬道甫獻之二首④

小箋圖閱音，懷古質苔岑。為我倚修竹，傾囊蒐吉金。芙蓉夾城路，菡萏一峰陰。趙郭東王後，精靈閟至今。

潛研待成錄，謂辛楣。壺尊欲廢書。謂葬石。商量非旦暮，問訊竟何

如。甚畏浮名忝，^①翻疑本業疏。雲臺玉漿接，儻可乞經畬。

丁敬身書贈施竹田句二艻堂得之以贈藕塘倩予爲摹一通題此邀二君和^②

我不識丁君，得識君賢友。亦不識施翁，交翁嗣君久。芃芃艻堂艻，濯濯藕塘藕。炎天人海中，冰雪一握手。兩峰非雲氣，六橋非花柳。湖山真眉目，一笑頗憶否。來往亦風流，雙笻二詩叟。相贈非爲身，落筆故不偶。以友必善藏，以嗣必善守。置我於其間，相托以不朽。夜夢貫月虹，墮影大如斗。仍煩藕塘題，還爲艻堂有。

夏日未谷艻堂無軒芝山毅堂過談懷小松^③

庭葉翻不涼，摵摵響空變。亭午吹如蒸，不敢一揮扇。諸公閱古眼，爛若巖下電。尊罍古綠氣，稍稍洗我倦。深山剔苔蘚，翠墨濡繒絹。此嗜有別味，不獨臨池羨。頗聞張弨釋，猶未任城遍。近日鐵橋子，手拭蒼石片。來者其謂何，宜稍禆史傳。秋庵小蓬萊，名繼洪家擅。我亦中郎摹，銘擬於尺硯。張子槩屢懷，桂生厓重跰。吾徒豈漫詡，千載窺真面。黃子儻夢乎，秋鐙月如練。未谷、艻堂皆有爲我刻漢石經殘本之意。

未谷艻堂無軒芝山同集毅堂寓齋觀所藏古印^④

千九百年印秦漢，三十五舉編後先。^⑤未谷撰《集吾衍三十五舉》。品量都用擇交法，斑駁惟憑真意傳。銅綠重於苔蘚色，墨雲合作篆香煙。陳郎跛脚張郎瘦，尚左生題未是妍。是日並觀高南阜手題集古印册，適無軒病足，艻堂亦甫病起。

---

① "甚畏"，手稿本作"甚懼"。
② 此詩題位於手稿本第 4855 頁。
③ 此詩題位於手稿本第 4856 頁。
④ 此詩題位於手稿本第 4857 頁。
⑤ 此句下注文中"集吾衍"，手稿本作"續吾衍"。

次和蘊山卞祠枯枝牡丹①

吾子攬彎諏川塗，一花祠側世所無。新跗老幹奚以區，婭姹有如婦隨姑。得氣云在枯之餘，吾言根枯實未枯。觀根乃驗枝不孤，堯夫之論與世殊。邵康節《品洛陽牡丹》云："見根而知花者，上也；見枝葉而知者，次也；見蓓蕾而知者，下也。"見《呂氏童蒙訓》。凜然生氣誰吹噓，盎然膏澤誰發舒。何點澆溯千年初，何點於卞忠貞墓植花澆酒，見《南史》。徐鍇碑又兩載疏。前年得見卞墓題字，予斷爲徐鍇書。花先於葉義安居，請語土人慎犁鉏。靈根或繞先賢廬，勿俾移之護其儲。移植則不活。土風視此其何如，吾子發言慎勿虛。

莊亦和邑宰夢至一處有題句云誰知馳馬驅車地暫作修齋念佛人因作徵夢出山二圖屬題②

畫君希微蕭寥之夢境，林曲峰迴淡無影。畫君慷慨登眺之宦途，天空野迴雲飛梟。水出山作山靈語，雲出山爲山行雨。灣環浦勢那得蓄，開閤嵐光分脈縷。誰云馳馬復驅車，到處和風作仁宇。不知仍是水雲身，此出卻得山靈許。時和政肅民阜康，黃圖赤縣歌洋洋。縣齋雨足畫漏長，松風花露淡與心齊忘。借問談仙遊閬苑，何如篆炷縈鑪香。

題芝山畫③

午夢居然萬壑移，空煙咫尺雨迷離。客來探得秋如許，斜日支簾落筆時。

亦亭以高麗苔髮紙製扇索詩仍用黃詩韻④

月下誰知扇是紙，海島溟濛水膚似。墨痕一縷何處雲，夢中誤喚

---

① 此詩題位於手稿本第 4864 頁。
② 此詩題位於手稿本第 4865 頁。
③ 此詩題位於手稿本第 4866 頁。
④ 此詩題位於手稿本第 4868 頁。

漁家子。生秋已覺几硯寒，問羊亦到金華山。蟬蛻塵埃更無迹，機軸相忘心手間。其扇有藏軸者更佳，欲托亦亨覓之。

曲阜桂未谷以顏氏所藏華嶽碑雙鉤本見示即顧南原
所謂商丘宋氏完好本也爰爲補摹賦此①

華嶽商丘各藏一，一闕百五一闕十。曩疑此語今信之，不敢專矜舊所習。惜兩石本不並几，此出鉤摹太拙澀。按圖既喜字無假，寄陝況值碑重立。往時姜陸一再刻，爭托商丘所什襲。豈無中間補綴筆，正爲追還元氣急。方員奇正文質兼，果若斯言焉得及。舊云中郎非貌取，我昨石經粗綆汲。史晨夏承約略間，次中籀斯相出入。②可憐今代顧文學，撐拒洪妻頗岌岌。買璞周人臘起知，③無權子莫中焉執。端從全拓論氣體，何止二京量等級。洪家急就已變古，訓纂凡將要收拾。商丘雖説字抵珠，深意誰續前賢集。我得見與顧陸同，石本又先膏馥裛。窗光響拓動積旬，河北關西盡吾笈。商丘本得於河北王氏。月明如水墨如珠，欻是蓮峰雲氣濕。雙鉤更不費筆描，篆縷空煙自呼吸。

題葉筠洲觀察像卷④

葉名士寬，長洲人，康熙庚子舉人，寧紹台道，卒年六十七。
宋中丞邦綏作墓表，彭尚書啓豐作志銘，子樹滋、樹藩。

筠洲觀察之小像，不畫長松與叢篠。亦不畫石與軒廊，心事秋空日晶皦。但書尚書中丞文，彭公之銘宋公表。不識觀察識二公，二公凛凛和非同，其文不僅文字工。瞻像讀文攝衣起，此像此文文即史。

程勵堂愛日圖⑤

程名德錕，太學生，魚門之族人。

堂上具甘旨，堂前列琴書。松葉拂雲久，石盤盛露初。閑玩掌珠

景,流光海氣嘘。所以潤草木,宜近高堂居。

江訒庵工部名其寓齋曰雙槐書屋屬爲分書次星橋舍人韻①

胡同借樹樹名椿,更借槐花點作茵。雙影婆娑成翠幕,中間主客盡詩人。那殊王氏三株蔭,曾記黃家五嶺春。明香山黃瑜有《雙槐歲鈔》。妒煞虎頭金粟手,秋空傳出樹精神。

梁五朱泉范摹本歌②

一之木中十之黍,金則義從朱聲從。五金省與五朱別,朱銖源合同一鎔。天監之初火代木,去金鑄者三吳供。定平對文公式女,稚錢派別誰爲蹤。姚吏部書闕作志,食貨未究工商農。徒令洪遵說輪郭,輪郭同異文何庸。此范五陽五陰列,線復五出星重重。邊纖字狹制作古,若量籥鼓摹諲鐘。斑斑丹翠我未見,披圖但嗅腧麋濃。其文斜正相間出,短畫一一皆鍼鋒。我用瘦書摹更好,誇示張子加緘封。張云七范得此九,獨恨摹本傷纖穠。不如輕拓得本質,要於古拙看丰容。我評碑字亦云爾,凹凸難得好手逢。桂生又出拓本一,凹文削束腰如蜂。模黏摹紙更不易,銅碑椎法叩小松。

題盧霽漁編修迎養圖③

通家復對楹,日聽讀書聲。午歸勤定省,晨起直承明。過我相摩切,必言母歡悦。因說南來初,前歲秋時節。閩江侍登舟,江水碧於油。衆母送我母,舉家更獻酬。片片帆上雲,依依岸邊樹。鳥語對交花,遲迴不能去。誰言一寸草,報得三春暉。岸隨綠樹遠,帆共白雲飛。此懷何以寫,母命繪成圖。成圖以勖我,勖我當何如。午歸定省勤,晨起承明直。專精研所學,誠篤奉乃職。幾我之所述,④質直無浮言。願子體此意,日日矢勿諼。

---

① ② 　此詩題位於手稿本第 4872 頁。
③ 　此詩題位於手稿本第 4876 頁。
④ 　"几我",手稿本作"凡我"。

送羅臺山還瑞金得愈字①

至幻則禪律,至真則訓詁。先生獨兼之,借問義安取。彼宗掃文字,吾學精聽睹。二家正相反,譬若敵之樹。今君安歸乎,歸乎曰將父。天倫樂家庭,竭力在仰俯。大道元象初,空在形聲譜。②顧以幻例真,訓詁不猶愈。君當春暉愛,難得光陰補。豈合更有暇,參禪問初祖。經術培其根,倉雅導之輔。莫以漢學專,輒罵宋儒腐。往來不可咎,③此句鄙意於舊友有所指也。來者敢輕侮。君非今之人,眼有萬萬古。從來觀妙門,反作伐性斧。誰忍爲此言,握手淚如雨。

心餘編修爲予題蘇詩施顧注本即次其後二首韻報謝④

蝕餘得此賴神完,金碎何妨識謝安。公是戒師曾記否,敗蒲翻覆試尋看。

武陵洞口寫桃花,肯向江頭認釣家。今夜玉堂香一炷,與君息息候黃芽。予所藏蘇書《天際烏雲帖》,寄揚州勒石留二年矣,君在揚未之見也,今乞詩勒於帖後爾。

書張樗寮墨迹後⑤

米老於古多褒譏,猶言天工闕精微。嗟哉此腕不易揮,周規折矩弦與韋。即離遠近參瘠肥,前輩奔軼先驂騑。後人畢力將安希,惟有敬慎其庶幾。提筆之妙煙華霏,遊絲掣颸蹤依稀。豈特傅朋善者機,自褚迄米皆弗違。樗寮又後於元暉,筆無停留指知歸。當其神凝復疑非,漢人分隸已範圍。手不隨口古所欷,控不可施乃受羇。大音豈在弦軫徽,小窗目玩秋雲飛。

---

① 此詩題位於手稿本第 4877 頁。
② "空在",手稿本作"豈在"。
③ "往來",手稿本作"往者"。
④ 此詩題位於手稿本第 4880 頁。
⑤ 此詩題位於手稿本第 4883 頁。

鄭固碑歌寄小松①

鐙搖函紙光秋空,琦瑤字忽吾目中。六十有三廿有二,吾篋何減歐趙洪。都南濠亦說磨滅,磨滅乃自於歐公。集古跋尾列二卷,②琅琅文燦孝與忠。其餘盡殘不可讀,蘦落想像嗟異同。不知沈薶自何代,邇日張力臣。顧南原。煩研窮。請陳此碑迭隱見,今者一旦真發蒙。先是雍正戊申歲,有李鷃者池石礱。石不忍虀趺宛合,按圖始悟碑之豐。此已張顧所未見,牛運震甫圖匆匆。然猶中央闕半段,竟疑敲火供牧童。黃子於役衛河岸,故人緘以古繭縱。嶷嶷嘉禾異偃稑,娟娟皓月非纖弓。方中出圓更奇麗,寓修於短鑤玲瓏。河聲樹影落之紙,寄我夜思垂長虹。嗟我豈敢笑張顧,著錄難掩過與功。顧云家藏完善本,胡爲橫直迷西東。張沿顧云何足怪,當時親到州學宮。池石未出孰蒐訪,池石既出猶朦朧。五十年來識者少,全文何況資折衷。甌齋釋文終有用,不獨花玩南池紅。近者王君廟石古,又聞范式碑額雄。皆濟寧新出土者。魯司隸與鄭尉氏,遺字使我心忡忡。裳嘗玉王竊辨證,張力臣《濟寧學碑釋文》誤以《橋亭碑》"玉子言"爲"王子言",《黨懷英碑》"裳"爲"嘗"。此後日夕煩郵筒。獨恨逡遁字不見,亭林訓詁誠博通。賞家動以耳代目,眇論未可冰語蟲。何時與子坐其下,六書偏旁細討攻。斷文手量但會意,璞不輕示真良工。橋亭精靈儻吾許,莫辭全放光熊熊。初寒又值別子候,夢到古壁交松風。

香亭太常心餘伯恭穀人魚門編修同觀唐天祐三年王審知德政碑拓本③

青礴詞起皁筴壇,巖頭矢口潮漫漫。馬來已踐系孫卜,羊入不怕東南寬。光啓天祐二十載,此時特紀勳名完。洋洋八閩通水陸,鏘鏘七德舞羽干。内持小心外大度,小能事大危能安。重城八門儼天府,

---

① 此詩題位於手稿本第4893頁。
② "二卷",手稿本作"二本"。
③ 此詩題位於手稿本第4894頁。

泉山賦手雄碑刊。戟枝行馬武庫爛，合沙江水星光寒。吾家諫議使
奉册，馬卿嚴助時爭嘆。歐九作史書曰盜，婆留亦作草竊看。後來嗣
主或驕佚，厥初戮力良勤殫。污萊既闢奠井賦，爾時底貢嗟尤難。閭
閻興行咏橋槳，氛祲式廓除澤萑。權輿舊規定程課，①招來新服同衣
冠。父老詣闕請勒石，大書丈四蛟螭蟠。唐臣奉敕亦史筆，侍郎不獨
工牡丹。松柏後凋風雨晦，此句何減銘鼎盤。尚嫌象教力崇奉，亦與
棠港功同觀。五百經函壽山寫，豈比聖籍蒐荒殘。瑯琊之德在儉約，
本以遜讓開其端。玻瓈瓶擲絕玩好，衣袴敗補非綺紈。所以匡戴無
貳志，夢驚不敢衮冕奸。此義惜不極剖晰，萬古臣子培心肝。吾嘗手
剔南漢石，此龔冢處空海瀾。②五朝十國數臣節，有此深刻高巑岏。尚
聞一碑小字本，恐是錢昱文未刊。銘曰真王兼上相，何時親到苔蘚
剜。荔支花開擁綠樹，烏石峰矗排蒼巒。寄聲閩嶠客弔古，圖經請補
從侯官。

題尤水村畫東坡石銚③

送畫敲門倩碧泉，羅編修修源。索詩來歲限猶寬。我爲赤壁江船
夢，已作松風月笛寒。鉤石夜瓶仍有暈，④小團天露不曾乾。濤春午
枕非煎水，真一何須鄧守安。

胡雲坡司寇席上觀摩訶庵集篆金剛經拓本同心
餘編修香亭太常涵齋侍講作⑤

十里吟鞭看花處，紅杏連雲一千樹。杏花看過看古碑，道肯摹來
又洪度。寫釋文者十二人，香山何到秀水陳。陳時寓寺跋寺壁，小蓬
萊叟下筆親。黃貞父。三十年後記追寫，點筆匆匆非舊社。可憐石畔
感涕人，猶是庵中讀書者。香山鄉接白石莊，古墓石馬眠牛羊。童時

① “權輿”，手稿本作“權衡”。
② “此義”至“南漢石”三句，原脫，據手稿本補。“此龔”，手稿本作“劉龔”。
③⑤　此詩題位於手稿本第 4896 頁。
④ “鉤石”，手稿本作“釣石”。

每到輒徙倚,懷紙竊拓窺鋒鋩。朱十舊聞未及采,或以其篆遺其楷。郭忠恕書還附刊,休上人詩尚好在。韋五十六英十八,草篆何煩譏惡札。徒聞文字掃西來,那借徽弦開古刹。<small>明嘉靖中僧無鉉創建此庵,無鉉善琴。</small>鈴聲幡影花陰轉,綠酒紅鐙客開卷。但驚欄檻煙雨痕,誰執蠶蟲科斗篆。巨手莫嗟東石臺,青箱漫感王敬哉。老屋丁丁夜漏起,石經試續小蓬萊。<small>予所藏石經,貞父七世孫易所藏也。</small>

中秋夜次答筠樓侄舟泊天津見寄①

陰晴萬里驗無殊,不必津門近上都。潮信候還通粵嶠,蒲陽館更泊姑蘇。蒼蒼北望停杯處,浩浩南溟利涉途。計日思君若流水,欲隨明月繪成圖。

題隆慶綠墨②

<small>文曰“龍香御墨”,側有“重三兩九錢”紅字一行,其重即今等也。</small>

萬斛香雲膩翠膚,龍涎吐作碧鮫珠。分明奩鑑寒如月,欲寫春風憶得無。

薛素素畫像二首③

斜陽衰柳滿襟淚,亦爲東陽姓沈人。若使壚頭傳小影,故應愁絕洛城春。

金粟道人江海去,底將胸次寄槎枒。老遲瘦骨如山影,竹石風流自一家。

戊戌中秋前一日丹叔芑堂伯恭竹厂同集詩境小軒芑堂出薛素素畫像并陳老蓮畫同觀予爲賦詩明日聞薛像歸於伯恭復題二首④

蘭葉娟娟露不勝,玉簫哀怨檻誰憑。只應小楷心經法,偷乞香光折筆能。<small>董文敏未第時曾爲薛作《心經》小楷。</small>

─────────────

① ② 　此詩題位於手稿本第 4899 頁。
③ ④ 　此詩題位於手稿本第 4900 頁。

準備詩探頷下珠，一痕綠黛壓香廚。海漚居士先成笑，要鬭張萱乞巧圖。薛七夕生日。

味外閣古松歌①潘蘭垞吉士爲秦小峴舍人畫

我摹篆書愛聽松，兩字氣有洪濤衝。夢想通明高閣上，吹笙之侶相過從。今日展畫一長嘯，乃在秦家庭下披真容。上垂鷺翎儼旍蓋，根盤鶴骨撐虬龍。左右拱揖竹復石，精神包舉栒與樅。堂上著書人，八十健飯餐霞供。堂下舞彩人，六十童顏斟玉鍾。秦家上世復多壽，亦若此松喬柯古綠陰重重。閣中芬貽味外味，閣前翠卷峰外峰。圖書彝鼎共一氣，此松不比山澤農。秦家抹雲用潘墨，露華五色春濃濃。梁溪何年訪一筇，九龍朵朵青芙蓉。丹童芝鹿出迎客，知是蓬萊弈叟塵外蹤。我調玉琴和松籟，咫尺雲海來蕩胸。

題明人集箋簡小册三首②

書後題曾妒謝安，竟留繡段答琅玕。赫蹏更自嫌輕薄，小樣漿泥簇鳳鸞。

瞻首珍藏宋刻絲，書函定亦裹妍詞。還珠買櫝君休怪，大是沈吟有所思。

相憶加餐意不傳，一花一葉向人圓。請君多作銷魂語，留與他時繪小箋。

再集引藤書屋看菊二首③

禁字初寬令，心如放蝶閒。墨皴天氣淡，觀擗石畫蘭。花照酒人顏。巧借鐙攜就，能招檻影環。始知飛鳥意，所以愛南山。

旬日論文字，神寒色更豪。有誰堪共傲，與菊兩相高。已對重浮

---

① 此詩題位於手稿本第 4901 頁。
② 此詩題位於手稿本第 4902 頁。
③ 此詩題位於手稿本第 4908 頁。

白,何須補和陶。前夕伯恭擬陶之作未就。蒼然霜月外,拈此即風騷。

立冬日次魚門韻①

昨以秋吟雪,先之菊咏冬。屋頭寒樹色,郭外淡山容。掃葉顏齋額,鈔書計日傭。新銘時滌硯,是日訒庵、芝山見過屬予銘硯。舊偈憶聽鐘。昔與蘊山同過城北覺生寺,有"同聽一樓鐘"之句,是日因事有感。夜漸更籌永,晨防枕榻慵。即當招局近,莫厭訂期重。冷索梅花笑,春添繡線縫。一拈一徑熟,詩思健於筇。

石鼓篇贈芑堂②

張子握槧橋門側,墜石驚雷非腕力。石膚凹凸深淺量,輕掃穀皮勻古墨。數番不肯多予人,持向江頭自摹勒。臨別殷殷訪釋文,謂當一一蒐殘泐。近謀晉齊與貫夫,杭人趙魏、吳人陸紹曾皆藏金石最富。遠訂吾衍兼潘迪。薛尚功本不足言,楊新都說空爾臆。此鼓闕畫知凡幾,著錄諸家竟誰是。訓辭漫慮參異同,篆籀居然出駢指。觚圜衡縮半推測,部次銖分强摹擬。古所未見孰信之,今之存者先疑矣。杳渺朦朧雲霧月,虛無涳洞元珠水。勸君觀象用虛心,比物天然有妙理。大小二篆該典墳,成宣二后稽功勛。重當研極周雅頌,且莫評到秦權斤。河聲嶽形黿馬背,鸞翎鳳翮虬龍筋。但以神遇非目視,此外聞見皆紛紜。子能守之可不惑,墨池日吐歙金雲。所以昌黎早有語,張生手持石鼓文。

雨香齋詩題文衡山墨迹卷後③

我因喜雨名雨香,雨餘度地蘇齋旁。窗明更展喜雨卷,香來著我喜欲狂。文待詔書世多有,無若此卷森晶芒。蘇文本爲志喜作,書時想值秋雨涼。村村稻熟慶江渚,葉葉桐響聽山房。神來腕熟紙墨潤,

① 此詩題位於手稿本第 4910 頁。
② 此詩題位於手稿本第 4911 頁。
③ 此詩題位於手稿本第 4914 頁。

珠圓玉栗龍鸞翔。虞褚法皆永師法，折旋間出歐體方。晉人神清唐骨重，先生蓋以晉入唐。後來吳興擅流利，得其意者郭與張。郭天錫、張伯雨。彼皆偏師此正幟，或嫌薄弱庸何傷。此卷神全氣獨厚，四邊力足鋒不藏。仙人嘯樹望窈窕，層臺緩步窺琳琅。吾欲因茲叩津逮，漸之永興漸二王。停云石刻苦側媚，那兼楷法和而莊。蘭亭聖教香一瓣，綿綿息息來書堂。吾於書道愧筆澀，枯荄一寸萌驕陽。得此正如①歁得澤，研田夜涌沆瀣漿。發生益益風與氣，淋漓真宰通墨皇。寶章訪集自此始，比於禾鼎真不忘。莫輕寸圍玉雙軸，燭天夜夜迴虹光。

蔡忠惠萬安橋記拓本②

楊郎守泉貽我碑，爲説橋邊碑手摸。橋橫三百六十丈，碑亦凌空俯寥廓。蒼松直亙七百里，何患茫茫海難度。洛陽舊式儼天津，砥砆中流爲鎖鑰。蠣房下結海氣寒，礎石上作螭雲蟠。堂堂大字自結構，是日送者皆旁觀。公爲僚佐説前事，八載屈指功良難。厥迹六行屹永鎮，此渡萬古憑安瀾。後碑之後銜小字，公之曾孫官奉議。向來拓手竟未知，即此堪爲辨真記。前碑已贋後碑真，此事從來少詮次。瘦骨圓筋屋漏痕，倚天拔地長虹氣。浯溪磨厓媲魯公，鄭构衍極識本通。何人錯認再勒本，正書亦説虞戈同。吐谷渾詞不可見，趙子函跋誰折衷。研池一滴即大海，看我縮本光熊熊。

周駕堂編修尊甫六十壽詩③

名仁楷，字端林。

湖口周翰林，氣醇言無僞。手箋叩吾齋，述翁文行粹。蓋以衆善兼，而致諸福備。且言弗求譽，無煩椵詞贄。但以筆力論，即足喬松配。此言世希有，使我滋顔愧。我未獲拜翁，已親芝术氣。仿佛匡廬

---

① "正如"，手稿本作"頓如"。
② 此詩題位於手稿本第 4918 頁。
③ 此詩題位於手稿本第 4922 頁。

巔,神光射牛背。此種皆應酬不存。

沈匏尊上舍爲其太翁謙谷明府求壽詩①

名世儔,邵武知縣,舉人。

匏尊示我家山圖,古松鬱鬱蒼髯鬣。山中雲氣日來往,芝术之顔皆道腴。況聞建安遍歌頌,石鼓峰高勒巖洞。令子日筆金石文,縉綽長生永寶用。

集聖教序鏡光静照四字以題曹劍亭觀察小照附綴以詩②

胸次無宿物,湛然生静虚。悟來一月滿,迴向廿年初。嫋嫋篆煙起,濛濛趺息餘。豈惟拈妙義,可以借儺書。

王氏雙節詩③

兩節婦,婦與姑。後有魏,前有瞿。上有孀母下諸孤,三世之孀兩世尤勤劬。後先三十餘載俱,宜有周翰林爲母爲舊史筆濡。④嗚呼!王氏雙節天下無!

題周載軒畫松爲尊甫端林先生壽⑤

端林先生喬松客,令子爲寫尊顔色。⑥要我一言題其側,畢宏韋偃摹不得。我腕豈有千鈞力,有鶴飛來點秋碧。

范巨卿殘碑歌⑦并序

乾隆四十三年夏六月,膠州諸生崔儒視於濟寧州龍門坊水口石下,得漢范式碑殘石,僅餘篆額“故廬江太守范府君之碑”十字,魚臺令莫績軒拓以寄,予邀諸公同賦詩。

---

① 此詩題位於手稿本第 4925 頁。
② 此詩題位於手稿本第 4927 頁。
③⑤⑦ 此詩題位於手稿本第 4928 頁。
④ “爲舊”,手稿本作“爲舅”。
⑥ “尊顔色”,手稿本作“真顔色”。

嘗疑元伯一匹士，會葬何至於千人。又疑仲山傭阿里，何不訪友直訴貧。嗟哉古人不可見，欲考行事當誰因。范書概以狂狷目，獨行然否傳其真。此碑敘次復不爾，但云會友輔以仁。文辭太勝事實少，亦誰以此譏翟循。今茲碑字又蕪没，僅此一尺留貞珉。篆曰廬江故太守，大書樹墓范府君。墓道之阯石之撰，渺莽俱想秋空雲。摩挲遺字我何感，初非烜赫官與勛。嗣真書品彦遠録，趙洪著辨持斷斷。賈逵劉熹文亦滅，延康黃初説則紛。但推嘖赫省波拂，督郵班或援孫根。我今又異叟與顧，肯以耳食憑傳聞。青龍之年圖讖出，爾時誰守古籀文。古水不連象漩折，籀廬借胸非田熏。異哉从甾法忽變，得毋倉史假問津。古云中郎頗變法，未可概以鍾梁云。任城碑亦辨魯峻，誰歟續釋可共論。臨摹忻幸轉惝恍，何止鄭石疑逡巡。

次韻奉答清容觀范巨卿殘碑見示之作[①]

我摹巨卿碑，未訪巨卿墓。鐵橋李比墨雲崔，二君皆蒐訪濟寧碑刻者。金石名家誰獨步。異哉君歌以屬余，汲古相期到深處。范張之交今不存，弔古區區齂蠟文。挑鐙對酒徵説鬼，荒煙斷碣蒐秋墳。酒酣各出所新得，感激相與形於言。盡傾奇氣吐之壁，坐客屬我我屬君。茶陵詩法誰接武，對雨揮毫即書譜。錦貤古色展向人，篆筆釵痕缺誰補。伯恭持李茶陵墨迹同觀。閨中楷法隸與科，遺經即是正氣歌。波折鍾梁出想像，從容節義殊委蛇。又同觀黃石齋夫人蔡氏玉卿書《孝經》卷。是日二卷出陳子，貪向范碑考閭里。未得清容快並題，肝膽輪囷孰如此。我有一段奇迹非君題，莫能爲君矜奇還自矜。可憐揚州散落落何處，不比漳浦兼茶陵。嵩陽居士誰與耦，君謨詩出東坡手。九章叠韻凡數公，一唱三嘆須吾友。所以離垢兩字題君齋，夜夜焚香夢與偕。冀闓九霞空洞語，神物飛騰還復來。

---

① 此詩題位於手稿本第 4932 頁。

快雪堂天際烏雲帖是從摹本鈎勒者以真迹對之益信三首①

松陵片石知何在，未得頭陀一掃花。如許晚香拈不得，翻身鳳種出誰家。

季海僧虔皆偃筆，後人嗤點到前賢。香光心服劉郎手，尚苦偏鋒力未圓。

去歲詩盟續蜀岡，空將居士夢嵩陽。山川故有精靈許，已見茅齋拓郭香。去年將以真迹刻於揚州，不果，而予所摹《華山碑》今伯恭始謀刻之。

慕堂少卿筵上題所藏錢野堂松柏同春圖②

雙芝軒前雲蓬蓬，大椿相並松柏桐。一坡一石青蘢嵸，坡石迴合樹在中。虬枝偃蓋撐青穹，龍門百尺高童童。八千春秋誰能窮，對峙儼若交房櫳。綴以金枝丹碧叢，此枝一氣所結融。③生生太始資元功，綿綿盎盎蒸煙空。畫理我聞錢一翁，神凝氣静符所充。淡入無意來淵沖，韻到不以形求工。斯理蓋與養生通，悟言室法何必同。若持丹田息濛濛，黄芽白雪玉青葱。靈泉夜涌蓬萊宮，華池玉液交玲瓏。受以虛室候葭筒，神光夜燭方兩瞳。此紙倚壁如貫虹，篆煙裊裊非窗風。請君收視觀寸衷，頃刻春滿榑桑紅。

芝山藏明人墨迹有劉錫名重陽前一日孝章社兄同重其見過雨宿時心甫寓授石同賦詩云褊性交難泛畸人獨繫思傅悰袁子熟進晤葉舟期款曲多情雨平章選手詩冥冥蕭寂意寒菊未東離予見而定爲金孝章手書也次韻題此④

不逢解書者，師服有誰思。獨臥梅花咏，空山臘雪期。寥寥寒夜雨，耿耿友朋詩。肯但牢愁畔，斜陽菊一籬。

---

① ② 此詩題位於手稿本第 4934 頁。
③ "金枝""此枝"，手稿本作"金芝""此芝"。
④ 此詩題位於手稿本第 4936 頁。

除夕賜果恭紀十六韻①

　　回思十五載，侍宴荷傳柑。除夕保和殿、元夕正大光明殿筵宴，日講官皆侍班。帕許珍攜後，春猶渥露涵。連年叨寵錫，秘館叠恩覃。隔歲便蕃記，彌驚節候諳。去年十二月二十八日賜果。三橙初霧嗅，四橘恰黃酣。蠟蒂層層裹，金漿滴滴甘。星流珠斗下，春報洞庭南。今歲陽升早，宜滋地氣含。剖房榴乍摘，如斗欒盈擔。釀酒瓢尤密，搴碑液或堪。柚皮可染墨打碑。那忘來海嶠，臣昔訪瓊儋。詎以根株異，須將臭味參。聯班拜稽首，他日續哀談。添入椒盤頌，滋之蠱簡慚。夏徂秋以計，瓜與荔而三。饋歲來天上，累累珥筆函。

---

① 此詩題位於手稿本第 4942 頁。

復初齋集外詩卷第十三

己卯春至秋百十三首_{秘閣集}

奉酬丁受堂表弟拓寄涿州樓桑廟乾寧碑二首①

陵川但著黃華記，蒼玉誰同百匝看。翠墨二筠成故事，抵將影結樹團團。郭筠文。

城南韋杜訪遺文，張澹行書迥不群。夢想永興戈法在，丁莊夜雨憶尋君。

再題邵瓜疇畫卷三首②

相期空外蕭寥意，爾日東吳幾個存。石室靈威無一字，卻邀山水共清言。

耿庵不寐與誰俱，嘆息斯人狷者徒。成菌出虛非夢幻，果於象罔出玄珠。

牆東徐與古農楊，草隸何須問漢唐。各有性情非得已，十年相對話蒼茫。

---

①　此詩題位於手稿本第 4951 頁。
②　此詩題位於手稿本第 4952 頁。

題仇實甫華清出浴圖六首①

一片瑶池玉蕊光,金沙洞口飲泉香。更教贏得樊川叟,空説雲嬌惹粉囊。

水氣溶溶上膩膚,錦襠卸盡卷流蘇。小蓮只合扶釵墮,誰道褵兒識塞酥。

瑞龍腦子氣成霞,朵朵金蓮日未斜。不用梨雲翻翠被,自然珠汗似桃花。

秋風未奏荔支香,流水瑽琤一曲長。此日池邊聞紫笛,就中幾個似迎孃。

碧菱花覆水紋深,月殿飛霜夜夜心。留與津陽旅人話,犀屏羅薦簇黃金。

海棠睡意畫難成,想到鴛鴦貼水情。一縷雙弓筆三折,後人何苦學仇英。

勵衣園前輩畫爲張菊坡秋曹題是日菊坡屬客摹吳蓮洋小像故及之②

高齋如舫淨無塵,煙樹離離似憶人。誰遣宣和鄭先覺,雲巖爲仿五湖真。

葛太翁壽詩二首③

平生端有活民手,融結丹田萬象春。姑洗桃花迎氣早,庭階玉樹與年新。千家歌頌風猶暖,一笑平反樂更真。句漏羅浮非外得,穉川原不是山人。

---

① 此詩題位於手稿本第 4957 頁。
② 此詩題位於手稿本第 4958 頁。
③ 此詩題位於手稿本第 4963 頁。

大河襟帶好山川，鄉里衣冠邁昔賢。錦幃星辰太丘聚，蘭階書畫米家船。郎官耆宿誰同輩，老屋南榮又一椽。橫笛何人譜飛鶴，周郎詞續贛江篇。

鄭仙吏明經清陰不改圖四首①啓緒

獨立爲誰感，空山萬籟聲。莽莽石氣合，洩雲縱復橫。此間小閣築，極崒與雲平。何與柯葉事，迥然神骨清。

濛濛映我屋，澹澹盈我襟。山中歲時閲，忽已霜雪深。霜雪益我思，不能減我陰。静光所熟復，莫非學問心。

喬柯蔭柏臺，柊華照鄂不。已見摛春藻，即漸膺朱紱。能酬露霑濡，莫詡風披拂。大哉造化功，澄懷試觀物。

之子年家舊，聞名二十載。同巷讀書聲，挑鐙細讎改。慎之保笒心，行將歷宦海。他年好相證，結交老蒼在。

未谷報詩論隸再次前韻并來韻四首②

鄭簠何須較傅山，劑量筋肉淺深間。要觀大輅椎輪始，爰變丹青本玉顔。

開元具體尚疑非，惟則昇卿各苦肥。若較勒銘論岱華，一碑祁國契深微。唐隸以明皇御書《王仁皎碑》爲第一。

如何姿媚斥鍾王，變法同馳翰墨場。近日曹金石完好，甫將圓美説中郎。

三體相參到八分，肯同題扇與書裙。石經上溯岐陽鼓，卻説能詩是右軍。

---

① 此詩題位於手稿本第 4964 頁。
② 此詩題位於手稿本第 4965 頁。

自題磚塔銘摹本後①

顏柳透紙背，褚則離紙寸。惟透乃能離，等之無利鈍。此語恭壽語，書佑莫能遜。②即如敬客書，肯於二薛遜。稷曜。更上到歐虞，即唐之羲獻。恭壽並褚云，奚以來者勸。我探褚公秘，已握山陰券。恭壽師者歐，乃獨留此恨。廟堂與醴泉，高又層百萬。嗚呼禪家義，拈彼漸與頓。

倪敬堂鴻臚以詩乞白丁香次韻爲報③

歸騎春陰壓帽時，隔牆偏賞半欹枝。好詩正似濛濛雨，澹入閑庭結我思。

送李厚岡之官雲南④

經術飾吏治，此事非易言。況復涉萬里，土俗樸彌敦。元江洱海間，儻共張生論。一經各深得，重與尋本根。張警堂時守普洱也，予己卯江西榜魁，其經房者厚岡第六人、警堂第七人。今夕燭耿耿，胸有萬古存。序補雁湖注，香瓣蘇公門。勉任校讎意，匪以口耳喧。忽憶五載秋，涼月開西軒。所重久要在，不獨屬離尊。成就真實義，無負庸輪轅。

郊行三首⑤

棘舍茅籬面面風，日光向背不相同。何人簾下鋪橫簟，看我驅車繡翠中。

樹團晴綠水拖藍，天氣平分麥與蠶。遠近村依橋裏外，家家一幅好江南。

---

①　此詩題位於手稿本第 4966 頁。
②　"書佑"，手稿本作"書佑"。
③　此詩題位於手稿本第 4967 頁。
④　此詩題位於手稿本第 4968 頁。
⑤　此詩題位於手稿本第 4972 頁。

漲緑晴來已十分,前宵澗響似猶聞。林端片片嵐光起,盡是山鐘濕處雲。

海苔紙扇仍用黄詩韻①

南池池光動窗紙,萬縷金紋月波似。欲將團扇寫流雲,不假乘風繪仙子。卅年此夢結清寒,幾處苔岑緑浸山。空濛杳靄虚涼外,嫋宛沖融動影間。

爲桂未谷摹漢石經殘字題後②

魏經三字漢一字,後有深裏前盤洲。四明崑山闕弗録,嗚呼定論吾何求。昨者共論夏竦撰,四聲古篆邯鄲收。中郎之題自誰誤,盤洲所記信有由。資州石本竟何在,蓬萊閣廢堆荒丘。古文篆隸互參檢,漆書科斗非謬悠。歸來覆展我新刻,想像筆法豐而遒。蔚宗何必誤書事,武庫等是森戈矛。水經公羊遞辨證,劉寬王曜相贈投。爲君諦審不得秘,③昭回河漢經天流。八分二篆孫溯祖,一毛片甲鳳與虬。嗟我讀經未通貫,焉有腕力能仰酬。感君買絹已一載,深夜起坐追千秋。欲因是正自隸始,二徐兼訂王葛勾。上窮書孔易之孟,下逮竹素吹簫儔。跛老似見會稽石,統圖果接江式不。<small>未谷昨繪《説文統系圖》,許祭酒下次江式、終吾衍。</small>隸到中郎篆祭酒,正變萬古通之郵。以函雅故正文字,那必編續洪與夔。

閔正齋永光寺寓後廡下同未谷載軒穀人匏尊觀予所藏唐太山磨厓銘拓本值大風雨四首④

易尋隙地卅餘笒,難遇偷閑五六人。真到天門碧霞頂,濛濛雲氣掠衣巾。

肯詡蘭亭落水同,呼僮急卷避顛風。商量隸法無多子,只在茶煙

---

① ②　此詩題位於手稿本第 4975 頁。

③　"得秘",手稿本作"傳秘"。

④　此詩題位於手稿本第 4977 頁。

篆嫋中。

　　静者禪棲意不傳，我來趺坐更翛然。會心閉目靈通夢，鳳騫鸞翔
峻極天。

　　滌研方池一鏡開，要予題字拭垣苔。愧無白也登峰句，長嘯清風
萬里來。太白《遊太山》六詩篆刻亦在嶽祠側。

題　畫①

我夢篆籀文，凌空化松石。誰知一夜雲，攬盡千峰碧。

秦羽陽宮瓦摹本歌寄苣堂②文曰"羽陽千歲"

　　羽陽瓦出宋元祐，又六百載空傳聞。萬有千歲羽耶棫，武公穆公
説則紛。秦王力能九鼎舉，周室地漫山川云。③力則任鄙智樗里，渭南
章臺宮夾墳。爾時度居雖壯麗，器堅製樸良辛勤。繩痕正用斧鑿擬，
錫花那必胡桃紋。六王宮殿北阪上，若仿亳社稽成群。楚字瓦出秦地
築，捲衣舞比陽臺雲。不知量用何代尺，徑寸以四又四分。或云陰字
特奇古，今見此篆非古文。斯之未出籀之後，權銘何假平陽斤。張子
貽我舉契字，平陽封宮説斷斷。平陽封宮舉契拓本，平陽封宮，秦武公所居。武公
乃在魯莊世，更上使我寤寐愍。何以報之無舊本，前游後阮賞所欣。宋
游景敍嘗以歙石摹羽陽瓦爲研，元阮受益亦藏羽陽千歲瓦研。安得偏旁準刀布，或有
殘礫開耕耘。記珠篆秋必有得，須以此事竢兩君。張瘦銅、錢獻之將自陝歸。

未谷嘗見一幀作芭蕉旁有宮人抱琵琶過而迴顧徐天池題云離宮給事小青衣催進琵琶向瑣闈行過芭蕉迴首□去年今日嫁明妃因屬玉池寫於扇方綱仿天池筆意書此詩次韻題後二首④

　　青藤道士九仙衣，曾侍天皇紫禁闈。一夢三生何處覓，忽驚落佩

拾江妃。

　　草作芭蕉篆作衣，神情何必定宮闈。政須此段蕭疏筆，翠羽明珠寫宓妃。

慈溪鄭三雲文學以其曾祖寒村先生書卷見贈自題云丁亥秋九月半人左筆丁亥是康熙四十六年朱竹垞曝書亭集武林逢鄭高州詩即是年也因書是詩於幀即次韻報之二首①鄭辰字薇北

　　兩行澹墨拂珠絲，憶著高涼眺遠時。山借層青照蘭若，水分遺響到軍持。曉行清雪難爲句，先生有《曉行》詩最佳，人呼爲鄭曉行。宋歸安劉一止有《曉行》詞，稱劉曉行。尚左僑吳未是師。元遂昌鄭元祐號尚左生，有《僑吳集》。脱盡煙雲只仙骨，世人誰解畫中詩。

　　潛采悔餘皆鬢絲，迴思初序慎旃時。廿年左筆彌精鋭，什襲焚香賴護持。鸛浦九秋來晚翠，南雷一派轉多師。果然領袖看才子，酬贈慚無朱十詩。先生爲查初白作《慎旃集序》在康熙二十四年乙丑，其守高州在三十四年乙亥。

廣濟閔正齋諾爲作東坡笠屐像久不至以詩促之②

　　小軒妙墨豈能容，累夜焚香未易逢。舉似溪山千萬偈，試添雲日兩三峰。先秋潦暑旬來雨，古刹僧寮定後鐘。夢到黃州雪堂否，紫裘烏帽一枝筇。正齋又諾爲予畫坡書蔡君謨“天際烏雲”二句詩意，故第四句及之。陸放翁《入蜀記》云“黃州雪堂東坡像，烏帽紫裘，橫按筇杖”，頗聞正齋意欲不畫竹杖，故末句以證公像之宜有杖也。

武岡劉淑庵農部讀書秋樹根圖③劉文徽己丑進士

　　閑庭老樹鬱槎枒，下直涼分午影斜。過雨瀟湘生舊夢，卷簾圖畫即君家。書陳石可供鋪席，客到風先掃落花。欲訪橫碑武岡帖，較量

---

① 此詩題位於手稿本第 4984 頁。
② 此詩題位於手稿本第 4985 頁。
③ 此詩題位於手稿本第 4986 頁。

紙色似長沙。

雨中瘦銅送陝碑賦答①

論文昨歲寒暄字，已在碑林石柱間。瘦銅以予所寄小札刻石眞碑洞中。鬱勃軒窗來古氣，莽蒼風雨自秦關。泥深客少如相避，墨重童攜苦不聞。忽著嶽雲青一片，登登果似響空山。予齋中方拓華山碑也。

綠香草堂詩爲裕軒賦②
二首之第二，集刻一首。

丸螺石鼎擣松肪，爭説山家氣味長。淨緑四窗無一物，此香元是菜根香。

題蘇文忠扶風天和寺詩石本後二首③

想見亭孤倚，粼粼俯澗溝。鐫摹遲廿載，歲月記從頭。夜雨聞荷鼺，西風響驛樓。豈知雲笥外，遺墨有人收。元豐癸亥六月終南陳雄模石，是時公在黄也，《鳳翔志》“先生自題其後云‘癸卯九月十六日，挈家來游’”，今石本在詩前。

　昔聞此迹日，躑躅郭南溝。寺壁如尋夢，公詩更舉頭。陳題懷蜀道，蔡句悟嵩樓。實有精靈許，蘇齋券遍收。予兒時於城南宏善寺壁見陳香泉書《畫鶴賦》，自題云：“東坡題《扶風天和寺》詩，當時已刻之，即心慕此迹久矣，故以《嵩陽帖》爲比。”

予爲周載軒編修臨嵩陽帖載軒盡録帖後詩跋裝爲長卷屬題④

墨林賭尾題周字，影落君家研几間。暈碧一泓星月動，夜來夢響石鐘山。載軒湖口人。

　烏雲紅日偈瀾翻，一悟邢房事孰援。若果秦箏響泉合，何如對客默無言。連日載軒爲友人謀畫此句，頗費講晰。

---

① 此詩題位於手稿本第 4986 頁。
② 此詩題位於手稿本第 4987 頁。
③ 此詩題位於手稿本第 4988 頁。
④ 此詩題位於手稿本第 4989 頁。

漫圃次主人韻①

在圃翛然本在家，家門曲向圃門斜。豈惟蓄旨無過菜，更不分陰占雜花。商略忙閑爲瓶緶，品評風味到茶瓜。六街泥淖蒸三伏，有此涼窗閲歲華。

題蕭尺木畫用自題韻二首②

无悶心同水不波，笛聲孤起散雲蘿。空山石榻青如許，豈有幽人矢弗過。

點點青山蘸白波，謝家莊上澹煙蘿。試尋屋少雲多處，儘受凌秋策馬過。予時奉使金陵，將僦裝矣。

芥子前輩六十壽詩二首③

應詔修書日，松風正滿襟。每賡華黍奏，全是玉笙音。磊落三長擅，精微萬古心。挑鐙評史例，老筆與年深。

我繼公行役，遥遥廿七秋。山川精氣在，耆舊曩時收。意答諸儒問，詩因祝嘏酬。神光來鶴背，直照大江流。先生癸酉典試江南。

出都贈吳銘茶編修兼寄畢秋帆中丞④

渭北之樹江東雲，我所思兮持贈君。關中琳瑯奇古氣，我已遍攬翠墨文。近者一石驟矜獲，昨從借録勞骸筋。蒐羅弗及等磨滅，綴補可以膏經耘。二年開成紀丁巳，十人校勘同精勤。結銜臣覃奉表進，此表唐史絶不聞。又餘春秋殘石二，其一乃出杜序云。一殘石僅存"春秋何始於魯隱"云云，土人疑是《公》《穀》傳文，予按此杜預《左傳序》也。前後筆勢宛無二，四門文學館職分。竹垞獨慨沔王友，幸與不幸徒斷斷。我續四明竊著録，點畫日想莓苔紋。中郎遺墨研山笈，跋尾自喜收放紛。君今

---

① 此詩題位於手稿本第 4989 頁。
②③ 此詩題位於手稿本第 4990 頁。
④ 此詩題位於手稿本第 4993 頁。

入關首訪此,中丞鑑古懷尤殷。畸零蠟本幸多致,側菑一字誰與群。近時屬樊榭考"昭二十五年《公羊傳》'以人爲菑,何休學'一條甚核。歸當附載考異卷,夢擷魯璧青青芹。

張卯君畫爲未谷題①

竹石嘗聞師草隸,不聞蘸墨用鵝翎。柏庭畫譜皆飛白,肯借黄庭一卷經。在辛字卯君,號柏庭,著《畫石瑣言》,云"於沙際拾鵝翎,蘸墨作畫,比於古人以帚爲飛白"云。

初　晴②

潯雨蒸三伏,新涼及早秋。樹疑雲氣避,天作漲痕收。比櫛青疇密,連峰綠黛修。晶陽無匿景,百尺要高樓。

論初白詩意猶未盡再次韻呈東墅二首③

解頤一語不關詩,癖嗜丹黄我最癡。不愛鄯侯籤未觸,借菴空自説還菴。

廬山一卷最精强,入室先須識户堂。若與王朱論鼎足,查田終未勝漁洋。嘗與魚門論詩,魚門謂初白勝漁洋,今歸當以東墅指摘處出示魚門,成一笑也。

前詩意猶未盡即次東墅見贈韻④

昔日公安白蘇學,何嘗老筆氣凌雲。剙論鼉尾兼灞采,肯匹西涯與實君。秋水健來潮乍涌,春陽吐處木初欣。此間髣髴評詩格,且莫相譏少典墳。

再次韻答東墅阜城道中即事見贈⑤

賤子髫齡慕樂群,得從蕊榜侶淵雲。肩齊館閣今無幾,心契錢^擇

---

①② 此詩題位於手稿本第 4994 頁。
③④⑤ 此詩題位於手稿本第 4995 頁。

石。盧抱經。復有君。盡日竹輿聲共和，一編山店賞交欣。眼同金石
羅千載，豈獨斜陽弔古墳。

東方曼倩故里①高唐州北門内石刻云"漢大中大夫東方朔故里"

先生餘故里，孝若有遺文。陵邑還雙額，顔書少八分。微言空史
册，逸氣想天雲。厭次誰礱石，吾將仿右軍。王書東方贊未見立石。

東阿道中次韻東墅見懷之作②

一日三秋算積塵，相思何止動經旬。君方犯曉披星影，我已深宵
倚月輪。吟興不教車轍隔，勞懷偏自馬蹄嗔。故人青眼前山是，與説
程程念念因。明早當山行矣。

予屢過東平汶上而不得親訪張遷衡方二碑漫賦二首③

蕩陰齊北海，衛尉勝淳于。如此奇尤迹，而於接壤區。暨文元匡
誤，此辨顧亭林説。表字詎應殊。此辨牛空山説。即在膠宮近，無由一手摹。

邇來精拓手，吾愛褚千峰。永壽元嘉字，皇戲制曰從。史晨非蘚
蝕，鄭固啓蛟龍。所以臨清汶，荒岡眺幾重。

孟　廟④

敬憶初拜祠，於今二十年。雖勘趙岐注，舊本習討研。稍訂俗師
訛，章旨補漸全。此於仁義説，大海之微涓。四禮與三傳，援據或後
先。折衷於夫子，如何乃無愆。然後及孫疏，真氏之集編。孔門記論
語，大禹敷山川。群經必一貫，以攝於七篇。浩乎孰津梁，内叩私自
憐。往來仍道途，毫末愧精專。稽首汗浹背，躑躅檐霤前。

---

① 　此詩題位於手稿本第 4998 頁。
② 　此詩題位於手稿本第 4999 頁。
③ 　此詩題位於手稿本第 5000 頁。
④ 　此詩題位於手稿本第 5002 頁。

孟母廟①

邑有尼山祠，又有孟母鄉。七篇之本原，沛乎奕葉光。尼山雖未涉，②母祠正相望。摳衣拜堳下，配位儼在旁。低徊性善塾，想像斷機堂。重葺尚黽勉，繼彼朱與房。朱瑤、房嚴皆知鄒縣事，相繼修祠。幾見述慈訓，可以齒上庠。恭惟三遷志，何啻六籍彰。

子思子祠③

謝子旅舍夢，述聖端冕臨。語我是何祥，異哉筮莫尋。翼日謁聖廟，④下階忽沈吟。果有述聖殿，三楹俯城陰。蕭拜語縣尹，勿俾居者侵。謖謖松柏響，有似金絲音。還拓古臺碑，恍叩私淑深。此段奇足志，怦然感我心。

嶧山歌⑤

嶧山崛起鄒城東，扶輿神秀鍾玲瓏。泰山東山本相亞，鄒嶧葛嶧那許同。兗州諸山從北下，東阿東平排鬱蔥。二百餘里遞起伏，到此一氣相結融。四十三盤在西麓，五華峰直摩層穹。青蓮宕窊丹鼎峙，白雲之洞雲所宮。升雲者圍屬者繹，廓然巖乃名大通。靈蹤蓋爲聖賢作，洞戶肯使仙釋充。我行廿里攬不盡，初日大海光瞳曨。山凹一片翠靄合，噏然紫霧煙蓬蓬。⑥國家人文地靈助，名山群嶽來呼嵩。南金東箭發奇秘，赤文綠字探神工。胥從根源啓洙泗，不獨海表泱泱風。鳳凰邕邕下千仞，朝陽試采孤生桐。

---

① ③　此詩題位於手稿本第 5003 頁。
②　"未涉"，手稿本作"未陟"。
④　"聖廟"，手稿本作"孟廟"。
⑤　此詩題位於手稿本第 5004 頁。
⑥　"噏然"，手稿本作"噏成"。

嶧碑篇①

　　嗚呼此碑何足傳,碑之所傳特以篆。焚阬既已侮先聖,筆畫猶堪存舊典。今之篆石又已非,過客山椒屢凌緬。荀卿弟子窮八體,上蔡東門控黃犬。後來陽冰那抗行,重摹直到江南鉉。日映猶聞鄭文寶,墨痕空議吾丘衍。篆文相承迹小異,當時罍罍罏於卷。淵乎祭酒十五篇,大篆無多奇字鮮。明言攷字水旁異,無出徐家校本善。兹山刻畫又不爾,至元鉤勒文逾淺。滂喜悠悠獨無繼,隸法不同何足辨。跋詞爭詡出舊傳,之罘海澨誰重跰。岱頂崖詞既已燔,琅琊臺迹猶非舛。東里雖云有六本,深裏何曾見蝙扁。我昨親紬秘閣藏,明初摸寫編還顯。陝碑最精已多誤,何況諸家餘説演。方綱校《永樂大典》,得鄭文寶所摹舊本,以正陝本之誤,已有十餘處。杜嗟野火逢李潮,躊躇不止南樓究。杜詩云"孤嶂秦碑在",又云"嶧山之碑野火焚",蓋真本久亡,非前後自矛盾也。二徐篆勢已不同,三倉秘奧憑何闡。李處巽本亦至元,孫莘老刻追紙繭。劑量肥瘠伸縮間,兕虎可截蛟龍剸。此去應同皇家碑,江寧鬐舍剜苔蘚。肩輿夢熟銀鉤蟠,曉日晴光碧崖轉。

予己卯秋奉使江西題柳泉驛舍壁云江關佳處吟難遍留與珠江二使星謂是年秦序堂編修景介之學士同典廣東鄉試二君皆壬申同年也比予辛卯冬自廣東視學旋役過此叠前韻云那更留題續前夢故人落落已晨星今又八年矣而予得與東墅宗伯奉使江南再叠前韻題驛壁二首邀東墅和②

　　同調如君眼共青,山川直爲感精靈。秋江無數寒雲叠,只寫筍輿一兩星。

　　小雨冥冥逗遠青,若爲攬結北山靈。憑君老境無花眼,六十猶然鬢未星。

東墅和章有使星多化少微星之句蓋謂用安序堂松坪諸同年皆家居也再次前韻兼懷諸友二首①

疊嶂江南一髮青，卅年舊雨夢通靈。九龍潑墨飛仙去，尚有門生感聚星。謂座主錫山宗伯也。

想像山居石氣青，苔岑好句萃英靈。定應憶著蓬池侶，不獨秋宵看使星。

東墅復次前韻有懷鍾山院長盧抱經學士錢辛楣詹事且及二君經學因復次答兼懷二君②

讎校焉能遍汗青，且從著錄乞精靈。只今王阮猶堪緝，何術羲娥掎列星。王儉《七志》、阮孝緒《七錄》，予意尚可補緝，抱經精於校讎，無由請益，故此詩及之。

篋中收得萬山青，跋尾非徒翰墨靈。不獨石經兼石史，曹全碑已伏茶星。辛楣近尤殫心史學，故云爾。昨見曉嵐援辛楣"曹全碑跋尾"一條著於四庫書錄，不特徵定論之公，亦見友朋服善之益也。

雨宿徐州記東坡石刻詩惟登雲龍山一首又送張師厚第二首尚存因語太守拓之先次二詩韻③

憶昔訪鶴登南岡，月明躡石如叱羊。一聲雲唳起石牀，寥天四顧煙茫茫。今來午睡秋雨長，夢醒笠屐疑猶望，苔衣一片醉草狂。

亭榜山頭號試衣，碑旁有試衣亭。大河東去俯斜暉。望衸遺迹今何處，月下翻珠電掣飛。④"郡守蘇軾、山人張天驥、詩僧道潛月中遊"，此十六字石刻在百步洪洲上。

―――――――――

① 此詩題位於手稿本第5009頁。
②③ 此詩題位於手稿本第5010頁。
④ "電掣"，手稿本作"掣電"。

黄樓歌①

南山磐石朱蠟新,毫釐刻畫秦與陳。獨想先生羽服夜,太白謫後誰仙真。我作蘇齋奉蘇像,一卷淳酖呵流津。夜夜夢如此樓下,大河東去波鱗鱗。彭城三面碧山繞,鶴飛不爲張山人。飄飄凌雲浩然氣,軒窗萬古留精神。昆侖水脈正一色,汴泗交響周層閾。我來日出溆雨後,煙消樹杪涼露晨。堤上聯輿接邑吏,樓陰帶郭圍居民。漁莊竹柵列遠近,征帆估棹排逡巡。濛濛忽入我詩境,迤迤四照驚前塵。樓前紅日似有謂,茫然此句知何因。

彭城感舊用蘇韻四首②

亂山如户繞彭門,往事憑誰役夢魂。只有前山月明下,淋漓招鶴句猶存。此首追懷錢茶山司寇也。

二十年前桂未花,今看作郡雨隨車。敢誇手植成翹秀,每憶論文屢嘆嗟。此下三首寄懷謝蘊山郡守也。

昨宵驛館黄樓下,正作城南夜雨聲。漫擬全真二生咏,只應慚愧和欒城。

夜愁郭外千溝漲,曉蹋堤邊一尺泥。終勝督工懷我處,濕雲竹几夢淒淒。蘊山時在宿遷工次。

次東墅紀夢韻敘述江南當代人文之盛用志鄙懷③

讀君紀夢詩,夜宿江城裏。斷碣弔吟魂,高臺空戰壘。咨諏咨謀意,何以副亹亹。請陳人文麗,無逾此都美。大江從西來,星躔鍾秀偉。觀詩來上國,實自吳季子。文學列四科,孔門有高弟。南離炎炎氣,五采騰鞏雉。迨兩晉六朝,藻繪咸可喜。前輩導之師,餘波微有

---

① 此詩題位於手稿本第 5011 頁。
② 此詩題位於手稿本第 5012 頁。
③ 此詩題位於手稿本第 5013 頁。

沘。自兹途遂紛，藝林逮百氏。衷諸聖經義，離合或遠邇。古者禮釋菜，尊師肅拜稽。然後道與藝，漸進莫容已。宋後試帖括，溯原蓋爲此。元明格遞沿，初尚駢體視。予見元人江南、江西、湖廣省試，三場文皆詩賦也。後乃定經義，三年崇大比。司徒鄉大夫，所職具於是。國朝盛雅化，涵育無涯涘。士風蒸蒸上，業新義日徙。孰知經義家，而可俎豆祀。是亦有堂室，有門徑階戺。小者即幼儀，佩觿趨拜跪。大乃臻成德，廣博高深詣。元氣彌宇宙，蔚然彪炳啓。國初諸老宿，厥體美備矣。於惟長洲韓，瑚璉升堂陛。視宋之歐陽，未覺此遜彼。亦有京江張，梧桐俯灌枳。鏗鏘韶鈞應，元精耿煜煒。斯文迢迢脈，川嶽相渟峙。必測其本根，非但資口耳。牆東一老人，獨立無摹擬。萬法同圭臬，百變非僞詭。六儲與五王，競驂而並軹。桐城兩方子，喻彼馬與指。時文即古文，使我心翹跂。李何與李王，焉可蹈其跬。文漢詩盛唐，漢官必周禮。貌古而弗化，吾曷尋原委。所賴經菑畬，先入文肌理。方氏於諸經，芟柞初彊以。義門校讎眼，欲補舊殘燬。果得文道子，十書燦陳几。本朝說經師，考訂闢踐履。不肯事空言，咀嚼殘蘤蕊。嘗披諸老集，參證碑傳誄。若易禮書詩，譬鼎鉶釜錡。春秋比事辭，嚴甚詰奸宄。近時顧氏表，僅憾口號俚。不得泰興書，江上舷空倚。陳書雖二門，實備八材庀。遼哉杜釋例，焉免晦朔牴。後儒徒蠡測，鯨鵬於螻螘。四禮有藩籬，閣記力扶圮。譬猶懲遊惰，未免費鞭捶。古文尚書詞，過激亦爾爾。稽古陳家詩，一編可陳匭。獨易難言之，衆說煩累累。此事貴專門，夫耕織則婢。虞荀三十家，寥寥面命匪。漢學宋儒學，岐陌初誰使。賢哉紅豆生，守詁析疑似。九經皆前聞，一字肯輕矢。說經到六書，初哉實托阯。今人志大學，必從小學起。近摹詩局書，次第車合軌。字樣唐補經，字類婁參史。庶可準許徐，以訓於蒙士。爲文須識字，昔今良一揆。此外在養氣，浩乎行復止。但求心及聲，奚衄譽與呰。省試帖經試，覘士人舉趾。風會有轉移，取舍惟張弛。竹垞辛酉來，枝葉快一洗。後來漸華縟，亦頗茸蘭芷。中間雜子家，緯候窮周髀。博然後思約，若網抽綱紀。意主弗雷同,又別開風旨。別裁雖因時,衡鑒各在己。一一遺卷蒐,自前庚午始。矯變逾常格,痛欲治瘢痏。近乃臻雅正,稍知研故紙。道雖望遙遙,音已除靡靡。夫子起禾中,特達荷宸扆。持衡勸寸心,不異初筮仕。一卷冰雪文,諸生式厥梓。奈何辱獎詢,使予增恧恥。伊予幼失學,苦志蓬户底。懷鄴宣諜聞,和歌徒下里。卅載雖同岑,十年長余齒。詞場相後先,敢曰追鞭弭。只應旅店中,高歌動神鬼。上下千載論,可起九原死。況乃求真才,議論敢巧詆。亦匪氣類私,門牆説桃李。既勿尚枯槁,又寧豔紈綺。嗜好肯專執,町畦非角畸。相見以天懷,不獨叩文體。曷用寫惓惓,澹汀秋江水。

宿州道中三首①

歇輿柳陰下,指説澥與汴。襟帶梁宋間,一州古三縣。唐元和中以符離、蘄、虹三邑立宿州。北來繞徐關,南去通淮甸。地廣勸農功,酌疏支渠淀。不使坐遊惰,亦要適民便。良疇法如何,繞郭緑如線。

符離跨澥水,橋榜云今疏。五色成文章,喻學果有諸。楚漢戰迹遠,魏公事何如。堂堂徽公碑,不救倦翁書。符離之敗事詳岳珂《桯史》。我昔表公墨,一字不敢虚。所以玩易傳,感事每躊躇。

徐州往南京,細讀東坡詩。舞雩酬巨濟,此州又一時。我覓公行迹,邈焉不可追。前行宿靈璧,夢想磬石脂。一縷黄樓雲,送我江水湄。誰將姑孰帖,補入醉翁詞。上江蘇迹惟《姑孰帖》最妙,而已多闕泐矣。

閔子祠次東墅韻二首②

江郊雨後草離離,墟落殘碑對古祠。水似依蘆煙漠漠,雲如辭宰意遲遲。鮮民去日空無補,虚譽人言敢自推。猶憶前來初釋服,泫然不忍食新粢。

---

① 此詩題位於手稿本第 5017 頁。
② 此詩題位於手稿本第 5018 頁。

春秋疆域極華離,我昔曾因證此祠。已與江鄉相界接,如何汶上去棲遲。淮徐非復初封地,形勢難從百里推。一語猶堪補經傳,不徒下拜薦明粢。

次韻東墅燕子樓二首①

暮鴉樓阯盼垂楊,好句誰尋白侍郎。遺唱烏烏殘響咽,畫簾燕燕舊衣香。古城堞外空雲水,明《一統志》云:"燕子樓在徐州城西北隅。"太守堂陰弔羽裳。《南畿志》云:"樓在徐州界中。"總入江關新樂府,漫教蕉萃感姬姜。

燕子人亡逝水流,肯同日暮擬湯休。未應密守嘲徐守,竟説黃樓勝白樓。禪榻春風雖被惱,沾泥落絮不禁愁。更無一字尚書事,閑卻彭城兩度秋。東坡在徐二年,惟《答趙郎中燕子樓詩》,此外無專咏。

次東墅和驛舍壁間韻四首②

一丈高花切屋椽,廿年月夕賞秋妍。倍於行役知時節,又近蒼葭白露天。

花名百日肯疏蕪,真色元須積漸敷。看取霜紅照歸路,并教擷翠繪成圖。

檐前雙桂待歌行,聞江寧貢院後堂檐下有桂二株。不枉挑鐙徹五更。草木東吳辨元恪,文章江左補鍾嶸。

轉眼春光取次催,碧雲紅杏手重栽。年年記得同年語,一趁新芳一度來。君詩有"歲歲看花"語。

宿州鳳陽閒多窪地其稻但撒種不分秧不芸耨水之漲落聽之名曰懶稻東墅有詩屬和③

北人昧水耨,玉粒屢不乏。豈知南國農,汗浹腰背脅。分秧到翻

犁，一一具成法。氾勝賈緦書，著錄徒滿篋。頗似宿鳳間，不煩芸與饁。溢乾聽之時，刈穫矜獨捷。稻亦鹵莽報，應笑所操狹。反名稻曰嬾，人懶稻奚涉。大類譏余者，四體無專業。豈無六籍飾，僅給兩目獵。窪地土宜爾，夫我何所挾。投種東坡句，莫笑江陵峽。人力有轉移，地氣資調燮。那憑絡緯驚，試報蟬鳴恰。<small>江淮五、六月間有蟬鳴稻。</small>

靈璧驛舍次東墅韻①

司方識寶氣，何假泗濱浮。星斗涵虛夜，山川響素秋。在人深切琢，成器即琳球。試聽和闐磬，元音徹九州。

渡淮與東墅同舟作②

只似騎秧馬，喧聞滑滑聲。簰撐添偃仄，筦響動空明。雨助漁篙急，雲隨市柵平。今宵桂之樹，已向小山生。

雨發淮上用韋左司韻二首③

濛濛東南雲，千峰綠相待。今晨四無山，一片渺淮海。陰霖雖連宵，溽暑序忽改。猶認驛樓水，前秋雨聲在。

前秋驛舍雨，故人前途待。<small>謂門人倪春巖。</small>故人今何似，霜露積江海。黃瀾浩奔流，淮性終不改。豈直三往來，虹梁看好在。<small>"好在長安水，十年三往來"，東坡過淮詩也，予奉使江西、廣東及此而三矣。</small>

河東岳君皞畫牧童騎牛圖介其友宋芝山見贈久未報詩鳳陽道中即目賦此三首昔閩人上官竹莊<small>名周，見查初白集。</small>嘗畫此圖其孫惠攜至潮州贈予前自粵歸途閒失去故末章及之即用竹莊自題詩韻④

淮流氣接暮雲昏，樹綠禾黃見遠村。一點蒼茫煙雨外，向來只就畫中論。

舊本幾時摹五牛，晉公意匠猝難求。田歌自古知多少，故合詩於

行役酬。

竹莊遊粵畫蠻村，那並江邊樹色論。覓句榕陰真一夢，前因説與宋公孫。芝山爲野柏前輩之孫，亦工畫。

發紅新驛①

鍾離走南譙，陰陵控江界。②江南東西路，經涂此分派。我昔戒西軨，目已馳束邁。矧茲溯江浦，眷言從海岱。信宿越徐淮，霧雨連碭沛。初旭曖平林，升雲散沈霽。陟岡馬既瘏，衝泥僕云懲。周環得曠奧，郊關實襟帶。修阻地靈積，浩蕩人文會。飲冰心彌惕，利涉津猶昧。徑仄屢迴復，澗度重晻靄。載咏卬須篇，共擷幽蘭佩。

次池河驛③

不躅定遠城，乃飯定遠驛。始覺所歷新，非復曩陳迹。池河儼市鎮，列柵帶廛陌。居民鬱炊煙，囷廥豐儲積。縣尹話農時，刈菽行種麥。坡陀看錯繡，斥堠間紆直。秋色蒼然來，遠嶂明歷歷。凹度雨氣涼，橫遞雲容圍。沙水時隱見，蔭樾相蒸液。江郭與山城，百里同一碧。濠滁所分界，已若接咫尺。邐迤馬東首，徘徊驛南夕。

滁州道中④
八首之三、四、七、八，集刻四首。

罷畫層峰畫不成，穿輿線徑得徐行。大都雲樹爲開合，略以陰晴判重輕。點點人家圍黯澹，濛濛夕照未分明。恰當頓挫徘徊處，小憩滁州第一程。

似藏深秀不余迎，靄斷煙斜又霧橫。半掩寺寧嫌樹少，下看雲正與興平。連綿石勢無重複，揖讓嵐光有性情。直道今晨勝昨夕，不知

元是一峰成。

獨孤述後李漬文，水月松風孰與群。蘇子書仍換狂草，醉翁操尚遏行雲。心同豈少琅然奏，調古方知聽者勤。擬待深秋勒亭石，一行來仿漢碑分。

漫借前賢例史評，欲規教澤視民情。一條甃石平鋪路，半日看山直到城。氣接時和仍積穰，地當脈厚易深耕。要知諏度連鑣意，可有弦歌比舍聲。

浦口三首①

陟岡既千轉，遵陸復百盤。我裳映濃綠，已似臨江干。今晨雲木色，都作江氣寒。及兹午餘熱，更表絺綌單。拭汗到浦驛，籟喧聽倚欄。

江郊涵澤廣，人物競繁會。一城扼其衝，屹與江郭對。山川氣洄洑，精神在關隘。我不諳圖經，亦非評勝概。第以文字論，川梁或津逮。

漢口昔宿楚，佛山亦觀粵。彼皆水刻屈，間以山崒崒。豈若此軒敞，坦坦路條達。江橫綠千里，山叠青一髮。明當瞻岷源，直望海天闊。

東墅復用前韻見嘲有栖霞張樂之句且以東坡攜盼英卿爲辭蓋知予不喜演劇故激使戰耳次韻二首②

攜妓遊山幸未曾，松間喝道定同憎。巖巒欲訪雲千叠，滓穢須除障幾層。憶昨禪牀清宿夢，尚嫌岱氣有詩僧。齋鐘粥鼓紛喧聒，梵響清晨厭不勝。③

總持江總悟何曾，詩到齊梁已可憎。聲律還成拈賸義，筌蹄渾未契高層。縱饒太白如仙句，肯例參寥以下僧。我繪黃樓奉蘇像，茶煙一縷澹誰勝。

---

① 此詩題位於手稿本第 5028 頁。
② 此詩題位於手稿本第 5052 頁。
③ "清晨"，手稿本作"侵晨"。

復初齋集外詩卷第十四

己亥冬至庚子六月八十六首_{秘閣集}

送劉麗山歸廣東^①麗山將選儒學官

雄州秀譽噪京華，給札蓬山氣作霞。實爲吾門深造士，非關遊客久思家。三楓錦浪連韶石，八桂金枝簇絳紗。好在慇勤圓昔夢，十年未得問梅花。

孔雩谷明府以王文成春遊詩墨迹見贈次韻題後^②

南贛歸來迹孰尋，邪溪醉倒有遺簪。不圖故紙餘波勁，復似春風入坐深。廬嶽曾經夢揮灑，姚江豈止事謳吟。碧霞池上千鐙月，鏗爾依然舍瑟心。

題雩谷琢研山館圖二首^③

我昔神遊杳靄間，米家石綠莽迴環。問君山館層青氣，可是真山是研山。

畫出芝山補兩峰，他山攻錯語重重。使君袖有隨車雨，元是山中老硯農。

---

①②③　此詩題位於手稿本第 5055 頁。

酒帘和汪秀峰户部韻二首①

尋詩那厭覓村篘,歸騎還應引醉眸。柳巷斜陽誰拍笛,杏花春雨記高樓。十年鞭影狂猶昔,昨夕旗亭殢未瘳。不比杜陵牽酒債,青銅三百品街頭。

不飲旁看勸滿篘,相招豈待旆迎眸。詩誰折簡壇催幟,②鳥喚提壺客倚樓。舊夢黃墟心共在,新題蔣徑病全瘳。諸公將移尊辛畬寓齋。揚州十里珠簾卷,更憶嵐光繞上頭。

三研齋圖用前韻二首③

此齋早合坡公築,陽羨伊川水陸涂。五嶺九華何處是,仇池月印萬驪珠。

齋因於畫畫因詩,虛實乘除孰悟之。側嶺橫峰卜居日,晴窗矮几拓銘時。

兩峰爲令子求鐵研齋詩④

蕤賓池水律精微,智永禪關帖瘦肥。何似鐵門稱鐵體,霜毫一夜電光飛。

野梅初月圖題羅兩峰畫⑤

羅生出都門,諸公遞行酒。桂宋暨孔朱,誼皆與生厚。或馳驅郡邑,或顧瞻眈眈。後先各首塗,留連爲之久。數日天釀雪,沈雲屯户牖。相視寒色深,花信屆三九。此行東復南,浙右兼齊右。曠莽大澤陰,岑寂枯林藪。欲寫旅人思,浩蕩初何有。不知何村落,瘦影橫坡

---

① 此詩題位於手稿本第 5056 頁。
② "詩誰",手稿本作"詩傳"。
③ 此詩題位於手稿本第 5066 頁。
④ 此詩題位於手稿本第 5067 頁。
⑤ 此詩題位於手稿本第 5068 頁。

阜。淡白細點空,個個圓不醜。俄焉煙靄斷,忽出蛟螭走。濛濛氣何來,是有光相受。半黑未昏黄,山店柴門扣。爾時呼筆墨,定欲寄吾友。不若今先之,勝得夢追否。坐客皆叫絶,大白浮一斗。是夕西南月,正掛蘇齋後。冰雪千里襟,淋漓四壁帚。酒腸芒角生,響作鯨鐘吼。

瘦銅饋安肅白菜用蘇韻二首①

元修何減蜀鄉園,舉似巢家有末孫。雪後江南緑洲尾,荻芽渾未賦河豚。

秋菘慚愧力家園,畫裏南齊竹補孫。一幅小詩叨俊味,篝車笑是祝盂豚。

耶律文正畫像②

石人炬散千飛螢,玉泉萬笏鐙煙青。想像西山舊棲處,寒禽雲瀑殘空亭。鬚長三繚下過膝,誰與石像鑴碑銘。帝呼吾圖撒合里,老髯郎號群公聽。萬松老人相澹對,屏山閒閒盡典型。鷗波道園兩故老,都不獲及遊門庭。明昌之初金鼎盛,遺山野史生同齡。一代人才論國器,百年長育懷榛苓。每讀遺山上書語,淵源所溯可涕零。金華氈冠制孰記,紫袍玷鞰舊史聆。輟耕有録考巾幘,空爾幍恰稽禮經。此本非摹自祠墓,故家賮錦猶餘馨。北平金元迹多佚,東城鐵君饋有靈。③髯翁齋恰供髯像,寒梅屋角低春星。集程魚門編修齋作。

觀碑圖④并序

予今年奉使江南,歸過東平,以十月一日詣學宮,於明倫堂西階下觀《漢蕩陰令張遷碑》,石色蒼黝,上無穿,下無跌,其四旁之螭皆已

---

① 此詩題位於手稿本第 5069 頁。
② 此詩題位於手稿本第 5070 頁。
③ "東城",手稿本作"東坡"。
④ 此詩題位於手稿本第 5071 頁。

陷入亭壁，時侵星而起，與夫待門外，林木皆有寒意。及還京師，而兩峰以所藏舊拓本見贈，因屬爲是圖以志此段風味並附以詩，蓋因憶壬辰歲兩峰爲畫《庾嶺旋軺圖》耳。

嶺梅圖畫八年前，驛騎凌晨夢宛然。添得墨煤金石契，松聲飛下嶽雲邊。

贈碑圖①并引

今秋在江寧，汪生容甫來謁，以所藏舊拓《張遷碑》殘本見視，蓋“東里潤”三字未損者，予既鉤摹存篋，且辨是碑非重刻，汪生似不予信。蓋予初識汪生而語多規，生不自知其戇直也。今還京師，而兩峰以舊拓是碑見贈，雖拓本在汪所藏本之後，而神氣轉勝之，兩峰因作《贈碑圖》以志珍重相與之意，予亦綴一詩於此。不識他日汪生見之，以爲何如。

此本拙淡無波折，海内心知有幾人。忍復相譏説重刻，贈酬全是性情真。

兩峰以所得洋畫裝於齋壁予名其齋曰圭景②

一寸古聞千里差，九章句股極橫斜。河圖括地通周髀，經義旁推又幾家。

爲胡書巢太守題兩峰畫梅兼送書巢之任山東③

書巢和我梅花句，正在東風破臘前。嶺驛喚來千里夢，岱雲蒸動一溪煙。寒兼雨雪苔岑約，淡結冰霜臭味緣。山路月明時駐馬，故人音信又經年。

---

① 此詩題位於手稿本第 5072 頁。
②③ 此詩題位於手稿本第 5073 頁。

兩峰將在保定度歲寓居曲江齋賦此倩其作黃梅
白鶴峰諸幀兼寄曲江①

意幻蘇齋稿，江東又嶺東。庵如題瘦墨，人未是歸鴻。臘盡停雲合，天涯舊雨同。<small>曲江齋名舊雨。</small>香光詩與筆，都在畫禪中。

爲周載軒編修臨率更心經題後②<small>羅兩峰畫普陀巖</small>

停雲章簡太疏蕪，試縮華嚴變相圖。片石居然同結構，鏡光大海一圓珠。

任子田禮部太翁輓詩③

街南老木響悲風，猶夢邗江雪打篷。誰料孤兒攜弱弟，雙垂冷淚訴高空。平生積累勤劬在，身後留貽著述雄。萬卷有人穿穴出，九泉吐氣作長虹。

羅冶亭閔正齋過寶蘇室對臨米元暉五洲煙雨及錢舜舉
和靖像載軒仲則同觀聯句④

香濃雪沍是何緣，<small>覃溪。</small>蘇室招來米與錢。煙雨迷離皴北苑，<small>載軒。</small>精神飛動倩龍眠。幾能尚友逢連榻，<small>仲則。</small>直恐忘形似坐禪。梅鶴雲山聊戲耳，<small>覃溪。</small>那拘皇祐紹興年。<small>載軒。和靖卒於天聖中，皇祐字似應改天聖。</small>

坐中客住江南北，<small>載軒。</small>畫裏煙消世古今。玉闕洞天皆息壤，<small>仲則。</small>琳腴石髓本同岑。研山中嶽家風在，<small>覃溪。</small>處士西湖寄興深。今夜月明非夢幻，<small>載軒。</small>重開坡迹對摹臨。<small>仲則。</small>

張鶴柴以邢子愿竹筆筒帖來索題適汪東序饋竹筆筒臨此報之⑤

汪張山左書家秀，拈示來禽一瓣香。慚愧刻舟憑賸義，覓題古寺

---

① 此詩題位於手稿本第 5075 頁。"黃梅"，手稿本作"黃樓"。
②③ 此詩題位於手稿本第 5075 頁。
④ 此詩題位於手稿本第 5076 頁。
⑤ 此詩題位於手稿本第 5077 頁。

閱疏篁。末句用文衡山題竹作筆筒事。

元日雪太和殿侍宴恭紀①以下庚子

元日宴連除日雪，發生蒸動律三陽。恰將天上庖樽澤，灑作人間雨露香。百穀精浮千叟席，五雲瑞湛萬年觴。倍添一夜曈曨照，始信壺中晝特長。

次日賜果恭紀②

瑞靄層層玉，③圓黃顆顆珠。雪橙凝碧露，霜橘映金鋪。昨夕猶懷核，連晨勝大酺。捧歸門巷底，一幅歲朝圖。

丁小疋奉萱圖二首④

樹蘭循南陔，樹萱陟北堂。熙熙遊子心，日日載春陽。春暉滿庭戶，環侍婦與孫。遊子雖千里，弗勞念倚門。

遊子學帝都，敏求以爲寶。以彼藝圃榮，茁此房隅草。誰言溧陽尉，能識春草心。叢爾小山桂，翁爾小疋琴。小山更字小疋。

瓊花圖歌爲瘦銅賦⑤

張兄示我袁丈詩，詩題六載圖十載。曾見江南只一株，仙雲下壓琪花海。綠章上報托飛瓊，祠號蕃釐叩真宰。毛子晉云漢延光間祠因花得封號。煙霏鶴唳不偶然，神光離合雙身在。梔礬椊瑒玉蕊異，鄭興裔辨杜旃記。無雙漫例少虞編，瓊花玉蕊渾而爲一説，見宋江少虞《事實類苑》。彼美誰明子充意。瑶真赤玉又强名，八花一簇難爲類。竟爾雲窗月館中，捻出鸞笙紫簫吹。瓊開滌達玉瓏璁，真色由來貌不同。十里珠簾憶前夢，三年楮葉非良工。秋江揚潤我未到，船窗虛佇煙雨濛。紺珠豈

---

① ② 　此詩題位於手稿本第 5087 頁。
③ 　"瑞靄"，手稿本作"瑞霽"。
④ 　此詩題位於手稿本第 5091 頁。
⑤ 　此詩題位於手稿本第 5092 頁。

獨羨君記，滿君衣袖是春風。

和南厓學士五十初度①

服官與杖家，禮經意不傳。蓋謂仕與居，事本一貫焉。君矢夙夜共，弗懈中外宣。退直臥一榻，曠達邁前賢。茲辰金霞麓，偕飲玉署仙。浩歌古松下，舞影春鐙前。兒郎畢婚姻，門生奉几筵。君胡爲而感，月似鬢時圓。出以宦爲學，居以室即禪。雪窗梅花笑，拈義示同年。

自題臨林和靖二札卷②

昨摹玉潭畫和靖，湖光照徹鬚眉淥。今見海虞筆札卷，字字梅魂著珠玉。心馳僕送買物錢，如此語言偏不俗。神出古異淡莫收，一縷輕煙晃鐙燭。沈之題跋李之篆，卷首李少卿應禎篆，卷尾石田諸人跋。勁或有餘逸不足。尚嫌五詩肥裏筋，一洗千秋眼凡肉。《安氏記》云和靖自書詩帖視此稍肥。頗聞此迹未飛去，猶在近人書畫録。何時配我東坡帖，兩翁相映西湖曲。齋頭忽有松風來，似聽鏗然策筇竹。月明還復夢見之，一榻幽香枕寒菊。

梁始興安成王二碑歌③

我昨秋深遊攝山，山禽夾路鳴關關。花林村邊水未潦，清風鄉曲徑苦彎。蕭侯墓字捫讀罷，隔畦隱見石獸跧。謝公駐輿並我步，童扶彳亍何其艱。徐劉二文書者貝，隸勢倒映溪玪潺。百年之前溯好事，周青士。朱竹垞。二老開笑言。此風後來許誰繼，不拓安肯空手還。章生今春袖碑至，使我如到江郊灣。南史梁史所未備，普通天監胸迴環。王裝諸作不並立，夏侯之氏誰能删。栗里家兒作曹吏，菊花萬古香斑斑。摩挲半日石理剥，有甚衝霧蘿牽攀。六朝之松榻對語，補我前夕披煙鬟。凝脂翠濤出磐石，昭華寶氣非堅頑。栖霞山窗明月在，

大江日送青潺湲。恨無王翬並畫此,秋在雲石寥渺間。

昨兩峰所贈張遷碑有鄒滿字印未谷爲跋其人於册明日運生自山東來見訪出畫卷屬題則滿字迹也異哉賦此記之①

鄒君此畫歲己卯,己卯今百四十年。碑尾昨見此君印,碑之拓蓋又在前。畫贉印曰周在浚,畫時櫟翁甫冠焉。櫟翁結交名輩早,十三已識陳老蓮。爾時海内數奇筆,華亭纔過董畫禪。董文敏卒於前三年。眼中茫茫奈何許,不獨三峽悲流泉。自題"巴東三峽"云云。春陰泥人被酒夕,心事只借梅花傳。栖霞影來節霞閣,東園一曲鍾皋邊。仲子名媲王若水,亦能畫松映漪漣。鄒家畫學到四世,金陵後來數八賢。賴古堂裝弄樂圃,酒母遊者豈子先。畫端有印曰"與子先酒母遊"。小桃又逢寒食候,新月正向詩境圓。槎枒禿筆我弗辨,小窗澹澹濛濛煙。蕭寥夢作證碑處,一水一石皆張遷。

再疊韻②

六首之四、五,集刻四首,前有《購得化度寺邕禪師塔銘宋拓本次劉後村韻四首》,已刻集中。

藕斷絲連細數上聲。行,最先五字已形亡。初翻本訛五字。明初宋解皆譏贋,後此區區掇拾忙。

長庚霜曉爛成行,千字津門憶未亡。此本他時憑印證,畏譏妄嘆莫須忙。謂竹君所得虛舟跋本也。

大兒娶婦偕内子作③

廿年添授室,三日倍思親。遂忝翁姑號,還逢雨雪辰。勖兒惟力學,訓婦以甘貧。備憶鬈時事,勤劬我兩人。

又得化度寺碑一本即從此原石殘本鉤摹者次第位置無一不肖
益信予所藏是南宋初年范忠獻家井中物所謂椎拓數十本散落
人間者故摹刻者所據斷泐之迹不約而同有如此也跋者雷溪居
士長海予曾見其所藏李營丘山水自題有宋代已爲希世寶老年
更戒渡江舟之句蓋亦鑒藏家也漫用其韻書帖尾①

精神所寄可千秋，今古無殊貉一丘。片石即從唐斷泐，范開府初見
者已是斷石。滄煙元具晉風流。邢房待我重來悟，瑤玉何人記共舟。七
百餘年緣未盡，又開石墨賜書樓。

再題雷溪所跋初翻本疊前韻②

鴻鵠焉能奪弈秋，瓊瑤信誓重山丘。借非真本爲先導，已快精思
接勝流。假以弦揮仍送目，臨之風引漫迴舟。巧將副稿焚香供，彈指
仙人十二樓。

兩峰爲我摹陳老蓮東坡雪笠折梅小像於天際烏雲帖首予以先生元豐七年金陵舟中書共雪堂之清夜攬明月之餘暉二句雙鉤以代贊語附綴以詩③

萬古精神在天地，雪堂明月至今圓。如何赤壁空江笛，只有梅花
滄影傳。

予既屢和天際烏雲帖內九首詩韻而倪雲林第一詩橫字韻未和也瘦銅秘檢過小齋觀真迹拈此同賦雲林此詩集中以次句作首句故亦和之又有補和上句重字一詩故又和之又柯丹丘第六詩泉字韻雲林第五詩綸字韻皆應補和者凡五首④

漫向荊溪識子明，牛牟古鼎氣縱橫。爾時亦有彝齋號，不獨王孫

---

① 　此詩題位於手稿本第 5110 頁。
② 　此詩題位於手稿本第 5111 頁。
③④ 　此詩題位於手稿本第 5113 頁。

舊雨情。牛牟事見《輟耕録》，至正庚子，倪雲林觀趙榮禄六帖於環廬王氏之彝齋。

　　冉冉烏雲畫卷横，諸公衣襻聚空明。後來好事無如我，歲歲花開
悵望情。

　　夢語悠長心鄭重，那同師服托彌明。九霞空洞靈音答，一種依依
息壤情。

　　嵩陽不必嘯臺泉，蜀道非關峽水船。三塔湖紋金灩灩，兩峰雲黛
玉娟娟。

　　據梧支策又文綸，悟到蘇齋寫暮春。何似君謨還述古，得詩外味
兩三人。

瘦銅補和前人諸詩韻並及蔣心餘天字韻亦和之詫予曰心餘亦榮矣哉予笑而并和之兼呈心餘三首是日邀諸君來蘇齋畫天際烏雲二句詩意①

　　吮毫未負養花天，看帖催飛泛酒船。賴得熙寧無畫者，諸君拈出
特媚娟。

　　幻景陰陰雨接天，如何收入貫虹船。蔣生十易鐙窗稿，神到華陽
態更娟。醉墨生爲華陽山人函潭之孫。

　　名姓他時勒洞天，笛聲何處起江船。空歌吸盡峰峰緑，只記兜羅
妙鬟娟。

載軒招集清遠齋以刻詩錫酒壺飲諸公再用前韻②

　　得果此緣一段奇，夜夢東坡來自眉，語我同氣如嬰兒。③鵬溟芥舟
大小知，河伯海若同一辭。子於寸田慎閑持，當見三淵審音盤。者機。
快哉一紙君札馳，洗盡旬日借書癡。淋漓江海非漏巵，騰作草法吾

---

①　此詩題位於手稿本第 5117 頁。
②　此詩題位於手稿本第 5120 頁。
③　“同氣”，手稿本作“固氣”。

所師。

雍正乙巳八月朔於鶴泉修撰直起居注館勵衣園戴巨川楊蔚文三翰林同過夜話鶴泉賦四詩三君子皆和作成册沈上舍匏尊所藏屬題次韻①

西廊闕角挂星河，珥筆諸公夜榻過。想見清高金掌露，徘徊卿月奏雲和。

重開秘館第三春，綠字紅窗几絕塵。難得同時述作手，贈酬俱是善書人。

牙籤次第日編排，晝晷還多夕景佳。香案歸來金殿直，從容原不減衙齋。故事，起居注官日以二人輪直。

桑梓淵源前輩話，予座主鄒小山宗伯出靜海勵文恭公之門。絲綸清切後塵趨。不徒官職題名勒，要寫班行作畫圖。方綱擬撰《講筵日記》一書，恭載國初以來講官題名並侍班儀注，嘗與桐城張蘊亭、嘉定錢竹汀、桐鄉陸礜士屢約同編，至今未就也。

瘦銅借曲阜顏氏所藏魯公名印鈐於所藏爭坐位帖尾紙屬予書舊作印歌因集公書祭伯父祭侄二稿帖字賦此②

平原忠義在宇宙，天俾顏氏傳廟庭。何以申之感天賜，山河日月皆邁靈。昭昭手書盡心事，配以持節同丹青。不惟書史品書聖，稱爲顏氏之蘭亭。

張鶴柴以鄭板橋書句見貽賦謝③

孟津谷口論分隸，南皇冬心孰古今。莫怪醉狂山石裂，松濤元是海潮音。

———————

① 此詩題位於手稿本第5121頁。“楊蔚文”，手稿本作“楊蔚友”。
② 此詩題位於手稿本第5123頁。
③ 此詩題位於手稿本第5124頁。

次韻董文敏石刻書扇詩報未谷贈①

容臺瘦筆非郊島，團扇他時臨米老。小窗底處畫中禪，翠尾青鸞碧於掃。

趙文敏名印歌②

瞎尊者押倒好嬉，相視而笑誰知之。桂君瓣香太末篆，亦於吳興無異辭。每舉緹園徐子語，破觚而圜非古師。繆篆一規作小篆，汝南字怊灼無疑。似辨吳興迹真贋，相映圓美膚凝脂。自古方整與屈曲，變而正者圜爲宜。山水精神會感發，芝英糾結非傱枝。吳興當年面如玉，吳興萬古畫若錐。鹿頭舫子天倒影，水晶宮印青玻璨。③綠紗紅櫺題字在，一夢落我蕉白池。君從邗江鈐作册，謂我嗜趙宜有詩。墨雲四窗響拓起，天水影擘邕師碑。予昨所得宋拓《化度寺碑》尾有“天水郡圖書”印，爲何人揭去，痕尚可辨。

題蔣拙存寫十三經時像④自署壬子老人

蘭亭歲癸丑，君更一年先。貞白華陽逸，良常己字篇。帖經唐後體，壁簡漢初傳。安得牆東叟，飄飄氣欲仙。

題海苔紙扇⑤

憶昔南池玩月華，夢中時結縷金霞。年來慣著苔陰句，大海流雲作筆花。

金繩齋玉川兄弟皆小疋孝廉高弟也篤學嗜古兩峰冶亭二羅君爲作二圖一曰松竹居一曰竹莊書屋小雅以屬題各二詩⑥

羅聘畫人兼畫鶴，知是松間竹間作。忽聞急雨響空山，時有流雲

---

① 　此詩題位於手稿本第 5124 頁。
② 　此詩題位於手稿本第 5125 頁。
③ 　“水晶”，手稿本作“水精”。
④⑤⑥ 　此詩題位於手稿本第 5126 頁。

慶高閣。①

主人自號松溪子，此是松溪即竹溪。夜半月明飛翠起，四山影在綠玻璨。<small>右兩峰爲繩齋作《松竹居圖》。</small>

飛泉落澗動無數，一一芝英倒罋書。何處更容予著筆，娟娟山木倚踟蹰。

有田臨水可誅茅，何況修篁密蔭交。予亦頻來訪丁子，奇書日日手親鈔。<small>右冶亭爲玉川作《竹莊書屋圖》。</small>

未谷爲予篆石墨書樓印賦謝②

賜書樓下歐書石，翁氏樓因范氏樓。何日結茅規半厦，感君繆篆可千秋。伏梁闌檻層欒叠，舍利明珠一顆浮。作記那須煩二手，雨涼已夢試臨歐。

送錢溉亭進士歸嘉定③

汝南津逮浩無涯，漫許吳興復古誇。已覺九師堪束閣，定知四禮有專家。爾時陽羨篆重輯，④往者平湖札嘆嗟。不負憑欄秋月夜，江城夢托小山花。<small>陸平湖論經學手束，溉亭令弟獻之所藏。</small>

未谷和詩又及予先後所得宋拓張遷碑争坐帖且以是印並側款將裝小册屬同人題句又結一重翰墨緣也叠前韻呈未谷⑤

新篆新詩寶並收，墨雲香嫋結重樓。錦來什襲丹徵夢，石得鐫華歲有秋。寸楮琳瑯金鼟啓，黍珠宮闕瑞煙浮。萬川一月誰能印，集古如何可繼歐。

---

① "慶高閣"，手稿本作"度高閣"。
② 此詩題位於手稿本第 5128 頁。
③⑤ 此詩題位於手稿本第 5129 頁。
④ "爾時"，手稿本作"邇時"。

九松山①

去年曾撫六朝松，未若兹厓矯若龍。翠擁八鑾成列葆，雲排千叟合諸峰。九如天保承之茂，萬歲嵩呼氣所鍾。添入香山圖畫裏，虬筋鶴骨不攜筇。

土變石行②

剛變柔乃柔變剛，造物無物初推詳。誰知壁色立積鐵，非復峽形藏堂隍。我行塞門兩崖削，崖深紫黝仍含黄。或云風雨所凝結，或云沙礫侵而僵。山深堆阜自太古，行人來此歲月長。想見天地開闢初，巨靈贔屭陰含陽。石戴上邪土戴石，陶融何別限與牆。郭璞邢昺所未釋，安知中不函圭璋。但莫作碑摹古帖，陶甄令手同香姜。

雨宿山店四首③

塞山那便説攜筇，欲雨斜陽翠轉濃。數日炎蒸來快洗，一窗收得兩青峰。

妙在空濛煙靄中，遠山不與近山同。橫風疾雨迷離意，此語憑誰叩放翁。

圓通石耳夢巉巖，記得匡庭暮捲簾。青峭皖公非隔浦，微茫雪裏問雙尖。

半卷空青錦繡紋，一層黛綠一層雲。只緣坐對翻惆悵，不得磨厓寫八分。

喀喇河屯④

興州不可問，黑城尚可稽。埤堄亦不辨，山宛城堞齊。灤河西北

---

① ② 　此詩題位於手稿本第 5133 頁。
③ 　此詩題位於手稿本第 5136 頁。
④ 　此詩題位於手稿本第 5139 頁。

下，山乃抱其西。高低劃龍鸞，岌峘盡町畦。商賈萃往來，橫術帶迴溪。寬然散芻牧，井邑匝輪蹄。仰瞻靈囿光，咫尺切丹梯。徘徊山寺側，隔河聞馬嘶。

熱　河①

仁皇闢靈宇，規模信天造。我皇繼述虔，每歲勤親到。朝覲合中外，便蕃加宴勞。天光臨萬國，於物無弗燾。玉塞啓神皋，金庭摽閫奧。伊昔慕容都，始以龍城號。北京中京路，遼金別隈隩。大抵興州境，肩背萬嶺靠。其水合三源，東南西所澳。察罕陀羅海，溫泉瀉逾瀑。南下入於灤，萬里通海漕。是以熱河名，厥土鍾其墺。康熙歲癸未，山莊落成告。五月幸避暑，因獵時練操。築城漸設廳，煙火添井竈。邇者置郡邑，黌序薦蘋茆。承德特名府，課最得自報。<small>直隸府他省所無也。</small>六屬萬户治，四旗三廳導。我皇煦嫗深，如歲雨露膏。名勝七十二，天題咸覆冒。一一證圖記，皇皇披典誥。要以民物熙，都惟畢箕好。灤墅控襟帶，秀峰環咏蹈。<small>秀峰書院新入泮者數人。</small>晨當謁宮門，千巒擁圭瑁。

熱河旅舍雨懷辛畬編修瘦銅舍人②

旬日聯鑣約，怦怦意未降。歸途太早計，<small>謂瘦銅。</small>客緒想紛厖，<small>謂辛畬。</small>聞道灤河漲，衝疑峽口瀧。二君驅歷歷，同夕聽淙淙。去漫爭馳躞，來須問渡艭。蹄涔危滑澾，病起怯□崆。③<small>四句皆分屬二君。</small>知我頻鉛削，懷人聽足跫。兼程逾契闊，五字接玎瑽。各以精靈聚，俱能健筆扛。於今共壇坫，幾個樹麾幢。藝圃皆翹楚，詞源吸老龐。宅田誰灌溉，華實費耕耰。自古聲聞達，要須筍簴撞。世生才不偶，書與筆難雙。近日王朱輩，相侔魯衛邦。中天日月麗，閒氣華嵩巆。所望於

---

① 此詩題位於手稿本第 5143 頁。
② 此詩題位於手稿本第 5147 頁。
③ "□崆"，手稿本作"崆峒"。

吾友,相摩自一窗。纖紃工有度,津逮渺無杠。占蝀雲蒸礎,聞雞夜
剔釭。不徒趨秘閣,有夢到西江。

車入屋行戲呈習庵①

綿雨三日車淋漏,車箱水浸車茵透。檐外移來几外乾,户可容車
室非陋。塞垣山店屋三椽,一以容車膁兩廛。翰林濕薪對燎濕,筆研
車窗左右偏。相過莫厭山前雨,脈脈看山去幾許。分明並櫂過湖船,
爾我憑欄隔煙語。

有書倪雲林詩於旅壁者和呈同來諸君四首②

山氣能增塞氣寒,我齋與此孰争寬。雨來萬壑青如沐,霽後諸峰
秀可餐。

結伴條冰未覺寒,一椽仍似兩崖寬。安知不是遊吴越,鮮鯽香芹
憶晚餐。

叩門有客念酸寒,遲答緣知禮數寬。柏府雨中迴折簡,容臺曉起
饋常餐。竇嚴都諫、恒所宗伯。

中允微痾怯雨寒,司成莅學肯程寬。獨懷千頃黄宫洗,去共先生
苣蓿餐。芝雲寓書院。

雨阻三首③

冒雨策修軫,峻阪妨馬蹄。層雲聚其巔,飛瀑如懸梯。一輛雖彊
隨,尺寸不得躋。半日活活水,間此滑滑泥。只贏煙霧中,橫嶺看欲
迷。仍還茅店宿,戀比桑下棲。

人言伏日雨,占輒連三伏。果若占者言,秋初仍此宿。既無職役
勤,並乏文字録。徒作苦雨詩,豈要盧綸續。頗似雨舟卧,連月炎蒸

---

① 此詩題位於手稿本第 5148 頁。
② 此詩題位於手稿本第 5149 頁。
③ 此詩題位於手稿本第 5150 頁。

酷。循江上邛江,葦齋真我屋。①序自嘉應至潮州製舟名葦齋。

宮允寓隔巷,今得對榻居。朝來並車行,午復同迴車。稽古訂文史,懷舊論友於。直從言説外,尋向文字初。飢渴雖不免,咨諏相與娛。豈若小雅人,但言畏簡書。

晚　晴②

二首之第二,集刻一首。

行人迤迤夕陽山,似昉茅檐覺我閑。大抵眼前無定境,爲君拈取暮雲間。

渡灤河三首③

曉發城隍祠,夜宿龍神廟。蜿蜒山有情,灤北粗領要。熱河十日住,餘戀未騁眺。所得土銼炊,荒雞喔蓬藋。冷況復難忘,論心有同調。灤伊合流處,晚鐘響斜照。耿耿獨無寐,陰晴預難料。歌乎無渡河,夢中時自笑。

昔聞灤水波,金沙日光射。迢迢伊遯水,滾滾遠分汊。奔馳到廟前,④一折千里瀉。眩目景固奇,驚耳吁可怕。旬日憶前來,尋丈輿梁跨。一雨兩源涌,塞外諸川下。奈何罷駑乘,於此小舟駕。右丞待渡圖,神情太閑暇。

人馬爭一舟,舟乃弗水習。馬亦弗習人,倔彊水中立。而我驅車過,當此橫流急。車過馬尚留,舟少車逾集。攻駒以泅水,馬性安能執。水濱與木末,僕痡更百什。終日水之濱,行坐泥與濕。向夕喘未定,村扉月光入。

---

① 此句下注文中"序自",手稿本作"予自"。
② 此詩題位於手稿本第5151頁。
③ 此詩題位於手稿本第5152頁。
④ "奔馳",手稿本作"奔騰"。

潮河岸邊碎石同習庵賦用蘇詩文登海上石韻①

　　泥沙廉角細堪珍,不與蓬萊彈子倫。莽莽萬川蒸紫翠,泠泠一掬氣清純。文章得共靈源發,砥礪來從古塞濱。記我羅旁披錦石,一漚東海袖中親。

———————————

　　①　此詩題位於手稿本第 5154 頁。

復初齋集外詩卷第十五

庚子七月至辛丑三月九十四首秘閣集

魚門爲令弟秋泉乞六十壽詩① 秋泉時官粵東

白髮詩人老弟兄,故交真語代稱觥。石堂海日追新咏,南海程石曜
有《海日堂集》。金鼎丹砂記舊盟。東坡表兄程正輔官於粵。知我種蓮懷九曜,
因君唉棗叩三彭。裹糧萬里尋同叔,雲擁羅浮紫翠橫。

縮臨徐天池詩於兩峰蕭翼賺蘭亭圖後即次其韻②

此畫禪門等聚沙,拈來院體定誰家。天留北地無雙本,人想東風
第一花。響拓何煩憑趙葛,真香已壓杏䕩茶。巨然水墨元非色,君是
新宮蔡少霞。昔之爲是圖者惟巨然用水墨法。

新建王文成公像方綱以去年所得公手書春游詩臨於幀次韻敬題③

北學猶堪一脈尋,像摹自交河王氏。静中真意儼冠簪。瓣香俎豆交
河近,倒影星辰越水深。客坐空慚挂私祝,春遊誰解續高吟。暫來合
眼蒲團上,又恐疏蕪少定心。

---

① 此詩題位於手稿本第 5160 頁。
② 此詩題位於手稿本第 5163 頁。
③ 此詩題位於手稿本第 5167 頁。

曹容圃綠波花霧圖三首①

文體弓裘壓建安,吳淞豈止富波瀾。滿江雨濕收金粟,一笛風高
戛玉鸞。渺渺遠空如昨夢,盈盈倚佇奈輕寒。明珠翠佩紛來結,未是
迷離隔霧看。

橫湖鶯脰是誰家,老懶推蓬不爲花。載鶴江春問苔竹,鳴雞雨夜
憶兼葭。酒闌浩唱狂猶昔,月上空窗影又斜。奇思槎枒爲君吐,墨痕
染作遠天霞。

閑情綺語一消除,兀向空庭讀道書。微笑拈來還似此,枯禪參透
定焉如。棠梨蔽芾人歌舞,桃李文章手墾鋤。更有濃陰披萬綠,何郎
莫漫咏芙蕖。

兩峰摹倪高士畫顧仲瑛小像見貽供予小蓬萊閣予因作達兼善隸書金粟影趙松雪篆書小蓬萊二顏於幀題此邀諸公同賦②

我題小閣摹石經,瓣香專奉坡公像。聞道崑山拜石壇,快哉亭字
呼仙丈。海嶽丹丘三百年,觴咏遺風遐寄仰。紅旗青蓋映玉山,巧將
叢桂來同賞。道旁真孃誰得見,天香翡翠非帷幌。玉樓金塎又一時,
調馬呼鷹氣慨慷。幡然閉户寫貝文,兀爾支頤披鶴氅。呼童漫説五
雲袍,弄笛忽飛雙畫槳。借問誰真玉山主,五圖不必雲林仿。山中亭
館二十四,處處煙波鶯鶴想。金粟華邪金粟冢,神妙虎頭非惚恍。小
遊仙樓更上層,直到蓬萊俯天壤。笑予亦竊此閣名,時夢虚無氣泱
漭。東坡像旁即君像,鶴群龜背時來往。故作一家篆隸書,聊當霓裳
蕊珠榜。白鶴鷗波或共來,③花之道人一拊掌。寫真實寫小蓬萊,黄
九無須詫疇囊。紅鐙簾外暮雨飛,鐵笛橫秋玉鸞響。黄九小松與予同校漢
石經殘字勒之石,予既自名其室曰小蓬萊,而小松亦言其先貞父先生有小蓬萊之居,共相感

---

① 此詩題位於手稿本第 5169 頁。
② 此詩題位於手稿本第 5172 頁。
③ “白鶴”,手稿本作“白野”。

嘆以爲事非偶然，今兩峰所摹此像乃出小松尊甫所得，又一異也。

送張樊川祭酒歸桐城四首①

不愧皋比座，諸生樂執經。藹然廿載訓，留與六堂聽。歸向江鄉說，還爲黨塾型。橋門一老柏，高映皖峰青。

尊酒論文地，風光瀲蕩天。興因談斐亹，交與性纏綿。重以金蘭喻，兼之翰墨緣。茶煙禪榻句，豈止杜樊川。

花南歸去後，文獻幾人尋。家世推遺集，風騷待嗣音。憶憑姚子別，爲訪默公岑。焉得空同派，陰何比用心。

一卷分寧譜，歸裝托小胥。當年號山谷，實爲過龍舒。公到瀠峰口，重開道士廬。寒江萬古氣，收拾入籃輿。方綱所校補黃詩正集任天社注足本，先生鈔副以行。

送洪稚存出都②

漫說詩家洪與黃，兼之考訂勝鄱陽。泣銘金石萱幃訓，爇對神明棘院香。草得春暉純愛日，花全秋氣不知霜。感君吹律能求友，百尺孤桐叫鳳皇。黃謂仲則。

宋澹思進士南川草堂圖③
鳴珂奉新人，其尊甫名五仁。

澹思詩懷澹於菊，澹思詩骨清於玉。畫裏青山促俶裝，示我新吳一川綠。百丈山頭飛瀑泉，④橫帶華林玉虹起。草堂喬木切青雲，父子讀書名進士。堂開舊扉書手澤，墨池墨瀾交古色。奉新有宋州胡仲堯墨池，又有墨瀾亭，國初帥簡齋讀書處也。浮雲試訪山重九，丹鼎何須李八百。論詩臨別驚奇才，何時草堂爲我開。井欄倘有坡翁字，爲報東軒雙鵲

---

① 此詩題位於手稿本第 5174 頁。
②③ 此詩題位於手稿本第 5178 頁。
④ "瀑泉"，手稿本作"瀑水"。

來。奉新昭德觀丹井，相傳東坡題云："元豐七年五月九日，寓新吳，同縣令李志中謁劉真君祠，酌丹泉飲之。"

王蒪亭舍人有桂一株周載軒奪之蒪亭攜酒招諸君就飲花下同用淮南字二首禁用淮南小山等事及金粟黃叢蟾月諸字①

借花翻以借書齋，就飲渾疑就水涯。晴少雨多非瘴濕，香濃人澹是吾儕。披風漫假鄰相乞，伴菊何妨晚更佳。夢到江城去秋夕，一盆篩影對秦淮。

霏霏如雨氣醃醃，翠羽明珠未是貪。繞坐篆煙簾不捲，論心老幹酒初酣。②夜涼那記移街北，秋信誰煩報嶺南。神妙虎頭癡絕手，請連主客畫茅盦。是夕乞兩峰作彝齋圖也。

兩峰為予作東坡遊迹圖四幀各題以詩③

四首之一、四，其二《雪堂》、其三《白鶴峰》已見集中。

黃　樓

我書秦蘇賦，不錄后山銘。羅子知此意，落筆高建瓴。坡翁昔作樓，土水取相刑。雙洪斗落聲，汴泗交此經。大河莽莽來，一氣瀉不停。蓋暢水所注，以扼水之扃。縹緲羽衣仙，傑句慢百靈。襟帶萬家邑，几案群山屏。夜闌笛飛空，仰面捫斗星。所以楚騷詞，雲旗鳳皇翎。江東我屢涉，④霽曉霧冥冥。不得八窗翠，貯我一箄筥。廿載屢齒思，去年役江寧。藍天襯堊黃，秋日炯疏櫺。儼乎雲霄侍，豪吹酒半醒。歸來語羅子，急為追使舲。怳憶淮海語，結佩夢紫庭。重摹試衣句，磐石南山青。

---

① 此詩題位於手稿本第5181頁。
② "論心"，原作"諭心"，據手稿本改。
③ 此詩題位於手稿本第5184頁。
④ "江東"，手稿本作"江廣"。

載酒堂

我三渡瓊海，兩刻詩此堂。百咀道圓篇，①西蜀耿星芒。玉雪老人書，屋圮石則亡。俎豆賴有司，村塾比上庠。我題公舊句，琴韻猶琅琅。師儒弟子員，擢秀於其鄉。城隅奉公像，不改笠屐裝。所少畫問奇，載酒侯與揚。此圖非草草，子固又子昂。北歸十春來，小齋一瓣香。遺墨寫蔡詩，遺集板淮倉。客來盥手觀，必酹酒於旁。緬若儋耳黎，②同訪軍使張。何嘗有此屋，一笑可相忘。當日作庵銘，楮葉鐫未遑。動止安四隅，又豈必桄榔。宅於無何有，浩氣塞八荒。嗤我刻舟見，區區附門牆。

題仲則印傳書屋圖即送其出都二首③

須知傳印是何人，④自成一家始逼真。此是先生傳印語，江山處處寫精神。

辛苦何時結一椽，課兒奉母擁青編。裹茶蠟紙憑相寄，六百年前翰墨緣。山谷以青紗蠟紙裹茶寄人。

送東序編修視陝西學政⑤

袖中翠色泮之芹，秀氣遙從岱嶽分。星宿羅胸曾射策，關河指掌細論文。憶逢使者梅關信，我所思兮華頂雲。一笑嵩陽居士夢，巾箱琬琰並煩君。東序臨別以所收宋拓《汝帖》見贈。

同裕軒慕堂林汲兩峰遊城西笑巖塔院極樂禪寺次裕軒韻⑥
四首之第三，集刻三首。

鉛槧曾因畫壁提，肯將平遠讓雲西。尋僧野寺無多筆，試覓溪橋

---

① "道圓"，手稿本作"道園"。
② "緬若"，手稿本作"緬昔"。
③ 此詩題位於手稿本第 5189 頁。
④ "是何人"，手稿本作"自何人"。
⑤ 此詩題位於手稿本第 5190 頁。
⑥ 此詩題位於手稿本第 5195 頁。

步水堤。

方坳堂邀遊崇效寺不克赴仍用竹垞韻①

息壤盟言在，三年墨未乾。每懷黃閣老，同剔翠珉看。榻静香煙嫋，簾虚竹影攢。勞君相待久，霜滿菊花盤。竹井相國屢約同遊此寺訪明區大相碑，至今未果。

宋皇祐五年清邊弩手記摹本②

銅印修廣各寸五分，陽文"清邊弩手第五指揮第五都朱記"十三字，背紐，兩旁鐫"皇祐五年少府監造"八字，姚遊擊林得於山西石樓，未谷桂君摹其文屬題。

嗚呼皇祐溯寶元，增軍更自天聖間。宋景文敘丁度録，何減司馬韓范言。兵精兵多孰擇取，③廣捷寶捷名實繁。④廂軍選置禁軍附，指揮弩手云清邊。指揮第五都第五，別於秦隴惟太原。是維河東節度隸，控河帶陝天下肩。遼人夏人此扼險，汾洛下瞰通長安。并州健兒好身手，牀子神臂雄桓桓。獨弩軍方昨歲置，皇祐四年置獨弩軍，見彭百川《治迹統類》。襄霄兒敢輕升壇。是春正報廣南捷，樞密夜度昆侖關。丁度又繼夏竦死，誰陳利害慶與環。何人佩此方寸綬，隔河氣壯千重山。招軍屯戍踵圖籍，團結之令元豐頒。流星弩罷澧州宋，克敵弓進蘄王韓。太平歲月逝飛電，風雨剥蝕觚棱刓。未谷先生嗜篆刻，手摹九叠同屈盤。宋史夏書互詳略，軍制可以補職官。霜空香冷挂齋壁，軸斜月上窗團團。

漢半兩泉范拓本聯句⑤

兼旬金石談，著録及刀錯。冶鑄出人工，覃溪。形模由尺蠖。泉變九府規，范聞三官作。四銖質雖輕，曲阜桂馥未谷。半兩文仍托。楢

---

①② 此詩題位於手稿本第 5196 頁。
③ "兵精兵多"，手稿本作"兵多兵精"。
④ "寶捷"，手稿本作"保捷"。
⑤ 此詩題位於手稿本第 5197 頁。

殊鶴卵殼，棱異雞彝勺。肉好一如環，揚州羅聘兩峰。□匜徑之幕。卦
爻太極旋，子母相生各。八出交枝花，樹培。中央網連絡。泥印凹凸
成，沙翻金火鑠。輪仄俯仰間，海寧沈心醇匏尊。磨鑢大小若。洪鑪費陶
涑，餘液棄糟粕。如鐵聚九州，錢塘吳錫麒穀人。厥志匹七略。班掾書食
貨，賈誼疏斟酌。孝文懲秦法，覃溪。少府申漢約。舊傳寶貨重，時嫌
榆莢薄。鎔聽奸民磨，未谷。觴濫即山攫。市闤通有無，準折相酬酢。
或加或平稱，兩峰。孰急孰苛虐。鎔稽應劭詰，義兼師古博。炊炭代
耒耨，樹培。奇羨逐籝簿。因之權斂散，是以無周郭。行四十年餘，匏
尊。飽千萬人囊，穀人。黃牛未謳謡，青蚨儘揮霍。本取竹簡程，覃溪。
今勞蟬翅拓，湖口周厚轅載軒。篆寧兩入拘，圜止徑寸弱。底面偶縮嬴，
穀人。方圓匪鑱鑿。飢難充畫餅，癡欲貫朽索。漫覆不可拾，未谷。膚
側誰爲度。竹垞跋已陳，苣堂札來昨。排編二京式，載軒。品第三銖
格。以史互相參，對此皆堪削。傳形遞武宣，兩峰。大布流京雒。懸
鍼擢稻芒，載軒。橫理垂蚊脚。从十久莫復，匏尊。豎三何處著。平準
肇孔桑，貨貝散邛筰。卯金紛兆讖，穀人。毅改徒逐惡。活碧堪入畫，
煎金漫收藥。影訝鏡寒膚，未谷。翳非箆刮膜。星鈲幾欲捫，月斧那
能斫。秘殿錢録續，匏尊。活版銅鐫烙。數子共校讎，覃溪。短檠消鈴
柝。摹軸石墨齋，兩峰。光動蓬萊閣。載軒。

得石圖歌圖爲黃小松畫濟寧李鐵橋於州學古松下得漢膠東
令王君廟碑事也事在乙未夏予已有詩[①]

張君曾釋濟寧碑，此石當時不爲出。李生後張又百年，日月遐思
訪遺佚。[②]一朝坐臥長松底，月下松皮黑如漆。此松想像何年植，洪釋
淳熙未成日。薶没奇文不自安，特逢老鐵來容膝。一道孤光走如電，
凛若蒼茫神鬼叱。鐵也大叫碑在此，鉏钁忙施縱即失。遂使吾曹補
釋文，繪圖五載重傳述。異哉圖者非他人，中山得石黃生筆。世間好

事如此輩,翻倒瓊宮我其一。披榕剔字未肯已,_{往歲於廣州剔九曜石。}架杙登危不寒慄。_{去秋於江寧訪梁碑二。}字青石赤捫可讀,石怪山精嗔不恤。石乎石乎儻首肯,吾言日星以爲質。天下石文皆會合,①堅如膠漆甘如蜜。題詩寄李並寄黄,那惜鵝溪絹一匹。

未谷以所得秦漢瓦文拓本九種裝軸索詩得三首②

秦瓦二,曰羽陽千歲、曰蘭沱宫當。漢瓦七,曰上林、曰苑官立石、曰千秋萬歲、曰長樂未央、曰長生未央者二、曰長毋相忘。

朱排山所録,十五瓦成編。③近人錢塘朱楓作《秦漢瓦圖記》一卷,曰長生未央、曰長生無極、曰長樂未央、曰衛、曰蘭沱宫當、曰千秋萬歲、曰億年無疆、曰與天無極、曰益壽存富、曰都司空瓦、曰宗正宫當、曰右空、曰上林、曰上林農官。想見鱗鱗影,飛甍處處圓。圖經存舊樣,遊客弔荒煙。何與齋居者,寒鐙斂籠邊。

棫陽銅雀只空談,司寇何曾見兩三。今日同心盡歐趙,似將蘭話傲閩南。

挂軸秋蟲剔網絲,參差瓦側我題詩。八分且莫誇韋誕,梯上凌雲百尺時。

瘦銅舍人以所藏常熟蔣文恪手札索題二首④

夜雨行營徹曉寒,塞垣山色滿雕鞍。相公二十年前筆,猶作青桐畫幀看。_{青桐軒,南沙先生書畫室名。}

是冬賤子使初旋,品我鐃歌可管弦。轉瞬諸城師相筆,裝題又後十三年。_{昨爲方坳堂題所藏諸城劉文正壬辰秋手册也,蔣文恪此迹在乾隆二十四年己卯,是年冬以平定西域大功告成,詞臣進詩册,公爲方綱改定五六字,其稿至今在篋云。}

---

① "石文",手稿本作"石交"。
② 此詩題位於手稿本第 5201 頁。
③ 此句下注文中"億年無疆",手稿本作"億年無疆"。
④ 此詩題位於手稿本第 5202 頁。

兩峰所藏枝山衡山蠅楷合册精妙絶世予既屢題矣今復持來題首蓋予於斯册不啻重有緣者因臨爲二册乞兩峰補圖以志墨緣並繫三詩①

鏡天目力展秋毫，想見松風鶴氅高。何物寫蘭蘭蕊筆，娟娟珠佩滿紅皋。②

月斜枝指並停雲，點破吳江翠水紋。賸得飛仙遺鳥迹，不知何處有鵝群。

馬頭鼉尾峰娟妙，寫我沿洄小洞庭。誰似黍珠神理在，袖中七十二峰青。

蔣辛畬藏園圖八首③

羅兩峰畫，時辛畬乞假將歸。

四壁秋江影，新泥堊未乾。竟疑含翠隖，不似住貧官。正面鋪雲錦，周遭亞綺欄。如何邊抛得，老子在長安。

十五年來夢，迴環廿四橋。月殘鸚鵡杓，樓倚鳳皇簫。鬱律長歌氣，熒煌畫燭燒。消磨憑此屋，池北雨瀟瀟。

門生治講舍，鄰叟乞園栽。籬竹芟榛去，湖船得石回。窗收千頃淥，屋只一方苔。那必區人我，群鷗日日來。

天祐繩金塔，韋丹避暑樓。遙分雙漲石，斜映百花洲。萬壑趨章貢，中宵看斗牛。昔尋孺子榻，未得此淹留。

梅嶺蓉江秀，交加四序春。即教如老圃，仍未是閑身。元氣淋漓手，天機爛漫陳。兒孫培養出，世世作詩人。

三椽俯衆綠，是曰小鷗波。本自觀空色，因之托種荷。雪泥痕不著，香篆印成窠。離垢名方丈，中央更若何。

———

① 此詩題位於手稿本第 5203 頁。
② “紅皋”，手稿本作“江皋”。
③ 此詩題位於手稿本第 5204 頁。

今日論風雅，何人接豫章。百弓勤灑掃，萬丈待光芒。鉛粉緣雖謝，青丹喻勿忘。他年成著録，未可集名藏。

曾比羅含宅，因摹蔣徑深。秋鐙分袂語，夜月故人心。不合來京國，翻教憶舊林。千峰和響答，感激撫瑶琴。

仇實父柳陰高士卷爲周松厓題①

焉能世慮便相忘，蘸水鱗鱗借晚涼。供取一襟收拾得，數峰濃澹點秋光。

同年蘇德水讀書小照三首②
名遇龍，府谷人。

黃河橫帶紫城山，氣接空濛莽蒼間。收取静光觀萬古，宦囊滿貯白雲還。

家世清芬萬卷餘，午風石几夢迴初。平生檢點巾箱在，所讀無非忠孝書。忠孝，君家堂名。

玉堂玉笥好門生，對寫秦筝次律情。我作蘇齋奉蘇像，故應笛裏鶴飛聲。圖爲君門人余秋室太史寫，戴蓮士殿撰題。

石田像前已題詩不知誰氏藏也今乃爲芝山買得瘦銅欲以古器易之芝山不欲臘月八日邀二君至小齋理其説并記以詩請諸公和焉③

祥也學佛人，詩畫皆學沈。曾記挂猿枝，雲冷留墨瀋。小車響綠陰，瘦影飄蕭甚。故著禪牀認，知音儻來診。已離詩畫境，更莫劍舟鍥。初號白石翁，印記山農審。此題乃補書，文水家風禀。先生視萬物，雲水澹一淰。④寥寥三百年，厭極諸題品。奇哉張與宋，論辨忘食寢。一以六法宗，執筆拜斂袵。一以六義比，舊貫鄉曲稔。二者誰甲

---

① 此詩題位於手稿本第5212頁。
②③ 此詩題位於手稿本第5213頁。
④ "雲"，原爲墨圍，據手稿本補。

乙，吾請張𩐯錦。宋君畫沙彌，危坐寒不噤。張侯詩有竹，雪壓風凛凛。各罄所夙懷，傾囊倒囷廩。兩家孰最似，歸軸秘諸枕。合坐方大笑，月上且轟飲。石田年將六十始號白石翁，赤松山農爲製印。

以蜀碑王稚子闕漢安仙集留題二種餉瘦銅未谷二君欲就予齋闔分之再用前韻①

禮殿學師宋，梁山都尉沈。是皆洪所釋，翠墨不餘瀋。蜀碑往誰稽，漢刻蝕已甚。綿竹令借苓，趙録初誰諗。碑額惜畫圖，天巧非鑱鋟。巋然闕石留，得以隸續審。簡州逍遥字，平原派誰禀。惟傳仙人迹，鳥駭魚驚淰。昔聞墨譽齋，不作凡帖品。石古拓乃劣，神腴貌則寢。昨繪鄭公圖，深衣考續衽。今爭石田像，夢想三百稔。合此泐殘字，藉以古囊錦。八分怯弗摹，一坐氣先噤。借問梅雪風，何以消寒凛。桂書與張詩，飽饋貧倉廩。題跋娱我讀，懸帳酣我枕。先拈請快臨，後至須罰飲。是日瘦銅後至。

寶應喬慕韓屬其邑劉端林孝廉來索予所摹刻蘇文忠定惠院詩予今年春得化度真本有喬固翁跋固翁即慕韓尊甫也而慕韓適亦見予所摹蘇帖千里相求是亦一段翰墨緣矣次後村韻報之并記於化度帖尾②

月下飛仙墨數行，花飛塵海未銷亡。坡公始識邢房悟，正撫琴弦笑客忙。

大雪中有持王虚舟墨迹同賞者中有語及率更姚恭公碑一段因臨入予所藏化度真本跋尾復次後村韻意謂充此翰墨之緣政恐姚恭真本亦將歸我耳③

曾共蘭臺弟子行，少霞銘豈繫存亡。良常緑字如相證，會合蘇齋未要忙。

---

① 此詩題位於手稿本第5215頁。

②③ 此詩題位於手稿本第5216頁。

芝山以手拓海寧陳氏所藏重刻姚恭公碑本來贈適與予前詩相應豈不曰千金買馬骨耶再次韻爲待真本之劵①

誰爲南濠補二行，翻嗟内史系銜亡。君從浙右蒐殘石，轉益尋真癄寐忙。此碑後文殘脱"廩""軍"二字，重刻者遂誤置於内史侍郎虞世基系銜之上，近日刻《金薤琳瑯》者因據此重刻本補入二字，予曾爲改正之。

慕堂少卿過裕軒學士草堂學士有紫貂裘坐破蒲團之句戲成二絶呈學士兼索少卿和②

昔年曾共話鑾坡，一領狐裘一釣蓑。如此蒲團如此客，畫圖位置欲如何。學士曩曾言欲製狐白蟒衣一襲、蓑衣一領耳。

攜手安知紱與簪，味於味外得幽尋。先生恐未忘情者，請對跏趺試此心。

海寧陳目耕爲予篆牙印二報以詩③陳克恕號吟香

山農煮石韻寥寥，楮葉工夫格轉超。符竹古云該八體，梁何往者繼三橋。世家翰墨香猶在，相國庭階澤未遥。我愧文章留舊價，篆雲時接海門潮。

十二月十九日坡公生日同人集蘇齋薦筍脯安邑宋芝山作李委吹笛圖得飛字④

我齋蘇齋室蘇室，日以蘇集充咀嚼。又寶蘇書與集配，聖湖水浸千明璣。每當殘臘索梅笑，虛窗耿耿橫瓊蕤。去年梅開增悵望，送客小雨香浘溦。已卜今年畫遊迹，黃樓、雪堂、白鶴峰、戴酒堂。展詩拜像同遐眹。屈指前兹八十載，滄浪亭畔停驂騑。西陂老人酒敬酹，邵馮顧李期不違。其時重鋟施顧注，闕十二卷煩鉏鑊。由儀上客補者誰，響泉

---

① 此詩題位於手稿本第 5219 頁。
②③ 此詩題位於手稿本第 5220 頁。
④ 此詩題位於手稿本第 5221 頁。

秦箏是邪非。小谷口生作湖録，也是園叟追依稀。此本歸予今七載，此公瘄寐時相依。不聞黄州笠屐幅，曾臨惲格摹王鞏。今也伯時暨子固，後先石墨來光輝。又橅折枝老蓮筆，尚恐松雪圖傷肥。騎鯨散髮誰見之，放翁西川語庶幾。宋君忽夢江上笛，李生一棹清而頎。天風海濤颯然至，穿雲裂石籟四圍。九疑蒼茫在何許，馮夷海若來江妃。未知南飛鶴誰使，得非道士翩縞衣。横江東來掠赤壁，鶻巢下俯危石磯。臨風釃酒澹一笑，豈復知有讒與譏。磊磊文章動天地，聲名尚爾窄八圻。七百年來誰貌此，雪色之壁滿化機。大江浩浩去不息，半厓夕照涼餘暉。此是先生真筆力，雷霆儵欻雲霞霏。沙島一線極明滅，寒空萬古莽翠微。以此壽公公定許，泠然静夜流音徽。羽衣吹笙駕鸞鳳，星軿排馭紛旂旗。公之來兮我豈識，但覺函帙皆紛霏。篆煙嫋窈賮拭錦，弸彋拂汩簾開扉。竊聞康熙歲己卯，華碑蘇集同編韋。青門山公預酬倡，焚香聯軸偕禱祈。異哉嵩陽居士帖，吾齋雙得世所希。冬心墨本近又合，豐道生笈逾渴飢。《華山廟碑》予又見金壽門摹本，祝漫堂本爲全，又聞豐氏萬卷樓本尤妙。吳興曾訂丙舍隸，遠與籀鼓同峨巍。安撫校書率更筆，番葡萄事堪惋欷。他時儻能開妙墨，桃花帖共鑣芳菲。東坡《桃花帖》亦在湖州。開筵更逢此日聚，公乎無我門牆揮。江山有靈翰墨助，令威千歲當來歸。玉琴今夕爲公語，梅花窗外仙雲飛。

是日齋中供山谷玉山陽明石田及毛朱二先生像以配東坡生日之筵山谷像不敢以配意題也敬題四軸各一詩[①]

奎章博士友嶙峋，俱是蘇齋共賞人。記取維揚快哉帖，朱珪名迹亦天真。玉山像。

吳興墨妙亭中石，誰記龍場驛署名。萬古江山浩然氣，春回臘盡復關情。陽明像。

祁岳何論並鄭虔，劍南詩在啓南前。摩圍行草竟三絶，一筆挽迴

三百年。石田像。

上巳湖濱策杖時，雨餘同訪水仙祠。手書尚記前生覓，金鯽池邊叩導師。毛、朱二像。

黃文節公像雖日懸蘇齋然以配食之例爲詩則不敢也載軒編修以摹本來並奉齋中屬賦是日並借觀林汲秘校所藏慶元己未山谷編年詩宋槧殘本①

閬風指似竟如何，皖口峰頭俯逝波。借問舉杯酬太白，誰同趺息對東坡。南華内外編應合，束晳笙詩補未詑。此日廬山真面在，依然千丈挂銀河。②

品碑圖③并引

兩峰所贈予《張遷碑》舊本借留未谷齋，索其跋尾，適未谷移寓芝山齋，因並屬芝山作品碑圖，時未谷、芝山、匏尊皆將出都，予四人以品隸爲事，故及之。

檐牙冰柱松梅影，都作晴窗拓本看。莫怪洪婁無此畫，同心同咏得來難。

次韻王勗齋孝廉題其齋壁二首④
名步雲，海寧人。

檐梅索笑襯殘年，領受春風絳帳邊。新見謝家聯玉樹，喜從崑璧吐藍田。仲宣書籍應相付，李漢文章敢望傳。植桂堂階深翠氣，粉筠筍籜已先鞭。

即當文賦士衡時，楊葉誰憑杜甫知。莫説婦翁偏愛婿，且看弟子要如師。良工雕篆寧云技，敝帚諗符未是癡。辛苦毛錐場屋事，樂天不獨共微之。

---

① ③　此詩題位於手稿本第 5225 頁。
②　"千丈"，手稿本作"千尺"。
④　此詩題位於手稿本第 5226 頁。

蔣仲和醉墨圖①蔣仲和號醉峰

千鷗酒落一斗墨，未必平山有此奇。醮髮果然窺長史，郎官筆記更何時。②

王問渠舍人意田圖二首③

王學海，天津人。

以意爲田斯謂信，燕公蓋爲佛者言。舍人橐筆上綸閣，下直過雨開前軒。玉池春華液常滿，雪芽一氣歸其原。貝宮胎寒印明月，羅生所畫皆籬樊。

君家津門候潮曙，竹屋輕安風雨除。藟畬萬卷有刈穫，雲水中間結沮洳。④町畦往往間沙渚，煙靄濛濛澹花絮。誰知儼舍縈篆香，據梧即是觀瀾處。

書周頌鼎銘拓本後⑤以下辛丑

龔叔其考頌其子，考以其字子以名。尊壺系龔或系頌，山夫竹垞各異評。今以尊壺合尊鼎，尹氏受命呼虢生。異哉竹垞昧周典，傅會鄭注援司成。邵宮想像在康世，娟鼎款識云西京。霍侯豐刑並作册，古文舊史誰是程。器銘偶爾補聖籍，竹筆那及求形聲。我爲無專鼎作考，山寺摹本難合并。此視無專銘在腹，彎圜穹度誰經營。有如霄崢歷參井，周垣橫理捫庚庚。錢唐王家器在否，幾時焦山同踐盟。鑾旂鋈勒森寶氣，不敢裝背文斜橫。

長生無極瓦歌⑥

未央瓦並摹本四，中央屈曲長生字。吾嘗引證烏傷文，面徑圜圍

---

① ③　此詩題位於手稿本第 5227 頁。
②　"筆記"，手稿本作"壁記"。
④　"結沮洳"，手稿本作"絶沮洳"。
⑤　此詩題位於手稿本第 5231 頁。
⑥　此詩題位於手稿本第 5232 頁。

漢尺記。長樂瓦文亦如此,修廣八寸輪無異。肅州陳氏寶此久,懷慶
侯官執居次。文叠芝栭藻井形,頌兼幾式匡齊義。近年此物光騰出,
墨文來滿吾曹筍。新城秀水諸老翁,一瓦區區競題識。豈知浙右朱
排山,一十五瓦圖成編。此瓦又出瓦圖外,宋子手拓邀同看。桂君齋
壁軸九瓦,星舳錯落如垣蹲。吾齋瓦文亦此垿,無疆萬歲千億年。恭
逢萬宇祝聖壽,長春暖律周人寰。太極函三亘無極,四庫寶氣相迴
環。日長研几馥餘潤,鼎彝歊起雲霞斑。

朱蒼湄舍人自登州以石菖蒲來供坡像爲作歌①

　　公去登州六百載,貝闕尚擁銀濤飛。海潮蒸青戰空翠,日夜漱響
匋彎碕。黃泥裹核撒風雨,芙蓉石室誰叩扉。青松虯甲覆巖石,珠瓔
翠蓋紛葩葳。蓬萊閣上東望海,碧環一半登萊圍。大竹小竹亂雲氣,
榑桑夜半開朝暉。越州亦有蓬萊閣,洪适釋隸先婁機。往秋夢見海
光涌,赤文綠字來靈威。義門漫云石氏贗,醫者引年進以豨。武林黃
家有故事,秋盦舊笈珍盈璣。遂以蓬萊扁小室,意不自信猶仰睎。誰
言端合蘇室兆,石渦碾出彈子磯。一盆小草萬古綠,果然璀璨兼粉
緋。先生初辨溫與濕,老圃不敢矜耡機。芒種後先梅雨植,一寸九節
療諸痿。幽人君子譬所性,清泉白石能相依。昔者慈湖曾得此,舟中
文石相爭輝。又於南山和同叔,石溝霜雪見者稀。去石依然未離石,
宜列几案宜咀嘰。可數十載不枯菀,蟠桃聯絡非禱祈。舍人簪筆上
綸閣,憶昨獻賦凌江沂。先自登州觀海市,凌雲奇氣飄驂騑。四千里
外攜此至,有如威鳳來皇畿。刺投恰爲坡老拜,正以李委清而顧。謂
言坡昔好蓄此,風露切戒膏以晞。不惟其物惟其嗜,風味迥壓群芳
菲。今者人地巧相值,得非靈爽憑依俙。又言往歲奠祠下,楣間變眩
來靈斿。妙哉右丞山谷句,那必吏部香山希。舊以張貞居句"南斗日躔韓吏
部,西湖風氣白香山"爲坡像供,今蒼湄於登州祠見一聯云"想見東坡舊居士,儼然天竺古先
生",因書此以供焉。是日坐客皆起立,或拜稽首或喟欷。或更洗琖爲君

酌,云誰行邁來斐斐。遒者商丘薦尊罍,又寒香館羞山薇。_{皆近人作坡}
_{公生日事。}未聞寶章聚什襲,兼有清供偕來歸。坡公無乃吾子屬,異時
寤寐果是非。宋子不徒李委畫,并畫蒲石陳屏幛。蒼茫袖中東海意,
移時月上光滿衣。青銅萬里恍一碧,孤島出沒窮煙霏。坡老重來訊
安否,清苦澹泊寒與饑。借問同居復同嗜,①今古幾個可與幾。垂慈
老人僧了性,九江道士胡洞微。

予既書前人所集右丞山谷句以奉坡像因次二詩韻題於下②

罨壁誰知子敬帖,倚柱都作僧虔書。杭湖雲接粵海水,柳如織翠
梅如珠。何以饋我留芳腴,先生鬚眉水月如。碧空無雲照研几,忽夢
粵海連杭湖。_{右山谷韻。}

慨我羈孤寡弟兄,空懷潁渚弄秋晴。蘇齋與客雖酬和,杜集何人
敢繼聲。安得精微收放浪,要從感激見和平。同時所以參山谷,勘破
工夫孰後生。③_{予門人馮魚山}赤_{亦集一聯云"天下幾人學杜甫,平生四海一子由",予極}
_{賞之而不書以供也。右右丞韻。}

次抱經留別韻④

先生腹笥載書行,況復丹鉛富百城。鈔副已添新歲課,問奇難罄
故人情。直從張陸追遺緒,請續閻朱訂舊盟。若過潛丘釋經地,可疑
疏證太分明。_{時抱經將往太原。閻百詩雖太原人,其著書卻在山陽。此詩或不必存稿。}

弘善寺同未谷賦二首⑤

香泉靜觀字,未肯孟津同。佇想西郊迹,憑欄落照中。梵堂虛自
響,罨壁嘯生風。分隸題何處,裴裵桂與翁。

---

① "復同嗜",手稿本作"更同嗜"。
② 此詩題位於手稿本第5237頁。
③ 此句下注文中"赤",手稿本無此字。
④⑤ 此詩題位於手稿本第5240頁。

尚想天和寺,坡公落筆時。香泉自跋云爾。昔人奇氣在,①明月夜窗知。塔影鯨音合,松陰鶴下遲。前村春水動,泥擁畫禪碑。

未谷裝漢安仙集字爲軸屬予録沈字韻詩並求瘦銅題句瘦銅曰覃溪不可無專咏也再用前題石田畫像韻②

同時嗜金石,翁宋張桂沈。昨賞唐公碑,小集墨交潘。歐陽詆其妄,吁嗟非已甚。不知會仙迹,更自何人諗。洞天記留題,鄭重旁鐫鋟。古觀續有詞,三洞名孰審。天光觀三洞道士碑亦在簡州。聞彼學仙者,師授殊衆稟。楊家内景經,嫋嫋雲波淰。華陽瘞鶴銘,冷澹泉石品。碧落尤詭特,陽冰勞饋寢。異哉佛像背,衣紋叠袂衽。此石與之同,怪事少所稔。鈎描俗工蠟,斑駮古囊錦。正復鶴銘似,令人笑口噤。今者篆隸評,氣壓冰雪凛。殊勝仙家會,休糧閉困廩。瓊琚有竊柎,琬琰非秘枕。何必真洞天,污尊與抔飲。

芝山自濟寧乞黄仲子作坡公笠屐像來供蘇齋賦此③

笠下雙眸大海濤,借君妙會想秋毫。何如斗室焚香者,耿耿霜空夜月高。

郊行雪中作④

春雪未封條,春空數點飄。寒初迷石徑,澹欲失溪橋。鳥度村林小,驢迴酒斾招。眩來金碧界,不可少僧寮。

恭和御製春仲經筵元韻⑤

帝作君師敷大訓,光華糾縵照簪裾。矩平合印千秋鏡,利溥兼該四聖書。高閣連雲函太極,方池澂鑑切宸居。敬從一貫聞忠恕,言語

科殊賜與予。

恭和御製經筵畢文淵閣賜茶作元韻①

綱領均齊經共證，卦爻翕闢化潛移。沃如甘露祥霙集，灑作長春晝漏遲。絜以大原衷有本，施之美利奉無私。茗香正合芸香潤，萬宇歡聲叶慶期。

題魚門元日至元夕詩後②

元辰排咏到元宵，壁上圖旋九九描。柳爲詩懷初綠暈，杏如人靨已紅潮。書堆漸颺茶煙起，鄉夢知憑酒力消。寄語群芳須準備，先生又要作花朝。

送雪門出守蒲州③

河中太守新符竹，尚擁蓬瀛舊賜書。先共涼雲馳驛騎，要隨甘露導鑾輿。④中條翠色香凝處，山谷碑銘手剔初。黃文節書以蒲州夷齊廟碑爲最。喬嶽神光環咫尺，故應時夢到衡廬。

漢銅帶鉤歌爲芝山賦⑤識曰"六年五月丙午作張師信印"

庚庚瓟理圜間方，兩頭抱肚如螳螂。玉鉤於革銅亦爾，觻文魚尾非水蒼。六年五月日丙午，曰師信印其氏張。恐是建元以前製，高歊景歊時孰詳。漢高帝六年、景帝六年五月皆有丙午。或云太公尊號始，春秋考紀文特章。抱魚守宮玉甲異，利產賓相雕戈光。宋生摩挲以示我，明日贈友隨歸裝。摹此識文乞我記，紙上古綠森含芒。曲倨欲續李氏録，徑圍惜未漢尺量。西京銅器字逾少，集古耿耿懷歐陽。

---

① 此詩題位於手稿本第 5246 頁。
② 此詩題位於手稿本第 5247 頁。
③ 此詩題位於手稿本第 5249 頁。
④ "甘露"，手稿本作"甘雨"。
⑤ 此詩題位於手稿本第 5250 頁。

宋端拱二年拱聖下十都虞候朱記①

清邊記昔歌皇祐，端拱今見都虞候。二年四月印鑄成，指揮廿一驍雄授。拱聖從初號拱辰，熙寧未改雍熙舊。飛狐東北烽煙來，黑面將軍捷行奏。禁軍軍制起建隆，殿前司用諸軍充。後來年多議改隸，太康尉氏環開封。四廂四直儼侍從，御龍捧日宜效忠。木梃象人吁可笑，馬式何以金門銅。嗚呼！爾時殿庭百當萬，已信入彀皆英雄。

山木卷芝山畫爲未谷題②

二首之第二，集刻一首。

山深無人蹤，古木餘槎枒。山人彈玉琴，渚月流蒼葭。泠然半村外，時吐一兩花。偶會分隸意，月落枝橫斜。

惜別卷芝山畫爲匏尊題③

三研主人三研齋，一手三研爲同儕。十年不盡京國夢，萬里聊寫黔山懷。試登郊壇望天末，迢迢鄉路逾江淮。春空空翠接南北，浩蕩雲氣無津涯。嗟哉數子把衣襟，苦執形迹合與乖。滿卷林巒雜草隸，題者名姓相推排。鐙光林影惝恍意，詩工畫妙爲能皆。領取一襟蒼莽外，收拾萬古精靈皆。④酒酣據榻玩金石，神飛絶壑摩巔崖。宦遊偏值碑少處，故鄉萬卷留荆柴。海山霜露潮浪起，風雨夜涌雞鳴喈。依然一手伴三研，聽鐘髣髴鄰橫街。

城南卷爲芝山題⑤

城南日日攜寶墨，墨雲落我几研間。煮茗談藝二三子，身雖旅寓心安閑。家有經師溯其原，梅鷟之書紛可刪。共論雅故正文字，解詁

---

① 此詩題位於手稿本第 5251 頁。
② 此詩題位於手稿本第 5253 頁。
③ 此詩題位於手稿本第 5254 頁。
④ “精靈皆”，手稿本作“精靈偕”。
⑤ 此詩題位於手稿本第 5255 頁。

追自漢以還。何以舟之玉瑶佩,但藉平子愁關山。

重題二首①

一緒分四卷,沈子意可知。所以期對舉,崔君寄分支。往復五雜組,斟酌三雅厄。還如研齋研,日伴彝齋彝。

一緒分四卷,不作正行草。因論分隸家,飲我石經考。泥古豈謂賢,多師以爲寶。頗敦敖臞翁,何如朱檢討。

送吳超亭之官鎮安②

循聲十載遍江郊,此日驅車度二崤。詩借山經竹書考,地當商雒楚秦交。宿雲蔽苿濃千樹,春雨重巖綠一坳。冀北松南層叠夢,③錦囊舊句不勝鈔。

題鍾小吾真吾小影二首④

盡收涼露氣如珠,不是長松峭石圖。絢紫紛紅都淨洗,翛然宴坐見真吾。

萬籟相依真實意,對論何處沁寥心。四山風澗迴溪急,昨夜焦杉起玉琴。

辛丑二月吳門陸謹庭說去年冬於其里人吳澂靜川齋頭見化度碑纔三葉後有陸深胡纘宗二跋即弇州所得徐文裕家藏本也予既幸聞是本尚存再用後村韻記於予藏本尾⑤

雁宕村齋賸數行,薙蕟手澤不曾亡。因君觸記金沙語,轉爲良常著錄忙。謹庭云,十餘年前吳門書估楊某者,持宋拓《化度》殘本與《姚恭公》同裝一册,帖身有字隱起,蓋用當時行歷紙所拓者,有王虚舟跋尾,附記於此。

------

① 此詩題位於手稿本第 5255 頁。
② 此詩題位於手稿本第 5256 頁。
③ "松南",手稿本作"淞南"。
④⑤ 此詩題位於手稿本第 5257 頁。

自題張遷碑殘字摹本後①

少陵拈出中郎秘，倔强誰知是肉爲。我夢驛樓松月影，經旬手拓夏承碑。

白石衡方果似乎，請推鍾律測圜觚。中央大有權衡在，桂四匆匆已出都。

顔運生所藏厭勝錢三十六種拓本幀子欲求予詩以其中有秘戲一種是以難之因屬張瘦銅舍人爲長歌來索和②

考室曾誦熊羆章，管簞佩黻宜君王。其時不聞九府樣，撒帳錢始興李唐。輕影雙魚自漢武，童兒化著青羅裳。四神八衛本卣鑑，五男二女非職方。十二支形屬十二，四三珠斗魁杓光。龜蛇月兔與雲鶴，雙龍三雀知何祥。又聞花草對牛女，銀河不動遥相望。丁寧吉語托宛轉，富貴永久期壽昌。寶鏡雙絲纆百索，欲罄何物充帷房。佩符辟邪泉辟火，迴波仰月交中央。藕心絲絲繫不斷，榆莢葉葉圓相當。但須善規寓善祝，瑟琴酒食無太康。箋如羅紋主衣庫，書成金錯摹仲將。何如街南張秘檢，縮瓦作印毋相忘。

---

① 此詩題位於手稿本第 5258 頁。
② 此詩題位於手稿本第 5260 頁。

復初齋集外詩卷第十六

辛丑夏至壬寅春六十二首石蘭集、枝軒集

匏尊來話別題靜觀卷二首并邀棕亭縠人和①

誰能捧檄遄征際，品隸分題又看花。留得城南詩話在，僧廊緑暗月痕斜。

圖中覓句意誰知，萌坼朦朧叩老遲。門外馬嘶僮僕倦，小欄午影又移時。適有持陳章侯畫《覓句圖》來索題者，故及之。

弓父學士自太原拓晉祠鐵人胸前字爲寄賦謝二首②

文曰"紹聖四年三月朔日立此金神，鄉貢進士張鑑記"，而竹垞誤云"政和年造"。

馬骨黄金費幾多，笑他倦圃手摩挲。恐煩博古圖牽合，誤覓宣和說政和。

粗醜誰爭字勢工，銷磨渾未到蕘童。祠東具體虞戈筆，舊本天真可許同。唐太宗晉祠碑已爲後人改鑿。

蕭山祇園寺顯德五年塔字歌報張芑堂作③

芑堂金石我同契，三載江頭望燕薊。渡江重爲訪祇園，要與前圖

---

① 此詩題位於手稿本第5270頁。
② 此詩題位於手稿本第5272頁。
③ 此詩題位於手稿本第5281頁。

衡面勢。寄我方旋五寸紙,上云平頂邊微銳。寶樹番蓮貌不得,字形宛轉枝柯麗。觚棱一一刀削痕,楔孔誰來鑿因柄。蔡君記辨方與圓,舊志蕭梁還晉世。我聞橋柱與鐘銘,象之目著錢王歲。五年顯德伐淮時,一瞬江流戶不閉。但供白石招紫芝,方趺想像金塗制。磚壞金完水不浸,墨濡香爇人來憩。崇化塔基亦戊午,下元年次從唐系。十國誰將款識編,表圖一準春秋例。區區鐫記非小補,款款書投如把襟。試摹減樣縮巾箱,攟鈸重煩題草隸。

李鶴亭七旬壽詩①

名純,嘉應人,李壇父,井陘典史。

到處聲歌有腳春,②十年歸去宦仍貧。能將清白貽孫子,不獨岐黃活士民。玉樹金芝彌茂悅,澗松露鶴更精神。一觴菊意千峰翠,遙對恒山自寫真。

借得竹君所收化度碑臨玩旬月響拓成册再次後村韻③

四首之三、四,集刻二首。

可怪虛舟跋數行,書評但執石存亡。斯文只此爭關捩,未許隨人作計忙。

舊聞八百字成行,郁錄元題未散亡。何處更來千字本,不應記憶太匆忙。虛舟跋云於津門見一本,字完好者尚有千餘。

再題虛舟跋化度碑後二首④

俗書數墨但尋行,膚殼雖存實已亡。若準祭川河海例,窮原訖委莫須忙。

充庭鴛鷺有班行,繭紙山陰質未亡。束帶垂紳含蓄在,雄冠劍佩

---

① 此詩題位於手稿本第 5284 頁。
② “聲歌”,手稿本作“歌聲”。
③ 此詩題位於手稿本第 5288 頁。
④ 此詩題位於手稿本第 5289 頁。

爲誰忙。

題江蔗畦澹墨寫生册①

懸帳何年吐篆雲，蠶頭隼尾影紛紛。綠紗澹月平生夢，飛白工夫即八分。右《石蘭集》。

静明園二首②

裂帛湖光抱玉泉，玲瓏窗户倚山巔。珠簾幅幅垂波面，寫作澄泓一鏡圓。

宮門面面合山光，石氣層層亞繚牆。行到花深橋轉處，滿裙濕翠帶初陽。

閏重午集魚門齋同用重字③

酒浸雄黃琥珀濃，留賓不惜更千鍾。雪餘黍飯加青葉，雨後蒲編憶紫茸。三伏尚遲涼冉冉，五絲托意續重重。此筵未可名銷夏，難得心閑節又逢。

張仲芳九郎春郊試馬圖二首④瘦銅子

吳門煙綠已藏鴉，二月東風苑柳斜。才子瓏瓏環彎響，記珠軒近上林花。

門第清河説九郎，論文他日步歐黃。五雲飛下桃花雪，走馬春城記姓張。玉笥生有《走馬歌》也，永叔、魯直皆行九。

再題衡山書喜雨亭記卷叠前韻⑤

蘭亭真影識經秋，化度歐書詣更幽。欣遇千年知莫逆，悟言一室

---

① 此詩題位於手稿本第5292頁。
② 此詩題位於手稿本第5299頁。
③ 此詩題位於手稿本第5302頁。
④ 此詩題位於手稿本第5303頁。
⑤ 此詩題位於手稿本第5307頁。

待何求。古香什襲輕難洩,秀韻浮空迥不流。定有墨緣迴廿載,神光離合爲君酬。衡山小楷《洛神賦》,予丁丑、戊寅間所時借臨者,今將有來歸之意,故書此以竢之。

偶得虛舟裝魯青研田銘裝於虛舟所跋魯青藏本聖教序尾綴以詩①

吳興邑宰南州客,吏部文章内史書。褉帖縮臨寧似此,洛神殘石更何如。裝魯青於京師得十三行殘刻,見虛舟題跋。知交感激誰能爾,呵護精靈信有諸。不斷生香顧家本,墨緣應亦戀吾廬。虛舟所藏宋拓《聖教》是顧汝和本也。

蘭盟卷歌題潘厚夫畫予定武響拓卷櫝銘拓本軸子後②

匪蘭之盟褉之盟,匪花之盟帖之盟。褉非我修帖非有,所盟取影之精誠。取影非鐙亦非月,太陰虹貫山石裂。只在沖融嫋宛間,氣含蘭臭吹蘭雪。橋畔蕭生亦如此,萬蕊千花壓紅紫。繭紙人間第一香,山陰萬古空流水。彝齋王孫曾畫蘭,我擬齋圖下筆難。一花一葉拈來笑,余佩余言誓未寒。再拜夷猶辭未吐,離合神光來暮雨。虞山退谷兩茫然,只有青峰映春渚。春渚潭州又越州,欲往從之虞與歐。良媒瓊琲誠先達,日夕蓀橈夢桂舟。

定圃宗伯敦好圖四首③

青鐙有味似兒時,先生舊句。妙語平生自解頤。夙所賞欣非外取,古云尚友不吾欺。響泉天籟琴中喻,巾笈雲山畫裏詩。盆草浮紅香篆嫋,對牀襟契許誰知。

詩書夙好説淵明,臥對羲皇以上情。到處園林兼節鉞,幾人著述更勛名。文章忠孝資王國,韎韍笙簧答太平。如此故交纔首肯,柴桑未算踐前盟。

萬卷堆中信有神，夢留丹篆是前因。箴銘金石關心切，消息羹牆對面真。午蔭芊綿苔展綠，秋光活潑月流銀。疏簾半捲西峰影，笑拂牙籤認故人。

蓬瀛領袖五雲端，學海瀠洄萬頃瀾。弟子門牆聯玉笋，郎君膝下繞珠蘭。素交締結閑中見，青眼評量靜裏看。萬古精靈來會合，知公炯炯寸心丹。

題汪秀峰小影①

杜老泠風杖藜語，樊川禪榻落花時。今君紙閣團蒲坐，忽憶摩圍居士詩。

余夙不以禪語入詩，每愛少陵“老身古寺風泠泠”之句，以爲古今禪悅詩之極，則今日見得天居士書句云“赢得坐籌香積國，後園茄子又開花”，不免觸著山谷詩律風氣也。因題秀峰小影並識，辛丑七月二十日。

題學齋編修竹緣書屋，時學齋門人俞柱峰吉士同寓於此②

每和東坡種竹詩，西涯先後不同時。玉堂對榻成陰始，澹月橫窗影一枝。

驪驤將軍印歌③并序

印文曰“驪驤將軍章”，未谷疑以爲宋王鎮惡，蓋據其得印之地在洛陽也。而北魏高湛亦爲是官，其墓碑書作“驪”，予有其拓本，正書遒逸開虞褚法，而其偏旁之異如此，此則六朝之書多異體矣，不必執定某時某人印也。未谷欲京師同人爲之賦詩，故漫作數句。

縣印四羊聞伏波，將印二馬云如何。八尺爲龍喻言耳，馬頭人長

昔所訶。未谷先生精篆籀,洛中得此刋未磨。王猛之孫曾入洛,虎牢柏谷凌坡陀。此城雖傳字無考,此官前後人猶多。高勃海碑拓完好,假驪驤號文則那。南荆都督史所失,漫稽元象兼興和。水經地志且莫辨,六朝文字實舛訛。吾嘗慨篆隸急就,漢碑漢印分殊科。何敢揚瀾更竟委,但説祭海當先河。況於魏齊證金石,譬離根本尋枝柯。日日碑摹孔祭酒,要從許説追虞戈。予近日專習《孔沖遠碑》,蓋用許叔重法爲永興書者。

題鄭耘門所藏舊拓張遷碑①

金孝章得之王伯穀者,有顧云美跋。

南濠昔訪文徵仲,叔子還題王稚登。又到虎丘園塔影,追摹夜雨讀書鐙。

考牧十二韻②

昨辨車工碣,今賡考牧詩。總霈恩浩蕩,豈止物蕃滋。地闊調良便,沙肥茁壯宜。成群皆得性,量谷未云奇。九十犉攸具,三千牝實期。柔看毛擢雪,駿識尾揚颸。文囿騊虞近,豳風月令司。稼雲黄不散,圃草綠先知。負戴來蓑笠,羔豚祝歲時。擔挑春釀賤,原疇夕陽遲。藹藹蒸成氣,熙熙聚各私。固知占夢語,何減淖淵詞。

去年見王虛舟書程爽林贈姚恭公碑事臨寫於予所藏化度寺碑尾並記以詩今見太倉王雲泉所收姚恭公碑即是本也乃係贗刻諸老皆誤以爲真耳再次前韻二首題於化度帖後③

瘦硬清和本雁行,釋郘姚辨孰存亡。一時二老留題眼,豈爲三千漢印忙。張文敏題云:“若林館丈從余索觀高文恪家所藏三千漢印,因攜是帖見示。”

黄庭宣示十三行,賴爾精靈補散亡。圭美評量曾見否,悟言印可太匆忙。虛舟跋云曾見文氏雙鈎《化度》。

---

① 此詩題位於手稿本第 5325 頁。
② 此詩題位於手稿本第 5332 頁。
③ 此詩題位於手稿本第 5339 頁。

汪訒庵所藏仲圭竹①

題云"至正十年五月十三日梅道人",與汪砢《玉珊瑚網》、高江村《銷夏錄》
所載二卷年月日悉同,予蓋疑之而題是詩。

道人是日竹仿蘇,畫竹日必竹醉乎。吳興溪亭捧硯寫,佛奴然否
同官奴。後來好事爲勒石,想像風雨喧歸途。沙彌遊戲幻作譜,墨花
閣主藏鴛湖。江村小軸錄消夏,兩竿又與汪藏殊。何論東坡風篠句,
斷碑掇拾如臨摹。蘇詩"更將掀舞勢"以下有一本截四句成章者。作者千變竟何
有,此君萬古皆真吾。畫禪何以墨花閣,試參偈子汪與吳。

惠松厓授經圖二首②

紫陽舊說證如新,不獨功臣又諍臣。四代淵源無賸義,五家訓故
賴重申。孟、虞、京、鄭、荀。今之圖畫神傳否,古者經師口授親。松石寥
寥虛白集,藹然如此氣深醇。③

六十年前五嶺遊,石排九曜倚冥蒐。後賢飲水思紅豆,賤子憑欄
夢藥洲。徑欲漆書窮篆隸,謂《古文尚書考》。不徒金鑰叩春秋。謂《左傳補
注》。東原南澗俱塵土,浩浩江波萬古流。

鎮堂五十初度予既爲文勸其易學宜亟成書而鎮堂用魚山韻
作詩以答語過謙抑次韻並示魚山④

人人退讓事誰任,道岸何曾判古今。並涉卬須難袖手,初陽來復
請捫心。功夫原要誠先立,朋友焉能語太深。近日馮生詩避我,多慚
橐筆共詞林。

胡眉峰以笥河所題潘湘雲小影卷屬作數句傷笥河非題其卷也⑤

爲誰痛飲讀離騷,不是媒勞客自勞。尚有寒梅著間淚,一枝橫影

① 此詩題位於手稿本第 5342 頁。
② 此詩題位於手稿本第 5346 頁。
③ 此句下手稿本有"惠氏經學大不可訓,豈可如此獎之"字。
④⑤ 此詩題位於手稿本第 5348 頁。

月空高。

坡公生日諸公同集蘇齋和斜川韻五首①

儼如一室悟言真，蕭穆天球大貝陳。夢繞十三弦玉佩，眼空七百載詩人。篆煙澹對能留客，笋脯蕭然實稱貧。南海西湖誰記得，猛教拈出是前身。

未識淵明與謫仙，那憑笠屐畫圖傳。平生浩氣乾坤塞，容易拈成翰墨緣。月燭時時開白室，玉池息息養丹田。蘇齋十笏跏趺地，要與先生論大年。

君謨夢帖卻尖纖，傅稚鈔胥肯避讒。二寶光芒逢乍合，千秋掩抑鈍非銛。亭名楚頌殊湘浦，茶事南屏笑老謙。三昧色空都不著，人天萬籟靜中兼。

扁舟載酒貌江邊，不獨神酣煩與顴。風起浪翻魚淰夜，雲穿石裂鶴歸年。一杯酹擬星瞻斗，到處源逢地涌泉。滄海橫流意寥廓，芒寒五緯正中天。

斜川舊帙獲縑藏，施顧三吳記水鄉。前注指痕尋若失，多師心印渺相望。瓣餘宿火微香接，寸積新陽一線量。稽首願公憐廢學，急將定力補皇皇。近爲先生詩作補注。

文衡山小像②

卷帽絨衣又一時，紙窗紅日映烏絲。前生果否邢房悟，儻寫松聲憶永師。

唐開成石經遺字歌邀石公秘檢同賦③以下壬寅

春秋後出石二片，已防錯置公穀間。一石“春秋何始於魯隱公”云云，土人

誤以爲《公羊傳》石。六十七石誰補闕，乙卯前本難追攀。標題隸楷別序卦，系衛準敕時新頒。臣覃表奏庀工作，臣度覆審除榛菅。覃也中書手書牒，八年前語思維艱。鄭覃奏請刊石語在太和四年。字樣兼修圖并軸，儒風大闡漢已還。得因遺字并拓此，職領國子兼崇班。明經助教列以次，周崔張孔初非刪。一行楷具歲月日，八法體備歐虞顏。書學豈無許慎學，史氏之議毋乃慳。聖經如日旦復旦，容光所照具一斑。前秋借此置竹篋，天闕碧倚江流潺。栖霞寓書倩訪拓，驛使今果馳間關。卻分餉報記珠室，新陽鳥語初關關。墨池已作春雨活，精靈招起巖石頑。安得蕭鈞寫巾箚，不用平子愁關山。

金蕙圖①

鶴露飛南陔，鹿葱樹北堂。風喧五粒翠，日爛千芝光。玉琯感和音，金葩麗新陽。蕤景澹容裔，長林蔭餘芳。閱歲若瓊草，翁媕被崇岡。枝枝彩筆書，葉葉雲篆香。

昨約同人作坡翁生日竹坪司成見過拜於像前乃不就席而去今以二詩來次韻奉酬兼邀曉坪司成和之②

蘇帖朝朝手自編，竹坪最嗜蘇詩。注蘇老輩記同年。尊甫島山制府與查初白先生癸酉同舉京兆試，見《敬業堂集》。相逢一笑吞丹篆，君夢東坡我在先。

石壁天風裂笛秋，井湄漫喻酒厄流。醍醐儻向文殊問，憶否三生共一樓。用坡詩"偶與客飲，孔常父見訪，方設席延請，忽上馬馳去"事也。

靳緑溪州牧樸園圖③

靳名榮藩，字介人，黎城人，戊辰進士，遵化州知府。

國朝注杜家，得之樸園叟。磁州張樸園所刻《杜詩注》即上若先生本也。注杜古所難，向郭今安有。慨想杜詩學，義自遺山剖。空聞夷堅續，莫

釋歸潛後。先生於梅村，洞視應心手。竊疑當時體，於杜多師否。一
牀竹梧陰，萬古精靈受。注目若有思，撚鬚爲之久。終尋遺山脈，太
行枕雷首。直將注杜法，河源貫星斗。試追張樸園，悵望清漳口。使
君正行春，吹緑新楊柳。

荔江小銅印歌邀魚門編修同賦①

前年宋拓珍臨汝，師意齋題照箱筥。熒熒小篆一寸紅，程家此印
來何許。陽文龜紐宛漢製，似記青泥負河渚。千二百間漢印藏，四十
載憶周郎序。上海周緯蒼。昔與桂君句日論，每續竹房卅五舉。汝帖亦
出周郎題，字與銅章一機杼。誰知此印鈐此帖，何減故林逢故侶。江
天風雨忽離合，翰墨精靈久延佇。芝山爲證永師圖，響泉仍作秦箏
語。物聚於好非偶然，歸自求師方得所。"人不可以無師，物常聚於所好"，程
荔江齋中自題句也。持叩長髯老尊宿，又惜桂君相闊阻。渺渺長淮一片
雲，春樹斜陽澹平楚。

恭和御製仲春經筵有述元韻②

帝挈鴻鈞一氣春，敷言會極識遵循。知仁共貫微純嘏，哲惠交
資錫庶民。禹拜皋夔環妙蘊，淵渟嶽峙現全身。躬行體用親拈出，
萬有皆相見以真。是日講《論語》"知者樂，仁者壽"二句，《尚書》"在知人，在安民"
二句。

恭和御製經筵畢文淵閣賜宴以四庫全書第一部告成庋閣内用
幸翰林院例得近體四律首章即疊去歲詩韻元韻③

慶筵閣敞奎文麗，緗帙雲凝雉扇移。架貯今瞻香冉冉，籤離昔記
日遲遲。露華湛渥膏群被，藝苑歡同雨及私。歲歲芸馨依講幄，長如
花信應春期。

---

① 此詩題位於手稿本第 5369 頁。
② 此詩題位於手稿本第 5370 頁。
③ 此詩題位於手稿本第 5371 頁。

帝歌敕命勸康哉，字字躬行實踐來。樂壽臣民祥並錫，知仁哲惠道兼該。庋藏總是淵涵潤，藻鑑元同閣庀材。東壁文昌群玉府，趨班何幸得追陪。

萃編子集括詩歌，史緯經經四部羅。生一先天群以聚，函三太極兩非他。百家著錄都收此，七略條分可此麼。卷軸精華滋象數，夾鐘律正溥陽和。

四庫編如躔麗舍，萬籤屋似海添籌。帝光日月當陽照，臣力涓埃敢任不。山嶽崇深多且有，淵泉溥博久還悠。總歸御論包含得，千聖心傳一貫留。

宴次恭紀依前恭和御製詩韻四首①

是日冰開蒸曉氣，花磚松石影徐移。盈尊酒醴光初動，合樂笙歌引尚遲。列坐先徵前後序，均歡不比獻酬私。茗香深注芸香合，記取前春啓蟄期。向例講畢賜茶。

巳春開局已遙哉，申歲銜充亥始來。二客江南勞遠夢，癸巳春，詔開四庫全書館，方綱與程晉芳、姚鼐、任大椿、汪如藻、戴震、周永年、邵晉涵、余集、楊昌霖十人同受召修書，內惟姚以乞假，任以居憂，尚皆未授館職。十年津逮竟兼該。華筵珍饌羅千味，高閣榱椽匪一材。自問校讎無寸補，西廊悚息獲今陪。臣方綱賜坐於閣之西廊第二席。

珠玉隨風法曲歌，道山銀闕儼森羅。畫圖難畫同時意，仙境真仙匪借他。方丈瀛洲瞻渺若，蟠桃曼倩果來麼。業雲浩唱卷阿什，②譜入編懸鼓太和。筵上演十八學士登瀛洲之曲，內有東方曼倩語也，階下陳和闃玉夾鐘牷磬。

帝幸詞垣兼貢院，文風早入聖心籌。乾隆九年甲子，上幸翰林院及貢院，均有七律四章。恭逢圖籍新編得，古作君師有此不。芸閣日臨紅藹藹，蓬池水帶綠悠悠。集賢故事榮簪筆，雲繞和聲畫檻留。

---

① 此詩題位於手稿本第 5373 頁。
② "業雲"，手稿本作"叢雲"。

賜宴之明日編修臣吳典檢閱中書舍人臣張壎皆以
賜研名齋屬臣方綱書之臣壎有詩次韻①

故事螭坳侍,新恩閣職俱。向例經筵惟日講官侍班,自前歲己亥、去歲辛丑凡
充閣銜者皆得侍班。十年叨典校,萬卷蒇籤廚。碧瓦凌雲漢,華星匝斗樞。
已教宸藻焕,況值聖謨敷。貫弗群言液,陶鎔造化鑪。删稽遥合揆,傳
疏轉慚粗。志括晁陳目,言該漢宋儒。四時編列櫝,五色架成圖。閣貯
四庫書每架四層,每層十二函,其帙經以青、史以赤、子以白、集以墨、總目以黃,皆繪圖進御。
有喜天顏近,初陽翠輦扶。雲濃鏘振玉,階下樂奏雲濃之章。璇響曳歌珠。
曲宴分班布,循廊以次鋪。蠟膏浮玉乳,香篆起金鳧。祝嘏霞蒸醁,長
春露滿壺。殊珍羅餅餌,加錫叠盤杅。壁府於今盛,恩綸曠古無。小臣
班再忝,遷職荷尤殊。臣方綱自再入翰林,又叨前届五年,議敘凡增五秩,又遷兩官。
暇日同儔侶,銘肌切髮膚。賜書恭記矣,題扁竟同夫。臣前以學士被賜書,
嘗以名其齋。米芾狂争叫,羅文寵共呼。江都十笏築,②漢隸八分摹。鄰
里歡來矚,兒童競挽鬚。層軒敞吳粤,三字自京都。臣典家山遠,馳
緘老父娛。憶初選士也,臣典是臣方綱選拔貢生。今並拜恩乎。道古瀛洲
錄,同文唱和符。及門簪筆切,先一日臣典相訂同行。對宇聽鐘趨。是日五
更與臣壎聯騎入。感激歌偕矢,淋漓墨載濡。擘箋蒐險韻,刻燭競分銖。
研易題龍尾,驪難摘頷胡。明晨僉謝表,分餕愧妻孥。

花朝同人置酒賀載軒編修生子仍用長年二字韻二首③

餅霑筵上御鑪香,君生子之前二日得與侍宴。春駐壺中日晷長。連夕
詩歌皆志喜,他年文字早占祥。銘齋品列先銘硯,君獲賜硯。弄瓦占來
並弄璋。君適又生女。記取小軒看墨本,嘏詞重叠未渠央。其日集予齋觀
"長生未央"諸漢瓦拓本。

嫩寒好是釀花天,底用花朝別置筵。簫鼓金尊排上日,珊瑚碧樹
簇芳年。軒昂頭角看英物,裝點風光欠老顛。辛畲少差尚未能出。賴有

---

①　此詩題位於手稿本第 5375 頁。
②　"江都",手稿本作"江鄉"。
③　此詩題位於手稿本第 5378 頁。

髯翁添語料，玉堂詩話要人傳。前月同人爲魚門賀生子也。

褒斜石門古刻歌①

漢三：永平六年《都君閣路記》、建和二年《楊孟文頌》、熹平二年《楊伯邛表紀》；魏一：
景元四年《李孝章記》；晉一：泰始六年潘宗伯《韓仲元記》。

岣嶁神禹鐫青熒，浮潛逾沔梁州經。爾來名山托文字，遥遥二千
四百齡。東漢之碑孰最古，延熹永壽與建寧。豈知乃有永平字，令史
未染蘭臺馨。紹熙誰來隸重續，穀梁未許音遠聽。試將臨淄舊拓本，
證我油素新模型。石紋橫剥自何代，山川萬古一户庭。想當天地開
闢始，早有穿穴橫斜形。千梁一柱五百里，奔厓仄掠飛鳥翎。那知倉
籀與隸古，但隨偃曲搪嶺崯。楊家祖孫譜世閥，都君氏出侯國邢。黽
君王君共作頌，石門石積高建瓴。都君功大字轉少，但記橋格非碑
銘。文成如掌擘雲霧，谺開赑屭蟠雷霆。諸葛當年屢出此，儲胥所過
餘威靈。泰和誤邪實泰始，譙國先此題浮亭。秦漢魏晉通塞屢，洪婁
歐趙先後聆。奇字誰憑測二酉，險蓁焉得煩五丁。我作釋文窮晝夜，
恍忽四壁捫列星。伯邛一篇最難致，借摹縮本於研屏。谷中頗聞富
叢木，架構可以穿巖扃。西望萬里接巴蜀，東流一水連渭涇。巾箱山
嶽莽軒豁，琅函秘簡通冥冥。鸑鷟鳳泊下千仞，目眩真有群山青。

吳學齋編修求爲賜研堂寶墨樓二詩②

捧研函來册府香，墨磨仍是舊書堂。三洲紫氣連鸘鵠，五色炎雲
下鳳皇。父祖留貽徵潤澤，兒孫耕稼在文章。蘇銘漫憶居儋録，也説
姜家有破荒。海南人傳東坡爲姜君粥銘研事。

東壁文昌墨響留，真看海客説瀛洲。鮫宮漫詡千珠網，越渚何勞
萬象蒐。他日丹鉛傳翠琰，世家詞藻擅銀鉤。瓊山石室光芒後，結聚
占祥到此樓。

右《枝軒集》。

---

① 此詩題位於手稿本第5379頁。
② 此詩題位於手稿本第5387頁。

復初齋集外詩卷第十七

壬寅三月至癸卯十二月九十一首秘閣直廬集、桑梓掄才集

前卷老鐵書試郭玘墨因拓其書於虞道園題坡帖尾并題二詩①

王家環慶牛彝側，未得龍精鐵笛吹。借我空窗吐奇氣，小蓬萊篆嫋移時。

纖纖捧出小凌波，鳳味迴環對錦窆。如此嬋娟如此墨，幾時重得遇東坡。

題　畫②
六首之五、六，集刻四首。

瀑布穿雲下，山根響震雷。我疑有篆刻，綠字洗莓苔。

寒梅未破蕾，生意滿枯根。始識呵凍者，淋漓元氣存。

漢王稚子墓闕殘石拓本歌③

安陽亭下歌聲起，衣冠法令經綸理。④永初詔書到延熹，密縣扶風績同紀。放牛童兒屬主翁，負米家人拜都市。西歸飛旐出長安，烏語

---

① 此詩題位於手稿本第 5398 頁。
② 此詩題位於手稿本第 5407 頁。
③ 此詩題位於手稿本第 5408 頁。
④ "經綸"，手稿本作"經論"。

猿啼徹千里。送者偕來拜墓下，一丈五尺雄碑峙。大書先靈稚子闕，河兗雒陽侍御史。其餘官閥書不盡，五層文字周遭指。馬車獅象刻畫爲，石室文翁迹並美。石湖老子繪作圖，簡州劉郎跋於此。跋十一行存二行，陰尚如此碑何似。往年曾見顧荅本，線畫奇零費摹擬。今者重釋洪家隸，投戟揚波勢有以。西川觀察陳吏部，變。作吏廉名噪邊鄙。病歸囊篋無一錢，殘石隃麋濡二紙。舊聞兩闕沈其一，證以劉題蓋虛爾。好官豈要博聲名，遺澤猶然浹肌髓。康熙乙亥漁洋記，橫直題名字層累。右闕之南左闕西，額題然否參差是。此記經今未百年，此字如何有存毀。莆陽蔡尹儻可作，作屋書楣訪遺阯。一雙華表矗金天，萬古甘棠撐玉壘。顧陸精微語誰識，鍾梁妙義摹今始。更向祠陰續管弦，還從石室追堂几。泐文不作斷璧看，此心已溯西江水。

鄭雨亭將之保定來蘇齋話別以其名印印於東坡嵩陽帖内予感其意賦此兼以贈行①

人生姓名豈輕記，極不留意極不忘。煙雲禪榻楚還粵，花柳春江蜀與杭。共來蘇齋看趺息，復寫赤壁留江光。莫從次律問盧氏，且與忠惠酬嵩陽。

任子田儀部以冰叔舟次二先生手迹見貽賦謝二首②

二札皆其鄉先輩陸懸圃廷掄後人所藏也

懸圃鏘來玉佩聲，每因切琢抵連城。金精章貢遊魚素，③高閣梧桐倚鳳笙。

文體兼推宗子發，詩名欲並施愚山。豈知後輩說經者，咫尺海光津逮間。昭陽有海光樓。

---

①② 此詩題位於手稿本第 5413 頁。
③ "遊魚素"，手稿本作"追魚素"。

陳玉几畫梅水仙各一幀爲子田題①

四首之一、四，集刻二首。

嫩寒清曉時，獨立君何悟。空煙倒折枝，下有流雲度。濛濛半厓間，細霧蒸如雨。

凌波者誰子，縹緲蘭湯薰。神光倐離合，宕漾空水雲。我夢洛神帖，寫自羊欣裙。

鄭南園户部聽泉圖②

維祜，揭陽人，直隸制府之嗣君，行五。

君家紫峰下，松篁夾雲岑。飛泉落鳴佩，遠嶺生桐陰。揭陽有飛泉嶺。我昔陟鳳臺，沿岡訪瑤林。歸昌千仞間，萬綠攬盈襟。層巒既崇峙，嘉蔭彌鬱森。十年對公子，懸圃朗瓊琳。星垣粉署光，世德凜冰心。所以竹泉氣，締交相與深。澗户蒸空翠，砥節共嵜嶔。月潭洗荷衣，風露下皋禽。弭節鶴氅語，迴瀾大海音。萬里涼思起，石欄橫玉琴。

題陳古白書卷③

隆池與六止，家法一停雲。寫到梅花影，吹來澗水紋。瓜疇亦畫品，圓照想鵝群。董巨誰能嗣，邕銘即右軍。昔見王元照評邵頤堂畫，惜其未克嗣董、巨法乳，是固然已，然予以雅宜、古白、瓜疇皆虞、歐之嫡嗣，求《蘭亭》於唐人無若《化度寺碑》也，政恐虛舟老人未見及此耳。

直廬送雅堂舍人赴熱河換班兼懷綱齋中允星橋舍人④

橐筆遲占兩月程，題襟喜續早秋盟。官坊人屢疏鐘隔，⑤苑樹雲連古堞橫。玉佩江南褰裸佇，黃花塞外看山行。磬錘嵐翠濃於滴，定憶長廊聽雨聲。

---

① 此詩題位於手稿本第5414頁。
② 此詩題位於手稿本第5415頁。
③ 此詩題位於手稿本第5419頁。
④ 此詩題位於手稿本第5429頁。
⑤ “官坊”，手稿本作“宫坊”。

謝東君户部寫墨荷見贈即次自題韻奉酬①

君家初日芙蓉句,誰向濛濛墨霧拈。半卷霞裳剛出水,鮫綃一片挂冰髥。

題師意齋藏漢陳君碑陰殘拓本②

漢碑碑陰隸題額,孔宙陳德鄭季宣。孔鄭之碑世恒有,鄭碑陰已泐不全。宋生廟市歸告我,師意齋字題卷前。上有門下名氏字,意其鄭爾奚異焉。侯官供奉新購此,示我以證牛吳編。籤題宛是荔江物,手拓識自千峰傳。匆匆沂州東郭畔,仿佛雍正丁戊年。③光芒一露輒復蔽,區區著錄殘可憐。君官蜀郡績可紀,請看曹史名相聯。厪五十文可略識,後千百載誰重詮。殘楮已珍並銅篆,題籤尚恨非周銓。人各有師物有好,聚於爾我皆前緣。予所藏宋拓《汝帖》周緯蒼題籤者,亦荔江師意齋物也,荔江多蓄秦漢銅印,其書齋一聯云"人不可以無師,物常聚於所好"。荔江小印我有句,以鈐賮首如珠圓。何時策馬問沂水,荒榛夜夜虹燭天。

廣濟閔正齋畫澗松馴鹿如皋陳肖生畫長眉叟
并菊花見贈各賦一詩酬之④

松作雲關石作扉,金漿釀得玉芝肥。我疑中有摩厓刻,忽夢匡廬白練飛。

韋鷗何年識異僧,月華如水倚秋鐙。請君完取鵝溪絹,舊繡從來笑杜陵。

八月三十日魚門正齋集予舍餞小疋進士歸湖州適有持石田畫松
長卷吳匏庵題首者同觀予因臨吳沈題字爲册約魚門賦詩記之⑤

連句手拓秦石篆,夜夜岱頂捫長松。槎枒突兀意非夢,一聲殷勤

---

① ② 　此詩題位於手稿本第 5430 頁。
③ 　"丁戊",手稿本作"丁戊"。
④ 　此詩題位於手稿本第 5436 頁。
⑤ 　此詩題位於手稿本第 5439 頁。

鄰寺鐘。小疋進士過我別，①奇氣不得相追從。君歸且急專一業，箋疏何處非原逢。坐久意消茶話歇，展卷水墨餘高蹤。二十九株破山石，倏忽風雨吟虯龍。借問仕爲强項吏，此意何自蟠於胸。石田豈果慕真隱，匏翁亦豈懷諸峰。能事所關在根柢，質厚肯自傳丰容。荒江老屋幽澗側，請君日聽洪濤舂。前人筆墨即實學，吾輩閲歷非攜筇。慚愧當年贈畫意，②白石小印煩山農。金元玉爲沈製白石翁印在前七年，此卷内白文印足。惜無畫者爲臨本，并畫主客離思重。鐙窗霜氣撲衣袂，菊籬老葉堆吟蛩。

爲趙貢夫題牧山子畫册③

四首之第三，集刻三首。

遠浦輕帆意有無，西江南下夢模糊。鰕鬚一片斜陽在，船尾蕭蕭響斷蒲。

次答小疋留别二首④

自憐學海溯茫茫，印涉津舟未許方。一榻漚波亭子上，夢君攜手共徜徉。

憐人莫訝緒紛紜，⑤息壤何嘗去住分。千里寸心堪對面，不須此外更論文。

及東草堂看菊和香亭都諫韻二首⑥

自古黄花句，稱籬本在東。精神開夕照，臭味托霜風。草合名新築，香須認主翁。苔岑渾一氣，真意與誰同。

---

① "小雅"，手稿本作"小山"。
② "贈畫"，手稿本作"贈處"。
③ 此詩題位於手稿本第 5442 頁。
④ 此詩題位於手稿本第 5443 頁。
⑤ "憐人"，手稿本作"懷人"。
⑥ 此詩題位於手稿本第 5447 頁。

月交陽律九，簾賀燕來雙。豈但蘭占鄭，還須筆夢江。_{堂中盆蘭重}發，而先生九月一日新得子也。蕊珠霏玉砌，金粟爛銀釭。傳與餐英法，書聲徹夜窗。

送楊槐亭觀察之任粵東二首①本仁

十載分襟處，三楓渡口春。雨聲如昨夢，風俗有加淳。畫舫鑪薰細，畬田麥羽馴。使君添鬢雪，眸炯更精神。

對榻挑鐙語，同袍幾個同。鏡留梅嶺月，袖有菊花風。遠札江船外，師門禁苑東。故人憐臭味，驛使肯匆匆。時海寧陳文勤公之孫默存、思存來都同話，故及之。

再答魚門②

要試瑤階躡雪行，小春有意灑瓊英。捧珠喜過占熊夢，魚門令子痘愈。叠韻多於唱渭城。韻已四叠矣。梅信不煩馳驛寄，松風時作涌濤聲。玉堂青李來禽帖，準備囊中並蒂生。

再答魚門五叠前韻③

肯負趨班握手行，必於藝圃發其英。共論得失千秋事，敢恃精堅五字城。借喻禪宗誰妙悟，魚門品唐賢以香山為佛，予則以右丞為佛。力追正始叩希聲。終然聖處難窺測，莫笑山頭太瘦生。

以梅杖示內④

始驚朋友贈，筋力要扶持。索共巡檐笑，元非策杖期。孤根尋舊夢，嘉兆喜連枝。攜手雲深處，千峰曉翠時。內人以曉翠名齋。

---

① 此詩題位於手稿本第 5448 頁。
② 此詩題位於手稿本第 5449 頁。
③ 此詩題位於手稿本第 5450 頁。
④ 此詩題位於手稿本第 5453 頁。

魚門借予文淵閣校理私印並芝山所藏右軍
戈爲令子晬盤之陳賦此奉賀①

蕊珠日共列仙群,金籀難窮古器文。取印祥添晬盤祝,提戈兆策墨池勛。繼君藝苑窺中秘,傳我書名仿右軍。不是阿章同贈字,試摹戠穀誦前聞。

予與魚門真期雅堂過談六疊前韻②

詩家俊逸不孤行,藝圃商量孰擷英。博得三占聯益友,換將雙璧抵連城。竹埤凍雀穿簾語,石銚寒泉撥火聲。一幅畫圖冰雪照,試教粉本乞湯生。欲煩松阿作圖也,乞音器。

次答魚門病足不入直見寄七疊前韻③

恐是嗤余冒曉行,故煩煮藥托餐英。想追句法騶千仞,正步書林冠百城。④馳驟轉憐無寸補,輪轅徒飾愧虛聲。相求趺息觀心處,若個神全得養生。

於健園得渡圖⑤

捨筏嘗聞釋家語,問君圖義於何取。筏者招招岸者佇,洞户空濛儻靈宇。四山迴薄風送汝,一枝修篁健於艣。層波不驚澗不阻,泠泠碧露以襟貯。褰裳從之翩以舉,綠樹微雲澹容與。渡耶得耶洲與渚,君真何感夢何睹。洪川無梁嘆自古,一葦長瀾孰初祖。學海涓涓滴膏乳,借問此感何時補。君但齋心篆煙縷,稽首無言淚如雨。

壬寅一歲得詩一百八十二首。

---

① 此詩題位於手稿本第5453頁。
② 此詩題位於手稿本第5454頁。
③ 此詩題位於手稿本第5455頁。
④ "冠百城",手稿本作"貫百城"。
⑤ 此詩題位於手稿本第5458頁。

長孫彌月次魚門詩韻①以下癸卯

雪晴漸覺日遲遲，新婦窗前喜抱兒。咳字松初承歲蔭，小字松。家
門桂又發孫枝。吾家以六桂分派。暄連佛粥春盤集，賀滿薇垣藝圃詩。
客散挑鐙呼內子，深宵無寐念先慈。先母望孫而未得見也。

祥符周小亭手篆心餘秔谷瘦銅及方綱名并自篆其名以隔
千里兮共明月一句足成六面印見寄予約心餘瘦銅賦詩
報之以句中三平聲字分韻予得兮字②

天涯何事競分題，雪爪鴻飛記印泥。五咏迴環如對矣，四愁悵望
所思兮。笑拈篆勢相牽配，苦被詩名不放低。鐙影梅花共窗紙，好憑
明月寄關西。

和心餘得千字③

瘦銅行役心餘病，孔札翁酬意孰傳。借問東坡分影百，何如明月
印潭千。同年舊侶調飢甚，謂心餘。半載比鄰夢寐懸。謂瘦銅。他日一
尊償契闊，畫屏六扇寫江天。

和瘦銅得明字④

側耳關河頌政聲，笑予鉛槧只虛名。香山主客圖誰認，東野雲龍
誓不輕。攬結佩環煩杜甫，磨礱圭角乞彌明。肯從雕篆因文字，宛轉
瑤華敘舊盟。

黄石屏寫生册十二首⑤

相得真顏色，耿耿吐幽抱。春風瘦石邊，不仿山農稿。

著莫雕梁近，呢喃語燕迴。夜寒錦半臂，低映過牆來。

---

①　此詩題位於手稿本第 5472 頁。
②　此詩題位於手稿本第 5473 頁。
③④　此詩題位於手稿本第 5474 頁。
⑤　此詩題位於手稿本第 5481 頁。

露重濕如雨，水光寒不知。苺垣青一半，醉掃夜來詩。

富貴喻如雲，乃以神烘托。恐近欄影邊，終嫌鉛粉薄。

籬落不知秋，懷人但茗甌。素書馳未達，涼月又如鉤。

水氣與月光，都成荇藻綠。儻有蝌蚪蟠，欲作奇文讀。

紅衣擢紫莖，翠羽鳴珠佩。菡萏香作絲，鴛鴦鏡成隊。

芳意時未艾，夫君何所思。蒼然莫山下，^①偶共一樽持。

經旬阻積霖，昨日涉南澗。破葉傲秋風，未忍輕紅變。

河橋行太早，驛騎爲誰停。殘月一痕挂，數峰相對青。

橫坡淺草間，何以盡物理。古之繕性人，寓庸蓋因是。

期以臭味似，寄之霜雪心。氣交明燭下，影動大江深。

題小松所借吳門陸氏響拓武梁祠像册三首^②

書來苦憶隸長方，像已精摹字未遑。猶勝依稀波畫認，不曾盡録惜鄱陽。洪文惠跋云有題字者八十七人，實止七十八耳，今《隸釋》板本誤倒其文。

隸續摹成蜀本鐫，天皇寺壁有誰傳。耐童兒石今何處，稚子留題更悵然。^③蜀中王稚子闕上半畫象，屢托友訪之不得。

盤鼎依依夢寐親，秋盦石墨是精神。如何朱老吳甥畫，輕引虞嫣象古人。

周載軒受綠亭圖二首^④

衆山送綠來，孤亭佇其下。何人坐亭外，此意知者寡。濃翠非吾

---

① “莫山”，手稿本作“暮山”。
② 此詩題位於手稿本第 5489 頁。
③ “留題”，手稿本作“題留”。
④ 此詩題位於手稿本第 5495 頁。

嗜，淡亦非我求。濛濛新霽中，浩浩空光收。與子論詩法，潯陽江上舟。

層巖列樹眼俱青，題作君家受綠亭。他日一窗營向背，選深綠處篆吾銘。

春杪園林樹二首①

春杪園林樹，枝枝綠映空。自然深潤氣，不與市廛同。渭北緘愁外，江南罨畫中。何當憑小閣，盡日雨濛濛。

春杪園林樹，雲生雨未來。雪綿風乍點，水藻鏡初開。深淺陰俱好，纖穠意已該。每因含蓄理，可以得真材。

陳濟庵納涼圖二首②名光樞

白石清泉有舊盟，一襟遠籟澹空明。茶煙竹氣相交綠，夢破江船夜雨聲。

嘉實依然識楚萍，蓮花和露寫丹經。秋山淨倚繁華外，真意誰如道眼青。君萍鄉人，善醫。

孫季述文學卜寓與予比鄰喜而有賦邀瘦銅舍人同作③

敲門一卷送滂喜，貫穿郭璞排樂史。若非陳州舊司法，定是富春前處士。握手相揖坐未定，放眼神光屢畫指。州次部居井有涂，玉排珠聯瓶瀉水。嗟予口呿不能嚅，又訝投漆膠誰使。對門卻訊張舍人，鄰屋還同叩言子。去年舍人西入秦，④爲言振筆聲盈耳。同學嚴錢屢見推，況復盧公書送似。丈夫相遇非聲氣，嗜好酸鹹有同旨。舍人與我隔牆居，三秋去歲思千里。君今西轉太行來，氣挾江山到城市。僧

---

① 此詩題位於手稿本第 5497 頁。
② 此詩題位於手稿本第 5499 頁。
③ 此詩題位於手稿本第 5500 頁。
④ "去年舍人"，手稿本作"舍人去年"。

梵清鐘晚共聞,林吹空歌夜復起。急迴蓮嶽青顧盼,直上天閶雲尺咫。舍人漫寫四愁來,言子還箋六書始。

寄衡齋未谷二首①

日日焚香念念因,憐予尚未得其真。兩君六百年前話,俱是蘇門侍坐人。

誰敢坡公稱對飲,庶幾爲役備鈔胥。羨他東魯壇邊客,瀆井朝朝給掃除。

紀曉嵐少司馬六十壽詩二首②

早聞禮樂獻王宮,果見藜光晉秩崇。武部不離書局掌,中樞仍用閣銜充。長松格本干雲蠹,③老鶴顔宜近日紅。藝苑群仙齊祝嘏,蓬山瑤島切生嵩。

蘭成射策並韶年,經笥詩名敢比肩。夾漈研田逢歲穫,後山句法有人傳。門生載酒傾千斝,老友挑鐙共一編。今夜紫雲堂畔月,滿輪飛向壽杯圓。

桐鄉陸丹叔閣學以母氏趙夫人九十壽辰請假歸祝上賜御書蘭陔慶帙四字閣學摹勒宸翰恭懸京邸祝言二律④

奎文親捧五雲光,渥澤濃添十月觴。北闕絲綸霞燦綺,南陔雨露墨生香。台端寶婺星同麗,景駐陽春日更長。大海紫瀾環瑞色,共瞻御筆識萱堂。

筵開秋仲正呼嵩,更覺君家棟宇崇。合祝百齡春一氣,高懸萬歲字當中。斟來柏醞凝膏綠,采得蘭暉近日紅。隨輦又承溫綍問,斑衣

---

① 此詩題位於手稿本第 5509 頁。
② 此詩題位於手稿本第 5512 頁。
③ "干雲蠹",手稿本作"干雲直"。
④ 此詩題位於手稿本第 5520 頁。

彩舞律東風。有旨俾以明春扈蹕北歸也。

右《秘閣直廬集》。

和東坡試院煎茶韻呈石庵冢宰①

聚奎堂東涼月生，暮雀垣下秋蟲鳴。聚奎堂東偏小院，即介野園宗伯詩所云"棘垣暮雀"者也。尚書飲我龍脊茗，風來兩腋襟裾輕。醍醐與酒本無二，誰識拈來露珠意。欽命詩題仙露明珠。憶昔蝸牛舍下羊膏煎，夜深奇思來涌泉。復憶粹齋對榻談西蜀，三峽飛流漱鳴玉。積侍御善也，上句謂丁卯入場，此句謂癸未充同考官。卅年師友懷調飢，轆轤金風響井眉。且喜銅瓶汲新水，一甌湛碧清光隨。卻從癸卯說丁卯，露團庭綠侍坐斜街時。

辛卯春諸城劉文正師主禮部試湘潭羅徹五侍御充監試官請文正爲臨蘭亭後十二年侍御從孫碧泉編修充順天鄉試同考而石庵冢宰主試爲碧泉臨此系以自題褚本二詩方綱自丁卯秋出文正門下於兹三十有六年矣今復獲陪冢宰論文校藝次韻有感書後二首是日石庵爲誦文正師丁卯闈中菊如人淡催歸早月似眉彎向晚平之句故此二詩結句及之②

清真記得永和春，水曲花開認化身。合向潭州懷褚令，楚騷菊意淡於人。

千潭寫照一嬋娟，堆案春蠶楮葉邊。相對眉彎清瘦影，憐才真意倩誰憐。

再次前韻因論褚本二首③

流水蓬蓬隔遠春，杜陵仿佛祓珠身。丰標覷見瑤臺了，銳思如何說倚人。

---

① 此詩題位於手稿本第 5524 頁。
② 此詩題位於手稿本第 5527 頁。
③ 此詩題位於手稿本第 5528 頁。

奎垣誰繪月娟娟,秋在紅鐙列宿邊。差勝王孫雪溪上,斜陽倚櫂劇堪憐。

段家嶺①

夜宿三河縣,古廟木蒼蒼。晨憩段家嶺,雲日鬱始涼。平沙緩馬足,撥霧逾崇岡。直北望靈山,石倚泉湯湯。店門砌石礫,仿佛灤河旁。年年關路秋,茲益愧以惶。豈獨懷靡及,恭敬切維桑。前指薊門道,稽首和鑾鏘。仰瞻霽景麗,環挹仁風翔。石戴土脈厚,瀰迤正延長。田盤積氣來,空翠盈我裳。我車間且馳,層林藹朝陽。

別　山②

別山無山阜,群阜繚繞之。編茅間籬落,亦復成山茨。東北拱星辰,容衛儼若馳。坡陀就平坦,得脈於分支。北蠱爲空桐,載斗崎崇基。③雖無廣成迹,未遽爾雅疑。野店即山麓,田塍沃以滋。蓬蓬淡雲氣,午陰行不遲。山行自茲始,策策松風吹。

石庵餉蜜漬荔枝二首④

挑鐙古戍平沙道,回味江風海雨間。自是炎蒸飛不到,隨君日日住蓬山。

來禽青李帖云何,含雨烏雲夢未訛。欲仿君謨書荔譜,請將偈子叩維摩。適與石庵論東坡書蔡詩帖,而是夕石庵書楞伽偈見贈也。

宿豐潤縣寄懷小松易田⑤

夜榻渭陽城,馬瘏戒宵征。不得過縣廨,手量古鼎形。往者潘邑侯,拓銘乞我評。黄程並有跋,吕薛紛縱横。薊州昨晤潘,復念黄與

---

① 此詩題位於手稿本第5530頁。
②④　此詩題位於手稿本第5531頁。
③ “載斗”,手稿本作“戴斗”。
⑤ 此詩題位於手稿本第5532頁。

程。細叩款識間，足與犧首并。腹圜弇其口，腹下文庚庚。組織雅誥詞，豈曰殷商徵。蔣一葵以爲商鼎。劉宋及趙宋，上湖辨孰精。程君近著録，説經極鏗鏗。易田近寄所著《通藝録》凡數十卷，載此鼎文特詳。黄君摹古圖，正值鋟本成。①芝山爲刻小松所摹漢武梁祠像，今始訖功。三秋果此緣，千里證舊盟。猶勝周子發，漫估歐率更。率更《九歌》《千文》石刻亦在豐潤，《千文》有周越跋。

沙河驛寺見菊二首②

秋近盧龍塞，霜濃側帽簷。香來清梵外，涼到暮峰尖。灌圃僧能習，移盆榻未嫌。西風黄蝶意，爲我一開簾。

匆匆霜信過，重九又經旬。冷節同風味，疏枝似故人。直將寒問訊，相對瘦精神。憶昨湖村諾，論詩見我真。出關日晤方坳堂，爲予言今秋崇效寺菊最盛。

清節祠③

祠以清節名，百代風猶清。所以曰清聖，民到於今稱。廟貌四百年，土人云祠建於明景泰間，祠有弘治十一年碑，云九年丙辰重修；又一碑云洪武九年重修。天藻賁光晶。仁廉勵頑懦，義烈申景行。肅肅揖遜堂，一水高臺瀠。清風臺下臨灤河。餘風被草木，怒起虬龍精。祠有迴龍、卧龍二松。高秋關塞氣，慷慨激幽并。采苓溯采薇，萬古一精誠。徘徊修廊下，花竹有餘馨。欲書昌黎頌，不仿梁昇卿。

宿永平府朱蒼湄舍人來論詩賦贈④

黄海研池緑，攜來榆塞間。詩如霜月淡，菊上彩衣斑。風雨秋陰後，菖蒲舊夢還。東坡袖石意，相待到蓬山。

---

① "鋟本"，手稿本作"鋟木"。
② 此詩題位於手稿本第 5533 頁。
③④ 此詩題位於手稿本第 5534 頁。

寧遠州道中雪行三首①

豐年暖意交兌秋，初寒卻釀瓊瑤流。海天一線界光白，煙綠焜黃仍未收。昔於洋畫凹凸求，未識真宰誰雕蒐。欲窮仙井虞閣老，灤陽雪溪果可舟。

三人攬轡二車返，兩月相從九秋晚。惜不寒雲層叠中，雪笠紅氈同畫本。尹公尚近劉公遠，詩思追飛隔橫巘。行營昨展唐寅圖，越舵猶疑杜甫飯。

尹公約我遊田盤，潘君作主良不難。王事有程歸有職，豈暇松石留盤桓。海雲爲我涌奇觀，千峰白毫螺髻間。斜陽幻出萬松石，一髮迆邐周榆關。

瘦銅舍人招飲未赴明日以詩來次韻奉酬②

蕑燭論心閱歲年，故應不受世情憐。文殊偈悟厄非酒，巢父詩留骨未仙。元有精神托蠻驅，只無行迹例夔蚿。商量欲索盆梅笑，竹外濛濛淡晚煙。

潘皆山帶月荷鋤圖三首③

名庭椿，歙人，時知薊州。

貽我墨潘墨，識君鋤月鋤。手中真化雨，心地自菑畬。黃海雲水合，田盤松石餘。使君清嘯夢，元笏貯秋初。

南山陶令句，細雨杜陵詩。往口家園話，新秋野穫時。戴星來勸課，片月共心期。巒翠濃於畫，歡顔一笑披。

幾旬歌聲久，霜天握手新。誰同凉月影，我亦荷鋤民。紅杏青松偈，蒲團丈室因。只應金石契，澹對性情真。將以暇日邀君往城西崇效寺，仿智朴上人《紅杏青松圖卷》也。

---

① 此詩題位於手稿本第 5543 頁。
② 此詩題位於手稿本第 5545 頁。
③ 此詩題位於手稿本第 5549 頁。

王石谷秋麓攜笻圖摹本次韻爲竹軒廷尉題①

烏目山中人，看山每嶔手。呦呦沈鬱思，莽莽蓄氣厚。眼光入秋空，探奇意自負。石林雨氣寒，山隈橫溪口。叫絶仿江郎，暮春記癸丑。《石林雨氣》一幀是石谷癸丑三月作。恰到寫蘭亭，林巒左右有。筆筆永興法，槎枒十鬪九。澗香襲衣屨，厓綠押科斗。鉤月挂西南，昏黄過申酉。行行前村間，汎汎溪光走。攜笻者誰歟，恐即竹軒叟。臨摹出天機，化盡凡窠臼。豈惟婁東派，僅共南田友。當時烏目山，夜雨話䔖韮。未必有此幀，翛然脱塵垢。竹軒十笏地，位置良不苟。繡絲夢廉州，煙雲晤子久。儻接慧車子，茅龍跨仙狗。夜夜虹月光，長共松煙壽。

本年作坡公生日芝山爲畫邢房悟前生圖即坡詩夢僧仲殊彈琴事也今年是日適嘉善高君慕陶者抱琴而至芝山舉京兆試出予門皆若有前定者次坡詩韻三首記於此圖後②

空音花外忽瑯然，憶否吳淞夢裏弦。此幀分明誰畫得，不關雨屐響山泉。

前年吹笛圖，知音譜未足。去年飛雪中，窗几如積玉。如何深潤氣，流韻入枯木。茶煙淡相忘，世味何由逐。政恐石磯邊，腰笛已粗俗。古寺長松下，此間乃有曲。

晉卿臨本亦奚爲，宋迪從前那得知。不識廣川真鑑否，卻將意匠問工師。

書懷仁聖教序宋拓本後③

三首之第三，集刻二首。

瑶臺普照一盦中，永仲精神海嶽同。若集右軍煩蔣勒，何妨羊薄續江東。

---

① 此詩題位於手稿本第 5551 頁。
② 此詩題位於手稿本第 5556 頁。"本年"，手稿本作"去年"。
③ 此詩題位於手稿本第 5557 頁。

代楊鈍夫作①

先生寶蘇自嶺南，我時遊寓倍趨趨。炎州無雪研不凍，②松明誤説瓊與儋。負笈常思少霞榜，剔銘不止桄榔庵。爾時已有誓言在，拜像更許遺文探。居儋寓惠各有録，_{廣東惠州人編蘇公在東州詩文爲《寓惠録》，}儋州人編爲《居儋集》。要與七集彙一函。焚香薦告作生日，必尋佳釀同開壜。此語忽忽過十載，老門生鬢絲鬖鬖。側聞先生獲蘇集，日供蘇帖於禪龕。古云蘇學盛於北，四學士者誰其三。年年置酒作高會，而我入蜀心彌慚。江津屢迴水紋叠，峨眉日望山層嵓。知公齋頭每作畫，恨不身入重青嵐。今者謁來函丈側，坐中佳客秦晁堪。漁洋蓮洋留影照，戒師永師結習耽。_{是日席間復觀《王漁洋載書圖》并吳蓮洋小像。}昔以蓮洋謬許我，廿五載記挑鐙談。言詩誰喻繪後素，師門深愧青出藍。龍眠舊畫忽來覯，七弦一榻禪應參。蘇書蘇集蓋非二，邢房舊夢我已諳。西江詩派那分別，老龐萬緑一氣含。歸歟南康傲小謝，蘇齋莫漫誇蘇潭。_{先生近以蘇齋自號，而門下士謝郡守啓昆因以蘇潭自號也。}

右《桑梓掄才集》。

---

① 此詩題位於手稿本第 5559 頁。
② “炎州”，手稿本作“炎洲”。

復初齋集外詩卷第十八

甲辰正月至丙午八月一百三十三首晉觀稿

胡書巢太守自蓮花寺移寓羊肉胡同宋芝山爲畫移居圖屬題二詩諸君詩多徵羊事故次章及之①

覓句多於臘酒邊，披圖喜似兆高遷。雲頭此日追東野，②丹竈何年問稚川。遠夢正迴南嶺外，遊蹤每在孟鄰前。書巢廣西人，歷知山左諸郡。宋生豈會拈題意，忽點濃青半幅煙。

蹋蔬隸事太紛紜，可要新居摭舊聞。宦境纔如煮羊胛，客來愧未熟蘇文。同年幾個棲相並，遠道頻驚袂易分。回首前宵蓮寺寓，聽鐘恍隔一溪雲。蓮花寺在予所居屋後。

讀落篯堂詩集③

零落塵霾絕可憐，風流辛甲白門前。篯成紅豆江南客，猶夢瑤華覓舊編。

墨緣靈氣信然乎，桂四經營有意無。知合蘇齋詩畫配，不應更索載書圖。宋芝山購得禹鴻臚所畫《漁洋載書圖》册子見贈，既而未谷馳書向芝山索之，云

---

① 此詩題位於手稿本第5564頁。
② "雲頭"，手稿本作"雲龍"。
③ 此詩題位於手稿本第5565頁。

此圖應歸山東人也,故此句戲嘲之。

陳簡亭塞上授經圖二首①

佌佌媚學叩遺經,弦誦初來習上丁。記聽笙琴山雨外,講堂迴抱衆峰青。時熱河新設學。

階除草綠故依然,結夏心期孰與傳。著個寶嚴居士榻,涼棚聽雨又三年。秀峰書院,孫春臺方伯昔嘗借寓,屬予書"結夏"二字於此。

昔在粵東仿趙子固畫坡翁笠屐像奉於海南之祠
今海南人來乞詩賦此寄題②

我乞閩南鄭叟畫,挂之海島瓊臺祠。是夜海上大風雨,恍忽妙高峰石移。前世德雲竟誰是,至今夢寐猶見之。街西草堂香一縷,臘月酹酒觴千巵。③蘇齋四壁亦何有,東吳顧與西吳施。十年袖中東海石,一卷墨妙端明詩。顧禧小集我錄出,斜川遺文世莫窺。不虛像前拜生日,何減鶴笛南飛時。遙想笙鐘萬壑應,空音大海來淪漪。偶然衣摺仿數筆,誰知真有仙風吹。千川一月儻印合,萬里趺息非聞思。星光穿户大於斗,春風瘦遍横梅枝。④

元暉五洲煙雨圖今藏吾鄉邵氏者已經割截矣筥在辛卜令之高
澹人同在康熙初年而所見不同則可異也卜所録多張則之一詩
予向據江村銷夏録補和所木及者因摹小米雲山卷考筥跋而及
之並和張韻書於五洲卷臨本後⑤

高録名言丈許長,誰追江上恨茫茫。如何卷尾貞居迹,不見西江御史章。三吳張則之詩下直指之章筥在辛印也,江村《録》不載。

---

① 此詩題位於手稿本第 5566 頁。"塞上",手稿本作"上塞"。
② 此詩題位於手稿本第 5566 頁。
③ "酹酒",手稿本作"酹客"。
④ "春風",手稿本作"春燈"。
⑤ 此詩題位於手稿本第 5575 頁。

小松所藏范巨卿碑托菰谷寄京題之既而聞菰谷訃音爰檢 菰谷手札裝於册後邀同人爲詩二首①

誰知乞題語，翻要使人題。劍挂非還檟，珠緘異送梨。臘鐙風切切，春硯雨淒淒。窀石中郎體，柔毫不忍提。予時爲菰谷志墓也。

巨卿死友目，未了岱青間。借問張元伯，何如孔仲山。昔賢嗟已遠，吾輩復相關。長把升堂諾，箴銘結佩環。

題趙貢夫蘭竹小幅②

兩株石筍瘦相撐，落落苔岑共性情。旬日春陰交釀久，倚欄忽憶舊詩盟。

又題貢夫蘭竹③

幽蘭倚竹竹倚石，三者知誰畫意深。雨雪空山君始悟，淡無一筆是文心。

題鄭恒墓誌後二首④

訛又傳訛閱幾人，夢中說夢定何因。模黏一片滎陽石，誰管他年記會真。顧亭林跋是近人所書，故云又訛。

秋雨瀟瀟水閣頭，汪生語倩陸郎酬。昏陰簾外停雲重，十里春鐙正倚樓。⑤己亥九月汪容甫持此相示於秦淮驛館，辛丑春與陸謹庭語及，托爲代訪，謹庭南歸三年未獲也。今年正月十一日，謹庭自吳門傲裝北上，乃恰於正月十日得之，亦異矣。

李復堂仿元人折枝卷⑥

夢因道人工寫竹，日日橫窗吸生綠。春陰袖卷叩我門，昨夜夢到

---

① 此詩題位於手稿本第 5575 頁。
②③ 此詩題位於手稿本第 5576 頁。
④ 此詩題位於手稿本第 5581 頁。
⑤ "十里"，手稿本作"千里"。
⑥ 此詩題位於手稿本第 5582 頁。

家山麓。朦朧萌坼邗江春，野水疏籬蕐門曲。平生得意復堂筆，婭姹横斜稿盈腹。昔者復堂歌五松，仙佛騰空蛟起陸。自言寫物本林良，得法師承自常熟。天然流露非筆仿，獨往飄然謝羈束。折枝雖出錢雪川，能事誰區陳道復。賦色之法秘不傳，露蕐照夜煙凝旭。道人心齋時見之，元氣天倪非草木。瓦盆石檻何分別，六法雙鈎一機軸。道人寫竹亦如此，莽莽縱横自起伏。影定簾開澹水雲，對榻評論共鐙燭。并仿復堂草隸書，試我三錢弱毫秃。

盧　溝①

三首之第一，集刻二首。

石刻狻猊五百春，雨淋日炙態猶新。夜來小印鐙光紐，便許文何恐未真。

湖梁道中夜行誦韓山石蘇壽星院二詩②

萬物有真氣，夜静每驗之。嗟予不自省，遇物追已遲。所以懷古人，密林澄觀時。夫豈執成迹，芸芸發樞機。息息以歸根，濕緑如蒸炊。風定水猶激，月出露未晞。太行雖千里，山翠已滿衣。

四月廿五日萬壽山侍直呈同直曹侍郎阮參議③

門啓麓西南，天垂霽蔚藍。萬峰尊斗極，一月寫珠潭。宿雨香霑袂，卿雲喜盍簪。江淮舊詩侶，聯步得深談。

西苑大東門送駕有述④

宮牆流繞緑潺湲，夜思迢迢十二年。袁馬聯裾朋輩少，潮澱拱蹕氣爭先。星低樹遠猶穿燭，雨後嵐蒸若涌泉。分得山莊煙水意，衣香每切屬車邊。

---

① 此詩題位於手稿本第 5601 頁。
②③ 此詩題位於手稿本第 5603 頁。
④ 此詩題位於手稿本第 5605 頁。

寶應劉春浦遊大房山拓得唐碑六通遼碑二通見餉賦謝①

竹垞尋碑歲癸丑，勝探每共南陽劉。到今百年遺迹叩，又得劉子
重來遊。嗟我題詞愧朱老，經幢翠墨勤相求。愬題白帶久寤想，東西
峪刹香林幽。石函石穴吐金碧，篆雲花露鑴琳球。大業流傳逮天慶，
五百年結靈緣留。中間景雲太極刻，開元屢見浮圖修。往聞朱老辨
儒釋，咸陽經石垂千秋。開成遺字炳日月，摹寫雅誥追商周。包咸章
句不可見，何晏集解猶同收。唐時經生習師說，君陳句讀寧異不。貞
石誰爲朱老訂，且與劉子窮冥蒐。朱所未見劉補拓，六詩峰頂來唱
酬。其秋建中歲辛酉，節使縣尉清思抽。暮鐘仙梵倚新月，剔碑想亦
吾輩俦。亭林所記互訛異，塔峰未得凝遠眸。我居百里未一到，斗泉
夜夢風颼颼。劉子清才同我嗜，何啻朱顧論朋儔。一帆秋指白田去，
聞有漢刻霍山陬。捫蘿滌蘚儻得致，行見集古名齊歐。

米老題北固云仲宣法芝米芾元祐辛未孟夏觀山樵書王虛舟云得自
丹徒蔣亦垕者字類鶴銘予因臨此於蔣跋化度
寺碑論及瘞鶴銘手迹後并題一詩②

淨名醉墨記斜行，一笑山陰迹未亡。何日倦翁殘石補，臨江問憶
昔賢忙。

聞楊孝廉說松江馬氏藏有舊拓化度寺碑因憶王弇州言有馬生
者得舊本摹刻之而予前年所得初翻一本是遼陽馬匯川所藏也
今記此語於予所嚮拓揚州馬氏藏本內異哉何此帖馬姓之多也
再疊後村韻③

馬本摹添僅四行，豈能全石較存亡。誰知緣向邕師結，苦爲調停
馬異忙。揚州馬氏所藏初翻本較予所藏真本多出四行。

---

① 此詩題位於手稿本第 5607 頁。
② 此詩題位於手稿本第 5608 頁。
③ 此詩題位於手稿本第 5610 頁。

南石槽①

風響黃花路，疏蟬似晚秋。樹陰開野店，山勢控神州。暖炕難留宿，此處人家雖夏日亦用火焙炕。停鑣感昔遊。辛巳、癸未與同直諸公嘗飯於此。暮雲嵐更紫，鞭意向懷柔。

旬日間瘦銅數來論詩又貢夫以其鄉人顧萬峰詩軸見贈未得報也懷柔道中各爲一詩寄酬②

與君同巷居，日聽哦杜什。新有鉏菜作，灌園手勤習。③桔橰俯仰間，斟酌注與潗。此即詩家法，分刌節出入。昨夕西山雨，烝動東皋及。綠蔬甲自長，青煙午猶濕。閉門觀物化，跌息審呼吸。萬彙一元氣，虛白道光集。以玆精杜理，阡陌誰蹈襲。水流雲自行，格律吾何執。見君杜德機，充積自收拾。秋當子實采，晨仍井華汲。

高人與我疏，手筆日苦僵。睹玆題畫竹，④頓覺神飛揚。昔讀板橋詩，詞旨鬱雷琅。顧侯破餘地，灑翰未能忘。世儒評鄭君，形迹類顛狂。吾但論其書，體已得鍾王。顧也臭味同，名與南皐翔。筆墨關人品，逸氣颯軒昂。當其運腕時，古隸參漢唐。嗚呼知音難，識者爲惋傷。不合貂組宴，文錦張華堂。泠然拈一笑，來挂蘇齋旁。

九松山⑤

一松夭矯如一龍，一松傴僂如一翁，一松足以冠一峰。乃十百千相翼從，乃推九者爲之雄。虬枝離立鱗甲重，霜皮鶴骨恒青葱。株株變幻無定容，雖有畫手難爲工。大筆標題紀靈蹤，⑥九如天保瑞所鍾。徂徠丸丸稽岱宗，栖霞亦說六朝松。豈若玆山峙畿東，歲歲輦路披祥

---

① 此詩題位於手稿本第 5613 頁。
② 此詩題位於手稿本第 5614 頁。
③ "灌園"，手稿本作"灌圃"。
④ "畫竹"，手稿本作"畫作"。
⑤ 此詩題位於手稿本第 5615 頁。
⑥ "大筆"，手稿本作"天筆"。

風。明年海宇慶祝同,蟠蟠千叟歡呼嵩。此松一一髮鬅鬆,星精下降來扶筇。造物持俾獻宸楓,聖祐比茂壽比崇,①珥筆先入巾箱中。

山行雜詩②

十首之二、三,集刻八首。

谷轉鋪雲滿,厓深見日遲。忽於青玉玦,吐出赤虹枝。大海綠一氣,榑桑紅半規。萬峰鱗甲露,金碧眩參差。

松枝斜蓋屋,草舍不編茅。户與青林闔,檐將翠碧交。③荆扉支石礫,瓦缶雜山肴。樸俗淳良氣,何須太古巢。

熱河道中懷習庵宫庶叠舊韻二首④

梁峪高低路,良朋憶不勝。石橋同歇馬,山店共挑鐙。杜甫懷沈綺,元暉咏玉繩。每宵行役感,悵倚暮雲層。

往日觀圖記,周爰續筆談。罄鍾銘有字,峰塔矗如簪。握手人懷五,庚子六月同賦懷人五首。驚心歲隔三。叠叨坊局掌,舊夢倍深慚。

六月十二日山谷先生生日也是夕密雲旅舍夢
作先生行草書醒而有述二首⑤

滿院木樨香,何與草三昧。黃龍石室中,日與禪者對。六百九十年,先生自言於黃龍山中得草書三昧在紹聖甲戌。精靈儻來會。我勘任史注,天府珍版萃。欲及今秋成,焚香一觴酹。公乎授筆訣,遠與銅甬配。有夢誓青山,神光石牛背。

年年蘇齋祭,配食首以黃。敬當專祀公,配以秦晁張。瓣香同志誰,惜也仲則亡。廿年西江士,慚愧説門牆。不及凌仲子,遠在天一方。投我紹古作,不減江梅章。欲奉道園叟,以躋退聽堂。

范葦齋花鳥小幀①

館閣江東説范暹，春風押撅出鉤尖。新陰六六年光換，接葉窗虚
又捲簾。畫於洪熙元年二月，至今三百六十年矣。

題漢韓敕禮器碑宋拓本次卷尾屬樊榭韻②

吾聞筆正不可干以邪，洪家滂喜非虛夸。後人隸肥轉單薄，毛僵
羽弱羞罥罝。試看漢碑永壽刻，之而鱗角森騰挐。遊絲盤盤壯鎖紐，
元氣浩浩無津涯。想當意到自伸縮，何當法派相矜誇。義爻所以啓
一畫，圖書從此綜百家。象乃有滋滋有數，疇範禮樂經桑麻。車服禮
器即文字，那許讖緯毫末加。懸諸中天亘萬古，紃縸日月凌雲霞。庚
庚觚爵挏起立，誰云紙上霏墨花。或云褚中令書粗得什之一，上下古
今使我生咨嗟。③願師質厚以爲本，遊心日日防敧斜。

晉齋出都宋芝山孝廉爲仿元人竹西圖意寫竹崦庵
卷予爲臨趙仲穆篆題首用仲穆韻④

宋生但擬畫家流，寫竹焉能繞指柔。直欲與君論篆法，始知湖上
草堂幽。

題畫二首⑤

石澗瑽琤玉練飛，蕭蕭槲葉打柴扉。不須更寫空江雨，山翠濛濛
已濕衣。

有客臨磯瞰碧流，焜黄煙緑一襟秋。數峰更約攜筇上，萬頃斜陽
人倚樓。⑥

---

① 此詩題位於手稿本第 5627 頁。
② 此詩題位於手稿本第 5628 頁。
③ "古今"，手稿本作"今古"。
④ 此詩題位於手稿本第 5634 頁。
⑤ 此詩題位於手稿本第 5637 頁。
⑥ "人倚樓"，手稿本作"入倚樓"。

送晉齋之陝西①

心堅金石許誰儔，夜夜書堂復夢歐。西去何人郭允伯，南中今日趙湖州。臨溪竹仿君家寫，昨仿趙仲穆竹卷。聽雨觴因我輩留。定到函關憶黃九，莫辭爛醉菊花秋。小松書來，云晉齋此時在京與諸公爲文酒之集，令人快羨。

再送晉齋疊前韻兼寄懷孫淵如洪稚存②

孫喜前緣得匹儔，趙洪考索過於歐。文章何幸依開府，石墨從來聚雍州。竹影還如懷友瘦，雲間半爲拓碑留。太行千里隨青眼，袖有城南一段秋。淵如新得漢印曰孫喜。

次韻石公間夜③

今歲寒來早，窗風響沈寥。移鐙書幌動，閉目篆痕描。宿火香微裊，唐花養尚嬌。跏趺觀萬象，不許睡魔招。

石公日來以七言長篇相劘切乃昨夜以短章挑戰蓋欲以清苦之作傲我也因疊前韻與之論詩④

厲鶚空溪刻，金農太寂寥。菊能霜意受，梅借月光描。竹榻從僧乞，巾箱課女嬌。君看右軍誓，何以左思招。

和鄭秋浦侍御遊盤山二首⑤

昔題智朴卷，新拓上方碑。夢裏峰千叠，車前月半規。畫難晴翠罽，詩借好風吹。寄訊黃山客，茫茫息壤思。去秋薊州牧潘皆山邀遊不果。

竟擬無爲子，曾躋太華峰。何因昨題畫，恰際爾攜筇。氣合依苔石，雲深倚寺鐘。鄭虔紅葉字，膏秣許相從。昨爲秋浦題畫，有"數峰更約攜筇上"之句，若爲斯題兆者。

---

① 此詩題位於手稿本第 5640 頁。
②③ 此詩題位於手稿本第 5641 頁。
④ 此詩題位於手稿本第 5642 頁。
⑤ 此詩題位於手稿本第 5643 頁。

宿村家①

三首之第一,集刻二首。

户啓秋場月露清,淡然無嗜亦無營。那煩碎玉瑽琤比,只有疏疏秝稈聲。

題朱竹垞所藏大觀殘帖翻本二首②

聽雪煮茶亭子上,吉金貞石記中人。江東得識無言否,褚薛王羊孰是真。

詩似參禪書似豉,不侵正位許誰知。靈心朴氣元難並,合受重開木版欺。《淳化》朴氣,《大觀》靈機。

石公以所題明女子某氏畫大士幀屬和③

妙鬟雲垂補陀石,白毫香煙俄咫尺。空光澹到不可傳,四明天童海一碧。合十漫臨管道昇,白描亦非王右丞。嗟爾女子心兢兢,且務勤苦機杼能。懺悔瞻禮意不盡,寸寸金粟挑寒鐙。

次韻答王若農上舍④

蓬山夢別碧巉巖,曾共元卿閣吏銜。燭燼更憑添夜話,⑤雪殘忍遣送春帆。班書已快同心訂,韓集寧虞異説攙。大海瀾中嗜蠃蛤,只慚一勺味餘鹹。若農有《蓬萊閣讀書圖》。

曉嵐少司馬充武會試知貢舉兵部郎惲君執事闈中仿南田法爲寫春風桃李圖曉嵐題云桃李何曾屬老夫隔牆花影枉描摹春風還幸曾相識權當先生爲補圖蓋曉嵐今春典會試也屬題三首⑥

到處成蹊筆有神,粉垣鳥語記前因。東園嘉樹三春後,又近新陽

---

① 此詩題位於手稿本第 5645 頁。
② 此詩題位於手稿本第 5646 頁。
③ 此詩題位於手稿本第 5648 頁。"以所題"上,手稿本有"舍人"字。
④ 此詩題位於手稿本第 5668 頁。
⑤ "夜話",手稿本作"夜語"。
⑥ 此詩題位於手稿本第 5670 頁。

報小春。

薄暖輕陰泥玉欄，著花容易養花難。良工心苦憑誰畫，月落參橫到夜闌。

抹紫扶藍色色妍，①棘闈畫事少人傳。錢兄張丈蘭兼竹，舊夢迴思廿五年。同考官例用藍筆，因憶庚辰春與曉嵐同題鏡壑撢石畫卷事也。

題石鐘山歸棹圖送周載軒編修假歸湖口二首②

十二年來夢，三千里外心。花應歸後發，雪自臘前深。月滿娛觴彩，雲低載酒襟。鶴南飛一曲，不是石鐘音。

年來植桃李，此去護松筠。館閣思經歲，家園住二旬。九華增氣色，五老更精神。雅頌須君手，蓬瀛又早春。

澄懷園二十友圖爲漳浦閣老題③

日長丁丁傳漏壺，近天荷賜名園居。聯行下直風舒舒，園門樹映馬與車。山光水光接衣裾，皆隨閣老來徐徐。汪謝偕行李也俱，④前後僕僮笈負書。一童手槢肩葫蘆，一軒雙鶴雙青梧。莊汪二公誦咿唔，雨齋春浦賞不孤。⑤撇墨蘭者錢叟乎，倚檻品茶葉與吳。鄭公滌硯臨清渠，石泉瀁瀁循蘇除。石㧱翛翛扇風鑪，所以選石來跗趺。曹公目送雙渚鳬，隔溪樹作欄杆扶。六一之號其一吾，靜觀弈者光滿臚。梧岡鄰圃誰贏輸，晴軒旁睨情踟躕。玉琴欲張露侵襦，晚涼暶軸拭以鋪。德公展册對倪迂，周公把卷思有餘。會心皆入道之腴，乃見捉麈神怡愉。漳浦先生今大儒，爇檀煙篆嫋碧疏。吉祥虛白觀物初，是時孟夏群蕍敷。祖道青門櫻筍廚，先生歸到閩海隅。日夜夢

---

① “扶藍”，手稿本作“批藍”。
② 此詩題位於手稿本第5672頁。
③ 此詩題位於手稿本第5686頁。
④ “李也俱”，手稿本作“季也俱”。
⑤ “春浦”，手稿本作“春甫”。

寐依皇都,沿坡楊柳水芙蕖。樴有宿鳥藻有魚,江鄉不羨煙水區。買舟歡向觚棱趨,天子賜詩光燕譽。重來對畫歌樂胥,慶霄元氣在直廬。五雲戴斗星垂珠,冰壺玉鏡環階符。雅頌之聲唱喁于,琳琅玉佩鏘瓊琚。況逢慶宴蕭露湑,領袖三千蒼鬢鬚。先生精神畫不如,辟雍講筵贊都俞。司成樂正帥生徒,笙琴舞咏齊嵩呼。中天文治追堯衢,二十二人唐際虞。大禹益稷皋陶謨,虞廷當日無此圖,更請絹素煩重摹。

題宋高宗臨褚蘭亭石本二首①

蘭亭子固緣曾結,多屬媒勞姓孟人。押尾誰知樗史字,抵他絹本更嶙峋。末有"樗史"二字並高宗御押,故用石刻鋪敘所載向子固本事。

褚派圓同歐派方,唐摹宋刻果奚傷。瑤臺獨倚嬋娟影,穎井何煩傲洛陽。洛陽宮賜高士廉本亦褚臨也。

趙貢甫寄杖圖二首②以下乙巳

紫峰家蓄百莖杖,客乞僅餘三五莖。今日封題憐子舍,望雲馳寄自春城。聖人錫福延千叟,慈母開函進一觥。此杖恰逢此慶歲,百莖合讓此莖榮。開歲六日上賜千叟宴,宴者三千人,人賜一杖,而貢甫寄母杖適際茲辰也。

趙生名利不關身,獨以康強祝老親。侍饌斑衣千里夢,看花鶴髮百年人。扶持歲久應同壽,倚藉心堅未是貧。冉冉孤生兼九節,誰知直幹寫天真。③

漢羊鐙銘拓本④文曰"大富貴昌宜長樂"

歲除聞吉語,顏子寄鐙銘。畫似承槃樣,文如響卜聽。貴徵庸日

---

① 此詩題位於手稿本第 5689 頁。
② 此詩題位於手稿本第 5688 頁。
③ "誰知",手稿本作"誰如"。
④ 此詩題位於手稿本第 5691 頁。

利,富錫福維馨。長樂圓規式,昌宜叠矩形。羊祥非假借,己祉實丁寧。大雅申之什,甘泉内者廷。楊劉箋訓好,唐魏儉勤聆。願以箴規比,縈迴篆縷青。

次答蘊齋冬夜見懷二首①

又近春鐙夕,長懷寶劍篇。雲深薊門樹,夢到越江船。瀹茗濤來沸,熏鑪篆欲然。猶疑粵洲上,十載話歸田。

書訊高湛如。兼陸,象星。②髫年硯共磨。聞雞中夜舞,伏櫪唾壺歌。竹箭筠堪托,蘭芽斐待磋。謂令嗣也。東風苔更綠,芳月忍蹉跎。

張子畏觀察秋山歸騎圖三首③

梓里春筵卅載前,紅鐙綠酒照蒼然。江頭一騎梅花夢,鞭影分明淡晚煙。

繡衣驄馬問民風,閩嶠山川指顧中。每記峰迴泉響處,楓林得句縷霞紅。

年來群從話蘭庭,家學根深植六經。一幅丹黄成實意,秋山相對眼俱青。

恭和御製二月初七日雪元韻④

大昕吉日選春丁,九奏同雲繞户停。土脈生香成玉圃,道腴含潤即農經。帝申斂福圖疇敘,人度豐年餅餌馨。雅吹頌歌兼賀瑞,天閶喜氣正盈廷。

---

① 此詩題位於手稿本第5693頁。
② 該句本爲"次答蘊齋冬夜見懷二首"之第二首首句,即"書訊高兼陸","高"下注"湛如","陸"下注"象星"。而刻本以"書訊高湛如兼陸象星"爲另起一首之詩題,又以五墨圍替代此另起一首之首句。據手稿本改。
③ 此詩題位於手稿本第5694頁。
④ 此詩題位於手稿本第5699頁。

未谷以鼊尾山房墨寄惠五首① 款云"門人汪洪度監造"

鼊尾山居在晚年，天都有客杵松煙。始知不爲尚書貴，映取經鉏刻一篇。② 《帶經堂全集》亦徽州開板。

太素無文意不傳，誰知妙喻頂光圓。息廬夜貯冰壺月，要與先生印畫禪。汪于鼎字洪度，歙人，有《息廬詩集》。

我作山行曉望圖，黛螺一滴翠模黏。袖中石可攜東海，冷研冰生笑大蘇。前年羅兩峰爲予作《鼊尾山曉望圖》。

微言幾個屬提聆，題畫夫于識者聽。尚憾張兄裙屐句，未應消受玉煙青。未谷寄此墨以報予與瘦銅題夫于亭圖也，瘦銅尚不罵漁洋者，予是以責賢者備耳。

君歸矻矻覓丸螺，撼得山房故實多。一事堪憎啓顔録，漁洋今日又登科。③ 未谷札云，去年於濟南坊肆見漁洋名印，索價甚高，問誰篆，曰某自篆；問爲誰作，曰科舉相公也；問何時，曰上科。

小松得朱龜碑舊本摹其數字見寄且曰碑在亳州江氏喬梓思一見而不可得者不可不使秋史作跋也予因爲秋史摹此并繫以詩④

渦東誰記道元經，白日幽州想伯靈。徒與江郎牽昔夢，又添濟上水苔青。

梁天監井殘字⑤

在句容縣城北，文云"梁天監十五年太歲丙申，□帝愍□□之□乏，詔茅山道士□□永若作亭□井十五口"，凡正書七行。

句容城北天監井，孫郎遺我手拓銘。⑥曰歲丙申奉詔作，甃以山石

---

① 此詩題位於手稿本第5714頁。
② "一篇"，手稿本作"一編"。
③ "堪憎"，手稿本作"堪增"。"今日"，手稿本作"近日"。
④ 此詩題位於手稿本第5716頁。
⑤ 此詩題位於手稿本第5721頁。
⑥ "遺我"，手稿本作"貽我"。

覆以亭。此亭不知今在否,此井日日緪與瓶。此字獨許孫郎識,千年苔蝕如重扃。是年詔書修廢闕,堤防關市兼農經。十萬石嗟淮堰塞,①三百里沸驚雷霆。區區井亭何足記,片石想自茅君庭。孫文韜書最名噪,許長史壇夙所聆。井欄果爾通地脈,竹膜奚啻藏精靈。我爲華陽考仙迹,空弔蕭景馳林坰。蕭梁遺字世已少,義井古隸誰摹型。孫郎作詩要我和,井華一掬音泠泠。茅山道士緣儵結,漢東郡守句可聽。鶴飛爲我下天際,目極句曲千厓青。

題周載軒雙蔭圖即送其歸湖口②

畫師畫雙松,而題曰雙蔭。蓋爲松下人,勖此堂構任。高標與直節,久飫露華浸。崇山秀嶺氣,斑斑在襟衽。天與日舒長,秋蟬交春禽。磊砢千丈景,度之以堂深。所以永覆庇,居然廣廕瘝。讀書蘭竹徑,簪筆木天禁。胥在此蔭中,坐臥和光飲。真意筆墨外,濃翠出淳熺。竟令天下士,羨此席與枕。清風享無價,芳畫誰能賃。況聞哦其間,苔石墨花滲。中孚和在陰,衣彩抽同紝。儵憑鶴南飛,緘札妙香沁。爲報九皋音,舊侶思君甚。

王改亭墨蘭③

瑯琊玉砌依蘭渚,撇法知從禊帖來。蔭得孫枝青一氣,每因夜雨念南陔。

再題諸城縣蘇隸石刻二首④

臺起超然樂有餘,⑤心遊象外物之初。已空徐浩嵩陽帖,肯仿僧虔倚柱書。

---

① "十萬石",手稿本作"十萬户"。
② 此詩題位於手稿本第5726頁。
③ 此詩題位於手稿本第5733頁。
④ 此詩題位於手稿本第5735頁。
⑤ "臺起",手稿本作"臺启"。

春渚還聞墨妙傳，禹功附驥亦前緣。覃溪未谷論分隸，又隔同遊
七百年。何遠《春渚紀聞》亦載東坡畫後作漢隸，與此迹可以相證。

題畫百合花①

疏籬淺放春陰後，薄袂輕霑玉露時。記趁微香來駐屐，月明人似
采山芝。

宋芝山畫册四首②

近峰駐遠目，正受斜照光。想見驅車人，十里探毫芒。遞迆濃淡
影，離樹未分行。③平楚滄遠天，所思積重岡。江關於役久，瞻麓寫阻
長。濛濛氣迴合，安得收我囊。

杜陵亦有云，陰厓著茅屋。結搆若難穩，④不獨舒我目。且須邀
客來，薪水便僮僕。既忘跋涉勞，兼之取攜足。四旁響群籟，當面收
萬綠。定惜得之晚，勤思早卜築。

倪畫不畫人，獨畫龍門衲。側思此老意，⑤遠勢憑消納。林壑間
位置，峰巒作開闔。然後著此僧，章法自然合。宋生印此理，禪偈許
誰答。我舉撥鐙法，與之論響拓。

宋生精六法，不徒賦色工。賦色亦有旨，我聞錫山翁。質地取渾
厚，氣韻成纖穠。全勢在得筆，而不留筆蹤。古人以爲師，造物爲折
衷。必自下學始，寢食經營中。

送趙貢夫之太谷四首⑥

趙生卓行士，日夜念家山。忽感風雲氣，言遊汾晉間。高歌動親

---

① 此詩題位於手稿本第 5736 頁。
② 此詩題位於手稿本第 5739 頁。
③ “離樹”，手稿本作“雜樹”。
④ “若難穩”，手稿本作“苦難穩”。
⑤ “側思”，手稿本作“側想”。
⑥ 此詩題位於手稿本第 5742 頁。

串,努力慰慈顏。嶺谷征衣拂,長如彩舞斑。

　　四載留京久,千盤入峽曾。跏趺方寸定,擔荷萬鈞能。此去賢勞共,披圖利弊徵。佐成循吏績,風味菜根仍。

　　聞道龍門壑,遙連馬嶺高。龕雲霾栝柏,澗雨熟葡萄。詩就吟紅葉,圖成響翠濤。蒼蒼鬱山樹,時助一揮毫。曹子建詩"太谷何寥廓,山樹鬱蒼蒼"。

　　公暇論經術,鄉園願與任。①夢雲千里合,雪屋一鐙深。注向箕城考,碑從甕麓尋。依然禪榻對,書劍切苔岑。

貢夫將之山西以明年三月三日其母任七十壽屬賦詩②

　　奉杖圖成七秩開,海光樓近裔雲來。長春元在儒門裏,上巳全收暖律迴。有子娛親即萱圃,壯遊隨處是蘭陔。東風先送臺懷喜,畫得金花照壽杯。貢夫將以明春往五臺山也,山有金蓮花,見元遺山詩。

仇實父龍舟小幀③

　　江風獵獵玉龍卷,銀濤白馬奔橫堰。貪看秋潮倚畫欄,江頭又唱青山轉。或言錢唐江,或云明聖湖。宋宮事托李唐筆,紫芝唱與張憲俱。紅旗彩黍本楚俗,繡文蹋浪驚天吳。仇生此幀獨不爾,未識臨摹樣誰始。重樓縹緲撐晴空,山光水翠斷靄中。樓中人近舟人遠,舟亦與樓倒影同。龍飛鳳舞駕巖壑,④九華七寶開簾櫳。濛濛都入遠勢裏,轉以澹想爲良工。何必吳商楚估萬艘發,梟車水馬齊艫艟。海門吹縐青一線,綠雲極島來迴風。

---

①　"願與任",手稿本作"顧與任"。
②　此詩題位於手稿本第 5743 頁。
③　此詩題位於手稿本第 5744 頁。
④　"駕巖壑",手稿本作"架巖壑"。

題宋芝山集册①

六首之一至五,集刻其六董文敏仿巨然小幀。

大江流筆底,小米印鐙光。孰是安禪處,還從對榻量。縮之歐楷法,來我晉觀堂。甘露無多滴,松風萬壑香。吳雲壑書遠禪師贊。

玉潭不可見,玉色照江干。隔水者誰子,疏桐一倚欄。秋風臨古渡,落葉響迴湍。相望鷗波舫,蕭蕭生暮寒。趙文敏自書《美人隔秋水》古詩一首,後題云“舜舉昔爲寫《美人立梧桐圖》而繫以詩,書舊作一首以答之,至治辛酉重陽日吳興趙孟頫頓首奉善甫副使一笑”。

廚湢方厓擾,晨昏法藏留。維舟還郭外,寫夢又江頭。回首茶瓜宿,經心竹樹稠。泠然冰雪意,那計笑蜩鳩。倪雲林自書宿法藏寺詩次原韻。

意在雲生處,柴門霜葉深。犬聞三徑外,客上半峰陰。何處響飛瀑,前山鳴玉琴。寥天澄萬籟,窈窈下空林。吳文中畫杜樊川詩意。

山光雲氣一呼吸,二百年來紙猶濕。壤童春墾鄂渚泥,漁人曉傍清湘汲。我見莆中水鄉畫,細皴山郭分原隰。前輩師承章法深,始嘆經營勉難及。得其結構失其意,展對蒼茫忽無際。近村萬樹擁綠來,遠水樓明雨初霽。吳文中山水小幀,文中莆田人,丁亥是萬曆十五年也。

題畫石榴②

鬱鬱紅襟破,疏疏翦綠羅。種方移漢殿,槎想泛銀河。勺樂春陰倚,闌干莫雨多。瘦金端午帖,宮絹譜宣和。

王石谷畫漁洋山莊圖卷爲顧蘆汀題③石谷題云
“康熙戊寅初夏爲阮翁畫於長安寓齋”

王郎生長湖海邊,異境早識漁洋山。竭來交遊遍天下,復睹異人

---

① 此詩題位於手稿本第 5748 頁。
② 此詩題位於手稿本第 5750 頁。
③ 此詩題位於手稿本第 5769 頁。

東海間。胸中蘊結奇秀氣,老來放筆誰能删。太湖并包三萬頃,古詩直遡三千篇。是江淮河所匯注,是比興賦相交闌。草木英靈聚香氣,樓臺煙雨非丹鉛。大地河山悉妙悟,一切禽鳥皆能言。萬象攝入摩尼珠,千峰倒印一月圓。拈來試問羼提叟,莫作蟹舍漁村觀。有如淨名化城喻,聊借文字爲蹄筌。世人乞得膌膏馥,尚作大海波濤翻。本無此莊安有畫,王郎毋乃詞説煩。顧侯夢見金粟影,持寄蘇齋評畫禪。我但閉門爇香篆,趺坐定息窮其源。

送宋芝山孝廉之隰州學官二首①

京華十載客,司鐸萬山中。蒲子傳堯迹,桑津考晉宫。雪融泉水合,春佇澗花紅。待爾研經切,來披杏苑風。

理學兼經義,趨庭早得師。令祖野柏少卿服膺曹月川之學,尊甫半塘通判著《周易見尚書考辨》。獨推書畫藝,未盡友朋規。衣袖千峰挹,家園萬里隨。②不徒過古絳,爲我剔苔碑。野柏名在詩,半塘名鑑。

黄秋盦寄書來以倉頡廟碑陰上方題字見示明日江秋史復以舊拓本來又多識一字就予所得是碑上方漢隸題者已有三段矣喜而題此③

精靈倉帝生文字,片石劉君借表揚。往日碑陰惜歐趙,今從圭首辨江黄。

上官瘦樵爲丘東河畫册八首④

十一月廿八日東河出都,立馬在門,走筆賦此。

筆架山頭緑黛光,一江飛翠濕春陽。記從講院題鸚鵡,端爲斯人下鳳皇。《鳳臺惜別》。韓山書院《白鸚鵡賦》石刻予曾爲書釋文嵌壁。

謳歌多半出經師,⑤陳沈先成絶妙辭。聞道愛君如愛我,學官弟

---

① ③　此詩題位於手稿本第 5770 頁。

②　"萬里",手稿本作"萬卷"。

④　此詩題位於手稿本第 5774 頁。

⑤　"謳歌",手稿本作"歌謳"。

子盡能詩。《韓江聽謳》。此章兼寄懷司鐸沈君暨門人陳訥士也。

四百三十二峰頭,半夜孤光瀉石樓。金簡玉經皆綠字,墨花飛涌大江流。《羅浮擷翠》。

十五年前入畫圖,空山煙雨淡模黏。好詩卻待君來覓,煮酒青林繼大蘇。《梅關覓句》。

灤陽諸水從東下,立馬斜陽斷靄間。古壁削成真錦段,嶺南無此好青山。《灤河策騎》。

北歸梅雪正逢春,問訊當年對榻人。添個撚髭梁侍講,挑鐙寫出畫精神。《西湖訪舊》。此章寄懷梁山舟同年也。

地界閩山粵海間,農歌正迓使君還。春風畫戟排雲簇,又見花陰父老攀。《南澳行春》。

不見瘦樵十五載,借君拈得畫中詩。半螺墨貯溪頭月,一榻香橫竹外枝。《鐵香讀畫》。君藏墨最富。

送丹叔侍郎赴熱河奔庋文津閣四庫全書次石公秘檢韻①

宸章歲歲勵儒紳,上駐蹕熱河,每歲皆有題文津閣詩。拈出知津處處新。萬派淵涵歸典冊,千峰環合拱星辰。函開灤水澄冰鏡,詩對梅花屑玉塵。正是餕筵當雪後,十年慚說閣中人。文淵閣直閣事六人,惟方綱由校理蒙恩遷擢六。

題丁曉園寒香圖二首②
名啓祚,翰林榮祚之弟。

得識賢昆廿載間,連枝共氣話蓬山。冰心澹對疏窗影,正照蓬山月一彎。

君家東武幽居處,書幌坡公曉望中。魏野林逋詩仿佛,常山馬耳

---

①② 此詩題位於手稿本第5778頁。

翠濛濛。

與小松論漢隸再叠前韻①

新知紬繹話偏長，積篋庚庚待吐光。詎以重摹薄南渡，更教四字補中郎。前年於華亭王氏借摹得孫北海所藏漢石經殘字，較小松所藏多四字，北海此本是南宋越州石氏刻本也。欲憑裴煜銘文驗，難概慮虓黍尺量。②予近著《兩漢金石記》，惟銘器一卷尚待詳訂。值得歲除談不寐，剔煤添著夜鐙張。

同石公懷小松仍叠前韻③知小松不得北來因有此作

依然千里阻途長，虛此連宵窮燭光。遠夢合教馳濟上，寫懷又欲約吳郎。聞穀人除夕至都。人如雪月天涯共，信比花風晷刻量。一嘯應聞衆山響，我詩抵得玉琴張。

題寶賢堂帖舊本前餘紙是明弘治十四年八月祁縣官牘尾④以下丙午

二月方紅印，⑤辛秋度閏初。是年辛酉閏七月。何因圖倒鳳，豈爲券徵驢。押想丞廳在，香分古絳餘。山河日月字，元是小胥書。

次韻石公秘檢小除夕丹叔侍郎分惠賜硃二鋌⑥

丹篆應同夢易爻，朱絲那乞續弦膠。霞蒸地近分光早，日暖枝餘滴露梢。內府硃鋌有萬年紅之號。赤管漢儀寧假借，口脂唐臘漫緘包。助君九轉砂成實，一卷瑤華署小茅。石公自號小茅山人。

王石谷仿方方壺雨山圖三首⑦

自題云"庚申十月八日窮鐙偶筆"，後有惲南田、笪江上二詩。

雲氣互開合，雨山隨淺深。直須連畔岸，不是寫登臨。天與諸峰

---

① 此詩題位於手稿本第5783頁。
② 此句下注文中"銘器"，手稿本作"器銘"。
③ 此詩題位於手稿本第5785頁。
④⑥ 此詩題位於手稿本第5788頁。
⑤ "二月"，手稿本作"二寸"。
⑦ 此詩題位於手稿本第5789頁。

接,潮喧大壑音。耕煙意何托,藑燭夜鳴琴。

　　庚申奉常逝,相質獨甌香。江海發奇思,雲煙迴大荒。濛濛渾一濕,浩浩瀉孤光。題罷推窗坐,依然霽色蒼。

　　山人住烏目,未得晤方壺。幾見群龍會,來專萬壑趨。太陰垂霡霂,澹翠出虛無。豈必元暉法,能參鶻突圖。

石田桐陰高士①

　　抱膝桐陰自寫真,雨餘洗出石精神。未知百尺寒山碧,高節如何比若人。

再題石谷雨山圖二首②

　　耽奇三日廢朝餐,墨影低空海氣寒。筆落瘦蛟山石裂,今宵正得藑鐙看。

　　慧車馭想海潮聲,紙上雲奔萬馬行。欲借臨摹律公帖,助余潑墨作飛鳴。予激賞此幀,大有索靖碑下坐臥三日不能去之況,因思春暖晝長借此軸來對臨懷素草書,實一快也。

與鎮堂夜話兼寄懷鹿泉蘅圃四首③

　　快讀蓬萊句,鐙前思涌濤。衆山如應響,小閣欲爭高。④予刻漢石經有小蓬萊閣之篇。一氣雲連海,同聲鶴警皋。今宵楊與趙,入夢對揮毫。

　　濟上黄州倅,易。長山桂廣文。馥。銜官多屈宋,夫子乃機雲。樂職烝髦士,弦歌鼓大昕。漁洋三昧旨,試與證前聞。

---

① 此詩題位於手稿本第 5790 頁。
② 此詩題位於手稿本第 5792 頁。
③ 此詩題位於手稿本第 5793 頁。
④ 此句下注文“之篇”,手稿本作“之扁”。

我蒐秦漢迹，搥遍魯齊峰。復記東京字，猶聞歷下逢。澗松頻引鹿，①崖洞或蟠龍。償借囊雲手，沾濡石墨濃。乞於濟南訪拓漢劉衡碑。

夜雨彭城約，楊郎感至今。憑將千里札，對照十年心。雪月橫香篆，梅風響玉琴。慈恩酬唱在，幾個共高岑。

次韻丹叔宗伯順天府學監視鄉飲酒禮②

佳節欣聞令典宣，庠開首善秩耆筵。春觴祜接三千叟，去年正月六日賜千叟宴。雅奏雲濃尺五天。宗伯威儀來教讓，泮宮芹藻倍暄妍。新詩祝我人文瑞，正在賓興習射前。

題某君聽松觀海二圖③
汪容肅、果亭兄弟皆歙人，監生。

紫雲峰立八千尺，松作雲根即石根。君聽石濤雲氣響，如何舉似道之門。

紫磨金餅碧琉璃，氣接榑桑若木枝。又在丹峰海門外，濛濛候息倚欄時。

題同年李立夫明府詩卷兼呈西齋武部④
李名元奮，雲夢人。

酒闌軟語憶離群，露濕焦桐切響聞。竟夕榻連邀海月，多時衣冷夢湘雲。故人武庫毫仍銳，才子含香軸更熏。四十年前聯轡侶，依然春雨對論文。是日丁卯同年諸公宴集。

再題石谷雨山圖贈補庵孝廉魚山農部凡四首⑤

隸家生活詩家寄，滴乳憑誰證夙因。一縷波濤翻海勢，宿煙瀁溁

---

① "頻引鹿"，手稿本作"煩引鹿"。
② 此詩題位於手稿本第 5794 頁。
③ 此詩題位於手稿本第 5808 頁。
④ 此詩題位於手稿本第 5811 頁。
⑤ 此詩題位於手稿本第 5827 頁。

是天真。

　　西田師後友南田，萬廎天閑式不傳。冉冉蓬壺但雲氣，君從何處覓耕煙。<small>右贈補庵。</small>

　　兼旬狂草悟長沙，抉石奔前更幾家。[1]知有搴雲訪碑客，天瓢正瀉玉蓮花。

　　萬里元洲控鶴時，點睛僧壁故嫌遲。相思尚記春鐙夕，月霧濛濛吐硯池。<small>右寄魚山。</small>

以詩徵題漢畫軸子戲呈諸君[2]

　　凡將滂喜類新排，東武鄱陽夢與偕。已整廿籤書在軸，<small>予撰《兩漢金石記》二十二卷新成。</small>欲將三漢畫名齋。<small>謂嵩山漢畫、肥城漢畫、寶應漢畫也。</small>雨涼賸有雲留墨，月挂分明鏡入懷。準備好詩量黍尺，秋窗淨几爲君揩。

秋江垂釣扇頭[3]

　　縠文斜皺晚涼初，一笛蘋風傲老漁。水石潺湲相響答，合應著我扇頭書。

<small>① “奔前”，手稿本作“奔泉”。</small>
<small>②③　此詩題位於手稿本第 5844 頁。</small>

復初齋集外詩卷第十九

丙午九月至戊申五月八十四首谷園集

予於己卯秋典江西鄉試後廿四年癸卯典順天鄉試而合肥李生寶山
以第二人冠南士今予視學江西寶山謁選得贛之長寧
有詩見貽次韻奉答①

慚說當年射斗輝，至今仍有浦雲飛。匡廬山翠重披霧，丹桂花香
尚滿衣。便與蘇潭添月印，敢誇滕閣駐襜帷。章川貢水同襟帶，何減
聯牀願不違。

鄭季宣碑歌寄小松②

亟齋手剔焦麓銘，異事駭絕魚龍聽。獨來二尺苔石下，恨不叫訴
摚幽局。濟州穹碑數二鄭，郎中尉氏名俱馨。何年一例半翳土，有如
雙劍愁青萍。李家父子雷與薛，郎中碑字新發硎。五十年來拓逾出，
一卷繪圖光晶熒。③濟寧李鐵橋名東琪，其父於雍正年間得《鄭固碑》下段一石，今鐵
橋於前歲復得其中段，繪《得碑圖》，予嘗題之。尉氏之碑尚有待，秋盦老子官轍
停。與我蓬萊有宿約，不徒隸古窮石經。季宣額篆不可見，其陰題僅

---

① 此詩題位於手稿本第 5863 頁。
② 此詩題位於手稿本第 5866 頁。
③ "繪圖"，手稿本作"圖繪"。

餘奇零。我圖昔於寸縮尺,牛録若以鐘試莚。①作書急理巫齋語,此夢
直至秋盦醒。今秋中秋後一日,圓鏡霽氣來東溟。雅歌吹笙徹廊廡,
慶霄雲氣垂上丁。泮池交光鳳鸞下,百夫齊力聲喧霆。秋盦叫絶全
石露,炯炯殘畫開日星。大書作記勒碑側,夾以石柱覆以亭。愧我姓
名得附見,杪秋正值軔發軨。攜碑於途再三讀,文增□約與帝庭。異
哉鄱陽所未著,幾載風雨猶潛形。秋盦藏弄倍歐趙,周槃漢鑑兼隋
鈴。此碑一出事非偶,元氣萬古迴精靈。遠者巫齋近莃谷,所恨不得
同窗櫺。我爲分書更題字,岱宗萬壑俱眼青。大東雲氣應林谷,直從
德水馳濟寧。

東平至汶上道中寄懷小松②

七年前來戴星起,蕩陰碑額親濡紙。卻嗤顧怪不足援,奇氣寒凌
汶河水。平原村題漢衛尉,浚儀令字亦如此。篋中蕩陰古拓存,恨不
二衡同料理。鄱陽節使漫前聞,率更野食寧易論。君看河北黃通守,
已傲山陽張力臣。

述聖祠③

古屋城隅曲渚邊,一郏蘊藻薦鑪煙。尼山世澤昭其近,孟廟尋源
溯所先。私淑擇鄰規塾序,禮經如矩式堂筵。書臺記剔楊桓篆,雨雪
霏霏又七年。其西孟母祠,有斷機堂、曝書臺。

孟　廟④

宮牆數仞里三遷,容易升堂執豆籩。疏義未憑周邵析,昨杭人周孝
廉廣業著《孟子四考》並《章指考證》,又餘杭邵編修晉涵欲作《孟子疏》,邵書尚未成帙。注
家誰並趙孫先。幾拓曲阜新刊本,一補西安舊石鐫。每到祠前增惕
息,歸求師義又茫然。趙岐《章指》、孫奭《音義》,今曲阜孔氏方鋟板也。

---

① "牛",原爲墨圍,據手稿本補。"若以",手稿本作"苦以"。
② 此詩題位於手稿本第 5870 頁。
③④ 此詩題位於手稿本第 5872 頁。

嶧山二首①

齊魯諸峰脈，鄒南翠嶂開。神凝東嶽伯，秀結小蓬萊。萬古斯文氣，孤撐配羲才。不應凡嶺阜，輕易比崔嵬。

神秀生文字，初非借李斯。千年屢摹拓，二篆不參差。日影中鋒在，厓皴倒薤披。楊家誇六本，真面竟誰知。楊東里謂《嶧山碑》世有六本，今予所見三本耳，然予嘗於《永樂大典》見鄭文寶本最爲得真，在陝西本、江寧本之上也。

彭門懷古四首②并序

漁洋有《彭門懷古》八首，然大半從蘇詩運化耳，愚則專爲蘇作，仍用漁洋原題也。

七年曾見望黃樓，一幅新圖壯素秋。今夕雪中篷底夢，夢公鶴氅我扁舟。予己亥奉使江西，歸屬羅子兩峰爲寫《黃樓圖》。

卯秋月下宴南山，山在雲光鶴背間。向晚一聲清唳發，③果然坡老馭風還。

坡翁精氣遍山川，風雨彭城意孰傳。爲向逍遥堂阯問，金華閬苑定何年。

詩家三昧要深論，真放精微是妙門。試向彭城拈一語，煙消日出見漁村。

己卯秋於靈壁驛舍次壁間梁瑶峰前輩韻咏雁來紅今廿七年矣樹與壁字猶存仍用前韻④

記得河橋柳，濛濛夕照開。爲傳霜信到，每值使星來。老幹封殘雪，輕雲護綠苔。欲書花葉意，故著小春催。

---

① 此詩題位於手稿本第 5873 頁。
② 此詩題位於手稿本第 5874 頁。
③ “向晚”，手稿本作“向曉”。
④ 此詩題位於手稿本第 5875 頁。

淮驛水窗二首①

昔年窗外水，不記漲沙痕。白鳥飛餘濕，蒼苔席尚温。雲留秋晚宿，月照夜深論。誰寫鴻泥意，昏煙帶遠村。

我攜坡手迹，千里溯淮長。海嶽神如憶，金山帖對裝。小書驚閣壁，宴坐覓虹梁。念念浮雲改，應嗤習未忘。時攜東坡《嵩陽帖》與程借村、夏芑隄同觀也，坡詩"此生念念浮雲改，寄語長淮今好在"。

大關三首②

萬疊青來似故人，濛濛緑霧灑衣巾。笑予前度看山眼，未識匡廬面目真。

舒州山色似滁州，原隰東西句並收。若對大關懷大柳，只無形勝比清流。

壞壁重尋太傅題，錢文端公。小欄如畫數峰西。石牛灊皖還相接，詩格如何肯放低。

皖公山谷歌③

我行潛山望南嶽，極天青峭來皖公。夜來夢落青牛背，畏住萬竅山木風。④摩圍老子枯坐處，金華野草追羊蹤。老狐精語三十載，祖師何力能發蒙。卻想李翱手書在，山圍水出源誰窮。雪雲松竹三祖塔，帝青鬱窈排諸峰。小寒來蹋天柱雪，石盆瀉露從初冬。粲師墳與寶公井，便房曲閣迴環通。龍眠只畫伏牛迹，人間一笑蹄涔同。豈知心精叩真宰，半夜石響聞鏗鏗。今之存者蓋陳迹，篆沙江岸寒濤衝。初平誰知況關尹，任淵那易證史容。後來作亭重闢寺，流泉丹竈交杉松。傳聞山中讀書室，鶴飛巖户苔猶濃。當時憩此默有獲，萬古杳渺

---

① 此詩題位於手稿本第 5875 頁。
② 此詩題位於手稿本第 5876 頁。
③ 此詩題位於手稿本第 5877 頁。
④ "畏住"，手稿本作"畏佳"。

追無從。海棠巢間梅藼側，竹輿徙倚來匆匆。斯文靈氣上牛斗，如何商略鑱石工。邑人哦詩更荒陋，<small>縣志載山谷題灊山七言長句乃贗作也。</small>孰與撥翳開聾憒。我趨豫章先過此，嵐煙日夕來蕩胸。祝融朱鳥配咫尺，爾雅霍名釋以宮。瓣香夙昔丹篆在，飛鳥肯限層雲封。天社精華久訛誤，老龐一吸何由逢。名山默禱若有應，他日勒石酬吟笻。霖陰四合潤千里，霞光爲我飛長虹。

題爭坐位帖後①

不虛顏氏蘭亭目，真見昇山落水時。將字若論昭楷則，漏痕更覺氣淋漓。<small>趙子固《落水蘭亭》"不知老之將至""將"字右半有水濕痕。</small>

丙午冬之江西學政任，十月廿九日漏下二鼓，於潛山縣城北渡河，騾輿墮水，此帖潯浸全濕，烘焙竟夜，次早仍帶濕入裝，今至江西南昌使院始出曝之，而精氣充溢，彌覺古厚，信神物之不侔也。

吳淵穎寄柳待制詩手迹卷爲吳映帆秀才賦②

道園昔曾集南州，四傑不獨詩家流。金石遺文譜竹帛，璽口學士誰與儔。史家載筆吳及柳，吳實於柳推前修。深裹深源浦江匯，結廬夢到東海洲。詩書春秋並有說，折衷微旨尚可求。於啖於陸必一貫，詎肯服杜操戈矛。我補三家立學志，竊從服義先闡幽。挑鐙渴憶四百載，金華洞天石乳留。琅然天風響破紙，一片墮我窗几頭。寸縑二丈拜稽首，五字千里神相投。上庠鐘鏞緬俎豆，璧池芹茅馳魯鄒。中援魏碑到周鼓，邯鄲梁鵠孰劣優。或因漆書溯科斗，一字三字辨有由。<small>淵穎嘗得漢石經六紙，定爲一字經，可破從來諸說之誤。</small>昔從皇慶考延祐，西江八賦筆勢遒。<small>予見延祐甲寅吳草廬典江西鄉試所取太學《石鼓賦》八首原迹卷，嘗作歌題其後。</small>臨川秋夜夢周孔，此意曠望同千秋。重來南州訂經義，臨川遺籍冀或蒐。浙東津逮況不遠，吳家僑士來同舟。章江日日共懷古，

謝生夏子遞唱酬。吳君要我寫家傳，東陽它日鑴銀鉤。我因吳虞識吳柳，何必紫氣誇斗牛。

俞紫芝書白香山廬山草堂記墨迹幀子爲蘊山題三首①

作記作書五百載，書來又四百年餘。蘇潭供養來蘇室，十日焚香又續書。至正十八年十月十日，桐江俞和書於清隱行齋。

張雨書參郭界間，鷗波亭子夢江灣。卻將篆筆添行楷，想見神遊邃古還。

憑將息壤訂匡君，一榻因緣寄嶽雲。明歲秋深攜卷去，清泉白石實先聞。

臘八粥同蘊山作②

覆盎城南記餞筵，夢華錄漫續陳編。乘輜倐及冬三月，對榻迴思廿五年。臘雪簾櫳餘舊味，佛香茗碗亦前緣。東湖欄外霺霺雨，卻似桃花杏粥天。

夏莅隈文學竹里讀書圖用前韻③

輞川今屬夏螺川，摩詰誰同裴迪編。流水彈琴消萬卷，挂窗明月自何年。蘇齋榻對成拈笑，已字山應夢墨緣。真宰江陰君借問，④一聲胎鶴下寥天。

丙午臘八日，予與謝蘊山作《對牀聽雨圖》，以宋本施顧注蘇詩卷內予舊照同觀，而莅隈適出此圖，意若有夙緣者。近日金壇王己山先生以竹里名草堂，蓋取《瘞鶴銘》"西竹法里"句也。莅隈江陰人，故以《鶴銘》"江陰真宰"屬之。

---

① ② 　此詩題位於手稿本第 5887 頁。
③ 　此詩題位於手稿本第 5888 頁。
④ 　"君借問"，手稿本作"借君問"。

蓬鶴軒詩呈莅隉映帆①

我名蓬閣溯鄱陽，真宰江陰鶴夢長。喜共南州延孺子，意憑東麓問良常。畫禪一幅同聽雨，趺息千鐙照靜香。抵得廬山觀瀑否，坡翁偈語等繩牀。

次和蘊山立春日梅欲放爲風雨所損②

浪浪凍雨泥黃昏，直當催詩客啄門。故著韻留潭水影，何勞些反玉梅魂。雪霜氣味參前夢，文字因緣種宿根。正要濃陰培護好，我先澆樹酹清樽。

鐙下觀西涯竹詩卷釋子退翁跋有雨浪浪梅
未放語用前韻兼示心筠蘊山③

竹君子句墨煤昏，重對心筠憶雪門。<small>得此卷日與姚西生同賞。</small>誰識春陰湘水綠，招來夜月嶺梅魂。江邊得氣凌風雨，手植同岑計本根。仿佛真人南嶽夢，數峰倒影落清樽。

次和蘊山雨霽與心筠秉燭梅花下見憶④

故人廿載隔晨昏，難得聯牀話及門。正以花開逢雨霽，忽來月下醒詩魂。香生薄暖餘寒後，氣澈青苔白石根。只合冰心同冷署，春鐙瘦影照金樽。

王元章墨梅次元章自題韻⑤
<small>乙未年春正月朔寫於草堂，以下丁未。</small>

誰言寒花慣雪霜，筆占陽律先群芳。誰言繁花易摹寫，心如造化初抽芒。鐵笛一聲巖谷裂，識是山陰太古雪。石農之石淰淰雲，竹齋

---

①②　此詩題位於手稿本第 5889 頁。
③　此詩題位於手稿本第 5890 頁。手稿本詩題下有注文"此詩十二月十七日夜作"。
④　此詩題位於手稿本第 5892 頁。
⑤　此詩題位於手稿本第 5894 頁。

之竹濛濛月。没骨胭脂少丰韻,淡墨光中自傳信。篆跗隸蕚章草鬚,長帽青蓑綠眉鬢。逃禪莫説村梅楊,會稽漫憶曲水觴。悟得句圈剔瓣法,方知筆筆皆鍾王。牧牛村邊夢已冷,洗研池頭酒初醒。誰知農屋梅百株,即是鑑湖波萬頃。

再次元章自題韻四首①

山翁築屋伴梅居,苦節貞心梅不如。外史還同邊上夢,林逋肯著茂陵書。元章與楊廉夫同號會稽外史,而廉夫自號邊上梅,又號梅花夢也。

借梅寫兀傲,每恨不逢時。中有太和氣,尋常未易知。

諸賢吳下譜聲徽,何者真吾杜德機。挂向覃溪寶蘇室,夜深縷縷白雲飛。題者十二人,薛章憲、徐霖、王韋、祝允明、顧璘、謝承舉、陸深、都穆、唐寅、文徵明、王寵、陳沂。

楊吳倪沈各疏密,畢竟誰爲生面開。綽約縞衣春瘦起,嚴凝風節雪寒迴。驚雷抉石噴珠沫,素壁蟠蛟閃燭臺。悟澈墨痕無一筆,玉琴忽趁月明來。元人《題畫梅寄懷元章》詩云:"每憶西湖王處士,見花常作故人看。縞衣綽約春來瘦,風節嚴凝雪後寒。"

題王若農詩卷②

歸從桂海泊江干,暫爲挑鐙旅思寬。顧我墨池慚仿米,羨君手澤切宗韓。枌榆情話春逾暖,金石盟言宿未寒。雪月好庵詩境在,仍同隔巷卜鄰看。若農以桂林伏波嚴米題字及方好庵題記拓本留予齋,予因爲摹米書一通,予京師寓舍與若農寓齋連巷,予齋名詩境即取好庵所摹石字,"枌榆"句謂吳春畦是夕與若農話舊也。

以王守溪字印摹贈濟之總戎二詩博和③

夢到蓬萊舊約時,想同丹篆咽靈芝。少霞仿佛良常憶,金字何由

---

① 此詩題位於手稿本第 5895 頁。
② 此詩題位於手稿本第 5897 頁。
③ 此詩題位於手稿本第 5899 頁。

認裕之。

晴窗點易篆窠紅，幾處文瀾震澤同。印出月明三萬頃，滿輪飛入酒杯中。

題化度帖後①

珠到驪探只數行，斷珪寶氣不曾亡。醴泉後半神完否，杜德機先未要忙。《醴泉銘》前半似可以配《化度》矣，後半則未能也。

次韻奉酬蘊齋見賀培兒中會試之作②

廿載關心注遠眸，對牀雨意綻紅榴。杏林碩果誰呼侶，謂包易庵。雁塔慈恩感昔遊。老鶴芝田聽露警，聚星江郭似珠旒。此句謂幕中諸友。箴銘敢乞匡扶力，寸木思齊百尺樓。

再題綠雨庵壁③

誰識退之山石句，宛然杜牧客窗情。覆蕉又作尋蕉夢，今雨何如舊雨聲。千里商量惟易學，鎮堂深於《周易》，貫穿荀、虞諸家。幾人砥礪共詩盟。雪中縱有王維畫，此段依依畫不成。

綠雨庵與蘊齋論詩再用前韻④

詩境重尋陸子盟，予攜放翁書"詩境"字石刻，所至以拓於屋壁。東齋欲配壁經名。屋東爲胡雒君、凌仲子下榻處，二君並深於《書》，予擬以"壁經"題其齋。等將夜雨空階意，灑作春蠶食葉聲。時方扃門試南昌郡士。瀝盡群言歸樸學，澹無一筆是吟情。西江直吸昆侖水，助我詞源萬斛傾。

再次韻酬諸友見賀⑤

學海誰憑一葦過，印須津逮溯洪河。人間最重登瀛早，天意偏教

---

① 此詩題位於手稿本第 5900 頁。
② 此詩題位於手稿本第 5912 頁。
③④ 此詩題位於手稿本第 5914 頁。
⑤ 此詩題位於手稿本第 5918 頁。

取友多。大藥功先韜滑旨，良工璞肯炫隨何。①精金百鍊蘇門語，不是南飛倚笛歌。

題吳郡陳芳林所藏蜀石經左傳殘字②

響山書屋蜀石經，六紙想像存畸零。十年思之今始見，開成楷法疑模型。書人書時俱莫考，諱祥想在孟氏廷。九經十經同記載，三傳二傳別渭涇。以儕紹文與朋吉，四門館並鐙熒熒。太和開成去百載，文翁石室垂精靈。殘波瘦策竟何補，中有汗竹當時青。六物之占賈服本，征南集解所未聆。此紙傳文昭之二，前十七卷誰畦町。皇祐之前廣政後，虯龍片甲鷿一翎。晁家考異不可覿，四十六科鐘叩莛。復聞重開漢石隸，越州空想鄱陽銘。芳林先生擅樸學，古文舊書啓秘扃。遠參亭林近紅豆，內外傳意水瀉瓶。③天以此本報勤勩，使爾齊閣輝日星。我昔曾摹越州字，恨不同跋鐫嶺巆。楊南仲篆尚餘幾，胡元質語信可聽。安得鄱陽續澎喜，與君日日同窗櫺。

是日於山谷像前薦蔬笋用前韻二首④

前有六月十二日山谷生日拜像七古一首、百花洲和錢宮傅石刻七律二首已刻集中。

旋摘溪毛漉野塘，半含粉籜出鄰牆。誰知洛下千錢味，來結蘇門一瓣香。日轉庭陰雲澹蕩，露零石罅鶴昂藏。畫中玉麈搖飛瀑，準備催詩借晚涼。

偶從箋注管窺斑，已若研磨日不閑。蠹簡工夫餘宿債，蔗甘回味費追攀。西江綠可盤筵吸，皖口青應斗室顏。待我廬陵拈米價，釣臺詩並拜文山。將以文信國像奉於廬陵祠也。

---

① “隨何”，手稿本作“隨和”。
② 此詩題位於手稿本第5919頁。
③ “傳意”，手稿本作“傳義”。
④ 此詩題位於手稿本第5923頁。

百花洲叠前韻二首①

詩盟屢寄綠雲塘，詩稿頻移使院牆。已隔潦旬留雨意，得傳秋信是荷香。風來水氣蒼灣遞，樹密炎精白晝藏。判宿匡廬遲十日，東湖倚檻試新涼。

辛苦掄材選豹斑，論文難得值蕭閑。偶因逭暑篨輿近，不比前時使節攀。飲水菰菱開藻鏡，知心松竹對蒼顏。欲添畫幀無多筆，幾點橫江郭外山。

晚與諸君泛湖三叠前韻二首②

餘酣漱茗借迴塘，荷作軒楹荻作牆。天襯樓臺晴入畫，風傳詩句淡生香。游魚聚沫皆成皺，老蚌含珠不敢藏。萬縷紅霞鋪練影，層林烘托更蒼涼。

鄰鄰叠石夾苔斑，點點沙鷗似客門。沼沚已教全領略，鐘樓何必更躋攀。③參禪水味憑君吸，如鏡嵐光淨我顏。何用詩家強分別，料量煙雨與平山。諸君以吳越名勝相比較，故云。

七月八日右文雛君仲子話別友善堂二首④
右文名平格，雛君名宏懋，改名虔。

各有依依處，江山鑒此情。紙添驢券貴，詩壓客囊輕。大海萍蹤合，高樓劍氣橫。斗牛天萬里，雙鶴已飛聲。

我亦青峰下，低徊石篆文。南山寧隱霧，東野早騰雲。江迴憑深汲，巖幽訪舊聞。嵩陽居士夢，夜夜叩匡君。仲子別意尤在屬予訪臨川寫本《三禮義宗》，故此章云爾。

---

① ② 此詩題位於手稿本第5925頁。
③ "何必"，手稿本作"那必"。
④ 此詩題位於手稿本第5926頁。

戲爲二藴篇①十二日藴山病歸

藴山示疾藴齋醫，酒與醍醐共一巵。似爾機鋒緣我設，笑人橫側看山癡。屏除外事何煩説，妙悟中藏各自知。迦葉倨佺同偈語，前峰試叩淨名師。

曉　寒②

匝月南昌城，農人望甘雨。我亦陪使君，奠幣祠壇舉。披衣起侵星，火雲掀苏炬。揮汗未幾日，已復綿裝著。行指山之郡，於時廬也旅。不雨氣濕衣，況乃膏零潲。山霧夜淰淰，晨猶綠蒸礎。薄寒分中人，誰以息吹女。既濡利就燂，寬猛義交取。嗟爾橫經子，胡甘狃温煦。譬彼農有畔，焉識調劑苦。惏慄乎寸心，篋輿越煙渚。

與諸君望落星石③
四首之第二，集刻三首。

快軒罣壁覓來難，故要青天作紙看。一筆沙洲橫萬里，長風大海助迴瀾。

庾樓歌④

庾公高樓鎮潯陽，匡廬拱峙臨江光。我來登樓一舒嘯，秀氣盡攬江山長。白詩陸記舊考辨，溢浦豈必藉武昌。元規登之俱選勝，後人弔古溯晉唐。陶詩譜與謝詩證，當日餞筵來豫章。一千里路共把酒，三百年客同望鄉。嘯堂舊迹不可見，劍峰叠翠森開張。八窗雲嵐在襟帶，六朝煙月橫一牀。京口以西送遠目，碧海浩浩吹衣裳。吳頭楚尾合憑眺，唐臨晉帖誰比量。挈罋題壁蘸江綠，墨花擷起文字祥。昨與匡君晤真面，正值歲稔農登場。秋霄滿拓大圓鏡，西江一吸風露

① 此詩題位於手稿本第 5927 頁。
② 此詩題位於手稿本第 5928 頁。
③ 此詩題位於手稿本第 5933 頁。
④ 此詩題位於手稿本第 5959 頁。

香。淋漓畫幛寫不得,元氣萬古來蒼茫。

都昌有石刻云鄱陽湖上都昌縣鐙火樓臺一萬家水隔南山人不渡東風吹老碧桃花眉山蘇軾書士人云南山在縣南城外湖中山半有泉曰野老泉此石在縣齋而集不載次韻二首①

南山泉畔坡公字,此字元題野老家。山水清暉皆墨妙,與公一笑證拈花。謝靈運《石壁精舍》詩“山水含清暉”,《西江志》云在都昌城南十里。

江郡迴車又康郡,艤舠晋岸問漁家。月明仍是嵐漪影,夢到一軒雙桂花。②

偶得陳大士筆灑秋空詩一囊七大字墨迹題其後③

吾聞杜陵云,有作成一囊。大士聞之雄,④平生萬篇章。假如以物貯,何物可比方。爲得太古錦,有此萬丈長。北斗爲揭柄,織女爲七襄。太虛爲篋笥,天地爲縑緗。所以緬秋空,誄蕩極蒼蒼。此筆一揮灑,八極森翱翔。下連瀉滄海,上注傾銀潢。近古之坡翁,於昔則蒙莊。俯仰長嘯間,元氣收混茫。正於我蘇齋,而夢君屋梁。臨川尚未到,已若躋其堂。由堂入庭室,美富浩所藏。惚恍如有象,萬軸懸中央。非虹非落月,一氣皆道光。我欲攬在手,即之轉仿徨。化爲七大字,連蜷墮我旁。是日菊花節,按行芝山陽。此夢歲己卯,花洲丹桂香。屈指廿九年,梧葉又霜黃。昨爲屋梁圖,吾友宋與張。想像著書處,太乙舊山房。蕭寥萬古懷,顥宇寫清商。詩境與秋容,氣勢兩相當。一笑君應聞,報我青琳琅。臨川墨池雨,普陀甘露漿。盍結蕊珠英,發洩文字祥。撫州善本書,唐人書尚撫州寫本,見《杜樊川集》。草廬經術鄉。故家秘讎校,秀士勤就將。先生已吾許,成實及采芳。江山證息壤,星斗下光芒。此行良非偶,此迹漫褙裝。不獨蕭家壁,計較少

---

① 此詩題位於手稿本第 5965 頁。
② “一軒”,手稿本作“小軒”。
③ 此詩題位於手稿本第 5968 頁。
④ “聞之雄”,手稿本作“文之雄”。

室償。

贛江舟中除夕呈諸友二首①

洪州度歲已蕭閑，南昌省城宴會本稀。況值虔江野渚灣。留客斜風催貰酤，餉人冷味飽看山。肴蔬不具庖厨淡，賓主相忘禮數删。尚憾未能禪榻共，青原一碧暮雲間。

難得兹辰謝應酬，支篷隨意揀汀洲。東風氣味濃於酒，南浦暄妍淡似秋。研滌暫因停卷牘，心清不爲拙倡優。鐵腸人作梅花夢，庾嶺春先片席收。

元日舟發贛江②以下戊申

五更爆竹放船初，合派江光動碧虚。春氣傳來三捷信，時聞臺賊敗逃，官軍乘勝追捕。夜鐙拓得二裴書。昨夕於儲潭拓得唐裴諝碑，予復於碑後手剔得裴曙頌。豐亨所被霑無外，文字之祥兆有餘。嶺上梅花迎索笑，小溪飛翠滿輻車。將於初四日由小溪登陸也。

重刻化度有訛作薛元超者偶題二首③

誰翦懷仁帖末行，强教束晳補詩亡。瘦來明慶僧寮影，未必如斯措意忙。

馬骨都收内厩行，天機滅没孰存亡。定知額篆長沙本，有日歸來不在忙。

小溪懷楊鈍夫④

溪吟餘海緑，昔年贈鈍夫句也。舊句憶江郊。老荻翻霜葉，初篁擢露梢。松棚敧茸蕙，竹瓦漏編茅。借問成都客，何年作解嘲。

----

① 此詩題位於手稿本第 5988 頁。
② 此詩題位於手稿本第 5991 頁。
③ 此詩題位於手稿本第 5991 頁。“者”上，手稿本有“撰”字。
④ 此詩題位於手稿本第 5992 頁。

恭和御製涇陽貢生張璘等七世同居詩韻爲蓮浦郡倅作①

恩光瑞照友恭人，七字褒題七世民。公藝當時無此遇，清河衍澤久逾親。庭階歲有荆花茂，彝鼎年深柏寢陳。寶氣日騰涇水上，不虛書舍號和淳。其家奉御製詩結句"和淳"二字以顏書舍也，又有友恭堂。

題南安郡廨後圃②

宋代亭邪明代夢，亭真夢假果何因。夢元是幻誰非幻，亭卻非真夢是真。玉茗檀痕留宿劫，漁洋詩句記前塵。我來笑對蓉江水，弔古臨川又莫春。③

翠玉樓④

在贛州使院後，取蘇詩"山爲翠浪涌，水作玉虹流"句也，淳熙中知軍留正重修。

淳熙重葺記忠宣，樓取蘇詩更在前。翠涌岡巒環近郭，玉浮浦溆印長天。誰營使廨高臺對，我夢坡書北斗懸。到處與公成宿約，烏雲紅日笑論緣。適篋攜坡書《嵩陽帖》墨迹，有"樓前紅日照山明"之句。

篋中攜陳方城大字墨迹將按試臨川題此以屬學侶和之⑤

讀史丹黃意不傳，屋梁落月故依然。殘縑墨涌三秋雨，大海瀾迴萬斛泉。收拾瓣香來几席，淋漓元氣即山川。問誰乞得飛霞佩，莫漫婁東詫受先。

寄題吉水楊文節祠用漁洋韻⑥

寶謨祠屋罨清暉，想像寒溪翠竹圍。峰勢尚如文筆聳，江聲還作墨濤飛。風騷南渡推流派，堂構何人可紹衣。欲薦椒漿題石壁，英靈

---

① 此詩題位於手稿本第 5994 頁。
② 此詩題位於手稿本第 5995 頁。
③ 此句下手稿本有注文"三月杪將按試撫州也"。
④ 此詩題位於手稿本第 5996 頁。
⑤ 此詩題位於手稿本第 5998 頁。
⑥ 此詩題位於手稿本第 6000 頁。

來往繞巖扉。

次答午堂見贈①

燕臺十子後，此事孰尋源。悟徹風騷旨，元無筆墨痕。水光春澹沲，花氣晝温麐。試聽迦陵響，同參衆妙門。

擬遊通天巖不果用石上宋人詩韻②

箭筈門高迹有神，每瞻杜句向西秦。春來霞表時通夢，雨後苔封隔問津。翠墨懷蘇何處是，秋空訪古見天真。剔餘景定留題字，已洗勝囊研匣塵。巖有蘇書石刻，今遣拓之，僅得一段，云："景定癸亥秋杪，天空木落水淨山遠，郡人彭革文炳、會稽戴顯忠天錫、盱江張浩然孟浩來遊，方羊竟日，想千古之高風，紀一時之樂事，分題賦詩，興盡而返。"

是日晚登鬱孤臺再次前韻③

前有《贛州使院望鬱孤臺》一首，又《午堂總戎省堂觀察蘅溪郡守招遊八境臺二首》皆刻集中。

院與高臺對，朝朝作卧遊。如何環翠氣，未得挹英流。小立憑斜景，匡廬記去秋。千峰悟橫側，二水辨汀洲。誰識真山面，能齊寸木樓。不因尋斷石，那易攬全州。昨夕空窗倚，懷蘇大字留。相看歸靜照，一笑擬虛舟。

月香軒歌④并序

軒在贛州郡廨，以桂得名，此桂月月作花，或於中旬，或下旬，月盡則落，月初復蕾，名曰月桂，草木狀，諸書所未及也，作歌備故實焉。

西江月桂舊未聞，贛州郡廨雙株芬。連蜷蒼根結古篆，繚繞金粟飄香雲。我來春交二月半，已見枝頭新蕾換。紅同月月四季周，青異蕣分大小建。或於月望或下旬，不論冷序還暄辰。廿四番風闋來遍，

---

① 此詩題位於手稿本第6000頁。
② 此詩題位於手稿本第6001頁。
③ 此詩題位於手稿本第6002頁。手稿本詩題下無注文。
④ 此詩題位於手稿本第6005頁。

十二朔氣榮維均。贛江江城初見此，紀瑞掄英自今始。莫問嵇含與陸璣，更說淮山兼剡水。此花曾入月輪香，士人豔並槐花忙。三百六旬花實采，八萬四千月戶光。迴環秋月又春風，深念滋培長養功。蕊珠著籍聯成榜，嘉樹濃陰月不同。攀桂人因校士來，當軒題扁祝英才。聖主連年錫科第，江城連月報花開。

孫淵如得漢銅章文曰孫喜適與其小名合予既爲賦詩後其印失去今又得一孫喜印於京師喜字作憙亦奇邁也屬爲賦詩①

漢碑漢史憙爲喜，卻笑婁機詮六止。君家音切采二徐，那別雙聲讀虛里。從心從口原從壴，豆上形成與彝俱。厥兆嘉祥來悦心，欣如舊物重相遇。所以前印不足奇，變文合體乃肖之。孫郎字雒合雙美，復得一印心所期。心上立豆誰占夢，彝器如臨天廟重。土花不蝕經千年，騰出光芒爲世用。既得伯克尊，復得元康磚，姓名臚唱上九天。校讎秘閣富雲館，②此印恰來几格間。我録漢碑箋漢印，譜入同聲更傳信。得君手記黏研屛，鐙影庚庚紅徑寸。寄君心畫心莫宣，千里一笑開襟顔，喜以名物題作新堂筵。誦我二詩供客聽，何減嚶鳴送喜雙關關。

次答蘊山志局唱和見懷二首③

江城訪古緒迴環，廿載掄英月桂攀。今日素心盟謝子，重來真面問廬山。徐陳果許占牛斗，屈宋誰教並馬班。杜牧之詩“高摘屈宋豔，濃熏班馬香”，此班馬謂相如、孟堅之賦也，若《史記》《漢書》必無與詞賦並稱之理，且不得云“濃香”也。予嘗謂詩賦必有益於考證者方可載入地志，其咏景物者皆非史志之體。舉例青螺追樂史，後人蕪筆不勝删。

儷紫軒還唱麗辭，群賢笙管韻參差。豫章派別應頒續，退聽精華幾個知。自古史才推地志，矧予經術愧人師。范金唐末楊吳字，可但

區區爲補遺。

題南城道院顏魯公書天一山三大字摹本後①

公書仙壇記，世久無真鑒。何況郡新刻，塵俗奚由砭。我來取虛和，神氣貴能歛。夫豈論書歟，是即道根驗。而何此大書，尺幅不容占。峨峨古丈夫，磊磊玉具劍。聳峙如三峰，俯映寒江潋。此觀宜山栖，乃弗城市厭。遥挂神泉瀑，天風翁呵欠。尋丈積累黍，笑視壁書陷。公乎何分別，逸氣化鉛槧。我猶泥考據，塵塵起念念。雨洗空山雲，疏星澹茅店。

唐子畏琵琶行書畫册限尖吟字二首②

凡八幅，自署正德七年九月。

居士香山夢又拈，沙洲如鏡月開盒。依然岸曲迴鐙影，那記樽前露指尖。綠黛已非商婦怨，青衫別是客愁淹。江南暮雨瀟瀟意，重爲濡毫絳蠟添。

阻風中酒事難尋，③淪落江湖緒不禁。楓渚幾番秋葉換，荻灣終古暮猿吟。十年破硯鉛華滌，一夕停舟悵望心。誰識玉琴桃隖裏，月明渾作四弦音。

撫州寶應寺唐鐘歌④

大順元年十月爲刺史危全諷鑄，後有《甘露陁羅尼咒》，淳化元年節度討擊使朱襄并書。

我搴西江吉金字，唐鐘陰款兹已三。開元遠溯保大上，衡甫遞減形疑异。臨川訪古渺何有，陁羅尼換彌勒龕。屹然此鐘絚在簴，我量巒洗入筆談。其高五尺徑三尺，三千銅聚斤石擔。大順之元歲庚戌，冶工鼓橐洪州南。司書尚書危刺史，⑤中和持節亂始戡。危全諷中和五

---

① 此詩題位於手稿本第 6015 頁。
② 此詩題位於手稿本第 6016 頁。
③ "難尋"，原爲墨圍，據手稿本補。
④ 此詩題位於手稿本第 6018 頁。
⑤ "司書"，手稿本作"司空"。

年乙巳莅撫州。後百年鐫甘露字,合什細楷縈春蠶。朱御史來著手迹,重和梵響開經函。又八百年我來讀,苔花古綠深醃醃。我今校士百無補,聲聞之義將毋慚。於論於樂祝囂序,大叩小叩區甄醅。願以和鳴兆文字,不枉旬日來停驂。縮之作圖並拓本,袖有雲氣迴煙嵐。

次答蘊山還鶴①

馳緘昨自建昌軍,日向仙壇訪記文。借問真儀還羽駕,何如舊侶感龍雲。在陰尚憶前言合,有信先憑逸響聞。博得雙清題字好,畫圖一幅試呼群。小園僅此一鶴,故去年以奉借,今歸來,欲索中丞再贈一,以成偶也,蘊山將繪此意爲圖。予署中臥室舊有"雙清館"之題,昨得吳仲圭山水幀子,有"雙清館"印,亦一異也。

惺庵中丞復贈一鶴賦謝②

名園歲歲育胎禽,感此孤飛和在陰。正是盟聯三友日,始成響徹九皋音。雲霞一氣吹笙夢,松竹雙清召侶心。合證吾齋蓬鶴字,海山銘石本同岑。時爲芳林補正《鶴銘》,而漢石經摹本又得五種,將並勒於南昌府學,予以"蓬鶴"名院廦之東軒,正取洪刻石經及《鶴銘》也。

李松圃蘆漪漁隱圖二首③鄭雨亭畫

詩拈大意取空濛,畫手如何不約同。文外遠神非楮墨,世間真味是霜風。扁舟泛宅三湘近,故友論心十載中。多少迴環煙雨夢,泥人好片釣船蓬。

棹倚江西到粵西,筆牀茶竈任分題。先生偶爾非耽隱,詩格翛然肯放低。人是天隨來笠澤,書成叢話付苕溪。宋胡仔號苕溪漁隱。硯臺極浦兼葭溯,④采采從之一卷攜。

---

① 此詩題位於手稿本第 6020 頁。
② 此詩題位於手稿本第 6022 頁。
③ 此詩題位於手稿本第 6024 頁。
④ "硯臺",手稿本作"峴臺"。

復初齋集外詩卷第二十

戊申六月至己酉十二月七十六首

袖東以趙松雪袁清容虞道園王繼學四家詩迹見贈予題記於其首並爲袖東題所藏董香光畫卷合裝其題字爲幀用去年題蘇書金剛經詩韻①

書畫精靈動以天，一杯今夕薦寒泉。是日山谷先生生日，薦筍脯賦詩。試憑坡老邀山谷，來證漚波共墨禪。墨禪亦董齋名。賍蹙因緣非偶合，苔岑盟誓已先傳。九霞洞府成拈笑，冉冉飛空下衆仙。

董文敏畫卷爲袖東題四首②

後題云：“辛亥七月舟次夏峰寫，十月七日羨長見訪，出諸名迹賞，會信宿，臨分以此圖贈之。元宰。”

鄂渚歸來又五年，自將真意結山川。挑鐙贈友重開卷，夢到秋江聽雨船。

名迹雖多莫浪陳，眼中無此碧嶙岣。渾淪造物爲師處，幾許南唐北宋人。

篷倚斜陽又曉煙，數峰合處更神圓。空濛卻自沈雄得，借問云何是畫禪。

袖東居士吸滄溟，默坐閑房讀玉經。回向真源皆偈子，香光道眼爲君青。

薌林爲臨江守張孌庵賦①

使君官閣似江潯，澹泞清風寄遠襟。曉倚紅葉明鏡裏，秋生丹桂綠蕉陰。坡公碑石添禪話，向子書齋證道心。敢借考亭詩句比，墨緣依舊結薌林。宋向伯恭寓清江，自名其居曰薌林，朱子嘗爲賦詩。

題張南坪軺使慎獨圖②學舉如皋人

我生未識南坪翁，得聞南坪之政績，如親南坪之笑言。哲嗣奉圖前正席，棠陰蔽芾憩三山，彈琴蘿月松風間。趺息嶺雲迴大海，收攝心源萬古還。

袁州試院作③

宜春臺下景賢堂，新闢東齋綠繞廊。旬日文咀韓刺史，秋宵畫擬董香光。卷簾楚境千峰接，古鼎龍蟠百斛量。直愛溪南詩老在，遺山所以溯潮陽。第四句謂夏兄雪樵，第七句謂辛生紹業也。

深柳讀書堂圖爲王午堂總戎題④

昔聞劉夏縣，幽情結雲林。花氣度流水，閑門清道心。夫子盛門閥，揚歷膺華簪。胡爲觀妙徹，抱此馳遠襟。啓疏蔚喬木，托居面遙岑。一卷澹無與，萬綠來交陰。静者和天倪，塵慮固不侵。政用理研悅，清節鬱森森。高柯垂密縷，涼風驅蠹蟫。方牀八尺簟，曠然懷古今。時和俗安恬，豈果耽幽吟。寫此冰雪操，寓之椅桐琴。月挂鬱孤臺，下照貢水深。庶借箴佩義，以答瑶華音。

---

① 此詩題位於手稿本第6031頁。
②③ 此詩題位於手稿本第6032頁。
④ 此詩題位於手稿本第6033頁。

羅飯牛枯木小幀①

枯木無章法，聊因石勢成。直蟠雲氣出，倒拔澗風生。詩抱冬心在，琴張古調賡。淋漓空外濕，煙雨鬱縱橫。

孫竹齋種蘭圖②

仁和孫士達年七十二，兄士宏，弟士倫、士毅，子大椿，孫培。

種蘭滋九畹，句爲蘇家諷。東坡與潁濱，文章作梁棟。伊川想修竹，謝庭追群從。未得一幅圖，丹山寫雛鳳。千載束晳詩，譜到孫家仲。孝友爲儀型，詩書課弦誦。季也節鉞腈，諸郎翩羽豣。君家世德馨，發揮爲世用。猗猗巖谷香，奕葉清芬重。一寸園葵心，上可天墀貢。瑶瑜茁其芽，嘉樹角弓頌。暄風來春陽，好鳥夏幽哢。感我同心言，忠孝勖與共。請續南陔篇，蘭須如此種。

懋堂觀察贈漢瓦研③文曰"永奉無疆"

咸京世室說錢郎，錢獻之目此爲漢太廟瓦。字比長生祝未央。貽我西江蟾吐墨，自君東海篋餘香。兩家金石圖書癖，同館丹鉛氣味長。蘭話甘泉重訂譜，青齊詩要續漁洋。兒子樹培以漢瓦名齋，時方與令嗣同館庶吉士也。

御賜仿宋李迪雞雛待飼圖恭和聖製二首元韻④

帝念勤民切，常如目見之。披圖同保赤，⑤若母哺兒飢。一卷溫來煦，群工惕以思。敢將文藝末，僅矢鑑衡司。

采風南宋筆，該盡馬和之。載捧堯天煥，深懷稷己飢。災隅雖已澹，楮外更餘思。豈止焚香供，瑶籤慎典司。

---

① 此詩題位於手稿本第 6033 頁。
② 此詩題位於手稿本第 6039 頁。
③ 此詩題位於手稿本第 6043 頁。
④ 此詩題位於手稿本第 6051 頁。
⑤ "保赤"，手稿本作"赤保"。

東峰桐陰讀易小照二首①

喻性何因乳致巢，離離葉綴碧雲梢。好風趺坐來拈笑，悟到羲文第幾爻。

松篁萬籟静傳音，莫説昭文不鼓琴。一片苔岑三友合，高梧正可對論心。予與惺庵、東峰合作松竹梅一幀，題曰《三友圖》。

兩峰以謝康樂出浴圖摹本屬作詩②

羅生仿此何所得，詹東圖云絹已黑。説謊最推何太史，江左風流證今昔。得非摹寫山中詩，縱誕追尋緬棲息。得非想像山居賦，蟬蛻形骸棄糟粕。昔者我友桂與丁，羅生爲之感精靈。康成禮堂貌寫經，把卷雖同趣則異，深衣幅巾森典型。昭陽任君遂作禮服考，爾來揚州經術日漸博以精。江左風流證今昔，掩卷增我雙眼青。

甘嘯巖之官英德巡檢道出南昌話別三首③
甘名運源，其曾祖文焜官制府，謚忠果。

榮戟清門後，詞章北地雄。凌寒催叱馭，垂老倚征篷。樹色鄰江右，川光接嶺東。銜杯問詩思，先説荔支紅。君誦其留別京師諸友詩，有"飽啖離支"之句。

我昔磨厓字，周夔説道難。五溪寒舊翠，萬古碧秋瀾。坡老題名在，南山剔蘚看。端應嘯巖子，一嘯響飛湍。

舊雨新知感，楓亭荔渚旁。人懷荆莩舍，謂冶亭、閬峰二學士。帖話玉煙堂。江寧陳君時宰英德。他日蘇齋夢，拈花臘雪香。海天迴紫氣，星斗聚南昌。

---

①②　此詩題位於手稿本第 6052 頁。
③　此詩題位於手稿本第 6053 頁。

徐袖東藝蘭圖三首①

袖東袖有西湖緑，珠佩娟娟接漢皋。一葉一花根幹在，菖蒲連絡出蟠桃。

君是東吳徐達左，耕漁軒畔畫金蘭。睢陽老子揮毫對，我記拏舟擁翠看。

楚蜀馳驅萬里還，官齋盆石似家山。西江澹共論詩味，蘭話香凝篆靄間。

陶靖節墓②

隘口南厓下，傳聞栗里居。祠堂誰俎豆，谷館但樵漁。片石千年後，清風太古初。近慚李御史，猶勒擘窠書。嘉靖癸巳巡撫御史李循義書碑。

再題天冠山圖後③

趙書側削者非趙，文書平弱者非文。跋祠蕪累到日月，陝刻僞趙跋云“見佳境興發，偶咏鄙句”，文跋云“秋八月十又五日”，皆於文義失之。趙文更不如此云。從今陝刻可搥碎，以謝丹陽祝道人。山靈聞之爲色喜，軒豁呈露開層雲。全山落我几研側，三峰五面排璘珣。逍遥龍口壁四立，千巒壹拱於招真。觀口招真，巖曰祈真，祈真、逍遥、龍口謂之三巖，祈真巖則祝丹陽圖所未及也。巖泉嶺袖大開闔，④二十八境合復分。丹陽畫分我畫合，元時軸失今重新。但恨諸詩不並勒，一洗陝石之俗塵。今我灼見趙書法，非復簽啓輕知聞。山靈聽爾向我笑，即此嵐翠蒸氤氳。淋漓元氣厚無間，盎盎潤液清而醇。草木華滋發奇采，泉源直上含古春。君問漚波得法處，還即畫中來問津。虞公亦得玉經訣，四賢相應鸞鶴群。百十二詩不書地，妙喻一氣同渾淪。筌蹄棄盡掃言説，澄懷觀道息糾紛。

---

① 此詩題位於手稿本第 6054 頁。
② 此詩題位於手稿本第 6056 頁。
③ 此詩題位於手稿本第 6060 頁。
④ “嶺袖”，手稿本作“嶺岫”。

詩成對寫峰五老,①舉似畫稿呈匡君。

試院後圃望廬山用少陵又上後園山脚韻②

南康校文廨,正在廬山陽。屋北有隙地,吏人爲薙荒。每來不獲暇,未晨披我裳。頗喜士氣感,馴俗化强梁。信知民多秀,敢云教有方。此行風益淳,訪古近柴桑。五柳雖迢遥,雙桂未凋傷。院有桂二株,極大。偶借地勢高,目豁星渚疆。時當水歸壑,候過稼滌場。青青繞坐衿,侁侁鼓篋行。課以嵐漪詩,居傍山水鄉。仰誦皇極言,感頌切中腸。時方綱適蒙御賜《仿李迪雞雛待飼圖》並詩,與師儒敬相講誦。五老峰翠來,九如祝山岡。豈必落星咏,取肖雙井黄。蒙養山下泉,莫矜沸如湯。學圃漸築基,詞源問津梁。慚兹望山者,躑躅垣阜旁。焉有勁筆力,峻嶒與相當。

嵐漪軒和山谷韻③
四首之一、四,集刻二首。

七百九年又近臘,舊題無處覓寶坊。卻面晴湖結窠室,仍尋前夢置繩牀。牧羊兒語訊煙客,毗婆尸偈禮梵王。惚恍摩圍老人在,神光牛背雙瞳方。

冰雪底須懷皖口,石牛何用畫龍眠。滿湖明月千峰印,始識銀河落九天。

送惺庵中丞入覲二首④

年年心在御階前,刻刻勤將帝澤宣。江國謳歌春載路,海籌獻祝日中天。三呼嵩嶽瞻連歲,五老廬峰拱瑞煙。稽首玉宸增忭切,寸衷何以寫拳拳。

----

① "對寫",手稿本作"寫對"。
② 此詩題位於手稿本第 6061 頁。
③ 此詩題位於手稿本第 6062 頁。
④ 此詩題位於手稿本第 6067 頁。

慇勤慰誨總天真,契合山川證夙因。留帶底誇蘇玉局,寫經端繼宋綿津。公方拜啓恩綸日,我正來探秘笈辰。還約匡君相對語,東風息壤報江春。

咏花信風①

暈碧裁紅出化工,吹歔肯假相烏銅。直從南至飛葭日,盡是東皇入律風。歘就冰霜方有信,收來桃李敢言功。暄涼調燮薑兼麥,總在洪鈞一氣中。

次答都昌縣令周亦耕張家嶺驛館見贈二首②
周名駿發,此用東坡《土頭寺送宋希元》詩韻。

剔石懷蘇又隔年,披襟光霽故依然。欲尋野老南山迹,何似清暉謝客篇。鐙火夜深明驛舍,謳歌春接繞湖田。使君重敘匡廬約,萬壑詩催思涌泉。

舊宅南湖六百年,君來卜築更翛然。想臨玉照花穿處,試寫金陵桂隱篇。越杵敲摩銀版色,丹經灌溉紫芝田。附名得借西江水,磨墨初傾一斗泉。張功父誦度人經處曰亦庵,君居即其故阯,是夕以玉版宣紙屬爲書額。

得夢華所贈毛西河手書詩草即次其韻奉謝兼呈左亭③

昔繪毛米悟契虛,④非關湖録訂方輿。何因遠夢通丹篆,幸有高人共里閭。鋒瘦欲追山谷體,墨香如到草玄居。只應卻寄三雲子,漫許姜家餓隸書。昔爲丁小疋跋鄭芷畦《湖録》,因摹西河、竹垞二先生像奉於蘇齋,而慈溪鄭三雲嘗以姜葦閒所藏《蘭亭》二本見贈,今夢華亦以此來贈,故末句及之。

次前韻送左亭隨中丞入京即歸蕭山⑤

前身耆域譽非虛,北去詩聲滿後輿。日下雲濃星使節,春深水繞

---

① 此詩題位於手稿本第 6073 頁。
② 此詩題位於手稿本第 6074 頁。詩題下注文"土頭寺",手稿本作"臺頭寺"。
③⑤ 此詩題位於手稿本第 6075 頁。
④ "毛米",手稿本作"毛朱"。

越江閭。即看縮綬催征騎，未許高才久索居。訪舊若逢張逸史，山齋時報數行書。末句兼寄懷芑堂。

再題周伯溫六書正訛①

鄱陽再到益冰兢，謗喜悠悠力敢勝。豈易探原追祭酒，漫言復古續吳興。榜書昔想宣文閣，周雪坡至正初奉詔書宣文閣扁。解讀今聞段若膺。與王秋坪太守談及近日金壇段明府玉裁著《說文解字讀》一書，欲乞致書借其稿也。老守江城同話舊，盆梅瘦影對春鐙。

夜雨用杜韻②以下己酉

澍澤含滋久，濛濛一夕生。喜添深潤氣，譜入誦弦聲。歲事占來早，晨光濕處明。鄱陽新綠色，③直達豫章城。

辛生和前韻頗以謙任兩難再疊前韻④

前有《辛生和夜雨詩再次前韻示之》一首，已刻集中。

勸酒迂辛子，相求感鄧生。兩鄉高月旦，列郡樹風聲。樸學期礱斫，尊聞賴發明。他山收結綠，同是價連城。

萬年道中⑤

江郊一雨五百里，東際廣信西潯饒。我從饒城指廣信，肩輿時苦檐溜飄。山雲濊濊匝四野，林吹冉冉迴寒飆。新年發生豐稔氣，村閭時接春鐙燒。出虛蒸動所敷散，昀昀隰接綿綿廱。經訓菑畬漸有穫，盈襟掇擷秀者翹。新陽采律氣充實，擊轅載路聽中韶。前山翠積土濡潤，膚寸已吸西江潮。

---

① 此詩題位於手稿本第 6076 頁。
② 此詩題位於手稿本第 6081 頁。
③ "鄱陽"，手稿本作"鄱湖"。
④ 此詩題位於手稿本第 6083 頁。
⑤ 此詩題位於手稿本第 6084 頁。

瑞州使院有潁濱東軒予前年摹蘇書爲扁賦詩寄瘦銅舍人適瘦銅官監倉取東坡泗州監倉蕭淵東軒詩題其倉曹廳事亦曰東軒作詩二首見寄久未和也今日於廣信道中述庵方伯寓書寄來瘦銅新刻詩集書中再申屬和語次韻奉答兼寄述庵①

喚我東軒舊夢迴，只應題字不塵埃。巧將一堵蕭家壁，天許先生乞得來。前年得瘦銅此詩，時欲用蕭家齋壁事奉酬，而心妒其太切，予蘇齋久未題扁，每思摹吳門蔣氏繡谷何義門書"蘇齋"二大字以爲扁，適昨友人自吳門摹拓以寄，今日和詩用此事，使蕭家不得專美。

盟言後鄭齋頭寄，息壤三張訊早通。坡老詩如來泗水，豫章集果繼吳風。去年題東軒詩有"三張"之句，謂瘦銅寄詩及藥房作圖而古愚來作邑高安也。昔宋牧仲開府江南，輯諸家詩名曰吳風。今述庵來南昌，一時三吳名士如江子屏、史赤厓、曹仲梅、王若農、汪上章諸君子咸聚於此，故戲祝瘦銅或謁選來江西耳。述庵書室曰鄭學齋。

丙午秋予屬小松升立漢尉氏令鄭季宣碑小松以是碑與所得新出土之永建四年漢畫題字暨武氏石闕銘各一通貽蔣藕船孝廉孝廉托小松寄予求題今三年矣及予來江右不與此邦人士相見輒復忘之今春到廣信乃見此在行篋中藕船爲吾同年心餘編修令嗣予適來廣信檢出此紙慨然有感因題數語以俟今秋任滿時致之己酉上元夕書②

淮陰張弨釋此碑，想像踟躕古垣下。果來黃子升植之，剔苔夾桷如高廈。金石摹將舉似人，西江才子嫭羣雅。寶之拱璧遠屬題，我懷何以資傾寫。憶昔詞林有根柢，百家萬卷歸鑪冶。視我區區窮石墨，笑等紛紛注鉤瓦。今者蘭玉茁滿庭，效我琬琰珍盈把。弄藏暇日富蒐羅，考訂日復研真假。雄才之後有樸學，天其以此酬逝者。但要真

---

① 此詩題位於手稿本第 6085 頁。
② 此詩題位於手稿本第 6091 頁。

實毋務名,積以虛衷慎取捨。孫枝栽植近何如,啓篋前秋淚猶瀉。叢殘古刻偶及之,墨腴澹對春鐙炧。

　　此詩去年春正月在廣信試院作,末章孫枝云云者,謂前一年歲試來此,而心餘先生之孫立中被落也,作此詩時尚不知其自前歲被落之後力學何如,及此次科試來與試否,深慮三載按試無以對我老友,是以有此數句也。後旬日既試鉛山諸童子,拆卷發榜乃知立中與選入泮,而此詩亦遂未及寫之。比去秋任滿受代北上,又匆匆不暇寫,九月廿六日於江干致語王、程二廣文以拓本二紙還之,今扈從來山東,始晤長君香雪,書此付之。

挂月亭詩①并序

　　予既爲彭君題蘇墩字於石,彭君復構小亭求扁,因取坡公往筠州道中"微月挂喬木"之句以名之。

　　風露娟娟野竹疏,一痕微月吐匡廬。瑞昌瀼水長懷處,甲子元豐首夏初。玉峽飛橋人宛在,金山生魄句何如。欲呼留帶綿津客,來證空巖點葉書。坡公《金山》詩"是時江月初生魄",舊注皆引《尚書》"哉生魄",未之詳也,方綱援《鄉飲酒》"三讓"句以補之,今考先生過此在元豐七年四月初也。

贈綏庭制府二首②

　　鐘鼎銘言閥閱深,旂常照耀日星臨。湖山襟帶三千里,夙夜冰淵一寸心。載路謳歌彌鑑省,世家忠孝即規箴。依然禪榻焚香處,淡共梅花寫玉琴。

　　章貢分光切溯洄,濃春旌節得追陪。袖攜鍾阜青蒼氣,笑對匡廬面目開。南斗深深環海注,西江日日望公來。丹忱直上通霄漢,一片卿雲到鼎臺。

---

①　此詩題位於手稿本第 6095 頁。
②　此詩題位於手稿本第 6107 頁。

聞弇州所藏化度寺碑第三本尚在吳門陸氏益信予昔所考章仲玉摹本之不出於弇州衡山二家藏本也再疊前韻二首①

系銜歐李辨雙行，"藥製文率書"五字不損。幾日煙煤拾散亡。我效盧仝歌馬異，異同鑒別那須忙。弇州云此本馬生所刻。

玉磬山房弟子行，舊聞何處補遺亡。墨池手記誰留在，空費髯翁點筆忙。是日又聞何屺瞻手自丹鉛章氏重刻《化度寺碑》亦在吳下也。

李忠定詩石刻②

即《鳳墅續帖》第九卷本，合下首爲《青原八咏》之七、八，集刻六首。

曾家成續帖，已過百年餘。復想平園迹，希心讜論初。茲山一邑勝，接武數賢書。亦幸歸僧笈，香廚近里閭。

文信國書青原山三大字③

文山題大字，不著是何年。鋟木重摹本，彎橋古澗邊。祖庭忠孝迹，正氣日星懸。何減題琴夕，松風響七弦。方綱得信國題琴詩拓本，前歲裝軸送寺中。

天馬巖④

以下二首是遊金精山時石城宋教諭華國屬爲賦其雩都山也，

案後一首題爲《鐘皷巖》，已刻集中。

賴村巖以天馬號，宋子來求天馬詩。村抱林廬氣深穩，巖開雲錦立權奇。靈鍾髦俊人千里，蔚起文章譽四馳。方與此巖名不負，我乘晚霽佇移時。

---

① 此詩題位於手稿本第 6108 頁。
②③ 此詩題位於手稿本第 6116 頁。
④ 此詩題位於手稿本第 6117 頁。

建昌兩魯生淹洽諸經出自一門尤深得人
之慶復成一律俾學官弟子和之①

前爲《魯貢雙玉歌》，已刻集中。

文章經術重淵源，他日何人續摭言。誰並青峰湘女瑟，來追紅豆惠家園。湖山宿諾占應踐，桃李新陰實倍蕃。真有西江吳寶劍，合成東國魯璵璠。嘉定錢待庵坫昆弟皆樸學，雖於予稱弟子，而非試闈所取也。己亥秋予典江南試，闈中定第一、第六兩卷，意擬似之，既拆榜，則第一吳縣錢湘舲棨，第六待庵兄塘也。後湘舲中三元，予詩有“經術文章諸郡羨，江湖詩話後人傳”之句，蓋惠氏之學在吳門耳。今魯生昆季並以連試第一入選，回思前事，欣幸過之。末句並及吳生，欲寄辛楣詹事、西莊光禄共和之也。

再用前韻示諸生②

我來真脈識麻源，桃李成蹊本不言。嘉樹角弓尋内傳，他山攻玉托檀園。瞬存息養資深造，秋實春華儻並蕃。間氣英靈須自愛，豈徒品藻賴殷璠。

再用去年自建昌撫州還省詩韻示諸生二首③

貫來虹月晚晴餘，夢到開筵六一居。六月二十一日歐陽文忠公生日，予與王述庵有於南昌致祭之約，今予定於六月二十日還南昌，而述庵已北上矣。忍負區區巾笥意，誰能日日佩紳書。每懷蜀客峨峰記，宛識眉庵陸廟如。約略飛騰前輩在，曾王同學贈言初。介甫贈子固文，世皆知之，而子固贈介甫一篇，惟見於崇仁吳虎臣所録云。

山川蘊結本清真，藝圃耘鋤賴俊民。兩郡翹英多竹箭，一源理楫叩淵津。精微黍尺權衡審，典重天球琬琰陳。自古才人傷瘦骨，諸生何以答洪鈞。④時閲東鄉吳坐嵩梁詩而重有感焉，抑深有勖也。

---

① 此詩題位於手稿本第 6122 頁。
② 此詩題位於手稿本第 6123 頁。
③ 此詩題位於手稿本第 6129 頁。
④ 此句下注文“吳坐”，手稿本作“吳生”。

錢錦翁養竹山房圖①梅溪泳之父

山房房因山，竹屋屋依竹。居緣人得名，山資地成福。蓉湖鳳嶺間，寶乳洩其腹。是中有幽人，誅茅汲巖谷。山水清蒼氣，旦晝夜交蓄。養雲邀片白，養卉滋萬綠。無尺寸弗養，悅心到耳目。此竹於其間，森然氣蕭蕭。蓋與泉樹石，相遞爲司牧。錢翁一長嘯，妙意來卜築。物候與天機，間中閱之熟。隔歲林走鞭，經秋筍成束。新雨響軒廊，層青散巾簏。家風詩禮庭，墨妙金石錄。誰言十笏地，夜夜貫虹玉。維彼澳隈美，需此澆漑足。欲問養竹方，先生受也獨。盎盎煙翠光，人竹共一幅。所以梅溪梅，高格凌萬木。試入道眼觀，理棹梁溪曲。

趙蘅溪太守倚樹聽流泉圖②

其潛天津人，時守贛州。

坐嘯江城吏不欺，澹懷獨與水雲期。東坡八境留題處，太白三峰訪道時。幽澗自來寒玉響，小亭恰受綠陰移。君家舊事皆青史，琴鶴翛然定共隨。

是日示諸生二首③

前爲《黃詩三集注本刻成集同學諸子於南昌使院
谷園書屋文節像前薦筍脯賦詩》一首，已刻集中。

發揮元祐書皇極，端在升平祝聖年。第入吉蠲多福頌，譜偕玉瓚奉璋編。豫章古木承根幹，椷樸諸庠切誦弦。三集叶成周二雅，先生一笑式茲筵。

東都書目備崇文，鴻寶誰將雋永群。四庫光華昭日月，諸生際會奮風雲。相臺家塾抽新本，胄監遺編廣舊聞。記否沈鐈同舍日，九江

---

① 此詩題位於手稿本第 6133 頁。
② 此詩題位於手稿本第 6141 頁。
③ 此詩題位於手稿本第 6148 頁。

拜像瓣香薰。岳倦翁紹興乙卯於九江拜山谷像事，見《寶真齋法書贊》。是日約諸生同校陸氏《經典釋文》，故及之。

谷園書屋示諸生二首①

三年拔殊萃，仲月試文場。秋陰多暇日，執卷升我堂。此堂豈我私，像設雙井黃。時錄三注竣，酬酒翁像旁。②翁乎來鑑茲，鑑茲舊學荒。報我樂群樂，發我泰宇光。綴道富討論，六籍奏笙簧。假以夜膏燭，晝陰復暄陽。暄陽雖多暇，陰漸移檻廊。此陰誠易移，易移復難忘。嘉我二三子，努力勤就將。

娟娟玉蘭花，季秋再吐榮。前軒老桂樹，四年未抽英。助我文字香，及此群彥并。各抱致遠思，舒華日揚聲。揚聲豈所尚，相戒在過情。所貴深醇氣，培此根幹成。空濛濯煙雨，秋宇更光晶。大哉造物心，稚若初發萌。凜之方寸間，靜與分陰爭。我亦愧勵俱，良辰皆邁征。永結中孚誓，秋堂雙鶴鳴。

發南昌述懷③

二十首之十四、十五、十六、十七，集刻十六首。

棘垣青雙梧，檐前雙桂黃。我在江寧院，遠憶金粟香。此桂錢公植，夢兆金戈祥。己卯秋江西人有夢云金哥哥來典試，蓋其前一科金檻門宗伯典江西試也，既而予與錢茶山同來，乃知金戈戈者錢也。貢院衡鑑堂前雙桂是錢文端手栽，甲午錢籜石來，今歲錢黼堂來，皆語及此事。昔爲籜石咏，昨話同黼堂。復以重輪夢，卜爾科第光。錢文端乙丑主會試夢三大錢聯系，是年狀元錢文敏出錢璵沙之房也，昨以今年會元錢裴山出錢湘舲殿撰之門，二君皆予門人，故用文端夢事作詩寄之，并記其事以示新城二魯生云。西江占先甲，五度開芬芳。自茲瓣香祝，必兆人文昌。葡齋玉蘭瑞，老桂蔭尤長。每映蕉窗綠，拭目高柯蒼。憶對落星渚，屏風雲錦張。兩桂各十抱，高各十丈強。恨不八九月，按行來南康。

---

① 此詩題位於手稿本第 6149 頁。
② "酬酒"，手稿本作"醡酒"。
③ 此詩題位於手稿本第 6157 頁。

南浦面沙嶼，東湖抱雲岑。江樹映我裾，江水清我心。我心誰與喻，同袍感分襟。惺庵夙夜盟，三年共規箴。焚香和鳴鶴，禪榻調玉琴。有時證幽獨，静言觀古今。此心托江水，直對匡廬陰。在昔宋中丞，寫照並嵌崟。留帶有故事，蘇門結知音。何時對影偈，舉似東西林。擬與何惺庵中丞同繪小照於秀峰寺而未果。

我繪三友圖，永公不可作。我吟四友篇，王公有前諾。制軍與中丞，誓訂砭石藥。難得二總戎，復重同岑托。昔與二老人，中觴聽山鶴。誰料三十年，心迹盟江閣。己卯秋予典試江西，道出徐州，晤高文端公、何恭惠公於放鶴亭，即今綏庭制府、惺庵中丞之尊人也。制軍臨去時，樂我論文樂。五生歡握手，不復論階爵。綏庭制府昨來南昌，適予與辛、魯、王、傅五生講學谷園書屋，制府亟令五生出拜締師弟之誼。王公今入覲，屈指返江郭。可與對飲泉，不愧亦不怍。午堂總戎昨有留別之作。

昔者王新城，輯詩名山木。敢言附結鄰，聊復擬私淑。卅年瓊佩投，十卷編續録。誰知新城編，今爲新城卜。盰江黎水上，有人結茅讀。新城魯絜非進士以"山木"名其齋。歐曾溯班韓，多師以爲畜。才子克繼聲，相依皖公谷。賤子一瓣香，托爾仲與叔。遂有代興語，平生敢輕勗。匪工之度之，自營壞材屋。①

廬鳳道中八首②

每交十月涉江淮，笑比三年計吏偕。閲歲徒添小兒女，長途都繪舊情懷。夢迴旅飯煎茶處，詩在寒林野水涯。屢駐征鞍增豔羨，沿溪曬網幾茅柴。

捆束滕囊不滿車，已嫌僮僕太粗疏。贈言侈説行攜鶴，惺庵中丞所贈鶴爲蘊山借去。畫册慚教客載書。絜非進士以王漁洋事爲比題於予所藏《載書圖

---

① "壞材"，手稿本作"環材"。

② 此詩題位於手稿本第6176頁。該處八首詩手稿本有錯亂，第一、二首位於手稿本第6176頁，第三至八首位於手稿本第6173—6174頁，而第八首之末三字"作先春"位於手稿本之第6179頁。

册》。珍重門生傾悃愫，商量經義重瓊琚。何如卅載前風味，策蹇霜濃滮水初。

姚兄比歲勘群經，劄記辛勤手未停。旅舍匆匆談片晷，故交落落感晨星。網羅舊説唐兼宋，離合誰期桂與丁。丁小疋來南昌正值予啓行日，而桂未谷今秋中鄉試將北上也。連夕夢中偕數子，幾行削柎似箴銘。

千涂萬轍必歸原，竅啓新知未易論。直要胸中求實得，那徒紙上托空言。義爻可括群言富，①陸子曾研衆義繁。幾得同來江北路，豈真僅爲話鄉園。

戴記麟經課久疏，區區金石累鈔胥。二京文字窺三代，五禮淵源貫六書。急就洪家添考注，天冠趙迹費舟車。巾箱笑待他年補，尚是雕蟲篆刻初。近刻《兩漢金石記》成，而江西金石著録未暇刻也。

江北淮南小陽月，半黄摇落只微寒。比因莫雨雲陰重，略作初冬雪意看。澤國晚占連歲稔，役車歸值老農歡。宦貧囊儉吾何憾，一領茸裘未覺單。

夜夢廿年旋役處，嶺輿親手折梅花。豈因東粵狂生句，黎二樵。卻落西湖處士家。石澗小橋斜度馬，孤村半樹點殘鴉。幾時淡月朦朧意，寫寄香蘇野水涯。蘭雪屬予爲覓羅兩峰作《石溪探梅圖》也。

北來鄒嶧翠招人，南去匡廬未隔塵。雲抱官程多指樹，雨添野水即通津。滁山襟帶應如昨，淮月衣裾又一旬。浩浩東風蒸動意，已收暖律作先春。

九江遇王午堂次韻爲别②

笑共匡君相對語，匆匆二客各旋轅。驛亭味尚秋泉汲，厓石青仍舊雨痕。千里肯將山水隔，三年豈但友朋論。那憑寄訊吟兼夢，只有

---

① “群言”，手稿本作“群書”。
② 此詩題位於手稿本第 6179 頁。

盟心誼倍殷。①

望鱟尾山②

三年懷切廿年同,望阮翁因望皖公。配食杜陵猶未肯,服膺山谷果何功。寒消泰岱千峰外,春到西江一吸中。若個得門先得髓,澹煙雲樹太空濛。

明周定王研銘拓寄蘭雪③

三首之第三,集刻二首。

笑於石墨起樓臺,萬古中天積翠開。季孟元卿真研在,憑君負笈早歸來。予藏宋拓《化度寺碑》是宋范忠獻家洛陽御書樓石本,因自題曰石墨書樓并繪范氏書樓圖,今因此研是汴梁故物,是以及之。

前年在江西見襄平甘氏舊藏王煙客畫幀賦詩寄懷甘嘯巖今從冶亭闓峰昆仲所見嘯巖次韻并補圖再次和呈冶亭闓峰兼懷嘯巖④

故人霞表訊,珍重壓歸裝。著我書窗綠,遙分粵嶺蒼。畫禪來仿佛,詩夢觸冥茫。落月停雲思,繾綣萬丈長。

---

① "倍殷",手稿本作"倍敦"。
② 此詩題位於手稿本第6182頁。
③ 此詩題位於手稿本第6185頁。詩題手稿本作"予藏明周定王小研銘云割紫雲之片石兮漾璧水之元光蘭雪凡古篆十五字今以拓寄蘭雪吳生系以三詩"。
④ 此詩題位於手稿本第6190頁。

復初齋集外詩卷第二十一

庚戌辛亥百二十四首<small>石墨書樓集</small>

古龍勺詩爲仲魚賦①

蒼然誰辨古疏蒲，周尺旁推兩及銖。但據阮陳摹作譜，何當吕趙續成圖。鄉衡正取虛中義，獻豆應權一實殊。活碧斑斕無款識，故家今已壓香廚。

伯恭得宋拓初翻化度寺碑凡九百卅字屬題二詩②

化度銘文過百行，十年寱寐補遺亡。合從銷夏追庚子，比並端平事不忙。

盈盈微步爛成行，翁絶瓊華理未亡。漸取豐神還質樸，緩商摹勒未須忙。

壽西巖觀察七十③

仙風跨鶴即揚州，淮海高名接少游。曾陟羅浮連日觀，親從嶽麓望瀛洲。看花蠋舫春雲擁，④奏草蟭屼故事留。才子繼聲來彩舞，新詩傳遍鳳池頭。

---

①② 此詩題位於手稿本第 6199 頁。

③ 此詩題位於手稿本第 6201 頁。

④ "蠋舫"，手稿本作"鸀舫"。

白澗道中次闓峰韻①

橐籥鼓鏗鋐，軒皇奏樂聲。風連群壑應，雲帶亂山橫。一氣來盤谷，層青繞薊城。萬松應響答，戞擊作球鳴。<small>盤山有萬松寺。</small>

望盤山四首②

薊城以北拱京華，③羨煞田盤處士家。直是天然出奇秀，非關居者托煙霞。度隴上應奎文勒，尺幅多勞玉畫叉。尚惜此來春未半，不曾古寺見桃花。<small>山之東曰桃花寺。</small>

拙庵開士有叢林，印遍人間無住心。紅杏青松傳畫軸，漁洋初白盡知音。是間投贈非言説，空外蕭寥寄意深。證取百年詩注脚，濕衣濃翠到於今。<small>盤山僧智朴號拙庵，有《紅杏青松圖》，漁洋、他山諸家題咏今在崇效寺。</small>

我居梓里未遑登，豈是攀躋欠瘦藤。猶記卯秋驅馬過，只憐鄭子賦詩能。<small>門人鄭秋浦侍御。</small>全神松石諸峰得，絶頂江山萬象憑。一卷錢曹連夕話，斜街潑墨憶挑鐙。<small>十年前蘀石爲慕堂作《古中盤松石圖》，予爲題之。</small>

舊時風味兒時話，曉翠名樓爲此山。慚愧素心臨鏡檻，蹉跎青鬢俟蒼顔。已霑厚禄仍無補，空忝征軺日不間。旭照青林春更好，雙栖鳥語報關關。<small>末章寄内子也。</small>

行殿侍直與諸公論詩作④

行宮曉月映西廊，橐筆追陪鷺序行。高樹成陰添野幕，好山貯翠滿詩囊。路迎日觀通丹篆，人憶雲州嗅異香。<small>用虞道園與馬伯庸諸人聯彎出關事。</small>莫怪餘甘回齒頰，御厨連夕飫天漿。<small>賜食物已二次。</small>

---

① 此詩題位於手稿本第 6204 頁。
② 此詩題位於手稿本第 6205 頁。
③ "以北"，手稿本作"以此"。
④ 此詩題位於手稿本第 6207 頁。

詣毛公祠馳至太平莊道中三首①

雄鄚接瀛壖，行鐙驛騎邊。燕南橋夜漏，三十一春前。月轉城陰静，星垂淀北圓。水光迴昔夢，似爲溯先賢。

驟雨晨光内，停鞭飯野村。道旁誰剔石，壘廢似頹垣。_{祠北毛公墓，土人呼曰毛精壘。}近得遺聞否，思窮訓故原。西河真脈在，小序要深論。

郵程三夕隔，行帳轉如家。緑倍城隅柳，紅添巷陌花。宿煙依古堠，春氣入新畬。晨起追聯唱，宫門話月斜。

輿中草書歌②

竹輿雙竹伊軋鳴，松風和我吟詩聲。太冲藩溷著筆研，何似列子泠然行。兔起鶻落縱即逝，長林噪雀飛還驚。敧斜紙墨别一格，蕩摇草樹皆天成。去年得之星渚北，匡廬峰嶺側復横。青天化作一張紙，涪翁手腕誰與争。又欲改竄放翁句，瞿唐一馬真强評。_{陸放翁《醉中下瞿唐峽》詩：「我舟十丈如青蛟，乘風翔舞從天下。江流觸地白鹽動，灔澦浮波真一馬。主人滿傾白玉杯，旗下畫鼓如春雷。回頭已失灢西市，奇哉一削千仞之蒼厓。蒼厓中裂銀河飛，空裹萬斛噴珠璣。醉面正須迎亂點，京塵未許化緇衣。」按此詩末二句平弱，與醉觀飛泉不稱，愚擬易之曰：「盡落放翁懷袖底，惜無涼州舊鐵衣。」}好事敲門求醉帖，醉中真意奚以名。我友桂君指頭隸，往往神似張伯英。擔夫争道皆筆勢，交衢逐左相迴縈。野馬息吹偶然得，茶煙香篆只舊盟。花之寺僧那傲我，寫梅蹋雪江南程。_{羅兩峰别號花之寺僧，嘗於馬上畫梅。}

再賦比廬索諸公和③

周廬聊作比廬誇，隨意畦灣與渚涯。玉局亭銘因擇勝，_{東坡作《擇勝亭銘》，以布爲之。}紫絲步障太繁華。北南漳夾周劉宅，青白楊分妥畬家。鐙火參差穿樹影，欲題葉幄作星槎。

---

①　此詩題位於手稿本第 6211 頁。
②　此詩題位於手稿本第 6212 頁。
③　此詩題位於手稿本第 6213 頁。

喜晤紱庭二首①

會合江山氣，蒼然到岱東。半年分袂後，千里寸心同。向日趨丹極，迎人灕惠風。黍苗春雨近，匝道綠芃芃。

行帳茶煙裊，蕉窗比谷園。雲帆迴昔夢，江水共清言。禪榻棲仍定，征塵静不喧。依依懷數子，剪燭夜深論。<small>語及辛生、二魯生也。</small>

得陸謹庭書知弇州所藏化度三本並在吳門寄懷二首②

誰言三本雁成行，半幅吳淞篋未亡。早晚斑騅來送客，川長橋峻不須忙。<small>弇州第一本存二百餘字者，有胡中丞、陸詹事跋，今在謹庭所。</small>

割去存疑賸幾行，後來覆本半存亡。宋翻舊拓余今見，但恐弇州賞太忙。<small>其第二本多出"之"字云，多漶損，其第三本頗弱，非宋時翻也，予昨見九百卅字者乃是宋翻耳。</small>

謹庭以何義門臨化度見贈二首③

道護碑摹儼輩行，六朝法乳未遺亡。章家片段殘圭邸，藻藉雍容了不忙。

那共重僮較齒行，評來翻本冊存亡。幾時親訪中吳客，胝手寧辭拓勒忙。

次韻述庵帳房④

幅布縫來儼一廛，晝行堪憩夜堪眠。平時迹類收帆席，到處廬周列宿天。趺坐偶成齋十笏，依鄰何止宅三遷。儻能復壁藏書比，最憶經帷秉燭年。

---

①② 此詩題位於手稿本第 6215 頁。
③④ 此詩題位於手稿本第 6216 頁。

恭和御製賦得野含時雨潤元韻①

八徵來備義,暘雨慶敷天。潤浥群芳浹,光含萬象鮮。日時春惠溥,於野歲功先。得氣來東岱,迎穰偋甫田。正環宸望裏,如展畫圖然。細綠占禾役,層青動柳眠。直將疇福五,沛遍甸村千。聖藻如膏注,還符秩祀虔。

遊靈巖山寺和閬峰②三月三日

我皇曾寫摩頂松,一筆洞徹禪關重。諸峰呼嵩合一氣,石濤松籟群相從。是日諸天殷雷雨,崇朝膚寸環岱宗。青蒼石氣吐紺碧,蜿蜒松骨皆虬龍。宮門侍直曉班退,衣袂已著煙嵐濃。巢鶴巖頭羽謖謖,卓錫泉上雲淙淙。西來衣化鐵非石,東指枝悟栝與樅。之而凌空動簧簧,阬谷叶應傳笙鏞。俄焉梵唄出曉霽,渾乎泉石相撞舂。千年苔花競滴翠,萬壑雲氣來蕩胸。爾我拈詩亦習氣,苦執題字留遺蹤。茶話忘機對釋子,芚愚祝拜來老農。始覺筆端涉思議,共聽偈子空山鐘。歸來挑鐙識前夢,兩夕宿處攢千峰。

題慶晴村小照二首③

蘭芽春吐玉枝蟠,卻盡秋香桂子丹。夜永韋平深第宅,月華如鏡倚雕欄。

斑衣自賦洗兒詩,五十娛親未算遲。賀客飛觴題畫處,岱雲萬笏送青時。

恭和御製經雄縣城南因命加振有作元韻④

時巡處處軫三餘,況切殷懷淀水潴。蠲貸普霑仍展振,秋霖纍念

---

① 此詩題位於手稿本第 6217 頁。
② 此詩題位於手稿本第 6218 頁。
③ 此詩題位於手稿本第 6219 頁。
④ 此詩題位於手稿本第 6220 頁。"加振",手稿本作"加賑"。

到春淤。暄陽澤動沿堤鷺,愷樂恩深在藻魚。臣與村氓同忭舞,親承帝訓曰咨予。

恭和御製微雨元韻①

帝勤春省耕,補助采夏諺。熙熙入律風,藹藹當春半。芳郊雄鄚間,黃柳青圍淀。濛濛煙景中,陰晴互變現。帝曰非娛遊,民事咨所患。瀛海接晴虹,豈以資壯觀。霏微晨雨光,隱映濃雲片。中有溫仁氣,玉琯寒初變。乍如甘乳滴,稍作輕絲散。此是山澤精,油油漸瀰漫。聖人拈得之,吹萬泠然善。大化與時行,即目寫聞見。天地萬物懷,所以與點嘆。

恭和御製思賢村行館四叠舊韻元韻②

行殿旁臨太傅祠,授經臺畔講堂宜。名更四善榮欽定,學並三家作世資。外傳之功通易義,西河而後有韓詩。千秋得沐君師訓,六義躬行貫百爲。

恭和御製瀛州南樓八叠沈佺期韻元韻③

沈詩題麗譙,丹梯薄層霄。時縱南樓目,慨想憑沈寥。幸遇聖藻賡,棟桴藹祥飆。俯瞰古瀛臺,城隅帶陂橋。論世豁昭曠,懷古極迢遥。陋彼初唐咏,未遠齊梁嚚。大義關勸懲,豈獨資風謠。

恭和御製命截留漕糧三十萬石於北倉以備
直隸振恤之用詩以誌事元韻④

畿甸歡騰御輦行,蓋藏先已厪皇情。百千里匜籌之豫,卅萬糧留裕以赢。東作興鋤占樂利,北倉備糦慶均平。深仁潤物如時雨,歲歲當春遍發生。

---

① 此詩題位於手稿本第 6221 頁。
②③ 此詩題位於手稿本第 6222 頁。
④ 此詩題位於手稿本第 6223 頁。

恭和御製紅杏園七叠前韻元韻①

日華故宮阯，光苾時巡輦。近撫紅杏株，遠追文學館。三雍奏對餘，六籍篇目顯。豈如聖典學，乙夜疇圖展。天毫一揮灑，萬象供驅遣。春卉環向榮，欣欣有餘善。

恭和御製日日六韻原韻②

常錫光華照，③時巡仰健行。萬民增喜氣，夾道共歡迎。村樹濃如沐，山禽宿不驚。田塍彌茂蔚，閭巷更豐盈。俯計恩逾渥，如傷慮轉怦。豳風圖畫裏，繪出聖人情。

恭和御製策馬元韻④

春雨間春晴，燕南濟北程。谷吹溫律溥，山叠瑞雲迎。顧問勤民瘼，諮諏寫物情。天章垂露彩，流潤遍禾莖。

恭和御製過德州浮橋作元韻⑤

化日舒長慶有年，衢歌擊壤帝車前。岱峰一碧雲蒸起，德水千帆澤沛然。海甸漕渠膏雨沃，江村魚稻井疆連。銜艫濟運訏謨遠，拜手群僚共勉旃。

恭和御製駐蹕德州行宮元韻⑥

青淄疆畎深綏祜，帝敘康功念在茲。正屆岱東齊北境，漸交蠶月麥秋時。雨暘應處郵籤報，餅餌香來律琯知。行殿午陰花漏静，晝長刻刻切籌思。

---

① 此詩題位於手稿本第 6224 頁。
② 此詩題位於手稿本第 6225 頁。
③ "常錫"，手稿本作"帝錫"。
④⑤ 此詩題位於手稿本第 6226 頁。
⑥ 此詩題位於手稿本第 6227 頁。

泰山三十六韻①

夜誦太白詩，如與仙者言。午來鶴泉涘，衣袖真騰騫。泉在縣城北，於岱如屏垣。行殿居其上，式臨杓極尊。古者明堂位，百靈所駿奔。七十有二代，繩檢誰具論。聖人運元化，九疇錫福蕃。詩書秩祀旨，來此欲問源。於惟東嶽伯，系曰天帝孫。直領諸嶽瀆，星宿探昆仑。上通叶昊綷，下鎮維厚坤。藐哉杜甫語，青但齊魯援。後人競摹寫，惝恍談天根。我隨屬車來，曉霞氣温磨。親見聖人登，詄蕩憑天門。小魯小天下，擬議了不煩。元氣真宰上，静倚榑桑暾。大海一碧來，萬象相吐吞。侍臣侍於麓，但仰敕典惇。雲嵐蕩胸出，星斗敢手捫。夙慕巔厓刻，夢寐忘饔飧。東武趙家拓，諮訪費周爰。近有聶氏録，已勝岱史繙。學易譜稱最，甲秀文徒繁。擘窠唐隸書，作勢摶鵬鶤。復聞張説頌，洗削無留痕。那更摭遠古，云亭舉柴燔。請看聖人治，實政即羲軒。至誠自昭格，慶典福黎元。陋彼升中議，往代競嚚喧。詞臣忝扈從，岱廟孔林園。更無侈文字，但有潔蘋蘩。政成俗淳樸，婦孺環山村。嶽靈單厚積，助兹聖化敦。蒼茫太古色，風物追胚渾。何必孤嶂側，古篆争摹翻。

泉林四首②

恭從聖人後，洙泗得尋源。林以環來密，泉於匯處尊。橋灣風自響，川上迹猶存。百沸跳珠語，春陰與細論。

薇省雲司侶，聽泉倚樹時。但求印利涉，③不厭問津遲。浩浩資深始，源源浥注兹。昆仑星宿海，識路更何疑。午坐泉上與述庵司寇、閬峰閣學論《説文》《玉海》諸書讀法。

老衲記前身，盟心第二春。泉烹漚澮對，樹下宿生因。共向靈源

---

① 此詩題位於手稿本第 6228 頁。
② 此詩題位於手稿本第 6230 頁。
③ “印利涉”，手稿本作“印涉利”。

問，俱非宦海人。請憑江水照，披拂見吾真。①泉側與綏庭制府話別。

　　未問歷城水，金輿廿四泉。遺山寒食句，柳色鵲湖天。悵望漁洋思，沿洄海岱邊。近詢同媚學，何處著言詮。

奉敕遣祭子思子祠二十韻②

　　尼山垂祖述，家學自趨庭。闕里階墀近，文孫俎豆馨。溯惟元縣尹，始備講堂廳。側近辛泉字，猶傳至正銘。於鄒推授受，配孟緬儀型。私淑原如接，稱先誨若聆。目追瀍洛史，心在禹皋廷。太一非名象，中庸本禮經。六官初建設，三重早丁寧。典洽周王制，篇該魯頌駉。③遂聞庠序義，申畫井田形。大闡七篇啓，還如一貫聽。曲臺支港沜，小戴扣鐘鼪。四子同論孟，中天炳日星。今皇春秋祀，汲古充郊坰。所務源尋委，如登屋建瓴。嶧山來肅對，泗水衍神靈。院靜懷鉛切，堂深慎獨扄。隱微誰共喻，戒懼念常惺。夢繞彌高仰，千峰岱嶽青。

奉敕遣祭孟子祠二十韻④

　　三十年前拜，經過感不勝。況今趨殿砌，特詔下觚稜。帝念三遷里，臣綠兩廡登。昨宵班乍忝，比曉命重膺。自岱來禳祐，維鄒奏假徵。知言門步始，養氣扁心兢。仁義千秋統，淵源一脈承。道修惟性率，詖距必邪懲。所恃幾希立，攸關物則烝。井田庠序校，律呂矩規繩。四禮探原委，群經實式憑。注家紛仰測，疏義果誰增。學聖推堯舜，尊聞即孔曾。暴書留想像，何帙緬鈔謄。敬與嚴俱致，孟母宣獻夫人廟有致敬門、致嚴堂。機惟斷乃稱。魯齊諸郡接，慈孝使人興。弟子艱哉配，堂階峻矣升。恭維宣祉祐，所以潔鉶登。大路遵如砥，瞻嚴翠幾

---

① 　“披拂”，手稿本作“披豁”。
② 　此詩題位於手稿本第 6233 頁。
③ 　“駉”，原爲墨圍，據手稿本補。
④ 　此詩題位於手稿本第 6234 頁。

層。塞乎天地氣,星斗照青鐙。

再次前韻答純之習之①

樸學於爲文,如農藝稟麥。嗜非別甘辛,體豈判今昔。鄙人寡陋姿,三載西江役。期我問字侶,凡將審爰歷。道園山谷上,曠古如可覿。庶持質厚功,以補津筏力。文章豈一藝,經義窮鉤析。所賴深根柢,日漸充學識。但須勤務本,豈敢言奪席。秋實競春華,朝披復啓夕。到此一以貫,何非萬卷積。停鞭直廬語,書以資集益。

次韻晴村都統賜翎②

賁服光輝輦路春,翠翎耀日下温綸。羽儀拱衛仍趨蹕,閥閱旌麾本世臣。於古珥貂兼奉使,況今舞彩更娱親。歸來海岱宣猷地,部曲歡迎話聖仁。

德州道中贈秋盦③

行營藉草襯莓苔,對案聊同研席開。玉局何年逢海嶽,石經宿約共蓬萊。多聞富有新知益,習氣商量故紙堆。恨不濟寧留過夏,題襟待得晉齋來。聞趙晉齋將以六月到濟寧也。

曉寒④四月十八日

不雨氣自濕,曙陰淰淰寒。已覺大東雲,漬翠於征鞍。潑水曲抱水,別山遠環山。漸辭沙路軟,稍試土脈乾。村農時望澤,芒種期尚寬。膏潤種玉城,麥壟帶溪灣。林樾蒸青來,濛濛靄微霑。澹煙橫野廬,高下如層欄。驅車曉光中,不嫌客衣單。榆關山海綠,挐入懷袖看。

---

① ② 　此詩題位於手稿本第 6245 頁。
③ 　此詩題位於手稿本第 6246 頁。
④ 　此詩題位於手稿本第 6252 頁。

過豐潤縣①十九日

昔與程葺翁，體物妙鉤剔。因誦朴山詩，輒想陳宮迹。八年此經過，三秋惓於役。鐵花字未覘，縣庫有軍器鐫字。翠墨文粗覿。吉金陋宋銘，騷歌擬唐勒。居然松花版，不以趙馮惑。去歲西江摹，千楷員外敕。貞觀善奴付，虹玉東堂壁。如悟此非真，②久要疑待析。那執周越評，苦向張芝覓。率更草書《千文》有周越跋。一昨宿任城，褚法辨之瓯。敢以誣後賢，貿爾襲高格。譚藝豈偶然，於道必歸極。秋盦別來新，葺翁空爾憶。首途榛子鎮，目營岑雲北。曷副懷鉛思，三日勞野食。

雨後盧龍道中③二十日

灤陽新雨後，處處皆溪意。蓋於坡阜間，已寓奔溰勢。昔讀崇仁集，如親雪溪記。曲折悟畫理，蒼茫非散地。我從章貢來，會合峰嶺氣。山川審脈理，蓄洩論文字。前秋渡灤時，④涼雨洗丹翠。寄言皖公山，藉以討靈異。三歲復東遊，昔遁於何寄。痦瘝虞袁輩，指顧相並蠻。那更較量生，衆綠自遠至。冀與知者論，飛雲起清吹。

出山海關索諸友人和⑤廿二日

浩蕩風雲壯客襟，及關詩思轉雄深。依山路繞沙成線，測海光搖塔似針。貫月乘槎津易涉，挑鐙掃葉力難任。吏人笑我裝囊重，漫比蓬瀛竹素林。

適興中得瑤玉句因憶王介甫復得一龔隨我遊一篇於途屢誦之而是日武進龔君恰來同行蓋令叔先在予處亦一異也用介甫韻二首并邀諸友和⑥

濃陰古路夾榆楸，添得交談緩蠻遊。二阮繼聲來信宿，兩龔前諾

---

① 此詩題位於手稿本第 6253 頁。
② "如悟"，手稿本作"始悟"。
③⑤ 此詩題位於手稿本第 6254 頁。
④ "灤時"，原為墨圍，據手稿本補。
⑥ 此詩題位於手稿本第 6255 頁。

記因由。書林伐木歌相翕，藝圃連枝翠更樛。況有趙家喬梓共，英不^{平聲}。何減雪溪舟。

石室重紬筆待參，麥秋已過月眠蠶。新知舊貫論文合，薄暖微涼挾册堪。十手對披同研北，諸賢群季半江南。何因皇澗流泉響，夢到鍾山梵唄庵。

詳校山谷集任史注適以六月十二日功竣是日得蘭雪寄詩潤亭寄贈鄭板橋畫竹并題用二詩韻索諸友和兼寄裴山純之巽齋蘭雪①

勞者憬晨鐘，如披宿霧重。矓翁非注釋，貞白夢風松。和以吹笙侶，翩疑駕鶴從。谷園廬皐側，翠倚玉芙蓉。

雲紅曙海照雙魚，忽憶挑鐙問字初。莫說蘇齋移不到，蓬山延閣正攤書。去年冬裴山題予谷園卷有"谷園移不到蘇齋"之句，今日得巽齋手書《論顧復初禘祫說》，極博辨，故因以懷谷園諸子。

盛京勘書兩月將俶裝矣瀋陽書院掌教黃文橋明經以素册索書近作望醫無閭詩文橋賦三詩爲謝次韻奉答兼以留別桂圃警齋敬軒澄庵四侍郎景堂提學②

得上神都二酉峰，此間夜夜宿羅胸。慶霄日麗書籤永，香篆煙霏別袖濃。觀海豈能裨勺水，瞻巖不爲訪遊蹤。講堂喜共笙琴叶，何減膠雍奏鼓鐘。

閣倚斜陽紺塔尖，相思千里暮雲瞻。從今原隰依依夢，每繞宮牆玉砌廉。

退筆塗鴉拙敢藏，墨華都借曝書光。臨池小技曾何補，慚對丹鉛册滿牀。

瀋陽書院在奉天城之東南府學西偏，黃名文趾，元和廩貢。

---

① 此詩題位於手稿本第 6259 頁。
② 此詩題位於手稿本第 6260 頁。

題四松堂詩稿兼呈桂圃①

四松一桂蟠根大，老筆森然寫鬱蒼。聞說敬亭非借號，想應李白
對飛觴。陶韋五字神交久，周蔣諸君舊話長。謂立厓、千之。待我敲門
翻偈子，淡黃籬外訪重陽。

再次前韻二首留題書局以志感愧②

萬卷重披群玉峰，循源洞達豁心胸。補治槧素聲相應，覆校籤黃
墨倍濃。兩月分陰皆集益，百家觸處可尋蹤。每於互證加詳繹，悟徹
寥天午夜鐘。

道園史院別巋峰，此意箴規戀切胸。何幸雕蟲斑管弱，得依翔鳳
閣雲濃。昔太宗文皇帝建翔鳳閣以儲祕籍，即今文溯閣之東南閣也。風來屢作繙
書夢，雨過猶疑掃葉蹤。豈止墨緣三宿在，感深夜夜寤晨鐘。

五疊前韻留別警齋司空③

鶴背光來海上峰，不徒文字寫心胸。坐依冰鏡秋鐙照，語挾蘭馨
道氣濃。砥節箴銘堅後約，矢盟忠孝感前蹤。笛飛待共蘇齋席，同聽
鄰庵雪夜鐘。君於壬子冬杪入覲，欲邀同作坡公生日也。

六疊前韻留別鄣園孝廉④

相知七載隔雲峰，得假群書證此胸。倏到三秋蕉雨潤，又臨八月
桂香濃。借君鶴露蘭皋警，笑我鴻泥雪爪蹤。珍重留題禪榻卷，千山
祖樾恍聞鐘。祖樾寺在千山，盛京名刹也，適爲鄣園題裘文達壬辰仲冬遊千山詩卷。

七疊前韻留別桂圃警齋敬軒鄣園⑤七月十日

去秋別緒對青峰，雲影川光宛蕩胸。何意得承新雨餞，繫懷翻比

---

① 此詩題位於手稿本第 6261 頁。
② 此詩題位於手稿本第 6262 頁。
③④ 此詩題位於手稿本第 6263 頁。
⑤ 此詩題位於手稿本第 6264 頁。

舊時濃。已深北郭離筵感,更結西灣判袂蹤。今日真成三笑悟,淡煙同聽虎溪鐘。

舟行廣寧道中①十四日

新霖行四日,甫將指廣寧。茶棚連二井,彌望潴淵渟。洶洶塞外來,迅湍於此經。雖近淋潦傷,不礙黍稻馨。客程及秋曙,車轂復小停。孰謂泥淤間,蕩溝可揚舲。主僕兩三人,書簏如釣筝。恍跨烏犍背,蹋響雲冥冥。煙樹作支港,野老對忘形。遙山點雲樹,矮幅橫畫屏。翻因潦雨滯,勝訪幽林扃。滌此暑月懷,牽我宿夢醒。他時補雪溪,因之繪書廳。并入鉛素攜,潤到枕簟青。

廣寧留別朱式九孝廉②逵

北鎮鬱層青,群峰帶廣寧。爾歸家縣郭,誰約訪巖扃。累月同披笈,搴雲試剔銘。古苔餘綠字,好爲補圖經。

徐伯崙次予前韻因和答③

班書傳士禮,曾記辨深寧。昔深寧王氏嘗辨《儀禮》十七篇,《冠》《昏》《相見》《喪》《夕》《虞》《特牲饋食》七篇而外皆非士禮,疑陸賈説誤。安得蒐遺佚,精思徹奧扃。近推吾黨秀,擬寫鄭堂銘。儻共劉兼魯,同心綜緯經。謂寶應劉端林、新城魯巽齋也,吾嘗以《儀禮》爲經,訊諸學侶《周禮》當云何,惟辛敬堂及巽齋以《周禮》爲緯對。

昨詳校臨川謝竹友集有翠雲山寺咏輒賦詩寄純之未暇録草歸途偶憶成之④

不記建昌志,曾載茲咏無。今之建昌郡,即古臨川歟。二謝以詩名,軒軒山谷徒。吾門得二魯,豈慚二謝乎。紙上翠雲飛,恍到山寺隅。吾友讀書處,抗志追古初。尚友古之人,不獨詩與書。而況竹友

---

① 此詩題位於手稿本第 6265 頁。
②③ 此詩題位於手稿本第 6266 頁。
④ 此詩題位於手稿本第 6267 頁。

翁,能勿夢寐俱。竹友早知之,真意留碧虛。片雲招對榻,千載同一廬。介紹乃到我,念我齋號蘇。補入谷園軸,相聚成畫圖。_{純之每欲畫予共學也。}

山海關晤桐園都統出所藏法帖書軸同賞因懷警齋司空①_{廿三日}

耳熟君門閥,迴思四十年。勛名當代盛,_{表舅氏孟穎仙先生昔嘗館於公家,予幼時及聞閭閬之盛。}翰墨有人傳。海嶽星虹氣,香光筆髓禪。目馳關樹綠,午夢澹茶煙。

羅兩峰父子爲予仿孫雪居邵瓜疇海嶽庵圖又作研山圖賦此報之②

我因庵圖識研山,遂因兩峰識米老。日日淨名方丈間,臥遊浮玉蓬壺島。兩峰之下又小峰,翠巒玉筍青重重。借問虎兒楚山夢,何如鳳巢香葉中。

再題研山圖③

雲巖雲峽夙前身,秀氣吾齋想夙因。端有宣和鄭先覺,金尊對寫五湖真。

再題章藻仲詩翰二首④_{以下辛亥}

長史東吳有後身,十年窗影照如新。琴聲山翠堪終古,傳得英英玉立人。

鐵筆誰能擬紹之,吳興亭子老坡詩。伴他樗史蘭亭卷,同記蘇齋瀹茗時。_{此迹曾刻於曲阜孔氏,故用藻仲《鐵筆》詩也,今此迹歸吳江金瑤岡,適瑤岡以宋拓《蘭亭》樗史本來並屬題,故及之。}

---

① 此詩題位於手稿本第 6271 頁。
② 此詩題位於手稿本第 6291 頁。
③ 此詩題位於手稿本第 6293 頁。
④ 此詩題位於手稿本第 6303 頁。"章",手稿本作"張"。

紀曉嵐宗伯以竹君學士贈研來屬爲銘云竹君之研贈曉嵐爲之銘者翁正三因拓其文裝軸借王漁洋句足成一絕以呈曉嵐兼寄石君中丞①

尚書薊北霜侵鬢，開府江南雪滿頭。相對蘇齋論舊雨，又添詩話在瀛洲。

題雩谷墨梅二首②

石農煮石山陰夢，神出空林澹不收。如許濛濛煙雨思，可無瑤玉與君舟。

簡齋詩後道園詩，稱得娟娟玉一枝。我有石溪詩髓約，蘭盟蘭雪結心知。將乞君爲吳蘭雪作《石溪探梅圖》也，雩谷有“蘭盟”二字小銅章，極精。

送邱東河還南澳同知任二首③

循吏書名御座旁，廉能經術即文章。承家古樹來鸞鶴，報最高臺下鳳凰。韓廟海環碑剔綠，蘇齋星聚墨生香。宦囊仍是邱遲錦，虹月光騰萬丈長。

廿年嶺樹記誰栽，石路榕陰策騎迴。人與梅花成舊諾，天教詩屋識奇才。歸途仍結貧交伴，到日重將畫卷開。寄語二樵圓宿夢，蘇門學士待君來。末章兼寄黎生也，第五句謂鄧生。

題兩峰畫紅白梅卷二首④

素屏對影論高格，俱是春風第一枝。不取人看顏色似，冰霜卻是兩心知。

離合神光靜不分，淡濃章法可論文。珊瑚玉樹交襟袂，一片兜羅

---

①② 　此詩題位於手稿本第 6304 頁。

③ 　此詩題位於手稿本第 6305 頁。

④ 　此詩題位於手稿本第 6307 頁。

雪海雲。

再題一首①

煙翠不分明,何因戲墨成。丹忱皆素抱,赤水即珠英。共命靈禽語,交柯玉笛聲。相期調鼎切,心迹恰雙清。

懷王述庵司寇邀玉亭閬峰同賦②

去年此日記同群,於役春陽袂久分。枚馬抽毫矜刻燭,虞袁並轡愛論文。畫禪試訊王摩詰,詩思空懷李鐵君。蒲褐山齋應夢我,茶煙篆裊數峰雲。

春寒③三月五日

寒與莫春期,剛宜扈蹕時。更增湯谷氣,特要杏花遲。麥喜雲陰重,松交石瀨知。千峰真偈子,拈向拙禪師。

恭和御製駐蹕静寄山莊因成二律元韻④三月十一日

泉石雲松合作莊,長春一氣共春長。雲泉本自天然構,松石還霑聖日强。檻户交陰含衆籟,麥禾鋪穎眺群芳。化機静入仙壺永,晝漏舒遲静不忙。

禪偈休誇處士莊,何如静寄義深長。祜凝叠石千盤固,筆挾飛泉萬丈强。正值時和宣以澤,恰於雨潤漱其芳。新晴細皺諸峰翠,雲濕仍留意未忙。

恭和御製雨花室庭梅四絶句元韻⑤

醖釀春陰到玉梅,溟濛雨破曉寒開。靈山結就陽和氣,始信陶鈞力大哉。

---

① 此詩題位於手稿本第 6308 頁。
②③ 此詩題位於手稿本第 6314 頁。
④ 此詩題位於手稿本第 6317 頁。“元韻”上,手稿本有“一韻”字。
⑤ 此詩題位於手稿本第 6318 頁。

化機斡運在璣衡，元氣淋漓綻玉英。叩沐迎鑾霑渥澤，孤根分得聖之清。

雨花名室論禪偈，得伴雲泉未是遲。清曉嫩寒何處覓，恰邀天筆一題之。①

靜聽萬籟響春山，相對無言淡更閑。尚與諸峰留雪意，肯教松石占禪關。

恭和御製題延春堂元韻②

天然堂扁是延春，況及豐年雨意新。氣感八徵時以敘，祥占五福錫斯人。雲嵐太古暉常照，松石澄鮮筆有神。總切聖心心即政，環占農樂取其陳。③

次答玉亭用予題扇韻見贈④

不須韓李蹈燕川，卻和盧仝韻颯然。半榻松風書萬卷，丐從盤谷借他年。

又答閏峰⑤

近畿如此好山川，舊學疏蕪倍愸然。同學同來交益我，行縢風味聚連年。

西苑請寶自長河經萬壽寺趨宿直廬道中有述⑥

綸光苑路繞香塵，塔影橫橋似故人。映帶晚花兼宿麥，清和首夏接餘春。禪扉舊識饒松石，郊藪來遊閱鳳麟。道中讀純之新詩，因憶壬午、癸未間與擇石、辛楣、稚圭諸君論詩於此。慚愧夕陰三十載，水風山翠漬衣巾。

---

① “題之”，手稿本作“拈之”。
② 此詩題位於手稿本第 6320 頁。
③ “環占”，手稿本作“環霑”。
④⑤ 此詩題位於手稿本第 6327 頁。
⑥ 此詩題位於手稿本第 6333 頁。

夢蘇草堂圖歌題兩峰爲馮少卿畫①

窗簾煙月非模黏，君因小蘇識大蘇。黷縷道妙窮根株，神出寥邈無古初。萬象攝入摩尼珠，眇眇真宰元氣俱。兩峰何自而覯諸，惠州儋耳蒼髯鬚。雷藤相望如可呼，對牀秋雨東府梧。今宵攜手尋吾徒，拄杖來經萬里途。九霞洞天不須臾，文字習氣亦區區。累君矻矻忘朝晡，指點與君君記無。黃九秦七同操觚，大海迴瀾莽煙蕪。羽衣吹笛共蓬壺，入不得出何執乎。一語勘破萬卷書，寫形殊非列仙儒。偕來不是南榮趎，真放精微不可摹。變眩百怪空睢盱，翩然散髮騎鯨魚。農家篛笠夫何殊，兩峰妙悟當不誣。曷弗少留重踟躕，摺叠衣紋側指膚。雲水清光點雙瞳，細認著爾衫袖烏。雪餘苔濕林不枯，繞階竹罅泉可疏。心香一瓣水一盂，與君息息同跏趺。入即不得出也，此句是馮公夢中所聞坡語。

題明人咏白繡毬花詩卷②

郭正域以下十九人，王元美、吳明卿皆在焉。

蘼蕪園記舊題詩，簇雪團成繡刻絲。文體弓裘凡幾輩，騷壇紈綺又多時。楚南七子推耆耇，吳下三張識白眉。尚是郭方方壯歲，玲瓏唱徹玉交枝。方康侯晉。

寄暢園尋石圖爲介人題三首③

羅允紹，秦儀梧園壬寅二月畫。

秦君爲寫秦園意，介石應知友石心。此是性情非筆墨，松泉空外答笙琴。園有介石。

我生未識錫山園，亦未親從鐵研論。江上墨雲翻石起，長風吹雨寫松根。

---

①　此詩題位於手稿本第 6333 頁。
②　此詩題位於手稿本第 6339 頁。
③　此詩題位於手稿本第 6340 頁。

介人尋介石,幾日訂前盟。古檜溪橋路,寒泉潑乳成。不須千偈轉,只寫一峰橫。罡氣飛巖半,天風結佩聲。

賜墨雲室記古墨歌石本恭和御製元韻①

此雲不以膚寸計,一掃萬古松肪脆。渾茫元氣爲文章,糺縵作歌瞻聖製。帝庸作歌先作圖,度室以名宣以記。油雲瀚出天筆端,墨海風迴紫瀾細。光芒萬縷繪畫難,總歸潤物淋漓意。實即康功茂對時,正逢歲報春霖瑞。此義晁家所未傳,舊鐫匣字焉能識。借問西江老墨官,②徒煩貝葉書開士。聖人養性汝翼爲,聖人錫保汝庸試。豈止禪寮挂一囊,澹然脱卻塵緣累。小臣載拜捧驪珠,摹寫雲光但增愧。
此等另編一帙。

吳季遊槐陰小照二首③_{方南曹州拔貢}

清才妙譽滿京華,點筆欄陰石徑斜。一陣微涼吹緑過,不教童子掃槐花。

何處苔岑托興深,花之偈子即疏林。膝搖目送秋空外,識得泠然覓句心。_{兩峰號花之僧。}

墨妙亭蘇詩殘石二研歌④

我讀樊榭龍泓詩,漳浦研銘今見之。我辨研詩徵館閣,署尾龍場驛丞作。蘇齋搨本共几看,賀監劉郎儼酬酢。斷斷且莫真僞論,今古英靈臆遥度。漳浦姚江兩偉人,不枉公書寄囊橐。吳興新集集熙寧,漢隸兼之秦篆銘。溪藤繭紙那分別,蔣書蘇記同典型。何年留得爨桐尾,片雲爲想丹鳳翎。我欲重摹補全石,縮縱近尺追蘭亭。系二研銘亦墨妙,文章氣節炳日星。不然或仿傅稗子,⑤西吳亦話倉曹廳。

---

① 此詩題位於手稿本第 6346 頁。
② “西江”,手稿本作“江南”。
③④ 此詩題位於手稿本第 6350 頁。
⑤ “子”,手稿本作“字”。

予藏宋槧《蘇詩施顧注》，淮東倉曹司刻傅稗書。

題寶晉齋研山拓本三首①

最高華蓋一峰影，長護方壇炯炯光。月照丹臺黑如漆，年深中有朮芝香。

透澈玲瓏漱激痕，通天箭筈是何門。空光一點龍池吸，已作峰連大海論。

吮墨朝朝圖海嶽，淨名底處識端倪。晉唐古綠天然是，一攬橫江萬象低。

再題谷園傳經圖爲二魯生別二首②

鳳凰翔千仞，五色耀朝日。中孚鶴在陰，不改初虞吉。九皋聲徹天，邇之即庭室。千里應和鳴，相觀斂於密。以茲攻錯心，慎爾黍尺律。百尺梧桐上，佇盼翩羽出。心精持耿耿，繪者無此筆。一欄墨沼香，萬軸丹黃帙。鸞鵠求其友，愧此盟言質。但要日咀華，共飽琅玕實。

小草有遠志，昔托山谷言。豈惟臭味似，要取真意存。藥籠貯蘆苓，質性各涼溫。精誠一以合，信誓永勿諼。徘徊匠氏意，佇立長松根。負荷萬鈞寄，吾與爾對論。丁生寄紅豆，惠子懷吳門。結華而成實，因委以討源。次第非一緒，莫辭辨訂繁。正使千里隔，何減同谷園。習之曾取山谷詩"小草有遠志"二語篆爲小印，昨復咏丁小疋所寄紅豆以志別也。

奉使視山東學政馮星實通政用拙作夢蘇草堂詩韻贈別奉酬③

清宵踸息證前盟，不是超然置酒情。琬琰幸聯蘇十注，琪璠果兆魯諸生。挑鐙臘雪馳緘夢，鳴鳥春陰召侶聲。高密淄川經義愧，畫圖

---

① 此詩題位於手稿本第 6355 頁。
② 此詩題位於手稿本第 6363 頁。
③ 此詩題位於手稿本第 6366 頁。

纔得叩新城。前輩有云東坡像與漁洋極相似,予昔題漁洋《禪悦圖》云"依著漁洋寫坡像,翻然不似卻如何",此禪家偈子也。

和蘇藥玉船詩爲星實兩峰別①

坡船煮玉作,羅子不我欺。寫船復我贈,莫名玉石瓷。冰紋外照澈,浪影中渺瀰。來倩覃溪隸,以書坡老辭。年年公生日,笠屐拜我師。今年我東役,馮齋應代之。分軸以贈馮,快瀉胸中奇。馮公作蘇注,上追顧與施。羅子畫蘇像,旁及适與遲。懷我蔡詩帖,濰州臘雪時。

將入山東境先寄秋盦同知②

隔年詩情好風催,滌石圖還對榻開。遠夢屢尋東海岱,前盟記共小蓬萊。豈殊邗上留題得,秋盦新得揚州汪氏所藏武梁祠像碑宋拓册子,約共題識。重續湖州著録來。此句兼寄懷趙晉齋。笑我行韜勤握槧,只應壇墠剔莓苔。

題未谷小照③

十二篆師舍,宛然前夢徵。果來同研几,相對話斯冰。借問王懷祖,何如段若膺。寥寥心眼外,竹影澹春鐙。

客有作仕女小幀題曰吟詩寄遠圖屬賦④

誰傳詩外意深長,不借峰頭雁幾行。拈取月明人瘦影,雙眸一點好秋光。

望嶽⑤

旬日鎖廨舍,窾啓限藩垣。譬如執文字,見道實未尊。午餘得新

---

① 此詩題位於手稿本第 6366 頁。
② 此詩題位於手稿本第 6369 頁。
③④ 此詩題位於手稿本第 6370 頁。
⑤ 此詩題位於手稿本第 6373 頁。

霽,院宇掃翳昏。正從半扉景,直徹三天門。萬古鬱蒼翠,長松可對論。郭北不十里,靜息固默存。古氣滿襟袖,何區秦篆痕。終釐甲秀譜,理篋長松根。

泰安府治後樓即王叔明作岱宗密雪圖處予爲徐惕庵太守題曰密雪齋并繫二詩①

岱雪依然前度雪,徐公已傲武功徐。眼光石磴千盤上,揀取濃青結守居。

點素縈青當寫懷,山樵黃鶴本吾儕。此樓四百餘年後,待我重題密雪齋。

丁受堂表弟六十壽②

宦途經涉八千里,書味迴思四十年。中表弟兄馳祝語,環看孫子拜堂筵。新詩侑此一杯酒,樂事多於萬頃田。夢到外家籤篋側,呫唔鐙火共寒氊。

南樓少陵祠詩試兗郡諸生作③

千秋詩教接轅申,豈獨漁洋臭味親。鼓篋幸依東魯學,登樓誰繼杜陵人。不虛濟水祠相望,莫訝秦碑篆失真。敦厚溫柔本忠孝,我來惕息薦溪蘋。

題漁洋詩話草稿二首④

詩情已自馳舳峽,大纛如何喻佛幢。請向匡廬參玉局,便應一口吸西江。

妙香此瓣倩誰傳,禿筆虞戈老更妍。我爲拈來石帆偈,鵲山寒食泰和年。先生極愛遺山《濟南絕句》,昨予於使院後軒題扁曰"小石帆亭",正對鵲山也。

---

① 此詩題位於手稿本第 6373 頁。
② 此詩題位於手稿本第 6376 頁。
③④ 此詩題位於手稿本第 6379 頁。

再題唐荆川舊藏武梁祠象册二首①

洛浦神光想元晏,定窯款識仿丹泉。吾家息影山莊客,古色摩挲又百年。

東武鄱陽賵蹩殊,幾行跋到小長蘆。蘇齋對榻懷人思,舊夢圓光結黍珠。

兖郡試竣曲阜學官顔衡齋奉其先樂圃司勛象屬題二詩②

昨寫心齋扁,如登未信堂。所銘皆克復,真樂即文章。禮樂存筵几,衣冠拜巷坊。使車慚信宿,披卷意難忘。右遺象卷。

孫子珍遺稿,淋漓浣筆初。溪山長嘯處,飛動更何如。片石成箋素,囊雲濕袂裾。翛然瓢飲意,方是魯公居。③右青塵潑墨卷。

次韻奉答晴村都統青州寄懷之作④

渴思覿面轉遲來,原擬歲内先按行東郡,既而改先泰、兖。只待暄陽歲籥開。書到正逢春勝翦,海東吹送紫瀾迴。梅花臘雪催詩偈,禪榻蒲團試辨才。恍憶超然臺上夢,子瞻明叔共罇罍。

少陵臺⑤

東海萬古綠,岱宗萬古青。誰具此詩眼,氣欲摩蒼冥。惟昔公兹遊,承家初弱齡。蓄其萬卷富,傴僂來趨庭。從此展懷抱,浩蕩千巖扃。風雲驅壯思,筆力走雷霆。爾日如何養,詩訓如何聆。如何賅百家,以約於六經。此臺昔南樓,臺上新築亭。師儒肅筵几,仿佛臨雲軿。末學思苦弱,仰藉牖精靈。發我墨池潤,瀹我泮藻馨。重霞結藻景,萬籟空音聽。示我率遵轍,群山張畫屏。予昔過兖州,賦《南樓》詩,乃今

---

① ② 此詩題位於手稿本第 6380 頁。
③ "魯公居",手稿本作"魯公書"。
④ 此詩題位於手稿本第 6381 頁。
⑤ 此詩題位於手稿本第 6382 頁。

之城南門樓，未知此臺是古南樓耳。

坡公與長清院僧札云特煩以生日惠貺經數香爲壽三叠前韻仍題於藥玉船畫卷是日在濟南使院小石帆亭補作公生日①

千載尚友心，相訂以不欺。依然經數香，爇檀瀹花瓷。塔鈴圓相語，蠡測極渺瀰。攝之以趺息，實境非幻辭。借問南飛笛，何似此導師。海上菖蒲石，我齋兼設之。少霞既刻銘，侯芭復問奇。小築石帆供，聊對鵲華施。雪後暄晝長，補觴正未遲。一笑桂與王，拈證文字時。

---

①　此詩題位於手稿本第 6384 頁。

復初齋集外詩卷第二十二

壬子二月至癸丑夏六十五首 小石帆亭稿

熊蔚亭个中圖①

據梧枝策與鼓琴，三審平聲。究竟誰淺深。先生神全自觀徹，鏡
光圓相何處尋。拈來個中分個個，萬個千個環森森。尋枝滴葉豈演
説，②濃青淡翠交鋏釜。誰言蒸菌出比竹，中有律呂鸞凰音。此中人
與苔同岑，此中人與松同心，此人此个貫古今。我欲求之鉛山溪水
綠，我欲求之恒岱苔棠陰。畫師解衣般礴嬴，不知若個何以傳幽襟。
問余乞得鐵鉤鎖，個是真本非摹臨。南唐李後主雙鉤竹法名鐵鉤鎖，得之柳誠
懸書法云。

蔚亭小照二首③

自從蔣五南歸後，誰許鉛江對畫圖。今日雲光山翠裏，曠然披豁
見真吾。

三峰五面寫招真，重晤丹陽祝道人。我爲鷗波翻偈子，鵝湖到此
始傳神。天冠山在廣信也，蔣辛畬亦鉛山人。

---

① ③ 此詩題位於手稿本第 6394 頁。
② "滴葉"，手稿本作"摘葉"。

宋雲亭太守小照二首①

把卷追惟四十年，世家著録壓吳船。趨庭檞蔭彌深秀，前輩清風正接聯。今日論文盟水石，向來真氣貫山川。鵲峰青峭珠泉抱，定影重重認畫禪。右《竹梧清嘯圖》。

春陰著墨點蒼苔，如許深根幾歲栽。須友直教同舊識，撫松不是賦歸來。月明石應琴心奏，雪霽煙輕鶴舞迴。試覓茯苓芝草在，衣襟雲氣接蓬萊。右《撫松圖》。

卜子墓十二韻②

試士來曹郡，遵塗肅廟堧。敬惟施教始，仰切授詩專。韶武弦歌合，輶軒國史傳。性情因協矣，文學必歸焉。爰變丹青喻，誰通素絢前。雅材賅百五，篇目貫三千。下逮唐沿漢，猶承傳與箋。黌庠群講習，忠孝是真詮。鉅野祠官奉，東阿俎豆虔。宋時封東阿公。雲陰環草樹，風會毓山川。海岱馳春仲，河間憶往年。戰兢懷每積，稽首倍皇然。前歲扈蹕闕里，道中方綱奉命祀毛萇墓。

題秋盦所藏祝枝山成趣園記③

本二首，後改作五首，其第一首同已刻入集，此初稿之第二首，陳乾齋手題。

禿筆鼉頭認海寧，江東羊薄眼俱青。堊牆賸買蕭家隸，夢到純陀砥柱銘。秋盦適拓得濟寧矌山薛某云云大書石刻，不著歲月，然非唐以前人不能爲也。

沂郡使院後軒檜桐二株百餘年物也愛而賦之④

我從濟上來，南池瞻李杜。慨想角弓篇，倚檻屢延佇。夢寐旬日間，低佪二子語。誰明譽處意，韓宣共季武。修修榮檐風，依依役車雨。落景披屯雲，新月照沂渚。迢遥東蒙約，繾綣北郭侶。高枝護龍

---

① 此詩題位於手稿本第 6396 頁。
② 此詩題位於手稿本第 6402 頁。
③ 此詩題位於手稿本第 6413 頁。
④ 此詩題位於手稿本第 6415 頁。

鱗,香葉結巢乳。借問龜陰田,何如東園樹。壇闕金絲音,朝陽鳳凰羽。蔽茀易成蹊,封殖冀有補。昌黎感至誠,所以追白甫。

並海東北行偶述①

崑渚曾懷顧阿瑛,稽山幾見石熙明。擬將小閣蒼茫意,試寫洪川佇望情。摹印迴環篆貞甫,遺經原委隸熹平。他年圖畫空濛思,仿取沙灣策騎行。元顧玉山、明黃貞父皆以"小蓬萊"自顏其齋。

驛館見少雲畫②

此土竟千載,懷人倏廿年。濛濛雲水氣,渺渺皖灄天。夢記曹州説,詩同仲則編。滔滔清思在,海綠澹如煙。時令兄伯扶掌教曹州。

東坡登州海市詩前云眉山□□後云元豐八年十月晦書呈全叔承議予舊有此拓本及覓友拓致則重刻甚劣眉山下有作字足徵僞添也今按試來此遺工拓之仍以僞本來予因極力蒐訪得原石於蓬萊閣旁呂祖祠而僞刻者乃實蘇祠是以拓工莫辨也復於原石之陰得坡公書爲史全叔跋吳道子畫二段後有皇統年跋已不可盡辨蓋海市詩與畫跋皆刻於元豐末後經毀廢而金人以元豐舊拓本重勒今亦已六百五十年而石亦泐蝕又爲近今僞刻所掩没其陰刻吳畫跋則竟無人知者爰賦此詩紀之③

公來登州住五日,公來特爲海市來。海市之詩自千古,區區重刻奚爲哉。是日斜陽照碧海,公亦飲罷空樽罍。陰陽師雪出吳畫,變滅倏幻金銀臺。橫斜平直鐙取影,月圓電轉光新揩。想見揮毫疾風雨,蹇若遊刃非安排。至人技進不名技,僚丸旭草真吾儕。奇哉同日史承議,收二墨寶於胸懷。刻詩仍實觀海處,景繁石室公所咍。楊君北使侑館伴,六十年後傾深杯。元豐石尚留紙本,皇統跋惜傳難皆。誰知感激全叔意,合來快證覃溪齋。我昔拜公南海外,嶺石遺迹嗟湮

---

① 此詩題位於手稿本第 6429 頁。"並",原爲墨圍,據手稿本補。
②③ 此詩題位於手稿本第 6430 頁。

蘵。歸來寶蘇自名室，佇望學海窮津涯。十年夢想拓此石，但恨贋本勞煙煤。豈期訪一今得二，公詩正可吳畫該。杜詩顏書與韓筆，此皆神理非形骸。豈徒江聲悟草勢，敢借海水量公才。攝之團蒲趺息定，怳詝笙鶴雲輄迴。衙齋四顧渺何有，實愧問學無梯階。石芝如憐假膏沃，菖蒲儻許連根荄。往年曾仿洪釋隸，越州夢剔青珉苔。遺經惓惓爲掇補，洪川潺潺言溯洄。馳書沛上訊黃九，小閣竊喜題蓬萊。予昔與黃秋盦共摹越州蓬萊閣洪文惠重刻嘉平石經遺字，因以"小蓬萊"自書齋扁，而秋盦先世貞父先生有"小蓬萊"之號，故秋盦今以此署其齋，與予不約而同也。

再　題①

軒軒逸氣橫寥空，此書那必此石中。況乃重摹較真贋，道人所宿仙所宮。此邦士人裹氈蠟，日日新石驚俗工。我來始與神物遘，一石兩面纏蛟龍。當時蘇學盛於北，明昌未出遺山翁。誰言黨禁所漰毀，尚與墨本追沈雄。蘇門果有忠臣在，藏鋒百態誰與窮。百寶千珠散雲錦，精金大冶處處融。公於顏徐豈外貌，高古何必王與鍾。真放精微自天得，盤挐筋肉非加豐。我以品書代品畫，潮響應答風烏銅。圓光一筆真實相，但有石銚翻松風。

再題蘇詩石本②

壁題一掃凡馬空，此石不合祠廡中。我來剗苔憬真面，何異閟吏銘新宮。先生真氣塞天地，所傳不在筆畫工。今晨趺息吸海綠，鏡天矯矯翻遊龍。字大不收晚香帖，力完那數思白翁。下視明季再摹勒，肯與贋本爭雌雄。董文敏云東坡《海市》詩稿工力若未完者，董所見蓋贋本耳，當是明末所重刻。工倕擺指豈得及，混沌鑿竅誰能窮。一筆挽回七百載，霜曉氣挾三春融。補全拓作徑尺外，妙腕始信英靈鍾。隸釋低佪越州閣，瓣香信誓曾南豐。陽文並識季宣額，九方擬鑄馬式銅。刻舟膠柱發

公笑,逌然鶴背來泠風。吾此行於濟寧鄭季宣碑額補得陽文一直畫,於是碑補削陰文一直畫,故書此以志喜。

晴村懶釣圖三首①

九點齊煙静倚欄,雲迴鏡海不飛湍。建安詩句蓬萊住,那借珊瑚拂釣竿。

弓裘文綺鳳麟洲,心迹冰壺碧玉流。解得忘機濠濮外,芥坳何止泛虚舟。

知魚樂本羨魚殊,意釣何如懶釣乎。印出法從無法得,翛然吾亦見真吾。

唐竇友封殘碑②

竇書二石皆在青,僅存其一殘玲瓣。七人二晦辨者五,儼若編次聯珠形。囁嚅翁名噪群季,元白酬唱音偕聽。當時翰墨著長慶,幡竿石頌依心經。東武録中拓本在,正書百琲光熒熒。清不傷臞勁不削,虹之片甲鷺一翎。我來剔得古花绿,六十九顆圓晨星。昔珍君家公直字,洛濱芒穎新發砌。軸之合璧宛交映,尚想競秀於趨庭。東州城陰一方碧,十日墨響無留停。持歸繫入歐薛譜,頓使羊薄迴英靈。他時訪古得全拓,夢繞海岱千巖扃。

北齊天統三年造像記石刻③

我因河清石,慨想劉珉迹。竇述但草書,一視斯腕力。姚秦亦銘像,汝帖以鑄式。何如東州城,屢獲斷珪璧。曲阜武平字,書評並高格。恨不二石聯,深研六朝脈。按試住二旬,剔苔又徑尺。丁亥月維正,百名書半泐。雖復鄰敧斜,尚可想波策。移諸泮芹茅,或免淪草

---

① 此詩題位於手稿本第 6438 頁。
② 此詩題位於手稿本第 6439 頁。
③ 此詩題位於手稿本第 6440 頁。

棘。石罅不容詩，伐此海壖碧。并代二碑跋，書樓副石墨。

晴村以高南阜墨牡丹幀見贈用南阜自題韻①

海雲綠透午陰長，元氣蒸空噀墨香。真個先生未病日，鍾山驢背想舒王。此幀是南阜右手所作，故用坡公和王介甫池上詩"想見先生未病時"語。

春初晴村以梅影詩見寄擬與雨窗共和而原草失去仲夏至青郡晴村爲重錄之蒲臺道中次韻二首前章寄懷晴村致補和之意後章兼懷雨窗蓋晴村約以九月來濟南而雨窗於城北湖上新葺小亭也②

春前官閣影迷離，直把瑤華當折枝。水定欄迴煙外意，月明窗倚畫中詩。橫斜忽記連宵夢，冰雪重煩一卷持。認取雙清高格在，有神無迹是相思。

拈出聲塵色相離，和章渾不著梅枝。那將五月江城笛，譜入揚州記室詩。照席似渠交影瘦，凌霜約共一樽持。珠泉四澈皆冰玉，攬取湖光報所思。

寄懷梧門筠圃③

點筆石帆亭，心馳庶子廳。梧門新除右庶子。共披邊習句，時夢阮翁庭。疏雨斜陽外，殘縑古墨馨。重攜湖舫夕，同看鵲山青。期筠圃復來濟南也，筠圃所藏邊仲子手草原本是"疏雨忽沾衣"，阮亭以紅筆改"林雨"耳。

吳門顧蘆汀以漢苑囷瓦文見贈賦此報謝即送其往真定兼寄鐵香太守④"六畜蕃息"四字環寫

茁彼葭蓬證舊聞，黃圖篆記稼如雲。客卿子墨勞鉛槧，誰識東吳

---

①　此詩題位於手稿本第 6441 頁。
②　此詩題位於手稿本第 6442 頁。
③　此詩題位於手稿本第 6446 頁。
④　此詩題位於手稿本第 6448 頁。

顧八分。

題影園扇册二首①

三絕滎陽鬖未絲,誰煩置驛説當時。興同水繪園諸集,名重蓮鬚閣十詩。綺席交鐙人掩映,石欄橫月樹迷離。蕊珠宫榜姚黄色,記共霓裳一拍期。

絾評漫擬月泉吟,鱗翼仍題漢上襟。不是和雲耕谷口,那因移樹寫山陰。幾家粉墨留真面,諸老江鄉抱苦心。泥得何陳硾紙樣,長洲草隸費摹臨。

周服卿畫山谷水仙詩意②

自題云“嘗見舊人繪此詩意,仿佛記其筆之一二,偶過梁溪,乘酒思圖,此慨不如昔多矣。癸未夏之冕”。

周卿曾見黄詩畫,畫者何人誰與對。畫梅並得畫山礬,亦若詩家有流輩。凌波仙子神出時,空諸依傍萼與枝。酒腸芒吐不可遏,江空月白云誰思。自題今臨不如古,又説今醉不及昔。嗟爾梁溪艤棹人,萬竹亭陰倚空碧。

名士軒詩題江藩伯齋壁③

背郭堂開導檻泉,南豐遺韻故依然。君真名士何多讓,人到高軒結勝緣。蹇處士留工部句,王司寇憶泰和年。茶甌一瓣凝香在,個是明湖碧漲天。

千佛山④

歷城縣南五里,一名歷山。

歷城因山名,拱北排慶霄。諸峰迤以次,翼衞來霞標。銘留開皇

---

① 此詩題位於手稿本第 6451 頁。
② 此詩題位於手稿本第 6458 頁。
③ 此詩題位於手稿本第 6461 頁。
④ 此詩題位於手稿本第 6464 頁。

年,寶像鑴岧嶤。更上窮邃古,佇立緬巖椒。南豐與甫里,舊聞訪耕樵。秋氣從岱來,千里橫沇寥。鵲華兩濃青,高挂七斗杓。齊州午煙點,繡錯極迢遥。藩伯稽圖經,紺宇森梦橑。松杉鐘磬音,直接大海潮。我欲窮遠嶺,石膚剔瓊瑶。目際東南厓,翠墨如可招。山東南八十里爲千佛厓,有唐人石刻,秋盦云開皇七年至十五年鄧景宗、僧海等造像,銘尚存十餘種,予此遊時未之剔也。

九日千佛山①山有舜祠

蹢躅雲穿到上方,靈宮仙梵作重陽。齊煙細點秋煙静,佛日全開舜日光。乳竇滴成茰酒綠,晴嵐濃似菊花黄。新詩未要霜風報,襟帶千峰寫鬱蒼。

青州府廨古槐歌爲晴巖太守賦②

我來方夏憩槐陰,初冬始讀古槐記。夢到瞻辰之北軒,栱翼雲蟠舞交翠。此槐不知幾百年,軒名久已故老傳。想見親書伯夷頌,清風應在希范前。槐陰軒前有希范堂。懷來義本稽府史,豈獨青箱兆孫子。角弓傳更勛久長,玉局銘方自兹始。萬千歲蔭炕㸓精,十三賢堂耿列星。蒼官友朋記比絳,綠漫海岱州維青。③此軒此樹真蔽芾,石墨評論相澹對。試掣蛟虬海上來,古篆蒼茫助奇氣。晴巖約以春初爲拓琅邪秦篆碑也。

小滄浪圖爲雨窗運使題二首④

誰憑无咎賦,印出裕之詩。粉本寒雲外,蒼葭夕照時。水光全攝取,山影半迷離。空翠盈襟貯,寧煩著色爲。

詩在無聲處,湖埦氣已吞。中間添爾我,趺坐試評論。掩映層林活,微茫淡月痕。不勞禪榻夢,咫尺即尋源。

---

① 此詩題位於手稿本第6464頁。
② 此詩題位於手稿本第6465頁。
③ "綠漫",手稿本作"綠浸"。
④ 此詩題位於手稿本第6473頁。

行篋攜畫不多僅就友人所摹邵僧彌海嶽庵圖
與研山背影裝軸題二詩①

銘心唐晉千尋植，養目金焦一片雲。縱未淨名深妙教，前愆應已謝聲聞。

蒲團茅屋静焚香，金粟神光未易量。轉益多師憑小米，硯池測度海天長。

披縣宰湯亮齋爲黄秋盦拓雲峰山北齊諸石刻秋盦
因爲亮齋寫拓碑圖屬題二首②

秋盦寫剔雲峰石，恐是秋盦自寫真。磨墨自營千載上，③拓碑人即畫圖人。

我懷天統隸鐫銘，百里嵐光遠送青。并與使君添一幀，湯家普徹拓蘭亭。欲托亮齋爲拓平度界内天柱山銘也。

藩署後圃五咏④

趵突三泉此六泉，雪珠噴涌雪花圓。嘉名續入于欽乘，壬子嘉平賀雪前。雪泉。

清池甃石下通川，合借先生名字傳。正是升雲霖雨候，廣滋膏澤慶豐年。滋百池。

我從城北訪城西，一鏡湖雲亘曲堤。蟹舍魚梁斜照裏，江鄉風物起春黎。放生池。

篆隸真行簇綺霞，新題四照筆生花。此花五色添春雨，不比文通夢裏誇。筆花書屋。

---

① 此詩題位於手稿本第 6474 頁。
②④ 此詩題位於手稿本第 6475 頁。
③ “自營”，手稿本作“目營”。

君家舊事皆題扁，恰得題來濟水間。到處月隨人意轉，玲瓏面面見青山。隨月讀書窗，江泌濟陽人。

宋雲亭雪獵圖二首①

射虎南山紫電馳，呼鷹宿莽氣淋漓。餓鴟箭激雕弓響，神似龍蛇落墨時。

氈笠梅花夢憶歸，凍雲颯瑟滿征衣。鄉園卻笑文徵仲，不見天山雪打圍。

題虛谷圖送武進士歸偃師②

君以虛名谷，寫為讀書圖。志在詁三禮，因以匡諸儒。經與傳相證，經與緯並臚。《儀禮》為經，《周禮》為緯。本末雖一貫，原委焉可誣。紫陽詒東萊，篇目析經涂。纂言審考注，晏壁非草廬。我愛項平甫，擬以醫方儲。豈易綜百家，遽言成一書。凡今嗜學者，誰肯闕疑乎。多聞而慎言，多師良有餘。家居富暇日，所嚮必修途。虛己以集道，虛心乃獲諸。黃子寫大意，憬然見真吾。空山翁衆綠，春雨勤犁鋤。

滄浪話別圖三首③并序

《滄浪話別圖》，熊蔚亭觀察濟南為此畫册以贈雨窗運使之行，而今即以其副稿送蔚亭司臬於吳也。雨窗築亭於歷城北湖，題曰小滄浪，蓋借吳門滄浪以名之，而蔚亭適司臬於吳，又不謀而合也。蔚亭自刑部郎出為郡，有政聲人望，其秉臬久矣，而今甫於濟南膺此擢者，豈非此湖之清輝相映發而益彰歟？維時政成人和，雨暘以時，在城諸當事皆以湖水共盟心迹，固宜別緒之深、詩思之曠與湖渚俱長也，予因感茲圖之作良非偶然，為之繫詩於後，諸君子遂聯咏盈册，昨雨窗之杭以行迫未及為序，故因序圖所以作，而前後二圖之緣乃合焉，請

---

① ② 　此詩題位於手稿本第 6485 頁。
③ 　此詩題位於手稿本第 6487 頁。

寄語雨窗賡而繼之。

　　明湖話明湖，昨日別話長。誰知今話別，滄浪話滄浪。滄浪雖濟水，名自蘇臺旁。於濟送之蘇，天然巧相望。檻泉石齒齒，沙渚兼蒼蒼。明月來碧空，兩處同一光。似爲我與君，不忍催別觴。所以君拈題，旋贈君俶裝。畫稿君所營，還入君詩囊。

　　我銘浣花研，滄浪即花溪。亦寫滄浪圖，恰爲薛祠題。文章與理學，本根達榮荑。君持經術來，化洽魯與齊。即今春膏渥，一視江東西。何減五椒雲，蔭交百花堤。研田亦生香，水藻牽春犁。寫此兩心同，雲淨綠玻瓈。五椒，君家堂名。

　　去臘雨窗約，今冬壽東坡。共來此湖上，主賓賡戛磨。豈知別袪執，對寫寒梅柯。蓮幕有沈君，挂帆同嘯歌。回首海右亭，抵得名士多。相和共懷我，吳閶渺煙波。井欄甃石字，墨雲香篆窠。寄我濟南城，金石增編摩。惟與麻源客，鉛江望紅鵝。吳門滄浪亭井石，有宋人刻字，見《研北雜志》，予門人吳江沈湘葵在君幕中，此章兼以送之，而君鄉人王生實齋時在予幕也。

宋桂岑四時佳興小照二首①

　　淡煙籠月送流光，竹隝江南話正長。粉墨幾曾拈得出，只傳風信著衣香。

　　擲筆章臺點落花，凌雲詞賦綺成霞。宋侯椽燭三生夢，②文體弓裘本一家。

施溥霖山水小幀爲金湘谷題③丁卯夏寫於友槐堂

　　同時頓有兩施霖，可要圖南作賞音。記取覃溪共湘谷，魯連臺下話春陰。施餘澤字溥霖，長安人，江寧施雨成亦名霖，在當時畫居逸品，周櫟園、孫北海皆稱之。

---

① 此詩題位於手稿本第 6490 頁。
② "宋侯"，手稿本作"采侯"。
③ 此詩題位於手稿本第 6491 頁。

題聊城姚氏所藏十三行刻石①

宋拓洛神行十三，世間真迹誰與談。趙吳興跋溯周越，後先孰始同裝函。趙子昂跋云宋紹興間得大令書《洛神賦》九行，至宋末賈似道復得四行，續裝於後，而祥符八年周越跋已云遺頭尾外得一十三行。肥本瘦本損字九，亦若禊帖紛譶譶。瘦則西湖肥武進，武進之本源莫探。梁溪名噪安與華，孫本華本馳交驂。此本孫同華微異，幾年海岱霾煙嵐。元晏主人外家學，一虬鐵筆荒寒潭。恐有茄花滿襟淚，幻與素鼎同禪龕。吾嘗手摹管鐫字，聞斯小印紅披蟬。前人每疑周越作，七璽果否宣和參。虛舟并議杭本僞，此語未公吾弗甘。若以唐本甲海内，此視唐本夫何慚。華亭宋箋辨臘璞，虛舟端石誇青藍。大令派開蘇米法，虎兒跋系海嶽庵。上下千年橅片石，回環七載懷蘇潭。故家世守莫輕視，明珠翠羽攜江南。丁未秋予借江陰夏芷隄所藏元晏齋本手橅成册，此本今歸謝蘊山矣。近年武進趙味辛舍人復以元晏本重橅入石。

諸友見和意有未盡再題此詩②

依然洛浦渺凌波，玉佩相要墨幾螺。楮葉工夫傳不得，美人遲莫怨如何。我來實借論文喻，孰是真逢具眼過。欲乞漁洋神韻補，峰青弦外譜雲和。美人遲莫，何義門跋元晏本語也。

維豐草堂歌爲錢既勤賦③并序

嘉定錢既勤東垣得古瓦文曰"□援"，《大射儀》鄭注證爲曲字，謂是周豐宮瓦，予因爲題曰"維豐草堂"而繫以詩。

作豐作邑稽經始，周頌文廥既勤止。繹思三復誰受之，識字功深既勤子。既勤古瓦墨摹文，既勤書堂囊拭几。因從許君推鄭君，爰以箋詩通説禮。周京手度三千年，鄠原神遊卅五里。且莫黄圖補雍録，

---

① 此詩題位於手稿本第6491頁。
② 此詩題位於手稿本第6492頁。
③ 此詩題位於手稿本第6493頁。

正須博學徵湀喜。我昔校徐因據黃，《説文》豐从豆从曲，據黃公紹《韻會》。徐刪非獨鄭賈詳。考工考室制豈遠，尌膊陶旒誰能量。喜君溯原函雅故，不比獵碣疑陳倉。昔爲既勤寄字説，今爲維豐題草堂。田有高廩水有芑，其塗既茨其祜穰。笈書隨我值春雨，硯田蒸動文字香。

發東昌府①三月一日

扃院纔匜賞，倏已羮衆綠。煙在未綠初，四野膏如沐。東昌曠無山，岱氣所停蓄。湛湛長川水，迤迤帆光簇。柳梢卷餘寒，林影怳晴旭。春耨尚遲遲，屯雲仍斷續。艱哉老農心，沿壠事牽犢。何膏搴芳懷，遄往計之速。舊植已滋萌，新鶯始出谷。前灣密雨來，飛泉響鳴玉。

於臨清學宮重摹米書寶藏字②

昔摹藥洲米老石，扁舟弔古韶與英。又考桂林巖像記，好庵追敘於湘衡。始知晚歲此劇迹，不獨兩已更書名。龍宮塔廟惠洞澈，秘書追琢山嶽精。寶藏興焉寶晉手，豈止江夏聲華並。寶章之録又廿載，仰高臺字鑴初成。墨池意擬王逸少，盱眙題並張大亨。玉堂太常手裝卷，北固日夜流江聲。招邀真宰動星斗，沐浴百寶騰光晶。三十六峰墨海涌，雙煙一氣寒庚庚。奇哉丙辛兩丑合，墨緣石友誰夙盟。此石刻於嘉靖癸丑，故用米公題謝安帖事。岱雲回首到東粵，何膏臨桂馳襄荆。東魯人文極美富，不比擷秀珠江城。直憑英靈洩奇秘，請以粹氣占庠黌。熊熊燭天起瑞墨，佇爾樂職中和賡。不虛蘇齋得全璧，③少室一字蕭家評。

題雙江倡和集二首④
黃藥林驛、陳理堂變。

西江咏合東吳客，八境圖成雙劍精。⑤我愧蘇門追牧仲，世間真復

有黃陳。宋漫堂有《雙江倡和詩》,予得漫堂舊藏《施顧注蘇詩》宋槧本,竊取蘇齋自號,而山谷、後山皆蘇門詩客也。

樓窗翠玉淡煙波,蘇孔禪參奈遠何。直憶東吳顧文學,爲君主客一高歌。贛州使院廳事之後有翠玉樓,昔按試於此,用東坡與孔太守"使君那暇日參禪"之句以贈午堂。此句兼懷午堂也,予門人興化顧文子與二君最稱交契,集中每有懷文子詩,故並及之。

熊蔚亭紅鵝香稻圖①

謙山持節鄰江關,嶰湘花濃征騎攀。②是日我出天冠卷,此圖並几清心顏。先生指說鄉郭側,某水某樹淡以閑。鵝湖山下富粳稻,鉛江水淥澄灣潺。詩句新摹出張演,讀書舊迹懷象山。我昔來尋講院阯,空同記別嚴苔斑。虞趙諸公咏未悉,趙松雪諸公所咏天冠山之學堂嚴即鵝湖書院地,諸公皆未之考耳。信州志勝誰能刪。藥池丹井一元氣,花香鳥翠交斒斕。水風吹空皺平碧,澗芳春深采蕙蕳。人和氣稔得深潤,西江東浙相迴環。先生官齋日展對,夾江漁屋編茅菅。旁舍書聲儼在耳,斜招岫色開煙鬟。復憶滄浪嶰湖上,西窗山茨日往還。③磨墨同題賝軸首,論文何減章江灣。他年一編手重把,曇礲話訪紅鵝間。蘊山東浦儻共和,湖窗漱玉聲潺潺。東浦同年時任江藩,蘊山觀察江浦,末句兼以寄懷也。

錢塘何夢華於聖林牆外得漢永壽元年孔君墓碣
今植於同文門下喜爲賦詩④

何君懷鉛詩禮堂,佻佻子姓同循牆。牆隅躑躅閱旬朔,步依絲竹聲鏗鏘。問君徘徊意何屬,禮器後碑懷弗忘。自來曲阜廢寢食,每溯永壽陳觚觴。永壽之元歲乙未,更先二載青琳瑯。一片崔嵬負野草,久已晦迹纏風霜。立石雖非孔從事,儼高三尺橫八行。宣尼公孫世

---

① 此詩題位於手稿本第 6499 頁。
② "攀",手稿本作"扳"。
③ "西窗",手稿本作"雨窗"。
④ 此詩題位於手稿本第 6500 頁。

十七,前乎元上與季將。掾守長史行相事,守道約變能履方。昔趙湖州見殘本,審以乙未年乃彰。君繼湖州竟得石,不虛日夕尋碑忙。走告上公舁廟砌,位置桄闑森迴廊。令辰德讓二石右,額題仍聳篆勢長。令辰、德讓二碣皆無額。比於令辰歲莫考,事雖闕佚文何傷。令辰之陰舊未見,孔宏傅會牛滋陽。其題已驗洪著録,其陰特賴君手量。《吉月令辰碑》從來不知其陰,夢華前年始手爲剔出。功較前賢已增倍,今復全石來闡揚。黃子爲寫得碑圖,濟寧豈止鄭范王。濟寧學宮《鄭固碑》《鄭季宣碑》之下半及《范式》《王君》諸漢刻皆近年新出土,黃秋盦同知所手營者。邇來吾徒考金石,每感造物剖閟藏。況兹聖門述譜系,不僅漢隸工文章。鄙人寡學亦興起,東篋即趨檀樹旁。爲君載拜虔致告,①幸君留魯無歸杭。定有秘文接踵出,續入隸釋贏我囊。禮器後碑會呈露,金陵鄭簠休誇張。

曹州試院題小滄浪圖即用雨窗題畫二首韻兼以寄懷②四月十三日

落月澹空林,君從何處尋。遠煙疑類影,秋浦幾重深。載酒招要夕,憑欄悵望心。祠隅來滌硯,石瀨似鳴琴。

重緣結墨林,舊夢屢幽尋。知爾西湖曲,懷余北渚深。青來衆峰合,緑重百花心。誰爲理前諾,山房横玉琴。

秋盦濟寧衙齋小集③四月廿五日

握槧寧勞悵袂分,天教金石侶聯群。儼同對榻來秋影,秋盦杭湖所居曰秋影。但未連鑣蹋紫雲。屢擬於紫雲山觀新築武氏石闕而未果。隸韻隸圖深合璧,浣花浣筆細論文。官齋此會人爭羨,不獨何郎倚夕曛。是日夢華約而未至。

---

① "載拜",手稿本作"再拜"。
② 此詩題位於手稿本第 6502 頁。
③ 此詩題位於手稿本第 6503 頁。

復用前韻①

前有《使院後圃望岱同諸友賦》一首,已見集中。

日日論文豁遠眸,何殊寸木絜岑樓。陰陽師雩時千變,②靈秀迴
環甲九州。碧嶂斜暉剛半掩,紫霞背映故遲留。似嗤豄啓非真見,要
我凌晨上上頭。

於泰山銘旁得開元廿三年董道士題字拓裝爲軸二詩③

磨厓奚以云碑側,恐出湖州小史題。想像此書纔九載,行間界格
近堪稽。趙明誠《金石録》第一千一至一千三唐太山碑側題名。

半厓飛鳥下迴翔,今古人來立夕陽。除卻歸來堂客字,醮壇纔得
拓三行。有趙明誠題字。

---

①　此詩題位於手稿本第 6511 頁。
②　"師雩",手稿本作"帥雩"。
③　此詩題位於手稿本第 6513 頁。

復初齋集外詩卷第二十三

甲寅至戊午一百一首_{蘇齋小草}

秋盦爲鐵橋作得石第二圖①

范碑繼額出，黄子有新圖。非復魯陰誤，深研蔡隸摹。此間環竹樹，真宰感虛無。今古相關意，吾齋慚寶蘇。范式碑陰向皆誤以爲魯峻碑陰，今始訂正。

夢華滌碑圖②

快洗滋陽釋，紛紛誤孔宏。此陰遺著録，賴爾獨精誠。樹影庠門下，風傳塈帚聲。白榆星漢曉，森立夢庚庚。《魯相謁孔廟碑》今人目爲《孔宏碑》者，其誤自滋陽牛氏《金石圖》始也。

再用前韻呈諸公③

竊附衢謡雅奏陳，追陪學海叩知津。馬嘶緩度橋灣月，鶯語深招柳陌春。並轡居然談藝處，偕行俱是矢音人。左思鯉淀休誇賦，叠唱歡依在藻鱗。

重題英德石刻米書寶藏字三首④

艤棹榕陰三十年，墨蟠蠟石小於拳。依然萬丈星虹氣，貝闕珠宮

①② 此詩題位於手稿本第 6557 頁。
③ 此詩題位於手稿本第 6561 頁。
④ 此詩題位於手稿本第 6570 頁。

上燭天。

昔夢追摹周叔夜，去春詩憶粵南山。新知舊貫蒼茫接，大海瀾迴
積氣還。臨清一石是明嘉靖癸丑周思兼叔夜所摹。

墨寶論緣主客偕，惠予不吝小茅柴。肯將濟石量英石，仍以蘇齋
合米齋。

晤瑤圃中丞賦贈①

相看依舊昔顏紅，握手灤峰照影同。漫隔三秋論別緒，欣聞萬里
奏膚功。②勤劬矢倍趨朝夢，感激恩深戀母衷。無那故人詩思結，珍珠
泉上雨濛濛。

題米書檜贊二首③

瘦硬槎枒古檜如，虯龍雷雨鬱階除。憑誰會得蒼茫意，此是南宮
倒罷書。

拜聽金絲魯壁聲，流光眩晃不分明。歸尋鄂國韓家帖，此老何時
會降精。宋人刻米書惟《英光堂帖》《群玉堂帖》最佳。

今年春扈從天津李載園以所藏蘇詩王注新安初鐫印本來置直沽旅舍几上旬日今夏扈從熱河適劉青垣以古香齋蘇詩施注初鐫印本見餉亦有緣邪因題壁以識之④

故人諾我蘇齋圖，到處精靈來索債。瑩然妙楷自生香，聚起黍珠
能納芥。試我跙趺不動心，照影東坡百千派。澄觀底處生分別，題跋
紛如絮禪話。惜無景定重鐫本，攜共商丘殘卷對。鞍馬馳驅夢寐間，
窗鐙霧雨蒼茫外。新知舉似從何出，故紙鑽研無已隘。匡廬南海與

①　此詩題位於手稿本第 6577 頁。詩題下手稿本有注文“二十日”。
②　“膚功”，手稿本作“膚公”。
③　此詩題位於手稿本第 6577 頁。
④　此詩題位於手稿本第 6578 頁。

文登,往復料量扁行廨。

次和蘊山歸途憩九松山之作①

秋山爲爾寫行蹤,記否前來翠黛容。白下曾依九老宿,杭湖試訊兩高峰。相留瀹茗無多屋,恃有貞心對此松。舊友卅年風雨約,幾時禪榻共攜筇。栖霞有九老松,昔與蘊山同遊。

秋盦得桂字古銅小印以贈未谷來索詩②

秋盦未谷皆嗜古,日蒐金石於齊魯。得與覃溪諦墨緣,金薤琳琅爲縞紵。自從覃溪北歸後,二子所得無由聚。濟南日夜馳濟寧,書問雖勤投贈阻。昔年詩孫印贈黃,我咏西江證初祖。未谷嘗得"山谷詩孫"印以贈黃仲則,予爲賦詩。今之黃九即秋盦,知爾心營花石煮。緘詩千里難罄宣,拓本百番何足數。掘地土花光怪出,銖兩星芒射箱筥。何年一字印曰桂,姓苑鐫華適都歷切。誰主。陽文摹得木圭聲,勁畫庚庚逼盎簠。天其以此旌能事,要使專家壓印譜。冬卉同時孰擅稱,秋實爲君催釀酤。冬卉,未谷字也。那從篆法辨金元,來書云是金元時物。何暇史文稽寶武。適又寄古印一,文曰寶武。是日秋高旅思豁,快若良覿袪煩暑。桂黃交並廿載前,桂也笑謔吾與汝。曩承題我小名册,至今學未絲毫補。此印摩挲感不勝,我友印須澹延佇。試憑未谷寄秋盦,何以華予滋藝圃。南飛羽鶴一聲笛,蘇齋舊夢橫江渚。蕊珠香滿圓鏡中,桂樹秋霄月三五。

題八桃小幀③

御筵是日攜桃八,桂樹香高節正秋。一片綏山緗碧影,海雲紅結鳳麟洲。

---

① 此詩題位於手稿本第 6582 頁。
② 此詩題位於手稿本第 6583 頁。
③ 此詩題位於手稿本第 6586 頁。

徐昭法山水① 自題"仿李營丘畫於澗上草堂"

離離青門瓜,郁郁商山芝。如何自寫照,乃若平無奇。淡然遠近山,水石遙分支。層林散空光,一以雲合之。想見幽谷香,蒸動百卉滋。豈知白茅屋,於中忍寒飢。賣箸上沙澗,飲水華山池。俟齋本無俟,何以酬所知。草隸欲奚托,焉仿營丘爲。

芝山與魚山各集坡書偃松屏贊殘字成章以志此段墨緣予因臨爲卷以報芝山兼求畫此松屏也②

豈惟可傲中山守,兼傲中山鑒賞家。河北松醪誰仿佛,羅浮鶴觀見槎枒。合抽宋子馮生秘,重向雄州引進誇。二子於今皆畫手,爲添月石研屏斜。

兩峰爲作坡公偃松屏圖用前韻③

朦朧紹聖初元臘,始卜羅浮道院家。三尺素屏垂霮霸,千年古幹吐槎枒。飄然几杖群仙外,豈僅山卿閣吏誇。何以兩峰能夢此,傳神猶帶月痕斜。

芝山既以坡公偃松屏贊真迹見惠乃復寫爲圖并次予詩韻然後此贊之意明矣蓋炎方之松依羅浮者多茂而腴中山之松近大茂者多寒而瘠屏所繪者則北方之松也其羅浮山下列植者則所謂不識霜雪之松也贊與序皆主北方之松言之而此畫尤爲主客釐然也因復次韻以報芝山④

南紀松腴北寒瘠,印之烏兔坎離家。栽同蜀道元勝橙,葉摘儋州豈喻枒。玉液芽黃初一視,蒼髯掃白孰争誇。收來丹竈濛濛息,大海橫飛片月斜。

---

① 此詩題位於手稿本第 6587 頁。
② 此詩題位於手稿本第 6596 頁。
③④ 此詩題位於手稿本第 6608 頁。

送張忍齋郎中督糧江西①以下乙卯

川涂章貢控荆揚，千里春風粳稻香。仍溯雲帆馳北闕，幾曾齋閣住南昌。江湖利濟皆經術，州郡環瞻飭紀綱。時向船窗有新得，寸箋報我勖無忘。

送李滄雲給諫視四川學政②

臺端清秘富文章，揚馬今歸玉尺量。詩卷編來同洛下，先視河南學政。驛程記要補漁洋。聲諧蜀道弦歌遍，緣合蘇齋翰墨償。第一元和碑拓寄，森森柏蔭拜祠堂。乞爲拓致柳公綽書諸葛祠碑也。

筠齋讀書圖爲吳門鳳秀才題③

輕煙初散爇檀沈，鼻觀間參展卷心。棐几雲開簾正午，小欄花影淡移陰。

題楊米人觀津祈雨圖二首④

米人名瑛昶，桐城人，署武邑令，值旱，有衡水老農楊某者能結席爲壇，疊几十三級升之呪禱，官民環拜，三日雨大沛，繪爲卷求賦詩。

老農何術達精忱，席織層壇響梵音。須信崇朝霑澤溥，悉由平日惠民深。草編絢履塍添水，柳覆冠纓翠結陰。几十三重香一炷，虔哉仰對帝天心。

夾河流潤自清漳，煙樹東郊氣鬱蒼。繪出萬民隨步禱，誠孚五夜静焚香。一時輿誦傳衡水，千里濃雲接太行。莫怪觀津題古邑，使君不愧古循良。

---

① 此詩題位於手稿本第 6640 頁。
② 此詩題位於手稿本第 6641 頁。
③ 此詩題位於手稿本第 6651 頁。
④ 此詩題位於手稿本第 6652 頁。

紫藤麗春小幀①

瓔珞千絲挂寶珠，蝶衣曬粉襯霞裙。亞欄紅點胭脂影，小院迴廊細雨初。

表弟楊立山之官湖南未及餞別賦此寄送②

馳驅三楚去，繾綣九秋陰。尚慰城南夢，如題漢上襟。平生忠孝事，中表弟兄心。幾夕挑鐙話，關山響暮砧。

時帆司成槐雨圖次自題二首韻③

兩度莅橋門，諸生聞笑語。先生衣來濡，恰以嘉雨禦。④升堂集鼖鏞，叩應儼鍾呂。琢之金玉章，敦此薑且旅。先生語諸生，時哉吾學侶。知時乃知益，⑤毋曠於公所。如我十載中，日日霑渥消。嘉植并成圖，以況吾與汝。

圖成蔭以茂，詩成誨以殷。旁舍芷弦歌，濕翠向彌欣。柞棫霡雨字，上有蟠虬雲。依光仰奎藻，俯育衆茅芹。後先一雨意，來洽於同群。彙彼東西廡，勵此早夜勤。高樹鬱星精，壁池點圓文。金絲宮牆下，響笑琮琤聞。⑥

題雨窗運使導山別館詩畫册⑦

潘水蕭山達鑑湖，榷鹽行館有新圖。二年別後懷鐙舫，十日公餘寫竹梧。萬木翠深環卜築，衆峰青入一跏趺。滄浪回首津門近，大海囊雲淡有無。

---

① ② 此詩題位於手稿本第 6653 頁。
③ 此詩題位於手稿本第 6658 頁。
④ "嘉雨"，手稿本作"喜雨"。
⑤ "知益"，手稿本作"滋益"。
⑥ "響笑"，手稿本作"響答"。
⑦ 此詩題位於手稿本第 6663 頁。

雨窗運使越遊詩畫册八首①

西陵渡

小謝漾舟嘉月處，至今煙岫隔層林。望潮樓上傳鐘鼓，可識髯公悵望心。

湘　湖

極浦晴光是墨光，叩舷聲與櫂歌長。篋中收得真煙樹，未許湖雲墮渺茫。

越王嶧

多少亭皋弔古心，已將徙倚當登臨。蒼煙落照憑誰感，石頂風來動客襟。

白鶴浦

無多疏樹點漁莊，爲看殘霞襯夕陽。畫手故知詩髓在，卸帆人意入蒼茫。

蘭　亭

峻嶺修林悵望情，依然觴咏惠風清。知君到此應懷我，雪後鐙前白石盟。趙子固落水本，予嘗合姜白石二跋手摹勒石於此。

吼　山

峰自迴環水自波，別山詩緒奈山何。玉琴響答山應和，留與溪雲散綠蘿。

禹　陵

宛委齋心緬太初，玉函金簡秘何如。試從風雨空山夕，窆石摩挲古篆書。

---

① 此詩題位於手稿本第 6663 頁。

繞門山

桐陰斜連掩少微，若邪溪綠滿征衣。筆牀翠滴濛濛濕，袖有南雲一片飛。

歷下城西有潭西精舍未谷與濟南諸名士所卜築也嘗以香龕供竹根阿羅漢於此予爲之贊既而都統慶公以竹根曼倩知縣玉君以竹根壽星來供予亦皆爲贊別摹其字於册屬兩峰圖之以壽未谷六十初度附以三詩①

此是三龕臨褚帖，以陪二妙寫真圖。東坡生日前稱祝，笑與先生侑一壺。適兩峰作《二妙寫真圖》以供於寶蘇室。

潭西弟子舞雩風，春在先生笑語中。莫認竹山支策影，蕉林釵脚誤河東。念湖摹勒顏書竹山聯句帖於精舍壁也。此帖已刻於梁氏《秋碧堂帖》，予以《吴興掌故》諸書考之，河東裴循誤作裴修，蓋僞作顏書者耳。

花之僧筆白毫光，月印千鐙作道場。幾叠衣紋圓昔夢，瀾迴海綠接蒼茫。

二妙寫真圖歌②并序

蘇集中有妙善師、妙應道士，皆嘗爲坡公寫真者，兩峰爲作此圖。

李君寫像坡時五十二，侍臣寫照已在前廿年。又溯李君之生三十載，前世畫師尹可元。嵩陽居士青眼今何在，丹青香火等結緣。妙應李道士嵩陽人，見穎濱詩。七百年後果遇兩峰子，花之禪室來參禪。笑向蘇齋叩轉語，出處老少何拘牽。玉堂初直非壯歲，邇英侍講亦復非衰顏。景靈無須擬曹霸，香山何必摹集賢。山高水深萬籟定，自與松竹同清言。浩然萬古萬萬古，長對坡公精氣於山川。妙善妙應竟非二，合作兩峰一手仙乎仙。禪人道人苦分別，兩峰覃溪俱未忘言詮。坡

公聞之必大笑,借問有句何從傳。

柳子寬諸葛祠碑陰記僅存五十餘字蓮府使蜀始拓得之喜爲賦詩①

薑芽斂手元和脚,工祝官班乃辭卻。醫箴即是筆諫心,晉國臨淮等咨度。誠懸碑版盈海寓,哲兄流傳轉蕭索。武侯祠記人共知,大楷鍾王名豈怍。漢東爭説塔石陰,李繁記共青蓮各。此碑陰字獨罕稱,歐趙而來嘆寥廓。吾嘗抉別歐顔迹,京兆臨淄未刊落。率更書《房彦謙碑》、魯公書《家廟碑》,予皆得其碑陰字,勝本碑,而人罕知者。元公作尹紫泥前,飛蓋金花雪峰錯。裴文書罷還記事,古柏青餘照花幕。七百春遭惡客詩,一半粗沙橫鑱鑿。更三百年我披讀,尚五十字神光躍。吾甥翰林持節來,瞻拜江干手親拓。漁洋驛程記所遺,得此歸裝寒不薄。依稀判官辨殘字,寄語宮詹證前諾。錢辛楣詹事以此碑系銜無判官字,因辨唐史之誤,今驗此碑陰尚可辨判官字也。跋書兼寄李給事,催添氈蠟緘如約。寶之不減昇仙陰,森然壁立通泉鶴。予嘗於《昇仙碑》陰得薛少保正書,極工。

齋中摹董文敏像友人爲仿作樊川詩意小幀配之題三詩於後②

戲海群鴻淡墨緣,日斜雲影隔江船。小欄紅樹蒼煙外,不著丹青是畫禪。

摩挲老眼爲誰青,欸乃漁歌動遠汀。米老幾逢王略帖,西升一卷度人經。

撥鐙法外意如何,淡淡秋山遠遠波。紅日烏雲居士夢,松屏蠟雪配東坡。

題朱性父珊瑚木難草稿③

百年文獻在吳門,敝篋江南幾共論。巢父釣竿來一訊,唐書世表

見諸孫。摩挲眼力非晶鏡,仿佛衣襟記酒痕。雪後蘇齋新月上,重臨顏帖研池温。性父早年識虞勝伯,故此内道園遺文頗有出於《學古録》之外者,予昨題吳中諸賢嘲性父短視詩卷,曾臨李少卿與性父饋米帖於後也。

正月四日太上皇帝御皇極殿賜千叟宴恭紀[①]以下丙辰

聖握斗樞錫壽康,體天行健春彌長。法祖壬寅篤厥祜,筵開乙巳重集祥。紀元周甲聖授聖,上春上日元吉昌。榑桑彤雲麗皇極,蓬壺密雪開天閶。恩風所扇益多壽,先自班秩排天潢。躬桓以降序槐棘,内外文武聯鴛行。百筵千筵拜珍膳,國老庶老跪捧觴。升座樂連進酒樂,慶平章接升平章。尚方珍綺賚稠疊,重以寶墨輝琳琅。雲濃露湛遍煦育,松生於棟芝生房。照景飲醴周萬品,小草亦得濡天漿。微臣早歲忝詞苑,聖慈怙冒恩難量。栽培長養啓知識,竊仰至教趨循牆。衢尊甫偕童叟忭,堯羹欣沐道味嘗。六十春前溯褓褓,上嘗諭臣曰:“朕登極時汝纔三歲。”今尚孺稚歡趨蹌。獲從班末厠嘉宴,玉燭寶典依道光。前秋囊筆叨扈從,清音閣宴陪山莊。仍霑恩宥職繕署,復預曠典隨賡颺。捫心何以酬高厚,覆幬照臨敢怠遑。敬祝聖壽百萬億,千叟壽合增康彊。日勤咀華誦宸翰,道德膏腴文字香。一字如春春萬禩,九如何但川阜岡。年年長飫長春溥,几硯長在鼇卣旁。臣所蒙賜硯得周提梁卣式。珠囊金鏡照寰海,洪延寶祚鼇無彊。

卣研齋詩[②]

吉金款識自磨揩,何減端江勒翠厓。周研豈徒珍薛研,前年所得薛文清研亦是乙巳年千叟宴之賜物。卣齋恰是稱彝齋。子孫永寶彌恩渥,石墨鐫華得氣偕。從此寸田耕獲積,勿輕十笏小茅柴。

題宋荔裳小像二首[③]

玉環西北捲登萊,未得奇人眼共開。多少論詩禪偈子,夢愚堂夜

---

① 此詩題位於手稿本第 6683 頁。

② 此詩題位於手稿本第 6693 頁。

③ 此詩題位於手稿本第 6701 頁。

屢徘徊。夢愚堂在青州使院，施愚山手題，愚嘗賦詩於此，緬想施宋二公也。

敬哉壬子春題句，正在漁洋入蜀年。此像應摹厓碥上，雄文萬古
照西川。

書未谷扇①

立秋日未谷持兩峰所繪潭西精舍竹根三像小冊來蘇齋共賞，將留此冊於潭西也。
明日未谷走西苑直廬，與穀人話別，故題此於扇，知穀人亦必寫詩於上，
未谷到官後時時如晤我輩耳。

郊西詩續潭西句，半日襟搖水面雲。煙舫和來題扇韻，蠻江夢到
玉琴聞。夢煙舫，穀人齋名。

孔褒印歌②

泰山都尉季將子，文禮德讓俱有碑。文舉無碑有爭讞，與兄文禮
同依歸。兄碑正紀元節事，足與續史相發揮。北海英名世所慕，豫州
從事文在茲。誰知此碑配此印，東魯千載人彌思。雍正之初歲乙巳，
曲阜遊客閩何琦。水濱得碑告廟令，輿致門側碑陰題。此事傳聞七
十載，今此篆刻方寸奇。文從小篆勢更古，名署孔褒印曰私。文禮之
碑隸題額，獨無篆籀傳音徽。此印之文若元氣，渾淪意匠難摹追。文
禮之碑泐殆既，百七十字猶然疑。此印之文特完美，四周映耀無差
池。嗚呼豈但印史系，亦不僅取篆學規。我聞公羊嚴氏學，君家一門
同所師。公孫束門有口授，琅邪少府溯下邳。時去先聖甫廿世，我有
遺聞能識之。③是以竊補秀水考，大書褒也謙也隨。今摹此印於碑紙，
何啻經義光昭垂。昔於魯訪淹中里，冀有放墜或我詒。區區名印果
何補，嗟此名字非徒施。此碑寸紙亦勿棄，并寄曲阜學侶知。《孔褒碑》
凡十四行，其後二行今拓工往往失之。

---

① 此詩題位於手稿本第 6719 頁。
② 此詩題位於手稿本第 6720 頁。
③ “我有”，手稿本作“或有”。

梅淵公萬松一艇橫卷爲未谷題二首①

萬卷之書萬里路，恰逢行篋鑒藏人。②深山柏梘松肪煮，鼉尾題評尚未真。首七字鄭板橋跋中語也。

鄭跋莊騷左史如，我追松石墨飛初。正同未谷橫題卷，指爪撐空古隸書。

自題醴泉銘響拓本二首③

尺度姚秦寫像銘，邕師塔即換鵝經。肯分六代池餘墨，欲問三公島外青。麗景玉煙來嫋窕，圓神矩曳有精靈。麟遊片石銷殘了，研匣光猶耀日星。

洞天長壽訊青童，程茸翁自號長壽童子。一再磨餘劫恨同。楮墨痕添蛇畫足，罫文格想鳳巢桐。東京古隸圓迴篆，北郭秋窗霽映虹。安得摩挲唐本在，茶煙香澹雨濛濛。

再題圉令趙君碑二首④

云美南原各秘聞，欲邀二本爇香芸。黃翁並小蓬萊侶，誰識東吳顧八分。寒山本顧南原所藏。

名字模黏姓未薶，湖州金石錄誰儕。他時並致寒山本，趙璧須添跋晉齋。昧辛昨來吾齋跋此，爲趙姓故實，是以及之。

龍門山⑤

欲從楷問隸津源，褚系龕銜惜不存。如此蒼厓更奇偉，爲君凍雨洗苔痕。秋盦自記云寺僧言《三龕記》褚公銜名片石舊落寺中，今亡矣，宋人《寶刻類編》

---

① 此詩題位於手稿本第 6724 頁。
② "行篋"，手稿本作"行笈"。
③ 此詩題位於手稿本第 6730 頁。
④ 此詩題位於手稿本第 6740 頁。
⑤ 此詩題位於手稿本第 6749 頁。該詩題前尚有一詩題"秋盦游嵩山繪嵩洛訪碑二十四圖寄來屬題四詩"並注文"集刻其一、三，石闕一首"，皆爲衍文，據手稿本删。

云此記字畫奇偉。

香　山①

坡翁買竹卜伊川，未必茅軒比樂天。今日秋盦經策到，②石樓風月更翛然。_{寺軒有湯西厓書"石樓風月"扁。}

太行秋色③

紫翠夾丹黃，河津一千里。北連燕趙間，奇氣概於此。君以金石緣，遂究川嶽理。所得皆精微，翠墨不在紙。笑問君囊馱，癖嗜誰能擬。豈爲事聲利，急若趨朝市。山色如送迎，秋光澹渺瀰。畫就一函中，走訊蘇齋裏。童僕怪何事，臘雪頻驅使。我亦招諸友，開緘色狂喜。太行照研池，霽綠來杯底。拓本雖新致，中有古香起。觀碑復問山，薰檀添棐几。題跋當臥遊，更不煩行李。

少室闕殘字歌④_{并序}

秋盦於嵩山少室闕下剔得漢篆一石，僅辨"伊"字，拓以見寄，因摹於伊墨卿研背爲題此詩。

嵩山少室延光銘，向猛趙始銜奇零。世間拓本已罕見，而況月户撐青冥。_{少室、開母二闕文後皆畫月形，甚妙。}黃子凌冬發复思，御砦峰側捫天星。忽焉狂叫詫奇絕，叢林芝下片石青。岩開迴凹爛藻井，意有仙客來雲軿。倒𪭷參差蕊珠闕，橫梯飛墮丹鳳翎。九秋詩緘并我寄，三花樹儼塵夢醒。是日蘇齋臘雪後，伊君手爇蘭膏馨。恰持舊研影印此，天然豈我能乞靈。研有舊銘朱與紀，十年前共秋鐙熒。想曾向猛趙始侶，鑴爾潁水叢林坰。伊川蘇竹我寢對，伊闕褚記誰模型。拓本重將寄黃子，杖藜貌我同聽經。并寫伊君共一幅，中峰明月橫翠屏。

---

① ③　此詩題位於手稿本第 6749 頁。

②　"經策"，手稿本作"輕策"。

④　此詩題位於手稿本第 6750 頁。

因味辛跋予所得孟法師碑喜繆氏堂名雙清與予齋名同也賦二詩記之①

心迹雙清孰與傳，雙清松竹故依然。多慚歐褚添齋扁，正合蘇髥配米顛。

松屏玉局竹西涯，退谷蕉林未許儕。廿五年前真影得，始知松竹合名齋。退谷、蕉林皆藏《孟法師碑》而非真本也。

大學士漳浦蔡公九十壽詩②以下丁巳

八荒壽域調元氣，今代耆儒第一人。北斗上台同慶祝，祥麟威鳳萃精神。天延海嶠龐鴻福，帝眷綸扉浩蕩春。系入箕疇洪範注，國家經術冠簪紳。

胡雲坡司寇四友圖③

昔從錫山師，寫生觀物理。淵源推化機，玩象研易旨。錫山追光山，恍悟焦京始。安得繪諸圖，授受儼窗几。此意四十年，著錄誰根柢。光山家學延，積厚斯大啓。疊疊司寇公，中外持綱紀。經術所發揮，達用以明體。不聞焦京家，承制輝閭里。不聞荀虞輩，老屋連旌榮。公今親受詔，手澤膺褒美。千載聖人心，星月印寒水。所以梅與荷，高士共君子。一以松竹節，交貫四時比。大哉長養氣，④寒暑環無已。中有介石盟，堂構豐藻芑。此義非摹繪，此味非縑紙。此即經訓腴，即象即源委。想到籌鐙初，尊甫著《周易籌經約旨》十卷。彖繫探精髓。春風花竹深，萬籟聲香起。我亦春風中，發榮並群卉。予出錫山宗伯之門，於文良公得稱門人。況沐蘭階蔭，亦苗新篔美。兒子樹培與公子樸齋同選庶吉士。觀理與觀物，二義無彼此。試問授經圖，即此四友是。

---

① 此詩題位於手稿本第 6752 頁。
②③ 此詩題位於手稿本第 6753 頁。
④ "養氣"，手稿本作"養義"。

馮九蓼堂以御賜素箋索書二首①

上春快雪時晴節，御紙頒來快雪家。又到春鐙搖畫檻，月明簾影著梅花。

二老風流説杜陵，何如千叟宴間朋。御筵卤研呵猶濕，五色雲光雪案蒸。方綱所蒙恩賜提梁卤研即以書此紙。

予前年冬與立山受堂雪夜懷鎮堂詩今受堂倩友作松竹梅一幅并裝爲軸仍用前韻②

又到雪晴風暖候，喜君對巷望衡居。三春瘦影同岑卷，千里關心淡墨書。昨得鎮堂書，正與受堂共懸念也。米老扇題如昨夢，適爲受堂題《西園雅集畫卷》。褚公帖券即吾廬。去臘得何義門所摹吳門繆氏雙清堂舊藏褚河南《孟法師碑》真本，正與予松竹雙清書屋相合。巡簷索笑添香篆，一縷茶煙月上初。

歙鮑氏二墓圖詩③

鮑氏方安人暨子兆秀墓圖
方安人百一歲，兆秀號質庵，中憲大夫。

維季神依母，崇岡翠合支。馴烏新柏葉，巢鶴古松枝。石潤遥含慕，雲深共仰慈。幾家鐫空室，曾見百齡碑。

鮑母程李兩恭人墓圖 質庵之繼配

兩姚同褒贈，諸孫上冢來。白雲深樹合，寒食野棠開。山氣迴環抱，萱根日夜培。聯翩英秀氣，④世世咏蘭陔。

---

① 此詩題位於手稿本第 6755 頁。
② 此詩題位於手稿本第 6759 頁。
③ 此詩題位於手稿本第 6769 頁。
④ “英秀氣”，手稿本作“英秀起”。

答周生二首①

如蘭上饒人，佩芬，湘皋。

夢迴信江雲，香嬝應谷篆。共此千里心，懷哉尺素展。言尋舊知深，渴借古歡遣。詞場愧刈蕪，經義敢矜辨。高山理牙琴，巨木斫輪扁。千鐙同一光，滴髓澈萬卷。依然耦石耕，誰恨隔雲巘。冥濛滋春陰，日夕浣蒼蘚。上饒城外有唐人篆“應谷”字。

邱子歸未久，倒篋時我懷。王生榻伊邇，束書誰爲開。王生我益友，朱老經義該。經義即詩法，問津豈無涯。鉛江上信江，信宿日沿洄。質疑收昔遁，發揮必雄才。爲我枉馳訊，佇之叩聲來。江海積風雨，春鐙耿蘇齋。王實齋近日假館鉛山，故次章及之。

題杭人重建吳越錢文穆涌金池石刻②

驪珠昨見集東坡，遺刻咸淳夢蘗窠。今夜湖光飛翠起，重開寶月涌金波。《咸淳臨安志》：錢氏書“涌金池”三大字，咸淳初安撫李芾刻石。

再次答式亭③

中孚正佇鶴鳴陰，汲古何煩緪及深。十笏蘇齋無長物，千秋方子定知心。焚香篋有重摹迹，隔巷鐘來遠寺音。還此跏趺人淡對，試憑虹石氣遙臨。式亭新居曰虹石齋。

魏春松郎中以其尊甫秋浦明經桂巖小照屬題三首④

諸君漫賦小山隱，浙右真扶大雅輪。直自水村編集後，湖光收拾付詩人。

鶴露松風氣味長，丹巖醞釀月巖香。傳來忠孝文章髓，此是先生

---

① 此詩題位於手稿本第 6770 頁。
② 此詩題位於手稿本第 6773 頁。
③ 此詩題位於手稿本第 6793 頁。
④ 此詩題位於手稿本第 6816 頁。“秋浦明經”，手稿本無此字。

桂醑方。

　　昨送吳郎買棹迴，顧梁問訊對銜杯。湖山幾個論耆舊，及共齊杭唱和來。謂次風董浦也。

陳楞山梅蘭二首①以下戊午

　　江門淡墨題小除，楞山真意來歲初。不是冬心禿穎法，想見放棹孤山廬。花光偈子何有乎，萬象瑩徹牟尼珠。橫枝煙斷非畫月，卻倚橋欄月滿湖。

　　黃翁江門跋，褚法評嬋娟。陳許論師法，若褚有薛焉。空山静得氣，乃在香之先。是中吾臭味，所蘊誰與宣。楞山七矮幅，幅幅體衆妍。皆以縱筆爲，此獨含邈然。半紙弗落墨，留俟我拙篇。見吾善者機，即此同心言。②以該彼衆妙，等視非言詮。蒼然古篆韻，一入禪偈圓。昨於歲除題楞山弟子許江門寫生諸幅，有黃松石題語，是以及之。而此册又有丁龍泓手迹，予謂題此二幅足以概之矣。

南書房内直諸公合作歲朝圖題咏卷③

　　玉堂天上歲朝圖，雲結芝英斗結珠。不受人間風露氣，星精合作泰階符。錢茶山畫陳楓厓、于耐圃、王白齋、彭芸楣、曹竹虚、董蔗林、沈雲椒諸題，至今三十年矣。

題梧門所作西涯圖三首④

　　查唐酬唱又錢王，未及西涯考據詳。多少大篇拈不出，待君五字寫柴桑。查初白、唐東江唱和於此，錢籜石、王惺齋又唱和於此，而不知其即西厓舊阯也。梧門專工五言，故云爾。

　　梧門龕寫王韋柳，未礙茶陵覓竹栽。倩補蘇齋蒼翠入，劉放時約

---

①　此詩題位於手稿本第6819頁。
②　"即此"，手稿本作"印此"。
③④　此詩題位於手稿本第6820頁。

李常來。坡詩李文正種竹語是李公擇也。

　　廬陵詩愧述庵偕，豔説梅花拜素齋。①六月蓮池風萬柄，詩龕大好
壽西涯。去年無錫賈素齋説每歲作荷花生日，因憶予在江西與王述庵約作歐陽公生日而
未果，今約梧門六月九日於西涯舊阯作李文正生日也。

論畫贈吳鑑庵三首②炬

　　君以鑑名庵，時攜畫滿函。松陰低澗户，雲氣起江潭。瀑濺排空
綠，亭虛納遠嵐。何因蘇室夢，每共墨禪參。

　　此是粗文法，煙皴極遠空。尋花三月暮，有竹一家風。意在憑朱
檻，詩來策玉驄。摩圍瘦書格，句髓忽旁通。用王百穀韻題文衡山小幅。

　　秋葵春月季，並圃占年芳。才子軒奇氣，傳神淡夕陽。空諸摹粉
墨，一變譜徐黃。著眼真詩品，齋心裊篆香。

王春波持所寫畢秋帆制府小像屬題二首③

　　戊春錢七札，記讀送君詩。五載窗鐙憶，同司校録時。文章恒以
勗，揚歷始於斯。精氣軒眉宇，淵乎意孰知。癸未、甲申間君與方綱同校恭繕
御製詩集，日相往復。迫丁亥君以庶子出觀察秦隴，時則於粵東讀坤一詩知之耳。

　　憐才三十載，攬古百千家。豈知鑑藏許，④深知願力賒。主恩何
以報，詞客莫徒嗟。肯爲經堂影，殷勤護絳紗。

梧門得石田小像摹本即王理之爲祥公作者用予舊題韻⑤

　　老衲門牆有夙因，詩龕印出畫詩真。芭蕉竹石皆禪偈，一笑兼傳
老衲神。

---

① 　"梅花"，手稿本作"荷花"。
② 　此詩題位於手稿本第 6825 頁。
③ 　此詩題位於手稿本第 6828 頁。
④ 　"豈知"，手稿本作"豈止"。
⑤ 　此詩題位於手稿本第 6839 頁。

夢禪爲頤園指墨種松書屋圖①

合抱數松皆手植,萊陽歲歲長柯條。夢禪叟畫蘇齋句,十指雲飛大海潮。

送錢湘舲學士典試雲南兼寄滋伯中丞未谷明府二首②

新銜禁苑領頭廳,遙接珠江燿使星。湘舲前奉使典試粵東。露溥三霄恩共照,風宣萬里眼俱青。詞源洱海看瀾匯,鉛槧蒼山訪篆銘。聞說五華弦誦處,巾箱今已富群經。

君家畫省記同群,揚歷天南樹績勤。中丞舊與萬言先生同官。黃海千峰來話舊,筆花五色共論文。秋高想積廎連軸,桂四應勞寫八分。定憶題襟詩券在,蘇齋茶夢袅香雲。

送伊墨卿典湖南鄉試③

瀠陽畫就畫湘南,擷秀翹英綠一函。懷古騷經於澗汜,南秋衣袖半雲嵐。④雨餘䉤竹離筵佇,霧夕芙蕖遠夢含。訪得茶陵詩髓在,來題詩境補詩龕。墨卿六月十日出都,而初九日同人集梧門所居積水潭,作李西涯生日,繪《移竹》《賞荷》諸卷,待君歸補題也。

爲梧門題嚴子陵像⑤

我評今古釣臺詩,大笑嚴灘月出時。落水蘭亭神韻在,凌波一幅水仙知。

爲梧門題陶靖節像⑥

畫陶兼畫琴,真意昔猶今。正在無弦處,中含萬古心。小橋橫綠

① 此詩題位於手稿本第 6840 頁。
② 此詩題位於手稿本第 6844 頁。
③ 此詩題位於手稿本第 6849 頁。
④ "南秋",手稿本作"高秋"。
⑤⑥ 此詩題位於手稿本第 6863 頁。

水,落月淡空林。傳得希聲譜,東籬菊可尋。

題趙書天冠山詩卷數日來頗借坡書嵩陽帖與此合參右軍法也①

丹陽直擬叩山樵,繭紙憑誰訪寺橋。一碧娟娟蘭渚影,西江咫尺浙江潮。

題畫魚卷②

小中見大喻蒙莊,荇藻空濛水一方。笑我區區濠上客,③筆蹤時到戲魚堂。

譚薈亭松陰鶴和圖④

得氣蒼然風露清,箴規原不假聲名。九皋響自於陰合,千里心惟爾室盟。無介聽聞占以願,相期忠孝立其誠。君家世世中孚應,一幅書紳訓載賡。

續西涯十二咏題兩峰爲梧門畫册⑤
其九、其十一,集刻十首。

慈恩紀遊後,詩諦有僧緣。借問麓堂集,誰參無畫禪。慧果寺。

石橋清似水,爲近小西涯。我友印須友,蘇齋同一齋。清水橋。

桂圃倉場索題二閘東寺閣詩用初夏泛舟韻⑥

直作衝煙水,濛濛一葦船。誰分黃篾影,支向綠雲邊。漁笛迴風答,禪牀印月圓。跳珠琴筑響,來聽晚涼天。

---

① 此詩題位於手稿本第 6864 頁。
② 此詩題位於手稿本第 6871 頁。
③ "濠上客",手稿本作"濠上夢"。
④ 此詩題位於手稿本第 6872 頁。
⑤ 此詩題位於手稿本第 6876 頁。
⑥ 此詩題位於手稿本第 6879 頁。

有人畫先主及孫夫人同觀畫中三仄鼎圖索題①

九鼎爲三三則一，曹孫亦以鼎稱乎。夫人義已諧秦晉，先主心寧匹蜀吳。顛趾肖形雖借喻，旁觀坐睨竟奚殊。何如移此丹青筆，摹寫江涯八陣圖。

---

① 此詩題位於手稿本第6891頁。

復初齋集外詩卷第二十四

己未至戊辰百二十五首_{嵩緣草、有鄰研齋稿、石畫軒草}

入鴻臚署有述①

周行人職漢鴻臚，清切班聯近玉除。秩禮九儀三讓際，拜恩二月仲春初。唐陳舊石題名在，_{陳實齋、唐益功。}汪景揮毫退食餘。_{景冬暘、汪退谷。}齋閣嵩陽居士夢，墨緣重擬跋蘇書。

董文敏仿趙畫鵲華秋色圖爲阮芸臺宗伯題②

_{董自題云："癸卯作，甲寅重識。"}

歷城秋月蛾眉彎，玉螺聳起垂花鬟。歷城城東破曉霽，何來叠萼青紫殷。記嘗驅車過其下，雙尖夾出蓮開顔。俄頃高低變分合，拱峙左右交緶斒。欲寫定形邈難得，歷亭古水空玲瀯。使院登樓扁四照，北望仿佛招搖山。鬱蒼煙樹忽遥接，空濛靈氣時往還。北歸覓得南阜卷，偶從北渚繪水關。渺然水晶宮闕想，影落四水漁舟灣。_{趙文敏此圖爲周公謹作。}華亭宗伯里居日，卻假退密相追攀。_{董云購之項氏。}卯歲臨摹到寅臘，一紀之後胸迴環。持衡三楚復歸識，眼界浩蕩周人寰。邘

---

① 此詩題位於手稿本第 6899 頁。詩題前手稿本尚有一段文字"嘉慶四年二月九日，拜鴻臚寺卿之命，入署見聽事有嵩陽景公題字。去年小齋得嵩山石刻全幅張於四壁，以嵩陽爲齋扁，而舊藏坡書《嵩陽帖》今更辨驗得真，因以嵩緣名其草云"。

② 此詩題位於手稿本第 6900 頁。

江阮公亦如此,齊越正合星軺間。蒼茫真宰袖襟出,雪窗枯坐警我頑。董畫初過中年後,自題小筆澹以間。吳興粉墨不草草,祝餘如韭青斑斑。精華攬結一元氣,意雖蕭散功實艱。我憑霜空證青眼,六年重覿雙煙鬟。

楊米人以蕭增花鳥見惠賦寄①

增字益之,四明人。

山雉萱花照午晴,黃筌腕力有誰爭。烹茶氣已聯三益,兼餉芽茶。小印紅猶篆四明。王曉華陽如可接,通泉少保定遥盟。因君發我臨摹想,褚本蘭亭爲細評。此軸似仿黃筌萱花馴雉之意,故用畫鶴事,因及同時王曉藏《蘭亭》也,米人以潁水《蘭亭》屬題,故云爾。

同飯韻亭寓齋即送蘊山還浙藩任二首②

四春重此餞征驂,似我前歌續筆談。予乙卯詩有"仍卜紫藤花下餞"之句。記送晉陽從浙右,借題詩境即蘇潭。韻亭齋中有予臨放翁詩境字。畫尋湖上堤橋六,人倚嵩厓貝樹三。憶否永豐坊外柳,依依遠綠夢江南。對巷即永豐館,辛巳冬予送蘊山南歸於此,今將四十年矣。

喜得詩聲並政聲,馳驅早已外榮名。以予寢食緘函意,叩爾舟車夙夜盟。詞客飛騰千載喻,吳門金手山作詩境蘇潭歌。故人攻錯十年情。坐閑語及蘭雪近日詩格頗爲心怦怦也。欲煩致語錢胡輩,不負經籤對榻橫。錢晦之、胡雛君時皆在君署中。

送紱庭閣老節制閩浙③

閩疆甾澤渥春深,黃閣台星遠照臨。萬里輝瞻新使節,十年淡對故人心。湖山綠重寒相憶,嶺嶠青迴氣作霖。依舊城南禪榻夢,團蒲收得海潮音。

---

① ② 　此詩題位於手稿本第 6904 頁。
③ 　此詩題位於手稿本第 6910 頁。

仇十洲春山仙館圖①

此山此館果有無，妙意細入窮錙銖。日長丁丁聞漏壺，長春花境與世殊。②躡雲樓閣丹霞鋪，瑤池玉樹連根株。長松百尺交碧梧，奇藅疊萼香駢跗。日月吐納星纏珠，靈泉四注開江湖。油油沃壤富黍稑，飄飄虛襟列仙儒。天籟互發笙簫呼，鶴舞應節鸞翔塗。良常西麓新宮都，少霞名共山卿乎。③嫣然春山如靜姝，綠黛合作濃膏腴。元氣蒸空暢以愉，此是作息偕康衢。持來斯室證寶蘇，畫者何必仇英徒。凌雲賦即巾箱圖，黃庭一卷囊中符。

題羅兩峰爲何耳山作湘雪卷④

易，歙人，青子。青字數峰，今官廣東。

不見兩峰久，忽披圖九畹。不見數峰久，忽題令嗣卷。令嗣已諫銘，華亭萬君撰。彈指三十年，蘭言嫋香篆。禪翁此禿筆，偈子如何轉。墨點黃山雲，陰來海東巘。雪江煙濛濛，忽悟舊苔蘚。

秋　葵⑤

半妥檀心嫋淡黃，秋羅誰爲翦雲裳。貪看紫暈迎陽色，難寫金風玉露香。

重摹北海書雲麾李元秀碑宛平令胡蕙麓勒石重構古墨齋貯之賦詩以紀五首⑥

籀鼓蘭亭結墨緣，帝京妙迹更誰先。得尋李蔭剜苔處，卻憶良鄉野草邊。真面重開欣宛在，往時墮劫笑徒然。天教北海躋周史，臼礎量來一例圓。石鼓作“臼”，與此碑作“礎”，正可相對成故實也。

---

① 此詩題位於手稿本第 6916 頁。
② “花境”，手稿本作“化境”。
③ “名”，手稿本作“銘”。
④ 此詩題位於手稿本第 6921 頁。
⑤ 此詩題位於手稿本第 6930 頁。
⑥ 此詩題位於手稿本第 6932 頁。

寶氣含芒二百年,遲遲難合乃神全。①用歐陽公語。鐫工似倩黃仙鶴,題額何殊郭卓然。原刻逸人太原郭卓然題額。賢令高秋摩絹素,古苔昨夜動星躔。教忠坊對琴堂壁,曹霸花驄几上傳。予得借摹宋拓殘本,今與府學二礎適相映合。

西安北地兩雲麾,行押同聞鄭枸疑。集字懷仁如可例,殘磚保母轉多師。靈巖頌泐存無幾,嶽麓銘陰秘孰窺。北海年來深睨我,焚香何以副精思。去年於《嶽麓碑》陰得北海細書三百餘字。

褚法相參隸與行,高懸鍾律振咸英。九皋鶴儼長風佇,萬丈虹猶逸氣橫。惲格一襟遺話在,相傳惲南田得此碑舊本,縫入棉衣中以防失墜。大梁四礎托誰盟。我捫北斗杓垣後,乙酉春於七星巖訪剔北海《端州石室記》。甫慰登登拓壁聲。

代石經年願未申,放光嶽麓夜連晨。北海書《嶽麓寺碑》,寺中夜光燭天。杜移紫鳳雛重補,董戲群鴻太失真。偃曲古藤添氣勢,擘窠齋扁更精神。寄聲錢子全碑勒,儻附東林米老鄰。廬山東林寺《北海碑》有米海嶽題,方綱附題一行於寺中者,亦重刻也。

南田山水小幀②

前人不予欺,如何苦言窘。山水一字圍,逃之殺丹粉。時見善者機,抽琴去其軫。平生一石谷,叩應黃鍾篔。蕭然作水竹,非癖非招隱。月涼神在水,夜露青入笥。商量淡遠中,秘蓄故未忍。佛說優曇華,拈出破微哂。八萬四千偈,舉似王與惲。一洗萬古空,何必丹青引。此首亦可,但如此儘作太著筆痕矣,徑刪之。

---

① “遲遲”,手稿本作“遲之”。
② 此詩題位於手稿本第6935頁。“南田”上,手稿本有“又題”字。

石谷山水①

王煙客八十五歲題於幀端，時石谷年四十五也。

乙卯丙辰閑，石谷最精詣。清暉十卷文，可以一言蔽。爾日畫家品，相權道與藝。强就詩家名，遂以漁洋例。詩畫本同源，格韻誰關捩。古調唐調閒，專壹須相劑。南宗北宗旨，法備兼神契。三昧非言詮，萬里來遠勢。夫何實者虛，忽見象所繫。藻采惟有本，幽深乃無際。正恐石谷意，未肯漁洋纞。詩到無聲處，那於字句繫。萬象牟尼珠，捨筏洪川濟。真實豈虛空，思問皆根柢。吾舉虞褚書，以證昔盟誓。奉常與廉州，尚友庶論世。亦刪去，所以刪之故同上。

與芝山考定化度寺邕師塔銘真本兼呈味辛蕙麓梅溪②

三首之第二，集刻二首。

嵩陽樓壁尚神全，小印虛舟信偶傳。王虛舟去元末未遠，予故據其所藏以定金石位置，而實亦摹本耳。留著偃松屏影在，良媒玉佩更娟娟。

答李滄雲通政③

銀臺同直廬，寺街鄰巷寓。舊雨幾心知，瓣香一鐙炷。偶論草堂詩，千家競箋注。文殷與屋職，分合誰審誤。江東河北音，燭下精華具。關西鄴下辨，金碧浮沈屢。甘辛遠近間，豈泥篇章句。馮九昨歸吳，我借迪功喻。顧同北地論，敢忘別裁懼。浩蕩詞源闊，卬須問津渡。晨聽僧樓鐘，秋點郊壇樹。篆起盆蘭青，簾雲淡煙素。

古墨齋歌④

我仿琅邪仲子書，因讀瑤石山人記。南陽李侯齋落成，二百二十一年事。又讀歐大任。黎民表。朱宗吉。李言恭。詩，阿蘭堂篇最神契。

---

① 此詩題位於手稿本第6935頁。
② 此詩題位於手稿本第6937頁。
③ 此詩題位於手稿本第6941頁。
④ 此詩題位於手稿本第6942頁。

歐楨伯有《答李于美阿蘭行》。歐詩論古有特筆，二承二美俱譚藝。馬鞍賦手推俞郎，掃盡素師狂草偈。嘗見俞書俞仲蔚不滿懷素書，見《列朝詩》丁六之十。書髓得，啓法離堆邕塔例。異哉莆陽鄭子經，行押區分太涇渭。豈知奇正一家法，永戟義鋒深造秘。①年來北海深睨我，玉符古澗苔飛翠。《靈巖頌》世久無之，頃得見宋拓二本。麓山神牒爲放光，追琢英英山嶽銳。石尾兼之細陰楷，儵披科斗星芒墜。嶽麓寺碑尾又得北海書一行，其陰復得北海細書三百餘字。三十年前巖洞口，手剔靈文兼古隸。合來江夏得仙手，直接杜陵長嘯氣。昨者董藏戲鴻本，摹出吳門故人惠。尚在未經六礎前，秋空側想九皋唳。琴堂新構賢令君，藤幹盤拏瘦蛟勢。丸煤忽作山石立，靈芝寱結前盟誓。向來鷗波戲鴻語，一洗詞場宿蒙蔽。何嘗松雪有臨摹，徒使華亭趁游戲。不誣啓法與離堆，楨伯斯言有深寄。我方辨白邕塔真，笑遍三邕屋檐字。②世間竟絕全拓本，③昨考之《全唐文》，知《化度》與此碑皆爲全文。何減豐碑崇贔屭。唐賢已擬精廓填，米老曾驚睹神異。矧兹北地千年後，重雪中州四礎涕。倦翁贊說亢其宗，光八郎書孰兹繼。六公篇本胡君書，八咏樓添越中志。宛平署中八咏以此題爲首。依然花竹補李侯，《帝京景物略》云李蔭築古墨齋，旁植花竹。喜得禾書兆豐穗。垂雲瀼露腧麋香，鏡檻交光照秋霽。仍作良鄉舊本看，來升尺五臺垣際。蕙麓覃溪石尾題，綠樹移陰上軒砌。

張鑑庵梅柳江春圖二首④
丙震，湖南人，寶慶知府。

　　湖外寒初霽，濛濛倚曙煙。政成驄馬路，詩到白鷗邊。郢雪消難盡，湘雲夢不傳。灣迴新綠起，春在釣家船。

　　十載看碑眼，拈鬚倍有神。濃交山翠濕，淡共墨緣真。話舊連江

---

① "深造秘"，手稿本作"造深秘"。
② "笑遍"，手稿本作"笑扁"。
③ 此句下注文"皆爲"，手稿本作"皆無"。
④ 此詩題位於手稿本第6952頁。

雨,論心對竹筎。盆梅消息近,臘雪又添春。

岱廟環咏亭有宋人題种明逸會真觀詩二石而其原詩久失去矣
新安吳南薌以其友所藏种迹卷見示喜而次韻①

剡藤如對昔賢開,仙館誰登白玉臺。半嶺石垂猶拗怒,萬松雲氣目縈迴。②憶嘗兩度祠陰宿,恨不同攜岱頂來。商略雙鉤重勒壁,露濃倒矗下星臺。

雪中郊行作③以下庚申

濰州元日夢,真作曉行圖。何處詩題蔡,拈來軸寶蘇。偶於樓日影,襯著雪雲烏。個是坡能繪,煙光淡有無。

漢宜子孫鑑詩爲海鹽黃晉康賦④錫蕃撰《續古印式》二卷

錦囊古篆丹砂紅,日浴百寶光熊熊。春雲結作吉祥字,透光正注冰盦中。我録尚方諸漢鑑,宜子孫語圍徑同。銘居輪中外環向,四神八衛永寶充。以該玉泉仙棗頌,壽溢海四臺三公。⑤其文圜旋勢鼎峙,蕊珠簇蕚如金蟲。誰家玉臺寠繡幕,想見絡彩明房櫳。交加慶祝縚綽引,長年萬億康彊逢。宜富貴昌宜日利,恰與印史鑴同工。黃子手摩方寸鐵,墨池玉氣蟠長虹。雪後鐙宵月環照,七乳報爾煮石農。新鶯高枝日送喜,蘇齋一氣春蓬蓬。

題楊升庵像⑥有序

桂未谷自滇中摹升庵像以寄方坳堂,坳堂時臬黔陽,以嘉慶己未人日題於夢草軒,蓋坳堂兄亦號升庵,貌與像又適肖,乃此像寄至而令兄逝矣。其明年人日劉岸懷廷尉持來屬題,予因記朱子价人日

---

① 此詩題位於手稿本第 6952 頁。
② "目縈迴",手稿本作"自縈迴"。
③④ 此詩題位於手稿本第 6965 頁。
⑤ "海四",手稿本作"四海"。
⑥ 此詩題位於手稿本第 6966 頁。

草堂詩序爲升庵作,亦是畫甫寄至而升庵逝去,事之相類有如此者,爰爲書朱子价詩序而繫以此詩。

升庵像續升庵夢,己未題拈己未春。二百餘年春草句,草堂人日更懷人。

題蕭尺木雪景用自題韻二首①

五嶽奇情入暮寒,楚騷冷浸薜衣單。爲誰雲際紅窗啓,供爾迴巒仄磴看。

孤光斜掩半峰寒,瘦筆疏於雁翅單。若準停雲孫逸派,過橋神在曳筇看。尺木與孫逸並稱孫蕭,孫畫多文衡山法也。

寄懷菊溪京兆同餘山詹事賦②

千里郵筒筆涌泉,舊京豐芑助旬宣。春培灌梜雲陰合,午憶棠梨樹影圓。時與餘山同課學舍諸生,故用道園懷圭齋事。花信東風催寄語,竹窗斜照諾前緣。看山亭子簷間字,試與街齋證畫禪。昨見屬書影山亭扁。

同里薄偶齋太僕官通政時以雲南所進本章包封毛頭紙染色作書賦詩以贈其婿安平陳來章廷尉廷尉之子聞之進士裝此迹求題次其韻③

永師真草籨紋拓,珍弄吳門冀與黔。宋拓智永《千文》有文三橋、何義門題字,由吾鄉薄氏歸於黔南陳氏,予因題此帖而見此染紙詩也。鄰巷履綦聲宛在,太僕舊居在米市胡同。故家手澤馥猶霑。襯來越繭陪齋奏,砑比川麻抵素縑。添入蘇齋詩話卷,海苔綠結乳豪尖。適劉崧嵐刺史以瀋陽毛頭紙同高麗箋見寄,予亦染色作書。

---

① 此詩題位於手稿本第 6967 頁。
② 此詩題位於手稿本第 6968 頁。
③ 此詩題位於手稿本第 6978 頁。

六月九日梧門詩龕小集賦東①

清水橋頭句,龕同縷篆依。西涯酬竹醉,北郭悟荷衣。庾信居還近,蘇齋偈子機。笛聲潭影外,日寫鶴南飛。

因瑤岡南歸屬訪吳江史氏天際烏雲帖石本②

四首之第四,集刻三首。

臘雪筵前愧屢摹,烏雲紅日夢模黏。虎頭金粟江船影,圓得枯禪對結趺。

南昌熊鶴嶠侍御舊藏曉谷

熊暉。畫冊爲其孫菊莊蘊和題。③

曉谷畫筆雄南州,冊題甲申之仲秋。我時正觿章門棹,春明側想同唱酬。諸公題畫發遙寄,玉琴山響如臥遊。我從章門指嶺海,八年舊夢還茶甌。日南坊陰藝圃啓,借樹軒底芸籤抽。先生飄然竟南下,借樹綠影牆東頭。隸書尚留借樹記,百讀日日馳歸舟。浩乎空濛澹煙水,遠接南浦沿花州。④風晴雨雪以襟袍,蒼茫元氣何人收。二十餘年渺延佇,一十六幅來冥蒐。猶見當時落筆處,先生隱几神爲謀。指點中間小茅屋,某水某石吾侶儔。世家文物積氣厚,角弓嘉植培岑樓。即今孫曾蔚才傑,讀書聲出層林陬。不輕點墨作烘染,如斯手澤真箕裘。曉谷爾何巧位置,籤諸金石洪趙歐。一時城南盛詞翰,錦賭並擅琳瑯球。使我懷賢重感舊,江海風雨翻潛虬。勿作臨摹粉本看,中有玉堂寒具油。裘家街屋月虹在,秋屏閣夜射斗牛。

再題化度碑圖二首⑤

貝多樹下三花悟,曾到書樓石壁來。紅日烏雲青眼在,嵩陽真面

爲誰開。

南惟松雪北漁陽，贋本千秋定幾行。只合陰符論楷迹，善奴東壁夢書堂。

内直諸公題咏歲朝圖卷錢茶山畫①

玉池水養蓓新芽，雁足鐙移近畫叉。三十年前詩夢在，信風消息到梅花。

夢蘇研歌②

韓慕廬寒碧齋硯鑴山谷夢坡公句於側，陸鎮堂得之，因以見贈。

鄂州何以夢西山，③長洲何以題山谷。聞道華亭扁擘窠，蒼雪摇窗林霧綠。爾時早已夢坡公，下上山門兩天竺。内芝那乞九轉丹，普慈自洗千竿竹。涪翁晚醉松風閣，參昂三峰倚秋麓。瓊房龕戴縹緲間，紫雲石室魁杓曲。故假雲峰學士韓，來托廉泉使君陸。知我蘇齋結墨緣，青眼嵩陽初小築。爾來量得嵩洛邊，三段殘碑半扉塾。濃墨大字梯閣書，龍尾溪阮潤不足。是時月挂窗東南，正照三星偃屏幅。誰將何髯繡谷榜，縮向丹泉小林屋。試援王錡訊星實，笠屐圖寧趙家獨。尚壓蘭亭十二跋，④何況胡椒八百斛。寒碧齋是董文敏爲慕廬先人題者，予昨適爲長洲韓氏題《小林屋圖卷》，而此研側題字是何義門手書也，明王錡及今馮星實皆以“夢蘇”爲號。

宋洛陽范氏書樓圖歌⑤

率更三日野食勞，何若坐臥書樓高。終南山隅關右寺，何如堊壁基構牢。范公開府凱還後，畫堂十丈容旌旄。迴思斷碑僧舍下，廢廊蔓草風颸颸。慶曆貞觀四百載，中間歐趙難其曹。昭陵馬贊既

---

①②　此詩題位於手稿本第7009頁。

③　“何以”，手稿本作“何因”。

④　“十二”，手稿本作“十三”。

⑤　此詩題位於手稿本第7011頁。

泐失,善奴筆訣誰鐫雕。醴泉温虞並楷則,黃庭像贊争釐豪。未及
圮餘塔石片,爛天寶氣英瓊瑤。一朝纖兒誤撞壞,三段幣裏來征軺。
賜函牙籤爛雲錦,峻極柱栱光岧岧。篋中石忽壁間置,衆星一氣迴
斗杓。范公退食目如電,若量馬背龜旋毛。洛中日星風雨會,表正
輪郭陰陽交。規連矩曳此圭臬,庚庚横直元精包。四方觀者日來
集,肯許氈蠟頻鏗敲。皇祐而前政宣後,又近百載雲漢昭。姑溪之
跋樂圖目,此樓勢並嵩峰椒。所以今知北宋拓,得搴此壁於生綃。
重巒叠岫古苔緑,軒軒神儼冠緋袍。若非此公手結聚,更何古本緣重
遭。三十六峰對環抱,後千萬古來滔滔。直到覃溪寶蘇室,始聆壁響
真簫韶。此樓此壁定影在,恒河沙喻觀堂坳。笑誰銅瓶問古井,大河
萬里西江潮。

南皮張鑑庵將之任嚴州以其先人韻亭封翁蘭陔桂子圖遺照屬題二詩[1]張名鐸

粉梓濃陰屬謝家,冰壺水浸玉蘭芽。閒庭自是饒風露,可要陵陂
補白華。

每論金石推家學,揚歷經猷見本根。試繪角弓嘉樹傳,篆香簾月
淡無痕。

鎮堂以陳眉公簪花詩手册見贈[2]

晚香涼思倚江船,聊試蘇齋十笏禪。便作先生新偈子,鬖絲風嫋
散花天。眉公有晚香堂蘇帖。

送張鑑庵之嚴州郡守任[3]

江春梅柳照揚舲,不獨詩尋處士星。旆卷膏陰來驛雪,政成經術
即碑銘。緘馳嶽麓心如素,郡接東陽眼共青。正到嚴灘新月上,彝齋

---

①　此詩題位於手稿本第 7013 頁。
②　此詩題位於手稿本第 7014 頁。
③　此詩題位於手稿本第 7017 頁。

舊夢悟蘭亭。<small>第六句兼寄少峰精拓東陽何氏本也。</small>

宋翻化度寺碑今始辨審明白既得其後元人諸跋附裝於予藏真本復賦此記之①

<small>四首之第二,集刻三首。</small>

廟堂別本傳城武,退谷珍藏孟法師。秀骨圓神兼宋派,貌來虞褚幾人知。

題畫二首②

石磴寒泉太古音,了無酬答貯盈襟。卻尋昨夕聽鐘處,竹几山窗理素琴。

搴雲何處路遥通,遠近層青合氣中。一鶴飛來破秋碧,諸峰神在雨濛濛。

爲敏齋題小幀③

歐陽齋近蘇齋住,日日詩懷澹白雲。下直雲司尋客夢,偶拈詩話借江潯。半帆月落橫峰影,一笛風來波水紋。④淨倚秋空新滌硯,爲君題扇仿羊裙。

吳鑑庵編修爲培兒寫生小幀⑤<small>以下辛酉</small>

兩代蘭陔續藝林,角弓嘉傳似同岑。花洲亞字欄邊影,是我年前擷秀心。<small>鑑庵時視學江右,而令嗣相繼入翰林,故及之。</small>

壁間鄭谷口隸書朱子齋居感興詩軸恰是辛酉春作喜而次韻⑥

瞬逾三十春,歲陰周戊己。循觀涂棻碑,<small>昔於瓊州學舍見明涂副使八分</small>

---

① 此詩題位於手稿本第 7022 頁。
② 此詩題位於手稿本第 7023 頁。
③ 此詩題位於手稿本第 7025 頁。
④ "波水紋",手稿本作"破水紋"。
⑤ 此詩題位於手稿本第 7035 頁。
⑥ 此詩題位於手稿本第 7036 頁。

書此詩而和之,今三十年矣。海岸郵程紀。鄭簹墨何緣,虛齋吉祥止。茶鼎夢曉寒,炎州庠肄禮。簾鼜石檻雲,香沍銅瓶水。豈惟分隸原,蟫扁同一軌。

屬友摹坡公濰州雪行圖以贈湘浦①

借傳小閣尋詩意,仍倩年前畫雪人。江上愁心橫晚翠,分明是寫夢中真。

蒯聘堂長林愛日圖②蒯嗜摹漢隸

角弓嘉樹傳,初草駐暉心。綺合柯交篆,中孚鶴在陰。蘭陔元共氣,苔石本同岑。結得芝英瑞,摹碑鏤錯金。

送周湘浦之任華容③邵蓮

昔君發遙夢,寄托湘水深。飛泉挂百丈,不隔青嶔崟。十年遊大都,聲名振藝林。會稽東維子,鐵穎穿書蟫。君以抱遺自名其齋。淵乎深裏客,④紺珠集其琛。三家審同異,六義殫追尋。惓惓招弓句,出處勞寸心。訊予友朋畏,悵戀訂盟箴。以茲研經筆,譜爾宣風琴。蘇齋冰雪意,淡寫貯虛襟。宛與瀟湘卷,煙水感同岑。爲君題齋扁,遠思馳古今。郡侯在長沙,因之緘素忱。與君證墨緣,夢到麓碑陰。

右《嵩緣草》。

贈仲蘭⑤以下壬戌

仲蘭集共編蘭雪,椒石名因繼五椒。熊謙山齋名。此日英聲滿章貢,吾門世澤邁楊姚。鈍夫、雪門皆吾門詩人。杜韓師法功逾細,揚馬詞源溯更遙。四十年前瀛沼綠,蘇潭月涌大江潮。尊公辛巳入詞館,今四十一年矣。

---

① ②　此詩題位於手稿本第 7039 頁。
③　此詩題位於手稿本第 7040 頁。
④　"淵",原爲墨圍,據手稿本補。
⑤　此詩題位於手稿本第 7062 頁。

贈仲通①

吾門誰繼凌家仲，_{海州凌進士廷堪。}迦葉花拈悟夙因。北地憐余耽訊者，蘇齋許爾會心人。三餘閱後膏無既，萬卷蒐來筆有神。不負窗光收塔影，荔牆斜月照書紳。

塔影軒銷暑二咏②

紫金浮玉對寒江，如此松風艤畫艭。又借倚雲殘墨點，塔峰招影入橫窗。_{米老麓山碑題。}

淡墨空鉤托意深，似曾記我夜鳴琴。渺然濕翠非煙雨，誰識跏趺定後心。_{王石谷畫稿。}

山莊途次聞蓮府婿擢翰林侍講學士喜而賦此兼呈尊人春甫閣學③_{以下癸亥}

十年飛步上頭廳，兩世薪傳切過庭。鶴渚蔭深交響翠，螭坳雲叠九華青。更添綠罘歡連夕，即兆黃麻續六經。日日矢歌賡帝載，周廬何啻聚臺星。_{旬日以來喬梓同預隨輦，叠蒙召對，洵異數也。}

題夢禪小幀二首④

棲鴉流水繞柴門，卷幔斜邀月一痕。卻借橫雲來隔浦，枯林偈子倩誰論。

夢禪居士禪非夢，濃固無嫌淡更工。未寫前岡含雨意，已霶遠翠濕濛濛。

---

① 此詩題位於手稿本第 7062 頁。
② 此詩題位於手稿本第 7063 頁。
③ 此詩題位於手稿本第 7078 頁。
④ 此詩題位於手稿本第 7079 頁。

書嵩陽帖董跋後①

　　茫茫十二小劫長，洞天九九通寥陽。火正後人傳寶章，據舷大叫興欲狂。更誰高古先二王，峨嵋仙來氣堂堂。嵩陽居士儼在旁，九霞靈音叩琅琅。群鴻戲海未易量，華亭目短馮與梁。吾家小印丹砂光，始稱檀篆蘇齋藏。

擬秋闈課試適值仲通初度之辰是日仲通恰得予篋中殘紙乃謝蘊山所寄詩同是醉翁門下士云云是錢裴山手錄者予門人惟謝蘊山馮魚山二生皆八月初十生日今日八月十一日也賦此贈仲通②

　　千佛名經息壤同，侯芭奇字説揚雄。松蘿不比江兼嶺，梓里應追謝與馮。迦葉笑拈承玉舜，明陸文裕八月十日生。瓣香蒂結認南豐。蕊珠榜悟三錢夢，合在東堂桂影中。乾隆乙丑會試闈中，錢相人分校，夢三大錢聯結，是科主司錢香樹先生，殿試第一人錢茶山也。

書漁洋先生詩後③

　　湖亭秋柳唱，初寫黃庭喻。已作樵本看，誰明問津渡。中天際熙明，群雅啓韶護。六經日月光，百家函雅故。於時挹群言，所以導先路。淵乎秀水朱，目極蠶尾樹。弦歌齊魯師，申培與轅固。包羅萬萬古，甘辛雜丹素。何暇執後賢，金采蜜鏤錯。大音弦指忘，空山雨雪悟。勿泥滄浪話，輕語蓮洋付。四十二籤廚，何人瓣香炷。新城所傳先生三十六種書，有非先生著而入目者，有先生所著而未入者，予嘗更正其目爲四十二種。

題元四家書後④

　　唐後宋四家，磊磊軒奇氣。庶幾晉賢擬，薛吳參妙詣。⑤淵乎吳興

---

① 此詩題位於手稿本第 7087 頁。
② 此詩題位於手稿本第 7099 頁。
③ 此詩題位於手稿本第 7100 頁。
④ 此詩題位於手稿本第 7101 頁。
⑤ "妙詣"，手稿本作"妙寄"。

公，訊爾山陰秘。傳朋珍薛拓，獨孤僧也志。直遡王臨鍾，丙舍取大意。惜哉快雪遺，鮮于柯跋字。誰問换鵝始，徒供豢龍戲。我寶邕塔銘，鷗波來券契。更拜嵩陽卷，天藻亭圓偈。趙虞印宋唐，已領第一義。四明與東平，流派姑且置。盆梅淡然香，[①]簾雲卷松吹。

再題天際烏雲帖九首[②]

宋白粉箋今始辨，多年渝敝不分明。昏陰苦霧斜風雨，一種閑窗悵望情。小"輩"字磨去，"惠"字添畫，餘亦多擦污描壞。

海上初迴鵝頸夢，花陰悟到鼠鬚尖。藥洲幾夕秋雲合，青眼憑誰樺炬添。戊子十月得此於廣州試院，與大庾楊鈍夫共賞。

江南草長鶯花亂，柳絮飛飛放雪翎。七百年前殘墨點，三花樹下貝多經。

幻境烏雲襯日紅，畫禪三昧幾人同。只應十笏蘇齋壁，捲起濰州臘雪風。以予考之，陳述古放營妓事在熙寧六年癸丑，而"長垂玉筯"一首外集題云"過濰州驛見蔡題"，則熙寧十年丁巳也。

丸螺念念讀塵塵，[③]郭玘研來又幾春。米老果然王略得，洞天小劫屬何人。董跋蓋曾見摹本者。

幾行敬仲貞居字，已壓長虹貫月船。那問重摹褚臨卷，華亭忍不贖嬋娟。此帖凡闕柯詩一行、跋二行，又張雨詩十行不知何往，則海寧陳氏渤海藏真帖所刻重摹詩禊帖董文敏撤去三行者，不足言矣。

傳付虞柯直到翁，印章漫説項家風。爾時寸寸丹砂篆，已在儋州笠影中。[④]"翁氏深册"原印。又"翁"字小圓印，册内凡數十處。

松陵石墨著精魂，文沈同時想對論。偏是董題摹本在，雪堂錯認

---

① "然香"，手稿本作"焚香"。

② 此詩題位於手稿本第 7102 頁。

③ "讀塵塵"，手稿本作"續塵塵"。

④ 此句下注文"翁氏深册"，手稿本作"翁氏深"。

爪泥痕。董題所云見摹本,即馮氏快雪堂所刻。

臘雪窗鐙轉法華,嵩緣不借趙盧誇。十三跋又蘭亭續,銘塔天然小聚沙。吾齋因藏此帖,每歲十二月十九作坡公生日,而舊藏《化度寺邕師塔銘》則趙松雪、盧疏齋諸手跋皆來歸,與此元人諸跋相映發也。

自題唐楷晉法表後七首①

豐碑祭酒屹昭陵,嘉祐經還法永興。一脈孔庭光述作,何殊傳疏衍孫曾。

任城記出雍公裔,銀印虞留內史王。薛剔永興軍節度,泐餘誰補後三行。陝本《廟堂碑》末三行裂出一小片,聞前數年尚在也。

虞歐疏密間方圓,章法天然後映前。豈有昭仁同一手,漫量應詔寫銘泉。率更書碑惟《醴泉銘》應制之作,後半不就緊斂,未可以例《永興》之前疏後密也。

稟橫四點祟三點,化度料量孟法師。得向山陰論繭紙,悠悠滂喜幾人知。《化度寺碑》"稟"字長橫上之四點,宋翻已誤作"米",可見古本久失真矣,褚書《孟法師碑》"稟"字橫下亦四點,即此勢也。

雁塔同州序記評,半彎左頂氣縱橫。褚臨豔說神龍帖,暢字申旁莫浪驚。褚書《聖教序記》"桂"字木旁、"亂"字左頂,皆褚臨《蘭亭》的證。

歐法何時到薛純,可從啓法說丁真。吳門語古齋如在,妒煞髯翁寶鏡民。趙明誠謂丁真永草乃丁覘,非道護也,而殷令名書《裴長史碑》,何義門竟得購之,未知今尚在否也。

相門出相柳兄柳,張嘉貞《北嶽廟碑》,柳公綽《諸葛祠記》。來護兒兒同姓名。王士則書《李寶臣紀功頌》。大字三龕翻失款,褚書《伊闕佛龕記》後有褚系銜字,今泐不可見。只除砥柱更崢嶸。此首專論唐大楷也。

---

①　此詩題位於手稿本第7104頁。

書董文敏墨迹後①并引

文敏墨迹云"東坡《嵩陽帖》詞翰兩絕,余見摹本輒爲神往,今得展觀移日,頗如米老得王略時",此迹不著年月,然文敏所見摹本即馮氏快雪所刻也,書此以代《快雪帖跋》,兼以寄題於吳門畢氏所藏卷。

嵩陽蘇帖爲神往,華亭記見摹本時。此書蒼勁暮年筆,彼神往者歲幾移。計應觀自鹿庵所,鹿庵所得奚從知。鹿庵印又蕉林印,蕉林書屋又已遲。印繁無若項家最,卻無項跋珍裝治。項云購自史明古,吳陳二跋嗟然疑。吳跋通靈久飛去,陳詢早歲豪初摛。此皆董前百餘載,彼摹本者翻失之。摹從倪瓚馬治止,而無項董陳詢詞。項題嘉靖卷改册,馮刻快雪工未施。故知董題項之後,若見馮刻心應嗤。坡公此帖出天造,豈有駿足能飆馳。不知何年仿拓者,一色紙墨相撐持。神來欲幾虹月印,筆滑何暇風電追。揆時在明中葉上,所以馮篋誇其私。得邀巨公一拊掌,世上安得雙朱提。我聞舊家著於録,粉箋顛縱神所詒。元明跋寧宋紙繼,況復貌襲行參差。華亭乍見竟誤賞,檇李僞印公瞞欺。邇來價尚計千直,馮後刻又重橅規。嗚呼黯黯殘故紙,江潮夜涌千牟尼。紙有渝敝墨無壞,華亭腕亦驅隃麋。每於中鋒力沈蓄,輒想棻閣森鼎彝。董云何減得王略,米老儻可師峨嵋。松陵史家一片石,渴摩萬遍右手胝。吾齋蘇米影著壁,欲呼馮董月印池。長空仙風來笠屐,篆香拜識真鬚眉。他年華亭迹並勒,覺爾逐鹿棠村癡。烏雲紅日無畫法,惝恍幻夢元非詩。衡山道士何處覓,牛彝對寫柯九思。

奉謝五峰居士惠石研屏二首②

五峰十指煙嵐出,幻作天然紫翠屏。盡攝烏雲紅日影,嵩陽雙眼爲誰青。

---

① 此詩題位於手稿本第 7106 頁。
② 此詩題位於手稿本第 7110 頁。

前身對榻即歐蘇，待寫邢房古寺圖。松際昏黄明月在，要分詩夢到江湖。

五峰書佛偈并寫梅石以代饋歲賦謝二首①

誰將偈子寫苔岑，認取跏趺定後心。水石中間參轉語，林開雪沍淡春陰。

塔影橫窗綠一筇，墨雲烘托攝山農。莫嫌相對無言説，篆起茶煙正午鐘。文伯仁亦號五峰。

雪霽②以下甲子

雪峰妙鬠開，盤盤作階砌。枝枝松篆雲，蹙縮芝英麗。濃旋寺廊影，曲複轉深細。初陽一合照，寒光静如避。蒸蒸淡白間，不使層青蔽。遠近橫煙中，凹凸隱迢遞。諸峰草木香，濛濛接一氣。

篋藏文衡山山水大軸十二年矣直待夢詩石屏乃對挂几間再題二詩③

直憑宋迪能圓夢，誰説倪迂不畫人。覓句攜筇看背影，小橋流水是天真。

居士嵩陽眼力酬，我齋石墨忝書樓。雙桐玉磬秋空響，半壁邕師塔偈收。

既摹坡書君謨夢詩首聯於石屏之側因題快雪帖前二詩④

晚香妮古何曾見，檇李松陵幾客傳。他日蘇齋重伐石，研池照影已泓然。

摹本華亭賞不孤，未知曾語鹿庵無。相關方寸劉郎鐵，月印窗紗識寶蘇。

---

① 此詩題位於手稿本第 7114 頁。
② 此詩題位於手稿本第 7115 頁。
③ 此詩題位於手稿本第 7126 頁。
④ 此詩題位於手稿本第 7127 頁。

李載園載書圖二首①

朱生畫借屬提傳，伊守籤題說米船。持向蘇齋書榻對，屬提拈出鏡中禪。予出禹慎齋畫《漁洋載書圖》同觀。

籤廚東觀到山陰，《後漢書》《南唐書》諸補注皆在行笈。小印裝鈐趙孟林。載園家僮精於裝潢。米老竹西真氣在，累余揮汗屢摹臨。②新收諸迹以紹興辛酉上石之米書大字第三卷爲冠。

張君度畫册③

六首之五、六，集刻四首。

項子蕉窗課，文家雙碧梧。此間此叟意，是項是文乎。鄴弆書千軸，桓珍畫一廚。捲簾橫素几，參透篆香無。末二首皆咏《蕉梧讀書》一幅。

對此書連屋，纔堪樹拂雲。詞章雖小技，捻賣卻誰聞。探藥兒童秘，④東柯水竹分。不知微禄願，何以報將軍。

右《有鄰研齋稿》。

重九日題墨卿所收聖教序宋拓本用舊韻⑤

真與南堂約，重陽蘇米齋。爲三橫點證，笑兩郡侯偕。卻用吳淞翦，奚煩大令懷。餞君添故事，不羡半江涯。是午適馮象巖太守持所收宋拓本來，"崇"字"山"下右點亦極分明，亦是方南堂跋本。奇哉！墨卿原收南堂本今已贈葉雲谷矣，予初謂其以此易雲谷所藏宋拓《大令帖》，今墨卿撤其南堂本之跋歸於此本，故用"翦吳淞半江"之語。昔張爾唯郎中出守蘇州，王漁洋、孫退谷、王長垣諸公餞，席上同賞爾唯所收江貫道《長江萬里圖卷》，諸公或欲翦取其中一段，爾唯有窘色，漁洋云"翦取吳淞半江水"，退谷云"惱亂蘇州刺史腸"，今則墨卿翦取其跋以入此，故反用之，謂留此跋抵得《大令帖》耳。

---

① 此詩題位於手稿本第 7135 頁。
② 此句下注文"第三"，手稿本作"第三"。
③ 此詩題位於手稿本第 7138 頁。
④ "探藥"，手稿本作"采藥"。
⑤ 此詩題位於手稿本第 7156 頁。

米題褚臨蘭亭跋響拓卷二詩①

留得竹窗煙月影，娟娟蘭翠倚湖船。一痕貫夜晴虹氣，獨著蘇齋石畫前。

銷暑江亭記快風，未應潁井絹臨同。時晴雪帖非偷樣，神在迴波押縫中。潁本第十四行後小“快”字予定爲米筆。

墨卿將出都以所裝硯屏屬題即以贈行四首②

畫二，其一寧化施心傳，一不著名。書二，一南海廓露，一不著名。
施挈如仿雲林，康熙四十三年作。

誰言嶺嶠蒼茫氣，只在輕空點墨中。不信倪迂能到此，響山何曾送飛鴻。

倒吸煙嵐入研屏，墨雲一櫂濕疏星。夢迴卻褺蘇齋篆，小石帆餘半幅青。時墨卿將之濟南也。

穗石苔岑洗硯池，楚騷未是變風詩。參摹往記尋原處，肯説多師自得師。此首有感昔年與馮魚山論詩也。

收合精微篆隸分，舟車豪放即知聞。不虛翠墨香盈篋，十載襟攜海渚雲。

讀吳子華詩偶題③

吳融《過九成宮》詩“魏公碑字封苔蘚”，自注“魏文貞徵有碑”。

乾寧景福故宮前，事去唐初二百年。空感相臣摛典策，只尋碑字拭苔錢。儻隨行笈攜氈蠟，豈有遺蹤勝醴泉。記否杜陵人駐馬，青厓斷白意誰傳。

書壁間衡方碑字後①

禮器金鄉姓氏湮，二仇頌迹孰前塵。只應汶上朱登隸，千古書家

---

①②　此詩題位於手稿本第7157頁。
③④　此詩題位於手稿本第7161頁。

第一人。

趙文度溪山圖卷①

趙左華亭人,與宋懋晉俱學於宋旭,間用焦墨枯筆爲之,蘇松一派乃其手創門庭也。

蒼然禪偈以意行,意到聊假溪山名。遥峰近渚草樹石,小橋細路開柴荆。石間潄流跨澗出,寒林潄激菰蒲聲。中間停筆頓挫處,神情故在扁舟横。草亭憑眺者誰子,②此意似與溪山盟。宋石門邪董玄宰,夙昔商略胸迴縈。豈知煙嵐渾無迹,未許董宋一筆争。枯筆何妨點焦墨,淋漓濕潤皆天成。想向溪山相對語,茶煙香裊硯一泓。待我來題趙文度,畫禪正脈方定評。

答仲通讀書茅山見寄③

村東道院小茅柴,夢到蓬山定我懷。脚跂青雲新歲近,心飛閬苑許誰儕。蓮盟白石藏書處,鶴語華陽羽客偕。努力三餘春信報,不虛臘雪憶蘇齋。"青雲"用半山《寄劉著作過茅山》詩語,"閬苑"用昨題黃初平《牧羊圖》取坡公與梁仲通詩云"後來閬苑無窮事,卻借東坡問仲通",非敢自擬坡公也,正取閬苑字是佳兆耳。

墨卿屬友寫白鶴峰小幅於蘇齋施顧注本惠州詩卷端賦酬④

公居水東憶水西,塵塵念念誰端倪。偶來白鶴古觀棲,斯晨斯夕非留稽。俄七百載惠守題,伯牙弦識方南圭。依前重葺棟與枅,酬硯似留腰帶犀。研銘一字紙尾鷥,墨卿修坡公故居得一硯,背有公署名一字。有鄰堂扁拓執齎。墨卿前秋寄罨溪,使我趺息照不迷。與君宿夢峰同躋,默齋默化名儴齋。墨卿別號默齋,而惠州廳事有坡公書"默化堂"扁。千載此心盟可締,二江鑑澈青玻璨。鏡灣挂出黃空霓,⑤北户缺月飛長堤。

---

① 此詩題位於手稿本第7162頁。詩題下注文"手創",手稿本作"首創"。
② "憑眺",手稿本作"騁眺"。
③ 此詩題位於手稿本第7168頁。
④ 此詩題位於手稿本第7169頁。
⑤ "黃空",手稿本作"橫空"。

真見先生來杖藜，笑爾與我鴻爪泥。陶耶葛耶同手攜，三山咫尺來一梯。①收之墨雲片赫蹄，研屏翠瞰千峰低。

張南華仿王叔明夏木清陰幀子爲伊墨卿題②

我聞南華老人畫，品在麓臺石谷間。卻於吳興得黃鶴，水晶宮夢今追還。吳興蒼鬱沈著處，貌之乍似成之艱。經營意匠想隔歲，妙在發的弓初彎。一朝涇南啓賮躩，千載招晤真荆關。歸來一笑響泉語，破墨瀽起青煙鬙。南華詩興亦如此，遍和坡韻非追攀。神來每在一掃就，無字句處聲琤潺。始信麓臺對石谷，二老耿耿精迴環。所謂法備與氣至，定光攝入澹以間。街西古刹小屏幅，折枝句爲僧開顔。今春再訪不可得，十載憶聽禽關關。南華先生遊憫忠寺，折花一枝，寺童子有怒色，南華因畫折枝並成一絕句，寺僧裝爲小屏幅，今年訪之，已不可得矣。空留老屋草行押，予舊居數椽，其券尾有南華行草押字。恍見策杖臨溪灣。盍作二張讀畫卷，寫入爾我同看山。③此幅自題云"昨過涇南，見吳興真迹，歸而一掃成此"，予謂當作二張同几論畫，而添著墨卿、覃溪於其策側也。

題芝山所摹塔影圖二首④

塔影軒摹塔影園，當時云美共南原。且從急就蒙求學，那邊叟機漢隸論。

笑來宋迪寫邢房，月落庭空塔影長。得似窗陰添欅柳，薜垣斜映讀書堂。

乞友作畫二首⑤以下乙丑

與子課元言，非拈幻夢論。濃青淺絳外，殘照晚煙痕。墨記虛襟

---

① "來一梯"，手稿本作"米一梯"。
② 此詩題位於手稿本第7170頁。
③ 此句下注文"其策側"，手稿本作"其側"。
④ 此詩題位於手稿本第7175頁。
⑤ 此詩題位於手稿本第7195頁。

貯，苔疑息壤存。幽深忽無際，宵宵遂尋原。

石如參畫理，筆又洩天工。海影空搖綠，樓明靄斷紅。寄之精耿耿，攝以息濛濛。宋迪三生語，朱縣墨點中。<small>宋芝山嘗爲予仿邢房《悟前生圖》，故屬爲謀此稿而朱野雲成之也。</small>

上海顧氏舊裝醴泉銘以宋拓數本綴集爲之書其後二詩①

當時宋拓仍多有，一任奚童翦錦成。二百年前煙墨影，吳淞一曲照空明。<small>册面"玉泓館珍秘"數字尚是爾日墨書。</small>

攝山農寫青山曲，尚及雙桐玉磬聲。今日摩挲微仲印，②紅絨卷笠話餘晴。<small>③帖有徵仲父印，嘗見文五峰爲顧汝和畫《雅好齋卷》在嘉靖辛亥。</small>

王蓬心小幀④<small>宸字紫凝</small>

四十年前薇省雨，簾雲夢到石師皴。金剛杵後論乾擦，可獨篁村是替人。

再題二首⑤
<small>按前有《文與可山水山谷題》云云七古一首，已刻集中。</small>

涪翁借玩語匆匆，恨未坡仙茗話同。今日蘇齋重對面，嵩陽斜照半濛濛。

洋州煙雨似陵州，匹練湖光澹不收。付與臨川學士手，米家氣壓月虹舟。

小孫湯餅筵間適友人以董文敏夏午麥餅宴紀恩
詩墨迹屬題即用其韻⑥<small>以下丙寅</small>

墨花光拓笏齋寬，鼎實拈來聚古歡。餅説不煩招束皙，帳懸且喜

---

① ④　此詩題位於手稿本第 7210 頁。

② "微仲"，手稿本作"徵仲"。

③ "餘晴"，手稿本作"餘情"。

⑤　此詩題位於手稿本第 7217 頁。

⑥　此詩題位於手稿本第 7257 頁。

識宜官。鵊催吉語初筵合，筆浣濃雲四座看。題作蘇齋湯餅帖，玉煙石漫秀同餐。<small>海寧陳氏有《玉煙堂帖》《秀餐軒帖》。</small>

又題蘭雪石溪詩舫倩友摹秋林讀書圖二首①

詩境詩龕又詩舫，千川一月執前身。石溪萬樹梅花影，個是秋空爲寫真。

淡入秋空一字無，憑誰指似讀書圖。羚羊挂角初何有，詩夢何如室寶蘇。<small>仍以催研屏詩作偈請下轉語。</small>

惲冰麗春②

風動米囊姍渺矣，歌飄江渚奈虞兮。秋空渾是甌香法，金翠翹來蝶粉泥。

寄懷方石亭③

<small>三首之第二，集刻二首。</small>

草聖功兼篆隸分，開函縷縷敬亭雲。<small>石亭以孫虔禮《書譜》精拓本寄贈。</small>垂虹盞吸千川月，拜石章飛十賚文。煙雨商量抽思秘，蕉梧浸染瓣香熏。何人寫出江船夢，日款蘇齋訂昔聞。<small>此篇題《虹石圖》。</small>

考訂馮涿鹿所刻嵩陽帖爲卷書後三首④

此是眉山繭紙帖，誰論摹褚又摹歐。且尋白石偏旁考，一水痕間劍與舟。

董鑒馮藏事在前，後來得不笑迨然。如何掠影官奴帖，翻借清河日録傳。<small>吳氏餘清齋《樂毅論》是僞本，見張米庵《真迹日録》。</small>

屏山雲日照濛濛，定影湖堤綠漲中。落毳吹花敧反正，粉箋猶是

---

① 此詩題位於手稿本第 7264 頁。
② 此詩題位於手稿本第 7274 頁。
③ 此詩題位於手稿本第 7275 頁。
④ 此詩題位於手稿本第 7277 頁。

舊春風。

蘭雪來詩若未盡得髓義賦此并示梧門諸君①以下丁卯

河聲丹篆爲誰題，不說司空說玉溪。偈轉大千非譬喻，圓光丈頂豈攀躋。鏡超水月空嚴羽，風動袈裟問羼提。會得響泉前夢語，三才萬象執端倪。

送汪東序通參視學陝西②君於乾隆庚子嘗任陝甘學政

三千里外輶車夢，廿八年前眼倍明。新自銀臺瞻使節，重將冰鏡質諸生。研經秦地編摩切，索句蘇齋繾綣情。結習陝碑論楷法，區區笑證石苔盟。予適撰《廟堂碑》《温彥博碑》考證二卷，即以鋟本寄陝也。

南雅以舊遊石屋洞畫卷屬題③以下戊辰

未知石屋坡題字，果出蘭亭賈本無。恨不從君風雨夕，濕苔漬翠掃模黏。潛說友《臨安志》辨東坡《水樂洞》詩是題杭石屋作，黃晉卿則謂其傅合賈似道，乃咸淳間重刻坡詩於此，然宋末徐集孫《石屋洞》詩"坡仙留墨在，姓字有無間"，似非賈似道時重刻，潛說友乃援風水洞而不援石屋坡題者，何也？非親至其地無由審定爾。

既爲南雅題前詩適於舊篋檢得石屋坡題實重刻也用前韻題此④

子容述古同游處，青眼君謨入夢無。誰記熙寧通守日，莫因重刻笑模黏。

右《石畫軒草》。

---

① 此詩題位於手稿本第7294頁。
② 此詩題位於手稿本第7297頁。
③④ 此詩手稿本闕如。

附録一　手稿本中未刻詩三首

乾隆庚午十月十九日約樸庵錫將軍俊公唐關部登鎮海樓二公先至各賦詩一章見示因走筆次唐關部元韻甫就喜聞恩詔下頒即同趨迎禮成邀夜遊光孝寺并次將軍元韻①

北城高處望朱欄，眺咏先愁愜興難。地迥便生塵外想，樓危猶帶雨餘寒。名都碧瓦鱗千叠，亭午金輪橋一丸。誰是詩成先畫壁，羨翁七十氣桓桓。

鵝首南翔翠浪平，迎來丹詔入仙城。笙歌聲裏人先喜，桂柏陰中月漸橫。列坐稍便蘭若静，鳴騶休遣夜禽驚。將軍不下重門鑰，愛共聯吟直到明。

城武縣學有虞書孔子廟堂碑又有漢竹邑侯相張壽碑金王庭筠四詩碑宋張即之書息心銘一縣學中具漢唐宋金四代名迹方綱按試曹郡既爲題跋并賦四詩示學官弟子②

遺山未賞雪溪前，老筆銀河落九天。墨竹已教傾石室，草書何止嘆華泉。人才烜赫同時出，元氣淋漓萬仞巔。學養端憑根柢厚，每懷沃饗衛河邊。

---

① 此詩題位於手稿本第7503頁，此二詩位於手稿本第7504頁。此二詩在手稿本中本已作删劃處理，手稿本中删劃處理的詩作一般收於《復初齋集外詩》，而此二詩既不見於《復初齋集外詩》，又不見於《復初齋詩集》，故爲附録於此。

② 此詩題位於手稿本第6404頁，此詩位於手稿本第6405頁。此詩本是詩題中所云"四詩"之一，在手稿本中已作删劃處理，而以另一詩代之，手稿本中删劃處理的詩作一般收於《復初齋集外詩》，而此詩既不見於《復初齋集外詩》，又不見於《復初齋詩集》，故爲附録於此。

附録二　刻本中的序跋

復初齋詩集序

陸廷樞

自漁洋先生取嚴滄浪以禪喻詩，謂"詩有別才，非關學也"，於是格調流於空疏，神韻淪於寥闃矣。吾友覃溪蓋純乎以學爲詩者歟，然近日如厲樊榭之沉博，而其神理若專熟南宋事者，亦平日精詣所到，流露於不自知也。而覃溪自諸經傳疏，以及史傳之考訂、金石文字之爬梳，皆貫徹洋溢於其詩，雖所服膺在少陵，瓣香在東坡，而初不以一家執也。然今媚學嗜古之士，往往輒譏漁洋，以爲利趨妍好耳，而覃溪獨不敢貶漁洋，其於《帶經》《石帆》之書，竊附於著録之列，蓋其虛懷師仰前輩又如此。今聞其及門王君實齋、吳君蘭雪諸子編次其古今體詩爲若干卷，一時之博學有文者爭爲序之，而覃溪獨以數十年前寒窗共研削之老友，惟予知之最深也，郵書乞予弁數言以規之，即此亦足見其不邀虛譽爾。乾隆五十八年歲在癸丑夏六月朔，同里友兄陸廷樞序。（《復初齋詩集》卷首）

讀蘇齋遺集感賦邀李蘭卿舍人同作

曹振鏞

蘇齋仙去閱五年，蘇齋遺集誰雕鐫。李生來自閩海邊，昔曾問字蘇齋前。片詞隻句忍棄捐，蒐羅爬剔觀其全。蘇齋弱冠登木天，乘輈出使占星躔。粤東楚北章江船，鍾山之麓泰岱巔。驛路舟車相迴旋，掄才桑梓承恩偏。朗如金鏡當空懸，晚歲詔許閑歸田。帝誇頤志於林泉，<small>嘉慶丁卯諭旨有"頤志林泉"之語。</small>京兆禮闈盛事聯。科名周甲推彭籛，兩番再宴天家筵。八旬老叟埶比肩，一官一集隨境遷。耄而好學窮鑽研，復初齋稿手自編。鳳池鈔寫雞林傳，古書萬卷屋數椽。有子不禄嗟屯邅，孤孫孱弱真可憐。危哉一線宗祀延，李生妙筆今青蓮。嘆逝懷舊每悄然，收來殘卷盡欲穿。我陳几案墨采鮮，追思受知贄執虔。門墻進謁猛著鞭，四十載奉師訓專。口講指畫情纏綿，唱酬無月無詩篇。得意詎敢忘蹄筌，敬瞻遺草升雲煙。不忍卒讀涕泗漣，鼓琴伯牙久絶弦。後死責重尚勉旃，焚香拜像吉日蠲。校正訛舛心拳拳，授之梓人工速竣。金石文字同布宣，<small>蘇齋有金石文字刻本。</small>告成他日薦豆籩。神遊六合遍八埏，鸞驂鶴駕仙乎仙。歸來詩境<small>齋名。</small>夙夢圓，師生重結他生緣。

讀復初齋詩集續刻敬題簡末即次曹儷笙相國李蘭卿閣讀原韻

蔣攸銛

師昔已過花甲年，復初齋稿初雕鐫。弟子敢議經笥邊，芸臺所刻居吾前。鴻章絫備細不捐，六十六卷哀其全。斯文照世神在天，歲月屢易陬訾躔。李君拾得珍珠船，續纂四卷齊末巔。手爲校録心周旋，一字不使訛旁偏。八音始覺完編懸，開卷椒觸懷桑田。吾師晚歲娛林泉，蘇齋問字人蟬聯。好古徵信追彭籛，石墨萬軸堆几筵。<small>師金石考正文字甚多。</small>得意輒聳雙吟肩，豈特鎔鑄固與遷。鄭箋馬疏尤精研，群經解義遲成編。<small>師有群經附記七十四卷，尚未付梓。</small>雄文直接昌黎傳，胸羅星宿筆似椽。下視湜籍何屯邅，湖海詩人空愛憐。<small>王述庵先生《湖海詩傳》載師詩數十首，皆少作也。</small>二者剞劂猶遷延，我官翰林愧炬蓮。校讎丙夜青藜然，師每借書眼欲穿。墨痕寸紙雲霞鮮，至今什襲心虔虔。<small>銛在清秘堂時，師借庫書考訂，手箋已裝潢成卷。</small>嶺南重鎮慚秉鞭，壽我五十郵筒專。金堅石介心纏綿，勉以實政詩兩篇。是陶是杜離言筌，十載過眼如雲煙。卷中見詩增涕漣，蘭亭考異窮勾弦。家事述德供檀旆，瓣香所奉敢弗蠲。師作《蘭亭考》亦鋟所刻，又校訂《翁氏家事紀略》。海之一勺山之拳，揭來詩刻全功竣。六旬弟子老彭宣，遙拜詩境陳豆籩。生天成佛周垓埏，應鑑阮蔣懷謫仙。相公作詩珠唾圓，翰墨共結千秋緣。

讀蘇齋遺稿續刻感賦次儷笙相國夫子韻偕蘭卿侍讀同作

葉紹本

坡翁仙去七百年，冥冥造化誰雕鎸。燕山學士北海邊，妙筆直探元豐前。精華掇取糟粕捐，包羅旁魄縑緗全。鉤元摘要象外天，寶氣脫手光星躔。珊瑚鐵網珍珠船，登岱乃欲窮其巔。清思雋旨相迴旋，吐棄一切除幽偏。心正筆正師誠懸，平阿無隙天子田。銀河陡落萬斛泉，重規叠矩珠璧聯。古史妙義探聊錢，鈞天樂奏張廣筵。淫哇下里疇齊肩，頻邀睿賞峻秩遷。鋒車校士誇精研，杜門却掃手自編。斯人果以名山傳，詞人壇坫空結椽。上車不落徒迴邅，蠅聲蟻竅吁可憐。正始一髮千鈞延，玲瓏舌本誰吐蓮。公獨雅奏風冷然，由基挽彀七札穿。勁裝古服光容鮮，我昔經師拜服虔。膺門翹首願執鞭，蒙公拂拭青眼專。示之大道心綿綿，郵筒往復勤詩篇。羚羊挂角空蹄筌，人世飄忽風中煙。忽聞楄奠雙淚漣，廣陵散絶叔夜弦。雄師無復揚旌旐，山頹茹痛憂難蠲。皋比悵望彌拳拳，漕司鏤版功未竣。相公爲補鐘鏞宣，如餐折俎羅加籩。從茲光景照八埏，欲換凡骨師真仙。竹風梧雨秋月圓，憶公恍若前生緣。

次韻新安師讀蘇齋遺集感賦

李彥章

誦延暉集逾十年，新安師昔蒙賜壽扁曰"綸閣延暉"，因以名集，蘇齋先生爲之序。望詩境字心銘鎸。蘇齋手摹放翁"詩境"二字於齋壁。憶從小草委道邊，坡公引接歐公前。梅根桃實未棄捐，及時培篤交成全。蘇齋老去神在天，角根環縷星辰躔。當時四壁書畫船，今日咫尺如層巔。燈窗梧竹起繞旋，"多少燈窗梧竹響"，蘇齋先生與彦章論詩句也。授記恐負恩知偏。平生法杜衡誠懸，悔不瑶草求芝田。昔公耄學居平泉，卿偕文柄尊朝聯。信而好古媲老錢，夢成臺字今臺筵。傳衣任有三公肩，吾師感舊歲月遷。求公遺集加蒐研，卌年風味共此編。即是千古斯文傳，朝回晝日筆如椽。牙琴餘響思迴邅，猶懷賤子昔見憐。門生門下公曾延，藥洲嘉樹花洲蓮。何啻角弓封殖然，長歌鄭重百琲穿。沆瀣一氣秋澄鮮，久要風義勤且虔。拳拳古心中自鞭，發函授梓精誠專。吉雲已護兜羅綿，始知琳瑯十萬篇。幾人得髓排空筌，後山一瓣通香煙。懷知至此增涕漣，興言正直朱絲弦。萬丈光芒洵在旃，力希沾溉根塵蠲。阿難眼見光明拳，校讎有願期速竣。稍分著録隨崇宣，及公生日陳觴籩。淵源文字通陶埏，畫中師友詩中仙。印成一月千燈圓，人生何者非因緣。(《復初齋詩集》卷末)

後　記

　　2013 年 3 月中旬,我來山東大學參加博士生入學考試,4 月下旬又來參加復試,但終因名額問題,未能録取,至今猶覺惋惜。所幸同年我考入四川大學中文系,成爲一名博士生,也算是"失之東隅,收之桑榆"了。

　　如果當年被録取到山大讀博的話,很可能會跟着導師繼續做高密詩派的研究,也就跟翁方綱無緣了。進入川大讀博不久,就面臨着畢業論文選題的問題,導師謝謙教授多次説過,博士畢業論文的選題一定要宏大一些,對將來的科研和教學都會有幫助。本着導師的指導,思來想去,最終選定翁方綱作爲研究對象,圍繞他的詩文創作以及對後世的影響進行研究闡述,并於 2016 年底通過答辯。當然,現在回頭去看,這篇博士畢業論文非常不成熟,我也不是很滿意,仍需大加修葺方可示人。

　　在撰寫博士畢業論文的過程中,我發現一個問題,就是翁方綱這樣一位乾嘉文化名流,一個以書法家和金石學家聞名當世的學者,他的詩集竟然還未經點校整理。這讓我既欣喜又犯難,欣喜的是整理翁氏詩集必有補白之功,犯難的是翁氏詩集刻本就有九十四卷,卷帙皇皇,豈是容易之事? 一番深思熟慮之後,還是決定對翁氏詩集進行點校整理,最終在 2018 年 7 月完成此項工作。

　　翁氏詩集點校整理完成之後,最迫切的問題便是將書稿出版面世,然而卻屢屢碰壁。在此過程中,每與周欣、周浩、韋强、厲運偉、錢禮翔、張志傑、戴路等學兄商量討論,他們或幫我蒐羅相關材料,或提出中肯建議，或給我極大的鼓勵，都使我受益匪淺。齊魯書社的張超老師、人民文學出版社的李俊老師也都給予我大力支持和熱情幫助，尤其是李俊老師建議我充分利用翁方綱的手稿進行校勘，於是我在2019年夏天開始以翁詩刻本爲底本，以其手稿本爲校本進行校勘工作。

值得慶幸的是，我以《翁方綱詩集輯校》爲題申報的項目獲得山東省社科重點立項，這自然要感謝《漢籍合璧精華編》這樣的機遇，更應該感謝王承略老師、聶濟冬老師、辛智慧老師以及其他衆多評審專家的青睞和肯定，他們本着"學術乃天下之公器"的精神，獎掖後學，提攜後輩，實乃學人之福。同時也要感謝劉迎秋博士、李兵博士、林相博士、段潔文博士的幫助。

書稿提交之後，初次和二次審校的專家不辭辛苦，不避繁瑣，都給出了詳盡且具操作性的審讀意見，對本書的完善裨益良多，在此深致謝忱。

校理古籍，殊非易事，其中辛苦非親歷不能知也，然念兹在兹者，又豈憂懼哉？ 是爲記。

瑯琊趙寶靖

庚子上巳後一日謹識於處州

辛丑處暑後三日修改於處州藥山堂

當前學界，既致力於翁方綱詩學的研究，又關注翁方綱詩歌文獻研究的年輕學者，還要提到孔燕君博士。孔博士較我年少幾歲，且我二人尚未謀面，但通過網絡交流發現，我二人很多時候的想法都很相似，也算天地間一種難得的墨緣。我拿到校樣後，也請孔博士過目，蒙她高義，提出了一些修改意見，對書稿的完善大有裨益，在此謹致謝忱！

癸卯九月又記。

圖書在版編目(CIP)數據

翁方綱詩集輯校/(清)翁方綱撰;趙實靖輯校
.--上海:上海古籍出版社,2023.11(2025.5重印)
(漢籍合璧精華編)
ISBN 978-7-5732-0929-0

Ⅰ.①翁… Ⅱ.①翁… ②趙… Ⅲ.①古典詩歌-詩
集-中國-清代 Ⅳ.①I222.749

中國國家版本館 CIP 數據核字(2023)第 199047 號

漢籍合璧精華編

翁方綱詩集輯校

[清]翁方綱 撰

趙實靖 輯校

上海古籍出版社出版發行
(上海市閔行區號景路 159 弄 1-5 號 A 座 5F　郵政編碼 201101)
(1) 網址:www.guji.com.cn
(2) E-mail:guji1@guji.com.cn
(3) 易文網網址:www.ewen.co
上海世紀嘉晉數字信息技術有限公司印刷
開本 710×1000　1/16　印張 103.25　插頁 13　字數 1,636,000
2023 年 11 月第 1 版　2025 年 5 月第 2 次印刷
ISBN 978-7-5732-0929-0

Ⅰ·3768　定價:598.00 元
如有質量問題,請與承印公司聯繫